*les Tambours
de l'automne*

Diana Gabaldon

Les Tambours de l'automne

ROMAN

Libre Expression

Libre Expression

Données de catalogage avant publication (Canada)

Galbaldon, Diana

Les tambours de l'automne

Traduction de : Drums of automn.

ISBN 2-89111-798-0

I. Safavi, Philippe. II. Titre.

PS3557.A22D7814 1998   813'.54   C98-941095-1

Titre original
DRUMS OF AUTUMN

Traduction
PHILIPPE SAFAVI

Photographie de la couverture
SUPERSTOCK

Maquette de la couverture
FRANCE LAFOND

Éditions Libre Expression
2016, rue Saint-Hubert
Montréal, (Québec) H2L 3Z5

Dépôt légal :
3ᵉ trimestre 1998

ISBN 2-89111-798-0

Tout compte fait, ce livre parle beaucoup de paternité. Je le dédie donc à mon père, Tony Gabaldon, qui raconte lui aussi tout un tas d'histoires.

Remerciements

L'auteur souhaite exprimer toute sa gratitude à :

Mon éditeur, Jackie Cantor, qui, quand je lui ai dit que je préparais un autre tome de la série, a répondu : « Je m'y attendais un peu. »

Susan Schwartz et ses fidèles disciples : les secrétaires de rédaction, les typographes et les maquettistes, sans lesquels ce livre n'existerait pas. J'espère qu'ils se remettront de cette rude épreuve.

Mon mari, Doug Watkins, qui m'a déclaré : « Je ne sais pas comment tu fais pour t'en tirer comme ça, tu ne connais décidément rien aux hommes ! »

Ma fille Laura, qui m'a généreusement autorisée à lui voler deux phrases de sa rédaction de quatrième pour mon prologue. Mon fils Samuel, qui m'a demandé : « Tu ne vas donc jamais le finir, ce bouquin ? » puis (dans la foulée) : « Puisque tu es si occupée à écrire, on pourrait pas commander encore des McDo ? » Ma fille Jennifer, qui a dit : « Tu vas te changer avant de venir dans ma classe ? Ne t'inquiète pas, maman, je t'ai choisi une tenue. »

L'élève anonyme de cinquième qui, après avoir lu un chapitre du livre distribué dans sa classe à l'occasion d'un débat, me l'a rendu en disant : « C'est plutôt ignoble, mais très intéressant. Les adultes ne se comportent pas vraiment comme ça dans la vie, j'espère ? »

Iain McKinnon Taylor et son frère Hamish, pour leurs traductions, leurs expressions idiomatiques et leurs jurons pittoresques en gaélique. Nancy Bushey, pour ses cassettes de gaélique. Karl Hagen, pour ses conseils sur la grammaire latine. Susan Martin et Reid Sinder, pour leurs épigrammes grecques et leurs pythons en décomposition. Sylvia Petter, Elise Skidmore, Janet Kieffer Kelly et Karen Pershing pour leur aide dans les parties en français.

Janet McConnaughey et Keith Sheppard, pour leurs vers courtois en latin, leurs macaroniques, et les paroles originales de *To Anacreon in Heaven*.

Mary Campbell Toerner et Ruby Vincent, pour m'avoir prêté un manuscrit historique inédit sur les Highlanders de Cape Fear. Claire Nelson pour son édition de 1771 de l'*Encyclopœdia Britannica*. Esther et Bill Schindler, pour leurs livres sur les forêts de la côte est.

Ron Wodaski, Karl Hagen, Bruce Woods, Rich Hamper, Eldon Garlock, Dean Quarrel et plusieurs autres gentlemen du CompuServe Writers Forum, pour leurs avis éclairés sur les sensations ressenties lorsqu'on se prend un coup de pied dans les testicules.

Marte Brengle, pour ses explications détaillées en matière de salles de sevrage et de voitures de sport. Merrill Cornish, pour sa superbe description des arbres de Judée en fleur. Arlene et Joe McCrea, pour le nom des saints et m'avoir expliqué comment on laboure avec une mule. Ken Brown, pour ses détails sur les rites baptismaux presbytériens (édulcorés dans le texte). David Stanley, le prochain grand écrivain d'Ecosse, pour ses avis sur les anoraks, les vestes et ce qui les différencie.

Barbara Schnell, pour ses traductions de l'allemand, ses corrections et sa relecture indulgente.

Le Dr Ellen Mandel, pour ses avis médicaux, sa relecture et ses conseils utiles concernant le traitement des hernies inguinales, l'avortement et autres traumatismes physiques et psychiques.

Le Dr Rosina Lippi-Green, pour ses informations sur les us et coutumes des Mohawks, ainsi que ses notes sur la linguistique écossaise et la grammaire allemande.

Mac Beckett, pour sa vision des esprits jeunes et anciens.

Jack Whyte, pour ses souvenirs de chanteur folk écossais et la meilleure manière de réagir face aux sempiternelles plaisanteries sur le kilt.

Susan Davis, pour son amitié, son enthousiasme sans borne, ses dizaines de livres, ses descriptions, sa manière d'enlever les tiques de ses enfants... et ses fraises.

Walt Hawn et Gordon Fenwick, pour m'avoir expliqué quelle était la longueur d'un furlong. John Ravenscroft et divers membres du UK Forum, pour de passionnantes discussions sur les sous-vêtements des officiers de la RAF dans les années 40. Eve Ackerman et les membres du CompuServe SFLIT Forum pour les dates de publication de *Conan le Barbare*.

Barbara Raisbeck et Mary M. Robbins, pour leurs précieuses références sur les herbes médicinales et la pharmacologie ancienne.

Mon ami anonyme de la bibliothèque, pour ses tonnes de références utiles.

Arnold Wagner et Steven Lopata, pour leurs débats sur les

différences entre explosifs « primaires » et « secondaires », et leur avis général sur la meilleure manière de tout faire sauter.

Margaret Campbell et d'autres cyber-résidents de la Caroline du Nord, pour diverses descriptions de leur bel Etat.

John L. Myers, pour m'avoir parlé de ses fantômes et m'avoir généreusement autorisée à utiliser certains éléments de son physique et de sa personnalité pour créer l'impressionnant John Quincy Myers, le montagnard. La hernie inguinale est purement imaginaire.

Comme d'habitude, tous mes remerciements aux membres du CompuServe Literary Forum et du Writers Forum, pour leurs précieuses suggestions et leur agréable conversation, ainsi qu'aux Folder Folks AOL pour leurs débats stimulants.

Un remerciement tout particulier à Rosana Madrid Gatti, pour son magnifique travail de création et d'entretien du site web primé : The Official Diana Gabaldon Web Page (http ://www.cco.caltech.edu/~gatti/gabaldon/gabaldon.html).

Merci à Lori Musser, Dawn Van Winkle, Kaera Hallahan, Virginia Clough, Elaine Faxon, Ellen Stanton, Elaine Smith, Cathy Kravitz, Hanneka (dont le patronyme est malheureusement illisible), Judith MacDonald, Susan Hunt et sa sœur Holly, le Boise gang, et bien d'autres encore, pour m'avoir soutenue à grand renfort de vin, de dessins, de rosaires, de chocolats, de musique celte, de savons, de statuettes, de bruyère séchée provenant de Culloden, de mouchoirs décorés d'*echidnas*, de crayons maoris, de thés anglais, de truelles de jardinage, et autres articles divers et variés destinés à me remonter le moral et à m'aider à continuer d'écrire au-delà des limites du supportable. Ça a marché !

Enfin, je remercie ma mère, qui me frôle en passant.

Prologue

Je n'ai jamais eu peur des fantômes. Après tout, je les côtoie chaque jour. Lorsque je me regarde dans un miroir, ce sont les yeux de ma mère qui me regardent. Lorsque je souris, c'est avec le même sourire qui a séduit mon arrière-grand-père et a abouti à l'être que je suis.

Non, pourquoi devrais-je avoir peur du contact de ces mains disparues qui se posent sur moi avec amour ? Pourquoi aurais-je peur de ceux qui ont façonné ma chair, laissant en moi leur empreinte longtemps après avoir quitté ce monde ?

Plus encore, pourquoi craindre ces fantômes qui peuplent brièvement mes pensées ? Toutes les bibliothèques en sont pleines. Il suffit de prendre un livre sur une étagère poussiéreuse pour être hanté par l'esprit d'un être mort depuis des années mais toujours aussi vivant au fil des pages.

Naturellement, ce ne sont pas ces fantômes familiers qui troublent nos nuits et nous donnent la chair de poule pendant le jour, qui nous font sursauter et jeter des regards furtifs par-dessus notre épaule, braquer une lampe de poche dans les recoins sombres, écouter l'écho de pas qui résonnent au loin tandis que nous marchons seuls dans une rue sombre.

Ces fantômes passent à nos côtés et nous traversent sans cesse, nous masquant l'avenir. Nous interrogeons le miroir et distinguons l'ombre d'autres visages qui nous contemplent au travers des ans. Nous apercevons la silhouette d'un souvenir se dressant sur le pas d'une porte où il n'y a personne. Parce qu'ils sont notre sang et notre mémoire, nous donnons vie à nos propres fantômes, nous nous hantons nous-mêmes.

Chaque fantôme resurgit, sans y être invité, des ténèbres brumeuses du songe et du silence.

Notre esprit rationnel dit : « Non, cela n'existe pas. »

Mais une autre partie de nous-mêmes nous murmure : « Et pourquoi pas ? »

Nous arrivons et nous repartons dans le mystère. Entre les

deux, nous nous efforçons de ne pas y penser. Mais, de temps à autre, une brise traverse la pièce silencieuse et me caresse tendrement la nuque. Je crois que c'est ma mère.

PREMIÈRE PARTIE
Le meilleur des mondes

1

Une pendaison dans le jardin d'Eden

Charleston, juin 1767

J'entendis les tambours bien avant de les voir. Leur roulement vibrait dans le creux de mon ventre et me donnait l'impression d'être devenue une caisse de résonance. La musique se diffusait à travers la foule, un rythme militaire saccadé qui étouffait les bruits de conversation et les salves de canon. Tout le monde se tut et les têtes se tournèrent vers East Bay Street, qui s'étendait du nouveau bureau des douanes, encore en construction, aux jardins de White Point.

Il faisait chaud, même pour un mois de juin à Charleston. Les meilleures places se trouvaient sur la digue, où l'air circulait. Là où je me tenais, c'était un four. Mes jupons étaient trempés et mon corselet en coton me collait au corps. Je m'essuyai le visage pour la millième fois et soulevai mes cheveux dans l'espoir de me rafraîchir la nuque.

Le simple fait de penser à mon cou accentua mon malaise. Malgré moi, je me passai les doigts autour de la gorge. Je pouvais sentir mon pouls battre dans ma carotide, au rythme des tambours. A chaque inspiration, l'air chaud et humide m'emplissait la gorge, m'étouffait presque.

J'enlevai aussitôt ma main et inspirai profondément par le nez. Grave erreur ! L'homme qui se tenait devant moi ne s'était pas lavé depuis au moins un mois. La cravate qui ceignait son cou trapu était noire de crasse et ses vêtements dégageaient une odeur rance et musquée, âcre même dans la puanteur de la foule. Les effluves de pain chaud et de porc grillé qui s'élevaient des étals voisins se mêlaient à ceux des algues en décomposition et n'étaient que ponctuellement dissipés par une brise iodée provenant du port.

Plusieurs enfants autour de moi étiraient le cou et ouvraient grand des bouches curieuses, se glissaient entre les chênes et les palmiers nains pour regarder vers le haut de la rue, vite rappelés à l'ordre par leurs parents inquiets. La fillette la plus proche de moi avait un petit cou fin et blanc comme une jeune pousse d'herbe, tendre et fragile.

Un frisson d'excitation parcourut les rangs. La procession venait d'apparaître au bout de la rue. Le grondement des tambours se fit plus fort.

A mon côté, Fergus tordait le cou dans tous les sens.

— Où il est ? marmonna-t-il. J'aurais dû l'accompagner.

— Il ne va plus tarder.

Je me retins de me hisser sur la pointe des pieds, sentant que ce n'était pas du meilleur goût. Je lançai néanmoins des regards autour de moi, le cherchant des yeux. Jamie était facile à repérer dans une foule. Il mesurait une tête de plus que les autres et sa chevelure attirait les reflets du soleil en projetant des éclats d'or roux. Mais je ne vis qu'une mer houleuse de bonnets et de tricornes : les spectateurs arrivés trop tard pour se trouver une place à l'ombre.

Les étendards apparurent en premier, au-dessus des premiers rangs survoltés. D'abord le drapeau de la Grande-Bretagne, ensuite la bannière de la colonie royale de Caroline du Nord, puis celle portant les armes du lord gouverneur de la colonie.

Vinrent ensuite les tambours, marchant au rythme martial deux par deux, leurs baguettes tantôt marquant les temps et tantôt produisant un roulement continu. C'était une marche lente, sinistre et inexorable. Ils l'appelaient la « marche funèbre », un nom bien approprié aux circonstances. Elle noyait les autres bruits de la rue.

Le détachement de dragons anglais les suivit à pied ; enfin, au milieu d'un carré de tuniques rouges, s'avancèrent les condamnés.

Ils étaient trois, les mains liées sur le ventre, attachés entre eux par une chaîne passée dans les fers qu'ils portaient au cou. Le premier était petit et âgé, vêtu de haillons et dans un piteux état. Il titubait et trébuchait sans cesse ; le prêtre qui accompagnait les prisonniers finit par le soutenir par le bras.

— C'est lui, Gavin Hayes ? demandai-je discrètement à Fergus. Il n'a pas l'air dans son assiette.

— Il est complètement saoul.

La réponse avait jailli dans mon dos. Je fis volte-face et découvris Jamie qui observait la triste procession par-dessus mon épaule.

La marche hésitante du petit homme perturbait l'avancée du défilé. Son pas incertain forçait les deux autres condamnés à louvoyer ; on aurait dit trois ivrognes sortant d'une taverne. J'entendis quelques rires s'élever au-dessus des tambours, suivis d'interjections et de plaisanteries lancées depuis les balcons ouvragés des maisons qui bordaient East Bay Street.

— C'est toi qui l'as fait boire ? demandai-je à Jamie.

J'avais parlé à voix basse pour ne pas attirer l'attention, mais j'aurais pu hurler en agitant les bras. Tout le monde avait les yeux rivés sur la scène.

— Il m'a supplié. C'est tout ce que j'ai pu faire pour lui.

— C'était quoi, du brandy ou du whisky ? questionna Fergus.

Il évaluait la démarche de Hayes d'un œil expert.

— Qu'est-ce que tu crois ? C'est un vrai Ecossais. Il m'a réclamé du whisky.

La voix de Jamie avait beau sembler aussi calme que son visage, j'y décelai une certaine tension.

— Bon choix, opina Fergus. Avec un peu de chance, il ne se rendra même pas compte de ce qui lui arrive.

Le petit homme venait de s'écarter du prêtre et de s'étaler de tout son long sur la chaussée de terre battue, faisant tomber à genoux celui qui venait derrière lui. Le troisième condamné, un grand gaillard, parvint à rester debout mais oscilla sur place, genoux fléchis, en cherchant désespérément à retrouver son équilibre. La foule rugit de plaisir.

Le capitaine de la garde, coiffé d'une perruque blanche et d'un casque dont le gorgerin métallique lui tombait jusqu'à sur les épaules, était cramoisi, tant par l'effet de la fureur qu'à cause de la chaleur. Il aboya un ordre au-dessus du roulement des tambours et un soldat sortit des rangs pour ôter la chaîne qui reliait les prisonniers. Hayes fut remis debout sans ménagement, un garde le soutenant sous chaque bras, et la procession reprit sa marche dans un ordre plus protocolaire.

Lorsqu'ils atteignirent la potence, plus personne ne riait. Une charrette attelée à un mulet attendait sous un énorme chêne. Je sentais la vibration des tambours sous mes pieds. La chaleur et les odeurs me soulevaient le cœur. Les tambours se turent brusquement et un silence inattendu siffla dans mes tympans.

— Tu n'as pas besoin de regarder, *Sassenach*, me chuchota Jamie. Retourne à la carriole.

Lui-même ne pouvait détacher ses yeux de Hayes, qui chancelait entre ses deux gardes tout en marmonnant dans sa barbe, lançant des regards vitreux autour de lui.

Je n'avais aucune envie d'assister au spectacle, mais je ne pouvais pas non plus laisser Jamie subir seul cette épreuve. Il était venu pour Gavin Hayes, j'étais venue pour lui. Je lui pris la main.

— Je reste.

Jamie se redressa, tête haute, et avança d'un pas, s'assurant qu'il était bien visible au milieu de la foule. Si Hayes possédait encore assez de lucidité, sa dernière vision de ce monde serait le visage d'un ami.

Il n'était pas totalement ivre. Il lança des regards affolés autour de lui tandis qu'on le hissait sur la charrette, étirant le cou, cherchant désespérément quelque chose des yeux.

— *Gabhainn ! A charaid !* cria soudain Jamie.

Hayes le repéra aussitôt et cessa de se débattre.

Il se tint droit et oscilla doucement pendant qu'on lisait le chef d'accusation : larcin équivalant à un montant de six livres et dix shillings. Il était couvert de poussière rouge et des perles de sueur tremblotaient au bout de sa barbe grise. Le prêtre, penché vers lui, murmurait dans son oreille d'un air compatissant.

Les tambours reprirent leur roulement régulier. Le bourreau fit glisser le nœud au-dessus de la tête du petit homme chauve et l'ajusta avec précision, juste sous l'oreille. Le capitaine de la garde se mit au garde-à-vous, le sabre brandi haut devant lui.

Soudain, le condamné se redressa. Les yeux fixés sur Jamie, il ouvrit la bouche comme s'il s'apprêtait à parler.

Dans le soleil matinal, le sabre lançait des éclats aveuglants. Les tambours se turent dans un *Vlan !* final.

Les lèvres de Jamie étaient blêmes, ses yeux grands ouverts. Dans un coin de mon champ de vision, je devinai la corde se tendant soudain et le bref sursaut d'un amas de vêtements qui se balançaient. Une âcre odeur d'urine et de fèces se répandit dans l'air lourd.

Sur ma gauche, Fergus observait la scène d'un air neutre.

— Finalement, je crois qu'il s'en est rendu compte, murmura-t-il avec regret.

Le corps se balançait, poids mort oscillant comme un plomb au bout d'un fil. Un soupir parcourut la foule, à la fois impressionnée et soulagée. Dans le ciel clair, un vol d'hirondelles de mer passa en criant. Les bruits du port étaient étouffés par l'air brûlant. La place, elle, demeurait silencieuse. De l'endroit où je me tenais, j'entendais les gouttes qui tombaient du bout de la chaussure du cadavre.

Comme je n'avais pas connu Gavin Hayes, sa mort ne m'affectait guère, mais je me réjouissais qu'elle ait été brève. Je lançai un regard vers lui, avec un étrange sentiment d'indiscrétion. C'était une façon trop publique de vivre un moment très intime et je me sentais vaguement gênée d'être là.

Le bourreau connaissait son travail. Il n'y avait pas eu de lutte pénible, pas d'yeux exorbités, pas de langue pendante. La petite tête ronde de Gavin restait inclinée sur le côté, son cou tendu de façon grotesque mais brisé net.

Après s'être assuré que Hayes était bien mort, le capitaine fit un signe du bout de son sabre pour qu'on amène le condamné suivant. Il balaya du regard la rangée d'uniformes rouges, puis ses yeux s'écarquillèrent de rage.

Au même moment, un cri s'éleva dans la foule et un frisson d'excitation la parcourut. Une petite bousculade se produisit et les têtes pivotèrent dans toutes les directions.

— Il a filé !

— Le voilà !

— Arrêtez-le !

Le troisième prisonnier, le grand jeune homme, avait profité de l'exécution de Gavin pour s'enfuir, échappant à la vigilance du garde, trop fasciné par le spectacle de la mort pour bien le surveiller.

Je perçus un vague mouvement derrière l'étal d'un vendeur, un bref éclat blond pâle. Certains des soldats le virent eux aussi et se mirent à courir dans cette direction, tandis que d'autres partaient en sens inverse. Dans la pagaille, ils ne parvinrent qu'à augmenter la confusion.

Le visage empourpré, le capitaine de la garde hurlait à tue-tête, d'une voix à peine audible au milieu du vacarme. Le deuxième prisonnier, hagard, fut saisi et entraîné vers la garnison pendant que les dragons anglais se remettaient en rangs sous les vociférations de leur chef.

Jamie glissa un bras autour de ma taille et m'emmena hors du flot humain qui reculait vers nous, battant en retraite devant un escadron qui s'apprêtait à quadriller le secteur sous les beuglements hystériques d'un sergent.

— On ferait mieux d'aller retrouver Ian, suggéra-t-il.

Il repoussa un groupe et se tourna vers Fergus en lui indiquant la potence d'un signe de tête.

— Tu iras réclamer le corps. On se retrouve tout à l'heure à la taverne du *Saule*.

Nous nous faufilâmes dans la foule, remontant l'allée pavée vers les docks des marchands.

— Tu crois qu'ils vont le capturer ? demandai-je.

— Sans doute. Où veux-tu qu'il aille ?

Il avait parlé sur un ton absent, le front plissé. Manifestement, le mort occupait trop son esprit pour qu'il se soucie du survivant.

— Hayes avait de la famille ?

— Non. C'est ce que je lui ai demandé quand je lui ai apporté le whisky. Il pensait avoir encore un frère en vie quelque part, mais il ignorait où. Son frère a été déporté en Virginie peu après le Soulèvement et n'a pas donné de nouvelles depuis.

Cela n'avait rien d'étonnant : les déportés étaient vendus à des planteurs pour une durée déterminée et n'avaient aucun moyen de communiquer avec leurs proches restés en Ecosse, à moins de tomber sur un maître assez bon pour accepter de transmettre une lettre. Quand bien même, il était peu probable qu'une lettre ait pu parvenir jusqu'à Gavin Hayes, qui avait passé dix ans à la prison d'Ardsmuir avant d'être déporté.

— Duncan ! cria Jamie.

Un grand homme maigre fit volte-face et agita une main en signe de reconnaissance. Il se fraya un chemin dans la foule en avançant en crabe, balançant son bras unique devant lui pour écarter ceux qui se trouvaient en travers de son chemin.

— *Mac Dubh*, dit-il avec un petit salut de la tête. Madame Claire...

Son long visage étroit était empli de tristesse. Lui aussi avait autrefois été emprisonné à Ardsmuir, avec Hayes et Jamie. Seule la gangrène qui lui avait coûté le bras lui avait évité d'être déporté avec les autres. Ne pouvant le vendre comme ouvrier agricole sur une plantation, on l'avait gracié, relaxé et laissé libre de mourir de faim jusqu'à ce que Jamie le retrouve.

— Que l'âme de ce pauvre Gavin repose en paix, déclara-t-il d'un air sombre.

Jamie marmonna une réponse en gaélique et se signa. Puis il se redressa, faisant un effort visible pour dissiper l'atmosphère oppressante.

— Je vais aller aux docks chercher un navire pour Ian. Ensuite, on enterrera Gavin. Mais il faut d'abord s'occuper du voyage de ce garçon.

Nous nous faufilâmes jusqu'aux docks, zigzaguant entre les groupes de bavards, évitant les fardiers et les brouettes qui allaient et venaient à travers la populace avec l'indifférence typique des commerçants.

Une escouade de soldats déboula au petit trot à l'autre bout du quai et fendit la foule comme un jet de vinaigre dans une mayonnaise. Le soleil luisait sur la pointe de leurs baïonnettes et le martèlement de leurs bottes sur les lattes de bois couvrait les bruits du port comme un roulement de tambour étouffé. Même les traîneaux et les charrettes s'arrêtèrent pour les laisser passer.

— Surveille ta poche, *Sassenach*, me murmura Jamie.

Il me guida vers un espace étroit, coincé entre une esclave en turban qui serrait deux petits enfants contre elle et un prédicateur de rue perché sur une caisse. Ce dernier s'époumonait, haranguant les passants au sujet du péché et du repentir, mais seul un mot sur trois était audible au milieu du raffut.

— Ne t'inquiète pas, ma poche est cousue, assurai-je à Jamie.

Néanmoins, je palpai la petite bosse qui se balançait contre ma cuisse.

— Et la tienne ? demandai-je.

Il sourit et inclina son chapeau devant ses yeux.

— Elle est là où se trouverait mon *sporran* si j'en avais un.

Tant que je ne croise pas une traînée aux doigts agiles, il n'y a pas de danger.

Je lançai un regard vers la masse protubérante de sa braguette. Avec ses épaules larges, sa taille haute, ses traits virils et son port fier de Highlander, toutes les femmes se retournaient sur son passage, même si sa chevelure rousse restait cachée sous un sobre tricorne bleu. En outre, les culottes trop petites qu'on lui avait prêtées ne cachaient pas grand-chose de son anatomie généreuse, effet encore accentué par le fait qu'il ne s'en rendait absolument pas compte.

— Tu es une tentation ambulante pour les traînées, répondis-je. Reste auprès de moi, je te protégerai.

Il se mit à rire et me prit le bras.

— Ian ! cria-t-il soudain.

Nous venions d'arriver dans un endroit dégagé. Un adolescent dégingandé redressa la tête, écartant une lourde mèche brune de son front. Nous apercevant, il afficha un sourire radieux.

— Oncle Jamie ! Je croyais ne jamais vous retrouver dans cette foule ! Je n'ai jamais vu ça, il y a plus de monde que sur le grand marché d'Edimbourg !

Il s'essuya le visage du revers de sa manche, laissant une grande traînée noire sur sa joue. Son oncle le dévisagea d'un air réprobateur.

— Tu m'as l'air bien joyeux pour quelqu'un qui vient de voir un homme se faire pendre.

Ian cessa aussitôt de sourire, s'efforçant de prendre une mine de circonstance.

— C'est que je n'ai pas assisté à l'exécution, oncle Jamie.

Duncan haussa un sourcil surpris et Ian se mit à rougir.

— Ce n'est pas que... je... j'avais peur, mais... j'avais autre chose à faire.

Jamie esquissa un léger sourire et lui donna une petite tape dans le dos.

— Ne t'inquiète pas, Ian. Moi-même, j'aurais préféré être ailleurs, mais Gavin était un ami.

— Je sais, mon oncle. Je suis désolé.

Une lueur de compassion brilla au fond de ses grands yeux bruns, le seul trait de son visage pouvant prétendre à la beauté. Il se tourna vers moi.

— C'était affreux, ma tante, non ?

— Oui, mais c'est fini maintenant.

Je sortis un mouchoir moite de mon corsage et me haussai sur la pointe des pieds pour essuyer la tache noire sur sa joue. Duncan Innes secoua la tête d'un air navré.

— Oui... pauvre Hayes. Enfin, c'est toujours mieux que de crever de faim, ce qui lui serait arrivé tôt ou tard.

Jamie, peu enclin à gaspiller du temps en lamentations, poussa un soupir impatient.

— Allons-y, déclara-t-il. Le *Bonnie Mary* devrait se trouver à l'autre bout du quai.

Je vis Ian lancer un regard hésitant vers son oncle et s'apprêter à protester, mais Jamie s'était déjà dirigé vers le port et se frayait un passage dans la foule. L'adolescent se tourna vers moi d'un air impuissant, haussa les épaules puis me tendit le bras.

Nous suivîmes Jamie derrière les entrepôts qui bordaient les docks, croisant des marins, des déchargeurs, des esclaves, des passagers, des clients et des marchands de toutes sortes. Charleston était un grand port marchand et les affaires florissaient. Pendant la haute saison, plus de cent navires par mois arrivaient et repartaient vers l'Europe.

Le *Bonnie Mary* appartenait à un ami de Jared Fraser, le cousin de Jamie qui avait fait fortune en France dans le commerce des alcools. Avec un peu de chance, son capitaine accepterait de prendre Ian à bord comme garçon de cabine et de le ramener à Edimbourg.

Ian n'était pas ravi par cette perspective mais son oncle était résolu à le renvoyer en Ecosse à la première occasion. C'était, entre autres, la présence du *Bonnie Mary* à Charleston qui nous avait fait venir de Géorgie, où nous avions échoué, par accident, deux mois plus tôt.

Au moment où nous passions devant une taverne, une servante en haillons en sortit avec un pot d'ordures. Elle aperçut Jamie, cala son pot contre sa hanche, lui adressa un regard enjôleur et pinça les lèvres dans une moue boudeuse. Il passa sans la voir. Elle éclata de rire, sa tête en arrière, lança les détritus au cochon qui dormait au pied des marches et rentra à l'intérieur en faisant virevolter ses jupons.

Jamie mit sa main en visière pour tenter d'apercevoir les mâts alignés au loin et tira machinalement sur sa braguette, se tortillant sur place. Je vins me placer derrière lui et lui pris le bras.

— Les bijoux de famille sont toujours en sécurité ? murmurai-je.

— Ils me font un mal de chien mais ils ne risquent rien, grogna-t-il.

Il tripota les lacets de sa culotte avec une grimace.

— J'aurais mieux fait de me les mettre dans le derrière, bougonna-t-il.

— Dans ce cas-là, j'aime autant que ce soit toi qui les portes ! Pour ma part, je préfère risquer d'être volée.

Les « bijoux de famille » étaient précisément cela. Poussés par un ouragan, nous avions échoué sur la côte de la Géorgie trempés, en haillons, sans un sou en poche, mais avec une poignée de grosses pierres précieuses.

Je priais que le capitaine du *Bonnie Mary* eût assez d'estime pour Jared Fraser pour prendre Ian comme garçon de cabine. Autrement, nous n'aurions jamais de quoi lui payer un billet.

En théorie, la bourse de Jamie contenait une fortune. En pratique, les pierres précieuses ne nous étaient guère plus utiles que des cailloux ramassés sur la plage. Certes, elles étaient plus discrètes à transporter que des sacs d'argent liquide, mais encore fallait-il pouvoir les convertir en pièces sonnantes et trébuchantes.

Dans les colonies du Sud, la plupart des transactions s'opéraient au moyen du troc. Tout ce qui ne pouvait s'échanger était réglé en lettres de change rédigées par de riches marchands ou banquiers. Or les banquiers ne couraient pas les rues des petites villes de Géorgie. Ceux qui auraient investi leur capital en pierres précieuses étaient encore plus rares. Bien que prospère, le cultivateur de riz chez qui nous avions atterri à Savannah nous avait assuré que lui-même avait toutes les peines du monde à mettre la main sur deux livres sterling. De fait, il n'existait sans doute pas dix livres d'or et d'argent dans toute la colonie.

La route que nous avions suivie en progressant vers le nord ne nous avait guère offert de possibilités de vendre l'une des pierres : nous n'avions traversé que d'immenses étendues de marais salants et de forêts de pins. Charleston était la première ville digne de ce nom que nous rencontrions, assez grande pour accueillir des marchands et des banquiers susceptibles de nous aider à liquider une partie de nos avoirs gelés.

Cela dit, rien ne pouvait rester gelé très longtemps l'été à Charleston. La transpiration coulait en rigoles dans ma nuque. Sous ma robe, ma combinaison de lin trempée adhérait à ma peau. Même près du port, il n'y avait pas le moindre souffle d'air. Les odeurs de goudron chaud, de poisson crevé et d'ouvriers en nage prenaient à la gorge.

En dépit de leurs protestations, Jamie avait tenu à offrir l'une de nos pierres précieuses à M. et Mme Olivier, le charmant couple qui nous avait hébergés lorsque nous avions échoué pratiquement sur le pas de leur porte. En retour, ils nous avaient donné un chariot, deux chevaux, des vêtements propres, des provisions pour le voyage et une petite somme d'argent liquide.

De cette somme, il ne restait que les six shillings et trois pence qui cliquetaient dans ma poche : la totalité de nos avoirs disponibles.

— Par ici, oncle Jamie, déclara Ian. J'ai fait une acquisition que je voudrais te montrer.

Il lui adressa un sourire incertain.

— Qu'est-ce que c'est ? demanda Jamie, suspicieux.

Sans répondre, Ian s'enfonça dans un groupe d'esclaves en jouant des coudes. Ruisselants, ces derniers étaient en train de charger des balles poudreuses d'indigo séché sur un bateau amarré à quai.

— Je ne sais pas ce que tu mijotes, grommela Jamie, mais je ne vois pas comment tu as pu te procurer quoi que ce soit sans un sou en poche.

— Je ne l'ai pas acheté, je l'ai gagné aux dés.

— Aux dés ! Mais enfin, Ian, tu ne peux pas jouer aux dés alors que tu n'as pas d'argent !

Sans me lâcher la main, il pressa le pas pour rattraper son neveu.

— Mais toi, tu le fais tout le temps ! se défendit l'adolescent en s'arrêtant pour nous attendre. Tu as joué dans toutes les tavernes et les auberges où on s'est arrêtés depuis notre départ.

— Oui, mais c'était aux cartes, pas aux dés ! Et puis... je sais ce que je fais.

— Moi aussi ! répliqua Ian avec fierté. D'ailleurs, la preuve... j'ai gagné !

Jamie leva les yeux au ciel.

— Ian ! Je suis soulagé que tu rentres en Ecosse avant de te faire trucider. Promets-moi de ne pas jouer aux dés avec les marins. Une fois en pleine mer, tu seras à leur merci si les choses tournent mal.

Ian ne l'écoutait plus. Il était arrivé devant un poteau à demi effondré au pied duquel était attachée une corde. Il se tourna vers nous et nous montra du doigt la « chose » attachée au bout.

— Vous voyez ? C'est un chien, annonça-t-il.

Je fis un pas derrière Jamie, m'agrippant à son bras.

— Attention, Ian ! m'écriai-je. Ce n'est pas un chien, c'est un loup ! Un *grand* loup. Tu ferais mieux de reculer avant qu'il ne t'arrache une moitié de fesse.

Le loup dressa une oreille nonchalante dans ma direction, me lança un regard dédaigneux, puis se détourna comme si je n'existais pas. Il était assis sur son arrière-train, pantelant. Ses grands yeux jaunes fixaient Ian avec une intensité qui pouvait passer pour de la dévotion aux yeux de quiconque n'ayant jamais vu un loup de sa vie. Ce qui n'était pas mon cas.

— Ces bêtes sont féroces ! insistai-je. Elles peuvent t'ouvrir la gorge en un clin d'œil.

Peu impressionné, Jamie s'accroupit pour examiner l'animal.

— Ce n'est pas vraiment un loup, n'est-ce pas ? demanda-t-il d'un air intrigué.

Il avança une main molle vers la bête, l'invitant à lui flairer les doigts. Je fermai les yeux, m'attendant au pire. N'entendant aucun cri, je les rouvris. Jamie était en train d'inspecter la truffe du loup.

— Belle bête ! conclut-il en lui grattant familièrement le crâne.

Le monstre plissa ses yeux jaunes. Etait-ce de plaisir ou, ce qui était plus probable, de délectation anticipée à l'idée d'arracher le nez de Jamie ?

— Elle est plus grosse qu'un loup, ajouta-t-il. Son poitrail et sa tête sont plus larges et elle est nettement plus haute sur pattes.

— Sa mère était un chien-loup irlandais, expliqua Ian avec attendrissement.

Il s'était agenouillé près de son oncle, lui parlant avec enthousiasme tout en grattant la tête grise.

— ... Elle s'est enfuie dans les bois alors qu'elle était en chaleur et elle est rentrée grosse.

— Ah, je vois...

Jamie marmonnait des mots tendres en gaélique en caressant la grosse patte velue. Chacune de ses griffes incurvées mesurait au moins cinq centimètres de long. La créature tendit le museau, les yeux mi-clos, hérissant l'épaisse fourrure de son cou.

A mon côté, Duncan haussa les sourcils d'un air consterné et poussa un soupir agacé. Duncan n'était pas un ami des bêtes.

— Jamie... commençai-je.

Il ne m'entendit pas, trop occupé à gâtifier avec la bête.

— *Balach Boidheach*. Ça, c'est un bon gros toutou !

— Peut-on savoir de quoi cette chose va se nourrir ? demandai-je en forçant la voix.

Cet argument fit mouche.

— Ah ! dit-il.

Il regarda le chien aux yeux jaunes avec regret et se releva lentement.

— Ta tante a raison, Ian, déclara-t-il. Nous n'avons pas de quoi le nourrir.

— Ce n'est pas un problème ! répliqua Ian. Il a l'habitude de se nourrir tout seul.

— Ici, en pleine ville ? m'exclamai-je. Il mange quoi, des petits enfants ?

Ian me lança un regard vexé.

— Bien sûr que non, ma tante. Des poissons.

Voyant trois visages sceptiques tournés vers lui, il se laissa tomber à genoux et, prenant la gueule du chien dans ses deux mains, il l'ouvrit en grand.

— C'est vrai, oncle Jamie ! Je te le jure ! Sens un peu son haleine !

Jamie lança un regard dubitatif vers la double rangée de crocs étincelants et se gratta le menton.

— Je... euh... je te crois sur parole, mon garçon. S'il te plaît, fais attention à tes doigts.

Ian lâcha la gueule de l'animal, qui se referma dans un claquement sec, projetant un peu de salive sur le quai. Il essuya ses mains sur ses culottes, l'air ravi.

— Ne t'inquiète pas, oncle Jamie, lança-t-il joyeusement. J'étais sûr qu'il ne me mordrait pas. Au fait, il s'appelle Rollo.

Jamie se caressa les lèvres, hésitant encore.

— Mmphm... Quels que soient son nom et son régime alimentaire, le capitaine du *Bonnie Mary* ne l'acceptera sans doute pas à bord.

Ian ne répondit pas mais son air réjoui ne disparut pas pour autant. A dire vrai, il s'accentua encore. Remarquant son sourire radieux, Jamie se raidit.

— Ah non ! s'écria-t-il avec horreur. Ne me dis pas que...

— Si. Il a quitté le port il y a trois jours. Nous sommes arrivés trop tard, oncle Jamie.

Jamie marmonna quelque chose en gaélique qui m'échappa mais Duncan, lui, prit un air scandalisé.

— Tonnerre ! lança Jamie. Tonnerre de Dieu !

Il ôta son chapeau et se passa une main sur le visage. Il était rouge, échevelé. Il ouvrit la bouche pour dire quelque chose, puis renonça, découragé.

Ian arbora une mine faussement navrée.

— Je suis désolé, oncle Jamie. J'essaierai de me faire tout petit, c'est promis. Et puis je peux trouver du travail. Je ne vous coûterai rien.

Le visage de Jamie se radoucit. Il esquissa un faible sourire et tapota l'épaule du jeune homme.

— Ce n'est pas que je ne veuille pas de toi, Ian. Tu sais bien que rien ne me ferait plus plaisir que de te garder auprès de moi. Mais que dira ta mère ?

— Je ne sais pas, mais quoi qu'elle dise, elle le dira en Ecosse, pas vrai ? D'ici, on ne l'entendra pas.

Il passa ses bras autour du cou de Rollo et le serra contre lui. Surpris par cette effusion, le chien eut un moment d'hésitation, puis sortit une longue langue rose et lécha délicatement l'oreille de l'adolescent. Histoire de voir quel goût il avait, pensai-je cyniquement.

— Et puis, maman sait que je ne risque rien puisque je suis avec toi, ajouta le jeune garçon. Tu le lui as bien spécifié quand tu lui as écrit de Géorgie, non ?

Jamie fit une moue sarcastique.

— Ça m'étonnerait qu'elle soit rassurée de te savoir avec moi, Ian. Elle me connaît trop bien.

Avec un soupir résigné, il remit son chapeau de guingois sur sa tête et se tourna vers moi.

— J'ai grand besoin d'un verre, *Sassenach*. Allons nous trouver une taverne.

La taverne du *Saule* était plongée dans la pénombre. Elle aurait pu être fraîche s'il y avait eu moins de monde à l'intérieur. Les tables et les bancs étaient pris d'assaut par les ouvriers du port, les marins et les curieux venus assister à l'exécution publique. On se serait cru dans un hammam. En pénétrant dans la salle, j'inspirai une grande bouffée d'air que je recrachai aussitôt. C'était comme de respirer à travers un linge sale trempé dans de la bière.

Rollo nous démontra rapidement son utilité. Il retroussa ses babines, émit un grondement sourd et continu puis fendit la foule qui s'écarta devant lui, telle la mer Rouge devant Moïse. C'était manifestement un habitué des tavernes. Il nous libéra un banc dans un coin reculé, se coucha en rond sous la table et s'endormit aussitôt.

A l'abri du soleil, attablé devant un gros pichet de bière brune qui moussait dans un chuintement sensuel, Jamie retrouva un peu de son entrain.

— Nous avons deux solutions, annonça-t-il en massant ses tempes moites. Soit nous restons à Charleston en attendant de trouver un amateur pour l'une de nos pierres et un bateau en partance pour l'Ecosse, pour Ian. Soit nous poursuivons notre route vers le nord jusqu'à Cape Fear puis nous cherchons un navire partant de Wilmington ou de New Bern.

— Partons vers le nord, dit Duncan sans hésiter. Tu as des parents qui vivent au bord du Cape Fear, non ? Je n'aime pas m'attarder dans ces endroits pleins d'étrangers. Une fois logés chez ta famille, on risque moins d'être arnaqués ou détroussés. Tandis qu'ici...

Il indiqua la salle d'un geste du menton. La clientèle n'étant pas composée essentiellement d'Ecossais, elle était truffée d'escrocs et de gens malhonnêtes.

— Oui, allons dans le nord ! renchérit Ian.

Du revers de sa manche, il essuya la fine moustache de mousse sur sa lèvre supérieure puis, sans laisser à Jamie le temps de protester, nous expliqua le plus sérieusement du monde :

— La route risque d'être dangereuse. Un homme de plus ne sera pas de trop pour vous protéger.

Jamie enfouit le nez dans sa chope. Assise près de lui, je sentis son corps s'agiter d'un léger tremblement. Il adorait son neveu mais celui-ci avait le don de se mettre dans de sales draps. Il ne le faisait pas exprès, mais il attirait les ennuis comme un aimant.

Un an plus tôt, il s'était fait enlever par des pirates. C'était pour le récupérer que nous avions entrepris le long et périlleux voyage qui nous avait amenés jusque-là. Certes, il ne lui était rien arrivé depuis un certain temps mais je savais Jamie impatient de renvoyer son neveu de quinze ans en Ecosse, à sa mère, avant un nouveau drame.

— Euh... oui, bien sûr, répondit-il. Tu nous serais d'un grand secours, mais...

Il évitait de croiser mon regard mais je voyais frémir la commissure de ses lèvres.

— Qui sait, on rencontrera peut-être des Peaux-Rouges ! s'enthousiasma Ian.

Son teint déjà hâlé s'empourpra devant cette perspective alléchante.

— ... ou encore des bêtes sauvages ! poursuivit-il. Le Dr Stern m'a raconté que l'arrière-pays de la Caroline était plein de créatures féroces : des ours, des chats sauvages et des panthères... il y a même une chose puante que les Indiens appellent un sconse.

Je m'étranglai sur ma gorgée de bière. Il se pencha vers moi d'un air inquiet.

— Ça ne va pas, ma tante ?

— Si, si, très bien, le rassurai-je en m'essuyant les yeux avec un mouchoir.

Je tamponnai les taches de bière sur mon corsage et en profitai pour m'éventer discrètement avec le tissu.

Je croisai le regard de Jamie. Son amusement avait cédé la place à un air anxieux. Je posai une main sur son genou pour le rassurer.

— Les sconses sont des animaux inoffensifs, lui murmurai-je à l'oreille.

Chasseur téméraire des Highlands, Jamie considérait néanmoins la faune du Nouveau Monde avec la plus grande méfiance.

— Mmphm... fit-il.

Il se détendit mais une ride profonde creusait toujours son front.

— Les sconses peut-être, dit-il enfin, mais les autres bestioles dont Lawrence nous a parlé ? Que fera-t-on si on se retrouve nez à nez avec un ours ou une horde de sauvages avec ça comme seule arme ?

Il indiqua le grand couteau qui pendait à sa ceinture. Le manque d'armes le préoccupait considérablement depuis que nous avions quitté la Géorgie et la remarque de Ian sur les animaux sauvages et les Indiens n'avait fait que raviver ses craintes. Fergus possédait une modeste lame qui convenait tout juste à couper des cordes et élaguer des branches pour en faire du petit bois. C'était là notre seule armurerie. Les Olivier n'avaient eu ni épée ni armes à feu à nous donner.

En route vers Charleston, nous nous étions joints à une caravane de planteurs de riz et d'indigo qui venaient charger leurs récoltes sur des navires en partance pour la Pennsylvanie et la colonie de New York. Tous étaient armés jusqu'aux dents, transportant couteaux, pistolets et mousquets. Si nous partions à présent pour Cape Fear, nous serions sans défense contre les multiples dangers qui nous guetteraient dans les immenses forêts.

D'un autre côté, nous avions d'excellentes raisons de poursuivre notre route vers le nord, la principale étant notre manque d'argent. La vallée du Cape Fear possédait la plus forte concentration de Highlanders en Amérique, comptant plusieurs villes dont beaucoup d'habitants avaient émigré d'Ecosse au cours des vingt dernières années, après les répressions qui avaient suivi Culloden. Parmi ces immigrants se trouvait un parent de Jamie qui, j'en étais sûre, nous donnerait volontiers refuge : un lit, un toit, et le temps de nous retourner pour nous installer convenablement dans le Nouveau Monde.

Jamie but une autre gorgée et se tourna vers Duncan avec un hochement de tête.

— Je suis plutôt de ton avis, conclut-il.

Il s'adossa à la paroi de bois derrière lui, balayant la salle du regard.

— Tu n'as pas l'impression qu'on nous observe ? demanda-t-il soudain.

Un frisson parcourut mon échine. Duncan écarquilla les yeux mais ne se retourna pas.

— Ah ! dit-il.

— Qui donc ? demandai-je, inquiète.

Personne ne semblait faire attention à nous, mais n'importe qui pouvait nous épier en cachette. La taverne était bondée d'hommes de toute sorte, imbibés de whisky. Le brouhaha noyait le bruit des conversations.

— Je ne sais pas, *Sassenach*, répondit Jamie.

Il me lança un regard en coin et sourit.

— N'aie pas peur. Nous ne sommes pas en danger. Enfin, pas pour le moment.

— Pas pour le moment, répéta Duncan d'un air sinistre.

Il se pencha au-dessus de la table et remplit à nouveau sa chope de bière.

— *Mac Dubh* s'est adressé à Gavin au moment où il montait sur la potence, n'est-ce pas ? Tout le monde l'aura remarqué. Il ne passe pas facilement inaperçu, non plus !

— A l'heure qu'il est, enchaîna Jamie, les fermiers qui nous ont accompagnés depuis la Géorgie ont sans doute fini d'écouler leurs marchandises. Ils doivent être en train de se détendre dans des endroits comme celui-ci. Ce sont tous de braves gens, mais ils bavardent, *Sassenach*. Il faut dire que notre histoire représente une bonne anecdote, non ? Des étrangers rejetés sur la plage après un ouragan... Certains d'entre eux doivent avoir une vague idée de ce que nous transportons.

— Je vois, murmurai-je.

En effet, maintenant que nous avions attiré l'attention par nos liens avec un condamné à mort, nous ne pouvions plus espérer passer pour de simples voyageurs. Si nous tardions à trouver un acquéreur, ce qui risquait d'être le cas, nous nous exposerions au vol ou à la curiosité des autorités anglaises, deux perspectives peu alléchantes.

Jamie vida son verre et le reposa sur la table d'un geste déterminé.

— Je pense qu'il vaut mieux ne pas s'attarder dans cette ville. Allons enterrer Gavin, et on se trouvera un coin sûr dans les bois où dormir. Demain matin, nous déciderons si nous partons ou si nous restons.

L'idée de passer plusieurs autres nuits dans les bois, avec ou sans les sconses, n'était guère enthousiasmante. Je n'avais pas ôté ma robe depuis huit jours, me contentant de dénuder différentes parties de mon anatomie chaque fois que nous trouvions un ruisseau.

Je rêvais d'un vrai lit, même infesté de poux, et d'une occasion de me débarrasser de la crasse accumulée en une semaine. Néanmoins, ils avaient raison. Je poussai un soupir, inspectant avec lassitude ma manche grise et boueuse.

Au même instant, la porte de la taverne s'ouvrit avec fracas, m'arrachant à ma morne contemplation. Quatre soldats en uniforme rouge se frayèrent un chemin dans la salle comble. Ils étaient en tenue de service et portaient en bandoulière des mousquets surmontés de baïonnettes. Ils n'étaient manifestement pas là pour boire une bière ni jouer aux dés.

Deux des soldats firent rapidement le tour de la salle, inspectant sous les tables, tandis qu'un autre allait fouiller les cuisines. Le quatrième faisait le guet devant la porte, balayant la foule de ses yeux pâles. Son regard s'attarda sur notre table et nous dévisagea longuement, les uns après les autres, perplexe, puis il examina les autres clients de la taverne.

Jamie continua à siroter sa bière, l'air indifférent. Mais de là où je me tenais, je voyais son poing crispé sur sa cuisse. Duncan, moins doué pour cacher ses émotions, gardait la tête baissée. Ni lui ni Jamie n'étaient très à l'aise en compagnie de dragons anglais... à juste titre.

Les autres clients ne semblaient pas perturbés le moins du monde par la présence des soldats. Un petit groupe de chanteurs près de la cheminée entonna une version à rallonge de *Buvons du claret* tandis que la servante se disputait âprement avec deux apprentis.

Le soldat revint de la cuisine, n'ayant apparemment rien

trouvé. Marchant sans façon au beau milieu d'une partie de dés qui se déroulait devant le foyer de la cheminée, il rejoignit ses compagnons près de la porte. Au moment où ils s'apprêtaient à sortir, la silhouette svelte de Fergus apparut sur le seuil. Il se plaqua contre la porte pour les laisser passer. L'un des soldats aperçut l'éclat métallique du crochet qui lui servait de main et le dévisagea d'un air intrigué. Enfin, il redressa la bandoulière de son mousquet et pressa le pas pour rattraper ses compagnons.

Fergus se faufila dans la foule et se laissa tomber sur le banc près de Ian. Il était en nage et avait l'air de mauvaise humeur.

— Un vampire ! explosa-t-il sans préambule.

Jamie arqua des sourcils surpris.

— Le prêtre, précisa Fergus.

Il prit la chope pleine que Ian poussait vers lui et la vida cul sec, sa pomme d'Adam tressaillant à chaque gorgée. Il reposa le verre sur la table avec un grand soupir de satisfaction, cligna des yeux et s'essuya les lèvres.

— Il réclame dix shillings pour l'enterrer dans le cimetière, expliqua-t-il. Naturellement, il s'agit d'un cimetière anglican, il n'y a pas d'église catholique dans ce trou paumé. Sale usurier ! Il sait très bien que nous n'avons pas le choix. Avec cette chaleur, le corps ne tiendra pas jusqu'au coucher du soleil.

Il glissa un doigt sous sa cravate, écartant son col trempé, et frappa plusieurs fois du poing sur la table pour attirer l'attention de la servante, assaillie par les réclamations des autres clients.

— J'ai dit à ce fils de chien que c'était à vous de décider si vous vouliez payer ou non. On pourrait aussi l'enterrer dans les bois, après tout. Mais il faudrait encore qu'on achète une pelle ! Ces habitants des villes sont tous des voleurs. Ils profitent du fait qu'on est des étrangers pour essayer de nous arracher jusqu'au dernier sou.

Il ne croyait pas si bien dire. J'avais encore de quoi nous payer un repas décent et acheter quelques provisions pour le voyage vers le nord. Rien de plus. Je vis Jamie regarder dans la salle autour de nous, cherchant des yeux d'éventuels partenaires de poker.

Les soldats et les marins faisaient les meilleurs adversaires, mais on en rencontrait peu dans la taverne ce jour-là. La garnison tout entière devait être aux trousses du fugitif. Dans un coin, un groupe restait attablé devant plusieurs cadavres de bouteilles d'eau-de-vie. Parmi eux, deux hommes chantaient à tue-tête, ou plutôt braillaient une vague chanson, sous les encouragements hilares de leurs compagnons. Jamie esquissa un sourire satisfait et reprit sa conversation avec Fergus.

— Qu'as-tu fait de Gavin en attendant ?

— Je l'ai mis dans le chariot. J'ai donné ses vêtements à une petite vieille qui vendait des chiffons. En échange, elle m'a fourni un linceul et a accepté de laver le corps.

Devant la mine inquiète de Jamie, il ajouta :

— Ne vous inquiétez pas, milord. Il est encore présentable pour le moment.

— Pauvre Gavin ! soupira Duncan.

Il leva son verre en un salut silencieux à son camarade tombé au combat.

— *Slàinte*, renchérit Jamie en levant son verre à son tour.

Pris d'un doute, il le reposa d'un air accablé.

— Il n'aimerait pas être enterré dans les bois, déclara-t-il.

— Pourquoi ? demandai-je, intriguée. Qu'est-ce que ça peut lui faire, à présent ?

— Oh, non, madame Claire ! On ne peut pas faire une chose pareille ! s'indigna Duncan.

Sa véhémence me surprit. D'ordinaire, c'était un homme plutôt réservé.

— Il avait peur du noir, expliqua Jamie avec douceur.

Je lui lançai un regard interdit qui l'amusa.

— J'ai vécu avec Gavin presque aussi longtemps qu'avec toi, *Sassenach*, et je l'ai observé de près. Je le connaissais bien.

— C'est vrai, confirma Duncan. Il ne supportait pas de rester seul dans le noir. Il avait une trouille bleue des *tannagach*... les esprits.

Son long visage triste semblait perdu dans les souvenirs. Je devinai qu'il revoyait la cellule que Jamie Gavin, lui, et quarante autres avaient partagée pendant trois longues années.

— Dis, *Mac Dubh*, reprit-il, songeur, tu te souviens de la fois où il nous a raconté comment il avait rencontré un *tannasq* ?

— Oui, Duncan, mais je préférerais l'oublier. Je n'ai pas fermé l'œil, cette nuit-là.

— Qu'est-ce qui s'est passé, oncle Jamie ?

Ian se pencha sur sa chope, les yeux grands ouverts. La transpiration faisait luire ses joues rouges.

Jamie se passa le revers de la main sur les lèvres.

— Eh bien... c'était dans les Highlands, à la fin d'un long automne froid, au moment du changement de saison, quand, à la qualité de l'air, on sait que la terre sera couverte de givre le lendemain matin.

Il se cala contre la cloison de bois, sa chope à la main.

— Pas comme ici ! ajouta-t-il. Ce soir-là, quand le fils de Gavin a rentré les bêtes, il en manquait une. Le jeune garçon a fouillé les collines et les bois... disparue ! Aussi, Gavin l'a envoyé traire les vaches qui étaient rentrées et il est parti à la recherche de celle qui s'était perdue.

Il fit rouler le verre entre ses paumes, et contempla le liquide sombre comme s'il y apercevait la silhouette noire des monts écossais et la brume d'automne flottant au-dessus des gorges.

— Il a marché longtemps, jusqu'à perdre de vue sa petite ferme. Lorsqu'il s'est retourné, il ne voyait même plus la lumière à sa fenêtre. Il n'y avait pas un bruit, hormis le sifflement du vent. Malgré le froid mordant, il a poursuivi sa route, pataugeant dans la boue et la bruyère, faisant craquer la glace sous ses semelles. Tout à coup, il a entr'aperçu un bois de bouleaux dans la brume. Il a pensé que la vache s'y était peut-être réfugiée. Les arbres avaient perdu leurs feuilles mais leurs branches étaient si denses qu'il devait avancer tête baissée. Au bout de quelques mètres, il s'est rendu compte qu'il ne s'agissait pas d'un bois mais d'un cercle d'arbres entourant une clairière. Leurs troncs étaient très hauts et espacés à intervalles réguliers. Entre les plus grands poussaient d'autres arbres plus petits, qui formaient une muraille de branchages. Au centre de la clairière se dressait un cairn.

Malgré la chaleur étouffante de la taverne, je sentis un frisson glacé m'envahir. J'avais déjà vu des cairns en Ecosse. Même en plein jour, ils donnaient la chair de poule.

Jamie but une gorgée de bière et essuya une goutte de transpiration qui coulait le long de sa tempe.

— Gavin s'est senti mal à l'aise, reprit-il. Il connaissait l'endroit, comme tout le monde dans la région, et l'avait toujours évité. Le cairn paraissait encore plus sinistre dans la nuit et le froid. C'était un site ancien, avec de grandes dalles de pierre entassées les unes sur les autres. Devant lui, il devinait l'ouverture noire d'une tombe. Il savait qu'il n'aurait pas dû se trouver là, surtout sans autre protection que la croix de bois qu'il portait autour du cou. Alors, il s'est signé et a fait demi-tour. Au moment où il approchait du mur d'arbres, il a entendu des pas derrière lui.

Ian fixait son oncle avec des yeux exorbités, son verre en suspens dans le vide.

— Gavin ne s'est pas retourné. Il a continué à marcher droit devant lui. Derrière, les pas le suivaient toujours, au même rythme que lui. Il est arrivé à un endroit où la tourbe était couverte d'une couche de glace. Il l'entendait craquer sous ses semelles, et derrière... *crac ! crac !* faisait l'autre. Il a marché, marché, dans la nuit glacée, fixant les yeux droit devant lui, cherchant la lueur de la chandelle que sa femme avait placée devant la fenêtre pour le guider. Mais toujours pas de lumière ! Il a craint de s'être perdu dans les collines. Pendant tout ce temps, il entendait toujours les pas derrière lui. Enfin, n'y tenant plus, il a serré son crucifix dans une main et s'est retourné brusquement en poussant un grand cri.

— Et alors, qu'est-ce qu'il a vu ? demanda Ian.

Il avait les pupilles dilatées, à la fois par l'ivresse et l'angoisse. Jamie le dévisagea avec gravité et fit signe à Duncan de continuer le récit.

— Il a dit que c'était une silhouette humaine, mais sans corps, chuchota celui-ci. Tout blanc, comme s'il était fait de brume, avec de grands trous noirs à la place des yeux, comme deux gouffres s'apprêtant à aspirer son âme.

— Gavin a brandi son crucifix sous son nez et prié la Sainte Vierge à voix haute, reprit Jamie. La chose n'a pas bougé. Elle est restée là, le regardant fixement. Alors, Gavin a reculé lentement, glissant et trébuchant sans cesse, redoutant de tomber dans un ruisseau ou un précipice, mais encore plus terrifié à l'idée de tourner le dos à cette chose. Il n'a pas su nous dire combien de temps il a marché ainsi à reculons. Ses jambes tremblaient de fatigue quand il a enfin aperçu une lueur dans la brume. C'était sa fermette, avec la bougie devant la fenêtre. Il a hurlé de joie, mais la chose était plus rapide. Elle l'a soudain dépassé et est venue se mettre entre lui et la porte. Heureusement, la femme de Gavin le guettait derrière la fenêtre. Quand elle l'a entendu crier, elle est tout de suite venue. Gavin lui a crié de ne pas sortir mais d'aller chercher un charme pour faire fuir le *tannasq*. Aussitôt, elle a sorti le pot d'eau bénite caché sous leur lit, et des branches de myrte attachées avec du fil rouge et noir, qu'elle utilisait pour bénir les vaches. Elle a aspergé la porte et la chose a sauté en l'air, se réfugiant au-dessus du linteau. Alors, Gavin s'est précipité à l'intérieur et a verrouillé la porte. Puis il est resté blotti dans les bras de sa femme jusqu'à l'aube. Ils ont laissé la bougie brûler toute la nuit et Gavin Hayes n'est plus jamais sorti de chez lui à la nuit tombée, sauf pour aller combattre pour le prince Tearlach.

Lorsque Jamie acheva son récit, même Duncan, qui connaissait pourtant l'histoire, poussa un grand soupir. Ian se signa et lança aussitôt un regard honteux autour de lui, mais personne ne semblait l'avoir remarqué.

— A présent, conclut Jamie, Gavin vit à jamais dans les ténèbres, mais on ne peut l'enterrer dans une terre non consacrée, il ne nous le pardonnerait jamais.

Fergus, avec son sens pratique habituel, sortit soudain de sa léthargie :

— Et la vache ? demanda-t-il. Ils ont fini par la retrouver ?

Jamie haussa un sourcil interrogateur vers Duncan, qui répondit :

— Oui. Le lendemain matin, ils ont découvert la pauvre bête les sabots crottés de boue et de gravier. Elle roulait des yeux fous et avait la bave aux lèvres. Elle soufflait comme si ses flancs allaient éclater. D'après Gavin, elle avait l'air d'avoir été chevauchée jusqu'en enfer et d'être rentrée au galop.

— Seigneur ! souffla Ian.

Il but une grande gorgée de bière et je l'imitai. Dans le coin, le groupe d'amis entonnait *Captain Thunder*, s'arrêtant toutes les trente secondes pour éclater de rire. Ian reposa son verre d'un air grave.

— Que sont devenus la femme et le fils de Gavin ? demanda-t-il.

Le regard de Jamie croisa le mien et sa main se posa brièvement sur ma cuisse. Je n'avais pas besoin qu'il me dise ce qu'il leur était arrivé. Sûrement la même chose qu'à Brianna et à moi si nous étions restées.

— Gavin ne l'a jamais su, répondit Jamie d'un air songeur. Il ne les a plus jamais revus. Sa femme est sans doute morte de faim ou de froid. Son fils a été enrôlé de force dans l'armée du prince Stuart pour se battre à Culloden. Chaque fois qu'un ancien soldat entrait dans notre cellule, Gavin lui demandait : « Tu n'as pas rencontré un garçon nommé Archie Hayes, grand comme ça ? »

Jamie leva la main à un mètre cinquante du sol avant de poursuivre :

— « ... Un garçon de quatorze ans, avec un plaid vert et une petite broche dorée. » Mais nul n'était sûr de l'avoir rencontré. Personne n'était certain de l'avoir vu tomber sur le champ de bataille ou s'en sortir vivant.

Tout en parlant, Jamie surveillait deux officiers anglais qui venaient d'entrer pour s'installer dans un coin. Dehors, la nuit était tombée et les deux hommes avaient sans doute fini leur service. Leur cravate de cuir était dénouée et ils ne portaient que des armes de flanc qui luisaient sur leur redingote, presque noires dans la lumière tamisée ; la lueur du feu faisait rougeoyer leurs contours.

— Parfois, continua Jamie, il espérait que son fils avait été capturé et déporté, comme son frère.

— Dans ce cas, son nom devrait être inscrit dans des registres, dis-je. Ils ne tenaient pas des listes ?

— Si. C'est d'ailleurs grâce à leurs registres que je suis en vie. Après la bataille de Culloden, ils m'ont demandé mon nom avant de m'exécuter, pour l'ajouter à leur maudite liste. Mais un homme comme Gavin n'avait pas accès aux listes des condamnés. Et quand bien même il en aurait eu la possibilité, je ne crois pas qu'il aurait voulu les consulter.

Il observait toujours les officiers, un étrange sourire au coin des lèvres, puis il se tourna vers moi.

— Tu tiendrais vraiment à le savoir s'il s'agissait de ton fils ?

Je hochai la tête et il me pressa la main. Notre fille était saine et sauve, Dieu merci ! Il finit son verre et appela la servante d'un geste.

La jeune fille nous apporta notre dîner, contournant prudemment la table pour éviter Rollo. Le chien était couché à nos pieds, son museau pointant sous la table et sa longue queue velue enroulée autour de ma cheville. Ses yeux jaunes, grands ouverts, suivaient le moindre mouvement dans la salle. Ils s'arrêtèrent sur les mollets de la servante et celle-ci recula d'un pas, sans le quitter des yeux jusqu'à ce qu'elle soit hors de portée de ses crocs acérés.

Jamie lança un regard inquiet au prétendu chien.

— Tu crois qu'il a faim ? On devrait peut-être lui commander un poisson.

— Pas la peine, oncle Jamie, le rassura Ian. Rollo pêche ses propres poissons.

Jamie parut surpris mais n'insista pas. Après avoir jeté un coup d'œil méfiant sur l'animal, il saisit une assiette d'huîtres sur le plateau.

Duncan, ayant bu plus que de raison, restait affalé contre le mur. L'épaule de son bras manquant, plus haute que l'autre, lui donnait un aspect étrangement bossu.

— Ah, quelle tristesse ! soupira-t-il. Ça me fout le bourdon de voir un brave type comme Gavin finir si lamentablement !

Il secoua la tête d'un air lugubre, la dandinant au-dessus de sa chope comme une cloche funèbre.

— ... Pas de famille pour le pleurer, abandonné dans une terre sauvage, pendu comme un félon et enterré comme un chien dans une terre impie. Pas même une belle complainte à chanter sur sa dépouille !

Il souleva son verre et, non sans difficulté, le porta à ses lèvres. Il avala plusieurs gorgées et reposa la chope en la faisant claquer sur la table.

— Eh bien, non ! dit-il soudain. Foi d'Ecossais, il aura sa *caithris* !

Il lança un regard de défi à Jamie, puis à Fergus et à Ian.

— Ben oui... pourquoi pas ? insista-t-il.

Jamie n'était pas encore saoul, mais il était loin d'être à jeun. Il sourit à Duncan et leva son verre.

— Tu as raison, pourquoi pas ? répéta-t-il. Mais il faut que ce soit toi qui la chantes, Duncan. Les autres ne connaissaient pas Gavin, et moi, je chante comme un pied. Je t'accompagnerai de mes beuglements, si tu veux.

Duncan acquiesça d'un air solennel et nous dévisagea de ses yeux rouges. Sans prévenir, il renversa la tête en arrière et émit un hurlement pitoyable. Je sursautai sur mon banc, renversant la moitié de ma chope sur mes genoux. Ian et Fergus, qui avaient manifestement déjà entendu des complaintes gaéliques, ne sourcillèrent même pas.

Partout dans la salle, les clients paniqués avaient bondi de leur siège, certains dégainant leurs armes. La servante se pencha sur son comptoir, roulant des yeux ronds. Rollo se réveilla dans un aboiement explosif, lança des regards agressifs à la ronde et montra les dents.

— *Tha sinn cruinn a chaoidh ar caraid, Gabhainn Hayes*, vociféra Duncan d'une voix éraillée de baryton.

Je connaissais juste assez de gaélique pour traduire mentalement : « Nous sommes tous réunis ici pour pleurer notre bon ami Gavin Hayes et implorer les cieux de l'accueillir. »

— *Eisd ris !* beugla Jamie.

— *Rugadh e do Sheumas Immanuel Hayes agus Louisa N'ic a Liallainn an am baile Chill-Mhartainn ann an sgire Dhun Domhnuill, anns a bhliadhnaseachd ceud deug agus a haon !*

(Il était fils de Seaumais Emmanuel Hayes et de Louisa Maclellan, né dans le village de Kilmartin, dans la paroisse de Dodanil, en l'an de Notre-Seigneur mil sept cent un !)

— *Eisd ris !*

Cette fois, Ian et Fergus s'étaient joints au chœur, pour chanter le refrain que je traduisis grosso modo par : « *Entendez-le !* »

Rollo ne semblait goûter ni les vers ni le refrain. Ses oreilles étaient aplaties contre son crâne et ses yeux réduits à deux fentes. Ian lui gratta la tête pour le rassurer et il se recoucha, marmonnant des imprécations lycanthropiques dans sa moustache.

Après avoir compris qu'il n'y avait aucune menace de violence physique et qu'il ne s'agissait que d'efforts vocaux d'un groupe de soûlards peu doués, les clients de la taverne se rassirent pour jouir du spectacle. Lorsque Duncan commença à énumérer les prénoms de tous les moutons que Gavin avait possédés avant de partir à la guerre, ceux des tables voisines se joignirent au chœur avec enthousiasme, hurlant *Eisd ris !* et frappant leur verre contre la table, sans avoir la moindre idée de ce qu'ils chantaient, ce qui était aussi bien.

Duncan, de plus en plus ivre, fixait sans vergogne les soldats assis à la table voisine, le visage ruisselant de sueur.

— *A Shasunnaich na galladh, 's olc a thig e dhuibh fanaid air bàs gasgaich. Gun toireadh an diabhul fhein leis anns a bhàs sibh, direach do Fhirinn !*

(Sales chiens de *Sassenach*, bouffeurs de chair morte ! Ça vous va bien de rire et de vous régaler de la mort d'un homme digne ! Que le diable s'empare de vous dès l'instant de votre mort et vous entraîne en enfer !)

Ian blêmit quelque peu et Jamie lança un regard torve à Duncan, mais ils chantèrent tous néanmoins *Eisd ris !* à l'unisson.

Pris d'une soudaine inspiration, Fergus se leva et passa son chapeau dans l'assistance qui, emportée par la bière et la chanson, y lança joyeusement des pièces pour le privilège de participer à sa propre dénonciation.

Je tenais aussi bien l'alcool que la plupart des hommes, mais le bruit et les vapeurs me faisaient tourner la tête. Je me levai, me faufilai entre les tables et sortis prendre un peu d'air frais.

Le soleil était couché depuis longtemps mais il faisait encore chaud et humide. Néanmoins, il y avait beaucoup plus d'air qu'à l'intérieur et beaucoup moins de monde avec qui le partager.

Je m'assis sur une souche d'arbre devant la taverne, ma chope toujours à la main, inspirant profondément. La nuit était claire, une belle demi-lune projetait ses éclats d'argent sur le port. Notre chariot se trouvait non loin de là, sa silhouette à peine visible dans la lueur qui filtrait par les fenêtres de la taverne. Le corps décemment drapé de Gavin Hayes devait s'y trouver. J'espérais qu'il avait apprécié sa *caithris*.

A l'intérieur, Duncan avait fini de chanter. Une voix claire de ténor, rendue tremblante par l'alcool mais néanmoins douce, chantait une mélodie familière au milieu du brouhaha des conversations.

> *A Anacréon aux cieux, où il siégeait joyeux,*
> *Les fils d'Harmonie adressèrent leur requête :*
> *Qu'il soit leur inspirateur et poète !*
> *Quand sa réponse parvint aux joyeux lurons*
> *Elle disait : voix, flûtes et violons,*
> *Faites entendre votre chanson ;*
> *A votre art, je prête volontiers mon nom !*

Le chanteur fit un couac strident sur « voix, flûtes et violons » mais ne se laissa pas démonter, malgré les rires de l'assistance. Je souris en moi-même en entendant le dernier couplet :

> *Puis je vous enseignerai à marier*
> *Le myrte de Vénus et le vin de Bacchus.*

Je levai mon verre en direction de notre chariot transformé en corbillard, et répétai à voix basse les dernières paroles du chanteur :

> *Frère ! La bannière étoilée s'agite-t-elle déjà*
> *Sur la terre des hommes libres et braves ?*

Je vidai mon verre et restai immobile en attendant que les hommes sortent de la taverne.

2

Où nous rencontrons un fantôme

— Dix, onze, douze... plus deux, plus six... Ça fait une livre, huit shillings, six pence et deux farthings !

Fergus laissa retomber la dernière pièce dans la bourse de toile, tira sur les lacets et la tendit à Jamie.

— Plus trois boutons de culotte, ajouta-t-il. Mais ceux-là, je me les garde.

Il tapota la poche de sa veste.

— Tu as réglé notre repas ? me demanda Jamie en soupesant la petite bourse.

— Oui. Il nous reste quatre shillings et six pence, plus ce que Fergus a collecté.

Fergus sourit avec modestie ; ses dents blanches et bien plantées luisaient dans la pénombre.

— Nous avons donc assez pour l'enterrement, dit-il. On emmène M. Hayes au prêtre tout de suite, ou on attend demain matin ?

Jamie se tourna vers le chariot et fronça les sourcils.

— Je suppose qu'à cette heure le prêtre est couché. Néanmoins...

— Si ça ne vous ennuie pas, j'aimerais autant qu'on ne l'emmène pas avec nous, intervins-je. Je ne voudrais pas avoir l'air de lui manquer de respect, mais... si on doit dormir à la belle étoile, eh bien... le... l'odeur...

Elle ne prenait pas encore à la gorge mais, maintenant que nous étions sortis de l'atmosphère enfumée de la taverne, elle était néanmoins palpable autour du chariot. Le malheureux n'avait pas eu une mort douce, et, avec la chaleur...

— Tante Claire a raison, déclara Ian en se frottant le nez. Il ne faudrait pas attirer des bêtes sauvages.

— On ne peut tout de même pas laisser Gavin tout seul ici ! s'indigna Duncan. Quoi ? Vous l'abandonneriez sur le seuil de la taverne, enveloppé dans son linceul comme un nouveau-né devant un hospice ?

Il tanguait légèrement, son ébriété affectant son équilibre déjà précaire.

Je vis Jamie réprimer un sourire ; la lune faisait luire l'arête saillante de son nez.

— Non, dit-il. Ne t'inquiète pas, on ne va pas l'abandonner.

Il fit sauter la petite bourse d'une main à l'autre quelques instants, réfléchit, puis, sa décision prise, il la rangea dans sa poche.

— On l'enterrera nous-mêmes, annonça-t-il. Fergus, va voir dans cette étable si on ne peut pas acheter une pelle.

Le court trajet jusqu'à l'église dans les rues calmes de Charleston fut moins solennel qu'un cortège funèbre classique, notamment à cause de Duncan, qui tenait absolument à répéter les passages les plus pertinents de son oraison.

Jamie conduisait avec lenteur et lançait parfois quelques encouragements aux chevaux. Duncan titubait sur la route devant le chariot. Il beuglait à tue-tête en se tenant au harnais de l'un des animaux, tandis que Ian empêchait l'autre de faire des embardées. Fergus et moi fermions la marche avec toute la respectabilité due à un enterrement. Fergus tenait sa nouvelle pelle sur son épaule comme un fusil et marmonnait entre ses dents de sombres prédictions selon lesquelles nous allions tous finir derrière les barreaux pour tapage nocturne.

L'église se dressait dans une rue tranquille, un peu à l'écart des maisons. Cela nous arrangeait bien, pour la discrétion, mais cela signifiait également que le cimetière était plongé dans le noir absolu, sans la moindre lueur de torche ou de chandelle pour percer les ténèbres.

De grands magnolias dominaient l'entrée, leurs épaisses feuilles affaissées par la chaleur. Une longue rangée de pins, censée fournir un peu d'ombre et de fraîcheur pendant la journée, bloquait la lueur de la lune et du ciel étoilé, transformant le cimetière en une sorte de crypte.

L'air brûlant nous donnait l'impression de nous frayer un chemin entre des rideaux de velours noir, parfumés à la résine de pins chauffés par le soleil. Rien n'était plus éloigné de la pureté fraîche des Highlands que cette atmosphère oppressante du Sud. Toutefois, quelques fragments de brume subsistaient sous les murs de brique et j'aurais aimé ne pas me souvenir du récit du *tannasq* avec une telle vivacité.

— On va chercher un endroit. Duncan, reste auprès des chevaux pour les surveiller.

Jamie sauta au bas du chariot et me prit le bras.

— On trouvera sans doute un joli coin près du mur, dit-il en me guidant vers la grille. Ian et moi nous creuserons pendant que tu nous tiendras la lanterne. Fergus fera le guet.

— Et Duncan ? questionnai-je en regardant par-dessus mon épaule. Tu crois qu'on peut le laisser seul ?

L'Ecossais demeurait invisible, sa haute silhouette dégingandée se fondant dans celle, plus massive, des chevaux et du chariot. En revanche, elle était encore très audible.

— Il sera notre premier pleureur, répondit Jamie sur un ton amusé. Attention à ta tête, *Sassenach*.

Je me baissai pour éviter une grosse branche de magnolia. J'ignorais si Jamie voyait réellement dans le noir ou s'il se guidait à l'instinct, mais je ne l'avais jamais vu faire un faux pas même dans l'obscurité la plus totale.

— Tu ne crois pas qu'on va remarquer une tombe fraîche ?

Après tout, il ne faisait pas si noir que cela dans le cimetière. Une fois passés les magnolias, je commençai à distinguer les silhouettes des stèles, vagues mais néanmoins sinistres, une brume s'élevant de l'herbe grasse à leur pied.

Tandis que nous avancions entre les tombes, je sentis des chatouillements sous mes pieds. J'avais l'impression d'entendre des cris silencieux s'élevant de la terre, nous reprochant notre intrusion. Je m'écorchai le tibia contre une stèle et me mordis la lèvre, réprimant l'envie de m'excuser auprès de son propriétaire.

Ian surgit soudain de nulle part, me faisant sursauter.

— J'ai découvert un espace libre près du mur nord, oncle Jamie, chuchota-t-il en dépit du fait qu'il n'y avait personne pour nous entendre.

Il se rapprocha de moi et ajouta :

— Il fait bigrement sombre ici, vous ne trouvez pas ?

Il avait pratiquement autant bu que Jamie et Fergus, mais si l'alcool avait donné aux deux hommes une sorte d'humour macabre, cela avait eu sur l'adolescent un effet plus déprimant.

— Attends, répondit Jamie. Il me reste un bout de chandelle que j'ai pris dans la taverne.

Au bruissement d'étoffe, je devinai qu'il cherchait sa pierre à feu et sa boîte d'amadou. L'obscurité ambiante m'incitait à me sentir désincarnée, tel un fantôme. Je levai la tête et discernai des étoiles à peine visibles dans l'air lourd. Elles ne projetaient aucune lumière sur le sol, renforçant l'impression de distance et de détachement infini

— Ça me rappelle la veillée de Pâques, dit Jamie.

Tout en parlant, il frottait sa pierre à feu.

— Une fois, j'ai assisté au service pascal à Notre-Dame de Paris. Attention, Ian ! Il y a une tombe juste devant toi !

Un bruit sourd et un juron étouffé nous indiquèrent que l'avertissement était venu trop tard.

— La cathédrale était plongée dans l'obscurité, poursuivit

Jamie. Mais à tous ceux qui entraient pour assister à la messe, on donnait une petite chandelle. C'était un peu comme ça...

Je devinai plutôt que je ne vis son geste vers le ciel.

— ... un grand espace vide, résonnant de silence, et, au-dessous, une foule compacte qui se tassait.

Malgré la chaleur, ces paroles me donnèrent la chair de poule. J'imaginai un instant les morts autour de nous, s'agglutinant les uns contre les autres dans l'attente d'une résurrection imminente.

— Juste au moment où le silence et la foule commençaient à devenir insupportables, la voix du prêtre a retenti près de la porte : « *Lumen Christi !* » Alors, ses acolytes ont allumé l'immense cierge qu'ils portaient. Ensuite, ils ont tous allumé une mèche à la grande flamme et se sont éparpillés dans les rangs pour allumer ceux des fidèles.

Je distinguais ses mains, faiblement éclairées par les étincelles de sa pierre à feu.

— ... Alors la cathédrale s'est illuminée d'un millier de petites flammes, mais c'était la première chandelle qui avait percé les ténèbres.

Les bruits de frottement cessèrent et il retira la main en coupe qui protégeait la flamme. Celle-ci grandit et illumina son visage par en dessous, faisant ressortir les arêtes saillantes de ses pommettes et creusant ses orbites sombres.

Il leva la chandelle, contemplant le cimetière autour de nous, aussi irréel qu'un cercle de menhirs. Il inclina la tête vers un pilier de granit surmonté d'une croix et déclara doucement :

— *Lumen Christi, et requiescat in pace, amice.*

Son ton n'était plus ironique. Il avait parlé avec le plus grand sérieux et je me sentis étrangement réconfortée, comme si une présence menaçante venait de se retirer.

Jamie se tourna vers moi et me tendit la chandelle.

— Essaie de trouver un morceau de bois pour en faire une torche, *Sassenach*. Ian et moi, on va se relayer pour creuser.

Je n'étais plus inquiète, mais je me sentais comme une profanatrice de sépulture, me tenant sous un pin avec ma torche. J'observais Ian et Jamie en train de creuser une fosse de plus en plus profonde ; leur dos nu luisait à la lueur de la flamme.

— Autrefois, les étudiants en médecine payaient des hommes pour aller voler des corps dans les cimetières, dis-je en tendant à Jamie mon mouchoir sale.

Il venait de se hisser hors du trou.

— Disséquer les cadavres était le seul moyen pour eux d'étudier l'anatomie.

— Vraiment ? dit-il en s'épongeant le front.

Il me lança un regard sarcastique avant d'ajouter :
— « Autrefois », c'était quand pour toi ?
Heureusement, il faisait trop sombre pour que Ian me voie rougir. Ce n'était pas la première gaffe que je commettais, ni sans doute la dernière, mais le plus souvent, elles ne me valaient qu'un regard surpris, tout au plus. La simple vérité dépassait l'imagination.
— Je suppose que c'est aujourd'hui, admis-je.
Je frissonnai à l'idée de me retrouver face à un cadavre soudain exhumé, encore souillé par la terre de sa tombe profanée. Les corps étalés sur une table d'acier trempé n'étaient déjà pas un spectacle affriolant mais leur présentation formelle dans une salle de dissection permettait au moins d'écarter quelque peu la réalité de la mort.
J'expirai par le nez, essayant de me débarrasser des odeurs, réelles ou imaginaires. Lorsque j'inspirai à nouveau, mes narines se remplirent du parfum de la terre fraîchement retournée et de celui, plus âcre, de ma torche de résine.
— Ils prennent aussi les corps des pauvres et des détenus, déclara Ian.
Il avait suivi notre conversation, à défaut de la comprendre. Il profita de l'occasion pour marquer une pause et s'essuyer le front tout en prenant appui sur la pelle.
— Papa m'a raconté que, quand ils l'ont arrêté et enfermé à la prison de Tolbooth, à Edimbourg, ils l'ont mis dans une cellule avec trois autres prisonniers, dont l'un était poitrinaire. Il toussait tellement que les deux autres ne pouvaient jamais fermer l'œil, de nuit comme de jour. Puis un jour, la toux s'est arrêtée et ils ont compris qu'il était mort. Mais papa a dit qu'ils étaient si fatigués qu'ils ont tout juste eu la force de réciter un *Pater Noster* pour son âme, avant de s'endormir tout d'une masse.
L'adolescent s'interrompit pour se gratter le nez.
— Papa s'est réveillé en sursaut en sentant quelqu'un qui lui prenait les jambes et un autre qui le soulevait par les aisselles. Il s'est débattu et il a crié. Celui qui le tenait sous les bras a fait un bond et l'a lâché, si bien que papa est retombé en se cognant le crâne contre le sol. Quand il s'est relevé en se frottant la tête, il s'est retrouvé nez à nez avec un médecin de l'hôpital et ses deux employés venus chercher un cadavre pour le laboratoire de dissection.
Ian afficha un large sourire en se remémorant le récit de son père, écartant de son front une mèche trempée de sueur.
— Papa a dit qu'il ne savait pas qui était le plus horrifié, lui ou les types qui s'étaient trompés de corps. Le médecin, lui, semblait déçu. Il a dit qu'avec son moignon de jambe papa aurait fait un spécimen beaucoup plus intéressant.

Jamie éclata de rire et étira les bras pour soulager ses épaules endolories. Son visage et son torse étaient maculés de terre rouge. Avec ses cheveux retenus par un mouchoir noué sur son crâne, il avait tout du sbire du Dr Frankenstein.

— Oui, je me souviens de cette histoire, déclara-t-il. Après ça, ton père a décidé que tous les médecins étaient des vampires et il n'a plus jamais voulu en consulter.

Il m'adressa un sourire. En mon temps, j'avais été médecin, plus précisément chirurgienne, mais ici, je passais tout juste pour une guérisseuse connaissant quelques remèdes à base de simples.

— Heureusement, pour ma part, je n'ai pas peur des vampires, ajouta-t-il avant de déposer un bref baiser sur mon front.

Ses lèvres étaient chaudes et sentaient la bière. Je distinguais des gouttelettes de sueur prises dans les poils frisés de sa poitrine et autour de ses mamelons, deux bourgeons sombres dans la pénombre. Un frisson qui n'avait plus rien à voir avec la peur ou le froid m'envahit. Il le sentit et son regard croisa le mien. Il prit une profonde inspiration et j'eus soudain conscience de l'étroitesse de mon corset et du poids de mes seins dans le coton moite de mon corsage.

Jamie gesticula quelques instants, tirant sur sa braguette trop étroite.

— Oh ! marmonna-t-il.

Il baissa les yeux et se détourna, un sourire à peine perceptible à la commissure de ses lèvres.

Je ne m'y étais pas attendue, mais je le reconnus tout de suite. Bien qu'incongru, il n'était pas rare d'éprouver un soudain accès de désir en présence de la mort. Les soldats le ressentaient lors de l'accalmie qui suit la bataille, tout comme les médecins et les infirmiers dans les hôpitaux de campagne. Peut-être le père de Ian avait-il raison au sujet de la nature vampirique des médecins.

La main de Jamie se posa soudain sur mon dos et je sursautai, faisant tomber une pluie d'étincelles de ma torche. Il me la prit des mains et m'indiqua une tombe voisine.

— Assieds-toi, *Sassenach*. Tu ne devrais pas rester debout si longtemps.

Je m'étais fracturé le tibia gauche lors du naufrage et, bien que l'os se fût remis rapidement, il me faisait parfois encore mal.

— Je vais bien, le rassurai-je.

Néanmoins, je me dirigeai vers la tombe, le frôlant au passage. Il irradiait de la chaleur, mais sa peau nue restait fraîche au toucher. La transpiration qui s'évaporait de lui dégageait une enivrante odeur mâle.

Je lui lançai un bref regard et vis la chair de poule apparaître à l'endroit où je l'avais effleuré. Je déglutis, chassant de mon esprit l'image de nos deux corps roulant dans l'herbe du cimetière et forniquant férocement dans le noir.

Sa main s'attarda sur mon coude tandis qu'il m'aidait à m'asseoir sur la tombe. Rollo était couché à mon côté. Ses yeux jaunes me scrutèrent.

— N'y songe pas, le prévins-je en le fixant à mon tour. Si tu me mords, je t'enfonce ma chaussure dans la gorge jusqu'à ce que tu étouffes !

— Wouf ! fit-il doucement.

Il posa son museau entre ses pattes, mais ses oreilles restèrent dressées, pivotant sans cesse pour capter le moindre son.

La pelle de Ian s'enfonça en crissant dans la terre molle puis il se redressa et s'essuya le front avec sa paume sale, laissant une grande traînée brune. Avec un gros soupir, il leva les yeux vers Jamie et mima une expression d'épuisement, la langue pendante.

— Oui, je crois que c'est assez profond, dit Jamie, comprenant le message. Je vais aller chercher Gavin.

Fergus fronça les sourcils, ses traits aiguisés par l'obscurité.

— Vous ne voulez pas que je vous aide à transporter le corps ?

Son manque d'enthousiasme était évident, mais il avait néanmoins offert son aide.

— Non merci, répondit Jamie. Je vais me débrouiller. Gavin n'était pas bien grand. Cependant, tu peux me tenir la torche.

— Je viens aussi ! s'exclama Ian.

Il sortit précipitamment de la fosse.

— ... Au cas où tu aurais besoin d'un coup de main, précisa-t-il.

— Tu as peur de rester seul dans le noir ? railla Fergus.

Lui-même n'était pas très sûr de lui dans l'obscurité. Il taquinait souvent Ian, qu'il considérait comme un petit frère, mais sans méchanceté.

— Oui, répondit Ian. Pas toi ?

Fergus ouvrit la bouche, arqua les sourcils, puis se tourna sans un mot vers la grille du cimetière, derrière laquelle Jamie venait de disparaître.

— Vous ne trouvez pas que cet endroit est affreux, tante Claire ? chuchota Ian à mon oreille.

Il s'était approché de moi pendant que nous suivions la torche de Fergus.

— Je n'arrête pas de repenser à l'histoire qu'oncle Jamie nous a racontée. Maintenant que Gavin est mort, vous ne croyez pas que cette chose... va venir le chercher ?

Sa voix se brisa à la fin de sa question et je sentis un doigt glacé dans le creux de mes reins.

— Non, dis-je plus fort que je ne l'aurais voulu.

Je lui pris le bras, moins pour me soutenir que pour sentir sa solidité rassurante.

— Je suis sûre que non, insistai-je.

Sa peau était moite mais la fermeté de son corps me réconfortait. Sa présence à demi visible me rappelait vaguement Jamie. Il était presque aussi grand que son oncle, bien qu'il eût la silhouette maigrichonne et gauche d'un adolescent.

Nous rejoignîmes avec soulagement le halo de la torche de Fergus. La lumière vacillante éclairait les roues du chariot, projetant des stries d'ombre dans la poussière. Il faisait aussi chaud sur la route que dans le cimetière, mais l'air était plus léger et facile à respirer que sous les arbres étouffants.

A ma grande surprise, Duncan restait encore éveillé, perché sur le banc du chariot comme une chouette blasée, le cou rentré dans les épaules. Il chantonnait dans sa barbe mais s'arrêta en nous voyant. La longue attente semblait l'avoir dessaoulé quelque peu. Il descendit de son perchoir sans tomber et fit le tour du chariot pour aider Jamie à en extirper le corps.

Je réprimai un bâillement. J'avais hâte d'en finir avec cette triste tâche et d'aller dormir, même si la seule couche qui m'attendait ce soir-là était un lit de feuilles mortes.

— *Ifrinn an Diabhuil ! A Dhia, thoir cobhair !*

— Sainte Vierge !

Je sursautai. Tout le monde se mit à crier en même temps et les chevaux, effrayés, hennirent en tirant frénétiquement sur leur harnais, secouant le chariot dans tous les sens comme un scarabée ivre.

— Wouf ! fit Rollo à mon côté.

— Bon Dieu ! souffla Ian. Par le Christ !

Je suivis son regard et me mis à hurler comme une possédée. Une silhouette pâle venait de se lever à l'intérieur du chariot, vacillant au gré des embardées du châssis. J'eus à peine le temps de l'apercevoir avant que le chaos se déchaîne.

Rollo s'arc-bouta sur son train arrière et bondit dans le noir en rugissant, accompagné par les cris de Jamie et de Ian, et par un horrible hurlement du fantôme. Derrière moi, j'entendis une série de jurons en français, tandis que Fergus détalait vers le cimetière, trébuchant et percutant les tombes au passage.

Jamie avait laissé tomber la torche, qui vacillait et crachotait sur le sol poudreux, menaçant de s'éteindre d'un instant à l'autre. Je me jetai à genoux et la saisis, soufflant dessus dans un effort désespéré pour la raviver.

Le chœur de cris et de grognements s'éleva en crescendo. Je me redressai, la torche à la main, pour découvrir Ian aux prises avec Rollo, tentant de l'empêcher de bondir sur les silhouettes sombres qui luttaient dans un nuage de poussière.

— Arrête ! Espèce de scélérat !

Fergus venait de revenir du cimetière, brandissant la pelle. Comme ses injonctions ne suscitaient aucune réaction, il avança d'un pas et l'abattit de toutes ses forces sur le crâne de l'intrus. On entendit un bruit métallique sourd. Fergus se tourna ensuite vers le chien, le menaçant de son outil.

— Toi aussi, tais-toi !

Rollo gronda et montra les dents, et Ian eut juste le temps de lui passer les bras autour du cou pour l'empêcher de mettre Fergus en miettes.

— D'où est-il sorti ? demanda Ian, interloqué.

Il tendit le cou, essaya de mieux voir l'homme tombé à terre sans lâcher Rollo.

— Des enfers, rétorqua Fergus. Et il ferait mieux d'y retourner tout de suite, ou je l'achève.

Il tremblait d'émotion et de fatigue. La lumière dansa sur son crochet tandis qu'il écartait une mèche de son front.

— Il ne vient pas des enfers mais de la potence. Vous ne le reconnaissez pas ?

Jamie se releva et épousseta ses culottes. Il respirait avec peine et était couvert de poussière, mais il paraissait indemne. Il ramassa son mouchoir et s'essuya le visage.

— Où est passé Duncan ? demanda-t-il.

— Ici, *Mac Dubh* ! répondit une voix grave de l'autre côté du chariot. Les bêtes n'aimaient déjà pas beaucoup Gavin de son vivant, mais elles n'apprécient pas sa résurrection. Il faut dire que j'ai été plutôt surpris moi-même.

Il lança un regard réprobateur sur le corps couché à terre et tapota l'encolure d'un des chevaux.

— Ce n'est rien, *luaidh*, le rassura-t-il. Ce n'est qu'un pauvre type, calme-toi.

J'avais passé la torche à Ian et m'étais agenouillée pour inspecter les blessures de notre intrus. Elles semblaient bénignes : il s'éveillait déjà. Jamie avait raison, c'était l'homme qui s'était évadé plus tôt pendant l'exécution. Il était jeune, la trentaine environ, musclé et bien bâti. Ses cheveux blonds étaient collés par la transpiration et la crasse. Il sentait la prison et l'odeur musquée de la peur. Cela pouvait se comprendre.

Je glissai une main sous son bras et l'aidai à se relever. Il gémit en se palpant le crâne, cligna des yeux à la lumière de la torche.

— Ça va ? lui demandai-je.

— Merci, madame, répondit-il. Ça pourrait aller mieux.

Il avait un léger accent irlandais, une voix profonde et douce.

Rollo, sa babine retroussée juste assez pour laisser apparaître deux canines menaçantes, enfouit son nez sous l'aisselle du fugitif, renifla, renversa la tête en arrière et éternua de manière explosive. Un rire s'éleva dans le cercle et la tension se relâcha.

— Depuis quand êtes-vous caché dans le chariot ? demanda Duncan.

— Depuis le milieu de l'après-midi.

L'homme se redressa maladroitement sur les genoux. Il était encore un peu sonné par le coup sur sa tête. Il se toucha à nouveau le crâne et grimaça.

— Aïe ! Je m'y suis glissé après que le Français y a déposé le corps de Gavin.

— Et avant cela ?

— Je me suis caché sous la potence. J'ai pensé que c'était le seul endroit où personne ne penserait à regarder.

Il se leva, ferma les yeux pour retrouver son équilibre, puis les rouvrit. Ils étaient vert pâle à la lueur de la torche, de la couleur des mers peu profondes. Il nous dévisagea les uns après les autres, et son regard s'arrêta sur Jamie. Il s'inclina, se tenant la tête.

— Stephen Bonnet, à votre service, monsieur.

Il ne tendit pas la main. Jamie non plus.

— Monsieur Bonnet, dit-il simplement.

Il le dévisagea d'un air impavide. J'ignorais comment il parvenait à dégager une telle autorité en ne portant qu'une paire de culottes humides et crottées, mais il y réussissait fort bien. Il inspecta le visiteur des pieds à la tête.

Bonnet était ce qu'on appelle vulgairement un beau mâle, avec une carrure puissante et des traits épais mais harmonieux. Il mesurait quelques centimètres de moins que Jamie. Il se tenait souple sur ses jambes, les poings à demi fermés le long du corps.

A en juger par son nez de boxeur et par la petite cicatrice au coin de sa bouche, il était du genre coriace. Ces imperfections ne minimisaient en rien le magnétisme animal qu'il dégageait. Il possédait cette sorte de beauté brute qui attirait les femmes. Enfin, certaines femmes, rectifiai-je quand il me lança un regard interrogateur.

— Pour quel crime avez-vous été condamné, monsieur Bonnet ? interrogea Jamie.

Il semblait détendu, mais son corps demeurait sur le qui-vive, comme celui de Bonnet. On aurait dit deux chiens en train de s'observer en se demandant lequel des deux mordrait le premier.

— Contrebande, répondit Bonnet.

Jamie ne répondit pas mais inclina la tête sur le côté avec une mine sceptique.

— ... et piratage, ajouta Bonnet.

Un muscle tressaillit près de sa bouche. Faible tentative de sourire ou tic de peur ?

— Vous avez déjà tué dans l'exercice de vos activités ?

Le visage de Jamie était neutre, mais ses yeux semblaient dire : « Réfléchis bien avant de répondre, mon gars ! »

— Je n'ai jamais tué quelqu'un qui n'en voulait pas à ma vie, répondit Bonnet.

Son ton était calme, presque nonchalant, mais ses poings s'étaient resserrés.

Il me vint soudain à l'esprit qu'il devait avoir l'impression de se trouver à nouveau devant un tribunal. Il ne pouvait deviner que nous avions aussi peu envie que lui de rencontrer une patrouille.

Jamie le dévisagea longuement, l'examinant à la lueur dansante de la torche. Enfin il hocha la tête et recula d'un pas.

— Vous pouvez y aller, nous ne vous retiendrons pas, annonça-t-il.

Bonnet poussa un soupir audible. Sa grande carcasse se détendit et ses épaules s'affaissèrent sous sa chemise déchirée.

— Merci, dit-il.

Il s'essuya le front, et son regard vert se posa tour à tour sur Duncan, sur Fergus et sur moi.

— Vous... vous ne voudriez pas m'aider ?

Duncan, qui s'était décontracté en entendant le verdict de Jamie, laissa échapper un grognement de surprise.

— Quoi ? T'aider ? Toi, un voleur ?

La tête de Bonnet pivota en direction de Duncan. Le fer qu'il portait toujours autour du cou donnait l'impression d'une tête décapitée flottant quelques centimètres au-dessus de ses épaules.

— Aidez-moi, répéta-t-il. Il y aura des soldats sur toutes les routes cette nuit, à ma recherche.

Il fit un geste vers le chariot.

— Si vous le vouliez, vous pourriez m'aider à franchir les barrages.

Il s'adressa de nouveau à Jamie.

— Je vous supplie de m'aider, monsieur, au nom de Gavin Hayes, qui était mon ami aussi bien que le vôtre... et un voleur, tout comme moi.

Les hommes l'observèrent en silence quelques instants, et Fergus lança un regard interrogateur à Jamie : c'était à lui que revenait la décision. Après un long regard méditatif vers Bonnet, Jamie demanda à Duncan :

— Qu'est-ce que tu en penses ?

— Pour Gavin, acquiesça celui-ci.

Sur ces mots, il s'éloigna en direction de la grille du cimetière.

— D'accord, ajouta enfin Jamie.

Il se lissa les cheveux en arrière des oreilles.

— Aidez-nous à enterrer Gavin, dit-il à notre nouveau compagnon. Ensuite nous prendrons la route.

Une heure plus tard, la tombe de Gavin formait un rectangle de terre fraîchement retournée, se détachant sur les teintes grises de l'herbe qui l'entourait.

— Il faut mettre son nom, dit Jamie.

Avec la pointe de son couteau, il grava sur un galet le nom de Gavin ainsi que ses dates de naissance et de décès. Je frottai la suie de la torche sur les lettres, en faisant une épitaphe rudimentaire mais lisible, et Ian la déposa au sommet d'un monticule de cailloux. A côté, Jamie coinça le bout de chandelle qu'il avait pris à la taverne.

Tout le monde se tint un instant autour de la tombe, embarrassé, ne sachant comment lui dire adieu. Jamie et Duncan étaient côte à côte, les yeux baissés. Ils avaient dû se séparer de nombreux compagnons de lutte, et souvent avec moins de cérémonie.

Enfin, Jamie adressa un signe de tête à Fergus, qui prit une brindille de pin et, l'allumant à ma torche, se pencha et toucha la mèche de la chandelle.

— *Requiem aeternam dona eis Domine, et lux perpetua luceat eis...*

Ian répéta doucement sur un ton solennel :

— Que la paix éternelle leur soit accordée, ô Seigneur, et qu'une lumière perpétuelle brille sur eux.

Sans un mot de plus, nous tournâmes les talons et quittâmes le cimetière. Derrière nous, la flamme de la chandelle étincelait dans l'immobilité de l'air chaud et lourd, comme une lampe de sanctuaire dans une église déserte.

La lune brillait haut dans le ciel lorsque nous atteignîmes le poste de garde à la sortie de la ville. Ce n'était qu'une demi-lune, mais assez lumineuse pour nous permettre de voir la piste poudreuse devant nous. Deux chariots comme le nôtre pouvaient s'y croiser sans encombre.

Nous avions déjà passé plusieurs postes de ce type entre Savannah et Charleston, la plupart tenus par des soldats morts d'ennui qui nous faisaient signe de continuer sans prendre la peine de vérifier les autorisations que nous avions obtenues en Géorgie. Ces postes servaient surtout à intercepter la marchandise de contrebande ou à capturer des esclaves ou des ouvriers en fuite.

Même sales et en guenilles, nous attirions rarement l'attention. La plupart des voyageurs n'étaient guère en meilleur état que nous. Fergus et Duncan, tous deux handicapés, ne pouvaient être des ouvriers et l'assurance de Jamie contrastait avec sa tenue débraillée. Avec ou sans veste miteuse, personne n'aurait voulu de lui comme serviteur.

Mais ce soir-là, les choses étaient différentes. Il y avait huit soldats au poste de garde, au lieu des deux habituels, tous armés et sur le qui-vive. Des canons de mousquet furent braqués sur nous, accompagnés du cri : « Halte ! Votre nom et ce qui vous amène ici ! » Une lanterne s'éleva à quelques centimètres de mon visage, m'aveuglant un instant.

— James Fraser, en route vers Wilmington, avec ma famille et mes domestiques.

La voix de Jamie restait calme et ses mains ne tremblaient pas tandis qu'il me tendait les rênes afin de chercher nos papiers dans sa poche.

Je gardai la tête baissée, essayant d'avoir l'air fatiguée et indifférente. Pour être fatiguée, je l'étais. J'aurais pu me coucher sur la route et dormir. Mais j'étais loin de me sentir indifférente. Quel châtiment réservait-on à ceux qui aidaient un condamné à mort à s'enfuir ? Je l'ignorais. Une goutte de sueur coula le long de ma nuque.

— Avez-vous rencontré quelqu'un sur la route, monsieur ? demanda l'un des soldats.

Le « monsieur » semblait lui écorcher les lèvres. L'aspect miséreux de la veste de Jamie et de ma robe était manifeste à la lueur jaune de sa lanterne.

— Nous avons croisé une voiture à la sortie de la ville. Vous avez dû la voir aussi, répondit Jamie.

Le sergent répondit par un grognement, en examinant nos laissez-passer. Il plissa les yeux en nous comptant pour vérifier que le nombre de voyageurs correspondait à celui indiqué par les documents.

— Quel genre de marchandise transportez-vous ?

Il nous rendit les papiers, faisant signe à l'un de ses hommes de fouiller le chariot. Je tirai sur les rênes involontairement et les chevaux s'agitèrent. Jamie me donna un petit coup de pied mais ne me regarda pas.

— Nos quelques biens, déclara-t-il, plus un peu de provisions, un sac de sel et un cadavre.

Le soldat qui s'apprêtait à soulever la bâche du chariot s'arrêta aussitôt.

— Un quoi ?

Jamie me reprit les rênes et les enroula autour de son poignet. Du coin de l'œil, je vis Duncan s'écarter vers les bois sombres. Fergus, avec ses réflexes de pickpocket, avait déjà disparu.

— C'est le corps de l'homme qui a été pendu cet après-midi. J'ai demandé au colonel Franklin la permission de l'emmener au nord, où se trouve sa famille. C'est pourquoi nous voyageons de nuit.

— Je vois, dit le sergent en approchant sa lanterne.

Il dévisagea Jamie, et hocha la tête.

— Je me souviens de vous, déclara-t-il. Vous êtes venu lui rendre visite peu avant son exécution, n'est-ce pas ? C'était votre ami ?

— Je l'ai connu autrefois. Il y a des années.

Le sergent adressa un signe à l'un de ses hommes, sans quitter Jamie des yeux.

— Jettes-y un coup d'œil, Griswold.

Ce dernier, qui devait avoir dans les quatorze ans, ne parut pas franchement ravi, mais souleva néanmoins la bâche et leva sa lanterne pour regarder dans le chariot. Je réprimai mon envie de me retourner pour le surveiller.

Le cheval de gauche hennit et s'ébroua. Si nous devions partir en trombe, il nous faudrait quelques secondes avant que les chevaux ne partent au galop. J'entendis Ian gesticuler derrière moi, posant la main sur la masse de noyer rangée sous le siège.

— Oui, sergent, il y a bien un corps, constata Griswold. Il est enveloppé dans un linceul.

— Tends ta baïonnette et transperce-le, ordonna le sergent, le regard toujours fixé sur Jamie.

— Vous allez salir mon chariot, se plaignit celui-ci. Le cadavre est tout gonflé. Vous pensez, après une journée au soleil !

Le sergent émit un grognement impatient.

— Vise la jambe, Griswold. Allez, grouille !

A contrecœur, Griswold fixa la baïonnette au bout de son mousquet et, se dressant sur la pointe des pieds, plongea sa lame plusieurs fois à l'intérieur du chariot. Derrière moi, Ian s'était mis à siffloter un air gaélique. C'était une chanson dont le titre, *Nous mourrons tous à l'aube*, me parut mal à propos.

— Non, sergent, il est bien mort, confirma Griswold, soulagé. Je l'ai piqué fort, mais il n'a pas bougé.

— Très bien.

Congédiant le jeune soldat d'un geste de la main, le sergent dit à Jamie :

— C'est bon, vous pouvez y aller, monsieur Fraser. Mais si j'étais vous, je choisirais mieux mes amis.

Je vis les mains de Jamie se resserrer sur les rênes, mais il se contenta de se redresser et de remettre son chapeau d'aplomb sur sa tête. Il fit claquer sa langue et les chevaux se mirent en route, soulevant un nuage de poussière dans le halo de la lanterne.

Après la lumière, l'obscurité semblait totale. Malgré la lune, je ne voyais plus rien. La nuit se referma sur nous. Je ressentis le soulagement d'un animal traqué qui a enfin trouvé refuge et, malgré la chaleur accablante, je respirai mieux.

Nous parcourûmes un bon kilomètre avant que l'un d'entre nous ne rompe le silence.

— Vous êtes blessé, monsieur Bonnet ? demanda Ian.

Sa voix était à peine audible dans le grincement des roues.

— Oui. Il m'a piqué dans la cuisse, cet imbécile !

Bonnet semblait calme.

— Dieu soit loué, il a rabaissé la bâche avant que le sang ne transperce le linceul. Les morts ne saignent pas.

— C'est grave ? demandai-je. Vous voulez que je vienne voir ?

Bonnet avait rabattu la bâche et s'était assis derrière nous, sa silhouette à peine visible dans la pénombre.

— Non, ça ira, madame. J'ai enroulé mon bas autour de la plaie, ça devrait suffire.

Ma vue commençant à revenir, je distinguai la masse claire de ses cheveux tandis qu'il était penché sur son bandage de fortune.

— Vous pourrez marcher ? demanda Jamie.

Il fit ralentir les chevaux au pas et se retourna pour inspecter notre hôte. Si son ton n'était pas hostile, il tenait à se débarrasser de notre dangereux passager le plus tôt possible.

— Pas facilement. Je suis désolé.

Bonnet était conscient de l'impatience de Jamie de le voir déguerpir. Non sans peine, il parvint à se hisser debout dans le chariot, prenant appui sur son genou valide. La partie inférieure de son corps restait invisible, mais je pouvais sentir l'odeur de son sang, un parfum plus âcre que celui du linceul de Gavin.

— Si je puis me permettre une suggestion, monsieur Fraser, à environ cinq kilomètres d'ici nous atteindrons la route du Ferry Trail. A un kilomètre du croisement, une autre route mène vers la côte. Elle est très cabossée, mais néanmoins praticable. Elle nous conduira jusqu'à un cours d'eau qui se jette dans la mer, non loin de là. Des amis à moi viendront y jeter l'ancre dans la semaine. Si vous me donnez un peu de provisions, je pourrais m'y cacher pour les attendre. Après quoi, vous reprendrez votre route, délivrés de ma compagnie.

— Des amis ? Vous voulez dire des pirates ?

La voix de Ian était méfiante. Ayant été enlevé en Ecosse par des pirates, il ne voyait plus cette profession avec le même romantisme que les autres garçons de son âge.

— Tout dépend du point de vue, mon garçon, répondit Bonnet sur un ton amusé. C'est effectivement l'avis des gouverneurs des deux Carolines. Mais les marchands de Wilmington et de Charleston ne voient pas tous les choses de cet œil-là.

Jamie se mit à rire.

— Des contrebandiers, c'est ça ? Et ces amis à vous, quel genre de marchandises transportent-ils ?

— Tout ce qui rapporte assez d'argent pour valoir la peine de courir le risque.

Le ton de Bonnet s'était teinté d'une note de cynisme.

— Si vous voulez une compensation pour votre aide, cela peut s'arranger.

— Ce n'est pas ce que je demandais, répliqua Jamie. Je vous ai sauvé pour Gavin et pour moi-même. Je n'ai pas l'habitude de demander une rétribution pour ce genre de service.

— Pardonnez-moi, je ne voulais pas vous offenser.

— N'en parlons plus.

Jamie secoua les rênes et les enroula de nouveau autour de son poignet, changeant de main.

Après cette brève prise de bec, personne ne dit plus rien, bien que Bonnet fût toujours à genoux derrière nous, observant la route par-dessus mon épaule. Il n'y avait pas de soldats. Rien ne bougeait, pas même les feuilles dans les arbres. Rien ne venait perturber le silence de cette nuit d'été, hormis parfois le bruissement d'ailes d'un oiseau ou le cri d'une chouette.

Le claquement sourd et rythmique des sabots des chevaux dans la poussière et les secousses du chariot avaient un effet soporifique. Je tentais de garder les yeux ouverts, à observer les ombres noires des arbres le long de la route, mais je penchais de plus en plus vers Jamie, mes paupières se fermant malgré tous mes efforts.

Jamie passa les rênes dans sa main gauche et glissa son bras droit autour de mes épaules, m'attirant à lui. Comme toujours, je me sentais en sécurité à son contact. Je m'amollis, ma joue frottant contre la serge poussiéreuse de sa veste, et sombrai aussitôt dans une inconfortable torpeur.

A un moment, je rouvris les yeux et aperçus la silhouette haute et mince de Duncan Innes, marchant à côté du chariot de son pas infatigable de Highlander, tête baissée, perdu dans ses pensées. Puis je plongeai dans une somnolence où les souvenirs de la journée se mêlaient à des fragments de rêve incohérents. Je rêvai d'un sconse géant endormi sous une table de taverne, se réveillant pour se joindre à un chœur chantant l'hymne américain, puis d'un cadavre se balançant au bout d'une corde, qui relevait la tête et souriait, les yeux vides... Je me réveillai en sentant Jamie qui me secouait par l'épaule.

— Tu ferais mieux d'aller t'allonger à l'arrière, *Sassenach*. Tu bougonnes dans ton sommeil. Tu risques de glisser du siège et de tomber sur la route.

Acquiesçant d'un air vague, je me faufilai maladroitement à l'arrière, échangeant ma place contre celle de Bonnet, et m'allongeai près de la silhouette endormie de Ian.

La puanteur à l'intérieur du chariot était étouffante. Ian avait posé la tête sur du gibier en train de faisander, enveloppé dans une peau de cerf mal tannée. Rollo s'en sortait un peu mieux, ayant posé son museau sur le ventre de Ian. Quant à moi, je pris la sacoche de sel en guise d'oreiller. Le cuir était rêche sous ma joue, mais il n'empestait pas.

Les secousses du chariot n'avaient rien de confortable mais le plaisir de m'allonger enfin était si grand que je remarquai à peine les embardées. Je roulai sur le dos et contemplai l'immensité du ciel étoilé. « *Lumen Christi* », murmurai-je. Apaisée par l'image de Gavin Hayes trouvant son chemin dans les cieux, je m'endormis aussitôt.

Je ne saurais dire combien de temps je dormis, écrasée par la fatigue et la chaleur. Un changement dans le rythme du pas des chevaux me réveilla, hagarde et trempée de sueur.

Bonnet et Jamie discutaient à voix basse. Leur conversation avait ce ton détaché des hommes qui ont enfin brisé la glace et commencent prudemment à faire plus ample connaissance.

— Vous avez dit que vous m'aviez sauvé pour Gavin et pour vous-même, observait Bonnet. Qu'entendiez-vous au juste, si ce n'est pas trop indiscret ?

Sa voix était douce, à peine audible au milieu du grincement des roues.

Jamie ne répondit pas tout de suite. Je m'étais presque rendormie quand il parla enfin. Sa réponse semblait flotter, désincarnée, dans l'air chaud de la nuit.

— Vous n'avez sans doute pas beaucoup dormi hier soir, non ? Sachant ce qui vous attendait aujourd'hui !

Bonnet émit un petit rire nerveux.

— En effet. Je ne suis pas près d'oublier cette nuit.

— Moi non plus.

Jamie dit quelque chose en gaélique aux chevaux et ils ralentirent le pas.

— Moi aussi, je suis passé par là, déclara Jamie. J'ai veillé toute une nuit, car je devais être pendu à l'aube. Pourtant, j'ai été épargné, grâce à quelqu'un qui a risqué sa vie pour sauver la mienne.

— C'est vrai ? dit Bonnet. Alors, vous êtes un *asgina ageli* ?

— Un quoi ?

Une volée de branches basses fouettèrent les flancs du chariot, dégageant une forte odeur épicée. Une pluie de feuilles tomba du ciel, effleurant mon visage. Les chevaux négocièrent un virage abrupt et le rythme du chariot changea à nouveau, les roues s'enfonçant dans des ornières. Nous venions de bifurquer sur la route qui menait à la rivière dont Bonnet nous avait parlé.

— *Asgina ageli* est un terme peau-rouge. Il vient des tribus qui vivent dans les montagnes. C'est un guide cherokee qui me l'a appris un jour. Il signifie « à moitié fantôme » : quelqu'un qui devrait être mort mais qui, pourtant, est toujours en vie ; une femme qui a survécu à une maladie mortelle ou un guerrier tombé entre les mains de l'ennemi et qui a réussi à s'évader. Ils racontent qu'un *asgina ageli* a un pied parmi les vivants et l'autre dans le royaume des morts. Il peut parler aux esprits et voir les *Nunnahees*... le petit peuple.

— Le petit peuple ? Comme nos fées et nos lutins ? s'étonna Jamie.

— Quelque chose de ce genre, oui.

Bonnet changea de position, faisant craquer la banquette sous son poids.

— Les Indiens affirment que les *Nunnahees* vivent dans les rochers des montagnes. Ils viennent parfois au secours des hommes en temps de guerre ou en cas de catastrophe naturelle.

— Vraiment ? On a à peu près la même chose dans les Highlands, on les appelle les *Auld Folks*.

— Normal, dit Bonnet, amusé. D'après tout ce que j'ai entendu dire sur les Highlanders, ils n'ont pas l'air tellement plus civilisés que les Peaux-Rouges.

— Peuh ! rétorqua Jamie, faussement dépité. C'est faux. Il paraît que les Peaux-Rouges mangent le cœur de leurs ennemis. Pour ma part, je préfère le gruau d'avoine.

— Vous êtes highlander ? C'est vrai que, pour un sauvage, je vous trouve plutôt courtois.

— Vous me flattez, monsieur, répondit Jamie sur le même ton. Pour un Irlandais, vous semblez assez fréquentable.

Leurs voix se fondirent dans le couinement rythmique des roues et je me rendormis sans entendre la suite.

Lorsque nous nous arrêtâmes enfin, la lune avait presque sombré derrière la cime des arbres. Je fus réveillée par Ian encore à moitié endormi, qui tentait tant bien que mal de descendre du chariot pour aider Jamie à détacher les chevaux. Passant la tête à l'extérieur, je vis un long ruban miroitant, défilant entre des berges en terrasses. Des vaguelettes venaient mourir dans un scintillement contre la rive de vase et d'argile. Avec un sens typiquement américain de la litote, Bonnet avait qualifié de « cours d'eau » ce que la plupart des marins du vieux continent appelaient un fleuve.

Les hommes s'affairaient dans le noir, n'échangeant que quelques mots indispensables. Ils se déplaçaient avec une lenteur inhabituelle, fondus dans la nuit, privés de leur substance par la fatigue.

— Va te chercher un coin pour dormir, *Sassenach*, me conseilla Jamie pendant que je descendais du chariot. Je vais donner quelques provisions à notre invité, puis brosser les chevaux et les laisser paître un peu.

La température avait à peine baissé depuis la tombée de la nuit, mais l'air était plus frais au bord de l'eau et je me sentais moins engourdie.

— Je ne peux pas dormir avant de m'être baignée, dis-je en tirant sur mon corsage trempé. Je me sens trop sale.

Mes cheveux étaient collés à mes tempes et ma peau me démangeait. L'eau sombre paraissait fraîche et accueillante. Jamie lui lança un regard intéressé, tirant sur sa cravate.

— Je te comprends, dit-il. Mais fais attention. D'après Bonnet, la rivière est assez profonde pour la navigation. En plus, elle est soumise aux marées. Le courant doit être fort.

— Je resterai près du bord, assurai-je.

Je lui indiquai un coude du fleuve un peu plus loin, derrière un taillis de saules.

— Tu vois cet endroit là-bas ? Il devrait être protégé du courant.

— D'accord, mais sois prudente.

En me retournant, je manquai de percuter une haute silhouette. Stephen Bonnet se tenait devant moi, sa jambe tachée de sang séché.

— A votre service, madame, dit-il avec une petite révérence. C'est le moment de nous dire adieu ?

Il se tenait un peu trop près de moi à mon goût et je réprimai mon envie de reculer.

— En effet. Adieu et bonne chance, monsieur Bonnet.

— Merci, madame. Mais je m'en remets rarement à la chance. Bonne nuit.

Il s'inclina de nouveau et s'éloigna en clopinant, comme le fantôme d'un ours blessé.

Le courant de la rivière masquait les bruits de la nuit. Dans un rayon de lune, je vis une chauve-souris filer au-dessus de l'eau, chassant des insectes trop petits pour que je les distingue, puis disparaître dans les ténèbres. Si quelque chose nous guettait dans le noir, il ne faisait pas de bruit.

Jamie émit un grognement et répondit à la question que je me posais en secret.

— Je ne sais trop quoi penser de cet homme, dit-il. J'espère simplement que je n'ai pas fait une bêtise en l'aidant.

— Tu ne pouvais tout de même pas le laisser pendre.

— Oh, que si ! rétorqua-t-il.

Je le considérai, surprise. Il me sourit d'un air narquois.

— Les Anglais ne condamnent pas que des innocents, *Sassenach*. La plupart du temps, les condamnés ont été jugés en bonne et due forme. Je n'aimerais pas apprendre que j'ai aidé un assassin à s'enfuir.

Il haussa les épaules et écarta une mèche qui lui gênait les yeux.

— Enfin, soupira-t-il, ce qui est fait est fait. Va prendre ton bain, *Sassenach*. Je viendrai te rejoindre dès que je pourrai.

Je me dressai sur la pointe des pieds pour l'embrasser et le sentis sourire. Ma langue effleura sa bouche et il me mordilla doucement la lèvre inférieure.

— Tu crois que tu pourras rester éveillée encore un peu ?

— Autant qu'il le faudra, répondis-je. Mais ne tarde pas trop quand même.

J'avisai une petite étendue d'herbe grasse sous les saules et m'y déshabillai lentement, appréciant la brise qui faisait frémir l'étoffe moite de mon jupon.

Une fois nue, je mis un pied dans l'eau. Elle était d'une fraîcheur étonnante, presque froide, comparée à la chaleur de la nuit. Mes orteils s'enfoncèrent dans la vase, puis, à un mètre du bord, celle-ci céda la place à un sable fin.

En dépit de la proximité de la mer, nous nous trouvions suffisamment en amont pour que l'eau soit douce. Je bus et m'aspergeai le visage, lavant la poussière dans ma gorge et mon nez.

J'avançai dans l'eau jusqu'à mi-cuisses, me souvenant de la mise en garde de Jamie. La sensation de froid sur mon corps était un soulagement intense. Je pris de l'eau dans mes mains en coupe et la déversai sur mon buste. Les gouttelettes ruisselèrent sur la courbe de mon ventre et s'éparpillèrent entre mes cuisses. Je sentais la pression de la marée montante contre mes chevilles, me repoussant doucement vers la berge. En l'absence de savon, je m'agenouillai dans l'eau, me rinçai les cheveux et me frottai des pieds à la tête avec du sable jusqu'à ce que ma peau soit lisse et douce.

Enfin, je grimpai sur un rocher et m'y allongeai, laissant mes membres pendre mollement au-dessus de l'eau. Le contact de la pierre chauffée par le soleil contre ma peau fraîche était cette fois un réconfort. Je lissai mes épaisses boucles du bout des doigts, projetant des gouttes autour de moi. La pierre mouillée avait une odeur de pluie, poussiéreuse et âcre.

Je me sentais à la fois épuisée et alerte, dans cet état de conscience où la pensée est ralentie et les moindres sensations physiques augmentées. Je caressai le rocher avec la plante de mon pied et glissai une main entre mes cuisses, mes doigts hérissant dans leur sillage le duvet de ma peau.

Mes seins étaient gonflés, comme deux dômes blancs sous le clair de lune, parsemés de gouttelettes cristallines. J'effleurai un mamelon et l'observai se dresser lentement, comme par magie.

De fait, cet endroit était magique. La nuit était calme et immobile, mais une atmosphère langoureuse flottait sur la rivière comme un nuage sur une mer d'huile. Nous étions très près de la côte et le ciel était dégagé. Les étoiles brillaient comme des diamants au-dessus de nos têtes, se consumant dans des feux intenses.

Un *plouf !* lointain me fit redresser la tête. Rien ne bougeait à la surface de l'eau, hormis les reflets dansants des étoiles, prisonniers de la rivière comme des lucioles dans une toile d'araignée.

Une grosse tête velue surgit au milieu des flots. C'était Rollo, tenant un poisson dans sa gueule. Il secoua violemment la tête pour lui briser la colonne vertébrale, faisant scintiller les nageoires et les écailles. L'énorme chien nagea tranquillement jusqu'à la rive, s'ébroua et s'éloigna, son repas du soir se balançant entre ses crocs.

Il s'arrêta un moment près du rocher où je me tenais et tourna la tête vers moi, ses poils hérissés encadrant ses yeux jaunes. Il semblait sorti tout droit d'un tableau du Douanier Rousseau, mélange de sauvagerie et d'immobilité.

Il disparut soudain, et il n'y eut devant moi qu'un épais rideau d'arbres, cachant je ne sais quel mystère. Sans doute d'autres arbres, pensa la partie logique de mon cerveau.

— Probablement beaucoup plus... murmurai-je en scrutant les ténèbres.

La civilisation, même celle, primitive, à laquelle je m'étais désormais habituée, ne formait encore qu'un mince croissant de colonies en bordure du continent. A plus de trois cents kilomètres de la côte, il n'existait ni ville ni ferme. Et plus loin encore s'étendaient des milliers de kilomètres de... quoi au juste ? De désert, d'aventures... et de liberté.

C'était un monde entièrement nouveau, vierge et vibrant de joie, car Jamie et moi étions enfin réunis et avions toute la vie devant nous. Derrière nous, nous n'avions laissé que des adieux et du chagrin. Même le fait de penser à Brianna n'était plus aussi douloureux. Certes, elle me manquait terriblement et je pensais sans cesse à elle, mais je la savais en sécurité dans sa propre époque et cela rendait son absence plus facile à supporter.

Je m'allongeai sur le rocher. Sa chaleur accumulée pendant la journée se diffusait à présent dans mon corps. Les gouttes d'eau sur ma peau s'évaporaient lentement, se réduisant à une fine pellicule d'humidité avant de disparaître.

Des nuages de moucherons volaient au-dessus de la rivière. Je ne pouvais les voir, mais je devinais leur présence aux éclaboussures des poissons qui bondissaient hors de l'eau pour les happer.

Les insectes étaient un fléau constant. Tous les matins j'inspectais minutieusement la peau de Jamie, fouillant les moindres replis de sa peau à la recherche de tiques voraces et de puces de bois. J'enduisais tous les hommes d'onguent à base de pouliot et de feuilles de tabac. Cela leur évitait d'être dévorés vivants par les nuées de moustiques, de moucherons et de mites carnivores qui les assaillaient dans la pénombre, mais ne les protégeait pas contre les hordes d'insectes curieux qui les rendaient fous à force d'explorer leurs oreilles, leurs yeux, leur nez et leur bouche.

Etrangement, la majorité des insectes m'épargnaient. Ian plaisantait en prétendant que la forte odeur d'aromates qui flottait autour de moi les repoussait, mais je subodorais qu'il s'agissait d'autre chose car, même lorsque je venais de me baigner, ils ne s'intéressaient pas à moi.

J'en avais déduit que c'était une des aberrations de l'évolution, la même qui faisait que je n'étais pas vulnérable aux rhumes et autres maux bénins du XVIIIe siècle. Les parasites du sang, comme les microbes, évoluaient en parallèle avec les êtres humains et étaient sensibles aux subtils signaux chimiques émis par leurs hôtes. Venant d'un autre temps, je n'émettais pas les mêmes signaux et, donc, je n'étais pas perçue comme une proie potentielle.

— Ou peut-être Ian a-t-il raison, méditai-je à voix haute. Je pue trop.

Je trempai mes doigts dans l'eau et aspergeai une libellule venue se poser sur mon rocher, formant à peine une ombre transparente, sa couleur se fondant dans l'obscurité.

J'espérais que Jamie se hâterait. Après avoir roulé pendant des jours à son côté, perchée sur la banquette du chariot, observant ses moindres mouvements, la lumière changeante sur son visage tandis qu'il parlait ou souriait, mes mains me démangeaient de vouloir le toucher. Nous n'avions pas fait l'amour depuis plusieurs jours, tant à cause de notre impatience d'arriver à Charleston que de mes scrupules à forniquer à proximité d'une dizaine d'autres hommes.

Un souffle d'air chaud me caressa le corps et redressa le fin duvet de ma peau. A présent, nous n'étions plus pressés et personne ne pourrait nous entendre. Je glissai une main le long de la courbe de mon ventre et sur la peau entre mes cuisses. Je posai les doigts sur ma vulve gonflée, sentant la moiteur de mon désir.

Je fermai les yeux, frottant doucement, appréciant la sensation croissante...

— Jamie Fraser, qu'est-ce que tu fabriques ? murmurai-je.

— Me voilà !

Je sursautai. Il se tenait dans la rivière à deux mètres de moi, de l'eau jusqu'à mi-cuisses, son sexe tendu et sombre contrastant avec la pâleur de son corps. Ses cheveux étaient dénoués sur ses épaules, encadrant un visage blanc comme neige, ses yeux grands ouverts me fixant avec la même intensité que le chien-loup un peu plus tôt, sauvage et parfaitement immobile.

Il s'approcha et se coucha sur moi. Ses cuisses étaient froides quand elles touchèrent les miennes, mais elles se réchauffèrent en quelques secondes pour devenir brûlantes. Des perles de transpiration apparaissaient sur ma peau sitôt qu'il la touchait et une bouffée de chaleur moite fit de nouveau gonfler mes seins, les rendant ronds et glissants contre son torse dur.

Puis sa bouche se referma sur la mienne et je fondis littérale-ment en lui. Peu m'importait soudain qu'il fasse chaud ou que la moiteur vienne de ma sueur ou de la sienne. Même les nuées d'insectes devinrent insignifiantes. Je cambrai les reins et il se glissa en moi, sa dernière trace de fraîcheur se dissipant dans ma chaleur, comme le métal froid d'une épée plongée dans un sang bouillonnant.

Mes mains glissèrent sur les courbes de son dos et mes seins s'écrasèrent contre son torse, une rigole coulant entre nos deux corps pour lubrifier le frottement de nos ventres et de nos cuisses.

Sa langue parcourut mon visage en quête de petites gouttes de sel. J'étais vaguement consciente de la solidité du rocher sous moi. La surface rugueuse m'écorchait le dos et les reins, mais je m'en souciais peu.

— Je ne peux plus attendre, souffla-t-il dans mon oreille.

— N'attends plus.

J'enroulai mes jambes autour de ses hanches, nos chairs fusionnant dans une explosion.

— Je sais qu'on parle de « passion ardente », mais à ce point... ! haletai-je.

Il leva son visage d'entre mes seins, se mit à rire et roula sur le côté.

— Bon Dieu, qu'il fait chaud ! souffla-t-il.

Il repoussa les mèches trempées qui lui tombaient sur le front, pantelant.

— Comment font les gens dans des cas pareils ?

— Comme nous venons de le faire, répondis-je.

J'avais moi aussi du mal à reprendre mon souffle.

— Ce n'est pas possible. Pas tout le temps. Ils ne tiendraient pas le coup.

— Eh bien... peut-être le font-ils plus lentement. Ou sous l'eau. Ou peut-être attendent-ils l'automne.

— L'automne ! Finalement, je ne suis pas sûr de vouloir m'établir dans le Sud. Il fait chaud à Boston ?

— A cette époque de l'année, oui. Et très froid l'hiver. Je suis sûre que tu finiras par t'habituer à la chaleur. Tout comme aux insectes.

Il chassa un moustique qui venait de se poser sur son épaule. Son regard oscilla entre moi et l'eau à nos pieds.

— Peut-être, répondit-il. Mais en attendant...

Il m'enlaça fermement et nous roulâmes sur le rocher, nous écrasant dans l'eau et projetant de hautes éclaboussures.

Couchés côte à côte, nous effleurant à peine, nous laissâmes les dernières gouttes s'évaporer sur nos corps. De l'autre côté de la rivière, les saules laissaient traîner leurs branches dans l'eau, leur cime se détachant sur la lune couchante. Au-delà s'étendaient des kilomètres de forêt vierge.

Jamie suivit mon regard et devina mes pensées.

— Ce sera sans doute très différent de ce que tu as connu, n'est-ce pas ?

— Probablement.

Je posai ma main sur la sienne ; mon pouce caressait ses articulations.

— Les rues doivent être pavées et non asphaltées comme je les ai toujours connues. De mon temps, elles étaient recouvertes d'une couche de substance dure et lisse inventée par un Ecossais, un certain MacAdam.

Il poussa un grognement amusé.

— Alors il y aura des Ecossais en Amérique ? Ça me rassure !

Les yeux fixés sur les ombres lointaines, j'essayai de visualiser les futures villes qui s'y épanouiraient un jour.

— Il y aura beaucoup de gens venus des quatre coins de la terre. Tout le continent sera colonisé, d'ici à l'autre côte, un endroit appelé la Californie. Mais pour le moment... il n'y a rien d'autre que des milliers de kilomètres de désert.

— ... Et quelques milliers de sauvages assoiffés de sang, précisa-t-il. Sans compter les bêtes féroces.

— Oui, peut-être.

Cette vision était troublante. Naturellement, j'avais de lointains souvenirs de cours d'histoire où il était question de forêts peuplées par des Indiens, des ours et autres hôtes des bois, mais cette vague notion avait été remplacée par l'intense pressentiment que nous allions très prochainement nous retrouver nez à nez avec l'un de ces habitants.

— Que va-t-il arriver aux Peaux-Rouges ? demanda Jamie.

Il contemplait les ténèbres d'un air intrigué, comme s'il cherchait à deviner l'avenir dans les ombres changeantes.

— Ils seront vaincus et repoussés, n'est-ce pas ?

Un frisson me parcourut, me faisant contracter les orteils.

— Oui, répondis-je. Beaucoup seront tués. Un grand nombre sera fait prisonnier et condamné à vivre dans des réserves.

— Tant mieux.

— Ça dépend pour qui. Je doute que les Indiens soient du même avis.

— Probablement pas, mais quand un ennemi essaie de me découper le haut du crâne, son point de vue ne m'intéresse pas beaucoup, *Sassenach*.

— Pourtant, on ne peut pas vraiment leur en vouloir.

— Comment ça ? rétorqua-t-il. Si un de ces sauvages te scalpait, je lui en voudrais beaucoup.

— Ah... euh...

Je m'éclaircis la gorge et fis une nouvelle tentative.

— Imagine que des étrangers débarquent chez toi et essaient de te tuer ou de te chasser des terres sur lesquelles tu as toujours vécu...

— C'est ce qui m'est arrivé, répondit-il à juste titre. Sinon, je serais toujours en Ecosse.

— Certes... mais je veux dire : tu te défendrais, non ?

Il inspira profondément puis expira par la bouche.

— Si un dragon anglais entrait chez moi et me cherchait des noises, je me battrais avec lui, c'est sûr. Je n'hésiterais pas non plus à le tuer. Mais ce n'est pas pour autant que je lui découperais le cuir chevelu pour m'en faire un trophée et que je lui boufferais les couilles. Je ne suis pas un sauvage, moi !

— Je n'ai jamais dit que tu étais un sauvage. Tout ce que j'ai dit, c'est que...

— De plus, reprit-il avec une logique inébranlable, je n'ai aucune intention de tuer des Indiens. Qu'ils gardent leurs distances et je ne m'occuperai pas d'eux.

— Ils seront sûrement très soulagés de l'apprendre, soupirai-je en capitulant provisoirement.

Nous restâmes côte à côte dans le creux du rocher, observant les étoiles. Je me sentais à la fois heureuse et un peu angoissée. Cette exaltation allait-elle durer ? Autrefois, j'avais considéré le « pour la vie » entre nous comme un acquis, mais j'étais alors beaucoup plus jeune.

Bientôt, si tout allait bien, nous nous établirions sur ces terres. Nous trouverions un endroit où construire notre maison et vivre le reste de nos jours. Je ne demandais rien d'autre. Pourtant, j'étais inquiète. Quelques mois à peine s'étaient écoulés depuis mon retour. Chaque caresse, chaque parole échangées étaient encore teintées du souvenir et de la joie de la redécouverte. Que se passerait-il lorsque nous nous serions habitués l'un à l'autre, englués dans la routine de la vie quotidienne ?

— Tu crois que tu te lasseras de moi quand nous serons redevenus des gens comme tout le monde ? murmura-t-il.

— C'est exactement ce que je me demandais.

— Non, dit-il. Je ne me lasserai jamais de toi.

— Comment peux-tu en être sûr ?

— Je ne l'étais pas... autrefois. Nous avons été mariés pendant trois ans et je te désirais autant le dernier jour que le premier. Plus, peut-être.

Je savais qu'il songeait, comme moi, à la dernière fois où nous avions fait l'amour, juste avant mon retour à travers les pierres. Je me penchai vers lui et l'embrassai. Il sentait le propre et le frais, avec un piquant arrière-goût de sexe.

— Moi aussi.

— Alors, n'y pense plus, *Sassenach*. Et je n'y penserai plus moi non plus.

Il me caressa les cheveux, écartant les mèches moites sur mon front.

— Je pourrais passer toute ma vie à ton côté, *Sassenach*, et toujours t'aimer. Je pourrais te faire l'amour jusqu'à l'infini, tu me surprendras toujours... comme ce soir.

— Pourquoi, qu'est-ce que j'ai fait ?

— Eh bien... euh... Je ne voulais pas dire...

Il parut soudain intimidé.

— Alors ? demandai-je en déposant un baiser sur son oreille.

— Eh bien... quand je suis venu te retrouver tout à l'heure. Tu... tu faisais bien ce que je crois que tu faisais ?

Je souris.

— Je ne sais pas, tout dépend de ce que tu crois.

Il se redressa sur un coude, sa peau se détachant de la mienne avec un petit bruit de ventouse. Il roula sur le côté et me dévisagea en souriant.

— Tu sais très bien de quoi je veux parler, *Sassenach*.

— C'est vrai ? Et toi, tu sais très bien ce que j'étais en train de faire, alors pourquoi me le demander ?

— C'est que... je ne pensais pas que les femmes le faisaient aussi.

— Pourquoi pas ? Les hommes le font bien, eux. En tout cas, toi, tu le fais. C'est toi-même qui me l'as dit : quand tu étais en prison, tu...

— Ce n'est pas la même chose !

Il marqua une hésitation, ne sachant pas trop comment présenter la chose.

— Quand j'étais en prison, je n'avais pas d'autre choix.

— Tu ne l'as jamais fait en d'autres occasions ?

Sans la nuit environnante, je l'aurais sans doute vu rougir.

— Eh bien... euh... si.

Un doute traversa son esprit et il écarquilla les yeux.

— Parce que tu... tu fais ça... souvent ?

Il prononça « souvent » dans une sorte de râle.

— Tout dépend de ce qu'on appelle « souvent », répondis-je. N'oublie pas que j'ai été veuve pendant deux ans.

Il se frotta les lèvres du revers de la main, m'observant d'un air intrigué.

— Oui, c'est vrai.... Pourtant... je ne pensais pas que les femmes faisaient ce genre de chose, c'est tout.

Sa curiosité cédait lentement la place à une fascination croissante.

— Tu arrives à... finir ? Je veux dire : sans un homme ?

J'éclatai de rire et le bruit de ma voix se répercuta dans les arbres, porté par le courant.

— Oui, mais c'est nettement plus agréable avec un homme, le rassurai-je.

Je tendis la main et la posai sur son torse. Je pouvais voir la chair de poule se former sur sa poitrine et ses épaules. Il frissonna quand je commençai à décrire des cercles du bout de mon doigt, autour de son mamelon.

— Beaucoup plus agréable, insistai-je.

— Ah... tant mieux, répondit-il, satisfait.

Sa peau était chaude, plus brûlante encore que l'air de la nuit.

— On n'avait encore jamais fait l'amour comme ça, remarqua-t-il. Ton corps glissait entre mes mains comme une algue.

Il posa ses deux mains sur mon dos ; ses pouces me pressèrent la colonne vertébrale, faisant se hérisser de plaisir les cheveux de ma nuque.

— Mmm... dis-je, c'est parce qu'il fait trop froid en Ecosse pour transpirer comme des porcs. Tu me diras : est-ce que les porcs suent vraiment ? Je me le demande.

— Je n'en sais rien, je n'ai jamais fait l'amour à un porc.

Il inclina la tête et sa langue effleura mon sein.

— Mais tu as plutôt un goût de truite, *Sassenach*.

— De truite ?

Il releva la tête un instant pour préciser :

— Fraîche et douce, avec un arrière-goût salé.

Il reprit son ouvrage.

— Tu me chatouilles !

— Normal, c'est le but recherché. Je n'aime pas l'idée que tu puisses te passer de moi.

— Je ne peux pas, lui assurai-je.

Je cambrai les reins, observant les étoiles qui tournoyaient de plus en plus vite au-dessus de moi. Bientôt, je fus hors d'état de formuler une phrase cohérente, jusqu'à ce qu'il cesse enfin, son menton reposant sur mon pubis, haletant. Je baissai la main et caressai ses cheveux trempés.

— Je me sens comme Eve aux portes du paradis terrestre, dis-je enfin.

— Alors, je suis Adam. A ceci près que j'ignore si je suis sur le point d'être admis au paradis ou d'en être chassé.

Je me mis à rire, le saisis par les deux oreilles et le hissai vers moi.

— Tu y entres, lui indiquai-je. Je ne vois nulle part les chérubins armés de glaives fulgurants.

Il se coucha sur moi, et sa chair brûlante me fit frissonner.

— Ah non ? murmura-t-il. Alors, c'est que tu n'as pas bien regardé.

Son glaive fulgurant m'arracha à la conscience et embrasa tout mon corps. Nous nous consumâmes l'un en l'autre, aussi ardents que les étoiles de la nuit d'été, puis nous redescendîmes sur terre calcinés et vidés, nos cendres se dissolvant en une mer primordiale de sel chaud, agitée par les premières palpitations de la vie.

DEUXIÈME PARTIE

Le passé imparfait

3

Le chat du curé

Boston, Massachusetts, juin 1969

— Brianna ?

— Quoi ?

Elle se redressa dans son lit, le cœur battant, le son de son nom résonnant dans ses oreilles.

— Tu dormais ! Mince, j'étais sûr que je me tromperais d'heure. Désolé. Je te rappelle plus tard ?

Ce fut la légère friture derrière la voix qui permit enfin aux connexions de son cerveau embué de faire le lien. Le téléphone. La sonnerie. Elle avait décroché par réflexe, encore plongée dans son rêve.

— Roger !

La montée d'adrénaline déclenchée par le réveil brutal commençait à s'estomper mais son cœur battait toujours aussi vite.

— Non ! Ne raccroche pas ! Ça va. Je suis réveillée.

Elle se frotta le visage, tâchant à la fois de démêler le cordon du téléphone et de dépêtrer ses jambes emmêlées dans les draps.

— C'est vrai ? Tu es sûre ? Quelle heure est-il chez toi ?

— Je n'en sais rien. Il fait trop sombre pour que je puisse lire ma montre.

Un rire gêné retentit dans le combiné.

— Je suis navré. J'ai essayé de tenir compte du décalage horaire, mais j'ai dû me tromper de sens. Je ne voulais pas te réveiller.

— Ce n'est pas grave. De toute façon, il fallait que je me lève pour répondre au téléphone.

— Ah... dans ce cas, dit-il avec un sourire dans la voix.

Elle se cala contre ses oreillers, écartant les cheveux devant ses yeux, émergeant lentement dans la réalité. Son rêve restait encore plus réel que les ombres de sa chambre.

— Je suis contente d'entendre ta voix, Roger.

A vrai dire, elle s'étonnait même de découvrir à quel point son appel lui faisait plaisir. Sa voix était lointaine et pourtant beaucoup plus proche que les sirènes et le chuintement des pneus sur la chaussée trempée, dans la rue en contrebas.

— Moi aussi, je suis heureux de t'entendre, répondit-il sur un ton un peu timide. Ecoute, on me propose d'assister à une conférence à Boston le mois prochain. J'aurais bien envie d'y aller mais... je ne sais pas comment de présenter ça... Tu as envie de me voir ou pas ?

La main de Brianna se resserra convulsivement sur le combiné.

— Je suis désolé, reprit-il. Je ne veux pas te mettre le dos au mur. Si ça t'ennuie, tu n'as qu'à me le dire.

— Mais non ! Bien sûr que j'ai envie de te voir !

— Ah... Ça ne t'ennuie pas, alors ? Tu es sûre ? C'est que... comme tu n'as pas répondu à ma lettre, j'ai pensé que j'avais peut-être fait quelque chose...

— Mais non, Roger. C'est moi. C'est juste que...

— Tu n'as pas besoin de te justifier. Je ne voulais pas...

Leurs deux phrases se chevauchèrent et ils s'interrompirent en même temps, soudain embarrassés.

— Je ne voulais pas te forcer à...

— Je n'avais pas l'intention de...

Cette fois, ils éclatèrent de rire.

— Alors tout va bien, dit-il. Je comprends parfaitement.

Elle ne répondit pas mais ferma les yeux ; une sensation indéfinissable de soulagement l'envahissait. Roger Wakefield était sans doute la seule personne au monde qui *pouvait* la comprendre. Jusque-là, elle n'avait encore jamais tout à fait mesuré à quel point cela se révélait important pour elle.

— J'étais en train de rêver, dit-elle.

— Ah ?

— Je rêvais de mon père.

Chaque fois qu'elle prononçait ce mot, sa gorge se nouait, rien qu'un peu. Il en allait de même quand elle disait « maman ». Elle sentait encore l'odeur des pins chauffés par le soleil qu'elle avait vus dans son rêve. Le crissement des aiguilles sous ses bottes résonnait dans sa tête.

— Je ne pouvais pas voir son visage, continua-t-elle. Je marchais avec lui dans les bois quelque part. Je le suivais sur un sentier et il me parlait, mais je n'entendais pas ce qu'il disait. Je pressais le pas, essayant de le rattraper, mais il se tenait toujours devant moi.

— Comment peux-tu être certaine que c'était ton père ?

— Je ne sais pas... peut-être uniquement parce qu'on se promenait souvent dans la montagne avec papa.

— Ah oui ? Moi aussi, avec mon père. Si jamais tu reviens en Ecosse, je t'emmènerai escalader un *Munro*.

— Un quoi ?

Il se mit à rire et elle le revit soudain en pensée, lissant en arrière son épaisse tignasse noire qu'il ne coupait pas assez souvent, ses yeux gris mi-clos. Elle se surprit à caresser sa lèvre inférieure du bout de son pouce. C'était là qu'il l'avait embrassée la dernière fois, lorsqu'ils s'étaient quittés.

— On appelle *Munro* n'importe quel pic écossais de plus de mille mètres de hauteur. Il y en a tellement que le sport local consiste à en escalader le plus possible. Les gens les collectionnent, comme les timbres ou les boîtes d'allumettes.

— Où es-tu en ce moment ? En Ecosse ou en Angleterre ? Non, laisse-moi deviner. Tu es... en Ecosse. A Inverness.

— C'est vrai. Comment le sais-tu ?

— Tu roules tes « r » à l'écossaise quand tu viens de parler à d'autres Ecossais. Tu ne le fais pas quand tu es entouré d'Anglais. Je l'ai remarqué quand on était à Londres.

— Moi qui crrrroyais que tu étais devenue médium !

— J'aimerais tant que tu sois ici avec moi en ce moment, lança-t-elle soudain.

— C'est vrai ? Eh bien... tant mieux.

Il paraissait surpris et légèrement ému.

— Roger... si je ne t'ai pas écrit...

— Laisse tomber. Tu n'as pas besoin de te justifier. Je serai à Boston dans un mois. Nous aurons tout le temps d'en discuter. Brianna, je...

— Oui ?

Elle l'entendit prendre son souffle et imagina son torse se soulevant et s'affaissant lentement, chaud et solide sous sa main.

— Je suis content que tu aies dit oui.

Après avoir raccroché, la jeune femme se sentit trop énervée pour se rendormir. Elle sortit du lit et traîna les pieds jusqu'à la cuisine de son petit appartement pour se chercher un verre de lait. Elle passa quelques minutes à fixer l'intérieur de son réfrigérateur avant de se rendre compte qu'elle ne voyait pas les rangées de bouteilles de ketchup et de boîtes de conserve à moitié vides mais une file de menhirs noirs se détachant sur le ciel pâle de l'aube.

Brianna se redressa avec une exclamation d'impatience et claqua la porte. Elle frissonna et se frotta les bras, glacée par l'air conditionné. Se haussant sur la pointe des pieds, elle l'arrêta d'un geste brusque, puis s'approcha de la fenêtre à guillotine et la souleva, laissant entrer la brise chaude et humide.

Elle aurait dû lui écrire. En fait, elle lui *avait* écrit, plusieurs fois, des brouillons qui avaient tous fini dans la corbeille.

La jeune femme savait pourquoi elle avait tant de mal à lui écrire ou, du moins, pensait le savoir. L'expliquer à Roger d'une manière cohérente était une autre affaire.

C'était en partie dû à l'instinct de survie de l'animal blessé, au besoin de tourner le dos au malheur et de fuir la douleur. Roger n'était pas responsable des événements de l'année précédente, mais il y était inextricablement mêlé.

Il s'était montré tendre, attentionné, la traitant comme quelqu'un qui venait de perdre un être cher. Ce qui, dans un sens, était son cas. Quel deuil étrange ! Sa mère était partie à jamais, sans pour autant être morte, enfin... elle l'espérait. Pourtant, Brianna en avait autant souffert qu'à la mort de son père : elle était condamnée à croire en un au-delà meilleur, à prier de toutes ses forces pour que l'être cher soit quelque part en sécurité et heureux, tout en affrontant le vide et la solitude.

Une ambulance passa de l'autre côté du parc, ses lumières rouges clignotant dans la nuit, sa sirène étouffée par la pluie.

Elle se signa par habitude et murmura un *Miserere nobis*. Lorsqu'elle était encore au collège, sœur Marie-Romaine avait déclaré que les morts et les mourants avaient besoin de leurs prières, et avait inculqué cette notion à ses élèves avec une telle force de conviction que, depuis lors, aucune d'entre elles ne pouvait passer devant le lieu d'un accident sans formuler une prière pour le salut des âmes en partance pour les cieux.

La jeune femme priait tous les jours pour sa mère et son père... ses pères. Cela, c'était le second aspect du problème. Oncle Joe connaissait lui aussi la vérité sur son vrai père, mais seul Roger comprenait ce qui s'était passé. Lui aussi, il avait entendu chanter les menhirs.

Personne ne pouvait survivre à une expérience de ce genre et en sortir indemne. Ni lui ni elle. Après le départ de Claire, il lui avait demandé de rester auprès de lui. Elle n'avait pas pu.

Elle avait beaucoup de choses à régler à Boston, avait-elle prétendu. Elle devait finir ses études. Ce qui était vrai. Mais plus important encore, elle avait senti qu'elle devait partir, quitter l'Ecosse et ses cromlechs maudits, se réfugier dans un lieu où elle pourrait panser ses plaies et, éventuellement, reconstruire sa vie.

Si elle était restée auprès de Roger, elle n'aurait jamais connu un instant de paix, elle aurait été incapable d'oublier. C'était là la dernière partie du problème, l'élément majeur de son puzzle.

Il l'avait protégée. Claire lui avait confié sa fille et il avait veillé sur elle. L'avait-il fait pour tenir sa promesse envers Claire ou parce qu'il l'aimait réellement ? Dans un cas comme dans l'autre, ce n'étaient pas là des bases saines pour une vie à deux, chacun se sentant écrasé par le poids des obligations.

Peut-être existait-il un avenir pour eux... c'était précisément ce qu'elle n'était pas parvenue à lui écrire, car comment le lui dire sans paraître présomptueuse et sotte ?

— Pars, pour mieux revenir et repartir de zéro, murmura-t-elle.

Brianna fit la grimace. La pluie continuait de clapoter sur la chaussée, rafraîchissant l'air, le rendant plus respirable. L'aube ne s'était pas encore levée, mais il faisait déjà assez chaud pour que l'humidité se condense sur la peau froide de son visage. De petites perles se formaient et gouttaient une à une dans son cou, mouillant le T-shirt de coton qui lui servait de pyjama.

Il fallait mettre les événements du mois de novembre derrière elle en opérant une coupure nette. Ensuite, lorsqu'un peu d'eau aurait coulé sous les ponts, peut-être se retrouveraient-ils. Ils ne joueraient plus les rôles secondaires dans l'histoire rocambolesque et tourmentée de ses parents mais deviendraient les acteurs de leur propre vie.

Non, si quelque chose devait se passer entre Roger Wakefield et elle, ce serait parce qu'ils l'auraient choisi. Apparemment, elle allait bientôt avoir l'occasion de faire ce choix et cette perspective lui inspirait une curieuse sensation de flottement.

Elle s'éloigna de la fenêtre, la laissant ouverte malgré la pluie qui entrait. Puisqu'elle ne pouvait se rendormir, autant se mettre au travail.

Allumant la lampe sur la table, la jeune femme sortit son manuel d'algèbre et l'ouvrit. L'un des avantages insoupçonnés de son changement de cursus universitaire était la découverte tardive des effets apaisants des mathématiques.

Lorsqu'elle était rentrée seule à Boston pour reprendre ses études, l'ingénierie lui avait paru un choix plus sûr que l'histoire : solide, factuel, d'une immuabilité rassurante. Et par-dessus tout, contrôlable. Brianna saisit un crayon, le tailla lentement, prenant plaisir à sa préparation, puis se pencha sur son livre et se plongea dans le premier problème.

Lentement, comme toujours, l'inexorable logique des chiffres tissa sa toile dans ses méninges, emprisonna les pensées fugitives, enveloppa les émotions déroutantes dans ses fils de soie. Seule une petite phrase continuait d'échapper au piège, virevoltant librement dans son esprit comme un papillon de lumière.

« Je suis content que tu aies dit oui », avait-il déclaré. Elle aussi.

Juillet 1969

— Est-ce qu'il parle comme les Beatles ? Oh, s'il parle comme John Lennon, je vais craquer ! J'adoooore son accent !

— Mais non, enfin ! Pourquoi veux-tu qu'il parle comme John Lennon ? s'impatienta Brianna.

Elle émergea de derrière la colonne de béton et lança un regard inquiet vers la porte des vols internationaux. Toujours personne.

— Tu ne sais pas faire la différence entre l'accent de Liverpool et celui des Ecossais ? demanda-t-elle.

— Non, répondit Gayle, surprise. Pour moi, tous les Anglais ont le même accent. Ils me font mourir !

— Puisque je te dis qu'il n'est pas anglais mais écossais !

Gayle lui lança un regard compatissant, prenant manifestement son amie pour la dernière des gourdes.

— L'Ecosse est en Angleterre, si je ne m'abuse.

— L'Ecosse fait partie de la Grande-Bretagne, pauvre idiote, pas de l'Angleterre !

— Et alors ? Tu peux m'expliquer ce qu'on fait cachées derrière une colonne en béton ? Il ne nous apercevra jamais !

Brianna poussa un soupir. Elle attendait derrière une colonne précisément parce qu'elle n'était pas sûre d'avoir envie d'être vue. Cela dit, elle n'avait plus guère le choix. Des voyageurs hirsutes encombrés de bagages commençaient à franchir la double porte.

Elle laissa son amie la traîner jusqu'au hall d'accueil. Gayle ne cessait de parler, et sa langue semblait animée d'une double vie. Bien qu'elle fût capable de tenir un discours calme et raisonné pendant les cours, en privé elle débitait un flot de paroles ininterrompu. C'était en partie ce qui avait incité Brianna à lui demander de l'accompagner à l'aéroport. Avec elle, il n'y aurait aucun risque de temps mort dans la conversation.

— Est-ce que tu l'as déjà fait avec lui ?

Brianna s'arrêta, interloquée.

— Fait quoi ?

Gayle leva les yeux au ciel.

— Jouer aux dames ! Franchement, Brianna, parfois, tu m'inquiètes !

— Mais bien sûr que non ! s'indigna Brianna.

— Tu comptes le faire bientôt ?

— Gayle !

— Pourquoi pas ? Maintenant que tu as un appartement pour toi toute seule et plus personne pour te...

Ce fut le moment que choisit Roger pour faire son entrée. Il portait une chemise blanche et un vieux jean. Brianna l'aperçut du coin de l'œil et se raidit. Gayle suivit son regard et s'exclama, ravie :

— Oh ! On dirait un pirate !

Brianna sentit son cœur se serrer encore d'un cran. Roger était ce que sa mère appelait un « Celte noir » : teint olivâtre, épaisse tignasse noire et yeux d'un vert profond bordés de longs cils noirs. Ses cheveux décoiffés lui tombaient presque sur les épaules et, avec sa barbe de trois jours, il avait l'air non seulement débraillé mais également dangereux.

Elle essuya ses paumes moites sur son jean brodé. Elle n'aurait jamais dû le laisser venir à Boston.

Il l'aperçut à son tour et son visage s'illumina. Malgré elle, elle se sentit sourire niaisement et se mit à trotter vers lui, zigzaguant entre les chariots et les enfants.

Il la souleva de terre et la serra si fort contre lui qu'elle crut y laisser quelques côtes. Il l'embrassa, la regarda, l'embrassa à nouveau, les poils de sa barbe lui grattèrent la joue. Il sentait le savon et le whisky écossais. Elle n'avait pas envie qu'il s'arrête.

Quand il la libéra, ils étaient tous deux hors d'haleine.

— Hum... fit une voix derrière elle.

Brianna s'écarta et Gayle s'avança vers Roger avec un sourire angélique. Elle agita sa frange blonde et esquissa un salut de la main.

— Hello ! J'espère que tu es bien Roger, parce que, sinon, le Roger en question risque d'avoir une attaque en vous voyant tous les deux vous peloter comme ça.

Elle l'inspecta des pieds à la tête et parut satisfaite.

— En plus, tu joues de la guitare ?

Brianna n'avait même pas remarqué la grande sacoche qu'il avait posée au sol. Il la ramassa et la fit basculer par-dessus son épaule.

— Ça, c'est pour financer mon voyage, déclara-t-il.

Il adressa un grand sourire à Gayle, qui porta une main à son cœur en faisant mine de se pâmer.

— Oh, redis-le-moi ! supplia-t-elle.

— Que je redise quoi ? s'étonna Roger.

— « Pourrr financer mon voyage », expliqua Brianna en s'emparant d'un de ses sacs. Elle veut t'entendre rouler les « r » à l'écossaise. Au fait, ça, c'est Gayle.

— Ah, dit Roger. Euh...

Il s'éclaircit la gorge, regarda Gayle droit dans les yeux et fit baisser sa voix d'une octave.

— Emporrrtés parrrr la foule qui rrrroule, nous dérrrroule et nous enrrrroule.... Ça vous va ?

Gayle en tomba à la renverse dans un fauteuil en plastique, sous le regard agacé de son amie.

— Tu as fini, Gayle ?

Se tournant vers Roger, Brianna l'entraîna vers la sortie.

— Ne fais pas attention, Roger. Fais comme si elle n'était pas là.

Après un regard prudent vers Gayle, il suivit son conseil et, soulevant une grosse boîte ronde retenue par des ficelles, emboîta le pas à Brianna.

— Qu'est-ce que tu voulais dire par « financer mon voyage » ? demanda-t-elle en espérant relancer la conversation sur un terrain moins glissant.

— L'université me paie le billet d'avion mais pas les frais de séjour. Alors j'ai passé quelques coups de fil et je me suis trouvé un petit job.

— En jouant de la guitare ?

— Pendant la journée, je serai le très sérieux historien Roger Wakefield, de l'université d'Oxford. Mais dès la nuit tombée, drapé dans mon tartan secret, je me métamorphoserai en redoutable Roger MacKenzie, alias le ténébreux !

— Qui ça ?

Sa surprise le fit sourire.

— Il m'arrive de chanter lors de festivals, de *ceilidhs*, pour les jeux des Highlands ou d'autres cérémonies de ce type. J'ai été engagé pour chanter dans un festival celtique dans les montagnes à la fin de la semaine.

— Tu chantes en kilt ?

Gayle venait de réapparaître à leurs côtés.

— Bien sûr. Sinon, comment le public saurait-il que je suis écossais ?

— J'adore les cuisses velues, remarqua Gayle d'un air songeur. Dis-moi, c'est vrai que, sous leur kilt, les Ecossais ne portent pas...

— Va chercher la voiture, lui ordonna précipitamment Brianna en lui mettant les clefs dans les mains.

Gayle posa son menton sur le tableau de bord, observant Roger qui entrait dans son hôtel.

— J'espère qu'il ne va pas se raser avant ce soir. J'adore les hommes mal rasés. A ton avis, qu'est-ce qu'il transporte dans cette grosse boîte ?

— Son *bodhran*.

— Son quoi ?

— C'est un tambour de guerre. Il en joue pour accompagner plusieurs de ses chansons.

Gayle ébaucha une moue dubitative.

— Tu ne veux pas que je le conduise à son festival ? Je sais que tu es très occupée et...

— Ha ! ha ! ha ! Si tu crois que je vais te laisser t'approcher de lui pendant qu'il est en kilt !

Gayle poussa un soupir tandis que Brianna mettait le contact.

— Bah... peut-être qu'il y aura d'autres hommes en kilt, soupira Gayle.

— C'est plus que probable.

— Je parie qu'ils n'auront pas tous des tambours de guerre.

— Peut-être.

Gayle s'enfonça dans son siège et lança un regard de biais à son amie.

— Alors ? Vous allez le faire ou pas ?

— Comment veux-tu que je le sache ?

Le sang battait dans ses tempes et son T-shirt lui paraissait soudain trop petit.

— Si tu ne le fais pas, trancha Gayle, c'est que tu es vraiment bête !

— Le chat du curé est un chat... androgyne.

— Le chat du curé est un chat... albuginé.

Brianna arqua un sourcil dubitatif, ses yeux quittant un instant la route devant elle pour interroger Roger.

— Ça existe ?

— Oui, je te jure. Ça veut dire blanc. A toi, avec la lettre B.

Brianna fixa l'étroite route de montagne à travers le pare-brise. Le soleil du matin leur faisait face, inondant l'intérieur de la voiture.

— Le chat du curé est un chat bridé.

— Le chat du curé un chat botté.

— C'est trop facile ! se récria Brianna. Attends voir un peu ! Le chat du curé est un chat...

Il la vit plisser les yeux et se concentrer. Puis l'inspiration lui vint.

— ... un chat coccygodynien.

— Qu'est-ce que c'est que ça ? Un chat avec un gros derrière ?

Elle se mit à rire, ralentissant pour négocier un virage abrupt.

— Un chat qui a mal aux fesses.

— Ça existe ?

— C'est un des termes médicaux de maman. La coccygodynie est une douleur dans la région du coccyx. Elle qualifiait tous les administrateurs de son hôpital de coccygodyniens.

— Moi qui croyais que c'était un de tes termes d'ingénierie ! Soit. Le chat du curé est un chat colérique. Les coccygodyniens sont forcément colériques.

— D'accord, un point partout. Le chat du curé est un chat...

— Attends ! l'interrompit Roger. Il faut tourner là, la prochaine à droite.

Lentement, elle quitta la petite route pour s'engager dans une voie plus étroite encore, indiquée par une pancarte proclamant FESTIVAL CELTE en lettres rouge et blanc.

— C'est vraiment sympa de ta part de me conduire jusqu'ici,

dit Roger. Si j'avais su que c'était si loin, je ne te l'aurais pas demandé.

Elle esquissa un sourire amusé.

— Ce n'est pas si loin que ça.

— Deux cent cinquante kilomètres ! Tu ne trouves pas ça loin ?

— Mon père disait toujours que la différence entre un Américain et un Anglais, c'était que l'Anglais considérait que cent kilomètres, c'était loin, et que l'Américain pensait que cent ans, c'était long.

Roger se mit à rire.

— Il n'avait pas tort. Toi, tu t'estimes américaine, je présume ?

— Sans doute.

Elle ne souriait plus. Ils roulèrent un long moment en silence, écoutant le ronronnement de la voiture et le sifflement du vent sur la carrosserie. C'était un superbe jour d'été. Ils avaient quitté la chaleur moite de Boston loin derrière eux pour l'air pur de la montagne.

— Le chat du curé est un chat distant, dit doucement Roger. J'ai dit quelque chose qu'il ne fallait pas ?

Elle lui lança un regard en coin.

— Le chat du curé est un chat distrait, répondit-elle. Non, ce n'est pas toi. Enfin... si, c'est toi, mais tu n'y es pour rien.

Roger pivota sur son siège pour mieux la scruter.

— Le chat du curé est un chat énigmatique.

— Le chat du curé est un chat embarrassé... Excuse-moi, je n'aurais rien dû dire.

Roger n'insista pas, sentant qu'il ne devait pas la brusquer. Il se pencha en avant et chercha à tâtons le Thermos de thé au citron sous son siège.

— Tu en veux ?

Il lui tendit la tasse mais elle fit la grimace.

— Non merci, je n'aime pas le thé.

— C'est que tu n'es pas anglaise.

Il regretta aussitôt ses paroles. Les mains de Brianna se crispèrent sur le volant. Elle ne répondit rien et il but son thé en silence sans cesser de l'observer.

De fait, malgré ses deux parents et la couleur de ses cheveux, elle n'avait rien d'une Anglaise. Il n'aurait su dire si cela venait de sa façon de s'habiller ou s'il y avait autre chose. Les Américains étaient tellement plus... énergiques ? grands ? Tellement plus quoi ? En tout, Brianna Randall était tellement plus...

La circulation s'intensifia et ralentit jusqu'à former une longue file de voitures roulant au pas en direction du centre qui accueillait le festival.

— Ecoute... dit soudain Brianna.

Elle ne se tourna pas vers lui et garda les yeux braqués sur la plaque d'immatriculation de la voiture devant eux.

— Je te dois une explication.

— Pas à moi.

— A qui, alors ? s'impatienta la jeune femme.

Elle pinça les lèvres et soupira :

— Oui, je sais. Je ferais bien de me l'expliquer à moi-même.

Roger sentit son cœur se serrer et le goût acide du thé lui resta dans la gorge. Etait-ce là le moment où elle lui annoncerait qu'il n'aurait jamais dû venir ? Il l'avait pensé lui-même, tout au long du trajet au-dessus de l'Atlantique, gigotant sur son siège trop petit. Puis, lorsqu'il l'avait aperçue dans le hall de l'aéroport, tous ses doutes s'étaient évanouis sur-le-champ.

Il n'avait éprouvé aucune inquiétude durant la semaine. Il avait vu la jeune femme presque tous les jours, même si ce n'était que brièvement. Ils étaient même parvenus à jouer au base-ball dans le parc de Fenway le jeudi après-midi. Il n'avait pas compris grand-chose à ce jeu, mais l'enthousiasme de Brianna l'avait enchanté. Ensuite, il s'était mis à compter les heures qui lui restaient à passer avec elle avant son départ, sans cesser d'attendre avec impatience ce jour qu'ils allaient partager.

Cela ne signifiait pas qu'elle ressentait la même chose que lui. Il regarda l'endroit où se tenait le festival. On apercevait déjà la grille, à cinq cents mètres encore. Avec le ralentissement de la circulation, cela lui laissait environ trois minutes pour la convaincre.

— En Ecosse, disait-elle, quand... tout s'est passé avec maman, tu as été formidable, Roger, absolument formidable.

Ses yeux brillaient. Il serra les poings pour se retenir de la toucher.

— Je n'ai rien fait d'extraordinaire, j'étais concerné.

— Tu m'étonnes ! s'écria-t-elle avec un petit rire gêné.

Elle se tourna vers lui. Même grands ouverts, ses yeux légèrement bridés lui rappelaient ceux d'un chat.

— Tu n'es jamais retourné au cercle de pierres ? demanda-t-elle. A Craigh na Dun ?

— Non.

Il toussota avant d'ajouter avec une indifférence forcée :

— Tu sais, je monte rarement à Inverness. J'ai trop de travail à l'université.

— Ah ! Le chat du curé serait-il une poule mouillée ?

— Je dirais même plus : le chat du curé est mort de trouille à l'idée de retourner dans cet endroit.

Cette fois, elle rit franchement et la tension se relâcha.

— Je te comprends, admit-elle enfin. Mais je n'ai rien oublié... tout ce que tu as fait pour nous... et... quand maman est... est partie...

Son menton se mit à trembler et elle écrasa la pédale du frein plus violemment que nécessaire.

— Tu comprends ce que je veux dire, reprit-elle à voix basse. Je ne peux pas être avec toi plus d'une demi-heure sans que tout ça me revienne. Je n'avais pas fait la moindre allusion à mes parents depuis plus de six mois et, dès qu'on a commencé à jouer à ce jeu idiot, je me suis remise à parler d'eux. Ça a été comme ça tout le long de la semaine.

Elle tripotait une longue mèche rousse qui lui retombait sur l'épaule. Lorsqu'elle était énervée ou troublée, son visage prenait une jolie couleur rose et ses pommettes devenaient cramoisies.

— Je me doutais bien que c'était ça quand tu n'as pas répondu à ma lettre.

— Ce n'était pas que ça.

Elle se mordit la lèvre comme pour ravaler ses dernières paroles, mais il était trop tard. Son cou s'empourpra, contrastant avec le blanc de son T-shirt.

Il avança le bras et écarta les cheveux qui lui masquaient le visage.

— J'étais très... attirée par toi, balbutia-t-elle sans le regarder. Mais je ne savais pas si tu étais simplement gentil avec moi parce que maman te l'avait demandé ou parce que...

— Parce que ! l'interrompit-il d'un ton ferme.

Elle lui lança un regard timide et il lui sourit.

— Crois-moi, insista-t-il.

— Ah...

Elle se détendit un peu.

— ... Tant mieux.

Il n'osait lui prendre la main, de peur de provoquer un accident. Il se contenta de poser le bras sur le dossier de son siège, laissant ses doigts lui frôler l'épaule.

— Quoi qu'il en soit... reprit-elle. J'ai pensé que... soit je me jetais dans tes bras, soit je partais tout de suite. Ce que j'ai fait, mais je ne savais pas comment te l'expliquer sans avoir l'air d'une idiote. Puis tu m'as écrit et c'était encore pire... tu vois, j'ai vraiment l'air d'une idiote.

Roger défit la boucle de sa ceinture de sécurité.

— Si je t'embrasse, tu vas défoncer l'arrière de la voiture devant nous ?

— Non.

— Tant mieux.

Il se pencha vers elle, lui prit le menton entre ses doigts et l'embrassa longuement.

Quand il eut fini, Brianna parut soulagée. Elle entra dans le parking, trouva une place et coupa le moteur. Ils restèrent assis en silence quelques instants, sans se regarder. Puis elle défit sa ceinture de sécurité et se tourna vers lui.

Une minute plus tard, alors qu'ils descendaient de voiture, Roger se rendit compte qu'elle avait mentionné plusieurs fois ses parents, Claire et Frank Randall, alors que son vrai problème était sans doute lié davantage à son autre père, auquel elle n'avait pas fait la moindre allusion.

Bravo ! se dit-il tout en admirant silencieusement ses courbes tandis qu'elle se penchait pour ouvrir le coffre. *Elle s'efforce d'éviter de penser à Jamie Fraser, et où ai-je la bonne idée de l'emmener ?*

A l'entrée du parc, l'Union Jack et le drapeau écossais claquaient au vent. De l'autre côté s'élevait le son plaintif des cornemuses.

4

Le souffle du passé

Roger étant habitué à se changer dans la camionnette d'un ami ou dans les toilettes d'un pub, la petite loge qu'on lui avait attribuée lui parut d'un luxe inouï. Elle était propre, équipée de crochets pour suspendre les vêtements et il n'y avait pas de clients ivres en train de ronfler devant la porte. Naturellement, c'était l'Amérique ! Il déboutonna son jean et le laissa tomber sur le sol. Les critères n'étaient pas tout à fait les mêmes, du moins en matière de confort.

Il enfila sa chemise blanche en se demandant à quel degré de confort Brianna était accoutumée. Il ne pouvait en juger d'après ses vêtements, le jean n'étant pas le symbole d'un quelconque statut social. En revanche, il s'y connaissait en voitures. Or la Mustang bleu flambant neuve de la jeune femme lui avait donné des démangeaisons dans les doigts à force d'avoir envie de la conduire...

De toute évidence, ses parents lui avaient laissé de quoi vivre dans l'aisance. On pouvait faire confiance à Claire Randall sur ce point. Mais Roger ne voulait surtout pas que Brianna le croie intéressé. Songeant soudain aux Randall, il baissa les yeux vers l'enveloppe en papier bulle. Devait-il la lui donner ou non ?

Lorsqu'ils étaient passés par l'entrée des artistes, elle avait failli avoir une attaque en tombant nez à nez avec les cornemuseurs du 78e régiment des Fraser Highlanders, en provenance du Canada. Ils répétaient derrière les loges. Elle avait blêmi lorsqu'il lui avait présenté leur chef, un vieil ami. Ce n'était pas que Bill Livingstone fût intimidant, mais l'écusson des Fraser qu'il portait sur son plaid l'avait troublée.

« *Je suis prest* », annonçait-il. Pas tout à fait ! avait rectifié Roger en se maudissant d'avoir entraîné Brianna dans cet endroit.

Néanmoins, elle avait assuré qu'il pouvait la laisser seule pendant qu'il se changeait. Elle en profiterait pour visiter les lieux.

Il referma les boucles de son kilt à la taille et à la hanche, et saisit ses longues chaussettes de laine. Il devait passer en début d'après-midi, pendant quarante-cinq minutes, puis faire une dernière apparition en solo dans la soirée, en clôture du *ceilidh*. Roger avait déjà plus ou moins prévu une série de chansons, mais il fallait toujours s'adapter au public. Quand les femmes étaient majoritaires, il privilégiait les ballades. S'il y avait davantage d'hommes, il incluait quelques airs plus martiaux, comme *Killiecrankie, Montrose* ou *Guns and Drums*. Les chansons paillardes passaient mieux une fois le public chauffé, de préférence après quelques pintes de bière.

Il retourna le revers de ses chaussettes et glissa son petit *sgian dhu* contre son mollet droit. Puis il laça rapidement ses *buskins*. Il comptait retrouver Brianna, faire un tour avec elle, lui offrir de quoi déjeuner et veiller à lui obtenir une bonne place pour le concert.

Il lança le plaid sur son épaule, fixa sa broche, suspendit son coutelas et son *sporran* à sa ceinture. Il était prêt. Ou presque. Il s'arrêta sur le pas de la porte.

Son vieux caleçon kaki datait de la Seconde Guerre mondiale : l'un des souvenirs militaires que Roger tenait de son père. En temps normal, il ne s'en embarrassait pas, mais lorsqu'il donnait des représentations, il le mettait parfois pour se protéger contre l'incroyable audace de certaines spectatrices. Les autres artistes l'avaient mis en garde, mais il n'y avait pas cru jusqu'à ce que cela lui arrive. Les Allemandes se montraient les plus redoutables, mais, quand il s'agissait de coincer un Ecossais contre un mur, les Américaines n'étaient pas mal non plus.

Cela dit, il ne pensait pas en avoir besoin pour l'instant. La foule avait l'air civilisée et, en allant repérer les lieux, il avait pu constater que la scène était assez éloignée des premiers rangs. En outre, quand il ne se trouverait pas sur scène, il serait avec Brianna et, s'il venait soudain l'envie à cette dernière d'avoir la main baladeuse... il ne s'en plaindrait pas. Il laissa retomber le caleçon sur sa pile de vêtements, au-dessus de l'enveloppe en papier bulle.

— Souhaite-moi bonne chance, papa, murmura-t-il.

— Oh !

Elle tourna autour de lui, la bouche grande ouverte.

— Roger, tu es superbe !

Elle esquissa un sourire en ajoutant :

— Maman disait toujours que les hommes en kilt étaient irrésistibles. Elle avait raison.

Il la vit déglutir et eut envie de l'embrasser pour son courage, mais elle se détournait déjà, lui montrant le bar.

— Tu as faim ? Je suis allée y jeter un coup d'œil pendant que tu te changeais. Tu as le choix entre des brochettes de pieuvre, des tacos au poisson-chat, des hot dogs polonais...

Il la prit par le bras et la força à s'approcher de lui.

— Excuse-moi, lui dit-il doucement. Je n'aurais jamais dû t'attirer dans un endroit pareil. Je n'avais pas pensé que cela te rappellerait de mauvais souvenirs.

— Ce n'est rien.

Cette fois, son sourire était moins forcé.

— Je suis contente d'être ici avec toi.

— Vraiment ?

— Je t'assure. C'est...

Elle fit un geste vague vers le tourbillon de couleurs et de musique autour d'eux.

— C'est si... écossais !

Il eut envie de rire. Rien n'était moins écossais que ce piège à touristes et cette exploitation commerciale de traditions à moitié assimilées. D'un autre côté, Brianna avait raison. C'était aussi très écossais : l'illustration typique du talent millénaire de ses compatriotes pour la survie, de leur faculté à s'adapter à toutes les situations... et d'en tirer profit par-dessus le marché !

Il la serra contre lui. Ses cheveux fleuraient bon l'herbe fraîche et il pouvait sentir son cœur battre sous son T-shirt.

— Toi aussi tu es un peu écossaise, tu sais, lui dit-il à l'oreille.

Il la lâcha. Ses yeux brillaient toujours autant, mais d'une autre émotion.

— Tu as sans doute raison, répondit-elle. Mais ça ne veut pas dire que je sois obligée de manger du haggis, n'est-ce pas ? J'en ai vu sur le stand là-bas. Je crois que je préfère encore les brochettes de pieuvre.

Il crut qu'elle plaisantait, mais ce n'était pas le cas. Apparemment, la ressource principale du centre était les « foires ethniques », comme le leur expliqua l'un des vendeurs :

— L'autre jour, on a eu des Polonais qui dansaient la polka ; une autre fois, c'étaient des Suisses qui iodlaient. Je ne vous dis pas combien de coucous on a vendu ce jour-là ! On a eu aussi des festivals des fleurs espagnols, italiens, japonais... vous ne pouvez pas imaginer le nombre d'appareils photo qu'un Japonais peut trimballer sur lui, je n'avais jamais vu ça !

Il leur tendit deux assiettes de carton sur lesquelles étaient posés des hamburgers et des frites.

— Ce qu'il y a de bien, continua-t-il, c'est que ça change toutes les deux semaines, alors on ne s'ennuie pas. Nous autres, les stands de boustifaille, on sait faire toutes les cuisines du monde, tout dépend du thème de la soirée.

Il scruta Roger avec une expression amusée :

— Vous êtes écossais ou c'est juste que vous aimez vous balader en jupe ?

Ayant déjà entendu plusieurs dizaines de variantes de cette plaisanterie, Roger se contenta de le gratifier d'un regard las.

— Comme disait ma tante, déclara-t-il en forçant son accent écossais, « Quand tu enfiles ton kilt, mon garrrçon, tu sais que tu es un homme ! »

Le vendeur fit une moue admirative, tandis que Brianna levait les yeux au ciel.

— Les blagues sur les kilts ! marmonna-t-elle. Si tu t'y mets, toi aussi, je m'en vais.

Roger lui adressa un grand sourire.

— Tu ne ferais pas ça, tout de même ! Quoi ? Abandonner un homme simplement parce qu'il veut bien te dire ce qu'il porte sous son kilt ?

— Oh, je suis sûre que tu ne portes rien sous ton kilt, rétorqua-t-elle.

La jeune femme fit un signe du menton vers son *sporran* avant d'ajouter :

— Tout comme je ne doute pas que ce que tu caches là-dessous soit en parfait état de fonctionnement, pas vrrrai ?

Roger manqua s'étrangler avec sa frite.

— Vous êtes censé répondre : « Donne-moi ta main, ma fille, que je te montre », lui glissa le vendeur. Celle-là, j'ai dû l'entendre une bonne centaine de fois depuis le début de la semaine.

— S'il le dit à présent, répliqua Brianna, je file tout de suite d'ici et je le laisse seul dans les montagnes. Il n'aura qu'à rester ici à manger de la pieuvre.

Roger but une gorgée de Coca et se tut.

Ils eurent largement le temps de se promener de long en large devant les stands. Ces derniers vendaient tout et n'importe quoi : cravates en tissu de tartan, sifflets, bijoux d'argent, cartes d'Ecosse indiquant les territoires des clans, sablés écossais, coupe-papier en forme de coutelas, figurines de Highlanders en plomb, livres, disques et toutes sortes d'articles inimaginables sur lesquels on pouvait imprimer un insigne ou une devise de clan.

Roger attirait peu les regards. Si son costume était de meilleure qualité que la plupart des autres, il n'avait rien de surprenant dans ce contexte. Toutefois, le gros de la foule se composait de touristes en jean ou en short, avec ici et là quelques plaids aux couleurs éclatantes.

— Pourquoi MacKenzie ? demanda Brianna en s'arrêtant devant un étal de porte-clefs.

Elle retourna entre ses doigts un petit disque d'argent sur lequel était gravé « *Luceo non uro* » : une devise en latin couronnant ce qui ressemblait à un volcan en éruption.

— Wakefield, ça ne fait pas assez écossais ? reprit-elle. Ou penses-tu que tes confrères d'Oxford n'apprécieraient pas que tu participes à... tout ce cirque ?

— En partie. Mais surtout parce que c'est mon vrai patronyme. Mes parents sont morts pendant la guerre et j'ai été adopté par mon grand-oncle. Il m'a donné son nom de famille, mais mon véritable patronyme est Roger Jeremiah MacKenzie.

— Jeremiah ?

Elle parvint à garder son sérieux mais le bout de son nez se teinta de rose.

— Jérémie ? Comme le prophète de l'Ancien Testament ?

— Ne ris pas, lui dit-il en la prenant par le bras. C'était le nom de mon père. On l'appelait Jerry. Quand j'étais petit, ma mère me surnommait Jemmy. J'aurais pu tomber plus mal. Ils auraient pu m'appeler Ambrose ou Conan.

— Conan ?

— C'était un prénom celtique tout à fait acceptable, avant qu'un illustrateur de bandes dessinées ne s'en empare. En fait, je trouve que Jeremiah était un choix judicieux.

— Ah oui ? Et pourquoi ?

Ils prirent la direction de la scène où un groupe de fillettes au costume amidonné dansaient la gigue highlandaise dans une synchronisation parfaite, leurs rubans et leurs plis impeccables.

— C'est une des vieilles histoires de père — je veux dire : du révérend Wakefield. Il me la racontait toujours en m'expliquant mon arbre généalogique et en m'indiquant les différents personnages de la liste.

« *Ambrose MacKenzie, c'est ton arrière-grand-père, Roger. Il était constructeur de bateaux à Dingwall. Là, c'est Mary Oliphant. Je t'ai déjà dit que j'ai connu ton arrière-grand-mère Oliphant ? Elle a vécu jusqu'à l'âge de quatre-vingt-dix-sept ans, et elle est restée toujours aussi alerte jusqu'à son dernier souffle. Une femme admirable !*

« *Elle a été mariée six fois. Tous ses maris sont morts de cause naturelle, elle me l'a juré. Mais je n'ai inscrit ici que Jeremiah Mac-Kenzie, parce que c'est lui ton ancêtre. C'est le seul avec lequel elle ait eu des enfants, ça m'a toujours étonné.*

« *Je lui en ai parlé une fois. Elle m'a lancé un clin d'œil et a répondu :* Is fhearr an giomach na 'bhi gun fear tighe. *C'est un vieux proverbe gaélique qui veut dire :* Mieux vaut un homard que pas de mari ! *Je ne suis pas sûr de comprendre ce que ça veut dire. Certains de ses hommes étaient juste bons pour faire des maris, mais Jeremiah MacKenzie était le seul assez beau pour mériter de partager sa couche tous les soirs.*

— Je me demande ce qu'elle racontait aux autres, remarqua Brianna.

— Elle n'a pas dit qu'elle ne couchait pas avec les autres de temps en temps, précisa Roger. Mais pas tous les soirs.

— Il suffit d'une fois pour être enceinte, du moins c'est ce que maman déclarait quand elle venait faire ses cours d'hygiène de vie dans ma classe au lycée. Elle dessinait des spermatozoïdes sur le tableau noir, tous se précipitant vers un gros ovule avec de grands sourires lubriques.

Elle avait rosi à nouveau, mais cette fois d'amusement.

Bras dessus bras dessous, il sentait la chaleur de sa peau à travers son T-shirt et une certaine tension sous son kilt lui fit regretter de ne pas avoir enfilé le caleçon.

— Outre le fait que je doute que les spermatozoïdes aient une bouche pour sourire, quel rapport avec l'hygiène de vie ?

— « Hygiène de vie » est un euphémisme américain pour tout ce qui touche de près ou de loin à la sexualité, expliqua Brianna. Les filles et les garçons ont droit à des cours différents. Celui des filles s'intitule « *Les mystères de la vie* » et « *Dix façons de dire non à un garçon* ».

— Et le cours des garçons ?

— Je l'ignore, je n'ai pas eu de frères. Mais certaines de mes amies en avaient. L'un d'eux a raconté qu'ils avaient appris dix-huit synonymes d'« érection ».

— Très utile !

Il se demandait pourquoi un seul terme ne suffisait pas.

— Je suppose que cela permet de varier la conversation, dans certaines circonstances.

Elle avait les joues rouges et il sentit la chaleur l'envahir à son tour. Il eut l'impression qu'ils commençaient à attirer les regards des curieux. Il n'avait pas laissé une fille l'embarrasser depuis l'âge de dix-sept ans mais Brianna semblait déterminée à le faire. Puisqu'elle avait commencé, autant la laisser aller jusqu'au bout.

— Hum... Je n'avais jamais remarqué qu'on avait besoin de conversation dans ces cas-là.

— Tu dois en savoir quelque chose.

Ce n'était pas vraiment une question, mais presque. Il comprit enfin où elle voulait en venir. Il resserra son bras, l'attirant plus près de lui.

— Si tu es en train de me demander si j'en ai une, oui. Si tu veux savoir si je le suis, non.

— Si tu es quoi ?

Ses lèvres tremblaient, réprimant une envie de rire.

— Tu veux savoir si j'ai une petite amie en Angleterre, et si j'en suis amoureux, c'est ça ?

— Je t'ai demandé ça, moi ?

— La réponse est non. Enfin, si, mais ce n'est pas sérieux.

Ils arrivaient devant l'entrée des artistes. Il était presque temps qu'il aille chercher ses instruments. Roger se tourna vers la jeune femme d'un air grave.

— Et toi, tu as quelqu'un ?

Elle était assez grande pour pouvoir le regarder droit dans les yeux et assez près pour que ses seins lui frôlent le bras.

— Que disait ton arrière-grand-mère, déjà ? *Is fhearr an giomach...*

— ... *na 'bhi gun fear tighe.*

— C'est ça. Eh bien, mieux vaut un homard que pas de petit ami.

Elle avança une main et toucha sa broche.

— Je sors parfois avec des hommes, reprit-elle, mais je n'ai pas de petit ami pour le moment.

Il saisit ses doigts au vol et les porta à ses lèvres.

— Prends ton temps, ma fille, murmura-t-il avant de déposer un baiser sur sa main.

Le public gardait un silence inhabituel, rien à voir avec un concert de rock. Cela dit, les gens avaient intérêt à se taire s'ils voulaient entendre quelque chose : il n'y avait ni guitare électrique ni amplis, rien qu'un modeste micro sur une estrade. Mais certains bruits n'avaient pas besoin d'être amplifiés, se dit Brianna. Son cœur, notamment, lui tambourinait dans les tympans.

Roger était ressorti de sa loge avec sa guitare et son tambour, tenant une petite enveloppe brune.

— Tiens, avait-il dit, j'ai trouvé ça en rangeant un vieux coffre de mon père à Inverness. J'ai pensé que tu le voudrais peut-être.

Elle devinait qu'il s'agissait de photographies mais n'avait pas encore osé les regarder. L'enveloppe était posée sur ses genoux, lui brûlant les cuisses.

Roger chantait bien. Même distraite, elle pouvait dire qu'il était bon. Il possédait une voix de baryton d'une ampleur étonnante et savait s'en servir. Il avait non seulement un beau timbre et un sens inné de la mélodie, mais également la capacité de briser la glace avec le public, comme un véritable artiste. Il fixait la foule, soutenait le regard d'un spectateur ici et là et laissait transparaître ce qu'il y avait entre les paroles et la musique.

Il avait commencé par *The Road to the Isles*, une chanson vive et animée, à frapper dans les mains pendant le refrain en crescendo, avant d'enchaîner avec *The Gallowa' Hills*, transition précédant *The Lewis Bridal Song*, avec un charmant refrain en gaélique. Il fit traîner la dernière note de *Vhair Me Oh*, puis sourit en regardant directement Brianna. Du moins, elle en eut l'impression.

Il annonça :

— Voici maintenant une chanson qui parle du soulèvement de 1745. Elle raconte la célèbre bataille de Prestonspans, où l'armée jacobite du prince Charles-Edouard Stuart mit en déroute les troupes beaucoup plus nombreuses du général anglais Jonathan Cope.

Un murmure d'approbation parcourut le public. Pour beaucoup de spectateurs, cette chanson signifiait quelque chose d'important.

Cope lança son défi depuis Dunbar.
« Charlie, viens donc me voir, si tu l'oses !
Je t'apprendrai l'art de la guerre
Si tu me rencontres à l'aube. »

Roger se pencha sur sa guitare, faisant signe à la foule de chanter le refrain avec lui :

Eh, Johnnie Cope, es-tu en route ?
Tes tambours sont-ils prêts ?
Puisque tu le veux, je t'attendrai.
Il t'en cuira demain à l'aube !

Brianna sentit ses cheveux se dresser sur sa tête. Cela n'avait rien à voir avec le chanteur ou le public, mais avec la chanson elle-même.

Lorsque Charlie lut la lettre,
Il dégaina son épée.
« Mes braves compagnons, suivez-moi !
Nous rencontrerons Johnnie Cope à l'aube ! »

« Non ! » murmura-t-elle en caressant l'enveloppe brune de ses doigts glacés. *Mes braves compagnons, suivez-moi !*... Ses parents y étaient, ce jour-là. C'était son père qui avait mené la charge sur le champ de bataille de Preston.

... car ce sera un matin sanglant.
Eh, Johnnie Cope, es-tu en route ?
Tes tambours sont-ils prêts ?

Les voix s'élevèrent autour d'elle tandis que le public reprenait le refrain en chœur. Elle sentit la panique l'envahir et crut un instant qu'elle allait s'enfuir, à l'instar de Johnnie Cope. Puis sa peur passa, la laissant écrasée par l'émotion et la musique.

En vérité, mon brave Johnnie,
Avec leurs coutelas et leurs philabegs,
Mes hommes sont las.
Si je les déçois, ils ne me pardonneront pas,
Alors bonne chance, mon brave Johnnie !
Eh, Johnnie Cope, es-tu en route ?...

Oui, il l'était. Et il le serait tant que cette chanson durerait. Certains tenaient à tout prix à préserver le passé, d'autres ne cherchaient qu'à le fuir. C'était de loin ce qui les séparait le plus, Roger et elle. Comment ne s'en était-elle pas aperçue plus tôt ?

Elle ignorait si Roger avait vu son désarroi, mais il quitta le territoire dangereux des jacobites pour entonner *MacPherson's Lament*, la complainte d'un prisonnier écossais en route vers la Tour de Londres, où il sera pendu, et qui écrit une dernière lettre à sa belle restée dans les Highlands.

Brianna saisit l'enveloppe, le soupesant. Il valait sans doute mieux attendre d'être rentrée chez elle pour l'ouvrir. Mais la curiosité était trop forte. Roger avait hésité à la lui donner, elle l'avait lu dans ses yeux. Elle déchira l'enveloppe et y découvrit un petit paquet de photographies : de vieux instantanés en noir et blanc que le temps avait fait virer au sépia. Tous montraient ses parents, Frank et Claire Randall, incroyablement jeunes... et terriblement heureux.

Ils se trouvaient dans un jardin. On distinguait des chaises en métal et une table de fonte sur laquelle étaient posés des rafraî-chissements. Dans le fond, on devinait des arbres, une lumière diaprée filtrée par un épais feuillage. Leurs visages étaient clairs, rayonnants de jeunesse. Ils se regardaient avec adoration.

Frank et Claire adoptant une pose guindée, bras dessus bras dessous, se moquant de leur propre solennité ; Claire riant aux éclats à la suite d'une plaisanterie de Frank ; Claire penchée en avant, retenant sa jupe qui bouffait dans le vent, ses cheveux bouclés volant librement ; Frank tendant un verre à Claire, elle le regardant dans les yeux avec une telle expression de confiance et d'espoir que Brianna sentit son cœur se serrer.

Lorsqu'elle regarda la dernière photo, il lui fallut un certain temps avant de comprendre ce dont il s'agissait. Ils se tenaient tous deux devant une table, tenant un couteau dans leurs mains jointes, riant tout en découpant ce qui était manifestement un gros gâteau fait maison... une pièce montée.

Elle étala ses mains sur l'image, comme pour empêcher ses voisins de la voir. Un frisson glacé la parcourut. Leurs photos de mariage. Ils s'étaient mariés en Ecosse. Le révérend Wake-field, prêtre catholique, n'avait pu les marier, mais comme il était l'un des plus anciens amis de son père, la fête avait eu lieu au vieux presbytère.

A présent, en regardant entre ses doigts, elle reconnaissait des détails de la maison en arrière-plan. Enfin, ôtant ses mains à contrecœur, elle examina à nouveau le visage de sa mère.

Dix-huit ans. Claire avait épousé Frank à dix-huit ans. Peut-être cela expliquait-il tout ? Comment pouvait-on savoir ce qu'on voulait, si jeune ?

Pourtant, Claire était sûre... du moins, elle le croyait. Son haut front lisse et sa bouche délicate n'admettaient pas le doute. Ses grands yeux lumineux fixaient son époux sans la moindre réserve ni hésitation. Et pourtant...

Sans prendre garde aux orteils qu'elle écrasait sur son passage, Brianna sortit de sa rangée de sièges avant qu'on puisse voir ses larmes.

— Je peux rester avec toi pendant une partie de l'appel des clans, annonça Roger. Mais après je devrai te laisser. Je suis censé faire une courte réapparition à la fin du spectacle. Ça ne t'ennuie pas ?

— Non, bien sûr, répondit-elle. Je vais très bien, je t'assure.

Il la dévisagea avec une certaine anxiété, mais n'insista pas. Ni l'un ni l'autre n'avaient fait allusion au départ précipité de Brianna un peu plus tôt. Le temps qu'il ait fini de serrer les mains de ceux qui étaient venus le féliciter, elle avait pu filer aux toilettes des dames et se passer un peu d'eau sur le visage.

Durant le reste de l'après-midi, ils s'étaient promenés dans la foire, achetant quelques bricoles, assistant à la compétition de cornemuseurs, admirant un jeune homme qui dansait entre deux épées croisées sur le sol. Pendant ce temps, les photos demeurèrent rangées dans le sac de Brianna.

A présent, la nuit tombait. Les gens commençaient à délaisser les stands de nourriture pour se rendre à l'extérieur, au pied des montagnes.

Elle aurait cru que les familles venues avec de jeunes enfants seraient déjà reparties, mais on rencontrait encore bon nombre de petites têtes blondes sur le terre-plein. Elle aperçut une fillette endormie dans les bras de son père tandis qu'ils se glissaient sur les gradins. Devant eux, une immense pile de bois avait été entassée sur un grand espace plat.

— C'est quoi, l'appel des clans ? demanda une femme à son compagnon assis devant eux.

L'homme se contenta de grogner et Brianna interrogea Roger du regard car elle n'en savait pas plus.

— Tu verras ! répondit-il avec un sourire énigmatique.

Cette fois, il faisait nuit. La lune ne s'était pas encore levée. La silhouette noire de la montagne se dressait sur la nuit étoilée. Soudain, le son solitaire et lointain d'une cornemuse s'éleva dans l'obscurité, faisant taire aussitôt la foule.

Un point de lumière apparut au sommet de la montagne. Il semblait descendre le long de la pente. Bientôt, il y en eut un autre derrière lui. Pendant près de dix minutes, le public attendit dans un suspense croissant tandis que la musique se rapprochait et que la ligne de lumières s'allongeait, zigzaguant en file indienne sur le flanc de la montagne.

Au pied du versant, on devinait un sentier qui débouchait sur l'espace dégagé devant les gradins. Un homme apparut soudain entre les arbres, brandissant une torche au-dessus de sa tête. Il était suivi du cornemuseur, dont le son était à présent assez fort pour couvrir les exclamations extatiques de la foule. Derrière eux venait une longue procession d'hommes, tous en tenue d'apparat de chefs de clan des Highlands. Ils étaient superbes et barbares avec leurs plumes de tétras, leurs épées, leurs coutelas d'argent et les couleurs vives de leurs tartans.

La cornemuse se tut brusquement et le premier homme de la file vint se placer face aux gradins. Il leva haut sa torche et s'écria :

— Les Cameron sont avec nous !

Des cris de ravissement s'élevèrent dans l'assistance et il lança sa torche dans le bûcher imbibé de kérosène. Le feu rugit et une colonne de flammes haute de trois mètres s'éleva dans la nuit.

Un autre homme vint se placer devant le brasier.

— Les MacDonald sont avec nous !

Des cris et des hourras fusèrent des gradins.

— Les MacLachlan sont avec nous !

— Les MacGillivray sont avec nous !

Brianna était tant fascinée par le spectacle qu'elle ne prêtait plus trop attention à Roger assis à son côté. Puis un autre homme cria :

— Les MacKenzie sont avec nous !

— *Tulach Ard !* hurla Roger.

Brianna bondit.

— Qu'est-ce que c'était ?

— Ça, répondit-il fièrement, c'était le cri de guerre du clan MacKenzie.

— Pour un cri de guerre, il se pose là !

— Les Campbell sont avec nous !

Il devait y avoir un bon nombre de Campbell dans le public car leur réponse ébranla les gradins. Comme s'il s'agissait du signal qu'il attendait, Roger se leva et rejeta son plaid par-dessus son épaule.

— Il faut que j'y aille, annonça-t-il. On se retrouve plus tard près des loges ?

Elle acquiesça et il se pencha vers elle pour l'embrasser.

— Au cas où, ajouta-t-il, le cri de guerre des Fraser est *Caisteal Dhuni !*

Elle le regarda s'éloigner, sautant d'un gradin à l'autre comme un bouquetin. L'odeur du feu de bois emplissait l'air de la nuit, se mêlant à celle des cigarettes des spectateurs.

— Les MacKay sont avec nous !

— Les MacLeod sont avec nous !

— Les Farquarson sont avec nous !

Elle sentit sa poitrine se serrer, tant du fait de la fumée que de l'émotion. Les clans avaient disparu avec Culloden... à moins que... ? Tout cela n'était qu'une cérémonie du souvenir, une conjuration de fantômes. Ceux qui criaient ainsi avec tant d'enthousiasme n'avaient plus grand-chose à voir avec leurs lointains ancêtres, aucun d'eux ne vivait plus selon les lois et les rites des lairds et des clans, et pourtant...

— Les Fraser sont avec nous !

Elle fut prise d'une terreur panique et sa main se serra convulsivement sur la poignée de son sac.

Non, pensa-t-elle. *Non, ce n'est pas moi.*

La terreur passa et elle put à nouveau respirer normalement, mais des jets d'adrénaline continuaient à parcourir ses veines.

— Les Graham sont avec nous !

— Les Innes sont avec nous !

Les Ogilvy, les Lindsay, les Gordon... Enfin, l'écho du dernier nom mourut. Brianna restait toujours assise, agrippée à son sac, comme si elle voulait empêcher un djinn d'en sortir.

Comment ma mère a-t-elle pu ? pensa-t-elle. Puis, voyant Roger apparaître dans la lumière du feu avec son *bodhran* à la main, elle songea : *Comment aurait-elle pu faire autrement* ?

5

Il y a deux siècles hier

— Tu n'as pas mis ton kilt !

Gayle fit une moue déçue.

— Ce n'est pas le bon siècle, répondit Roger avec un sourire. Et puis ce n'est pas très convenable pour marcher sur la Lune.

— Il faut que tu m'apprennes à rrrrouler les « r » comme toi.

Elle plissa le front et imita un bruit de hors-bord.

— Pas mal, dit Roger. Continue à t'entraîner, tu devrais y arriver.

— Tu as apporté ta guitare, au moins, ou ton super tambour ?

Elle se dressa sur la pointe des pieds et lança un regard par-dessus son épaule.

— Ils sont dans la voiture, déclara Brianna. On partira pour l'aéroport directement d'ici.

— Comme c'est dommage ! J'avais pensé qu'on pourrait faire une petite fête après. On aurait chanté des chants révolutionnaires. Tu en connais, Roger ? C'est vrai que tu es anglais... Oh ! pardon, écossais. Vous ne savez sans doute pas ce que c'est qu'une manif, vous là-bas.

Brianna poussa un soupir exaspéré.

— Où est oncle Joe ?

— Dans le salon, en train de taper sur sa télé, répondit Gayle. Je vais tenir compagnie à Roger pendant que tu le calmes, d'accord ?

Elle glissa un bras sous celui de Roger en papillonnant des yeux.

Dans le salon, le Dr Joseph Abernathy ronchonnait dans son fauteuil, jetant des regards accusateurs au groupe de jeunes gens entassés dans la pièce.

— Dire qu'on a ici la moitié du département d'ingénierie de l'université et qu'il n'y en a pas un qui soit capable de réparer la télé !

— On n'est pas électriciens, papa, lui rétorqua son fils d'un ton hautain. On est en ingénierie mécanique. Demander à un ingénieur mécanicien de réparer une télévision, c'est comme de demander à un gynécologue d'examiner ton... Aïe !

— Oh, pardon ! dit son père en le scrutant par-dessus la monture de ses lunettes. C'était ton pied ?

Lenny sortit de la pièce en sautillant sur un pied comme une échasse, en mimant l'agonie.

— Bree, ma chérie ! s'exclama Joe en apercevant Brianna sur le pas de la porte.

Il la serra tendrement dans ses bras, puis recula d'un pas et aperçut Roger qui se tenait derrière elle.

— C'est ton petit ami ?

— C'est Roger Wakefield, rectifia Brianna en lui lançant un regard réprobateur. Roger, voici Joe Abernathy.

— Appelez-moi Joe.

Ils se serrèrent la main, puis le médecin l'inspecta des pieds à la tête. Bien que cordiaux, ses yeux vifs n'en étaient pas moins perspicaces.

— Bree, ma chérie, tu veux bien aller examiner cette fichue télé et la ressusciter ?

Il lui indiqua le grand écran noir dans un coin de la pièce.

— Je ne sais pas ce qu'elle a. Elle marchait très bien hier soir, mais aujourd'hui, plus rien.

Brianna eut un regard dubitatif puis sortit un petit canif suisse de la poche arrière de son jean.

— Je peux toujours vérifier les branchements mais je ne te promets rien, oncle Joe. Il nous reste combien de temps ?

— Une demi-heure, plus ou moins, dit un étudiant qui venait de sortir de la cuisine.

Derrière lui, un groupe de jeunes gens était agglutiné autour d'un poste noir et blanc posé sur la table de la cuisine.

Au même instant, la voix surexcitée du commentateur retentit, déclenchant des vagues d'enthousiasme parmi les téléspectateurs.

— Ici Mission Control, à Houston. Alunissage dans trente-quatre minutes.

— Parfait, dit Abernathy en posant une main sur l'épaule de Roger. Ça nous laisse largement le temps de prendre un verre. Je vous sers un scotch, sans doute, monsieur Wakefield ?

— Appelez-moi Roger.

Abernathy lui versa une dose généreuse de liquide ambré et lui tendit le verre.

— Je suppose que vous le prenez sans eau ?

— En effet.

C'était du Lagavullin. Du pur malt. Roger n'aurait pas imaginé qu'on en trouvait à Boston. Il but une gorgée et apprécia.

— C'est Claire qui me l'a apporté, expliqua Abernathy. La

mère de Brianna. Ça, c'était une femme qui s'y connaissait en whisky !

Il secoua la tête d'un air nostalgique et leva son verre pour porter un taost.

— *Slàinte !* dit Roger.

Abernathy but en fermant les yeux.

— L'eau de la vie ! C'est bien comme ça que vous l'appelez en Ecosse, non ? Si vous voulez mon avis, cette eau est assez puissante pour réveiller un mort !

Il rangea soigneusement la bouteille dans son bar, comme une relique.

Dans quelle mesure Abernathy était-il au courant de la véritable histoire de Claire ? se demanda Roger. Elle avait dû lui en raconter une bonne partie.

— Puisque le père de Brianna est mort, je suppose que c'est à moi qu'il revient de faire les honneurs. A votre avis, j'ai le temps de vous cuisiner avant l'alunissage ou est-ce que je fais court ?

Roger arqua des sourcils surpris.

— Quelles sont vos intentions ? spécifia Abernathy.

— Ah... parfaitement honorables.

— Vraiment ? Hier soir, j'ai appelé Bree pour savoir si elle venait aujourd'hui. Elle n'était pas chez elle.

— Nous étions à un festival celte, là-haut dans les montagnes.

— Je vois. J'ai rappelé à onze heures du soir. Puis à minuit. Toujours pas de réponse.

Les yeux du médecin étaient toujours aussi malicieux, mais nettement moins chaleureux. Il reposa son verre sur la table en faisant claquer ses lèvres.

— Bree est une fille indépendante, reprit-il. Elle est seule et elle est ravissante. Je n'aimerais pas que quiconque en profite, monsieur Wakefield.

— Moi non plus, monsieur Abernathy.

Roger sentit la chaleur envahir ses joues. Ce n'était pas uniquement dû au whisky.

— Si vous croyez que...

— Ici Houston ! hurla soudain la télévision du salon. Tranquility Base. Alunissage dans vingt minutes.

Ceux qui étaient dans la cuisine se précipitèrent au salon, brandissant des bouteilles de Coca et applaudissant. Brianna accepta leurs félicitations avec grâce et remit son couteau dans sa poche. Abernathy posa une main sur le bras de Roger pour le retenir et lui dit d'une voix assez basse pour ne pas être entendu des autres :

— Soyons clairs, monsieur Wakefield, je ne veux pas que vous fassiez de la peine à cette enfant. Jamais.

Roger dégagea son bras.

— Pourquoi, elle vous paraît malheureuse en ce moment ? dit-il le plus poliment possible.

— Non. Au contraire. C'est précisément son petit air de ce soir qui me dit que je devrais vous casser la figure, de la part de son père.

Roger ne put s'empêcher de se tourner vers Brianna. Elle avait des cernes sous les yeux, les cheveux en désordre et sa peau luisait. La jeune femme semblait avoir passé une nuit blanche et ne pas s'être ennuyée.

A son tour, elle le dévisagea. Elle continua à parler à Gayle comme si de rien n'était, mais ses yeux ne quittaient pas Roger.

Le médecin s'éclaircit la gorge. Roger revint brusquement sur terre. Abernathy le fixait d'un air songeur.

— Ah, je vois ! s'exclama-t-il. Vous en êtes déjà là !

Le col de Roger n'était pas boutonné mais il eut soudain l'impression de porter une cravate trop serrée. Néanmoins, il soutint le regard de son interlocuteur.

— Oui, répondit-il avec calme. Nous en sommes déjà là.

Abernathy ressortit sa bouteille de Lagavullin et remplit leurs deux verres.

— Claire m'a dit qu'elle vous aimait bien, commenta-t-il d'un air résigné.

Il leva son verre avant d'ajouter :

— Soit. *Slàinte !*

— Tourne le bouton dans l'autre sens. Le commentateur est devenu orange !

Lenny Abernathy obtempéra et, cette fois, le commentateur devint vert. Indifférent à ses divers changements de teint, le présentateur poursuivit :

— Dans approximativement deux minutes, le commandant Neil Armstrong et l'équipage d'Apollo 11 entreront dans l'histoire à bord du premier vol habité sur la Lune...

Dans le salon, on avait tiré les rideaux. Tous avaient les yeux rivés sur le poste, où la transmission en direct venait d'être interrompue par une rediffusion du lancement de la fusée.

— Je suis très impressionné, murmura Roger à l'oreille de Brianna. Où as-tu appris à réparer les télévisions ?

Il se tenait adossé à la bibliothèque et la serrait contre lui, une main sur sa hanche et le menton sur son épaule.

Elle pressa la joue contre la sienne.

— Quelqu'un a dû se prendre les pieds dans le fil et l'a débranchée sans s'en rendre compte. Je me suis contentée de remettre la prise.

Il rit et l'embrassa dans le cou.

— Tu as les fesses les plus rondes du monde, murmura-t-il.

Elle ne répondit pas mais se serra un peu plus fort contre lui.

Dans le poste, un brouhaha de voix perça la friture, accompagné d'une image du drapeau que les astronautes s'apprêtaient à planter dans le sol lunaire.

Roger lança un regard circonspect dans le salon, mais Joe Abernathy contemplait le poste comme les autres, le regard hypnotisé. Les reflets de l'écran dansaient sur son visage. Protégé par la pénombre, Roger enlaça Brianna, et sentit le poids de ses seins contre son avant-bras. Elle poussa un profond soupir et se détendit contre lui, posant une main sur la sienne.

Ils se seraient sans doute montrés moins audacieux s'il y avait eu un danger réel. L'avion de Roger partait dans deux heures et ils n'avaient aucune chance d'aller trop loin. La veille au soir, sachant qu'ils jouaient avec le feu, ils avaient fait preuve de plus de prudence. Il se demanda si Joe Abernathy lui enverrait son poing dans la figure s'il apprenait que Brianna avait dormi dans son lit.

Au retour du festival celte, il avait pris le volant, partagé entre ses efforts pour rester sur le bon côté de la route et l'excitation de sentir le corps de Brianna contre le sien. Ils s'étaient arrêtés en chemin pour boire un café et avaient discuté bien après minuit, se touchant sans cesse les mains, les cuisses et le visage. Ils étaient rentrés à Boston au petit matin, la conversation tarie, la tête de Brianna posée sur son épaule.

Trop fatigué pour retrouver l'appartement de Brianna dans le dédale des rues inconnues, il avait regagné son hôtel et l'avait fait monter discrètement dans sa chambre avant de la coucher sur son lit, où elle s'était endormie en quelques secondes.

Quant à lui, il avait passé le reste de la nuit allongé sur la moquette, le cardigan de Brianna sous sa tête en guise d'oreiller. Au lever du soleil, il s'était assis dans un fauteuil, enveloppé dans son odeur, pour observer la lumière qui se répandait sur son visage endormi.

Oui, ils en étaient là.

— Ici, Tranquility Base.... L'aigle vient de se poser.

Le silence dans la pièce fut rompu par un soupir collectif d'admiration et Roger sentit les poils de sa nuque se hérisser.

— Un... petit... pas... pour l'homme, dit la voix lointaine. Un pas de géant... pour l'humanité.

L'image était floue mais la télévision n'y était pour rien. Toutes les têtes étaient tendues vers le poste, cherchant à distinguer la petite silhouette descendant de l'échelle de l'astronef, posant pour la première fois le pied sur le sol lunaire. L'une des jeunes filles dans le salon pleurait à chaudes larmes.

Même Brianna en avait oublié le reste. Elle avait laissé retomber son bras et était penchée en avant, absorbée par la scène.

Roger fut soudain assailli d'une angoisse en les voyant tous concentrés, Brianna y compris. Ils n'appartenaient pas au même siècle, lui, historien fasciné par les mystères du passé, elle, ingénieur, tournée vers l'avenir et sa technologie éclatante. Comment pourraient-ils se rencontrer s'ils regardaient chacun dans une direction opposée ?

Ensuite il se produisit une explosion de joie et d'applaudissements dans le salon. La jeune femme se retourna vers lui et l'embrassa avec fougue. Il songea que cela n'avait finalement pas grande importance. Ils pouvaient bien observer chacun les choses par-dessus l'épaule de l'autre, l'essentiel était qu'ils se regardent en face.

TROISIÈME PARTIE
Les pirates

6

La hernie

— Je hais les bateaux, siffla Jamie entre ses dents. Je les déteste, je les abhorre. Le concept même de bateau me fait horreur.

L'oncle de Jamie, Hector Cameron, possédait une plantation baptisée River Run, juste au-dessus de la ville de Cross Creek. Cross Creek, elle, se trouvait en bordure du fleuve, à quelque trois cents kilomètres en amont de Wilmington. A cette époque de l'année, nous avait-on affirmé, il fallait compter entre quatre jours et une semaine pour rejoindre la ville en bateau, selon le vent. En revanche, si nous décidions de voyager par voie de terre, le trajet pouvait durer deux semaines ou plus, tout dépendrait des inondations chroniques de la route, de la boue et des essieux brisés.

— Il n'y a pas de vagues sur un fleuve, dis-je. Et puis, l'idée de patauger dans la gadoue pendant trois cents kilomètres me fait horreur à moi aussi.

Ian m'adressa un sourire ravi, puis reprit une expression plus neutre quand il croisa le regard torve de son oncle.

— En outre, ajoutai-je à l'intention de Jamie, si tu as le mal de mer, j'ai toujours mes aiguilles.

Je tapotai ma poche qui contenait mon jeu de petites aiguilles d'acupuncture, en or, dans leur écrin en ivoire.

Jamie poussa un soupir exaspéré mais n'insista pas. Ce détail réglé, il nous restait le problème majeur, à savoir comment payer le voyage en bateau.

Nous n'étions pas riches, mais nous avions quand même quelques sous grâce à une aubaine rencontrée sur la route. Au nord de Charleston, alors que nous cherchions un endroit à l'écart de la route pour y passer la nuit, nous avions découvert une ferme abandonnée dans les bois, dont la clairière disparaissait sous de nouvelles pousses.

De jeunes peupliers d'Amérique se dressaient comme des lances entre les poutres du toit effondré, et un buisson de ronces fleurissait entre les pierres fendues de l'ancien foyer. Les murs à demi écroulés, noircis de pourriture, étaient couverts, çà et là, de mousse et de champignons. Impossible de deviner depuis combien de temps la ferme était à l'abandon mais on pouvait jurer que le bâtiment et la clairière qui l'entourait seraient engloutis par la nature dans quelques années, avec pour seules traces de leur existence une pile de pierres de cheminée.

Toutefois, fleurissant de manière incongrue au milieu de la végétation sauvage, s'étendaient les vestiges d'un champ de pêchers, croulant sous les fruits mûrs et bourdonnant des allées et venues des abeilles. Nous nous en étions gavés avant de nous coucher dans les ruines. A l'aube, nous avions chargé le chariot d'une montagne de fruits veloutés et gorgés de jus.

Nous les avions vendus sur le bord de la route, pour arriver à Wilmington les mains poisseuses mais avec une bourse remplie de pièces, des pennies pour la plupart. Une tenace odeur de fermentation imprégnait nos cheveux, nos vêtements et notre peau, comme si nous avions macéré dans de l'eau-de-vie de pêche.

Jamie me confia la bourse qui contenait notre fortune.

— Prends ça et achète toutes les provisions que tu peux, mais pas de pêches, promis ? Vois aussi si tu as de quoi nous procurer du fil et des aiguilles pour raccommoder nos vêtements. Je ne voudrais pas qu'on débarque chez mon oncle en ayant l'air d'une bande de mendiants.

Il désigna du regard la veste de Fergus. Celui-ci l'avait déchirée en tombant d'un pêcher.

— Duncan et moi allons essayer de vendre le chariot et les chevaux. S'il existe un orfèvre quelque part, nous verrons ce qu'il nous offre pour un de nos cailloux.

— Fais attention, oncle Jamie, recommanda Ian.

Fronçant les sourcils, il balaya du regard la foule bigarrée qui circulait dans le quartier du port.

— Il ne faudrait pas que tu te fasses rouler ou dévaliser dans la rue.

Jamie prit un air sérieux et assura à son neveu qu'il ne prendrait aucun risque inutile.

— Emmène Rollo avec toi, insista ce dernier. Il te protégera.

Jamie baissa les yeux vers le chien qui surveillait avec intérêt les allées et venues autour de nous. Sa langue pendante suggérait plus une faim de loup qu'une curiosité mondaine.

— D'accord. Allez, viens, mon gros toutou, dit Jamie.

Avant de s'éloigner, il me lança :

— Je crois que tu ferais bien d'acheter aussi quelques poissons séchés, *Sassenach* !

Wilmington était une petite ville mais, grâce à son emplacement stratégique à l'embouchure d'un fleuve navigable, elle possédait un marché de fruits et légumes, des quais de chargement et plusieurs boutiques vendant des articles de luxe importés d'Europe ainsi que des produits de première nécessité.

— Des haricots, me rappela Fergus. Beaucoup de haricots, j'adore ça.

Il balança le gros sac de jute sur son épaule.

— ... et du pain, bien sûr. Il nous faut du pain, de la farine, du sel, du lard, du bœuf salé, des cerises sèches, des pommes... et naturellement, du poisson... du fil et des aiguilles, ça s'impose... sans oublier une brosse à cheveux...

Il lança un regard discret vers mes cheveux en désordre qui, frisant plus encore que d'habitude à cause de l'humidité, s'échappaient de mon grand chapeau de paille.

— ... des remèdes chez l'apothicaire, évidemment. Mais de la dentelle ?

— Oui, de la dentelle, répondis-je d'un ton ferme.

Je rangeai les trois mètres de dentelle de Flandres dans un sac de papier que je laissai tomber dans le grand cabas de Ian.

— Et aussi des rubans, ajoutai-je à l'adresse de la vendeuse derrière le comptoir. Un mètre de chaque couleur, s'il vous plaît.

Avant que Fergus ne puisse protester, je lui indiquai :

— Pour toi, je prends du rouge, alors ne te plains pas. Du vert pour Ian, du jaune pour Duncan et du bleu nuit pour Jamie. Non, ce n'est pas une excentricité. Jamie ne veut pas que nous débarquions chez ses parents en ayant l'air de romanichels.

— Et vous, ma tante ? demanda Ian. Vous n'allez pas nous déguiser en dandys et rester dépenaillée comme un moineau mouillé !

Fergus se mit à siffloter entre ses lèvres, mi-agacé mi-amusé.

— Celui-ci ! dit-il soudain en pointant un doigt vers un large rouleau de ruban rose sombre.

— Mais c'est une couleur de jeune fille ! protestai-je.

— Les dames ne sont jamais trop âgées pour porter du rose, rétorqua fermement Fergus. Les *Madames* me l'ont souvent dit.

Ce n'était pas la première fois qu'il me gonflait avec l'opinion de ses *Madames*. Fergus avait passé les premières années de son existence dans un bordel et, à en juger par la clarté de ses souvenirs, une bonne partie de sa vie adulte également. J'avais espéré que cette habitude lui passerait, surtout maintenant qu'il était marié avec la belle-fille de Jamie, mais, Marsali étant restée en Jamaïque pour attendre la naissance de leur premier enfant, je gardais quelques doutes sur sa fidélité.

— Puisque les *Madames* le disent ! soupirai-je. Soit, je prendrai le rose.

Encombrés de paniers et de sacs de provisions, nous ressortîmes dans la rue. Il faisait chaud et humide, mais la brise qui soufflait du fleuve était rafraîchissante après la chaleur oppressante de la boutique. Vers le port, on apercevait plusieurs grands mâts se balançant au gré du courant. Je vis la silhouette de Jamie qui passait entre deux bâtiments, Rollo sur ses talons. Ian poussa de hauts cris, agita le bras, et le chien accourut ventre à terre en agitant la queue. Il y avait peu de monde dehors à cette heure-ci et les rares passants qui avaient osé braver la fournaise se plaquèrent contre les murs pour éviter le bolide poilu qui fonçait vers nous.

— Sapristi ! lança une voix grave derrière nous. Je n'ai jamais vu un chien aussi gros !

Un homme se tenait sous le porche d'une taverne. Il effleura poliment le bord de son chapeau.

— A votre service, madame. J'espère qu'il n'est pas amateur de chair humaine ?

Je levai les yeux plus haut et me retins de lui dire que, si quelqu'un n'avait rien à craindre de Rollo, c'était bien lui.

C'était l'homme le plus grand que j'aie jamais rencontré. Il mesurait bien une tête de plus que Jamie. Maigre et dégingandé, il avait d'énormes mains qui se balançaient à la hauteur de mes coudes. La boucle ornée de perles, sur sa ceinture, m'arrivait à la poitrine. Pour un peu, j'aurais pu enfouir mon nez dans son nombril.

— Rassurez-vous, il se nourrit exclusivement de poissons, affirmai-je.

Comme je tordais le cou pour le regarder dans les yeux, il eut l'obligeance de s'accroupir, ses genoux craquant comme du bois sec. Pouvant enfin le dévisager à loisir, je constatai qu'il portait une épaisse barbe noire d'où émergeait un nez en trompette, surmonté d'une paire de grands yeux noisette.

— Vous m'en voyez ravi, madame. C'est que je n'aimerais pas me faire arracher un mollet de si bon matin.

Il ôta un chapeau mou en piteux état, orné d'une plume de dinde qui avait connu des jours meilleurs, et s'inclina, ses longues boucles brunes retombant en avant sur ses épaules.

— John Quincy Myers, pour vous servir, madame.

— Claire Fraser, répondis-je en lui tendant ma main.

L'homme la regarda d'un air surpris puis la porta à son nez et la renifla. Il redressa la tête avec un grand sourire qui, bien qu'il lui manquât la moitié de ses dents, n'en était pas moins charmant.

— Vous, vous êtes une herbeuse ! déclara-t-il.

— Pardon ?

Il retourna délicatement ma main dans la sienne pour suivre du doigt le contour de mes ongles tachés de chlorophylle.

— Lorsqu'une femme a les doigts verts, c'est sans doute parce qu'elle vient de soigner ses roses, mais si ses mains sentent la racine de sassafras et la gentiane, c'est qu'elle fait plus que du jardinage, vous n'êtes pas de mon avis ?

Il se tourna vers Ian, qui le dévisageait avec un intérêt non dissimulé.

— Si, si ! répondit fièrement le jeune homme. Tante Claire est une grande guérisseuse.

— Vraiment ?

Les yeux de M. Myers s'écarquillèrent et il pivota sur ses talons pour me faire face.

— C'est ce qui s'appelle avoir une veine de pendu ! s'exclama-t-il. Moi qui m'apprêtais à passer les montagnes au peigne fin, en quête d'un chaman !

— Vous êtes souffrant, monsieur Myers ?

Il n'en avait pas l'air mais c'était difficile à déterminer, compte tenu de sa barbe, de ses longs cheveux et de l'épaisse couche de crasse qui recouvrait tous les fragments visibles de sa peau. Seul son front faisait exception. Protégé du soleil par son chapeau de feutre, il formait un large bandeau d'une blancheur immaculée.

— « Souffrant » est un peu excessif, corrigea-t-il.

Il tira sur les pans de sa chemise.

— Tout ce que je sais, c'est que ce n'est pas la chaude-pisse ni le mal français. Ça, je connais déjà, expliqua-t-il.

Ce que j'avais pris pour des pantalons était en fait une paire de jambières en daim sur lesquelles il avait passé des culottes. Sans cesser de parler, M. Myers commença à dénouer les lacets de sa braguette.

— Pourtant, vous parlez d'une tuile ! Un beau matin, je me suis réveillé avec ce gonflement juste derrière les bourses. Ce n'est pas que ça fasse vraiment mal, sauf quand je monte à cheval. Vous pourriez peut-être y jeter un coup d'œil et me dire ce que je dois faire.

— Ah... dis-je, prise de court.

Je lançai un regard paniqué à Fergus, qui se contenta de changer son sac d'épaule, d'un air amusé.

— Vous ne seriez pas M. John Myers, par hasard ? demanda soudain une voix familière derrière moi.

Celui-ci cessa un instant de se débattre avec sa braguette et leva les yeux.

— Oui, c'est bien moi, répondit-il, surpris. Nous nous connaissons, monsieur ?

Jamie avança d'un pas, se plaçant tactiquement entre moi et les culottes de M. Myers, puis s'inclina en coinçant son chapeau sous son aisselle.

— James Fraser, pour vous servir, se présenta-t-il. On m'a recommandé de m'adresser à vous en évoquant le nom d'Hector Cameron.

M. Myers lança un regard intrigué vers la tignasse rousse de Jamie.

— Ecossais, hein ? Vous venez des Highlands ?

— En effet, monsieur. Ecossais et Highlander de surcroît.

— Vous ne seriez pas un parent de ce vieux Cameron ?

— Hector Cameron est mon oncle par alliance, bien que je ne l'aie jamais rencontré en personne. On m'a dit que vous le connaissiez bien et que vous accepteriez peut-être de nous conduire jusqu'à sa plantation.

Les deux hommes se toisèrent un long moment, sans vergogne, jaugeant allure, vêtements et armement. Les yeux de Jamie, approbateurs, se posèrent sur le long couteau accroché à la ceinture de l'homme des bois, tandis que les narines de M. Myers palpitaient de curiosité.

— On dirait deux chiens qui se flairent, murmura Fergus en français à mon oreille.

M. Myers lui lança un bref regard et une lueur amusée brilla dans le fond de ses yeux. Après quoi il reprit son inspection détaillée de Jamie, puis de Ian, de Fergus, de moi-même et enfin de Rollo. Tout homme des bois qu'il était, il comprenait manifestement le français.

— C'est un bon chien, observa-t-il en tendant une main pacifique vers Rollo.

L'animal, se sentant ainsi invité, entreprit à son tour sa propre inspection, flairant consciencieusement les mocassins et les jambières tandis que la conversation se poursuivait.

— Votre oncle, vous dites ? Il est au courant de votre arrivée ?

— Je n'en sais rien, répondit Jamie. Je lui ai envoyé une lettre de Géorgie il y a un mois, mais j'ignore s'il l'a déjà reçue.

— J'en doute, dit Myers d'un air songeur.

Il marqua une pause avant d'ajouter :

— J'ai déjà fait connaissance avec votre femme. Ce garçon est votre fils ?

— Mon neveu, Ian. Voici mon fils adoptif, Fergus. Nous avons également un ami, Duncan Innes, qui va nous rejoindre tout à l'heure.

Myers hocha la tête.

— Je crois en effet que je pourrais vous accompagner jusqu'à River Run. Je voulais juste m'assurer que vous étiez bien de la famille, mais vos traits ne trompent pas. Ce garçon lui aussi ressemble à la veuve Cameron.

— La *veuve* Cameron ? questionna Jamie.

— Le vieil Hector a attrapé une mauvaise bronchite et a passé l'arme à gauche l'hiver dernier. Je ne sais pas où il a atterri mais ça m'étonnerait qu'on y reçoive beaucoup de courrier.

Laissant de côté les Cameron pour en revenir à notre premier sujet, il s'attaqua à nouveau aux lacets de ses culottes.

— C'est une grosse boule violette, expliqua-t-il. Presque de la taille d'un poing. Vous croyez que ça pourrait être une troisième couille qui me pousse ?

— J'en doute fort, répondis-je en me mordant la lèvre.

Les gens autour de nous dans la rue commençaient à s'arrêter pour nous dévisager.

— Ce n'est pas la peine de vous déculotter, repris-je en hâte. Je crois savoir ce que c'est... ce doit être une hernie inguinale.

Les grands yeux noisette s'écarquillèrent.

— Vraiment ?

Il paraissait impressionné, mais non pas mécontent.

— Naturellement, il faudrait que je vous examine, ajoutai-je. Si c'est ça, cela s'arrange facilement avec une petite opération mais...

J'hésitai, le nez levé vers le colosse.

— Je ne sais pas... il faudrait vous anesthésier et vous endormir. Cela nécessite sans doute une incision, puis des sutures. A moins qu'un bandage herniaire... je veux dire... une ceinture serrée ne suffise.

Myers se gratta le menton d'un air méditatif.

— Non, la ceinture, ça ne marche pas. J'ai déjà essayé. Mais une incision, fichtre ! Vous comptez rester en ville un moment avant de partir chez les Cameron ?

— Le moins longtemps possible, répondit Jamie. Nous comptons remonter la rivière dès que nous aurons trouvé un bateau.

— Ah.

Le géant réfléchit un moment puis son visage s'illumina.

— Je crois que je connais l'homme qu'il vous faut : Josh Freeman. Je vais le chercher de ce pas. Il est sûrement à l'auberge du *Sailor's Sleep*. A cette heure, il ne doit pas encore être ivre mort.

Il fit une courbette dans ma direction en serrant son chapeau contre son ventre.

— Votre épouse aura peut-être la bonté de me retrouver tout à l'heure dans cette auberge, là-bas. Cet établissement est un peu plus convenable que le *Sailor's Sleep*. Elle pourra jeter un coup d'œil à cette... cette...

Il remua vainement ses lèvres pour prononcer « hernie inguinale », renonça et se détendit.

— Cette... obstruction, synthétisa-t-il.

Myers remit le chapeau sur sa tête et, après un bref signe de tête vers Jamie, s'éloigna. Il descendit la rue, s'arrêtant tous les vingt mètres pour saluer une connaissance.

— Décidément, *Sassenach*, tu as vraiment un don, déclara Jamie sans le quitter des yeux.

— Un don pour quoi ?

— Chaque fois que tu rencontres un homme, tu n'es pas cinq minutes avec lui qu'il commence déjà à baisser ses culottes.

Fergus manqua s'étrangler et Ian vira au rose vif.

— Tu es bien placé pour le savoir, mon chéri, répliquai-je d'une voix douce. En tout cas, il semblerait que je nous ai trouvé un bateau et un guide. Et toi, qu'as-tu fait de ta matinée ?

Comme à son habitude, Jamie n'avait pas chômé. Il avait découvert un acheteur potentiel pour l'une de nos pierres. Et pas seulement un acheteur, mais également une invitation à dîner avec le gouverneur.

— Le gouverneur Tyron est en ville en ce moment, expliqua-t-il. Il loge chez un certain M. Lillington. J'ai parlé ce matin avec un marchand nommé MacEachren qui m'a présenté à un MacLeod qui...

— Laisse-moi deviner, l'interrompis-je. Il t'a présenté à un certain MacNeil, qui t'a emmené boire un verre avec un MacGregor, qui est un cousin éloigné du garçon qui cire les bottes du gouverneur.

Depuis le temps, je m'étais habituée aux chemins tortueux empruntés par les Ecossais qui faisaient affaire. Mettez deux Highlanders dans une pièce et, dix minutes plus tard, ils auront remonté leurs arbres généalogiques sur deux cents ans, pour se découvrir tout un assortiment utile de parents et de relations communes.

— En fait, c'est le secrétaire de la femme du gouverneur, un Murray, rectifia Jamie avec un sourire.

Il ajouta à l'intention de Ian :

— C'est le fils aîné de Maggie Murray, la cousine de ton père qui habite Loch Linnhe. Son père a émigré après le Soulèvement.

Ian hocha la tête, inscrivant sans doute cette information dans sa propre encyclopédie génétique pour le jour où elle pourrait s'avérer utile.

Edwin Murray, le secrétaire de la femme du gouverneur, avait accueilli Jamie avec cordialité, même s'ils n'étaient parents que par alliance. Il lui avait obtenu une invitation chez les Lillington le soir même, afin, officiellement du moins, qu'il s'entretienne avec le gouverneur sur des questions de commerce dans les Caraïbes. En réalité, nous cherchions surtout à faire connaissance avec le baron Penzler, un aristocrate allemand qui était également convié : un riche collectionneur d'objets précieux, réputé pour son bon goût.

— Mouais... c'est peut-être une bonne idée, dis-je, peu convaincue. Quoi qu'il en soit, tu devras y aller seul. Je ne peux me rendre à un dîner mondain dans cet état.

— Mais pourquoi, tu es b...

Il s'interrompit et ses yeux se promenèrent longuement sur ma robe pleine de boue, mes cheveux hirsutes et mon bonnet déchiré. Il fronça les sourcils.

— Pourtant, il faudra bien que tu viennes, *Sassenach*. Je vais avoir besoin de toi pour attirer l'attention.

Cette observation me rappela soudain la précarité de nos finances.

— En parlant de diversion, il t'a fallu combien de pintes de bière pour décrocher une invitation à dîner ?

— Six, mais il en a payé trois. Allez, viens, *Sassenach*. Nous devons être chez les Lillington à sept heures. Cela nous laisse juste le temps de te trouver quelque chose de convenable à te mettre.

— Mais nous n'avons pas les mo...

— C'est un investissement, dit-il sur un ton résolu. Et puis... le cousin Edwin m'a avancé un peu d'argent sur la vente d'une pierre.

La robe avait deux ans de retard sur la dernière mode en vigueur à la Jamaïque mais elle était propre, ce qui était le principal.

— Vous gouttez, madame, déclara la couturière sur un ton revêche.

Cette petite bonne femme d'âge moyen était la meilleure couturière de Wilmington, nous avait-on assuré. Elle n'avait manifestement pas l'habitude que l'on contredise ses opinions en matière d'habillement. Elle n'avait pas encore admis que j'aie préféré des cheveux bien propres à sa proposition de bonnet à froufrous, me menaçant de pleurésie. Les épingles dans sa bouche se hérissèrent comme un porc-épic effarouché lorsque j'insistai pour qu'elle remplace l'épais corset par une armature plus légère, surmontée d'un feston pour faire remonter mes seins sans les pincer.

— Navrée, m'excusai-je en rentrant ma mèche dégoulinante sous le linge drapé autour de mon crâne.

Les chambres d'amis de M. Lillington étaient toutes occupées par le gouverneur et sa suite. Par conséquent, on m'avait reléguée dans le minuscule grenier du cousin Edwin, au-dessus des écuries. L'essayage de ma robe était donc rythmé par les piétinements et les bruits de mastication des chevaux sous nos pieds, ponctués des sifflotements des palefreniers qui allaient et venaient entre les boxes.

Cela dit, je n'avais pas à m'en plaindre. Les écuries de M. Lillington étaient nettement plus propres que l'auberge où Jamie et moi avions laissé nos compagnons. En outre, on m'avait gracieusement offert une grande bassine d'eau chaude et un savon parfumé à la lavande, attention bien plus touchante à mes yeux que la robe neuve. J'espérais bien ne jamais revoir une pêche de ma vie.

Je me hissai sur la pointe des pieds, essayant d'apercevoir Jamie par la lucarne, ce qui déclencha un sifflement de protestation de la couturière, qui tentait de finir mon ourlet.

En fin de compte, la robe n'était pas si mal : très simple, en soie grège, avec des manches s'arrêtant à mi-bras, deux grandes poches en soie bordeaux qui partaient de la taille et un treillis en passepoil de la même couleur, allant des hanches au décolleté. En ornant les manches de la dentelle de Flandres que j'avais achetée un peu plus tôt, cela ferait l'affaire, même si l'étoffe de la robe n'était pas de la meilleure qualité.

J'avais d'abord été surprise par son prix remarquablement modique, mais, en inspectant le tissu d'un peu plus près, je constatai que la soie était tissée d'une manière plus grossière que d'habitude. Ici et là, des fils plus épais étaient pris dans la trame et accrochaient la lumière. Intriguée, je froissai l'étoffe entre mes doigts. Sans être une grande connaisseuse en matière de soieries, j'avais passé autrefois un après-midi entier sur le pont d'un navire en compagnie d'un Chinois qui m'avait expliqué en long et en large les mœurs et coutumes des vers à soie et les variations subtiles de leur production.

— D'où vient cette soie ? demandai-je à la couturière. Elle n'est pas chinoise, elle vient de France ?

Ma curiosité sembla apaiser sa mauvaise humeur, du moins à titre provisoire.

— Elle a été faite en Caroline du Sud. Il y a là-bas une dame, Mme Pickney, qui consacre la moitié de ses terres à la culture du mûrier et à l'élevage du vers à soie. Le tissu n'est peut-être pas aussi fin que celui importé de Chine, mais il coûte la moitié du prix.

Elle recula d'un pas pour mieux apprécier son œuvre.

— Ça ira. Le travail de passementerie est beau. Il vous donne bonne mine. Mais, si vous me permettez, madame, il vous faudrait un petit quelque chose sur la tête, pour équilibrer le tout. Si vous ne voulez pas mettre un bonnet ou une perruque, que diriez-vous d'un ruban ?

— Ah, c'est vrai, j'oubliais ! Oui, c'est une excellente idée. Regardez donc dans ce panier là-bas. Je crois que vous y trouverez votre affaire.

A nous deux, nous parvînmes enfin à me faire une coiffure décente, entrelaçant mes mèches rebelles de rubans rose sombre et laissant retomber quelques boucles sur mes oreilles et mon front.

— Je n'ai pas trop l'air d'une vieille brebis déguisée en agneau ? m'inquiétai-je soudain.

— Mais non, madame, me rassura-t-elle. C'est juste qu'il vous faudrait quelque chose pour meubler votre décolleté. Ça fait un peu trop dépouillé. Vous n'auriez pas un bijou, par hasard ?

— Si.

Nous sursautâmes toutes les deux et fîmes volte-face pour découvrir Jamie qui venait d'entrer sans bruit.

Il était parvenu à prendre un bain et à se procurer une chemise propre. Quelqu'un avait peigné et tressé ses cheveux avec le ruban de soie bleue. Sa veste avait été brossée et agrémentée de nouveaux boutons argentés, chacun gravé d'une petite fleur.

— Très joli ! dis-je en en caressant un.

— Je les ai loués à l'orfèvre, expliqua-t-il. Ils feront l'affaire, tout comme ceci.

Il sortit un mouchoir sale de sa poche, le déplia et en extirpa un collier en or.

— Faute de temps, il a mis la monture la plus simple, déclara-t-il en me l'attachant autour du cou. Mais je crois que c'est la pierre la plus belle, non ?

Le rubis pendait juste au-dessus de la fente de mes seins, lançant des feux rose pâle sur ma peau blanche.

Je tournai la pierre entre mes doigts. Elle était chaude d'être restée dans sa poche.

— Tu as fait le bon choix, répondis-je. Elle va beaucoup mieux avec la robe que le saphir ou l'émeraude.

La couturière ouvrit des yeux ronds, nous accordant quelques échelons supplémentaires dans son évaluation de notre rang social.

Les yeux de Jamie se promenèrent sur ma tenue et un grand sourire illumina son visage.

— Tu fais un très bel écrin à ce bijou, *Sassenach*. Je ne pouvais rêver mieux pour attirer l'attention.

Il regarda au-dehors par la lucarne ; le ciel commençait à se teinter de rose. Puis il me fit une élégante courbette et me tendit le bras.

— Puis-je avoir l'honneur de vous accompagner à ce dîner, madame ?

7

De grands projets pavés d'embûches

Je m'étais accoutumée à cette aptitude des gens du XVIIIe siècle à manger tout ce qui pouvait être physiquement maîtrisé et mis sur un plat, mais je n'avais jamais pu me faire à leur manie de présenter le gibier et le poisson comme s'ils n'avaient pas subi le processus intermédiaire d'être tués et cuisinés avant de faire leur apparition sur la table.

Je contemplai donc sans appétit l'énorme esturgeon qui me regardait dans le blanc des yeux. Il était encore pourvu de ses écailles et de ses nageoires, et flottait sur une mer d'œufs de lump et de crabes minuscules en aspic.

Je bus une autre gorgée de vin. Mon voisin de table décrivait un gentleman qu'il avait rencontré dans un relais de poste alors qu'il se rendait à Wilmington depuis son domaine près de New Bern.

— ... quelle impertinence ! fulminait-il. Figurez-vous que nous étions tranquillement en train de prendre quelques rafraîchissements quand il se met à nous parler de ses hémorroïdes et des tourments que lui causent les secousses de la berline. Comme si cela ne suffisait pas, ce rustre sort un mouchoir ensanglanté de sa poche pour le montrer à la ronde au cas où nous n'aurions pas encore saisi ! J'en ai eu le cœur retourné !

Il enfourna une grande bouchée de fricassée de poulet et se mit à mastiquer lentement, me dévisageant de ses yeux pâles et globuleux qui n'étaient pas sans rappeler ceux de l'esturgeon devant moi.

De l'autre côté de la table, Philip Wylie esquissa une moue amusée et indiqua du menton mon assiette pratiquement intacte.

— Prenez garde, Stanhope, votre conversation risque d'avoir le même effet sur Madame. Cela dit, quand on utilise les transports publics, il faut s'attendre à frayer avec des gens du commun.

Stanhope se raidit et épousseta d'un air pincé la serviette nouée autour de son cou.

— Inutile de prendre vos grands airs, Wylie. Tout le monde ne peut pas se permettre d'avoir un cocher, surtout avec tous ces impôts. Ils nous en pondent un nouveau dès que nous avons le dos tourné.

Il décrivit des moulinets indignés avec sa fourchette en poursuivant :

— Le tabac, l'eau-de-vie, le vin, passe encore ! Mais une taxe sur les journaux et les timbres ! C'est scandaleux ! Rendez-vous compte : le fils aîné de ma sœur a obtenu son diplôme à l'université de Yale l'année dernière, eh bien, figurez-vous qu'elle a dû payer un demi-shilling rien que pour faire apposer le timbre officiel sur le papier !

— Mais ce n'est plus le cas à présent, intervint le cousin Edwin. Nous avons rejeté le droit sur les timbres.

Stanhope cueillit un petit crabe dans le plat et le brandit sous le nez d'Edwin avec une expression accusatrice.

— On se débarrasse d'un impôt et un autre surgit aussitôt pour le remplacer ! Comme des champignons !

Il engouffra son crabe et se mit à marmonner la bouche pleine quelque chose à propos d'une prochaine taxe sur l'air qu'on respirait.

Le baron Penzler, assis à ma gauche, profita de cette accalmie passagère pour m'adresser la parole :

— J'ai cru comprendre que vous étiez arrivée depuis peu des Caraïbes, madame. Nos petits déboires provinciaux doivent vous ennuyer à mourir.

Je pivotai vers lui afin d'exhiber mon décolleté.

— Le sujet des impôts nous concerne tous, le rassurai-je. Mais peut-être ne considérez-vous pas que les taxes soient le prix à payer pour une société civilisée ? Quoique... à en juger par l'histoire que nous racontait M. Stanhope, le problème vient sans doute du fait que le niveau d'imposition excède parfois le degré de civilisation.

— Ha, ha ! Vous pouvez le dire, madame ! Parlons-en, du degré de civilisation dans cette région ! s'exclama Stanhope en projetant une pluie de miettes devant lui.

Philip Wylie me lança un sourire sardonique.

— Vous devriez éviter d'être aussi spirituelle, madame, notre ami Stanhope risque de s'étouffer.

— Mais quel est l'indice de taxation, au juste ? demandai-je.

Wylie pinça les lèvres avec une mine méditative. Dandy, il portait une perruque à la dernière mode et une mouche étoilée près de la bouche. Sous la poudre de riz, je devinais un beau visage et un esprit aiguisé.

— Si l'on prend en compte les frais annexes, cela peut aller jusqu'à deux pour cent du revenu global, en comptant les taxes sur les esclaves. Mais si on y ajoute les impôts sur les terres et le produit des récoltes, cela peut représenter beaucoup plus.

— Deux pour cent ! s'étrangla Stanhope. C'est injuste ! Tout bonnement injuste !

Me remémorant la dernière déclaration de revenus que j'avais signée, je compatis avec mes compagnons de table, convenant qu'une imposition de deux pour cent des revenus était un véritable scandale, et me demandant ce qu'il était advenu de l'esprit rebelle des contribuables américains au cours des deux cents ans qui devaient suivre.

— Mais nous devrions peut-être changer de sujet, suggérai-je. Après tout, parler d'impôts à la table du gouverneur est un peu comme de discuter de cordes dans la maison d'un pendu.

Là-dessus, M. Stanhope avala un crabe entier et s'étouffa pour de bon.

Son voisin de table lui tapa dans le dos pendant que le jeune boy noir qui chassait les mouches près des fenêtres courait chercher de l'eau. Je repérai un long couteau bien affûté près du plat à poisson, au cas où il me faudrait réaliser d'urgence une trachéotomie. Ce n'était pourtant pas le genre d'attention que j'espérais attirer.

Fort heureusement, nous n'eûmes pas besoin d'en arriver là. Le crabe fut régurgité après une bonne claque entre les omoplates, laissant sa victime violette et haletante mais néanmoins indemne.

— Vous parliez de journaux, repris-je une fois M. Stanhope hors de danger. Nous sommes arrivés depuis peu mais je n'en ai encore vu aucun. Wilmington a-t-elle son journal local ?

Outre le désir de laisser le temps à M. Stanhope de se remettre, ma question n'était pas tout à fait innocente. Parmi les rares biens matériels de Jamie se trouvait une presse, pour le moment entreposée à Edimbourg.

Wilmington, m'informa-t-on, disposait de deux imprimeurs, mais un seul d'entre eux, un certain M. Jonathan Gillette, publiait régulièrement une gazette.

— Elle devrait bientôt cesser de paraître, déclara Stanhope d'un air déprimé. Il semble que M. Gillette ait reçu un avertissement du Comité de la sécurité, qui... Ah !

Il sursauta sur son siège et son visage rondelet se plissa en une expression de stupeur douloureuse tandis que Wylie lui adressait un regard noir.

— Vous vous intéressez à la presse, madame Fraser ? demanda aimablement ce dernier. J'ai entendu dire que votre mari tenait une imprimerie autrefois à Edimbourg.

Je ne m'étais pas attendue qu'il soit aussi bien renseigné.

— En effet, mais il ne publiait pas de journaux, uniquement des livres, des pamphlets et des choses de ce genre.

Wylie parut stupéfait.

— Vous voulez dire que votre époux n'a pas de convictions politiques ? Les imprimeurs sont souvent assujettis aux passions de leurs clients, même s'ils ne les partagent pas toujours.

Une série de sonnettes d'alarme retentit dans ma tête. Wylie était-il vraiment au courant des connexions politiques de Jamie à Edimbourg, séditieuses pour la plupart, ou s'agissait-il simplement d'une conversation mondaine ? A en juger par les remarques de Stanhope, la presse et la politique étaient inextricablement emmêlées dans l'esprit des gens, ce qui n'avait rien d'étonnant, compte tenu de la période.

En entendant son nom, Jamie, à l'autre bout de la table, tourna la tête vers moi. Il me sourit avant de replonger dans sa conversation avec le gouverneur, à la droite duquel il était assis. J'ignorais si le plan de table était l'œuvre de M. Lillington, qui, placé à la gauche du gouverneur, suivait la conversation avec une expression intelligente et navrée de basset artésien, ou celle de cousin Edwin, assis en face de moi, entre Philip Wylie et sa sœur Judith.

— Ah, votre mari est donc artisan ? observa celle-ci d'un air compatissant.

Elle m'adressa un sourire enjôleur, veillant à ne pas dévoiler ses dents probablement gâtées, et fit un petit geste vers sa perruque en pièce montée, contemplant mes rubans avec un amusement dédaigneux.

— Et cette coiffure ? Est-ce le style en vigueur à Edimbourg, madame Fraser ? C'est... charmant.

Son frère la foudroya du regard.

— J'ai également cru comprendre que M. Fraser était le neveu de Mme Cameron, de River Run, dit-il. Je me trompe ?

Le cousin Edwin, sans doute la source de cette information, se mit à beurrer son petit pain avec un zèle redoublé. Il n'avait vraiment pas l'air d'un secrétaire : c'était un grand jeune homme avenant avec de pétillants yeux noisette, dont l'un venait apparemment de cligner dans ma direction.

Le baron, que la question de la presse et des impôts semblait ennuyer à mourir, se ranima en entendant le nom des Cameron.

— River Run, vous dites ? Vous êtes apparentée à Mme Jocasta Cameron ?

— C'est la tante de mon mari, expliquai-je.

— Vraiment ? Une femme charmante ! Absolument charmante !

Un grand sourire étira ses bajoues.

— Voilà de longues années que je suis un ami proche de

Mme Cameron et de son mari, qui, hélas, nous a quittés l'an dernier.

Le baron se lança alors dans une description enthousiaste des délices de River Run et j'en profitai pour accepter une petite tranche de tarte farcie au poisson, aux huîtres et aux crevettes, le tout dans une sauce crémeuse. M. Lillington n'avait pas lésiné sur les moyens pour impressionner le gouverneur.

Alors que je me penchais en arrière pour laisser le valet me servir une autre cuillerée de sauce, je croisai le regard de Judith Wylie, qui m'examinait avec une antipathie qu'elle ne cherchait pas à dissimuler. Je lui souris de mon air le plus aimable, prenant soin de lui montrer mes dents irréprochables, puis me retournai vers le baron avec assurance.

Il n'existait pas de miroir dans l'appartement d'Edwin et, bien que Jamie m'eût assuré que je présentais bien, ses critères esthétiques restaient éloignés de ceux de la mode. Les hommes autour de la table m'avaient adressé un certain nombre de compliments, certes, mais ce n'était jamais que de la galanterie d'usage.

En revanche, Mlle Wylie, qui avait vingt-cinq ans de moins que moi, était habillée à la dernière mode, portait de superbes bijoux et, si elle n'était pas d'une grande beauté, elle était loin d'être laide. Sa jalousie était donc un meilleur reflet de mon apparence que n'importe quel miroir.

— Quelle belle pierre, madame Fraser ! s'extasia soudain le baron. Vous me permettez de la contempler de plus près ?

Il se pencha vers moi, ses doigts potelés en suspens au-dessus de mon décolleté.

— Mais certainement ! m'empressai-je de répondre.

Je dégrafai prestement le fermoir et déposa le rubis dans sa paume grasse et moite. Il parut légèrement déçu de ne pouvoir examiner la pierre *in situ* mais approcha la gemme étincelante de ses yeux, d'un air connaisseur, ce qu'il était de toute évidence car il sortit de sa poche un petit objet qui s'avéra être une loupe de joaillier.

Je me détendis et acceptai avec grâce un mets chaud et parfumé que le majordome me présentait dans un grand saladier en cristal. Comment les gens pouvaient-ils servir des plats chauds quand la température de la pièce avoisinait les trente-cinq degrés ?

— Magnifique, murmura le baron en roulant la pierre entre ses doigts. *Sehr schön !*

Il n'y avait pas beaucoup de points sur lesquels j'aurais été prête à faire confiance à Geillis Duncan, mais je ne pouvais lui reprocher son goût en matière de pierres précieuses. « Il ne faut utiliser que celles de première qualité », avait-elle dit en m'expliquant sa théorie sur les voyages dans le temps grâce aux gemmes. « ... Uniquement les plus grosses et sans le moindre défaut. »

Pour être gros, le rubis l'était ! Il mesurait presque la taille de l'un de ces œufs de caille qui bordaient le faisan sur la desserte. Quant à sa pureté, je n'avais pas le moindre doute. Si Geillis l'avait choisi pour se faire transporter dans le futur, il pouvait assurément nous conduire jusqu'à Cross Creek.

Je pris une bouchée de ce qu'on m'avait servi. C'était une sorte de ragoût, très tendre et relevé.

— C'est délicieux, dis-je à M. Stanhope. Qu'est-ce que c'est ?

— Vous aimez ? C'est un de mes plats favoris : du museau de porc mariné. Exquis, non ?

Je refermai la porte de l'appartement du cousin Edwin derrière moi et m'adossai à elle. Ma mâchoire me faisait mal à force d'avoir souri toute la soirée. J'allais enfin pouvoir ôter ma robe, l'étroit corset et les souliers qui comprimaient mes pieds gonflés.

Paix, solitude, nudité et silence, je n'aspirais à rien d'autre pour le moment, hormis un peu d'air frais. Je me déshabillai, ne gardant que mon jupon, et m'approchai de la fenêtre pour l'ouvrir.

A l'extérieur, l'air était si lourd que cela ne faisait pas grande différence. Les insectes vinrent aussitôt se brûler les ailes à la flamme de ma chandelle, assoiffés de lumière et de sang. Je la soufflai et m'assis sur le rebord de la fenêtre, laissant la brise chaude caresser mon visage.

Dehors, les invités commençaient à partir. Une file de voitures attendait dans l'allée. Les rires, les bruits de conversation et les adieux me parvenaient par bribes.

— ... plutôt maligne, à mon avis, dit la voix traînante de Philip Wylie.

— Ça, pour être maligne... ! répondit la voix aiguë de sa sœur, qui ne considérait manifestement pas que c'était là une qualité enviable.

— On peut tolérer l'intelligence chez une femme, ma chère, tant qu'elle est également agréable à regarder. Inversement, une jolie femme peut s'en passer, à condition qu'elle ait le bon sens de se taire.

Mlle Wylie ne pouvait sans doute pas être accusée d'un excès d'intelligence, mais elle eut le bon sens de saisir la pointe d'ironie dans le discours de son frère.

— Mais elle a au moins cent ans ! insista-t-elle. Agréable à regarder, peut-être, mais, sans son rubis, elle le serait moins.

— Le fait est, dit une voix grave que je reconnus comme étant celle de Stanhope. Quoique, à mon humble avis, le présentoir était encore plus frappant.

— Quel présentoir ? demanda Mlle Wylie. Le bijou pendait simplement dans son décolleté.

— Vraiment ? dit Stanhope sur un ton ingénu. Je n'avais pas remarqué.

Wylie éclata de rire.

— Si vous ne vous en êtes pas aperçu, mon ami, je suis sûr que vous êtes le seul. Venez, voilà votre voiture.

Je touchai le rubis du bout des doigts, observant les beaux cheveux gris de Wylie disparaissant dans la nuit. Oui, les autres l'avaient remarqué. Je sentais encore le regard du baron braqué sur mes seins.

La pierre était chaude, plus chaude encore que ma peau. D'habitude, je ne portais pas de bijoux, hormis mes deux alliances, et je n'en raffolais pas. J'avais hâte que nous nous débarrassions de notre dangereux trésor, du moins en partie. Tandis que je demeurais assise devant la fenêtre, serrant le rubis dans ma main, j'avais presque l'impression qu'il palpitait comme un petit cœur, au même rythme que le mien.

Il ne restait plus qu'une voiture ; son cocher attendait près des chevaux. Quelque vingt minutes plus tard, son maître sortit enfin en lançant derrière lui un « *Gute Nacht !* » sonore. Le baron paraissait d'excellente humeur. C'était bon signe.

L'un des valets, sa veste de livrée enlevée, était en train d'éteindre les torches le long de l'allée. Je suivis des yeux la tache pâle de sa chemise tandis qu'il revenait vers la maison, dans l'obscurité, et aperçus un bref éclat de lumière sous le porche quand il rentra. Ensuite, plus rien. Le silence de la nuit retomba sur le parc.

J'avais cru que Jamie monterait peu après moi, mais les minutes passaient et je ne l'entendais toujours pas dans l'escalier. Je n'avais aucune envie de me coucher.

Enfin, je me levai et enfilai de nouveau ma robe, sans m'embarrasser de souliers ni de bas, m'engageai discrètement dans le couloir puis dans l'escalier, et suivis la galerie couverte qui menait au corps central du bâtiment. La plupart des domestiques s'étaient retirés mais il restait encore de la lumière dans le grand escalier et je discernai les appliques allumées du grand salon au premier étage.

M'approchant sur la pointe des pieds, j'entendis des voix masculines, celle de Jamie alternant avec celle du gouverneur au rythme paisible d'un tête-à-tête d'après dîner.

Les chandelles étaient presque consumées et l'air se chargeait d'un parfum de cire d'abeilles. Un nuage de fumée de cigare flottait devant les portes du salon.

Je m'arrêtai devant la porte. De là, je pouvais distinguer le gouverneur qui me tournait le dos, penché en avant pour allumer un nouveau cigare à une bougie posée sur la table.

Si Jamie me voyait, il n'en laissa rien paraître. Il avait son air habituel de bonne humeur tranquille ; les rides autour de ses yeux et de sa bouche s'étaient estompées. A ses épaules arrondies, je pouvais deviner qu'il était détendu et content. Il avait donc réussi.

— ... une plantation baptisée River Run, disait-il au gouverneur. C'est dans les collines, après Cross Creek.

— Je connais l'endroit, répondit le gouverneur Tyron, un peu surpris. Ma femme et moi avons passé quelques jours à Cross Creek l'an dernier. Nous avons fait le tour de la colonie avant que je prenne mes fonctions. Mais River Run est haut perché dans les montagnes, c'est un lieu assez reculé.

— Que voulez-vous, plaisanta Jamie, je suis d'une famille des Highlands. Les montagnes sont notre milieu naturel.

— En effet.

Le gouverneur tira sur son cigare et se pencha en avant vers Jamie d'un air mystérieux.

— Puisque nous sommes seul à seul, monsieur Fraser, il y a un sujet dont j'aimerais vous entretenir. Encore un peu d'eau-de-vie ?

Sans attendre la réponse, il saisit la carafe et remplit le verre de Jamie.

— Le jeune Edwin me dit que vous êtes parmi nous depuis peu, reprit-il. Etes-vous au courant de nos conditions ?

Jamie fit une moue indécise.

— Je ne demande qu'à apprendre, monsieur, mais de quelles conditions voulez-vous parler ?

— La Caroline du Nord est une région très riche. Pourtant, elle n'a pas encore atteint le degré de prospérité de certaines de ses voisines, notamment du fait de la pénurie d'immigrants désireux d'exploiter ses possibilités. Nous n'avons pas de grand port sur la mer, voyez-vous. Par conséquent, il nous faut faire venir les esclaves de Caroline du Sud ou de Virginie par la route, ce qui engendre des frais considérables. Nous ne pouvons pas non plus espérer concurrencer Boston et Philadelphie en matière d'ouvriers sous contrat. Depuis longtemps, la Couronne fait son possible pour encourager l'implantation de familles intelligentes, travailleuses et pieuses, afin de renforcer la prospérité et la sécurité de tous.

Il marqua une pause pour expirer la fumée de son cigare.

— A cette fin, monsieur, nous avons établi un système d'octroi de vastes domaines à des hommes de bien, qui s'engagent à persuader un certain nombre d'émigrants à venir s'installer sur une partie de leurs terres. Cette politique a rencontré un franc succès au cours des trente dernières années. Un grand nombre de Highlanders et de familles originaires des îles écossaises ont élu domicile dans notre colonie. Tenez ! Quand je suis arrivé, j'ai été sidéré par le nombre de MacNeill, de Buchanan, de Graham et de Campbell installés le long des rives du Cape Fear !

Cette fois, le gouverneur tira à peine sur son cigare. Il arrivait enfin au point où il voulait en venir.

— Toutefois, il nous reste encore beaucoup de sol vierge sur notre territoire, plus à l'intérieur des terres, vers les montagnes. Elles sont un peu éloignées de la côte, certes, mais, comme vous le dites vous-même, pour des hommes habitués aux Highlands d'Ecosse...

— J'ai effectivement entendu parler de ces concessions de terres, interrompit Jamie, mais j'avais cru comprendre qu'elles étaient réservées aux hommes blancs, protestants et âgés de plus de trente ans. Telle est la loi, non ?

— C'est en effet ce qui est écrit sur le papier.

M. Tyron se tourna dans son fauteuil pour tapoter son cigare contre le rebord d'un cendrier et je pus le voir de profil. Les commissures de ses lèvres frémissaient d'impatience. On aurait dit un pêcheur qui sent enfin quelque chose au bout de sa ligne.

— C'est une offre très intéressante, reprit Jamie, mais je dois néanmoins vous signaler que, comme la plupart de mes compatriotes, je ne suis pas protestant.

Le gouverneur repoussa cet obstacle d'un claquement de la langue.

— Vous n'êtes ni juif ni nègre. Permettez-moi de vous parler de gentleman à gentleman, monsieur Fraser. En toute franchise, la loi est une chose, la réalité en est une autre.

Il leva son verre avec un fin sourire.

— ... et je suis sûr que vous le savez tout autant que moi.

— Peut-être même mieux, murmura Jamie.

Le gouverneur lui lança un regard étonné, avant d'éclater de rire.

— Alors, nous nous comprenons, monsieur Fraser.

— Vous êtes certain que personne n'émettra d'objections quant aux qualifications de ceux qui acceptent votre offre ?

— Absolument. Tout ce que je cherche, ce sont des hommes bien portants sachant travailler la terre, rien de plus. Et ce qui n'est pas demandé n'a pas besoin d'être dit, n'est-ce pas ?

Jamie fit rouler le verre entre ses paumes, semblant admirer la couleur ambrée de l'eau-de-vie.

— Tous ceux qui ont vécu de près le Soulèvement des Stuarts n'ont pas eu la même chance que moi, Excellence, déclara-t-il. Mon fils adoptif a perdu une main. Un autre de mes compagnons en est ressorti manchot. Toutefois, ce sont de braves hommes et des travailleurs. En toute conscience, je ne saurais accepter une offre qui ne les prenne pas en considération.

Le gouverneur dissipa ses scrupules d'un geste de la main.

— Tant qu'ils sont capables de gagner leur pain et ne sont pas à la charge de la communauté, ils sont les bienvenus.

Comme s'il craignait soudain de s'être montré trop indulgent, il ajouta :

— Puisque vous mentionnez les jacobites... S'ils ne l'ont déjà fait, ces hommes devront prêter un serment d'allégeance à la Couronne. Si je puis me permettre de vous demander, monsieur... dans la mesure où vous m'avez laissé entendre que vous étiez papiste... est-ce que vous... euh...

Le regard de Jamie se durcit et il plissa les yeux, mais ce n'était pas à cause de la fumée. Le gouverneur qui, bien qu'âgé d'une trentaine d'années à peine, était fin psychologue, s'en rendit compte. Il scrutait Jamie comme on guette une truite sous l'eau ; ses yeux suivaient les moindres mouvements.

— Excusez-moi, reprit-il, je ne voulais pas vous rappeler une situation qui a dû être dégradante pour vous, ni vous offenser en aucune manière. Néanmoins, vous comprenez qu'il est de mon devoir de vous poser la question.

— Et le mien est de vous répondre, dit Jamie. Oui, je suis jacobite. J'ai été gracié et, oui, j'ai prêté serment à la Couronne, comme tant d'autres ont dû le faire pour sauver leur tête.

Il posa brusquement son verre encore plein sur la table et repoussa son siège. Il se leva et s'inclina respectueusement devant le gouverneur.

— Il se fait tard, Excellence. Permettez-moi de me retirer.

Le gouverneur se cala dans son fauteuil et porta le havane à ses lèvres. Il tira une longue bouffée, ce qui illumina l'extrémité du cigare. Puis, levant les yeux vers Jamie, il hocha la tête et laissa une mince volute de fumée s'échapper de ses lèvres pincées.

— Bonne nuit, monsieur Fraser. Vous réfléchirez à ma proposition, n'est-ce pas ?

Je n'attendis pas la réponse, je n'en avais pas besoin. Je rebroussai chemin dans un bruissement de jupes, faisant sursauter un valet endormi dans un recoin sombre.

Je parvins à notre chambre au-dessus des écuries sans rencontrer personne. Mon cœur battait à tout rompre, non seulement à cause de ma course dans les escaliers mais également en raison de ce que j'avais entendu.

Bien sûr que Jamie réfléchirait à sa proposition ! Et quelle proposition ! Retrouver d'un coup tout ce qu'il avait perdu en Ecosse... et plus encore !

Jamie n'était pas né laird, mais la mort prématurée de son frère aîné avait fait de lui l'héritier de Lallybroch. Depuis l'âge de huit ans, il avait été élevé pour assumer la responsabilité d'un grand domaine, veiller sur ses terres et sur le bien-être de ses métayers, et placer ce bien-être au-dessus du sien. Puis était arrivé Charles-Edouard Stuart et sa course folle vers la gloire, une entreprise sanglante qui avait conduit ses partisans à la ruine et à la catastrophe.

Jamie n'avait jamais évoqué les Stuarts avec amertume. En fait, il ne parlait jamais de Charles-Edouard ni de ce que cette aventure lui avait coûté sur le plan personnel.

Mais à présent... retrouver ses biens... de nouvelles terres fertiles et riches en gibier, colonisées par des familles sous sa responsabilité et sa protection. Cela me faisait penser au Livre de Job : tous ses fils et ses filles, ses chameaux et ses maisons, détruits avec une telle nonchalance, puis remplacés avec une telle largesse !

J'avais toujours émis quelques réserves quant à ce passage de la Bible. Un chameau pouvait en remplacer un autre, soit. Mais si Job considérait que le remplacement de sa progéniture était simple justice, je me demandais ce qu'en pensait la mère des enfants qui étaient morts.

Incapable de rester assise, je retournai près de la fenêtre, regardant vers le jardin sans le voir.

Ce n'était pas uniquement l'excitation qui faisait battre mon cœur aussi vite et rendait mes mains moites, mais la peur. Compte tenu de la situation en Ecosse depuis le Soulèvement, rien ne serait plus facile que de convaincre des Highlanders de venir s'installer en Amérique.

J'avais vu des navires arriver dans les ports des Caraïbes et de Géorgie, déversant leur cargaison d'immigrants, si amaigris et affaiblis par leur voyage qu'ils me faisaient penser aux victimes des camps de concentration : squelettiques, hagards, livides, après avoir passé deux mois dans des cales humides et obscures.

Malgré le coût et l'horreur de la traversée, malgré le déchirement de quitter pour toujours leurs proches et leur terre natale, ils arrivaient par milliers, portant leurs enfants dans leurs bras (ceux qui avaient survécu au voyage), tous leurs biens rassemblés dans des baluchons de guenilles, fuyant la misère et la désolation, cherchant non pas à faire fortune mais simplement à survivre, ne demandant qu'une chose : qu'on leur laisse une chance.

Je n'avais passé que peu de temps à Lallybroch l'hiver précédent, mais je savais que bon nombre de métayers n'y avaient survécu que grâce à la générosité de Ian Murray et du petit Jamie, leurs champs ne produisant pas assez pour subvenir à leurs besoins. Si Ian et petit Jamie donnaient sans compter, leurs moyens n'étaient pas inépuisables. Les ressources du domaine étaient déjà exploitées au maximum.

Au-delà de Lallybroch, il y avait les contrebandiers avec lesquels Jamie avait travaillé à Edimbourg et les bouilleurs de cru clandestins qui produisaient le whisky des Highlands... autant d'hommes contraints de se mettre hors la loi pour nourrir leur famille. Non, persuader des Highlanders d'émigrer en Amérique ne serait pas un problème.

Le problème était que, pour recruter ces hommes, Jamie devrait se rendre en Ecosse. Or, au fond de ma mémoire demeurait l'image d'une stèle de granit quelque part dans un cimetière écossais, au sommet d'une colline qui surplombait la lande et la mer.

L'inscription disait : « *James Alexander Malcolm MacKenzie Fraser* », et au-dessous, on lisait mon propre nom : « *Epoux bien-aimé de Claire.* »

Un jour, je l'enterrerais en Ecosse. Lorsque j'avais vu cette tombe, deux cents ans plus tard, elle ne portait pas de date. J'ignorais quand tomberait le couperet.

— Pas encore, gémis-je. Je l'ai tout à moi depuis si peu de temps ! Oh, mon Dieu... je vous en prie !

Comme pour me répondre, la porte s'ouvrit et James Alexander Malcolm MacKenzie Fraser entra, une bougie à la main.

Il me sourit tout en dénouant sa cravate.

— Tu as le pied léger, *Sassenach*. Il faudra que je t'apprenne à chasser un de ces jours, tu feras une excellente traqueuse.

Je ne m'excusai pas d'avoir écouté aux portes et l'aidai plutôt à défaire les boutons de son gilet. Malgré l'heure tardive et l'eau-de-vie, il gardait le regard clair et vif.

— Tu ferais mieux de moucher ta chandelle, conseillai-je. Les insectes vont te dévorer tout cru.

En guise d'illustration, je pinçai un moustique suspendu à son cou.

Sous les relents de cigare et d'alcool, je devinais l'odeur de la nuit sur lui et un léger parfum de fleurs. Il avait donc marché dans le jardin. C'était son habitude quand il se sentait déprimé ou excité. Or il n'avait pas l'air déprimé.

Il soupira et détendit ses épaules tandis que je l'aidais à retirer sa veste. Sa chemise était trempée de sueur. Il la décolla de sa peau avec une moue de dégoût.

— Je ne comprends pas pourquoi on doit absolument s'attifer de cette manière quand il fait aussi chaud. Finalement, les sauvages sont plus raisonnables. On devrait tous se promener comme eux avec de petits pagnes.

— Ce serait aussi plus économique, convins-je, à défaut d'être esthétique. Tu imagines le baron Penzler en pagne ?

Le baron devait peser dans les cent kilos, sans parler de son teint pâteux.

Jamie rit en passant sa chemise par-dessus sa tête.

— Toi, en revanche...

Je m'assis sur le rebord de la fenêtre, admirant son corps tandis qu'il se débarrassait de ses culottes, en équilibre sur une jambe pour enlever un bas.

Bien que la chandelle fût éteinte et malgré l'obscurité qui régnait dans la chambre, mes yeux accoutumés à la pénombre distinguaient ses longues jambes qui se détachaient sur le velours de la nuit.

— En parlant du baron... commençai-je.

— Deux cents livres sterling, répondit-il.

Il se redressa, roula ses bas en boule et les jeta sur un tabouret avant de s'approcher de moi pour m'embrasser.

— En grande partie grâce à toi, acheva-t-il.

— Pour avoir servi de présentoir à ce bijou ?

— Non, pour avoir occupé Wylie et ses amis pendant que je parlais avec le gouverneur. Un présentoir, peuh ! Stanhope a failli perdre ses globes oculaires dans ton décolleté, ce vieux porc ! Si je ne me retenais pas, je lui dirais bien...

— Tu ne lui diras rien. La discrétion est aussi une vertu, tu sais, rétorquai-je. Même si je sais que c'est dur de se taire quand on est écossais !

— Tu me rappelles mon grand-père Simon. Sa discrétion légendaire lui a valu sa tête, au bout du compte !

Je perçus à la fois une pointe d'humour et une note de dépit dans sa voix. S'il ne parlait jamais des jacobites et du Soulèvement, cela ne signifiait pas qu'il avait oublié. Sa conversation avec le gouverneur avait dû réveiller des souvenirs.

— Il ne faut pas confondre la discrétion et la sournoiserie. Après avoir roulé tout le monde dans la farine pendant cinquante ans, je suppose que ton grand-père l'avait un peu cherché.

Simon Fraser, lord Lovat, avait été décapité sur Tower Hill à l'âge de soixante-dix-huit ans, ayant passé sa vie à régner en tyran sur ses terres et à semer la discorde autour de lui, tant sur le plan politique que personnel. Pourtant, la mort du vieux renard m'avait attristée.

— Mmphm... fit Jamie.

Il alla se poster devant la fenêtre et inspira profondément comme s'il cherchait à remplir ses poumons de l'air de la nuit.

Malgré ses traits calmes et lisses, son regard semblait tourné vers l'intérieur. Que voyait-il au juste ? Le passé... ou l'avenir ?

— Ce serment d'allégeance, dis-je soudain. Que disait-il ?

Il haussa vaguement les épaules.

— « Moi, James Alexander Malcolm MacKenzie Fraser, je jure devant Dieu que je ne possède ni ne posséderai à l'avenir de pistolet, d'épée ou toute autre arme, et que je ne porterai désormais ni tartan, ni plaid, ni aucun autre symbole de mon appartenance aux clans déchus des Highlands. Si je me parjure, que soient maudits mes entreprises, ma famille et mes biens ; que je ne voie jamais plus ma femme, mes enfants, mon père, ma mère ou mes amis ; que je sois tué comme un traître sur le champ de bataille ; que je sois enterré sans les sacrements, dans une terre étrangère, loin des tombes de mes ancêtres. »

— Ça n'a pas été trop dur ? demandai-je au bout de quelques instants.

— Non. Pas sur le coup. Il y a des choses qui valent que l'on y sacrifie sa vie ou sa santé, mais pas des mots.

— Peut-être pas ces mots-là.

Ses traits demeuraient à peine visibles dans la pénombre, mais un soupçon de sourire flottait sur ses lèvres.

— Tu connais des mots pour lesquels tu serais prête à mourir ?

La tombe portait son nom, mais pas la date de sa mort. Je pouvais peut-être l'empêcher de retourner en Ecosse. Le devais-je ?

— Je pensais à : « Je t'aime. »

Il tendit la main et m'effleura la joue. Un courant d'air filtra par la fenêtre et je vis les poils de son bras se hérisser.

— Oui, murmura-t-il. Pour ces mots-là, sans doute.

Quelque part, non loin, un oiseau chantait. Quelques notes claires, suivies d'une réponse, à peine un gazouillis, puis le silence. Dehors, le ciel était toujours noir mais l'éclat des étoiles avait baissé.

Je me retournai à nouveau, incapable de trouver le sommeil. Même nos ébats, qui, généralement, me détendaient et me laissaient dans un état de torpeur béate, n'avaient fait qu'accentuer mon énervement. A la fois excitée et angoissée par nos nouvelles perspectives, dans l'impossibilité de lui confier ce qui causait mon anxiété, je me sentais coupée de Jamie, distante et détachée, malgré la proximité de son corps.

Il était couché dans sa position habituelle, sur le dos, les draps rabattus sur les hanches, ses mains croisées sur le ventre. Ses traits paraissaient paisibles. Dans la pénombre, avec sa bouche entrouverte détendue par le sommeil et ses longs cils noirs qui frémissaient sur ses joues, on aurait dit un adolescent.

J'avais envie de le toucher, mais je ne savais si c'était pour le caresser ou le pincer, tellement je lui enviais sa sérénité.

Je me retournai à nouveau, fermai les yeux et me mis à compter des moutons, qui eurent le mauvais goût de devenir bientôt des moutons écossais, batifolant joyeusement dans un cimetière, sautant par-dessus les tombes.

— Que se passe-t-il, *Sassenach* ? demanda une voix endormie à mes côtés.

Je sursautai et rouvris les yeux.

— Rien.

— Tu es une très mauvaise menteuse. Tu réfléchis si fort que je peux t'entendre d'ici.

— On ne peut pas entendre les gens réfléchir.

— Si. Moi, en tout cas, je t'entends.

Il posa une main chaude sur ma cuisse.

— C'est le crabe aux épices qui te reste sur l'estomac ?

— Mais non ! me récriai-je.

— Ah, tant mieux. Alors, c'est quoi ? Tu es en train de chercher une riposte spirituelle aux commentaires de M. Wylie sur les huîtres ?

— Non, dis-je, agacée. Si tu veux tout savoir, je songeais à la proposition du gouverneur Tyron.

— Ah ! A dire vrai, j'y pense aussi.

— Et qu'est-ce que tu en déduis ?

— Je me demande ce qu'il me veut au juste.

— Vraiment ? Mais je croyais qu'il te l'avait expliqué.

Il émit un grognement cynique.

— Une chose est sûre, il ne m'a pas fait cette offre pour mes beaux yeux. Avant de conclure un marché, j'aime bien savoir ce que les deux parties ont à y gagner.

— Tu crois qu'il a menti au sujet de la volonté de la Couronne de peupler la région ? Pourtant, il a bien affirmé que ce système de concessions existait depuis trente ans. Il ne mentirait pas là-dessus, c'est trop facile à vérifier.

— Non, ça, c'est la vérité. Mais les abeilles qui ont du miel plein la bouche ont aussi un dard. Ce qui me turlupine, c'est : pourquoi moi ?

— Eh bien... parce qu'il veut un gentleman qui ait des idées et de l'autorité. Il a besoin d'un meneur d'hommes et le cousin Edwin lui a certainement dit qui tu étais. Il lui faut aussi un homme qui a des moyens.

— Ce qui n'est pas le cas.

— Oui, mais il ne le sait pas forcément.

— Penses-tu ! Edwin lui aura raconté tout ce qu'il sait de moi puisque le gouverneur était déjà au courant de mon passé jacobite. C'est vrai que plusieurs jacobites ont refait fortune dans les Caraïbes après le Soulèvement, mais le gouverneur n'a aucune raison de croire que j'en fais partie.

— Pourtant, il sait que tu n'es pas entièrement sans le sou.

— A cause de Penzler ? C'est vrai. Mais que sait-il d'autre sur moi ?

— Uniquement ce que tu lui as confié pendant le dîner, à première vue. A part Edwin, personne ne peut lui avoir parlé de toi. Tu n'es en ville que depuis... hier !

Je n'en revenais pas moi-même.

— Oui, c'est vrai. En outre, bien que je sois apparenté aux

Cameron, qui sont non seulement riches mais aussi respectés dans la colonie, je suis un nouveau venu, avec peu de liens et aucun compte à rendre à personne.

— Sauf à un gouverneur qui t'offre un vaste domaine ? demandai-je doucement.

Je commençais enfin à comprendre.

Il ne répondit pas tout de suite, mais roula sur le dos, sa main toujours sur ma cuisse, fixant la tache pâle du plafond avec ses stucs en forme de guirlandes et de chérubins.

— J'ai rencontré pas mal d'Allemands dans ma vie, *Sassenach*, et aucun n'était dispendieux. Bien que tu aies resplendi comme une rose blanche ce soir, je ne pense pas que ce soient tes seuls charmes qui aient incité ce monsieur à m'offrir cent livres de plus que l'orfèvre pour le rubis.

Son pouce caressait doucement la chair tendre dans le creux de ma cuisse.

— Tyron est un soldat, reprit-il. Il sait que j'en suis un aussi. Et puis, il y a eu les troubles avec les Régulateurs il y a quelques années...

J'étais tellement absorbée par ce que laissaient entrevoir ses paroles que je ne me rendis pas tout de suite compte de la familiarité croissante de sa main entre mes cuisses.

— Qui ça ?

— Oh, c'est vrai ! J'oubliais. Tu n'as pas pu entendre cette partie de la conversation, tu étais trop occupée par ton troupeau d'admirateurs.

J'étais curieuse de savoir qui étaient les Régulateurs. Ces derniers, appris-je enfin, étaient un groupe d'hommes habitant pour la plupart dans l'arrière-pays de la colonie, qui avaient pris ombrage du comportement capricieux et inique, pour ne pas dire franchement corrompu, de certains hauts responsables appointés par la Couronne : shérifs, juges, collecteurs d'impôts, etc.

Estimant que leurs plaintes n'étaient pas assez prises en compte par le gouverneur et l'Assemblée, ils étaient passés à l'acte, agressant les adjoints de plusieurs shérifs, chassant des juges de paix jusque dans leur maison et les obligeant à démissionner.

Un comité de Régulateurs avait écrit au gouverneur, l'implorant de corriger les injustices dont ils étaient victimes. Tyron, homme d'action et de diplomatie, leur avait donné une réponse apaisante, allant jusqu'à limoger deux des shérifs les plus corrompus et envoyant une lettre officielle aux tribunaux locaux au sujet des saisies injustifiées.

— Stanhope a effectivement parlé d'un Comité de sécurité, me souvins-je soudain. Mais cela paraissait récent.

— Le feu est étouffé mais non éteint, expliqua Jamie. Il peut couver sous la braise un long moment, *Sassenach*, mais il suffit d'un rien pour qu'il reparte dans une grande déflagration.

Tyron cherchait-il à acheter la loyauté d'un soldat expérimenté en l'envoyant s'installer dans une région reculée et séditieuse de la colonie, à la tête de nouveaux colons dont il contrôlerait l'implantation ? Surtout si ces derniers lui devaient en retour allégeance ?

A dire vrai, c'était une bonne affaire : cent livres et quelques parcelles des terres de Sa Majesté. Après tout, le roi en possédait plus qu'il ne pouvait en gérer.

— Si j'ai bien compris, tu songes sérieusement à accepter, dis-je.

— S'il y a une chose que la vie m'a apprise, *Sassenach*, c'est de ne jamais prendre ce qu'on me dit pour argent comptant. Peut-être accepterai-je l'offre du gouverneur... ou peut-être pas, mais avant d'arrêter ma décision, j'ai besoin d'en savoir plus.

— C'est vrai qu'il est étrange de faire une telle proposition à quelqu'un qu'on connaît à peine.

— Je serais étonné d'être le seul à qui il l'ait faite. Mais qu'est-ce que je risque ? Tu m'as entendu lui dire que j'étais catholique, non ? Ça ne l'a pas surpris.

— Oui, mais si ça ne lui pose pas problème...

— Ça ne lui en posera pas... tant qu'il en décidera ainsi.

Mon appréciation de la personnalité du gouverneur Tyron changeait à vue d'œil, mais je n'aurais su dire si c'était en mieux ou en pire.

— En somme, si les choses ne tournent pas comme il l'espérait, il n'aura qu'à faire savoir à la ronde que tu es catholique pour qu'un tribunal te confisque tes terres ? En revanche, s'il décide de ne rien dire...

— Et si je fais ce qu'il veut...

— Il est beaucoup plus sournois que je ne l'avais cru, remarquai-je avec une certaine admiration. Il pourrait presque être écossais.

Jamie éclata de rire.

Les longs rideaux de la fenêtre se gonflèrent soudain et laissèrent entrer un courant d'air qui sentait la vase et les pins. L'aube approchait, portée par le vent.

Comme s'il s'agissait d'un signal, la main de Jamie se referma sur ma vulve et un léger frisson se transmit entre nous tandis que la fraîcheur du matin caressait son dos nu.

— Tout à l'heure, je n'ai pas vraiment été à la hauteur, murmura-t-il. Mais si tu m'assures qu'il n'y a rien qui te préoccupe pour le moment...

— Rien, assurai-je.

Je contemplai la lueur naissante du matin qui se répandait sur son visage et son cou, les nimbant d'or. Ses lèvres étaient toujours douces, mais il n'avait plus l'air d'un adolescent.

— Rien du tout pour le moment, répétai-je.

8

Un homme de valeur

— Bon sang, ce que je hais les bateaux !

Ce cri du cœur résonnait encore dans mes oreilles tandis que nous sortions lentement du port de Wilmington.

Après deux jours de préparatifs, nous étions enfin en route vers Cross Creek. Grâce à l'argent du rubis, nous n'avions pas eu besoin de vendre les chevaux. Duncan était parti en avant avec M. Myers, le chariot et nos biens les plus lourds, pendant que nous suivions sur le *Sally Ann*, une barge un peu plus rapide et confortable, sous le commandement du capitaine Freeman.

De type indescriptible, le *Sally Ann* était long et étroit, bas sur l'eau et avec une proue aplatie. Il ne possédait qu'une seule cabine surélevée, qui mesurait tout juste huit mètres carrés, ce qui laissait un passage d'une cinquantaine de centimètres de chaque côté pour circuler entre les ponts avant et arrière du bateau, à présent encombrés de caisses, de tonneaux et de paquets.

Avec sa voile unique accrochée au mât carré et à la bôme au-dessus de la cabine, on aurait dit un crabe perché sur un rocher, agitant un drapeau blanc en signe de reddition. Les eaux brunes et bourbeuses du Cape Fear clapotaient à moins de dix centimètres du pont, dont les planches étaient perpétuellement trempées.

Je me sentais heureuse. Malgré nos quartiers étroits, il était bon de se retrouver sur l'eau et, ne fût-ce que provisoirement, hors de portée des chants de sirène du gouverneur.

Jamie, lui, se réjouissait moins. Il devait son aversion profonde pour tout type d'embarcation à un mal de mer si intense que la simple vue d'un tourbillon d'eau dans un verre faisait virer son teint au vert.

— C'est le calme plat, observai-je. Tu ne seras peut-être pas malade.

Il ébaucha une moue dubitative en regardant l'eau saumâtre

autour de nous, ferma les yeux et serra les dents tandis que le sillage d'un autre bateau soulevait le *Sally Ann*.

— Peut-être pas, dit-il, peu convaincu.

— Tu veux que je prépare les aiguilles ? Il vaut mieux les mettre avant que tu ne commences à vomir.

Résignée, je cherchai dans le fond de ma poche la petite boîte contenant les aiguilles d'acupuncture qui lui avaient déjà sauvé la vie durant notre traversée de l'Atlantique.

Il frissonna et rouvrit les yeux.

— Non, ce ne sera pas nécessaire. Parle-moi, fais-moi penser à autre chose.

— Soit. A quoi ressemble ta tante Jocasta ?

— Je ne l'ai vue qu'une seule fois, quand j'avais deux ans. Autant te dire que mes impressions sont des plus floues.

Il surveillait un grand radeau qui descendait la rivière, le cap droit sur nous.

— Il va nous rentrer dedans, s'inquiéta Jamie. Tu crois que ce Noir va pouvoir l'éviter ? On devrait peut-être lui donner un coup de main ?

— Je ne crois pas. Il a l'air de savoir ce qu'il fait, répondis-je tout en suivant d'un regard méfiant l'embarcation qui s'approchait rapidement.

Outre le capitaine Freeman, un vieux loup de mer mal embouché qui empestait le tabac, le *Sally Ann* ne comptait qu'un seul membre d'équipage, un esclave affranchi et âgé qui barrait seul notre bateau à l'aide d'une grande perche. Les muscles bandés, sa tête grise courbée en avant par l'effort, il ne semblait pas avoir vu le radeau qui avançait inexorablement vers nous. Ce dernier mesurait près de douze mètres de long et était surchargé de tonneaux et de piles de peaux maintenues en place sous des filets. Une forte odeur de musc, de sang et de graisse rancie le précédait et étouffait les autres relents de la rivière.

— Tu ne sais donc presque rien sur ta tante ? demandai-je à Jamie, dans l'espoir de détourner son attention.

— Non. Elle a épousé Cameron d'Erracht et quitté Leoch avant le mariage de mes parents, répondit-il d'un air absent.

Je vis ses doigts se resserrer sur l'avant-toit de la cabine. Il était prêt à bondir sur le vieux Noir pour lui arracher sa perche et repousser le radeau. Je posai une main sur la sienne pour le retenir, au cas où...

— Elle n'est jamais venue vous rendre visite à Lallybroch ?

Sur l'embarcation, le soleil faisait luire les corps à demi nus de trois marins, dégoulinants de sueur malgré l'heure matinale. L'un d'entre eux ôta son chapeau et l'agita vers nous, hurlant quelque chose qui ressemblait à : « Ohé ! du bateau ! »

— John Cameron est mort de la grippe, répondit Jamie.

Ensuite, elle a épousé son cousin, Hugh Cameron le Noir, d'Aberfeldy, puis...

Il ferma les yeux par réflexe tandis que le radeau passait en trombe devant nous, son bord à moins de quinze centimètres du nôtre, dans un déferlement de cris et de saluts de son équipage. Rollo, les deux pattes avant sur le bastingage, se mit à aboyer comme un fou et Ian dut l'attraper par le cou pour l'empêcher de se jeter sur l'embarcation.

Jamie rouvrit un œil et, constatant que le danger était passé, ouvrit le second et se détendit, lâchant enfin le toit de la cabine.

— Où en étais-je ?... Ah oui, Hugh le Noir. On l'appelait ainsi parce qu'il avait une grosse tache noire sur le genou. Il est mort à la chasse. Ensuite, elle a épousé Hector Mor Cameron, de Loch Eilean...

— C'est une impression ou ta tante a un faible pour les Cameron ? demandai-je, fascinée. Ce clan a-t-il quelque chose de spécial, hormis le fait que les hommes semblent prédisposés aux morts prématurées ?

— Ils savent manier le verbe, je suppose. Les Cameron sont tous des poètes... ou des bouffons. Parfois les deux. Tu te souviens de Lochiel ?

Je revis avec une mélancolie douce-amère le visage de Donald Cameron Lochiel, l'un des chefs du clan Cameron, que nous avions connu à l'époque du Soulèvement : un bel homme au regard profond. Sa gentillesse naturelle et ses manières élégantes masquaient un talent inné pour des vers grivois de mirliton, avec lesquels il m'avait souvent divertie, *sotto voce,* lors des bals à Edimbourg, pendant la brève période de gloire de Charles-Edouard Stuart.

Jamie s'adossa au toit de la cabine, observant la circulation sur le fleuve d'un air méfiant. Nous étions à peine sortis du port de Wilmington. Des pirogues et des skiffs filaient autour de nous comme des punaises d'eau, zigzaguant entre les bateaux plus grands. Il était pâle, mais n'avait pas encore viré au vert.

Je m'approchai de lui en me massant le dos. En dépit de la chaleur, le soleil reposait nos muscles endoloris par notre couchage improvisé. J'avais dormi en chien de fusil sur un banc de chêne, dans une taverne du port, la tête posée sur les genoux de Jamie.

Je gémis et m'étirai de tout mon long.

— Cet Hector Mor Cameron... il était du genre poète ou bouffon ?

— Il n'est plus ni l'un ni l'autre à présent, puisqu'il est mort.

Machinalement, il posa les mains sur ma nuque et commença à me masser avec ses pouces.

— Mmm... c'est bon, roucoulai-je. Surtout ne t'arrête pas. Comment ton oncle a-t-il atterri en Caroline du Nord ?

Jamie émit un grognement amusé et vint se placer derrière moi pour s'attaquer à mes épaules. Je poussai un soupir d'aise et me calai contre lui.

— Tu es une femme bruyante, *Sassenach*, chuchota-t-il à mon oreille. Tu fais le même genre de bruit quand je te masse le cou que quand je te...

Il pressa son bassin contre mes fesses d'une manière discrète mais explicite, ce qui lui valut un petit coup de talon dans le tibia, tout aussi discret, de ma part.

— Tant mieux, répliquai-je. Si quelqu'un m'entend à travers une cloison, il pensera que tu me masses le dos, ce qui est tout ce que tu risques de faire tant que nous serons sur ce rafiot. Alors, qu'est-il arrivé à feu ton oncle ?

— Ah, lui...

Ses doigts s'enfoncèrent de chaque côté de ma colonne vertébrale tandis qu'il démêlait un brin de l'écheveau compliqué de l'histoire de sa famille. Au moins, il ne pensait plus à son mal de mer.

Plus heureux ou plus perspicace que ses cousins, Hector Cameron s'était préparé à l'éventualité d'une défaite des Stuarts. Après avoir échappé au carnage de Culloden, il était rentré chez lui, avait entassé femme, domestiques et biens transportables dans une berline, et mis le cap sur Edimbourg, où il avait chargé le tout sur le premier vaisseau en partance pour la Caroline du Nord, échappant de peu aux poursuites de la Couronne.

Une fois en Amérique, Hector avait acheté un vaste domaine, déboisé une forêt, construit une maison et une scierie, acheté des esclaves, planté du tabac et de l'indigo. Puis, sans doute épuisé par une telle frénésie, il avait succombé à une mauvaise bronchite à l'âge de soixante-treize ans.

Ayant manifestement décidé que trois maris suffisaient, Jocasta MacKenzie Cameron Cameron Cameron n'avait pas tenu à convoler en quatrièmes noces, du moins à ce qu'en savait M. Myers. Désormais, elle dirigeait seule la plantation de River Run.

— Tu crois que le messager qui porte ta lettre sera arrivé avant nous ?

— Même en rampant, il serait arrivé avant nous, grogna Ian en apparaissant soudain à nos côtés.

Il lança un regard dépité au matelot armé de sa perche.

— A ce rythme, il nous faudra des semaines avant d'arriver, oncle Jamie. Je t'avais dit qu'il valait mieux prendre nos chevaux.

— Ne te montre pas si impatient, Ian, lui répondit Jamie en me lâchant la nuque. Tu auras bientôt ton tour à la perche. Et puis il faudra te faire une raison... Nous ne serons pas à Cross Creek avant plusieurs jours.

Ian lui lança un regard noir et repartit assaillir le capitaine Freeman de questions sur les Peaux-Rouges et les bêtes sauvages. En voyant l'adolescent revenir à la charge, le vieil homme redressa les épaules d'un air de défense.

— J'espère que le capitaine ne va pas jeter Ian par-dessus bord, soupirai-je. Au fait, merci pour le massage.

— Tu pourras me rendre la pareille, une fois la nuit tombée.

Il tenta un clin d'œil. Il était incapable de fermer un seul œil à la fois, mais le message passait quand même.

— Vraiment ? dis-je en battant des paupières. Et que voudrais-tu que je te fasse une fois la nuit tombée ?

— A la nuit tombée ? questionna Ian, surgissant de nouveau comme un diable. Qu'est-ce qui va se passer à la nuit tombée ?

— Je vais te noyer et te découper en morceaux pour appâter les poissons, répliqua son oncle. Bon sang, Ian, tu ne peux pas tenir en place cinq minutes ? On dirait une mouche dans un bocal. Va dormir au soleil, comme ta bestiole ! Voilà un animal raisonnable !

Du menton, il désigna Rollo, couché comme un tapis sur le toit de la cabine, les yeux mi-clos, agitant une oreille de temps à autre pour chasser une mouche.

— Dormir ? s'écria Ian. *Dormir ?*

— C'est ce que font les gens normaux quand ils sont fatigués, lui expliquai-je en réprimant un bâillement.

La chaleur de plus en plus forte et le doux balancement du bateau étaient soporifiques, surtout après notre nuit trop brève. Nous étions partis avant l'aube. Hélas, les couchettes étroites et le pont en bois brut du *Sally Ann* ne semblaient guère plus accueillants que la banquette de la taverne.

— Mais je ne suis pas du tout fatigué, tante Claire !

— On verra si c'est toujours le cas après ton tour à la perche, rétorqua Jamie. En attendant, je peux trouver quelque chose pour t'occuper. Attends un instant...

Il disparut dans la cabine et nous l'entendîmes fouiller dans nos affaires.

— Qu'est-ce qu'il est parti chercher ? demanda Ian, soudain inquiet.

— Va savoir !

Parmi nos bagages, Jamie avait embarqué une grosse caisse dont il avait refusé de nous préciser le contenu. Quand je m'étais assoupie la nuit précédente, il était occupé à jouer aux cartes. J'avais supposé qu'il venait de gagner quelque objet embarrassant qu'il ne voulait pas montrer à son neveu.

Avec un murmure d'excuse à Ian, je le contournai et m'approchai de l'avant du bateau où se trouvait la citerne d'eau potable. Fergus se tenait à la proue, les bras croisés, son beau profil noble tourné vers l'aval du fleuve, ses épais cheveux noirs flottant au vent.

— Ah, milady ! dit-il en me voyant approcher. Quel pays splendide !

Ce que je voyais pour le moment ne me paraissait pas particulièrement renversant : une vaste étendue boueuse, cuisant au soleil, et un banc de mouettes se chamaillant au-dessus d'un objet puant qu'elles venaient de découvrir près du rivage.

— D'après milord, n'importe qui peut demander vingt-cinq hectares à condition de bâtir une maison dessus et de promettre d'y travailler pendant dix ans au moins. Vous imaginez : vingt-cinq hectares !

Il fit claquer sa langue, savourant les mots avec émerveillement. Un paysan français pouvait se considérer comme béni des cieux avec cinq hectares de terres.

— Euh, oui... répondis-je, peu convaincue. Le tout est de bien choisir ses vingt-cinq hectares. Certains endroits ne sont pas cultivables.

Je n'osai pas lui demander comment il comptait faire surgir de rien une maison et un domaine avec une seule main, si fertile que fût la terre.

De toute manière, il ne m'aurait pas entendue. Il avait les yeux pleins de rêves.

— Je pourrais bâtir une petite maison avant le Nouvel An, murmura-t-il. Ensuite, au printemps, je ferai venir Marsali.

Sa main s'attarda sur son cou, où il avait porté autrefois la médaille vert-de-gris de saint Dismas.

Il était venu nous rejoindre en Géorgie, laissant sa jeune épouse enceinte en Jamaïque, chez des amis. Il avait assuré qu'il ne craignait pas pour sa sécurité, car elle était sous la protection de son saint patron, avec l'ordre exprès de ne jamais enlever la vieille médaille qu'il avait glissée autour de son cou en prévision de l'accouchement.

Je n'aurais jamais pensé que les jeunes mères et les nouveau-nés tombaient sous la sphère d'influence du patron des voleurs, mais, ayant grandi dans les rues de Paris en vivant de menus larcins, Fergus vouait une foi aveugle à saint Dismas.

— Si c'est un garçon, tu l'appelleras Dismas ? plaisantai-je.

— Non, répondit-il avec sérieux. Je le baptiserai Germain. Germain James Ian Aloysius Fraser. James et Ian, c'est pour Milord et Monsieur.

C'était toujours ainsi qu'il nommait Jamie et son beau-frère, Ian Murray.

— Marsali tient à « Aloysius », ajouta-t-il.

Son ton indiquait qu'il n'avait rien à voir dans le choix de ce prénom absurde.

— Et si c'est une fille ?

Vingt ans plus tôt, Jamie m'avait renvoyée enceinte à travers les pierres. Les derniers mots qu'il m'avait dits, persuadé que l'enfant que je portais était un garçon, étaient : « Appelle-le Brian, comme mon père. »

— Ah !

Apparemment, Fergus n'avait pas envisagé cette éventualité. Il parut vaguement déconcerté, puis son visage s'illumina.

— Geneviève, répondit-il. Comme Mme Murray, la sœur de Milord. Geneviève Claire, je crois.

— Oh, dis-je, flattée. Merci. Mais tu ne crois pas que tu serais mieux en Jamaïque auprès de Marsali ?

Il hocha la tête d'un air résolu.

— Milord risque d'avoir besoin de moi. De toute façon, je serai plus utile ici que là-bas. Les bébés sont l'affaire des femmes, et qui sait quels dangers nous risquons de rencontrer dans ce pays étrange ?

Comme pour répondre à sa question, les mouettes s'envolèrent en un nuage criard et s'éloignèrent vers les laisses en nous révélant ce qui avait tant excité leur appétit.

Un grand pieu était planté dans la vase près du rivage ; son sommet arrivait une vingtaine de centimètres au-dessous de la ligne verdâtre qui marquait le niveau de l'eau à marée haute. Juste au-dessus des vaguelettes boueuses apparaissait la silhouette d'un homme, attaché au poteau par une chaîne nouée autour de son torse... ou de ce qu'il en restait.

Je n'aurais su dire depuis combien d'heures il était là, mais cela faisait un certain temps. A travers une entaille blanche, on distinguait son crâne, là où la peau et le cuir chevelu avaient été arrachés. Impossible de deviner à quoi il avait ressemblé. Les oiseaux n'avaient pratiquement rien laissé.

A mon côté, Fergus lâcha une imprécation obscène en français.

— Un pirate, dit laconiquement le capitaine Freeman, derrière nous.

Il cracha un long jet de jus de tabac brun dans l'eau avant d'ajouter :

— Parfois, quand on ne les emmène pas à Charleston se faire pendre, on les attache près de la berge à marée basse et on laisse le fleuve faire le travail.

— Ça... ça arrive souvent ?

Ian l'avait vu lui aussi. Il n'avait plus l'âge de me prendre la main, mais il avait blêmi et se serrait contre moi.

— Plus maintenant. La marine royale y a remis un peu d'ordre. Mais voilà encore quelques années, il n'était pas rare de voir quatre ou cinq pirates attachés en grappes ici et là le long du fleuve. Les gens venaient en bateau les voir se noyer. Il faut dire que c'est très joli ici, quand la marée montante correspond au coucher du soleil. L'eau du fleuve devient toute rouge.

— Regardez ! s'écria soudain Ian.

Oubliant toute dignité, il m'attrapa le bras, pointant le doigt vers quelque chose qui bougeait près de la berge : la chose qui avait effrayé les oiseaux.

Une silhouette brune de près de deux mètres de long glissait dans l'eau et traçait un sillon profond dans la boue de la rive. A l'autre bout de notre barge, le matelot marmonna quelque chose dans sa barbe, sans cesser de pousser sur sa perche.

— Un crocodile, dit Fergus.

— Non, je ne crois pas, répondit Jamie juste derrière moi.

Je fis volte-face et le découvris en train d'observer la scène par-dessus le toit de la cabine. Il tenait un livre dans sa main, son pouce marquant une page.

— A mon avis, il s'agirait plutôt d'un alligator. Voyons voir...

Il ouvrit le livre et le parcourut tout en expliquant :

— Il est dit ici qu'ils se nourrissent de charognes et qu'ils n'aiment pas la chair fraîche. Lorsqu'ils attrapent un homme ou un mouton vivant, ils le tirent sous l'eau pour le noyer puis le traînent dans un garde-manger immergé où ils attendent qu'il se décompose à leur goût.

Il considéra la rive avant d'ajouter :

— Naturellement, il arrive aussi qu'ils trouvent un repas déjà tout préparé.

Le cadavre attaché au pieu se mit à bouger quand l'animal commença à le déchiqueter sous l'eau.

— Où as-tu découvert ce livre ? demandai-je à Jamie sans pouvoir quitter la berge des yeux.

Le sommet du pieu vibra quelques instants puis s'immobilisa tandis que le sillage en V du saurien réapparaissait, se déplaçant à nouveau vers la berge. Je me détournai avant que l'alligator ne refasse surface.

Jamie me tendit le livre tout en fixant la laisse noirâtre et son nuage d'oiseaux.

— C'est le gouverneur qui me l'a donné. Il a dit que cela pourrait m'intéresser pendant le voyage.

Le volume était relié dans un cuir simple, avec un titre en lettres d'or sur le dos : *Histoire naturelle de la Caroline du Nord*.

— Beurk ! fit Ian, qui observait toujours la rive. C'est la chose la plus dégoûtante que j'aie jamais vue !

J'évitais de relever la tête, gardant les yeux sur le livre.

— T'intéresser ? répétai-je, songeuse. En effet, je crois bien.

Fergus, que rien ne semblait émouvoir, observait fasciné l'avancée du reptile.

— Un alligator, vous dites ? Ça ressemble beaucoup à un crocodile, vous ne trouvez pas ?

Je frissonnai et tournai le dos à la berge. J'avais déjà croisé de près un crocodile aux Antilles et ne tenais pas à renouveler l'expérience avec son cousin germain.

— Un jour, reprit Fergus, le Dr Stern nous a parlé des voyages d'un Français appelé Sonnini en Egypte. Ce dernier a écrit plusieurs recueils décrivant les paysages qu'il a traversés et les scènes auxquelles il a assisté ou qu'on lui a rapportées. D'après lui, les crocodiles du Nil copulent dans la boue près du fleuve. La femelle est couchée sur le dos et est incapable de se redresser sans l'aide du mâle.

— Ah oui ? lança Ian.

— Je t'assure. Il a dit aussi que certains hommes dépravés en profitaient pour chasser le mâle et prendre sa place. Il paraît que forniquer avec un reptile est un charme puissant pour obtenir rang et fortune.

Ian en resta la bouche ouverte.

— Tu me fais marcher !

Fergus fit une moue énigmatique et l'adolescent incrédule se tourna vers Jamie.

— Mon oncle, dis-moi que ce n'est pas vrai !

Jamie haussa les épaules, amusé.

— Personnellement, je préfère vivre pauvre mais vertueux. En plus, ta tante ne me pardonnerait jamais si je préférais l'étreinte d'un reptile à la sienne.

Le matelot noir, qui nous écoutait depuis la poupe, secoua la tête d'un air résigné.

— Si un homme est prêt à forniquer avec un alligator pour s'enrichir, alors il mérite de crouler sous l'or !

Je revis en pensée le sourire carnassier du gouverneur.

— Ma foi, je suis plutôt de votre avis, renchéris-je.

La marée montante nous cueillit deux kilomètres en amont de Wilmington, dissipant les craintes de Ian quant à notre lenteur d'escargot. Le Cape Fear était un fleuve à marée. Une ou deux fois par jour, son niveau montait rapidement sur les deux tiers de sa longueur, à savoir presque jusqu'à Cross Creek.

Je sentis les eaux bouillonner sous nos pieds et la barge se soulever de quelques centimètres. Puis elle prit peu à peu de la vitesse tandis que les eaux canalisées par les chenaux du port se déversaient dans l'étroit goulot du fleuve. Le matelot poussa un soupir de soulagement et sortit de l'eau sa perche dégoulinante.

Il n'était plus nécessaire de pousser tant que la marée monterait, c'est-à-dire pendant cinq à six heures. Ensuite, nous pourrions jeter l'ancre pour la nuit et attendre la prochaine marée ou, si le vent se levait, hisser les voiles. La perche, m'expliqua-t-on, ne servait qu'en cas de bancs de sable ou de panne de vent.

Une torpeur paisible se répandit sur le *Sally Ann*. Fergus et Ian se couchèrent sur le pont avant pour dormir. Rollo montait la garde sur le toit de la cabine, la langue pendante, les yeux mi-clos pour se protéger du soleil. Le capitaine Freeman et son matelot, communément appelé « Eh toi, Troklus » et dont le véritable prénom était Eutroclus, disparurent dans la minuscule cabine, où j'entendis bientôt des bruits de verres et de bouteilles.

Jamie était descendu dans la cabine pour chercher quelque chose dans sa caisse mystérieuse. J'espérais que ce serait buvable. Même assise sur le tableau arrière, les deux pieds dans l'eau, une petite brise me caressant la nuque, je sentais la sueur perler sur ma peau au moindre mouvement.

Des murmures indistincts s'élevèrent dans la cabine, suivis d'éclats de rire. Jamie ressortit avec un gros coffret sous le bras et vint vers moi en enjambant les monceaux de paquets tel un étalon de Clydesdale dans un champ de grenouilles.

Il déposa son trésor sur mes genoux, ôta ses souliers et ses bas, puis s'assit à mon côté, plongeant ses pieds dans la rivière avec un soupir d'aise.

— Qu'est-ce que c'est ? questionnai-je.

— Un petit cadeau.

Il ne me regardait pas mais le bord de ses oreilles rosissait à vue d'œil.

— Alors, tu l'ouvres ou pas ? demanda-t-il.

C'était une boîte lourde, à la fois large et profonde. Taillée dans un bois sombre, elle était usée mais les éraflures et les traces de coups n'avaient pas altéré sa belle patine. Elle gardait encore un morillon, mais ne possédait plus de verrou. Le couvercle se souleva sur des gonds bien huilés et laissa s'échapper une odeur de camphre, vaporeuse comme un génie sortant de sa lampe à huile.

Le soleil fit luire des instruments ternis par l'usure, rangés un par un dans leur étui de velours vert. Il y avait une petite scie dentelée, une paire de ciseaux, trois scalpels, un à lame ronde, un autre à lame droite et un troisième en spatule, un abaisse-langue, une tenaille...

— Jamie ! m'exclamai-je.

Emerveillée, je sortis un bâtonnet d'ivoire surmonté d'une boule tapissée d'un velours miteux. J'en avais déjà vu de semblables à Versailles. C'était la version XVIIIe siècle du marteau à réflexe.

— Oh, Jamie ! C'est fabuleux !

Il agita les orteils, ravi.

— Ça te plaît ?

— J'adore ! Oh, regarde ! Il y en a aussi dans le couvercle.

En abaissant un rabat, je venais de découvrir tout un assortiment de tubes, de vis, d'écrous, de plaquettes métalliques et de miroirs. Je marquai un temps d'arrêt avant de comprendre de quoi il s'agissait.

— Seigneur ! Un microscope ! Jamie, un microscope !

— Ce n'est pas fini ! dit-il, tout aussi excité que moi. Tu vois, la partie avant s'ouvre et on trouve une série de petits tiroirs.

Effectivement. Ils contenaient, entre autres, une balance miniature avec un jeu de poids en cuivre, une plaque sur laquelle rouler des gélules et un minuscule mortier de marbre avec un pilon enveloppé dans un linge pour éviter qu'il ne se fende. Au-dessus des tiroirs s'alignaient plusieurs rangées de flacons en pierre ou en verre, équipés d'un bouchon de liège.

— Que c'est beau ! m'extasiai-je.

Je tournai un scalpel entre mes doigts. Le bois poli de son manche me tenait dans le creux de la main comme s'il avait été façonné pour moi, sa fine lame parfaitement équilibrée.

— Oh, Jamie, merci !

Il était cramoisi de plaisir.

— Je me doutais bien que ça te plairait. Je ne sais pas à quoi ça sert, mais j'ai tout de suite vu que c'était de qualité.

Moi-même, je n'avais pas la moindre idée de l'usage qu'on pouvait faire de certains instruments, mais tous étaient de beaux objets en eux-mêmes, conçus par un homme qui aimait ses outils et savait s'en servir.

— A qui appartenait ce coffre ?

J'exhalai sur une lentille convexe puis la frottai contre ma jupe pour la faire briller.

— La femme qui me l'a vendu a dit que c'était à un médecin, mais elle ne connaissait pas son nom. Tu devrais le trouver dans son carnet. Il l'avait laissé derrière lui, alors je l'ai pris aussi.

Il souleva le plateau où étaient rangés les instruments, révélant un double fond d'où il extirpa un gros cahier relié en cuir noir.

— J'ai pensé que tu aurais besoin d'un cahier pour prendre des notes, comme tu le faisais en France, expliqua-t-il. Celui-ci est déjà entamé, mais il reste beaucoup de pages blanches.

Un quart du cahier avait été utilisé. Les pages apparaissaient couvertes d'une écriture fine et étroite, entrecoupée de croquis qui m'étaient familiers : un orteil ulcéré, une rotule écrasée, le gonflement grotesque d'un goitre en phase avancée, une coupe des muscles du mollet, le nom de chacun étant indiqué dans la marge.

A l'intérieur de la couverture, le nom du propriétaire était inscrit en lettres fleuries : *Dr Daniel Rawlings, Esq.*

— Je me demande ce qui a pu arriver au Dr Rawlings. La femme à qui tu as acheté le coffre le connaissait ?

Jamie hocha la tête, le front légèrement plissé.

— Elle lui avait loué une chambre pour la nuit. Il a déclaré résider en Virginie. Il était venu à Wilmington à la recherche d'un certain Garver, quelque chose comme ça. Mais le soir même de son arrivée, il est sorti après le dîner et... il n'est jamais revenu.

— Comment ça, jamais revenu ? Elle n'a jamais su ce qui lui était arrivé ?

— Non.

Jamie chassa un nuage de moucherons. Le soleil commençait à s'estomper, peignant la rivière de tons dorés et orange. Les insectes, eux, affluaient, réveillés par la légère baisse de température.

— Elle est allée voir le shérif et le juge. On a effectué des recherches pendant une semaine. Aucune trace. Comme il n'avait jamais dit à sa logeuse de quelle ville il venait, en Virginie, on n'a pas pu prévenir sa famille.

— Comme c'est étrange ! Cela s'est passé quand ?

— Il y a environ un an.

Il parut soudain inquiet.

— Ça ne t'ennuie pas ? Je veux dire... d'utiliser ses affaires ?

— Non.

Je refermai le couvercle du coffre et le caressai doucement.

— Ce serait trop dommage de les laisser pourrir.

Je me souvins soudain de ma propre sacoche de médecin, en cuir de Cordoue, avec mes initiales gravées en lettres d'or sur la poignée. Elles s'étaient effacées avec le temps et le cuir était lisse et lustré. Frank me l'avait offerte le jour de la remise de mon diplôme de chirurgien. Je l'avais laissée à mon ami Joe Abernathy, sachant qu'il la chérirait autant que moi.

Jamie vit une ombre passer sur mon visage et il s'assombrit à son tour. Je lui pris la main pour le rassurer et la serrai contre mon cœur.

— C'est un merveilleux cadeau. Où l'as-tu trouvé ?

— Je l'avais repéré la première fois que je suis allé chez l'orfèvre. C'est sa femme qui en avait la garde. Puis j'y suis retourné hier pour t'acheter un bijou... je voulais t'offrir une broche. Pendant que la brave femme me montrait ce qu'ils avaient, on s'est mis à parler de ce coffre, elle m'a raconté l'histoire du médecin et...

— Pourquoi voulais-tu m'offrir un bijou ? demandai-je.

La vente du rubis nous avait certes rapporté un peu d'argent mais Jamie n'était pas du genre à faire des folies. En outre, compte tenu des circonstances...

— Ah, je vois ! dis-je soudain. Tu voulais te faire pardonner tout cet argent tu as envoyé à Laoghaire, c'est ça ? Mais tu sais bien que ça m'est égal, je te l'ai dit.

Il avait, à contrecœur il est vrai, envoyé le gros du produit de la vente en Ecosse, en paiement d'une promesse faite à cette peste de Laoghaire MacKenzie Fraser. Il l'avait épousée sur l'insistance de sa sœur alors qu'il était persuadé, fort logiquement d'ailleurs, que j'étais, sinon morte, hors d'état de revenir. Ma résurrection inopinée avait provoqué quelques complications, dont Laoghaire n'était pas la moindre.

— Oui, je sais, tu me l'as dit, convint-il.

— Je le pensais... Plus ou moins.

Entendant mon propre ton, j'éclatai de rire.

— Tu ne pouvais tout de même pas laisser cette... cette... cette femelle hystérique mourir d'inanition, même si l'idée me paraît plutôt séduisante.

Il sourit à son tour.

— En effet, je ne voudrais pas avoir sa mort sur la conscience, elle est déjà assez chargée comme ça. Mais ce n'est pas pour ça que je voulais te faire un cadeau.

— Pourquoi alors ?

— Il y a vingt-cinq ans aujourd'hui, *Sassenach*, je t'ai épousée. J'espère que tu ne le regretteras jamais.

De Wilmington à Cross Creek, les rives du Cape Fear étaient parsemées de plantations. Toutefois, depuis la barge on voyait surtout des forêts, avec ici et là un ponton en bois à demi enfoui sous la végétation et, de temps à autre, à travers une ouverture entre les arbres, des champs cultivés.

Nous remontâmes la rivière tant que la marée montante voulut bien nous porter. Ensuite, quand elle mourut, nous accostâmes pour la nuit, dînâmes autour d'un feu sur la berge mais dormîmes sur le bateau, Eutroclus ayant laissé échapper une allusion aux mocassins d'eau. Ces derniers, affirmait-il, vivaient dans des galeries creusées sous les berges mais avaient une fâcheuse tendance à sortir la nuit pour réchauffer leur sang froid au contact de voyageurs endormis et imprudents.

Je fus réveillée peu avant l'aube par le bruissement d'un bateau qui passait près du nôtre, puis par son sillage qui souleva notre coque. En me sentant bouger, Jamie poussa un soupir endormi, se retourna et m'attira contre lui.

Raide et endolorie d'avoir dormi sur une planche, je sentis son corps se presser contre le mien, dans son état paradoxal entre le sommeil et l'éveil. Il émit un grognement sourd et ses doigts se glissèrent sous mon jupon.

— Arrête ça ! lui soufflai-je en repoussant sa main. Tu oublies où nous sommes !

Dehors, j'entendais les cris de Ian et les aboiements de Rollo, qui couraient sur la rive. Dans la cabine, un raclement de gorge suivi d'un crachat nous signala le réveil imminent du capitaine Freeman.

— Oh... gémit Jamie en reprenant conscience. Non, je m'en souviens très bien maintenant, hélas !

Plus tard dans la matinée, je m'installai sur le pont pour lire le cahier de Daniel Rawlings, à la fois intriguée, amusée et consternée par ce que j'y trouvais.

Non loin, j'entendais la voix de Jamie lisant à voix haute un passage de l'*Odyssée* en grec. Il s'arrêta soudain, laissant sa phrase en suspens.

— Ah... fit Ian.

— Alors, qu'est-ce qui vient ensuite ? demanda Jamie.

— Euh...

— Bon, je recommence, reprit Jamie avec un soupir agacé. Cette fois, tâche de faire attention. Je ne le lis pas pour le plaisir de m'entendre.

Il reprit sa lecture, les vers élégants et formels s'animant à mesure qu'il lisait.

Il n'y prenait peut-être pas plaisir mais moi, si. Je ne comprenais pas le grec, mais le rythme régulier des syllabes récitées de sa voix grave avec une intonation montante et descendante était aussi apaisant que le clapotis des vagues contre la coque.

Ayant accepté malgré lui la présence prolongée de son neveu, Jamie avait entrepris de parfaire son éducation. Il profitait des rares pauses que nous laissait notre voyage pour lui enseigner, je devrais plutôt dire *tenter* de lui enseigner, les rudiments de la grammaire latine et grecque, ou pour lui faire travailler ses mathématiques et son français.

Par chance, Ian avait le même sens inné des mathématiques que son oncle. Une des cloisons de la cabine était couverte d'élégantes équations euclidiennes tracées avec un bâtonnet noirci au feu. En revanche, lorsque la leçon portait sur les langues, l'oncle et le neveu n'avaient plus rien en commun.

Jamie était un polyglotte naturel. Il apprenait les langues et les dialectes sans effort apparent, intégrant les expressions idiomatiques comme d'autres ramassent des fleurs sur le bord de la route. En outre, il avait étudié les classiques à l'université de Paris et, s'il n'était pas toujours d'accord avec certains des philosophes latins, il considérait Homère et Virgile comme ses amis intimes.

Ian avait été élevé dans les langues gaélique et anglaise, et Fergus lui avait appris quelques bribes de son français de caniveau. Pour lui, cela suffisait amplement. Certes, il possédait également un répertoire impressionnant de jurons en six ou sept langues, acquis surtout au cours des derniers mois, où il avait côtoyé un certain nombre de personnages peu fréquentables, dont son oncle n'était pas le moindre. Mais pour ce qui était des mystères des déclinaisons latines, il aurait pu tout autant apprendre le chinois.

Pire encore, il ne voyait pas pourquoi s'embarrasser de langues mortes et enterrées. Homère pouvait difficilement rivaliser avec ce nouveau pays palpitant, où l'aventure vous tendait les bras à chaque instant.

Jamie acheva son passage en grec puis envoya Ian dans la cabine chercher le livre de latin qu'il avait emprunté à la bibliothèque du gouverneur Tyron. N'ayant plus sa lecture à voix haute pour me distraire, je repris mon inspection du cahier du Dr Rawlings.

Tout comme moi, le médecin possédait quelques rudiments de latin, mais préférait rédiger en anglais, n'ayant recours au latin que pour quelques notes marginales.

« Ai saigné M. Beddoes d'une pinte. Ai noté une nette amélioration de son humeur bilieuse, son teint jaune et ses pustules ayant diminué. Lui ai administré ma potion noire pour aider à nettoyer son sang. »

— Idiot ! marmonnai-je pour la dixième fois. Tu ne vois donc pas que cet homme souffre du foie ?

Ce devait être un début de cirrhose. Rawlings avait noté un gonflement et un durcissement du foie, mais les avait attribués à une surproduction de bile. Il s'agissait visiblement d'un empoisonnement éthylique. Les pustules sur le visage et le torse étaient caractéristiques d'un trouble nutritionnel que j'avais souvent vu associé à une consommation excessive d'alcool... et c'était là une maladie courante !

Si Beddoes vivait encore, ce qui était peu probable, il devait siffler près d'un litre d'alcool par jour et n'avait sans doute pas avalé un légume vert depuis des mois. Quant à la disparition des pustules, dont Rawlings se félicitait, elle s'expliquait sans doute par la présence de feuilles de navet comme agent colorant dans sa *« potion noire »*.

Absorbée par la lecture, j'entendais à peine Ian réciter laborieusement la *Virtus* de Plaute de l'autre côté de la cabine, interrompu toutes les deux phrases par les corrections de Jamie.

— *Virtus praemium est optimus...*

— *Optimum.*

— *... est optimum. Virtus omnibus rebus* et... euh... et...

— *Anteit.*

— Merci, oncle Jamie. *Virtus omnibus rebus anteit... profectus ?*

— *Profecto.*

— Ah, oui, *profecto.* Euh... *Virtus ?*

— *Libertas. Libertas salus vita res et parentes, patria et prognati...* Tu te souviens de ce qu'il veut dire par *vita,* Ian ?

Se précipitant sur cette bouée de sauvetage dans une mer d'incompréhension, Ian s'écria aussitôt :

— La vie !

— Bien, dit Jamie, mais ce n'est pas tout. En latin, cela veut également dire l'essence de l'homme, sa substance. Tu vois, il continue plus loin... *Libertas salus vita res et parentes, patria et prognati tutantur, servantur ; virtus omnia in sese habet, omnia adsunt bona quem penest virtus.* Qu'est-ce qu'il veut dire, à ton avis ?

— Euh... que la vertu est une bonne chose ?

Il y eut un bref silence, durant lequel je pus presque entendre la tension artérielle de Jamie augmenter de plusieurs crans.

— Mmphm... Réfléchis, Ian. *Tutantur, servantur.* Pourquoi associe-t-il ces deux mots, au lieu de...

Je cessai d'écouter et repris ma propre lecture, me plongeant dans un passage où le Dr Rawlings décrivait un duel et ses conséquences.

« 15 mai. Ai été tiré du lit pour soigner un gentleman logé au Red Dog. L'ai trouvé dans un piètre état, la main blessée par l'explosion de son propre pistolet. Le pouce et l'index avaient été arrachés, le majeur était broyé et les deux tiers de la paume si lacérés que l'on reconnaissait difficilement une main humaine.

Comprenant que seule une intervention rapide pourrait le sauver, j'ai mandé l'aubergiste et ai demandé une dame-jeanne d'eau-de-vie, des linges et deux grands gaillards pour m'assister. Une fois le patient convenablement immobilisé, j'ai procédé à la section de la main, la droite, malheureusement pour lui, juste au-dessus du poignet. Ai réussi à ligaturer deux artères mais l'anterior interosseus m'a échappé, s'étant rétracté dans le moignon après que j'eus coupé l'os. Ai donc été obligé de relâcher le garrot afin de la retrouver, ce qui a libéré un flux de sang considérable. Cet accident fortuit a eu pour effet d'insensibiliser le patient et de mettre un terme provisoire à ses souffrances, et, n'étant plus en état de se débattre, il ne pouvait plus gêner mon travail.

L'amputation achevée avec succès, le gentleman a été recouché, mais suis resté à son chevet, craignant qu'il ne reprenne brusquement conscience et que, par un geste brutal, il n'arrache mes sutures. »

Ce récit fascinant fut interrompu par une soudaine interjection de Jamie qui avait fini par perdre patience.

— Ian ! Ton latin ferait honte à un chien ! Quant au reste... tu ne sais même pas assez de grec pour connaître la différence entre l'eau et le vin !

— S'ils le boivent, c'est que c'est du vin, marmonna Ian, vexé.

Je fermai le cahier et me levai, sentant que la présence d'un arbitre allait s'avérer nécessaire. Ian émettait des grognements de mécontentement typiquement écossais.

— Mmphm... m'en fiche de ce...

— Oui, justement, tu t'en fiches, c'est bien là le problème ! Tu n'as même pas l'élégance d'avoir honte de ta propre ignorance !

S'ensuivit un silence lourd, interrompu uniquement par le bruit de la perche de Troklus dans l'eau. M'entendant approcher, Ian leva la tête, toussota et s'éclaircit la gorge.

— Je peux te dire une chose, mon oncle, si la honte pouvait m'aider, je n'hésiterais pas à rougir comme une pivoine.

Il prit un tel air de chien battu que je ne pus m'empêcher de rire. Jamie se tourna vers moi d'un air surpris et sa mine renfrognée s'éclaira.

— Merci pour ton soutien, *Sassenach* ! D'ailleurs, tu connais le latin, non ? En tant que médecin, tu es bien obligée. Pourquoi ne te chargerais-tu pas de lui apprendre le latin à ma place ?

Je fis non de la tête. S'il était vrai que je pouvais plus ou moins lire le latin, très laborieusement du reste, je ne me voyais pas essayer d'encombrer la tête de Ian avec les vestiges branlants de mon instruction.

— Tout ce dont je me souviens, c'est : *Arma virumque cano*. « Mon bras a été mordu par un chien. »

Ian se mit à ricaner et Jamie m'adressa un regard de désillusion profonde. Il soupira et se passa une main dans les cheveux. Si Jamie et Ian ne possédaient aucun trait physique en commun, hormis la taille, ils avaient tous les deux une épaisse tignasse et la manie de la lisser en arrière lorsqu'ils se sentaient contrariés ou songeurs. La leçon de latin avait été dure, ils avaient tous deux l'air éreintés.

Jamie se tourna vers son neveu :

— Désolé de m'être emporté, Ian. Mais tu es un garçon intelligent, ça m'ennuie de te voir perdre ton temps. A ton âge, j'étais déjà à Paris, étudiant à l'université.

Ian fixait l'eau brunâtre qui tourbillonnait à ses pieds.

— Je sais. Et à mon âge, mon père se battait en France.

Je sursautai. Je savais que Ian l'aîné avait été soldat en France, mais non pas qu'il y était parti si jeune ni qu'il y était resté si longtemps. Ian le jeune avait tout juste quinze ans. Son père avait donc été mercenaire dès cet âge et jusqu'à vingt-deux ans, quand un boulet de canon lui avait emporté une jambe et qu'il était rentré définitivement chez lui.

Jamie dévisagea son neveu, soucieux. Puis il vint se placer près de lui, accoudé au garde-fou.

— Je sais, dit-il doucement. Je l'ai suivi quatre ans plus tard, quand je suis devenu hors-la-loi.

— Vous étiez ensemble en France ? interrogea Ian.

— Oui, en Flandres. Nous y sommes restés pendant plus d'un

an, avant qu'il ne soit blessé et rapatrié. On combattait dans un régiment de mercenaires écossais, sous les ordres de Fergus Mac Leodhas.

Le regard de Ian pétillait de curiosité.

— C'est à lui que Fergus doit son prénom ? Je veux dire *notre* Fergus ?

Son oncle sourit.

— Oui, je l'ai baptisé Fergus en hommage à Mac Leodhas. C'était un bel homme et un grand soldat. Il avait beaucoup d'estime pour ton père. Ian ne t'a jamais parlé de lui ?

— Non, jamais. Je savais qu'il avait perdu sa jambe en France, c'est maman qui me l'a dit, mais lui, il n'en parle jamais.

Ayant encore en mémoire la description de l'amputation du Dr Rawlings, je ne m'étonnai pas que Ian n'ait jamais voulu évoquer ce douloureux souvenir.

— Une fois rentré chez lui et installé à Lallybroch, il préférait sans doute ne plus penser au passé, déclara Jamie. Et puis...

Il hésita, mais Ian insista :

— Et puis quoi, oncle Jamie ?

— Je crois qu'il ne voulait pas vous farcir la tête avec des récits de guerre et de combats, de peur que vous décidiez de devenir soldats à votre tour, tes frères et toi. Ta mère et lui souhaitaient que vous connaissiez une vie meilleure.

Ian l'aîné était un homme sage, pensai-je. A voir la mine de son fils, il était clair que ce dernier considérait qu'il n'existait rien de plus palpitant que la guerre.

— Ça, c'est plutôt maman, précisa Ian avec une moue dégoûtée. Si je l'avais laissée faire, elle m'aurait enveloppé dans du coton et m'aurait attaché aux cordons de son tablier.

Jamie se mit à rire.

— Ah, tu crois vraiment ? Dis-moi, si tu rentrais aujourd'hui à Lallybroch, tu penses qu'elle t'envelopperait dans du coton et qu'elle te couvrirait de baisers ?

L'air dédaigneux de Ian s'effaça aussitôt.

— Euh... non, convint-il. Je crois plutôt qu'elle m'écorcherait vif.

— Je vois que tu connais un peu les femmes, mon garçon, c'est toujours ça.

— Toi, mon oncle, tu dois bien les connaître, non ?

Je me tournai vers Jamie, curieuse d'entendre sa réponse.

— Un homme intelligent sait où ses connaissances s'arrêtent, répliqua celui-ci. Même si, dans ton cas, j'aime mieux qu'elles ne s'arrêtent pas si tôt.

Ian haussa les épaules, déçu.

— Je n'ai pas l'ambition de devenir un gentleman, grogna-t-il. Après tout, petit Jamie et Michael ne savent pas lire le latin et ils ne s'en portent pas plus mal !

Jamie se frotta le nez, examinant son neveu d'un air méditatif.

— Petit Jamie dirige Lallybroch et Michael gagne très bien sa vie à Paris avec Jared. Tous deux ont une situation et s'en sortent très bien. Nous avons fait ce que nous avons pu pour leur éducation mais, à l'époque où ils auraient dû poursuivre leurs études, il n'y avait plus d'argent pour les faire voyager ou les envoyer à l'université. Ils n'ont pas eu le choix. Tes parents ne voulaient pas que tu subisses le même sort. Ils espéraient que tu deviendrais un homme de lettres et d'influence, voire un *duine uasal*.

J'avais déjà entendu cette expression gaélique, littéralement un « homme de valeur ». C'était le terme réservé aux selliers, aux lairds, aux propriétaires terriens et aux premiers vassaux des chefs de clan highlanders.

Jamie avait été un *duine uasal* avant le Soulèvement, mais il ne l'était plus désormais.

— Mmphm... fit Ian. Et toi, mon oncle, tu es devenu ce que tes parents attendaient de toi ?

Il arborait un air de défi mais, au tressaillement de sa paupière, on devinait qu'il était conscient de s'être engagé sur un terrain miné. Jamie était destiné à devenir laird. Lallybroch lui était revenu de droit et c'était uniquement pour éviter que le domaine ne soit confisqué par la Couronne qu'il l'avait légué à son neveu, petit Jamie.

— Puisque tu tiens tant à le savoir, répondit-il d'un ton sec, j'ai été élevé pour faire deux choses : veiller sur mes gens et sur mes terres. J'ai fait de mon mieux... et je continuerai tant que je le pourrai.

Ian baissa les yeux.

— Je... je ne voulais pas...

— Ne t'excuse pas, lui dit Jamie en lui posant une main sur l'épaule. Tu deviendras quelqu'un, ne serait-ce que pour ta mère, et même si on doit tous les deux y laisser notre peau. Je ne te laisserai pas gâcher ta vie.

9

L'ombre d'un fantôme

La surface du fleuve était d'huile, le courant glissait sans une ride. Une seule lanterne brillait, accrochée sur le pont. Assise sur un tabouret près de la proue, je pouvais voir son reflet emprisonné sous l'eau, se déplaçant parallèlement au bateau.

La lune n'était qu'une mince faucille se faufilant derrière la cime des arbres. Au-delà du feuillage dense qui bordait la rivière, la nuit n'était qu'une vaste zone de ténèbres, cachant des rizières et des champs de tabac. La chaleur du jour avait imprégné la terre, irradiant d'une énergie invisible les plaines fertiles qui s'étendaient derrière le rideau de pins. L'alchimie de l'eau et du soleil faisait son œuvre.

Un léger bruit se produisit derrière moi et je tendis la main en arrière sans me retourner. Les doigts moites de Jamie s'entremêlèrent aux miens, les serrèrent un instant, puis les libérèrent.

Il s'assit près de moi avec un soupir, tira sur le col de sa chemise pour s'aérer un peu.

— Bon sang, je crois bien que je n'ai pas respiré d'air depuis qu'on a quitté la Géorgie, déclara-t-il. Chaque fois que j'inspire, j'ai l'impression de me noyer.

Je me mis à rire, sentant une goutte de transpiration glisser entre mes seins.

— Il fera plus frais une fois à Cross Creek, tout le monde le dit. Mais tu ne trouves pas que ça sent merveilleusement bon ?

La nuit faisait ressortir les parfums des arbres et des plantes qui poussaient au bord de l'eau. Ils se mélangeaient à la bonne odeur de terre et à celle du bois de la barge.

— Tu aurais fait un bon chien de chasse, *Sassenach*. Pas étonnant que cette bête t'admire autant.

En parlant du loup... le cliquetis des griffes sur le pont nous annonça l'arrivée de Rollo, qui avançait prudemment vers le garde-fou. Il semblait partager l'aversion de Jamie pour la navigation. Il s'arrêta à une quarantaine de centimètres du bord, s'allongea avec un gros soupir et posa son museau entre ses pattes.

— Salut, toi, lui dis-je.

Je tendis la main vers lui et il condescendit à se laisser gratter entre les oreilles.

— Où est passé ton maître ?

— Dans la cabine, répondit Jamie, en train d'apprendre une nouvelle manière de tricher aux cartes. Dieu seul sait comment finira ce gamin ! S'il ne se fait pas fracasser le crâne ou abattre d'un coup de pistolet dans une taverne, il rentrera chez lui avec une autruche qu'il aura gagnée au poker.

— Il n'y a pas d'autruches dans les montagnes et je doute qu'on y joue au poker, rétorquai-je. D'ailleurs, il n'existe pratiquement aucune ville digne de ce nom et, a fortiori, encore moins de tavernes.

— Sans doute, convint-il. Mais quand on tient tant à vendre son âme au diable, on arrive toujours à le rencontrer, où qu'il se trouve.

— Ian n'a pas le diable dans la peau. C'est un bon garçon.

— Ce n'est plus un garçon, c'est déjà un homme.

Il tendit l'oreille vers la cabine d'où nous parvenaient des éclats de rire étouffés, ponctués de quelques jurons obscènes.

— Un *jeune* homme, corrigea-t-il, qui n'a pas grand-chose dans la cervelle. Si c'était encore un enfant, je pourrais sans doute le contrôler. Mais il est assez grand pour s'occuper de ses propres affaires et il n'apprécie pas que je lui mette le nez dans ses propres bêtises.

— Il t'écoute toujours.

— Mmphm... Attends que je lui dise quelque chose qu'il n'a pas envie d'entendre.

Il appuya sa tête contre la cloison et ferma les yeux. La transpiration faisait luire ses pommettes et une goutte de sueur coulait le long de son cou. J'avançai un doigt et la cueillis avant qu'elle ne disparaisse sous son col.

— Ça fait deux mois que tu lui répètes qu'il doit rentrer en Ecosse. C'est cela qu'il n'a pas envie d'entendre, je crois.

Il ouvrit un œil et me regarda avec un air sarcastique.

— Il est en Ecosse ?

— Eh bien...

— Mmphm... fit-il avant de refermer son œil.

Je restai un moment silencieuse et me tamponnai le visage avec un pan de ma jupe. Nous nous trouvions dans un goulot du fleuve et la berge la plus proche n'était qu'à un mètre. J'aperçus un vague mouvement dans les buissons et la lumière de notre lanterne se refléta brièvement sur une paire d'yeux rouges.

Rollo leva la tête et émit un *woof* grave, les oreilles dressées. Jamie se redressa brusquement.

— Seigneur ! Je n'ai jamais vu un rat aussi gros.

J'éclatai de rire.

— Ce n'est pas un rat, c'est un opossum.

Jamie et Rollo fixèrent le marsupial avec le même air calculateur, évaluant sa taille et sa vitesse éventuelle. Quatre petits opossums perchés sur le dos bossu de leur mère les observaient d'un air intrigué, agitant leur minuscule museau pointu. Décidant que le bateau ne représentait aucun danger, la mère se remit à laper l'eau du fleuve, puis pivota et s'enfonça dans les buissons, traînant derrière elle sa longue queue rose et lisse.

Les deux chasseurs la regardèrent s'éloigner en poussant le même soupir et se détendirent.

— D'après Myers, ça se mange, observa Jamie.

Je plongeai une main dans ma poche et en sortis un sachet de toile que je lui tendis.

— Qu'est-ce que c'est ?

Il ouvrit le sac, versa le contenu dans sa paume et observa d'un air circonspect les formes brunes dans le creux de sa main.

— Des cacahuètes, expliquai-je. Elles poussent sous terre dans la région. J'ai trouvé un fermier qui en vendait comme de la nourriture pour les cochons. La femme de l'aubergiste a bien voulu me les faire griller. Il faut enlever la cosse avant de les manger.

Je lui souris, ravie pour une fois d'en savoir plus que lui sur notre environnement.

Il m'adressa un regard noir et écrasa la cosse entre son pouce et son index, libérant trois graines.

— Je suis ignare mais pas complètement crétin, *Sassenach*.

Il en glissa une dans sa bouche et mâchouilla avec méfiance. Sa mine sceptique se transforma peu à peu en une mimique agréablement surprise, et il enfourna les deux autres cacahuètes avec enthousiasme.

— Ça te plaît ? Quand on sera convenablement installés et dès que j'aurai déballé mon nouveau mortier, je te ferai du beurre de cacahuètes.

Il fit craquer une autre cacahuète en souriant.

— C'est endroit a beau être une fournaise, le sol est riche. Je n'ai jamais vu autant de choses pousser si facilement.

Il marqua une pause avant d'ajouter sans me regarder :

— J'ai bien réfléchi, *Sassenach*. Qu'est-ce que tu dirais si on s'installait ici ?

Je m'y attendais. Je l'avais vu contempler les champs noirs et les récoltes abondantes avec l'œil avide d'un fermier et admirer d'un air songeur les superbes chevaux du gouverneur.

De toute manière, nous ne pouvions rentrer en Ecosse pour le moment. Le jeune Ian, oui, mais ni lui ni moi, du fait de diverses complications, dont une certaine Laoghaire MacKenzie.

— Je ne sais pas, répondis-je enfin. Même en faisant abstraction des Indiens et des bêtes sauvages...

— Bah ! m'interrompit-il, un peu embarrassé, Myers m'a dit qu'ils ne représentaient aucune difficulté, tant qu'on évite les montagnes.

Je me retins de lui signaler que l'offre du gouverneur concernait précisément les montagnes.

— Oui, mais tu te souviens de ce que je t'ai dit, Jamie ? Au sujet de la guerre d'Indépendance ? Nous sommes en 1767. Tu as suivi la conversation à la table du gouverneur, non ? Dans neuf ans, la guerre va éclater.

Nous avions déjà tous deux traversé plusieurs guerres et savions ce que cela signifiait.

— J'avais raison... la première fois, lui rappelai-je.

J'avais su ce qui se passerait à Culloden. Je lui avais annoncé à l'avance le sort qui attendait Charles-Edouard Stuart et ses hommes. Cela n'avait rien empêché, bien au contraire. Nous n'avions même pas pu nous sauver nous-mêmes. Cet échec avait abouti, entre autres, à vingt douloureuses années de séparation forcée et au fantôme d'une fille qu'il ne connaîtrait jamais.

Il hocha la tête. La lueur jaune de la lanterne avait attiré un nuage de moucherons qui se désintégra quand il tendit la main vers ma joue.

— Oui, je sais, dit-il doucement. Mais... à l'époque, nous croyions pouvoir changer le cours des choses. Du moins, nous pensions que c'était notre devoir. Tandis qu'ici... ce n'est pas mon affaire. Je ne m'en occuperai pas et j'éviterai de me mettre en travers de leur route.

Il chassa les moucherons qui dansaient devant mon visage.

— Si nous décidons de nous installer ici, cela risque de devenir rapidement notre affaire, objectai-je.

Jamie se frotta la lèvre inférieure, en réfléchissant. Il ne s'était pas rasé et le chaume roux de ses joues était parsemé d'argent à la lueur de la lanterne. Il était fort et robuste, un homme dans sa pleine maturité, mais ce n'était plus un jeune homme et j'en fus soudain soulagée.

Les Highlanders étaient des guerriers. Leurs fils devenaient des hommes dès qu'ils pouvaient tenir une épée. Jamie avait passé sa jeunesse à faire la guerre. A vingt ans, rien n'aurait pu l'empêcher de se jeter dans la mêlée, que la cause à défendre soit la sienne ou pas. A présent, dans la quarantaine, la raison l'emporterait peut-être sur la passion... du moins, je l'espérais.

En outre, hormis sa tante, qu'il ne connaissait pour ainsi dire pas, il n'avait pas de famille dans ce pays, aucune attache qui pourrait l'inciter à s'impliquer dans le conflit. Peut-être, cette fois, le fait de connaître l'avenir nous permettrait-il d'éviter le pire ?

— C'est un très grand pays, *Sassenach*. La distance que nous avons parcourue depuis la Géorgie dépasse déjà toute la longueur de l'Ecosse et de l'Angleterre.

— C'est vrai, admis-je.

En Ecosse, même réfugiés sur les hauteurs escarpées des Highlands, il avait été impossible d'échapper aux ravages de la guerre. Ici, si nous choisissions bien notre terre, nous pouvions sans doute passer entre les doigts crochus du dieu Mars.

Jamie inclina la tête et m'observa avec attention.

— Je te vois bien en femme de planteur. Si le gouverneur me trouve des acquéreurs pour les autres pierres, j'aurai assez pour envoyer à Laoghaire tout ce que je lui dois encore et acheter un bel endroit. Un joli coin où nous pourrons prospérer.

Il prit ma main dans la sienne, son pouce caressant mon alliance d'argent.

— Peut-être un jour pourrai-je te couvrir de dentelles et de bijoux. Jusqu'à présent, je n'ai pas pu t'offrir grand-chose, à part un anneau d'argent et les perles de ma mère.

— Tu m'as donné beaucoup plus, dis-je en pressant sa main. Brianna, entre autres.

— Oui, c'est vrai. C'est sans doute elle ma vraie motivation... pour rester ici, je veux dire.

Je l'attirai à moi et il posa la tête sur mes genoux.

— C'est chez elle ici, non ? murmura-t-il. C'est ici qu'elle naîtra et qu'elle vivra.

Je caressai ses épaisses mèches rousses qui ressemblaient tant à celles de notre fille.

— Oui. Un jour, ce sera son pays.

Nous pouvions passer ici le reste de notre vie, nous n'y serions jamais chez nous autant qu'elle.

— Je ne tiens pas à me battre ni à te mettre en danger, reprit-il. Mais si je peux faire quelque chose pour... aider à le construire, que cela devienne un lieu sûr et agréable pour elle... j'aimerais bien.

Nous restâmes assis en silence un long moment, observant le terne reflet de l'eau et la lente progression de la lanterne immergée.

— Je lui ai laissé les perles de ta mère, dis-je enfin. Cela m'a paru juste. Après tout, c'est un bijou de famille.

Je dégageai ma main et la lui montrai :

— Je n'ai pas besoin d'autre chose que de cette alliance.

Il prit mes deux mains et les porta à ses lèvres. Il baisa d'abord la gauche, celle où je portais l'alliance en or de Frank, puis la droite, où se trouvait la sienne.

— *Da mi baisa mille*, murmura-t-il.

« Donne-moi mille baiser. » C'était le vers inscrit à l'intérieur de l'anneau d'argent, emprunté à un poème d'amour de Catulle.

— *Dein mille altera*, répondis-je.

« Puis donne-m'en mille autres. »

Il était près de minuit quand nous nous amarrâmes enfin près de la berge pour dormir. Il faisait toujours aussi chaud et humide, mais le temps avait changé. Il y avait de l'orage dans l'air. Les buissons sur la rive étaient agités de frissons, à cause soit de courants d'air, soit d'animaux se hâtant de rentrer dans leur tanière avant la tempête.

La poussée de la marée était presque terminée. A partir de maintenant, nous devions avancer à la voile ou à la perche. Le capitaine Freeman espérait que l'orage nous apporterait une bonne petite brise ; aussi fut-il décidé que nous prendrions un peu de repos pendant qu'il était encore temps. Je me couchai en chien de fusil dans notre petit nid à la proue du navire mais, malgré l'heure tardive, je n'arrivai pas à m'endormir.

D'après les estimations du capitaine, nous pouvions atteindre Cross Creek le lendemain soir, ou, sinon, le jour suivant au plus tard. Il me tardait d'arriver. Après ces deux derniers mois d'errance, je n'aspirais qu'à trouver un asile, aussi temporaire soit-il.

Connaissant les traditions d'hospitalité et de fraternité des Highlanders, je n'avais aucune crainte quant à notre accueil à River Run. Jamie ne considérait pas comme un problème le fait qu'il n'ait pas vu sa tante depuis plus quarante ans et ne doutait pas d'être cordialement reçu. En outre, je ne pouvais m'empêcher d'être intriguée par la personnalité de Jocasta Cameron.

Le vieux Red Jacob, bâtisseur de Castle Leoch, avait eu cinq enfants. Ellen, la mère de Jamie, était l'aînée ; Jocasta, la benjamine. Une autre fille, Janet, était morte, elle aussi, bien avant que je ne rencontre Jamie, mais j'avais assez bien connu les deux frères, Colum et Dougal. Compte tenu de la forte personnalité de ces deux derniers, je ne pouvais m'empêcher de spéculer sur le genre de personne que pouvait être la dernière MacKenzie de Leoch.

Elle était sans doute grande, pensai-je en lançant un regard vers Jamie, couché paisiblement sur le pont près de moi. Grande et rousse. Tous les MacKenzie étaient grands, même Colum avant qu'il ne développe une maladie invalidante, avec des teints clairs de Viking et des tignasses rousses qui allaient du roux flamboyant de Jamie au rouge sang de Dougal. Seul Colum était un vrai brun.

Le souvenir de Colum et de Dougal me mit soudain mal à l'aise. Colum avait succombé à sa maladie peu avant Culloden. Dougal était mort à la veille des combats, tué par Jamie. Il l'avait tué pour se défendre... pour *me* défendre, corrigeai-je, et sa dis-

157

parition était passée inaperçue parmi l'amoncellement de morts lors de ce mois d'avril sanglant. Toutefois, Jamie avait-il réfléchi à ce qu'il dirait lorsque, après les salutations d'usage, sa tante lui demanderait des nouvelles de la famille ?

Jamie soupira et s'étira dans son sommeil. Il pouvait dormir n'importe où, habitué à des conditions qui allaient de la bruyère trempée aux caves moisies, en passant par les dalles glacées de cellules de prison. Par comparaison, les lattes en bois du pont devaient lui sembler le summum du confort. Je n'étais ni aussi souple ni aussi endurcie que lui, mais la fatigue finit quand même par avoir raison de moi, en dépit de ma curiosité.

Je me réveillai en sursaut dans une confusion totale. Il faisait encore nuit et, partout autour de moi, ce n'étaient que cris et aboiements. Des pas précipités ébranlaient le pont. Je me redressai d'un bond, me croyant sur un grand voilier sabordé par un vaisseau pirate en pleine mer.

Puis mon esprit s'éclaircit et je compris avec horreur que je n'étais pas si loin de la réalité : nous étions effectivement attaqués par des pirates. Des voix inconnues lançaient des ordres ici et là et des bruits de bottes résonnaient sur le pont. Jamie avait disparu.

Au moment où je me relevais tant bien que mal, me soutenant au toit de la cabine, je fus percutée par plusieurs corps qui volaient au-dessus du bateau.

Il y eut une avalanche de visages blêmes, un cri, puis un bruit sourd. Quand je repris mes esprits, Ian était accroupi sur le pont près de moi ; il se penchait sur Rollo, couché sur le flanc. Un homme que je ne connaissais pas, hagard et échevelé, se redressait péniblement.

— Merde ! Elle a bien failli m'avoir, cette sale bête !

D'une main tremblante, il dégaina le pistolet qu'il portait à sa ceinture et le pointa vers le chien.

— Prends ça, saloperie !

Un homme plus grand surgit de nulle part et lui fit baisser son arme d'un coup sur la main.

— Ne gaspille pas tes munitions, crétin !

Il fit un geste vers Troklus et le capitaine Freeman qu'on poussait sans ménagement vers moi. Le vieux loup de mer crachait un chapelet d'injures.

— Tu comptes les tenir en joue avec un barillet vide ? poursuivit l'inconnu.

Le plus petit des deux lança un regard assassin vers Rollo, puis dirigea à contrecœur son arme vers le ventre de Freeman.

Rollo émettait un bruit bizarre, une sorte de grondement sourd ponctué de cris plaintifs. J'aperçus une tache rouge et luisante sous son corps agité de soubresauts. Ian leva vers moi un visage baigné de larmes.

— Faites quelque chose, tante Claire ! Je vous en prie !

J'avançai machinalement d'un pas vers lui mais le grand pirate me barra la route de son bras.

— Il faut que j'examine le chien, expliquai-je.

— Elle se fout de nous ! glapit le petit pirate, incrédule.

Tandis que mes yeux s'accoutumaient peu à peu à l'obscurité, je me rendis compte qu'ils étaient tous masqués. Combien étaient-ils ? Derrière le fichu qui cachait son visage, j'avais l'étrange impression que le grand pirate souriait. Sans dire un mot, il me fit signe de passer, d'un geste de son pistolet.

Je m'agenouillai près de Rollo.

— Ça n'a pas l'air d'aller fort, mon vieux, mais ce n'est pas une raison pour me mordre, lui dis-je doucement. Où est-il blessé, Ian ?

Le jeune garçon ravala ses larmes.

— Je ne sais pas. Il est couché sur sa blessure et je n'arrive pas à le retourner.

Je n'allais pas risquer ma main en essayant de le retourner à mon tour. Je cherchai son pouls dans son cou mais mes doigts s'enfoncèrent en vain dans l'épaisse fourrure. Je soulevai sa patte avant et la palpai sur toute sa longueur. Enfin, je sentis quelque chose au niveau de l'ars. Par habitude, je me mis à compter, puis abandonnai rapidement en me rendant compte que je n'avais aucune idée du rythme cardiaque normal d'un chien. Le pouls était régulier, c'était déjà bon signe. Il n'y avait ni arythmie, ni palpitations ni fibrillations.

Autre point encourageant : il n'avait pas perdu connaissance. La patte que je tenais entre mes mains était tendue comme un ressort. Le chien poussa un long cri aigu et tenta de se redresser, tirant sur sa patte pour la libérer.

— Je ne crois pas que ce soit très grave, Ian, dis-je. Regarde, il essaie de se tourner.

Rollo se releva, chancelant. Il s'ébroua violemment en projetant des gouttes de sang autour de lui, puis ses grands yeux jaunes s'arrêtèrent sur le petit pirate avec un air qui ne laissait place à aucune ambiguïté.

— Eh ! Retenez-le sinon je l'abats ! paniqua ce dernier.

Ian ôta sa chemise et l'enveloppa autour de la tête de Rollo, l'aveuglant momentanément et le forçant à s'asseoir sur son arrière-train. Malgré les gesticulations du chien qui se débattait, j'entr'aperçus d'où venait le sang. Ce n'était qu'une entaille peu profonde au niveau de l'épaule. La balle l'avait juste éraflé.

— Vous êtes combien à bord ? demanda le grand pirate au capitaine Freeman.

Celui-ci serra les lèvres. Sa bouche ne formait plus qu'une mince ligne à peine visible dans sa barbe. Le pirate se tourna alors vers moi. Sa voix et son accent irlandais me disaient vaguement quelque chose. Il dut le lire sur mon visage car il marqua un temps d'arrêt puis renversa la tête en arrière et laissa retomber son fichu.

— Alors ? Vous êtes combien ? répéta Stephen Bonnet.

— Six, répondis-je.

Je n'avais aucune raison de lui mentir. Je pouvais distinguer Fergus sur la berge, les bras en l'air tandis qu'un troisième larron lui enfonçait la pointe de son fusil dans le creux des reins, le poussant vers la berge. Jamie venait d'apparaître à mes côtés, fulminant.

— Monsieur Fraser, quel plaisir de vous revoir ! lança Bonnet avec un sourire. Vous n'aviez pas un autre compagnon, un grand manchot ?

— Il n'est pas avec nous, répondit Jamie.

— Je vais vérifier, dit le petit pirate en pivotant sur ses talons.

Bonnet l'arrêta d'un geste.

— Inutile, Roberts. On ne met pas en doute la parole d'un gentleman. Reste ici et surveille ces braves gens. Je vais jeter un coup d'œil dans les parages.

Avec un signe de tête à son acolyte, il s'éloigna dans la nuit.

Occupée à examiner Rollo, je n'avais pas trop fait attention à ce qui se passait sur le bateau. Entendant soudain un remue-ménage et des bris de verre dans la cabine, je bondis, songeant à mon coffre de médecine.

— Eh, qu'est-ce que vous faites ? aboya le pirate. N'avancez pas ou je tire !

Sans même lui accorder un regard, je plongeai dans la cabine, percutant de plein fouet un quatrième pirate, qui était effectivement en train de fouiller dans mon coffre.

Quelque peu étourdie par la collision, je lui agrippai le bras en poussant un cri outragé. Il avait ouvert mes boîtes et mes fioles, les vidant sur le plancher avant de les balancer par-dessus son épaule. Un monceau de flacons brisés jonchait déjà les vestiges épars de la pharmacie du Dr Rawlings.

— Je vous interdis de toucher à ça ! criai-je.

Je saisis la première fiole qui me tomba sous la main, arrachai son bouchon de liège et lui en jetai le contenu au visage.

Comme la plupart des mixtures de Rawlings, elle contenait une forte proportion d'alcool. L'homme recula d'un pas, se tenant la face, les yeux larmoyants. J'en profitai pour attraper une bouteille de bière et la lui fracasser sur la tête. Il y eut un craquement satisfaisant, mais je n'avais pas dû frapper assez fort car, bien que titubant, il tenait encore debout.

Je pris mon élan pour une seconde tentative mais une main retint mon poignet par-derrière.

— Navré, madame Fraser, mais je ne peux pas vous laisser lui défoncer le crâne. Il n'est pas très décoratif, j'en conviens, mais il en a encore besoin pour soutenir son chapeau.

— Espèce de furie ! beugla l'autre en se tenant la tête. Chef, elle m'a *frappé* !

Bonnet me traîna sur le pont en me tordant le poignet dans le dos. A la lueur du jour naissant, la rivière miroitait. Je dévisageai nos assaillants. Je voulais être sûre de pouvoir les reconnaître un jour, avec ou sans leur masque.

Malheureusement, la lumière du jour permit aussi aux voleurs de mieux nous voir. L'homme que j'avais blessé et qui, pour une raison étrange, semblait m'en vouloir, m'attrapa la main et tenta de m'arracher mon alliance.

— Donne-moi ça, salope !

Je parvins à me libérer et allais le gifler mais fus arrêtée en plein élan par un petit toussotement de Bonnet. Il s'était approché de Ian et pointait son pistolet à cinq centimètres de sa tempe gauche.

— Vous feriez mieux de lui donner ce qu'il demande, madame Fraser, dit-il poliment. Je crains que M. Roberts n'ait droit à une petite compensation pour tout le mal que vous lui avez fait.

J'enlevai l'alliance en or, les doigts tremblants de peur et de rage. L'anneau d'argent fut plus difficile à retirer. Il refusait de passer l'articulation de ma phalange, comme s'il se raccrochait désespérément à moi. La transpiration rendait mes mains glissantes et le métal était chaud dans mes paumes soudain glacées.

— Allez, donne ! aboya le pirate.

Il me flanqua un coup de coude dans les côtes, puis tendit sa paume ouverte pour que j'y laisse tomber mes alliances. Le cœur serré, j'avançai la main, et, saisie d'une impulsion soudaine, la portai à mes lèvres.

Il se rua sur moi avec un cri de rage et me fit tomber à la renverse. Mon crâne heurta la paroi de la cabine puis ses doigts calleux s'enfoncèrent dans ma gorge, cherchant les bagues. Je me débattis et m'étranglai, la gorge remplie de salive et d'un goût métallique, qui pouvait venir soit des alliances soit du sang.

Je le mordis de toutes mes forces et il retira sa main en poussant un cri. L'un des anneaux dut tomber par terre car j'entendis un léger cliquetis sur les lattes du pont. Pliée en deux, je toussai et crachai, faisant s'enfoncer le second anneau un peu plus profondément dans mon pharynx.

— Sale garce ! Je vais te trancher la gorge ! Tes bagues, tu iras les vomir en enfer !

La hargne déformait les traits du pirate. J'aperçus l'éclat d'une lame, puis quelque chose me frappa rudement et me renversa. Je me retrouvai aplatie sur le pont, écrasée sous le poids de Jamie.

Etourdie, je n'essayai même pas de me relever et, quand bien même en aurais-je eu l'envie, j'en aurais été bien incapable : le torse de Jamie m'écrasait la nuque, me plaquant le visage contre le plancher. Un linge humide me recouvrait la tête, étouffant les cris autour de moi. Il se produisit ensuite un chuintement sourd et je sentis le corps de Jamie se cambrer avant de retomber lourdement sur moi.

Mon Dieu ! Ils l'ont poignardé ! pensai-je, terrifiée. Toutefois, un second bruit identique, suivi d'un grognement, me laissa deviner qu'ils lui avaient seulement envoyé un coup de pied dans les côtes. Jamie ne bougeait plus, me pressant contre le pont.

— Laisse tomber, Roberts ! J'ai dit : « Laisse tomber ! »

Le ton autoritaire de Bonnet résonna dans la nuit, traversant le linge humide.

— Mais elle m'a... commença Roberts.

Sa voix plaintive fut interrompue par un bruit de gifle.

— Relevez-vous, monsieur Fraser, dit Bonnet. Il ne sera rien fait à votre femme... même si elle l'a cherché.

Je sentis Jamie se soulever et je pus enfin me redresser. La tête me tournait et j'avais des haut-le-cœur. Stephen Bonnet abaissa des yeux dédaigneux vers moi, comme s'il examinait une vieille peau de cerf mangée par les mites. Près de lui, le dénommé Roberts me lançait des regards haineux, tamponnant son front où suintait une ligne de sang.

— Votre femme n'a pas grand-chose dans la cervelle, déclara Bonnet. Mais après tout, ça vous regarde. Quoi qu'il en soit, je suis ravi d'avoir pu m'acquitter de ma dette envers vous, monsieur Fraser. Une vie pour une vie, comme il est écrit dans la Bible. Nous sommes quittes.

— « Vous acquitter de votre dette » ? s'écria Ian, hors de lui. Après tout ce qu'on a fait pour vous ! Vous nous dévalisez, vous nous tabassez, vous osez poser vos mains dégoûtantes sur ma tante et sur mon chien, et vous osez dire que nous sommes quittes ! Sale rat !

Bonnet fit claquer sa langue et secoua la tête d'un air réprobateur. Ses yeux vert pâle étaient plus froids que l'eau du fleuve à l'aube.

— Allons, mon garçon ! Tu n'as donc jamais lu tes Evangiles ? *« La vertu d'une femme est plus précieuse que les rubis. Sa valeur excède celle des perles. »*

Il ouvrit la main sans cesser de sourire. Trois pierres y brillaient à la lumière de la lanterne : une émeraude, un saphir et le feu sombre d'un diamant noir.

— Je suis sûr que M. Fraser est d'accord avec moi, n'est-ce pas ?

Il glissa les pierres dans sa poche avant de poursuivre :

— Après tout, il existe différentes manières de s'acquitter de ses dettes. Tu es encore trop jeune pour l'avoir déjà appris, mon garçon. Estime-toi heureux : je n'ai pas le temps de te donner une leçon.

Il pivota sur ses talons et fit signe à ses acolytes.

— Nous avons ce que nous étions venus chercher, lança-t-il. On s'en va.

Il enjamba le garde-fou et sauta sur la rive boueuse. Les autres le suivirent. Roberts me jeta un dernier regard assassin avant d'atterrir pieds joints dans l'eau et de grimper sur la berge.

Les autres hommes disparurent aussitôt dans les taillis et j'entendis le hennissement d'un cheval quelque part non loin de là. A bord, personne ne parlait.

Le ciel au-dessus de nos têtes était couleur anthracite. Un roulement de tonnerre retentit, suivi d'un éclair qui transperça la ligne d'horizon.

— Salauds !

Le capitaine cracha par-dessus bord et se tourna vers son matelot.

— Va chercher les perches, Troklus.

Il se dirigea d'un pas traînant vers la barre en remontant ses culottes.

Lentement, les autres semblèrent revenir à la vie. Fergus lança un regard à Jamie, alluma la lanterne et disparut dans la cabine. Quelques instants plus tard, je l'entendis commencer à remettre de l'ordre dans nos affaires. Ian resta assis blotti contre Rollo, lui épongeant le cou avec sa chemise mouillée.

Evitant de croiser le regard de Jamie, je m'approchai à quatre pattes de l'adolescent et de son chien. Rollo me jeta un coup d'œil méfiant mais n'émit pas d'objections à ma présence.

— Comment va-t-il ? demandai-je d'une voix rauque.

Je sentais toujours l'anneau dans ma gorge. J'avais beau déglutir, il refusait de descendre plus bas.

Ian avait blêmi, mais ses yeux étaient alertes.

— Ça va aller, je crois, répondit-il à voix basse. Tante Claire, ils ne vous ont pas fait mal ?

Je fis de mon mieux pour afficher un sourire rassurant.

— Non, ça va.

J'avais horriblement mal à l'arrière du crâne et mes oreilles bourdonnaient. Le halo jaune de la lanterne oscillait bizarrement, semblait enfler et se rétracter au rythme des battements de mon cœur. J'avais une écorchure à la joue, une ecchymose au coude et une grosse écharde dans la paume gauche. Autrement, je ne m'en sortais pas trop mal. Sur le plan physique, du moins.

Je sentais la présence de Jamie deux mètres derrière moi, sombre et menaçante comme un orage d'été. Ian, qui pouvait le voir par-dessus mon épaule, n'avait pas l'air rassuré.

Les lattes du pont craquèrent et les traits de Ian se détendirent. Puis la voix de Jamie retentit dans la cabine. Il posait une question à Fergus sur un ton apparemment calme. Ensuite je les entendis remettre les meubles d'aplomb et rassembler les affaires éparses. Je poussai un soupir de soulagement.

— Ne vous inquiétez pas, tante Claire, dit Ian d'un ton peu convaincu. Oncle Jamie n'est pas du genre à lever la main sur vous. Enfin, je ne crois pas.

Je n'en étais pas si sûre, compte tenu des mauvaises vibrations que dégageait Jamie pour le moment.

— Il est très en colère, à ton avis ? chuchotai-je.

Ian haussa les épaules d'un air incertain.

— Eh bien... la dernière fois qu'il m'a regardé de travers comme ça, quelques secondes plus tard il me flanquait une baffe qui m'a envoyé rouler par terre. Mais il ne vous ferait pas ça, à vous !

— Non, je ne pense pas, dis-je d'une voix faible.

— D'un autre côté, il vaut mieux ne pas se trouver dans les parages quand il vide son sac, reprit-il d'un air compatissant. Personnellement, je préfère encore une bonne raclée.

Je lui lançai un regard torve et me penchai sur le chien.

— Changeons de sujet, Ian, veux-tu ? Il ne saigne plus ?

L'hémorragie avait cessé. L'animal n'avait qu'une entaille de la peau et du muscle près de l'épaule. Tandis que je l'examinais, il aplatit les oreilles et montra les crocs, mais n'émit aucune protestation vocale.

— Bon chien. Il faudrait que je lui mette un peu de pommade pour que sa plaie n'attire pas les mouches.

— Je vais vous la chercher, tante Claire. Je sais où se trouve votre coffre.

Ian reposa doucement le museau du chien sur le pont et se leva.

— C'est bien le truc vert que vous avez mis sur l'orteil de Fergus ?

J'acquiesçai et il disparut dans la cabine, me laissant seule avec mon estomac retourné, mon mal de crâne et ma gorge nouée. Je me palpai le cou en me demandant laquelle des deux alliances y était restée coincée.

Eutroclus revint armé d'une longue perche de bois blanc. La plantant fermement dans la vase près de la berge, il poussa dessus de tout son poids.

Je tressaillis en voyant soudain Jamie sortir de l'ombre, une autre perche à la main. Dans le vacarme qui régnait dans la cabine, je ne l'avais pas entendu sortir. Sans un regard vers moi, il ôta sa chemise et, suivant les indications d'Eutroclus, planta à son tour son bâton dans la berge.

Au quatrième essai, je sentis la coque bouger. Encouragés, Jamie et Eutroclus s'activèrent de plus belle, jusqu'à ce que l'embarcation se détache enfin de la rive avec un craquement sourd qui fit brusquement relever la tête à Rollo.

Eutroclus remercia Jamie d'un signe de tête, le visage ruisselant de sueur, et lui reprit sa perche. Jamie lui sourit, satisfait, ramassa sa chemise sur le pont et se tourna vers moi.

Je me raidis et Rollo dressa les oreilles, aux aguets. Toutefois, Jamie ne semblait pas avoir l'intention de m'assommer ou de me jeter par-dessus bord. Il se contenta de s'accroupir à mon côté et de plisser les yeux pour mieux me dévisager à la lueur vacillante de la lanterne.

— Comment tu te sens, *Sassenach* ? Avec cette mauvaise lumière, je n'arrive pas à voir si tu es vraiment verte ou si c'est la lumière.

— Je vais bien, l'assurai-je. Un peu secouée, c'est tout.

A dire vrai, mes genoux tremblaient tant que je n'aurais pu tenir debout. Je déglutis, m'étranglai et me frappai la poitrine.

— C'est sans doute mon imagination, mais j'ai l'impression qu'une des alliances est restée coincée dans ma gorge.

Il se tourna vers Fergus qui venait de sortir de la cabine.

— Demande au capitaine s'il peut me prêter sa pipe un instant, lui lança-t-il.

Là-dessus, il enfila sa chemise et disparut à son tour, pour revenir quelques instants plus tard avec une tasse d'eau.

J'avançai la main mais il l'éloigna hors de ma portée.

— Pas encore.

Il prit la pipe que Fergus lui tendait.

— Merci. Tu peux aller me chercher un seau, maintenant ?

Fergus le regarda d'un air intrigué enfoncer un pouce dans le fourneau de la pipe et en gratter le fond du bout de l'ongle. Il la retourna ensuite au-dessus de la tasse et y déversa une pluie de croûtes brunâtres et de fragments de tabac brûlé. Ayant achevé ses préparatifs, il me tendit la tasse avec un sourire sinistre.

— Oh non ! me récriai-je. Pas question !

— Oh que si ! Allez, *Sassenach*. Courage !

— Je vais... beaucoup mieux. Ça peut attendre, merci.

Fergus venait de revenir avec le seau, nous observant avec perplexité. Jamie le lui prit et le posa sur le pont.

— La seule autre solution, déclara Jamie, c'est d'attendre que ça ressorte par l'autre côté. Crois-moi, c'est nettement plus désagréable, surtout sur un bateau et devant tout le monde. Alors ?

Il plaqua une main contre ma nuque et pressa le bord de la tasse contre mes lèvres.

— Il n'y en a pas pour longtemps. Allez, juste une petite gorgée.

Je serrai les lèvres. A l'odeur répugnante et âcre du tabac froid se mêlait l'aspect brunâtre de la mixture, avec les croûtes flottant sous la surface. Je revis en pensée les glaires teintées de marron que le capitaine crachait sans arrêt sur le pont.

Jamie ne perdit pas de temps à discuter ni à tenter de me convaincre. Il me lâcha simplement la nuque, me pinça les narines et, quand je fus bien obligée d'écarter les lèvres, me versa son infâme potion dans la bouche.

— Mmmmfff !

— Avale ! ordonna-t-il.

Il me plaqua une main sur la bouche, faisant la sourde oreille à mes protestations étouffées. Il était nettement plus fort que moi et n'avait pas l'intention de se laisser apitoyer.

J'avalai.

— Regarde, elle est comme neuve !

Jamie acheva de polir l'alliance d'argent avec le pan de sa chemise et la tendit devant lui, admirant son lustre à la lueur de la lanterne.

— J'aimerais pouvoir en dire autant, grommelai-je.

Je gisais tel un tas de linge sale sur le pont qui, malgré le faible courant, semblait agité d'un roulis écœurant.

— Tu n'es qu'un sale pervers sadique, Jamie Fraser !

Il se pencha vers moi et écarta une mèche qui me tombait devant les yeux.

— A la bonne heure, ma douce colombe. Me voilà rassuré ! Si tu as la force de m'injurier, c'est que tu as retrouvé la forme.

Il déposa un baiser sur mon front et s'assit à mon côté.

Une fois passées la colère et la peur, les hommes se retranchèrent dans la cabine et se remirent de leurs émotions devant une bouteille d'eau-de-vie de pomme que le capitaine Freeman avait réussi à sauver des pirates en la cachant dans la citerne d'eau potable. On m'en avait apporté un petit verre qui était à présent posé près de ma tête sur le pont. J'étais encore trop retournée pour avaler quoi que ce soit mais ses effluves fruités étaient réconfortants.

Nous avions hissé la voile. Tout le monde avait hâte de s'éloigner de cet endroit, comme si une menace planait encore sur la berge d'où avaient surgi nos assaillants. Une brise s'était enfin levée et nous prenions un peu de vitesse. Les sempiternels nuages d'insectes s'étaient dispersés. Seules restaient quelques chrysopes perchées sur la bôme au-dessus de ma tête, et leurs ailes diaphanes projetaient de minuscules ombres étirées. De temps à autre, des éclats de rire retentissaient dans la cabine, auxquels Rollo, couché en poupe, répondait invariablement par un *wouf !* grincheux. En somme, tout était rentré dans l'ordre.

Jamie demeurait silencieux. Au profond sillon creusé entre ses sourcils et à l'inclinaison de sa tête, je devinais qu'il était absorbé par de graves pensées.

On l'aurait été à moins ! En quelques instants, toute notre fortune (potentielle, certes) s'était envolée. Nous ne possédions plus rien, à part quelques provisions de bouche et un vieux coffre de médecine à moitié dévasté. Lui qui tenait tant à ce que nous n'arrivions pas chez sa tante Jocasta comme des mendiants, il était servi !

Mon irritation céda aussitôt la place à la commisération. Au-delà de la question de fierté, il y avait à présent un vide terrifiant dans ce territoire inconnu appelé l'« avenir ». Certes, il avait toujours été hypothétique, mais ses menaces avaient été jusque-là atténuées par la certitude que nous aurions de l'argent pour nous aider à atteindre nos objectifs.

Je n'avais jamais attaché une valeur démesurée à l'argent. Cela dit, le fait de me retrouver soudain dépouillée de notre rassurant petit pécule convertible en pièces sonnantes et trébuchantes me laissait en proie à un vertige inattendu, comme si je tombais dans un puits noir et profond, sans rien à quoi me raccrocher.

J'imaginais aisément l'angoisse de Jamie qui, outre sa propre sécurité et la mienne, portait sur ses épaules la responsabilité écrasante d'autres personnes : Ian, Fergus, Marsali, Duncan, les habitants de Lallybroch... et même cette maudite Laoghaire. Songeant à la somme rondelette que Jamie venait d'envoyer à cette dernière, je ne savais plus trop si je devais en rire ou en pleurer. Cette créature vengeresse s'en sortait mieux que nous.

A l'idée de vengeance, une nouvelle angoisse vint chasser les autres. Si Jamie ne se montrait guère rancunier, du moins pour un Ecossais, aucun Highlander ne pouvait essuyer un tel affront dans un silence résigné. Il n'en allait pas seulement de la perte de sa fortune mais également d'une injure à son honneur. Allait-il simplement jeter l'éponge ?

Il scrutait l'eau sombre, les lèvres pincées. A quoi songeait-il ? Au cimetière où, contaminé par le sentimentalisme de Duncan, il avait accepté d'aider Bonnet à s'échapper ?

Je me demandai soudain si l'aspect financier du désastre lui avait seulement effleuré l'esprit. Il semblait absorbé par des réflexions plus amères encore. Il avait pris sur lui de sauver Bonnet de la potence, l'aidant à aller s'en prendre à des innocents. Combien de victimes allaient en pâtir grâce à lui ?

— Ce n'est pas ta faute, lui dis-je doucement.

— La faute à qui, alors ? Je savais à qui j'avais affaire. J'aurais pu le laisser au sort qu'il avait mérité. Mais il a fallu que je m'en mêle. Je ne suis qu'un idiot.

— Tu es bon, ce n'est pas la même chose.

— C'est presque pareil.

Il inspira profondément. Une odeur fraîche d'ozone flottait

167

dans l'air. La pluie approchait. Il saisit le verre d'eau-de-vie de pomme et en but une gorgée. Puis il se tourna vers moi et agita le verre d'un air interrogateur.

— Oui, je veux bien.

Je me redressai péniblement en position assise et me calai contre lui. Il me tint le verre pendant que je buvais. Le liquide de feu se répandit dans ma gorge, lavant l'odeur du tabac et ne laissant derrière lui qu'un agréable arrière-goût de canne à sucre.

— Ça va mieux ?

Je hochai la tête et lui tendis ma main droite. Il glissa l'alliance à mon annulaire, le métal encore chargé de la chaleur de sa main. Repliant mes doigts, il pressa mon poing fermé dans le sien.

— Tu penses qu'il nous a suivis depuis Charleston ? demandai-je.

— Je ne crois pas. S'il avait su que nous transportions des pierres précieuses, il nous aurait attaqués avant Wilmington. Non, il a dû en entendre parler par l'un des domestiques de Lillington. J'espérais que nous arriverions à Cross Creek avant que le bruit n'ait eu le temps de se répandre. Mais quelqu'un a parlé, un valet peut-être, à moins que ce ne soit ta couturière.

Il paraissait calme, mais de ce calme qu'il affichait quand il voulait cacher ses émotions.

Après un long silence, il reprit d'une voix basse :

— Je suis désolé pour ton autre alliance.

— Oh, ce n'est...

J'allais répondre « ce n'est rien », mais les mots me restèrent dans la gorge.

Cette alliance ne m'avait pas quittée depuis près de trente ans, symbole de vœux échangés devant l'autel, vœux bafoués, renouvelés, et enfin dissous par la mort ; symbole d'un mariage, d'une famille, d'une grande partie de ma vie ; elle constituait le dernier lien avec Frank qu'en dépit de tout j'avais aimé.

Jamie ne dit rien mais il prit ma main gauche et la tint, caressant mes doigts avec son pouce. Je ne parlai pas non plus. Les arbres qui bordaient la rivière frémissaient d'impatience, agités par le vent qui se levait. Les feuilles bruissaient assez fort pour couvrir le passage de notre embarcation.

Une goutte s'écrasa sur ma joue, mais je demeurai immobile. Ma main semblait molle et blanche dans celle de Jamie, d'une fragilité inhabituelle.

J'avais toujours veillé sur mes mains. Elles étaient mon instrument de travail, indispensables outils du toucher, mélange de délicatesse et de force qui me permettait de soigner. Je les aimais bien. Elles avaient la beauté du savoir et de la compétence.

C'était toujours la même main, pâle, avec de longs doigts fins, les articulations un peu saillantes, étrangement nue sans mon alliance, mais reconnaissable. Pourtant, à côté de la sienne, si grande et puissante, elle paraissait menue et fragile.

De son autre main, il exerça une petite pression sur mon annulaire droit, enfonçant l'alliance d'argent dans ma chair, me rappelant ce que je possédais encore. Je soulevai son poing et le pressai contre mon cœur. Au même moment, la pluie commença à tomber en grosses gouttes lourdes. Mais ni lui ni moi ne bougeâmes.

Puis ce fut le déluge, se refermant sur nous comme une chape, cinglant le pont et les berges, faisant crépiter les feuilles, mitraillant l'eau du fleuve. La pluie me sembla fraîche et douce sur ma peau, comme un baume sur les plaies laissées par la peur et le chagrin.

Je me sentis à la fois vulnérable et en sécurité. Mais ça n'était pas nouveau : avec Jamie Fraser, je me sentais toujours vulnérable et en sécurité.

QUATRIÈME PARTIE
River Run

10

Jocasta

Cross Creek, Caroline du Nord, juin 1767

River Run se trouvait au bord du Cape Fear, juste après le confluent qui avait donné son nom à Cross Creek. La ville de Cross Creek était de taille moyenne, avec un petit port très actif et plusieurs grands entrepôts au bord de l'eau. Tandis que le *Sally Ann* glissait devant les quais d'amarrage, une forte odeur résineuse envahit le pont.

— On croirait respirer de la térébenthine, dit Ian entre deux éternuements.

— Mais c'est de la térébenthine ! répondit Eutroclus avec un large sourire.

Le matelot désigna du doigt une barge attachée à un pieu près des pontons. Son pont était encombré de fûts, dont certains laissaient suinter un liquide noirâtre. D'autres tonneaux plus gros portaient le sigle de leur propriétaire, un grand « T » inscrit au fer rouge.

Le capitaine Freeman agita une main sous son nez dans une vaine tentative pour dissiper la puanteur.

— C'est l'époque de l'année où les goudronneurs descendent de l'arrière-pays. Ils acheminent leur poix, leur térébenthine et leur goudron par barges entières jusqu'à Wilmington, d'où ils partent ensuite pour le port de Charleston.

Jamie essuya sa nuque trempée avec un mouchoir et fit un geste du menton vers l'un des entrepôts les plus vastes. Ses portes étaient gardées par deux soldats en redingote rouge.

— Il n'y a pas que de la térébenthine dans ce port. Tu sens ça, *Sassenach* ?

Je humai l'air. Il y avait en effet quelque chose d'autre. Une odeur chaude, familière.

— Du rhum ?

— Et du cognac. Sans doute un peu de porto, aussi.

Je l'observai avec amusement pendant qu'il pointait son long nez, les narines palpitantes.

— Tu n'as rien perdu de ton flair !

Vingt ans plus tôt, il avait géré le commerce de vins et spiritueux de son cousin Jared à Paris, où son odorat et son palais aiguisés avaient fait merveille dans les salons de dégustation.

— Bah ! Je crois que je saurais encore différencier un vin de Moselle de la pisse de cheval si on m'en mettait un verre sous le nez. Cela dit, pas besoin d'être un nez pour distinguer le rhum de la térébenthine.

Ian renifla profondément, puis expira en toussant.

— Pour moi, les deux puent autant, remarqua-t-il en se martelant la poitrine.

— Tant mieux, rétorqua Jamie. La prochaine fois que tu réclameras à boire, je te donnerai de la térébenthine, ça nous coûtera moins cher.

Tandis que les autres éclataient de rire, il ajouta dans sa barbe :

— De toute manière, c'est tout ce que nous pouvons nous offrir pour le moment.

Il se redressa et épousseta sa veste avant de se tourner vers moi.

— Nous sommes pratiquement arrivés, *Sassenach*. Je n'ai pas trop l'air d'un cul-terreux ?

Avec le soleil jouant dans ses cheveux sagement noués et son profil de médaille, je le trouvais d'une beauté à couper le souffle mais, à la légère note d'anxiété dans sa voix, je compris ce qui le tracassait. Il n'avait pas un sou, certes, mais il ne fallait pas que cela se voie.

L'idée de débarquer chez sa tante comme un parent pauvre venu demander l'aumône minait son orgueil. Je l'examinai. Sa veste et son gilet gris, obtenus grâce au cousin Edwin, n'avaient rien de transcendant mais restaient tout à fait convenables. Ils étaient en drap fin, de bonne coupe. Les boutons n'étaient pas en argent, mais pas en bois ni en corne non plus. C'étaient de sobres boutons en étain, dignes d'un quaker prospère.

C'était à peu près tout ce qui, chez lui, pouvait faire penser à un quaker. Sa chemise de lin n'était plus très fraîche mais, tant qu'il gardait sa veste, personne ne le remarquerait. Le jabot en dentelle, sa seule extravagance, cachait fort heureusement le bouton manquant du gilet. Les bas étaient corrects : en soie bleue, sans trous apparents. Les culottes de lin blanc étaient un peu trop petites, mais pas au point d'être indécentes. En outre, elles paraissaient raisonnablement propres.

Le seul problème, c'étaient les chaussures. Il n'avait pas eu le temps de s'en faire fabriquer de nouvelles. Les siennes étaient solides et j'avais fait de mon mieux pour cacher les éraflures sous un cirage maison à base de suif. Cela dit, avec leur cuir brut et leur boucle basse en corne, elles tenaient davantage des godillots de paysan que des souliers d'un gentleman. Il n'y avait plus qu'à prier le ciel que sa tante Jocasta ne commence pas son inspection par le bas.

Je me hissai sur la pointe des pieds pour redresser son jabot et lui enlevai une petite plume sur l'épaule.

— Tout ira bien, lui chuchotai-je. Tu es superbe.

Il se pencha vers moi et déposa un baiser sur mon front.

— Mais non, *Sassenach*. C'est toi qui es superbe. On dirait une jolie petite pomme. Tu es à croquer.

Il regarda Ian et poussa un soupir de découragement.

— Quant à lui, je devrais le faire passer pour mon porcher.

Ian appartenait à cette catégorie de personnes dont les vêtements, quelle que soit leur qualité, semblaient toujours avoir été repêchés dans une décharge. Une moitié de sa tignasse s'était libérée de son ruban vert et l'on apercevait un coude noueux à travers un accroc de sa nouvelle chemise, dont les manches étaient déjà noires.

— Le capitaine Freeman dit qu'on y sera en un rien de temps ! s'exclama-t-il, les yeux pétillants d'excitation.

Il se pencha par-dessus le garde-fou pour être le premier à apercevoir notre destination finale.

— A votre avis, qu'est-ce qu'il y aura à dîner ? demanda-t-il sur un ton détaché.

— Des restes, sans doute, répliqua son oncle, que tu mangeras avec les chiens. Tu n'as donc pas une veste, Ian ? Ni un peigne ?

— Ah... mais si.

L'adolescent lança un regard autour de lui, comme s'il attendait que l'un ou l'autre se matérialise de lui-même.

— Il me semble que j'avais une veste... quelque part, dit-il d'un air songeur.

La veste fut retrouvée sous l'un des bancs de la cabine et extirpée non sans mal d'entre les pattes de Rollo, qui s'en était fait une confortable couche. Après l'avoir époussetée pour enlever quelques poils de chien, Ian l'enfila et fut fermement assis sur un tabouret tandis que je faisais de mon mieux pour le coiffer et lui tresser les cheveux. Pendant ce temps, Jamie lui donnait un cours accéléré de bonnes manières, ces dernières consistant avant tout à se taire le plus possible.

— Dis-moi, oncle Jamie, c'est toi qui vas raconter à la grand-tante Jocasta ce qui nous est arrivé avec les pirates ?

Jamie lança un bref coup d'œil dans la direction du capitaine Freeman. Celui-ci nous tournait le dos. Il était illusoire d'espérer que l'histoire ne ferait pas le tour de toutes les tavernes de Cross Creek. Il ne faudrait qu'un ou deux jours, voire quelques heures, avant qu'elle ne parvienne à River Run.

— Oui, répondit-il enfin, mais pas tout de suite. Laissons-la d'abord s'habituer à nous.

Le débarcadère de River Run se situait peu après Cross Creek, éloigné de quelques kilomètres du bruit et de la puanteur de la ville. M'étant assurée que Jamie, Ian et Fergus étaient aussi présentables qu'un peu d'eau, un peigne et des rubans pouvaient le permettre, je me retirai dans la cabine, ôtai ma vieille robe en mousseline, me débarbouillai à la hâte et enfilai la robe de soie grège que j'avais fait ajuster pour le dîner du gouverneur.

Elle était sans doute trop habillée pour l'après-midi mais je n'avais guère le choix. Jamie tenait à ce que nous soyons décents et mes seules possibilités étaient la mousseline crasseuse que je venais d'enlever et la robe de toile, propre mais élimée jusqu'à la trame, que j'avais portée pendant le voyage depuis la Géorgie.

Je me donnai un coup de peigne et nouai mes cheveux en arrière. Quant aux bijoux, je n'avais plus besoin de m'en préoccuper, pensai-je avec amertume. Je frottai mon alliance d'argent pour la faire briller, en évitant de regarder ma main gauche. Tant que mes yeux ne s'y posaient pas, je pouvais encore sentir l'anneau d'or autour de mon annulaire.

Lorsque j'émergeai de la cabine, le ponton était déjà en vue. Contrairement à la plupart des autres plantations, River Run possédait un embarcadère imposant. Un petit garçon noir était assis sur le quai, les jambes dans le vide, l'air de s'ennuyer ferme. En nous voyant approcher, il bondit sur ses pieds et partit en courant, sans doute pour annoncer notre arrivée.

Le *Sally Ann* s'arrêta brusquement en heurtant le quai. Le rideau d'arbres qui bordait la rivière s'ouvrait sur une allée de brique qui traversait un vaste jardin à la française, scindé en deux demi-lunes pour contourner un immense massif de fleurs couronné de statues de marbre. Derrière, on apercevait une grande villa de deux étages, avec un porche à colonnade et un toit hérissé de cheminées. D'un côté du massif géant se dressait un petit bâtiment de marbre blanc, une sorte de mausolée. Je perdis mes craintes au sujet de l'aspect guindé de ma robe et retouchai nerveusement ma coiffure.

Je la reconnus tout de suite parmi les gens qui surgissaient de la maison et approchaient au pas de course. Même sans savoir qui elle était, j'aurais deviné qu'il s'agissait d'une MacKenzie. Elle avait les traits fins, des pommettes de Viking et le front haut de ses frères, Colum et Dougal. Comme son neveu et sa petite-nièce, elle dépassait tout le monde d'une tête.

Elle n'était pas seulement grande, elle était aussi rapide. Son pas ferme contrastait avec ses cheveux blancs, qui avait dû autrefois être aussi roux que ceux de Jamie.

Deux petits garçons se détachèrent du cortège, en courant plus vite que les autres, et nous encerclèrent en poussant des cris de chiots. Au début, je ne compris pas ce qu'ils disaient puis, quand Ian leur répondit en riant, je me rendis compte qu'ils parlaient en gaélique.

J'ignorais si Jamie avait préparé un discours pour cette première rencontre mais, en l'occurrence, il s'avança vers Jocasta MacKenzie, l'étreignit et dit simplement :

— C'est moi, ma tante. Jamie.

Lorsqu'il la libéra et recula d'un pas, je lus sur son visage une expression que je ne lui avais encore jamais vue : quelque chose entre la joie, le respect et la timidité. Je compris soudain que Jocasta MacKenzie ressemblait sans doute beaucoup à sa mère, Ellen.

La vieille dame avait les larmes aux yeux. Elle riait en le retenant par la manche, caressait son visage avec émotion.

— Jamie ! répétait-elle inlassablement. Jamie, mon petit Jamie !

Jocasta avança de nouveau la main pour lui toucher les cheveux, impressionnée.

— Seigneur Jésus ! Ce que tu es grand ! Tu dois être aussi grand que Dougal !

Jamie tiqua mais garda son sourire. Il glissa un bras sous le sien et la dirigea vers moi.

— Ma tante, permettez-moi de vous présenter ma femme, Claire.

La vieille dame tendit aussitôt la main avec un sourire charmant. Mon cœur fit un bond. Je connaissais ces longs doigts puissants, même si l'âge les avait rendus un peu noueux. Cette peau douce et cette poigne énergique évoquaient celles de Brianna.

— Ravie de vous rencontrer, ma chère enfant.

Elle m'attira à elle pour m'embrasser, et un parfum de verveine et de menthe se dégagea de ses vêtements. Je me sentis étrangement émue, comme si je venais d'entrer sous la protection d'une divinité bienveillante.

— Jolie ! dit-elle en caressant la manche de ma robe.

— Merci, répondis-je.

Avant que j'aie pu ajouter autre chose, Ian et Fergus s'avancèrent à leur tour pour être présentés. Jocasta les accueillit avec cordialité, en riant lorsque Fergus lui fit le baisemain à la française.

Enfin, elle essuya ses joues humides du revers de la main et se tourna vers la maison.

— Venez ! déclara-t-elle. Nous allons prendre le thé. Vous devez être affamés après un tel voyage. Ulysse !

Son majordome s'approcha et s'inclina devant moi puis devant Jamie.

— Madame, monsieur.

Il se tourna vers sa maîtresse et lui offrit le bras.

— Tout est prêt, madame Jo, lui dit-il.

Dès qu'ils eurent le dos tourné, Fergus fit une courbette devant Ian et lui offrit son bras, singeant le majordome. Ian lui envoya un coup de pied dans les fesses et s'engagea dans l'allée, dévorant des yeux ce qu'il voyait autour de lui. Son nœud vert s'était défait et le ruban pendait mollement dans son dos.

Jamie m'offrit le bras à son tour. Je l'acceptai avec grâce et fis virevolter ma jupe avec majesté, remontant l'allée qui menait aux portes de River Run, grandes ouvertes pour nous accueillir.

La maison, spacieuse, comportait de hauts plafonds et de grandes portes-fenêtres dans les pièces du rez-de-chaussée. J'entr'aperçus des éclats d'argent et de cristal tandis que nous passions devant une vaste salle à manger et me dis que, à l'évidence, Hector Cameron avait réussi dans les affaires.

Jocasta nous conduisit dans son salon privé, une pièce plus intime mais aussi richement meublée que les autres. Un grand panier à ouvrage rempli de pelotes de laine était posé sur un guéridon d'acajou, près d'un vase de cristal débordant de fleurs d'été, et d'une clochette d'argent ciselé. Un rouet tournait tout seul près de la fenêtre ouverte, actionné par les courants d'air.

Le majordome nous escorta dans la pièce, installa confortablement sa maîtresse dans une bergère et s'approcha d'une console où était disposé un assortiment de flacons et de carafes.

— Tu prendras bien un petit verre pour fêter ton arrivée, Jamie ? déclara Jocasta. Je suis sûre que tu n'as pas bu de vrai whisky depuis que tu as quitté l'Écosse.

Jamie, assis en face de sa tante, se mit à rire.

— En effet. Mais où vous en procurez-vous donc ?

— Voilà quelques années, la récolte étant bonne, ton oncle en a acheté toute une cargaison. Il comptait la revendre en faisant un bénéfice mais, à la même époque, le Parlement a voté une loi interdisant la vente dans les colonies de tout alcool plus fort que la bière. Du coup, nous nous sommes retrouvés avec deux cents bouteilles dans la cave !

La vieille dame tendit la main vers le guéridon le plus proche sans même le regarder. Le majordome glissa aussitôt un petit verre de cristal à l'endroit même où ses doigts allaient se poser. Elle l'approcha de son nez, ferma les yeux et le huma avec délectation.

— Je compte sur vous. A moi seule, je n'arriverai jamais à écluser toutes ces bouteilles !

Jocasta rouvrit les yeux et sourit en levant son verre dans notre direction.

— A mon neveu et à sa femme... que cette maison soit la vôtre ! *Slàinte !*

— *Slàinte mhar !* renchérit Jamie.

C'était effectivement un excellent whisky, doux comme de la soie et revigorant comme un rayon de soleil. Je le sentis se répandre dans mon estomac, y étirer ses racines, puis remonter le long de ma colonne vertébrale.

Apparemment, il eut le même effet sur Jamie. Le sillon entre ses sourcils s'atténua et ses traits se détendirent.

— Dès ce soir, Ulysse écrira un mot à ta sœur pour la prévenir que vous êtes arrivés sains et saufs, annonça Jocasta. La pauvre chérie doit être morte d'inquiétude de vous savoir sur les routes, à la merci de tous les coupe-jarrets qui rôdent dans ce pays !

Jamie posa son verre et s'éclaircit la gorge.

— En parlant de coupe-jarrets, ma tante, il faut que je vous dise...

Je détournai le regard, ne voulant pas accroître sa gêne tandis qu'il lui racontait nos mésaventures. Jocasta écouta avec attention, en ponctuant son récit de petits cris d'effroi et de consternation.

— Quel abominable mécréant ! s'exclama-t-elle. C'est ainsi qu'il vous a récompensés de lui avoir sauvé la vie ! Il mérite la corde !

— Hélas, je ne peux m'en prendre qu'à moi-même, ma tante. Si je ne m'en étais pas mêlé, il serait *déjà* pendu. Ayant su à qui j'avais affaire dès le début, j'aurais dû m'y attendre.

— Mmphm...

Jocasta se redressa dans son fauteuil et fixa un point au-delà de l'épaule de Jamie.

— Quoi qu'il en soit, mon petit, vous pouvez vous considérer ici comme chez vous, je te le dis en toute sincérité. Je suis sûre que vous trouverez vite un moyen de vous remettre sur pied.

— Merci, ma tante, murmura Jamie.

Je remarquai que lui aussi évitait de croiser son regard. Il contemplait le plancher et ses doigts serraient si fort le verre de cristal que je craignis un instant que celui-ci n'explose dans sa main.

Heureusement, la conversation dévia sur Jenny et la famille restée à Lallybroch, ce qui atténua sa gêne. Une odeur de bœuf rôti me parvenait depuis les cuisines et me faisait saliver.

Fergus se leva et demanda poliment la permission de se retirer, tandis que Ian se promenait dans la pièce en tripotant tous les objets. Rollo, las d'être à l'intérieur, reniflait le seuil de la pièce en surveillant avec une antipathie non dissimulée les allées et venues du majordome.

La maison et son ameublement étaient sobres mais d'excellente qualité, chaque objet choisi avec soin et beaucoup de goût. Je compris d'où venaient les belles proportions du bâtiment et l'élégant arrangement intérieur lorsque Ian s'arrêta brusquement devant un grand tableau et s'exclama :

— Tante Jocasta ! C'est vous qui l'avez peint ? Il y a votre nom dessus !

Une ombre traversa le visage de la vieille dame.

— Le paysage de montagne ? Oui. J'ai toujours aimé cette vue. J'accompagnais Hector quand il se rendait dans les hauteurs pour troquer des peaux. Nous campions dans la montagne, en faisant un grand feu de bois que les domestiques entretenaient nuit et jour, en guise de signal. Au bout de quelques jours, les Peaux-Rouges sortaient de leur forêt et venaient s'asseoir avec nous autour du feu. Ils discutaient, buvaient du whisky et parlaient affaires avec Hector pendant que je m'installais avec un carnet d'esquisses et que je croquais tout ce que je voyais.

Elle se tourna et pointa un doigt vers l'autre bout de la pièce.

— Va donc voir celui-là, dans le coin, mon garçon. Essaie de repérer l'Indien que j'ai caché dans les arbres.

Elle finit son whisky et reposa son verre. Le majordome s'apprêta à la resservir mais elle l'écarta d'un geste de la main. Il remit la carafe à sa place et disparut sans un bruit dans le couloir.

— Ah, comme j'aimais ces montagnes ! soupira-t-elle. Elles ne sont pas aussi sombres et dépouillées que celles de nos Highlands, mais, parfois, quand le soleil fait briller les rochers ou que les arbres se perdent dans la brume, on se croirait à Leoch.

Elle sourit à Jamie.

— Désormais, je suis chez moi ici. J'espère que tu t'y plairas autant que moi.

Nous n'avions guère le choix. Jamie acquiesça d'un air songeur, marmonnant un remerciement de circonstance. Il fut interrompu par un grognement de Rollo, qui hérissait le poil d'un air inquiet.

— Qu'est-ce qui se passe, mon chien ? demanda Ian. Tu as senti quelque chose ?

Rollo se mit à gémir, face au parterre de fleurs devant la porte-fenêtre.

Jocasta huma l'air.

— Un sconse, annonça-t-elle.

— Un sconse ! s'écria Ian, abasourdi. Ils viennent si près des maisons ?

Jamie s'était levé d'un bond et regardait au-dehors.

— Je ne vois rien.

Sa main se porta automatiquement à sa ceinture mais il n'avait pas son coutelas. Il se tourna vers sa tante.

— Vous avez des armes dans la maison ?

— Oui, plein, mais...

— Jamie, intervins-je. Un sconse n'est pas...

Ni sa tante ni moi n'eûmes le temps d'en dire plus : les hautes tiges de mufliers de la plate-bande s'agitèrent frénétiquement en bruissant. Rollo montra les dents et s'apprêta à bondir.

— Rollo ! Sage !

Ian chercha des yeux une arme dans la pièce, saisit le tisonnier près de la cheminée, puis, le brandissant au-dessus de sa tête, courut vers la fenêtre.

— Ian, attends !

Jamie le retint *in extremis* par le bras.

— Regarde !

Avec un grand sourire, il pointa le menton vers la fenêtre. Les mufliers s'écartèrent et une jolie mouffette bien dodue apparut, avec de belles rayures noires et blanches, nous regardant comme si tout était pour le mieux dans le meilleur des mondes.

— C'est ça, un sconse ! s'écria Ian, incrédule. On dirait un gros furet.

Il plissa le nez d'un air mi-amusé mi-dégoûté.

— Pouah ! Moi qui croyais que c'était un dangereux félin !

La joyeuse insouciance de la mouffette était plus que Rollo ne pouvait supporter. Il bondit avec un aboiement féroce et se mit à courir de droite à gauche autour de l'intrus en faisant des feintes. Le petit mammifère eut l'air passablement agacé par son manège.

Devinant ce qui allait suivre, je pris refuge derrière Jamie.

— Ian, rappelle ton chien ! le suppliai-je. Les sconses ne sont pas totalement inoffensifs.

— Ah oui ? s'étonna Jamie. Mais comment...

— Les furets se contentent de sentir mauvais, expliquai-je. Les sconses, eux... Ian, surtout ne le touche pas ! Rentre immédiatement !

Intrigué, Ian asticotait la mouffette avec son tisonnier. Celle-ci, offensée par une telle familiarité, lui tourna le dos et leva la queue.

J'entendis le bruit d'un fauteuil qu'on repousse brutalement sur le parquet et fis volte-face pour voir Jocasta debout, alarmée, sans pour autant faire un pas vers la fenêtre.

— Que se passe-t-il ? demanda-t-elle. Qu'est-ce qu'ils font ?

A ma grande surprise, elle regardait vers le salon, tournant la tête de droite à gauche comme si elle cherchait à localiser quelqu'un dans le noir.

Soudain, je compris : sa main sur le bras du majordome, sa façon de toucher le visage de Jamie lors de leur rencontre ou de caresser ma manche, le verre de cristal discrètement placé entre ses doigts et l'ombre sur son visage à l'évocation du tableau. Jocasta Cameron était aveugle.

Un cri étranglé suivi d'un glapissement aigu rappela mon attention vers la terrasse. Un jet âcre jaillit dans le salon, atterrit sur le parquet et grésilla à mes pieds en dégageant un nuage de vapeur.

Toussant, crachant, les yeux larmoyants, je cherchai Jamie à tâtons, me guidant à ses jurons en gaélique. Au-dessus de la cacophonie de plaintes et de gémissements, j'entendis la clochette d'argent de Jocasta tinter derrière moi.

— Ulysse ? lança-t-elle d'un ton résigné. Tu ferais mieux de dire à la cuisinière que nous serons en retard pour le dîner.

— Heureusement, nous sommes en été ! déclara Jocasta le lendemain au petit déjeuner. Imaginez que cela se soit passé l'hiver et que nous ayons dû garder les fenêtres fermées !

Elle éclata de rire, dévoilant des dents d'une blancheur étonnante compte tenu de son âge.

— Euh... en effet, murmura Ian. Je pourrais avoir encore un toast ?

Rollo et lui avaient été immergés dans la rivière, puis badigeonnés au jus de tomates vertes. Ces dernières, qui poussaient dans l'orangerie derrière la maison, étaient très efficaces pour effacer l'odeur des sconses, tout comme celle des excréments humains, d'ailleurs.

Malheureusement, dans un cas comme dans l'autre, leur effet neutralisant n'était pas total. Ian était assis seul dans son coin de table, près de la porte-fenêtre ouverte. La servante qui lui apporta son toast fronça le nez malgré elle.

Sans doute inspirée par la proximité de Ian et par un désir de grand air, Jocasta nous proposa de nous rendre jusqu'à la fabrique de térébenthine, dans la forêt au-dessus de River Run.

— Cela représente une demi-journée de route pour y aller et autant pour revenir, mais le temps devrait rester au beau fixe.

Elle se tourna vers la porte-fenêtre où les abeilles bourdonnaient dans la plate-bande de verges d'or et de phlox.

— Vous les entendez ? Elles nous annoncent qu'il fera beau et chaud.

— Vous avez une ouïe remarquable, madame Cameron, la complimenta Fergus. Si ça ne vous ennuie pas, je préférerais emprunter un de vos chevaux pour me rendre en ville.

Je savais qu'il mourait d'envie d'envoyer des nouvelles à Marsali, en Jamaïque. La nuit précédente, je l'avais aidé à lui rédiger une longue lettre, narrant toutes nos mésaventures et notre arrivée à bon port. Plutôt que d'attendre qu'un esclave l'emporte avec le courrier de la semaine, il souhaitait la remettre en main propre au bureau de poste.

— Mais bien sûr, monsieur Fergus, répondit Jocasta. Faites tout ce que vous voulez, vous êtes ici chez vous.

La vieille dame avait manifestement l'intention de nous accompagner. Quelque temps plus tard, elle descendit de sa chambre vêtue d'une robe d'amazone en mousseline verte. Phaedre, sa servante, la suivait avec un chapeau de paille agrémenté d'un ruban assorti. Jocasta s'arrêta au pied de l'escalier mais, au lieu de coiffer son chapeau tout de suite, attendit que Phaedre lui noue un linge blanc sur les yeux.

— J'ai beau ne rien voir, expliqua-t-elle, la lumière du soleil me fait mal. C'est pourquoi je me protège toujours quand je sors. Alors, mes chéris, vous êtes prêts ?

Cela répondait à quelques-unes de mes spéculations quant à l'origine de sa cécité, sans pour autant me fournir une réponse définitive. Etait-ce une rétinite pigmentaire ? me demandais-je en la suivant dans le grand hall. A moins qu'il ne s'agisse d'une dégénérescence maculaire pseudo-inflammatoire... quoiqu'un glaucome fût plus probable. Une fois de plus, mes doigts cherchèrent inconsciemment le manche d'un ophtalmoscope, démangés par l'envie de voir ce que mes yeux ne pouvaient me montrer.

Contrairement à ce que j'avais cru, elle ne nous accompagnerait pas en voiture : une jument avait été sellée pour elle dans les écuries. L'art de charmer les chevaux courait dans le sang de tous les MacKenzie. En voyant approcher sa maîtresse, la jument releva la tête et s'ébroua gaiement. Jocasta se dirigea droit vers elle, le visage radieux.

— *Ciamar a tha tu ?* dit-elle en lui caressant les naseaux. C'est toi, ma douce Corinna ?

Elle extirpa une pomme verte de sa poche, que la jument cueillit délicatement dans sa paume.

— Ils ont soigné ton genou ? demanda-t-elle.

Elle palpa la jambe antérieure du cheval avec des doigts experts, trouva puis explora une longue cicatrice à l'intérieur du genou.

— Qu'est-ce que tu en dis, mon neveu ? Elle peut marcher pendant une journée ?

Jamie fit claquer sa langue et Corinna avança d'un pas vers lui, reconnaissant quelqu'un qui parlait le même langage qu'elle. Il examina sa jambe, la prit par la bride et, avec un mot ou deux en gaélique, la fit marcher. Ensuite il sauta en selle, fit le tour de la cour au petit trot et s'arrêta devant Jocasta.

— Ça ira, annonça-t-il. Elle est bien rétablie, mais que lui est-il arrivé ?

Le palefrenier, un jeune homme noir qui s'était tenu à l'écart en observant Jamie, s'avança et déclara avec un parfait accent écossais :

— C'était un serpent, monsieur.

— Un serpent ? m'étonnai-je. Comment a-t-il pu lui faire une telle entaille ? On dirait qu'elle s'est pris la jambe dans quelque chose.

— En effet, madame. Ça s'est passé il y a un mois. Je l'ai entendue hennir, puis il y a eu un vacarme d'enfer dans l'écurie. J'ai bien cru que le toit allait me tomber sur la tête. J'ai couru voir dans son box et j'ai trouvé le corps d'un grand serpent venimeux écrasé dans la paille près de la mangeoire. La mangeoire était en mille morceaux et la pauvre Corinna se tenait toute tremblante dans un coin du box, la jambe en sang. Un morceau de bois pointu lui était entré dans le genou.

Il lança un regard fier vers la jument.

— C'est qu'elle est courageuse, notre Corinna. Elle s'est bien défendue !

— Le « grand serpent venimeux » ne mesurait pas plus de trente centimètres, précisa Jocasta d'un ton sarcastique. Ce n'était qu'une misérable couleuvre de jardin. Mais cette sotte a une peur bleue des serpents. Il suffit qu'elle en aperçoive un pour qu'elle perde complètement l'esprit.

Elle inclina la tête vers le palefrenier et sourit en ajoutant :

— D'ailleurs, notre petit Josh n'en mène pas large non plus, pas vrai ?

Le palefrenier sourit timidement.

— C'est vrai, madame Jo. Je hais ces horribles bestioles, tout comme ma brave Corinna.

Ian, qui avait suivi la conversation, ne put plus retenir sa curiosité.

— D'où viens-tu ? demanda-t-il au jeune Noir.

Josh haussa des sourcils surpris.

— D'où... ? Je ne viens pas... Ah oui ! Je comprends ce que vous voulez dire. Je suis né un peu plus haut sur la rivière, sur la plantation de M. George Burnett. Mme Jo m'a acheté il y a deux ans, à Eastertide.

Jamie se tourna vers moi et chuchota à mon oreille :

— Je te parie que M. Burnett est né à un jet de pierre d'Aberdeen.

River Run couvrait un vaste territoire qui comprenait de nombreux hectares en bordure de la rivière mais également une portion non négligeable de la forêt de pins qui recouvrait un tiers de la colonie. En outre, les terres d'Hector Cameron étaient traversées par un des affluents du Cape Fear. Ainsi, on pouvait acheminer jusqu'aux grands ports situés le long du fleuve le bois et ses produits dérivés, telles la poix et la térébenthine. Rien d'étonnant que River Run prospère, même si sa production de tabac et d'indigo restait faible par rapport à d'autres plantations. Cela dit, les champs de tabac odorants que nous parcourions n'avaient rien de modeste.

— Nous possédons une petite scierie là-haut, m'expliqua Jocasta, au bord de l'eau. C'est là qu'on découpe les troncs et qu'on les façonne. Ensuite, ils sont descendus par barges jusqu'à Wilmington. Par voie d'eau, ce n'est pas très loin de la maison, mais j'ai pensé que vous préféreriez voir le domaine.

Elle prit une profonde inspiration.

— Que c'est bon ! soupira-t-elle. Cela faisait si longtemps que je n'étais pas sortie de la maison !

Le paysage était très agréable. Une fois dans la forêt, la température se rafraîchit quelque peu, car le soleil était masqué par l'épais toit d'aiguilles au-dessus de nos têtes. Les arbres s'élevaient, droits et dépourvus de branches, jusqu'à une dizaine de mètres. Je ne fus donc pas surprise d'apprendre que la scierie était spécialisée dans la production de mâts et d'espars, son principal client étant la marine royale.

De fait, River Run traitait beaucoup avec la Couronne et fournissait aux magasins royaux mâts, espars, lattes, planches, brai, térébenthine, goudron, etc. Jamie chevauchait à côté de sa tante, écoutant ses explications détaillées, tandis que Ian et moi traînions derrière eux.

Manifestement, elle avait participé à l'établissement de River Run avec son mari. Je me demandais comment elle faisait pour gérer seule le domaine, maintenant qu'il n'était plus là.

— Oh ! dit soudain Ian. Qu'est-ce que c'est ?

J'arrêtai ma monture près de la sienne et regardai l'arbre qu'il me montrait du doigt. Un grand morceau d'écorce avait été arraché sur un mètre de hauteur et la chair blanchâtre du bois était lacérée de coups de couteau qui dessinaient des motifs en chevrons.

— On approche, dit Jocasta en revenant vers nous. Ce que vous voyez là est un arbre à térébenthine, je le sens d'ici.

A présent que nous étions arrêtés, je pouvais entendre des bruits au loin dans la forêt. Des voix s'interpellaient, des coups de hache et des grincements de scie résonnaient sous les arbres. Au-dessus du parfum acide de la résine, on distinguait une odeur de brûlé.

Jocasta amena Corinna plus près de l'arbre et palpa le tronc entaillé. Ses doigts s'arrêtèrent sur une corniche façonnée dans le bois.

— C'est ce qu'on appelle la boîte, indiqua-t-elle. C'est là que coule la résine. D'ailleurs, celle-ci est presque pleine. Un esclave va probablement passer bientôt la vider.

Au même instant, un homme apparut à une dizaine de mètres. Il ne portait qu'un linge blanc noué autour des hanches et tirait derrière lui une grosse mule chargée d'un tonneau sur chaque flanc. La bête s'arrêta net en nous voyant et se mit à braire comme une possédée.

Jocasta dut hausser la voix pour se faire entendre au-dessus du vacarme.

— Ce doit être Clarence. Elle adore la compagnie. Qui est avec elle ? C'est toi, Pompéi ?

— Houi, m'dame ! répondit l'esclave.

Il saisit la mule par le mors et le tordit brutalement.

— Ha heule, halope ! éructa-t-il.

Il me fallut quelques secondes pour traduire mentalement : « Ta gueule, salope. » Quand l'homme se tourna vers nous, je compris que son articulation défectueuse venait du fait qu'il lui manquait la moitié de la mâchoire. Au-dessous de ses pommettes, son visage n'était plus qu'une cicatrice blanchâtre qui descendait jusqu'au cou.

Jocasta dut percevoir mon sursaut de surprise, à moins qu'elle ne l'ait prévu, car elle m'expliqua :

— Une explosion de poix. Il a eu de la chance de s'en sortir vivant. Venez, nous sommes presque arrivés.

Sans attendre son palefrenier, elle fit pivoter sa monture et s'engagea à travers bois, droit vers l'odeur de brûlé.

La distillerie se tenait dans une grande clairière qui contrastait de manière saisissante avec le calme de la forêt. Elle était noire de monde. La plupart étaient des esclaves à demi nus, le corps couvert de traces de charbon.

— Vous voyez quelqu'un près des hangars ? me demanda Jocasta.

Je me hissai sur mes étriers. De l'autre côté de la clairière, près d'une série de hangars délabrés, j'aperçus une tache de couleur. Trois officiers en uniforme de la marine britannique discutaient avec un quatrième homme portant une veste vert bouteille.

— Ce doit être Farquard Campbell, conclut Jocasta d'un air satisfait après que je lui eus décrit la scène. Viens, Jamie, je vais te présenter à mon ami le juge.

Vu de plus près, Campbell se révéla un homme d'une soixantaine d'années, de taille moyenne, avec ce visage buriné qu'ont les Écossais à cet âge, leur peau prenant l'aspect d'un cuir épais.

Il accueillit Jocasta avec un sourire, s'inclina devant moi, gratifia Ian d'un mouvement du sourcil, et tourna toute la concentration de ses yeux gris vers Jamie.

— Je suis très heureux que vous soyez enfin parmi nous, monsieur Fraser. Très heureux. J'ai beaucoup entendu parler de vous depuis que votre tante a appris votre intention de lui rendre visite à River Run.

Le juge Campbell semblait sincèrement ravi, ce qui me parut

étrange. Non pas que je me sois attendue à un accueil froid, mais il y avait presque une note de soulagement dans ces effusions, qui paraissaient incongrues chez cet homme à l'aspect réservé et taciturne.

Jamie le remercia et s'adressa aux officiers.

— Messieurs, enchanté de faire votre connaissance.

Un petit lieutenant gras, nommé Wolff, et ses deux enseignes nous saluèrent avec courtoisie, Jocasta et moi, puis nous exclurent de la conversation pour se lancer dans une discussion technique.

Jamie me lança un signe discret qui, dans notre jargon conjugal secret, signifiait : « Emmène donc ma tante faire un tour qu'on puisse tranquillement discuter entre hommes. »

Toutefois, Jocasta ne semblait guère disposée à se laisser éconduire.

— Allez donc vous promener, ma chère, me suggéra-t-elle. Josh va vous montrer la fabrique. Pour ma part, je vais rester ici à l'ombre. Cette chaleur m'épuise.

Les cinq hommes s'assirent autour d'une table de bois brut dans l'un des hangars, dont les portes étaient grandes ouvertes : sans doute le réfectoire des esclaves. Il était encombré d'un bric-à-brac. Le deuxième hangar servait d'entrepôt. Le troisième, fermé, devait être le dortoir.

Devant les hangars, vers le centre de la clairière, de grandes marmites posées sur des trépieds mijotaient au-dessus de feux de bois.

— Ils font bouillir de la térébenthine pour fabriquer de la poix, m'expliqua Josh. Une partie de la production est déversée brute dans ces fûts.

Il m'indiqua un chariot près des hangars, sur lequel une haute pile de tonneaux était déjà entassée.

— Ces messieurs de la marine sont sans doute venus passer commande, poursuivit-il.

Un garçon d'environ sept ans était perché sur un haut tabouret, touillant le contenu d'une cuve avec un long bout de bois. Un autre garçon plus grand se tenait à son côté avec une énorme louche dans laquelle il recueillait la couche supérieure de térébenthine purifiée, afin de la reverser dans un autre tonneau.

Tandis que je les observais, un esclave sortit de la forêt en tirant une mule lourdement chargée et se dirigea vers la cuve. Un autre homme vint l'aider à descendre des fûts qui semblaient poser une tonne. Ils en versèrent le contenu dans la cuve, d'où s'éleva un nuage de vapeur qui sentait fort la résine de pin.

— Vous feriez mieux de reculer, madame, me conseilla Josh. Il arrive que des bulles crèvent à la surface et projettent des gouttes brûlantes.

Me souvenant de l'homme rencontré dans la forêt, je m'éloignai prudemment. Me tournant vers les hangars, j'aperçus Jamie, le juge Campbell et les trois officiers qui se passaient une bouteille en parcourant des papiers étalés sur la table. Près de la porte, hors de leur vue, Jocasta Cameron les écoutait avec attention, sans perdre une miette de leur conversation.

Josh remarqua mon air étonné et suivit mon regard.

— Mme Jo n'aime pas qu'on lui cache des choses, murmura-t-il. Je ne l'ai jamais constaté moi-même, mais Phaedre m'a dit que, quand quelque chose échappe à son contrôle, elle pique des rages folles. Elle casse tout dans sa maison et trépigne sur place.

— Ce doit être un spectacle impressionnant ! répondis-je, songeuse. Mais qu'est-ce qui peut bien lui échapper ?

D'après ce que j'avais pu observer jusqu'ici, Jocasta Cameron tenait fermement les rênes de sa maison, de ses champs et de ses gens, tout aveugle qu'elle était.

Cette fois, ce fut au tour de Josh de paraître surpris.

— C'est cette satanée marine royale ! Elle ne vous a pas dit pourquoi on est ici aujourd'hui ?

Avant que je puisse me pencher plus avant sur la fascinante question des liens entre Jocasta Cameron et la marine de Sa Majesté, nous fûmes interrompus par un cri perçant, venant de l'autre côté de la clairière. Je fis volte-face et manquai être piétinée par plusieurs hommes à demi nus qui couraient ventre à terre vers les hangars.

En arrivant sur les lieux, j'avais remarqué un monticule étrange dans un coin de la clairière, mais je n'avais pas encore eu le temps de demander ce dont il s'agissait. Si le sol était principalement de terre battue, le monticule, lui, était couvert d'une herbe singulière, en partie verte, en partie jaune, avec, çà et là, de longues traînées brunes.

Au moment même où je comprenais qu'il était tapissé de fragments de tourbe, il explosa. Il n'y eut pas un bruit d'explosion proprement dit, mais comme un énorme éternuement étouffé, suivi d'un souffle chaud qui me caressa les joues.

En revanche, ce qui suivit ressemblait au résultat d'une explosion : une pluie de mottes de terre et d'éclats de bois calciné s'abattit sur la clairière. Autour de nous, c'était la panique. Des cris fusaient de toutes parts. Jamie et ses compagnons surgirent du hangar comme un groupe de faisans débusqués.

— Ça va, *Sassenach* ?

— Euh... oui, dis-je, un peu étourdie. Qu'est-ce que c'était ?

— J'aimerais bien le savoir ! Où est passé Ian ?

— Je n'en sais rien. Mais je ne crois pas qu'il ait quelque chose à voir là-dedans.

J'enlevai quelques fragments de charbon qui avaient atterri dans mon décolleté et suivis Jamie qui s'approchait d'un petit groupe d'esclaves. Tous parlaient en même temps dans un mélange de gaélique, d'anglais et de dialectes africains.

Nous découvrîmes Ian avec l'un des enseignes de la marine, penchés avec intérêt au-dessus du cratère laissé par l'explosion.

— Il paraît que cela se produit souvent, disait l'officier, mais je ne l'avais encore jamais vu. C'est d'une puissance étonnante, non ?

— Qu'est-ce qui se produit souvent ? demandai-je en regardant par-dessus l'épaule de Ian.

Le cratère était rempli de débris de bois noircis.

— Les explosions de poix, expliqua l'enseigne. On fait un feu de charbon sous une cuve de poix, puis on la recouvre de terre et de mottes de tourbe pour conserver la chaleur, tout en laissant de petits trous pour laisser l'air circuler, sinon le feu s'étouffe. La poix se met à bouillir puis s'écoule dans un tonneau à goudron à travers ce tronc creux, là, vous voyez ?

En effet, un vestige de tuyau en bois pendait au-dessus des restes d'un tonneau, d'où s'échappait un épais liquide noir. L'odeur de bois brûlé et de goudron chaud était suffocante.

— Toute la difficulté réside dans la ventilation du puits, poursuivit l'enseigne. S'il n'y a pas assez d'air, le feu s'éteint. S'il y en a trop, le feu devient trop puissant et ne peut plus être contrôlé. Les vapeurs de térébenthine s'enflamment et le tout explose, comme vous avez pu le constater, madame.

Il indiqua du doigt un arbre voisin, sur lequel la tourbe avait été projetée avec une telle violence qu'elle s'était enroulée autour du tronc comme un gros champignon parasite.

— Tout est une question de dosage précis, conclut-il en scrutant le fond du cratère. Où est donc passé l'esclave chargé de surveiller le feu ? J'espère qu'il n'a pas été tué !

Il était sain et sauf. Pendant que nous discutions, j'avais observé tous ceux qui se trouvaient dans la clairière, ne remarquant aucun blessé.

— Tante Jocasta ! s'écria soudain Jamie.

Il pivota vers les hangars. La vieille dame se tenait toujours au même endroit, bien visible dans sa robe verte, indemne.

Indemne, mais furieuse. Oubliée par tout le monde dans la panique de l'explosion, elle avait été incapable de bouger, restant là, impuissante, à entendre les cris de détresse sans pouvoir réagir.

Me souvenant de ce qu'avait dit Josh sur ses colères, je m'attendis au pire. Heureusement, elle était trop bien élevée pour se mettre à trépigner sur place en public. Son palefrenier se répandit en excuses, s'accusant de ne pas être resté à son côté, mais elle le fit taire avec une impatience bienveillante.

— Ça suffit, mon garçon. Tu as fait ce que je t'avais demandé.

Elle tourna la tête, semblant chercher quelque chose du regard.

— Où est Farquard Campbell ?

Celui-ci s'approcha, lui prit la main et la tapota brièvement.

— Il n'y a pas de gros dégâts et personne n'a été blessé. Nous avons juste perdu un tonneau de goudron.

— Tant mieux. Mais où est passé Byrnes ? Je n'entends pas sa voix.

— Le contremaître ?

Le lieutenant Wolff essuyait plusieurs traînées noires sur son visage avec un mouchoir.

— Je me le demandais justement. Il n'était pas là quand nous sommes arrivés ce matin. Heureusement, M. Campbell nous a rejoints peu après.

— Byrnes doit se trouver à la scierie, déclara Farquard Campbell. Un des esclaves m'a dit qu'il y avait un problème avec la lame principale. Il est sans doute en train de la réparer.

Wolff prit un air pincé, comme si une lame défectueuse n'était pas une excuse suffisante pour ne pas l'avoir accueilli convenablement. A en juger par la mine renfrognée de Jocasta, elle était du même avis.

Jamie toussota et enleva une petite motte de terre dans mes cheveux.

— Dites-moi, ma tante, j'ai rêvé ou je vous ai vue emporter un panier de provisions ce matin ? Si vous offriez la collation au lieutenant et à ses hommes pendant que je remets un peu d'ordre ?

Les traits de Jocasta se détendirent et Wolff parut intéressé par la perspective d'un déjeuner.

— Excellente idée, mon grand, dit la vieille dame.

Elle se redressa et sourit dans la direction de Wolff.

— Lieutenant, si vous voulez bien m'accompagner...

Au cours du déjeuner, j'appris que le lieutenant Wolff venait à la fabrique de térébenthine une fois par trimestre afin de renouveler un contrat d'approvisionnement pour plusieurs entrepôts maritimes. Sa mission était de conclure des arrangements similaires avec divers planteurs installés entre Cross Creek et la frontière de la Virginie, et il ne cachait pas sa préférence pour certaines parties de la colonie.

— S'il y a un domaine où je veux bien reconnaître la supériorité des Ecossais, déclara-t-il pompeusement tout en avalant son troisième whisky, c'est dans la fabrication des alcools.

Farquard Campbell esquissa un sourire contraint et ne dit rien. Assise à son côté sur un banc branlant, Jocasta lui tenait le bras, ses doigts délicatement posés sur son poignet frémissant comme un sismographe, sondant des turbulences souterraines.

Wolff tenta en vain de réprimer un rot puis s'adressa à moi.

— Pour ce qui est du reste, chère madame, ce sont des paresseux et des têtes de lard, deux traits de caractère qui me les rendent...

Un de ses enseignes, cramoisi de honte, donna un coup de pied dans un panier de pommes, créant une diversion qui nous épargna l'opinion du lieutenant Wolff. Malheureusement, ce dernier n'avait pas l'intention d'en rester là.

Il épongea la sueur qui dégoulinait sous sa perruque et me fixa de ses yeux injectés de sang.

— On voit tout de suite que vous n'êtes pas écossaise, madame, je me trompe ? Votre accent est trop cultivé. On voit que vous avez de l'éducation.

— Euh... merci.

Je me demandais quelle administration tordue avait pu envoyer un tel rustre négocier pour la marine dans la vallée du Cape Fear, où se trouvait sans doute la plus grande concentration d'Ecossais du Nouveau Monde. Je commençais à comprendre ce que Josh avait voulu dire par « Cette satanée marine royale ! »...

Le sourire de Jocasta semblait avoir été cousu sur sa figure tandis que M. Campbell me faisait discrètement signe de garder mon calme. Manifestement, poignarder le lieutenant Wolff avec le couteau à fruit n'était pas à l'ordre du jour, du moins tant qu'il n'aurait pas signé le bon de commande. Aussi fis-je la seule chose qui me vint à l'esprit : je pris la bouteille de whisky et remplis son verre.

— Il est vraiment exquis, n'est-ce pas, lieutenant ? dis-je avec mon meilleur sourire.

La conversation se poursuivit sans autres incidents, mais les deux enseignes surveillaient d'un œil angoissé les divagations de leur supérieur. Ils avaient de quoi s'inquiéter : c'était à eux qu'il reviendrait de percher le lieutenant sur sa selle et de le ramener jusqu'à Cross Creek. Ils ne seraient pas trop de deux.

— M. Fraser semble faire du bon travail, dit le plus âgé des deux enseignes, vous ne trouvez pas, mon lieutenant ?

Il fit un geste vers la clairière, dans une tentative infructueuse pour relancer la conversation languissante.

— Quoi ? Ah oui, sans doute, répondit l'officier en levant à peine le nez de son verre.

Pendant que nous déjeunions, Jamie et Ian avaient remis de l'ordre dans la distillerie, calmé les ouvriers et ramassé les débris de l'explosion. A présent, de l'autre côté de la clairière, en bras de chemise, ils entassaient des rondins de bois à demi brûlés dans le puits à goudron. Je les enviais presque ; leur corvée semblait moins pénible que la compagnie du lieutenant Wolff.

— Ma foi, c'est vrai qu'il s'en sort très bien, admit Farquard Campbell.

Son regard balaya la clairière et se posa à nouveau sur la table. Il évalua l'état de l'officier et pressa discrètement la main de Jocasta. Sans tourner la tête, celle-ci s'adressa à Josh, qui attendait patiemment dans un coin.

— N'oublie pas de mettre une bouteille dans la sacoche du lieutenant, mon garçon. Ce serait dommage qu'elle soit perdue.

Elle adressa un sourire enjôleur à Wolff, rendu encore plus convaincant par son regard fixe.

M. Campbell s'éclaircit la gorge.

— Puisque vous allez bientôt nous quitter, mon lieutenant, nous devrions peut-être régler maintenant cette question de commande...

Wolff parut vaguement surpris d'apprendre qu'il était sur le point de partir mais ses enseignes bondirent aussitôt sur leurs pieds et se mirent à rassembler leurs sacoches et leurs papiers. L'un d'eux sortit un petit encrier de voyage et une plume qu'il déposa devant le lieutenant. M. Campbell extirpa un papier de sa poche, le déplia avec soin et l'étala sur la table.

Wolff le considéra en fronçant les sourcils, oscillant plus ou moins.

L'un des enseignes plaça la plume entre ses doigts mous et lui indiqua le bas de la page.

— Juste ici, mon lieutenant.

Wolff porta son verre à la bouche, renversa la tête en arrière pour ne pas en perdre une goutte et le reposa bruyamment sur la table. Puis il adressa un sourire niais à la ronde.

Le plus jeune des enseignes serra les dents avec résignation.

— Bah, pourquoi pas ? dit enfin Wolff dans un élan de magnanimité.

Il plongea sa plume dans l'encrier.

— Tu ne veux pas te laver et te changer tout de suite, mon grand ? demanda Jocasta. Tu empestes le goudron et le charbon.

Heureusement qu'elle ne le voyait pas ! Il était noir comme un ramoneur, des pieds à la tête, et sa chemise n'était plus qu'un torchon crasseux. Tout ce qui n'était pas noir était rouge. Il avait ôté son chapeau pour travailler et le bout de son nez avait la couleur d'un homard ébouillanté. En l'observant plus attentivement, il m'apparut que le soleil n'était pas l'unique responsable de son teint empourpré.

— Mes ablutions peuvent attendre, rétorqua-t-il. D'abord, j'aimerais savoir ce qui se passe ici.

Il fixa M. Campbell de son œil colérique.

— On m'attire dans cette forêt sous prétexte de me faire renifler de la térébenthine, reprit-il avec des efforts évidents pour se maîtriser. Et avant que je comprenne ce qu'il m'arrive, je me retrouve attablé avec la marine royale, en train de discuter d'affaires auxquelles je ne connais rien, pendant que vous me martelez le tibia de coups de pied comme un singe de cirque !

Jocasta se mit à sourire.

Campbell, lui, poussa un soupir embarrassé. Malgré la chaleur et les événements de la journée, sa veste était toujours impeccable et sa perruque démodée bien droite sur son crâne.

— Monsieur Fraser, je vous demande d'excuser ma conduite qui a dû vous sembler bien cavalière. C'est que, voyez-vous, votre arrivée était on ne peut plus fortuite, et je n'ai pas eu le temps de vous informer de la situation. Je suis moi-même arrivé en cachette d'Aversboro, où j'étais encore hier soir.

— Vraiment ? rétorqua Jamie. Nous avons tout notre temps, à présent. C'est le moment ou jamais de me mettre au courant.

— Nous ferions mieux de nous asseoir, intervint Jocasta. Cela risque d'être long et tu as eu une rude journée.

Ulysse était revenu un peu plus tôt, surgissant de nulle part. Il jeta élégamment un drap blanc sur une chaise et fit signe à Jamie de prendre place.

Jamie lui lança un regard méfiant. Sa journée avait en effet été rude. Je distinguai des ampoules sur ses mains noircies et la transpiration traçait des rigoles claires sur la crasse de son visage et de son cou. Résigné, il se laissa tomber sur le siège et accepta la timbale d'argent qu'on lui offrait.

Une autre timbale apparut comme par enchantement dans ma propre main et j'adressai un sourire de gratitude à Ulysse. Je n'avais pas transporté des rondins mais le voyage et la chaleur m'avaient épuisée.

Jamie but une longue gorgée, puis, un peu plus calme, insista :

— Alors ?

— C'est à cause de la marine royale... commença Campbell.

Jocasta émit un rire désabusé.

— C'est à cause du lieutenant Wolff, vous voulez dire !

— En ce qui nous concerne, cela revient au même, répliqua Campbell. Vous le savez bien, ma chère.

Comme nous l'avait déjà indiqué Jocasta, River Run tirait le plus gros de ses revenus de la vente du bois et de ses produits dérivés, son principal client étant la marine anglaise.

— Mais la marine n'est plus ce qu'elle était, soupira Campbell. Pendant la guerre avec les Français, elle devait continuellement réapprovisionner ses vaisseaux et tout homme qui possédait une scierie voyait sa fortune assurée. Hélas, voilà déjà dix ans que nous vivons en paix et les navires de guerre pourrissent dans les rades. L'amirauté n'a pas ordonné la construction d'un nouveau vaisseau depuis cinq ans.

Il secoua la tête, déprimé par ce désastre économique qu'était la paix.

La marine achetait encore de la poix, de la térébenthine et des espars pour équiper sa flotte réduite. Quant au goudron, son marché n'était pas menacé. Néanmoins, le cours du bois s'était effondré et le rythme des affaires avait considérablement baissé. La marine pouvait désormais choisir parmi les producteurs qui lui proposaient les meilleurs prix.

Les Anglais exigeaient surtout de leurs fournisseurs qu'ils soient fiables, renouvelant leurs contrats tous les trimestres après une inspection en règle par un officier naval : dans ce cas précis, le lieutenant Wolff. Ce dernier avait toujours été difficile mais, de son vivant, Hector Cameron avait su le prendre.

— Hector le faisait boire, expliqua Jocasta. Et, avant que Wolff ne reparte, il s'assurait toujours qu'il y avait une bouteille ou deux dans ses sacoches.

La mort d'Hector avait nui aux affaires du domaine.

— Pourtant, ce n'est pas faute de lui graisser la patte ! dit Campbell avec un regard accusateur vers Jocasta.

A la mort du maître des lieux, le lieutenant Wolff était venu transmettre ses condoléances à la veuve Cameron, en uniforme, dûment escorté de ses deux enseignes. Puis il était revenu le lendemain, seul cette fois, avec une proposition de mariage.

Jamie manqua s'étrangler.

— Naturellement, ce n'est pas moi qui l'intéressais, précisa Jocasta, piquée, c'étaient mes terres.

Jamie s'abstint de tout commentaire, examinant sa tante avec un nouvel intérêt.

En épousant Jocasta Cameron, Wolff se serait rendu maître d'une plantation prospère, qu'il aurait encore enrichie grâce aux contrats de la marine que sa position ne manquait pas de lui assurer. En outre, avoir Jocasta pour femme n'était pas qu'un simple atout commercial.

Bien qu'aveugle, c'était une femme remarquable. Au-delà de la simple beauté, elle dégageait une vitalité sensuelle qui semblait embraser même un vieux tronc sec comme Farquard Campbell.

— Cela explique sans doute le comportement du lieutenant pendant le déjeuner, déclarai-je. Il est vexé comme un pou d'avoir été rejeté.

Jocasta sursauta et se tourna vers moi. Elle semblait avoir oublié ma présence. Farquard Campbell se mit à ricaner.

— Comme vous avez raison, madame Fraser ! Nous sommes des êtres fragiles, nous les hommes. Celles qui jouent avec nos sentiments le font au péril de leur vie !

— Sentiments, tu parles ! lança Jocasta. Cet homme n'a de sentiments que pour la bouteille !

Jamie examinait M. Campbell d'un air intrigué.

— Puisque vous parlez de sentiments, ma tante, puis-je demander quel est le rôle de M. Campbell dans toute cette affaire ?

Ce dernier le foudroya d'un regard noir.

— Que voulez-vous insinuer, monsieur ? Sachez que j'ai une femme à la maison, et huit enfants, dont l'aîné a sans doute quelques années de plus que vous. Hector a été mon ami pendant plus de trente ans et je me suis engagé à servir sa veuve de mon mieux.

Jocasta posa une main apaisante sur son bras et se tourna vers lui. Elle ne voyait peut-être plus clair mais elle connaissait encore l'effet d'un battement de cils.

— Farquard m'a été d'un grand secours, Jamie. Je ne sais pas ce que je serais devenue sans lui après la mort de mon pauvre Hector.

— Certes, dit Jamie sans cacher son scepticisme.

Campbell toussota discrètement et reprit son récit.

Jocasta avait repoussé avec tact les avances du lieutenant Wolff, prétextant être terrassée par la mort de son époux. Elle s'était retranchée dans sa chambre, qu'elle n'avait pas quittée jusqu'à ce que Wolff ait achevé ses affaires à Cross Creek et repris la route de Wilmington.

— Cette fois, c'est Byrnes qui s'est chargé des contrats. Cet imbécile s'est débrouillé comme un manche !

— Ah, le fameux M. Byrnes ! dit Jamie. Le contremaître fantôme. Où était-il ce matin ?

Une servante venait d'apparaître avec un bol d'eau chaude parfumée et une serviette. Sans rien demander à personne, elle s'agenouilla devant Jamie, prit l'une de ses mains et se mit à la laver. Jamie parut surpris par cette attention, mais il était trop absorbé par la conversation pour la renvoyer.

Un sourire narquois s'était affiché sur le visage de Campbell.

— Je crains que M. Byrnes, bien qu'étant un contremaître compétent, ne souffre de la même faiblesse que le lieutenant Wolff. Je l'ai tout de suite envoyé chercher à la scierie mais l'esclave est revenu en me disant qu'il était couché dans sa chambre, empestant l'alcool et incapable de se lever.

Jocasta émit un grognement agacé.

— Votre tante est parfaitement en mesure de diriger seule la plantation, poursuivit Campbell. Ulysse l'aide avec toute la paperasserie. Néanmoins, comme vous avez pu le constater vous-même, la gestion du domaine présente également quelques aspects... physiques.

Il fit un geste vers le bol d'eau chaude, à présent noir d'encre.

— C'est précisément ce que m'a fait valoir le lieutenant, intervint Jocasta. Il prétend que je ne peux pas me reposer uniquement sur Byrnes, incapable comme je le suis de monter régulièrement à la scierie pour voir ce qu'il fabrique... ou ce qu'il ne fabrique pas.

— Ce en quoi il n'a pas tout à fait tort, reprit Campbell. Il y a un vieux proverbe chez nous : « Le bonheur, c'est un fils assez grand pour être régisseur. » Lorsqu'il s'agit d'argent ou d'esclaves, on ne peut faire confiance qu'à son propre sang.

Le regard de Jamie et le mien se croisèrent et il hocha la tête. Voilà enfin où ils voulaient en venir.

— C'est donc là que Jamie intervient, je me trompe ? demandai-je.

Jocasta avait suggéré à Farquard Campbell d'être présent lorsque le lieutenant Wolff reviendrait renouveler les contrats, notamment pour empêcher Byrnes de commettre de nouvelles bévues. Mais nous voyant débarquer inopinément, elle avait eu une meilleure idée.

— J'ai envoyé un mot à Farquard lui demandant d'annoncer au lieutenant que mon neveu venait d'arriver pour prendre la direction de River Run. Je pensais que cela l'obligerait à mettre un peu d'eau dans son vin : il n'oserait pas me faire du chantage devant un parent qui avait un intérêt dans l'affaire.

— Je vois.

Malgré lui, Jamie commençait à s'amuser.

— Vous voulez faire croire au lieutenant que son projet de reprise de la plantation est tombé à l'eau à cause de moi. Je comprends maintenant pourquoi il avait l'air de me trouver aussi antipathique. Je pensais qu'il avait simplement une dent contre les Ecossais.

— Ça aussi ! dit Campbell en riant.

Jocasta avança une main au-dessus de la table et Jamie la prit d'instinct.

— Tu me pardonnes, mon grand ?

Maintenant qu'elle savait où il se trouvait exactement, elle pouvait le considérer en face. A la voir ainsi, avec cette expression douce qui illuminait ses beaux yeux bleus, on n'aurait jamais deviné qu'elle était aveugle.

— Si je ne t'ai pas prévenu de la situation, c'est parce que je te connaissais à peine, expliqua-t-elle. Je ne pouvais courir le risque que tu refuses de coopérer. Allez, dis-moi que tu ne m'en veux pas ! Fais-le au moins au nom de ma tendre Ellen.

Jamie lui pressa doucement la main et lui assura qu'il n'était pas fâché. Au contraire, il se réjouissait d'être arrivé à temps pour lui prêter main-forte. Elle pourrait toujours compter sur lui.

M. Campbell arbora un sourire rayonnant et agita la clochette d'argent. Ulysse apporta alors le whisky des meilleurs jours sur un plateau chargé de verres de cristal et de petits biscuits salés, et nous bûmes à la santé de la marine royale.

En contemplant les traits fins et nobles de Jocasta, empreints d'une éloquence tacite, je me souvins soudain de la description que m'avait faite un jour Jamie des principales caractéristiques des membres de sa famille : « Les Fraser sont têtus comme des mules. Quant aux MacKenzie, ils sont aussi charmants que des alouettes des champs... et plus rusés que des renards. »

— Où étais-tu passé ? questionna Jamie.

Il inspectait Fergus d'un air réprobateur.

— Tu m'as l'air d'avoir vécu une nuit agitée. Avec quel argent ? Je ne me souviens pas de t'avoir donné un penny.

Fergus lissa en arrière ses cheveux hirsutes et s'assit, faussement offensé.

— J'ai rencontré deux trappeurs français en ville. Comme ils ne parlaient pas un mot d'anglais, je me suis senti obligé de leur servir d'interprète dans leurs transactions... en échange d'un bon dîner dans leur auberge.

Sentant qu'il valait mieux ne pas entrer dans le détail de sa soirée, il haussa les épaules et glissa une main dans la poche de sa veste.

— Ceci est arrivé pour vous à Cross Creek, milord. Le postier m'a chargé de vous la remettre.

C'était une épaisse enveloppe scellée, dans un état aussi pitoyable que Fergus après sa nuit de débauche. Le visage de Jamie s'illumina et il ouvrit le pli avec des doigts fébriles. Trois lettres en tombèrent. Sur l'une d'elles, je reconnus tout de suite l'écriture de sa sœur.

Ce fut celle que Jamie ramassa en premier. Il l'examina comme si elle contenait un explosif avant de la poser délicatement sur la console près de la coupe de fruits.

— Je vais commencer par celle de Ian, annonça-t-il avec un sourire crispé. Je préfère avoir un verre de whisky à portée de main pour découvrir ce que Jenny a à me dire.

Il décacheta la deuxième lettre et parcourut la première page.

— Je me demande si... commença-t-il.

Comme il ne finissait pas sa phrase, je vins me placer derrière son fauteuil afin de lire par-dessus son épaule. Ian Murray avait une écriture ample et ronde, lisible de loin.

« *Mon cher frère,*
Ici, nous allons tous bien et remercions Dieu de vous savoir arrivés sains et saufs dans les colonies d'Amérique. J'envoie cette lettre chez Jocasta Cameron, en me disant que tu passeras bien

par chez elle tôt ou tard. Le cas échéant, Jenny te demande de transmettre ses amitiés à votre tante.

Comme tu as pu le constater en ouvrant cette enveloppe, tu as retrouvé les bonnes grâces de ma tendre épouse. Elle a cessé d'associer à ton nom le terme de « misérable ordure » et cela fait un certain temps que je ne l'entends plus parler d'émasculation ou d'autres sévices de ce genre, ce qui te soulagera sans doute.

Plaisanterie à part, son cœur, comme le mien, est nettement plus léger de savoir petit Ian en bonne santé. Inutile que je te répète à quel point nous te sommes redevables de veiller sur lui.

Ici, nous parvenons à nourrir tout le monde, même si cette année les champs d'orge ont été gravement endommagés par la grêle. Ce mois-ci, la grippe a emporté deux enfants du village, Annie Fraser et Alasdair Kirby. Que Dieu ait pitié de leur innocence !

Passons à des nouvelles plus joyeuses. Michael nous a écrit de Paris. Ses affaires dans les spiritueux se portent au mieux. Il songe même à prendre femme !

J'ai la joie de t'annoncer la naissance de mon dernier petit-fils : Anthony Brian Montgomery Lyle, le premier-né de Maggie et de Paul. Je laisse à Jenny le soin de te le décrire plus en détail, elle est folle de lui, comme nous tous d'ailleurs. Le mari de Maggie étant soldat, elle et le petit Anthony habitent chez nous. Paul est actuellement en France. Nous espérons qu'il y restera car on y jouit pour le moment d'une paix relative. Prions qu'on ne l'envoie pas aux colonies ou au Canada !

Cette semaine, nous avons eu des visiteurs : lord Simon Lovat et ses compagnons d'armes. Il est de nouveau en campagne, cherchant des recrues pour le régiment de Highlanders qu'il commande. Tu en auras peut-être entendu parler dans les colonies, où ils semblent s'être déjà forgé une petite réputation. Simon a la bouche pleine de récits de Highlanders s'illustrant par leur courage contre les Indiens et les Français. Certains sont peut-être fondés. »

Jamie sourit et tourna la page. La lettre continuait dans cette veine, donnant d'autres nouvelles des différents membres de la famille et faisant un rapport détaillé sur les affaires de la ferme et les événements survenus dans la région. L'émigration, écrivait Ian, était devenue « endémique ». Presque tous les habitants du village de Shewglie avaient décidé de tenter l'aventure.

Jamie acheva de lire la lettre et la reposa, le regard rêveur, comme s'il voyait les collines embrumées et les pierres moussues de Lallybroch.

La deuxième lettre était également signée de Ian, mais sous le cachet en cire bleue était inscrit « *confidentiel* ».

— Qu'est-ce que ça peut être ? murmura Jamie.

Celle-ci commençait sans salutation et constituait manifestement un appendice à la première lettre.

« *Mon cher frère, je ne t'ai pas encore tout dit, mais je préfère te faire part de mes préoccupations dans un billet séparé afin que tu puisses faire lire la première lettre à Ian, sans qu'il sache ce que j'ai de particulier à te communiquer.*

Dans ta dernière lettre, tu parles de nous le renvoyer en bateau depuis Charleston. Si cela est déjà fait, nous nous réjouissons de sa venue et l'attendons avec impatience. Dans le cas contraire, Jenny et moi préférerions que tu le gardes auprès de toi, si cela ne vous pèse pas trop, à toi et à Claire. »

— Si cela ne nous pèse pas trop ! bougonna Jamie.

Il leva les yeux vers la fenêtre. Ian et Rollo luttaient sur la pelouse avec deux jeunes esclaves, roulant dans l'herbe dans un tintamarre de rires et de cris.

— Mmphm... fit-il en reprenant sa lecture.

« *Je t'ai déjà parlé de Simon Fraser et de la raison de sa présence parmi nous. La levée de troupes nous inquiète depuis un certain temps, même si nous sommes relativement protégés par l'éloignement et la difficulté d'accès de Lallybroch.*

Lovat rencontre peu de difficultés à recruter de jeunes hommes pour l'armée du roi. Qu'est-ce qui les retiendrait ici ? Nous ne pouvons leur offrir que la misère et la honte, sans grand espoir d'amélioration. Pourquoi resteraient-ils sur leurs terres ? Ils n'ont plus rien à hériter. Ils n'ont pas le droit de porter leur plaid ni leurs armes. Pourquoi ne saisiraient-ils pas cette chance de retrouver la fierté d'être des hommes, même si cela signifie porter le tartan et l'épée sous l'étendard de l'usurpateur allemand ?

J'ai parfois l'impression que nous avons touché le fond. Le meurtre et l'injustice règnent partout sans que nous puissions nous défendre, mais le pire, c'est que nos jeunes, notre seul espoir d'avenir, nous sont à présent arrachés, et leur vie gaspillée à servir notre oppresseur.

Pardonne-moi cet accès de colère, mais à qui d'autre pourrais-je ouvrir ainsi mon cœur ? Je ne peux pas dire ma rancœur à Jenny, même si elle la perçoit dans mes pensées.

J'en viens au fait. Le petit Jamie et Michael ne sont pas en danger pour le moment... du moins, il y a peu de chances que l'un comme l'autre soient tentés par une vie de soldat.

Il n'en va pas de même pour petit Ian. Tu le connais aussi bien que moi, c'est de toi qu'il tient sa soif d'aventures. Il n'y a rien pour lui ici. Il n'a pas l'âme d'un homme de lettres ni le sens des affaires. Que deviendra-t-il dans un monde où il devra choisir entre la mendicité et la guerre ? Car c'est tout ce qu'on lui proposera.

Garde-le auprès de toi, si tu veux bien. Il aura peut-être plus de chances dans le Nouveau Monde. Et cela épargnera à sa mère la douleur de le voir s'enrôler dans le régiment de Lovat.

Je ne pourrais souhaiter à Ian un meilleur tuteur que toi. Je sais que c'est une immense faveur que je te demande. Qui sait ? Peut-être même te sera-t-il utile, au-delà du plaisir que sa conversation te procure certainement ! »

— C'est ça, ironise, pendant que tu y es ! grogna Jamie.

Il y avait une rupture dans le texte, où l'on devinait que Ian s'était arrêté, pour reprendre sa lettre un peu plus tard, avec une plume fraîchement taillée et une écriture plus calme.

« Mon frère, je continue cette lettre après avoir mûrement réfléchi à un sujet qui me pèse cruellement. J'ai saisi ma plume et l'ai reposée une douzaine de fois avant de me décider, ne sachant si je devais me taire ou non. J'ai peur de t'offenser au moment même où je te demande un si grand service. Pourtant, il faut que je te le dise.

Je t'ai parlé plus tôt de Simon Fraser. C'est un homme d'honneur, en dépit du père qu'il a eu... mais c'est aussi un homme sanguinaire. Je le connais depuis que nous sommes enfants (cela semble hier, n'est-ce pas ?), mais il a changé. Il y a maintenant chez lui une dureté, un éclat d'acier dans le fond de ses yeux, qui n'y était pas avant Culloden.

Ce qui me trouble le plus (si j'ose te le dire à présent, c'est parce que je sais que tu ne douteras pas de la sincérité de mon affection), c'est que j'ai déjà vu cette même lueur briller dans tes yeux, mon frère.

Je ne connais que trop bien les spectacles capables de geler le cœur d'un homme et de durcir son regard à ce point. Pardonne ma franchise, mais j'ai craint pour ton âme de nombreuses fois depuis Culloden.

Je n'en ai jamais parlé à Jenny, mais elle l'a remarqué, elle aussi. C'est une femme, et elle te connaît mieux que je ne pourrai jamais te connaître. C'est cette peur qui l'a incitée à pousser Laoghaire dans tes bras. Je n'avais pas beaucoup d'espoir en cette union mais... (ici, un pâté délibéré masquait plusieurs lignes)*... tu as beaucoup plus de chance avec Claire. »*

— Mmphm... fit Jamie en me lançant un regard ironique.

Je posai la main sur son épaule et me penchai un peu plus pour lire la suite.

« Il est tard et je m'égare. Revenons à Simon... Le soin avec lequel il veille sur ses hommes est désormais son unique lien avec l'humanité. Il n'a ni femme ni enfant. Il vit sans racines ni maison, son patrimoine étant tombé sous la coupe de l'oppresseur

qu'il sert. Il y a un feu qui couve en cet homme, mais pas de cœur.
J'espère ne jamais dire la même chose de toi, ni de petit Ian.

Aussi, je vous confie l'un à l'autre. Que Dieu vous accompagne
en tout.

Ecris-nous dès que tu le pourras, nous sommes avides de vos
nouvelles. Parle-nous encore de ce pays étrange où vous êtes.

Ton frère très affectionné,
Ian Murray. »

Jamie replia lentement la lettre et la rangea dans la poche
intérieure de sa veste.

— Mmphm... fit-il encore.

11

La loi du sang

Juin 1767

Je m'habituais peu à peu au rythme de la vie à River Run. La présence des esclaves me gênait, mais je n'y pouvais pas grand-chose, hormis éviter le plus possible de faire appel à leurs services en m'acquittant moi-même de mes corvées.

River Run avait son « herboristerie », à savoir un modeste placard où l'on gardait des simples séchés et des remèdes. Il ne contenait presque rien d'intéressant : quelques bocaux de racines de pissenlit et d'écorces de saule, plus des cataplasmes faits maison qui n'avaient pas servi depuis des lustres. Jocasta se déclara ravie quand je lui fis part de mon désir de le réapprovisionner. Elle avoua ne rien y connaître, pas plus que ses esclaves.

— Quoique... dit-elle en réfléchissant, il y ait une nouvelle arrivée, pourvue de talents dans ce domaine, peut-être.

Elle déroulait un long brin de laine de son fuseau, tout en actionnant le rouet du bout du pied.

— Elle n'a pas été dressée au service de maison, expliqua-t-elle. Elle a débarqué d'Afrique voilà quelques mois et ne sait ni parler ni se tenir correctement. Je pensais la former, mais, puisque vous êtes là... Oh, ce fil est devenu trop fin, voyez !

Tous les jours, je m'asseyais une heure ou deux dans le petit salon avec Jocasta pour tenter d'apprendre l'art du filage pendant que Jamie s'enfermait avec le majordome. Ulysse ne se contentait pas de mettre ses yeux nuit et jour au service de sa maîtresse et de diriger sa maison. Depuis la mort d'Hector Cameron, il tenait également les livres de comptes de la plantation.

— C'est un excellent comptable, me confia Jamie après l'une de ces séances. S'il était blanc, ma tante n'aurait aucune difficulté à gérer seule ses affaires. Mais vu la situation...

— Vu la situation, elle a de la chance que tu sois là...

Je m'approchai de lui, les narines frémissantes. Il avait passé la journée à Cross Creek à traiter une affaire de troc incluant des balles d'indigo, du bois, six mules, cinq tonnes de riz et une pendule de bronze doré. Par conséquent, il portait sur ses vêtements et dans ses cheveux un fascinant assortiment de parfums.

— C'est la moindre des choses, répondit-il d'un air narquois. Après tout, ce n'est pas comme si j'avais des milliers d'autres choses à faire, n'est-ce pas ?

— Un dîner ! déclara Jocasta quelques jours plus tard. Il faut que j'organise une réception en bonne et due forme pour vous présenter aux gens de la région.

— Inutile, ma tante, répondit Jamie. Je crois avoir déjà rencontré tout le monde au marché aux bestiaux la semaine dernière. Enfin, les hommes, du moins.

Il me sourit.

— Mais cela fera sans doute plaisir à Claire de rencontrer les dames de la région.

— Je ne dirais pas non, admis-je. Ce n'est pas que je n'aie pas suffisamment à faire ici, mais...

— Mais rien qui vous passionne, interrompit Jocasta avec bienveillance. Il m'a semblé comprendre que la couture n'était pas votre tasse de thé.

Sa main plongea dans le grand panier de laines colorées à ses pieds et cueillit sans hésiter une pelote verte pour poursuivre le châle qu'elle était en train de tricoter. Chaque matin, les pelotes étaient disposées dans un ordre précis, de sorte qu'elle n'ait plus qu'à les compter pour trouver la couleur juste.

— Enfin, pas ce genre de couture, dit Jamie en refermant son livre. C'est surtout le reprisage de la chair humaine qui lui plaît. J'imagine qu'elle doit commencer à s'ennuyer : jusqu'à présent elle n'a eu à traiter qu'un crâne fracassé et des hémorroïdes.

— Très drôle !

Pourtant, il n'avait pas tort. Si j'étais ravie de voir les habitants de la plantation en bonne santé et bien nourris, cela ne laissait pas beaucoup de travail à un médecin. En d'autres termes, je commençais à m'ennuyer. Jamie aussi, mais je préférais ne pas aborder la question avec lui pour le moment.

— J'espère que Marsali va bien, dis-je pour changer de sujet.

Enfin convaincu que Jamie n'aurait pas besoin de son aide pendant un certain temps, Fergus était parti la veille pour Wilmington, d'où il comptait embarquer pour la Jamaïque. Si tout se passait bien, il serait de retour au printemps avec Marsali et le bébé.

— Moi aussi, dit Jamie, j'ai prévenu Fergus que...

Jocasta tourna soudain la tête vers la porte.

— Que se passe-t-il, Ulysse ?

Absorbée par la conversation, je ne l'avais même pas entendu approcher. Une fois de plus, je fus sidérée par l'ouïe de la vieille dame.

— M. Farquard Campbell est ici, annonça doucement le majordome avant de s'effacer.

Farquard Campbell était tellement habitué à la maison qu'il n'attendit pas qu'Ulysse revienne le chercher dans le hall pour l'inviter à passer au salon. Il entra en coup de vent, son chapeau sous le bras.

— Jo, madame Fraser, monsieur Fraser, nous salua-t-il d'un ton bref.

Il avait galopé. Sa veste était couverte de poussière et il semblait en nage, sa perruque de guingois sur sa tête. Jocasta se redressa dans son fauteuil.

— Qu'y a-t-il, Farquard ? Il est arrivé quelque chose ?

— Oui. Un accident à la scierie. Je suis venu demander à Mme Fraser...

— Mais bien sûr, dis-je aussitôt. Je vais chercher mon coffret. C'est grave ?

J'enfilai en hâte les mules que j'avais enlevées. Je n'étais pas habillée pour monter à cheval mais, à en juger par l'allure de Campbell, je n'avais pas le temps de me changer.

Il avança une main pour m'arrêter dans mon élan.

— Assez, oui, mais il n'est pas nécessaire que vous veniez, madame. Si votre mari veut bien se charger de vos affaires. Il faudrait quelques pansements et...

— Mais non, je vais y aller moi-même, insistai-je.

— Non !

Son ton déterminé nous fit tous sursauter et il parut embarrassé.

— C'est que... ce n'est pas un endroit pour une dame. En revanche, monsieur Fraser, si vous vouliez bien m'accompagner, je vous en serais reconnaissant.

Jocasta était debout avant que je puisse protester, agrippant Campbell par le bras.

— Mais enfin de quoi s'agit-il ? s'énerva-t-elle. C'est un de mes nègres ? Byrnes a encore commis une bêtise ?

Elle le dépassait de quelques centimètres et il devait lever le nez pour lui répondre. Il avait les traits tendus, ce qu'elle sentait sans doute, car ses doigts s'enfoncèrent dans la serge grise de sa manche. Il scruta Ulysse, puis Jocasta. Le majordome comprit le message et s'éclipsa discrètement.

— Du sang a été versé, Jo, expliqua Campbell. Je ne sais pas qui, ni comment, ni même si c'est grave. C'est MacNeill qui a envoyé son fils m'avertir. Mais pour ce qui est de l'autre...

Il hésita, haussa les épaules.

— C'est la loi, acheva-t-il.

— Vous êtes juge ! explosa-t-elle. Bon sang, faites quelque chose !

— Je ne peux rien !

Se reprenant, Campbell ajouta sur un ton plus doux :

— Non, ma chère, vous savez bien que, même si je le pouvais...

— Si vous le pouviez, vous ne remueriez pas le petit doigt, coupa-t-elle, dépitée.

Elle le libéra et recula d'un pas, serrant les poings.

— Allez, ils vous ont appelé pour être leur juge, alors allez leur donner votre jugement.

Elle pivota sur ses talons et quitta la pièce, ses jupes bruissantes de rage et d'impuissance.

Il la regarda s'éloigner et tiqua en l'entendant claquer une porte derrière elle.

— J'hésite à vous demander un tel service alors que nous nous connaissons à peine, monsieur, dit-il à Jamie. Mais votre présence me serait d'un grand secours. Mme Cameron ne pouvant nous accompagner, vous la représenterez.

— Mais devant qui, monsieur Campbell ?

Celui-ci me lança un regard indiquant qu'il souhaitait que je disparaisse. Comme je restais plantée là, il poussa un soupir résigné et sortit un mouchoir de sa manche pour s'éponger le visage.

— La loi de cette colonie veut que, lorsqu'un nègre agresse un Blanc et verse son sang, on l'abatte. Les cas sont rares, heureusement, mais cela arrive.

Il s'interrompit, serra les lèvres, rangea son mouchoir et se redressa.

— Je dois y aller. Vous venez ?

Jamie hésita un instant.

— Oui, dit-il brusquement.

Il se dirigea vers la commode et ouvrit le premier tiroir où feu Hector Cameron gardait ses pistolets de duel.

Inquiète, j'interrogeai Campbell :

— C'est dangereux ?

— Je ne saurais vous le dire, madame Fraser. Tout ce que je sais, c'est qu'il y a eu une altercation à la scierie et qu'on a fait appel à la loi du sang. Donald MacNeill m'a demandé de me rendre immédiatement à la scierie pour prononcer le jugement et être présent pendant l'exécution. Il a filé prévenir les autres planteurs avant que j'aie pu obtenir de plus amples détails.

— L'exécution ? Vous voulez dire que vous allez exécuter un homme sans même savoir ce qu'il a fait ?

Dans mon agitation, je venais de renverser le panier de laine de Jocasta. Les pelotes se répandirent dans la pièce, rebondissant sur le tapis.

— Mais je sais ce qu'il a fait, madame Fraser ! s'impatienta Campbell. Pardonnez-moi si je vous parais brutal, mais vous êtes une nouvelle venue ici. Certaines de nos règles vous sembleront peut-être cruelles, voire barbares, mais...

— « Barbare » est le mot juste ! Quel genre de loi condamne un homme...

— Un esclave !

— Un homme !... le condamne sans un procès, sans même une enquête ? Quel genre de loi est-ce donc ?

— Une mauvaise loi, madame, j'en conviens, mais c'est néanmoins la loi et je suis chargé de la faire respecter. Vous êtes prêt, monsieur Fraser ?

Il enfonça son chapeau sur sa tête d'un geste sec et se tourna vers Jamie.

— Je suis prêt, répondit ce dernier en glissant les pistolets dans les poches de sa veste. *Sassenach*, tu veux bien...

Je vins me placer devant lui et lui agrippai le bras avant qu'il ait eu le temps de terminer sa phrase.

— Jamie, je t'en prie ! N'y va pas. Je ne veux pas que tu participes à cette mascarade.

Il posa une main sur la mienne et la pressa, me fixant droit dans les yeux.

— Chut, calme-toi. J'y suis déjà mêlé, que je le veuille ou non. Cela s'est passé sur le domaine de ma tante, ce sont ses hommes. M. Campbell a raison, en tant que parent de la propriétaire, mon devoir est d'y aller... enfin, d'être présent.

Il sembla sur le point de dire autre chose mais se ravisa.

— Alors je vais avec toi.

J'avais parlé avec ce détachement étrange qui accompagne souvent la prescience d'un désastre imminent.

Ses lèvres réprimèrent un sourire.

— Je m'y attendais, *Sassenach*. Va chercher ton coffret. Je vais te faire seller un cheval.

Sans écouter les protestations de M. Campbell, je courus vers l'herboristerie, et mes mules claquèrent sur les dalles comme un cœur palpitant.

Andrew MacNeill avait laissé son cheval se reposer à l'ombre d'un noyer et nous attendait sur le bord de la route. En entendant les sabots de nos montures, il sortit du sous-bois. Il salua Campbell d'un signe de tête et son regard s'arrêta sur moi.

— Vous ne lui avez donc pas dit, Campbell ? Ce n'est pas une affaire de femmes.

— Vous avez bien expliqué qu'il y avait eu effusion de sang, non ? intervint Jamie. Ma femme est *ban-lighiche*. Elle a fait la guerre avec moi et en a vu d'autres. Si vous voulez que je vienne, il faudra l'accepter.

MacNeill pinça les lèvres et n'insista pas. Il tourna brusquement les talons, remonta en selle et nous reprîmes la route, Campbell se glissant adroitement entre les chevaux de MacNeill et de Jamie.

— Racontez-nous ce qui est arrivé au juste, MacNeill, demanda-t-il.

Le planteur avait son chapeau enfoncé sur sa tête, ses bords parallèles à ses épaules, comme s'il l'avait mis avec un niveau de charpentier. MacNeill était un homme carré, tant dans son aspect physique que dans ses propos.

L'histoire était simple. Le contremaître de la scierie, Byrnes, s'en était pris à l'un des esclaves de la fabrique de térébenthine. Ce dernier, armé du long couteau qui servait à entailler les écorces d'arbres, avait voulu résoudre le problème en décapitant Byrnes. Il n'était heureusement parvenu qu'à lui couper une oreille.

— Il l'a écorché comme un pin, dit MacNeill non sans une certaine satisfaction. Il lui a enlevé une esgourde et une petite partie de la joue. Non pas que ça l'ait enlaidi ! Ce bougre avait déjà l'air d'un crapaud.

Manifestement, ce Byrnes n'avait pas la faveur des planteurs de la région.

Le contremaître avait crié au secours et, avec l'aide de deux clients et de plusieurs esclaves, était parvenu à maîtriser son agresseur. Une fois l'esclave enfermé dans une remise, le jeune Donald MacNeill, qui était venu chercher une lame de scie et s'était retrouvé au beau milieu de la mêlée, avait été dépêché pour transmettre la nouvelle dans les plantations voisines.

Campbell se retourna sur sa selle pour expliquer à Jamie :

— Quand un nègre est condamné à mort, on fait venir tous les esclaves des environs pour assister à son exécution. Afin de montrer l'exemple, vous comprenez ? Au cas où ils auraient des idées...

— Je comprends, répondit poliment Jamie. Je crois que les Anglais avaient la même idée en tête quand ils ont fait décapiter mon grand-père sur Tower Hill après le Soulèvement. Je dois dire que c'est un principe très efficace. Depuis, ils n'ont plus jamais eu à se plaindre de mes parents.

J'avais assez vécu parmi des Ecossais pour mesurer l'effet de cette petite boutade. Jamie était peut-être venu à la demande de Campbell, mais le petit-fils du Vieux Renard n'était pas du genre à se laisser donner des ordres... et n'avait pas forcément la loi anglaise en très haute estime.

En tout cas, MacNeill avait saisi le message. Sa nuque s'empourpra. Farquard Campbell, lui, parut amusé.

— Vous savez de quel esclave il s'agit, MacNeill ? demanda-t-il.

— Donald ne me l'a pas dit. Mais vous vous en doutez autant que moi, ce ne peut être que Rufus.

Les épaules de Campbell s'affaissèrent et il secoua la tête d'un air navré.

— Jo va avoir beaucoup de peine, murmura-t-il.

— Elle ne pourra s'en prendre qu'à elle-même, rétorqua MacNeill. Ce Byrnes serait incapable de diriger une porcherie, alors des nègres, vous pensez ! Je le lui ai souvent dit. Vous aussi, d'ailleurs.

— Oui, mais c'est Hector qui l'a engagé, pas Jo, protesta faiblement Campbell. Elle ne pouvait tout de même pas le flanquer à la porte ! Que voulez-vous qu'elle fasse ? Qu'elle monte à la scierie la diriger elle-même ?

MacNeill émit un grognement sourd.

— Il n'y a rien de pire que les femmes qui veulent des responsabilités, bougonna-t-il. S'il leur arrive malheur, c'est qu'elles l'ont bien cherché.

Je crus bon d'intervenir en haussant la voix.

— Je suppose que quand le malheur leur arrive par la faute d'un homme, la satisfaction de savoir qu'elles ne sont pas responsables doit leur suffire.

Jamie sourit. Campbell éclata de rire et donna un léger coup de cravache dans les côtes de MacNeill qui, lui, ne riait pas du tout.

— Elle vous a bien coincé, hein ? lança Campbell.

Après cela, nous chevauchâmes en silence ; MacNeill rentra la tête dans les épaules.

Bien que gratifiant, cet échange n'atténua en rien ma nervosité. Mon estomac était noué à l'idée de ce que nous allions trouver à la scierie. Malgré leur antipathie évidente à l'égard de Byrnes et leur certitude que ce qui s'était passé était la faute du contremaître, rien dans les propos des deux hommes ne permettait d'entrevoir que l'esclave serait épargné.

Une mauvaise loi, avait reconnu Campbell. Mais la loi était la loi. Cependant, ce n'était ni l'outrage ni l'horreur devant une telle atrocité judiciaire qui faisaient trembler mes mains moites, c'était la perspective de ce que ferait Jamie.

Son visage ne laissait rien deviner. Il paraissait détendu, tenait les rênes de sa main gauche ; la droite était posée sur sa cuisse, là où l'un des pistolets formait une bosse sous le pan de sa veste.

Le fait qu'il m'ait autorisée à l'accompagner n'était pas forcément rassurant. Cela signifiait sans doute qu'il n'avait pas l'intention de commettre un acte de violence, mais, dans ce cas, allait-il assister à l'exécution sans réagir ?

Si oui... ?

J'avais la bouche sèche, le nez et la gorge remplis de la poussière brune soulevée par les sabots des chevaux.

J'y suis déjà mêlé, que je le veuille ou non. Mêlé à quoi, au juste ? Aux affaires de famille, certes, mais à cela ? Les Highlanders étaient toujours prêts à se battre jusqu'à la mort pour une cause qui touchait leur honneur ou échauffait leur sang, mais ils se souciaient peu de ce qui ne les concernait pas directement. Des siècles d'isolement dans leurs montagnes lointaines les avaient rendus peu enclins à s'occuper des affaires des autres.

Campbell et MacNeill semblaient considérer que cela le touchait de près. Mais lui, qu'en pensait-il ? Jamie n'était pas un Highlander vivant dans un coin de montagne isolé, me rassurai-je. Il avait voyagé, suivi des études, il était cultivé. En outre, il connaissait pertinemment mon opinion quant à cette affaire ! Néanmoins, j'avais l'horrible pressentiment que cela ne pèserait pas lourd dans la balance.

C'était un après-midi chaud et sans vent. Les cigales chantaient dans les hautes herbes sur le bord de la route. Pourtant, j'avais les doigts glacés autour des rênes. Nous avions déjà dépassé plusieurs groupes d'esclaves en marche vers la scierie. Aucun d'eux ne levait les yeux lorsque nous passions. Ils se contentaient de monter sur le talus tête baissée pour s'effacer devant nous.

Le chapeau de Jamie se heurta à une branche basse et s'envola. Je le rattrapai au vol et le lui remis sur la tête, mais pas avant d'avoir entr'aperçu son visage. Avec un choc, je me rendis compte qu'il ne savait pas plus que moi ce qu'il comptait faire, et cela m'inquiéta encore plus que le reste.

Nous entrâmes enfin dans la pinède. Les feuilles jaune-vert des noyers et des aulnes cédèrent la place à des tons plus sombres et plus froids, comme si nous nous enfoncions dans les profondeurs calmes d'un océan.

Je me retournai pour vérifier mon coffret de médecine attaché à l'arrière de ma selle, me préparant au seul rôle qu'on me laisserait jouer dans cette sinistre comédie. Je ne pouvais les empêcher de s'entre-tuer, mais je pouvais réparer les dégâts. Désinfecter et purifier... j'avais un flacon d'alcool distillé et une lotion à base d'ail et de menthe. Bander les plaies... oui, j'avais pris mes bandelettes de lin... mais avant cela, il faudrait sûrement recoudre.

Soudain, je m'arrêtai. Le bourdonnement que j'entendais ne venait pas des cigales. Campbell, qui ouvrait la voie, tira sur ses rênes et tendit l'oreille.

Il y avait des voix au loin, beaucoup de voix. Elles formaient un bruit sourd et menaçant, comme un essaim d'abeilles tourbillonnant autour d'une ruche renversée. Puis je perçus des cris étouffés, suivis de l'écho d'un coup de feu.

Nous dévalâmes la dernière pente au galop, en esquivant les branches, et déboulâmes en trombe dans la clairière devant la scierie. Elle était noire de monde : esclaves, ouvriers, femmes et enfants se bousculaient, courant dans tous les sens entre les piles de bois comme des termites soudain exposés au grand air par un coup de hache.

Je cessai de voir la foule. Toute mon attention se fixait sur le côté du bâtiment principal où se dressait un palan de bois, équipé d'un crochet destiné à hisser les troncs d'arbres sur la plate-forme de la grande scie.

Le corps d'un homme noir, empalé sur le crochet, se tortillait comme un ver. A ses pieds, j'apercevais une mare de sang.

Mon cheval s'était arrêté, bloqué par la foule. Les cris avaient cessé et l'on n'entendait plus que des gémissements et des sanglots de femmes. Je vis Jamie sauter à terre et se frayer un chemin jusqu'à la plate-forme. Campbell et MacNeill l'encadraient, repoussant sans ménagement ceux qui obstruaient leur chemin.

Je restai figée sur ma selle, incapable de bouger. D'autres hommes se trouvaient sur la plate-forme près du palan. L'un d'eux avait la tête bandée d'une manière grotesque, le linge maculé de taches rouges. Plusieurs autres, des Blancs et des mulâtres, armés de gourdins et de mousquets, faisaient des gestes menaçants vers la foule.

Pourtant, celle-ci ne faisait pas mine de prendre la plate-forme d'assaut, loin de là. Le mouvement général allait plutôt dans le sens opposé. Les visages autour de moi étaient marqués par des expressions allant de la terreur à la consternation, avec, ici et là seulement, quelques traces de colère, voire de satisfaction.

Farquard Campbell fut le premier à monter sur la plate-forme, aidé par McNeill. Il avança aussitôt vers les hommes armés, vociférant et décrivant des moulinets avec ses bras. Jamie s'agrippa au rebord de la plate-forme et grimpa à son tour, puis tendit la main pour tirer MacNeill.

Campbell se planta face à Byrnes, ses maigres joues gonflées par la fureur.

— ... d'une brutalité sans borne ! l'entendis-je hurler.

Ses paroles me parvenaient par bribes, étouffées par les murmures et le vacarme autour de moi, mais je le vis pointer un doigt accusateur vers le palan et sa charge monstrueuse. L'esclave avait cessé de se débattre et se balançait doucement, inerte.

Je ne voyais pas le visage du contremaître, mais son corps était tendu dans une attitude de défi. Plusieurs hommes s'approchèrent de lui, apparemment dans l'intention de prendre sa défense.

Jamie se tint à l'écart quelques instants, évaluant la situation. Puis il sortit les deux pistolets, les arma calmement, avança vers le contremaître et en pointa un vers son crâne. Byrnes ouvrit la bouche, médusé.

Jamie se tourna vers l'homme le plus proche et, de son autre arme, lui indiqua l'esclave empalé.

— Descendez-le, ordonna-t-il, ou je fais sauter ce qui reste de la tête de votre ami. Ensuite...

Il pointa le second pistolet sur la poitrine de son interlocuteur. L'expression de son visage laissait entendre qu'il était inutile de tergiverser.

A contrecœur, l'homme abaissa le levier de blocage du palan. Le crochet descendit lentement, son câble tendu par le poids de sa charge. La foule poussa un soupir collectif de soulagement lorsque le corps toucha terre.

Entre-temps, j'étais parvenue à m'approcher. Je n'étais plus qu'à quelques mètres du malheureux. Mon cheval hennit et se mit à s'ébrouer, refusant d'avancer, effrayé par l'odeur du sang. Je glissai à terre et décrochai mon coffret.

Dès lors, mon esprit se mit à fonctionner avec cette clarté qui est la seule ressource du chirurgien quand il faut s'y mettre. Je ne prêtai plus la moindre attention aux bruits autour de moi ni à la présence des spectateurs.

Je me penchai au-dessus de l'esclave. Il était encore en vie. Sa poitrine se soulevait par saccades. Le crochet avait transpercé l'estomac, traversant le bas de la cage thoracique et ressortant au niveau des reins. Sa peau était d'un bleu-gris irréel, ses lèvres couleur d'argile. Ses yeux fixaient le vide, les pupilles dilatées.

Il ne saignait pas de la bouche. Les poumons n'étaient donc pas perforés. Sa respiration était faible et sifflante, mais régulière. Le diaphragme n'était pas atteint. Je palpai doucement son torse, essayant de reconstituer le trajet du crochet dans son corps. Le sang suintait des deux côtés, se déversant en vagues régulières sur les muscles noueux de son ventre et de son dos, luisant comme des rubis sur de l'acier poli. Il ne jaillissait pas, c'était donc que le crochet avait évité à la fois l'aorte abdominale et l'artère rénale.

Derrière moi, une discussion animée venait d'éclater. Une part de mon esprit enregistra avec détachement que les compagnons de Byrnes étaient aussi contremaîtres dans deux plantations voisines. Campbell était en train de leur passer un sérieux savon.

— ... le plus profond mépris de la loi ! hurlait-il. Vous allez en répondre devant le tribunal, messieurs, croyez-moi !

— Et alors ? grogna quelqu'un. Il y a eu effusion de sang... et mutilation par-dessus le marché ! Byrnes est parfaitement dans son droit !

— Ce n'est pas à vous d'en juger ! intervint MacNeill. Vous n'êtes qu'une bande de gueux ! Vous ne valez pas la...

— Qui t'a demandé ton avis, toi, l'Ecossais ? Qu'est-ce que tu viens foutre ton nez dans nos affaires ?

— Tu as besoin de quelque chose, *Sassenach* ?

Je sursautai, découvrant Jamie accroupi à mon côté. Il tenait toujours son pistolet à la main et surveillait d'un œil le groupe derrière moi.

— Je ne sais pas encore.

L'homme que j'examinais avait peut-être encore une vague chance de s'en sortir, malgré ses horribles blessures. D'après ce que je pouvais sentir du bout des doigts, la pointe du crochet était remontée à travers le foie. Le rein droit était probablement endommagé, le jéjunum et la vésicule biliaire entaillés, mais rien de tout cela ne le tuerait... pour le moment.

C'était surtout l'état de choc qui risquait de l'achever. Je voyais une veine battre sous la peau de son ventre, juste au-dessus de l'endroit où ressortait le crochet. Le pouls était rapide, mais régulier comme un roulement de tambour. Il avait perdu beaucoup de sang mais il lui en restait encore assez.

Un sentiment troublant m'envahit. J'avais peu de chances de pouvoir le maintenir en vie. J'imaginais déjà toutes les complications qui pouvaient survenir, à commencer par l'hémorragie lorsque je tenterais de lui enlever le crochet. Hémorragie interne, choc post-opératoire, perforation intestinale, péritonite... et pourtant.

A Prestonpans, j'avais vu un guerrier traversé de part en part par une épée. Celle-ci avait transpercé plus ou moins les mêmes organes que le crochet. Pour tout traitement, l'homme n'avait reçu qu'un bandage noué autour du ventre... et il s'en était remis.

— Des hors-la-loi ! hurlait Campbell derrière moi. C'est intolérable, quelle que soit la nature du délit. Je vais m'occuper de vous, vous allez voir !

Personne ne prêtait attention au véritable objet du débat. Quelques minutes seulement s'étaient écoulées... et il ne me restait plus que quelques secondes pour agir. Je posai une main sur le bras de Jamie, attirant son attention.

— Si je le sauve, chuchotai-je, ils le laisseront vivre ?

Ses yeux parcoururent les visages des hommes derrière nous, calculant les probabilités.

— Non, dit-il enfin.

Nos regards se croisèrent, lourds de sens. Il redressa les épaules et posa son pistolet sur sa cuisse. Je ne pouvais l'aider à prendre sa décision. Il ne pouvait m'aider à prendre la mienne, mais il me défendrait, quoi que je fasse.

— Passe-moi le troisième flacon de la rangée du haut, dis-je en lui indiquant mon coffret.

J'avais deux flacons d'eau-de-vie et un troisième d'alcool pur. Je versai une bonne dose de la poudre brune de Rawlings dans l'eau-de-vie et agitai vigoureusement le flacon. Puis je soulevai la tête de l'esclave et le pressai contre ses lèvres.

Je tentai de regarder dans ses yeux vides et l'appelai par son prénom. J'aurais tant voulu qu'il me voie ! Pourquoi ? pensai-je. Je ne lui avais pas demandé son avis, j'avais fait le choix à sa place. A présent, je ne pouvais plus quémander son approbation ni son pardon.

Il déglutit, une fois, deux fois. Les commissures de ses lèvres tremblèrent. Des gouttes d'eau-de-vie lui coulèrent sur le menton. Il avala une dernière fois convulsivement, puis les muscles de sa nuque se détendirent et sa tête reposa sur mon bras.

J'attendis les yeux fermés, soutenant sa tête, mes doigts sur une veine derrière l'oreille. Le pouls sauta un battement puis réapparut. Un frisson parcourut son corps, sa peau frémissait comme si un millier de fourmis s'y promenaient.

La description du cahier résonnait dans mon crâne.

« *Insensibilité. Démangeaisons. Sensations d'insectes courant sur la peau. Nausée. Douleur épigastrique. Pouls faible et irrégulier. Néanmoins, l'esprit reste lucide.* »

A l'œil nu, aucun des symptômes visibles ne se distinguait de ceux qu'il présentait déjà.

Un millième de gramme tuait un moineau en quelques secondes. Six centièmes achevaient un lapin en cinq minutes. On dit que l'aconit est le poison que Médée versa dans la coupe qu'elle destinait à Thésée.

J'essayais de ne plus entendre ni sentir, hormis la pulsation saccadée sous mes doigts.

« *Néanmoins, l'esprit reste lucide.* »

Oh, mon Dieu, pensai-je, *c'est vrai !*

12

Le retour de John Quincy Myers

Durement ébranlée par les événements à la scierie, Jocasta insista néanmoins pour organiser la soirée qu'elle avait prévue.

— Cela nous fera penser à autre chose, dit-elle avec fermeté.

Elle avança la main vers moi et palpa ma manche en mousseline d'un air critique.

— Je vais demander à Phaedre qu'elle vous couse une nouvelle robe. Cette petite a des doigts de fée.

J'avais envie de lui dire qu'il faudrait plus qu'une nouvelle robe et quelques mondanités pour me faire penser à autre chose, mais un regard de Jamie m'informa qu'il valait mieux me taire.

En fin de compte, étant donné le peu de temps dont nous disposions et l'absence d'un tissu approprié, elle décida plutôt de faire ajuster l'une de ses robes à ma taille.

— Alors, quel effet a cette robe sur elle, Phaedre ? demanda-t-elle lors de la première séance d'essayage. Elle fera l'affaire ?

— Mmmoui... fit Phaedre, la bouche pleine d'aiguilles.

Elle en piqua trois en succession rapide, recula d'un pas, remonta un pli au niveau de la taille et recula de nouveau.

— Ça ira très bien, conclut-elle. Elle est plus petite que vous, madame Jo, et elle a la taille plus fine. Mais ses seins sont plus gros.

— Tu n'as qu'à ouvrir le corset et y ajouter une bande de dentelle de Valenciennes sur un champ de soie verte... Prends un morceau de la vieille robe de chambre d'Hector, ce devrait être la bonne couleur.

Elle effleura la manche en superbe taffetas vert émeraude.

— Rajoute aussi une bande de soie verte sur le décolleté, cela mettra sa poitrine en valeur.

Ses longs doigts pâles coururent sur le rebord du décolleté de la robe, s'attardant nonchalamment sur le haut de mes seins. Ils étaient frais et à peine perceptibles, mais je faillis faire un bond en arrière.

— Vous avez une remarquable mémoire des couleurs, dis-je, un peu tendue.

— Oh, je me souviens fort bien de cette robe.

Elle caressa doucement la jupe.

— Un jour que je la portais, un gentleman m'a dit que je lui faisais penser à Perséphone, l'incarnation du printemps.

Un sourire tendre éclaira un instant son visage tandis qu'elle se remémorait la scène, puis elle retrouva son air autoritaire.

— Au fait, de quelle couleur sont vos cheveux ? J'ai oublié de vous le demander. A votre voix, je vous imagine plutôt blonde mais, finalement, je n'en sais rien. Ne me dites pas que vous êtes brune avec la peau mate !

— Ils sont plus ou moins châtains, répondis-je en tripotant machinalement une mèche. Ils sont moins brillants qu'autrefois, avec des éclats plus clairs.

Elle fronça les sourcils, semblant se demander si le châtain était une couleur acceptable. Incapable de décider, elle questionna la servante :

— Dis-moi, Phaedre, de quoi a-t-elle l'air ?

La servante recula et m'examina attentivement. Je compris que, comme tous les domestiques de la maison, elle avait l'habitude de faire des descriptions détaillées à sa maîtresse. Les yeux noirs me parcoururent des pieds à la tête, s'arrêtant longuement sur mon visage. Enfin, elle ôta deux aiguilles de sa bouche avant de donner son verdict :

— Elle est bien, madame Jo. Très bien. Elle a la peau blanche, comme du lait écrémé. Ça ira parfaitement avec le vert vif de la robe.

— Mmm... Oui, mais le jupon est ivoire. Si elle a la peau trop claire, elle aurait l'air délavée.

Je ne trouvais pas très agréable d'être discutée ainsi comme un objet d'art... ou un bibelot qui aurait quelques défauts, mais je ravalai mes objections.

Phaedre secoua la tête, résolue.

— Non, madame Jo. Elle ne fait pas délavée. Elle a une bonne ossature qui projette des ombres. Et puis, elle a les yeux marron... attention, pas marron comme de la boue. Vous vous souvenez de ce livre, celui rempli d'images d'animaux étranges ?

— Tu veux parler de *Récits d'explorations dans le sous-continent indien* ? Oui, très bien. Ulysse me l'a relu le mois dernier. Tu es en train de me dire que Mme Fraser ressemble à l'une des illustrations ?

Elle éclata de rire.

— Mouais... dit Phaedre sans me quitter des yeux. Elle ressemble à un gros chat. Comme ce tigre, là, celui qui regarde entre les feuilles.

Jocasta parut prise de court un instant, mais retrouva son sourire.

— Vraiment ? dit-elle.

Elle se remit à rire, mais elle évita de me toucher à nouveau.

Je me tenais au bas des escaliers, lissant la soie rayée de mon bustier. La réputation de Phaedre était fondée, la robe m'allait à merveille, et les bandes de satin vert émeraude formaient un magnifique contraste avec les tons d'ivoire.

Fière de son épaisse chevelure, Jocasta ne portait pas de perruque. Par conséquent, elle n'insista pas pour que j'en porte une. Phaedre avait voulu me blanchir les cheveux avec de la poudre de riz, ce à quoi je m'étais opposée. Sans cacher ce qu'elle pensait de mon goût douteux en matière de mode, elle dut se contenter de nouer mes mèches en chignon avec des rubans de soie blanche.

Je ne savais pas trop pourquoi j'avais également résisté à ses tentatives de me couvrir de breloques diverses et variées. Peut-être était-ce par goût pour le style dépouillé, à moins qu'il ne s'agisse d'une objection plus subtile envers l'idée d'être transformée en objet, décorée comme un sapin de Noël pour servir les intérêts de Jocasta. En tout état de cause, je refusai tout ornement, hormis mon alliance, une paire de boucles d'oreilles en perles et un ruban de velours vert autour du cou.

Ulysse descendit les marches derrière moi, impeccable dans sa livrée. En entendant le bruissement de ma jupe, il s'arrêta au milieu de l'escalier. Ses yeux s'écarquillèrent avec une lueur appréciative et je baissai timidement les yeux en souriant niaisement, comme une jeune fille qui se sent admirée. Puis il sursauta et je redressai la tête. Il avait toujours les yeux grands ouverts, mais avec une expression de peur, cette fois. Sa main serrait convulsivement la rampe.

— Pardonnez-moi, madame, marmonna-t-il d'une voix étranglée.

Il dévala les dernières marches et passa en trombe devant moi, tête baissée, filant vers la galerie qui menait aux cuisines en faisant claquer la porte derrière lui.

— Qu'est-ce qui lui prend ? murmurai-je.

Puis je me souvins.

A force de vivre seul avec une maîtresse aveugle et sans maître de maison, il s'était laissé aller. Il avait momentanément oublié l'indispensable règle de base que devait respecter un esclave s'il voulait survivre dans ce monde de Blancs, sa seule protection : le masque vide de toute expression, sur lequel on ne devait jamais lire la moindre pensée.

Je compris alors sa terreur. Si ce regard direct et franc avait été intercepté par une autre que moi... J'en eus les mains moites, me souvenant d'une certaine odeur de térébenthine et de sang.

Mais personne d'autre ne l'avait vu, me rassurai-je. Il avait eu peur, mais il ne courait aucun danger. Je ferais comme s'il ne s'était rien passé... d'ailleurs, il ne s'était rien passé...

Un bruit dans l'escalier attira mon attention. Je levai les yeux et oubliai mes préoccupations.

Jamie n'avait plus mis de kilt depuis Culloden, mais son corps n'avait pas oublié comment le porter.

— Oh ! fis-je.

Il me sourit de toutes ses dents et exécuta un rond de jambe qui fit briller la boucle d'argent de ses souliers. Ensuite il se redressa et tourna sur lui-même, et son plaid virevolta. L'espace d'un instant, je le revis tel qu'il était le jour de notre mariage. Il portait un tartan semblable à celui qu'il avait à présent, avec de grands carreaux noirs sur un fond écarlate, retenu à l'épaule par une broche d'argent et retombant jusqu'aux mollets.

— Votre serviteur, madame, me déclara-t-il.

— Tu es magnifique ! soufflai-je, la gorge nouée.

— Ça peut aller, répondit-il sans fausse modestie. C'est l'avantage du plaid, il n'y a pas de retouche à faire.

— C'est celui d'Hector Cameron ?

J'osais à peine le toucher tant il était beau. En désespoir de cause, je caressai la garde de son coutelas, surmontée d'une figurine en or ciselé représentant un oiseau en vol.

— A présent, c'est le mien. Ulysse me l'a apporté tout à l'heure, avec les compliments de ma tante.

Une note étrange perçait dans sa voix. En dépit de son plaisir évident à porter le kilt, quelque chose le préoccupait.

— Qu'est-ce qu'il y a ? demandai-je.

Il esquissa un sourire, les sourcils froncés.

— Rien, tout va bien. C'est juste que...

Des pas résonnèrent dans l'escalier et il m'attira à lui pour céder le passage à une esclave portant une haute pile de serviettes. Toute la maisonnée était agitée par les préparatifs de dernière minute. Des râteaux crissaient sur le gravier devant la maison et des odeurs de cuisine flottaient dans l'air tandis qu'on apportait des plats au pas de course dans la salle à manger.

— On ne peut pas parler ici, *Sassenach*, chuchota Jamie. S'il te plaît, surveille-moi pendant le dîner. Si je t'adresse un petit signe, essaie de créer une diversion. Trouve n'importe quoi, renverse ton verre, pâme-toi ou plante ta fourchette dans la cuisse de ton voisin...

Je me sentis soulagée. A son air narquois, je devinais que ce qui le préoccupait n'était pas une question de vie ou de mort.

Une porte s'ouvrit sur la mezzanine et la voix de Jocasta descendit jusqu'à nous. Elle donnait ses derniers ordres à Phaedre.

En l'entendant, Jamie se pencha, m'embrassa puis disparut dans un tourbillon d'étoffe écarlate, se glissant entre deux esclaves portant des plateaux chargés de verres de cristal.

Jocasta s'arrêta sur la dernière marche et tourna la tête dans ma direction, regardant juste au-dessus de mon épaule. J'en eus la chair de poule.

— C'est vous, ma chère Claire ?

— Oui.

J'avançai la main et lui touchai le bras pour lui permettre de me localiser plus précisément.

— J'ai senti l'odeur de camphre de votre robe, expliqua-t-elle en glissant la main sous mon bras. J'ai cru entendre la voix de Jamie. Il est dans les parages ?

— Non, je crois qu'il est sorti accueillir les invités.

— Ah, dit-elle, mi-satisfaite mi-agacée. Je ne suis pas de celles qui se plaignent, mais je ne sais pas ce que je donnerais pour pouvoir le voir dans son plaid, ne serait-ce que quelques instants.

Elle chassa cette idée de son esprit en secouant la tête et les diamants de ses boucles d'oreilles jetèrent mille feux autour d'elle. Elle portait une somptueuse robe bleu nuit qui allait à merveille avec sa chevelure blanche. Sa jupe était brodée de libellules qui semblaient voleter de pli en pli à chaque mouvement.

— Où est Ulysse ?

— Ici, madame.

Il était apparu si discrètement que je ne l'avais pas vu revenir.

Elle quitta mon bras pour le sien en lançant un « Venez ! » et je les suivis docilement vers la terrasse, évitant de justesse deux petits garçons de cuisine portant le centre de table : un porc rôti, présenté entier, ses flancs dodus croustillants à souhait. Il sentait divinement bon.

Je remis un peu d'ordre dans ma coiffure et m'apprêtai à rencontrer les invités de Jocasta, avec la nette impression que c'était moi que l'on présentait sur un plateau d'argent, une pomme entre les dents.

La liste des invités de River Run rassemblait tout le gratin de la vallée du Cape Fear. Les Campbell, les Maxwell, les Buchanan, les MacNeill, les MacEarchen, tous des patronymes des Highlands, plus quelques noms des îles écossaises, les MacNeill de Barra Meadows, les MacLeod de Islay... La plupart des planteurs avaient également donné un nom écossais à leur plantation et avaient gardé leurs manières et leur parler écossais. Les stucs du haut plafond de la salle à manger résonnaient de gaélique.

Plusieurs hommes portaient le kilt, mais aucun n'avait autant d'allure que mon Jamie... qui brillait par son absence. Jocasta murmura quelque chose à Ulysse. Celui-ci fit signe à une servante d'approcher et l'envoya en hâte dans les jardins à demi éclairés par des lanternes, sans doute en quête de Jamie.

Les rares invités qui n'étaient pas écossais sortaient du lot. Il y avait un quaker aux épaules carrées et au sourire doux, répondant au nom pittoresque d'Hermon Husband, un grand type émacié nommé Hunter et, à ma grande surprise, Philip Wylie, impeccablement vêtu, coiffé et poudré.

— Ainsi, je vous retrouve, madame Fraser ! s'exclama-t-il en tenant ma main un peu plus longuement que le protocole ne l'exigeait. Je ne saurais vous dire le plaisir que j'ai à vous revoir.

— Que faites-vous ici ? demandai-je abruptement.

— Je suis venu avec mon hôte, le noble et puissant M. Mac-Neill de Barra Meadows, à qui je viens d'acheter deux superbes étalons gris. Mais aucun cheval sauvage n'aurait pu m'empêcher de venir ce soir, sachant que cette réception était donnée en votre honneur.

Son regard se promena sans vergogne sur mon corps, avec un air de connaisseur qui évalue un bibelot.

— Puis-je me permettre de vous dire que ce vert vous va à ravir ?

— Je pourrais difficilement vous en empêcher.

— Sans parler de la lueur des chandelles sur votre peau d'albâtre.

Tout en caressant mon épaule de son pouce, il se mit à citer :

— *Ton cou est une tour d'ivoire, tes yeux sont deux étangs dans un jardin délicieux...*

— *... Et ton nez est comme la tour du Liban qui regarde vers Damas*, citai-je à mon tour en fixant son grand nez busqué, aristocratique.

Il éclata de rire, mais ne lâcha pas ma main pour autant. Je regardai Jocasta, à quelques mètres. Elle discutait avec un nouvel arrivant mais l'expérience m'avait déjà démontré qu'elle ne perdait pas une miette de ce qui se disait autour d'elle.

— Quel âge avez-vous ? demandai-je à Wylie en essayant de retirer ma main sans avoir l'air de me débattre.

— Vingt-cinq ans, répondit-il, légèrement surpris. Pourquoi ?

— Oh, comme ça. Je tenais juste à ce que vous sachiez que j'ai l'âge d'être votre mère.

Cela ne parut pas le démonter le moins du monde. Au contraire, il porta ma main à ses lèvres et l'embrassa avec ferveur.

— Vous m'en voyez comblé, madame. Puis-je vous appeler maman ?

Ulysse se tenait derrière Jocasta, ses yeux noirs surveillant attentivement l'allée qui menait à l'embarcadère où les invités accostaient les uns après les autres. De temps en temps, il se penchait vers sa maîtresse et lui chuchotait quelque chose à l'oreille. J'extirpai de force ma main de la poigne de Wylie et tapotai sur l'épaule du majordome.

— Ulysse, dis-je avec un sourire charmeur, auriez-vous l'amabilité de veiller à ce que M. Wylie soit placé à côté de moi à table ?

— Mais bien sûr, madame. Je vais m'en occuper.

M. Wylie s'inclina profondément, une main sur le cœur pour exprimer toute sa gratitude, et se laissa pousser vers la maison par l'un des valets. Je lui adressai un petit signe d'adieu de la main, songeant au plaisir que j'aurais à lui enfoncer ma fourchette dans la cuisse le moment venu.

J'ignorais si c'était dû au plus grand des hasards ou à un plan de table bien pensé, mais je me retrouvai entre M. Wylie et le quaker, M. Husband, tandis que M. Hunter, le seul autre invité ne parlant pas gaélique, était assis en face de moi. Nous formions ainsi un îlot anglophone au milieu d'une mer gaélique.

Jamie était réapparu au dernier moment et présidait à présent à un bout de la table, avec Jocasta à sa droite. Pour la millième fois, je me demandai ce qui se tramait. Je l'avais observé depuis le début du repas, une fourchette à portée de la main, prête à intervenir, mais nous en étions au troisième plat et il ne se passait toujours rien.

Ayant échoué à accaparer mon attention pendant les deux premiers plats, M. Wylie entama la conversation avec mon voisin de gauche, ce qui lui donnait un bon prétexte pour se pencher vers moi et me frôler.

— Je m'étonne qu'un homme tel que vous assiste à de pareilles réjouissances, monsieur Husband. Vous n'êtes pas choqué par tant de frivolité ?

— Même les quakers doivent se nourrir, mon cher Wylie, répondit Hermon Husband avec un sourire. Mme Cameron m'a déjà accordé son hospitalité à plusieurs reprises et je ne vais tout de même pas refuser cet honneur sous prétexte qu'elle l'accorde aussi à d'autres.

Se tournant vers moi, il reprit le fil de notre conversation interrompue.

— Vous m'interrogiez au sujet des Régulateurs, madame. Mais je vous conseille d'adresser vos questions à M. Hunter, car si les Régulateurs jouissent aujourd'hui d'une certaine autorité, c'est en partie grâce à lui.

— Vous me flattez, dit Hunter en inclinant la tête.

C'était un grand homme à la mâchoire carrée, vêtu plus sobrement que la plupart des invités, bien qu'il ne fût pas quaker. M. Husband et lui voyageaient ensemble, depuis Wilmington, en direction de leurs domaines respectifs, situés dans l'arrière-pays. Songeant à la proposition du gouverneur Tyron, je tenais à en apprendre le plus possible sur la région.

— Nous ne sommes encore qu'une assemblée un peu vague, précisa M. Hunter avec modestie. En vérité, je serais bien mal venu de revendiquer le moindre titre, si ce n'est que j'ai la chance de posséder une propriété assez bien placée pour servir de lieu de rassemblement.

Wylie s'essuya les lèvres, veillant à ne pas faire tomber sa mouche, avant de lancer :

— On raconte partout que les Régulateurs ne sont que des mécréants, des hommes sans loi n'hésitant pas à user de violence à l'encontre des vrais représentants de la Couronne.

— Je vous assure que ce n'est pas notre cas, répondit M. Husband.

Je m'étonnai de le savoir associé aux Régulateurs. Sans doute le mouvement n'était-il pas aussi radical que le prétendait Wylie.

— Nous ne voulons que la justice et c'est là une chose qu'on ne peut obtenir par la violence, bien au contraire. « Lorsque la violence pointe son nez, la justice prend ses jambes à son cou », c'est bien connu.

Wylie se mit à rire.

— La justice *devrait* prendre ses jambes à son cou ! C'est exactement l'impression que j'ai eue en discutant l'autre jour avec le juge Dodgson. A moins que M. Dodgson ne se soit trompé en croyant reconnaître les ruffians qui ont envahi sa chambre, l'ont assommé et l'ont traîné par les pieds jusque dans la rue ?

Hunter vira au rouge vif en dépit de son hâle et ses doigts se crispèrent sur le pied de son verre. Je lançai un regard vers Jamie, pensant que c'était là un bon moment pour faire diversion, mais il n'y eut aucun signal de sa part.

— M. le juge Dodgson, déclara-t-il en contenant à peine sa colère, n'est qu'un usurier, un voleur, la honte de sa profession, et...

Depuis un certain temps, j'entendais des bruits confus au-dehors, que j'attribuais à la panique qui devait régner dans les cuisines, séparées du corps principal du bâtiment par une galerie couverte. Peu à peu, les bruits se firent plus précis et je reconnus soudain une voix familière qui détourna mon attention.

— Duncan !

Je me levai de mon siège et toutes les têtes se tournèrent vers moi. Des ombres passèrent devant les portes-fenêtres grandes ouvertes et l'on entendit des voix s'interpellant, se disputant, s'exhortant.

Autour de la table, tout le monde se tut et étira le cou pour voir ce qui se passait. Jamie repoussa sa chaise mais avant qu'il n'ait eu le temps d'intervenir, une apparition surgit sur le seuil de la terrasse.

C'était John Quincy Myers, l'homme des montagnes, qui remplissait l'ouverture de la porte-fenêtre de haut en bas et de droite à gauche. Il se tenait au chambranle, respirant bruyamment, une bouteille à la main, balayant les convives d'un regard trouble.

Puis il m'aperçut et son visage se plissa en une horrible grimace.

— Aha ! Vous voilà ! J'en étais sûûûûr. Ce con de Duncan me disait que nooon, mais... hic !... mais moi, j'ai dit que siii. Vous avez dit que je devais bouaire avant de me décou... houper. Eh ben, voilà ! J'ai bu...

Il leva haut sa bouteille avant de préciser, au cas où nous n'aurions pas compris :

— ... comme un trouououou !

Il avança d'un pas dans la pièce, s'affala face la première sur le tapis et ne bougea plus.

Duncan apparut devant la porte-fenêtre. Il n'avait pas l'air en très bon état, lui non plus. Sa chemise était déchirée et il avait un début d'œil au beurre noir. Il baissa les yeux vers le corps étendu à ses pieds, avec un regard navré vers Jamie.

— J'ai fait tout ce que j'ai pu pour l'empêcher de venir, *Mac Dubh*.

Je quittai la table et rejoignis Myers en même temps que Jamie, suivie par un raz de marée de convives intrigués.

Jamie me considéra d'un air interrogateur.

— Tu avais bien dit qu'il fallait qu'il soit inconscient pour l'opérer, *Sassenach* ?

Il souleva l'une des paupières de Myers, révélant un fragment de globe blanc.

— Tu pourras difficilement l'avoir plus inconscient que ça ! conclut-il.

— Oui, mais je n'ai pas dit ivre mort !

Je m'accroupis près de lui et plaçai deux doigts sur sa carotide. Le pouls était régulier et fort, mais...

— L'alcool n'est pas un bon anesthésique, expliquai-je. C'est un poison. Il déprime le système nerveux central. Associé au choc opératoire, cela pourrait le tuer.

— Ce ne sera pas une grande perte, dit quelqu'un derrière moi.

Sa remarque caustique fut noyée sous une pluie de « chut » réprobateurs.

— Quel dommage de gaspiller autant de brandy ! dit un autre.

Je reconnus la voix de Philip Wylie et aperçus son visage poudré par-dessus l'épaule de Jamie.

— Nous avons tous beaucoup entendu parler de vos talents, madame Fraser. Voici votre chance de prouver ce que vous savez faire... devant témoins !

— Allez vous faire voir ! lâchai-je malgré moi.

Un murmure choqué me répondit. Wylie tiqua, pris de court, puis sourit de plus belle et s'inclina aimablement.

— Vos désirs sont des ordres, madame, dit-il avant de disparaître parmi les invités.

Je me redressai, essayant d'évaluer la situation. L'opération pouvait réussir. Sur le plan technique, elle était simple et ne prendrait pas plus de quelques minutes, à condition de ne pas rencontrer de complications. L'incision à pratiquer était petite, mais il faudrait ensuite pénétrer dans le péritoine, avec tous les risques d'infection que cela impliquait.

Toutefois, je pouvais difficilement bénéficier de meilleures conditions : une abondance d'alcool pour la désinfection et une pléthore d'assistants pleins de bonne volonté. Je n'avais pas d'autres types d'anesthésiques à ma disposition et ne pouvais en aucun cas opérer sur un patient conscient. En outre, Myers lui-même me l'avait demandé.

Je cherchai Jamie des yeux, en quête de son avis. Lui qui souhaitait une diversion, il était servi !

— Fais-le, *Sassenach*. Il n'aura sans doute jamais plus ni le courage ni les moyens de prendre une cuite pareille.

La tête de Jocasta surgit derrière l'épaule de MacNeill.

— Emmenez-le au salon, ordonna-t-elle simplement.

La décision ayant été prise pour moi, je n'avais plus qu'à m'incliner.

Pendant que je me rinçais les mains avec le vinaigre qu'on venait d'apporter de la cuisine, on installa Myers, dûment déculotté, sur la table d'acajou du salon protégée par une couverture. Avec sa chemise matelassée ouverte sur un torse osseux et orné de son collier de griffes d'ours, Myers, entouré d'une garniture de flacons, de chiffons et de bandages, formait un étrange centre de table.

Je n'avais pas le temps de me changer. On me prêta un grand tablier d'équarrisseur en cuir et Phaedre me remonta mes manches de dentelle avec des aiguilles.

On apporta des chandelles supplémentaires. Les chandeliers et le lustre brillaient de tout leur éclat dans la pièce, dégageant un parfum entêtant de cire d'abeille.

L'odeur n'était toutefois pas assez forte pour couvrir celle de M. Myers, hélas. Sans hésiter, je pris la carafe sur la desserte et déversai pour plusieurs livres sterling de précieux whisky sur la toison pubienne du patient. Aussitôt, nous assistâmes à l'exode précipité d'une multitude de bestioles fuyant le déluge.

— C'est une méthode onéreuse pour tuer les morpions, observa quelqu'un derrière moi.

— Au moins, ils mourront heureux, rétorqua Ian.

Il venait d'apparaître avec mon coffret de médecine. Il le posa à côté de moi et l'ouvrit.

Je sortis le flacon bleu d'alcool distillé et le scalpel à lame droite. Tenant l'instrument au-dessus d'un bol, j'y versai l'alcool tout en cherchant autour de moi des assistants appropriés. Ce n'étaient pas les volontaires qui manquaient. Les spectateurs se pressaient autour de la table, ayant complètement oublié leur dîner interrompu.

Dans les cuisines, on me trouva deux cochers costauds pour tenir les jambes du patient. Andrew MacNeill et Farquard Campbell se proposèrent pour les bras. Ian se posta à mon côté et tint un chandelier pour me faire de la lumière, tandis que Jamie, investi du rôle de chef anesthésiste, prit place près de la tête du patient en gardant un verre de whisky en suspens au-dessus de ses lèvres.

Je vérifiai que mes instruments et mes aiguilles de suture étaient prêts, puis pris une profonde inspiration et fis un signe de tête à mes troupes.

— C'est parti !

Le pénis de Myers, gêné par tant de regards, s'était déjà retranché et pointait à peine son nez hors du buisson de poils. Une fois les jambes du patient étirées et écartées, Ulysse souleva délicatement le scrotum flasque, dévoilant la hernie. Celle-ci formait une boule de la taille d'un œuf de poule, étirant la peau de l'aine sur sa courbe violacée.

— Seigneur Jésus ! souffla l'un des cochers. C'est pourtant vrai qu'il a une troisième couille !

J'aspergeai copieusement le périnée d'alcool pur, plongeai ma lame dans le liquide, la passai plusieurs fois au-dessus de la flamme d'une bougie pour achever de la stériliser, puis pratiquai une entaille dans la peau d'un geste précis.

Ni trop grande ni trop profonde, juste assez pour ouvrir le derme et apercevoir la boucle gris-rose de l'intestin à travers la déchirure de la couche musculaire. Une mince ligne de sang apparut et goutta sur la couverture.

J'élargis l'incision, trempai mes doigts dans le désinfectant, plaçai deux doigts sur la boucle et la repoussai délicatement vers le haut. Myers sursauta de manière convulsive, manquant me faire lâcher prise. Il cambra brusquement les reins et mes assistants faillirent lâcher ses jambes.

— Il se réveille ! m'écriai-je. Jamie, vite !

Jamie saisit la mâchoire du montagnard et versa le whisky dans sa bouche. Le patient s'étrangla, cracha et émit des bruits de buffle en train de se noyer, mais une bonne dose d'alcool parvint jusque dans sa gorge. Le corps immense se détendit et retomba inerte, reprenant ses longs ronflements sonores.

J'avais pu garder mes doigts en place, mais il avait perdu plus de sang que je ne l'aurais souhaité. Je saisis un chiffon imbibé d'eau-de-vie et nettoyai le siège de l'incision.

Je sentais le mouvement des intestins lorsqu'il inspirait, la chaleur humide de son corps enveloppant mes doigts non gantés avec cette étrange intimité unilatérale propre au monde du chirurgien. Je fermai les yeux et chassai de mon esprit tout sentiment d'urgence.

Je respirai lentement, me coulant dans le rythme de ses ronflements. Au-dessus des vapeurs d'eau-de-vie et des écœurants relents de nourriture, je sentais les odeurs de son corps : la transpiration rance, la peau crasseuse, un soupçon d'urine et le parfum cuivré du sang. Pour un autre que moi, elles auraient été répugnantes.

Mais pas pour moi. Elles n'étaient ni bonnes ni mauvaises, elles faisaient partie de son corps. A présent elles faisaient partie du mien.

Elles m'appartenaient, tout comme ce corps inerte, tous ses secrets, les hommes qui le tenaient, leurs yeux braqués sur moi. Cela ne se produisait pas toujours, mais quand cela arrivait, c'était un sentiment inoubliable : une synthèse de plusieurs esprits dans un seul organisme. Lorsque je prenais le contrôle de cet organisme, je m'y fondais et m'y perdais.

Le temps s'arrêta. J'étais consciente de moindre mouvement, de chaque respiration, de la tension du fil, du poids de l'aiguille entre mes doigts tandis que je recousais l'anneau inguinal, mais mes mains n'étaient plus à moi. Ma voix sonnait forte et claire, donnait des ordres qui étaient immédiatement exécutés et, quelque part au loin, très loin, une petite partie de mon cerveau observait le déroulement de l'opération avec détachement.

Enfin ce fut fini et le temps reprit son cours. Je reculai d'un pas, rompant le lien, légèrement étourdie par ce moment inhabituel d'intense solitude.

— Voilà, c'est fait ! conclus-je.

Le murmure continu des spectateurs explosa alors en un tonnerre d'applaudissements et, pivotant sur mes talons, je fis la révérence devant mon public.

Une heure plus tard, c'était mon tour d'être saoule, victime d'une dizaine de toasts portés en mon honneur. Je parvins à m'échapper un moment, en prétextant que je devais rendre visite à mon patient, couché dans une chambre d'amis à l'étage.

Arrivée sans encombre sur la mezzanine, je titubai et me tins un instant à la rambarde pour reprendre mes esprits. Un brouhaha de conversations et de rires me parvenait depuis le rez-de-chaussée. Les convives s'étaient éparpillés en petits groupes dans le hall et le salon. Vue de haut, la scène me faisait penser à un nid d'abeilles, avec les perruques et les volants des jupes qui se promenaient sur les dalles octogonales du hall, bourdonnant parmi les verres remplis de nectar de cognac et de porto.

Myers dormait toujours profondément et respirait par gros soupirs sonores qui faisaient frémir le coton du baldaquin. A son chevet, une esclave prénommée Betty me salua d'un sourire.

— Il va bien, madame Claire. On ne pourrait pas le réveiller avec un coup de fusil.

De là où je me trouvais, j'apercevais une grosse veine bleutée dans son cou qui battait lentement et sûrement comme un marteau de forgeron. Sa peau était fraîche et moite. Pas de fièvre, aucun signe de choc. Sa carcasse colossale irradiait la paix et le bien-être.

— Comment va-t-il ?

Je fis volte-face et découvris Jamie derrière moi.

— Très bien. Rien ne pourrait l'abattre. Il est solide comme un roc, indestructible, comme toi.

Je pris appui sur lui, enlaçant sa taille, et enfouis mon visage dans les plis de sa chemise.

Il déposa un baiser dans mes cheveux.

— Je suis fier de toi, dit-il. Tu as été parfaite.

Il sentait le vin, la cire, les herbes et la laine des Highlands. Je glissai mes mains un peu plus bas, sentant la rondeur de ses fesses lisses et libres sous son kilt.

— Tu as besoin d'un peu d'air frais, *Sassenach*. Et puis j'ai à te parler. Tu peux l'abandonner quelques minutes ?

— Oui, si Betty veut bien rester encore à son chevet pour veiller à ce qu'il ne vomisse pas dans son sommeil, ce qui l'étoufferait.

La jeune esclave acquiesça.

— Très bien, dit Jamie. Alors rejoins-moi dans le jardin de simples. Fais attention en descendant l'escalier. Ne va pas te casser le cou.

Soulevant mon menton, il m'embrassa fougueusement et me laissa étourdie, à la fois plus sobre et plus ivre qu'avant.

13

Un examen de conscience

Une chose sombre atterrit sur l'allée devant nous avec un bruit mou. Je m'arrêtai brusquement et m'agrippai au bras de Jamie.

— C'est un crapaud, dit-il d'une voix calme. Tu ne les entends pas chanter ?

« Chanter » n'était pas vraiment le verbe qui me serait venu à l'esprit pour décrire la cacophonie de coassements qui retentissait dans les roseaux au bord de la rivière. D'un autre côté, Jamie n'avait jamais eu l'oreille musicale.

Il avança le pied et poussa doucement la petite silhouette brune.

— Brekekekew, ko-ax, ko-ax, déclara-t-il. Brekekekex, ko-ax !

Le crapaud bondit et disparut dans les hautes herbes qui bordaient le sentier.

— Je savais que tu avais le don des langues, observai-je, amusée, mais j'ignorais que tu parlais crapaud.

— Pas couramment, protesta-t-il avec modestie. Il paraît que j'ai un accent.

Un banc de marbre nous attendait sous les arbres près de l'embarcadère. Jamie m'y conduisit et se laissa tomber sur le siège avec un soupir qui me rappela que je n'étais pas la seule à avoir eu une rude soirée.

Je lançai des regards de conspirateur à la ronde, puis m'assis près de lui.

— Personne ne peut nous voir ni nous entendre, remarquai-je. Vas-tu enfin me dire ce qui se passe ?

— Oui, répondit-il en étirant son dos. J'aurais dû t'en parler plus tôt mais... je ne pensais pas qu'elle irait jusque-là.

Il prit ma main dans le noir avant de poursuivre :

— Ce n'est rien de grave, enfin... pas vraiment. C'est juste que, quand Ulysse m'a apporté le plaid, le coutelas et la broche tout à l'heure, il m'a dit que Jocasta comptait annoncer à tout le monde pendant le dîner qu'elle allait faire de moi son héritier et me léguer... tout ça.

Il fit un geste qui englobait la maison et les champs derrière nous, ainsi que le reste : l'embarcadère, le verger, les jardins, les écuries, les hectares de pinèdes, la scierie, la distillerie de térébenthine... et les quarante esclaves qui y travaillaient.

Je pouvais visualiser la scène telle que Jocasta l'avait sans doute imaginée : Jamie présidant à la table, portant le tartan d'Hector Cameron, son arme et sa broche sur laquelle était inscrite la devise des Cameron, « *Unissez-vous !* », entouré des anciens camarades d'Hector, tous ravis d'accueillir le neveu de leur ami comme l'un des leurs.

En faisant une telle déclaration devant des Ecossais loyaux, bien lubrifiés par l'excellent whisky de feu Hector, elle était sûre de son coup. Ils acclameraient sur-le-champ Jamie en tant que nouveau maître de River Run, l'oignant de graisse d'ours et le couronnant de chandelles à la cire d'abeille.

C'était un plan à la MacKenzie : audacieux, spectaculaire et ne tenant absolument pas compte de l'avis des principaux intéressés.

— Si elle avait parlé, continua Jamie, j'aurais été très gêné de devoir refuser devant tout le monde.

— En effet.

Il se leva brusquement, incapable de tenir en place. Sans un mot, il me tendit la main et nous reprîmes notre marche à travers les jardins.

— Pourquoi Ulysse t'a-t-il prévenu ? demandai-je.

— A ton avis ? Qui dirige River Run aujourd'hui ?

— Oh ! fis-je.

Suivi de :

— Oh ?

— Comme tu dis, *Sassenach*. Ma tante est aveugle. Qui s'occupe de la comptabilité et dirige la maison ? Elle peut toujours donner des ordres, qui est là pour lui dire s'ils sont exécutés ou non ? Qui est toujours à son côté pour lui rapporter tout ce qui se passe ? Qui est celui en qui elle a le plus confiance ?

— Je vois. Tu ne penses pas qu'il traficote les registres ou quelque chose de ce genre, tout de même ?

Je priai que ce ne soit pas le cas. Le majordome de Jocasta m'était très sympathique. Je trouvais très touchants l'affection et le respect mutuels qui semblaient exister entre eux. Je ne pouvais pas imaginer qu'il la trompe froidement.

— Non, dit Jamie. Ses registres sont très bien tenus et tout est en ordre. Je suis sûr que c'est un homme honnête et un serviteur fidèle. Mais il ne serait pas humain s'il acceptait sans rechigner de céder sa place à un inconnu.

Il émit un petit rire avant d'ajouter :

— Jocasta est peut-être aveugle, mais cet homme voit très clair. Il n'a rien dit ni fait pour me persuader de quoi que ce soit. Il m'a simplement annoncé les intentions de ma tante puis m'a laissé décider.

— Tu crois qu'il savait que tu allais refus...

Je m'interrompis, ne sachant pas moi-même ce qu'il comptait faire. L'orgueil, la prudence ou les deux l'avaient peut-être incité à contrarier le plan de Jocasta mais, au fond, avait-il l'intention de repousser son offre ?

Comme il ne répondait pas, un frisson m'envahit.

Nous arrivions à la fin de juillet et l'odeur des fruits mûrs flottait au-dessus du verger, si épaisse dans l'air que je pouvais presque goûter la chair fraîche et acide des nouvelles pommes. Je songeai à la tentation... et aux vers tapis sous la peau brillante.

La tentation pour lui, mais aussi pour moi. Pour lui, c'était la chance d'être ce pour quoi la nature l'avait fait mais que le destin lui avait dérobé. Diriger un grand domaine, veiller sur ceux qui y vivaient, gagner le respect de ses pairs. Plus important encore, restaurer son clan et sa famille. « J'y suis déjà mêlé, que je le veuille ou non », avait-il dit.

L'argent ne l'intéressait pas. Pas plus que le pouvoir. Dans le cas contraire, sachant par moi ce qui allait se passer, il serait parti vers les colonies du Nord, faire sa place parmi les futurs pères fondateurs de la nation américaine.

Mais il avait été laird, autrefois. Il m'avait peu parlé de ses années passées en prison, mais une phrase restait gravée dans ma mémoire. Parlant des hommes qui partageaient sa cellule, il m'avait dit : « C'étaient mes hommes. C'était le fait de devoir veiller sur eux qui me gardait en vie. » Je me souvenais aussi de ce que Ian Murray avait dit de Simon Fraser : « Le soin avec lequel il veille sur ses hommes est désormais son unique lien avec l'humanité. »

Oui, Jamie avait besoin d'hommes. Des hommes à diriger, à protéger, à défendre et à mener au combat. Mais pas à posséder.

Nous dépassâmes le verger en silence et longeâmes les allées du jardin anglais, respirant l'air chargé du parfum des lis, de la lavande, des anémones et des roses.

Certes, River Run représentait une sorte de paradis terrestre mais... j'avais jadis appelé un Noir mon ami et je lui avais confié ma fille.

Le souvenir de Joe Abernathy et de Brianna me donna une étrange sensation de double vue, comme si j'existais en deux endroits à la fois. Je voyais leurs visages dans mon esprit, j'entendais leurs voix. Pourtant, la réalité, c'était l'homme qui marchait à mon côté, tête baissée, perdu dans ses pensées.

Ma tentation, c'était lui. Jamie. Ce n'étaient pas les lits confortables, les pièces richement décorées, les robes de soie ou le rang social. C'était Jamie.

S'il refusait l'offre de Jocasta, il lui faudrait trouver autre chose. Et cette autre chose serait sans doute la proposition du gouverneur Tyron, avec son dangereux appât de terres et d'hommes. D'une certaine manière, elle était préférable à l'offre généreuse de Jocasta : ce qu'il construirait de ses mains n'appartiendrait qu'à lui, ce serait l'héritage qu'il laisserait à Brianna... s'il vivait assez longtemps pour le construire.

Nous avions décrit un cercle complet et revenions au bord de la rivière, là où des marches de pierre grise disparaissaient sous un écran d'eau moirée. Une barque était amarrée.

— Tu veux faire un tour ?

— Oui, pourquoi pas ?

Il ressentait sans doute le même désir que moi : s'éloigner de la maison et de Jocasta, prendre assez de distance pour pouvoir réfléchir sans risquer d'être interrompu.

Je m'appuyai sur son bras, mais avant que j'aie enjambé le bord de la barque, il m'attira à lui et m'embrassa. Il me serra contre lui et posa son menton sur ma tête.

— Je ne sais pas, dit-il en réponse à toutes les questions que je n'osais lui poser.

Puis il grimpa dans la barque et me tendit le bras.

La nuit était noire et sans lune, mais le reflet des étoiles qui dansaient sur l'eau me permettait de distinguer la silhouette des arbres qui défilaient sur la berge.

— Tu n'as rien à dire ? demanda-t-il au bout d'un moment.

— Ce n'est pas à moi de décider.

— Ah non ?

— C'est ta tante. C'est ta vie. Ce ne peut être que ta décision.

— Et toi, tu comptes rester comme une simple spectatrice ? Ce n'est pas ta vie, peut-être ? A moins que tu n'aies pas l'intention de rester avec moi ?

— Que veux-tu dire ?

— Peut-être vivre ici serait-il trop dur pour toi.

— Si tu veux parler de ce qui s'est passé à la scierie...

— Non, non, pas ça.

Il souleva ses rames, gonfla les épaules.

— Je sais que tu peux encaisser la mort et la violence, *Sassenach*. Mais ce sont les choses de la vie quotidienne qui te heurtent... Je te vois pincer les lèvres quand la servante noire te brosse les cheveux ou quand le boy emporte tes souliers pour les cirer. Même chose pour les esclaves qui travaillent à la distillerie. Ils te dérangent, non ?

— Oui, c'est vrai. Je ne veux pas... je ne *peux* pas posséder d'esclaves, je te l'ai déjà dit.

— Je sais.

Nos deux regards se croisèrent.

— Si je choisis de vivre ici, *Sassenach*, pourras-tu rester à mon côté et regarder tout cela sans intervenir ? Car on ne pourra rien y changer tant que ma tante sera en vie. Et même après, il n'est pas dit que...

— Comment cela ?

— Elle n'affranchira pas ses esclaves. Je ne le pourrai pas non plus, jusqu'à sa mort.

— Mais une fois que tu auras hérité...

Je m'arrêtai. Au-delà de l'aspect sordide de discuter de la mort de Jocasta, il y avait une considération plus concrète à prendre en compte : elle n'était sans doute pas près de mourir. Elle avait tout juste soixante ans et, sa cécité mise à part, paraissait en pleine forme.

Je saisis soudain ce qu'il voulait dire : pouvais-je supporter d'être propriétaire d'esclaves, jour après jour, mois après mois, année après année ? Car, s'il acceptait, je ne pourrais plus me cacher derrière le prétexte que je n'étais qu'une étrangère, une invitée.

Je me mordis la lèvre, en réprimant mon envie de répondre non tout de suite.

— Quand bien même elle le voudrait... reprit-il. Sais-tu qu'un planteur ne peut affranchir ses esclaves sans une autorisation écrite de l'Assemblée ?

— Comment ? Mais pourquoi ?

— Les planteurs ont la terreur que les Noirs fomentent une insurrection armée. On les comprend ! Les esclaves n'ont pas le droit de porter des armes hormis des outils tels que des couteaux pour tailler les écorces. Et encore ! Il existe des lois pour les empêcher de les utiliser contre les Blancs. Non, l'Assemblée n'acceptera jamais de libérer tout un groupe d'esclaves. Même lorsqu'un homme obtient la permission d'affranchir un nègre, celui-ci doit quitter la colonie dans les plus brefs délais, sinon il risque d'être capturé par le premier Blanc venu.

— Tu y as déjà réfléchi, constatai-je.

— Pas toi ?

Je ne répondis pas. Je laissai traîner ma main dans l'eau ; une vaguelette bouillonnante se formait contre mon poignet. Non, je n'y avais pas réfléchi. Du moins, pas consciemment, parce que je ne voulais pas affronter le choix qui s'imposait à moi.

— Pour toi, c'est sans doute une grande chance, observai-je d'une voix tendue que je ne me connaissais pas. Tu serais responsable de tout...

— Ma tante n'est pas folle, coupa-t-il. Elle veut faire de moi son héritier, pas le propriétaire de son domaine. Elle compte se servir de moi pour faire tout ce qu'elle ne peut pas faire elle-même, mais je ne serai jamais qu'un pion entre ses mains. Bien

231

sûr, elle me consultera, écoutera mon avis, mais rien ne se fera sur cette plantation sans qu'elle l'ait décidé elle-même. Elle est veuve, à présent. Qu'elle ait aimé son mari ou non, c'est elle la maîtresse des lieux. Elle n'a plus de comptes à rendre à personne. Or elle aime trop le pouvoir pour le céder maintenant.

Il avait bien étudié le tempérament de Jocasta Cameron et compris ce qui se cachait derrière son projet. Elle avait besoin d'un homme, de quelqu'un qui puisse aller là où elle ne pouvait plus aller, traiter avec la marine, prendre en charge les corvées inhérentes à la gestion d'un grand domaine.

Parallèlement, elle ne voulait pas d'un nouveau mari, qui eût risqué d'usurper son pouvoir et de lui dicter sa conduite. S'il n'avait été noir, Ulysse aurait parfaitement convenu, mais s'il pouvait être ses yeux et ses oreilles, il ne pouvait être ses mains.

Jamie représentait donc le candidat idéal : fort, compétent, capable de s'attirer le respect de ses pairs et de se faire obéir des subalternes, avec une bonne expérience de la gestion des terres et des hommes. En outre, il lui était dévoué, par obligation et par parenté. Il resterait tenu en laisse, dépendant de sa bonté, éternellement redevable de sa générosité. Bref, à sa botte jusqu'à ce qu'elle disparaisse.

Le nœud dans ma gorge ne cessait de grossir et m'empêchait de parler. Je ne pourrais jamais supporter de le voir vivre ainsi pieds et poings liés. D'un autre côté, je ne pouvais me résoudre à l'autre solution non plus, je ne pouvais l'implorer de renoncer à l'offre de Jocasta, sachant qu'alors il retournerait en Ecosse, vers une mort certaine.

— Je ne peux pas t'indiquer ce que tu dois faire, admis-je enfin.

Un peu plus loin, un gros arbre mort était tombé dans la rivière. Ses branches formaient un piège qui retenait les débris véhiculés par le courant. Jamie guida la barque vers ce bassin d'eau calme et souleva ses rames, soufflant sous l'effort.

Dans la nuit silencieuse, on n'entendait que le clapotis de l'eau et le grincement des branches contre la coque. Jamie prit mon menton entre ses doigts.

— Tu es tout pour moi, *Sassenach*. Mais tu as raison, tu ne peux pas être ma conscience.

En dépit de tout, je me sentis brusquement soulagée, comme si je venais de me débarrasser d'un fardeau indéfinissable.

— Tant mieux, dis-je, ce serait trop lourd à porter.

Il parut surpris.

— Ah oui ? Tu me trouves donc si mauvais ?

— Mais non, tu es l'homme le meilleur que je connaisse, mais... personne ne peut décider pour deux. On ne peut pas imposer à un autre ce qu'on croit bon pour lui. On le fait pour

un enfant, bien sûr, mais même dans ce cas, c'est si difficile...
Je ne pourrais pas le faire pour toi, ce... ce ne serait pas juste.

Je l'avais pris de court. Il se tut un moment et fixa l'eau noire.

— Tu me crois vraiment bon ? dit-il enfin.

Il y avait dans sa voix une note étrange que je n'arrivais pas à déchiffrer.

— Oui, pas toi ?

— Non. Je sais que je suis violent. Toi aussi.

Il étala ses grandes mains puissantes devant moi, des mains qui savaient manier l'épée avec aisance et qui pouvaient étrangler un homme.

— Tu n'as jamais rien fait de mal sans y être obligé.

— Ah ?

— Non, enfin... je ne crois pas.

L'ombre d'un doute plana sur mon esprit. Même contraint et forcé, un acte de violence ne laissait-il pas son empreinte sur l'âme qui l'avait perpétré ?

— Tu ne me mets pas dans la même catégorie qu'un homme comme... disons... Stephen Bonnet ? Lui aussi, il agit par nécessité.

— Il n'y a aucun rapport entre toi et cet individu !

Il haussa les épaules.

— La seule différence entre Stephen Bonnet et moi, c'est que j'ai le sens de l'honneur. Qu'est-ce qui m'empêche de devenir un voleur ou me retient de piller ce que je trouve autour de moi ? Je pourrais le faire, c'est inscrit dans mon sang. L'un de mes grands-pères a construit Castle Leoch avec de l'or obtenu en détroussant les voyageurs dans les cols de montagne ; l'autre a bâti sa fortune sur le corps des femmes qu'il prenait de force pour leurs richesses et leurs titres.

Il s'étira puis, soudain, saisit les rames qui reposaient sur ses genoux et les jeta violemment dans le fond de la barque, me faisant sursauter.

— J'ai quarante-cinq ans ! s'écria-t-il. A cet âge, un homme devrait être établi, non ? Il devrait avoir une maison, un lopin de terre où cultiver de quoi se nourrir et un peu d'argent pour assurer ses vieux jours. Mais je n'ai rien de tout cela. Ni terre ni maison. Pas même une vache ou un cochon. Je ne possède même pas les vêtements que je porte !

Un long silence s'installa.

— Tu m'as, moi, dis-je doucement.

Il émit un son guttural qui aurait pu être un rire ou un sanglot.

— Oui, je t'ai, toi. C'est bien là le problème.

— Qu'est-ce que tu veux dire ?

— S'il n'y avait que moi, cela n'aurait aucune importance. Je pourrais aller dans les montagnes avec Myers, vivre de la chasse et de la pêche. Ensuite, quand je serais devenu trop vieux, je n'aurais plus qu'à me coucher sous un arbre et attendre tranquillement la mort. Les renards s'occuperaient de ma carcasse, qui s'en soucierait ?

Il haussa les épaules, agacé, comme si sa chemise était trop petite.

— Mais il n'y a pas que moi. Il y a toi, il y a Ian et Duncan, Fergus et Marsali... il faut même que je pense à Laoghaire, que Dieu me vienne en aide !

— Laissons-la en dehors de cela pour le moment.

— Tu ne comprends donc pas, Claire ? J'aurais voulu déposer le monde à tes pieds... et je n'ai rien à te donner !

Il le pensait sincèrement !

Je restai silencieuse, cherchant que lui dire. En l'espace d'une heure j'étais passée de l'angoisse extrême à l'idée de le perdre en Ecosse, au désir puissant de le violer dans les plates-bandes de sa tante, puis à celui de l'assommer avec sa rame. A présent, j'en étais revenue à la tendresse.

Je m'agenouillai dans le fond de la barque entre ses genoux et, l'enlaçant, pressai ma joue contre son torse. Je sentais son souffle qui soulevait mes cheveux. Je ne trouvais pas mes mots, mais j'avais fait mon choix.

— *Où tu iras, j'irai*, murmurai-je. *Ton toit sera mon toit, ton peuple mon peuple, ton dieu mon dieu. Où tu mourras, je mourrai et, là, je serai enterrée.* Qu'il s'agisse d'une colline écossaise ou d'une forêt américaine. Fais ce que tu as à faire, Jamie. Je serai toujours là.

Le courant était puissant et peu profond au milieu de l'eau. On devinait les rochers dans le fond. Jamie les aperçut et guida la barque plus près de la berge.

J'avais cru que nous rentrions à River Run, mais, apparemment, notre promenade n'était pas terminée. Il continuait à remonter la rivière.

Livrée à mes pensées, je n'entendais que le faible sifflement de sa respiration. Je ne savais toujours pas quel serait son choix. S'il décidait de rester à River Run... eh bien, ce ne serait peut-être pas aussi difficile qu'il le croyait. Je ne sous-estimais pas Jocasta Cameron, mais je connaissais Jamie. Dougal et Colum avaient déjà tenté de le plier à leur volonté... tous deux avaient échoué.

Mon cœur se serra en songeant à ma dernière vision de Dougal, la bouche tordue en malédictions inaudibles tandis qu'il se noyait dans son propre sang, la gorge tranchée par le coutelas de Jamie. « Je suis violent, tu le sais. »

Mais il se trompait. Outre le sens de l'honneur, beaucoup de choses le différenciaient de Stephen Bonnet : la bonté, le courage... et une conscience.

Je compris soudain où nous nous rendions en apercevant devant nous le coude de la rivière. Je n'y étais encore jamais allée en bateau, mais Jocasta nous avait dit que ce n'était pas loin par voie d'eau.

J'aurais dû m'en douter. S'il cherchait un endroit pour exorciser ses démons, il ne pouvait trouver mieux.

La silhouette de la scierie se détacha soudain dans le noir. Une lueur brillait derrière le bâtiment : sans doute les cabanes des esclaves. Pourtant, l'endroit semblait étrangement silencieux.

— Les lieux où beaucoup de monde s'affaire pendant la journée sont toujours un peu inquiétants la nuit, dis-je pour rompre le silence.

— Vraiment ? répondit Jamie, l'esprit ailleurs. Déjà que je n'aime guère cet endroit en plein jour...

— Moi non plus. Je voulais juste dire...

— Byrnes est mort, déclara-t-il soudain sans me regarder.

— Le contremaître ? Quand ? Et comment ?

— Cet après-midi. Le plus jeune fils de Campbell est venu me l'annoncer au coucher du soleil.

— Comment ? répétai-je.

— Le tétanos, dit-il d'un ton nonchalant. C'est une fin très cruelle.

En effet. Je n'avais jamais vu quelqu'un mourir du tétanos mais j'en connaissais les symptômes : fébrilité, déglutition difficile, raidissement progressif des bras, des jambes et de la nuque, spasmes musculaires. Ces derniers se développaient en intensité et en fréquence jusqu'à ce que le corps du patient devienne dur comme du bois, tordu dans des douleurs convulsives qui venaient par vagues jusqu'à un long spasme final qui ne s'achevait que dans la mort.

— Ronnie Campbell a dit qu'il était mort avec un rictus aux lèvres, comme s'il riait. Mais ce n'était pas une fin joyeuse.

— Ce n'est pas non plus une mort rapide, rétorquai-je. Il faut au moins plusieurs jours pour mourir du tétanos.

— David Byrnes a mis cinq jours en tout.

— Tu le savais ! Tu l'as vu mourir et tu ne m'as rien dit !

J'avais bandé la blessure de Byrnes qui, bien que hideuse, n'était pas mortelle. Après quoi, on m'avait affirmé qu'il serait mis « à l'ombre », jusqu'à ce que l'affaire de l'esclave empalé se tasse. Écœurée, je n'avais fait aucun effort pour m'informer de son état de santé. C'était ma propre négligence qui me rendait furieuse, j'en étais consciente, mais cela ne changeait rien.

— Tu n'aurais rien pu faire, dit Jamie. Tu m'as dit toi-même qu'il n'y avait pas de remède contre le tétanos, même à ton époque.

Je desserrai les poings, lâchant les plis de ma robe que j'avais triturés dans ma colère.

— C'est vrai. Je n'aurais pas pu le sauver, mais j'aurais pu aller le voir et, peut-être, soulager ses souffrances.

— Tu aurais pu, répondit-il en soutenant mon regard.

— Mais tu n'as pas voulu que...

Je m'interrompis en me souvenant de ses absences répétées tout au long de la semaine, de ses réponses évasives quand je lui demandais ce qu'il avait fait. J'imaginais parfaitement la scène : le minuscule grenier de la maison de Farquard Campbell où j'avais bandé la blessure, la chaleur étouffante, l'homme se tordant de douleur sur un lit de fortune, agonisant sous le regard froid de ceux dont la loi faisait ses alliés malgré eux, mourant lentement en se sachant méprisé.

— Non, dit Jamie, j'ai empêché Campbell de venir te chercher. Il y a la loi... et puis la justice. Je sais faire la différence entre les deux.

— Il y a aussi la compassion.

— *Bénis soient ceux qui pardonnent*, récita-t-il doucement, *car ils seront pardonnés*. Byrnes n'était pas de ceux-là. Quant à moi, une fois que Dieu a rendu son jugement, je ne me sentais pas le droit d'intervenir.

— Parce que c'est Dieu qui lui a donné le tétanos, peut-être ?

— Je ne vois pas qui, sinon lui, aurait eu assez d'imagination pour inventer un supplice pareil. De plus, vers qui d'autre se tourner pour obtenir justice ?

Je cherchai une réponse pertinente et n'en trouvai pas. Capitulant, j'en revins au seul point sur lequel nous pouvions discuter.

— Tu aurais dû me prévenir. Même si tu pensais que je ne pouvais rien faire, ce n'était pas à toi d'en décider.

— Je ne voulais pas que tu y ailles.

— Je sais ! Mais que tu penses ou non que Byrnes ait mérité de souffrir...

— Pas pour lui !

La barque se balança dangereusement sous son poids et je dus m'accrocher aux bords.

— Je me moque que Byrnes ait mérité son sort ou pas, reprit-il, mais je ne suis pas un monstre de cruauté ! Je ne t'ai pas empêchée d'aller le voir pour lui éviter de souffrir. Je l'ai fait pour *te* protéger.

— Ce n'était pas à toi d'en décider, répétai-je. Je ne suis pas ta conscience, mais tu n'es pas la mienne non plus.

J'écartai une branche de saule qui me cachait son visage. Soudain, sa main jaillit entre les feuilles et m'agrippa le poignet.

— C'est à moi de veiller à ta sécurité !

— Je ne suis pas une gamine qui a besoin d'être protégée, ni une débile mentale ! Si tu estimes qu'il y a une chose que je ne dois pas faire, tu n'as qu'à m'en parler et je t'écouterai. Mais tu n'as pas à décider ce que je dois faire et où je dois aller sans même me consulter. Je ne l'accepterai jamais, tu le sais très bien !

— Je ne t'ai jamais dit où tu devais aller !

— Tu as décidé à ma place où je ne devais *pas* aller, ça revient au même !

Son visage n'était qu'à quelques centimètres du mien, monopolisant tout mon champ de vision. Il plissait les yeux, qui ne formaient que deux fentes noires.

Je clignai des yeux. Lui non.

Il lâcha mon poignet et me saisit les deux bras. Je sentais la chaleur de ses paumes à travers mes manches. Sa poigne d'acier me rendit soudain consciente de la fragilité de mes propres os. « Je suis violent. »

Il m'avait déjà secouée comme un prunier à plusieurs reprises. Je n'avais pas du tout aimé. Au cas où il aurait songé à remettre ça, je glissai un pied entre ses jambes et m'apprêtai à lui en donner un bon coup là où cela lui ferait le plus mal.

— J'ai eu tort.

Je m'étais attendue à tout et j'avais déjà soulevé le talon avant d'enregistrer le sens de ce qu'il venait de dire. Mû par un bon réflexe, il referma les jambes juste à temps, emprisonnant mon genou.

— J'ai dit « j'ai eu tort », *Sassenach*, ça ne te suffit pas ?

— Ah... euh...

Je tentai de libérer mon genou mais ses cuisses le pressaient comme un étau.

— Tu veux bien me lâcher, s'il te plaît ? demandai-je aimablement.

— Non. Tu vas m'écouter, maintenant ?

— Euh... oui. Je n'ai rien d'autre à faire pour le moment.

Ses lèvres frémirent puis ses jambes s'écartèrent enfin.

— Cette dispute est ridicule, déclara-t-il. Tu le sais aussi bien que moi.

— Non, je ne le sais pas.

Si ma colère commençait à se dissiper, je ne comptais pas le laisser s'en tirer comme cela.

— Ce n'est peut-être pas important pour toi, lançai-je, mais ça l'est pour moi. Cette dispute n'est pas ridicule et tu le sais très bien, sinon tu n'admettrais pas aussi facilement tes torts.

Il prit une grande inspiration et ses mains retombèrent sur ses genoux.

— D'accord. J'aurais dû te prévenir au sujet de Byrnes, je le reconnais. Mais si je l'avais fait, tu serais allée le voir, non ?

— Oui, même s'il n'y avait rien à faire. Je n'aurais pas pu faire autrement. Je suis médecin. Tu ne comprends pas ?

— Si, justement. Tu crois que je ne te connais pas, Claire ?

Il n'attendit pas ma réponse :

— Lorsque l'homme est mort dans tes bras l'autre jour à la scierie, les gens ont commencé à parler, c'est normal, non ? Personne n'a dit ouvertement que tu y étais pour quelque chose, mais... certains le pensent. Ce n'est pas qu'ils croient que tu l'as tué, mais plutôt que tu l'as laissé mourir pour lui éviter d'être pendu.

— Ça m'a traversé l'esprit.

— Je sais. J'ai vu ta tête, *Sassenach*.

— Et toi ? Tu t'es demandé si je l'avais tué ?

Il parut légèrement surpris.

— Je sais que tu n'as fait que ce qui te semblait juste.

Il écarta le problème mineur de savoir si j'avais tué un homme ou non, pour en revenir à la question du jour.

— Mais il m'a semblé qu'il ne serait pas judicieux que tu assistes aux deux morts, si tu vois ce que je veux dire.

C'était le cas. Une fois de plus, je me rendis compte des réseaux subtils dans lesquels il naviguait quotidiennement. A de nombreux égards, ce pays lui était aussi étranger qu'à moi. Pourtant, il savait non seulement ce qui se disait (après tout, ceux qui fréquentaient les tavernes et les marchés pouvaient le savoir également), mais aussi ce que les gens pensaient.

Mais le plus irritant, c'était qu'il savait aussi ce que *je* pensais.

— Vois-tu, reprit-il, je me doutais que Byrnes allait mourir de toute façon et que tu n'y pourrais rien. Je me doutais aussi que, si tu apprenais son état, tu irais le voir. Et que, lorsqu'il mourrait, les gens diraient : « Tiens, tiens, comme c'est étrange que ces deux hommes soient morts dans ses bras ! »

— Je crois comprendre.

Il esquissa un sourire navré.

— C'est que les gens te remarquent, *Sassenach*.

Je me mordis la lèvre. A plusieurs reprises déjà, cette particularité avait failli me coûter la vie.

Il se leva et, s'accrochant à une branche pour garder son équilibre, posa un pied sur la berge.

— J'ai dit à Mme Byrnes que je viendrais chercher les affaires de son mari à la scierie. Tu n'as pas besoin de venir si tu n'en as pas envie.

La silhouette noire de la scierie se détachait contre le ciel étoilé. Elle ne pouvait pas avoir l'air plus sinistre. « *Où tu iras, j'irai.* »

Je saisissais maintenant ses intentions. Il tenait à faire le tour du propriétaire avant d'arrêter sa résolution : admirer les jardins et le verger, se promener le long des hectares de pinèdes, voir la scierie... estimer le domaine qu'on lui offrait, évaluer les complications auxquelles il devrait s'attendre s'il acceptait.

Après tout, pensai-je avec amertume, le diable avait insisté pour montrer à Jésus-Christ tout ce à côté de quoi il allait passer, en l'emmenant sur la colline pour contempler le monde. Le seul problème était que, si Jamie décidait de s'élancer dans le vide, il n'y aurait pas de légions d'anges pour le cueillir au vol. Il risquait fort d'atterrir au fond d'une tombe de granit gris, dans un petit cimetière écossais.

— Attends-moi, dis-je en enjambant le bord de la barque. Je t'accompagne.

Les troncs d'arbre restaient empilés dans la cour, personne n'y avait touché depuis que j'étais venue. L'obscurité effaçait tout sens de la perspective. Les amas de rondins formaient des rectangles pâles qui semblaient flotter au-dessus d'un sol invisible, d'abord distants, puis soudain si proches que mes jupes les frôlaient. L'air était chargé du parfum de la résine et de la sciure.

Je ne voyais même pas où je mettais les pieds. Jamie me tenait le bras pour m'éviter de tomber. Lui, naturellement, ne trébuchait jamais.

Un feu brûlait quelque part vers les cases des esclaves. Il était très tard et ils devaient tous dormir. Dans les Caraïbes, ils auraient battu le tam-tam toute la nuit, pleurant la mort de leur camarade pendant une semaine entière, comme le voulait la coutume. Ici, rien. Pas un bruit, hormis le grincement des grands pins, pas un soupçon de mouvement, à part la flamme à la lisière de la forêt.

Jamie s'arrêta et écouta le silence.

— Ils ont peur, dit-il.

— Ça ne m'étonne pas. Moi aussi.

Il émit un bruit étouffé.

— Moi aussi, *Sassenach*, mais pas des fantômes.

Il poussa une porte sur le côté du bâtiment et m'entraîna derrière lui.

A l'intérieur, le silence était différent. D'abord, je crus que c'était le calme plat du champ de bataille après les combats, puis je compris la différence. C'était un silence habité. Et quiconque habitait ce silence n'était pas en paix : l'odeur de sang était presque tangible.

J'inspirai profondément, et mon cœur se glaça. Cela sentait le sang, certes, mais le sang *frais* !

Je m'agrippai au bras de Jamie mais il l'avait senti lui aussi. Ses muscles étaient bandés sous sa chemise, durs comme pierre. Sans un mot, il se détacha de moi et se volatilisa.

Sur le moment, je le crus réellement et, prise de panique,

fouillai désespérément l'obscurité devant moi. Ensuite je compris qu'il avait simplement rabattu son plaid par-dessus sa tête pour cacher la clarté de son visage et de sa chemise. J'entendis son pas, rapide et léger sur la terre battue. Puis plus rien.

Soudain, un gémissement sourd monta dans la pièce et mon cœur faillit lâcher. Un cri de terreur resta coincé dans le fond de ma gorge. Seule la peur d'attirer l'attention sur moi me retint de hurler.

Pour les mêmes raisons, je n'osais pas non plus appeler Jamie. Mes yeux commençant à s'accoutumer aux ténèbres, je distinguai l'ombre de la scie ; sa lame formait une tache difforme à trois mètres de moi, mais l'autre côté de la pièce n'était qu'un mur opaque. En revanche, avec ma robe claire, on pouvait me voir.

Le gémissement retentit à nouveau.

Paralysée par la panique, il me fallut un certain temps avant d'analyser ce que je venais d'entendre. Le son ne venait pas des ténèbres de l'autre côté de la pièce, là où se dressait le palan, mais d'un endroit situé derrière moi.

Je fis volte-face. La porte par laquelle nous étions entrés béait, formant un rectangle pâle sur un fond noir d'encre. Rien ne bougeait entre moi et la porte. Je fis un pas en avant et m'arrêtai. Chaque muscle de mon corps me hurlait de détaler comme un lapin... mais je ne pouvais abandonner Jamie.

Le bruit se fit entendre à nouveau, comme une lamentation haletante, chargée d'angoisse et de douleur. Un râle montant vers le toit. Je fus soudain prise d'un doute affreux. Si c'était Jamie ?

Oubliant toute prudence, je me mis à crier son nom.

— Jamie ! Jamie, où es-tu ?

— Ici, *Sassenach*.

Sa voix venait de quelque part sur ma gauche, calme mais grave.

— Avance vers moi, demanda-t-il.

Soulagée, je marchai à tâtons vers sa voix. Je me heurtai à une cloison de bois puis rencontrai enfin une porte ouverte. C'était le logement du contremaître.

Je perçus le changement dès que je franchis le seuil : l'air était encore plus lourd et étouffant ; le sol n'était plus en terre battue mais en plancher ; l'odeur de sang y était nettement plus forte.

— Où es-tu ? demandai-je à voix basse.

— Ici. Près du lit. Approche et aide-moi. C'est une jeune fille.

La petite pièce n'avait ni fenêtre ni lumière. Je les découvris à l'aveuglette : Jamie agenouillé sur le plancher, près d'un lit étroit, et, sur ce lit, un corps.

Au toucher, je constatai qu'en effet c'était une femme, une femme qui se vidait de son sang. Sa joue était froide et moite ;

le reste, ses vêtements, les draps, le matelas, étaient chauds et trempés.

Je cherchai le pouls dans son cou et ne le trouvai pas. Sa poitrine se soulevait et s'affaissait doucement sous mes doigts, avec une faible respiration sifflante.

— Tout va bien maintenant, dis-je machinalement. Nous sommes là, vous n'êtes plus seule. Pouvez-vous me dire ce qui s'est passé ?

Pendant ce temps, mes mains palpaient son crâne, sa gorge et sa poitrine, écartant ses vêtements souillés, cherchant une blessure à soigner. Rien. Pas d'artère crachant du sang, pas d'entaille à vif. Parallèlement, j'entendais un *clip clip clap, clip clip clap* faible mais régulier, comme des petits pieds courant sur le plancher.

Enfin, elle parla. Plus qu'un mot, cela ressemblait à un soupir articulé.

— Diiites...

Puis un sanglot ravalé.

— Qui vous a fait ça ? demanda Jamie. Dites-le-moi, qui ?

— Dites...

Je touchai tous les endroits où les principaux vaisseaux affleuraient sous la peau. Ils étaient tous intacts. Je saisis un de ses bras mous, le soulevai légèrement et glissai une main dans son dos. Le corset était chaud et moite, mais sans trace de sang.

— Ça va aller, répétai-je. Vous n'êtes plus seule. Jamie, prends-lui la main.

— Je la tiens déjà, dit-il à quelques centimètres de moi.

Clip clap, clip clap. Les petits pas ralentissaient.

— Dites...

Il ne restait qu'une possibilité. Je glissai une main sous sa jupe, enfonçant mes doigts entre ses cuisses écartées. Elle était encore chaude, très chaude. Le sang s'écoula le long de ma main et entre mes doigts, intarissable.

— Je... meurs...

— Qui vous a fait ça, petite ? demanda à nouveau Jamie tout doucement. Qui vous a tuée ?

Sa respiration se fit plus rauque.

Clip... Clap... Clip... Clap... Les petits pas s'éloignaient sur la pointe des pieds.

— Ser... gent. Dites... lui...

J'enlevai ma main de sous sa jupe et serrai son autre main, sans prendre garde au sang. Cela n'avait plus grande importance, maintenant.

— Dites...

Plus rien. Un long silence, suivi d'un autre soupir et d'un autre silence plus lent encore. Puis une exhalaison.

— Je lui dirai, murmura Jamie. Je vous le promets.

Clip.
Clap.

Dans les Highlands, on appelait ce bruit d'eau la « goutte de la mort ». On l'entendait dans la maison lorsqu'un des habitants mourait. Dans le cas présent, ce n'était pas de l'eau, mais cela revenait au même.

Il n'y eut plus un bruit dans les ténèbres. Je ne voyais pas Jamie, mais je sentis le mouvement du matelas quand il se pencha en avant.

— Dieu te pardonnera, murmura-t-il. Pars en paix.

Le lendemain matin, le bourdonnement fut perceptible dès que nous franchîmes la porte du logement du contremaître. Dans la scierie, l'espace et la sciure étouffaient tous les bruits. En revanche, dans ces quartiers exigus et compartimentés, les murs réverbéraient le moindre son. Le grincement de nos pas sur le plancher résonna jusqu'aux poutres du plafond. Je me sentais comme un insecte pris au piège dans un tambour.

Il n'existait que deux pièces, séparées par un couloir qui menait de l'extérieur à la scierie. A droite se trouvait la pièce principale où les Byrnes avaient vécu et pris leurs repas ; à gauche, la petite chambre, d'où venait le bruit. Jamie inspira profondément, pressa son plaid contre son visage et poussa la porte.

On aurait dit qu'une couverture bleu et vert dissimulait le lit. Jamie avança d'un pas dans la pièce et les mouches s'élevèrent dans un nuage de protestation. Je poussai un cri de dégoût tandis que les insectes gorgés de sang heurtaient mon visage et mes bras puis rebondissaient, décrivant des cercles ivres au-dessus de leur festin.

Farquard Campbell baissa la tête et passa devant moi, plissant les yeux, pinçant les lèvres et le nez.

Elle n'était pas grande. Son corps ne formait qu'une petite bosse sous le linge que nous avions jeté sur elle la veille. Ecartant les mouches d'un geste de la main, Jamie ôta le drap imbibé de sang séché, qui se détacha dans un craquement feutré. Le corps humain contient un peu moins de quatre litres de sang mais, lorsqu'il s'est entièrement vidé, on croirait qu'il en contient beaucoup plus.

Son visage blafard était caché sous un mince filet de mèches châtaines. Il était impossible de deviner son âge, mais elle n'était pas vieille. Je n'aurais su dire non plus si elle avait été jolie, la mort ayant figé ses traits dans un masque froid et rigide. Une chose était sûre : un homme, au moins, l'avait trouvée à son goût.

M. Campbell se tourna vers moi.

— Madame Fraser, vous êtes sûre de la cause du décès ?

— Oui.

Je soulevai un coin du drap et lui montrai les jambes de la morte. Ses pieds étaient bleus et commençaient à gonfler.

— J'ai rabaissé sa jupe hier soir, mais autrement, j'ai tout laissé tel quel.

Mes muscles abdominaux se contractèrent automatiquement quand je la touchai. J'avais déjà vu bon nombre de cadavres dans ma vie et celui-ci n'était pas le plus horrible, mais la chaleur et l'atmosphère renfermée de la pièce avaient empêché le corps de refroidir. Sa peau était aussi chaude que la mienne, mais d'une flaccidité désagréable.

J'avais laissé l'objet là où je l'avais découvert : dans le lit, entre ses cuisses. C'était une broche à rôtir d'une quarantaine de centimètres de long.

— Je... euh... je n'ai observé aucune blessure externe sur le corps.

— Je vois.

Le front de M. Campbell se détendit légèrement.

— Dans ce cas... il n'y a pas forcément eu meurtre, dit-il avec un soupçon d'espoir dans la voix.

J'allais répondre quand un regard de Jamie me rappela à l'ordre. M. Campbell, n'ayant rien remarqué, poursuivit :

— La question est de savoir si cette malheureuse s'est infligé ce supplice toute seule ou si quelqu'un l'a aidée. Quelle est votre opinion, madame Fraser ?

Jamie plissa les yeux par-dessus l'épaule de Campbell, mais sa mise en garde n'était pas nécessaire. Nous en avions discuté la veille et étions parvenus à nos propres conclusions... mais ces dernières n'avaient pas besoin d'être partagées par les représentants de la justice de Cross Creek, du moins pour le moment. Je me pinçai le nez, plus pour me cacher le visage qu'en raison de l'odeur pestilentielle. J'étais une très mauvaise menteuse.

— Je suis sûre qu'elle se l'est infligé elle-même, déclarai-je d'un ton ferme. Il faut peu de temps pour se vider de tout son sang de cette manière et, comme Jamie vous l'a déjà dit, elle était encore en vie lorsque nous sommes arrivés. Avant d'entrer, nous sommes restés un long moment devant la scierie, à discuter. Personne n'aurait pu en sortir sans que nous le voyions.

D'un autre côté, quelqu'un aurait très bien pu se cacher dans l'autre pièce, puis se glisser discrètement au-dehors pendant que nous nous tenions au chevet de la mourante. Si cette hypothèse ne venait pas d'elle-même à l'esprit de M. Campbell, je ne voyais aucune raison de la lui suggérer.

M. Campbell se retourna brusquement et Jamie eut juste le temps de reprendre une expression solennelle de circonstance. Le juge secoua la tête d'un air navré.

— Pauvre enfant ! On ne peut qu'être soulagé qu'elle n'ait entraîné personne d'autre dans son péché !

— Et l'homme qui lui a fait l'enfant dont elle tenait tant à se débarrasser ? rétorquai-je, agacée.

M. Campbell parut étonné, puis se reprit rapidement.

— Euh... oui, bien sûr, dit-il en toussotant. Bien que nous ne sachions pas si elle était mariée...

Jamie intervint avant que je ne me livre à une autre remarque déplacée.

— Alors, vous ne connaissez pas cette femme ?

Campbell fit un signe de dénégation.

— Elle n'était pas au service de M. Buchanan ni des MacNeill. Elle ne travaillait pas non plus chez le juge Alderdyce. Ce sont les seules plantations suffisamment proches pour qu'elle ait pu marcher jusqu'ici. Quoique je me demande pourquoi elle a choisi cet endroit pour accomplir son geste désespéré !

Nous nous étions déjà interrogés sur ce sujet. Pour empêcher M. Campbell de s'enfoncer plus avant dans cette voie, Jamie lança :

— Tout ce qu'elle a pu nous dire, c'est : « Dites au sergent... » Cela vous évoque quelque chose ?

— Il me semble qu'il y a un sergent à la tête des gardes de l'entrepôt royal. Attendez voir... oui, j'en suis sûr.

Son visage s'illumina soudain.

— J'y suis ! Cette femme est liée d'une manière ou d'une autre à la garnison. C'est de là-bas qu'elle est venue ! Cela dit, je ne m'explique toujours pas ce qu'elle...

Je l'interrompis en posant une main sur son bras.

— Monsieur Campbell, pardonnez-moi, mais je me sens un peu faible...

Ce n'était pas complètement de la comédie. Je n'avais pas dormi ni mangé depuis la veille. La chaleur et l'odeur me faisaient tourner la tête.

— Vous voulez bien accompagner ma femme au-dehors ? demanda Jamie. Je vais porter cette malheureuse.

— Ne vous donnez pas cette peine, monsieur Fraser, protesta M. Campbell. Un de mes domestiques viendra prendre le corps.

— Non, c'est à moi de le faire, déclara Jamie. C'est la scierie de ma tante, je vais m'en occuper.

Phaedre attendait dehors près du chariot. En me voyant revenir, elle esquissa une moue dépitée.

— Je vous avais bien dit que cet endroit était malsain, madame ! Vous êtes pâle comme un linge.

Elle me tendit un flacon de vin aux épices, fronçant le nez dans ma direction.

— Vous empestez encore plus que la nuit dernière. On dirait que vous venez d'égorger un cochon. Asseyez-vous à l'ombre et buvez un coup. Ça va vous remonter.

Elle lança un regard par-dessus mon épaule. Je me tournai et aperçus Campbell près des sycomores qui bordaient la rivière, discutant avec son valet.

— Je l'ai retrouvée, dit aussitôt Phaedre à voix basse.

— Vous êtes sûre ? Vous n'avez pas eu beaucoup de temps.

Elle m'indiqua du menton le petit groupe de cases où vivaient les esclaves, à peine visible de ce côté de la scierie.

— Il ne m'en a pas fallu beaucoup. J'ai longé les cabanes, j'ai vu une porte ouverte, j'ai regardé dedans. Il y avait du chantier partout, comme si on était parti en coup de vent. J'ai demandé à un type qui habitait là. Il m'a dit que c'était la case de Pollyanne mais qu'elle était partie et qu'il ignorait où elle était. Je lui ai demandé quand elle était partie. Il m'a répondu qu'elle était encore là pour le dîner hier soir, mais que ce matin elle n'y était plus.

Elle me fixa gravement.

— Qu'est-ce que vous allez faire, maintenant ?

C'était une excellente question, dont je ne connaissais malheureusement pas la réponse. Je bus une grande gorgée de vin pour noyer mon angoisse.

— Tous les esclaves ont déjà dû se rendre compte de sa disparition, méditai-je. Combien de temps nous reste-t-il avant que quelqu'un de l'extérieur ne l'apprenne ?

Phaedre haussa les épaules d'un air incertain.

— N'importe qui peut venir se renseigner et le savoir rapidement. Mais qui ça intéressera-t-il ?

Jamie venait de sortir par la petite porte en portant le corps enveloppé dans une couverture. Le valet de Campbell accourut pour l'aider.

Phaedre partit chercher les affaires que j'avais mises dans le chariot — une couverture, un seau, des chiffons propres et un bocal d'herbes —, pendant que je rejoignais Jamie, qui venait de déposer le cadavre sur la berge et se lavait les mains dans la rivière.

Je m'agenouillai auprès de lui et plongeai les mains dans l'eau à mon tour. C'était inutile, compte tenu de ce que je m'apprêtais à faire, mais l'habitude était tenace.

— J'avais raison, chuchotai-je à Jamie. Il y avait bien une femme, une certaine Pollyanne. Elle a pris la fuite cette nuit.

Il grimaça. Campbell se tenait devant le corps et le contemplait en fronçant les sourcils.

Jamie se pencha en avant et s'aspergea le visage. Puis il s'ébroua comme un jeune chien et s'essuya sur son plaid.

— Nous n'avons pas le choix, déclara-t-il. Il faut absolument la retrouver.

Il était inutile d'essayer de sauvegarder ses vêtements, aussi je les découpai. Nue, elle paraissait avoir vingt ans. Mal nourrie, maigre, ses bras et ses jambes fins et pâles comme des branches élaguées. Toutefois, elle était étonnamment lourde et sa rigidité cadavérique la rendait difficile à manipuler. Phaedre et moi étions en nage avant d'avoir terminé.

Au moins, notre tâche ne prêtait pas à la conversation, ce qui me laissait le loisir de réfléchir.

Une femme qui voulait avorter discrètement toute seule le faisait chez elle, dans sa chambre. Si l'inconnue était venue jusque-là, ce ne pouvait être que pour y rencontrer quelqu'un. Quelqu'un qui pourrait l'aider et ne pouvait se rendre chez elle.

J'avais tout de suite pensé à une esclave, une « faiseuse d'anges » que les femmes se recommandaient en chuchotant.

J'avais vu juste, mais l'avorteuse avait fui, de peur que l'inconnue ne nous ait dévoilé son identité. Ses craintes étaient sans fondement. Elle aurait dû rester tranquillement chez elle sans rien dire. Farquard Campbell m'avait crue quand je lui avais dit que la malheureuse avait tenté d'avorter toute seule. De toute manière, il pouvait difficilement prouver le contraire. Mais si quelqu'un apprenait que Pollyanne s'était enfuie, ce qui ne manquerait pas d'arriver tôt ou tard, l'avorteuse serait rattrapée et interrogée. On découvrirait le pot aux roses, et alors...

La loi du sang s'appliquait-elle dans ce cas ? Sans doute. La femme qui avait provoqué la mort de l'inconnue en croyant l'aider allait devoir payer son erreur de sa vie.

— Vous avez quelque chose pour la coiffer, madame ?

Phaedre, accroupie devant le cadavre, tripotait les cheveux emmêlés d'un air critique.

— On ne peut pas la mettre en terre dans cet état, la pauvre, déclara-t-elle.

Je fouillai dans ma poche et en sortis un petit peigne d'ivoire que je lui tendis. Elle se mit aussitôt au travail en fredonnant.

Derrière nous, j'entendis l'attelage de M. Campbell qui se mettait en branle. Je le vis qui me saluait en ôtant son chapeau. Je lui adressai un signe de la main en retour, avec soulagement.

Phaedre s'était arrêtée de travailler, elle aussi. Elle cracha dans la poussière. C'était un geste sans méchanceté, pour conjurer le mauvais sort. Je l'avais souvent vue le faire.

Quand Campbell fut assez loin, elle me dit :

— M. Jamie et vous avez intérêt à retrouver Pollyanne avant le coucher du soleil. M. Ulysse m'a dit que Mme Jocasta l'avait achetée au moins deux cents livres. Il y a des bêtes sauvages dans la pinède et elle ne connaît pas les bois. Elle est arrivée tout droit d'Afrique il y a moins d'un an.

Sans autre commentaire, elle se remit à la tâche, ses longs doigts agiles démêlant la chevelure de soie du cadavre.

Je compris soudain que la toile tissée autour de Jamie m'englobait aussi. Je n'étais pas l'observatrice extérieure que j'aurais souhaité être. Phaedre m'avait aidée à identifier Pollyanne comme l'avorteuse non pas parce qu'elle avait confiance en moi ou parce que je lui étais sympathique, mais parce que j'étais la femme du maître. Et bien sûr, c'était à Jamie de s'en charger... elle était sa propriété, ou celle de Jocasta. Aux yeux de Phaedre, c'était du pareil au même.

Enfin, l'inconnue fut prête sur le drap usé que j'avais apporté en guise de linceul.

Le prêtre le plus proche demeurant à Halifax, nous allions l'enterrer sans les rites. Etait-ce si grave ? Les cérémonies servent à réconforter les vivants. Cette malheureuse ne laissait probablement personne derrière elle. Si elle avait eu des proches — une famille, un mari, voire un amant. — elle n'en serait sans doute pas arrivée là.

Je ne l'avais pas connue et sa mort ne bouleverserait pas mon existence. Pourtant, je portais son deuil et celui de son enfant. Par conséquent, plus pour moi que pour elle, je m'agenouillai devant son corps et éparpillai les herbes aromatiques : rue, hysope, romarin, thym et lavande. Un bouquet que les vivants offraient aux morts en symbole de souvenir.

Phaedre, agenouillée en face de moi, m'observait en silence. Enfin, elle rabattit doucement le drap sur le visage de la jeune morte. Jamie se tenait derrière nous. Sans un mot, il souleva le cadavre et l'emporta dans le chariot.

Il n'ouvrit la bouche que lorsque je fus assise sur la banquette du cocher. Il secoua les rênes, fit claquer sa langue et déclara :

— Allons trouver ce sergent, *Sassenach*.

Avant cela, il nous restait plusieurs détails à régler. Nous retournâmes à River Run pour déposer Phaedre. Jamie disparut pour chercher Duncan et quitter ses habits souillés, pendant que je rendais visite à mon patient et informais Jocasta des événements de la matinée.

Je n'eus pas besoin d'aller très loin. Farquard Campbell se tenait dans le petit salon et buvait le thé avec Jocasta. John Myers, les hanches ceintes d'un plaid aux couleurs des Cameron, était allongé sur le lit de repos en velours vert, mâchonnant allégrement des brioches. A en juger par la propreté inhabituelle des jambes et des pieds nus qui émergeaient du tartan, quelqu'un avait profité de son inconscience pour lui administrer un bon bain.

En entendant mes pas, Jocasta tourna la tête vers moi. En dépit de son sourire, son front était soucieux.

— Ma petite ! lança-t-elle. Asseyez-vous donc avec nous et prenez quelque chose. Vous n'avez sans doute pas fermé l'œil de la nuit et vous avez dû passer une matinée affreuse.

En temps normal, j'aurais été amusée ou agacée d'être appelée « ma petite » mais, au regard des circonstances, je trouvai cela étrangement réconfortant.

Je m'effondrai dans un fauteuil et acceptai avec gratitude la tasse de thé qu'Ulysse me tendit, tout en me demandant ce que Farquard avait bien pu raconter à Jocasta.

— Comment vous sentez-vous ce matin ? demandai-je à mon patient.

Il semblait dans un état remarquable compte tenu de la quantité d'alcool qu'il avait ingurgitée la veille. Il avait le teint frais et un appétit du diable, à voir la rapidité avec laquelle il enfournait ses brioches.

Il hocha la tête sans cesser de mâcher puis déglutit avec peine.

— Extraordinairement bien, madame, répondit-il enfin. J'ai un petit peu mal autour de mes parties intimes...

Il tapota doucement la région en question, à titre d'illustration.

— ... mais je n'ai jamais vu un aussi beau travail de couture. M. Ulysse a eu l'amabilité de me prêter un miroir pour admirer votre ouvrage. Figurez-vous que je n'avais jamais vu mon propre derrière. Je suis tellement poilu qu'on pourrait croire que mon père était un ours !

Jocasta et lui éclatèrent de rire, tandis que Farquard Campbell cachait son sourire dans sa tasse de thé.

— J'ai bien connu votre mère, John Quincy, déclara Jocasta, les larmes aux yeux. Je peux vous assurer que ce n'était pas le cas.

— Bah ! fit Myers. Maman a toujours préféré les hommes velus. Elle disait que ça tenait plus chaud pendant les longues soirées d'hiver.

Il baissa les yeux vers la toison qui apparaissait entre son col ouvert et esquissa une moue satisfaite.

— Elle avait sans doute raison, d'ailleurs. En tout cas, je rencontre un franc succès auprès des squaws. A moins que ce ne soit l'attrait de la nouveauté. Leurs propres hommes ont des couilles aussi lisses que des fesses de bébé, et je ne vous parle pas de leur derrière !

M. Campbell avala de travers un morceau de brioche et manqua s'étrangler. Je ris intérieurement et bus une longue gorgée de thé. C'était un mélange indien fortement parfumé et, malgré la chaleur étouffante, je m'en régalai. Je humai les vapeurs odorantes qui s'élevaient de ma tasse, les laissant chasser la puanteur du sang et des excréments incrustée dans mes narines, tandis que la conversation joyeuse me faisait oublier la scène pénible du matin.

Je lançai un regard langoureux vers le tapis. J'aurais pu m'y allonger et dormir pendant une semaine.

Jamie entra dans le salon, rasé et peigné. Il avait passé une chemise et une veste propres. Il salua Farquard Campbell, qu'il ne parut pas surpris de voir. Sans doute avait-il entendu sa voix dans le couloir. Jamie se pencha sur sa tante et l'embrassa, avant d'apercevoir Myers.

— Comment ça va, *a charaid* ? Ou devrais-je dire : comment vont-elles ?

— A merveille, assura Myers. Mais je crois qu'il me faudra attendre encore un ou deux jours avant de remonter en selle.

Jamie se mit à rire, puis s'adressa à Jocasta :

— Vous n'auriez pas vu Duncan ce matin, ma tante ?

— Si. Je les ai envoyés faire une course, lui et le petit.

Elle sourit et tendit la main vers lui. Je vis ses doigts se refermer comme un étau sur son poignet.

— Quel homme charmant, ce M. Innes ! Si serviable ! Et tellement perspicace, avec ça ! C'est un vrai plaisir de discuter avec lui, tu ne trouves pas, mon neveu ?

Jamie la dévisagea d'un air intrigué, et lança un bref regard à Farquard. Celui-ci baissa les yeux, contemplant le fond de sa tasse avec application.

— En effet, dit Jamie d'un ton sec. Duncan m'est très utile. Ian est parti avec lui ?

— Partis tous les deux chercher un petit paquet pour moi, répondit sa tante sur un ton détaché. Tu avais besoin de lui tout de suite ?

— Non. Ça peut attendre.

— Tant mieux. Mange donc quelque chose. Tu n'as pas pris de petit déjeuner ce matin. Farquard, une autre brioche ?

— Non, non, *Cha ghabh mi' còrr, tapa leibh*. Il faut que j'aille en ville, j'ai beaucoup à faire aujourd'hui.

Farquard Campbell posa sa tasse et se leva, s'inclinant devant Jocasta et moi.

— Mesdames, monsieur Fraser.

Lorsqu'il fut sorti, Jamie s'assit et saisit un toast.

— Ce petit paquet, ma tante... ce ne serait pas l'esclave, par hasard ?

— Oui. Ça ne t'ennuie pas ? Je sais que Duncan est ton ami, mais le temps pressait et j'ignorais si tu repasserais par la maison.

— Que vous a dit Campbell ?

Je devinais ce à quoi il pensait. Il était étrange que le rigide M. Campbell, juge du district, qui n'avait pas levé le petit doigt pour empêcher le lynchage d'un Noir, conspire soudain pour protéger une esclave, et une faiseuse d'anges par-dessus le marché ! Pourtant... peut-être voulait-il se racheter.

— Je connais Farquard depuis plus de vingt ans, répondit Jocasta. *A mhci mo pheatar.* Je sais lire dans ses pensées sans qu'il ait besoin d'ouvrir la bouche.

Myers, qui avait suivi la conversation avec intérêt, intervint :

— Tout ce que je l'ai entendu dire, c'était qu'une pauvre femme s'était accidentellement donné la mort à la scierie alors qu'elle essayait de se débarrasser d'un fardeau. Il a dit qu'il ne la connaissait pas.

— Ce qui signifie qu'elle n'était pas d'ici, observa Jocasta. Farquard connaît tous ceux qui vivent à Cross Creek et le long de la rivière aussi bien que je connais mes gens. S'il ne l'avait jamais vue auparavant, c'est qu'elle n'était ni la fille ni la servante de personne.

Elle posa sa tasse et se cala dans son fauteuil.

— Tout ira bien. Mange, mon garçon, tu dois être affamé.

Jamie la dévisagea un long moment, le toast intact dans sa main. Enfin, il se pencha en avant et le replaça dans l'assiette.

— Je n'ai pas faim ce matin, ma tante. La vue de jeunes femmes mortes me coupe l'appétit.

Il se leva et épousseta les pans de sa veste.

— Ce n'était peut-être pas la fille ou la servante de quiconque, déclara-t-il, mais elle repose en ce moment même dans la cour et elle attire les mouches. Elle ne sera pas enterrée tant qu'elle n'aura pas de nom.

Il pivota sur ses talons et sortit du salon.

Il était presque midi quand nous atteignîmes l'entrepôt royal au bout de Hay Street. Equipé de son propre quai de chargement, il se dressait sur la rive nord de la rivière à la sortie de la ville, en surplomb. On voyait mal l'intérêt de faire garder le bâtiment à une heure pareille : rien ne bougeait dans les environs, hormis les piérides, les seules capables de supporter la chaleur. Les papillons voletaient autour des buissons en fleurs qui bordaient la berge.

Je contemplai la structure massive.

— Qu'est-ce qu'ils peuvent bien entreposer là-dedans ? demandai-je à Jamie.

L'énorme double porte était solidement cadenassée, une sentinelle en redingote rouge se tenant plantée devant l'entrée, tel un soldat de plomb. Derrière l'entrepôt, on apercevait un autre

bâtiment plus petit, sur lequel un drapeau anglais pendait mollement. Ce devait être le repaire du fameux sergent.

Jamie chassa une mouche qui tentait d'explorer son œil
gauche. En dépit des mouvements du chariot, nous en attirions
de plus en plus à mesure que la chaleur augmentait.

Je humai l'air autour de moi mais ne sentis qu'une vague
odeur de thym.

— Ils y mettent tout ce qui leur paraît précieux, répondit
Jamie. Des fourrures, des fournitures marines, du brai et de la
térébenthine. Mais la sentinelle, c'est à cause de l'alcool.

Chaque taverne brassait sa propre bière et chaque ménage
fabriquait son eau-de-vie de pomme et son vin, mais la Couronne conservait le monopole exclusif des alcools plus forts.
Brandy, whisky et rhum étaient importés dans la colonie sous
haute surveillance et en petites quantités, pour être revendus à
prix d'or sous le sceau de Sa Majesté.

— Ils ne doivent pas avoir beaucoup de stocks en ce moment,
observai-je. Ils n'ont mis qu'un seul garde.

— Les cargaisons arrivent de Wilmington une fois par mois,
expliqua Jamie. D'après Campbell, ils changent chaque fois la
date de livraison pour limiter les risques d'attaques par des
pirates.

— Tu crois que Campbell nous a crus au sujet de la fille ?
demandai-je.

Malgré moi, je lançai un regard derrière moi dans le chariot.

— Bien sûr que non, *Sassenach*, il n'est pas idiot. Mais c'est
un bon ami de ma tante. Il ne fera pas d'histoires à moins d'y
être obligé.

Il n'y avait pas de baraquements. Campbell avait expliqué à
Jamie que les soldats affectés à la garde des entrepôts étaient
logés à différents endroits de la ville. Après nous être informés
auprès du clerc qui travaillait dans le petit bureau, nous traver-
sâmes la rue pour nous rendre à la taverne de l'*Oie d'or*, où le
sergent était censé prendre son déjeuner.

Je l'identifiai dès la première seconde. Il se tenait assis près
de la fenêtre, sa cravate de cuir blanc dénouée et sa tunique
déboutonnée. Attablé devant un broc de bière et les restes d'un
pâté de viande, il paraissait détendu. Jamie entra derrière moi,
et son ombre obstrua un instant la lumière qui pénétrait par la
porte ouverte. Le sergent leva les yeux.

Malgré la pénombre qui régnait dans la salle, je vis le visage
de l'officier se vider de son sang. Jamie marmonna dans sa barbe
une obscénité en gaélique, puis avança droit vers lui.

— Sergent Murchison ! dit-il en feignant la surprise. Je ne
m'attendais vraiment pas à vous revoir... dans ce monde, du
moins.

L'expression du sergent laissait deviner que ce sentiment était réciproque, et que toutes retrouvailles dans ce monde-ci seraient toujours trop prématurées. Ses joues couperosées s'empourprèrent et il repoussa violemment sa chaise dans un crissement de bois.

— Vous !

Jamie ôta son chapeau et inclina la tête.

— Votre serviteur, monsieur.

Se remettant du choc, Murchison afficha un sourire narquois.

— Fraser ! Oh, pardon ! Je devrais sans doute vous appeler *monsieur* Fraser, désormais ?

— Ce serait plus correct, en effet.

Le sergent reboutonna sa tunique, lentement, sans quitter Jamie des yeux.

— J'avais entendu dire qu'un certain Fraser jouait les pique-assiette chez Mme Cameron à River Run. J'aurais dû me douter que c'était vous.

Le regard bleu de Jamie se glaça.

— Mme Cameron est ma parente. C'est d'ailleurs en son nom que je suis venu aujourd'hui.

Le sergent renversa la tête en arrière et se gratta voluptueusement le cou. Une ride profonde et rouge ceignait sa peau blanche et grasse, comme si quelqu'un avait tenté de l'étrangler.

— Votre parente, prétendez-vous ? Facile à dire ! Cette pauvre femme est plus aveugle qu'une taupe. Pas de mari, pas de fils. La proie idéale pour les petits escrocs.

Baissant la tête, il me lança à peine un regard.

— Et ça, c'est qui ? Votre poule ?

— C'est mon épouse, Mme Fraser.

Je sentais l'effort surhumain de Jamie pour se maîtriser. Sans le précieux chargement qui attendait dans le chariot, il aurait sans doute déjà explosé, mais, dans le cas présent, la dernière chose dont nous avions besoin, c'était bien une bagarre avec un soldat anglais.

— Et vous, monsieur, lequel des Murchison êtes-vous ? demanda-t-il aimablement. Vous me pardonnerez ma mauvaise mémoire, mais j'ai toujours eu du mal à vous différencier de votre frère.

Le sergent, occupé à nouer sa cravate, se figea sur place. Son visage revêtit une couleur malsaine dans les tons prune et je songeai qu'il aurait dû surveiller sa tension artérielle.

Toutefois, je me gardai de lui faire part de cette observation.

— Salaud ! éructa-t-il.

Au même moment, il se rendit compte que tout le monde autour de nous le fixait avec intérêt. Il lança un regard furibond à la ronde, saisit son chapeau et marcha d'un pas lourd vers la porte, manquant renverser Jamie au passage.

Celui-ci lui emboîta le pas. Une fois dehors, il l'appela :

— Murchison ! Un instant !

Le soldat pivota sur ses talons, les poings sur les hanches. Il était assez grand, avec des épaules carrées et un torse massif. Il portait plutôt bien l'uniforme. Ses yeux brillaient de fureur mais il avait eu le temps de recouvrer son sang-froid.

— Quoi encore ? Qu'est-ce que vous avez donc à me dire, *monsieur* Fraser ?

Jamie indiqua d'un geste le chariot garé sous un arbre.

— Je vous ai apporté un cadavre, dit-il froidement.

Pour la seconde fois en peu de temps, le sergent en resta la bouche ouverte et les bras ballants. Il se tourna vers le chariot, au-dessus duquel les mouches et les moucherons commençaient à se rassembler en un petit nuage.

— Ah, fit-il enfin.

C'était néanmoins un militaire et, sans pour autant oublier son antipathie pour Jamie, le devoir reprit le dessus et ses poings se détendirent.

— Le cadavre de qui ? demanda-t-il.

— Je n'en sais rien. J'espérais justement que vous pourriez m'éclairer. Vous voulez bien y jeter un coup d'œil ?

Après un moment d'hésitation, le sergent hocha la tête et s'approcha du chariot.

Je le rejoignis au moment où Jamie soulevait un coin du linceul improvisé. Le sergent ne savait pas cacher ses émotions. Sa profession ne l'exigeait sans doute pas. Il resta pétrifié.

— Vous la connaissez ? demanda Jamie.

— Je... elle... oui, je la connais. Elle...

Le sergent se tut brusquement, comme s'il avait peur d'en laisser échapper davantage. Il continuait à scruter le visage de la morte ; ses traits tendus prenaient peu à peu une rigidité de marbre.

Quelques hommes nous avaient suivis hors de la taverne. Ils gardaient leurs distances mais étiraient le cou avec curiosité. Il ne faudrait pas longtemps avant que toute la région ne soit au courant de ce qui s'était passé à la scierie. J'espérais que Duncan et Ian avaient réussi leur mission.

— Qu'est-ce qui lui est arrivé ? interrogea le sergent sans quitter le cadavre du regard.

Jamie l'observait avec attention.

— Alors, vous la connaissez ? répéta-t-il.

— Elle... elle était... blanchisseuse. Elle s'appelait Lissa. Lissa Garver.

Il parlait machinalement, incapable de détacher ses yeux de la morte. Son visage n'exprimait aucune émotion mais ses lèvres étaient blêmes et il serrait les poings contre ses flancs.

— Que lui est-il arrivé ? répéta-t-il.

— Elle a quelqu'un en ville ? demanda Jamie. Un mari, peut-être ?

C'était une question simple, mais Murchison sursauta comme si Jamie l'avait frappé en plein visage. Il le gratifia d'un regard glacial.

— Ça ne vous concerne pas, rétorqua-t-il. Dites-moi ce qui lui est arrivé.

— Elle a voulu se débarrasser d'un enfant. Cela s'est mal passé, dit calmement Jamie. Si elle a un mari, il faut le prévenir. Sinon, si elle n'a personne, je m'occuperai de l'enterrer.

— Ce ne sera pas nécessaire. Elle a quelqu'un.

Il s'essuya nerveusement le visage, comme s'il essayait d'effacer toute trace d'émotion.

— Allez dans mon bureau, ordonna-t-il d'une voix étouffée. Mon clerc prendra votre déposition. Allez !

Le bureau était vide, le clerc étant sans doute parti déjeuner. Je m'assis pour l'attendre pendant que Jamie faisait les cent pas dans la petite pièce. Ses yeux allaient sans cesse des bannières de régiment au mur au secrétaire à tiroirs poussé dans un coin.

— Tu parles d'une veine ! bougonna-t-il. Il fallait que je tombe sur Murchison !

— Tu le connais bien ?

— Trop bien ! Il était dans la garnison de la prison d'Ard uir.

— Je vois. A ton avis, comment a-t-il atterri ici ?

— Facile à deviner. On l'a chargé d'accompagner les prisonniers quand ils ont été déportés dans les colonies afin d'y être vendus. Je suppose qu'ensuite la Couronne n'a pas vu l'utilité de le renvoyer en Angleterre, dans la mesure où elle avait besoin de soldats ici. A l'époque, elle était en guerre contre les Français.

— C'était quoi, cette histoire à propos de son frère ?

Il émit un grognement sardonique.

— Ils étaient deux... des jumeaux. On les appelait Billy et Bobby. Ils se ressemblaient comme deux gouttes d'eau, et pas seulement sur le plan physique.

Il parlait rarement d'Ardsmuir. Tandis que ses souvenirs remontaient à la surface, je voyais des ombres glisser sur son visage.

— Il y a des hommes qui, pris individuellement, sont peut-être de braves types, mais dès qu'ils se retrouvent avec d'autres du même genre, ils deviennent pires que des loups.

— Ce n'est pas gentil pour les loups, remarquai-je en pensant à Rollo. Mais je crois comprendre ce que tu veux dire.

— Alors disons des porcs. Ce n'est pas ça qui manque parmi les militaires. D'ailleurs, c'est comme ça que l'armée fonctionne.

Les hommes sont capables de tout quand ils sont en groupe. Ils font des choses qui ne leur viendraient jamais à l'esprit quand ils sont seuls.

— Or les Murchison n'étaient jamais seuls ?

Il acquiesça.

— Ils étaient toujours ensemble. Si l'un avait des scrupules, l'autre était là pour les dissiper. Naturellement, lorsqu'ils allaient trop loin, comment savoir lequel des deux était responsable ?

Il arpentait toujours la pièce comme une panthère en cage. Il s'arrêta brusquement devant la fenêtre, fixant un point au-dehors.

— On se plaignait souvent des mauvais traitements qu'ils nous infligeaient, mais les officiers ne pouvaient pas punir les deux pour les péchés d'un seul, et les détenus ne savaient jamais lequel des Murchison leur avait donné un coup de botte dans les côtes ou les avait suspendus par leurs fers et laissés là jusqu'à ce qu'ils se chient dessus, pour le plus grand plaisir de la garnison.

— Ils sont tous les deux à Cross Creek ?

Il se détourna enfin de la fenêtre pour me regarder.

— Non. Celui qu'on a vu était Billy. Bobby est mort à Ardsmuir.

— A en juger par la réaction de son frère tout à l'heure, j'imagine qu'il n'est pas mort de cause naturelle.

— En effet.

Il soupira et étira ses épaules tendues.

— Tous les matins, on nous escortait à la carrière puis on revenait nous chercher à la tombée de la nuit, avec trois gardes par carriole. Un jour, ce fut au tour de Bobby Murchison d'être de garde. Il est parti avec nous à l'aube, mais il n'est jamais revenu. Il y avait une mare très profonde au milieu de la carrière.

Je n'aurais su dire si c'était son ton détaché ou l'histoire en elle-même qui me donna froid dans le dos.

— C'est toi qui...

Il m'interrompit en posant un doigt sur ses lèvres, m'indiquant la porte d'un mouvement de la tête. Quelques secondes plus tard, j'entendis des pas dans le couloir.

C'était le sergent. Il dégoulinait de transpiration, la sueur coulait sous sa perruque. Son teint avait la couleur du foie de veau cru.

Il lança un coup d'œil vers le secrétaire et fit un petit bruit agacé en constatant l'absence de son clerc. D'un geste rageur, il balaya le fourbi sur le bureau, envoya voler une cascade de paperasses sur le plancher. Puis il saisit un encrier et une feuille de papier qu'il déposa brutalement devant Jamie.

— Ecrivez, ordonna-t-il. Je veux savoir où vous l'avez trouvée, tout ce que vous avez vu et entendu.

Il lui jeta une plume d'oie avant d'achever :

— Signez, datez.

Jamie plissa les yeux mais ne fit pas un geste pour saisir la plume.

Jamie était un gaucher contrarié qu'on avait forcé, enfant, à écrire de la main droite, celle-là même qui, plus tard, avait été mutilée. Pour lui, écrire était donc un exercice laborieux et difficile qui laissait la page froissée, pleine de pâtés et de taches.

— Ecrivez, j'ai dit. Là ! Allez !

Les yeux de Jamie se plissèrent encore un peu plus mais, avant qu'il n'ait pu répliquer par une insanité qu'il pourrait regretter par la suite, j'avais saisi la plume et le papier des mains du sergent.

— J'y étais aussi. Je vais vous l'écrire.

La main de Jamie se referma sur la mienne avant que j'aie eu le temps de plonger la plume dans l'encrier. Il ôta la plume d'entre mes doigts et la jeta sur le bureau.

— Votre clerc n'aura qu'à passer me voir plus tard, chez ma tante, déclara-t-il. Allez, viens, Claire.

Sans attendre la réponse du sergent, il me prit par le coude. Nous étions sortis du bureau avant que j'aie pu comprendre ce qui se passait.

Le chariot nous attendait toujours sous son arbre, mais il était vide.

— Elle est en sécurité pour le moment, *Mac Dubh*, mais qu'est-ce qu'on va bien pouvoir faire d'elle ?

Duncan gratta son menton mal rasé. Ian et lui avaient passé trois jours à écumer la forêt avant de retrouver l'esclave Pollyanne.

— Elle ne va pas être facile à transporter, intervint Ian.

Tout en parlant, il coupa son morceau de bacon en deux et en donna une moitié à Rollo sous la table.

— La pauvre femme a failli mourir de terreur quand Rollo l'a débusquée et on a eu toutes les peines du monde à la mettre debout. Pas moyen de la faire monter sur un cheval. Il a fallu que je marche avec elle en la soutenant.

— Il faut la mettre à l'abri, dit Jocasta, le front soucieux. Ce Murchison était encore à la scierie hier matin, en train de chercher des noises à tout le monde. La nuit dernière, Farquard m'a envoyé un mot pour m'avertir que ce sergent de malheur avait déclaré qu'il s'agissait d'un meurtre. Il est en train de rassembler des hommes pour quadriller la région et retrouver l'esclave qui l'a commis. Farquard est tellement inquiet qu'il ne tient plus en place.

— Vous pensez qu'elle pourrait l'avoir fait ? questionna Ian. Accidentellement, je veux dire.

— Il n'y a que trois possibilités, répondis-je. Un accident, un meurtre ou un suicide. A ce qu'on sait, Pollyanne n'avait pas de motif pour l'assassiner. En outre, je connais des moyens nettement plus faciles pour se suicider.

Je frissonnai en songeant au contact de la broche froide entre mes doigts.

— Quoi qu'il en soit, déclara Jamie, si Murchison met la main sur cette Pollyanne, il la fera pendre ou fouetter à mort sur-le-champ. Il n'aura pas besoin de procès. Non, il faut qu'on emmène cette femme en dehors de son district au plus vite. Je me suis déjà arrangé avec notre ami Myers.

Nos exclamations de surprise furent interrompues par la voix inquiète de Jocasta :

— Quel genre d'arrangement, au juste ?

Avant de répondre, Jamie finit de beurrer un toast qu'il tendit à Duncan.

— Nous allons la conduire dans les montagnes. Myers dit qu'elle sera bien accueillie par les Indiens. Il connaît un bon refuge pour elle. Elle y sera hors de portée de Billy Murchison.

— « Nous » ? demandai-je poliment. Qui ça, « nous » ?

Il afficha un large sourire.

— Myers et moi, *Sassenach*. Il faut que j'aille visiter l'arrière-pays avant l'hiver et c'est là une excellente occasion. Je trouverais difficilement un meilleur guide que Myers.

Il s'abstint d'ajouter que c'était également une bonne occasion de s'éloigner de la sphère d'influence du sergent Murchison.

— Tu m'emmènes avec toi, dis, oncle Jamie ? lança Ian avec un regard avide. Tu auras besoin d'aide avec cette femme, crois-moi. Elle est aussi forte qu'un ours.

Jamie sourit à son neveu.

— D'accord. Je suppose qu'un homme ne sera pas de trop.

— Humm... fis-je en lui adressant un regard torve.

— ... Et puis comme ça tu pourras surveiller ta tante, continua Jamie en me retournant mon regard. Nous partons dans trois jours, *Sassenach*... si Myers peut tenir en selle d'ici là.

Trois jours ne nous laissaient pas beaucoup de temps mais, avec l'aide de Myers et de Phaedre, mes préparatifs s'achevèrent avant l'heure. J'avais rassemblé tout un coffret de remèdes et d'instruments de médecine et mes sacoches étaient pleines à craquer de couvertures, de provisions et d'ustensiles de cuisine. Il ne me restait plus qu'à régler le problème de ma tenue.

Je croisai une dernière fois la longue bande de soie sur mon buste, nouai les deux extrémités au-dessus de mes seins et examinai le résultat dans le miroir.

Pas mal. J'étirai les bras et tortillai le torse comme une danseuse orientale. Ça tenait. Mais peut-être, si je faisais encore un tour autour de ma poitrine avant de nouer le tout...

— Que fais-tu, *Sassenach* ? Et qu'est-ce que c'est que cette... chose que tu portes ?

Jamie, les bras croisés, était adossé à la porte, perplexe.

— Un soutien-gorge improvisé, répondis-je avec dignité. Je ne compte pas me promener dans les montagnes en montant en amazone et, si je ne porte pas de corset, il me faut bien quelque chose pour soutenir mes seins. Autrement, ils vont ballotter pendant tout le trajet, ce qui est très inconfortable, crois-moi.

— Tu m'en diras tant, remarqua-t-il d'un air songeur.

Il décrivit un large cercle autour de moi, gardant une distance prudente, observant mes jambes d'un air intrigué.

— Et ça, on peut savoir ce que c'est ?

— Tu aimes ?

Je posai les mains sur mes hanches, ravie du pantalon de daim que Phaedre m'avait cousu en riant comme une folle du début à la fin. Le daim avait été fourni par un ami de Myers à Cross Creek.

— Non, répondit-il franchement. Tu ne vas tout de même pas sortir en... en...

Il le montra du doigt, faute de trouver le mot.

— En pantalon, répondis-je. Mais si, bien sur. J'en portais tout le temps à Boston. Ils sont très pratiques.

Il me regarda un moment en silence. Puis, très lentement, il reprit sa marche autour de moi.

— Tu portais *ça* dans la rue ? s'écria-t-il incrédule. Devant tout le monde ?

— Oui. Comme la plupart des femmes. Pourquoi pas ?

— « Pourquoi pas » ? répéta-t-il, scandalisé. Mais on voit tes fesses, bon sang, même la raie !

— Et alors, on voit les tiennes aussi ! Ça fait des mois que j'admire ton derrière à travers tes culottes serrées, mais ce n'est qu'occasionnellement que sa vue m'inspire l'envie de te faire des propositions indécentes.

Ses lèvres frémirent ; il ignorait s'il devait rire ou non. Profitant de cette indécision, j'avançai vers lui et l'enlaçai en lui tenant fermement les fesses.

— A vrai dire, c'est surtout ton kilt qui me donne envie de me jeter sur toi, de te culbuter dans l'herbe et de te violer, lui susurrai-je. Mais les culottes ne te vont pas mal non plus.

Cette fois, il se mit à rire. Il se pencha vers moi et m'embrassa longuement ; ses mains explorèrent sans vergogne mon arrière-train à travers le daim. Il exerça une petite pression, me faisant me dandiner contre lui.

— Enlève-le, dit-il en reprenant son souffle.

— Mais je...

— Enlève-le.

Il recula d'un pas et commença à dénouer les lacets de sa braguette.

— Tu pourras le remettre plus tard si tu veux, *Sassenach*. Mais soyons clairs : s'il y a de la culbute et des viols à commettre, c'est moi qui m'en chargerai, d'accord ?

CINQUIÈME PARTIE

Les fraises sauvages

14

Fuyons avant l'orage

Août 1767

Ils l'avaient cachée dans un hangar à tabac, en lisière du champ le plus éloigné de Farquard Campbell. Il y avait peu de chances que quiconque remarque sa présence, hormis les esclaves de Campbell, qui étaient déjà au courant. Néanmoins, nous prîmes soin d'arriver à la tombée de la nuit, quand le ciel lavande se teintait de gris et que le hangar commençait à se fondre dans la pénombre ambiante.

Pollyanne sortit de sa cachette comme un fantôme, vêtue d'une grande cape munie d'une capuche, et on la hissa sur un cheval comme un paquet de contrebande, ce qu'elle était presque. Affolée, elle replia les genoux sous elle et s'accrocha des deux mains au pommeau de la selle, roulée en boule. La malheureuse n'était manifestement jamais montée sur un cheval.

Myers essaya de lui mettre les rênes entre les mains, mais rien au monde n'aurait pu lui faire lâcher le pommeau. Elle tremblait comme une feuille et laissait échapper un long gémissement mélodieux. Les hommes commençaient à s'impatienter, comme s'ils s'attendaient à voir débouler d'un instant à l'autre le sergent Murchison et ses hommes.

— Elle n'a qu'à monter derrière moi, proposai-je. Elle se sentira peut-être plus en sécurité.

Non sans mal, Pollyanne fut descendue de sa monture puis hissée à nouveau sur la croupe de mon cheval. Elle sentait fort le tabac frais et quelque chose de plus musqué. Elle m'enlaça aussitôt la taille, s'agrippant à moi comme si sa vie en dépendait. Pour la rassurer, je tapotai doucement l'une de ses mains sur mon ventre et elle me serra encore plus fort.

L'esclave avait de quoi être terrifiée. Elle ignorait sans doute le scandale que Murchison était en train de faire dans la région, mais elle ne pouvait entretenir d'illusions sur le sort qui l'attendait si on la capturait. Elle avait sûrement assisté à la scène devant la scierie deux semaines plus tôt.

Comparé à une mort certaine, se jeter dans les bras des Peaux-Rouges semblait peut-être préférable, mais de peu, à en juger par ses tremblements.

Elle manqua me couper la respiration lorsque Rollo surgit des buissons comme un démon. Mon cheval n'apprécia pas non plus et fit une embardée, s'ébrouant et piétinant sur place.

Je devais reconnaître que Rollo avait l'air assez féroce, même lorsqu'il était de bonne humeur, comme c'était le cas à présent. Il adorait partir en balade et, pour nous le prouver, souriait de toutes ses dents, révélant ses crocs acérés. Si on ajoutait à cela son pelage gris et noir qui se fondait dans la pénombre et le jaune de ses yeux plissés, il semblait l'incarnation même d'un démon de la nuit attiré par l'odeur de la chair fraîche.

Il passa au petit trot à moins d'un mètre de nous et la femme émit un râle d'épouvante. Je lui tapotai à nouveau la main et lui murmurai des paroles réconfortantes, mais elle ne répondit pas. Duncan m'avait prévenue qu'elle était née en Afrique et ne parlait pratiquement pas l'anglais mais j'avais espéré qu'elle comprendrait au moins quelques mots.

— Tout ira bien, lui dis-je. Ne vous inquiétez pas.

Occupée par ma monture et ma passagère, je n'avais pas vu Jamie qui approchait derrière moi, le pas aussi léger que Rollo.

— Ça va aller, *Sassenach* ?

— Je crois, oui.

Je lui montrai l'étau qui me ceignait la taille.

— ... Si je ne meurs pas étouffée.

— Au moins, elle ne risque pas de tomber, observa-t-il avec un sourire.

— J'aimerais pouvoir lui dire quelque chose pour la rassurer, la pauvre. Elle est terrifiée. Tu penses qu'elle sait où nous l'emmenons ?

— J'en doute. Je ne le sais pas moi-même.

Il portait ses culottes de cheval mais avait noué son plaid en glissant un pan sous sa ceinture et l'autre par-dessus son épaule. Le tartan sombre se fondait dans les ombres de la forêt aussi bien que dans la bruyère écossaise et ne laissait voir de lui que la tache blanche de sa chemise et l'ovale pâle de son visage.

— Tu ne connais pas de *taki-taki* qu'elle pourrait comprendre ? demandai-je. Je sais bien qu'elle n'a pas vécu dans les Caraïbes, mais essayons...

Il tourna la tête vers ma passagère et réfléchit.

— Ah si ! dit-il soudain. Il y a un mot qu'ils connaissent tous, d'où qu'ils viennent.

Il se pencha vers elle et posa la main sur son bras.

— Liberté, dit-il.

Il marqua une pause, attendant une réaction.

— *Saorsa*, répéta-t-il. Vous comprenez ?

Elle ne desserra pas son étreinte mais elle poussa un soupir tremblant et je la sentis hocher la tête.

Nos chevaux se suivaient à la queue leu leu. Myers ouvrait la voie. Le sentier, à peine tracé, n'était identifiable qu'à la végétation aplatie par le passage d'autres cavaliers.

Ma passagère paraissait soit un peu rassurée, soit trop épuisée pour se soucier de ce qui lui arrivait. Après une brève pause vers minuit pour nous rafraîchir, elle laissa Ian et Myers la hisser de nouveau en croupe sans faire d'histoires. Sans jamais me lâcher la taille, elle s'assoupissait de temps à autre, son front contre mon épaule.

Nous nous arrêtâmes à l'aube, dessellâmes les chevaux, les entravâmes, puis les laissâmes paître les herbes hautes d'un petit pré. Je retrouvai rapidement Jamie, me blottis contre lui et m'endormis presque aussitôt, bercée par le bruit de mastication de nos montures.

Nous dormîmes presque toute la journée et nous réveillâmes au coucher du soleil, raides, assoiffés et couverts de tiques. Heureusement pour moi, ces parasites semblaient apprécier ma chair aussi peu que les moustiques mais, lors de notre voyage vers le nord, j'avais pris l'habitude d'inspecter Jamie et les autres à chaque réveil. Ils transportaient toujours quelques passagers clandestins.

— Beurk ! fis-je en découvrant un spécimen particulièrement gras sous l'aisselle de Jamie. Je n'ose pas te l'enlever. Elle est tellement gorgée de sang qu'elle semble près d'éclater.

Il haussa les épaules, occupé à se palper le crâne, à la recherche d'autres intrus.

— Tu n'as qu'à t'occuper des autres d'abord, suggéra-t-il. Peut-être qu'entre-temps celle-ci sera tombée d'elle-même.

Je n'avais pas d'objection contre une explosion de la tique, mais pas tant qu'elle garderait ses dents enfoncées dans la peau de Jamie. J'avais déjà vu des infections provoquées par les mâchoires de tiques et ne tenais pas à traiter ce genre de chose au beau milieu de la forêt. Ma sacoche de médecine ne comportait que le strict nécessaire, mais, par chance, celui-ci incluait les pinces à épiler du Dr Rawlings.

Myers et Ian s'en sortaient plutôt bien. Ils étaient tous deux torse nu et Myers se penchait sur Ian comme un gros babouin noir, farfouillant consciencieusement dans sa chevelure.

— Tiens, en voilà un petit, dit Jamie.

Il écarta ses mèches pour que je puisse atteindre l'insecte brun derrière son oreille. J'étais en train de l'enlever délicatement quand je sentis une présence à mon côté.

Epuisée, je n'avais pas trop prêté attention à notre fugitive depuis que nous avions monté le camp. J'avais simplement considéré qu'elle n'irait pas s'aventurer seule dans les bois. De fait, elle n'alla pas plus loin que le ruisseau auprès duquel nous avions dormi et revint avec un seau d'eau.

Elle le déposa dans l'herbe, cueillit un peu d'eau dans sa main en coupe et la versa dans sa bouche. Elle mâchonna vigoureusement pendant quelques minutes, les joues gonflées. Puis elle me fit signe de m'écarter, souleva le bras de Jamie et cracha violemment et abondamment sur son aisselle.

Avec délicatesse, elle prit la bête entre deux doigts et exerça une série de petites torsions. Jamie, qui était très chatouilleux dans cette région-là, devint rose vif et commença à se contorsionner, bandant les muscles de son torse. Elle tint fermement son poignet et, au bout de quelques secondes, la grosse tique tomba dans sa paume. Pollyanne la jeta dans l'herbe et me sourit d'un air satisfait.

Enveloppée dans sa cape, elle m'avait fait penser à une balle. A présent que je la voyais sans le lourd vêtement, elle me faisait toujours penser à une balle. Minuscule, elle ne mesurait pas plus d'un mètre quarante et semblait presque aussi large, avec des cheveux ras, des joues rebondies et des yeux bridés.

Elle avait tous les attributs des statuettes des déesses de la fécondité que j'avais vues aux Antilles : une poitrine opulente, de larges hanches, un teint couleur de grain de café et une peau si lisse qu'on aurait dit de la pierre polie. Elle me tendit sa paume ouverte et me montra plusieurs graines de la taille et de la forme des haricots de Lima.

— *Paw-paw*, dit-elle.

Sa voix était si grave et si profonde que même Myers tourna une tête surprise vers nous : une voix puissante, riche, sonore comme un tambour. En me voyant sursauter, elle esquissa un sourire timide et me dit quelque chose que je ne compris pas, même si je reconnus du gaélique.

— Elle dit qu'il ne faut pas avaler les graines, parce que c'est du poison, me traduisit Jamie.

Il observait la femme d'un air suspicieux tout en se frottant l'aisselle avec son plaid.

— *Hau*, confirma Pollyanne. *Poï-zon*.

Elle se pencha au-dessus du seau d'eau, se rinça la bouche et cracha un jet énergique qui s'écrasa contre un rocher comme un coup de fouet.

— C'est un bon moyen de défense ! observai-je.

J'ignorais si elle avait compris mais elle devina à mon sourire que je me voulais cordiale. Elle me sourit en retour, lança deux autres graines de *paw-paw* dans sa bouche et fit signe à Myers que c'était son tour.

Le temps que nous ayons dîné et soyons prêts à reprendre la route, Pollyanne avait pris assez d'assurance pour accepter, quoique nerveusement, de monter seule. Jamie lui montra comment se laisser humer par le cheval. Elle trembla quand les grands naseaux la poussèrent doucement en arrière. Puis le cheval s'ébroua et elle bondit, avant d'éclater d'un rire qui ressemblait à du miel se déversant d'un bocal. Enfin, Jamie et Ian lui firent la courte échelle pour l'aider à s'installer en selle.

Pollyanne restait timide avec les hommes, mais elle se mit bientôt à me parler, dans un mélange polyglotte de gaélique, d'anglais et de sa langue maternelle. Je comprenais tout juste un mot sur dix mais son visage et son corps étaient suffisamment expressifs pour que je puisse saisir le sens de ses phrases. Je regrettais seulement de ne pas être aussi douée pour le langage corporel. Elle ne comprenait pas la plupart de mes questions et de mes remarques, ce qui me condamnait à attendre notre prochain arrêt quand Jamie ou Ian seraient disponibles pour me traduire les passages en gaélique.

Délivrée, du moins provisoirement, des contraintes de la terreur, et de plus en plus à son aise en notre compagnie, elle s'avéra dotée d'une personnalité pétillante, parlant sans interruption tandis que nous chevauchions côte à côte, sans se soucier de savoir si je comprenais ou non, éclatant parfois d'un rire contagieux qui me rappelait le hurlement du vent quand il s'engouffre dans une grotte.

Elle ne redevint silencieuse qu'une seule fois : pendant que nous longions une clairière où l'herbe s'élevait en une série d'étranges monticules, comme si un serpent géant y avait creusé ses galeries. Pollyanne se tut dès qu'elle les vit et, voulant faire accélérer sa monture, ne parvint qu'à s'arrêter. Je revins sur mes pas pour l'aider.

— *Droch àite*, murmura-t-elle en lançant des regards en coin vers les monticules. *Djudju.*

Elle grimaça et esquissa un geste de la main, sans doute pour conjurer le mauvais sort.

Myers avait lui aussi rebroussé chemin pour voir ce qui se passait.

— C'est un cimetière ? lui demandai-je.

Les monticules n'étaient pas espacés à intervalles réguliers mais répartis autour de la clairière dans un agencement qui ne pouvait être le fait d'une formation naturelle. Toutefois, ils paraissaient trop grands pour être des tombes, à moins qu'il ne s'agît de cairns comme en construisaient autrefois les Ecossais.

Myers repoussa son chapeau en arrière sur son crâne.

— Je ne dirais pas vraiment un cimetière, expliqua-t-il. Autrefois, c'était un village. Sans doute de la tribu tuscarora. Ces bosses là-bas, ce sont des maisons effondrées. La grosse dans le coin, ce devait être la case du chef. Dans peu de temps, la végétation aura tout envahi. Il n'en reste déjà plus grand-chose.

— Qu'est-ce qui s'est passé ici ?

Ian et Jamie venaient de nous rejoindre.

— Je n'en suis pas sûr, répondit Myers. Peut-être qu'une maladie les a décimés, à moins qu'ils n'aient été chassés par des Cherokees ou des Creeks, bien qu'on soit un peu trop au nord par rapport au territoire des Cherokees. Ça remonte probablement à la période de la guerre.

Tout en parlant, il se gratta la barbe et arracha un vestige de tique qu'il envoya promener d'une chiquenaude.

— En tout cas, conclut-il, ce n'est pas un endroit où je m'arrêterais volontiers.

Pollyanne étant manifestement du même avis, nous reprîmes la route. A la tombée du soir, nous étions enfin sortis de la forêt de pins. A présent, le sentier grimpait entre des noyers blancs et des chênes, avec, çà et là, des taillis de cornouillers et de peupliers.

A mesure que nous montions, la qualité de l'air changeait et se chargeait de diverses senteurs plus légères qui étaient les bienvenues après le parfum entêtant de la résine de pin. Des buissons odorants et fleuris poussaient dans les moindres crevasses des rochers, emplissant l'air d'odeurs de feuilles et de mousse.

Au bout du sixième jour, nous étions profondément enfoncés dans les montagnes et l'air se remplit de bruits d'eau courante. Des ruisseaux et des torrents serpentaient partout dans les vallées, se déversaient du haut des crêtes rocheuses, traçaient de fins denticules de brume et de mousse dans le paysage.

Nous venions de contourner le versant escarpé d'une haute colline quand je m'arrêtai soudain, émerveillée : en face de nous, sur le flanc lointain d'une montagne, une cascade jaillissait dans le vide, sur une trentaine de mètres, avant de s'écraser dans le fond de la gorge.

— Oh ! Vous avez vu ça ? s'exclama Ian.

— C'est beau, hein ? dit Myers avec la fierté d'un propriétaire. Ce n'est pas la plus impressionnante que j'aie rencontrée, mais elle n'est pas mal.

Ian écarquilla les yeux.

— Vous voulez dire qu'il y en a de plus hautes ?

Myers se mit à rire.

— Tu n'as encore rien vu, mon garçon !

Nous campâmes pour la nuit au bord du coude d'un grand torrent. Jamie et Ian partirent aussitôt pêcher avec enthousiasme, armés de cannes taillées dans du saule noir. J'espérais qu'ils ne rentreraient pas bredouilles. Nos provisions de produits frais commençaient à s'amenuiser, même s'il nous restait encore beaucoup de farine de maïs.

Pollyanne alla chercher un seau d'eau pour préparer des galettes de maïs. Ces dernières étaient délicieuses lorsqu'elles sortaient du four et restaient mangeables jusqu'au lendemain. Malheureusement, elles l'étaient de moins en moins à mesure que le temps passait, et devenaient dures comme du ciment dès le quatrième jour. Toutefois, elles ne moisissaient pas, ce qui en faisait un bon aliment de voyage, tout comme la viande de bœuf séchée et le porc salé.

La bonne humeur naturelle de Pollyanne semblait s'assombrir. Ses sourcils étaient si fins qu'on les distinguait à peine, ce qui avait l'effet paradoxal d'accroître l'expressivité de son visage quand il s'animait et de lui ôter toute expression quand il était au repos. Elle pouvait alors adopter un air totalement neutre, ce qui représentait un grand atout pour une esclave.

Sa morosité venait sans doute du fait que c'était notre dernière soirée tous ensemble. Nous avions atteint les confins des terres de la Couronne britannique. Demain, Myers et elle bifurqueraient vers le nord pour longer la crête des montagnes jusqu'aux territoires indiens. Là, dans une sécurité relative, elle irait refaire sa vie.

Son visage rond était penché sur l'écuelle en bois, ses doigts trapus mélangeaient la farine de blé, l'eau et le lard. Je m'accroupis en face d'elle et jetai du petit bois sur le feu naissant ; la poêle de fonte déjà graissée attendait sur le côté. Myers s'était éloigné pour fumer sa pipe. Au loin, j'entendais Jamie et Ian s'interpeller en riant.

Notre camp était encerclé par une couronne menaçante de montagnes et notre petite cuve était plongée dans les ténèbres. J'ignorais d'où Pollyanne venait au juste, si c'était la jungle ou la savane, le bord de mer ou le désert de l'intérieur des terres, mais cela ne devait pas ressembler à la Caroline du Nord.

A quoi pouvait-elle penser ? Elle avait survécu à la traversée de l'Atlantique et à l'esclavage. Ce qui l'attendait à présent ne pouvait être pire. Pourtant, je comprenais son angoisse : à force de m'enfoncer dans des terres si sauvages et si vastes, j'avais l'impression qu'elles allaient m'engloutir à jamais, sans laisser de moi la moindre trace. Notre feu ne semblait qu'une faible étincelle dans l'immensité de la nuit.

Rollo apparut soudain dans le cercle de lumière diffusée par le feu et s'ébroua, projetant de l'eau dans toutes les directions. Les flammes crachotèrent. Manifestement, il était allé pêcher, lui aussi.

— Va-t'en, sale bête ! m'exclamai-je.

Bien sûr, il ne m'obéit pas. Il se contenta de venir vers moi et de me pousser brutalement du bout de son museau, pour vérifier que j'étais bien celle qu'il croyait. Puis il recommença le même manège auprès de Pollyanne.

Le plus naturellement du monde, celle-ci lui cracha dans l'œil. Le chien poussa un cri de surprise et secoua la gueule, incrédule. Pollyanne m'adressa un grand sourire satisfait.

J'éclatai de rire et décidai de ne pas m'inquiéter outre mesure. Une femme capable de cracher dans l'œil d'un loup ne se laisserait pas malmener par les Indiens, la nature sauvage et tout ce qui croiserait son chemin.

Son écuelle était presque vide et une belle série de galettes revenaient dans la poêle. Pollyanne s'essuya les mains dans l'herbe et observa les petits pâtés ronds qui grésillaient et doraient à mesure que le lard fondait. Une réconfortante odeur de cuisine se mêla aux parfums du bois brûlé, ce qui me donna faim. Le feu avait enfin pris et sa chaleur se propageait en cercles concentriques qui repoussaient la nuit.

Etait-ce ainsi, là d'où elle était venue ? Les feux de bois et la cuisson des aliments faisaient-ils reculer les ténèbres de la jungle, tenant les léopards à distance ? La lumière et la compagnie étaient-elles aussi rassurantes, apportaient-elles une illusion de sécurité ? Car il s'agissait d'une illusion : le feu ne protégeait ni des hommes ni des ténèbres.

— Je n'avais jamais vu autant de poissons de ma vie ! répéta Jamie pour la quatrième fois.

Il arborait une expression de béatitude songeuse tout en fendant le ventre de sa truite grillée.

— Il y en avait tant que l'eau en bouillonnait ! N'est-ce pas, Ian ?

Ian hocha la tête et afficha le même air rêveur.

— Papa aurait donné sa dernière jambe pour voir ça ! Ils se précipitaient sur l'hameçon, tante Claire, je vous jure !

— En général, les Indiens ne s'embarrassent pas d'une ligne et d'un hameçon, déclara Myers. Ils construisent des pièges à truites ou, parfois, ils se contentent de les pêcher à la lance.

Il n'en fallait pas plus pour lancer Ian. La moindre allusion aux us et coutumes des Indiens déclenchait aussitôt une avalanche de questions. Il interrogea à nouveau Myers sur le village abandonné que nous avions rencontré quelques jours plus tôt.

— Vous avez dit que ça s'était passé pendant la guerre. Il s'agit de la guerre contre les Français, sans doute ? Je ne savais pas qu'il y avait eu des combats au sud.

Il enleva l'arête centrale de sa truite, souffla sur ses doigts pour les refroidir, et lança une portion de chair à Rollo, qui l'avala d'un coup.

— Non, répondit Myers. Je parlais de la guerre des Tuscaroras. Enfin, c'est comme ça que l'ont appelée les Blancs.

La guerre des Tuscaroras, expliqua-t-il, avait été un conflit bref mais violent qui s'était déroulé une cinquantaine d'années plus tôt. Il avait éclaté à la suite d'une attaque contre des colons installés dans l'arrière-pays. Le gouverneur de la colonie avait alors envoyé une expédition punitive sur les villages indiens des environs, qui s'était soldée par une série de batailles où, nettement mieux armés, les Anglais avaient décimé la nation tuscarora.

D'un signe du menton, Myers nous indiqua la forêt sombre.

— Il ne reste plus que sept villages tuscaroras aujourd'hui ; le plus gros compte une centaine d'habitants tout au plus.

Les derniers représentants des Tuscaroras auraient sans doute été effacés de la surface de la planète, massacrés par les tribus voisines, s'ils n'avaient été officiellement adoptés par les Mohawks, entrant ainsi dans la puissante confédération iroquoise.

Jamie revint près du feu avec une bouteille de whisky prise dans une de nos sacoches, un cadeau de Jocasta. Il s'en servit une petite tasse et tendit la bouteille à Myers.

— Je croyais que le territoire mohawk était très loin au nord, déclara-t-il. Comment peuvent-ils offrir leur protection aux Tuscaroras avec toutes ces tribus hostiles qui les entourent ?

Myers but une longue gorgée et fit claquer sa langue.

— Mmm... que c'est bon, ça ! En effet, les Mohawks vivent très loin d'ici. Mais on ne plaisante pas avec la confédération iroquoise. De plus, des six nations qui la composent, les Mohawks sont les plus féroces et personne, visage pâle ou Peau-Rouge, n'irait leur chercher des noises sans avoir une bonne raison !

— Mais quel intérêt avaient les Mohawks à adopter les Tuscaroras ? demanda Jamie. S'ils sont aussi redoutables, ils n'ont pas besoin d'alliés.

— Redoutables certes, mais pas immortels. La plupart des Indiens sont des guerriers et les Mohawks tout particulièrement. Ce sont des hommes d'honneur mais, parfois, on a du mal à comprendre ce qui les incite à tuer. Ils organisent des raids, voyez-vous, et se battent entre eux. Ils tuent aussi par vengeance. Rien ne peut arrêter un Mohawk quand il décide de se venger, hormis la mort elle-même. Et encore ! Si le vengeur meurt, ce sont ses frères, son père ou ses neveux qui continuent de vous poursuivre.

Il passa la langue sur ses lèvres d'un air méditatif.

— Parfois, reprit-il, ils tuent pour une raison qui nous paraît dérisoire, surtout quand il y a de l'alcool en jeu.

— Ils ont ça en commun avec les Ecossais, glissai-je à Jamie.

Celui-ci me lança un regard torve.

Myers saisit la bouteille de whisky et la fit rouler entre ses paumes :

— N'importe qui peut boire un verre de trop et perdre la tête, mais avec les Indiens, la première goutte est déjà de trop. Combien de massacres auraient pu être évités si les hommes n'avaient pas été rendus fous par la boisson !

Il secoua la tête pour dissiper ses sombres pensées et se souvint de son sujet principal :

— Quoi qu'il en soit, ils mènent une vie rude et violente. Certaines tribus sont effacées du jour au lendemain et aucune ne peut se permettre de perdre des hommes. Alors, ils adoptent des villages entiers pour remplacer les morts et les malades. Ou encore, ils prennent des prisonniers, qu'ils intègrent dans leurs familles et qu'ils traitent comme les leurs. C'est ce qu'ils feront avec Mme Polly.

Il désigna Pollyanne d'un geste du menton. Elle se tenait assise près du feu, sans prêter attention à notre conversation.

— C'est comme ça que, il y a cinquante ans, les Mohawks ont adopté tous les survivants tuscaroras. La plupart des tribus parlent une langue différente, mais certaines se ressemblent plus que d'autres. Celle des Tuscaroras est plus proche des Mohawks que des Creeks ou des Cherokees.

— Et vous, monsieur Myers, vous parlez le mohawk ? demanda Ian.

— Un peu, répondit Myers avec modestie. Tous les trappeurs apprennent quelques mots ici ou là.

— C'est chez les Tuscaroras que vous comptez emmener Mme Polly ? interrogea Jamie entre deux bouchées de galette.

Myers hocha la tête tout en mâchant avec prudence. Avec les quelques dents qui lui restaient, même des galettes fraîches représentaient un risque.

— Oui, nous en avons encore pour quatre à cinq jours de route.

Il m'adressa un sourire rassurant.

— Ne vous inquiétez pas, madame Claire, je veillerai à ce qu'elle soit bien installée.

— Que vont penser les Indiens en la voyant ? questionna Ian. Ils ont déjà vu une femme noire ?

Myers éclata de rire.

— Mon garçon, il y a pas mal d'Indiens qui n'ont jamais vu un Blanc ! Mme Polly ne les intriguera pas plus que ne le ferait ta tante Claire.

Il se rinça la bouche avec un verre d'eau et examina Pollyanne d'un air songeur. Elle sentit son regard sur elle et le dévisagea à son tour sans sourciller.

— Je pense qu'elle aura du succès auprès des Indiens. Ils aiment les rondelettes.

A son expression, il paraissait évident qu'il partageait ce goût. Ses yeux se promenèrent sur elle avec une admiration teintée d'une lubricité candide. Elle s'en aperçut et un changement extraordinaire s'opéra en elle. Tout à coup, toute sa personne sembla se concentrer sur Myers. Ses yeux noirs et insondables brillaient à la lueur du feu. Elle bougea à peine, mais d'un simple changement de posture, elle mit en avant sa poitrine et ses hanches généreuses dont les courbes étaient chargées de promesses lascives.

Myers déglutit laborieusement.

Je lançai un regard à Jamie, qui les observait avec un mélange d'inquiétude et d'amusement. Je lui donnai un petit coup de coude dans les côtes, lui signifiant : « Fais quelque chose ! »

Il arqua un sourcil impuissant. Je lui répondis par une grimace qui voulait dire : « Je n'en sais rien, moi, mais fais quelque chose ! »

— Mmphm...

Il s'éclaircit la gorge, se pencha en avant et posa une main sur le bras de Myers, l'extirpant brusquement de sa transe.

— J'espère que rien ne sera fait à Mme Polly contre son gré, dit-il poliment. Vous vous portez garant de sa sécurité, n'est-ce pas ?

Myers le considéra d'un air perplexe puis, comprenant enfin ce qu'il insinuait, revint sur terre. Il dégagea son bras, avala une généreuse rasade de whisky, toussa et s'essuya les lèvres.

— Bien sûr que non, répondit-il enfin. Enfin... je veux dire, oui, absolument. Chez les Mohawks comme chez les Tuscaroras, ce sont les femmes qui choisissent avec qui elles couchent, et même qui elles épousent. Ces gens-là ne connaissent pas le viol. Non, je peux vous assurer que rien ne lui sera fait contre son gré, je vous le promets.

— Je suis ravi de l'entendre, dit Jamie en se rasseyant.

Il me lança un regard du genre : « Te voilà rassurée, maintenant ? » et je lui souris tendrement.

Ian n'avait peut-être pas atteint seize ans, mais il n'avait rien perdu de la scène. Il toussota pour attirer l'attention, sentant que c'était le moment ou jamais de tenter sa chance.

— Oncle Jamie, M. Myers m'a gentiment proposé de les accompagner, Mme Polly et lui, pour voir le village indien. Comme ça, je pourrai m'assurer qu'elle y est bien traitée.

— Quoi ? Tu...

Il s'interrompit, fusillant son neveu du regard. Je pouvais voir ses méninges se mettre en branle.

Ian ne lui demandait pas sa permission, il l'informait simplement qu'il partait avec Myers. Si Jamie voulait l'en empêcher, il avait intérêt à trouver de bonnes raisons. Il pouvait difficilement lui rétorquer que c'était trop dangereux car cela revenait à dire qu'il envoyait Pollyanne en enfer et qu'il n'avait pas confiance en Myers.

Il grommela quelque chose dans sa barbe tandis que Ian paraissait aux anges.

De l'autre côté du feu, Pollyanne n'avait pas bougé. Elle fixait toujours Myers, un sourire au coin des lèvres. Elle leva une main et se massa machinalement un sein. Myers paraissait hypnotisé.

Aurais-je agi autrement si ma vie avait dépendu d'un homme ? pensai-je un peu plus tard, en écoutant les froissements d'étoffe et les grognements sourds qui provenaient de la couche de Myers. N'aurais-je pas fait tout ce qui était en mon pouvoir pour m'assurer qu'il me protégerait ?

Des brindilles craquèrent non loin dans le sous-bois et je me raidis. Jamie posa la main sur la garde de son coutelas, puis se détendit en sentant la puanteur rassurante d'une mouffette.

Il se rallongea contre moi et se rendormit presque aussitôt ; son souffle chaud me caressait le cou.

Ma situation et celle de Pollyanne n'étaient sans doute guère différentes l'une de l'autre. Mon avenir était-il moins incertain que le sien ? Ma vie ne dépendait-elle pas d'un seul homme qui m'était lié, en partie du moins, par le désir que je lui inspirais ?

Une brise agita les arbres et je tirai la couverture sous mon menton. Le feu se réduisait à quelques braises et, à une telle altitude, les nuits s'avéraient fraîches. La lune avait disparu mais le ciel restait encore clair : les étoiles formaient un filet de lumière au-dessus de la crête des montagnes.

Non, notre sort n'était pas tout à fait identique. Même si mon avenir semblait précaire, il serait partagé. Et les liens qui nous unissaient, mon homme et moi, allaient beaucoup plus loin que la chair. Mais par-dessus tout, la principale différence était que j'avais choisi d'être là.

15

Les nobles sauvages

Nous nous séparâmes le lendemain matin, Jamie et Myers étant convenus d'un rendez-vous dix jours plus tard. En contemplant autour de moi l'étourdissante immensité de la forêt et des montagnes, je me demandai comment on pouvait être sûr de se retrouver dans un endroit précis. Je ne pouvais que me fier au sens de l'orientation de Jamie.

Ils partirent vers le nord et nous vers le sud-ouest, suivant le lit du torrent au bord duquel nous avions passé la nuit. Je n'avais plus l'habitude d'être seule avec Jamie et, les premiers temps, tout me parut étrangement calme et désert. Puis je m'accoutumai à cette solitude et me détendis, pour observer notre environnement avec curiosité. Après tout, ce serait peut-être bientôt notre patrie.

Cette idée me déroutait. Le paysage était d'une richesse et d'une beauté à couper le souffle, mais il semblait si sauvage que je n'arrivais pas à imaginer qu'on puisse y vivre. Je me gardais cependant de partager cette angoisse avec Jamie et me contentais de suivre son cheval à mesure que nous nous enfoncions dans les montagnes, nous arrêtant finalement en fin d'après-midi pour camper et pêcher des poissons pour notre dîner.

Le jour battait en retraite derrière les arbres. Les épais troncs couverts de mousse se remplissaient d'ombres, leurs contours nimbés des derniers fragments de lumière qui se cachaient dans leurs feuilles.

Une lueur apparut soudain dans les herbes à quelques mètres de moi. Puis une autre, et une autre encore. Bientôt, la lisère de la forêt en fut parsemée. Elles tombaient doucement, s'éteignaient, se rallumaient en dansant dans l'air.

— Tu sais, Jamie, avant de venir vivre à Boston je n'avais jamais vu de lucioles, dis-je, ravie. Il y en a en Ecosse ?

Paresseusement allongé dans l'herbe, se soutenant sur un coude, Jamie les examinait, un sourire rêveur aux lèvres.

— Non. Que c'est beau !

Il poussa un soupir de contentement avant de reprendre :

— C'est mon heure préférée de la journée. Quand je vivais dans ma grotte, après Culloden, je sortais toujours à la tombée du jour. Je m'asseyais sur un rocher et je regardais autour de moi en attendant la nuit. C'est l'heure où sortent toutes les petites bestioles, les moucherons et les papillons de nuit. Ils forment des nuages au-dessus de l'eau. On voit les hirondelles venir les chasser, puis les chauves-souris, qui volent en rase-mottes. Les saumons jaillissent hors de l'eau pour les attraper.

Il fixait la mer de verdure qui ondoyait sur le flanc de la colline, mais je savais que ses yeux voyaient la surface du petit loch près de Lallybroch, agitée de vaguelettes provoquées par les bonds des poissons.

— Ça ne dure qu'un moment, mais tu as l'impression que tout va rester figé ainsi pour l'éternité, poursuivit-il. C'est étrange, non ? On voit presque la lumière diminuer et, pourtant, à aucun moment on ne peut dire : « Ça y est ! il fait nuit. »

Je m'allongeai près de lui ; l'humidité collait le daim à ma peau.

— Tu te souviens du père Anselme, à l'abbaye de Sainte-Anne-de-Beaupré ? demandai-je. Il disait que, pour chacun de nous, il existe une heure dans la journée où le temps semble s'arrêter. Ce n'est jamais la même pour tout le monde. Cela dépend de l'heure à laquelle tu es né.

Je tournai la tête vers lui.

— Tu sais quand tu es né ?

Il roula sur le côté pour me regarder et sourit.

— Oui. Le père Anselme a sans doute raison parce que je suis né à l'heure du dîner : à la tombée du soir le premier jour de mai. Je ne t'ai jamais raconté cette histoire ? Ma mère avait mis une marmite à mijoter mais ses contractions sont arrivées si vite qu'elle n'a pas eu le temps d'arrêter le feu. Dans la panique, tout le monde a oublié cette marmite jusqu'à ce que ça sente le brûlé. Le dîner était fichu, et la marmite aussi. Il n'y avait plus rien à manger dans la maison, à part une tarte aux groseilles. Mais la cuisinière qui l'avait préparée avait utilisé des groseilles encore vertes. Ils en ont tous mangé, sauf ma mère et moi bien entendu, et ils ont passé la nuit à se tordre dans leur lit à cause des coliques. Mon père m'a dit que, pendant des mois, il n'a pas pu poser les yeux sur moi sans avoir des crampes d'estomac.

Je me mis à rire et il se pencha pour enlever une feuille prise dans mes cheveux.

— Et toi, *Sassenach*, à quelle heure es-tu née ?

— Je n'en sais rien. Ce n'était pas inscrit sur mon acte de naissance et, si oncle Lamb le savait, il ne me l'a jamais dit. Mais je sais quand Brianna est née, elle. A trois heures et trois minutes du matin. Il y avait une grande horloge dans la salle d'accouchement.

— Tu étais éveillée ? Mais tu m'as dit qu'on droguait les femmes à ton époque.

— C'est vrai, mais j'ai refusé l'anesthésie.

— Pourquoi ? Je n'ai jamais assisté à un accouchement mais j'ai déjà entendu des femmes accoucher ! Il faudrait être folle pour refuser d'être soulagée de la douleur, quand on a le choix.

— C'est que...

Je cherchai un moyen de lui expliquer sans avoir l'air théâtrale, mais c'était pourtant la vérité.

— Je ne pensais pas que j'allais y survivre et je ne voulais pas mourir endormie.

Il ne fut pas choqué, juste intrigué.

— Ah non ?

— Pourquoi, tu aimerais, toi ?

Il se gratta le menton, amusé par la question.

— Je ne sais pas. Pourquoi pas ? J'ai été à deux doigts d'être pendu et je ne peux pas dire que j'aie beaucoup apprécié d'attendre l'heure de mon exécution. J'ai failli être tué plusieurs fois au combat, mais je n'avais pas trop le temps de réfléchir à la mort. Ensuite j'ai manqué succomber à mes blessures et à la fièvre, et je souffrais tellement que j'aspirais plutôt à mourir le plus rapidement possible. Tout compte fait, non, je ne crois pas que ça me dérangerait de mourir dans mon sommeil.

Il se pencha sur moi et m'embrassa.

— De préférence, dans un lit à côté de toi, ajouta-t-il. A un âge très avancé.

Il se releva brusquement et épousseta ses culottes.

— On ferait mieux de préparer le feu pendant qu'il reste encore assez de jour, *Sassenach*. Bientôt, je ne pourrai plus voir ma pierre. Tu veux bien aller chercher les poissons ?

Je le laissai se débrouiller avec sa pierre à feu et ses brindilles, et descendis la colline jusqu'au torrent. Nous avions laissé nos prises du jour attachées à des lacets dans le courant glacé. Lorsque je revins, il faisait déjà sombre et je distinguai à peine sa silhouette accroupie devant une pile de branches fumantes. Une volute de fumée pâle s'éleva entre ses paumes comme un nuage d'encens.

Je posai les poissons évidés dans l'herbe et m'assis en tailleur, à l'observer qui jetait du petit bois sur le feu, le faisant démarrer lentement, construisant patiemment notre barricade contre la nuit.

— A ton avis, c'est comment, la mort ? questionnai-je.

Il scruta les flammes naissantes en réfléchissant.

— *L'homme est comme l'herbe qui jaunit et qu'on jette dans les flammes*, citai-je. *Il est comme les étincelles qui s'élèvent vers le ciel... oubliées par le feu.* Tu crois qu'il n'y a rien, après ?

— Je ne sais pas...

Son épaule toucha la mienne et j'inclinai ma tête vers lui.

— ... Nous connaissons la tradition de l'Eglise, mais... non, je ne sais pas, médita-t-il. Pourtant, je suis sûr qu'il y a quelque chose, après... C'est bon, le feu est prêt maintenant.

Il s'affaira devant les flammes, en taillant à l'aide de son coutelas de petites branches vertes pour faire griller le poisson.

« Je suis sûr qu'il y a quelque chose. » Moi aussi, je le croyais. Je n'avais aucune idée de ce qui nous attendait de l'autre côté de la vie mais combien de fois étais-je restée ainsi, à l'heure où le temps s'arrête, la tête vide, l'âme apaisée, regardant dans... quoi ? Quelque chose qui n'avait pas de nom, pas de visage, mais qui me paraissait bienveillant et rempli de paix. Si la mort était là...

— Aïe ! fit Jamie. Je me suis coupé.

Je rouvris les yeux. A dix mètres de moi, il se suçait le doigt. Soudain, je sentis ma peau se hérisser sur mes bras. J'avais un petit point glacé, juste au centre de ma nuque.

— Jamie... dis-je doucement d'une voix que je reconnus à peine.

— Oui ?

— Est-ce qu'il... il y a... quelqu'un... derrière moi ?

Ses traits se figèrent. J'eus à peine le temps de m'aplatir au sol, réflexe qui me sauva sans doute la vie.

Un bruit sourd résonna, accompagné d'une forte odeur d'ammoniaque et de poisson. Quelque chose me heurta le dos avec une force qui me coupa le souffle, puis me marcha lourdement sur la tête, m'enfonçant le visage dans la terre.

Je me redressai, cherchant ma respiration et secouant les feuilles moisies qui couvraient mes yeux. Un énorme ours brun, braillant comme un chat, avançait dans la clairière, éparpillait des brindilles incandescentes.

L'espace d'un instant, aveuglée par la terre, je ne vis plus Jamie. Puis je l'aperçus, en dessous de l'ours, les bras agrippés autour de son cou, la tête dans le creux de son épaule, juste sous les mâchoires baveuses.

Il tentait de planter l'un de ses talons dans le sol pour se retenir. Il avait ôté ses bottes et ses bas lorsque nous avions installé notre campement et je distinguai son pied nu traînant dans les braises.

Son avant-bras, à demi enfoui dans la fourrure, était noué par l'effort. Son bras libre, armé du coutelas, fouettait l'air désespérément.

L'ours faisait des mouvements brusques de droite à gauche et tentait de se débarrasser de son fardeau. Il sembla perdre l'équilibre et s'effondra de tout son long sur le sol en poussant un cri de rage. J'entendis un « Oumph ! » qui ne venait pas de la bête.

L'ours se redressa sur ses pattes en s'ébrouant violemment. J'entrevis le visage de Jamie, déformé par l'effort. Secouant la tête pour se débarrasser des poils dans sa bouche, il cria :

— Sauve-toi !

L'ours s'abattit à nouveau sur lui, l'écrasant sous cent cinquante kilos de fourrure et de muscles.

Je cherchai autour de moi quelque chose qui pût faire office d'arme, mais ne trouvai rien que des morceaux de charbon qui me brûlèrent les mains. J'avais toujours imaginé que les ours rugissaient quand ils étaient énervés. Celui-ci provoquait un vacarme assourdissant, mais ses cris perçants et ses grognements évoquaient plutôt un porc qu'on mène à l'abattoir. Jamie, lui aussi, faisait beaucoup de bruit, ce qui, en l'occurrence, était plutôt rassurant.

Ma main se referma sur un objet froid et gluant : le poisson. Je le saisis par la queue et chargeai droit devant, assenant de toutes mes forces un coup sur le museau de l'ours.

Celui-ci referma la gueule et parut surpris. Il redressa la tête et s'élança vers moi avec une rapidité que je n'aurais jamais crue possible. Je tombai à la renverse et tentai un dernier coup de poisson avant que l'ours ne se rue sur moi, Jamie toujours suspendu à son cou.

J'eus l'impression d'être prise dans un broyeur. Il y eut un bref moment de chaos total, ponctué de coups sur mon corps et par la sensation d'être étouffée dans une grande couverture pleine de poils. Enfin il passa son chemin, me laissant le corps perclus, allongée sur le dos, empestant la pisse d'ours, clignant des yeux en regardant les étoiles qui brillaient sereinement dans le ciel.

La situation était nettement moins sereine sur terre. Je me redressai à quatre pattes et hurlai : « Jamie ! » vers les arbres derrière lesquels une masse difforme s'agitait en tous sens, écrasant les jeunes pousses et émettant une cacophonie de grognements sourds et d'imprécations en gaélique.

— Jamie !

Pas de réponse. Mais la masse gesticulante s'enfonça un peu plus dans les ténèbres. Les bruits divers se muèrent en grondements sourds, émaillés de gémissements.

— JAMIE !

Les craquements de branchages et les piétinements s'éloignèrent encore. Quelque chose se déplaçait sous les branches et se balançait lourdement de gauche à droite, sur quatre pattes.

Très lentement, sa respiration haletante entrecoupée de sifflements, Jamie avança à quatre pattes dans la clairière. Je courus vers lui et me laissai tomber à genoux.

— Jamie, tu vas bien ?

— Non ! dit-il avant de s'effondrer sur le sol dans un râle.

Son visage n'était qu'une tache livide dans la nuit, le reste de son corps était si sombre que je le distinguais à peine. Je compris pourquoi en passant mes mains sur lui. Ses vêtements imbibés de sang lui collaient à la peau ; sa chemise se détacha avec un affreux bruit de succion quand je tentai de la soulever.

Je glissai deux doigts sous son menton, cherchant le pouls. Il était vif, ce qui n'avait rien de surprenant, mais fort. Je poussai un soupir de soulagement.

— C'est ton sang ou celui de l'ours ? demandai-je.

— Si c'était le mien, *Sassenach*, je serais déjà mort, rétorqua-t-il.

Il roula péniblement sur le côté et se redressa en gémissant.

— D'ailleurs, reprit-il, si je suis encore en vie, ce n'est pas grâce à toi. Qu'est-ce qui t'a pris de me taper sur la tête avec un poisson pendant que j'essayais de sauver ma peau ?

— Arrête de bouger, que je voie si tu n'as rien.

S'il ne se laissait pas faire, c'était qu'il n'était sans doute pas grièvement blessé. Je le tins par les hanches pour l'immobiliser, puis je lui palpai le torse.

— Pas de côtes cassées ? demandai-je.

— Non, mais ce n'est pas une raison pour me chatouiller.

Certains endroits ici ou là le faisaient grimacer quand je les touchais, mais je ne relevai pas d'éclats d'os transperçant la peau, ni de creux ni de bosses suspectes ; quelques belles entailles dans le dos et sur le ventre, mais rien de brisé. Le sentant frissonner, j'allai lui chercher une couverture que je lui enveloppai autour des épaules.

— Puisque je te dis que je vais bien !

Il repoussa mes tentatives pour l'aider à s'asseoir.

— Va plutôt t'occuper des chevaux, dit-il. Ils ont dû s'affoler.

En effet. Nous les avions entravés à quelque distance de la clairière, mais, en proie à la terreur, ils étaient parvenus à briser leurs liens et à s'éloigner de plusieurs centaines de mètres. Je contournai l'endroit d'où me parvenaient encore les grognements plaintifs de l'ours, invisible dans les ombres des arbres. Le son était si humain que j'en eus la chair de poule.

Lorsque je retrouvai enfin les chevaux, ils piaffaient et hennissaient en piétinant l'herbe. Ils agitèrent les naseaux en percevant la puanteur qui m'imprégnait mais parurent soulagés de me voir.

Le temps que je les ramène au camp, les râles dans la pénombre avaient cessé. Une faible lueur brillait dans la clairière. Jamie avait réussi à faire repartir le feu.

Accroupi devant les flammes, il tremblait toujours sous son plaid. Je jetai dans le feu quelques morceaux de bois que j'avais ramassés en chemin et m'assis près de lui pour nettoyer ses plaies.

— Je me demande quelle mouche a piqué cette bête, médita Jamie à voix haute. Myers m'a dit que les ours bruns n'attaquaient les hommes que lorsqu'ils étaient provoqués.

— Quelqu'un l'a peut-être attaqué, suggérai-je, puis a eu le bon sens de détaler.

Le dos de sa chemise était en lambeaux tachés de sang et de terre. Je les écartai doucement. Quatre longues traces de griffes couraient de son omoplate à son aisselle.

— C'est moche ? interrogea-t-il.

— Pas trop, mais sale. Il faut que je te nettoie. J'ai vu de la sagette au bord du torrent tout à l'heure. Je crois que je pourrai la retrouver.

Je lui tendis la bouteille de bière que j'avais rapportée d'une sacoche et saisis son coutelas. Avant de partir, je me tournai une dernière fois vers lui. Il était pâle et tremblait toujours.

— Tu es sûr que ça va aller ?

— Oui, *Sassenach*. Ne t'inquiète pas. La perspective de mourir dans mon lit pendant mon sommeil me paraît encore plus attirante que tout à l'heure.

La lune se levait au-dessus des arbres et je n'eus pas de difficulté à localiser la plante aux petites feuilles dentelées. L'eau glacée me mordit les mains et les pieds tandis que j'arrachais les racines immergées.

Des grenouilles coassaient autour de moi et les hautes tiges qui poussaient dans l'eau bruissaient dans la brise. Tout était si paisible ! Soudain, je me mis à trembler tant que je dus m'asseoir sur la berge.

N'importe quand. Cela pouvait arriver n'importe quand, en un clin d'œil. J'ignorais ce qui me paraissait le plus irréel, l'attaque de l'ours ou cette douce nuit d'été, vibrante de promesses.

Je posai mon front sur mes genoux, laissant les derniers vestiges du choc se dissiper. Non seulement cela pouvait arriver n'importe quand, mais aussi n'importe où. Un virus, un accident de voiture, une balle perdue. Personne n'était à l'abri mais, comme la plupart des gens, j'évitais d'y penser.

Je frissonnai en songeant aux traces de griffes dans le dos de Jamie. S'il avait été moins vif, moins fort... si les plaies avaient été plus profondes... cela dit, elles pouvaient encore s'infecter. Mais contre ce risque-là, au moins, je pouvais me battre.

Cette idée me fit redescendre sur terre. Je m'aspergeai le visage d'eau froide puis, serrant les feuilles et les racines trempées dans ma main, je remontai la colline, légèrement ragaillardie.

J'aperçus Jamie de loin à travers un écran de jeunes pousses.

Il se tenait debout, le dos droit, ce qui devait être douloureux compte tenu de ses blessures.

Je m'arrêtai, soudain inquiète.

— Claire ?

Il ne se tourna pas vers moi. Sa voix était calme. Il n'attendit pas ma réponse mais poursuivit, articulant lentement :

— Viens te placer derrière moi, *Sassenach*, et glisse ton couteau dans ma main gauche. Surtout, reste derrière moi.

Le cœur battant, je franchis les quelques mètres qui nous séparaient. De l'autre côté de la clairière, juste à la lisière de la lumière du feu, se tenaient trois Indiens, armés jusqu'aux dents. Manifestement, l'ours avait été provoqué.

Les Indiens nous dévisageaient avec un intérêt qui s'avéra largement réciproque : un homme d'âge mur, dont le chignon orné de plumes et de perles était généreusement strié de mèches blanches, et deux hommes plus jeunes, d'une vingtaine d'années environ. Le père et ses fils, pensai-je. S'ils ne se ressemblaient pas vraiment, ils étaient tous trois plutôt petits, avec des épaules larges, des jambes arquées et de longs bras musclés.

Le plus âgé portait un vieux fusil à rouet français, le barillet hexagonal couvert de rouille. S'il tirait, l'engin risquait de lui exploser à la figure. J'espérai que nous n'en arriverions pas là.

L'un des jeunes tenait un arc, une flèche déjà en place. Tous trois arboraient de sinistres tomahawks et des couteaux à dépecer accrochés à leur ceinture. En comparaison, le coutelas de Jamie ne faisait pas le poids.

Manifestement parvenu à la même conclusion, Jamie déposa son arme sur le sol à ses pieds. Ensuite, s'asseyant en tailleur, il tendit les deux mains vers eux, paumes ouvertes, et haussa les épaules.

Les Indiens se mirent à glousser de rire. C'était un son si peu guerrier que je ne pus m'empêcher de sourire.

— Bonsoir, messieurs, lança Jamie. Parlez-vous français ?

Les Indiens gloussèrent à nouveau et échangèrent des regards timides. Le plus âgé s'avança d'un pas hésitant et inclina la tête, ce qui fit cliqueter les perles de sa coiffure.

— Pas... français, annonça-t-il.

— Anglais ? demandai-je.

Il me lança un regard intrigué et secoua la tête. Il dit quelque chose à l'un de ses fils, qui lui répondit dans la même langue inintelligible. Le vieil homme s'adressa de nouveau à Jamie et lui posa une question.

Jamie indiqua par signes qu'il ne comprenait pas et l'un des jeunes hommes s'approcha dans la lumière. Fléchissant les genoux et laissant tomber les épaules, il agita la tête de droite à gauche, et plissa les yeux dans une imitation si parfaite d'un ours que Jamie éclata de rire. Les autres Indiens affichèrent un sourire ravi.

Le jeune homme se redressa et pointa un doigt vers la manche tachée de sang de Jamie, avec un bruit interrogateur.

— Oui, il est par là-bas, répondit Jamie en lui montrant les arbres.

Aussitôt, les trois hommes disparurent dans les ténèbres, d'où nous parvinrent bientôt moult exclamations et chuchotements.

— Tout va bien, *Sassenach*, me glissa Jamie. Ils ne nous feront pas de mal. Ce sont juste des chasseurs.

Il ferma les yeux et je vis la fine pellicule de sueur qui recouvrait son visage.

— ... et tant mieux, reprit-il. Parce que je crois que je vais bientôt tourner de l'œil.

— Pas question ! Je t'interdis de t'évanouir et de me laisser seule avec eux !

Quelles que fussent les intentions des Indiens, l'idée de les affronter seule tout en veillant sur le corps inconscient de Jamie suffit à faire renaître en moi la panique. Je posai une main sur sa nuque et le forçai à mettre la tête entre ses genoux. Enfin, je pressai mon mouchoir trempé d'eau froide au-dessus de sa nuque.

— Respire ! ordonnai-je. Tu tourneras de l'œil plus tard.

— J'ai le droit de vomir ?

— Non. Redresse-toi, les voilà.

Ils venaient de réapparaître dans la clairière en traînant la dépouille de l'ours derrière eux.

Jamie se redressa et s'essuya le visage avec mon mouchoir humide. L'homme âgé s'avança vers nous, puis, haussant les sourcils, pointa d'abord un doigt vers le coutelas de Jamie puis vers l'ours mort. Jamie acquiesça avec modestie.

— Mais ça n'a pas été du gâteau ! précisa-t-il.

L'Indien inclina respectueusement la tête et fit un signe à l'un des jeunes gens, qui s'approcha en dénouant une petite bourse accrochée à sa ceinture.

Me poussant sans ménagement sur le côté, il arracha les derniers vestiges de la chemise de Jamie et contempla ses blessures. Ensuite il versa une poudre grumeleuse dans sa paume, cracha copieusement dessus et la malaxa jusqu'à obtenir une pâte malodorante qu'il étala sur les plaies avec vigueur.

— A présent, j'ai vraiment envie de vomir, observa Jamie en grimaçant de douleur. Qu'est-ce que c'est que cette horreur ?

— A vue de nez, je dirais que c'est du trillium séché mélangé avec de la graisse d'ours très rance. Je ne pense pas que ce soit mortel, enfin... je l'espère.

— C'est rassurant !

Il repoussa aimablement son infirmier à grand renfort de sourires.

— Merci, merci... ça va aller.

Il tremblait toujours et, même dans la faible lumière diffusée par le feu, ses lèvres étaient pâles. Je posai une main sur son épaule et sentis ses muscles noués.

— Va me chercher le whisky, *Sassenach*. Je crois que je vais en avoir sérieusement besoin.

Au moment où je sortais la bouteille de la sacoche, l'un des Indiens tenta de me la prendre des mains et je le repoussai. Il émit un grognement de surprise, mais ne tenta pas de me suivre. Il se mit plutôt à fouiller dans la sacoche comme un sanglier qui cherche des truffes pendant que je revenais au pas de course vers Jamie.

Il but une petite gorgée, une autre plus importante, frissonna des pieds à tête, et rouvrit les yeux. Il inspira profondément, s'essuya la bouche du revers de la main et tendit la bouteille au vieil Indien.

— Tu crois que c'est prudent ? lui chuchotai-je.

J'avais encore dans l'oreille les récits de Myers sur les effets que l'« eau de feu » avait sur les Indiens et les massacres qu'elle avait engendrés.

— Je peux la leur donner ou les laisser nous la prendre, répondit sèchement Jamie. Ils sont trois et nous deux, non ?

Le vieil homme agita le goulot sous son nez, ses narines frémissantes appréciant le précieux bouquet. Un sourire de satisfaction béate illumina son visage. Il se tourna vers ses fils et lança quelque chose qui ressemblait à : « *Harrou !* » Celui qui fouillait dans nos affaires vint aussitôt rejoindre son frère, quelques galettes de maïs dans la main.

Le vieil homme se leva en tenant toujours la bouteille à la main mais, au lieu de la boire, il se dirigea vers la dépouille de l'ours. Avec des gestes très mesurés, il versa une petite quantité de whisky dans le creux de sa paume et fit couler le liquide dans la gueule entrouverte de l'animal. Il décrivit ensuite plusieurs cercles autour de la dépouille en l'aspergeant solennellement du bout des doigts.

Jamie fut si intrigué qu'il en oublia un instant ses nausées.

— Qu'est-ce qu'il fabrique ? demanda-t-il.

J'aurais été bien en mal de répondre.

L'un des jeunes gens sortit une bourse en perles contenant du tabac. Il en remplit le fourneau d'une petite pipe de pierre, qu'il alluma avec une brindille prise dans le feu. Une volute de fumée s'éleva et répandit son riche arôme dans la clairière.

Jamie se tenait adossé sur moi, le dos contre mes cuisses. La main sur son épaule indemne, je pouvais sentir les frissons diminuer à mesure que la chaleur du whisky se diffusait dans son corps. Il n'était pas grièvement blessé mais la fatigue du combat et les efforts qu'il faisait pour garder l'esprit alerte commençaient à réclamer leur dû.

Le vieil homme saisit la pipe et prit plusieurs longues bouffées, qu'il exhala avec un plaisir évident. Puis il s'agenouilla et, prenant une nouvelle bouffée, la souffla sur le museau de l'ours. Il répéta cette opération plusieurs fois, marmonnant quelque chose à chaque expiration.

Il se leva avec une souplesse étonnante et tendit la pipe à Jamie. Celui-ci fuma comme il avait vu faire les Indiens, en prenant deux ou trois longues bouffées, avant de me la tendre.

Je la mis en bouche et inspirai prudemment. La fumée emplit aussitôt mes yeux et mon nez, et je fus prise d'une forte envie de tousser que je réprimai tant bien que mal. Je rendis la pipe à Jamie, sentant la chaleur me monter au visage tandis que la fumée s'enroulait paresseusement dans mon corps, chatouillant et piquant les recoins les plus profonds de mes poumons.

— Tu n'es pas censée avaler, murmura Jamie. Laisse juste la fumée remonter par tes narines.

— C'est maintenant que tu me le dis ! rétorquai-je d'une voix étranglée.

Les Indiens m'observaient avec fascination. Le vieil homme inclina la tête sur le côté en fronçant les sourcils d'un air perplexe. Il s'approcha et s'accroupit devant moi, assez près pour que je sente son étrange odeur musquée. Il ne portait qu'un minuscule tablier de cuir retenu par un lacet qui lui rentrait dans la raie des fesses. Son torse était couvert d'un grand collier de coquillages, de pierres et de dents d'un gros animal.

Sans prévenir, il avança soudain la main et me pinça un sein. Son geste n'avait rien de lubrique, mais je fis un bond en arrière. Tout comme Jamie, qui saisit aussitôt son coutelas.

L'Indien se rassit calmement sur ses talons et fit un geste d'apaisement. Il posa la main à plat sur son propre sein, puis mima une rondeur et me désigna du doigt. En d'autres termes, il n'y avait pas de quoi s'énerver, il avait juste voulu s'assurer que j'étais bien une femme. Il pointa l'index vers moi, puis vers Jamie.

— Oui, elle est à moi, grogna-t-il. Alors, bas les pattes !

Il rabaissa son arme, mais ne la lâcha pas.

L'un des jeunes hommes dit quelque chose et montra la dépouille d'un geste impatient. Le vieil Indien, indifférent à l'agacement de Jamie, sortit son couteau à dépecer.

— Attendez ! dit Jamie. C'est à moi de le faire.

Les Indiens le regardèrent, surpris, tandis qu'il se levait. Il leur montra l'ours de la pointe de sa lame, puis la posa sur son torse.

Sans attendre leur réponse, il s'agenouilla près de la dépouille, se signa et marmonna en gaélique, le coutelas en suspens au-dessus du corps. Je ne comprenais pas toutes les paroles mais je l'avais déjà vu faire, un jour qu'il avait tué un cerf sur la route de Géorgie.

C'était une vieille prière qu'il avait apprise quand il était enfant, lorsqu'on lui enseignait à chasser dans les Highlands. Elle était si ancienne que la plupart des mots n'étaient plus utilisés depuis longtemps. Néanmoins, il fallait la réciter chaque fois qu'on abattait un animal plus gros qu'un lièvre.

Il était inutile de saigner la carcasse, le cœur avait cessé de battre depuis longtemps. D'un geste sûr, il pratiqua une entaille dans le haut du poitrail et fendit la peau jusqu'à l'aine. La poche pâle des intestins apparut dans la fente étroite de la fourrure noire, luisant à la lueur du feu.

Il fallait beaucoup de force et une adresse considérable pour ouvrir ainsi et retrousser la peau épaisse sans pénétrer le mésentère qui retenait les viscères. Ayant souvent ouvert des corps humains nettement plus tendres, je constatai avec admiration sa compétence chirurgicale. Apparemment, c'était aussi le cas des Indiens, qui l'observaient d'un œil connaisseur.

Toutefois, ce ne fut pas tant le dépeçage qui les impressionna que la prière récitée auparavant. Le vieil homme avait écarquillé les yeux puis lancé des regards perplexes à ses fils. Ils ne comprenaient peut-être pas ce que Jamie disait mais il était évident à leur expression qu'ils savaient exactement ce qu'il faisait. Ils étaient à la fois surpris et favorablement impressionnés.

Jamie était en nage. Dépecer un gros animal était un dur labeur et des taches de sang frais commençaient à transpercer sa chemise. Avant que j'aie eu le temps de proposer de le relayer, il se redressa sur ses talons et tendit son coutelas par la lame à l'un des jeunes Indiens.

— Vas-y, dit-il en lui montrant la carcasse sanglante de l'ours. Tu ne crois tout de même pas que je vais manger ça tout seul ?

L'homme prit le couteau sans hésiter et se mit au travail, bientôt rejoint par les deux autres.

J'en profitai pour faire asseoir Jamie sur un rondin de bois, nettoyer puis bander ses plaies convenablement, pendant qu'il contemplait les trois Indiens qui s'affairaient autour de la carcasse.

— Tu sais ce qu'il faisait avec le whisky ? demandai-je.

— C'est un charme. On asperge le cadavre d'eau bénite pour se protéger contre le mal. Je suppose qu'à défaut d'eau bénite le whisky fait l'affaire.

Les Indiens discutaient tranquillement tout en travaillant, du sang jusqu'aux coudes. L'un d'entre eux était en train de fabriquer une plate-forme près du feu, disposant une rangée de petites branches entre deux pierres. Un autre découpait des morceaux de viande et les empalait sur des brochettes improvisées avec des baguettes de bois vert.

— Se protéger du mal ? répétai-je. Tu crois qu'ils ont peur de nous ?

Cela le fit sourire.

— Pas de nous, *Sassenach*. Nous n'avons pas l'air si féroces. Pour se protéger des mauvais esprits.

Terrifiée par l'apparition des Indiens, il ne m'était pas venu à l'esprit qu'ils auraient pu avoir la même réaction. Je ne me rendais pas toujours compte de l'effet que pouvait produire Jamie sur les autres. Même épuisé et blessé, il était impressionnant avec son dos droit, ses épaules larges et ses yeux bridés qui brillaient à la lueur dansante du feu. Il était détendu, à présent, ses mains puissantes pendaient entre ses cuisses, mais c'était le calme d'un grand félin, le regard toujours à l'affût du moindre mouvement. Outre sa taille et sa rapidité, il y avait indéniablement quelque chose de sauvage en lui. Il était autant chez lui dans les bois que cet ours.

Les Anglais avaient toujours considéré les Highlanders comme des barbares. Or, ces trois hommes avaient vu un sauvage tuer un ours à mains nues et l'avaient approché avec prudence, leurs armes prêtes. Jamie, lui, avait été horrifié par les récits sur les mœurs des Peaux-Rouges. Mais dès qu'il avait assisté à leurs rituels, si semblables aux siens, il les avait reconnus pour ce qu'ils étaient : de simples chasseurs. En somme, des hommes civilisés.

Plus tard, je l'observai de loin tandis qu'il discutait avec eux le plus naturellement du monde, leur expliquant à l'aide de grands gestes et de grognements comment l'ours s'était précipité sur nous et comment il l'avait tué. Ils l'écoutaient, captivés, poussant des exclamations admiratives aux bons endroits. Lorsqu'il ramassa les vestiges du poisson pour illustrer mon rôle dans l'affaire, ils se tournèrent vers moi et hurlèrent de rire sans vergogne.

— Le dîner est servi, lançai-je sèchement.

Nous partageâmes un repas de viande à demi cuite, de galettes de maïs et de whisky, sous la surveillance de la tête de l'ours qui présidait sur sa plate-forme.

Me sentant légèrement saoule, je m'adossai à une souche d'arbre, suivant la conversation d'une oreille distraite. Il faut dire que je n'y comprenais pas grand-chose. Un des fils, un mime accompli, nous offrit une reconstitution inspirée des grandes chasses du passé, jouant alternativement le rôle du chasseur et de sa proie. Il était si doué que je n'avais aucun mal à deviner quand il faisait le cerf et quand il faisait le puma.

Nous échangeâmes nos noms. Dans leur bouche, le mien devint « Klah », ce qu'ils semblaient trouver très drôle. « Klah », disaient-ils en me montrant du doigt. « Klah-Klah-Klah-Klah-Klah ! » Ils rugissaient de rire, leur hilarité alimentée par le whisky. J'aurais été tentée de faire de même, si j'avais été sûre de prononcer correctement « Nacognaweto », ne serait-ce qu'une seule fois.

Ils étaient tuscaroras, m'informa Jamie. Avec son don des langues, il commençait déjà à désigner des objets ici et là par leur nom indien. Avant l'aube, pensai-je en faisant un effort pour garder les yeux ouverts, ils en seraient sûrement à s'échanger des blagues de salle de garde.

— Tu es sûr que tu vas bien, Jamie ? Parce que je ne vais pas pouvoir rester éveillée beaucoup plus longtemps. Tu ne vas pas tomber dans les pommes dès que j'aurai les yeux fermés, dis ?

Il me tapota le sommet de la tête pour me rassurer. Revigoré par la nourriture et le whisky, il ne semblait pas souffrir des effets secondaires de sa bataille avec l'ours. Je me demandai s'il en irait de même le lendemain au réveil.

J'allai chercher une couverture et me roulai en boule près de lui. Ma tête tournait sous les effets combinés de l'adrénaline, du tabac et de l'alcool, et je m'endormis vite, surveillée par le regard vitreux de la tête d'ours.

16

Le premier principe de la thermodynamique

Je fus réveillée en sursaut par une sensation de piqûre au sommet de mon crâne. Je clignai des yeux et posai une main sur ma tête. Ce geste effraya un gros geai occupé à arracher mes cheveux un à un et il s'envola en poussant des cris hystériques.

Tout en me frottant le crâne, je ne pus m'empêcher de sourire. On m'avait souvent dit qu'au réveil mes cheveux ressemblaient à un nid d'oiseau. Il y avait peut-être du vrai là-dedans, après tout.

Les Indiens étaient partis, emportant heureusement la tête d'ours avec eux. Ils nous avaient laissé une part de la viande, emballée avec soin dans de la peau huilée et suspendue aux branches d'un arbre voisin pour décourager les mouffettes et les ratons laveurs. Après le petit déjeuner et un bain rapide dans le torrent, Jamie s'orienta par rapport au soleil et aux montagnes. Il pointa le doigt vers deux hauts pics bleus.

— C'est par là, annonça-t-il. Tu vois, là où il y a un creux dans le pic le plus petit ? De l'autre côté, c'est le territoire indien. La frontière dessinée par le nouveau traité suit cette crête.

Je scrutai, incrédule, la ligne en dents de scie.

— Tu veux dire qu'on a déjà établi des cartes de cette région ?

Tels des mirages, les sommets s'élevaient au-dessus de vallées perdues dans la brume et semblaient flotter sur les nuages, passant du vert foncé au bleu puis au violet ; le pic le plus éloigné ne formait qu'une aiguille noire jaillissant dans un ciel de cristal.

Jamie était déjà grimpé en selle et orientait la tête de son cheval de sorte à avoir le soleil dans le dos.

— Bien sûr, répondit-il. Ils étaient bien obligés, pour déterminer sur quelles terres les colons avaient le droit de s'installer. Je suis allé consulter les cadastres avant de quitter Wilmington et Myers me l'a confirmé : ça s'arrête de ce côté-ci du pic le plus haut. Je me suis également renseigné auprès de nos amis d'hier soir, histoire de m'assurer qu'ils étaient au courant. Prête ?

— Prête ! répondis-je en faisant pivoter mon cheval.

Vers le milieu de la matinée, la végétation était devenue trop dense et nous dûmes abandonner nos montures. Nous nous trouvions au pied d'un versant si abrupt que j'enviai nos chevaux de ne pouvoir aller plus loin. Nous les attachâmes près d'un ruisseau bordé de hautes herbes et poursuivîmes à pied, grimpant toujours plus haut, nous aventurant toujours plus loin dans cette forêt hors du temps.

L'air était frais et humide. Mes mocassins s'enfonçaient dans un humus millénaire et laissaient des empreintes aussi étranges et incongrues que des traces de dinosaure. Autour de nous, des arbres monstrueux étiraient leur tronc droit jusqu'à dix mètres de hauteur.

Nous atteignîmes le sommet de la crête, pour en découvrir une autre, puis une autre. Je ne savais trop ce que nous cherchions. Jamie pouvait marcher des kilomètres et des kilomètres de son pas infatigable de montagnard. Je suivais à la traîne, admirant le paysage, m'arrêtant çà et là pour cueillir des plantes intéressantes ou déterrer des racines, enfouissant mes trésors dans le sac noué à ma ceinture. Nous longeâmes une crête et fûmes arrêtés par un buisson de laurier de montagne qui, de loin, n'avait formé qu'une petite tache brillante dans le vert foncé des conifères mais, de près, s'avéra une barrière de ronces infranchissable.

Nous rebroussâmes chemin et descendîmes dans la vallée, en quittant l'ombre des sapins pour traverser des prés de fléoles sauvages et entrer sous le vert pâle et apaisant des chênes et des noyers blancs. Nous grimpâmes sur un tertre qui surplombait une rivière sans nom, longeâmes une corniche de granit couverte de mousse et de lichen, ruisselante des éclaboussures de l'eau bouillonnante. Nous suivîmes le lit d'un ruisseau, écartant les longues herbes qui s'enroulaient autour de nos mollets, baissant la tête pour éviter les branches basses des rhododendrons.

Ici, de petites orchidées aux pétales délicats jaillissaient entre les feuilles, là des champignons aux couleurs vives s'étalaient sur des troncs d'arbres morts. Des libellules voletaient au-dessus de l'eau, comme des joyaux suspendus dans l'air, apparaissant et disparaissant dans la brume.

J'étais étourdie par une telle abondance, émerveillée par tant de beauté. Jamie avait l'air hébété d'un homme qui dort éveillé et ne veut pas se réveiller. Paradoxalement, mieux je me sentais, plus j'étais mal à l'aise. J'étais désespérément heureuse... et désespérément inquiète. Nous avions déniché un petit paradis et je savais qu'il le sentait lui aussi.

En début d'après-midi, nous fîmes halte pour souffler un peu et nous rafraîchir à une source en lisière d'une clairière naturelle. Un tapis de feuilles de plusieurs centimètres d'épaisseur recouvrait le sol sous les érables. En m'y asseyant, je remarquai une tache de couleur vive.

— Des fraises sauvages ! m'extasiai-je.

Elles était petites et rouge sang, un peu acides mais, après la viande d'ours à moitié crue et les galettes de maïs dures comme du béton, je les jugeai succulentes. Je m'en gavai, goûtant avec ravissement les petites explosions de saveur fruitée et amère sous ma langue.

J'en cueillis des poignées entières que je mettais dans les plis de ma jupe. Quelque temps plus tard, j'avais les doigts rouges et poisseux et l'estomac calé. Malgré l'impression que l'intérieur de ma bouche avait été poncé au papier de verre, je ne pus m'empêcher d'en avaler une dernière.

Jamie restait adossé à un sycomore, les yeux mi-clos.

— Qu'est-ce que tu penses de cet endroit, *Sassenach* ?

— Je le trouve magnifique, pas toi ?

Il hocha la tête et scruta un point entre les arbres d'où l'on apercevait une pente douce, couverte de foins et de fléoles sauvages. Tout en bas, une rangée de saules bordaient la rivière lointaine.

— J'étais en train de penser... hésita-t-il. Il y a une source ici dans le bois, et puis là, un pré... Les premiers temps, on pourrait se débrouiller avec quelques bêtes. Une fois déboisée, la partie en bordure de la rivière conviendrait parfaitement aux cultures. Rien de tel qu'un terrain incliné pour une bonne irrigation. Et là-bas...

Emporté par sa vision, il se leva, m'indiquant divers endroits.

Je suivais ses explications. L'endroit ne me paraissait pas tellement différent des autres versants boisés et prés verdoyants que nous avions traversés, mais ses yeux d'agriculteur voyaient déjà surgir de terre granges, poulaillers et champs.

Il rayonnait de bonheur. Mon cœur se serra.

— Tu envisages de t'installer ici, alors ? Tu as décidé d'accepter l'offre du gouverneur ?

Il interrompit ses spéculations et me dévisagea avec gravité.

— Peut-être. Si... Tu crois aux signes ?

— Quel genre de signes ?

Il se pencha et arracha une plante qu'il laissa tomber dans ma main. Les petites feuilles vert bouteille avaient la forme d'un éventail chinois. Au bout d'une des tiges fines s'ouvrait une fleur d'un blanc pur tandis qu'une autre ployait sous le poids d'une fraise à demi mûre, sa corolle pâle surmontée d'une pointe écarlate.

— Ça ! dit Jamie. C'est à nous, tu comprends ?

— A nous ?

— Aux Fraser.

Il effleura du doigt la pointe du fruit vert.

— Les fraises ont toujours été l'emblème de notre clan... c'est de là que vient notre nom. Lorsque le roi Guillaume est arrivé de France pour monter sur le trône, il a amené parmi ses partisans un M. Fraiselière, à qui il a donné des terres dans les Highlands d'Ecosse pour le récompenser de ses loyaux services.

Le roi Guillaume Ier, dit le « Conquérant ». Les Fraser n'étaient peut-être pas le clan le plus ancien, mais ils avaient néanmoins un passé prestigieux.

— Si je comprends bien, vous avez toujours été des guerriers ?

— Et des fermiers, précisa-t-il.

Je me gardai de lui faire part de mon opinion sur le sujet, mais je me doutais qu'il pensait à la même chose. Du clan Fraser, il ne restait que des fragments épars, ceux qui avaient survécu au Soulèvement grâce à la fuite, à la ruse ou à la chance, tous les clans ayant été écrasés à Culloden, leurs chefs tués au combat ou exécutés par les Anglais.

Pourtant, il se tenait là, grand et droit dans son plaid, l'acier gris-noir de son coutelas contre sa hanche. Guerrier et fermier à la fois. La terre sous ses pieds n'était peut-être pas celle des Highlands, mais il respirait un air pur et c'était le vent de la montagne qui agitait ses cheveux cuivrés sous le soleil.

Je m'efforçai de sourire, ravalant mes craintes croissantes.

— Fraiselière ? Il en faisait pousser ou il se contentait d'en manger ?

— Sans doute les deux. A moins qu'il n'ait eu simplement les cheveux roux.

Il s'accroupit, retroussa son plaid, et tourna le fraisier sauvage entre ses doigts.

— C'est une plante à part, dit-il doucement. On a la fleur, le fruit et les feuilles en même temps. Les fleurs blanches sont l'honneur, le fruit rouge le courage... et les feuilles vertes la constance.

— Ça ne pouvait mieux tomber ! plaisantai-je.

Il me prit la main et serra mes doigts autour de la petite tige.

— En plus, ajouta-t-il, le fruit a la forme d'un cœur.

Il se pencha vers moi et m'embrassa. Puis il se releva, dénoua sa ceinture et laissa le plaid retomber à ses pieds. Il ôta sa chemise et ses culottes, et se tint devant moi, totalement nu.

— Il n'y a personne, précisa-t-il. Nous sommes seuls.

Je lui aurais bien répondu que ce n'était pas une raison, mais je ne comprenais que trop. Depuis des jours, nous étions encerclés par l'immensité et les dangers, la vie sauvage tapie en lisière du cercle pâle de nos feux de camp. Mais ici, nous étions seuls, faisant partie intégrante du paysage ; la lumière du jour rendait inutile le besoin de tenir la nature à distance.

— Autrefois, dit-il, c'était ce qu'on faisait pour rendre les champs féconds.

— Je ne vois de champs nulle part.

Je n'étais pas sûre de souhaiter en apercevoir un jour. Néanmoins, je me déshabillai tandis qu'il rétorquait :

— Bah ! Il faudra abattre quelques arbres, mais ça peut attendre, non ?

Nous fabriquâmes une couche avec son plaid et nos vêtements, et nous allongeâmes côte à côte. Nous nous caressâmes pendant ce qui pouvait être une éternité ou un bref instant, enfin réunis dans ce paradis terrestre. Je refoulai toutes les pensées qui m'avaient assaillie depuis que nous errions dans les montagnes, déterminée à partager sa joie tant qu'elle durerait. Je serrai fort son sexe dans ma main, le faisant gémir.

— Que serait l'Eden sans un serpent ? murmurai-je en le touchant.

— Quoi, tu vas me manger, *mo chridhe* ? Tu veux goûter au fruit de l'Arbre de la connaissance ?

Je pointai la langue et léchai sa lèvre inférieure. Il frissonna des pieds à la tête.

— *Je suis prête*, monsieur Fraiselière.

Sa bouche se referma sur mon mamelon gonflé comme un fruit mûr.

— Madame Fraiselière, je suis à votre service.

Nous restâmes un long moment entrelacés, plongés dans une douce torpeur, ne remuant que pour chasser un insecte trop curieux, jusqu'à ce que les premières ombres atteignent nos pieds. Jamie se leva sans bruit et, me croyant endormie, me recouvrit de sa veste. J'entendis ses pas dans l'herbe et ouvris les yeux. Il s'éloignait vers la lisière du bois, drapé dans son plaid. Là, il se tint immobile, contemplant le grand pré qui descendait vers la rivière.

Avec ses cheveux dénoués retombant sur ses épaules, il avait tout l'air du Highlander sauvage qu'il était. Ce que j'avais cru être son piège, à savoir sa famille et son clan, était sa force. Et ce que j'avais pris pour ma force — ma solitude, mon absence de liens — était ma faiblesse.

Il avait eu la force de quitter son univers, d'abandonner toute notion de sécurité pour s'aventurer seul dans le monde. Alors que moi, autrefois si fière de mon indépendance, je ne pouvais plus supporter l'idée d'être seule sans lui.

Je m'étais résolue à ne rien dire, à vivre au jour le jour, à accepter ce que le sort nous réserverait. Mais maintenant que le moment approchait, je ne pouvais plus l'accepter. Il redressa les épaules avec détermination et, au même instant, je lus son nom gravé sur une stèle froide. La terreur et le désespoir m'envahirent.

Comme s'il avait perçu l'écho de mon cri silencieux, il tourna la tête. Ce qu'il perçut dans mes yeux le ramena vers moi au pas de course.

— Qu'y a-t-il, *Sassenach* ?

Il était inutile de mentir, surtout quand il me regardait droit dans les yeux.

— J'ai peur, lâchai-je.

Il lança des regards à la ronde, la main sur la garde de son coutelas.

— Je ne vois rien.

— Non, repris-je. Ce n'est pas ça. Serre-moi contre toi, Jamie.

Il m'enlaça tendrement.

— Tout va bien, *a nighean donn*, murmura-t-il. Je suis là. De quoi as-tu peur ?

— De toi, dis-je en me blottissant contre lui. De cet endroit, de te savoir ici, de nous deux nous installant ici.

— Peur ? Mais de quoi ? N'ai-je pas promis de toujours veiller sur toi, de m'assurer que tu ne manquerais jamais de rien ? Tant que je serai là, tu n'auras jamais faim ni froid. Je ne laisserai rien t'arriver, jamais.

— Ce n'est pas ça ! J'ai peur que tu meures. Je ne le supporterai pas, Jamie. Je ne pourrai pas.

— Je ferai ce que je peux, *Sassenach*, mais ça ne dépend pas uniquement de moi.

— Ne te moque pas de moi ! m'écriai-je. Je te l'interdis !

— Mais je ne me moque pas de toi !

— Si !

Je lui donnai un coup de poing dans le torse, ce qui, cette fois, le fit franchement éclater de rire. Je le frappai plus fort et, bientôt, me mis à lui marteler la poitrine. Il voulut m'attraper le poignet et je lui mordis le pouce. Il poussa un cri et ôta sa main.

Il examina sa morsure un instant et me regarda, incrédule. Il y avait toujours une trace d'amusement dans ses yeux, mais il ne riait plus.

— *Sassenach*, tu m'as vu à l'article de la mort une bonne dizaine de fois sans en faire une histoire ! Qu'est-ce qui te prend ? Je ne suis même pas malade !

— Sans en faire une histoire ! Parce que tu crois que ça me laissait de glace, peut-être ?

— Non, je n'ai pas dit cela. Mais ça ne t'a pas mise dans un tel état !

— Bien sûr que si ! Mais tu ne vois rien ! Tu n'es qu'un... qu'un... un Ecossais !

Il me lança un regard en coin, se demandant si j'allais encore essayer de le frapper.

— Dis-moi, *Sassenach*, tu n'aurais pas mangé de ces plantes que tu as cueillies ce matin ? Myers m'a dit que certaines pouvaient donner de terribles cauchemars.

— Non, je ne suis pas en train de délirer, soupirai-je, agacée.

— Alors, tu vas me dire ce qui te tracasse ou tu comptes me faire souffrir encore longtemps ?

Je le toisai en fulminant quelques instants, déchirée comme toujours entre l'envie de rire et celle de lui faire mal. Puis le désespoir eut raison à la fois du rire et de la colère et je capitulai.

— C'est de toi qu'il s'agit, dis-je.

— De moi ? Mais pourquoi ?

— Parce que tu es un foutu Highlander, obsédé par l'honneur, le courage, la constance et je ne sais quoi encore. Je sais bien que c'est plus fort que toi mais... un jour, ça te conduira à nouveau en Ecosse où tu te feras tuer. Je ne pourrai rien faire pour l'empêcher.

Il me regarda sans comprendre.

— En Ecosse ?

— Oui, en Ecosse, tête de mule ! Où se trouve ta tombe !

Il se lissa lentement les cheveux en arrière et me regarda par en dessous.

— Ah ! fit-il enfin. Je vois. Tu crois que si je rentre en Ecosse, j'y mourrai, parce que c'est là que tu as vu ma tombe, c'est ça ?

J'acquiesçai, trop exaspérée pour lui répondre.

— Mmphm... Mais pourquoi veux-tu que je retourne en Ecosse ?

Je lui lançai un regard agacé et, d'un geste du bras, lui indiquai le paysage à nos pieds.

— Où vas-tu trouver des Ecossais pour s'installer ici, sinon en Ecosse ?

Cette fois, ce fut son tour de s'énerver.

— Et comment irais-je les chercher ? Si j'avais encore les pierres précieuses, je ne dis pas ! Mais je n'ai pas plus de dix livres en poche, et encore, je les ai empruntées. Je vais voler jusqu'en Ecosse comme un oiseau ? Puis je ramènerai des colons en marchant sur l'eau, peut-être ?

— Tu trouveras bien une solution. Tu en trouves toujours une !

Il me dévisagea quelques secondes avant de répliquer :

— Je ne m'étais jamais rendu compte que tu me prenais pour Dieu, *Sassenach*.

— Pas pour Dieu. Pour Moïse, plutôt.

Nos paroles étaient peut-être facétieuses, mais nous étions tous deux on ne peut plus sérieux.

Il se mit à marcher en rond devant moi, tête baissée.

— Tu as raison, *Sassenach*. Il me faudra faire venir des gens ici, mais je n'aurai pas besoin d'aller les chercher en Ecosse.

— Où, alors ?

— Les hommes qui étaient avec moi à Ardsmuir sont déjà tous dans les colonies.

— Mais comment comptes-tu les retrouver ? protestai-je. Ils ont été déportés voilà des années ! Ils sont probablement déjà bien installés. Ils ne vont pas tout abandonner pour te suivre jusqu'ici, au bout du monde !

Il afficha un sourire narquois.

— Tu l'as bien fait, toi !

Je pris une profonde inspiration. La peur sourde qui me tenaillait les viscères depuis plusieurs semaines commençait à se dissiper. Libérée de ce fardeau, j'entrevoyais l'écrasante difficulté de la tâche qu'il était en train de se fixer : rassembler des hommes éparpillés sur trois colonies, les convaincre de le suivre, trouver les fonds nécessaires pour défricher la terre et planter des semences. Sans parler du travail de titan que représentait la construction d'une enclave humaine dans ce territoire vierge et sauvage.

Il suivait les changements sur mon visage à mesure que les doutes et les incertitudes me traversaient.

— Je découvrirai un moyen, dit-il en souriant.

— Jamie... tu es sûr ? L'offre de ta tante Jocasta...

— Non. Je n'ai jamais eu l'intention de l'accepter.

J'hésitai encore, me sentant coupable.

— Ce... ce n'est pas à cause de moi ? A cause de ce que je t'ai dit au sujet des esclaves ?

— Non.

Il marqua une pause. Je vis les deux doigts de sa main droite tressauter. Il s'en rendit compte et le tic cessa aussitôt.

— Claire, j'ai déjà vécu comme un esclave. Je ne pourrais pas supporter qu'un autre homme ressente à mon égard ce que je ressentais pour ceux qui me possédaient.

Les larmes coulaient le long de mes joues, chaudes et apaisantes comme une pluie d'été.

— Tu ne me quitteras pas ? questionnai-je enfin. Tu ne mourras pas ?

Il secoua la tête et prit ma main dans la sienne.

— Tu es mon courage, *Sassenach*, et je suis ta conscience. Tu es mon cœur... et je suis ta compassion. Aucun de nous ne serait complet sans l'autre. Tu ne le sais donc toujours pas ?

— Si, répondis-je d'une voix tremblante. C'est bien pour cela que j'ai peur.

Il écarta une mèche qui me tombait devant les yeux et m'attira contre lui. Je sentais son torse se soulever et s'affaisser. Il était si solide, si vivant ! Pourtant, je l'avais déjà tenu si près de moi une fois auparavant... et je l'avais perdu.

Sa main caressa ma joue moite.

— Tu ne vois donc pas comme l'idée de la mort est dérisoire en ce qui nous concerne tous les deux, Claire ?

Non, je ne la jugeais pas du tout dérisoire.

— Quand tu es rentrée chez toi, après Culloden... j'étais mort, non ?

— C'est-à-dire que je le croyais. C'est pourquoi je... oh !

— Dans deux cents ans, je serai mort depuis longtemps, *Sassenach*, que je sois tué par les Indiens, une bête sauvage, la maladie, la corde du bourreau ou simplement la vieillesse... Je serai mort et enterré.

— Oui.

— Comme je l'étais déjà quand tu vivais dans ton époque.

J'acquiesçai, sans voix. Même maintenant, je pouvais regarder en arrière et voir l'abîme de désespoir dans lequel cette séparation m'avait plongée et d'où j'étais ressortie, étape par étape.

A présent, je me tenais avec lui au sommet de la vie et ne pouvais envisager de redescendre. Il se pencha et arracha une touffe d'herbe, éparpillant les tiges vertes entre ses doigts.

— L'homme est comme l'herbe de ce pré, cita-t-il doucement. Aujourd'hui il s'épanouit, demain il se fanera et disparaîtra.

Il porta les brins d'herbe à ses lèvres et les baisa, puis les frotta contre ma bouche.

— J'étais mort, *Sassenach*, et pourtant, pendant deux cents ans, je n'ai jamais cessé de t'aimer.

Je fermai les yeux, sentant les tiges fines me chatouiller les lèvres, chaudes comme le soleil, légères comme l'air.

— Moi aussi, je t'aimais, murmurai-je. Je t'aimerai toujours.

— Tant que nous vivrons, nous ne serons qu'un. Et longtemps après que mon corps sera tombé en poussière, mon âme t'appartiendra encore, Claire... je le jure sur les cieux. Je ne te quitterai jamais.

Le vent agita les branches des noyers non loin et les parfums de l'été se répandirent autour de nous : le pin, l'herbe, les fraises, la pierre chauffée au soleil, l'eau fraîche... et l'odeur acide et musquée de son corps contre le mien.

— Rien ne se perd, *Sassenach*. Tout se transforme.

— Je sais, c'est le premier principe de la thermodynamique, dis-je en m'essuyant le nez.

— Non, répondit-il. C'est la foi.

SIXIÈME PARTIE
Je t'aime

17

Noël à la maison

Inverness, Ecosse, 23 décembre 1969

Roger vérifia l'horaire des trains pour la centième fois, puis fit les cent pas dans le salon du presbytère, incapable de rester en place.

La pièce était pleine de caisses empilées. Il avait promis de tout débarrasser avant le 1er de l'an, à part les meubles et objets que Fiona souhaitait garder.

Il déambula comme une âme en peine dans le couloir et la cuisine, se tint un long moment à contempler le contenu du vieux réfrigérateur, puis décida qu'il n'avait pas faim et referma la porte.

Il aurait aimé que le révérend et Mme Graham puissent connaître Brianna, et inversement. Il sourit à la vue de la table nue de la cuisine, en se souvenant de sa conversation avec les deux adultes quand, adolescent, fou d'amour et de désir pour la fille du buraliste, il leur avait demandé comment reconnaître qu'on était amoureux. Occupée à malaxer de la pâte à crêpes, Mme Graham avait répondu en tapant sa cuillère sur le bord de son bol :

— Si tu te poses la question, mon garçon, c'est que tu ne l'es pas vraiment. Et cesse de tournicoter autour de la petite MacDowell, ou son père va t'étriper !

Le révérend, trempant son doigt dans la pâte, avait renchéri :

— Quand on est amoureux, Roger, on le sait, c'est tout... Fais attention avec Mavis MacDowell, mon garçon. Je ne suis pas encore assez vieux pour être grand-père.

Ils avaient raison, bien sûr. Il savait, c'était tout. Il avait su dès qu'il avait posé les yeux sur Brianna Randall. Ce qu'il ignorait, c'était si Brianna ressentait la même chose.

Il ne pouvait plus attendre. Il tapota la poche de sa veste pour vérifier qu'il avait ses clefs, dévala les escaliers et sortit sous la pluie d'hiver. On disait qu'il n'y avait rien de tel qu'une douche froide pour calmer les ardeurs. Cela n'avait pas marché avec Mavis MacDowell.

24 décembre 1969

— Le plum-pudding est dans le four et la sauce dans la petite casserole sur la gazinière.

Fiona enfila son bonnet de mohair. Il était rouge et elle était petite, si bien qu'on aurait dit un nain de jardin.

— Ne la faites pas réchauffer trop vite, conseilla-t-elle, mais ne baissez pas trop le gaz non plus, autrement vous ne pourrez jamais le rallumer s'il s'éteint. Tenez, j'ai indiqué sur ce bout de papier l'adresse où acheter les oiseaux demain. Ils sont déjà farcis. Je vous ai préparé les légumes pour aller avec, ils sont dans le grand bol jaune dans le frigo et...

Elle fouilla dans la poche de son jean et en sortit un morceau de papier froissé qu'elle lui fourra dans les mains.

— Ne vous inquiétez donc pas, Fiona. On tâchera de ne pas faire brûler la maison et de ne pas non plus se laisser mourir de faim.

Elle fronça les sourcils, peu convaincue. Son fiancé qui attendait dehors dans la voiture fit vrombir son moteur avec impatience.

— Vous êtes sûr que vous ne voulez pas venir avec nous ? Ça ne dérangera pas du tout la mère d'Ernie. Je suis certaine qu'elle ne va pas trouver normal que vous restiez seuls tous les deux le soir de Noël.

— Ne vous inquiétez pas, Fiona, répéta Roger en la poussant doucement vers la porte. On s'en sortira très bien. Passez de bonnes fêtes avec Ernie et ne vous inquiétez pas pour nous.

Elle soupira, capitulant à contrecœur. Un coup de klaxon irrité retentit dans la rue.

— Oui, ça va, ça va ! J'arrive ! hurla-t-elle à Ernie.

Pivotant brusquement, elle enlaça Roger et l'embrassa sur la bouche. Elle recula d'un pas et lui lança un clin d'œil complice.

— Ça fera les pieds à Ernie ! chuchota-t-elle.

D'une voix forte, elle lança :

— Allez ! Joyeux Noël, Roger !

Elle dévala les marches du perron et s'éloigna vers la voiture en dandinant les fesses.

Le moteur rugit et la voiture démarra sur les chapeaux de roue dès que Fiona eut claqué la portière. Roger resta sur le porche, agitant la main, soulagé de constater que Ernie n'était pas trop costaud.

La porte s'ouvrit derrière lui et Brianna pointa son nez.

— Mais qu'est-ce que tu fais dehors sans manteau ? demanda-t-elle. On gèle !

Il hésita, tenté de lui raconter le geste de Fiona. Après tout, cela semblait avoir de l'effet sur Ernie.

— Je disais juste au revoir à Fiona. Tu as faim ? Si on essayait de se confectionner un bon déjeuner sans faire exploser la gazinière ?

Ils parvinrent à se préparer des sandwiches sans incident et retournèrent dans le bureau. La pièce était presque vide à présent. Il ne restait plus que quelques livres à trier et à emballer sur les étagères.

D'un côté, Roger se sentait fortement soulagé d'en avoir bientôt terminé. De l'autre, il était déprimant de voir cette pièce autrefois si chaleureuse ainsi dénudée.

Le bureau du révérend était remisé dans le garage ; les grandes bibliothèques qui couvraient trois murs étaient vides du sol au plafond ; le mur de liège avait été dépouillé de ses nombreux papiers. Roger avait l'impression d'avoir plumé un poulet dodu et la sévérité pathétique des lieux le consternait.

Il restait un seul papier sur le mur de liège. Il avait résolu de l'enlever en dernier.

Aux pieds de Brianna se trouvaient plusieurs caisses encore ouvertes, chacune à moitié remplie de livres destinés à des sorts variés : antiquaires, bibliothèques, amis du révérend, appartement de Roger.

— Et ça ? demanda-t-elle.

Du bout de son plumeau, elle indiquait une pile posée sur une table. Elle prit le premier ouvrage et le lui tendit.

— Ils sont signés mais pas dédicacés, indiqua-t-elle. Tu as déjà ceux que papa avait dédicacé à ton père, tu prends ceux-là aussi ? Ce sont des éditions originales.

Roger tourna le livre entre ses mains. C'était l'un des ouvrages de Frank Randall.

— Tu ne les veux pas ? questionna-t-il.

Sans attendre sa réponse, il mit le livre dans une boîte à part, sur un fauteuil.

— J'en ai des caisses entières à la maison, protesta-t-elle.

— Oui, mais ils ne sont pas signés.

— En effet.

Elle s'empara d'un deuxième livre et l'ouvrit à la page de garde. Son père avait écrit : « *Tempora mutantur nos et mutamur in illis... F. W. Randall.* » Elle caressa les longues lettres inclinées du bout du doigt.

— « Les temps changent, et nous avec », traduisit-elle. Tu es sûr que tu n'en veux pas ?

— Sûr.

Elle rangea les livres dans sa propre boîte et se remit au travail, époussetant et essuyant les livres empilés avant de les ranger dans les cartons. On ne les avait pas dépoussiérés depuis quarante ans. La jeune femme était couverte de crasse des pieds à la tête ; les manches de sa chemise blanche paraissaient presque noires.

— Cette maison ne va pas te manquer ? interrogea-t-elle. Tu as grandi ici, non ?

— Si, mais je n'ai pas le choix, répondit-il en soulevant un carton pour le placer sur la pile qui irait à la bibliothèque de l'université.

— C'est vrai que tu ne peux pas vivre à la fois ici et à Oxford. Mais tu es vraiment obligé de la vendre ?

— Je ne peux pas la vendre, elle n'est pas à moi.

Il se pencha pour prendre un autre carton et se redressa en grimaçant sous l'effort. Il tituba à travers la pièce et le laissa tomber sur une pile en soulevant un nuage de poussière.

— Ouf ! Je plains les antiquaires qui vont devoir le transporter.

— Qu'est-ce que tu veux dire par : « Elle n'est pas à moi ? »

— Qu'elle ne m'appartient pas, tout simplement. L'Eglise est propriétaire des murs et du terrain. Papa y a vécu pendant cinquante ans, mais elle n'a jamais été à lui. Le nouveau révérend n'en veut pas. Il a une fortune personnelle et une femme qui aime les lotissements résidentiels. Alors la paroisse l'a mise en location. C'est Fiona et Ernie qui vont la reprendre. Je leur souhaite bien du courage !

— Ils vont y vivre rien que tous les deux ?

— Oui, le loyer est bas, à juste titre. En plus, Fiona compte avoir une ribambelle d'enfants. Ça tombe bien, il y a de quoi loger une armée ici.

Construit sous l'ère victorienne pour des pasteurs prolifiques, le presbytère comptait douze pièces... et une seule salle de bains sans aucun confort moderne.

— Ils se marient en février, reprit Roger, c'est pourquoi je dois finir de déménager avant le Nouvel An. Il faut encore que les peintres et les artisans passent. Mais ça m'ennuie de te faire travailler pendant tes vacances. Peut-être pourrait-on faire un tour jusqu'à Fort Williams, lundi prochain ?

Brianna prit un autre livre mais ne le classa pas tout de suite.

— Alors, comme ça, tu dois quitter définitivement la maison de ton enfance ! soupira-t-elle. Je ne trouve pas ça juste, même si je suis contente que ce soit Fiona qui la récupère.

Roger haussa les épaules.

— Ce n'est pas comme si je devais partir d'ici pour aller vivre à Inverness. Et puis ce n'est pas vraiment une maison de famille où les miens auraient habité depuis des siècles.

Il balaya d'un geste le capharnaüm autour d'eux.

— Je me vois mal l'inscrire aux monuments historiques et faire payer vingt francs la visite.

Brianna sourit et se replongea dans ses classements. Toutefois, elle demeurait pensive, une petite ride entre les sourcils. Enfin, elle posa le dernier livre dans le carton et s'étira.

— Le révérend avait sans doute autant de livres que mes parents, dit-elle en réprimant un bâillement. Entre les ouvrages médicaux de maman et les livres d'histoire de papa, il y a de quoi approvisionner toute une bibliothèque. Il me faudra probablement six mois pour tout trier quand je rentrerai à la mais... quand je rentrerai.

Elle se mordit la lèvre, baissa les yeux vers son rouleau de papier adhésif et le tritura du bout de son ongle.

— J'ai dit à l'agent immobilier qu'il pourrait mettre la maison en vente cet été, acheva-t-elle.

— Alors c'est ça qui te tracasse ? questionna Roger. C'est l'idée de quitter pour de bon la maison où tu as grandi ?

Elle haussa les épaules sans quitter le rouleau des yeux.

— Si tu y arrives, je devrais y arriver aussi. En plus, ce n'est pas si dramatique. Maman s'est occupée de tout. Elle y a mis un locataire avec un bail d'un an, pour me laisser le temps de décider ce que je voulais faire. Mais ce serait idiot de la garder. Elle est bien trop grande pour moi toute seule.

— Et si tu te maries ? dit-il sans réfléchir.

— J'espère quand même que ça m'arrivera un jour ! Mais si mon mari ne veut pas vivre à Boston ?

Roger songea soudain que, si elle s'attristait de le voir quitter le vieux presbytère, c'était peut-être parce qu'elle avait envisagé d'y habiter elle-même un jour.

— Tu as envie d'avoir des enfants ? demanda-t-il abruptement.

Elle parut prise de court, puis se mit à rire.

— Oui, plusieurs. Les enfants uniques rêvent toujours d'avoir une famille nombreuse, non ?

— Je n'en sais rien, mais moi, oui.

Il se pencha au-dessus des cartons et l'embrassa.

— Hum... fit-elle. On ferait peut-être mieux de finir de ranger d'abord.

En guise de réponse, il l'embrassa à nouveau, plus longuement cette fois, glissant un bras autour de sa taille.

Un bruit sec contre la fenêtre les fit sursauter.

— Qu'est-ce que c'est ? s'écria Brianna en portant une main à son cœur.

Un visage carré et velu était aplati contre la vitre, les observant avec intérêt.

— Ça, c'est le facteur, soupira Roger. MacBeth. Qu'est-ce qu'il vient faire ici, cet enquiquineur ?

Comme s'il l'avait entendu, Joey MacBeth recula d'un pas, sortit une enveloppe de sa sacoche et l'agita d'un air jovial, articulant distinctement : « Une... lettre ! »

Le temps que Roger aille ouvrir la porte, il était déjà sur le perron, la lettre à la main.

— Pourquoi ne l'avez-vous pas glissée dans la boîte ? grommela Roger. Donnez.

MacBeth prit un air faussement offensé tout en se haussant sur la pointe des pieds pour tenter d'apercevoir Brianna par-dessus son épaule.

— J'ai pensé que c'était urgent, se justifia-t-il. Ça vient des Etats-Unis. Et puis, d'abord, ce n'est pas pour vous, mais pour mademoiselle.

Il arrondit le bras et tendit la lettre à Brianna avec un large sourire.

— Avec les compliments des postes de Sa Majesté, mam'zelle.

— Merci.

Elle saisit la lettre, jeta un bref regard sur le nom de l'expéditeur mais ne fit pas mine de l'ouvrir. Roger constata que l'enveloppe, rédigée à la main, portait plusieurs timbres rouges indiquant « à faire suivre », mais il se tenait trop loin pour lire le nom.

— Vous êtes en visite, mam'zelle ? interrogea MacBeth. Vous êtes tous les deux seuls dans cette grande maison ?

— Non, non, répondit Brianna sur un ton détaché. Oncle Angus fait la sieste dans sa chambre.

Roger se mordit la lèvre. Oncle Angus était un vieux nounours écossais rongé par les mites, un vestige de son enfance qu'ils avaient retrouvé en mettant de l'ordre. Brianna s'en était entichée. Elle avait épousseté son béret écossais et l'avait installé sur son lit dans la chambre d'amis.

Le facteur arqua ses sourcils broussailleux.

— Ah ! fit-il. Je vois. Il est américain aussi, votre oncle ?

— Non, il est d'Aberdeen.

M. MacBeth parut ravi.

— Aha ! Alors vous avez un peu de sang écossais ! J'aurais dû m'en douter, avec une telle crinière !

Il lança un regard admiratif sur sa chevelure flamboyante.

— Hum... fit Roger. On ne va pas vous retenir plus longtemps, MacBeth, vous avez sûrement à faire.

— Oh non, non ! Pensez-vous ! C'est mon métier.

Il ne quittait pas Brianna des yeux.

— Eh bien... merci et bonne journée, MacBeth, reprit Roger d'un ton plus ferme.

MacBeth lui jeta un coup d'œil complice.

— Bonne journée à vous, monsieur Wakefield !

Il s'approcha et, lui donnant un petit coup de coude dans les côtes, chuchota :

— ... et surtout, bonne nuit, mon vieux. J'espère que le vieil oncle a le sommeil lourd !

— Tu ne lis pas ta lettre ? s'étonna Roger.

Il la ramassa sur la table où elle l'avait jetée et la lui tendit.

Elle la prit en rougissant légèrement.

— Ce n'est rien d'important, je la lirai plus tard.

— Je peux aller faire un tour à la cuisine si tu préfères être tranquille.

Elle rougit un peu plus.

— Mais non, je te dis que ce n'est pas important.

Comme il semblait dubitatif, elle haussa les épaules et déchira l'enveloppe, en extirpant une seule feuille de papier.

— Tiens, tu n'as qu'à regarder, dit-elle. Puisque je t'ai dit que ce n'était rien.

De fait, ce n'était qu'une note de la bibliothèque de sa faculté l'informant que le document qu'elle avait demandé n'était pas disponible par l'intermédiaire du service des prêts inter-universitaires, mais qu'elle pourrait le consulter sur place, dans les archives Stuart, qui se trouvaient dans l'annexe de l'université d'Edimbourg.

Elle le regarda lire la lettre avec un air de défi, les bras croisés et les lèvres pincées.

— Tu aurais dû me dire que tu avais entamé des recherches, remarqua-t-il enfin. J'aurais pu t'aider.

— Je sais consulter des archives, rétorqua-t-elle. Autrefois, j'aidais mon père à...

Elle s'interrompit et détourna le regard.

— Je vois, dit-il.

Il lui prit le bras et l'entraîna vers la cuisine, où il la poussa vers une chaise.

— Je vais faire chauffer de l'eau.

— Mais je n'aime pas le thé, objecta-t-elle.

— Tu as *besoin* d'une bonne tasse de thé.

Il sortit des tasses et des soucoupes du placard, puis, après un bref moment d'hésitation, s'empara également de la bouteille de whisky sur l'étagère du haut.

— Je n'aime pas non plus le whisky, protesta-t-elle.

— Moi si, et je n'aime pas boire seul. Alors tu me tiendras compagnie, d'accord ?

Il lui sourit de manière insistante, jusqu'à ce qu'elle se détende enfin et sourie à son tour.

Roger s'assit en face d'elle et versa le liquide ambré dans sa tasse. Il huma avec délice les vapeurs tourbeuses et but à petites gorgées.

— Aaah ! fit-il avec ravissement. Le Glen Morangie ! Tu es sûre que tu n'en veux pas un peu ? Une goutte dans ton thé, peut-être ?

Elle fit non de la tête, puis, comme la bouilloire commençait à siffler, elle se leva pour verser l'eau dans la théière. Roger vint se placer derrière elle et glissa ses bras autour de sa taille.

— Il n'y a pas à avoir honte, tu sais, lui dit-il doucement. Tu as le droit de savoir. Jamie Fraser était ton père, après tout.

— Oui et non, répondit-elle. J'avais un père. Papa... c'est à dire Frank... était mon vrai père. Je l'aimais et je l'aime toujours. Je me sens coupable d'aller voir ailleurs... comme s'il ne m'avait pas suffi.

— Ça n'a rien à voir, tu le sais bien.

Il la fit pivoter et lui souleva le menton.

— Il ne s'agit pas de Frank Randall ni de ce qu'il a été pour toi, expliqua-t-il. Frank était ton père et rien ne pourra changer cela. Mais c'est normal de souhaiter savoir, d'être curieuse.

— Et toi, tu n'as jamais voulu savoir ?

— Si, bien sûr. On ne peut pas faire autrement. Je crois même que c'est indispensable. Viens t'asseoir, je vais te raconter.

Il savait ce que signifiait avoir besoin de son vrai père, surtout quand on ne l'a jamais connu. Pendant quelque temps, alors qu'il commençait tout juste à aller à l'école, il avait été obsédé par les médailles de son père, enfermées dans un petit écrin de velours qu'il portait toujours sur lui, et ennuyait constamment ses camarades avec l'héroïsme de son père.

— J'inventais sans arrêt des histoires, avoua-t-il en fixant le fond de sa tasse. J'ai fini par me faire tabasser par des copains qui n'en pouvaient plus, et j'ai été puni par mes profs pour avoir menti.

Il leva les yeux vers elle et esquissa un faible sourire.

— C'est que j'avais besoin d'en faire un être réel, tu comprends ?

Elle hocha la tête.

— Heureusement, papa... enfin, le révérend... a compris ce qui clochait en moi. Il s'est mis à me raconter des histoires sur mon père, des vraies, cette fois. Rien de grandiose ni d'héroïque... même si Jerry MacKenzie avait vraiment été un héros, mort pour la patrie et tout ça. Papa m'a parlé de lui : comment, enfant, il avait construit une maison pour les oiseaux, mais il avait fait le trou trop grand et un coucou y était entré ; ce qu'il aimait manger quand il rentrait de pension pour les vacances ;

comment ils sortaient tous les deux faire des bêtises en ville ; comment il avait l'habitude de ramasser des bigorneaux qu'il oubliait dans ses poches jusqu'à ce que son pantalon empeste et ne soit plus bon qu'à jeter.

Il marqua une pause et déglutit, un sourire crispé sur les lèvres.

— Le révérend a rendu mon père bien réel et, du coup, il m'a manqué encore plus, parce que j'avais une idée de ce que j'avais vraiment raté. Néanmoins, il *fallait* que je sache.

— Certaines personnes disent qu'il vaut mieux ne pas savoir, observa Brianna. Parce que les choses qu'on n'a pas connues ne peuvent pas nous manquer.

— C'est de l'idiotie... ou de la lâcheté.

Il se versa un autre whisky et inclina la bouteille vers elle d'un air interrogateur. Sans commentaire, elle tendit sa tasse.

— Et ta mère ? demanda-t-elle.

— J'avais encore quelques souvenirs d'elle. J'avais presque cinq ans quand elle est morte. Et puis, il y a ces caisses dans le garage... elles contiennent toutes ses lettres, toutes ses affaires. Comme disait papa : « On a tous besoin d'une histoire. » La mienne était là, dans le garage. Si je voulais en savoir plus, je n'avais qu'à regarder.

Il la dévisagea un long moment avant de lui demander :

— Elle te manque, Claire ?

La jeune femme hocha brièvement la tête, finit sa tasse et la lui tendit de nouveau.

— Au début, j'ai fait comme si elle était simplement partie pour un long voyage, déclara-t-elle. Puis, quand je ne pouvais plus me mentir, j'ai tenté de me persuader qu'elle était morte. Mais le problème, c'est justement qu'elle n'est *pas* morte. Comment puis-je porter son deuil, sachant que c'est moi qui l'ai poussée à partir ?

Son nez coulait, à cause de l'émotion, du whisky ou de la chaleur. Roger alla chercher une serviette de table et la posa devant elle. Elle vida le reste de sa tasse et reprit son souffle. Elle scrutait Roger avec un regard d'acier, comme s'il était responsable de sa situation.

— Alors, oui, reprit-elle, je veux la retrouver... les retrouver. M'assurer qu'elle va bien. Mais si je découvre que tout va mal ? Qu'elle est morte ? Ou lui... bien que pour lui, ce soit moins grave, puisqu'il est mort depuis longtemps. Enfin, il était mort jusqu'à ce que... Enfin, je ne sais pas, mais il faut que je sache.

Elle posa brutalement sa tasse sur la table, devant lui.

— Encore !

Il ouvrit la bouche pour lui suggérer qu'elle en avait déjà eu assez mais il croisa son regard et se ravisa. Il se tut et la servit.

La jeune femme n'attendit même pas qu'il ajoute du thé. Elle porta la tasse à ses lèvres et but une longue gorgée, puis une autre. Elle toussa et reposa sa tasse, les yeux larmoyants.

— C'est pourquoi j'ai entrepris ces recherches, poursuivit-elle. Mais je ne suis plus sûre d'en avoir envie. Quand j'ai vu le livre de papa, avec son écriture et tout... j'ai eu l'impression de l'avoir trahi. Tu crois que j'ai tort ?

— Non. Tu as raison, il faut que tu saches, et je t'aiderai. Mais pour le moment, je crois que tu devrais t'allonger un peu, non ?

Roger la prit sous le bras et l'aida à se lever.

Il parvint à la faire monter jusqu'au premier étage, où elle se précipita dans la salle de bains. Il attendit, adossé au mur du couloir, qu'elle ressorte en titubant, le teint de la couleur du plâtre au-dessus des lambris.

— Tss tss... la taquina-t-il. Gâcher du Glen Morangie comme ça ! Si j'avais su que tu n'avais rien dans le ventre, je t'aurais donné une liqueur pour femmelettes !

Brianna s'affala sur le lit et se laissa déchausser sans rechigner. Elle se roula en boule, serrant oncle Angus contre elle.

— Je t'avais dit que je n'aimais pas le thé, bougonna-t-elle avant de s'endormir.

18

Désirs déplacés

Le révérend Wakefield avait été un homme bon et à l'esprit large, ouvert à toutes les idées religieuses et acceptant des doctrines que ses ouailles auraient considérées comme choquantes, voire blasphématoires.

Toutefois, ayant grandi sous la coupe austère du presbytérianisme écossais et de sa suspicion constante envers tout ce qui touchait à la papauté, Roger se sentait toujours mal à l'aise quand il pénétrait dans une église catholique, comme s'il s'attendait que des moinillons vêtus de longues robes se jettent sur lui dès qu'il aurait franchi la porte, afin de le baptiser de force.

Mais personne ne l'agressa lorsqu'il suivit Brianna dans le petit bâtiment de pierre. Il y avait bien un enfant de chœur au bout de la nef, occupé à allumer deux hauts cierges blancs sur l'autel. Une odeur familière flottait dans l'air. Roger huma discrètement. De l'encens ?

Brianna fouilla dans son sac, sortit un fichu de dentelle noire et s'en couvrit la tête.

— Qu'est-ce que c'est ? demanda-t-il.

— Une mantille. C'est ce qu'on porte dans une église quand on n'a pas de chapeau. A dire vrai, on n'est plus obligé de le faire, mais j'ai été habituée à en mettre une depuis que je suis petite. Autrefois, les femmes n'avaient pas le droit d'entrer dans une église catholique la tête nue, tu savais ça ?

— Non. Pourquoi ?

— Sans doute à cause de saint Paul. Il estimait que les femmes devaient toujours se couvrir la tête, afin de ne pas éveiller le désir des hommes. C'était un vieux parano. Maman disait qu'il avait peur des femmes. Il les trouvait dangereuses.

— Il avait raison.

Il se pencha vers elle et l'embrassa, sans se soucier des regards autour d'eux.

Surprise, elle se hissa sur la pointe des pieds et l'embrassa à son tour. Roger entendit un murmure de réprobation non loin mais n'y prêta pas attention.

— Dans une église ! Et la veille de Noël par-dessus le marché ! chuchota une voix rauque derrière eux.

— On n'est pas vraiment dans l'église, Annie, c'est juste le vestibule.

— Et dire que c'est le fils du pasteur !

— Comme on dit : les cordonniers sont souvent les plus mal chaussés. Je dirai même plus : les enfants de curé sont les premiers à vendre leur âme au diable. Allez, viens.

Les voix s'éloignèrent à l'intérieur de l'église, accompagnées d'un claquement de talons sur les dalles.

Brianna s'écarta et le dévisagea, un sourire aux lèvres.

— C'est vrai que tu es prêt à vendre ton âme au diable ?

Il lui effleura la joue du bout des doigts. Elle portait le collier de sa grand-mère et sa peau reflétait le lustre des perles d'eau douce.

— Oui, s'il veut bien de moi, répondit-il.

Elle allait ajouter quelque chose quand un courant d'air brumeux s'engouffra par la porte qui venait de s'ouvrir.

— Tiens, mais c'est le petit Wakefield !

Il fit volte-face et se retrouva face à deux paires d'yeux qui l'observaient avec une curiosité amusée. Deux vieilles dames, chacune ne mesurant pas plus d'un mètre cinquante, se tenaient bras dessus bras dessous, leurs cheveux gris cachés sous de petits chapeaux de feutre.

— Madame McMurdo, madame Hayes ! Joyeux Noël !

Mme McMurdo habitait à deux pas du presbytère et se rendait tous les dimanches à la messe avec son amie Mme Hayes. Roger les avait connues toute sa vie.

— Tous les chemins mènent à Rome, n'est-ce pas ? Tu t'es enfin décidé à nous rejoindre, mon garçon ? demanda Crissie McMurdo.

L'humour de son amie fit glousser Jessie Hayes, faisant trembloter les cerises rouges de son chapeau.

— Pas encore, répondit Roger avec un sourire aimable. J'accompagne juste mon amie à la messe. Vous connaissez Mlle Randall ?

Il s'effaça devant Brianna et la présenta, ravi de voir les deux commères l'inspecter des pieds à la tête avec un intérêt non dissimulé. Pour les deux vieilles dames, la présence de Roger dans l'église en compagnie d'une jeune fille signifiait une déclaration d'intention plus claire encore que s'il avait fait paraître une annonce pleine page dans le journal local.

Brianna en était-elle consciente ? Elle lui lança un regard taquin et serra sa main un peu plus fort.

— Oh, voilà déjà le petit qui arrive avec son encensoir ! s'écria

Mme Hayes. Viens vite, Crissie, sinon on ne trouvera jamais une bonne place.

Mme McMurdo dévisagea une dernière fois Brianna et renversa la tête en arrière au point que Roger crut que son chapeau allait tomber.

— Ravie de vous rencontrer, ma chère, dit-elle. Mon Dieu, comme vous êtes grande !

Elle lança un clin d'œil à Roger.

— Tu as enfin trouvé une partenaire à ta taille !

— Crissie !

— J'arrive, j'arrive, il n'y a pas le feu !

Redressant son chapeau bordé de plumes de tétras, elle partit à petits pas rejoindre son amie.

La cloche de l'église retentit. Brianna plongea deux doigts dans le bénitier et se signa. Roger l'observa avec attendrissement, puis lui prit le bras et la conduisit dans l'allée centrale, à la recherche d'une place.

— *Douce nuit, sainte nuit...* fredonnait Brianna tandis qu'ils descendaient vers les quais le long du fleuve. Au fait, tu as bien fermé le gaz avant de sortir ?

— Oui, dit Roger. Ne t'inquiète pas. Entre la gazinière et le chauffe-eau qui datent tous deux de Mathusalem, si le presbytère n'a pas encore explosé, c'est qu'il est sous protection divine.

Elle se mit à rire.

— Je ne savais pas que les presbytériens croyaient aux anges gardiens.

— Certainement pas. Encore une superstition de papistes !

— J'espère que le fait de m'avoir accompagnée à la messe ne te vaudra pas la damnation éternelle. Mais peut-être ne croyez-vous pas à l'enfer ?

— Ah, si ! Tout comme au paradis.

Le brouillard s'épaississait au bord du fleuve. Roger se félicita de ne pas être venu en voiture : on n'y voyait pas à dix mètres. Ils marchèrent bras dessus bras dessous le long du Ness, le bruit de leurs pas étouffé par la neige. La ville autour d'eux demeurait invisible, comme si elle n'existait plus. Ils avaient laissé les autres fidèles loin derrière eux. Ils étaient seuls.

Roger se sentait étrangement vulnérable, dépouillé de la chaleur et de l'assurance qu'il avait ressenties dans l'église. Il serra un peu plus fort le bras de Brianna contre lui et rassembla son courage. Le moment était arrivé.

— Brianna... commença-t-il.

Elle s'arrêta. Ses cheveux étaient nimbés de blanc par la lumière d'un réverbère. Des gouttes d'eau luisaient comme une fine rosée sur sa peau, formant autant de perles et de diamants sur son visage et sa veste matelassée. Ses yeux étaient grands et profonds comme un loch, remplis de secrets glissant sous la surface de l'eau. On aurait dit un *Each urisge*, un cheval des eaux à la crinière flottante et à la peau translucide. L'homme qui touche une telle créature est perdu, lié à elle pour l'éternité, emporté au fond du loch, qui devient sa prison et sa tombe.

Roger eut soudain peur, non pour lui mais pour elle, comme si un être allait surgir de ce monde aquatique pour la remporter chez elle et l'arracher à lui. Il lui pressa la main, comme pour la retenir. Elle avait les doigts glacés et humides.

— Je te veux, Brianna, dit-il doucement. Je ne sais pas comment te le dire autrement. Je t'aime. Epouse-moi.

Elle ne répondit pas mais son visage changea, comme un étang dans lequel on aurait jeté un caillou.

— Tu ne voulais pas que je te le demande, n'est-ce pas ?

Roger sentit le brouillard envahir sa poitrine. Il inhalait du givre, des aiguilles de cristal transperçaient ses poumons et son cœur.

— Tu ne voulais pas l'entendre, c'est ça ? insista-t-il.

Elle secoua la tête, cherchant ses mots.

— Ce n'est pas ça... c'est... balbutia-t-elle.

Il lui lâcha la main.

— Ce n'est pas grave, dit-il d'un ton calme qui le surprit lui-même. Oublie ce que je viens de dire.

— Roger...

Il dut faire un effort considérable pour lever les yeux vers elle. La dernière des choses qu'il voulait entendre, c'étaient des paroles de réconfort, une phrase embarrassée pour offrir de rester « bons amis » ou quelque chose de ce genre.

Elle lui prit la tête entre ses mains et l'embrassa à pleine bouche, forçant sa langue entre ses lèvres avec une fougue maladroite.

Il lui saisit les poignets et la repoussa.

— Mais enfin, à quoi tu joues ? s'écria-t-il, excédé.

— Je ne joue pas. Tu as dit que tu avais envie de moi, non ? Moi aussi, j'ai envie de toi, ça ne se voit donc pas ?

Il la dévisagea, incrédule.

— Qu'est-ce que tu veux dire ?

— Que... que j'ai envie de coucher avec toi, lâcha-t-elle rapidement.

— Mais tu ne veux pas m'épouser ?

Pâle comme un linge, elle fit non de la tête. Roger sentit la nausée et la fureur monter en lui :

— Si je comprends bien, pour le mariage c'est non, mais pour la baise, c'est oui ? Comment peux-tu dire une chose pareille ?

— Ne me parle pas comme ça !

— Quoi, c'est le mot « baise » qui te gêne ? Toi, tu as le droit de l'insinuer mais moi je n'ai pas le droit de le prononcer, c'est ça ? Je n'ai jamais été autant humilié de ma vie, jamais !

Elle tremblait ; l'humidité de l'air collait ses mèches sur son visage.

— Je ne voulais pas t'insulter. Je croyais que...

Il lui agrippa le bras et l'attira à lui d'un coup sec.

— Si c'était uniquement ça qui m'intéressait, je t'aurais sautée depuis longtemps !

— Salaud !

Elle libéra son bras et lui envoya une gifle en plein visage, ce qui le prit par surprise.

Il marqua un temps d'arrêt, puis lui attrapa la main et l'embrassa avec une ardeur et une violence nouvelles chez lui. Elle se débattit et lui envoya des coups de pied dans les tibias, mais il n'arrêta que lorsqu'il fut rassasié.

Enfin, il la lâcha et reprit son souffle. Il s'essuya les lèvres et recula d'un pas, les jambes molles. Il avait du sang sur la main. Brianna l'avait mordu et il n'avait rien senti.

Elle tremblait aussi. Elle était livide, serrait les lèvres, le fixait d'un regard assassin.

— Si je ne t'ai pas sautée, c'est parce que ce n'était pas ce que je cherchais, reprit-il. Pas plus hier qu'aujourd'hui. Et puis, si je ne compte pas pour toi, alors ça ne m'intéresse pas.

— Je n'ai jamais dit que tu ne comptais pas.

— Ah, non ?

— Tu comptes trop pour que je t'épouse, idiot !

— Pardon ?

— Parce que si je t'épouse... si j'épouse qui que ce soit, ce sera pour longtemps, tu comprends ? Si je m'engage, ce sera pour la vie, même si je dois m'en mordre les doigts !

Les larmes coulaient le long de ses joues. Il sortit son mouchoir et le lui tendit.

— Mouche-toi, essuie-toi le visage et explique-moi de quoi tu parles ! grogna-t-il.

La jeune femme obtempéra, reniflant et repoussant les mèches qui lui tombaient devant les yeux. Sa mantille s'était à moitié défaite et pendait sur ses épaules. Il la lui enleva et la fourra dans sa poche.

— Ton accent écossais ressort quand tu es en colère, dit-elle d'une petite voix.

Elle esquissa un faible sourire et lui rendit son mouchoir.

— Si tu ne t'expliques pas rapidement, rétorqua-t-il, exaspéré, je vais bientôt me mettre à parler en gaélique.

— Tu sais parler gaélique ?

— Oui, et je pourrais t'apprendre un certain nombre d'expressions très injurieuses. Qu'est-ce qui t'a pris de me dire ça tout à l'heure ? Toi... une gentille petite catholique, à peine sortie de la messe ! Moi qui croyais que tu étais vierge !

— Mais je le suis ! Quel rapport ?

Avant qu'il ne puisse répliquer, elle enchaîna :

— Et puis ne viens pas me dire que tu n'as jamais couché avec une fille, je ne suis pas stupide à ce point !

— Oui, j'ai déjà couché avec des filles ! Mais je ne leur ai jamais demandé de m'épouser. Je ne les aimais pas et elles ne m'aimaient pas non plus. Toi, je t'aime !

Elle s'adossa au réverbère, croisa les mains derrière son dos et le regarda droit dans les yeux.

— Je crois que je t'aime aussi.

Ce ne fut qu'en expirant qu'il se rendit compte qu'il retenait son souffle depuis un certain temps.

— Ah... fit-il. Euh... le mot clef dans cette phrase, c'est « je crois » ou « je t'aime » ?

Elle se détendit légèrement et déglutit.

— Les deux.

Il allait rétorquer quelque chose mais elle l'arrêta d'un geste.

— Oui, je t'aime... je crois. Mais... mais je ne peux pas m'empêcher de penser à ce qui est arrivé à ma mère. Je ne veux pas qu'il m'arrive la même chose.

— A ta mère ! s'écria-t-il en sentant à nouveau la colère monter. Quoi ? Il te faut un nouveau Jamie Fraser ? Tu crois que tu t'ennuierais trop avec un simple historien... il te faut une grande passion, de l'aventure, du danger... Tu penses que je ne serai pas à la hauteur ?

— Mais non ! Il ne s'agit pas de Jamie Fraser, mais de mon père !

Brianna enfonça les poings dans les poches de sa veste. Elle ne pleurait plus mais ses cils étaient encore lourds de larmes.

— Quand elle l'a épousé, elle était sincère, expliqua-t-elle. Ça se voit sur leurs photos. Quand elle a dit « Pour le meilleur et pour le pire », elle le pensait réellement. Et puis... et puis elle a rencontré Jamie Fraser et elle a changé d'avis. Je ne la critique pas... enfin, pas vraiment, même s'il m'a fallu du temps pour digérer ça. Elle ne pouvait pas s'en empêcher. Quand elle parlait de lui, j'ai bien vu à quel point elle l'aimait. Mais, tu comprends, Roger, elle aimait aussi mon père jusqu'à ce que... quelque chose arrive. Elle ne s'y attendait pas et ce n'était pas sa faute... mais elle a rompu son engagement. Je ne ferai jamais ça, jamais, pour rien au monde.

Elle renifla et il lui tendit à nouveau son mouchoir.

— Il faudrait attendre encore un an avant qu'on puisse vivre ensemble, reprit-elle. Tu ne peux pas quitter Oxford et je ne peux partir de Boston avant d'avoir obtenu mon diplôme.

Il eut envie de lui dire qu'il n'avait qu'à démissionner et, elle, à arrêter ses études, mais il se tut. Elle avait raison, cette solution ne les satisferait ni l'un ni l'autre.

— Imagine que je te dise oui maintenant, et que quelque chose se passe ? Si je rencontre un autre homme ou toi une autre femme ? Je ne veux pas courir le risque de te faire du mal.

— Mais aujourd'hui, tu m'aimes ?

Elle avança d'un pas vers lui et, sans dire un mot, déboutonna sa veste.

— Mais, Brianna, qu'est-ce que tu fais ?

La surprise s'ajouta au mélange d'émotions qui l'assaillaient, cédant bientôt le pas à une sensation beaucoup plus forte lorsque les longs doigts blancs de la jeune femme se saisirent de la fermeture Eclair de son blouson et l'ouvrirent d'un geste sûr.

Roger l'enlaça comme par réflexe. Elle se serra contre lui, glissa ses bras sous son blouson. Ses cheveux sentaient le froid et le doux. Les dernières traces d'encens emprisonnées dans ses lourdes mèches se mêlaient à son parfum d'herbe et de jasmin. Elle ne disait rien et lui non plus. Il sentait son corps à travers les fines couches de vêtements et une décharge de désir électrifia son corps. Il chercha ses lèvres et leurs bouches s'unirent.

— ... tu as vu Jackie Martin avec son nouveau col en fourrure ?

— Je me demande bien où elle a trouvé l'argent pour se l'offrir. Je croyais que son mari avait été mis à la porte il y a six mois. Si tu veux mon avis, Jessie, cette femme a...

Les claquements de talons sur la chaussée s'arrêtèrent, suivis d'un raclement de gorge assez sonore pour réveiller les morts.

Roger serra Brianna plus fort contre lui et ne bougea pas. Elle lui répondit en resserrant son étreinte.

— Hum !

— Allez, Crissie ! dit une voix étouffée. Fiche-leur donc la paix. Tu ne vois pas qu'il est en train de lui faire sa déclaration ?

Il y eut un second « hum », mais moins fort.

— Peuh ! Ce n'est pas une raison, mais enfin... les jeunes se croient tout permis, de nos jours.

Les claquements de talons se rapprochèrent, ralentirent au moment de passer à leur hauteur, puis s'éloignèrent dans la brume.

Ils continuèrent à s'embrasser. Une fois qu'un homme a touché à un cheval des eaux, il ne peut plus le lâcher.

Enfin, il la libéra et s'écarta, gardant ses mains dans les siennes.

— J'attendrai, dit-il doucement. Je t'aurai tout entière ou pas du tout.

Il posa une main sur son sein.

— Je ne veux pas simplement ton corps, même si j'ai envie de toi. Mais je veux que tu sois ma femme... ou rien du tout. A toi de choisir.

Elle tendit la main et lui caressa le front. Ses doigts étaient glacés.

— Je comprends, murmura-t-elle.

Un vent froid montait du fleuve. Il lui reboutonna sa veste puis, mettant ses mains dans ses poches, il sentit le petit paquet qu'il y avait glissé. Il comptait le lui donner pendant le dîner.

— Tiens, dit-il. Joyeux Noël !

Tout en la regardant déballer le paquet, il ajouta :

— Je l'ai acheté l'été dernier. Tu parles d'une inspiration, non ?

C'était un bracelet d'argent, un anneau plat, avec des mots gravés sur le pourtour. Il le lui prit des mains et le glissa autour de son poignet. Elle le fit tourner, lisant à voix haute :

— *Je t'aime... un peu... beaucoup... passionnément... à la folie... pas du tout.*

Elle lui fit décrire un autre tour complet.

— Je t'aime, lui dit-il.

D'un geste du doigt, il fit tournoyer le bracelet autour de son poignet. Elle posa la main à plat pour l'arrêter.

— Moi aussi, chuchota-t-elle. Joyeux Noël !

SEPTIÈME PARTIE

Là-haut, sur la montagne

19

Terre bénie...

Dormir nue au clair de lune dans les bras d'un amant, tous deux emmitouflés dans des fourrures, couchés sur un lit de feuilles mortes, bercés par le doux murmure des branchages et le grondement lointain d'une cascade... quel romantisme ! En revanche, dormir dans un abri de fortune, écrasée entre un mari imposant et mouillé, et un neveu tout aussi imposant et mouillé, à écouter le clapotis agaçant de la pluie sur les feuilles tout en repoussant du pied les avances d'un chien énorme et puant... non merci !

— De l'air ! dis-je dans un râle.

Je parvins tant bien que mal à me redresser en position assise, écartant pour la centième fois la queue touffue de Rollo de mon visage. L'odeur de fauve de tous ces mâles était oppressante, un parfum musqué, rance, accompagné de senteurs de laine humide et de poisson.

Je m'extirpai de notre tanière en marchant à quatre pattes, veillant à n'écraser personne. Jamie grogna dans son sommeil, compensant la perte de chaleur de mon corps en se roulant en boule. Ian et Rollo formaient une masse inextricable de poils et de vêtements, leurs souffles entremêlés en une légère brume dans l'air froid de la nuit.

Dehors, il faisait si frais que le fait d'inspirer me fit tousser. La pluie avait cessé mais les branches gouttaient encore. L'air était composé à parts égales d'oxygène et de vapeur d'eau, épicé des fragrances acides de toutes les plantes de la montagne.

J'avais dormi dans la chemise de rechange de Jamie, mon pantalon de daim soigneusement rangé dans une sacoche pour éviter qu'il soit trempé. Je l'enfilai en frissonnant.

Pieds nus, je descendis vers la rivière pour faire ma toilette, la bouilloire sous le bras. L'aube ne s'était pas encore levée et la forêt était plongée dans une brume grise et une lumière bleutée.

Quelques gazouillis timides s'élevaient dans le toit de feuilles au-dessus de moi, mais rien à voir avec le concert habituel des oiseaux au petit matin. Ils étaient en retard à cause de la pluie. Le ciel restait bas, chargé de nuages allant du noir, vers l'ouest, au gris ardoise vers l'est. Je ressentis une pointe de fierté en me rendant compte que je connaissais déjà l'heure à laquelle les oiseaux étaient censés se mettre à chanter.

En fin de compte, Jamie avait eu raison de proposer que nous restions dans la montagne au lieu de rentrer à Cross Creek. Nous étions début septembre. Selon les estimations de Myers, cela nous laissait deux mois de beau temps. Disons plutôt de temps relativement clément, rectifiai-je en regardant les nuages. Après quoi, il nous faudrait absolument un abri. Cela nous laissait donc le temps de construire une cabane, de stocker du gibier et de nous préparer à affronter l'hiver.

« Il va falloir travailler dur, avait déclaré Jamie. Il y aura aussi du danger. Nous risquons d'échouer si la neige arrive trop tôt ou si la chasse n'est pas assez bonne. Si tu ne veux pas le faire, dis-le et j'y renoncerai, *Sassenach*. Alors, ça te fait peur ? »

« Peur » était un mot faible, j'en avais des crampes dans l'estomac. Lorsque j'avais accepté de rester dans la montagne, j'avais pensé que nous rentrerions à Cross Creek pour y passer l'hiver.

Nous aurions pu tranquillement rassembler des provisions, du matériel et des colons et revenir tous ensemble au printemps, pour défricher le terrain et construire nos maisons. Au lieu de cela, nous serions seuls, à plusieurs jours de voyage du campement européen le plus proche.

Nous n'avions ni outils ni provisions, hormis une hache, quelques couteaux, une bouilloire, un gril de fonte et mon coffret de médecin. S'il arrivait quelque chose ? Si Ian ou Jamie se blessaient ou tombaient malades ? Si nous mourions de faim ou de froid ? Jamie avait beau affirmer que nos amis indiens ne voyaient pas d'objection à nous savoir sur place, rien ne prouvait que tous partageraient cet avis.

Oui, j'avais peur. D'un autre côté, j'avais assez vécu pour savoir que la peur n'était pas mortelle, du moins directement. Si elle se conjuguait avec quelques bêtes sauvages ou des Indiens mal lunés, peut-être...

Pour la première fois, je songeais avec une certaine nostalgie à River Run, avec son eau chaude, ses repas réguliers, sa propreté... et sa sécurité. Il était évident que Jamie n'avait aucune envie d'y retourner. Passer six autres mois sous le toit de Jocasta Cameron le rendrait encore plus redevable envers elle et il lui serait d'autant plus difficile de rejeter son offre.

Il était également bien placé pour savoir que Jocasta était avant tout une MacKenzie. J'avais suffisamment connu ses frères Dougal et Colum pour me méfier du sang qui coulait dans ses veines. Quand les MacKenzie de Leoch avaient une idée en tête, ils ne l'abandonnaient pas si vite. En outre, ils ne rechignaient pas devant les intrigues et les manipulations en tout genre pour arriver à leurs fins. Une araignée aveugle, dépendant uniquement de son sens du toucher, saurait tisser sa toile avec une efficacité redoutable.

Jamie avait aussi d'excellentes raisons de rester le plus loin possible du sergent Murchison, qui me paraissait être du genre rancunier. Puis il y avait Farquard Campbell et tout son monde de planteurs, de Régulateurs, d'esclaves et de politiciens... Non, je comprenais pourquoi Jamie ne tenait pas à entrer dans ce réseau de relations et de complications, sans parler de la guerre d'Indépendance qui allait éclater.

Mais plus que toutes les raisons mentionnées ci-dessus, je savais aussi ce qui avait vraiment motivé la décision de Jamie : son amour de la montagne.

« Comment t'expliquer ce que je ressens ici ? m'avait-il déclaré. Sais-tu seulement ce que signifie avoir besoin d'un endroit à soi ? Besoin d'entendre la neige crisser sous mes semelles, de remplir mes poumons de l'air de la montagne ? C'est elle qui me fait respirer, comme Dieu insuffla la vie en Adam. J'ai besoin de sentir la roche froide sous ma main, de repaître mes yeux de la mousse qui couvre les rochers, résistant au soleil et au vent. Si je veux vivre comme un homme, il me faut une montagne. »

Ainsi, il fut décidé que Myers rentrerait à River Run pour transmettre nos instructions à Duncan, rassurer Jocasta sur notre sort et acheter l'équipement que nos maigres ressources nous permettraient. S'il en avait le temps avant la tombée des premières neiges, il reviendrait avec des provisions ; sinon, il faudrait attendre le printemps. Ian demeurerait avec nous. Son aide nous serait précieuse pour bâtir la cabane et chasser.

— *Seigneur, donne-nous notre pain de ce jour*, récitai-je en me frayant un chemin entre les buissons qui bordaient le cours d'eau, *et ne nous soumets pas à la tentation.*

Nous étions relativement à l'abri de la tentation. Pour le meilleur ou pour le pire, nous ne reverrions pas River Run avant l'année suivante, au moins. Quant au pain quotidien, jusqu'à présent nous n'en avions pas manqué. A cette époque de l'année, il y avait une abondance de noix, de fruits et de baies, que je cueillais avec la constance et l'application d'un écureuil. Mais dans deux mois, quand les arbres seraient nus et les rivières gelées, j'espérais que le rugissement du vent hivernal n'empêcherait pas Dieu de nous entendre.

La pluie avait gonflé le débit du torrent, dont le niveau avait monté d'une cinquantaine de centimètres depuis la veille. Je m'agenouillai, m'aspergeai le visage, me rinçai la bouche, bus dans mes mains en coupe et m'aspergeai de nouveau, l'eau froide me piquant les joues.

Lorsque je me redressai, j'aperçus deux biches en train de boire sur l'autre rive, un peu en amont. Je restai immobile pour ne pas les effrayer mais elles ne semblaient pas alarmées par ma présence. Leur robe était du même bleu-gris que les arbres et les rochers. Elles n'étaient elles-mêmes que des ombres, mais leurs silhouettes se détachaient avec une délicatesse parfaite, comme dans une estampe japonaise. Soudain, elles disparurent. Je clignai des yeux. Je ne les avais même pas vues se retourner ou courir. Si je n'avais distingué les empreintes sombres de leurs sabots dans la vase, j'aurais cru les avoir imaginées.

Je n'entendis ni ne vis rien, mais mes cheveux se hérissèrent ; la chair de poule envahit mon corps comme un courant électrique. Je retins mon souffle, ne remuant que les yeux. Il y avait quelque chose. Mais où ? Quoi ?

Le soleil était en train de se lever. La cime des arbres se teintait de vert et les rochers commençaient à luire tandis que leurs couleurs s'animaient. Pourtant, les oiseaux étaient toujours silencieux. Rien ne bougeait, sauf le courant.

Puis je le vis. Il n'était pas à plus de trois mètres de moi, à demi caché par un buisson. Ses lapements se perdaient dans le grondement du torrent. Il releva la tête et l'une de ses oreilles touffues pivota vers moi. Pourtant, je n'avais pas fait le moindre bruit. Pouvait-il m'entendre respirer ?

Les premiers rayons de soleil l'atteignirent, faisant vibrer sa fourrure fauve. Deux yeux dorés se braquèrent sur moi et me fixèrent avec un calme irréel. La brise avait tourné. A présent, je sentais son odeur légèrement âcre, mêlée au parfum plus fort du sang frais. Il se détourna nonchalamment et se mit à se lécher une patte avec application.

Il se passa ensuite la patte plusieurs fois sur l'oreille, puis s'étira langoureusement dans l'herbe. Seigneur ! Il mesurait presque deux mètres de long ! Satisfait, il s'éloigna, en bondissant par-dessus les buissons.

Je n'avais pas eu peur. Mon instinct m'avait figée sur place et ma stupéfaction devant la beauté du félin et sa proximité m'avait retenue immobile. Mais une fois le puma parti, mon système nerveux central enregistra enfin ce qui venait de se passer. Je me mis à trembler comme une feuille et il me fallut plusieurs minutes avant de pouvoir tenir debout. Je laissai tomber la bouilloire trois fois de suite avant de parvenir à la remplir.

Je restai quelques instants immobile, les yeux fermés, inspirant de grandes bouffées d'air pur. Je sentais chaque atome de mon corps ; le sang se déversait en trombe dans mes veines pour acheminer de l'oxygène dans mes moindres cellules et fibres musculaires. Le soleil effleura mon visage et réchauffa légèrement ma peau.

Je rouvris les yeux et découvris un flou de vert, de jaune et de bleu. Le jour s'était levé. A présent, tous les oiseaux chantaient à tue-tête. Je remontai le sentier qui menait à la clairière, résistant à l'envie de lancer des regards apeurés derrière moi.

La veille, Jamie et Ian avaient déjà abattu plusieurs grands pins. Ils les avaient découpés en rondins de trois mètres cinquante de long, avant de les faire rouler jusqu'au pied de la colline. A présent, les troncs étaient empilés à la lisière de notre clairière ; leur écorce brune était lustrée par la pluie.

Lorsque je revins du torrent, Jamie traçait une ligne dans l'herbe trempée. Ian avait allumé un feu sur un rocher plat, ayant appris grâce à son oncle à garder toujours dans son *sporran* un peu de petit bois, un silex et un morceau d'acier.

— C'est là que se situera l'abri, annonça Jamie en désignant le sol d'un air concentré. On va le construire en premier ; comme ça on pourra dormir dedans s'il pleut à nouveau. Mais il n'a pas besoin d'être aussi solide que la cabane. Il nous permettra de nous faire la main.

— A quoi servira-t-il, à part à vous faire la main ? demandai-je.

— Bonjour, *Sassenach* ! Tu as bien dormi ?

— Non. Alors, à quoi servira l'abri ?

— A stocker la viande. On creusera une petite fosse à l'arrière, qu'on remplira de braises. Ça nous permettra de fumer la viande qu'on veut garder. On va fabriquer aussi un portant pour la sécher. Ian a vu les Indiens en faire. Il nous faut aussi un endroit sûr où les bêtes ne pourront pas venir voler nos provisions.

Cela me parut une excellente idée, surtout compte tenu du genre de bêtes qui rôdaient dans les parages. Pour ce qui était du fumage, j'avais quelques réserves. L'ayant déjà vu faire en Ecosse, je savais que ce processus exigeait beaucoup d'attention. Quelqu'un devait rester constamment à côté du feu pour éviter qu'il ne brûle trop fort ou qu'il ne s'éteigne. Il fallait aussi régulièrement retourner la viande et l'enduire de graisse pour empêcher qu'elle se dessèche et ne devienne dure comme de la semelle.

Je n'avais pas besoin d'un dessin pour deviner qui serait chargé de cette mission. Si je ne me montrais pas à la hauteur, nous risquions tous de mourir d'un empoisonnement à la ptomatine.

— Mouais... fis-je, peu convaincue

Jamie remarqua mon manque d'enthousiasme et sourit.

— Ce n'est que notre premier abri. Le second sera pour toi.

— Pour moi ?

— Pour que tu ranges tes plantes et tes remèdes. Si je me souviens bien, ils prennent de la place.

Il m'indiqua un coin de la clairière du bout du doigt, le regard animé par la flamme du bâtisseur.

— On le mettra là-bas. Et là, ce sera la cabane dans laquelle on passera l'hiver.

A ma grande surprise, ils avaient déjà érigé les murs du premier abri à la fin du second jour. Ils lui confectionnèrent un toit de branchages en attendant que la saison leur permette de tailler de vrais bardeaux. Les murs étaient faits de minces rondins portant encore leur écorce. Ils étaient pleins de fentes mais il y avait assez de place pour que nous puissions y dormir confortablement tous les trois, ainsi que Rollo. Agrémenté d'un petit feu dans un âtre de pierre installé dans un coin, c'était, somme toute, plutôt douillet.

Ils avaient élagué des branches dans le toit au-dessus du feu pour laisser s'échapper la fumée. Blottie contre Jamie, je pouvais voir les étoiles tout en l'écoutant critiquer son œuvre.

— Regarde-moi ça ! ronchonnait-il. Ce pieu est complètement tordu. Du coup, tout le portant de séchage est de travers.

— Je ne crois pas que les dépouilles de cerf s'en plaindront, répondis-je. Laisse-moi voir cette main.

Il ne prêta aucune attention à ce que je lui disais mais tendit machinalement sa main gauche. Elle était calleuse, striée d'entailles et tellement couverte d'échardes que je m'y piquai les doigts.

— Et ce toit ! poursuivit-il. Il est plus bas d'au moins quinze centimètres de ce côté-ci.

— Ta main est pire qu'un porc-épic, observai-je en lui caressant la paume. Approche-toi du feu que je t'enlève tes échardes.

Il se déplaça sans rechigner, veillant à ne pas piétiner Ian, qui, ayant déjà été soigné un peu plus tôt, s'était endormi, la tête sur le flanc velu de Rollo. Malheureusement, le changement de perspective révéla plusieurs autres défauts au regard critique de Jamie.

Il était en train de pester contre le chambranle de la porte d'entrée, légèrement de guingois il est vrai, quand je l'interrompis.

— Tu n'avais jamais construit une cabane en rondins auparavant, non ?

— Non, mais... Aïe !

Je venais d'extraire une grosse écharde avec ma pince à épiler.

— Pourtant, tu l'as construite en deux jours avec une simple hache et un couteau ! Sans même un clou ! Tu devrais être fier.

Tu ne t'attendais tout de même pas à édifier le palais de Buckingham du premier coup, non ?

— Je n'ai jamais vu le palais de Buckingham, rétorqua-t-il avec une candeur touchante. Mais je comprends ce que tu veux dire.

— Tant mieux.

Je me penchai sur sa paume et essayai de distinguer les petites formes sombres des échardes parmi les innombrables égratignures.

— Enfin, soupira-t-il, je ne pense pas que cet abri s'écroulera sur nous.

— C'est déjà ça.

Je lui tamponnai la paume avec un linge imbibé d'alcool, puis m'attaquai à sa main droite.

Il resta silencieux un long moment. Le feu crépitait, se ravivant chaque fois qu'un courant d'air filtrait à travers les rondins.

— On bâtira la maison sur le haut de la colline, dit-il brusquement. Là où poussent les fraises sauvages.

— Tu veux parler de la cabane ? murmurai-je, concentrée sur ma tâche. Je croyais que tu la voulais au bord de la clairière.

J'avais enlevé toutes les échardes accessibles. Pour les autres, trop profondément enfouies, il faudrait attendre qu'elles remontent plus près de la surface.

— Je ne parle pas de la cabane, mais de notre maison.

Il s'adossa contre le mur, face au feu.

— Elle aura un grand escalier et de vraies vitres.

Je rangeai ma pince à épiler dans son étui et refermai le coffre.

— Ce sera beau, dis-je doucement.

— ... Avec de hauts plafonds, et une porte d'entrée assez grande pour que je ne me cogne pas la tête à chaque passage.

Quelque part au loin, un loup hurla. Rollo redressa la tête en émettant un léger « *Wouf !* ». Il tendit l'oreille puis, comme il ne se passait rien, se rallongea avec un gros soupir.

— Il y aura une distillerie pour toi et un bureau pour moi, poursuivit Jamie. Avec une bibliothèque pour ranger mes livres.

— Mmm... fis-je.

Pour le moment, le seul livre qu'il possédait était *L'Histoire naturelle de la Caroline du Nord*, publié en 1733, emporté avec nous à titre de guide et de référence.

Jamie glissa un bras autour de mes épaules et me serra contre lui.

— Et nous aurons un vrai lit, dis-je. Tu peux construire un lit, non ?

— Oui, je t'en ferai un aussi beau que ceux du palais de Buckingham, promit-il.

Myers, cette âme généreuse et fidèle, revint avant la fin du mois, traînant derrière lui, outre trois mules chargées d'outils, d'équipements divers et de denrées de base telles que du sel, Duncan Innes en personne.

— Alors, c'est ici ? demanda Innes.

Il contempla avec intérêt le minuscule domaine qui commençait à prendre forme sur le versant couvert de fraises sauvages. Nous possédions déjà deux solides abris, plus un enclos où garder les chevaux et les autres animaux qui nous manquaient encore.

Pour le moment, notre bétail se limitait à une jeune truie blanche. Jamie l'avait ramenée d'un campement de Moraviens situé à une cinquantaine de kilomètres. Il l'avait échangée contre un sac de patates douces et une brassée de balais de branchages que j'avais confectionnés. Trop petite pour rester dans l'enclos, la truie partageait nos quartiers, où elle s'était liée d'amitié avec Rollo. Personnellement, je n'étais guère enchantée par une telle promiscuité.

Jamie guida Duncan vers un point de vue qui donnait sur les versants boisés. Çà et là, on apercevait quelques ouvertures dans la forêt, de grands prés couverts de hautes herbes convenant à la culture.

— C'est une belle terre bien irriguée, indiqua-t-il. Il existe plusieurs sources dans la forêt, et la rivière la traverse de part en part. Regarde par là.

Il lui montra un versant qui s'achevait par une rangée de sycomores, ces derniers délimitant le lit de la rivière.

— Il y a de quoi bâtir au moins une trentaine de petites fermes, au début. Il nous faudra déboiser une grande partie de la forêt, mais il y a suffisamment d'espace dégagé pour commencer. N'importe quel fermier pourra nourrir sa famille en créant un potager en un rien de temps. La terre est tellement riche !

Duncan, qui était plus pêcheur qu'agriculteur, hocha la tête docilement, contemplant le paysage tandis que Jamie le parsemait de petites maisons.

— J'ai déjà arpenté le terrain, déclara-t-il. Bien sûr, il faudra le faire plus correctement dès qu'on le pourra, mais j'ai le plan en tête. Tu n'aurais pas apporté du papier et de l'encre, par hasard ?

— Si, entre autres choses, répondit Duncan.

Il se tourna vers moi avec un sourire qui métamorphosait son long visage généralement triste.

— Mme Jo vous envoie un matelas en plume, annonça-t-il. Elle a pensé que ça pourrait servir.

— Un matelas en plume ! m'extasiai-je. Quelle merveilleuse idée !

Jamie nous avait fabriqué un excellent lit de chêne, avec un sommier ingénieux fait d'un treillis de lianes. Toutefois, nous couchions sur un matelas de fortune en branches de cèdre qui, quoique fleurant merveilleusement bon, laissait à désirer en matière de confort.

Mes rêves de nuit paisible furent interrompus par Myers et Ian, qui émergèrent de la forêt en portant, l'un deux écureuils morts, l'autre, une grosse masse noire qui, vue de plus près, s'avéra être une dinde bien dodue.

— Ce gamin a un œil de lynx, madame Claire, déclara Myers, satisfait. Ces oiseaux ne sont pas faciles à tuer. Même les Indiens n'arrivent pas à les attraper.

Il était un peu tôt pour le repas de Noël, mais j'étais ravie. La dinde serait le premier mets substantiel dans notre garde-manger. Jamie, lui, lorgnait déjà vers les plumes de la queue, parfaites pour son courrier.

— Il faut que j'écrive au gouverneur, expliqua-t-il pendant le dîner. Je vais lui dire que j'accepte son offre et lui donner le détail des terres que nous avons choisies.

Il saisit une part de gâteau et mordit vaillamment.

— Fais attention à tes dents ! avertis-je. Il reste sans doute des coquilles.

Notre dîner se composait de truites grillées, de patates douces, de prunes sauvages et d'une espèce de cake que j'avais confectionné avec de la farine de noix, broyées grossièrement dans mon mortier. Jusque-là, nous nous étions nourris principalement de poisson et de tout ce que je trouvais de comestible parmi la végétation, Ian et Jamie étant trop occupés à bâtir pour chasser. J'espérais que Myers resterait un moment avec nous... au moins le temps de nous rapporter un grand cerf ou toute autre source de protéines. Passer tout un hiver à manger du poisson séché n'était guère engageant.

Jamie me sourit en mastiquant laborieusement puis se tourna vers Duncan.

— Quand on aura fini de dîner, Duncan, viens avec moi jusqu'à la rivière. Tu m'indiqueras le coin que tu préfères.

Innes lui adressa un coup d'œil perplexe, puis un mélange de plaisir et d'angoisse s'inscrivit sur son visage.

— Le coin que je préfère ? Tu veux dire... pour moi, *Mac Dubh* ?

— Eh bien oui !

Jamie planta sa brochette de bois dans une patate douce et la pela délicatement du bout des doigts sans regarder Innes.

— J'aurais besoin que tu me serves d'intermédiaire, Duncan, si tu le veux bien. Or il est normal que tu sois rétribué pour tes services d'une manière ou d'une autre. Voici ce à quoi j'ai pensé, tu n'auras qu'à me dire si ça te convient : je vais déposer une demande de terre en ton nom, mais, comme tu ne seras pas là pour la cultiver, Ian et moi y construirons une petite ferme et y planterons du blé. Comme cela, le moment venu, tu auras un endroit où t'installer si tu en as envie, et un peu de réserve de blé. Qu'est-ce que tu en dis ?

Pendant que Jamie parlait, le visage de Duncan fut envahi par toute une gamme d'émotions allant de la consternation à la stupéfaction et s'achevant par une excitation prudente. Manifestement, il ne lui était jamais venu à l'esprit qu'il pourrait un jour posséder un lopin de terre. Sans le sou et incapable de travailler de ses mains, il serait sans doute devenu mendiant s'il était resté en Ecosse... à condition d'y survivre.

— Mais... commença-t-il.

Il s'interrompit et déglutit, et sa grosse pomme d'Adam bondit dans sa gorge.

— D'accord, *Mac Dubh*. Ça me va.

Un sourire incrédule s'afficha sur ses lèvres.

— « Intermédiaire »... qu'est-ce que ça signifie au juste ?

— Deux choses, répondit Jamie. D'abord, je voudrais que tu trouves des colons.

Il agita la main vers le chantier de notre nouvelle cabane qui, pour le moment, se limitait aux fondations, au chambranle de la porte et à la grande dalle d'ardoise sombre qui accueillerait l'âtre.

— Je ne peux pas m'absenter maintenant, précisa Jamie. Je voudrais que tu essaies de rassembler les anciens d'Ardsmuir. Ils sont sans doute éparpillés dans les colonies, mais ils sont tous arrivés par Wilmington. Bon nombre d'entre eux doivent être dans les Carolines. Retrouves-en autant que tu pourras, explique-leur ce que je suis en train de faire ici et reviens au printemps avec ceux que ça intéresse.

Duncan hocha lentement la tête, pinçant les lèvres sous son épaisse moustache.

— Très bien, dit-il. La deuxième chose ?

— Elle concerne ma tante. Je voudrais que tu l'aides, Duncan. Elle a grand besoin d'un homme honnête à son côté, un homme qui pourra faire face à ces ordures de la marine et traiter certaines affaires en son nom.

Duncan ne voyait aucun inconvénient à passer au peigne fin des centaines de kilomètres carrés à la recherche de futurs colons, mais l'idée de traiter avec les « ordures de la marine » parut le mettre profondément mal à l'aise.

— Traiter certaines affaires ? répéta-t-il. Mais je n'y connais rien...

— Ne t'inquiète pas, le rassura Jamie. Ma tante connaît bien son milieu. Elle te dira tout ce que tu dois faire et dire... elle a juste besoin d'un homme pour agir et parler à sa place. Je vais lui écrire une lettre que tu lui remettras et dans laquelle j'expliquerai que tu acceptes de la représenter.

Pendant que Jamie et Duncan discutaient, Ian fouillait dans les paquets des mules. Il prit un petit objet de métal qu'il retourna entre ses doigts.

— Qu'est-ce que c'est ? demanda-t-il.

Il nous montra un morceau de fer aplati, parcouru de croisillons grossièrement incisés et dont une extrémité était aiguisée comme une lame. On aurait dit un couteau passé sous un rouleau compresseur.

— C'est le fer pour votre âtre, dit Duncan. Une idée de Mme Jo.

Il tendit l'objet en question à Jamie. Celui-ci parut d'abord surpris, puis ému. Il caressa le métal d'un air songeur et me le donna.

— Garde-le en lieu sûr, *Sassenach*. Nous bénirons l'âtre avant le départ de Duncan.

Je ne compris son émotion que lorsque Ian m'eut expliqué qu'on enfouissait toujours un morceau de fer sous chaque nouvel âtre afin de protéger la maison et d'assurer sa prospérité. A sa manière, Jocasta nous signifiait qu'elle nous souhaitait bonne chance et qu'elle pardonnait à Jamie ce qui avait dû lui paraître comme une désertion. C'était plus que généreux de sa part. J'enveloppai avec soin le petit morceau de fer dans mon mouchoir et le glissai dans ma poche.

Nous bénîmes l'âtre deux jours plus tard, dans la cabane sans murs. Pour l'occasion, Myers avait ôté son chapeau et Ian s'était débarbouillé. Rollo assistait lui aussi à la cérémonie, tout comme notre truie blanche, invitée en tant que représentante de notre futur « cheptel ». A dire vrai, elle ne semblait pas franchement ravie d'avoir été arrachée à son repas d'épis de maïs pour participer à une cérémonie où il n'y avait même pas de buffet.

Faisant la sourde oreille à ses cris de protestation assourdissants, Jamie tint le morceau de fer par le milieu, de sorte à représenter une croix, puis récita :

Dieu, bénis le monde et tout ce qu'il abrite.
Dieu, bénis ma femme et mes enfants.
Dieu, guide mon regard et ma main,
Et veille sur nous du soir au matin.

Il pivota sur ses talons et toucha mon front, celui de Ian puis, avec un sourire, ceux de Rollo et de la truie, avant de poursuivre :

Dieu, protège cette maison et ses habitants,
Consacre ceux qui y naîtront,
Veille sur les animaux et les enfants,
Aide-nous à faire fructifier cette terre.
Que le feu de ta bénédiction brûle éternellement en nous.

Il s'agenouilla devant l'âtre et plaça le fer dans un trou creusé à cet effet. Il le recouvrit de terre et l'aplatit du bout de sa semelle. Ensuite je l'aidai à placer la grande dalle d'ardoise par-dessus.

Bizarrement, je ne me sentais pas ridicule d'accomplir un rite païen dans la carcasse d'une maison inachevée en compagnie d'un chien-loup et d'une truie.

Jamie se tint devant le nouveau foyer et me tendit la main pour que je vienne me placer à côté de lui. En regardant la pierre noire à nos pieds, je songeai brusquement aux maisons abandonnées que nous avions vues sur la route, à leur charpente effondrée et à leur cheminée craquelée d'où jaillissaient des buissons de houx. Leurs anciens propriétaires avaient-ils pensé à bénir leur demeure ? Jamie me rassura sans le savoir en serrant ma main un peu plus fort.

Dehors, Duncan venait d'allumer du feu. Il y enflamma une branche d'arbre sèche et se mit à décrire un cercle autour de la cabane, d'ouest en est, tout en déclamant une prière en gaélique que Jamie me traduisit au fur et à mesure :

Le salut de Fionn Mc Cumhall est entre tes mains,
Le salut de Cormac l'obèse est entre tes mains,
Le salut de Conn et Cumhall est entre tes mains,
Protège-les des loups et des rapaces,
Des loups et des rapaces.

Chaque fois qu'il arrivait à l'un des points cardinaux, Duncan s'arrêtait, s'inclinait et balayait l'air devant lui avec sa torche. Rollo, qui désapprouvait ce manège de pyromane, se mit à gronder et dut être fermement maintenu par Ian.

L'étendard du roi de Fiann est entre tes mains,
L'étendard du roi solaire est entre tes mains,
L'étendard du roi stellaire est entre tes mains,
Garde-les du danger et du désarroi,
Du danger et du désarroi.

Il y avait de nombreux couplets. Duncan fit trois fois le tour de la maison. Ce ne fut que lorsqu'il eut achevé le troisième cercle et qu'il se fut planté devant le nouvel âtre que je me rendis compte que Jamie avait conçu la cabane de sorte que la cheminée se situe au nord. Le soleil du matin me chauffait les épaules et projetait nos ombres mêlées vers l'ouest.

La protection du roi des rois est entre tes mains,
La protection de Jésus-Christ est entre tes mains,
La protection de l'esprit de la guérison est entre tes mains,
Protège-les du mal et de la discorde,
Protège-les du chien haineux et du chien rouge.

Après un bref regard vers Rollo, Duncan tendit la torche à Jamie, qui se pencha et alluma la pile de bois préparée dans l'âtre. Ian poussa un cri de victoire en gaélique et tout le monde applaudit.

Un peu plus tard, nous fîmes nos adieux à Duncan et à Myers. Ils ne prenaient pas la route de Cross Creek mais celle de Mount Helicon, où les Ecossais de la région devaient se réunir pour leur *gathering* annuel. Se tenant tous les automnes, ce grand rassemblement leur permettait de remercier le ciel pour les bonnes récoltes, d'échanger des nouvelles, de traiter leurs affaires, de célébrer les mariages et les baptêmes, et, plus généralement, de maintenir le contact entre les membres épars des clans et des familles.

Jocasta s'y rendrait, tout comme Farquard Campbell et Andrew MacNeill. Pour Duncan, c'était l'endroit idéal où commencer ses recherches. Mount Helicon était le plus grand des *gatherings*. Les Ecossais y venaient de loin, de la Caroline du Sud et de la Virginie.

— Je serai de retour au printemps, *Mac Dubh*, promit Duncan en grimpant sur sa monture. Avec autant d'hommes que je pourrai en trouver. Et je transmettrai tes lettres, sans faute.

Il tapota la sacoche accrochée à sa selle et abaissa le bord de son chapeau pour se protéger du puissant soleil de septembre.

— Tu as un message en particulier pour ta tante ?

Jamie réfléchit un instant. Il lui avait déjà écrit une longue lettre. Y avait-il quelque chose à ajouter ?

— Dis-lui que je ne la verrai pas au *gathering* de cette année, ni sans doute à celui de l'année prochaine. Mais que j'y serai dans deux automnes et que j'y amènerai mes gens. Que Dieu te garde, Duncan !

Il donna une tape sur la croupe de la jument de Duncan et agita la main jusqu'à ce que les deux cavaliers aient disparu derrière la colline. Ce départ me déprimait. Duncan était notre dernier et seul lien avec la civilisation. A présent, nous étions vraiment seuls.

Enfin, pas tout à fait. Nous avions Ian. Sans parler de Rollo, de la truie, des trois chevaux et des deux mules que Duncan nous avait laissées afin de labourer les champs au printemps. Somme toute, une petite famille. Cette idée me redonna du courage. D'ici à la fin du mois, la cabane serait terminée et nous aurions un vrai toit au-dessus de nos têtes. Et puis...

— Mauvaise nouvelle, tante Claire, dit la voix de Ian derrière moi. La truie a fini tout ton stock de farine de noix.

20

Le corbeau blanc

Octobre 1767

— « *Le corps, l'âme et l'esprit* », résuma Jamie tout en soutenant son côté du rondin de bois. Le corps pour les sensations, l'âme pour inspirer les actes et l'esprit pour les principes. Cependant, la capacité à éprouver des sensations n'est pas le propre de l'homme. Elle appartient également au bœuf. Quant aux impulsions, n'importe quelle bête sauvage ou être dégénéré les a aussi. De même, les hommes qui nient l'existence des dieux, qui trahissent leur patrie ou... attention !

Ian évita de justesse le manche de la hache et dévia vers la gauche, contournant l'obstacle, tandis que Jamie reprenait :

— ... ou qui commettent des infamies derrière leurs portes closes sont pourvus d'un esprit capable de les ramener sur le droit chemin. Attention à la marche ! Par conséquent, compte tenu du fait que ces attributs sont partagés par toutes les créatures, la seule singularité de l'honnête homme est sa capacité à accueillir avec bienveillance les nouvelles expériences que le destin place sur sa route, à refuser de souiller la divinité qu'il abrite dans son sein et à ne pas la perturber par des impressions désordonnées. Prêt ? A la une, à la deux et... Ouf !

Le visage cramoisi, ils hissèrent le rondin en place. Commenter les *Pensées* de Marc Aurèle tout en érigeant les murs d'une maison n'était pas tâche facile et Jamie dut bientôt se limiter à orienter son neveu à l'aide de signes de tête et d'instructions monosyllabiques jusqu'à ce qu'ils aient achevé de ficher le dernier rondin dans son trou.

— En parlant d'impulsions, mon oncle, dit Ian en essuyant son visage dégoulinant de sueur, je sens comme une démangeaison dans le creux de mon estomac. Est-ce que ça veut dire que je suis un dégénéré ?

— Je crois que, compte tenu de l'heure de la journée, on peut considérer qu'il s'agit plutôt d'une sensation corporelle, admit Jamie.

— Ça veut dire que tu as faim, toi aussi ?

Jamie sourit mais avant qu'il n'ait eu le temps de répondre, Rollo redressa les oreilles et se mit à grogner. Ian suivit son regard.

— Je crois que nous avons de la compagnie, oncle Jamie.

Celui-ci se raidit et chercha une arme autour de lui, mais je l'arrêtai d'un geste, ayant enfin aperçu ce qui avait attiré l'attention du chien.

— Tout va bien, le rassurai-je. C'est ton compagnon de beuverie qui nous rend visite.

Nacognatewo agita poliment la main depuis la lisière de la forêt jusqu'à ce qu'il fût certain que nous l'avions reconnu. Enfin il avança vers nous, accompagné cette fois non pas de ses fils mais de trois femmes, dont deux portaient de gros balluchons sur leur dos.

La première était une adolescente de treize ans tout au plus. La deuxième, d'une trentaine d'années, devait être sa mère. La troisième était nettement plus âgée. A en juger par sa silhouette courbée et ses cheveux blancs, ce ne devait pas être la grand-mère. L'arrière-grand-mère, à la rigueur.

Ils avaient tous endossé leurs habits du dimanche. Nacognatewo avait les jambes nues et des mocassins de daim, mais portait des culottes en mousseline non lacées aux genoux et une chemise de lin rose. Il s'était confectionné une somptueuse ceinture avec un corset de femme orné de piquants de porc-épic et de coquillages blanc et bleu. Par-dessus, il avait enfilé un gilet de cuir brodé de perles. Il était coiffé d'une sorte de turban en calicot bleu d'où pendaient deux longues plumes de corbeau, et couvert de bijoux en nacre et en argent : une boucle d'oreille, plusieurs colliers, une boucle de ceinture et divers ornements accrochés à ses longs cheveux dénoués sur ses épaules.

En comparaison, les femmes semblaient moins spectaculaires, avec de grandes robes lâches qui leur tombaient jusqu'aux genoux, des bottes et des jambières de cuir mou et des tabliers de daim ornés de motifs peints. Les deux plus jeunes portaient aussi des gilets brodés de perles. Ils s'approchèrent à la queue leu leu et s'arrêtèrent au milieu de la clairière.

— Seigneur, murmura Jamie. C'est une ambassade !

Il s'essuya le front et donna un coup de coude à son neveu.

— Ian, va les accueillir. Je reviens dans un instant.

Ian, légèrement ahuri, avança vers les Indiens en agitant une main en guise de bienvenue. Jamie me saisit le bras et m'entraîna derrière la cabane.

— Qu'est-ce que... commençai-je.

— Habille-toi, m'interrompit-il. Enfile tout ce que tu as de plus coloré. Il ne faut pas avoir l'air de leur manquer de respect.

« Coloré » était vite dit ! Ma garde-robe était plutôt restreinte mais je fis de mon mieux, nouant en hâte une jupe de lin jaune autour de ma taille et remplaçant mon mouchoir blanc par un autre, brodé de cerises, que Jocasta m'avait envoyé. De toute manière, dans cette région, les effets de toilette semblaient surtout l'apanage des mâles.

Jamie se débarrassa de ses culottes et se drapa dans son plaid cramoisi en un temps record. Il fixa sa broche, sortit une bouteille de sous le lit et était déjà dehors avant que j'aie fini d'arranger ma coiffure. Je laissai tomber cette tâche impossible et le suivis au pas de course.

Les femmes se tinrent à l'écart pendant que Jamie, Nacognatewo et Ian accomplissaient les rites de salutation d'usage, à savoir le partage de l'eau-de-vie. Puis, sur un signe de tête du chef, la deuxième femme s'approcha de nous et inclina la tête.

— *Bonjour, messieurs, madame*, déclara-t-elle en français.

Son regard s'attarda sur moi avec une franche curiosité que je lui rendis bien. Elle devait être de sang mêlé. Probablement à moitié française. Elle indiqua Nacognatewo d'un geste de la tête.

— Je suis sa femme, déclara-t-elle. Je m'appelle Gabrielle.

— Euh... je m'appelle Claire, dis-je en m'inclinant à mon tour.

Je lui montrai une pile de bûches près de nous et l'invitai à s'asseoir, me demandant soudain s'il nous restait assez de ragoût d'écureuil pour tout le monde.

Jamie dévisageait Nacognatewo avec un mélange d'amusement et d'irritation.

— Alors comme ça, vous ne parlez pas français, hein ? Pas un seul mot, je suppose ?

L'Indien lui adressa un regard de sphinx et fit signe à son épouse de poursuivre les présentations.

La femme âgée s'appelait Nayawenne. Elle n'était pas la grand-mère de Gabrielle, comme je l'avais supposé, mais celle de Nacognatewo. Fine et maigre, courbée en deux par les rhumatismes, elle avait des yeux pétillants et vifs de moineau. Elle portait une petite bourse de cuir autour du cou, ornée d'une pierre verte non taillée et d'une plume mouchetée de pivert. Nayawenne avait un autre sac plus grand, en toile, noué autour de sa taille. Remarquant que j'examinais les taches vertes sur l'étoffe grossière de sa robe, elle sourit, dévoilant deux grandes incisives jaunies.

La plus jeune était bien la fille de Gabrielle, mais pas, supposai-je, celle de Nacognatewo, auquel elle ne ressemblait pas du tout. Elle portait le nom plutôt incongru de Berthe et les traces de métissage étaient encore plus frappantes chez elle que chez sa mère. Elle avait de longs cheveux châtain foncé, au lieu de

337

l'ébène des autres Indiens. Son visage rond et son teint clair d'Européenne contrastaient avec l'épicanthis de ses yeux bridés et noirs.

Une fois les présentations officielles terminées, Nacognatewo fit un signe à Berthe, qui déposa docilement à mes pieds son gros balluchon. Elle l'ouvrit et dévoila un grand panier rempli de citrouilles striées de rayures jaunes et vertes, un long chapelet de poissons séchés, un panier plus petit contenant des patates douces et une énorme pile d'épis de maïs.

Je poussai une exclamation ravie. Toutes ces denrées ne pourraient nous nourrir pendant tout l'hiver mais elles allaient considérablement enrichir notre menu au cours des deux mois suivants.

Nacognatewo expliqua par l'intermédiaire de Gabrielle qu'il s'agissait là d'un présent bien insignifiant pour nous remercier de l'ours, qui avait fait la joie de son village. Il ajouta que l'exploit de Jamie avait suscité l'admiration de tous et fait l'objet de nombreuses discussions pendant plusieurs jours. Les trois femmes me lancèrent un coup d'œil amusé qui me laissa penser que l'épisode du poisson avait été largement commenté.

Jamie, accoutumé à ce genre d'échange diplomatique, récusa modestement toute prétention à l'héroïsme, classant sa rencontre avec l'ours parmi les incidents mineurs.

Pendant que Gabrielle traduisait, la vieille femme s'approcha de moi. Sans la moindre intention de m'offenser, elle me tapota familièrement l'épaule et tripota mes vêtements, soulevant l'ourlet de ma jupe pour examiner mes chaussures tout en faisant des observations à voix basse.

Ses commentaires se firent plus sonores quand elle en arriva à mes cheveux. J'ôtai les épingles qui retenaient ma coiffure pour les laisser retomber sur mes épaules. Intriguée, elle tira sur une boucle, la lâcha et, la voyant revenir en place comme un ressort, éclata de rire.

Les hommes regardèrent dans notre direction mais Jamie était occupé à montrer la maison à Nacognatewo et ils poursuivirent leur inspection. Le travail était bien avancé : la cheminée était terminée, le plancher posé, mais les murs, construits en solides rondins d'une vingtaine de centimètres de diamètre, s'arrêtaient encore à hauteur d'épaule. Ian montra à l'Indien comment ils s'y prenaient pour relier les rondins à la charpente. Ce genre de conversation entre hommes pouvait se passer de traducteur et Gabrielle était libre de discuter avec moi.

En peu de temps, je découvris qu'elle était la fille d'un trappeur français et qu'elle appartenait à l'ethnie des Hurons. Nacognatewo était son second mari. Le premier, le père de Berthe, était un Français tué lors de la guerre franco-indienne dix ans plus tôt.

Ils vivaient dans un village appelé Anna Ooka, à deux jours de voyage vers le nord. Je me mordis la lèvre en songeant qu'il s'agissait sans doute de ce qui allait devenir la ville de New Bern.

Tandis que je parlais avec Gabrielle et Berthe à grand renfort de gesticulations, je devins peu à peu consciente qu'une autre conversation parallèle se déroulait, entre la vieille femme et moi.

Elle ne s'adressait pas à moi mais échangeait parfois des chuchotements avec Berthe, lui demandant manifestement ce que je venais de dire. Pendant ce temps, ses yeux noirs restaient fixés sur moi. J'avais l'étrange sensation qu'elle me parlait, et inversement, sans qu'une seule parole soit prononcée.

De l'autre côté de la clairière, j'aperçus Jamie offrant le reste de la bouteille d'eau-de-vie à Nacognatewo. De toute évidence, il était temps d'offrir des présents en retour. Je donnai à Gabrielle mon mouchoir brodé et, à Berthe, une épingle à cheveux ornée de faux brillants. Elles me remercièrent avec effusion. Pour Nayawenne, j'avais un autre cadeau en tête.

La semaine précédente, j'avais eu la chance de découvrir par hasard quatre grosses racines de ginseng. J'allai les chercher dans mon coffret de médecin et les lui mis dans les mains. Elle sourit, dénoua les lanières du sac qu'elle portait à la taille et me le tendit. Je n'eus pas besoin de l'ouvrir. Je sentis les quatre racines noueuses à travers la toile.

Je me mis à rire à mon tour. Nous parlions effectivement le même langage.

Mue par la curiosité et par une impulsion que je n'aurais su décrire, je demandai à Gabrielle ce qu'était l'étrange amulette de la vieille femme, espérant que je ne commettais pas là un terrible faux pas.

— Grand-mère est..

Elle hésita, cherchant le mot exact, mais j'avais déjà compris.

— Pas docteur, dis-je. Pas sorcière, pas magicienne, elle est...

Je cherchai le mot à mon tour, ne trouvant pas de bon équivalent en français.

— On dit qu'elle est « chanteuse », intervint timidement Berthe. Nous l'appelons chaman. Son nom veut dire « Celle qui sait ce qui peut arriver ».

Nayawenne dit quelque chose en m'indiquant d'un geste du menton et les deux femmes parurent surprises. Puis elle délia sa petite bourse et la mit dans ma main.

Elle était si lourde que je manquai la laisser tomber. Abasourdie, je refermai les doigts. Le cuir usé était chaud et ses contours ronds épousaient parfaitement la forme de ma paume. L'espace d'un instant, j'eus l'impression dérangeante qu'elle contenait quelque chose de vivant.

Voyant mon étonnement, la vieille femme se plia en deux de rire. Elle tendit la main et je lui rendis l'amulette. Gabrielle m'expliqua ensuite poliment que la grand-mère de son mari serait heureuse de me montrer les plantes utiles qui poussaient dans les environs, offre que j'acceptai avec empressement.

Nayawenne se mit aussitôt en route d'un pas assuré qui contredisait son grand âge. En l'observant qui marchait avec ses petites bottes de cuir mou, je me dis que, lorsque j'atteindrais son âge, j'espérais être capable de me déplacer pendant deux jours à travers bois et avoir encore envie de partir en promenade.

Nous longeâmes un moment la rivière, suivies à une distance respectueuse par Gabrielle et Berthe, qui ne nous rejoignaient que lorsque leurs services d'interprètes étaient requis.

— Chacune de ces plantes recèle le remède contre un mal, m'expliqua la vieille femme par l'intermédiaire de Gabrielle.

Elle arracha une brindille dans un buisson au bord du sentier et me la tendit avec un air ironique.

— Si seulement nous savions lequel !

La plupart du temps, nous nous débrouillions fort bien avec des gestes mais, lorsque nous parvînmes à l'endroit où Jamie et Ian pêchaient la truite, Nayawenne s'arrêta et fit signe à Gabrielle d'approcher. Elle lui parla et la jeune femme se tourna vers moi d'un air étonné.

— La grand-mère de mon mari dit qu'elle vous a vue en rêve, il y a de cela deux lunes.

— Moi ?

Gabrielle hocha la tête tandis que Nayawenne mettait une main sur mon bras et scrutait mon visage pour voir l'effet que cette nouvelle produisait sur moi.

— Elle nous a raconté son rêve, poursuivit Gabrielle. Elle a vu une femme avec...

Elle hésita, pinçant les lèvres. Puis elle repoussa délicatement ses longs cheveux en arrière et reprit :

— Trois jours plus tard, mon mari et ses fils sont rentrés de la chasse et nous ont dit qu'ils vous avaient rencontrés, vous et le tueur d'ours, dans la forêt.

Berthe me dévisageait avec grand intérêt, enroulant une de ses longues mèches autour de son index.

— Celle qui sait ce qui peut arriver a aussitôt déclaré qu'elle devait vous rencontrer, intervint-elle. Aussi, quand nous avons appris que vous viviez ici...

Je sursautai. A aucun moment je n'avais eu l'impression d'être observée. Pourtant, quelqu'un était au courant de l'endroit où nous avions choisi de nous installer et l'avait rapporté à Nacognatewo.

Impatientée par ces détails triviaux, Nayawenne secoua le bras de Gabrielle et dit quelque chose en pointant un doigt vers l'eau à nos pieds.

— La grand-mère de mon mari dit que, quand elle a rêvé de vous, cela se passait ici, déclara la jeune femme d'un ton très sérieux. Elle vous a rencontrée sur cette berge. Il faisait nuit. La lune était dans l'eau. Vous vous êtes transformée en corbeau blanc et vous avez avalé la lune.

— Ah ? fis-je, légèrement inquiète.

J'espérais n'avoir pas commis de sacrilège.

— Le corbeau blanc est revenu et a pondu un œuf blanc dans sa main. L'œuf s'est ouvert en deux et, dedans, il y avait une pierre brillante. La grand-mère de mon mari a dit que c'était une grande magie, que la pierre pouvait guérir la maladie.

Nayawenne hocha la tête plusieurs fois et, ôtant de nouveau la petite bourse de son cou, y glissa deux doigts noueux.

— Le lendemain du rêve, la grand-mère de mon mari est allée chercher des racines de *kinnea* et, en chemin, elle a aperçu un objet bleu pris dans la vase au bord de la rivière.

Nayawenne extirpa un caillou qu'elle laissa tomber dans le creux de ma main. C'était une gemme brute. Des fragments de matrice y étaient encore accrochés mais le cœur de la pierre était d'un bleu doux et profond.

— Mon Dieu... soufflai-je. Mais c'est un énorme saphir !

— Un saphir ? s'étonna Gabrielle. Nous l'appelons la « pierre sans peur ».

Nayawenne hocha la tête et se remit à parler. Cette fois, ce fut Berthe qui se chargea de la traduction avant que sa mère n'ait pu ouvrir la bouche.

— Celle qui sait ce qui peut arriver dit qu'une pierre comme celle-ci empêche les gens d'avoir peur. Elle renforce leur esprit, si bien qu'ils guérissent plus vite. Cette pierre a déjà guéri deux personnes de la fièvre et a débarrassé mon plus jeune frère de son mal aux yeux.

— La grand-mère de mon mari souhaite vous remercier pour ce présent, ajouta Gabrielle, reprenant les rênes de la conversation.

— Ah... mais... dites-lui que je suis ravie de lui avoir été utile.

Je souris cordialement à la vieille femme et lui rendis la pierre bleue.

Elle la glissa dans sa petite bourse qu'elle noua de nouveau autour de son cou. Puis elle examina mon visage et se remit à parler tout en caressant une mèche de mes cheveux.

— La grand-mère de mon mari dit que vous savez guérir, mais que vous pourrez encore plus. Quand vos cheveux seront aussi blancs que les siens, vous sentirez alors toute l'étendue de vos pouvoirs.

La vieille femme lâcha mes cheveux et me regarda dans les yeux un long moment. Je crus soudain percevoir une grande tristesse en elle et avançai inconsciemment la main pour la toucher.

Elle recula d'un pas et dit quelque chose. Gabrielle me lança un coup d'œil étrange.

— Elle dit que vous ne devez pas vous laisser affliger. La maladie est envoyée par les dieux. Ce ne sera pas votre faute.

Perplexe, je me tournai vers Nayawenne mais celle-ci s'était déjà détournée.

— Qu'est-ce qui ne sera pas ma faute ? demandai-je.

La vieille Indienne refusa d'en dire plus.

21

La nuit sur une montagne enneigée

Décembre 1767

Les premières neiges tombèrent pendant la nuit du 28 novembre. Quand nous nous réveillâmes le matin, le monde avait changé. Chacune des myriades d'aiguilles du grand sapin bleu derrière la cabane était givrée et des franges irrégulières de glace gouttaient de l'enchevêtrement des framboisiers sauvages.

La couche de neige, sans être profonde, modifia considérablement notre routine quotidienne. Finies mes promenades dans la nature à la recherche de racines ! Je devais me contenter des inévitables allées et venues entre la cabane et la rivière pour chercher de l'eau. Jamie et Ian durent interrompre leur abattage et leur défrichage pour s'attaquer à la fabrication de bardeaux pour le toit. L'hiver se refermait sur nous et nous nous refermions sur nous-mêmes, en nous recroquevillant pour nous protéger du froid.

A défaut de bougies, nous nous éclairions avec des lampes à graisse, des mèches de jonc, et la lueur du feu qui brûlait nuit et jour dans l'âtre, noircissant les poutres. Nous nous levions avec les premiers rayons du soleil et nous couchions à la tombée du soir, suivant le rythme des autres créatures de la forêt autour de nous.

Nous n'avions pas encore de moutons, et donc pas de laine à carder ni à filer, pas de draps à tisser ni à teindre. Nous ne possédions pas encore de ruches : donc, pas de cire à bouillir ni de chandelles à mouler. Il n'y avait pas de bétail à soigner, hormis les chevaux, les mules et la truie. Celle-ci, ayant largement augmenté en taille et en irascibilité, vivait exilée dans des quartiers privés, dans une étable de fortune que Jamie avait bâtie à la hâte. Il ne s'agissait en fait que d'un hangar ouvert avec un toit de branchages.

Myers nous avait apporté un assortiment réduit mais très utile d'outils ; les parties métalliques attendaient dans un sac d'être équipées de manches de bois qui seraient taillés dans les arbres de la forêt. On y trouvait un décortiqueur pour arracher les écorces, une égoïne, un soc pour le labourage du printemps, des tarières, des rabots, des ciseaux à bois, une faucille, des maillets, une scie à ruban, une chose étrange que Jamie appelait un « *twibil* » et qui servait à tailler des mortaises, une lame incurvée équipée d'un manche à chaque extrémité pour polir le bois, deux petits couteaux aiguisés, une hache, une panne, un objet ressemblant à un instrument de torture médiéval mais qui en réalité façonnait les clous et enfin une cognée à équarrir pour fendre les bardeaux.

A eux deux, Jamie et Ian étaient parvenus à confectionner un vrai toit avant les grands froids. Les autres bâtiments pouvaient attendre. Une grosse bûche restait en permanence auprès de la cheminée, la cognée plantée dedans, afin que celui qui disposait de quelques minutes d'oisiveté les emploie à tailler de nouveaux bardeaux. De fait, le coin auprès de l'âtre était consacré au travail du bois. Ian avait fabriqué un tabouret que l'on plaçait sous la fenêtre, afin d'y voir clair, et nous jetions les déchets de bois dans le feu pour l'entretenir.

Myers avait également pensé à moi. Il avait apporté un énorme panier à couture rempli d'aiguilles, d'épingles, de ciseaux, de bobines de fil, de coupons de tissu, de mousseline et de draps de laine. Si la couture n'était pas mon occupation favorite, j'étais néanmoins ravie par tout ce matériel. Jamie et Ian passant leur temps à se frayer un chemin dans les ronces ou à ramper sur le toit, les genoux, les coudes et les épaules de leurs vêtements avaient constamment besoin d'être raccommodés.

— Encore une ! s'exclama Jamie en se redressant brusquement dans notre lit.

— Encore une quoi ? demandai-je, à moitié endormie.

Il faisait très sombre, la cabane n'était plus éclairée que par les braises du foyer.

— Encore une fuite ! Je viens de recevoir une goutte sur l'oreille ! Tonnerre !

Il bondit hors du lit et alluma un bout de bois dans la cheminée. Puis il revint près du lit et éclaira le plafond.

— Qu'est-ce que c'est ? grogna Ian.

Il dormait sur un lit gigogne que Rollo tenait absolument à partager avec lui. Ce dernier émit un petit « *Wouf* » de pure forme avant de se remettre à ronfler.

— Il a trouvé une nouvelle fuite, lui expliquai-je.

Tout en parlant, je gardai un œil attentif sur la torche de Jamie. Je ne tenais pas à ce que mon précieux matelas de plume soit brûlé par des étincelles.

— Ah ! fit Ian en se couvrant les yeux du bras. Il s'est remis à neiger ?

— Il faut croire.

Les fenêtres étaient tapissées de peaux de cerf huilées et nous n'entendions aucun bruit au-dehors, mais l'air avait cette qualité piquante qui vient en général avec la neige.

La neige tombait sans bruit, s'accumulait sur la cabane, puis, lorsque la chaleur de l'intérieur la faisait fondre, s'écoulait sur la pente du toit pour laisser de petits stalactites de glace sous les avant-toits. Toutefois, l'eau trouvait parfois un espace entre les planches ou se frayait un chemin entre le chevauchement de deux bardeaux dont le bois avait joué, dardant ses gouttes glacées jusqu'à nous.

Jamie considérait ces intrusions comme un affront personnel et tenait à les combattre sur-le-champ.

— Regarde ! s'exclama-t-il. Là, tu la vois ?

Je levai un œil brumeux. En effet, à la lueur de la torche, j'apercevais une fente dans l'un des bardeaux, bordée d'une sombre auréole d'humidité. Une goutte se forma, se teinta de rouge à la lumière de la torche et s'écrasa lourdement sur l'oreiller.

— On pourrait déplacer le lit, proposai-je sans grand espoir.

Nous avions déjà vécu cette scène plusieurs fois. Chacune de mes suggestions visant à reporter les réparations au lendemain matin avait essuyé un refus outré. Aucun homme digne de ce nom, me fit-on comprendre, ne pouvait supporter de dormir dans de telles conditions.

Jamie descendit du lit et secoua Ian.

— Lève-toi et tape sur l'endroit de la fente, ordonna-t-il. Je vais m'en occuper de l'extérieur.

Il saisit un bardeau neuf, un marteau, une hachette, un sac de clous, et se dirigea vers la porte.

— Tu ne vas pas grimper sur le toit comme ça ! m'écriai-je en me redressant. C'est ta seule chemise en laine convenable !

Il s'arrêta sur le pas de la porte, me fusilla du regard puis, avec l'air stoïque d'un martyr chrétien, posa ses outils, ôta sa chemise de nuit, reprit ses outils et sortit d'un pas majestueux, les fesses nues.

Je frottai mon visage endormi des deux mains et gémis. Résigné, Ian bâilla sans prendre soin de couvrir sa bouche et s'extirpa péniblement de son lit.

Des pas sur le toit, qui n'étaient aucunement ceux du père Noël, nous indiquèrent que Jamie était en place.

Je sortis du lit tandis que Ian, armé d'un bâton, frappait sur la fente, faisant sursauter les bardeaux pour que Jamie puisse localiser celui qui était défectueux. Il y eut un vacarme de coups de marteau et de bois arraché ; la fuite fut rapidement réparée. La seule preuve de son existence restait le petit tas de neige qui était tombé au moment du remplacement du bardeau.

De retour dans le lit, Jamie enroula son corps glacé autour du mien, me serra contre son torse gelé et s'endormit presque aussitôt avec le sourire satisfait d'un homme qui a défendu sa maison et son foyer contre vents et marées.

Notre installation dans la montagne était précaire et ténue, mais il fallait bien commencer quelque part. Nous manquions de viande. Les hommes n'avaient guère eu le temps de chasser, hormis quelques écureuils et lapins, mais ces rongeurs avaient désormais disparu pour hiberner. En revanche, nous disposions d'importantes réserves de légumes : patates douces, courges, oignons et aulx sauvages, plus quelques boisseaux de noix et un stock d'herbes diverses et variées. Cela nous assurait un régime frugal qui, géré prudemment, nous permettrait de survivre jusqu'au printemps.

Ne pouvant plus faire grand-chose à l'extérieur, nous avions le temps de discuter, de nous raconter des histoires et de rêver. Outre des objets pratiques tels que cuillères et écuelles, Jamie trouva le temps de sculpter les pièces d'un jeu d'échecs et dépensait une énergie considérable à essayer de convaincre Ian ou moi de jouer avec lui.

Ian et Rollo, tous deux claustrophobes, rendaient souvent visite à Anna Ooka, partant parfois pour des expéditions de chasse prolongées avec les jeunes hommes de la tribu ; ces derniers se montraient enchantés de bénéficier de son assistance et de celle du grand chien.

— Ce garçon parle mieux l'indien que le grec ou le latin, observa Jamie avec une certaine amertume.

Nous entendions Ian échanger quelques insultes cordiales avec un ami indien alors qu'ils se préparaient à partir chasser.

— Que veux-tu ? répliquai-je. Si Marc Aurèle avait décrit comment traquer le porc-épic, il aurait sans doute eu des lecteurs plus assidus.

Malgré mon affection pour Ian, ses absences fréquentes n'étaient pas pour me déplaire : Jamie et moi nous couchions alors à la tombée du soir et restions blottis l'un contre l'autre à discuter jusque tard dans la nuit, riant, nous racontant des histoires, évoquant des souvenirs, projetant notre avenir, marquant parfois des pauses pour goûter aux plaisirs sans paroles du moment présent.

— Parle-moi de Brianna...

C'étaient les histoires préférées de Jamie. Il adorait que je lui décrive l'enfance de Brianna, ce qu'elle avait dit, ce qu'elle avait fait, à quoi elle ressemblait, ses talents et ses goûts.

— Je t'ai déjà raconté la fois où j'ai été invitée dans son école pour parler du métier de médecin ?

— Non.

Il se tourna sur le côté pour être mieux à son aise.

— Pour quoi faire ? demanda-t-il.

— Tous les ans, son école organisait la « journée des métiers », où l'on invitait toutes sortes de gens à venir décrire leur profession. L'idée était de permettre aux enfants de savoir ce que fait un avocat, par exemple, ou un boulanger.

— Dans ce dernier cas, ça me paraît plutôt évident.

— Tais-toi. Ou encore un vétérinaire... c'est un médecin qui soigne les animaux... ou un dentiste... un médecin spécialisé qui ne s'occupe que des dents.

— Des dents ? Mais qu'est-ce qu'on peut faire à une dent, à part l'arracher ?

— Tu n'as pas idée. Quoi qu'il en soit, ils m'avaient souvent demandé de venir, parce que, à l'époque, les femmes médecins étaient plutôt rares.

— Parce que tu crois qu'elles le sont moins aujourd'hui ? dit-il en riant.

Je lui donnai un petit coup de pied dans le tibia et poursuivis :

— Plus tard, c'est devenu plus courant, mais ça ne l'était pas encore à mon époque. Enfin, j'ai donc fait une courte présentation puis j'ai demandé aux enfants s'ils avaient des questions. C'est alors qu'un petit morveux s'est levé et a déclaré que, selon sa mère, les femmes qui travaillaient ne valaient pas mieux que des prostituées et qu'elles feraient mieux de rester à la maison à s'occuper de leur famille au lieu de voler le travail des hommes.

— Sa mère connaissait beaucoup de prostituées ?

— Sans doute pas. Ni beaucoup de femmes qui travaillaient, j'imagine. En tout cas, il avait à peine fini de parler que Brianna s'est levée pour déclarer d'une voix forte : « Tu devrais être content que ma maman soit médecin, parce que tu vas bientôt avoir besoin d'en consulter un ! » Là-dessus, elle lui a balancé son manuel d'arithmétique dans la figure et l'a fait tomber de sa chaise. Elle s'est jetée sur lui et lui a fendu la lèvre d'un coup de poing !

— La brave enfant ! s'exclama-t-il avec attendrissement. Mais son maître d'école a dû lui flanquer une belle raclée !

— On ne bat plus les enfants à l'école. En revanche, elle a dû écrire une lettre d'excuses au petit morveux qui, lui, a dû s'excuser auprès de moi par écrit. Brianna a trouvé que c'était équitable. Mais le pire, c'est que j'ai découvert un peu plus tard que le père de ce garçon était médecin lui aussi. C'était un de mes confrères de l'hôpital.

— Ne me dis pas que tu avais obtenu la place qu'il convoitait !

— Comment as-tu deviné ?

— Mmm...

Son souffle chaud me chatouillait le cou. Je lui caressai la cuisse, en suivant les contours noueux des longs muscles.

— Tu m'as dit qu'elle étudiait l'histoire à l'université, comme Frank Randall, reprit-il. Elle n'a jamais voulu devenir médecin comme toi ?

— Si, quand elle était petite. Je l'emmenais parfois à l'hôpital. Elle était fascinée par le matériel médical. Elle adorait jouer avec mon stéthoscope et mon otoscope... c'est un instrument pour regarder dans les oreilles. Puis ça lui a passé. Elle a changé d'avis une bonne dizaine de fois, comme la plupart des enfants.

— Ah oui ?

C'était un concept nouveau pour lui. La plupart des enfants de son époque reprenaient simplement la profession de leur père ou entraient en apprentissage dans un corps de métier qu'on leur imposait.

— Oh oui ! Laisse-moi réfléchir... elle a voulu être ballerine, comme toutes les petites filles. C'est une danseuse qui danse sur la pointe des pieds.

Cette idée saugrenue le fit rire.

— Ensuite elle a voulu être éboueur. C'était après que notre éboueur l'a laissée grimper dans sa benne. Enfin, ça a été femme-grenouille, puis facteur, puis...

— Holà ! Pas si vite ! Qu'est-ce que c'est qu'une femme-gre-nouille ? Et un éboueur ?

Le temps que je lui dresse un bref inventaire des différents métiers du XXe siècle, nous étions face à face, nos jambes confor-tablement enchevêtrées. J'admirais la façon dont son mamelon durcissait en une petite boule dure sous mon pouce.

— Je n'ai jamais su si elle avait vraiment envie d'étudier l'his-toire ou si elle avait choisi ce cursus simplement pour faire plai-sir à Frank. Elle l'adorait. Il était si fier d'elle ! Elle a commencé à suivre des cours d'histoire à l'université alors qu'elle était encore au lycée... je t'ai déjà expliqué comment fonctionnait le système scolaire, non ? Ensuite Frank est mort et je crois qu'elle a continué dans cette voie parce qu'elle pensait que c'était ce qu'il aurait voulu.

— C'est bien. C'est loyal de sa part.

— Oui... sans doute.

Je glissai une main dans ses cheveux, sentant la masse solide et ronde de son crâne sous mes doigts.

— ... Je me demande de qui elle tient ce trait de caractère.

Il se mit à rire et me serra contre lui.

— Tu ne vois vraiment pas ? dit-il.

Sans attendre ma réponse, il enchaîna :

— Si elle continue à étudier l'histoire, tu crois qu'elle nous retrouvera ? Il restera bien une trace écrite quelque part, non ?

L'idée ne m'était jamais venue et, pendant un moment, je restai silencieuse, méditant sur la question.

— Non, je ne pense pas, dis-je enfin. Il faudrait qu'on s'illustre d'une manière ou d'une autre.

Je fis un geste vague vers le mur de la cabane et l'immensité sauvage qui s'étendait au-delà.

— On n'a pas vraiment pris le bon chemin. Et puis, il faudrait qu'elle nous recherche.

— Tu crois qu'elle le fera ?

— J'espère que non. Elle doit vivre sa vie et non passer son temps à fouiller le passé.

Il ne me répondit pas directement mais prit ma main et la baisa avec douceur.

— Tu es une femme très intelligente, *Sassenach*, mais tu ne vois pas plus loin que le bout de ton nez. A moins que ce ne soit que de la modestie.

— Que veux-tu dire ?

— Brianna est une fille loyale, tu l'as dit toi-même. Elle aimait suffisamment son père pour consacrer sa vie à lui faire plaisir, même après sa mort. Tu penses qu'elle t'aimait moins que lui ?

— Non... reconnus-je sur un ton hésitant.

— Eh bien alors...

Il se glissa sur moi et m'embrassa longuement. Le feu crépitait en projetant des lueurs rouges et jaunes sur les parois de bois de notre refuge. Nos deux corps ne formaient plus qu'un. Nous restâmes ainsi un long moment sans dire un mot, goûtant le silence et la tranquillité. Puis il redressa la tête et déclara avec certitude :

— Elle nous cherchera.

Deux jours plus tard se produisit un bref dégel. Jamie, qui commençait lui aussi à souffrir de claustrophobie, décida d'en profiter pour aller chasser. Le sol restait couvert de neige, mais la couche était dure et peu profonde, et il ne pensait pas avoir trop de mal à gravir les versants des collines.

J'en fus moins sûre plus tard dans la journée, quand je sortis ramasser de la poudreuse dans mon panier. Celle-ci avait fondu dans les endroits dégagés mais elle était encore épaisse dans le sous-bois. Toutefois, nous n'avions guère le choix. Nos provisions commençaient à s'épuiser. Nous n'avions pas mangé de viande depuis plus d'une semaine. Même les collets que Jamie avait posés autour de la clairière étaient enfouis sous la neige.

Je rentrai dans la cabane et versai le contenu de mon panier dans la marmite, comme une sorcière.

— Langues de crapaud et pattes d'araignée... fredonnai-je en touillant la neige fondue.

Je laissais en permanence une grande marmite d'eau bouil-
lante sur le feu, ce qui me permettait de faire cuire tout ce qui
ne pouvait être grillé, frit ou rôti. Je plaçais mes ragoûts dans
des courges évidées ou des jarres de terre cuite, les fermais her-
métiquement, et les descendais avec une ficelle dans les profondeurs bouillonnantes. Je pouvais ainsi conserver l'eau chaude
pour la toilette et le lavage.

Je mis également de la neige dans une écuelle de bois et la
laissai fondre plus lentement. Ce serait l'eau potable de la journée. Ensuite, n'ayant rien d'urgent à faire, je m'installai au coin
du feu avec le cahier du Dr Rawlings et des bas à repriser, agitant les orteils devant les flammes.

Au début, je ne m'alarmai pas trop de ne pas voir Jamie revenir. Naturellement, je m'inquiétais toujours un peu lorsqu'il s'ab-
sentait un long moment, mais je parvenais à refouler mes
craintes dans un coin de mon cerveau. Puis, quand le soleil descendit et que les ombres sur la neige virèrent au violet, je me
mis à guetter ses pas avec une concentration croissante.

Je vaquai à mes tâches l'oreille tendue vers l'extérieur, m'attendant à chaque instant à entendre le crissement de ses
semelles sur la neige, prête à courir à sa rencontre au cas où il
reviendrait avec une dinde ou toute autre créature à plumer ou
dépecer. J'allai nourrir les chevaux et les mules, guettant sans
cesse le haut de la montagne. Enfin, tandis que la lumière de
l'après-midi baissait autour de moi, mon attente se mua en
anxiété.

Il commençait à faire froid dans la cabane et je sortis chercher
du bois. Il ne devait pas être plus de quatre heures de l'après-
midi et pourtant les ombres sous les baies de myrtilles étaient
déjà bleu foncé. La pile de bois disparaissait sous la neige. En
enlevant un rondin de noyer, je pouvais glisser une main dans
le tas et extraire du petit bois sec, en vérifiant au préalable
qu'aucun serpent ou sconse ne s'y était réfugié. Je humai l'air,
regardai dans le trou, puis, dernière précaution, y enfilai une
longue baguette. N'entendant aucun sifflement, grattement ou
tout autre bruit alarmant, je glissai le bras dans l'orifice et tâton-
nai jusqu'à ce que mes doigts rencontrent la surface granuleuse
d'un gros morceau de pin. Je tenais à avoir un grand feu, ce
soir. Après une journée passée à chasser dans la neige, Jamie
rentrerait épuisé et glacé jusqu'aux os.

Plusieurs bûches de pin feraient l'affaire, avec trois morceaux
plus petits de noyer blanc pris sur le dessus de la pile. Ils étaient
trempés mais je pourrais les laisser sécher à l'intérieur de l'âtre
pendant que je finirais de préparer le dîner. Ensuite, quand nous
irions nous coucher, je mettrais le noyer humide sur les braises.
Il se consumerait plus lentement et durerait ainsi jusqu'au
matin.

Les ombres devinrent indigo puis gris anthracite. Le ciel lavande se couvrait de gros nuages chargés de neige. Je pouvais sentir l'humidité glacée de l'air. Dès qu'il ferait nuit, la température tomberait et, avec elle, la neige.

— Mais qu'est-ce que tu fiches ! grommelai-je. Tu as tué un caribou ou quoi ?

Ma voix était étouffée par l'air épais, mais la perspective de dîner d'un caribou bien gras me réconforta. S'il avait abattu un gros gibier à la fin de la journée, il déciderait peut-être de camper près de la dépouille. L'équarrissage d'un gros animal étant un travail long et épuisant, la viande devenait trop rare ces temps-ci pour qu'on la laisse à la merci d'autres prédateurs.

Mon ragoût de légumes mijotait sur le feu et une bonne odeur d'oignon et d'ail flottait dans la cabane. Cependant, je n'avais pas faim. Je remis la bouilloire sur son crochet au fond du foyer. Il serait toujours temps de réchauffer le dîner lorsqu'il rentrerait. Un petit éclat vert attira mon regard et je me penchai pour mieux voir. C'était une salamandre, chassée de son refuge dans l'une des bûches.

Elle était vert et noir, ses couleurs brillaient comme un bijou vivant. Je l'attrapai avant qu'elle ne s'affole et se jette dans les flammes, et la transportai à l'extérieur, se tortillant frénétiquement dans le creux de mes mains. Je la remis sur la pile de bois, le plus bas possible, là où elle courait moins de risques de finir à nouveau dans la cheminée.

— Fais attention à toi, lui recommandai-je. Tu n'auras peut-être pas cette chance la prochaine fois.

Je m'arrêtai un instant sur le pas de la porte avant de rentrer. Cette fois, la nuit était tombée, mais je distinguais encore la silhouette des arbres qui bordaient la clairière. Ils formaient des lignes verticales d'un gris crayeux qui se hérissaient devant la masse noire de la montagne. Rien ne bougeait dans le sous-bois, mais de gros flocons blancs commençaient à tournoyer dans le ciel, fondant dès qu'ils touchaient le sol devant la cabane.

Je barrai la porte, dînai sans appétit, plaçai les bûches de noyer blanc dans l'âtre puis m'allongeai sur le lit. Peut-être avait-il rencontré des hommes d'Anna Ooka et décidé de camper avec eux ?

Une fumée odorante de noyer s'éleva dans l'air ; ses volutes s'enroulèrent au-dessus de l'âtre. Les poutres qui surplombaient la cheminée étaient déjà noires de suie, bien que cela ne fît pas plus de deux mois que nous avions inauguré la cheminée. Les rondins laissaient encore suinter de la résine, qui formait des perles dorées aux odeurs de térébenthine. A la lueur du feu, on distinguait les coups de hache dans le bois et j'eus une soudaine vision du dos large de Jamie, luisant de sueur tandis qu'il brandissait haut sa cognée et l'abattait de toutes ses forces sur une souche, encore et encore, régulier comme un mécanisme d'horloge, la lame tranchante tombant chaque fois comme un couperet à quelques centimètres de sa jambe.

Il suffisait d'un rien pour faire dévier la trajectoire d'une hache ou d'une cognée. Il avait peut-être voulu couper du bois pour se préparer du feu et s'était tranché un bras ou une jambe. Mon imagination, toujours prête à me rendre service, me proposa aussitôt toute une série d'images de membres palpitants, projetant des giclées de sang rouge vif sur une neige immaculée.

Je me retournai dans mon lit. Jamie était un homme de la nature. Il avait vécu sept ans dans une grotte, bon sang !

Oui, mais en Ecosse, me rappela ma mémoire. Dans un pays où les plus gros carnivores étaient des félins de la taille d'un chat domestique ; où la plus grande menace qui planait sur les êtres humains était la présence de soldats anglais.

— Assez ! me tançai-je. C'est un grand garçon ! Il est armé et personne ne sait mieux que lui se débrouiller dans la neige.

Comment allait-il se débrouiller, au juste ? Il se chercherait probablement un abri... ou s'en construirait un. Me souvenant de la hutte de fortune qu'il avait bâtie en un rien de temps la première nuit où nous avions dormi sur la montagne, je me sentis un peu rassurée. S'il ne s'était pas blessé, il ne mourrait pas de froid.

S'il ne s'était pas blessé... ou si on ne l'avait pas blessé. Les ours étaient censés dormir tranquillement au fond de leur tanière pendant l'hiver mais les loups, eux, continuaient à chasser, tout comme les pumas. Je revis en pensée celui que j'avais aperçu au bord de la rivière et me mis à trembler au fond de mon lit de plume.

Je me retournai sur le ventre et tirai l'édredon sur mes épaules. Il avait beau faire chaud au fond du lit, j'avais les mains et les pieds gelés. Etre seule avec Jamie, c'était le bonheur, l'aventure, la plénitude. Etre seule sans Jamie, c'était... être vraiment seule.

J'entendais le murmure de la neige de l'autre côté de la peau huilée qui protégeait la fenêtre, près du lit. Si cela durait toute la nuit, ses empreintes seraient complètement recouvertes au petit matin. S'il lui était arrivé quelque chose...

Je rejetai l'édredon et me levai. Je m'habillai sans prendre le temps d'analyser ce que j'étais en train de faire. J'avais déjà trop réfléchi. Je me bandai le corps de torchons de laine en guise d'isolant, avant de passer mon pantalon de daim, et enfilai deux paires de bas. Je remerciai le ciel d'avoir pensé à huiler mes bottes de graisse de loutre. Elles empestaient le poisson crevé mais, au moins, elles me protégeraient de l'humidité pendant un certain temps.

Jamie avait emporté la hache. Je dus fendre des baguettes de sapin avec un maillet et un burin, maudissant ma lenteur et ma maladresse. Maintenant que j'avais décidé d'agir, la moindre minute perdue m'agaçait au plus haut point. Cependant, j'eus bientôt préparé cinq fagots de bonne taille. J'en liai quatre avec une lanière en cuir, et plantai l'extrémité du cinquième dans les braises, attendant qu'il s'embrase.

J'attachai ma sacoche de médecin autour de ma taille, vérifiai que j'avais bien pris la bourse contenant les pierres à feu et le petit bois, enfilai ma cape, chargeai les fagots sur mon dos, enlevai la torche du feu et sortis sous la neige.

Il faisait moins froid que je ne l'avais craint. Une fois en marche, je commençai même à avoir chaud sous mon barda. Autour de moi, le calme était absolu. Il n'y avait pas de vent et le murmure de la neige étouffait les autres bruits.

Jamie m'avait annoncé qu'il comptait faire le tour de ses collets. S'il avait aperçu des traces prometteuses en chemin, il les avait sans doute suivies. La terre était trempée et la couche de poudreuse assez fine. Comme il était lourd et grand, je pourrais me guider d'après ses empreintes... mais encore fallait-il que je les retrouve. Si je le découvrais, installé pour la nuit près de la dépouille d'un gros gibier, alors tout serait pour le mieux. Deux personnes blotties l'une contre l'autre étaient nettement mieux protégées du froid qu'une personne seule.

Après avoir franchi la ligne de noyers dénudés qui bordaient notre clairière à l'ouest, je grimpai sur la colline. Le sens de l'orientation n'était pas mon fort, mais je pouvais encore distinguer un terrain montant d'un terrain descendant. Jamie m'avait également appris à me baser sur des repères immuables. Je lançai un regard vers l'emplacement de la cascade. Elle était bien là, formant une tache blanche au loin. Je ne pouvais l'entendre, j'avais le vent dans le dos.

« Quand tu chasses, tu dois veiller à ce que le vent vienne vers toi et non l'inverse, m'avait expliqué Jamie. Ainsi, le cerf ou le lièvre ne sentiront pas ton odeur. »

Je me demandai avec un léger malaise quel genre de bête se tenait tapie dans le noir, à sentir mon odeur. Je n'étais pas armée, exception faite de ma torche, qui projetait un halo rouge sur la neige. Si j'approchais à moins de cinq cents mètres de lui, il m'apercevrait.

Le premier piège était posé au fond d'un petit vallon à moins de deux cents mètres de la cabane, dans un taillis d'épicéas et de ciguë. J'étais avec lui lorsqu'il l'avait posé, mais c'était pendant la journée. Même avec la torche, tout me paraissait étrange et inconnu.

Je cherchai frénétiquement, penchée sur le sol. Il me fallut plusieurs allées et venues avant de trouver : une petite dépression en forme de semelle entre deux épicéas. Un peu plus loin, je rencontrai le piège, vide. Soit Jamie n'avait rien attrapé, soit il l'avait remis en place après avoir enlevé sa prise.

Les empreintes menaient hors du vallon, de nouveau vers le haut du versant, puis s'estompaient dans une clairière tapissée de feuilles mortes. Je fus prise d'un moment de panique en passant la clairière au peigne fin. Il n'y avait plus rien. Les feuilles formaient un épais tapis spongieux qui s'enfonçait sous les pas. Enfin, je distinguai un tronc couché qu'on avait déplacé. Je pouvais voir le sillon noir et humide où il s'était trouvé auparavant. Ian m'avait expliqué que les écureuils et les tamias hivernaient parfois dans les creux sous les arbres morts.

Très lentement, sans cesse obligée de rebrousser chemin parce que j'avais perdu ses traces, je reconstituai son itinéraire de piège en piège. La neige tombait plus fort et plus vite et je fus prise d'une nouvelle angoisse. Si elle recouvrait ses empreintes avant que je l'aie découvert, comment retrouverais-je la cabane ?

Derrière moi, je ne vis qu'une longue pente traîtresse qui s'achevait par la silhouette noire d'un ruisseau que je ne reconnus pas. Il était parsemé de rochers pointus qui émergeaient comme des dents. Pas le moindre signe de la joyeuse volute de fumée s'échappant de notre cheminée. Je décrivis un large cercle dans la neige, mais n'aperçus nulle part la grande cascade.

— Bravo ! marmonnai-je. Maintenant, tu es perdue !

Je refoulai une nouvelle montée de panique et restai immobile quelques instants pour réfléchir. Je n'étais pas complètement perdue. Je ne savais pas où j'étais, certes, mais ce n'était pas tout à fait la même chose. Je pouvais encore me guider d'après les empreintes de Jamie, du moins jusqu'à ce que la neige les recouvre. Si je parvenais à le retrouver, lui, il saurait certainement retrouver la cabane.

Ma torche était presque consumée et me chauffait dangereusement les doigts. Je dénouai un deuxième fagot et l'allumai au premier, juste à temps pour éviter de me brûler.

Etais-je en train de m'éloigner de la cabane en ligne droite ou de tourner autour d'elle ? Je savais que Jamie avait disposé ses pièges en un vaste cercle autour de notre clairière, mais j'ignorais combien il en avait mis au juste. Jusqu'à présent j'en avais rencontré trois, tous vides.

Ce n'était pas le cas du quatrième. Ma torche fit briller les cristaux de glace pris dans la fourrure d'un grand lièvre étendu sous un buisson. Je défis le collet autour de son cou. Il était raide, soit en raison du froid, soit à cause de la rigidité cadavérique. En tout cas, il était mort depuis longtemps. Mais qu'est-ce que cela signifiait par rapport à Jamie ?

J'essayai de réfléchir de façon logique, évitant de penser au froid croissant qui filtrait à travers mes bottes et insensibilisait mon visage et mes doigts. J'avais trouvé le lièvre gisant dans la neige. Je voyais ses traces de pattes et l'endroit où il s'était débattu avant de mourir. En revanche, je n'apercevais aucune empreinte de Jamie. C'était donc qu'il n'était jamais arrivé jusqu'à ce piège.

Mon souffle se condensait en un petit nuage blanc autour de ma tête. Je sentais des cristaux de glace se former dans mes narines. Il faisait de plus en plus froid. Quelque part entre le troisième et le quatrième collet, Jamie avait bifurqué dans une autre direction. Laquelle ? Pourquoi ?

Je rebroussai chemin, cherchant la dernière empreinte que j'avais vue. Cela me prit un certain temps. La neige avait tout recouvert d'une fine pellicule scintillante. Ma seconde torche s'était presque consumée quand je la repérai enfin. Ce n'était qu'une légère dépression dans la boue au bord d'un ruisseau ; j'avais découvert le quatrième piège en suivant la direction qu'elle m'avait semblé indiquer. Manifestement, il était sorti de la boue à cet endroit-là et était parti... vers où ?

— Jamie ! hurlai-je.

Je criai ainsi son nom plusieurs fois de suite, en vain. La neige semblait engloutir ma voix. Je tendis l'oreille, mais n'entendis rien hormis le gargouillis du ruisseau à moitié gelé à mes pieds.

Il n'était pas derrière moi. Il n'était pas devant moi. Il était donc à droite ou à gauche.

— *Amstramgram pic et pic et colégrame...*

En fin de compte, je choisis la gauche parce que le terrain descendant rendait la marche plus facile. Tous les dix pas, je criais son nom.

Soudain, je m'arrêtai. N'avais-je pas entendu quelque chose ? Mais non, il n'y avait rien. Le vent se levait et agitait les branches au-dessus de ma tête.

J'avançai d'un pas et dérapai sur une roche glacée. Je perdis l'équilibre, dévalai sur les fesses une pente boueuse, glissai à travers un rideau de ronces et me rattrapai de justesse à une branche hérissée d'épines, le cœur battant.

A mes pieds, j'apercevais le rebord d'une corniche rocheuse s'ouvrant sur le vide. Me retenant fermement au buisson de ronces, je m'approchai du bord, brandissant ma torche.

Contrairement à ce que j'avais cru, ce n'était pas une falaise mais juste un affleurement de roche. Le sol en contrebas n'était pas à plus d'un mètre cinquante. Ce qui me glaça le sang, en revanche, ce fut la scène qui m'apparut dans le creux couvert de feuilles mortes.

La terre avait été retournée et les feuilles éparpillées, rappelant les traces de lutte autour du lapin pris au collet. Quelque chose de grand s'était débattu à cet endroit... et avait été traîné ailleurs : un sillon noir creusait le lit de feuilles et s'évanouissait plus loin dans les ténèbres.

Sans faire attention où je mettais les pieds, je descendis dans le trou et courus le long du sillon, baissant la tête pour éviter les branches basses des ciguës et des sapins baumiers. Dans la lueur incertaine et vacillante de ma torche, je suivis sa trace autour d'une pile de rochers, à travers un groupe de gaulthéries, puis...

Il gisait au pied d'un gros rocher fendu, à demi enseveli sous les feuilles. Il n'était pas roulé en boule pour se tenir chaud, mais couché à plat ventre, inerte. La neige recouvrait les plis de son plaid et les talons de ses bottes crottées.

Je laissai tomber ma torche et me précipitai vers lui avec un cri d'horreur.

Il émit un râle terrifiant et son corps se convulsa. Je fis un bond de côté, déchirée entre la peur et le soulagement. Il n'était pas mort, mais blessé. Où ? Comment ?

Je tentai fébrilement d'écarter le plaid dans lequel il était enveloppé.

— Où es-tu blessé ? Tu saignes ? Tu t'es cassé quelque chose ?

Il ne semblait pas y avoir de sang, mais je ne voyais pas grand-chose car ma torche s'était éteinte en tombant. Le ciel violet et la neige nimbaient les éléments autour de nous d'une auréole lumineuse mais il faisait quand même trop sombre pour me permettre de distinguer les détails.

Sa peau était glacée, même sous mes doigts insensibilisés. Il remua légèrement, poussant des gémissements. Je crus entendre « Mon dos... » et me mis aussitôt à tirer sur sa chemise pour la sortir de ses culottes.

Cela le fit gémir encore plus fort et je glissai en toute hâte mes mains sous l'étoffe, cherchant un impact de balle. On avait dû lui tirer dans le dos. Manifestement, le point d'impact n'avait pas trop saigné, car je ne sentais rien. La balle était-elle ressortie de l'autre côté ? Un coin de mon cerveau trouva le temps de se demander qui avait tiré sur lui et si ce « qui » rôdait encore dans les parages.

Rien. Je ne trouvai rien, rien que de la peau froide et nue, striée de cicatrices anciennes. J'essayai encore, m'efforçant d'aller plus lentement, le palpant de la nuque aux reins. Toujours rien.

Plus bas ? Il y avait des traînées noires sur son fond de culotte que j'avais prises pour de la boue. Je glissai une main sous son ventre, cherchai les lacets de sa braguette, les dénouai avec de petites gestes secs et puis baissai ses culottes.

Ce n'était que de la boue. Ses fesses blanches luisaient, fermes, lisses et d'une rondeur parfaite. Incrédule, je les pétris à pleines mains.

— *Sassenach ?* C'est toi ? demanda-t-il d'une voix endormie.

— Jamie ! Oui, c'est moi ! Que t'est-il arrivé ? Tu m'as dit qu'on t'avait tiré dans le dos.

— Je n'ai jamais dit ça ! Pourquoi aurais-je dit une chose pareille ?

Il paraissait calme et légèrement hébété, articulant lentement.

— J'ai un courant d'air glacé sur les fesses. Ça t'ennuierait de me couvrir ?

Je lui remontai ses culottes d'un seul coup, ce qui le fit gémir à nouveau.

— Mais enfin, tu vas me dire ce qui t'arrive ? m'énervai-je.

Il commençait à se réveiller. Il tourna péniblement la tête sur le côté pour me voir.

— Rien de bien méchant. C'est juste que je ne peux plus bouger.

Je le fixai un instant, interdite.

— Mais pourquoi ? Tu t'es foulé une cheville ? Cassé une jambe ?

— Euh... non, répondit-il sur un ton penaud. J'ai... euh... je me suis coincé le dos.

— Quoi ?

— Ça m'est déjà arrivé une fois. Ça ne dure qu'un jour ou deux.

— Il ne t'est pas venu à l'esprit que, toi non plus, tu ne durerais pas plus d'un jour ou deux couché à plat ventre dans la neige ?

— Si, rétorqua-t-il, imperturbable. Mais je ne vois pas très bien ce que je peux y faire.

Il m'apparut assez rapidement que je ne pouvais pas faire grand-chose non plus. Il pesait bien trente kilos de plus que moi. Je ne pourrais jamais le traîner le long des versants, des rochers et des ravins. La pente était trop abrupte pour un cheval. Je pouvais peut-être convaincre une mule de grimper jusqu'ici... si j'arrivais à retrouver mon chemin jusqu'à la cabane dans le noir... et dans ce qui ressemblait de plus en plus à un début de blizzard. A moins que je ne construise une luge avec des branches d'arbre et que je dévale les versants enneigés assise à califourchon sur son corps.

— Cesse de délirer, marmonnai-je à voix haute.

J'essuyai mon nez coulant avec un pan de ma cape et essayai de réfléchir avec calme.

En levant les yeux, je constatai que le gros rocher au pied duquel nous étions abritait du vent et protégeait du gros de la neige ; seuls quelques flocons descendaient jusqu'à nous.

Je rabattis le plaid sur Jamie et enlevai la neige de ses cheveux. Sa joue était d'un blanc bleuté et dure sous mes doigts.

Mon cœur se serra lorsque je me rendis compte qu'il était peut-être plus près de la congélation que je ne l'avais cru. Il avait les yeux mi-clos et, en dépit du froid, ne frissonnait même pas. Sans mouvement, les muscles ne brûlaient pas d'énergie et le peu de chaleur qui lui restait s'évaporait rapidement. Son plaid était trempé. Si je laissais ses vêtements se gorger d'eau glacée, il risquait de mourir d'hypothermie sous mes yeux.

— Réveille-toi ! m'écriai-je en le secouant.

Il rouvrit les yeux et esquissa un sourire endormi.

— Bouge, Jamie ! Il faut que tu remues.

— Je ne peux pas, dit-il doucement. Je te l'ai déjà expliqué.

Je lui saisis l'oreille et enfonçai mes ongles dans la chair tendre de son lobe. Il grogna et tourna la tête de l'autre côté.

— Réveille-toi, ordonnai-je. Tu m'entends ? Réveille-toi tout de suite ! Remue, bon sang ! Donne-moi ta main.

Je n'attendis pas qu'il obéisse. J'enfouis ma main sous son plaid et trouvai la sienne, que je me mis à frotter avec énergie.

— Mais je vais bien, protesta-t-il. Je suis juste fatigué.

— Agite les bras. Bouge-les de haut en bas. Tu ne peux pas du tout déplacer tes jambes ?

Il poussa un soupir las et marmonna quelque chose en gaélique puis, lentement, commença à agiter les bras. Non sans mal, il parvint à fléchir les chevilles et à remuer les pieds, mais tout mouvement supplémentaire déclenchait instantanément des spasmes dans son dos.

On aurait dit une grenouille essayant de s'envoler, mais je n'avais pas le cœur à rire. A grand renfort d'exhortations et d'applications des mains sur certaines parties de son corps, je l'aidai à faire ses exercices jusqu'à ce qu'il soit bien réveillé et parcouru de frissons. Il était également de très méchante humeur, mais c'était moins grave.

— Continue, dis-je en me relevant.

J'étais moi-même très raide après être restée accroupie près de lui si longtemps.

— J'ai dit : « Remue ! » répétai-je en le voyant faiblir. Si tu t'arrêtes, je saute à pieds joints sur ton dos, compris ? Je te jure que je le fais !

Je lançai des regards autour de moi. Il neigeait toujours aussi fort et on ne voyait pas à plus de dix mètres. Il nous fallait un abri, le rocher ne suffirait pas.

— La ciguë, dit Jamie entre ses dents.

Je baissai les yeux sans comprendre. D'un signe du menton, il m'indiqua des arbres un peu plus loin.

— Prends la hache. De... grosses branches. De deux mètres. C-c-coupes-en quatre.

Il respirait avec peine mais son visage avait retrouvé un peu de couleur. En dépit de mes menaces, il avait cessé de remuer, mais il grelottait, ce qui était bon signe.

J'enfouis à nouveau mes mains sous son plaid, cette fois pour dénouer la hache attachée à sa ceinture. Je ne pus m'empêcher de glisser les doigts sous son ventre à travers la boutonnière de sa chemise de laine. Dieu merci, il était encore chaud !

— Bien ! dis-je en me redressant. Des branches de ciguë de deux mètres de long, c'est bien ça ?

Il acquiesça, tremblant violemment, et je partis sans plus tarder vers le bosquet qu'il avait désigné.

Le parfum de la ciguë et du cèdre m'enveloppa aussitôt, clair et froid, âcre et revigorant. La plupart des arbres étaient énormes, mais j'en aperçus quelques-uns de plus petits ici ou là. Je compris la vertu de cette espèce particulière : il n'y avait pas de neige à leur pied, car leur épaisse frondaison formait un parapluie efficace.

Je m'attaquai aux branches les plus basses, tenaillée entre le besoin de faire vite et la peur de me couper quelques doigts au passage. Le froid rendait mes mains raides et maladroites.

Le bois était vert et élastique et il me fallut une éternité pour fendre les épaisses fibres spongieuses. Enfin, j'eus mes quatre branches, hérissées de petits éventails d'aiguilles serrées les unes contre les autres comme des plumes. Je les traînai jusqu'au rocher. Entre-temps, Jamie avait continué à s'ensevelir sous les feuilles. Il était presque invisible sous un monticule noir et gris. Suivant ses instructions, je calai les branches contre le rocher, plantant une extrémité dans la terre dans un angle précis, de façon à former en dessous un abri triangulaire. Puis je repris ma hache, coupai de petites branches de sapin et d'épicéa, arrachai de grandes touffes de hautes herbes sèches et entassai le tout sur la carcasse en ciguë. Enfin, le souffle court, je rampai rejoindre Jamie dans notre refuge.

Je me couchai sur le lit de feuilles entre son corps et le rocher, jetai ma cape par-dessus nous et l'enlaçai fermement. Ensuite seulement, je me mis à trembler, non pas à cause du froid, du moins pas encore, mais d'un mélange de soulagement et d'angoisse.

— Ça va aller, *Sassenach*, me rassura Jamie. A nous deux, on se tiendra chaud.

— Je sais.

J'appuyai mon front contre son omoplate, mais il me fallut quelques bonnes minutes avant de cesser de grelotter.

— Depuis combien de temps es-tu allongé ici ? demandai-je enfin.

Il voulut hausser les épaules mais la douleur le rappela à l'ordre.

— Un certain temps, répondit-il. Le soleil était encore au zénith. J'ai voulu sauter par-dessus un petit rocher et j'ai atterri sur un pied. J'ai entendu un « clic » dans mon dos, et, l'instant suivant, j'avais la face dans la boue avec l'impression qu'on m'avait planté un poignard dans le bas du dos.

Non sans mal, je parvins à me redresser à genoux, et fis pleuvoir sur moi quelques jurons gaéliques quand je forçai Jamie à changer de position. Je posai délicatement les deux mains sur son dos et écartai sa chemise.

— Dis-moi où ça te fait mal.

J'espérais qu'il ne s'était pas fait une hernie discale. Des visions hideuses d'infirmité permanente traversèrent mon esprit, suivies de considérations pragmatiques sur la meilleure manière de le descendre de la montagne, paralysé ou non. Devrais-je le laisser ici et lui apporter tous les jours de la nourriture jusqu'à ce qu'il aille mieux ?

— C'est là ! gémit-il. Oui, exactement là ! C'est comme si on me triturait la moelle épinière avec une aiguille et, si je bouge, la douleur descend jusque dans mon talon.

Je lui palpai le dos le plus doucement possible, pressant, massant, lui faisant soulever légèrement une jambe, fléchir un genou....

— Et là, tu ne sens rien non plus ? demandai-je.

— Rien, confirma-t-il. Ne t'inquiète pas, *Sassenach*. C'est comme la dernière fois. Ça finit par passer.

— La dernière fois, c'était quand ?

Il s'étira un peu et se détendit avant de tressaillir à nouveau.

— Aïe... ça fait mal ! grogna-t-il. En prison.

— Exactement au même endroit ?

— Oui.

Je sentais un nœud dur dans le grand dorsal droit, juste sous le rein, ainsi qu'un chevauchement des érecteurs du rachis, les longs muscles près de la colonne vertébrale. D'après sa description de l'accès précédent, j'étais presque sûre qu'il ne s'agissait que d'un spasme musculaire aigu, auquel cas le remède approprié était chaleur, repos et administration d'anti-inflammatoires.

On pouvait difficilement être plus éloigné de ces trois conditions.

— Je pourrais peut-être essayer l'acupuncture, pensai-je à voix haute. J'ai les aiguilles de M. Willoughby dans ma sacoche et...

— *Sassenach*, m'interrompit-il en articulant distinctement, je veux bien supporter d'avoir mal, froid et faim, mais il n'est pas question que ma propre femme me plante des aiguilles dans le dos ! Tu ne pourrais pas te contenter de m'apporter un peu de réconfort et de compassion, pour changer ?

Je ris et glissai un bras sous lui, exerçant de légères pressions sur son dos. Je laissai ma main descendre plus bas, nettement en dessous du nombril.

— A quel genre de réconfort penses-tu ? demandai-je d'une voix innocente.

Il saisit aussitôt ma main pour l'empêcher d'aller plus loin.

— Pas ce genre-là.

— Ça te ferait peut-être penser à autre chose qu'à la douleur.

J'agitai les doigts pour le chatouiller et il resserra sa main sur mon poignet.

— Une fois qu'on sera de retour à la maison, *Sassenach*, que j'aurai un lit chaud où me coucher et un bon dîner, alors je ne dirai pas non. Mais pour le moment... Nom de Dieu ! Tu te rends compte à quel point tu as les mains froides ?

Je posai ma joue contre son dos et éclatai de rire. Je sentais les vibrations de son hilarité, même s'il ne pouvait rire franchement sans réveiller la douleur.

Nous restâmes un long moment silencieux, écoutant la neige tomber. Il faisait sombre sous les branches de ciguë mais mes yeux s'étaient suffisamment accoutumés à l'obscurité pour distinguer l'étrange luminosité de la nuit à travers les interstices de notre abri. Jamie formait une masse sombre où je discernais néanmoins la tache pâle de sa nuque entre sa chemise et sa queue de cheval. Celle-ci était fraîche et lisse contre ma joue. En tournant la tête, je pouvais l'effleurer de mes lèvres.

— Quelle heure est-il, à ton avis ? demandai-je.

Lorsque j'avais quitté la cabane, la nuit était déjà tombée depuis un certain temps et j'avais passé ce qui me paraissait une éternité à le chercher dans la montagne.

— Tard, répondit Jamie. Mais le jour n'est pas près de se lever. Le solstice a eu lieu voilà quelques jours, non ? Ce sera l'une des nuits les plus longues de l'année.

— Charmant !

Il ne faisait pas chaud et je ne sentais toujours pas mes orteils, mais je ne tremblais plus. Une terrible léthargie m'envahissait, mes muscles succombant à la fatigue et au froid. J'eus des visions de nos deux corps recroquevillés l'un contre l'autre, figés par la glace. On disait que c'était une mort douce, mais cela n'en rendait pas l'idée plus attirante.

La respiration de Jamie se faisait plus lente et plus profonde. Je lui donnai un coup de coude sous l'aisselle.

— Ne t'endors pas ! le conjurai-je.

— Aïe ! Pourquoi pas ?

— Si on s'endort, on mourra gelés.

— Mais non ! Il neige. Bientôt nous serons entièrement recouverts.

— Merci, je m'en étais rendu compte ! Mais quel rapport ?

Il voulut tourner la tête vers moi, mais dut y renoncer.

— La neige est froide au toucher, expliqua-t-il avec patience. Mais elle t'isole aussi du froid, comme une couverture. Il fait nettement plus chaud dans une maison ensevelie sous la neige que dans une autre exposée au vent. Comment crois-tu que font les ours ? Ils dorment pendant l'hiver, mais ils ne gèlent pas pour autant.

— Oui, mais ils ont des couches de graisse, protestai-je. Je croyais que c'était ce qui les protégeait du froid.

— Aha !

Non sans mal, il tendit le bras et me pinça une fesse.

— Dans ce cas, tu n'as rien à craindre, *Sassenach* !

A titre de vengeance, je baissai son col et lui donnai un grand coup de langue sur la nuque.

— Aaargh !

Il frissonna violemment, faisant tomber une pluie de neige sur nos têtes.

— Tu n'as vraiment pas de cœur ! lança-t-il. Me faire ça alors que je suis immobilisé sans pouvoir me défendre !

— Peuh ! Dégonflé ! le narguai-je. Alors tu es vraiment sûr qu'on ne va pas geler pendant la nuit ?

— C'est peu probable.

— On peut rester éveillés encore un moment, juste pour être sûrs ?

— Si tu crois que je vais encore remuer les bras, tu peux toujours attendre ! ronchonna-t-il. Et ne t'avise pas de fourrer encore tes pattes glacées dans mes culottes ou je jure que je t'étrangle, même si je dois souffrir le martyre.

— Bon, bon.... Et si je te racontais une histoire ?

Les Highlanders adoraient les histoires et Jamie ne faisait pas exception.

— D'accord. Quel genre d'histoire ?

— Un conte de Noël, répondis-je en me calant plus confortablement contre lui. Elle parle d'un grippe-sou nommé Ebenezer Scrooge.

— Encore un Anglais !

— Oui. Tais-toi et écoute.

Je pouvais voir mon souffle tout en parlant. Chaque fois que je m'arrêtais, j'entendais le frémissement des branches de ciguë et le gémissement lointain des arbres.

Je connaissais l'histoire sur le bout des doigts. Elle avait fait partie de nos rituels de Noël, lorsque nous vivions tous les trois, Frank, Brianna et moi. Dès qu'elle avait eu cinq ou six ans, nous lui avions lu *Un conte de Noël* de Dickens chaque année, en commençant une semaine ou deux avant Noël. Frank et moi nous relayions pour lui en lire un passage tous les soirs avant d'éteindre la lumière.

— Et le spectre dit : « Je suis l'esprit des Noël passés... »

Nous n'étions peut-être pas en train de mourir gelés mais le froid avait un étrange effet hypnotique. J'avais passé l'étape de l'inconfort extrême et me sentais à présent désincarnée. Je flottais dans une brume blanche et paisible, regardant les mots que je prononçais s'enrouler au-dessus de ma bouche comme des flocons de neige.

— « ... et voici qu'apparaît ce cher vieux Fezziwig dans un tourbillon de lumières et de musique... »

Je n'aurais su dire si je fondais ou si je me refroidissais progressivement. Je fus envahie par une étrange sensation de relaxation, accompagnée d'une impression de déjà-vu, comme si j'avais déjà été enterrée vivante sous la neige dans une vie antérieure, douillettement installée malgré la désolation qui régnait au-dehors.

Au moment où Bob Cratchit achetait sa dinde décharnée, cela me revint. Je continuais à raconter l'histoire, et la trame se déversait lentement d'un endroit hors de ma conscience, tandis que ma mémoire me ramenait sur le siège avant d'une Olsmobile 1956 arrêtée, son pare-brise couvert de neige.

Nous nous rendions chez une parente âgée de Frank qui habitait dans un village perdu au nord de l'Etat de New York. La neige nous avait surpris à mi-chemin, portée par de violentes rafales de vent qui balayaient la route verglacée. Avant même que nous ayons compris ce qui nous arrivait, nous avions fait un tête-à-queue et avions atterri dans le fossé ; les essuie-glaces repoussaient vainement la couche de neige qui s'entassait sur le pare-brise.

Il n'y avait rien à faire sinon attendre le matin et les secours. Nous avions un panier de pique-nique et des couvertures. Nous installâmes Brianna entre nous sur la banquette avant et nous blottîmes tous les trois sous les manteaux et les couvertures, buvant du chocolat chaud dans le Thermos et échangeant des plaisanteries pour que Brianna n'ait pas peur.

A mesure que le temps passait et que le froid devenait plus mordant, Frank s'était mis à réciter le conte de Dickens de mémoire, comptant sur moi pour combler les lacunes. Ni l'un ni l'autre n'y serait arrivé seul, mais nous nous en sortions fort bien. Lorsque le sinistre *esprit des Noël à venir* fit son apparition, Brianna dormait profondément contre mon épaule.

Nous aurions pu nous arrêter là, mais nous poursuivîmes le récit, échangeant des commentaires entre les passages, nos mains se touchant sous les couvertures. Je me souvins de la main de Frank, chaude et forte, sur la mienne, son pouce caressant ma paume, suivant le contour de mes doigts. Il avait toujours aimé mes mains.

L'intérieur de la voiture s'était rempli de la condensation de notre haleine ; des gouttes d'eau coulaient sur les fenêtres masquées par la neige. Le profil de Frank se détachait comme un camée contre la vitre blanche. Il s'était penché vers moi, me frôlait de son nez et de ses joues froides, et posait ses lèvres chaudes sur les miennes tout en chuchotant la fin de l'histoire.

— « Que Dieu nous bénisse tous », conclus-je.

Jamie tendit le bras et toucha ma cuisse.

— Glisse tes mains sous ma chemise, *Sassenach*.

J'en plaçai une sous sa poitrine, et l'autre sous son aisselle ; les anciennes traces de fouet formaient un réseau de fils sous mes doigts. Sa peau était chaude, très chaude. Il mit sa main sur la mienne et la pressa contre son cœur. Son pouls était lent et fort.

— Dors, *a nighean donn*. Je ne te laisserai pas mourir de froid.

Je fus brutalement extirpée de ma torpeur glacée par une main ferme sur ma cuisse.

— Chut ! dit doucement Jamie.

Notre minuscule abri restait plongé dans l'obscurité, mais quelque chose avait changé. Le jour s'était levé. Nous étions enfouis sous une épaisse couche de neige qui ne laissait rien passer de la lumière, mais l'étrange qualité irréelle de la nuit avait disparu.

Le silence aussi. Des bruits étouffés s'élevaient au-dehors. Je perçus ce qui avait réveillé Jamie... l'écho lointain de voix humaines. Je me redressai tout excitée et Jamie exerça une nouvelle pression sur ma cuisse.

— Chut ! répéta-t-il.

Les voix se rapprochaient et je pus bientôt distinguer des mots. Enfin presque. J'avais beau tendre l'oreille, je ne comprenais rien. Puis je me rendis compte qu'ils parlaient dans une langue inconnue.

Des Indiens. Toutefois, ils ne parlaient pas tuscarora. L'intonation était semblable, mais l'accent nettement différent. J'écartai mes cheveux de ma figure, écartelée entre deux impulsions contradictoires.

Nous avions grand besoin d'aide. D'après leurs voix, il s'agissait d'un groupe d'hommes, assez nombreux pour transporter Jamie en lieu sûr. D'un autre côté, avions-nous besoin d'attirer l'attention d'une bande d'Indiens inconnus, qui pouvaient fort bien être des pillards ?

A en juger par l'attitude de Jamie, la réponse à cette dernière question était non. Il était parvenu à se hisser sur un coude et tenait son coutelas dans sa main droite. Il se gratta machinalement le menton avec la pointe de la lame tout en inclinant la tête pour mieux entendre les voix.

Un fragment du plafond de notre cage se décrocha du treillis de branches, atterrissant sur ma tête avec un petit « *plop !* » qui me fit sursauter. Mon mouvement en délogea un autre et une

pluie scintillante se déversa à l'intérieur, saupoudrant les cheveux et les épaules de Jamie d'une fine poudre blanche.

Ses doigts s'enfoncèrent dans ma cuisse mais je ne bronchai
pas. Une plaque de neige s'était décrochée de la structure, laissant de nombreux espaces vides à travers lesquels je pouvais voir
à l'extérieur par-dessus l'épaule de Jamie.

Le terrain devant nous descendait en pente douce jusqu'au
bosquet où j'avais coupé les branches, la veille. Il était tombé
une bonne dizaine de centimètres de neige pendant la nuit et
tout demeurait recouvert d'un épais manteau blanc. Il était très
tôt le matin et le soleil ascendant peignait les arbres de reflets
rouge et or. Le vent s'était levé et soufflait la neige des branches,
qui formait de petits nuages étirés, semblables à des volutes de
fumée.

Les Indiens se trouvaient juste de l'autre côté du bosquet. A
présent, je les entendais distinctement. Ils semblaient se dispu-
ter. Une angoisse sourde m'envahit soudain. S'ils traversaient le
bois, ils verraient sans doute les branches coupées. Je n'avais
pas travaillé très proprement. Il y avait sûrement des aiguilles et
des éclats de bois éparpillés partout sur le sol. L'épais toit de
feuillage avait-il laissé passer assez de neige pour cacher mes
traces ?

Un éclat de couleur jaillit entre les arbres, puis un autre, et
soudain, ils furent là, surgissant du bosquet tels des crocus perçant la neige. Ils étaient vêtus pour voyager par grand froid, avec
des fourrures et des peaux. Certains portaient de grands manteaux par-dessus leurs cuissardes et leur bottes. Tous transportaient des couvertures enroulées et des sacs de provisions. La
plupart avaient des raquettes suspendues autour du cou. Manifestement, la neige ici n'était pas assez profonde pour qu'on les
utilise.

Ils étaient armés. J'aperçus plusieurs mousquets. Tous possédaient des tomahawks et des masses de guerre accrochés à leur
ceinture. Six, sept, huit... je les comptais en silence à mesure
qu'ils sortaient du bois en file indienne, chacun dans les traces
de celui qui le précédait. Un homme qui était presque en queue
cria quelque chose, riant à moitié, et celui qui était en tête lui
répondit par-dessus son épaule, ses paroles emportées par le
vent.

Je serrai les dents. Je sentais l'odeur de Jamie, une odeur âcre
par-dessus son parfum musqué du matin. Je transpirais moi
aussi, en dépit du froid. S'ils avaient des chiens ? Pourraient-ils
détecter notre odeur à travers la barrière de senteurs d'épicéa et
de ciguë ?

Puis je me rendis compte que le vent soufflait vers nous, portant leurs voix. Non, même des chiens ne pourraient nous sentir.
Mais s'ils apercevaient la structure de branches de notre abri ?

Au moment même où je me posais la question, une grosse plaque de neige se détacha et glissa au sol avec un bruit sourd.

Jamie se raidit et je me hissai un peu plus, fixant l'extérieur. Le dernier homme venait de sortir du bosquet, un bras devant le visage pour se protéger du vent.

C'était un jésuite. Il portait une courte cape en peau d'ours, des cuissardes en cuir et ses mocassins... mais il avait bien une soutane. Il avait retroussé ses jupes noires pour faciliter sa marche et tenait d'une main son large chapeau plat de prêtre pour éviter qu'il ne s'envole. Il avait une barbe blonde et le teint si clair que je distinguai la rougeur de ses joues et de son nez même à cette distance.

— Appelle-les ! chuchotai-je à Jamie. Ce sont des chrétiens, ils ont un prêtre avec eux ! Ils ne nous feront pas de mal.

Il fit lentement non de la tête, sans quitter des yeux la procession qui commençait à disparaître derrière un rocher.

— Non... siffla-t-il entre ses dents. Non, ce sont peut-être des chrétiens mais... non.

Inutile de discuter avec lui. Je levai les yeux au ciel, partagée entre la déception et la résignation.

— Comment va ton dos ?

Il voulut s'étirer et s'arrêta à mi-mouvement avec un cri étranglé.

— Pas terrible ? devinai-je.

Percevant le mélange de compassion et de sarcasme dans ma voix, il me lança un regard noir, se recoucha avec précaution sur le tapis de feuilles et ferma les yeux.

— Bien sûr, tu as imaginé une solution ingénieuse pour nous tirer de là ? demandai-je poliment.

Il rouvrit un œil.

— Non, lâcha-t-il avant de le refermer.

Il faisait froid mais le ciel était dégagé. Le soleil dardait ses rayons brillants jusque dans notre tanière et faisait tomber de petites masses de neige autour de nous comme des prunes bien mûres. J'en cueillis une dans le creux de ma main et la fis fondre au-dessus du cou de Jamie.

Il émit une inspiration sifflante et me fusilla du regard.

— Je réfléchissais !

— Ah, pardon ! Désolée de t'avoir interrompu.

Je me recouchai sur le dos et tirai son plaid sous mon menton. Le vent commençait à s'infiltrer dans les trous de notre abri. En définitive, il avait eu raison au sujet des vertus protectrices de la neige. Malheureusement, il ne neigerait sans doute pas la nuit suivante.

Et puis, il fallait aussi songer à la question secondaire de la nourriture. Mon estomac protestait depuis un certain temps et

celui de Jamie commençait à émettre des objections plus viru-
lentes. Il baissa des yeux réprobateurs vers son abdomen.

— Tais-toi ! ordonna-t-il.

Il soupira et se tourna vers moi.

— Bon, voilà ce qu'on va faire. On va attendre encore un peu,
pour être sûrs que ces sauvages sont partis, puis tu descendras
à la cabane...

— Je ne sais pas où elle est.

— Comment m'as-tu retrouvé ?

— J'ai suivi tes empreintes, dis-je avec une certaine fierté.
Mais je ne crois pas que je pourrai retrouver les miennes.

— Oh ! fit-il, légèrement impressionné. Très intelligent de ta
part, *Sassenach*, mais ne t'inquiète pas. Je t'indiquerai le chemin.

— Soit. Et après ?

— Tu me rapporteras un peu à manger et une couverture.
D'ici quelques jours, je devrais pouvoir bouger.

— Tu veux que je te laisse ici ! m'exclamai-je, exaspérée à mon
tour.

— Je m'en sortirai très bien.

— Tu seras dévoré par les loups.

— Je ne crois pas. Ils seront trop occupés par le wapiti.

— Quel wapiti ?

Il fit un signe de tête vers le bosquet d'épicéas.

— Celui que j'ai abattu hier. Je l'ai tiré au cou, mais il n'est
pas tombé tout de suite. Il a filé par ici. C'est en voulant le suivre
que je suis tombé.

Il frotta le chaume cuivre et argent de ses joues, méditant :

— Il ne peut être allé très loin. La neige a dû recouvrir son
corps, autrement nos amis de tout à l'heure l'auraient vu,
compte tenu de l'endroit d'où ils venaient.

— Si je comprends bien, tu as tué un wapiti qui va attirer les
loups comme des mouches et tu proposes de rester couché ici
dans un froid mortel à les attendre ? Tu imagines sans doute
que, le temps qu'ils passent au dessert, tu seras tellement insen-
sibilisé que tu ne sentiras même pas qu'ils te dévorent les pieds ?

— Ne crie pas. Les Indiens sont peut-être encore dans les
parages.

Je repris mon souffle pour faire plusieurs autres remarques
mais il m'arrêta en posant une main sur mon bras.

— Claire, dit-il d'un ton calme, tu ne pourras pas me déplacer.
Il n'y a rien d'autre à faire.

— Si, protestai-je en essayant de maîtriser le tremblement
dans ma voix. Je vais rester avec toi. Je t'apporterai des couvertures et de la nourriture, mais je ne te laisserai pas seul ici. J'irai
chercher du bois et nous ferons un feu.

— Ce n'est pas la peine, je peux me débrouiller.

— Pas moi.

Je ne me souvenais que trop de ces heures atroces et oppressantes passées dans la cabane à l'attendre. Me geler dans la neige pendant plusieurs jours n'était guère alléchant mais je préférais encore ça.

Constatant ma détermination, il sourit.

— Bon, d'accord. Mais rapporte du whisky, alors, s'il en reste.

— Nous en avons encore une demi-bouteille, dis-je, soulagée.

Il glissa un bras autour de ma taille et m'attira à lui. Malgré le vent qui hurlait dehors, il faisait raisonnablement bon sous nos vêtements empilés. Sa peau sentait le chaud et le sel et je ne pus résister à l'envie de poser mes lèvres sur le creux de sa gorge.

— Aaah ! fit-il en frissonnant. Qu'est-ce que tu fabriques ?

— Ça ne te plaît pas ?

— Pas du tout ! Ça me chatouille horriblement !

— Eh bien, moi, ça me plaît.

Il me lança un regard sidéré.

— Ah bon ?

— Oh oui ! J'adore quand tu me fais des suçons dans le cou.

Il plissa des yeux suspicieux puis saisit le lobe de mon oreille, me fit renverser la tête en arrière et tourner le visage sur le côté, et darda sa langue à la base de mon cou en me mordillant.

— Mmm... soupirai-je avec délice.

Il me lâcha et me contempla, perplexe.

— C'est pourtant vrai que tu aimes ça ! Tu as la chair de poule et tes seins sont durs comme des cerises de printemps.

Il passa une main sur ma poitrine. Lorsque je m'étais préparée pour mon expédition nocturne, je n'avais pas pris la peine de fabriquer mon soutien-gorge improvisé.

— Je te l'avais dit, déclarai-je en rougissant. Je suppose qu'une de mes ancêtres a été mordue par un vampire ou quelque chose de ce genre.

— Par un quoi ?

Comme nous avions du temps à perdre, je lui fis un bref résumé de la vie et des œuvres du comte Dracula. Il parut stupéfait et consterné, mais sa main poursuivit ses explorations, ayant franchi l'obstacle de ma chemise de daim et des couches de torchons en laine. Ses doigts étaient glacés mais cela ne me dérangeait pas le moins du monde.

— Il y a des gens qui trouvent cette légende très érotique, conclus-je.

— C'est la chose la plus monstrueuse que j'aie jamais entendue.

— Tant pis !

Je m'étirai langoureusement auprès de lui et renversai la tête en arrière, lui offrant ma gorge.

— Encore !

Il marmonna quelque chose mais parvint néanmoins à se hisser sur un coude et à se pencher sur moi. Sa bouche était chaude et douce. Qu'il approuve ou non ce qu'il était en train de faire, il le faisait très bien.

— Hmmm... murmurai-je.

Un frisson extatique me parcourut des pieds à la tête quand ses dents s'enfoncèrent délicatement dans le lobe de mon oreille.

— Ah bon ? Alors, puisque c'est comme ça ! dit-il, résigné.

Il prit ma main et la pressa fermement entre ses cuisses.

— Oh ! murmurai-je, impressionnée par sa vigueur. Mais le froid...

— Si tu sais y faire, je n'aurai pas froid très longtemps, m'assura Jamie. Tu veux bien ?

Compte tenu de nos quartiers exigus, la chose n'était pas très facile. Non seulement il fallait rester couverts pour éviter les engelures mais Jamie ne pouvait que me fournir l'aide la plus élémentaire. Cela dit, nous nous débrouillions de façon plutôt satisfaisante.

Une chose en entraînant une autre, j'en oubliai vite notre situation préoccupante. Ce ne fut que pendant une accalmie temporaire de nos activités que j'eus une sensation étrange, comme si nous étions observés. Je me redressai à quatre pattes et regardai à travers le rideau de ciguë. La pente couverte de neige et le bosquet étaient déserts.

Jamie poussa un gémissement sourd.

— Ne t'arrête pas, *Sassenach*, murmura-t-il, les yeux fermés.

— J'ai cru entendre quelque chose.

Au même moment, un rire étouffé mais bien distinct éclata juste au-dessus de nos têtes.

Je roulai sur le côté dans un enchevêtrement de plaid et de vêtements de daim tandis que Jamie cherchait frénétiquement son pistolet.

Il repoussa les branches d'un geste violent et pointa son arme vers le ciel.

Du haut du rocher qui nous surplombait, plusieurs visages se penchaient sur nous, hilares : Ian et quatre de ses compagnons d'Anna Ooka. Les Indiens échangèrent des regards et des ricanements ; ils semblaient trouver la scène d'un grand comique.

Jamie abaissa son pistolet et lança un regard noir à son neveu.

— Qu'est-ce que tu fiches ici ? demanda-t-il.

— Mais... je rentrais à la maison pour passer Noël avec toi, oncle Jamie ! répondit Ian dans un large sourire.

Jamie le dévisagea avec un profond agacement.

— Mmmouais... bougonna-t-il. Noël... Tu parles !

La dépouille du wapiti avait gelé pendant la nuit. La vue des cristaux de glace dans ses globes ternes me fit frissonner... non pas devant le spectacle de la mort — à vrai dire, ce grand corps sombre couvert de neige était superbe — mais à l'idée que, si je n'avais pas écouté mon instinct pour sortir dans la nuit à la recherche de Jamie, la nature morte sous mes yeux aurait pu s'intituler : *Cadavre congelé d'Ecossais* au lieu de *Dépouille de wapiti devant un groupe d'Indiens se chamaillant*.

La discussion s'acheva enfin sur un accord qui satisfit tout le monde. Ian m'informa que ses amis avaient décidé de rentrer au village, mais qu'ils nous raccompagneraient d'abord jusqu'à la cabane en échange d'une part de wapiti.

Le cadavre n'était pas encore complètement durci par la glace. Ils l'éviscérèrent et entassèrent les entrailles en une pile de boyaux bleu-gris striés de sang noir. Après avoir tranché la tête pour alléger le poids, deux hommes suspendirent la bête par les pattes à un long morceau de bois. Jamie les regardait faire d'un air sombre, les suspectant sans doute de souhaiter lui infliger le même traitement, mais Ian lui assura qu'on lui construirait un brancard. Les Indiens se déplaçaient à pied mais ils disposaient d'une mule qui transportait leur tableau de chasse.

Le temps s'était amélioré. Sur les surfaces dégagées, la neige avait pratiquement fondu et, si l'air demeurait glacial, le ciel était d'un bleu aveuglant et la forêt fleurait bon l'épicéa et le sapin baumier.

Ce fut l'odeur de la ciguë qui me rappela le début de cette aventure et les Indiens que nous avions vus. Je rattrapai Ian qui marchait en tête du convoi et le retins par le bras.

— Juste avant que vous nous retrouviez, nous avons vu un groupe d'Indiens accompagnés d'un jésuite. Ils n'étaient pas d'Anna Ooka, enfin je ne crois pas... Tu n'as pas une idée de l'endroit d'où ils venaient ?

— Bien sûr que si, tante Claire. On était justement en train de les suivre quand on vous a trouvés.

Les étranges Indiens, m'informa-t-il, étaient des Mohawks venus de loin, dans le nord. Depuis que les Tuscaroras avaient été intégrés dans la confédération iroquoise trente ans plus tôt, ils étaient étroitement liés avec les Mohawks, et les deux tribus s'envoyaient souvent des délégations, officielles ou officieuses.

Celle que nous avions vue conjuguait les deux. Il s'agissait de jeunes Mohawks en quête d'épouses. Leur village souffrait cruellement d'une pénurie de jeunes filles à marier et ils avaient résolu de descendre vers le sud pour chercher leurs âmes sœurs parmi les Tuscaroras.

— C'est qu'ils ne peuvent pas épouser une fille de n'importe quel clan, expliqua Ian.

— Un peu comme les MacDonald et les Campbell ? demanda Jamie, intéressé.

— Oui, plus ou moins. C'est pourquoi ils ont amené un prêtre.

Comme ça, s'ils trouvent une femme, ils pourront l'épouser sur-le-champ et n'auront pas à dormir seuls sur une couche froide pendant le voyage de retour.

— Alors, ce sont vraiment des chrétiens ?

Ian haussa les épaules.

— Certains d'entre eux. Les jésuites vivent parmi eux depuis longtemps déjà et bon nombre de Hurons sont convertis. Mais il y en a moins chez les Mohawks.

— Alors, ils revenaient d'Anna Ooka ? demandai-je. Pourquoi les suiviez-vous ?

Ian émit un petit rire et resserra son cache-nez en poils d'écureuil autour de son cou.

— Ce sont peut-être des alliés, ma tante. Mais cela ne veut pas dire que Nacognatewo et ses braves leur font confiance. Toutes les nations de la confédération iroquoise ont peur des Mohawks, chrétiens ou pas !

Le soleil était presque couché quand nous arrivâmes dans notre clairière. Bien que glacée et épuisée, je me sentis soudain des ailes en apercevant notre cabane. Dans l'enclos, l'une des mules, une jolie créature grise baptisée Clarence, se mit à braire avec enthousiasme en nous voyant, ce qui attira les autres chevaux près de la clôture, en quête d'une friandise.

— Les bêtes vont bien, constata Jamie avec satisfaction.

Son esprit d'éleveur se portait en priorité sur la santé du bétail. Pour ma part, je songeais plutôt à la nôtre. Je ne pensais qu'à une chose : me réchauffer, manger, le plus tôt possible.

Nous invitâmes les amis de Ian à rester, mais ils déclinèrent notre offre, déchargeant Jamie sur le pas de la porte. Puis ils disparurent rapidement.

— Ils n'aiment pas entrer dans les maisons des Blancs, m'expliqua Ian. Ils trouvent qu'on sent mauvais.

— Vraiment ? répondis-je, un peu piquée.

Je me remémorai un certain monsieur que j'avais rencontré à Anna Ooka. Il semblait s'être enduit le corps de graisse d'ours et avoir cousu ses vêtements sur lui pour tout l'hiver. C'était vraiment l'hôpital qui se moquait de la charité !

Nettement plus tard, après avoir dûment célébré Noël avec un verre de whisky ou deux, nous retrouvâmes enfin notre lit. Nous contemplions en silence les flammes dans la cheminée, au milieu des ronflements paisibles de Ian.

— C'est bon d'être de retour à la maison, observai-je doucement.

— Tu l'as dit !

Jamie soupira et m'attira contre lui. Je calai ma tête dans le creux de son épaule, goûtant avec un plaisir infini le moelleux du matelas de plume.

— J'ai fait des rêves étranges là-haut sur la montagne, annonça-t-il.

— Ah oui ? De quoi as-tu rêvé ?

— Toutes sortes de choses, répondit-il un peu timidement. J'ai beaucoup rêvé de Brianna.

— Vraiment ?

J'étais un peu surprise, car j'avais moi aussi rêvé d'elle dans notre abri... ce qui m'arrivait rarement.

— Je me demandais... hésita Jamie. Elle n'aurait pas une tache de naissance ? Ou est-ce toi qui m'en as parlé ?

— Si, répondis-je tout en réfléchissant. Et non, je ne crois pas t'en avoir parlé. Elle est à peine visible. D'ailleurs, ça fait des années que je ne l'ai pas vue moi-même. C'est une...

Il serra mon épaule pour m'arrêter et répondit à ma place :

— Une petite tache brune, en forme de diamant, juste derrière l'oreille gauche, c'est ça ?

— Oui.

Un frisson glacé me parcourut.

— Comment le sais-tu ? Tu l'as vue en rêve ?

— J'y ai déposé un petit baiser pendant qu'elle dormait.

22

Retour de flamme

Oxford, septembre 1970

— Oh zut !

Roger considéra la page sous ses yeux jusqu'à ce que les lettres ne forment plus que des signes incompréhensibles. Hélas, cela n'effaçait pas le sens des mots pour autant, ils étaient déjà gravés dans sa mémoire.

— Non, non et non ! gémit-il.

La jeune fille qui travaillait dans le box voisin redressa la tête avec agacement et fit crisser les pieds de sa chaise sur le linoléum.

Il se pencha sur le livre, le couvrit de ses avant-bras et ferma les yeux. Il se sentait nauséeux et ses paumes étaient moites et froides.

Il resta ainsi quelques minutes, refusant d'y croire. Pourtant, il n'y pouvait plus grand-chose. Le mal était fait. Il y avait longtemps, très longtemps. On ne pouvait modifier le passé.

Enfin, il refoula le goût de bile au fond de sa gorge et se força à rouvrir les yeux. Il était toujours là. Juste un petit encart dans une gazette, imprimée le 13 février 1776 à Wilmington, dans la colonie britannique de Caroline du Nord.

« Nous avons le regret d'annoncer le décès accidentel de M. James MacKenzie Fraser et de son épouse, Claire Fraser, dans l'explosion qui a détruit leur maison, sur le domaine dit Fraser's Ridge, la nuit du 29 janvier de cette année. M. Fraser, neveu de feu Hector Cameron, propriétaire de la plantation de River Run, est né à Broch Tuarach en Ecosse. Il était un membre bien connu et respecté de la colonie. Il ne laisse aucune descendance. »

Pas tout à fait.

Roger se raccrocha un instant à l'espoir qu'il ne s'agissait pas d'eux. Après tout, un Ecossais sur dix s'appelait James Fraser.

Mais pas James MacKenzie Fraser. Marié à une Claire. Né à Broch Tuarach en Ecosse.

Non, ce ne pouvait être qu'eux. Cette certitude étreignit sa poitrine et noua sa gorge. Ses yeux le piquèrent et les caractères fleuris du XVIIIe siècle devinrent flous.

Elle l'avait retrouvé. Claire avait retrouvé son valeureux Highlander et avait au moins profité de quelques années à son côté. Roger avait éprouvé beaucoup de sympathie pour Claire Randall... non, cet éloge piteux ne faisait pas honneur à sa mémoire. En vérité, il l'avait aimée, pour ce qu'elle était autant que pour sa fille.

Plus que cela. Il avait désiré de tout son cœur qu'elle retrouve son Jamie Fraser et qu'elle vive heureuse avec lui. Pour lui, c'était la preuve que le grand amour était possible, résistant à la séparation et aux épreuves les plus pénibles, transcendant le temps. Hélas, la chair, elle, était mortelle, et même l'amour ne pouvait transcender cette triste réalité.

Il s'agrippa au rebord de la table en essayant de se ressaisir. C'était idiot, complètement idiot, mais cette perte l'affligeait presque autant que celle du révérend, comme s'il était à nouveau orphelin.

Ce constat lui assena un autre coup. Il ne pouvait pas montrer cet article à Brianna. Naturellement, elle avait su le risque que prenait sa mère mais... non. Elle n'avait sûrement pas imaginé une telle fin.

Il ne l'avait découverte que par pur hasard. Il était en train de chercher les paroles d'anciennes ballades à ajouter à son répertoire. En feuilletant des recueils de chansons, il était tombé sur une illustration pleine page de la une du journal dans lequel la ballade qui l'intéressait avait été publiée pour la première fois. Par habitude, Roger avait baissé les yeux vers les annonces éditées en bas de page, quand le nom « Fraser » avait attiré son regard.

Le choc commençait à passer, mais la douleur, elle, s'était installée dans le creux de son estomac, le tenaillant comme un ulcère. Il était universitaire et fils d'universitaire. Il avait grandi entouré de livres, imprégné dès son plus jeune âge du caractère sacré du verbe imprimé. C'est pourquoi il se sentit comme un criminel en sortant son canif. Il lança des regards furtifs autour de lui pour s'assurer que personne ne l'observait.

Il agissait plus par instinct que par raison. Ce même instinct qui nous pousse à enlever rapidement les carcasses de voitures accidentées, à jeter un drap sur les cadavres, nettoyer le lieu du désastre, même si rien ne peut effacer la tragédie elle-même.

La page volée dans sa poche, il quitta la bibliothèque et erra un long moment sous la pluie dans les rues d'Oxford.

La marche le calma et l'aida à remettre ses idées en place. Son principal objectif était de protéger Brianna contre un chagrin qui serait plus profond et déchirant que le sien.

Il avait vérifié les informations bibliographiques sur la page de garde du livre. L'ouvrage avait été publié en 1906 par une petite maison d'édition londonienne. Il devait être assez rare, mais Brianna pouvait tomber sur un exemplaire au cours de ses recherches.

Ce n'était pas a priori un endroit où elle irait chercher les informations qui l'intéressaient mais le recueil s'intitulait *Chansons et ballades du XVIIIe siècle*. Et Roger connaissait trop bien l'insatiable curiosité qui incitait à fouiller dans les recoins les plus incongrus. En outre, Brianna avait cette soif de connaissances pour tout ce qui touchait à cette période, tout ce qui pouvait l'aider à imaginer l'environnement de ses parents et à se construire une vision de cette vie qu'il lui était impossible de voir et de partager.

Quelqu'un le bouscula en passant et il se rendit compte qu'il était accoudé au parapet du pont depuis plusieurs minutes, contemplant sans les voir les gouttes de pluie qui s'écrasaient dans la rivière. Lentement, il reprit sa marche, sans prêter attention aux vitrines illuminées des boutiques et aux parapluies des passants.

Il n'existait aucun moyen de s'assurer qu'elle ne verrait jamais ce livre. Il pouvait être tombé sur le seul exemplaire au monde, comme il pouvait y en avoir des centaines attendant comme des bombes à retardement sur les rayons de toutes les bibliothèques des Etats-Unis. Comment réagirait-elle, si elle savait ?

La jeune femme serait effondrée, anéantie... et après ? Il était convaincu que le passé ne pouvait être changé. Tout ce que Claire lui avait dit n'avait fait que le confirmer. Avec Jamie Fraser, ils avaient voulu empêcher le massacre de Culloden, en vain. Elle avait voulu sauver son futur mari, Frank, en sauvant son ancêtre, Jonathan Randall, en vain... pour découvrir finalement que le sinistre Black Jack n'avait jamais été l'ancêtre de Frank mais avait épousé la maîtresse enceinte de son jeune frère, afin de donner un nom à l'enfant, à la mort de son vrai père.

Non, le passé s'enroulait sur lui-même comme un serpent mais ne pouvait être modifié.

« Comment pleurer sur quelqu'un qui voyage dans le temps ? » lui avait demandé Brianna. S'il lui montrait l'encart, elle pourrait enfin pleurer. Elle saurait. Elle porterait le deuil de ses parents, puis se remettrait et pourrait enfin tourner la page.

... S'il n'y avait eu ces maudits menhirs de Craigh na Dun, l'ancien cromlech et ses terribles possibilités...

Claire avait traversé le cercle de pierres lors de la fête solaire de Samain, le premier jour de novembre, près de deux ans plus tôt.

Chaque fois que Roger pensait à cet épisode, les poils de sa nuque se hérissaient. Cela s'était passé par un matin d'automne, à l'aube de la Toussaint. Rien n'avait perturbé le calme de la colline où le cromlech se dressait telle une sentinelle. Rien, jusqu'à ce que Claire traverse le grand menhir fendu et disparaisse dans le passé.

Alors, la terre avait semblé se dissoudre sous ses pieds. L'air de ses poumons avait été aspiré par une force invisible et rugissante qui avait résonné dans son crâne comme un coup de canon. Il avait été aveuglé par des éclairs de clarté et de ténèbres.

Au moment où les phénomènes s'étaient déclenchés, Roger tenait la main de Brianna. Par réflexe, il s'y cramponna, sans la lâcher, même lorsque ses sens l'abandonnèrent. Il eut l'impression d'être entraîné dans les profondeurs d'un océan glacé à une vitesse vertigineuse. Le vertige et le choc étaient si intenses qu'il ne perçut bientôt plus rien. Ses deux dernières pensées cohérentes, vacillantes et fragiles comme une chandelle dans un ouragan, furent : « *Je meurs* », puis, dans la foulée, « *Ne la lâche pas !* ».

Lorsque Claire s'était avancée vers le menhir, le premier rayon du soleil frappait la fente du menhir et lui indiquait la voie. Lorsqu'il avait retrouvé ses esprits, le disque du soleil de fin d'après-midi était caché derrière la grande pierre dressée, dont la surface noire se détachait contre le ciel.

Il était couché sur Brianna, la protégeant de son corps. Inconsciente, elle respirait encore ; ses traits semblaient d'une pâleur extrême. Roger était trop faible pour la porter jusqu'à la voiture qui attendait au pied de la colline. Digne fille de son père, elle mesurait près d'un mètre quatre-vingts, c'est-à-dire quelques centimètres à peine de moins que Roger.

Il était resté accroupi, lui tenant la main, caressant son visage, jusqu'à ce que le soleil soit sur le point de disparaître derrière l'horizon. Puis elle avait ouvert des yeux aussi sombres que le ciel du soir et avait chuchoté :

— Elle est partie ?

— Tout va bien, avait répondu Roger.

Il s'était penché vers elle et lui avait baisé le front.

— Tout va bien, avait-il répété. Je prendrai soin de toi.

Il le pensait sincèrement, mais ne s'était pas encore posé la question de savoir comment.

Il faisait nuit lorsqu'il regagna son appartement. En traversant le hall, il entendit le cliquetis des couverts dans le réfectoire.

L'odeur de jambon cuit et de haricots qui flottait dans l'air ne parvint pas à lui ouvrir l'appétit.

Une fois chez lui, il jeta ses habits trempés en tas sur le plancher. Il se sécha et s'assit sur le bord du lit, nu, sa serviette oubliée dans la main. Il fixait le bureau et la boîte dans laquelle il rangeait les lettres de Brianna.

Il ferait tout pour lui épargner le chagrin. Mais il était prêt à aller encore beaucoup plus loin pour la sauver des menhirs.

Claire était partie de 1968 pour arriver, espérait-il, en 1766. Quelqu'un partant à présent, en 1970, allait arriver sans doute en 1768. C'était bien là le problème, il n'était pas trop tard !

Même si Brianna pensait comme lui qu'on ne pouvait modifier le passé, comment pourrait-elle passer les sept années à venir en sachant que ses chances d'agir diminuaient de jour en jour, et que sa seule possibilité de connaître son père, de revoir sa mère, allait s'évanouir à jamais ? Les laisser partir en ignorant où ils se trouvaient était une chose. Le savoir et ne rien faire en était une autre.

Il avait rencontré Brianna deux ans plus tôt mais n'avait passé que quelques mois en sa compagnie. Pourtant, à de nombreux égards, ils se connaissaient déjà bien. Le contraire eût été étonnant, après avoir partagé une telle expérience ! Et puis, il y avait les lettres, des dizaines... deux ou trois par semaine... et les rares vacances ensemble, entre l'enchantement et la frustration. Des moments bénis et éprouvants qui le laissaient chaque fois avec une douloureuse sensation de vide.

Brianna était une fille calme, mais capable d'une détermination féroce. Elle ne se laisserait pas écraser par le chagrin sans combattre. Si elle se montrait d'un tempérament posé, une fois qu'elle s'était mis en idée en tête, elle passait aux actes avec une rapidité hallucinante. Si elle décidait de risquer la traversée, rien ne pourrait l'arrêter.

Ses mains se serrèrent quand il songea au cromlech et au néant qui avait failli les engloutir. L'idée qui le terrifiait le plus, c'était de perdre Brianna avant même qu'elle lui ait appartenu.

Il ne pourrait jamais lui mentir. Toutefois, l'impact du choc et de la douleur cédait lentement le pas à l'ébauche d'un plan.

Une lettre n'y suffirait pas. Il lui faudrait œuvrer en douceur, à force de suggestions, de dissuasions subtiles. La tâche ne serait pas trop ardue. Un an de recherches en Ecosse n'avait pratiquement rien donné, hormis la découverte de l'incendie d'une imprimerie Fraser à Edimbourg. Il frissonna en imaginant les flammes. A présent, il comprenait. Bien sûr, ils avaient dû émigrer peu après l'incendie, même s'il n'avait trouvé aucune trace de leur présence dans les registres de capitainerie.

« Le moment est venu de capituler », suggérerait-il. Il était temps de tourner le dos au passé et de laisser les morts enterrer les morts. Devant l'absence d'indices, continuer à chercher friserait l'obsession. Il lui laisserait entendre, très discrètement, que ses recherches étaient malsaines, qu'elle devait regarder vers l'avenir, que ses parents l'auraient voulu ainsi.

« Je prendrai soin de toi. » Cacher une vérité dangereuse revenait-elle à mentir ? Eh bien, il mentirait. S'il le fallait, il risquerait son âme pour elle.

Il fouilla dans son tiroir à la recherche d'un stylo. Puis il s'arrêta, se pencha et souleva son jean trempé. Il extirpa le bout de papier volé de la poche. Il était froissé et mouillé, se désintégrant déjà à moitié. Avec de petits gestes assurés, il le déchiqueta en minuscules morceaux, sans prêter attention à la sueur froide qui dégoulinait sur son visage.

23

Le crâne sous la peau

J'avais déclaré à Jamie que je ne voyais pas d'objection à vivre loin de la civilisation, à condition que ce ne soit pas le désert total. Là où il y avait des hommes, il y avait du travail pour un médecin. Duncan tint parole et revint au printemps 1768 avec huit anciens détenus d'Ardsmuir et leur famille, prêts à s'installer à Fraser's Ridge, la « crête de Fraser », comme se nommait dorénavant notre coin de paradis. Cela représentait une trentaine de personnes et, naturellement, mes compétences légèrement rouillées furent aussitôt mises à l'épreuve. Il fallait recoudre les plaies, traiter les fièvres, crever des abcès, nettoyer des gencives infectées. Deux des femmes arrivèrent enceintes jusqu'aux dents et j'eus la grande joie de mettre au monde deux beaux bébés, un garçon et une fille, nés tous deux au début du printemps.

Ma réputation de guérisseuse, si on peut employer ce mot, se répandit rapidement hors de notre communauté et l'on m'appela de plus en plus loin pour soigner des colons installés sur des collines isolées, éparpillés dans un périmètre d'une cinquantaine de kilomètres autour de nos montagnes sauvages. De temps à autre, je me rendais également à Anna Ooka avec Ian pour rendre visite à Nayawenne et revenais chargée de paniers et de jarres d'herbes médicinales.

Les premiers temps, Jamie tenait à ce que Ian ou lui m'accompagnent lorsque je partais pour les fermes les plus éloignées. Mais ils furent bientôt trop surchargés de travail. Nous étions à la première saison des semences. Il fallait labourer la terre et la herser, planter le blé et l'orge, sans parler de toutes les tâches habituelles d'une ferme. En plus de nos chevaux et de nos mules, nous avions fait l'acquisition d'une volée de poules, d'un cochon noir à l'air dépravé, chargé de satisfaire les besoins lascifs de la truie, et, comble de luxe, d'une chèvre laitière. Non seulement toutes ces créatures avaient besoin d'être soignées et nourries, mais il fallait également les empêcher de s'entre-tuer ou de se faire dévorer par les ours et les pumas.

Ainsi, de plus en plus fréquemment, lorsqu'un inconnu se présentait à la porte en demandant un guérisseur ou une sage-femme, je partais seule avec lui. Le cahier du Dr Rawlings commençait à se remplir, tout comme notre garde-manger où venaient s'entasser les jambons, le gibier, les sacs de céréales et les paniers de pommes que m'offraient mes patients. Je ne me faisais jamais payer, mais on me remerciait toujours d'une manière ou d'une autre. Pauvres comme nous l'étions, n'importe quoi était le bienvenu.

Les patients que je rencontrais lors de ces expéditions venaient d'un peu partout et beaucoup ne parlaient ni l'anglais ni le français. Ils étaient luthériens allemands, quakers, écossais, ou irlando-écossais. Il y avait également une petite communauté moravienne venue de Salem qui parlait un dialecte que je supposais être du tchèque. En général, je me débrouillais pour me faire comprendre. Quelqu'un me servait souvent d'interprète et, sinon, nous communiquions par gestes. « Où avez-vous mal ? » se comprend dans toutes les langues.

Août 1768

J'étais glacée jusqu'aux os. Malgré mes efforts pour retenir le col de ma cape autour de mon cou, le vent me l'arrachait et la faisait claquer comme une voile dans la tempête. Il aplatissait la chevelure du jeune garçon qui avançait à mon côté et me repoussait sur ma selle. Une pluie froide fouettait nos visages. Le temps que nous parvenions à Mueller's Creek, j'étais trempée jusqu'aux jupons.

Le torrent bouillonnait, charriant de jeunes troncs d'arbres, des pierres et des branches cassées qui jaillissaient et disparaissaient sous la surface.

Tommy Mueller examina le cours d'eau et enfonça la tête jusqu'aux oreilles dans le col de son grand manteau. Il secoua la tête d'un air dubitatif et je me penchai pour me faire entendre par-dessus le vacarme de la tempête.

— Restez ! criai-je.

Il fit non de la tête, me répondant quelque chose que je n'entendis pas. Je pointai un doigt vers la berge où le sol boueux s'effritait. Au moment même où je la lui montrais, de gros blocs de terre noire se détachèrent et furent emportés par le courant.

— Rentrez ! hurlai-je à nouveau.

A son tour, il pointa un doigt vers moi, puis vers la ferme derrière nous. Il se pencha en avant et fit mine de saisir mes rênes. Manifestement, il trouvait le voyage trop dangereux et voulait me ramener chez lui pour attendre la fin de la tempête.

Il n'avait pas tout à fait tort. D'un autre côté, si je patientais trop, le débit du torrent allait encore augmenter et plus personne ne pourrait le franchir avant des jours. Les inondations de ce genre duraient parfois plus d'une semaine ; l'eau de pluie dévalait les flancs de la montagne pour venir gonfler les cours d'eau.

L'idée de rester bloquée pendant une semaine dans la petite maison des Mueller avec ses dix occupants suffit à me rendre intrépide. Reprenant les rênes des mains de Tommy, je fis faire demi-tour à mon cheval ; celui-ci secoua la tête et avança pas à pas dans la boue glissante.

Nous atteignîmes la partie la plus haute de la berge, où un tapis de feuilles rendait le sol plus stable. Je demandai à Tommy de reculer et m'arc-boutai sur ma monture comme un champion de steeple-chase, enfonçant les coudes dans le sac d'orge accroché devant moi à la selle... ma rétribution pour services rendus.

Apparemment, mon cheval était aussi désireux que moi de rentrer à la maison. A peine étais-je en position que je sentis ses jambes fléchir puis se détendre. Nous dévalâmes la pente comme une piste de saut à ski et atterrîmes en plein milieu du torrent dans une explosion d'éclaboussures.

J'avais de l'eau jusqu'à mi-cuisses et les mains si glacées qu'elles auraient pu tout autant être soudées aux rênes. Je donnai du lâche à mon cheval, sentant ses membres puissants bouger en rythme tandis qu'il luttait contre le courant, et rabattis mes jupes sur mes genoux pour éviter qu'elles ne m'entraînent dans le torrent glacé.

Enfin, je sentis le heurt des sabots contre le lit de cailloux et nous nous hissâmes sur l'autre rive, dégoulinants. Je me retournai sur ma selle pour apercevoir Tommy Mueller sur la berge d'en face, la bouche grande ouverte. Je ne pouvais lâcher mes rênes pour lui dire au revoir mais le saluai d'un signe de tête. Puis, je donnai un coup de talon dans les flancs de ma monture et nous bifurquâmes dans la direction de la maison.

La capuche de ma cape était retombée en arrière lors du saut, mais cela ne faisait pas grande différence. Je pouvais difficilement être plus mouillée. J'écartai des mèches de mes yeux et rentrai les épaules pour me réchauffer, trop heureuse de rentrer chez moi.

J'avais passé trois jours dans la cabane de Mueller, aidant Petronella, âgée de dix-huit ans, à mettre son premier enfant au monde. Ce serait également le dernier, à l'en croire. Son mari, qui n'avait pas dix-sept ans, s'était glissé dans la chambre au milieu du deuxième jour, tournant en rond comme une âme en peine, avant d'attirer sur lui une pluie d'invectives en allemand ; sa jeune épouse l'avait renvoyé aussitôt dans le refuge des hommes, à savoir la grange, les oreilles cramoisies de honte.

Toutefois, quelques heures plus tard, le jeune Freddy était réapparu, pâle comme un linge, pour s'agenouiller au chevet de sa femme, avançant un doigt hésitant pour écarter la couverture qui dissimulait sa fille.

Il avait contemplé d'un air ébahi le petit visage rond, puis levé des yeux adorateurs vers Petronella.

— *Ist sie nicht wunderschön ?* avait murmuré celle-ci.

Il avait lentement acquiescé, avant de poser sa tête sur son ventre et de s'effondrer en larmes. Satisfaites, les femmes de la maison avaient souri et étaient parties préparer le dîner.

Et quel dîner ! La cuisine était l'un des avantages chez les Mueller. Tandis que je rentrais chez moi, je me souvenais des canetons farcis et des *blutwursts* frits. L'agréable arrière-goût des œufs au beurre qui s'attardait dans ma bouche détournait mon attention des inconvénients de la situation présente.

J'espérais que Jamie et Ian s'étaient nourris convenablement pendant mon absence. Nous arrivions à la fin de l'été et la saison des récoltes n'avait pas encore commencé. Les rayonnages du garde-manger étaient loin d'être pleins, mais il nous restait encore quelques fromages, une énorme jarre de poissons séchés ainsi que des sacs de farine, de blé, de riz, de haricots, d'orge et d'avoine.

A ma grande surprise, j'avais découvert que Jamie pouvait cuisiner. Du moins, il était capable d'assaisonner une viande et de la faire rôtir dans la cheminée. En outre, j'avais fait de mon mieux pour initier Ian aux mystères de la bouillie d'avoine mais, les hommes étant ce qu'ils sont, je les soupçonnais de s'être nourris exclusivement d'oignons crus et de viande séchée.

J'ignorais si c'était parce que, après une journée passée à couper des arbres, labourer des champs et transporter des carcasses de cerfs à travers la montagne, ils étaient tout bonnement trop épuisés pour songer à se préparer un repas décent ou bien s'ils le faisaient exprès pour que j'aie l'impression de servir à quelque chose.

Maintenant que je longeais la crête rocheuse, j'étais abritée du vent. Le déluge, lui, continuait de plus belle. Ma monture posait délicatement sabot après sabot. La piste de terre s'était liquéfiée et laissait une couche de feuilles flottant sur un lit de boue aussi traître que des sables mouvants. Je tapotai l'encolure du cheval pour l'encourager.

— C'est bien, mon grand. Continue comme ça, tu es un brave garçon.

Il agita légèrement les oreilles, mais garda la tête baissée, concentré sur sa tâche.

— Ariel, ça te va ?

Il n'avait pas encore de nom, ou plutôt si, mais je ne le connaissais pas. L'éleveur auquel Jamie l'avait acheté lui en avait donné un allemand qui, selon Jamie, ne convenait pas du tout à la monture d'une dame. Lorsque je lui avais demandé de me le traduire, il avait pincé les lèvres et pris son air écossais, ce qui me fit déduire qu'il s'agissait d'un terme gratiné. J'avais compté demander à la vieille Mme Mueller ce qu'il signifiait mais, dans mon empressement à partir, j'avais oublié.

Quoi qu'il en soit, Jamie avait pour théorie que le cheval nous indiquerait de lui-même son vrai nom en temps voulu, du moins un nom décent. Aussi, nous l'observions sans cesse dans l'espoir de discerner son caractère. A la vue de son galop d'essai, Ian avait proposé « Lapin sauteur », mais Jamie s'y était opposé.

— Pieds légers ? suggérai-je. Mercure aux pieds ailés ? Zut !

Le cheval venait de freiner des quatre fers, à juste titre. Une cascade dégringolait joyeusement le flanc de la montagne, rebondissant de rocher en rocher. Le spectacle était très beau, l'eau cristalline ruisselait sur la roche noire et les feuilles vertes. Malheureusement, elle avait emporté la piste de terre dans le fond de la vallée.

Je restai plantée là un bon moment, dégoulinante. Impossible de la contourner. A ma droite, le versant se dressait presque à la verticale. A ma gauche, le ravin tombait en à-pic, au point qu'une descente revenait plus ou moins au saut de l'ange. Lâchant un chapelet de jurons entre mes dents, je fis faire demi-tour au cheval sans nom.

S'il n'y avait eu le torrent en crue, je serais retournée chez les Mueller. En l'occurrence, je n'avais guère le choix : je devais trouver un moyen de rentrer à la maison, sous peine de mourir noyée.

Nous rebroussâmes donc chemin d'un pas épuisé. A moins de cinq cents mètres de la cascade, un col fendait la crête rocheuse, formant une dépression entre deux « cornes » de granit. De telles formations n'étaient pas rares, on en rencontrait une grande dans la montagne voisine, baptisée le « Pic du Diable ». Je pouvais passer par ce col et longer la crête de l'autre côté jusqu'à la route, là où elle traversait la montagne, plus au sud.

De l'autre côté de la montagne, la marche se révéla plus facile. Il n'existait plus de piste mais le sol était caillouteux et pas trop abrupt. Nous parcourions de petites futaies de trembles rouges et des bois de chênes. Je notai mentalement l'emplacement d'un énorme buisson de mûres, mais ne m'arrêtai pas. J'aurais de la chance si j'arrivais à la maison avant la nuit.

Pour ne plus penser aux gouttes glacées qui me dégoulinaient dans le cou, je dressai à nouveau un inventaire du garde-manger et imaginai ce que je pourrais préparer à dîner le soir.

Quelque chose de rapide, pensai-je en frissonnant, et de chaud. Un ragoût prendrait trop de temps, même chose pour une soupe. Si nous avions de l'écureuil ou du lapin, je pourrais le frire, pané dans de l'œuf et de la farine de maïs. Ou sinon, le faire sauter dans un peu d'ail et le servir accompagné d'œufs brouillés avec des oignons verts.

Je rentrai la tête dans les épaules en grimaçant. Malgré ma capuche et ma tignasse, les gouttes de pluie cinglaient mon crâne comme des grêlons.

C'est alors que je me rendis compte qu'il grêlait réellement. Les petites boules de glace rebondissaient sur le dos du cheval et crépitaient contre les feuilles de chêne. En quelques secondes, la grêle se mua en une véritable mitraille. Les grêlons avaient la taille de billes et tombaient avec une telle violence qu'on se serait cru dans un champ de tir à la mitraillette.

Ma monture commençait à s'énerver, secouait la tête dans tous les sens dans une vaine tentative pour éviter la morsure des grêlons. Je la guidai sous un gros noyer. En dessous, le vacarme était assourdissant mais l'épais toit de feuillage nous protégeait assez bien.

— Parfait ! soupirai-je en caressant l'encolure du cheval. Il ne nous manque plus que l'orage et le tableau sera complet !

J'aurais mieux fait de me taire. Presque aussitôt, un éclair silencieux fendit le ciel noir derrière le mont Roan. Quelques instants plus tard, le grondement sourd du tonnerre retentit dans la vallée. De l'autre côté de la montagne, il y eut des éclats lumineux, suivis d'un roulement de plus en plus sonore. La grêle cessa et la pluie reprit, redoublant d'ardeur. A mes pieds, la vallée était plongée dans la brume mais les sommets rocheux s'illuminaient par intermittence, blancs sur fond noir comme des radiographies.

Boum !

Le cheval fit un écart et se mit à piétiner.

— Du calme, du calme, mon vieux, le rassurai-je.

Un éclair.

BOUM !

J'aurais juré que la terre avait tremblé. Le cheval poussa un hennissement perçant et recula. L'air puait l'ozone.

Encore un éclair.

BOOOUUUM !

Je n'eus pas conscience de tomber, ni d'ailleurs d'atterrir. Un instant, je tirai comme une folle sur les rênes, tentant d'arrêter quelques centaines de kilos de muscles lancés au grand galop, zigzaguant de droite à gauche, l'instant suivant, j'étais couchée sur le dos, clignant des yeux devant un ciel de plomb, essayant de respirer.

Les réverbérations de l'impact résonnaient dans tous mes

membres et je tentai frénétiquement de réintégrer mon corps. Puis l'air s'engouffra à nouveau dans mes poumons et je haletai, le choc cédant la place à la douleur.

Je restai immobile, inspirant avec application et faisant un bref état des lieux. La pluie me ruisselait dans les yeux. Je ne sentais plus ni mes mains ni mon visage. En revanche, je pouvais remuer les bras et commençais à mieux respirer.

Mes jambes. Celle de gauche me faisait mal, mais rien d'inquiétant. Je n'avais que le genou contusionné. Je roulai péniblement sur le flanc, écrasée par mes jupes trempées. Cela dit, mes lourds vêtements m'avaient évité d'être plus grièvement blessée, en amortissant ma chute.

J'entendis un son plaintif au-dessus de ma tête, à peine audible dans le tumulte de l'orage. Je levai les yeux et vis la tête du cheval émergeant d'un buisson, quelque dix mètres plus haut. Sous le buisson, le terrain tombait en pente raide. Vers le bas, une longue traînée noire indiquait l'endroit où j'avais atterri avant de glisser.

Sans que je m'en rende compte, nous nous étions tenus au bord de ce petit précipice caché par une épaisse rangée de ronces. Dans sa panique, le cheval s'était précipité vers lui puis, ayant senti le danger au dernier moment, il avait freiné des quatre fers, m'envoyant bouler dans le ravin.

— Pauvre idiot ! hurlai-je à ma monture en me demandant soudain si ce n'était pas là son nom allemand. J'aurais pu me casser le cou !

J'essuyai la boue sur mon visage et cherchai un moyen de remonter sur la corniche. Il n'y en avait pas. Devant moi se dressait le mur de boue que j'avais dévalé et qui, plus loin, fusionnait avec l'une des cornes de granit. La pente au milieu de laquelle je me trouvais se poursuivait pour tomber dans un torrent, une trentaine de mètres plus bas.

Je demeurai immobile, réfléchissant. Personne ne savait où j'étais. Moi non plus, d'ailleurs. Pire encore, personne ne me chercherait avant un long moment. Vu l'orage, Jamie croirait sûrement que j'étais restée sagement chez les Mueller. De leur côté, les Mueller n'avaient aucune raison de penser que je n'étais pas arrivée saine et sauve à la maison. Et même s'ils décidaient de vérifier, ils ne pourraient aller plus loin que le torrent en crue. Le temps qu'on découvre que la piste avait été emportée par la pluie, mes empreintes dans la boue seraient effacées.

J'étais indemne, c'était déjà ça. J'étais également à pied, seule, sans nourriture, perdue et trempée. Je n'avais qu'une certitude : je ne risquais pas de mourir de soif.

Les éclairs continuaient de strier le ciel comme des fourchettes se battant en duel mais le tonnerre s'était éloigné. Je ne craignais plus d'être foudroyée, avec tant de candidats mieux placés : des arbres gigantesques. Toutefois, trouver rapidement un abri me parut une bonne idée.

En boitillant, je descendis la pente glissante jusqu'au petit torrent en contrebas, gonflé par la pluie. J'apercevais le haut de buissons submergés. Il n'existait plus de berge à proprement parler et, me dirigeant vers le sud, je me frayai un passage entre des racines de houx et des cèdres rouges, scrutant la face rocheuse qui bordait la rive dans l'espoir de distinguer une grotte ou un creux où me réfugier.

Un peu plus loin, un énorme cèdre était tombé en travers du torrent. Sa cime s'étalait sur l'autre rive, à moitié dans l'eau et sur les rochers. De mon côté, l'immense réseau de ses racines se dressait en l'air, laissant un grand trou noir. Ce n'était pas un abri complet, mais c'était nettement mieux que d'attendre debout sous la pluie ou couchée sous des buissons.

Un espace s'ouvrait sur environ un mètre cinquante, humide et sombre. Le toit se composait d'un enchevêtrement de racines, comme une tanière de blaireau. Le sol en terre retournée était humide mais non boueux. Je me blottis dans le fond, ôtai mes chaussures trempées et m'assoupis aussitôt. Le froid de mes vêtements mouillés me plongea dans des visions de sang et d'enfantement, d'arbres, de rochers et de pluie. Je me réveillais fréquemment, dans la torpeur à demi consciente de l'épuisement total, pour me rendormir au bout de quelques secondes.

Je rêvai que j'accouchais. Je ne ressentais rien mais contemplais le petit crâne émergeant entre mes cuisses comme si j'étais à la fois la mère et la sage-femme. Je pris le bébé nu dans mes bras, couvert de nos sangs mêlés, et le tendis à son père. Je le donnai à Frank, mais ce fut Jamie qui écarta la couverture qui protégeait son visage en murmurant : « Qu'elle est belle ! »

Je me réveillai, me rendormis, me frayant un passage entre de gros rochers, contournant des cascades, cherchant quelque chose que j'avais perdu. Je me réveillai à nouveau et me rendormis, poursuivie à travers bois par une présence effrayante et inconnue. Je me réveillai encore et me rendormis, tenant un couteau à la main, la lame rouge de sang, mais le sang de qui ?

Puis je fus réveillée, complètement cette fois, par une senteur de brûlé. La pluie avait cessé. Je humai l'air. L'odeur ne faisait pas partie d'un rêve, elle était réelle.

Je mis la tête hors de mon terrier comme un escargot sortant de sa coquille. Le ciel était gris mauve, avec de grandes traînées orange au-dessus des montagnes. La forêt autour de moi était calme, gouttant tranquillement. Le soir était presque tombé et les ombres se rassemblaient dans les creux.

Je m'extirpai de mon trou. Non loin, j'aperçus la source de la fumée : un grand peuplier baumier avait été frappé par la foudre. Une moitié restait couverte de feuilles vertes, l'autre était calcinée du pied à la cime. Des volutes de fumée s'en échappaient, comme des fantômes fuyant la prison d'un magicien, et des lignes incandescentes luisaient çà et là sous la carcasse noircie.

Je cherchai mes souliers et, ne les trouvant pas, me dirigeai pieds nus vers l'arbre, qui irradiait une chaleur délicieuse. Je m'en approchai le plus possible, ouvrant grand ma cape, et m'arrêtai, les bras en croix.

Au bout d'un moment, je sentis la vie renaître en moi. Ma chair absorbait la chaleur et se ramollissait, me redonnait l'impression d'être humaine. Mais à mesure que le sang se remettait à couler dans mes veines, mes contusions commencèrent à me faire mal et je sentis à quel point j'avais faim. Mon dernier petit déjeuner était déjà loin. Vraisemblablement, mon prochain dîner aussi. La nuit tombait et j'étais toujours aussi perdue. Je lançai un regard vers le haut de la crête. Aucun signe du cheval.

— Traître ! marmonnai-je.

Il avait dû partir vivre sa vie au sein d'un troupeau de wapitis.

Je me frottai les mains. Mes vêtements étaient presque secs mais la température baissait. La nuit serait fraîche. Valait-il mieux la passer ici, à découvert près de l'arbre foudroyé, ou me réfugier dans ma tanière pendant que j'y voyais encore assez clair ?

Un craquement dans le tronc noir en décida pour moi. L'arbre se refroidissait vite. Bien qu'il demeurât chaud au toucher, le feu s'était éteint. Il ne dissuaderait pas d'éventuels prédateurs nocturnes. En l'absence de feu et d'arme, ma seule défense était celle des souris et des lapins : rester cachée.

Abandonnant à contrecœur les derniers vestiges de chaleur, je revins vers le cèdre couché. En me glissant dans le trou, je distinguai une tache pâle dans un coin sombre. J'avançai la main, croyant avoir découvert mes mocassins, mais au lieu de la souplesse du daim, mes doigts rencontrèrent une surface lisse et dure.

Mon instinct identifia l'objet avant même que mon cerveau n'ait trouvé le mot et je retirai ma main. J'attendis un instant, le cœur battant. Puis la curiosité l'emporta sur la peur atavique et je me mis à gratter la terre pour le déterrer.

C'était un crâne, complet avec le maxillaire inférieur qui n'était plus attaché que par quelques ligaments desséchés. Un fragment de vertèbre brisée pendait mollement du grand foramen.

— Combien de temps un homme peut-il rester en terre avant de pourrir ? murmurai-je.

Je le tournai entre mes mains. Les os étaient froids, légèrement rugueux à cause de l'exposition à l'humidité. La lumière trop faible ne me permettait pas d'en distinguer les détails mais je sentais les crêtes épaisses des orbites et l'émail glissant des canines. Ce devait être un homme, assez jeune. Il avait encore la plupart de ses dents et elles n'étaient pas usées... du moins, me semblait-il.

Combien de temps ? « Huit à neuf ans », avait dit le fossoyeur à Hamlet. J'ignorais si Shakespeare s'y entendait en médecine légale mais cela me paraissait une bonne estimation. Celui-ci devait donc être mort depuis plus de neuf ans.

Comment était-il arrivé ici ? Par la violence, me répondit d'abord mon instinct, ce que confirma mon cerveau quelques instants plus tard. Un explorateur pouvait mourir d'épuisement, de maladie ou de faim... mais non pas finir enterré sous un arbre !

Les Cherokees et les Tuscaroras enterraient leurs morts. Mais pas de cette manière, seuls dans un trou. Et pas en pièces détachées. Ce fut le fragment de vertèbre qui me mit la puce à l'oreille : les bords étaient écrasés et la face antérieure brisée net.

— Tu as dû fortement déplaire à quelqu'un, mon vieux, remarquai-je à voix haute. Il ne s'est pas contenté du scalp, il voulait la tête tout entière !

Le reste du corps était-il dans les parages ? J'hésitai un instant mais, après tout, je n'avais rien de mieux à faire. Je ne pourrais aller nulle part avant le lever du jour et la découverte du crâne m'avait ôté toute envie de dormir. Je posai mon nouveau compagnon sur le côté et me mis à gratter les murs de mon refuge.

La terre sablonneuse était molle et facile à creuser mais, au bout de quelques minutes, mes doigts et mes articulations étaient à vif et je dus m'aider d'un bâton. Celui-ci finit par heurter une surface dure. Ce n'était pas de l'os. Pas plus que du métal. De la pierre, déduisis-je en caressant l'ovale noir. Un simple galet de la rivière ? Non, la surface était lisse, mais je sentais de petites incisions au bout de mes doigts, une sorte d'écriture. Malheureusement, je n'y voyais rien.

Je poursuivis mes fouilles quelque temps, sans résultat. Soit le reste de mon camarade n'était pas là, soit il était profondément enfoui, auquel cas je n'avais aucune chance de le retrouver. Je m'assis sur les talons et essuyai mes mains pleines de terre sur mes jupes. Au moins, l'exercice m'avait réchauffée.

Je m'installai dans un coin et plaçai le crâne sur mes genoux. Aussi sinistre fût-il, c'était toujours une compagnie. Je me rendais compte que tous mes gestes depuis une heure ou deux n'étaient qu'un moyen d'occuper mon esprit afin de lutter contre la panique que je sentais mijoter sous la surface de ma conscience, prête à jaillir. La nuit s'annonçait longue.

— Alors, mon vieux... dis-je au crâne. Tu as lu quelque chose d'intéressant dernièrement ? Non, j'imagine que tu ne te tiens plus au courant des dernières nouveautés. Un peu de poésie, peut-être ?

Je m'éclaircis la gorge et, espérant que la grande poésie anglaise aurait le même effet dissuasif sur les ours et les pumas qu'un bon feu de camp, je me lançai dans Keats. Je commençai par *L'Ode sur une urne grecque*, et enchaînai avec *La Belle Dame sans merci*.

— « *Eclatante étoile, puissé-je comme toi être fixé en repos...* » déclamai-je.

Soudain, je m'interrompis. Une lumière apparaissait sur la crête. Une toute petite lueur, qui prenait de l'intensité. Tout d'abord, je crus que le vent avait simplement ranimé des braises de l'arbre calciné, mais la lumière bougea. Elle glissait vers le bas de la colline, flottant au-dessus des buissons.

Je bondis sur mes pieds et me rendis compte que je n'avais pas de chaussures. Je les cherchai frénétiquement autour de moi, palpant le sol de ma tanière. Elles n'étaient nulle part.

Je calai le crâne sous mon bras et, pieds nus, me tournai vers la lumière.

J'observai la lumière qui descendait vers moi comme une fleur d'asclépiade portée par le vent. Une pensée flottait dans mon esprit tétanisé, un vers de Shelley : « *Ennemi, je te défie ! L'esprit tranquille et concentré...* » Shelley avait beaucoup plus de cran que moi. Je serrai le crâne contre mon ventre. Ce n'était pas vraiment une arme, mais, de toute manière, quelque chose me disait qu'un couteau ou un pistolet ne me serait d'aucune utilité contre ce qui approchait.

Non seulement je voyais mal quelqu'un se promenant dans la forêt déserte et trempée à cette heure tardive, mais, en outre, la lumière ne pouvait provenir d'une torche de pin ou d'une lampe à huile. Elle ne vacillait pas mais brûlait en diffusant une auréole douce et stable.

Elle flottait à moins de deux mètres du sol, à peu près à la hauteur où un être humain tiendrait une torche. Elle se déplaçait à la vitesse d'un homme en marche, tressautant légèrement à chaque pas.

Je me tapis dans mon trou, derrière le rebord de terre et de racines. La lumière traversa un taillis d'aulnes, puis avança dans l'espace dégagé devant moi.

Il était grand et nu, hormis un pagne minuscule. Son corps était couvert de peinture : de longues rayures rouges le long des bras, des jambes et du torse, le visage barbouillé de noir du front au menton. Ses cheveux étaient enduits de graisse et hérissés sur son crâne, formant une crête de coq d'où pointaient deux plumes de dindon.

J'étais invisible, dans l'obscurité de mon refuge, alors que sa torche le plongeait dans une lumière dorée, faisant luire son torse et ses épaules glabres, creusant ses orbites. Pourtant, il savait que j'étais là.

Je n'osai bouger, retenant mon souffle. Il se tenait à quatre mètres de moi, le regard fixé sur le trou noir où je me trouvais.

Un long moment s'écoula avant que je ne me rende compte que je n'avais plus peur. J'avais toujours froid, mais les battements de mon cœur avaient retrouvé leur rythme normal.

— Qu'est-ce que vous voulez ? demandai-je.

C'est alors que je pris conscience d'une forme de communication, un échange sans paroles. Ce n'était pas un dialogue, mais quelque chose passait entre nous.

Le ciel s'était ouvert, les nuages fuyaient devant la brise, et de longues traînées de poussière d'étoiles apparaissaient derrière le manteau déchiré de la nuit. La forêt était paisible, remplie de ces sonorités d'après la pluie : les craquements et les soupirs des grands arbres, les bruissements des fourrés, le gargouillis lointain des cours d'eau gorgés par le récent déluge.

J'inspirai profondément, revigorée. L'air était chargé de parfums végétaux qui s'entrelaçaient avec l'odeur de la terre mouillée. La terre, l'air, le feu, l'eau... j'étais encerclée par les quatre éléments, à leur merci.

— Qu'est-ce que vous voulez ? répétai-je. Je ne peux rien faire pour vous. Je sais que vous êtes là, je vous vois. Mais c'est tout.

Il ne bougea pas, ne prononça pas une parole. Pourtant, une pensée très claire se forma dans mon esprit, que j'énonçai d'une voix qui n'était pas la mienne :

— *Assez !*

Tranquillement, il tourna les talons et s'éloigna. Lorsqu'il eut parcouru une vingtaine de mètres, la lueur de sa torche disparut comme une flamme qu'on aurait mouchée.

— Oh ! fis-je... avant de me mettre à trembler.

Je m'assis par terre, le crâne toujours dans mes mains. Je restai un long moment sans bouger, tendant l'oreille. Il ne se passait plus rien. Autour de moi se dressaient les montagnes, noires et insondables. Au matin, je pourrais peut-être retrouver mon chemin, mais, pour le moment, errer dans l'obscurité ne pouvait que me mener au désastre.

Je n'avais plus peur. Toutes mes angoisses s'étaient envolées lors de la rencontre avec... le je-ne-sais-quoi. Je me couchai dans le fond de ma cachette, me roulai en boule, rabattis les pans de ma cape autour de moi et tentai de m'endormir.

Je rêvai d'une forêt de trembles enfouie sous la neige. La sève rouge des arbres luisait comme des gemmes de sang sur des troncs de papier blanc. Des loups hurlaient au loin. Un homme nu se dressa soudain parmi les arbres sanglants. Une crête fendait son crâne chauve. Le sang sur son torse était plus rouge que celui des arbres.

Les loups se rapprochaient. Je courais, courais, courais, un goût de métal dans la bouche, les tempes palpitantes, prise de panique comme une proie poursuivie par un chasseur.

Quelque chose frôla mon visage et j'ouvris les yeux. Deux grandes prunelles jaunes sondaient les miennes, me fixant au-dessus de la gueule d'un loup aux canines éclatantes. Je hurlai et frappai la bête de toutes mes forces. Elle recula d'un pas en lâchant un « *Wouf !* » perplexe.

— Rollo ?

Je me redressai à genoux, étourdie par le réveil brutal. Le jour venait de se lever, baignant le chien dans une lumière pâle.

— Mon Dieu ! Mais... qu'est-ce... que tu fabriques ici ? balbutiai-je.

Je tendis la main vers lui mais une autre main descendit du ciel et me saisit le poignet.

Jamie me hissa hors de mon trou et m'étreignit, me tapotant le dos. La laine de son plaid était douce contre ma joue et le parfum de lessive mêlé à son odeur mâle me ranima comme une bouffée d'oxygène.

— Ça va, *Sassenach* ? Tu n'as rien ?

— Non, répondis-je avant de m'effondrer en sanglots.

Cela ne dura pas longtemps. Ce n'était que le choc du soulagement. J'essayai de le lui expliquer mais il ne m'écoutait pas. Il me souleva de terre comme le paquet de linge sale que j'étais et m'emporta vers la rivière.

— Chut, chut... dit-il en me serrant contre lui. Chut, *mo chridhe*. Tout va bien, maintenant. Je suis là.

Après être restée si longtemps sans entendre d'autre voix que la mienne, la sienne me paraissait irréelle et dure à comprendre.

— Attends ! dis-je soudain. Repose-moi par terre, j'ai oublié...

— Bon sang ! Oncle Jamie, regarde ça !

Jamie se retourna, en me portant toujours dans ses bras. Ian se tenait devant l'ouverture de mon refuge, brandissant le crâne. Je sentis les muscles de Jamie se raidir quand il le vit.

— Seigneur ! Qu'est-ce que c'est ?

— Tu devrais plutôt demander : « Qui est-ce ? » Je n'en sais rien. En tout cas, c'est un type sympa. Il m'a tenu compagnie toute la nuit. Tu ne devrais pas laisser Rollo jouer avec lui, Ian, il n'aimerait pas ça.

Le chien inspectait le crâne avec une curiosité intense, ses narines palpitantes.

Jamie baissa des yeux inquiets vers moi.

— Tu es sûre que tu vas bien, *Sassenach* ?

— Non. J'ai froid et je meurs de faim. Tu n'aurais pas apporté un petit quelque chose à grignoter, par hasard ?

Il me posa sur le sol et fouilla dans son *sporran*.

— Malheureusement non. Je suis parti si vite que je n'y ai pas pensé, mais j'ai ma petite flasque d'eau-de-vie, si tu veux. Ça te fera du bien. Ensuite, tu me diras comment tu t'es débrouillée pour atterrir ici.

Je me laissai tomber sur un rocher et bus plusieurs gorgées avides d'alcool. La flasque tremblotait dans ma main mais les frissons passèrent dès que le liquide ambré eut traversé les parois de mon estomac vide pour se diffuser dans mon sang.

Jamie se tenait derrière moi, une main sur mon épaule.

— Tu es ici depuis combien de temps, *Sassenach* ?

— Depuis hier, un peu avant midi. Ce maudit cheval... au fait, je crois que son vrai nom, c'est Judas... m'a fait tomber de cette crête là-haut, tu vois ?

Je pointai le doigt vers le sommet de la pente, puis un soupçon me traversa l'esprit.

— Comment m'avez-vous retrouvée ? C'est un des fils Mueller qui m'a suivie ou... ne me dis pas que c'est le cheval qui vous a conduits jusqu'à moi, comme Lassie ?

— Je ne connais pas Lassie et nous n'avons pas vu votre cheval, tante Claire, intervint Ian. C'est Rollo qui vous a retrouvée.

— Mais alors, si le cheval n'est pas rentré, comment avez-vous su que je n'étais plus chez les Mueller ? Et comment Rollo a-t-il pu...

Je m'interrompis, voyant les deux hommes échanger un regard étrange. Ian haussa les épaules, indiquant à Jamie qui c'était à lui de parler. Ce dernier s'accroupit devant moi, souleva l'ourlet de ma jupe et prit mes pieds glacés dans ses grandes mains chaudes.

— Dis-moi, *Sassenach*, où as-tu perdu tes chaussures ?

— Quelque part par là-bas, répondis-je en indiquant le grand arbre couché. Elles doivent y être encore. Je les ai enlevées pour traverser le torrent mais je n'ai jamais pu les retrouver dans le noir.

— Elles n'y sont plus, tante Claire, observa Ian.

Il avait parlé d'une voix bizarre. Il tenait toujours le crâne et le faisait tournoyer dans ses mains.

— J'étais couché quand cette bête est devenue comme folle, dit Jamie en faisant un geste vers Rollo. Il aboyait, hurlait et se jetait contre la porte comme si le diable était de l'autre côté.

— J'ai essayé de le calmer, mais il n'y a rien eu à faire, précisa Ian.

— Oui, confirma Jamie. Il était tellement énervé qu'il en bavait et j'ai cru qu'il était devenu fou. J'ai eu peur qu'il ne se fasse mal, alors j'ai demandé à Ian d'ouvrir la porte pour le laisser sortir

Il se cala sur ses talons et fixa mes pieds en fronçant les sourcils.

— Et alors ? demandai-je. Le diable était vraiment de l'autre côté ?

— Non. On a fouillé la clairière de l'enclos jusqu'à la source et on n'a rien trouvé... sauf ça.

Il ouvrit son *sporran* et en extirpa mes deux mocassins froissés. Puis il leva les yeux vers moi, le visage impassible.

— Quand on est revenus à la cabane, ils étaient posés sur le seuil de la porte, côte à côte.

Mes cheveux se dressèrent sur mon crâne. Du coup, je bus une grande gorgée d'eau-de-vie.

— Rollo est parti en trombe vers la forêt, reprit Ian. Il est revenu quelques minutes plus tard. Il s'est mis à renifler vos chaussures et à gémir.

— J'ai bien failli faire pareil, dit Jamie d'une voix éraillée.

Je déglutis, mais ma bouche était trop sèche pour que je puisse parler. Jamie glissa un mocassin à mon pied, puis l'autre.

— J'ai cru que tu étais morte, ma Cendrillon, murmura-t-il.

Ian, emporté par son récit, ne l'entendit pas.

— Ce chien est tellement intelligent ! s'exclama-t-il. Il est parti comme une flèche, comme s'il avait flairé un lapin. On a eu juste le temps d'attraper nos plaids et une torche, et de le suivre. Pas vrai, Rollo ?

Il gratta affectueusement la tête du chien.

L'eau-de-vie bourdonnait dans mon crâne, m'enveloppant dans une poche de douceur. Je me raclai la gorge et demandai d'une voix rauque :

— Vous... vous n'avez vu personne en chemin ?

— Non, ma tante. Et vous ?

Jamie tourna vers moi son visage creusé par la fatigue et l'inquiétude. Je n'étais pas la seule à avoir passé une nuit longue et agitée.

— Si, répondis-je. Mais on en reparlera plus tard. Pour le moment, j'ai l'impression de m'être transformée en citrouille. Rentrons à la maison.

Jamie était venu avec les chevaux mais avait dû les laisser entravés en haut de la crête. Nous dûmes patauger dans le torrent en crue puis escalader le versant escarpé. Mes épreuves m'avaient laissé les jambes flageolantes, et Jamie et Ian m'aidèrent à gravir la montagne, me poussant, me hissant, se relayant sans cesse pour faire avancer le fardeau que j'étais. Chaque fois que nous marquions une pause pour reprendre notre souffle, Jamie pressait sa flasque entre mes lèvres.

— Tu ne devrais pas donner d'alcool à une personne souffrant d'hypothermie, lui indiquai-je entre deux longues gorgées.

— Je ne sais pas trop de quoi tu souffres, *Sassenach*, mais tu souffriras moins en buvant un peu d'eau-de-vie. Et puis si tu tournes de l'œil, tant mieux. Tu seras plus facile à porter.

— Désolée, répondis-je.

Je m'étais couchée sur le sol, fermant les yeux et essayant de ne pas vomir. Le ciel tournait dans un sens et mon estomac dans l'autre.

— Arrête, Rollo ! lança Ian un peu plus loin.

Je rouvris les yeux et vis Ian essayer d'éloigner le chien du crâne que j'avais tenu à emporter. En plein jour, il était nettement moins impressionnant. Taché et décoloré par la terre dans laquelle il était resté enfoui si longtemps, il ressemblait à une grosse pierre jaune. Plusieurs dents étaient cassées ou tombées, mais les os semblaient intacts.

— Qu'est-ce que tu comptes faire au juste de ton prince Charmant ? demanda Jamie.

Il contemplait ma trouvaille d'un œil critique.

— On devrait peut-être lui donner une vraie sépulture chrétienne, suggéra Ian.

— Je ne crois pas qu'il apprécierait, répondis-je. Il n'était probablement pas chrétien.

Je refoulai l'image du mystérieux inconnu que j'avais vu la veille. S'il était vrai que certains Indiens avaient été convertis par les missionnaires, je doutais que ce fût le cas de cet homme nu, couvert de peinture et de plumes.

— J'ai découvert ça à côté de lui, déclarai-je en sortant la pierre de ma poche.

Elle était d'une couleur terreuse, formant un ovale irrégulier dans le creux de ma main. L'une des faces était plate, l'autre arrondie et lisse comme un galet. Je la retournai et écarquillai les yeux.

La partie plate était effectivement gravée d'un symbole en spirale, comme un serpent s'enroulant sur lui-même. Un coin de la partie arrondie avait été entaillé et l'intérieur était illuminé de flammes rouges, jaunes et vertes.

— Mon Dieu ! Mais qu'est-ce que c'est ? souffla Ian.

— C'est une opale, et d'une sacrée taille ! répondit Jamie.

Il toucha la pierre du bout du doigt comme pour s'assurer qu'elle était bien réelle. Puis il se passa la main dans les cheveux, perplexe.

— On dit que les opales sont des pierres de malheur, *Sassenach*.

Je crus d'abord qu'il plaisantait mais, tout homme cultivé qu'il était, il n'en était pas moins un Highlander et, comme ses compatriotes, il plaisantait rarement avec les superstitions.

— Mais non ! dis-je en haussant les épaules. Ce n'est qu'une pierre.

— Elles ne sont pas toutes maléfiques, oncle Jamie, intervint Ian. Maman a une bague en opale... pas aussi grosse que celle-ci, bien entendu, mais elle dit que c'est une pierre qui absorbe les vibrations de son propriétaire. Si, avant toi, elle a appartenu à quelqu'un de bien, elle te portera chance. Sinon...

Jamie esquissa un geste vers le crâne.

— Si elle appartenait à ce type, on ne peut pas dire qu'elle lui ait été très bénéfique.

— En tout cas, on sait qu'on ne l'a pas tué pour la lui voler, observai-je.

— Peut-être que ses assassins n'en ont pas voulu parce qu'ils savaient qu'elle était mauvaise, suggéra Ian. On devrait peut-être la remettre à sa place, tante Claire.

— Elle a sans doute de la valeur, objectai-je.

— Ah ! dit Jamie.

Les deux hommes réfléchirent un moment, partagés entre la superstition et le sens pratique.

— Bah ! fit enfin Jamie. On n'a qu'à la conserver pendant un moment. Donne-la-moi, *Sassenach*. Je vais la porter. Si je suis frappé par la foudre ou quelque chose comme ça, tu n'auras qu'à la remettre où tu l'as prise.

Je me relevai péniblement en prenant appui sur son épaule. Ma tête tournait mais je pouvais tenir debout.

— Je l'apporterai à Nayawenne, déclarai-je. Elle saura peut-être ce que signifie le symbole.

— Bonne idée, approuva Jamie. Et si le prince Charmant s'avère être un des membres de sa tribu, elle peut le garder, avec ma bénédiction ! Nous sommes presque arrivés. Les chevaux sont juste derrière ce petit bois, tu crois que tu pourras marcher jusque-là ?

Je baissai les yeux vers mes pieds. Ils me paraissaient beaucoup plus éloignés que d'habitude.

— Je ne sais pas, je crois que j'ai un peu trop bu.

— Mais non, tante Claire ! Papa dit toujours que, tant qu'on tient encore debout, c'est qu'on n'est pas saoul !

Nous rejoignîmes enfin Fraser's Ridge au début de l'après-midi. J'avais eu froid, j'avais été trempée jusqu'aux os, je n'avais rien mangé depuis près de deux jours et je me sentais abrutie, sensation amplifiée par l'eau-de-vie et aussi par mes efforts pour expliquer à Ian et à Jamie les événements de la veille. Examinée à la lueur du jour, ma nuit semblait irréelle.

Cela dit, à travers le filtre de la fatigue, de la faim et de l'alcool, rien n'avait l'air normal. Aussi, lorsque nous entrâmes dans la clairière et que je vis de la fumée s'échapper de notre cheminée, je pensai d'abord qu'il s'agissait d'une nouvelle hallucination, jusqu'à ce que l'odeur du bois brûlé me chatouille les narines.

— Tu ne m'as pas dit que tu avais éteint le feu avant de partir ? demandai-je à Jamie.

— Si, répondit-il, inquiet. Il y a quelqu'un dans la cabane. Tu vois un cheval, Ian ?

Ian se dressa sur ses étriers pour apercevoir l'enclos derrière la maison.

— Oh, il y a la carne de tante Claire, qui est rentrée toute seule ! s'exclama-t-il... Avec un grand cheval.

De fait, mon cheval, ou plutôt Judas, attendait sagement dans l'enclos, dessellé, brossé, contant fleurette à un grand hongre gris.

— Tu sais à qui il appartient ? demandai-je.

— Non, mais son propriétaire est un ami. Il a nourri les bêtes et trait la chèvre.

Il indiqua la mangeoire remplie de foin et le seau de lait posé sur le banc, recouvert d'un linge qui le protégeait des mouches.

Jamie sauta de selle puis me prit par la taille pour m'aider à descendre.

— Allez, viens, *Sassenach*. Je vais te mettre au lit avec une bonne tasse de thé.

On nous avait entendus approcher. La porte de la cabane s'ouvrit et Duncan Innes apparut sur le seuil.

— Ah, te voilà, *Mac Dubh* ! lança-t-il. Qu'est-ce qui se passe ici ? Quand je suis arrivé ce matin, la chèvre poussait des cris à réveiller les morts, les pis pleins.

Il m'aperçut et son visage s'éclaira.

— Madame Claire ! Il vous est arrivé quelque chose ? J'étais un peu inquiet ce matin quand j'ai trouvé le cheval errant dans la nature avec votre coffret de remèdes accroché à la selle. Je vous ai appelée et cherchée en vain, alors j'ai ramené le cheval à la maison.

— Oui, j'ai eu un petit accident, mais c'est fini maintenant, répondis-je en tentant de me tenir droite.

Jamie me rattrapa de justesse par un bras.

— Au lit ! ordonna-t-il.

On raconte qu'après un terrible combat, une jeune paysanne découvrit le comte de Montrose gisant sur le champ de bataille, à moitié mort de froid et d'inanition. La jeune fille ôta son soulier, y versa de l'orge et de l'eau froide, agita le tout et nourrit le malheureux avec cette mixture, lui sauvant la vie.

Le bol qu'on remuait sous mon nez me rappelait étrangement cette histoire, si ce n'est que ma bouillie était chaude.

— Qu'est-ce que c'est ? demandai-je, inquiète.

Des grumeaux pâles flottaient à la surface d'un liquide bourbeux. On aurait dit des asticots noyés.

— De la soupe d'avoine, répondit fièrement Ian. Je l'ai préparée moi-même avec le sac que vous avez rapporté de chez les Mueller.

Il contemplait le contenu du bol avec adoration comme s'il s'agissait de son premier-né.

— C'est gentil, dis-je d'une voix faible.

Je bus une gorgée prudente. En dépit de son odeur de moisi, il ne l'avait sans doute pas préparée dans sa vieille botte crottée.

Ian rosit de plaisir.

— Allez-y, buvez, tante Claire. Il y en a encore toute une marmite. Vous voulez que j'aille vous chercher un peu de fromage ? Je pourrais gratter les coins verts.

— Non, ça ira comme ça, merci. Ah ! au fait, Ian, pourquoi ne prendrais-tu pas ton fusil pour aller nous chasser un écureuil ou un lapin ? Je crois que je serai assez remise ce soir pour nous préparer un bon dîner.

— Vraiment ? dit-il, rayonnant. Tant mieux. Si vous saviez ce qu'on a mangé pendant votre absence, oncle Jamie et moi !

Dès qu'il fut sorti, je reposai le bol et m'enfonçai dans mes oreillers. Après m'avoir aidée à faire un brin de toilette et à me coucher, Jamie était parti retrouver Duncan pour lui montrer les nouveautés du domaine. J'entendais le murmure grave de leurs voix devant la cabane. Ils se tenaient assis sur le banc près de la porte, goûtant les derniers rayons du soleil. Les longs faisceaux obliques traversaient la fenêtre et faisaient luire le bois et les objets en étain.

Le crâne était éclairé, lui aussi. Il était posé sur mon secrétaire, à côté d'une cruche de terre cuite remplie de fleurs et de mon cahier, formant une belle nature morte.

La vue du cahier m'extirpa de ma torpeur. L'accouchement de Petronella Mueller me paraissait déjà lointain et vague. Il valait mieux que j'en enregistre les détails pendant que je m'en souvenais encore.

Je sortis laborieusement du lit, étirai mes membres raidis et me dirigeai en titubant vers l'âtre. Au passage, je versai le contenu de mon bol dans la marmite. Ian avait préparé de la soupe d'avoine pour un régiment... un régiment d'Ecossais, sans nul doute. A force de vivre dans un pays où ne poussait pas grand-chose de comestible, ils étaient capables d'avaler des tonnes de céréales bouillies sans le moindre soupçon de condiments. Appartenant à une race moins robuste, je ne m'en sentais pas la force.

Le sac des Mueller était posé près de la cheminée, le jute encore trempé. Il me faudrait faire sécher l'orge avant qu'elle ne pourrisse. J'allai chercher un grand plateau en roseaux tressés et m'agenouillai pour étaler les grains humides en fines couches. Par la fenêtre ouverte, je sentais l'odeur de la pipe de Duncan.

— C'est une belle bête, disait Jamie. Costaud, mais avec le regard doux.

— Oui, une belle bête, répéta fièrement Duncan. Mme Jo a envoyé son maître d'écurie au marché de Wilmington, en lui demandant de choisir un cheval qui pouvait être manœuvré d'une seule main.

— Mmphm... Oui, en tout cas, il a une robe superbe.

Le banc de bois craqua sous le poids des deux hommes. Je notai mentalement le faux-fuyant derrière le compliment de Jamie, et me demandai si Duncan l'avait remarqué lui aussi. Jamie avait été élevé sur une selle et était un cavalier accompli. Il n'avait jamais eu besoin de ses mains pour manœuvrer un cheval. Je l'avais vu diriger sa monture avec de simples pressions des genoux et des cuisses, galoper sur le champ de bataille les rênes nouées sur l'encolure afin de garder les mains libres pour manier son épée ou son pistolet.

Mais Duncan n'était ni un cavalier ni un soldat. Il avait été pêcheur près d'Ardrossan jusqu'à ce que le Soulèvement l'arrache, comme tant d'autres, à ses filets et à son petit chalutier, et l'envoie au massacre de Culloden.

Jamie était assez diplomate pour ne pas souligner un manque d'expérience dont Duncan n'était déjà que trop conscient. Mais il laissait entendre autre chose. Duncan l'avait-il compris ?

— C'est toi qu'elle veut aider, *Mac Dubh*. Tu le sais très bien.

Il avait répondu d'un ton sec, ayant saisi le message de Jamie.

— Je n'ai jamais dit le contraire, répliqua ce dernier.

— Ah...

Je souris, en dépit de la tension apparente entre les deux hommes. Duncan était aussi doué que Jamie dans l'art typiquement highlander de se faire comprendre par grognements interposés. Le bruit qu'il avait émis traduisait à merveille qu'il était vexé que Jamie insinue qu'il n'aurait pas dû accepter le cadeau de Jocasta.

— Au fait, tu as réfléchi ? questionna Duncan en changeant de sujet. Qui as-tu choisi, Sinclair ou Geordie Chisholm ?

Il enchaîna sans laisser à Jamie le temps de répondre. Au ton de sa voix, on devinait que c'était un sujet dont ils avaient déjà discuté de nombreuses fois. Je me demandai qui Duncan cherchait à convaincre : Jamie ou lui-même ? A moins qu'en répétant inlassablement les faits il n'essaie de faciliter leur décision commune.

— C'est vrai que Sinclair est tonnelier, mais Geordie est un brave gars. Il est travailleur et il a deux petits garçons. Sinclair n'étant pas marié, il pourra s'installer plus facilement mais...

— Il lui faudra des tours, des outils, du fer et du vieux bois, interrompit Jamie. Il pourra dormir dans son atelier, mais encore faudrait-il qu'il en ait un ! Acheter le matériel pour monter un atelier de tonnellerie nous coûtera les yeux de la tête. Geordie, lui, doit nourrir sa famille, mais ça, on peut s'en occuper grâce aux produits de notre terre. Pour commencer, il n'aura besoin que de quelques outils. Il a sa propre hache, non ?

— Oui, celle que lui a laissée son ancien maître. Mais ce sera bientôt la saison des semences, *Mac Dubh*. Avec la clairière...

— Je sais, rétorqua Jamie. J'ai défriché *et* planté dix hectares de blé le mois dernier. Tout seul.

« Pendant que tu prenais tes aises à River Run, bavardant dans les tavernes et dressant ton nouveau cheval. » L'insinuation était on ne peut plus limpide. Il y eut un long silence éloquent de la part de Duncan. Puis le banc craqua à nouveau.

— Ta tante t'a envoyé un cadeau, *Mac Dubh*.

— Ah oui ? dit Jamie avec une certaine ironie.

— Une bouteille de whisky.

— Ah oui ? répéta Jamie d'un ton adouci.

— Elle est restée dans ma sacoche. Viens avec moi, on va la chercher. Un petit verre te mettra peut-être de meilleure humeur.

— Ça m'étonnerait. Ne m'en veuille pas trop, Duncan. Je n'ai pas dormi de la nuit et je suis aussi énervé qu'un ours en rut.

— Bah ! N'en parlons plus.

Les deux hommes partirent vers l'enclos. Duncan parlait en agitant son bras unique, marchant d'un pas saccadé comme une marionnette.

Que lui serait-il arrivé, me demandai-je, si Jamie ne l'avait pas sauvé ? Un pêcheur manchot n'avait pas sa place en Ecosse. Condamné à la mendicité, il serait probablement mort de faim, ou bien il se serait mis à voler, pour finir au bout d'une corde, comme Gavin Hayes.

Mais nous étions dans le Nouveau Monde. Si l'existence y était rude et incertaine, nous avions au moins une chance de survie. Rien d'étonnant si Jamie se sentait déchiré de devoir choisir à qui donner sa chance. Sinclair le tonnelier ou Chisholm l'agriculteur ?

Un tonnelier nous serait très précieux. Il épargnerait aux hommes le long voyage jusqu'à Cross Creek ou Averasboro pour aller chercher les fûts indispensables au stockage de la térébenthine, de la poix, de la viande séchée et du cidre. Mais monter un atelier de tonnellerie coûterait très cher, même en se contentant de l'équipement le plus rudimentaire. Et puis il fallait songer à la femme et aux enfants de Chisholm... de quoi vivaient-ils à présent et que deviendraient-ils si on ne les aidait pas ?

Jusqu'à présent, Duncan avait retrouvé trente des anciens

détenus d'Ardsmuir. Gavin Hayes avait été le premier et nous ne pouvions plus rien pour lui. Deux autres étaient morts, l'un emporté par la fièvre, l'autre noyé. Trois avaient achevé leur peine au service de planteurs et, armés de leur hache et de leurs vêtements qui étaient tout le salaire dû à un ouvrier sous contrat, étaient parvenus à s'installer sur des lopins de terre dans l'arrière-pays.

Des hommes restants, vingt étaient venus nous rejoindre et vivaient à présent sur les bonnes terres près de la rivière. Un autre, simple d'esprit, gagnait son pain en leur servant de factotum.

Tant de vies reposaient à présent entre les mains de Jamie! La mienne, celle de Ian, de ses colons, ainsi que celles de Fergus et de Marsali, qui venaient juste de nous rejoindre, accompagnés d'un petit Germain, un ravissant bébé blond qui rendait son père absolument gâteux.

Jamie et Ian les avaient aidés à se construire une cabane à deux kilomètres de la nôtre. Marsali venait parfois me voir le soir avec Germain. J'adorais ces visites. Brianna me manquait cruellement et ce bébé était devenu une sorte de substitut à mes petits-enfants que je ne verrais jamais.

Je poussai un soupir et chassai ces pensées. Jamie et Duncan étaient revenus avec la bouteille de whisky.

Je finis d'étaler l'orge et la mis à sécher près de l'âtre. Puis je m'assis devant le secrétaire et sortis l'encrier. Décrire la venue au monde du dernier Mueller ne me prit pas longtemps. L'accouchement avait été long mais sans histoire. Le seul détail inhabituel avait été la coiffe de l'enfant...

Je cessai d'écrire, fronçant les sourcils. Distraite par la conversation de Jamie et de Duncan, je m'étais égarée. L'enfant de Petronella n'était pas né coiffé. Je revoyais encore le sommet du petit crâne apparaître, la vulve s'étirant pour laisser passer la touffe de cheveux noirs. J'avais effleuré la fontanelle, sentant le pouls battre juste sous la peau.

C'était Brianna qui était née avec des fragments de membrane sur le crâne. Le rêve que j'avais fait pendant que je dormais dans ma cachette avait entremêlé les deux naissances.

« Une capuche porte-bonheur », c'était ainsi que l'appelaient les Ecossais. Bon présage, la coiffe protégeait contre la noyade, disait-on. En outre, certains des enfants « nés coiffés » avaient le don de lire l'avenir. Cela dit, ayant déjà rencontré plusieurs personnes possédant ce don, je n'étais pas certaine que ce soit une bénédiction.

Brianna n'avait jamais montré d'aptitudes particulières pour cette étrange prescience celte, et j'en étais heureuse. J'en savais assez sur les événements à venir pour ne souhaiter ces complications à personne.

Je fixai la page devant moi. Sans m'en rendre compte, j'avais tracé les contours grossiers d'un visage de jeune fille. Un trait épais marquait la courbe de la chevelure, un autre plus fin indiquait un long nez droit. En dehors de cela, elle n'avait pas de visage.

Je n'étais pas une artiste. Pendant mes études de médecine, j'avais appris à réaliser des croquis anatomiques, à dessiner des membres, des organes et des corps, mais je n'avais pas le don de Brianna pour insuffler la vie en quelques coups de crayon. Cette ébauche n'était qu'un aide-mémoire, me permettant de visualiser son visage. En essayant de faire un véritable portrait, j'aurais risqué de perdre l'image que je gardais d'elle dans mon cœur.

Si je l'avais pu, l'aurais-je fait venir devant moi en chair et en os ? Non. Jamais. Je préférais mille fois l'imaginer dans le confort et la sécurité de sa propre époque que de la voir soumise à l'âpreté et aux dangers de celle-ci.

Pour la première fois, je compris le désir de Jocasta Cameron d'avoir un héritier, un être qui resterait après elle pour prendre le domaine en charge, pour lui succéder, pour témoigner que sa vie ne s'était pas écoulée en vain.

J'achevai de rédiger mes notes et restai un moment à rêver. Je saisis le crâne qui trônait sur le secrétaire comme un ornement macabre. Malgré moi, je devais reconnaître que je m'y étais attachée. J'avais toujours trouvé une certaine beauté dans les os, qu'ils soient humains ou non. Ils représentaient les vestiges dépouillés et gracieux de la vie, réduite à sa structure.

Je me souvins d'une scène à laquelle je n'avais pas repensé depuis longtemps. C'était à Paris, dans la cave d'une boutique d'apothicaire. Les murs étaient tapissés de niches, chacune renfermant un crâne poli. Il y avait là des animaux de toutes sortes, des musaraignes aux loups, des ours aux chauves-souris.

Tout en caressant l'os pariétal de mon ami inconnu, j'entendis la voix de maître Raymond, s'étonnant :

« De la sympathie ? C'est un sentiment étrange à l'égard d'un os. »

Mais il m'avait comprise. Lui-même, lorsque je lui avais demandé pourquoi il collectionnait tous ces ossements, m'avait répondu qu'ils lui tenaient compagnie, à leur manière.

Je savais parfaitement ce qu'il avait voulu dire. L'inconnu que je tournais entre mes mains m'avait tenu compagnie, lui aussi, dans ma tanière. Je me demandais s'il existait un lien entre lui et l'apparition de la montagne, l'Indien au visage barbouillé de noir.

En caressant le crâne du bout des doigts, je sentis l'arête aiguisée d'une incisive sous mon pouce. Je le levai à la lumière de la fenêtre pour mieux l'examiner. Toutes les dents d'un côté de la mâchoire avaient été fêlées ou cassées par un coup violent, sans doute avec une pierre ou une massue. La crosse d'un revolver, peut-être ? De l'autre côté, elles étaient saines. En excellent état, d'ailleurs. Je n'étais pas experte, mais le crâne me paraissait être celui d'un homme d'une quarantaine d'années. Or, compte tenu du régime des Indiens, un homme de cet âge aurait dû avoir les dents abîmées. Ils se nourrissaient principalement de bouillie de maïs, qui, du fait de leur technique de préparation — ils broyaient le maïs entre deux dalles de granit —, contenait toujours un certain nombre d'éclats de pierre.

Les incisives et les canines du côté sain étaient à peine usées. J'inclinai le crâne en arrière pour juger de l'abrasion des molaires et faillis le laisser tomber.

Mon sang se glaça. Les derniers rayons du soleil projetaient des éclats argentés au fond du maxillaire inférieur : le reflet des plombages de mon compagnon anonyme.

Je restai figée un long moment puis posai délicatement le crâne sur le secrétaire, comme s'il avait été de cristal. Le cœur battant, je fixai les orbites creuses et le sourire goguenard.

— Mon Dieu ! murmurai-je. Mais qui étais-tu donc ?

— Qui ça pouvait-il être ? demanda Jamie en touchant prudemment le crâne.

Nous n'avions que quelques minutes à nous. Duncan était sorti se soulager et Ian nourrir les cochons. Mais je ne pouvais attendre. Il fallait que j'en parle à quelqu'un.

— Je n'en ai pas la moindre idée. Sauf, bien sûr, qu'il était sans doute quelqu'un... comme moi.

Un frisson me parcourut des pieds à la tête.

— Tu n'aurais pas attrapé froid ? demanda Jamie, inquiet.

— Non, c'est juste que cette histoire me donne la chair de poule.

Il alla chercher mon châle accroché derrière la porte et me l'enveloppa autour du cou. Il laissa ses mains posées sur mes épaules, chaudes et réconfortantes.

— Cela veut dire qu'il y a un autre... passage, n'est-ce pas ? demanda-t-il doucement. Quelque part dans les environs ?

Un autre cercle de pierres dressées ou quelque monument du même genre. J'y avais pensé aussi. Jamie contempla le crâne, sortit son mouchoir et en recouvrit le regard vide.

— J'irai l'enterrer après le dîner, décida-t-il.

— Oh, le dîner ! J'avais complètement oublié. Je vais voir s'il reste des œufs. Cela devrait faire l'affaire.

— Ne t'inquiète pas pour ça, *Sassenach*, dit Jamie en se penchant au-dessus de la marmite. On peut manger ce qu'il y a là-dedans.

Cette fois, mon frisson était dû au dégoût.

— Toi peut-être, rétorquai-je, mais pas moi.

— C'est bon, soupira-t-il. Je vais aller te chercher des œufs.

Sur le pas de la porte, il se retourna et lança un dernier regard vers le crâne voilé.

— Qu'est-ce qui t'a fait dire qu'il n'était pas chrétien? demanda-t-il.

J'hésitai, mais je n'avais pas le temps de lui raconter mon rêve. J'entendais déjà les voix de Ian et de Duncan qui revenaient vers la cabane.

— Je ne sais pas... une intuition.

— Ah bon. Alors, on lui accordera le bénéfice du doute.

24

L'art d'écrire des lettres d'amour

Oxford, mars 1971

Il pleuvait sans doute autant à Inverness qu'à Oxford mais, bizarrement, la pluie du Nord n'avait jamais dérangé Roger. Le vent glacé qui soufflait depuis l'estuaire du Morray Firth était vivifiant et l'averse diluvienne stimulait et rafraîchissait l'esprit.

En revanche, elle rendait Oxford terne et cafardeuse. Les rues et les maisons revêtaient une couleur de cendres. Les gouttes crépitaient sur sa robe noire de professeur tandis qu'il tentait de protéger ses dossiers dans les plis de popeline. Une fois à l'abri sous la galerie du concierge, il s'ébroua comme un jeune chien.

— Du courrier ? demanda-t-il.

— Je crois bien, monsieur Wakefield. Laissez-moi jeter un coup d'œil.

Martin disparut à l'intérieur de son repaire pendant que Roger patientait en lisant les noms des étudiants et des professeurs sur le monument aux morts, une série de plaques gravées ornant les murs du passage couvert.

« *Comte George Vanlandingham, Philip Menzies, Joseph William Roscoe...* » Une fois de plus, Roger se demanda quelle tête avaient eue ces héros tombés sur le champ de bataille et quelle avait été leur vie. Depuis qu'il connaissait Brianna, le passé prenait souvent un visage un peu trop humain.

— Tenez, monsieur Wakefield.

Martin se pencha au-dessus de son guichet et lui tendit une fine liasse d'enveloppes.

— Aujourd'hui, il y en a une des Etats-Unis, ajouta-t-il avec un clin d'œil.

Roger sourit malgré lui et sentit une vague de chaleur l'envahir, chassant la morosité de ce jour pluvieux.

— Votre amie va bientôt venir ? demanda Martin en lorgnant vers le timbre américain.

Le concierge avait rencontré Brianna lorsqu'elle était venue avec Roger peu avant Noël. Il était resté sous le charme.

— J'espère bien. Peut-être cet été. Merci !

Il se dirigea d'un pas leste vers l'escalier et chercha ses clefs au fond de sa poche. L'évocation de l'été le rendait à la fois euphorique et très nerveux. Elle avait dit qu'elle viendrait en juillet. Dans quatre mois. Il ne savait pas s'il pourrait tenir jusque-là.

Elle lui écrivait tous les trois ou quatre jours et chacune de ses lettres procurait à Roger une sensation de légèreté qui durait jusqu'à l'arrivée de la suivante.

Cependant, les dernières lettres l'avaient laissé frustré. Certes, elles étaient toujours affectueuses et se terminaient par un « *Je t'aime* » mais ce genre de chose ne le faisait plus trembler.

Peut-être était-ce naturel, l'évolution normale d'une relation qui durait dans le temps. Ils ne pouvaient pas continuer à s'envoyer des missives enflammées jour après jour ! C'était sans doute son imagination mais, dans ses lettres, Brianna semblait se retenir.

Il mordit dans son sandwich et mastiqua sans y penser, songeant à l'un des articles que Fiona venait de lui envoyer. Depuis qu'elle était mariée, la jeune femme se considérait comme une experte en matière matrimoniale et suivait avec une attention de grande sœur les tribulations amoureuses de son ancien employeur.

Elle lui découpait sans cesse des articles dans des magazines féminins. Le dernier en date, extrait de *Femme-Hebdo*, s'intitulait « *Comment exciter sa curiosité* ». En marge, Fiona avait ajouté : « Quelques bons conseils pour prendre un mâle dans ses filets. »

« *Partagez ses passions !* suggérait l'article. *Vous détestez le foot et il en est fana ? N'hésitez pas. Asseyez-vous près de lui et demandez-lui quelles sont les chances de l'Arsenal le week-end prochain. Si le foot est ennuyeux, lui ne l'est pas.* »

Roger sourit. Il n'avait pas besoin de se forcer pour épouser la passion de Brianna, si on pouvait considérer que traquer ses parents à travers le temps relevait de la passion. Cela dit, il ne pouvait pas tout partager avec elle.

« *Ne vous livrez pas tout de suite,* conseillait un autre article. *Rien n'excite autant la curiosité d'un homme qu'un air réservé. Ne le laissez pas s'approcher de trop près, trop vite.* »

Roger se demanda si Brianna n'avait pas lu un article similaire dans un journal américain, et chassa cette pensée. Il l'avait déjà vue lire des revues de mode mais elle n'était pas du genre à jouer à ces petits jeux idiots auxquels il s'adonnait lui-même.

Non, elle ne le tenait pas à distance uniquement pour piquer sa curiosité. Elle n'en avait pas besoin, sachant déjà qu'il était fou d'elle.

« *Ne croyez pas qu'il sait lire dans vos pensées*, préconisait un autre article. *Faites-lui savoir ce que vous ressentez.* »

Pour ça, il ne lui avait rien caché ! Il lui avait dévoilé son cœur. En guise de réponse, elle avait sauté dans le premier avion pour Boston ! La peste !

— « *Apprenez à maîtriser votre agressivité !* » murmura Roger en citant le conseil n° 14.

La femme qui était assise à côté de lui sur le banc de la cafétéria s'écarta légèrement.

Roger soupira et reposa son sandwich sur le plateau en plastique. Il prit la tasse de ce que le réfectoire se plaisait à appeler du café, mais ne la but pas. Il la tint simplement entre ses deux mains, se réchauffant les paumes.

Le problème était que, s'il était parvenu à détourner l'attention de Brianna du passé, lui-même n'arrivait pas à s'en désintéresser. Claire et son maudit Highlander étaient devenus une véritable obsession.

Conseil n° 13 : « *Dites toujours la vérité.* » S'il apprenait toute la vérité à Brianna, le fantôme de Jamie Fraser reposerait peut-être en paix... et celui de Roger aussi.

— Et zut ! Va te faire voir ! marmonna-t-il.

Sa voisine reposa sa tasse et se leva brusquement.

— Allez vous faire voir vous-même ! lança-t-elle, indignée.

Roger la regarda s'éloigner à grands pas.

— N'ayez crainte, bougonna-t-il. Je crois que c'est déjà fait.

25

Quand les serpents s'en mêlent

Octobre 1768

En principe, je n'avais rien contre les serpents. Ils mangeaient les rats, ce qui était plutôt sympathique de leur part, certains étaient très décoratifs, et la plupart avaient la sagesse de ne pas se mettre en travers de mon chemin. Ma politique était donc : laissez-les vivre !

Mais cela restait purement théorique. Dans la pratique, je n'étais pas du tout d'accord pour qu'un gros serpent s'installe dans les latrines. Il n'était pas en train de manger des rats et n'était même pas beau : on aurait dit un boudin géant, gris terne avec des taches plus sombres.

Mais ma plus grande objection était surtout qu'il s'agissait d'un serpent à sonnette. Dans une certaine mesure, c'était une chance. Si je n'avais été pétrifiée par son sifflement, je me serais assise sur lui.

Malheureusement pour moi, j'étais déjà entrée dans les latrines. Je fis doucement un pas en arrière, cherchant la porte du bout des orteils, mais le serpent ne sembla pas apprécier et son sifflement redoubla d'intensité. Je voyais sa sonnette s'agiter dans la pénombre, dressée comme un gros doigt jaune menaçant.

Ma bouche était devenue plus sèche qu'une feuille de papier. Je déglutis, tentant de retrouver un peu de salive.

Dans son manuel de scoutisme, Brianna avait lu un jour que les crotales étaient capables de frapper une proie située à une distance équivalant à un tiers de leur longueur. J'étais à moins de deux mètres du monstre, mais quelle était sa longueur ?

Deux mètres ? Impossible de le dire, mais les anneaux enroulés sur eux-mêmes me paraissaient bigrement massifs. J'avais le vague souvenir d'avoir lu quelque part que les serpents étaient sourds. Je pouvais appeler au secours... Mais si celui-ci n'était pas sourd ? Dans une de ses enquêtes, Sherlock Holmes avait rencontré un serpent qui répondait à un sifflement. Peut-être celui-ci ne verrait-il pas d'inconvénients à ce que je fasse une modeste tentative. Je pinçai les lèvres et soufflai. Je ne parvins qu'à émettre un mince filet d'air.

— Claire ? demanda une voix perplexe au-dehors. Qu'est-ce que tu fiches ?

Je sursautai, le serpent aussi. Il resserra ses anneaux et se dressa un peu plus haut, dans une attitude d'attaque imminente.

— Il y a un serpent dans les latrines, dis-je entre mes dents, en m'essayant à l'art du ventriloque.

— Eh bien, pousse-toi de là ! Je vais le sortir.

J'entendis ses pas se rapprocher. Le serpent aussi. Manifestement, il n'était pas sourd. Sa queue se remit à sonner.

— Ah ! fit Jamie sur un ton de voix différent.

Il était juste derrière la porte.

— Surtout, ne bouge pas, *Sassenach*.

Je n'eus pas le temps de répondre à ce conseil gratuit et inutile. Une pierre passa près de ma hanche et percuta le serpent de plein fouet. Celui-ci fit un bond et s'enroula dans une nouvelle version du nœud gordien, avant de retomber en arrière, glissant dans la fosse, où il atterrit avec un « *sploutch !* » répugnant.

Je n'attendis pas de féliciter mon libérateur mais courus vers le fourré le plus proche.

Lorsque je revins quelques minutes plus tard, l'esprit plus clair, je trouvai Ian et Jamie dans les latrines, penchés au-dessus de la fosse avec une torche.

— Ils savent nager ? interrogea Ian.

Il essaya de regarder par-dessus l'épaule de son oncle sans mettre le feu à ses cheveux.

— Je n'en sais rien, répondit Jamie. C'est possible. Ce que je voudrais savoir, c'est : peuvent-ils sauter ?

Ian recula soudain puis se mit à ricaner nerveusement, ignorant si son oncle plaisantait ou non.

— Je n'y vois rien, dit Jamie. Passe-moi la torche.

Il plongea la branche de pin dans la fosse.

— C'est une infection ! marmonna-t-il. Où est cette sale...

— Il est là ! Je le vois ! s'écria Ian.

Les deux hommes redressèrent précipitamment la tête et leurs crânes se heurtèrent avec un bruit de melons écrasés. Jamie laissa tomber la torche dans la fosse, où elle s'éteignit aussitôt avec un grésillement. Une mince volute de fumée s'éleva du trou.

Jamie sortit des latrines en se tenant la tête, les paupières plissées par la douleur. Ian s'adossa contre la paroi en bois et se massa le front en marmonnant des imprécations en gaélique.

— Il est encore vivant ? questionnai-je, inquiète.

— Ma tête va bien, merci ! ronchonna Jamie. Je pense que mes oreilles cesseront de bourdonner la semaine prochaine.

— Tsss tsss, le taquinai-je. Il faudrait un marteau piqueur pour te fendre le crâne. Laisse-moi voir.

Je lui écartai les mains. Une bosse commençait à se former juste au-dessus du front, mais il n'y avait pas de sang. Je déposai un baiser sur l'endroit en question et lui tapotai l'épaule.

— Ça ira, annonçai-je. Tu n'en mourras pas.

— Tant mieux, grogna-t-il. Comme ça, je pourrai mourir d'une morsure de serpent !

— C'est un serpent vénéneux, n'est-ce pas ? demanda Ian.

— Venimeux, rectifia Jamie. S'il te mord et que tu en meurs, c'est qu'il est venimeux. Si c'est toi qui le mords et que tu en meurs, c'est qu'il est vénéneux.

Cette précision lexicale laissa Ian de marbre.

— Ah ! fit-il. En tout cas, c'est une saloperie.

— Que vas-tu faire ? demandai-je à Jamie.

— Moi ? Que veux-tu que j'y fasse ?

— Tu ne vas tout de même pas le laisser là !

— Pourquoi ?

Ian se gratta le crâne, toucha par mégarde l'endroit où il avait rencontré celui de son oncle et grimaça.

— Je ne sais pas, oncle Jamie, dit-il d'un air dubitatif. Si tu veux laisser pendre tes couilles au-dessus d'un trou où te guette un serpent mortel, ça te regarde, mais moi, ça ne me dit trop rien. Il est gros ?

— Assez, convint Jamie.

Il tendit son bras pour nous donner une idée de la longueur de la bête.

— Aaargh ! fit Ian.

— Mais il ne peut sans doute pas sauter, leur rappelai-je.

— Mmm... commenta Jamie. Je ne vois pas comment faire pour le sortir de là.

— Je pourrais lui tirer dessus avec ton fusil, proposa Ian.

Ses yeux pétillèrent à l'idée de mettre les mains sur l'une des armes chéries de son oncle.

— On arrive à le distinguer au fond du trou ? interrogeai-je.

Jamie se gratta le menton.

— Pas trop. Il n'y a que quelques centimètres d'excréments au fond de la fosse, mais je doute qu'on puisse le voir assez bien pour l'abattre. Ça m'ennuie de gaspiller nos munitions.

— Nous pourrions inviter les Hansen à dîner, leur servir de la bière, et le noyer ! suggérai-je.

Les Hansen étaient une famille de quakers qui n'habitait pas loin. Elle était particulièrement nombreuse.

Ian gloussa de rire tandis que Jamie me lançait un regard torve.

— Je trouverai une solution, nous assura-t-il. Après le petit déjeuner.

Heureusement, le petit déjeuner se déroula sans trop de problèmes. Les poules, d'humeur généreuse, eurent la bonté de me fournir neuf œufs et, pour une fois, la pâte à pain avait levé sans chipoter. En revanche, le beurre restait inaccessible. Il était au fond du garde-manger, sauvagement gardé par la truie qui venait d'y mettre bas. Ian parvint néanmoins à saisir un pot de confiture sur une des étagères en se haussant sur la pointe des pieds pendant que je couvrais ses arrières avec mon balai, le protégeant des assauts de la jeune mère contre ses tibias.

— Il me faut un nouveau balai, dis-je en contemplant les vestiges de celui que je tenais dans les mains. Cet après-midi, j'irai faire un tour dans le bois de saules près de la rivière.

Jamie tapota la table à l'aveuglette, cherchant la panière du bout des doigts. Il était absorbé par la lecture de l'*Histoire naturelle de la Caroline du Nord*, de Bricknell.

— Ça y est, j'ai trouvé ! s'exclama-t-il. Il me semblait bien avoir vu un passage sur les crotales.

Localisant un morceau de pain au toucher, il s'en servit pour pêcher une grosse portion d'œufs brouillés et l'engouffra sans quitter des yeux les pages de son livre.

— « *Les Indiens ont pour habitude d'arracher les dents du serpent pour l'empêcher de nuire* », nous lut-il la bouche pleine. « *Pour cela, ils enveloppent une longue canne creuse d'une bande d'étoffe en laine rouge puis provoquent le crotale jusqu'à ce qu'il la morde. Lorsque c'est chose faite, ils tirent brusquement sur la canne et les crocs du serpent restent plantés dans l'étoffe.* »

Ian avala d'une seule bouchée sa part d'œufs brouillés, qu'il fit passer avec une grande rasade de chicorée.

— Vous avez du tissu rouge, tante Claire ? demanda-t-il.

J'embrochai la dernière saucisse avant que la main de Jamie ne la trouve, et répondis :

— J'en ai du bleu, du vert, du jaune, du gris, du blanc et du marron, mais pas de rouge.

— C'est un très bon livre, oncle Jamie, approuva Ian. Il ne dit rien d'autre sur les serpents ?

Il balaya la table du regard, cherchant encore quelque chose à manger. Sans commentaire, j'ouvris le dressoir et sortis une assiette de galettes de maïs. Il poussa un soupir d'aise et piocha dans le plat pendant que Jamie poursuivait :

— On a aussi un passage sur la manière dont les crotales charment les écureuils et les lapins.

Il posa la main dans son assiette et, n'y trouvant rien, leva des yeux surpris. Je me hâtai de pousser des muffins vers lui.

— « *Il est surprenant d'observer comment ces serpents leurrent et attirent les écureuils, les mulots, les faisans et de nombreux autres petits mammifères et oiseaux, qu'ils dévorent ensuite rapidement. Le lien entre ces espèces est si puissant qu'il n'est pas rare de voir l'écureuil ou le faisan bondir de branche en branche ou de buisson en buisson (après avoir repéré le serpent) pour venir se jeter d'eux-mêmes dans sa gueule, comme s'ils étaient incapables de l'éviter alors que le reptile ne bouge pas d'un pouce.* »

Jamie s'interrompit pour avaler son muffin et leva les yeux vers moi.

— Je n'ai jamais vu une chose pareille ! Tu crois que c'est vrai ?

— Non, répondis-je. Ton livre ne proposerait pas quelques tuyaux sur la meilleure manière de dompter une truie vicieuse, par hasard ?

— Ne t'inquiète pas pour ça. Je m'occuperai d'elle plus tard. Il reste des œufs ?

— Oui, mais je les garde pour notre invité dans la grange à blé.

J'ajoutai deux tranches de pain dans le panier que j'étais en train de préparer et sortis le flacon d'infusion que j'avais laissé tremper toute la nuit. Le mélange de verge d'or, de gelée royale et de bergamote sauvage donnait un liquide vert noirâtre et sentait les champs brûlés, mais il devait convenir. En tout cas, cela ne lui ferait pas de mal. Prise d'une soudaine inspiration, je décrochai l'amulette de plumes que Nayawenne m'avait donnée. Elle parviendrait peut-être à rassurer le malade.

Notre invité était un Tuscarora venu d'un village du nord. Il était arrivé plusieurs jours plus tôt avec une expédition de chasseurs d'Anna Ooka sur les traces d'un ours.

Nous leur avions offert à manger et à boire. Parmi eux se trouvaient plusieurs amis de Ian. Au cours du repas, j'avais remarqué un homme qui fixait le fond de sa tasse d'un regard vitreux. En l'examinant de plus près, je m'étais rendu compte qu'il souffrait de ce que je pensai être la rougeole, une maladie grave en ces temps.

Il avait tenu à poursuivre la chasse mais, quelques heures plus tard, deux de ses compagnons nous l'avaient ramené, titubant et délirant.

Il était dangereusement contagieux. Je lui avais donc préparé une couche confortable dans la grange à blé nouvellement construite, et j'avais obligé ses camarades à aller se laver dans la rivière, pratique stupide à leurs yeux, mais à laquelle ils se plièrent pour me faire plaisir.

L'Indien demeurait couché sur le flanc, en chien de fusil sous sa couverture. Il ne tourna même pas la tête vers moi, même s'il avait entendu mes pas. Quant à moi, je l'entendais clairement, ses râles étaient audibles à cinq mètres.

— Comment ça va ? demandai-je.

Question futile ! Je n'avais pas besoin de sa réponse pour établir un diagnostic relativement fiable. Sa respiration laborieuse et bruyante, ses yeux creux et ternes, ses traits affaissés et consumés par la fièvre... tout indiquait que la rougeole évoluait en pneumonie.

Je tentai en vain de le convaincre d'avaler quelque chose. La bouteille d'eau à son chevet était vide. J'en avais apporté une autre mais ne la lui donnai pas, espérant que la soif l'inciterait à boire l'infusion.

Il accepta en effet d'en ingurgiter quelques gorgées puis cessa tout bonnement de déglutir et laissa le liquide vert sombre dégouliner par les commissures de ses lèvres. J'essayai de le cajoler, rien à faire. Il ne semblait même pas conscient de ma présence et fixait vaguement un point au loin, par-dessus mon épaule.

Son maigre corps recroquevillé était ravagé de désespoir. De toute évidence, il était persuadé qu'on l'avait abandonné, le laissant mourir entre les mains d'étrangers. Mon cœur se serra à l'idée qu'il avait sans doute raison : s'il ne se nourrissait pas, il n'avait aucune chance de s'en sortir.

Il but néanmoins toute l'eau et j'allai à la rivière remplir la bouteille. A mon retour, je sortis l'amulette du panier et la lui montrai. Je crus discerner une lueur de surprise dans ses yeux mi-clos. Ce n'était pas franchement prometteur, mais au moins il avait cessé de faire comme si je n'étais pas là.

Inspirée, je m'agenouillai devant lui. J'ignorais le protocole exact de la cérémonie, mais j'avais été médecin assez longtemps pour savoir que, si le pouvoir de suggestion ne pouvait remplacer les antibiotiques, c'était toutefois mieux que rien.

Je brandis l'amulette, levai les yeux vers le ciel et entonnai solennellement la chose la plus ronflante qui me vint à l'esprit, à savoir la recette d'un remède du Dr Rawlings contre la syphilis... en latin.

Je versai un peu d'huile de lavande dans le creux de ma main, y trempai les plumes, et les passai doucement sur ses tempes tout en chantonnant *Frère Jacques* d'une voix grave et sinistre. Cela soulagerait peut-être son mal de crâne. Ses yeux suivaient le va-et-vient des plumes. Je me sentais comme un serpent à sonnette charmant un écureuil.

Je lui pris la main, y déposai l'amulette huilée et repliai ses doigts. J'ouvris ensuite la jarre de graisse d'ours mentholée et dessinai des symboles mystiques sur son torse nu, prenant soin de bien faire pénétrer la graisse. La puanteur me chatouillait les sinus. Je ne pouvais qu'espérer qu'elle soulagerait sa congestion.

J'achevai mon rituel en bénissant le flacon d'infusion avec un « *In nomine Patris, et Filii, et Spiritus Sancti, Amen* ». Puis je le pressai contre ses lèvres. Médusé, il ouvrit la bouche et but docilement le reste de la bouteille.

Je rabattis la couverture sur ses épaules, approchai le panier de nourriture de son chevet, et enfin le laissai, partagée entre l'espoir et la sensation d'être coupable de charlatanisme.

Je me dirigeai vers le ruisseau, cherchant comme toujours ce qui pouvait m'être utile. Il était encore trop tôt dans la saison pour cueillir les plantes médicinales. Pour fabriquer un remède, il valait mieux choisir de vieilles plantes résistantes. Plusieurs mois passés à refouler insectes et parasites renforçaient la concentration de principes actifs dans leurs racines et dans leurs tiges.

En outre, dans de nombreux végétaux, c'était la fleur, le fruit ou la graine qui renfermait la substance utile. J'avais repéré plusieurs massifs sauvages de *chelone obliqua* et de *lobelia dortmanna* qui poussaient dans la boue au bord de la rivière, mais ils étaient depuis longtemps montés en graine. Je notai mentalement leur emplacement pour y revenir plus tard et poursuivis ma cueillette.

Le cresson foisonnait. Il flottait par grappes entières entre les rochers le long du ruisseau. Un énorme radeau de feuilles épicées m'attendait à quelques mètres, ainsi qu'un grand bouquet de joncs ! Incapable de résister à la tentation, je retroussai mes jupes et avançai pieds nus dans l'eau glacée, mon couteau dans une main et mon panier sous le bras.

Au bout de quelques instants, mes pieds s'engourdirent, mais je ne m'en souciai guère. J'oubliai le serpent dans les latrines, la truie dans le garde-manger et l'Indien dans la grange à blé, pour ne plus songer qu'au gargouillis de l'eau entre mes chevilles, au contact humide des tiges et au parfum des feuilles aromatiques.

Des libellules faisaient du surplace dans les rayons de soleil. Des vairons se faufilaient entre mes pieds, projetant des éclats de lumière noir, gris et argenté dans l'eau, chassant des moucherons trop petits pour que je les voie. Un martin-pêcheur poussa son cri rauque quelque part en aval. Des nuages de vase s'élevaient entre mes orteils, avant d'être emportés par le courant.

Autour de moi, tout était en mouvement, jusqu'à la plus petite molécule. Mais ce mouvement incessant et omniprésent donnait une impression paradoxale d'immobilité ; chaque chaos s'effaçait devant une illusion d'ordre général.

J'étais moi aussi en mouvement, participant à la danse éclatante du ruisseau, sentant la lumière et l'ombre jouer sur mes épaules ; mes orteils se recroquevillaient pour chercher des prises entre les cailloux glissants. Mes mains et mes pieds étaient insensibilisés par le froid. J'avais la sensation d'être faite de bois tout me sentant pleine de vie, comme le bouleau argenté qui se dressait devant moi ou les saules qui laissaient traîner leurs branches dans le ruisseau un peu plus loin.

Sans doute était-ce ainsi qu'étaient nées les légendes d'hommes verts et de nymphes aquatiques, non pas avec des arbres s'animant soudain et se mettant à marcher, ni même avec des femmes métamorphosées en plantes, mais avec la submersion de la chair chaude d'êtres humains dans l'univers de sensations froides des végétaux.

Je sentis mon cœur ralentir. J'avançais au rythme de l'eau et du vent, sans hâte ni pensée consciente, me fondais dans l'ordre lent et parfait de l'univers.

C'était compter sans le petit chaos local.

Juste au moment où j'approchais du coude du ruisseau, au bord duquel poussaient les saules, un cri perçant retentit de l'autre côté des arbres. Un large éventail d'animaux étaient capables de pousser un hurlement pareil, des lynx aux aigles, mais je savais encore reconnaître le son d'une voix humaine.

Je me précipitai à travers les branches molles et émergeai dans un espace dégagé. Un garçon dansait sur la berge, giflant ses mollets et vociférant tout en sautant d'un pied sur l'autre.

— Qu'est-ce que... commençai-je.

Il tressaillit et se tourna vers moi, écarquillant des yeux d'un bleu intense.

Il ne pouvait pas être plus surpris que moi. Agé de onze ou douze ans, il était grand et svelte comme un jeune pin, avec une épaisse tignasse hirsute et rousse. Ses yeux bridés me fixaient au-dessus d'un long nez droit, un nez que je connaissais par cœur, même si je n'avais jamais vu ce garçon auparavant.

Le froid dans mes pieds se diffusa jusqu'à la racine de mes cheveux. Habituée comme je l'étais à réagir même en état de choc, je notai mentalement le reste de son apparence : il portait une chemise et des culottes de qualité, quoique trempées, et de petites boules brunes pendaient le long de ses mollets blancs.

Aussitôt, mon calme professionnel prit le dessus.

— Des sangsues, déclarai-je.

Parallèlement, j'essayai de réfléchir malgré le tumulte dans ma tête. *Ce n'est pas possible !* Pourtant je savais pertinemment que je ne me trompais pas.

— Ce ne sont que des sangsues, répétai-je. Elles ne te feront pas de mal.

— Je sais ce que c'est ! s'écria-t-il. Enlevez-les-moi !

Il gifla son mollet, frissonnant de dégoût.

— Arrête de les frapper comme ça, dis-je sèchement. Assieds-toi. Je vais te les enlever.

Il hésita, me lança un regard suspicieux, puis s'assit à contre-cœur sur un rocher et étendit ses jambes devant lui.

— Enlevez-les tout de suite ! ordonna-t-il.

— Du calme ! Chaque chose en son temps. D'où viens-tu ?

Il me dévisagea, interdit.

— Tu n'habites pas par ici, dis-je. D'où viens-tu ?

Il fit un effort visible pour se ressaisir.

— Ah... on a dormi dans un endroit appelé Salem, il y a trois nuits. C'est la dernière ville que j'ai vue.

Il agita ses jambes sous mon nez tout en s'écriant :

— Et maintenant, enlevez-moi ça !

Il existait plusieurs méthodes pour ôter des sangsues, la plupart plus néfastes que les sangsues elles-mêmes. Il en avait trois sur une jambe et quatre sur l'autre. L'une des bestioles était déjà gorgée de sang. Je glissai l'ongle de mon pouce sous sa tête et la décrochai. Elle tomba dans le creux de ma main, ronde et lourde comme un caillou.

— Ce serait dommage de la perdre, observai-je sous le regard effaré du jeune garçon.

J'allai chercher mon panier, que j'avais laissé sous les saules. En chemin, je remarquai sa veste, posée près de ses bas et de ses souliers ; ceux-ci étaient ornés d'une boucle simple, mais en argent. La veste était taillée dans un drap fin, avec une coupe d'une qualité comme on n'en voyait pas au nord de Charleston. Si j'avais encore eu besoin d'une confirmation, je la tenais.

Je ramassai une poignée de boue, y enfouis la sangsue et enveloppai le tout de feuilles mouillées. Mes mains tremblaient. Quel idiot ! Quel sale petit sournois, quel comploteur abject... Que venait-il faire ici ? Et comment Jamie allait-il réagir ?

Je revins vers le jeune garçon, qui était plié en deux, à considérer avec une haine féroce les parasites suspendus à ses jambes. Une autre était près de se décrocher. Je m'agenouillai devant lui, tendis la main et elle tomba d'elle-même comme un fruit mûr.

— Beurk ! fit-il.

— Où est ton beau-père ? demandai-je de but en blanc.

Peu de choses auraient pu détacher son regard de ses jambes, mais ma question y parvint. Il sursauta et leva vers moi des yeux sidérés.

Puis il se redressa avec un air pincé qui aurait été très comique en d'autres circonstances.

— Comment savez-vous qui je suis ?

— Tout ce que je sais, c'est que tu te prénommes William. Je me trompe ?

Je serrai les poings, espérant de tout mon cœur m'être trompée. Si c'était vraiment William, je connaissais pas mal d'autres choses à son sujet.

Ses joues s'empourprèrent et il me scruta avec un mélange de stupéfaction et d'effroi. Je me rendis soudain compte qu'il se voyait abordé familièrement par une inconnue échevelée, pieds nus, les jupes retroussées sous la ceinture.

— Ou-ou-oui, balbutia-t-il. C'est exact. Je suis lord William Ashness, neuvième comte d'Ellesmere.

— Tout ça ? dis-je d'un ton poli.

Je saisis une sangsue entre le pouce et l'index et tirai doucement. Elle s'étira comme un gros morceau de caoutchouc mais refusa de lâcher prise. La peau du jeune garçon s'étira elle aussi et il poussa un cri de douleur.

— Lâchez ! Lâchez ! hurla-t-il. Vous allez m'arracher la peau !

— Le fait est, admis-je.

Je me redressai et remis un peu d'ordre dans ma toilette.

— Allez, viens, dis-je en lui tendant la main. On va aller chez moi. Je vais mettre un peu de sel dessus et elles tomberont comme un rien.

Il refusa la main, mais se leva néanmoins, les jambes tremblantes. Il lança des regards autour de lui, comme s'il cherchait quelqu'un.

— Mon père, m'expliqua-t-il en remarquant mon air intrigué. Nous nous sommes perdus et il m'a dit d'attendre près du ruisseau pendant qu'il allait voir si quelqu'un pouvait nous indiquer la route. Je ne voudrais pas qu'il s'alarme s'il revient et ne me trouve pas.

— Ne t'inquiète pas. Je suis sûr qu'il est déjà à la maison. C'est tout à côté.

Notre cabane était la seule dans les parages et se situait au bout d'une piste bien tracée. Lord John avait sûrement prétexté qu'il allait chercher de l'aide afin de prévenir Jamie de leur arrivée... et le préparer. Très attentionné de sa part ! Je serrai les lèvres malgré moi.

— Vous n'habiteriez pas la maison Fraser, par hasard ? demanda le jeune garçon. C'est là que nous allons, papa et moi.

Il avançait en écartant les jambes pour ne pas les frotter l'une contre l'autre.

— Je suis Mme Fraser, répondis-je avec un sourire.

Ta belle-mère, aurais-je pu ajouter.

Jamie et lord John étaient assis côte à côte sur le banc devant la porte. Au bruit de nos pas, Jamie se leva et regarda vers le bois. Il avait eu le temps de se préparer. Son regard passa discrètement sur le jeune garçon et s'arrêta sur moi.

— Claire ! Je vois que tu as trouvé notre second visiteur. J'ai envoyé Ian vous chercher. Tu te souviens de lord John, sans doute ?

— Comment pourrais-je l'oublier ?

Je lui adressai un sourire crispé. Le coin de ses lèvres frémit mais il conserva un visage impassible tout en s'inclinant profondément. Comment cet homme parvenait-il à rester toujours aussi impeccable après trois jours de voyage à cheval, dormant à la belle étoile ?

— Votre serviteur, madame Fraser.

Il se tourna vers le jeune garçon et fronça légèrement les sourcils en remarquant sa tenue débraillée.

— Permettez-moi de vous présenter mon beau-fils, lord Ellesmere. William, je vois que tu as déjà fait la connaissance de notre charmante hôtesse. Veux-tu bien saluer notre hôte, le capitaine Fraser ?

Le jeune garçon sautillait d'un pied sur l'autre, dansant sur la pointe des pieds. Il esquissa un signe de tête distrait en direction de Jamie et me lança un regard suppliant, incapable de penser à autre chose qu'au fait que son sang était drainé davantage à chaque seconde.

— Si vous voulez bien nous excuser, dis-je.

Je pris l'enfant par le bras et l'entraînai à l'intérieur, refermant la porte derrière nous sous le regard sidéré des deux hommes. William s'assit immédiatement sur le tabouret que je lui indiquais et étendit les jambes en tremblant.

— Vite ! gémit-il. Je vous en prie, faites vite !

Je n'avais plus de sel moulu. Je sortis mon couteau et fis tomber quelques éclats du gros bloc de sel dans mon mortier, puis les broyai en hâte. Je saupoudrai les grains sur les sangsues.

— Les pauvres ! Ce n'est pas très gentil pour elles ! observai-je. Mais ça devrait faire l'affaire.

Une première sangsue se recroquevilla en boule, puis s'effondra sur le plancher en se tordant dans tous les sens, bientôt suivie par les autres. Je ramassai les corps et les jetai dans le feu, puis m'agenouillai devant le jeune garçon, veillant à ne pas le regarder dans les yeux pour lui laisser le temps de se remettre de ses émotions.

J'épongeai les plaies sanglantes avec un linge humide et les nettoyai avec du vinaigre et une lotion au millepertuis.

Il poussa un soupir de soulagement tandis que je lui essuyais les mollets.

— Ce... ce n'est pas que j'aie peur du sang, mais ces créatures sont si répugnantes ! expliqua-t-il.

Son ton de bravade trahissait le contraire.

— Oui, ce sont de sales bestioles, convins-je.

Je me relevai, pris un linge propre, le trempai dans l'eau et nettoyai les traces de boue sur son visage. Puis, sans lui demander son avis, je saisis ma brosse à cheveux et le recoiffai.

Il parut abasourdi par une telle familiarité mais se laissa faire sans broncher. Au bout de quelques instants, il se détendit et ses épaules s'affaissèrent. Sa peau avait une agréable odeur animale. Mes doigts encore glacés par l'eau du ruisseau se réchauffèrent doucement au contact de ses épaisses boucles souples. Ses cheveux roux étaient plus foncés que ceux de Jamie. Ce n'était pas la seule différence. A présent que je pouvais l'examiner plus calmement, je remarquai qu'il n'était pas aussi carré que je l'avais cru d'abord. Il aurait un jour la même ossature saillante que son père, mais pour le moment elle était encore cachée sous la rondeur de l'enfance. En revanche, il avait bien les yeux des Fraser. Des yeux de chat, un peu bridés, d'un bleu électrique. Il avait aussi une certaine façon de se tenir, un port de tête qui me faisait penser à... Brianna.

Cette constatation me causa un choc. Il ressemblait beaucoup à Jamie, certes, mais c'était grâce à Brianna que je l'avais reconnu sur-le-champ. Il n'avait que dix ans de moins qu'elle, et les contours enfantins de son visage étaient beaucoup plus proches de ceux de sa sœur que de son père.

— J'ai perdu mon ruban, dit-il.

Il balaya la pièce du regard, comme s'il s'attendait à le découvrir dans la panière ou sur l'encrier.

— Ce n'est pas grave. Je vais t'en donner un autre.

J'achevai de lui tresser les cheveux et les nouai avec un ruban jaune, me sentant étrangement protectrice.

Je n'avais appris son existence que quelques années plus tôt et, si j'avais parfois pensé à lui, ce n'était qu'avec une légère curiosité teintée de rancœur. Mais à présent, peut-être du fait de sa ressemblance avec Jamie et avec ma fille, ou simplement parce que j'avais accompli ces quelques gestes de soin, je me sentais responsable de lui.

J'entendis un éclat de rire au-dehors et, aussitôt, ma colère contre John Grey revint. Comment osait-il mettre Jamie et William en danger... et pourquoi ? Qu'est-ce qu'il fichait ici, dans un désert sauvage aussi éloigné de son monde que...

La porte s'ouvrit et Jamie passa la tête dans l'entrebâillement.

— Tout va bien ? demanda-t-il.

Il dévisagea le jeune garçon avec un air d'inquiétude courtoise, mais je notai que sa main restait crispée sur le chambranle. Son corps était tendu comme un arc.

— Très bien, répondis-je. Lord John voudrait peut-être boire quelque chose ?

Tous vinrent s'asseoir à la table. Je mis la bouilloire sur le feu pour préparer du thé et, avec un soupir, sortis la dernière miche de pain. J'avais compté la conserver pour mes prochaines expériences sur la pénicilline. Estimant que la situation exigeait les grands moyens, je sortis également la dernière bouteille d'eau-de-vie. Puis je posai le pot de confiture sur la table, expliquant que le beurre était malheureusement pris en otage par la truie.

— La truie ? répéta William, perplexe.

— Oui, elle est dans le garde-manger.

— Pourquoi gardez-vous une truie dans...

Il s'interrompit, son beau-père lui ayant manifestement envoyé un coup de pied sous la table.

— C'est très aimable à vous de nous recevoir, madame Fraser, dit lord John en lançant un regard noir à l'enfant. Excusez-moi pour cette arrivée impromptue. J'espère que nous ne vous dérangeons pas trop.

— Mais pas du tout, assurai-je.

Je me demandais bien où j'allais les installer. William pourrait dormir avec Ian dans la remise. Ce ne serait pas pire qu'à la belle étoile. Mais l'idée d'être couchée avec Jamie pendant que lord John dormait dans le lit de Ian à quelques mètres...

Ian, avec son flair naturel pour tout ce qui pouvait remplir sa panse, choisit ce moment opportun pour débarquer. Vu l'étroitesse des lieux, la confusion des présentations et les courbettes réciproques entraînèrent le chaos général et le renversement de la théière.

Me servant de ce désastre mineur comme prétexte, j'envoyai Ian montrer les environs à William, avec plusieurs sandwiches au jambon et une bouteille de cidre. Puis, libéré de leur présence, je nous servis trois verres d'eau-de-vie, me rassis et fixai John Grey dans le blanc des yeux.

— Qu'êtes-vous venu faire ici ? demandai-je d'emblée.

Il écarquilla ses grands yeux bleu pâle et m'adressa un sourire ironique.

— Je ne suis pas venu séduire votre mari, si c'est ce que vous craignez, madame.

— John ! s'écria Jamie, cramoisi.

— Pardon, dit Grey. C'était déplacé de ma part. Cela dit, madame, permettez-moi de vous faire remarquer que vous me dévisagez depuis tout à l'heure comme si vous m'aviez découvert allongé dans le caniveau devant une maison de passe.

— Toutes mes excuses, répondis-je. La prochaine fois, prévenez-moi de votre arrivée, le temps de me composer une mine de circonstance.

Il se leva et s'approcha de la fenêtre, croisant les mains dans le dos. Un silence gêné s'installa dans la pièce. J'évitais de croiser le regard de Jamie, feignant de m'intéresser de près au flacon de fenouil posé sur la table.

— Mon épouse nous a quittés, déclara soudain Grey. Elle est morte à bord du navire qui l'amenait à la Jamaïque. Elle venait me rejoindre.

— Je suis désolé, dit doucement Jamie. L'enfant se trouvait avec elle ?

— Oui.

Lord John se tourna vers nous, sa silhouette se détachant à contre-jour devant la fenêtre.

— Willie était très proche d'Isobel. Elle était plus qu'une mère pour lui.

La véritable mère de William, Geneva Dunsany, était morte en le mettant au monde. Son père putatif, le comte d'Ellesmere, était décédé le même jour d'un accident. C'était du moins ce que Jamie m'avait raconté. Lady Isobel, la sœur de Geneva, avait élevé l'enfant, avant d'épouser John Grey lorsque William avait cinq ou six ans... à l'époque où Jamie avait quitté le service des Dunsany.

— Je suis sincèrement navrée, dis-je.

Grey accepta mes condoléances d'un bref signe de tête.

— Mon mandat de gouverneur était sur le point d'expirer, poursuivit-il. J'avais plus ou moins décidé de m'installer définitivement sur l'île, à condition que le climat convienne à ma famille. Mais bien sûr, après le décès d'Isobel...

Il haussa les épaules.

— Willie était effondré. J'ai pensé qu'il fallait absolument le distraire d'une manière ou d'une autre. L'occasion s'en est présentée très vite. Les biens de ma femme incluent une grande propriété en Virginie, qu'elle a léguée à William. Peu après sa mort, j'ai reçu une lettre du régisseur du domaine, me demandant mes instructions.

Il revint vers la table et s'assit en face de nous.

— Je ne pouvais prendre une décision avant d'avoir vu la propriété et de l'avoir évaluée. C'est pourquoi nous avons pris le bateau jusqu'à Charleston et sommes maintenant en route vers la Virginie. Je dois dire que mon plan a déjà en partie réussi. Le voyage est parvenu à faire un peu oublier son chagrin à Willie. Il est nettement plus gai depuis quelques semaines.

J'ouvris la bouche pour dire que Fraser's Ridge n'était pas vraiment sur son chemin, mais me ravisai.

— Où se trouve la propriété ? demanda Jamie.

— La ville la plus proche s'appelle Lynchburg, sur le fleuve James.

Il m'adressa un sourire sarcastique et, me laissant entendre qu'il avait parfaitement saisi le fond de ma pensée, ajouta :

— Passer par chez vous ne représente en fait que quelques jours de route supplémentaires.

Il se tourna à nouveau vers Jamie, le front soucieux.

— J'ai dit à Willie que tu étais un vieil ami, de l'époque où j'étais soldat. Cela ne t'ennuie pas ?

— Non, répondit Jamie avec une pointe d'amertume. Je ne vois pas ce que tu aurais pu lui dire d'autre. Après tout, c'est aussi la vérité, non ?

— Tu crois qu'il ne se souvient pas de toi ? demandai-je.

En tant que prisonnier de guerre après le Soulèvement jacobite, Jamie avait servi comme palefrenier chez les Dunsany.

Il hésita, puis secoua la tête.

— J'en doute. Il n'avait pas six ans quand je suis parti. Pour
un enfant de cet âge, cela fait une éternité. Et puis, il n'y a
aucune raison qu'il se souvienne d'un domestique nommé Mac-
Kenzie.

De fait, Willie n'avait pas reconnu Jamie, mais il était trop
préoccupé par les sangsues pour faire attention à quoi que ce
soit. Il me vint soudain un doute. Je me tournai vers lord John,
qui tripotait une tabatière qu'il venait de sortir de sa poche.

— Dites-moi, je ne voudrais pas vous alarmer inutilement,
mais... savez-vous de quoi est morte votre femme ?

Il parut surpris.

— D'après sa femme de chambre, d'un flux sanguin. Ce fut
une mort... assez pénible.

Cela ne me disait pas grand-chose. Le flux sanguin pouvait
désigner n'importe quelle affection, de la dysenterie amibienne
au choléra.

— Y avait-il un médecin à bord ? demandai-je. Quelqu'un
pour s'occuper d'elle ?

— Oui, répondit-il un peu sèchement. Où voulez-vous en
venir au juste ?

— Nulle part. Je me demandais simplement où William avait
déjà vu des sangsues.

— Ah...

Au même instant, je remarquai Ian qui trépignait devant la
porte, n'osant interrompre la conversation tout en ayant manifestement quelque chose d'urgent à dire.

— Tu veux quelque chose, Ian ? lui demandai-je.

— Non merci, ma tante. C'est juste que...

Il lança un regard angoissé vers Jamie, avant de balbutier :

— Je... je suis désolé, oncle Jamie. Je ne voulais pas le laisser
faire, mais...

Alarmé par le ton de sa voix, Jamie était déjà debout.

— Quoi ? Qu'y a-t-il ?

Ian se tortilla sur place, faisant craquer ses os.

— C'est que... lord William m'a demandé où étaient les toilettes. Alors je lui ai parlé du crotale et je lui ai dit qu'il valait
mieux aller dans les bois. Ce qu'il a fait, mais ensuite... il a voulu
voir le serpent et... et...

— Il est été mordu ? s'écria Jamie.

— Oh non, non ! Au début, on n'arrivait pas à le voir. Alors,
j'ai enlevé le banc percé pour nous donner plus de lumière.
Comme ça, on le distinguait très nettement. On a pris une
longue branche pour lui faire mordre dedans, comme c'était

écrit dans ton livre, mais ça n'a pas semblé l'intéresser. Et puis...
et puis...

Il lança un regard embarrassé vers lord John et déglutit.

— C'est ma faute, reprit-il. Je lui ai parlé de mon idée de lui
tirer dessus et du fait qu'on ne pouvait pas gaspiller de poudre.
Alors, lord William a dit qu'il pouvait prendre le pistolet de son
père dans la sacoche et qu'il suffirait d'un seul coup pour tuer
le serpent. Et alors...

— Ian ! explosa Jamie. Cesse de tourner autour du pot et dis-
moi tout de suite ce que tu as fait à ce garçon. Tu ne lui as pas
tiré dessus, tout de même ?

Ian se redressa, vexé qu'on puisse mettre en doute ses talents
de tireur.

— Bien sûr que non !

Lord John toussota poliment, interrompant d'autres récrimi-
nations.

— Aurais-tu la bonté de nous dire où se trouve mon fils en ce
moment ? demanda-t-il.

Ian inspira un grand coup et recommanda son âme à Dieu.

— Au fond de la fosse, répondit-il. Tu n'aurais pas un bout de
corde, oncle Jamie ?

Sans perdre une seconde de plus, Jamie bondit hors de la
cabane en deux enjambées, talonné par lord John.

Je fouillai en hâte dans mon panier de linge sale, cherchant
quelque chose qui pourrait éventuellement me servir de garrot.

— Il est dans la fosse *avec* le crotale ? demandai-je à Ian.

— Bien sûr que non, tante Claire ! Vous ne croyez tout de
même pas que je l'aurais laissé seul avec le serpent ! Je ferais
bien d'aller voir s'ils ont besoin de mon aide.

Je le suivis au petit trot, pour trouver Jamie et lord John
entassés dans les latrines, conversant avec la fosse. Me dressant
sur la pointe des pieds pour voir par-dessus l'épaule de Grey,
j'aperçus la pointe d'une branche d'arbre sortant de quelques
centimètres du trou. Je retins ma respiration. Dans sa chute,
lord Ellesmere avait remué le fond de la fosse et la puanteur
prenait à la gorge.

Jamie s'écarta du trou et déroula la corde qu'il portait autour
de l'épaule.

— Il n'est pas blessé, m'affirma-t-il.

— Tant mieux, mais où est passé le serpent ? demandai-je.

— Il est parti par là, indiqua Ian.

Il pointa un doigt vers le chemin que je venais de suivre.

— Lord William n'arrivait pas à bien le viser. Alors je l'ai asti-
coté avec le bâton pour le déplacer et ce monstre a grimpé dessus ! Il m'a fait peur et j'ai lâché la branche en poussant un cri.
Sans le vouloir, j'ai bousculé le lord et... voilà !

Jamie lui lança un regard qui signifiait qu'il ne perdait rien pour attendre, mais décida qu'il valait mieux commencer par extraire William de son oubliette. L'opération se déroula sans incident, le présumé tireur d'élite étant hissé au bout de sa corde.

A en juger par son aspect, il était tombé dans la fosse la tête la première. Lord John contempla avec perplexité la chose couverte d'excréments qui se tenait devant lui. Il se passa le revers de la main sur les lèvres, soit pour cacher son sourire, soit pour se protéger contre l'odeur. Puis ses épaules se mirent à trembler.

— Quelles nouvelles des Enfers, Perséphone ? lança-t-il en éclatant de rire.

William le fusilla du regard.

Jamie dit quelque chose en grec, à quoi lord John répondit dans la même langue et les deux hommes se tinrent les côtes.

— C'est un passage d'Epicharme, m'expliqua Jamie. Ceux qui venaient consulter l'oracle de Delphes jetait un python mort dans le puits, puis attendait pour inhaler les vapeurs que dégageait son corps en décomposition.

Avec de grands gestes emphatiques, lord John déclama :

— « *L'esprit s'envole vers les cieux, le corps retourne à la terre.* »

William souffla par les narines, tout comme faisait Jamie lorsqu'il n'en pouvait plus.

— Es-tu sorti spirituellement renforcé par cette expérience mystique, William ? demanda lord John.

Le petit lord dénoua sa cravate et la jeta sur le sol. Nous avions tous du mal à retenir notre hilarité, mais le ruban de peau nue que je pouvais voir autour de son cou était rouge vif. Ne sachant que trop ce dont était capable un Fraser quand il atteignait ce degré de combustion, je jugeai préférable d'intervenir.

— Si vous me permettez, messieurs, je n'y connais pas grandchose en philosophie grecque, mais il y a néanmoins une petite épigramme que je connais par cœur.

Je tendis à William la jarre de savon que j'avais apportée à défaut d'un garrot.

— Pindare, indiquai-je. « *Rien ne vaut l'eau.* »

Une faible lueur de gratitude brilla sur le visage maculé. Le petit lord me remercia d'un signe de tête, puis tourna les talons et s'éloigna le dos droit vers la rivière, la jarre sous le bras. Il semblait avoir perdu ses chaussures dans l'aventure.

— Le pauvre, dit Ian avec sympathie. Il faudra des jours avant que l'odeur s'en aille.

— Sans doute, répondit lord John.

Il avait du mal à retrouver son sérieux mais l'envie de déclamer de la poésie grecque semblait lui avoir passé.

— Vous ne sauriez pas ce qu'est devenu mon pistolet, par hasard ? demanda-t-il. Celui avec lequel William comptait abattre le crotale ?

— Oh... dit Ian, mal à l'aise.

Il fit un signe du menton vers les latrines.

— C'est que... j'ai bien peur que...

— Je vois.

Il passa une main sur sa joue impeccablement rasée. Jamie, lui, fixait Ian d'un regard soutenu.

— Mais, euh... commença Ian en reculant d'un pas.

— Va le chercher, ordonna Jamie.

— Mais...

— Tout de suite !

Il déglutit et me lança un regard de lapin étranglé.

— Enlève tes vêtements d'abord, conseillai-je. Ce serait dommage de devoir les brûler.

26

Le mal rôde

Je quittai la maison juste avant le coucher du soleil pour rendre visite à mon patient dans la grange à blé. Son état ne s'était pas amélioré, mais n'avait pas empiré non plus. Sa respiration était toujours aussi laborieuse et il avait toujours autant de fièvre. Pourtant, cette fois, il se tourna vers moi lorsque j'entrai dans la grange et ne me quitta pas des yeux pendant que je l'examinais.

Il tenait l'amulette de plumes dans la main. Je la touchai du bout des doigts et lui souris. Il refusa la nourriture solide, mais accepta un peu de lait et but sans faire d'histoires une nouvelle rasade de mon fébrifuge. Il se laissa ausculter sans bouger mais au moment où j'essorais un linge imbibé d'eau chaude pour lui faire un cataplasme, il agrippa mon poignet.

De sa main libre, il se frappa la poitrine et émit un bruit étrange. Je restai un moment sans comprendre, puis me rendis compte qu'il fredonnait un air.

— D'accord, dis-je. Laisse-moi réfléchir.

Je sortis mes herbes médicinales et les étalai sur le linge tout en cherchant l'inspiration.

Finalement, j'optai pour *Plus près de toi, Seigneur*, qui dut lui plaire car je fus obligée de le chanter trois fois avant qu'il se laisse retomber sur sa paillasse avec une petite quinte de toux, dégageant de fortes vapeurs camphrées.

Une fois dehors, je me lavai les mains avec la bouteille d'alcool qui ne me quittait jamais. J'étais sûre de ne pas être exposée à la contagion, car j'avais déjà eu la rougeole enfant, mais je ne voulais pas courir le risque d'infecter quelqu'un d'autre.

— J'ai entendu parler d'une épidémie de rougeole à Cross Creek, observa lord John pendant le dîner.

Jamie venait d'évoquer notre invité.

— Dites-moi, madame Fraser, reprit-il, est-il vrai que les sauvages sont davantage vulnérables aux infections que les Européens, alors que les esclaves africains sont nettement plus robustes que leurs maîtres ?

— Tout dépend de l'infection, répondis-je. Les Indiens sont beaucoup plus résistants aux maladies parasitaires, comme le paludisme, provoquées par des organismes locaux, tout comme les Africains supportent mieux des affections telles que la fièvre rouge, qu'ils ont apportée avec eux. En revanche, les Indiens ont peu de défenses immunitaires contre les maladies européennes comme la variole ou la syphilis.

Lord John parut pris de court, ce qui me procura une petite satisfaction. De toute évidence, sa question avait été purement rhétorique. Il ne s'était pas attendu à m'entendre lui donner des éclaircissements.

— Comme c'est fascinant ! s'écria-t-il, intéressé. Vous voulez parler des micro-organismes ? Dois-je en conclure que vous souscrivez à la théorie de M. Evan Hunter sur les créatures miasmatiques ?

Ce fut à mon tour d'être désarçonnée.

— Euh... non, pas précisément.

Je me hâtai de changer de sujet. Nous passâmes une soirée agréable. Jamie et lord John échangèrent des anecdotes de chasse et de pêche, ponctuées de commentaires extatiques sur l'incroyable opulence de la nature de la Caroline du Nord, pendant que je reprisais des bas. Willie et Ian firent une partie d'échecs, que ce dernier remporta à grand renfort d'exclamations de joie. Puis Willie émit un grand bâillement sonore, avant de surprendre le regard réprobateur de son beau-père et de mettre, un peu tardivement, sa main devant sa bouche. Enfin, il s'affaissa sur sa chaise avec un soupir repu. Ian et lui avaient avalé toute une tarte aux myrtilles à la fin d'un repas très copieux.

Jamie s'en aperçut et adressa un signe discret à son neveu, qui traîna le petit lord jusque dans la remise, où ils devraient partager une paillasse. *Et de deux !* pensai-je.

J'évitai de regarder vers notre lit, puis, comme Jamie et lord John s'installaient à leur tour devant l'échiquier, je me retirai poliment, drapée dans ma chemise de nuit, et me couchai.

Lord John était bien plus fort que moi aux échecs ; du moins, c'est ce que je déduisis en constatant qu'ils jouaient encore une heure plus tard. Jamie me battait toujours en moins de vingt minutes. Ils jouaient en silence, n'échangeant que quelques observations de temps à autre.

Enfin, lord John avança un pion et s'enfonça sur sa chaise, s'étirant.

— Je suppose que tu n'es pas trop ennuyé par la politique dans ton coin reculé, dit-il d'une voix nonchalante.

Il plissa les yeux en considérant l'échiquier.

— Je t'envie, Jamie, reprit-il. Ici, tu es à l'abri des mesquineries qui affectent les marchands et les grands propriétaires des colonies. Certes, tu mènes une vie rude, je l'ai bien remarqué, mais tu as la consolation non négligeable de te battre pour des valeurs héroïques qui ont un sens.

Jamie émit un ricanement.

— Ça, pour être héroïque ! Pour le moment, mon combat le plus héroïque, c'est de faire sortir la truie du garde-manger.

Il leva les yeux vers Grey, interrogateur.

— Tu tiens vraiment à avancer ta tour ?

Grey examina l'échiquier en pinçant les lèvres.

— Oui, répondit-il avec fermeté.

— Fichtre !

Avec un soupir de résignation, Jamie avança la main et déposa son propre roi sur le côté. Grey se mit à rire et saisit la bouteille d'eau-de-vie.

— Fichtre ! dit-il à son tour en la trouvant vide.

Ce fut au tour de Jamie de rire. Il alla à la commode et revint avec une autre bouteille. Il remplit une tasse.

— Goûte ça, tu m'en diras des nouvelles !

Grey approcha la tasse de son nez et éternua.

— Ce n'est pas du vin, précisa Jamie. Tu es censé le boire, pas humer son bouquet.

— Bon sang ! Mais qu'est-ce que c'est ?

Il huma de nouveau, plus prudemment cette fois, et en but une petite gorgée.

— Bon sang ! répéta-t-il d'une voix rauque. Que c'est fort ! Un whisky écossais ?

— Ça le sera peut-être d'ici une dizaine d'années. Pour le moment, ce n'est que de l'alcool.

Jamie se servit.

— Où te l'es-tu procuré ? demanda Grey.

— Je l'ai fabriqué moi-même, répondit Jamie avec la fierté modeste d'un bouilleur de cru. J'en ai douze fûts entiers.

— Que comptes-tu faire de douze fûts de ce... de cette chose ? Décaper tes bottes ?

— Non, répondit Jamie en riant. Je compte les troquer, voire les vendre. Les taxes sur les alcools et les permis de distiller font partie de ces mesquineries politiciennes qui ne m'affectent pas, compte tenu de mon isolement.

Lord John sourit et reposa son verre.

— Tu pourras peut-être échapper aux douaniers, dit-il. L'agent de la Couronne le plus proche se trouve à Cross Creek, mais je ne suis pas sûr que ce soit très prudent de ta part. A qui veux-tu vendre cet étonnant breuvage ? Pas aux Indiens, j'espère !

— Uniquement en petites quantités, une flasque ou deux à la

fois, comme cadeau ou monnaie d'échange. Jamais de quoi les saouler.

— Très sage de ta part. Tu as sûrement entendu les histoires qui circulent. J'ai parlé à l'un des survivants du massacre de Michilimackinac, pendant la guerre contre les Français. Il paraît que tout a commencé parce qu'un groupe d'Indiens avait mis la main sur un grand stock d'alcool dans le fort.

— Oui, mais nous sommes en bons termes avec les Indiens de la région. D'ailleurs, ils ne sont pas si nombreux et je fais toujours attention avec eux.

— Mmm...

Grey but une autre gorgée et fit la grimace.

— Si tu veux mon avis, reprit-il, tu risques plus de les empoisonner que de les saouler.

Il reposa son verre et changea de sujet.

— Lorsque j'étais à Wilmington, j'ai entendu parler d'un groupe de fermiers dissidents appelés les Régulateurs. Il paraît qu'ils terrorisent l'arrière-pays et organisent des émeutes. Tu en as déjà rencontré ?

Jamie émit un ricanement ironique.

— Qui veux-tu qu'ils terrorisent ? Des écureuils ? L'arrière-pays est une chose, John, le désert en est une autre. Tu as sans doute noté que ce ne sont pas les habitations qui abondent par ici !

— En effet, j'avais remarqué. Cependant, on raconte qu'on t'a en partie accordé ces terres afin que ton influence tempère l'anarchie croissante.

Jamie se mit à rire.

— Je crois qu'il faudra attendre encore un peu avant qu'il y ait une anarchie à contrôler ! La seule fois où j'ai dû intervenir, c'était pour empêcher Gerhard Mueller, un vieux fermier allemand, de frapper une jeune femme au moulin à blé. Il était persuadé qu'elle essayait de le gruger. Voilà toute ma contribution au maintien de l'ordre public.

Grey rit et prit le roi de Jamie.

— Je suis soulagé de l'entendre. Me feras-tu l'honneur de m'accorder une revanche ? Ça m'ennuie de te voir perdre.

Je roulai sur le côté et fixai le mur. La lueur du feu faisait ressortir les traces en chevrons des coups de hache dans les rondins de la cloison. Je tentai de ne plus écouter la conversation et de me concentrer sur l'image de Jamie taillant du bois, m'imaginant blottie dans ses bras chauds et puissants. Cette vision m'apaisait et me réconfortait toujours, même lorsque j'étais seule, en sécurité dans la maison qu'il avait construite pour moi. Mais ce soir-là, ça ne marchait pas.

Je restai immobile, me demandant ce qui me mettait dans cet

état d'énervement. Ou plutôt, pourquoi je me mettais dans un tel état, car je savais déjà ce qui me travaillait : la jalousie.

Je n'avais pas ressenti cette émotion depuis des années et j'en avais honte. Je roulai sur le dos et essayai de faire le vide.

Lord John s'était toujours montré parfaitement courtois avec moi. Plus que cela : c'était un homme cultivé, fin, absolument charmant, en somme. Pourtant, l'écouter discuter avec Jamie en faisant preuve d'intelligence et de finesse me faisait serrer les poings.

Tu n'es qu'une pauvre idiote ! me sermonnai-je. *Cesse de te comporter comme une gamine !*

J'inspirai profondément par le nez et fermai les yeux.

C'était en partie à cause de William, bien entendu. Jamie avait beau se surveiller, j'avais plusieurs fois surpris son regard tandis qu'il observait l'enfant à son insu. Son corps tout entier irradiait la joie, la fierté et l'incertitude. Et de le voir ainsi me nouait.

Jamais il ne contemplerait Brianna de cette façon. Jamais il ne la verrait. Il n'y était pour rien et, pourtant, cela me paraissait injuste. Parallèlement, comment lui en vouloir d'être en admiration devant son fils ? Si je ne pouvais regarder ce beau visage d'enfant qui ressemblait tant à celui de sa sœur, c'était mon problème. Cela n'avait rien à voir avec Jamie ni avec Willie. Pas plus qu'avec John Grey, qui avait amené le jeune garçon jusqu'ici.

Pourquoi ? Cette question me hantait depuis leur arrivée. J'étais persuadée que lord John avait une idée derrière la tête.

L'histoire au sujet du domaine en Virginie pouvait être vraie, comme n'être qu'un prétexte. Même si la propriété existait réellement, passer par Fraser's Ridge représentait un détour considérable. Pourquoi s'était-il donné le mal d'amener l'enfant jusqu'ici ? Pourquoi courir un tel risque ? Willie ne semblait pas conscient de sa ressemblance avec Jamie, une ressemblance que même Ian avait remarquée ; mais s'il en avait été autrement ? Grey était-il venu réclamer sa dette ?

Je roulai à nouveau sur le côté, entrouvris un œil et observai les deux hommes penchés sur l'échiquier. Grey avança son fou et s'enfonça dans son fauteuil en se massant la nuque. C'était un très bel homme, svelte et gracieux, avec un visage viril et des traits racés. Il avait une magnifique bouche sensuelle qui avait dû faire pâlir d'envie plus d'une femme. Il était encore plus doué que Jamie pour cacher ses sentiments. Je n'avais pas encore vu l'ombre d'un regard éloquent de sa part. Toutefois, en Jamaïque, je n'avais eu aucun doute quant à la nature de ses sentiments pour Jamie.

D'un autre côté, je ne pouvais douter des sentiments de Jamie sur ce sujet non plus. Je me sentis légèrement soulagée. Peu importe qu'ils restent pendant des heures à boire, à discuter ou à jouer aux échecs, au bout du compte, ce serait dans *mon* lit que Jamie viendrait se coucher.

Je desserrai les poings et ce ne fut qu'alors, tandis que je me frottais les paumes l'une contre l'autre, que je compris pourquoi la présence de lord John m'avait tant affectée.

Mes ongles avaient creusé de petits croissants de lune dans ma chair. Pendant des années, j'avais frotté ces traces d'anxiété après chaque invitation à dîner, chaque soirée que Frank passait au « bureau ». Pendant des années, j'étais restée éveillée des nuits entières, seule dans notre grand lit matrimonial, enfonçant mes ongles dans mes paumes, à attendre qu'il rentre.

Il rentrait toujours... un peu avant l'aube. La plupart du temps, il me trouvait recroquevillée, lui présentant un dos accusateur. Parfois, au lieu de feindre de dormir, je le défiais en silence, me pressant contre lui, exigeant qu'il me prouve son innocence dans un corps à corps sans merci. La plupart du temps, il relevait le défi. Mais cela ne me soulageait guère.

Pendant la journée, ni lui ni moi ne parlions de ce genre de chose. Je ne pouvais pas. Je n'en avais pas le droit. Frank, lui, n'en avait pas besoin : il avait sa revanche.

Parfois, il s'écoulait des mois, voire une année, avant qu'une nouvelle crise n'éclate. Nous vivions alors en paix. Puis cela recommençait : les coups de téléphone furtifs, les absences un peu trop justifiées, les retours tardifs. Il n'y avait jamais rien de trop voyant, comme un parfum inconnu, du rouge à lèvres sur un col de chemise... Frank était un homme discret. Mais je sentais toujours rôder autour de nous le fantôme d'une autre femme, sans visage, non identifiable. L'autre.

Peu m'importait qui elle était... il en existait plusieurs... Mais ce n'était pas moi. Je restais donc éveillée, serrant les poings, m'infligeant une forme de crucifixion avec mes ongles.

Près de la cheminée, la conversation s'était tarie. Je n'entendais plus que le cliquetis des pions sur l'échiquier.

— Tu es heureux ici ? demanda brusquement lord John.

Jamie ne répondit pas tout de suite.

— J'ai tout ce dont un homme peut rêver, dit-il enfin. Un coin de terre, un travail honorable, la femme que j'aime à mon côté. Un fils que je sais en sécurité et entre de bonnes mains.

Il leva les yeux vers Grey avant d'ajouter :

— ... et un vrai ami.

Il posa sa main sur celle de lord John et la serra.

— Je ne demande rien d'autre, acheva-t-il.

Je fermai les yeux et me mis à compter les moutons.

Je fus réveillée juste avant l'aube par Ian, accroupi à mon chevet.

— Tante Claire, chuchota-t-il, vous feriez mieux de venir, l'homme dans la grange à blé est au plus mal.

Je bondis hors du lit, m'enveloppai dans ma cape et sortis pieds nus derrière Ian avant même que mon esprit n'eût commencé à fonctionner normalement. Mais je n'avais nul besoin de toutes mes facultés mentales pour établir un diagnostic : j'entendis son râle sifflant à dix mètres.

Le jeune lord se tenait devant la porte et regardait dans la grange d'un air effrayé.

— Que fais-tu ici ? lui demandai-je. Tu ne dois pas t'approcher. Toi non plus, Ian. Retournez à la cabane et apportez-moi de l'eau chaude, mon coffre et des chiffons propres.

Willie obtempéra aussitôt, heureux de s'éloigner des bruits horribles qui nous parvenaient de la grange. Ian s'attarda, préoccupé.

— Je ne crois pas que vous pourrez faire grand-chose, tante Claire.

Nos regards se croisèrent. Il me parut soudain très adulte.

— Sans doute pas, en effet, répondis-je. Mais on ne peut pas le laisser dans cet état.

— C'est vrai, mais... il est peut-être inutile de le tourmenter avec des remèdes. Il est prêt à mourir. On a entendu une chouette hululer toute la nuit. Il l'aura entendue aussi. Chez eux, c'est le signe que la mort rôde.

Les râles étaient de plus en plus espacés.

— Que font les Indiens quand un des leurs agonise ? demandai-je à Ian. Tu le sais ?

— Ils chantent. Le chaman se peint le visage et chante pour que l'âme parvienne à bon port sans être emportée par les démons.

J'hésitai, partagée entre mon besoin de faire quelque chose et la certitude que toute action serait futile. Avais-je le droit de troubler la paix de cet homme au seuil de la mort ? Pire encore, de lui faire craindre que son âme soit damnée à cause de mon interférence ?

Ian n'attendit pas que j'en aie terminé avec mes atermoiements. Il prit un peu de terre dans le creux de sa main, cracha dessus et la malaxa en une sorte de boue. Puis il plongea un doigt dans sa mixture et traça une ligne sur mon front.

— Ian !

— Chhhut ! Je crois que c'était plus ou moins comme ça. Je n'ai vu le chaman que de loin.

Il ajouta deux lignes en diagonale sur mes joues et un zigzag grossier en bas de ma mâchoire inférieure gauche.

— Ian, je ne sais pas si...

— Chut ! Allez-y, tante Claire. Il n'aura pas peur de vous, il vous connaît.

431

Il me poussa vers la porte et j'entrai dans la grange. Je m'approchai de la paillasse, m'agenouillai auprès du mourant et lui touchai le bras. Sa peau était brûlante et sèche, sa main molle comme du vieux cuir.

— Ian, tu peux lui parler ? Appelle-le par son nom, dis-lui que tout va bien se passer.

— Il ne faut pas prononcer son nom, tante Claire. Ça attire les démons.

Ian s'éclaircit la gorge et articula quelques mots remplis de douces consonnes gutturales. La main dans la mienne tressaillit légèrement. Mes yeux s'étant accoutumés à la pénombre, je commençais à distinguer son visage. Il eut un faible mouvement de surprise en apercevant mon étrange maquillage.

— Chantez, tante Claire, m'enjoignit Ian. Ce que j'ai entendu au village ressemblait un peu à *Tantum ergo*.

Ne voyant pas trop ce que je pouvais faire d'autre, j'entonnai doucement :

— *Tantum ergo, sacramentum...*

Au bout de quelques secondes, ma voix cessa de trembler et je me calai sur mes talons, en fredonnant sans le lâcher. Ses épais sourcils se détendirent et une lueur d'apaisement investit ses yeux ternes.

J'avais déjà assisté à de nombreux décès, qu'ils soient dus à des accidents, des maladies, des blessures de guerre ou simplement à des causes naturelles. J'avais vu des hommes et des femmes affronter la mort de multiples façons, du fatalisme philosophique à la négation violente. Mais je n'avais jamais vu quelqu'un mourir ainsi.

Il attendit que j'aie fini la chanson, son regard rivé sur le mien. Puis il tourna la tête vers la porte et, lorsque le premier rayon du soleil éclaira son visage, il quitta simplement son corps, sans le moindre tressaillement de muscle ni l'expiration d'un dernier souffle.

Je restai immobile, tenant la main inerte, jusqu'à ce que je me rende compte que je ne respirais plus moi non plus. L'air autour de moi semblait suspendu, comme si le temps s'était arrêté. Pour lui, il s'était arrêté à jamais.

— Que va-t-on faire de lui ?

Nous ne pouvions plus rien pour notre invité. Mais restait la question de sa dépouille mortelle.

J'avais échangé quelques messes basses avec lord John, qui avait accepté d'emmener Willie sur la colline cueillir les dernières fraises de la saison. Si le décès de l'Indien n'avait rien d'horrible, ce n'était pas un spectacle pour un enfant qui avait vu sa mère mourir quelques mois plus tôt. Lord John lui-même avait paru bouleversé... Un peu d'air frais et de soleil leur ferait le plus grand bien à tous les deux.

Jamie fronça les sourcils et se passa une main sur le visage. Il ne s'était pas encore rasé et le chaume de ses joues faisait un bruit de grattoir.

— Il faut lui donner une sépulture décente, conclut-il.

— J'imagine qu'on ne va pas le laisser pourrir dans la grange, mais tu crois que les siens ne verront pas d'objection à ce qu'il soit enterré ici ? Que font-ils de leurs morts, Ian ?

Celui-ci était encore un peu pâle, mais faisait preuve d'une remarquable maîtrise de soi. Il eut une moue incertaine et avala une gorgée de lait.

— Je n'en sais trop rien, tante Claire. Je n'ai vu qu'une seule fois un homme mourir au village. Ils l'ont enveloppé dans une peau de daim et l'ont transporté en procession tout autour du village en chantant. Puis ils ont emmené le corps dans la forêt, l'ont couché sur une plate-forme et l'ont laissé sécher là.

Jamie ne sembla guère enchanté à l'idée d'avoir des cadavres momifiés perchés dans les arbres autour de la ferme.

— Il vaudrait peut-être mieux envelopper le corps dans un linceul et le ramener dans son village, proposa-t-il. Les siens le prendront en charge.

— Non, on ne peut pas faire ça, objectai-je. Le corps est certainement encore contagieux. Tu ne l'as pas touché, n'est-ce pas, Ian ?

— Non, ma tante. Enfin, pas lorsqu'il est tombé malade. Mais avant ça, on a chassé ensemble.

— Mais tu n'as jamais eu la rougeole !

Je me passai une main dans les cheveux, puis me tournai vers Jamie.

— Et toi ?

A mon grand soulagement, il hocha la tête.

— Si, quand j'avais cinq ou six ans. Tu es sûre qu'on ne peut pas l'attraper deux fois ? Je peux donc toucher le corps sans courir de risque ?

— Oui, tout comme moi. Mais on ne peut pas le ramener au village. J'ignore combien de temps le virus de la rougeole — c'est une sorte de microbe — peut continuer à vivre dans les vêtements ou dans un cadavre, mais comment pourra-t-on expliquer aux Indiens qu'ils ne doivent pas le toucher ni même l'approcher ? Ils risquent d'être tous contaminés.

— Ce qui m'inquiète le plus, intervint Ian, c'est qu'il n'est pas d'Anna Ooka. Il vient d'un autre village plus au nord. Si on le met en terre ici à notre manière, les siens penseront peut-être qu'on l'a tué puis enterré pour cacher son corps.

Je n'avais pas envisagé cette sinistre possibilité.

— Tu crois vraiment ?

Ian haussa les épaules d'un air incertain.

— Nacognatewo et les siens nous connaissent bien et nous font confiance, expliqua-t-il. Mais Myers m'a dit que la plupart des autres Indiens se méfieraient toujours de nous. Il faut dire qu'ils ont de quoi être suspicieux, non ?

La grande majorité des Tuscaroras ayant été exterminée par des colons de Caroline du Nord moins de cinquante ans plus tôt, il n'avait sans doute pas tort. Mais cela ne résolvait pas notre problème.

Jamie poussa un long soupir.

— Je crois que tout ce qu'il nous reste à faire, dit-il, c'est d'envelopper le corps dans un linceul et de le déposer dans la petite grotte sur la colline. J'ai déjà planté des pieux autour de l'entrée pour délimiter une étable que je compte y construire. Ensuite, Ian ou moi irons voir Nacognatewo et lui expliquerons la situation. Il pourra peut-être envoyer quelqu'un pour examiner le cadavre et s'assurer que nous ne l'avons pas tué. Après quoi nous pourrons l'enterrer.

Avant que j'aie pu lui répondre, j'entendis des pas de course dans la cour. Willie apparut sur le seuil, pâle et agité.

— Madame Fraser ! Pouvez-vous venir ? Papa est malade !

— C'est l'Indien qui l'a contaminé ?

Jamie examina lord John en fronçant les sourcils. Nous l'avions déshabillé et mis au lit. Son visage était tantôt bouffi et rouge, tantôt pâle et creusé, symptômes que j'avais attribués un peu plus tôt à son émotion devant la mort de l'Indien.

— Non, c'est impossible, répondis-je. La période d'incubation varie d'une à deux semaines.

Je me tournai vers Willie et lui demandai :

— Où étiez-vous, il y a...

Je m'interrompis. C'était une question idiote. Ils étaient en voyage. Il n'y avait aucun moyen de savoir exactement où Grey avait été exposé au virus. Dans les auberges, les voyageurs dormaient souvent à plusieurs dans le même lit et les couvertures étaient rarement changées. Rien n'était plus simple que de se coucher le soir en bonne santé et de se réveiller le matin chargé des agents pathogènes de n'importe quelle maladie, de la rougeole à l'hépatite.

Je posai une main sur le front de Grey. Il était brûlant.

— Vous avez bien dit hier qu'il y avait une épidémie de rougeole à Cross Creek ?

— Oui, dit-il d'une voix rauque. C'est ce que j'ai ? Il faut absolument éloigner Willie.

— Ian, emmène Willie dehors, s'il te plaît.

J'essorai un linge imbibé de jus de sureau et nettoyai le cou et le visage de lord John. Il n'avait pas encore d'éruption cutanée mais lorsque je lui fis ouvrir la bouche, j'aperçus le semis de petits points blanchâtres de Köplik qui parsemait l'intérieur de ses joues.

— Oui, c'est bien la rougeole, confirmai-je. Quand avez-vous commencé à vous sentir mal ?

— J'étais un peu étourdi hier soir avant de me coucher, dit-il entre deux quintes de toux. Mais j'ai pensé que c'était à cause de la mixture de Jamie. Puis ce matin...

Il fut interrompu par un éternuement et je sortis précipitamment un mouchoir propre.

— Essayez de vous reposer un peu, lui recommandai-je. Je vais faire infuser de l'écorce de saule, cela devrait soulager votre migraine.

J'adressai un signe à Jamie, qui me suivit à l'extérieur.

— Il ne faut surtout pas laisser Willie l'approcher, dis-je à voix basse. Pas plus que Ian. Lord John est très contagieux.

Jamie fronça les sourcils.

— D'accord. Mais tu disais que le temps d'incubation...

— Ian peut avoir été contaminé par l'Indien, et Willie par la même source que lord John. Ils peuvent tous deux l'avoir déjà en ce moment, mais ne pas encore présenter de symptômes.

Dans l'enclos, les deux garçons étaient en train de nourrir les chevaux. Un vague plan prenait forme dans ma tête.

— Il vaudrait mieux que tu les emmènes camper ce soir. Vous pourrez dormir dans ma remise à herbes ou dans la forêt. Attendez un jour ou deux. D'ici là, si Willie a été contaminé en même temps que lord John, cela se verra. S'il ne présente toujours pas de symptômes, c'est qu'il est sain. Dans ce cas, tu n'auras qu'à aller avec lui à Anna Ooka pour prévenir Nacognatewo au sujet du mort. Cela devrait garder Willie hors de danger.

— Et Ian pourra rester ici pour veiller sur toi ? Hum... oui, je crois que c'est une bonne idée.

Sous son air impénétrable, je discernai une lueur d'émotion dans son regard. Il était inquiet, pour lord John et sans doute aussi pour Ian et moi, mais au-delà, il éprouvait un mélange de curiosité et d'appréhension à l'idée de passer quelques jours seul avec son fils.

— S'il n'a encore rien remarqué, il ne s'apercevra de rien, dis-je pour le rassurer.

— Sans doute. Je suppose qu'il n'y a pas trop de risques.

— Il y a juste une chose que je voudrais te demander avant que tu partes.

Il posa la main sur la mienne et me sourit.

— Quoi donc ?

— Sors cette truie du garde-manger, s'il te plaît.

27

La pêche à la truite

L'expédition commençait sous de mauvais auspices. D'abord, il pleuvait. Ensuite, Jamie n'aimait pas laisser Claire seule. Enfin, il était très inquiet pour John. Lorsqu'il l'avait quitté, John était à peine conscient. Il soufflait comme un phoque, le visage à peine reconnaissable sous les taches rouges.

Et pour clore ce tableau peu encourageant, le neuvième comte d'Ellesmere venait de lui envoyer un coup de poing dans la mâchoire. Il le saisit par la cravate et se secoua assez violemment pour que ses dents s'entrechoquent.

Il lâcha l'enfant qui chancela un instant, puis tomba lourdement sur les fesses dans la boue de l'enclos. Jamie croisa les bras et le toisa. Leur dispute durait depuis près de vingt-quatre heures et il commençait à perdre patience.

— J'ai dit que tu viendrais avec moi, répéta-t-il. Je t'ai déjà expliqué pourquoi, alors cesse de discuter.

Le jeune garçon avança un menton volontaire et soutint son regard.

— Je ne partirai pas ! Vous ne pouvez pas m'y obliger !

Il se releva en serrant les poings et tourna les talons, en direction de la cabane.

Jamie le rattrapa par le col. Voyant l'enfant prendre son élan pour lui envoyer un coup de pied dans le tibia, il ferma son poing et lui envoya un uppercut dans l'estomac. Les yeux de William faillirent sortir de leurs orbites et il se plia en deux, se tenant le ventre.

— Pas de coups de pied, dit calmement Jamie. C'est mal élevé. Quant à la question de savoir si je peux t'obliger à me suivre, la réponse est simple : évidemment.

Le visage du jeune comte était cramoisi et il ouvrait la bouche comme une truite hors de l'eau. Il avait perdu son chapeau et la pluie lui plaquait les cheveux sur le crâne.

— C'est très honorable de ta part de vouloir rester auprès de ton beau-père, poursuivit Jamie en s'essuyant le visage. Mais tu ne peux pas l'aider. Le mieux que tu aies à faire, c'est de ne pas tomber malade à ton tour et, pour ça, tu dois me suivre.

Du coin de l'œil, il distingua un mouvement à la fenêtre de la cabane. Ce devait être Claire qui se demandait ce qu'ils faisaient encore là. Il saisit William par le bras et le conduisit vers les chevaux.

— En selle !

A son grand soulagement, le jeune garçon mit un pied dans l'étrier et grimpa sur sa monture sans rechigner. Il lui tendit son chapeau et monta en selle à son tour. Par mesure de précaution, il garda les deux jeux de rênes en main. Tandis qu'il se mettait en route, il entendit une petite voix enragée derrière lui.

— Vous n'êtes qu'un porc, monsieur !

Partagé entre l'irritation et l'envie de rire, il parvint à garder son sang-froid. Il lança un regard par-dessus son épaule et vit l'enfant à demi couché sur l'encolure de son cheval, s'apprêtant à sauter.

— Je te le déconseille, lui lança-t-il. Je n'aimerais pas être contraint de t'attacher les pieds aux étriers.

Les yeux du jeune garçon se plissèrent en deux petits triangles bleu acier, mais il se redressa néanmoins et ses épaules s'affaissèrent dans une attitude de défaite provisoire.

Ils chevauchèrent en silence sous la pluie pendant toute la matinée. Willie boudait toujours quand ils s'arrêtèrent pour déjeuner, mais il alla chercher de l'eau à la rivière sans protester, puis rangea les affaires pendant que Jamie faisait boire les chevaux.

Jamie le surveillait étroitement mais ne voyait toujours pas de traces de rougeole. L'enfant avait bien la goutte au nez, mais cela semblait surtout dû au temps.

Vers le milieu de l'après-midi, la curiosité de Willie l'emporta sur son entêtement et il daigna enfin ouvrir la bouche.

— C'est encore loin ? demanda-t-il.

Jamie lui avait rendu ses rênes depuis longtemps. Ils s'étaient trop éloignés de la cabane pour que le jeune garçon se risque à rentrer seul.

— A deux jours de marche, plus ou moins, répondit-il.

La route entre Fraser's Ridge et Anna Ooka était tellement escarpée qu'ils seraient arrivés à destination presque aussi vite à pied. Mais les chevaux leur permettaient de transporter quelques articles de première nécessité, tels une bouilloire, des provisions, une paire de cannes à pêche, ainsi que des présents pour les Indiens, y compris un fût de whisky maison pour mieux faire passer les mauvaises nouvelles.

Ils n'avaient aucune raison de se presser. Claire lui avait ordonné de ne pas ramener Willie à la cabane avant au moins six jours. D'ici là, John ne serait plus contagieux. Il serait en pleine convalescence... ou mort.

Claire avait fait de son mieux pour paraître confiante, assurant à Willie que son beau-père s'en sortirait indemne, mais la lueur d'angoisse qu'il avait lue dans ses yeux lui avait noué le ventre. Finalement, il valait mieux qu'il s'en aille. Il ne lui serait d'aucune utilité et la maladie lui laissait toujours un sentiment d'impuissance, à mi-chemin entre la peur et la rage.

— Ces Indiens... ils sont gentils ? interrogea Willie.

Jamie fit ralentir son cheval et invita le jeune lord à chevaucher à sa hauteur.

— Très. Nous les connaissons depuis plus d'un an et ils nous ont accueillis plusieurs fois dans leur village. Les habitants d'Anna Ooka sont plus courtois et hospitaliers que la plupart des gens que j'ai rencontrés en Angleterre.

— Vous avez vécu en Angleterre ? s'étonna Willie.

Jamie se maudit intérieurement pour sa négligence. Par chance, l'enfant s'intéressait plus aux Peaux-Rouges qu'à la biographie de James Fraser et il se contenta d'une réponse vague.

Ravi de constater qu'il oubliait de bouder, Jamie fit de son mieux pour l'encourager et lui raconta des histoires d'Indiens en lui indiquant çà et là des traces d'animaux. Lui-même se sentait plus qu'heureux de rompre enfin le silence et de penser à autre chose qu'à la situation délicate dans laquelle ils se trouvaient. Si John mourait, qu'adviendrait-il de Willie ? Il serait sans doute renvoyé en Angleterre chez sa grand-mère... et Jamie n'entendrait plus jamais parler de lui.

Outre Claire, John était le seul à connaître la vérité sur la paternité de Willie. La grand-mère de l'enfant la soupçonnait peut-être, mais jamais elle n'admettrait au grand jour que son petit-fils était le bâtard d'un traître jacobite et non le descendant légitime des comtes d'Ellesmere. Il adressa en silence une brève prière à sainte Bride pour la santé de John Grey et tenta de ne plus y penser. En dépit de ses appréhensions, la promenade commençait à lui plaire. La pluie s'était réduite à une bruine et la forêt était remplie des senteurs de la végétation et de la terre humides.

— Tu vois ces griffures sur le tronc là-bas ?

Il pointait le doigt vers un grand bouleau dont l'écorce était en lambeaux, striée d'entailles parallèles dont certaines à plus de deux mètres du sol.

Willie se pencha en avant sur sa selle pour mieux voir.

— C'est un animal qui a fait ça ?

— Un ours. Il était là il n'y a pas longtemps. On voit encore la sève suinter.

— Il est dans les parages ?

Willie lança des regards autour de lui, plus curieux qu'effrayé.

— Non, répondit Jamie. Sinon, nos chevaux le sentiraient et refuseraient d'avancer. Regarde bien le sol autour de toi, on verra sûrement ses empreintes ou ses fumées.

Non, si John mourait, le lien ténu avec Willie se romprait à jamais. Il s'était résigné à cette situation depuis longtemps et en acceptait la nécessité sans se plaindre... mais si la maladie emportait à la fois son ami le plus proche et tout lien avec son fils, la perte serait immense.

La pluie avait cessé. Tandis qu'ils contournaient le flanc d'une montagne et débouchaient au-dessus d'une vallée, Willie poussa une exclamation de surprise ravie et se dressa sur sa selle. Un arc-en-ciel traversait l'horizon, sur un fond gris sombre.

— Oh ! que c'est beau ! s'extasia Willie. Vous avez déjà vu une chose pareille, monsieur ?

— Jamais, répondit Jamie avec un sourire.

Avec un serrement de cœur, il lui vint à l'esprit que ces quelques jours en tête à tête dans la nature seraient peut-être sa dernière occasion de voir et d'entendre son fils. Il espéra qu'il n'aurait plus à lever la main sur lui.

— Maintenant passe-moi la petite plume mouchetée. Tiens-la du bout des doigts, c'est ça.

Jamie fit un nœud à la plume de pivert, juste sous les doigts de Willie.

— Tu vois, on dirait un insecte sur le point de s'envoler.

Willie hocha la tête, concentré sur l'appât.

— Qu'est-ce qui est le plus important, demanda-t-il, la forme de la plume ou sa couleur ?

— Les deux, sans doute. En fait, le plus important, c'est que les poissons aient faim. Si on choisit bien son heure, ils sont prêts à gober n'importe quoi, même un hameçon nu.

— Et maintenant, c'est la bonne heure, monsieur Fraser ?

Il mit sa main en visière et scruta la rivière.

— Oui, répondit Jamie. Les poissons se nourrissent au coucher du soleil. Tu vois ces remous à la surface de l'eau ?

L'eau était lisse, à part des dizaines de petites rides qui s'étiraient et se chevauchaient.

— Oui, dit Willie. Ce sont des poissons ?

— Non, ce sont des larves d'insectes qui viennent d'éclore et remontent à la surface. Les truites vont les voir et venir les manger.

Au moment instant, un éclat d'argent jaillit au-dessus de l'eau et retomba en projetant des éclaboussures. Willie ouvrit des yeux émerveillés.

— Ça, c'était un poisson, commenta Jamie.

Il fit glisser sa ligne entre les deux biseaux sculptés dans sa canne, y attacha une mouche et fit un pas en avant.

— Regarde-moi faire.

Il prit son élan et, d'un geste sec du poignet, projeta sa ligne vers le milieu de la rivière. La plume se posa doucement sur l'eau comme un moucheron. Ils attendirent un moment, plissant les yeux. Les reflets de la lumière sur l'eau étaient aveuglants. Jamie enroula lentement la ligne autour de son poignet. Soudain, la mouche disparut. Jamie tira aussitôt sur la canne et sentit une résistance.

— Vous en avez un ! Vous en avez un ! hurla Willie.

Il se mit à sautiller sur la berge, ivre d'excitation.

N'ayant pas de moulinet, Jamie était forcé d'attraper le fil d'une main et de tirer violemment dessus en reculant. Il répéta l'opération plusieurs fois de suite. Il ne voyait rien que le miroitement de l'eau agitée par la truite qui se débattait sauvagement, se tordant dans tous les sens...

Puis, plus rien. La ligne devint molle. Il attendit quelques secondes ; les secousses vibraient encore dans son bras.

— Mince ! dit Willie, déçu. Elle s'est décrochée. Pas de chance, monsieur !

— Bah, ça dépend pour qui, répondit Jamie avec philosophie. Le poisson lui, ne doit pas être de cet avis.

Revigoré par le combat, il sourit et essuya d'une main son visage trempé.

— A toi, mon garçon !

Avec une mine concentrée, Willie lança son bras en arrière et projeta sa ligne en avant. La canne glissa entre ses doigts, vola dans les airs et atterrit gracieusement au milieu de la rivière. Willie en resta pantois, puis tourna un visage consterné vers Jamie, qui éclata de rire. Le jeune lord parut d'abord vexé, et enfin esquissa un sourire contrit.

— Vous croyez que ça va faire fuir les poissons, si je vais la chercher ?

— Oui, répondit Jamie. Prends ma canne, j'irai récupérer la tienne tout à l'heure.

Le deuxième essai fut mieux réussi. Willie saisit la canne de Jamie et se tourna vers la rivière. Il sortit un petit bout de langue, plissa les paupières et lança sa ligne avec application. Celle-ci atterrit au beau milieu des remous.

— Bravo ! le félicita Jamie. Très bien visé ! Mais la prochaine fois, il faudra penser à accrocher la mouche.

— Oh ! fit Willie, penaud. J'ai oublié !

Quelque peu calmé par ses mésaventures, il laissa cette fois Jamie lui fixer une plume au bout de sa ligne et se tenir derrière lui pour guider son poignet. La peau du jeune garçon était froide et moite de transpiration, la tension dans son bras vive et forte, réagissant rapidement au toucher de Jamie. Soudain, Willie se dégagea et se tourna vers lui.

— Mais ce n'est pas comme ça que vous avez fait tout à l'heure. Vous avez lancé de la main gauche, je vous ai vu !

— C'est parce que je suis gaucher. La plupart des hommes lancent la ligne de la main droite.

— C'est drôle, moi aussi je suis gaucher. Ma maman disait que ce n'était pas bien et qu'il fallait que j'apprenne à utiliser l'autre main, comme un vrai gentleman. Mais papa a obligé mes précepteurs à me laisser écrire comme je voulais. Il a dit que ce n'était pas grave si j'étais maladroit avec une plume et que, plus tard, ça me donnerait un avantage dans les combats à l'épée.

— Ton père est un homme sage, dit Jamie avec un sourire.

— C'est un soldat ! répondit fièrement Willie. Il s'est battu en Ecosse, pendant le Soulèv...

Il s'interrompit et devint rouge comme une pivoine, se rendant soudain compte qu'il s'adressait sans doute à un ancien soldat vaincu lors de ce même Soulèvement. Il tripota sa canne sans oser relever les yeux.

— Je sais, dit Jamie. C'est à cette occasion que nous nous sommes rencontrés. Ton père était un valeureux soldat. Il avait raison au sujet des gauchers et de leurs épées. Maintenant, si on essayait encore une fois ? Sinon, on risque de n'avoir rien à dîner.

Lorsque le soleil sombra derrière la ligne d'horizon, ils avaient déjà pêché un beau chapelet de truites. Ils étaient également trempés jusqu'aux os, épuisés et parfaitement heureux.

— Je n'ai jamais rien goûté d'aussi délicieux ! déclara Willie, songeur. Jamais !

Nu comme un ver, il s'était enveloppé dans une couverture. Ses culottes, ses bas et sa chemise étaient suspendus à sécher sur une branche non loin du feu. Il se laissa retomber sur le dos avec un soupir de contentement.

Jamie étala son plaid humide sur un buisson et remit une bûche dans les flammes. Le ciel était dégagé, Dieu merci, mais la nuit serait fraîche. Il se tint debout devant le feu, et laissa l'air chaud remonter le long de ses cuisses et se glisser sous sa chemise. Willie fixait les flammes, plongé dans ses pensées. Jamie put alors l'observer à loisir sans en avoir l'air. C'était l'un de ces moments rares qui survenaient toujours à l'improviste, un moment qui s'imprimerait dans son cœur et sa mémoire, et qu'il pourrait faire resurgir plus tard dans ses moindres détails.

Il n'aurait pu dire ce qui distinguait ces moments des milliers d'autres qu'il avait vécus, mais il savait les reconnaître quand ils se présentaient. Il avait vu des scènes bien plus impressionnantes ou plus belles, qui ne lui avaient laissé qu'un vague souvenir. Mais ces images, ces « instants figés », comme il les appelait, lui évoquaient les photographies que Claire lui avait apportées.

Tant qu'il vivrait, il se souviendrait de cette soirée. Il n'aurait qu'à l'évoquer pour sentir à nouveau la brise fraîche sur son visage, le picotement du feu sur ses jambes, l'odeur de truite frite...

Il pouvait entendre les bruits de la forêt derrière lui et le gargouillis sourd de la rivière un peu plus loin. Jamais il n'oublierait les reflets dorés qui jouaient sur le visage d'enfant de son fils.

— *Deo Gratias...* murmura-t-il.

Willie releva brusquement la tête.

— Pardon ?

— Rien.

Pour cacher son embarras, Jamie ôta son plaid à moitié sec du buisson et l'étendit sur le sol. Il en rabattit les pans sur lui et dénoua le baluchon qui contenait son matériel de pêche.

— Tu devrais dormir, mon garçon. Nous aurons une rude journée demain.

— Je n'ai pas sommeil, protesta Willie. Je peux vous aider ?

Sans attendre de réponse, il contourna le feu et vint s'asseoir près de lui. Jamie poussa vers lui la boîte qui contenait les plumes et décrocha des hameçons plantés dans un bouchon de liège. Ils œuvrèrent en silence un long moment, chacun s'arrêtant de temps à autre pour admirer les mouches de l'autre. Willie finit néanmoins par se lasser et reposa son ouvrage pour interroger Jamie sur les Peaux-Rouges tout en le regardant travailler.

— Non, répondit Jamie à l'une de ses questions. Je n'ai jamais vu un scalp au village. Ce sont des gens très pacifiques. Mais si tu fais du mal à l'un d'entre eux, ils ne reculeront devant rien pour le venger.

Il sourit d'un air songeur.

— A cet égard, ils sont plutôt comme les Highlanders, ajouta-t-il.

— Grand-mère dit que les Ecossais se reproduisent...

Il s'arrêta abruptement. Jamie releva la tête et le vit qui triturait un hameçon entre ses doigts, les lèvres pincées.

— Comme des lapins ? demanda-t-il.

Willie lui lança un coup d'œil inquiet.

— C'est vrai que les familles écossaises sont souvent nombreuses, reprit Jamie avec un sourire. Chez nous, on pense que les enfants sont un don de Dieu.

Constatant qu'il n'était pas offensé, Willie se redressa un peu.

— Et vous, monsieur Fraser ? Vous avez beaucoup d'enfants ?

Jamie tiqua.

— Euh... non, pas beaucoup.

— Je suis désolé, je ne voulais pas... c'est que je ne pensais pas...

— Tu ne pensais pas quoi ? demanda Jamie doucement.

— Eh bien... la maladie... la rougeole. J'ai entendu Mme Fraser dire que vous l'aviez eue quand vous étiez petit, mais je ne pensais pas que vous ne pouviez... euh...

— Ah ! non, dit Jamie en riant. Tout va bien de ce côté-là. J'ai une grande fille. Elle vit loin d'ici, à Boston.

— Ah ! fit Willie, soulagé. Et c'est tout ?

Jamie ne répondit pas tout de suite, faisant mine d'être absorbé par la mouche qu'il était en train de fabriquer.

— Non, dit-il enfin. J'ai aussi un fils. Un brave petit garçon que j'aime beaucoup.

28

Une conversation tendue

A la tombée du soir, Ian avait le regard vitreux et le front brûlant. Il se redressa sur sa paillasse en me voyant entrer, mais il oscillait dangereusement. Bien que je n'eusse plus le moindre doute, j'examinai l'intérieur de sa bouche. Les petits points blancs de Köplik se détachaient nettement sur le fond rose sombre.

— Eh bien ! soupirai-je, résignée. Tu l'as aussi. Tu ferais mieux de venir t'installer dans la cabane, je pourrais mieux te soigner.

— J'ai la rougeole ? Alors, je vais mourir ?

Il ne semblait qu'à moitié concerné.

— Non, répondis-je sur un ton détaché.

Je priai le ciel d'avoir raison.

— Comment te sens-tu ? lui demandai-je.

— J'ai un peu mal à la tête.

En effet, la flamme de ma chandelle lui faisait froncer les sourcils et plisser les yeux. Néanmoins, il pouvait marcher, ce qui était une bonne chose. Il mesurait une bonne tête de plus que moi et, bien qu'il fût maigre et dégingandé, je n'aurais sans doute pas eu la force de le porter. Lorsque nous parvînmes à la cabane, à moins de vingt mètres de la remise, il tremblait des pieds à la tête. Lord John se redressa en nous voyant entrer et voulut se lever. Je lui fis signe de ne pas bouger.

— Ne vous inquiétez pas, le rassurai-je. On va se débrouiller.

J'avais couché lord John dans mon lit et pris celui de Ian. Il était déjà équipé de draps, d'un édredon et d'un oreiller. J'y guidai Ian, l'aidai à ôter ses culottes et ses bas, puis le bordai.

Il était rouge vif et en nage, dans un état bien plus avancé que ce que j'avais cru en l'examinant brièvement dans la remise.

L'infusion d'écorce de saule qui mijotait sur le feu était sombre et odorante, prête à être consommée. J'en remplis une tasse en m'adressant à lord John :

— Je l'avais préparée pour vous. Ça ne vous ennuie pas d'attendre que j'en refasse ?

— Bien sûr que non, répondit-il. Je peux vous aider ?

Il allait mieux mais n'était pas encore totalement remis. Je fis non de la tête et m'agenouillai devant Ian pour l'aider à boire la décoction. Il eut encore la force de faire la grimace et de se plaindre du goût, ce qui me parut rassurant. Toutefois, son mal de crâne semblait grave ; son front était creusé en permanence d'une ride profonde.

Je m'assis sur le bord du lit, pris sa tête sur mes genoux et commençai à lui masser doucement les tempes. Puis j'enfonçai mes pouces dans ses orbites et pressai vers l'arcade sourcilière. Il poussa un faible gémissement et se détendit.

— Respire profondément, lui dis-je. Ne t'inquiète pas si ça fait un peu mal au début, cela veut dire que je touche le bon endroit.

— Ça va, répondit-il d'une voix faible. C'est une méthode du petit Chinois, non ?

— Oui.

Lord John me regardait faire d'un air perplexe.

— Il veut parler de Yi Tien Cho, lui expliquai-je. M. Willoughby. Il m'a appris une technique de son pays. Elle consiste à soulager la douleur en appuyant sur certains points du corps.

Je regrettai aussitôt d'avoir fait allusion à M. Willoughby devant lord John qui, la dernière fois que je l'avais vu en Jamaïque, s'apprêtait à lancer quatre cents soldats et marins à la poursuite du petit Chinois, soupçonné d'être l'auteur d'un meurtre particulièrement atroce. Je me sentis obligée de préciser :

— Ce n'était pas lui, vous savez.

— C'est aussi bien, puisqu'on ne l'a jamais attrapé, répondit-il avec une moue ironique.

— Ah ? Tant mieux.

J'écartai mes pouces d'un demi-centimètre vers l'extérieur et appuyai de nouveau. Ian avait encore les traits crispés par la douleur, mais les commissures de ses lèvres se détendaient.

— Vous ne sauriez pas qui a assassiné Mme Alcott, par hasard ? demanda lord John.

Il avait parlé sur un ton détaché. Je tournai les yeux vers lui mais son visage couvert de boutons rouges n'exprimait qu'une simple curiosité.

— Si, mais... hésitai-je.

Ian ouvrit les yeux et les referma aussitôt avec une grimace de douleur.

— C'est vrai, tante Claire ? Qui c'était ? Qu'est-ce qui s'est passé ?

— Toi, reste tranquille, rétorquai-je. Tu es malade.

J'enfonçai mes pouces dans les muscles devant ses oreilles.

— Aïe ! D'accord, tante Claire, je me tais, mais dites-moi qui. Vous ne pouvez pas lâcher des fragments d'information comme ça, puis vous attendre à ce que je m'endorme tranquillement.

Il entrouvrit un œil et se tourna vers lord John, qui lui sourit en réponse.

— Cette affaire n'est plus sous ma responsabilité, m'assura ce dernier.

A l'intention de Ian, il ajouta :

— Cela dit, il se peut que cette histoire incrimine une personne que votre tante ne tient pas à nommer. Il ne serait donc pas convenable d'insister.

— Oh, non, ça ne peut pas être ça, rétorqua Ian. Oncle Jamie n'assassinerait jamais personne à moins d'avoir une bonne raison.

Du coin de l'œil, je vis lord John tressaillir. Manifestement, il lui était venu à l'esprit que je pouvais chercher à protéger Jamie.

— Non, le rassurai-je. Ce n'était pas lui.

— Ce n'était pas moi non plus, renchérit Ian. Qui d'autre tante Claire voudrait-elle protéger ?

A dire vrai, c'était surtout Ian que j'avais voulu protéger. Cette affaire ne pouvait plus nuire à personne d'autre. Le meurtrier était déjà mort, tout comme M. Willoughby sans doute, englouti par la jungle de la Jamaïque.

Mais l'histoire impliquait une autre personne, une femme que j'avais d'abord connue sous le nom de Geillis Duncan, puis de Geillis Abernathy. C'était elle qui avait fait enlever Ian en Ecosse, l'avait emprisonné en Jamaïque puis lui avait fait subir divers sévices dont il ne s'était mis à nous parler que depuis peu de temps.

A présent, je pouvais difficilement me sortir de cette impasse. Ian insistait comme un enfant qui ne peut s'endormir sans son conte de fées quotidien et lord John demeurait assis dans son lit, les yeux pétillants de curiosité.

Aussi, résistant à l'envie macabre de commencer par « Il était une fois... », je m'adossai au mur et, la tête de Ian sur les genoux, j'entamai l'histoire de Rose Hall et de sa maîtresse, la sorcière Geillis Duncan ; du révérend Archibald Campbell et de son étrange sœur Margaret ; du monstre d'Edimbourg et de la prophétie des Fraser ; de la cérémonie nocturne du crocodile, la nuit où les esclaves des six plantations de Yallahs River s'étaient soulevés et avaient assassiné leurs maîtres, menés par Ishmaël le *houngan*.

Des événements survenus dans la grotte d'Abandawe, sur l'île d'Haïti, je ne dis rien. Après tout, Ian y avait assisté en personne. En outre, ils n'avaient rien à voir avec le meurtre de Mina Alcott.

— Un crocodile ! murmura Ian. Vous l'avez vraiment vu, tante Claire ?

Il avait toujours les yeux fermés et ses traits s'étaient détendus malgré les horreurs que je venais de lui raconter.

— Non seulement je l'ai vu, mais je lui ai marché dessus. Ou plutôt, je lui ai marché dessus, et ensuite, je l'ai vu.

Lord John se mit à rire.

— Après vos aventures dans les Caraïbes, vous devez trouver la vie bien ennuyeuse ici, madame Fraser.

— Un peu de tranquillité n'est pas pour me déplaire.

Malgré moi, je regardai la porte verrouillée, près de laquelle j'avais posé le mousquet de Ian. Jamie avait emporté son fusil mais m'avait laissé ses deux pistolets sur la desserte, chargés, amorcés et placés près de sa boîte de munitions et de sa poudrière en corne.

Il faisait bon dans la cabane, le feu projetait des lueurs dorées et rouges sur les rondins en bois brut. L'air était chargé de bonnes odeurs de ragoût d'écureuil et de terrine de potiron. Je passai une main sur la joue de Ian. Il n'avait pas encore d'éruption cutanée mais sa peau était tendue et très chaude malgré la tisane de saule.

Le fait de parler de la Jamaïque avait détourné mon attention de la santé de Ian. Si les maux de tête étaient courants chez les malades atteints par la rougeole, une hémicrânie aiguë et prolongée l'était moins. La méningite et l'encéphalite étaient deux complications graves de la maladie.

— Comment va ton crâne ? lui demandai-je.

— Un peu mieux, répondit-il.

Il se mit à tousser, tandis que les spasmes lui montaient à la tête. Ses prunelles brillaient de fièvre.

— J'ai très chaud, tante Claire, gémit-il.

J'allai chercher un linge que je trempai dans de l'eau froide et le lui passai sur le visage.

— Quand j'avais mal au crâne, Mme Abernathy me faisait boire des améthystes, dit-il d'une voix endormie.

— Des améthystes ?

— Oui, dissoutes dans du vinaigre. Et aussi des perles dans du vin sucré, mais ça, c'était pour le sexe.

Son visage était rouge et bouffi. Il pressa sa joue contre l'oreiller, cherchant le frais.

— Elle était très douée pour les pierres, reprit-il. Elle brûlait de la poudre d'émeraude à la flamme d'une bougie et frottait mon sexe avec un diamant... pour qu'il reste dur, disait-elle.

J'entendis un bruit dans le lit derrière moi et me retournai pour voir lord John hissé sur un coude, écarquillant les yeux.

— Et les améthystes étaient efficaces ? demandai-je.

— Pas trop, mais le diamant, si.

Il voulut rire mais s'étrangla dans une nouvelle quinte de toux.

— Navrée, dis-je, je n'ai pas d'améthystes sous la main, mais j'ai du vin, si tu veux.

Je lui en servis un verre, largement dilué avec de l'eau, et l'aidai à boire. Lord John s'était rallongé et nous observait, ses longs cheveux blonds étalés sur l'oreiller.

— C'est pour ses pierres précieuses qu'elle voulait des garçons, vous savez, reprit Ian. Elle disait que la pierre qu'elle recherchait se développait dans les entrailles d'un adolescent. Il fallait absolument qu'il soit puceau, sinon elle se gâtait.

Il s'interrompit pour tousser à nouveau. Son nez coulait abondamment et je lui tendis un mouchoir. Lord John le regarda avec compassion. Il ne savait que trop ce qu'il endurait, étant passé par là avant lui. Cependant, sa curiosité l'emporta. Je ne m'interposai pas, aussi intriguée que lui.

— Mais pourquoi voulait-elle cette pierre ? demanda-t-il.

— Elle ne me l'a jamais dit. Tout ce que je sais, c'est qu'il la lui fallait coûte que coûte.

Son dernier mot se perdit dans une violente quinte de toux.

— Tu ferais mieux de cesser de parler... commençai-je.

Je fus interrompue par un bruit à la porte. Je me figeai sur place. Lord John se redressa prestement et sortit un pistolet d'une de ses bottes au pied du lit. Il posa un doigt sur ses lèvres et, d'un signe de tête, m'indiqua les pistolets de Jamie sur la desserte. Je m'en approchai doucement et en pris un, rassurée par le poids de l'arme dans ma main.

— Qui est là ? demanda lord John d'une voix forte.

Il n'y eut pas de réponse, hormis une sorte de grattement et un faible gémissement. Je poussai un soupir et reposai le pistolet, partagée entre l'irritation et le soulagement.

— C'est ton maudit chien, Ian.

— Vous êtes sûre ? demanda lord John, son arme toujours braquée vers la porte. Ce pourrait être une ruse indienne.

Ian roula sur le côté pour faire face à la porte.

— Rollo ? cria-t-il d'une voix rauque.

Rauque ou pas, Rollo savait reconnaître la voix de son maître. Il y eut un « Ouaf ! » joyeux et sonore de l'autre côté du battant, suivi par des grattements frénétiques contre le bois.

— Sale clébard, grommelai-je en me hâtant de déverrouiller la porte. Arrête ça ou je te transforme en tapis !

Peu intimidé, Rollo fila entre mes jambes et bondit droit sur le lit de Ian, qui trembla sous l'impact de ses quelque soixante-quinze kilos. Faisant la sourde oreille aux protestations étouffées de son occupant, il se mit à lui lécher goulûment le visage et les avant-bras, avec lesquels Ian tentait de se protéger.

— Couché, Rollo ! balbutia Ian en tentant vainement de le repousser. Allez, assez ! Couché !

— Couché ! tonna lord John à son tour.

Interrompant ses démonstrations d'affection, Rollo tourna la tête vers John Grey, les oreilles aplaties. Il retroussa les babines et émit un grondement sourd.

— Couche-toi, *a dhiobhuil* ! enjoignit Ian. Enlève ta queue de mon visage, sale bête.

Rollo en oublia instantanément lord John. Il tourna trois fois sur lui-même, emmêlant les draps avec ses pattes, avant de se laisser tomber près de son maître. Il donna un grand coup de langue sur l'oreille de Ian puis, poussant un gros soupir, enfouit son museau entre ses pattes boueuses, sur l'oreiller.

— Tu veux que je le fasse redescendre, Ian ? demandai-je.

Je ne savais trop comment je pourrais déplacer un chien de la taille et du tempérament de Rollo, à moins de l'abattre avec le pistolet de Jamie et de traîner sa dépouille au bas du lit. Aussi fus-je soulagée que Ian décline mon offre.

— Laissez-le, tante Claire. Il me tient compagnie, n'est-ce pas, *a charaid* ?

Evitant les gestes brusques, je m'approchai du lit et lissai en arrière les cheveux de Ian. Son front était encore chaud mais la fièvre semblait avoir légèrement diminué. Si elle grimpait à nouveau pendant la nuit, ce qui risquait fort d'être le cas, elle serait sans doute suivie par de violents frissons glacés. La masse chaude et velue de Rollo lui serait alors très utile.

— Dors bien, Ian.

— *Oidhche mhath.*

Il était déjà à moitié endormi, emporté par des rêves fébriles. Son « bonne nuit » se perdit dans un murmure.

En silence, je vaquai à mes occupations et rangeai les résultats d'une journée de labeur : un panier de cacahuètes fraîchement cueillies, triées, lavées et séchées, et une poêlée de joncs enduits de graisse de porc pour faire des chandelles. Dans le garde-manger, je brassai la bière qui fermentait dans la grande cuve, recueillis les caillots de lait destinés au fromage blanc, pétris la pâte à pain en miches que je ferais cuire le matin dans le four creusé au fond de la cheminée.

Lorsque je revins dans la pièce principale, Ian était endormi. Rollo entrouvrit un œil jaune puis le referma. Lord John ne dormait pas mais ne releva pas la tête.

Je m'assis sur le banc près du feu et sortis mon panier à ouvrage, tressé d'un motif indien vert et noir que Gabrielle appelait l'« avaleur de soleil ».

Jamie et Willie étaient partis depuis deux jours. Il leur en fallait deux pour rejoindre le village Tuscarora, et autant pour revenir. Si rien ne leur arrivait entre-temps.

— Ne dis pas de sottises, me sermonnai-je à voix basse.

Rien ne les arrêterait. Ils seraient bientôt de retour.

Le panier était rempli d'écheveaux de laine teinte et de pelotes de fil de lin. Certains m'avaient été donnés par Jocasta, les autres, je les avais filés moi-même. La différence sautait aux yeux, mais même mes brins grossiers et grumeleux trouveraient leur usage. Non pas pour tisser des bas ou des jerseys, mais je pourrais éventuellement tricoter un couvre-théière : un objet assez difforme pour masquer mon incompétence.

Jamie avait été à la fois choqué et amusé d'apprendre que je ne savais pas tricoter. A Lallybroch, la question ne s'était jamais posée, Jenny et les servantes approvisionnant toute la maisonnée en lainages pendant que je m'occupais exclusivement de la distillerie et du jardin de simples. Je ne touchais aux aiguilles que pour le reprisage.

— Tu ne sais pas tricoter *du tout* ? avait lancé Jamie, incrédule. Mais comment faisais-tu l'hiver à Boston, sans bas ?

— J'en achetais.

Il avait balayé la clairière du regard, admirant au passage la cabane à moitié achevée.

— Je ne vois de boutique nulle part, *Sassenach*. Je suppose que tu ferais bien de t'y mettre.

— Je le suppose aussi, avais-je soupiré.

J'avais baissé des yeux dubitatifs vers le panier que Jocasta m'avait envoyé. Il était bien équipé, avec trois jeux d'aiguilles circulaires de différentes tailles et un quatrième, d'aspect sinistre, dont les extrémités d'ivoire étaient fourchues. Je savais que, d'une manière mystérieuse, il servait à façonner les talons de bas.

— Je demanderai à Jocasta de me montrer, la prochaine fois que je la verrai à River Run. L'année prochaine, peut-être.

Jamie avait saisi une aiguille et une pelote de laine.

— Ce n'est pas si difficile, *Sassenach*. Regarde, voilà comment on commence.

Faisant coulisser le fil dans son poing fermé, il avait formé une boucle autour de son pouce, l'avait glissée sur l'aiguille, puis, dans une succession de petits mouvements secs, il avait monté une longue rangée de mailles en un tour de main. Satisfait, il m'avait tendu l'autre aiguille et la pelote.

— A toi.

— Tu sais tricoter ? m'étais-je exclamée.

— Bien sûr. Je sais manier les aiguilles depuis l'âge de sept ans. On n'apprend donc rien aux enfants à ton époque ?

— Eh bien... on apprend parfois la broderie aux petites filles, mais pas aux garçons.

— Il ne s'agit pas de broderie fine, mais de simple tricotage. Tiens, enroule le fil autour de ton pouce, comme ça...

Ainsi, Jamie et Ian, qui s'avéra lui aussi un tricoteur émérite et se gaussa de manière éhontée en apprenant mon ignorance, m'avaient enseigné les rudiments de la chaînette et du jeté.

Entre deux crises de ricanements devant ma maladresse, ils m'expliquèrent que tous les petits garçons écossais pratiquaient le tricot afin d'occuper utilement les longues heures d'oisiveté à garder les moutons dans les pâturages.

— Plus tard, lorsqu'il a une femme pour s'occuper de lui et un fils pour garder ses troupeaux, l'homme n'a plus besoin de tricoter lui-même ses bas, m'avait dit Ian en exécutant adroitement la courbe d'un talon.

Je jetai un coup d'œil sur mon ouvrage en cours : un châle de laine dont je n'avais fait que les dix premiers centimètres. Même si j'avais appris les bases, le tricot restait pour moi une corvée, un combat permanent contre les fils qui s'emmêlaient et les aiguilles qui me glissaient entre les doigts, et non pas l'exercice amusant de Jamie et de Ian, le soir au coin du feu, quand le cliquetis de leurs aiguilles me paraissait aussi apaisant que le chant des cigales.

Ce soir, je n'avais pas le courage de me lancer dans la mêlée. J'optai pour une tâche moins ardue, embobiner les fils de laine. Je posai de côté une paire de bas que Jamie était en train de se confectionner et sortis un lourd écheveau de laine fraîchement teinte en bleu.

John Grey était allongé sur le dos, un bras replié derrière la nuque, et fixait le plafond. Peut-être n'était-ce qu'une illusion d'optique créée par la lueur du feu, mais ses traits semblaient tirés par le chagrin et l'anxiété ; ses orbites ne formaient que deux taches sombres.

Je me sentis un peu honteuse. Certes, je ne voulais pas de lui dans ma maison. J'étais agacée par son intrusion dans ma vie et par le fardeau supplémentaire que sa maladie m'avait imposé. Sa présence même me mettait mal à l'aise, sans parler de celle de William. Mais ils partiraient bientôt. Jamie rentrerait, Ian guérirait et tout rentrerait dans l'ordre. Je retrouverais ma paix, mon bonheur et mes draps propres. En revanche, ce qui lui était arrivé était définitif.

John Grey avait perdu sa femme, quels qu'aient pu être ses sentiments pour elle. Il lui avait fallu beaucoup de courage pour amener William jusqu'à nous, et pour le laisser partir seul avec Jamie. Et puis ce n'était pas sa faute s'il avait attrapé la rougeole !

Je posai ma laine de côté et allai faire chauffer de l'eau. Une bonne tasse de thé s'imposait. Il m'entendit remuer et se tourna vers moi.

— Vous en voulez ? demandai-je.

J'étais gênée de croiser son regard après ces pensées peu charitables à son égard. Il esquissa un sourire et hocha la tête.

— Merci, madame Fraser.

Je préparai un plateau avec deux tasses et, après un moment

d'hésitation, y déposai le sucrier. Pas de mélasse ce soir. Nous avions bien mérité un peu de luxe.

Je m'assis à son chevet pour boire mon thé. Nous restâmes silencieux un moment, intimidés par cette soudaine intimité.

Enfin, je reposai ma tasse et m'éclaircis la gorge.

— Je suis désolée, dis-je maladroitement. Je ne vous ai même pas présenté mes condoléances pour le décès de votre femme.

Il parut surpris, puis me remercia d'un signe de tête.

— C'est étrange que vous me parliez de cela, j'étais justement en train de penser à elle.

— Elle vous manque beaucoup ?

— Je l'ignore... Cela vous paraît choquant ?

— Je ne saurais le dire. Vous savez mieux que moi si vous l'aimiez ou non.

— Oui, en effet.

Il se laissa retomber sur son oreiller, lissant ses longs cheveux derrière ses oreilles.

— C'est en partie pour cela que je suis venu, ajouta-t-il. Vous comprenez ?

— Non.

Ian se remit à tousser et j'allai le voir. Il avait roulé sur le ventre, en laissant son bras traîner sur le plancher. Je lui touchai le poignet : il était chaud mais cela n'avait rien d'alarmant. Je replaçai sa main près de son visage et écartai les mèches qui lui tombaient devant les yeux.

— Vous êtes très bonne avec lui, dit lord John derrière moi. Vous avez des enfants ?

Surprise, je me retournai. Il m'observait, le menton sur son poing fermé.

— Oui... Nous avons une fille.

Il écarquilla les yeux.

— « Nous » ? Vous avez eu une fille avec Jamie ?

— Oui, rétorquai-je, stupidement agacée. Elle s'appelle Brianna et, oui, c'est la fille de Jamie.

— Excusez-moi, je ne voulais pas vous offenser. J'étais juste... surpris.

Je le regardai droit dans les yeux, trop fatiguée pour faire preuve de tact.

— Et un peu jaloux aussi, peut-être ?

Derrière son masque impavide de diplomate, je crus percevoir une lueur d'amusement.

— Ainsi, nous avons quelque chose d'autre en commun, dit-il d'un air songeur.

— Ne me dites pas que vous n'y avez pas réfléchi avant de venir ici.

La théière était vide. Je posai ma tasse et repris mon écheveau de laine.

— En effet, j'y ai pensé, reprit-il après une longue pause. Cela dit, croyez bien qu'à aucun moment je n'ai cherché à vous offenser en amenant Willie jusqu'ici.

— Je vous crois. Ce serait se compliquer la vie pour peu de chose. Mais alors, pourquoi êtes-vous venu ?

Je laissai tomber ma pelote achevée dans le panier et sortis un nouvel écheveau.

— Pour que Jamie puisse le voir.

— Et pour que Jamie puisse vous voir aussi, non ?

Il poussa un soupir las.

— Décidément, vous avez des idées fixes !

— Je n'y peux rien, je suis née comme ça.

— Moi aussi, répliqua-t-il.

Je me levai et allai aux étagères. Je saisis trois jarres, une de chataire, une de valériane et une de gingembre sauvage. Je m'emparai également de mon mortier et me mis à broyer les feuilles et les morceaux de racines.

— Que faites-vous ? questionna-t-il.

— Je prépare une infusion pour Ian. La même que celle que je vous ai donnée, il y a quatre jours.

— Ah !... Nous avons entendu parler de vous sur la route depuis Wilmington, reprit Grey sur un ton détaché. Vous êtes connue dans la région. On dit que vous êtes une « conjureuse ». Vous savez ce que cela signifie ?

— Tout dépend de celui qui le dit, répondis-je. Cela peut signifier n'importe quoi : sage-femme, médecin, sorcière ou diseuse de bonne aventure.

Il émit un son qui ressemblait à un rire étouffé puis resta silencieux un long moment.

— Vous pensez qu'ils sont en sécurité ? demanda-t-il soudain.

— Oui. Jamie n'aurait jamais emmené l'enfant s'il y avait eu le moindre danger. Vous devriez le savoir, si vous le connaissiez un tant soit peu.

— Je le connais assez.

— Vraiment ?

— Je crois. Je le connais assez pour lui confier Willie les yeux fermés et pour savoir qu'il ne lui avouera pas la vérité.

Je versai la poudre vert et jaune dans un carré de gaze dont je nouai les quatre extrémités en un petit sachet.

— Vous avez raison, dis-je sans le regarder. Jamie ne lui dira rien.

— Et vous ?

Je redressai la tête, choquée.

— Vous croyez vraiment que je ferais une chose pareille ?

Il me dévisagea un long moment, puis sourit.

— Non, dit-il enfin.

Je laissai tomber le sachet dans la théière, rangeai mes jarres, puis me rassis devant les écheveaux de laine.

— C'était généreux de votre part de laisser Willie partir avec Jamie, déclarai-je.

Malgré moi, j'ajoutai :

— ... et assez courageux.

Il fixait la toile huilée devant la fenêtre, comme s'il pouvait voir de l'autre côté les deux silhouettes côte à côte dans la forêt.

— Jamie a tenu ma vie entre ses mains pendant de longues années, répondit-il doucement. Il fera de même avec William.

— Mais si Willie se souvient soudain d'un palefrenier nommé MacKenzie ? Ou s'il voit son propre visage à côté de celui de Jamie ?

— Les garçons de douze ans ne sont pas très physionomistes. En outre, il ne viendra jamais à l'esprit d'un enfant persuadé depuis toujours d'être le neuvième comte d'Ellesmere qu'il pourrait être le rejeton illégitime d'un domestique écossais. Et si l'idée lui traverse la tête, elle n'y restera pas longtemps.

Je continuai d'embobiner ma pelote en silence, écoutant le crépitement du feu. Ian toussa de nouveau, mais sans se réveiller. Le chien avait bougé et s'était à présent enroulé à ses pieds. Je finis ma deuxième pelote et en entamai une troisième. L'infusion serait bientôt prête. Si Ian n'avait plus besoin de moi ensuite, je pourrais me coucher à mon tour.

Grey ne disait plus rien depuis un moment et je sursautai quand il se remit à parler. Il ne me regardait pas mais fixait le plafond, cherchant des images dans les poutres noires de fumée.

— J'aimais ma femme. C'est vrai. J'avais de l'affection pour elle, un sentiment de complicité et de la loyauté. Nous nous connaissions depuis toujours. Nos pères étaient de vieux amis. J'étais l'ami de son frère. Elle aurait pu être ma sœur.

— Et cela lui suffisait... d'être votre sœur ?

Il me lança un regard où je lus un mélange d'irritation et de résignation, et haussa les épaules.

— Vous avez tort de mépriser des sentiments qui vous dépassent peut-être, répondit-il sur un ton mesuré. Oui, je crois qu'elle était satisfaite de la vie que nous menions. En tout cas, elle ne s'en est jamais plainte.

Je ne répondis pas, mais ne pus m'empêcher d'ébaucher une moue sarcastique.

— J'ai été un bon mari pour elle, se défendit-il. Nous n'avons pas eu d'enfants, mais ce n'était pas faute d'avoir essay...

— Je ne tiens pas à en savoir plus, coupai-je.

— Ah non ?

Il parlait toujours à voix basse afin de ne pas réveiller Ian, mais, sous son intonation courtoise, sa colère était perceptible.

— Vous m'avez demandé pourquoi j'étais venu. Vous avez mis

mes motivations en doute. Vous m'avez accusé de jalousie. Peut-être ne voulez-vous pas savoir, de peur de voir s'effriter l'image si commode que vous avez de moi.

— Comment pouvez-vous savoir ce que je pense de vous ?

Sa bouche se tordit en une expression qui aurait pu être une grimace de dépit sur un visage moins beau.

— Vous me prenez pour un idiot ?

Je soutins son regard un moment, puis il se détourna et se rallongea sur son oreiller.

— Quand j'ai appris la mort d'Isobel, je n'ai rien ressenti, reprit-il après un instant. Nous avions vécu côte à côte pendant de longues années, même si nous étions séparés par la force des choses ces deux dernières années. Nous partagions notre lit, nos vies, tout... j'aurais cru que sa mort m'anéantirait, mais ce ne fut pas le cas.

Il prit une grande inspiration, avant de continuer :

— Vous avez parlé de générosité. Ce n'était pas cela. Je suis venu voir... si j'étais encore capable d'éprouver quelque chose. Si ma capacité à m'émouvoir était morte avec Isobel.

Je pouvais sentir à l'odeur de la nuit qu'il était tard. Le feu s'était presque consumé et les courbatures dans mon dos m'indiquaient que j'avais passé depuis longtemps l'heure de me coucher. Ian s'agitait dans son lit et gémissait doucement. Je m'approchai, lui essuyai le visage et remontai les draps autour de son cou en lui murmurant des paroles de réconfort. Il n'était qu'à moitié réveillé. Je lui tins la nuque en l'aidant à boire l'infusion.

— Ça ira mieux demain matin, lui assurai-je.

Les taches rouges commençaient à apparaître sous le col de sa chemise et la ride de son front s'était atténuée. Il s'enfonça dans l'oreiller avec un soupir et s'assoupit.

Je versai une nouvelle tasse d'infusion que je tendis à lord John. Surpris, il se redressa et la prit.

— Maintenant que vous êtes là, demandai-je, vous ressentez encore quelque chose ?

Il me dévisagea longuement sans sourciller, puis, d'une main sûre, il porta la tasse à ses lèvres et but une longue gorgée.

— Oui, dit-il enfin. Que Dieu me protège !

Au petit matin, Ian dormait profondément. J'en profitai pour prendre un peu de repos, roulée en boule sur le plancher, jusqu'à ce que les braiments sonores de la mule Clarence me réveillent en sursaut.

Animal grégaire par excellence, Clarence accueillait avec effusion tout ce qu'elle considérait comme une créature amie, cette catégorie recouvrant à peu près tout ce qui avançait à quatre pattes. Elle manifestait alors sa joie avec une voix stridente qui résonnait dans toute la vallée. Rollo, furieux de se voir supplanté dans son rôle de chien de garde, sauta au pied du lit de Ian, m'enjamba d'un bond et plongea par la fenêtre ouverte comme un loup-garou.

Quelque peu étourdie par ce remue-ménage, je me levai péniblement. Lord John, assis en chemise devant la table, paraissait tout aussi abasourdi, mais j'ignorais si c'était à cause du raffut ou de mon aspect hirsute. Je sortis dans la cour en remettant tant bien que mal de l'ordre dans mes cheveux, le cœur battant, pensant voir Jamie et Willie qui rentraient au bercail.

Hélas, ce n'étaient pas eux. Ma déception céda toutefois à la stupéfaction quand je reconnus notre visiteur : le pasteur Gottfried, prêtre de l'église luthérienne de Salem. Je l'avais croisé à plusieurs reprises chez des patients qui se trouvaient être également ses paroissiens, mais je ne m'attendais pas à le voir aussi loin de son fief.

Nous étions à deux jours de cheval de Salem et la ferme luthérienne la plus proche se trouvait à environ vingt-cinq kilomètres à vol d'oiseau. Le pasteur n'était pas un grand cavalier : sa veste était maculée de traces de boue et de poussière, dues à ses chutes répétées. Seul un cas d'urgence pouvait l'avoir conduit jusqu'ici.

— Couché ! lançai-je à Rollo.

Celui-ci montrait les dents et grondait, au grand déplaisir de la monture du pasteur. Il me lança un regard jaune puis se coucha avec un air offensé, comme pour dire que si je souhaitais laisser entrer n'importe qui sur le domaine, il s'en lavait les pattes.

Le pasteur était un petit homme rondelet. Une énorme barbe grise entourait son visage comme un nuage d'orage, à travers lequel sa face habituellement joviale pointait tel le soleil après la tempête. Ce matin-là, il ne rayonnait pas. Ses joues rebondies avaient la couleur de la graisse de rognon, ses lèvres lippues étaient pâles et des cernes bordaient ses yeux rouges.

Il effleura le bord de son chapeau et me salua d'un signe de tête.

— *Meine Dame, ist Euer Mann hier ?*

Je ne connaissais que deux ou trois mots d'allemand, mais compris qu'il cherchait Jamie. Je lui indiquai la forêt.

Le pasteur eut l'air encore plus désemparé et en vint presque à se tordre les mains. Il prononça plusieurs phrases en allemand puis, voyant que je ne saisissais pas, les répéta plus lentement et plus fort, en usant de toute l'expressivité que son petit corps trapu pouvait lui permettre, pour essayer de me faire comprendre sa langue par la seule force de sa volonté.

Je secouai la tête, désolée, quand une voix mâle retentit derrière moi.

— *Was ist los ? Was habt Ihr gesagt ?*

Lord John se tenait sur le seuil de la cabane. Il avait enfilé ses culottes mais restait pieds nus, ses cheveux défaits sur ses épaules.

Le pasteur me lança un regard scandalisé, puis changea d'expression lorsque lord John le gratifia d'un discours en allemand à un rythme de mitraillette. Le pasteur inclina la tête vers moi en signe d'excuse et se tourna avec empressement vers Grey. A grand renfort de gesticulations et de balbutiements, il déversa sur lui un torrent teutonique.

— Quoi ? Que se passe-t-il ? m'impatientai-je.

— Vous connaissez une famille Mueller ? me demanda Grey.

Une alarme retentit dans ma tête.

— Oui. J'ai aidé Petronella Mueller à accoucher voilà trois semaines.

— Ah ! fit lord John, embarrassé. J'ai bien peur que l'enfant ne soit mort. Sa mère aussi.

— Oh non ! Ce n'est pas possible !

Je me laissai tomber sur le banc près de la porte, sous le choc.

— Le pasteur dit que c'est le *Masern*. Je crois que c'est ainsi qu'ils appellent la rougeole.

Se retournant vers le pasteur, il lui montra les derniers vestiges des rougeurs qui coloraient ses joues et lui demanda :

— *Flechen, so ähnlich wie diese ?*

— *Ja ! Flecken, Marsen, ja !* répondit le pasteur en se tapotant les bajoues.

— Mais pourquoi demande-t-il à voir Jamie ? questionnai-je.

— Apparemment, il pense qu'il pourrait raisonner ce... herr Mueller. Ils sont amis ?

— Pas vraiment. Au printemps dernier, Jamie a envoyé un grand coup de poing dans la figure de Gerhard Mueller devant le moulin à blé.

— Ah, je vois... Dans ce cas, je suppose qu'il emploie le verbe « raisonner » au sens large du terme.

— Personne ne peut raisonner Mueller autrement qu'en l'assommant, rétorquai-je. Mais que lui est-il arrivé ?

Grey posa une question au pasteur et écouta attentivement le déluge qui s'ensuivit. Peu à peu, malgré de constantes interruptions et beaucoup de gesticulations, il parvint à traduire.

Comme nous le savions déjà, une épidémie de rougeole avait éclaté à Cross Creek depuis un certain temps. Elle s'était répandue dans l'arrière-pays, mais les Mueller, qui vivaient dans une région isolée, n'avaient été touchés que récemment.

Toutefois, un jour avant que les premiers symptômes ne se manifestent, un petit groupe d'Indiens s'était arrêté devant leur ferme pour demander à boire et à manger. Connaissant l'opinion de Gerhard Mueller sur les Indiens, je ne fus pas surprise d'apprendre qu'il les avait chassés sous un déferlement d'insultes et de menaces. Vexés, les Indiens avaient fait, selon Mueller, des gestes mystérieux en direction de la maison avant de s'éloigner.

Lorsque la rougeole fit son apparition au sein de la famille le lendemain, Mueller se persuada que la maladie lui avait été envoyée par les Indiens qu'il avait éconduits. Il peignit aussitôt des symboles de désenvoûtement sur les murs et fit venir le pasteur de Salem pour pratiquer un exorcisme.

— Je crois que c'est ce qu'il a dit, précisa lord John. Je ne suis pas sûr que le mot...

— Peu importe, coupai-je. Continuez !

Aucune de ses mesures ne s'avéra efficace et, lorsque Petronella et le bébé moururent, le vieil homme perdit le peu de raison qui lui restait. Jurant de se venger, il obligea ses fils et ses gendres à l'accompagner dans la forêt.

Lorsqu'ils revinrent trois jours plus tard, les fils étaient blêmes et silencieux. Le père, lui, était empli d'une jubilation froide.

— *Ich war dort. Ich habe ihn geschen*, déclara le pasteur Gottfried en roulant des yeux effarés.

« J'y étais. J'ai vu. »

Appelé à la rescousse par un message hystérique des femmes de la maison, le pasteur avait déboulé dans la cour de la ferme, pour trouver deux longues tresses de cheveux noirs clouées sur la porte de la grange, se balançant doucement dans la brise au-dessus d'un graffiti grossièrement peint : « *Rache* ».

— Cela signifie : « Vengeance », traduisit lord John.

— Je sais, répondis-je, la gorge nouée. J'ai lu Sherlock Holmes. Vous voulez dire qu'il...

— A l'évidence.

Le pasteur parlait encore. Il m'agrippa le bras et le secoua violemment, pour me communiquer l'urgence de la situation. Grey tiqua en entendant ce qu'il me disait. Il l'interrompit d'une question sèche, à laquelle le pasteur répondit par de vigoureux hochements de tête.

— Il est en route, précisa Grey. Mueller... il arrive.

Choqué par la vue des scalps, le pasteur s'était lancé à la recherche de herr Mueller, pour découvrir qu'aussitôt après avoir décoré sa grange de ces trophées macabres, il s'était mis en route vers Fraser's Ridge afin de me voir.

Si je n'avais pas déjà été assise, je me serais effondrée. Je devais être aussi pâle que le pasteur Gottfried.

— Mais pourquoi ? demandai-je. Il... non ! Il ne croit tout de même pas que j'ai un rapport avec ce qui est arrivé à Petronella et au bébé !

Je lançai un regard implorant vers le pasteur, qui passa une main tremblante dans ses mèches graisseuses.

— Il ignore ce que ce Mueller a en tête, m'expliqua Grey. Il s'est lancé comme un fou à ses trousses pour tenter de le calmer et l'a trouvé deux heures plus tard sans connaissance sur le bord de la route.

Obsédé par son idée de vengeance, le gros fermier n'avait sans doute rien mangé depuis plusieurs jours. L'intempérance n'était pas un trait courant chez les luthériens mais, au retour de son expédition punitive, encore sous l'effet de la fatigue et de l'émotion, Mueller avait ingurgité une quantité non négligeable de bière qui avait eu raison de lui. Il était parvenu à attacher sa mule, et s'était enveloppé dans son manteau et couché dans les taillis qui bordaient la route.

Connaissant le tempérament du personnage et devinant que la boisson ne risquait pas de l'arranger, le pasteur s'était bien gardé de le réveiller. Au contraire, il avait éperonné son cheval et galopé jusque chez nous pour nous mettre en garde. Il ne doutait pas que mon *Mann* saurait affronter Mueller, quels que soient ses intentions et son état, mais Jamie n'étant pas là...

— *Vielleicht solten Sie gehen ?* suggéra-t-il en désignant l'enclos.

— Je ne peux pas partir, répondis-je en lui montrant la cabane. *Mein*... comment dit-on « neveu » ?... *Mein junger Mann ist nicht gut.*

— *Ihr Neffe ist krank,* corrigea lord John. *Haben Sie jemals Masern gehabt ?*

Le pasteur fit non de la tête, son désarroi virant à la panique.

— Il n'a pas eu la rougeole, me rapporta lord John. Il ne doit pas rester ici, il risque de contracter la maladie, n'est-ce pas ?

Le choc initial commençait à passer et je reprenais lentement mes esprits.

— Oui, il faut qu'il parte tout de suite, répondis-je. Vous n'êtes plus contagieux mais Ian l'est encore.

Lord John se mit à parler au pasteur sur un ton autoritaire, le tirant par la manche vers son cheval. L'Allemand protesta, mais de plus en plus faiblement, son visage rond plissé par l'inquiétude.

Je m'efforçai de sourire d'un air rassurant, même si je me sentais aussi angoissée que lui.

— *Danke !*

Me tournant vers Grey, j'ajoutai :

— Dites-lui que tout ira bien, sinon il ne partira pas.

— Je le lui ai déjà dit. Je lui ai dit que j'étais soldat et que je ne laisserais personne vous faire du mal.

Le pasteur hésita encore un instant, se balançant d'une jambe sur l'autre, tenant la bride de son cheval. Puis il avança vers moi d'un pas décidé et posa une main sur mes cheveux hirsutes.

— *Seid gesegnet*, déclara-t-il. *Benedicte*.

— Il a dit... commença lord John.

— J'ai compris.

Nous demeurâmes silencieux dans la cour, à regarder le révérend Gottfried s'éloigner vers le bois de noyers. Le paysage paraissait d'une sérénité incongrue. Le soleil d'automne me chauffait les épaules. J'entendais au loin les coups de bec d'un pivert et le duo lyrique d'un couple de merles qui vivaient dans le grand épicéa bleu.

Qui ? Qui avait fait les frais de la vengeance aveugle de Gerhard Mueller ? La ferme des Mueller se trouvait à plusieurs jours de cheval de la crête montagneuse qui séparait le territoire indien de la colonie mais, selon la direction qu'il avait prise, il avait pu atteindre l'un des villages tuscaroras ou cherokees.

Etait-il entré dans un village ? Si oui, quel carnage lui et ses fils avaient-ils laissé derrière eux ? Pire encore, quel massacre allait en résulter ?

Je frissonnai en dépit du soleil. Mueller n'était pas le seul à croire en la vengeance. La famille, la tribu, les autres habitants du village de ceux qu'il avait tués chercheraient réparation... et ils ne s'arrêteraient pas aux Mueller, même s'ils connaissaient l'identité des meurtriers.

Et s'ils ne la connaissaient pas... s'ils savaient uniquement que les assassins étaient des Blancs... J'avais déjà entendu assez d'histoires de massacre pour savoir que les victimes avaient rarement fait quoi que ce soit pour mériter leur sort. Elles n'avaient eu que la malchance de se trouver au mauvais endroit, au mauvais moment. Or Fraser's Ridge se situait entre les villages indiens et la ferme des Mueller, ce qui, en ce moment précis, me paraissait un très mauvais endroit.

— Oh, Seigneur ! J'aimerais tant que Jamie soit ici !

Je ne me rendis compte que j'avais parlé à voix haute qu'en entendant lord John répliquer :

— Moi aussi. D'un autre côté, je commence à croire que Willie est nettement plus en sécurité là où il se trouve qu'avec nous.

Je pris soudain conscience qu'il était encore très faible. C'était la première fois qu'il quittait le lit depuis une semaine. Il était livide et se soutenait au chambranle de la porte.

— Vous ne devriez pas être debout ! m'exclamai-je. Retournez au lit tout de suite.

Je le soutins sous un bras et l'entraînai à l'intérieur. Il se laissa recoucher tout en protestant :

— Mais puisque je vous dis que je vais bien !

Je m'agenouillai auprès de Ian, qui gigotait dans son lit, brûlant de fièvre. Il avait les yeux fermés, les traits bouffis et défigurés par les macules rouges. Les glandes de son cou étaient grosses et dures comme des œufs.

Rollo passa un museau curieux sous mon bras, poussant doucement l'épaule de son maître en gémissant.

— Ne t'inquiète pas, lui dis-je. Il va se remettre. Pourquoi ne vas-tu pas monter la garde dehors, hmmm ?

Faisant la sourde oreille, il s'assit sur son arrière-train et m'observa tandis que je lavais le visage de Ian. Je secouai légèrement ce dernier pour le réveiller, lui brossai les cheveux, lui donnai le pot de chambre, lui fit boire un sirop... le tout en tendant l'oreille vers l'extérieur, guettant un bruit de sabots et les braiments de Clarence nous annonçant un visiteur.

Ce fut une longue journée. Après avoir passé plusieurs heures sur les nerfs à sursauter au moindre bruit, je finis par reprendre le cours normal de mes activités. Je soignai Ian, nourris le bétail, désherbai le jardin de simples, cueillis de jeunes concombres que je fis dégorger et installai lord John, à son insistance, devant un panier de haricots à écosser.

En chemin entre les latrines et l'enclos des chèvres, je lançai un regard vers la forêt. J'aurais volontiers tout laissé tomber pour m'enfoncer à jamais dans cette verdure paisible. Ce n'était pas la première fois que je ressentais une telle impulsion. Le soleil d'automne descendait sur la montagne, les heures s'écoulaient paisiblement, et toujours aucun signe de Gerhard Mueller.

— Parlez-moi de ce Mueller, me demanda lord John.

Il commençait à retrouver son appétit. Il venait de terminer son assiette de champignons frits et attaquait la salade de pissenlits. Je saisis une feuille dentelée dans le plat et la grignotai en appréciant son goût acide.

— Il est à la tête d'une grande famille. Ce sont des luthériens allemands, comme vous l'avez sans doute déjà compris. Ils vivent à une vingtaine de kilomètres d'ici, dans la vallée.

— Et... ?

— Vous l'aurez deviné, c'est un homme très têtu. Il parle quelques mots d'anglais, mais pas plus. Il est assez âgé, mais Dieu qu'il est costaud !

Je revis le vieil homme, ses épaules nouées de muscles, lancer des sacs de farine de vingt-cinq kilos dans son chariot comme s'il s'agissait de vulgaires pochettes de plumes.

— Après cette bagarre avec Jamie, reprit Grey, il ne lui en a pas voulu ?

— Non. Il est du genre rancunier, certes, mais pas pour ce genre de chose. En outre, ce n'était pas une vraie bagarre mais...

J'hésitai, cherchant la meilleure manière de décrire le vieil Allemand.

— Vous vous y connaissez en mules ? demandai-je.

— Euh... oui, un peu, répondit Grey, déconcerté.

— Eh bien, Gerhard Mueller est une mule. Ce n'est pas qu'il soit particulièrement caractériel ni plus idiot qu'un autre, mais une fois qu'il a quelque chose en tête, il ne pense plus qu'à cela.

Je n'avais pas assisté en personne à l'altercation dans le moulin mais Ian me l'avait racontée. Le vieil homme s'était mis en tête que Felicia Woolam, l'une des trois filles du meunier, avait faussé sa balance et lui devait encore un sac de farine.

Felicia protesta en vain qu'elle avait moulu la totalité des cinq sacs de blé qu'il lui avait apportés et qu'elle avait versé la farine qui en résultait dans quatre des sacs. La différence, expliqua-t-elle, était due aux déchets. Cinq sacs de blé équivalaient à quatre sacs de farine.

— *Fünf !* rugit Mueller. *Es gibt fünf !*

Rien ne pouvait le convaincre du contraire. Il se mit à vociférer des insultes en allemand, poussant la jeune fille dans un coin du moulin. Ian tenta de détourner son attention, mais, n'y parvenant pas, courut au-dehors chercher Jamie qui discutait avec M. Woolam. Les deux hommes se précipitèrent à l'intérieur mais ni l'un ni l'autre ne purent persuader le vieil homme que personne n'avait voulu le voler.

Faisant la sourde oreille à leurs exhortations, Mueller avança vers Felicia avec l'intention manifeste d'arracher de force un sac de farine dans la pile derrière elle. Comprenant que rien n'y ferait, Jamie se résigna alors à lever la main sur lui, malgré son âge avancé. Ses scrupules s'évanouirent lorsque son poing rebondit contre la mâchoire du septuagénaire comme s'il avait rencontré une planche de chêne massif. Le vieil homme se tourna vers lui et chargea comme un sanglier enragé. Jamie le frappa dans le creux du ventre puis au visage, le mettant enfin KO, mais non sans se retrouver la main en sang.

Après avoir échangé quelques mots avec Woolam qui, en tant que quaker, était opposé à la violence, il saisit les chevilles de Mueller et le traîna au-dehors, où l'un de ses fils attendait patiemment dans le chariot. Là, il le hissa debout et, tout en le tenant fermement par le col, lui fit poliment la causette en allemand en attendant que Woolam charge hâtivement *cinq* sacs dans leur véhicule.

Encore étourdi, Mueller les recompta par deux fois, puis se tourna dignement vers Jamie.

— *Danke, mein Herr*, dit-il.

Là-dessus, il grimpa dans son chariot et prit la route, sous le regard ébahi de son fils.

Grey gratta sa joue encore enflammée, souriant.

— Je vois. Il n'en veut donc pas à Jamie ?

— Pas du tout. Lorsque je me suis rendue à la ferme pour l'accouchement de Petronella, il était la gentillesse même.

Ma gorge se noua quand je me souvins soudain que la mère et son enfant étaient morts et je m'étranglai sur ma feuille de pissenlit. Grey poussa le pichet de bière vers moi et me regarda boire avec un air compatissant.

— Je devrais m'y être habituée, dis-je en sentant le besoin de me justifier. Les gens ici meurent si facilement, surtout les jeunes ! Dieu sait que ce n'est pas la première fois que ça arrive !

Je sentis quelque chose de chaud sur ma joue et me rendis compte que c'était une larme. Grey sortit son mouchoir de sa manche et me le tendit. Il n'était pas particulièrement propre mais je l'acceptai avec gratitude.

— Je me suis parfois demandé ce que Jamie voyait en vous, dit-il sur un ton délibérément badin.

— Ah oui ? C'est très flatteur !

Je reniflai et me mouchai.

— Lorsqu'il a commencé à me parler de vous, nous vous croyions tous les deux morte et enterrée, poursuivit-il. Et bien que vous soyez une très jolie femme, il ne me parlait jamais de votre aspect physique.

A ma grande surprise, il me saisit la main.

— Vous avez son courage, déclara-t-il.

J'émis un rire amer.

— Si vous saviez !

Il ne répondit pas et se contenta de sourire. Son pouce caressait doucement le dos de ma main, son toucher était léger et chaud.

— Il n'a jamais peur de se salir les mains, dit-il. Vous non plus.

— C'est normal, je suis médecin.

— En effet. D'ailleurs, je ne vous ai même pas remerciée de m'avoir sauvé la vie.

Les larmes avaient cessé et j'essuyai mes joues.

— Je n'ai rien fait. Je ne peux malheureusement rien contre la maladie, juste être là...

— Vous avez fait un petit peu plus que ça, dit-il en me lâchant la main. Encore un peu de bière ?

Je commençais moi aussi à voir plus clairement ce que Jamie trouvait à John Grey.

L'après-midi passa tranquillement. L'éruption cutanée de Ian s'était complètement développée mais sa fièvre avait baissé. Il refusa de manger mais je le persuadai d'avaler un peu de bouillon. Cela me rappela qu'il était presque l'heure de la traite. Je chuchotai à lord John que je n'en avais pas pour longtemps et me levai avec un soupir.

J'ouvris la porte de la cabane, la refermai derrière moi et manquai me heurter à Gerhard Mueller, qui se tenait sur le seuil.

Ses yeux étaient rouge-brun et semblaient brûler avec une intensité intérieure. Il avait rétréci depuis la dernière fois que je l'avais vu. Sa chair s'était affaissée, laissant deviner son squelette noueux. Son visage semblait fait de vieux papier froissé. Il me dévisagea fixement sans dire un mot.

— Euh... Herr Mueller ! dis-je le plus calmement possible. *Wie geht es Euch ?*

Il oscillait, comme si la brise du soir allait le faire tomber d'un instant à l'autre. J'ignorais s'il avait perdu sa monture ou s'il l'avait laissée au pied du versant mais il n'y avait aucune trace de mule ni de cheval.

Il avança d'un pas et je reculai malgré moi.

— *Frau Klara*, dit-il d'une voix tremblante.

Je songeai un instant à avertir lord John, mais j'hésitai. Il ne m'aurait pas appelée par mon prénom s'il avait voulu me faire du mal.

— Ils sont morts, dit-il. *Mein Mädchen. Mein Kind.*

Ses yeux injectés de sang se remplirent de larmes. Son désarroi était si profond que je ne pus m'empêcher de saisir sa grosse paluche noueuse.

— Je sais, murmurai-je. Je suis désolée.

Il se laissa traîner jusqu'au banc près de la porte, où il s'effondra comme si ses jambes venaient de lâcher.

La porte s'ouvrit et lord John fit irruption au-dehors, son pistolet à la main. Je lui fis signe que tout allait bien et il le rangea discrètement sous sa chemise. Le vieil homme ne lâchait toujours pas ma main. Il m'attira à lui et me força à m'asseoir à son côté.

— *Gnädige Frau*, dit-il en me serrant contre lui.

Toute sa carcasse était secouée de sanglots silencieux. Il empestait la vieillesse et le chagrin, la bière, la sueur et la crasse, et, dessous, je percevais l'odeur fétide du sang séché. Je frissonnai, partagée entre la pitié, l'horreur et la répulsion. Mais même en sachant ce qu'il avait fait, je ne pus m'empêcher de passer mes bras autour de ses épaules.

Il aperçut soudain lord John et me lâcha en poussant un cri de surprise. Grey se tenait à quelques mètres de distance, ignorant s'il devait intervenir ou non. Le soleil couchant illuminait son visage, mettant en évidence les taches rouges sur sa peau.

Mueller se tourna précipitamment vers moi et saisit mon visage entre ses mains. Ses pouces explorèrent mes joues et une lueur soulagée traversa ses yeux creusés quand il constata que ma peau était lisse.

— *Gott sei dank*, dit-il.

Il se mit à fouiller dans les poches intérieures de son manteau et marmonna quelque chose en allemand que je ne compris pas.

— Il dit qu'il craignait d'arriver trop tard, traduisit lord John. Mais que, Dieu merci, ce n'est pas le cas.

Il surveillait les moindres mouvements du vieil homme avec une antipathie évidente.

— Il dit qu'il vous a apporté quelque chose... une sorte de talisman. Il éloignera le mauvais sort et vous protégera contre la maladie.

Mueller extirpa enfin d'une de ses poches un objet enveloppé dans un chiffon et le déposa sur mes genoux, sans cesser de parler.

— Il vous remercie pour tout ce que vous avez fait pour sa famille. Il dit que vous êtes bonne et qu'il vous aime autant que si vous étiez une de ses brus. Il dit que...

Les mots moururent dans sa gorge quand il aperçut ce que Mueller était en train de déballer.

J'ouvris la bouche, mais aucun son n'en sortit. Je dus faire un mouvement involontaire, car le chiffon glissa de mes genoux et tomba sur le sol, déversant son contenu : une longue mèche de cheveux blancs auxquels un petit bijou d'argent restait encore attaché. Elle était accompagnée de la petite bourse en cuir, ses plumes de pivert tachées de sang.

Mueller parlait toujours mais je ne l'entendais plus. D'autres mots résonnaient dans mes oreilles, ceux que j'avais entendus un an plus tôt près du ruisseau, de la bouche de Gabrielle traduisant les paroles de Nayawenne.

Son nom signifiait « Celle qui sait ce qui peut arriver ». A présent, le pire était arrivé. La seule consolation qui me restait était ce qu'elle m'avait dit ensuite : « Vous ne devez pas vous laisser affliger. La maladie est envoyée par les dieux. Ce ne sera pas votre faute. »

29

Les charniers

Jamie sentit la fumée longtemps avant d'arriver en vue du village. Willie le vit se raidir sur sa selle et lancer des regards méfiants autour de lui.

— Quoi ? chuchota-t-il. Que se passe-t-il ?

— Je ne sais pas.

Jamie lui avait répondu à voix basse bien qu'il n'y eût personne alentour pour les entendre. Il sauta à terre, saisit les rênes de Willie et lui indiqua le flanc d'une falaise couvert de vigne vierge dont les pieds se perdaient dans des buissons.

— Emmène les chevaux derrière cette falaise, déclara-t-il. Tu trouveras un petit sentier qui mène à un taillis d'épicéas. Caches-y les bêtes et attends-moi.

Il hésita, pour ne pas effrayer le jeune garçon. Mais il n'y avait pas d'autre solution.

— Si je ne suis pas venu te rejoindre à la tombée de la nuit, pars. N'attends pas le matin. Retourne jusqu'au ruisseau que nous venons de traverser et suis-le jusqu'à ce que tu tombes sur une cascade. Tu l'entendras de loin, même dans le noir. Derrière la cascade, tu découvriras une grotte. Les Indiens y dorment parfois quand ils vont chasser.

Willie ouvrit de grands yeux ronds. Jamie lui tapota la cuisse et sentit les muscles noués de sa jambe.

— Restes-y jusqu'à demain matin, poursuivit-il. Si tu ne me vois toujours pas revenir, rentre à la maison. Prends soin d'avoir toujours le soleil sur ta gauche le matin, et sur ta droite l'après-midi. Au bout de deux jours, laisse ton cheval te guider. Vous devriez être assez près de Fraser's Ridge pour qu'il retrouve son chemin tout seul. Je crois.

Il prit une grande inspiration en se demandant s'il n'oubliait pas quelque chose.

— Que Dieu te garde, mon garçon, conclut-il.

Il lui adressa un sourire qui se voulait rassurant, donna une claque sur la croupe de sa monture pour la faire avancer et se tourna vers l'odeur de brûlé.

Ce n'était pas l'odeur habituelle des feux de village, ni même des grands bûchers rituels dont Ian lui avait parlé. A cette occasion, on brûlait des troncs d'arbres entiers dans une fosse creusée au centre du village. Ils avaient la taille des feux de Beltane, lui avait dit Ian. Or Jamie savait reconnaître le bruit et l'odeur des brasiers de cérémonie celte.

Il fit un prudent détour jusqu'à une colline qui dominait le village. Dès qu'il sortit de la forêt, il aperçut les fines colonnes de fumée qui s'élevaient des vestiges des huttes calcinées. Un épais nuage de fumée brune s'étendait au-dessus de la forêt, à perte de vue. Il se mit à tousser et rabattit un pan de son plaid devant son visage, se signant de sa main libre. Il avait déjà senti l'odeur de la chair brûlée auparavant et une sueur froide l'envahit au souvenir des charniers de Culloden.

Il scruta le village à la recherche d'un signe de vie. Rien. Seules bougeaient les volutes grises, poussées par le vent au milieu des huttes noircies. Qui avait fait cela ? Les Cherokees ou les Creeks, remontant du sud ? A moins que ce ne soit l'une des dernières tribus algonquines du Nord, les Nanticokes ou les Tuteloes ?

Soudain, il entendit un chien aboyer au loin, et son cœur se mit à battre plus fort. Les pillards ne s'encombraient pas de chiens. S'il y avait des survivants, les animaux domestiques se trouvaient avec eux.

Il n'osa appeler. L'incendie durait depuis moins d'une demi-journée. La moitié des murs étaient encore debout. Ceux qui avaient déclenché le sinistre ne pouvaient être bien loin.

Ce fut le chien qui vint à sa rencontre : le grand bâtard jaune d'un des amis de Ian, Onakara. Il s'assit sur son arrière-train à l'ombre d'un pin, les oreilles couchées, grondant doucement. Jamie s'approcha en tendant ses paumes ouvertes.

— *Balach math*, murmura-t-il. Gentil. Où sont tes maîtres ?

Le chien avança un museau suspicieux, le flaira puis se détendit en le reconnaissant.

Jamie sentit la présence derrière lui avant de la voir. Le visage d'Onakara était peint de traînées blanches, du menton jusqu'à la racine des cheveux. Il le fixait avec des yeux morts.

— Qui a fait ça ? demanda Jamie dans un tuscarora hésitant. Ton oncle est-il toujours en vie ?

Onakara ne répondit pas mais pivota sur ses talons et s'enfonça dans la forêt, suivi de son chien. Jamie leur emboîta le pas. Au bout d'une demi-heure de marche, ils débouchèrent sur une clairière où les survivants d'Anna Ooka avaient monté un campement provisoire.

Jamie reconnut quelques visages. Certains parurent conscients de sa présence, d'autres fixaient simplement un point droit devant eux, le regard vide. Il manquait beaucoup de villageois.

Tandis qu'il traversait le camp, Jamie eut l'impression que les fantômes de la guerre et du meurtre se glissaient entre chacun de ses pas. Il ne connaissait que trop ce regard mort. Un jour, dans les Highlands, il avait vu une jeune femme assise sur le perron de sa maison calcinée, le cadavre de son mari à ses pieds. Elle avait le même air hébété que cette jeune squaw qui se tenait sous le grand sycomore.

Cependant, il prit lentement conscience d'une importante différence. Des wigwams de fortune parsemaient la clairière, entourés de piles d'affaires. Des chevaux et des poneys étaient attachés à la lisière de la forêt. Il ne s'agissait pas de l'exode précipité d'un peuple fuyant devant des pillards pour sauver sa peau, mais d'une retraite organisée où chacun avait pris le temps d'emballer ses biens matériels. Que s'était-il donc passé à Anna Ooka dans la matinée ?

Nacognatewo était assis dans un wigwam à l'autre bout du camp. Onakara souleva la peau de cerf qui protégeait l'entrée et laissa entrer Jamie. Une lueur d'espoir traversa le regard du vieux chef quand il aperçut sa silhouette, puis mourut aussitôt. Nacognatewo ferma les yeux un instant, puis les rouvrit.

— Tu n'as pas rencontré celle qui guérit et celle dont je partage la couche ? demanda-t-il.

Habitué à la coutume qui voulait qu'on ne prononce le nom d'une personne que pendant les cérémonies, Jamie comprit qu'il voulait parler de Gabrielle et de la vieille Nayawenne. Il fit non de la tête. Puis il décrocha la flasque d'eau-de-vie qu'il portait à sa ceinture et la tendit au chef. Ce n'était pas une consolation mais une excuse pour ne pas lui avoir apporté une bonne nouvelle.

Nacognatewo l'accepta et esquissa un signe de tête vers une femme assise à son côté. Celle-ci fouilla dans un balluchon et en sortit un bol de terre cuite. L'Indien y versa une dose d'alcool qui aurait assommé un Ecossais et but plusieurs longues gorgées avant de le tendre à Jamie.

Jamie ne fit qu'y tremper les lèvres. Il n'était pas très poli d'en venir droit au but de sa visite mais il n'avait guère de temps à perdre en préambules. En outre, son interlocuteur ne semblait pas non plus disposé à s'éterniser en formules de courtoisie.

— Qu'est-il arrivé ? demanda-t-il.

— La maladie, répondit Nacognatewo. Nous sommes maudits.

L'alcool faisait briller ses yeux. Entre deux gorgées, il expliqua que la rougeole était apparue au village et s'y était répandue comme une traînée de poudre. En l'espace d'une semaine, un quart des habitants étaient morts, puis d'autres décès avaient suivi. A présent, il ne restait plus que le dernier quart.

Lorsque l'épidémie s'était déclarée, Nayawenne avait chanté auprès des malades. Puis, voyant que leur nombre ne cessait d'augmenter, elle était partie dans la forêt en quête de... Jamie ne maîtrisait pas assez le tuscarora pour comprendre le mot. D'un talisman ? D'une racine ? Peut-être d'une vision qui lui indiquerait ce qu'elle devait faire, comment racheter la faute qui avait déclenché la colère des dieux, ou apprendre le nom de l'ennemi qui leur avait lancé une malédiction. Gabrielle et Berthe étaient parties avec elle... aucune n'était revenue.

Nacognatewo se balançait, le bol serré entre ses mains. La femme se pencha vers lui et voulut le lui enlever mais il la repoussa et elle n'insista pas.

Ils avaient cherché les trois femmes partout, en vain. Peut-être avaient-elles été enlevées par des pillards ou étaient-elles tombées malades à leur tour ? Auquel cas, elles étaient sans doute mortes quelque part dans la forêt. Toujours est-il que les villageois n'avaient plus personne pour parler en leur nom et les dieux refusaient de les entendre.

— Nous sommes maudits, répéta-t-il.

Nacognatewo commençait à avoir du mal à articuler et le bol penchait dangereusement entre ses doigts. La femme s'agenouilla derrière lui et posa les mains sur ses épaules.

— Nous avons laissé les morts dans les huttes, puis nous les avons brûlées, expliqua-t-elle. Maintenant, nous allons partir vers le nord, à Oglanethaka.

Ses mains se resserrèrent sur les épaules du vieux chef, les massant doucement.

— Partez, dit-elle à Jamie.

Il partit ; la désolation du lieu s'accrochait à lui comme l'odeur de fumée qui imprégnait ses vêtements et ses cheveux. Mais tandis que Jamie s'éloignait du camp, son cœur calciné fut traversé par une étincelle de soulagement égoïste. Pour une fois, le malheur l'avait épargné. Sa femme était toujours en vie, ses enfants en sécurité.

Il leva les yeux vers le ciel et vit la terne lueur du soleil couchant qui se reflétait sur le linceul de fumée. Il accéléra le pas. Il ne lui restait plus beaucoup de temps. La nuit allait bientôt tomber.

HUITIÈME PARTIE
Beaucoup

30

Envolée !

Oxford, avril 1971

— Non ! dit fermement Roger.

Il pivota sur ses talons pour faire face à la fenêtre, calant le combiné entre son oreille et son épaule.

— Pas question ! reprit-il. Je vous ai déjà dit que je rentrais en Ecosse la semaine prochaine.

— Allez, Roger, insista la voix cajoleuse. C'est tout à fait votre créneau. Et puis, cela ne vous retardera pas de beaucoup. Vous chasserez le cerf dans vos chers Highlands d'ici un mois au plus tard. Vous m'avez dit vous-même que *votrrre* dulcinée *n'arrriverrrait* pas avant juillet.

Roger serra les dents. Il ne supportait pas quand elle imitait l'accent écossais. Il ouvrit la bouche pour rétorquer quelque chose, mais elle le prit de vitesse.

— Ce sont des Américains, Roger. Vous savez tellement bien vous y prendre avec les Américains ! Ou devrais-je dire... avec les Américaines ?

— Ecoutez, Edwina, j'ai un tas de projets pour ces vacances et ils n'incluent pas de trimballer des touristes américains dans les musées de Londres.

— Non, non ! lui assura-t-elle. Nous avons déjà engagé des guides pour l'aspect touristique. Tout ce que je vous demande, c'est de vous occuper des conférences.

— Oui, mais...

— Pensez à l'argent, mon petit Roger, susurra-t-elle. J'ai bien dit : des Américains. Vous savez ce que ça signifie.

Edwina marqua une pause stratégique, lui laissant le temps d'évaluer le montant de ses honoraires pour remplacer au pied levé l'organisateur d'une semaine de conférences destinées à un groupe d'universitaires américains. Comparée à son salaire, la somme était astronomique.

— Ah...

Il se sentit faiblir.

— J'ai cru comprendre que vous comptiez vous marier bientôt. Songez aux parts de *haggis* supplémentaires que cela représenterait pour le banquet de noces.

— On vous a déjà dit à quel point vous étiez subtile, Edwina ?

— Jamais, soupira-t-elle. Bon ! Alors c'est arrangé. Je vous attends lundi matin pour discuter des modalités.

Là-dessus, elle raccrocha. Roger résista à l'envie de claquer le combiné sur son support, puis se reprit. Finalement, ce n'était peut-être pas plus mal. L'argent ne l'intéressait pas tant que cela, mais les conférences occuperaient au moins son esprit quelque temps. Il saisit la lettre froissée près du téléphone, la lissa sur la table et parcourut les lignes d'excuses sans les lire.

Brianna était tellement désolée ! disait-elle. Une invitation à participer à une série de conférences au Sri Lanka (c'était à croire que tous les Américains passeraient leur été dans des séminaires !), des contacts précieux à établir, des entretiens d'embauche importants... Impossible de passer à côté d'une telle aubaine. Vraiment, absolument, sincèrement désolée. Ils se verraient en septembre. Elle lui écrirait. Bises.

— Bises ! grogna-t-il. Tu peux te les garder, tes bises !

Il froissa à nouveau la lettre en boule et la jeta avec rage sur la coiffeuse. Elle rebondit contre le miroir et roula sur le tapis.

— Combien de temps encore vas-tu me faire marcher comme ça !

Il délogea la photo glissée dans le cadre du miroir, pris d'une envie furieuse de la déchirer en mille morceaux. Au lieu de cela, il la fixa longuement et la reposa sur la table.

— « Désolée », soupira-t-il. Pas autant que moi.

Mai 1971

Lorsque Roger regagna l'université après sa dernière conférence, épuisé, en nage, et souhaitant ne plus jamais voir un Américain de sa vie, des caisses l'attendaient dans la loge du concierge. Il y en avait cinq, munies des autocollants multicolores du transporteur international.

— Qu'est-ce que c'est ? demanda-t-il au concierge.

— Je n'en sais rien, répondit le vieil homme. Elles sont arrivées ce matin.

Roger essaya de déplacer celle du haut de la pile. Si elle n'était pas remplie de livres, elle devait contenir du plomb. Ses efforts délogèrent cependant une enveloppe glissée en dessous. Non sans mal, il parvint à la dégager.

« Un jour, tu m'as dit que tout le monde avait besoin d'une histoire. Voici la mienne. Tu veux bien la garder avec la tienne ? »

Il n'y avait ni salutations ni conclusion, juste la lettre « B » en guise de signature.

Il l'examina un long moment, puis la replia et la glissa dans sa poche. S'accroupissant, il souleva la première caisse. Bon sang ! Elle devait peser au moins quarante kilos !

Roger laissa tomber la dernière caisse sur le plancher de son salon. Armé d'un tournevis et d'une bouteille de bière, il se mit à l'œuvre, essayant de calmer son excitation. Une fille envoyait-elle la moitié de ses biens à un type avec lequel elle voulait rompre ?

Le contenu de la caisse avait été emballé avec un soin exagéré. Le tout était enfermé dans un second carton protégé de papier bulle. Une fois ouvert, celui-ci révéla un mystérieux amas d'objets enveloppés dans des feuilles de journaux et rangés dans des boîtes à chaussures.

Il en prit une au hasard et l'ouvrit. Elle contenait des photos, certaines jaunies et écornées, d'autres plus récentes, satinées et colorées. Il aperçut le coin de la marie-louise d'un portrait de studio et l'extirpa du tas.

C'était Claire Randall, à peu près à l'époque où il l'avait vue la dernière fois : les mêmes yeux d'ambre, chaleureux et brillants sous une cascade de boucles châtain clair, un sourire au coin des lèvres. Il remit la photo dans la boîte, avec le sentiment d'être un espion.

Le reste de la caisse révéla une poupée de chiffon au visage fané et à la robe déchirée, un vieux bonnet de Mickey, une petite boîte à musique qui jouait *Over the Rainbow*, un chien en peluche, un vieux sweat-shirt de taille medium (il aurait pu aller à Brianna mais Roger devina qu'il avait appartenu à Frank), une robe de soie marron. Il la pressa contre son nez et l'image de Claire lui vint aussitôt à l'esprit.

Sous ces couches de souvenirs reposait un trésor plus conséquent. La caisse devait son poids à trois gros coffrets de bois couchés au fond, chacun contenant une ménagère en argent, les couverts méticuleusement rangés dans des étuis individuels en feutre.

La première ménagère était française, avec des manches bordés d'un motif godronné. Elle avait été achetée par William S. Randall en 1842. La deuxième, décorée dans le style George III, avait appartenu à Edward K. Randall, et portait la date de 1776. La dernière enfin, ornée de coquilles Saint-Jacques, avait été achetée en 1903 par Quentin Lambert Beauchamp et offerte comme cadeau de mariage à Frank Randall et Claire Beauchamp. L'argenterie de famille, en somme.

De plus en plus perplexe, Roger poursuivit son inventaire, déposant chaque objet sur le sol près de lui, inspectant un à un les bibelots, souvenirs et ustensiles qui composaient l'histoire de Brianna Randall. L'histoire ! Pourquoi avait-elle employé ce mot ?

Saisi d'une subite angoisse, il vérifia l'adresse inscrite sur l'étiquette de la caisse. Oxford. Elle les lui avait directement envoyées à l'université. Mais pourquoi ? Elle savait, ou plutôt croyait, qu'il passerait tout l'été en Ecosse. C'était ce qu'il aurait fait s'il n'y avait eu le cycle de conférences impromptu. Or il ne lui en avait jamais parlé.

Calé dans un coin, il aperçut une petite boîte à bijoux. A l'intérieur, il trouva plusieurs bagues, des barrettes, des boucles d'oreilles. La broche de quartz fumé qu'il lui avait offerte pour son anniversaire y était. En revanche, il y manquait deux choses.

Le bracelet d'argent qu'il lui avait donné et le collier de perles baroques de sa grand-mère.

Pris de panique, il renversa le contenu de la boîte sur le tapis et étala les bijoux pour mieux les voir. Pas de perles. Elle ne les portait sans doute pas sur elle, surtout pour un séminaire d'ingénierie au Sri Lanka. Ce collier n'était pas un bijou comme les autres, mais un souvenir de famille, un symbole. Il était son lien le plus cher avec...

— Non ! s'écria-t-il. Ne me dis pas que tu as fait ça !

Il jeta la boîte à bijoux sur le lit et se précipita vers le téléphone.

Il lui fallut une éternité avant d'obtenir l'opératrice des appels internationaux ; il dut patienter encore tandis que la ligne résonnait de cliquetis et de bourdonnements électroniques. Enfin, il entendit la connexion, suivie d'une sonnerie lointaine. Un coup, deux coups, puis un déclic. Son cœur fit un bond. Elle était chez elle !

— *Bonjour. Le numéro que vous avez composé n'est plus attribué. Nous ne pouvons pas donner suite à votre appel.*

Elle ne pouvait pas l'avoir fait ! A moins que... ? Bien sûr qu'elle en était capable, cette folle furieuse ! Mais où était-elle donc, bon sang ?

Il pianota nerveusement sur sa cuisse pendant que la ligne transatlantique cliquetait sans se lasser. Il dut ensuite accomplir un véritable parcours du combattant tandis que les standardistes de l'hôpital le renvoyaient d'un poste à l'autre. Enfin, une voix grave et familière retentit dans le combiné.

— Ici Joseph Abernathy.

— Docteur Abernathy ? C'est Roger Wakefield à l'appareil. Vous savez où se trouve Brianna ?

L'approche était un peu brutale, mais il était à bout de nerfs.

— Mais... avec vous, non ?

Roger sentit son sang se glacer.

— Non, répondit-il en s'efforçant de paraître le plus calme possible. Elle devait venir cet été, mais elle a reporté son voyage à l'automne, après la remise de son diplôme. Elle devait d'abord se rendre à un séminaire.

— Mais non, dit Abernathy d'une voix de plus en plus inquiète. Elle a reçu son diplôme à la fin avril. On a fêté ça tous ensemble au restaurant. Ensuite, elle m'a dit qu'elle partait directement pour l'Ecosse. C'est même Lenny, mon fils, qu'il l'a conduite à l'aéroport... c'était quand, déjà ?... mardi dernier, le 27 ! Elle n'est pas arrivée ?

— Je n'en sais rien. Elle ne m'a pas dit qu'elle venait.

Roger avait le poing crispé sur le combiné. Il prit une grande inspiration avant de demander :

— Vous savez dans quelle ville elle allait ? Londres ou Edimbourg ?

Des visions de kidnapping, d'agressions, d'attentat de l'IRA lui traversèrent l'esprit. Il pouvait lui être arrivé n'importe quoi... une jeune fille seule dans une grande ville... n'importe quoi, sans doute préférable à ce que son instinct lui hurlait et qu'il refusait d'entendre.

— Inverness, reprit Abernathy. Elle avait un vol direct Boston-Edimbourg, et elle devait après prendre le train pour Inverness.

— Oh non ! gémit Roger.

Si elle avait quitté Boston mardi, elle devait être arrivée à Inverness le jeudi. Le vendredi était le 30 avril... la veille de Beltane, la fête du feu, lorsque les collines de la vieille Ecosse s'embrasaient dans les flammes de la purification et de la fécondité. Lorsque... peut-être, les portes de la colline aux fées de Craigh na Dun étaient le plus largement ouvertes.

La voix d'Abernathy tremblait dans le téléphone, répétant la même question sur un ton insistant. Roger s'efforça de se concentrer.

— Non, répondit-il avec peine. Elle ne m'a pas prévenu. Je suis toujours à Oxford. Je n'étais pas au courant.

Un silence angoissé envahit la ligne. Il fallait pourtant qu'il lui pose la question. Il rassembla son courage et changea le combiné de main, essuyant sa paume moite sur son pantalon.

— Docteur Abernathy... Il se pourrait que Brianna ait décidé de retrouver sa mère... Claire. Vous savez où elle est ?

Cette fois, le silence se chargea de méfiance.

— Euh... non, répondit prudemment Abernathy. Enfin... pas vraiment.

« Pas vraiment », très diplomate de sa part ! Roger se passa une main sur le front et fit une seconde tentative :

— Laissez-moi vous poser la question autrement : avez-vous déjà entendu parler de Jamie Fraser ?

— Oh non ! soupira Abernathy. Elle l'a fait !

31

Retour à Inverness

Les odeurs d'encaustique, de cire, de peinture fraîche et de parfums d'ambiance flottaient dans le hall, prenant à la gorge. Mais ces témoignages olfactifs du zèle ménager de Fiona ne pouvaient rivaliser avec les merveilleux arômes qui émanaient de la cuisine.

Roger inspira un grand coup en déposant son bagage devant l'escalier. Certes, le vieux presbytère avait changé de direction, cela sautait aux yeux, mais même sa transformation en bed-and-breakfast ne pouvait altérer sa vraie nature.

Accueilli avec effusion par Fiona, et avec un peu moins d'enthousiasme par Ernie, il s'installa dans son ancienne chambre en haut de l'escalier et commença aussitôt son enquête. Ce n'était pas trop difficile : outre la curiosité habituelle des Highlanders à l'égard des étrangers, une fille d'un mètre quatre-vingts avec des cheveux roux lui tombant jusqu'à la taille ne passait pas inaperçue.

Elle était arrivée par le train d'Edimbourg. On l'avait vue à la gare. Il savait également qu'une grande rousse avait grimpé dans un taxi et demandé au chauffeur de la conduire dans la campagne. Ce dernier ne se souvenait pas exactement de l'endroit où il l'avait conduite mais se rappelait qu'elle s'était brusquement écriée : « C'est ici ! »

— Elle m'a dit qu'elle devait retrouver des amis pour une randonnée sur la lande, expliqua-t-il. Elle portait un sac à dos et était habillée pour la marche. Ce n'était pas franchement un jour à se balader dans la nature, mais avec ces touristes américains, vous savez...

Roger ne savait que trop où elle s'était rendue.

Claire avait déduit que les portes du grand menhir étaient le plus largement ouvertes lors des anciennes fêtes celtes du soleil et du feu. Elle était passée la première fois le jour de Beltane. Elle était repassée le jour de Samain. Brianna avait dû franchir la porte à Beltane elle aussi.

Il n'allait tout de même pas attendre le mois de novembre pour la suivre. Dieu seul savait ce qui pouvait lui arriver pendant ces cinq mois ! Beltane et Samain étaient des fêtes du feu. Or il y avait une fête solaire entre les deux.

Le solstice d'été : le 20 juin suivant. Cela lui laissait quatre semaines. L'attente serait longue mais, s'il obéissait à sa première impulsion et tentait de franchir la porte maintenant, il risquait d'y laisser sa peau et ne serait plus d'un grand secours à Brianna ! Roger ne se faisait aucune illusion sur la violence et les dangers de la traversée, après avoir entendu et vu de près ce dont les menhirs étaient capables.

Très vite, il commença ses préparatifs. Le soir, lorsque la brume déroulait son long manteau sur la rivière, il essayait de se changer les idées en jouant aux dames avec Fiona, en allant boire un verre au pub avec Ernie ou, en dernier recours, en fouillant dans les dizaines de cartons qui restaient encore dans le vieux garage.

Les boîtes et les cartons semblaient s'y multiplier comme des petits pains. Chaque fois que Roger poussait la porte, il en apercevait davantage. Il lui faudrait sans doute toute une vie pour trier les affaires du révérend. Toutefois, pour le moment, ce travail de Sisyphe était une bénédiction, l'abrutissant juste assez pour qu'il cesse de se morfondre. Certaines nuits, il parvenait même à dormir.

— Vous avez une photo sur votre bureau.

Fiona ne le regardait pas et baissait la tête vers les assiettes qu'elle débarrassait.

— J'en ai beaucoup, répondit Roger. Il y en a une qui vous intéresse particulièrement ? Je possède plusieurs photos de votre grand-mère. Vous n'avez qu'à vous servir.

— De ma grand-mère ? Ah oui, je veux bien. Ça fera plaisir à papa. Mais je voulais parler de la grande.

— La grande ?

Roger se demanda de quelle photo il pouvait s'agir. La plupart étaient des clichés en noir et blanc pris avec le vieux Brownie du révérend, mais il existait aussi plusieurs portraits professionnels en grand format : une de ses parents, une autre de la grand-mère du révérend, à l'occasion de son centième anniversaire. La vieille femme ressemblait à un ptérodactyle drapé de voiles noirs. Fiona ne pouvait tout de même pas vouloir celles-là !

— Celle de la femme qui a tué son mari avant de disparaître, répondit Fiona en pinçant les lèvres.

— Celle qui... vous voulez dire Gillian Edgars ?

— Oui. Pourquoi gardez-vous une photo de cette femme ?

Roger posa sa tasse de thé et saisit nonchalamment le journal du matin tout en cherchant ce qu'il allait pouvoir lui répondre.

— Euh... on me l'a donnée.

Fiona était souvent entêtée, mais rarement aussi indiscrète.

— C'est Mme Randall... précisa-t-il. Je veux dire, le Dr Randall. Pourquoi ?

Fiona ne répondit pas et se contenta de pincer les lèvres.

Intrigué par son mutisme, Roger cessa de feindre de lire le journal.

— Vous la connaissiez ? Gillian Edgars ?

Elle éluda la question, lui tournant le dos et tripotant la théière.

— Vous êtes allé au cercle de pierres de Craigh na Dun, n'est-ce pas ? demanda-t-elle. Joycie a dit qu'en rentrant de Drumna-drochit jeudi dernier, Albert vous avait vu descendre de la colline.

— En effet. Pourquoi, c'est interdit ?

Il avait tenté de mettre un peu d'humour dans sa voix, mais Fiona n'y parut pas sensible.

— Vous savez bien que c'est un endroit étrange, comme tous les cercles de pierres. Ne me racontez pas que vous y êtes monté pour admirer la vue !

— Je n'ai jamais dit ça.

Il s'enfonça dans son fauteuil, dévisageant la jeune femme. Ses cheveux bouclés pointaient en houppettes sur sa tête, comme chaque fois qu'elle était contrariée.

— Mais c'est vrai que vous la connaissez ! se souvint-il soudain. Claire m'a dit que vous l'aviez rencontrée.

Lorsqu'il l'avait entendue faire allusion à Gillian Edgars, une petite flamme s'était allumée en lui. Devant le comportement étrange de la jeune femme, sa curiosité se muait en un véritable brasier.

— Comment voulez-vous que je la connaisse, puisqu'elle est morte ! rétorqua Fiona.

— Vous en êtes sûre ?

Elle ramassa des éclats de coquilles d'œuf sur la table, fuyant son regard.

— C'est ce que tout le monde dit. La police n'a jamais retrouvé sa trace.

— Peut-être n'a-t-elle pas cherché au bon endroit.

En la voyant pâlir, Roger comprit qu'elle était plus ou moins au courant.

— Dites-moi ce que vous savez sur Gillian Edgars, Fiona, je vous en prie. Et que savez-vous au sujet du cromlech ?

Il se leva soudain et elle recula d'un pas, inquiète. Toutefois, elle ne semblait pas disposée à répondre.

— D'accord, dit Roger. Je vous propose un marché : si vous

me dites ce que vous savez, je vous dirai pourquoi le Dr Randall m'a donné cette photo et ce que je faisais à Craigh na Dun.

— Il... il faut que j'y réfléchisse.

Avant qu'il ait pu ajouter quelque chose, elle saisit le plateau du petit déjeuner et fila vers la cuisine.

Il se rassit lentement. Il avait eu tort de la brusquer, et plus encore d'espérer en tirer quelque chose. Que pouvait-elle bien savoir ? Mais c'était plus fort que lui, la simple mention du nom de Gillian suffisait à le mettre dans tous ses états.

Il reprit sa tasse de thé froid en se sermonnant. Si elle avait accepté le marché, qu'aurait-il pu lui révéler ? Il ne pouvait pas lui parler de Claire Randall et de Gillian, et encore moins de Brianna et de lui.

Son cœur se serra. « Elle est morte », avait dit Fiona en parlant de Gillian. « En êtes-vous sûre ? »

Il revit l'image d'une femme aux yeux vert émeraude et aux longs cheveux blonds, se détachant sur le fond écarlate d'un brasier ardent, surprise aux portes du temps. Non, elle n'était pas morte.

Du moins pendant la traversée, puisque Claire l'avait rencontrée de l'autre côté. Trop énervé pour rester en place, il se leva et marcha de long en large dans le couloir. Il s'arrêta à la porte de la cuisine. Fiona se tenait devant l'évier et regardait par la fenêtre. En l'entendant approcher, elle se retourna, son chiffon à la main.

Son visage était rouge vif, mais déterminé.

— Je ne suis pas censée en parler, mais je vais vous le dire quand même, annonça-t-elle.

Elle prit une profonde inspiration et avança le menton. Elle faisait penser à un pékinois affrontant un lion.

— Un jour, la maman de Brianna, Mme Randall, m'a posé un tas de questions sur ma grand-mère. Elle savait qu'elle avait été une... danseuse.

— Une danseuse ? Vous voulez dire sur la colline de Craigh na Dun ?

Claire le lui avait déjà dit mais il n'avait jamais pu la croire tout à fait. Il ne pouvait imaginer la vieille Mme Graham exécutant des rites magiques à l'aube, virevoltant sur la pointe des pieds dans l'herbe verte.

Fiona poussa un soupir.

— Alors vous savez déjà, dit-elle. J'en étais sûre !

— Non, tout ce que je sais, c'est ce que m'a raconté Claire Randall. Elle et son mari ont vu des femmes danser au milieu du cercle de menhirs un matin de Beltane. Votre grand-mère était l'une d'elles.

— Elle n'était pas simplement l'une d'elles. Elle était leur grande prêtresse.

Roger lui prit doucement son chiffon des mains et la força à s'asseoir devant la table de la cuisine.

— Racontez-moi ce qu'est une grande prêtresse, s'il vous plaît, Fiona.

Maintenant qu'elle avait pris sa décision, elle ne ferait pas marche arrière.

— La grande prêtresse appelle le soleil, expliqua-t-elle. Elle lui parle dans une de nos langues anciennes. Certains mots ressemblent au gaélique mais pas tous. D'abord, nous dansons toutes ensemble à l'intérieur du cercle, puis la grande prêtresse s'arrête et se met face au grand menhir fendu. Elle s'adresse à lui... elle ne chante pas vraiment, mais elle ne lui parle pas non plus. C'est un peu comme le curé pendant la messe. Le tout est de choisir le bon moment, quand les premières lueurs apparaissent sur la mer, pour finir de réciter les incantations juste au moment où le premier rayon de soleil traverse le grand menhir.

— Vous vous souvenez de certaines paroles ? demanda Roger.

Fiona le dévisagea avant de répondre :

— Je les connais sur le bout des doigts. La grande prêtresse, c'est moi à présent.

Il se rendit compte qu'il avait la bouche grande ouverte.

— Mais vous n'avez pas besoin de le savoir, reprit-elle. Alors, je n'en dirai pas plus sur ce sujet. C'est Gillian Edgars qui vous intéresse, n'est-ce pas ?

Elle l'avait effectivement connue, puisque Gillian avait été une danseuse. Gillian n'avait pas fait partie de leur groupe très longtemps. Elle interrogeait sans cesse les femmes plus âgées, avide d'en apprendre le plus possible, mais, malgré tous ses efforts, n'avait pu percer le secret du chant d'invocation solaire. Seules la grande prêtresse et celle qui était appelée à lui succéder le connaissaient. A force de l'entendre, certaines anciennes en connaissaient des bribes, mais elles ignoraient le principal : à quel moment précis commencer les incantations et comment les faire coïncider avec le lever du soleil.

Fiona s'interrompit, baissant les yeux vers ses mains croisées sur la table.

— Cela ne regarde que les femmes, rien que les femmes. Les hommes n'ont pas le droit de participer et nous ne leur disons rien, jamais.

Il posa une main sur les siennes pour la rassurer et l'encourager.

— Vous n'avez rien à craindre de moi, Fiona. Vous savez bien que je ne vous trahirai pas. Racontez-moi la suite. Il faut que je sache.

Elle prit une grande inspiration et le regarda droit dans les yeux.

— Vous savez où est partie Brianna ? demanda-t-elle.

— Je crois. Au même endroit que Gillian Edgars, n'est-ce pas ?

Fiona ne répondit pas mais soutint son regard. Roger prit soudain conscience du caractère irréel de la situation. Il était assis dans cette cuisine confortable et vieillotte qu'il connaissait depuis sa plus tendre enfance, à boire du thé dans une tasse à l'effigie de la reine mère, discutant de pierres sacrées et de voyages à travers le temps avec Fiona. Avec Fiona ! Elle qui ne s'intéressait qu'à son Ernie et à son ménage.

— Il faut que je la retrouve, Fiona, dit-il avec calme... Si c'est possible. C'est possible ?

Elle secoua énergiquement la tête, effrayée.

— Je ne sais pas. Je ne connais que des cas de femmes qui ont essayé. Peut-être qu'elles sont les seules à le pouvoir.

La main de Roger se referma sur la salière et la serra convulsivement. C'était une des choses qu'il craignait le plus.

— Il n'y a qu'un moyen de le savoir, n'est-ce pas ? déclara-t-il sur un ton faussement détaché.

— J'ai gardé son petit cahier, dit soudain Fiona.

— Quel cahier ? Celui de Gillian ?

— Oui. Nous avons un... endroit où nous gardons quelques affaires secrètes. Elle l'y avait laissé. Je l'ai pris... après.

Après qu'on eut découvert le corps calciné de son mari, acheva mentalement Roger.

— Je sais bien que j'aurais dû le donner à la police, poursuivit-elle, mais... ça m'ennuyait qu'il tombe entre les mains de non-initiés. Et puis, après tout, si elle l'avait placé dans la cachette, c'est qu'elle ne tenait pas à ce qu'on le lise.

— C'était son secret.

— Oui, eh bien... je l'ai lu quand même, avoua-t-elle.

— C'est comme ça que vous avez su où elle était passée, déduisit Roger.

Fiona laissa échapper un petit rire forcé.

— Une chose est sûre : ce ne sont pas ses notes qui aideront la police à la retrouver !

— Et moi, pourront-elles m'aider ? demanda Roger.

— Je l'espère.

Elle se leva et se dirigea vers la console. Elle ouvrit un tiroir et en sortit un petit cahier relié de toile verte.

32

Grimoire

Ceci est le grimoire de la sorcière Geillis. J'ai adopté ce nom parce que c'est un nom de sorcière. Peu importe qui je suis et d'où je viens, tout ce qui compte est ce que je deviendrai.

Que deviendrai-je ? Je l'ignore encore, car ce n'est qu'au moment de la métamorphose que je saurai ce que j'ai réellement accompli. Je suis sur le chemin du pouvoir.

Le pouvoir absolu corrompt absolument, certes, mais comment ? En supposant que le pouvoir puisse être absolu, ce qu'il ne sera jamais. Car nous ne sommes que de simples mortels, toi et moi. Observe la chair se flétrir sur tes membres, sens les os de ton crâne pointer sous ta peau, tes dents dessiner un sourire macabre sous tes lèvres...

Pourtant, au sein même de ton corps, tout est possible. Ce qui se passe au-delà des limites de la chair ne me concerne pas, c'est le domaine des autres. C'est toute la différence entre eux et moi, ces autres qui sont partis avant moi explorer le royaume des ténèbres, les autres qui recherchent le pouvoir dans la magie et l'invocation des démons.

Moi, je voyage dans le corps, dans l'âme. En reniant mon âme, je n'accorde de pouvoir qu'à ce que je suis en mesure de contrôler. Je ne cherche ni le bien ni le mal, je les renie. Car s'il n'y a plus d'âme, plus de mort, alors les règles du bien et du mal n'ont plus d'effet... leur lutte n'a plus d'importance pour celui ou celle qui vit uniquement dans la chair.

Nous régnons sur l'instant, et néanmoins pour l'éternité. Une toile fragile tissée pour piéger la terre et l'espace. Il ne nous est accordé qu'une seule vie mais celle-ci peut être vécue dans combien de temps... et combien de fois ?

Pour accéder au pouvoir, il faut choisir son temps et son lieu, car ce n'est que lorsque l'ombre de la pierre tombe à tes pieds que la porte du destin s'ouvre vraiment.

— Cette femme est complètement givrée ! marmonna Roger. Qu'est-ce que c'est que ce charabia ?

La cuisine était déserte et le son de sa propre voix était légèrement rassurant. Il tourna les pages avec délicatesse et parcourut les lignes tracées d'une écriture ronde et appliquée.

Après cette introduction obscure se trouvait un chapitre intitulé « *Fêtes du feu et fêtes solaires* ». Il contenait une liste : Imbolc, Alban Eilir, Beltane, Litha, Lughnassadh, Alban Elfed, Samain, Alban Arthuan... chaque nom suivi d'un paragraphe de notes et d'une série de mystérieuses petites croix. *Samain* attira son attention. Elle avait droit à six croix.

C'est la première fête des morts. Longtemps avant le Christ et sa Résurrection, les âmes des héros se relevaient de leur tombe pendant la nuit de Samain. Ces héros sont rares. Il faut naître sous la bonne configuration stellaire. En outre, ceux qui ont cette chance n'ont pas tous le courage d'exploiter ce pouvoir qui leur revient de droit.

Même dans son délire, Geillis avait fait preuve de méthode et d'organisation, ainsi que d'un étrange mélange d'observations cliniques et d'élans lyriques. La partie centrale du cahier était intitulée « *Etudes de cas* ». Si, en lisant la première partie, Roger avait senti les cheveux se dresser sur sa tête, la lecture de la seconde lui donna des sueurs froides.

Il s'agissait d'un inventaire minutieux, répertorié par date et par lieu, des cadavres retrouvés près de sites mégalithiques. Chaque corps était décrit et suivi de quelques hypothèses.

14 août 1931. Sur-le-Meine, Bretagne. Corps d'un homme, non identifié. Age : la quarantaine. Trouvé dans la partie nord du cercle de menhirs. Aucune cause de décès évidente, mais profondes traces de brûlures sur les bras et les jambes. Vêtements « en lambeaux ». Pas de photographies. Causes probables d'échec : (1) homme, (2) mauvaise date (23 jours avant la fête solaire la plus proche).

2 avril 1650. Castlerigg, Ecosse. Corps de femme, non identifiée. Age : environ quinze ans. Trouvée en dehors du cercle. Nombreuses mutilations, peut-être provoquées par des loups qui auraient traîné le corps hors du cromlech. Pas de description des vêtements. Cause probable d'échec : (1) mauvaise date (28 jours avant la prochaine fête du feu).

5 février 1953. Callanish, île de Lewis. Corps d'un homme identifié comme étant John MacLeod, pêcheur de langoustes. Age : vingt-six ans. Cause du décès : hémorragie cérébrale. Vêtements brûlés. Le rapport du médecin légiste fait état de brûlures au deuxième degré sur le visage et aux extrémités. Son diagnostic : foudroiement. Possible mais peu probable. Causes probables d'échec : (1) homme, (2) très proche d'Imbolc mais peut-être pas encore assez ? (3), mauvaise préparation. NB : article de journal accompagné d'une photo montrant la victime chemise ouverte. Il porte une trace de brûlure sur le torse qui ressemble à une croix de Bridhe, mais l'image n'est pas assez nette pour qu'on ait une certitude.

1ᵉʳ mai 1963. Tomnahurich, Ecosse. Corps d'une femme identifiée comme étant Mary Walker Willis. Rapport du médecin légiste : brûlures importantes sur le corps et les vêtements. Cause de décès : rupture de l'aorte. L'article dit que Mlle Walker portait des vêtements « bizarres », mais sans donner de détails. Echec : celle-ci savait ce qu'elle faisait. Elle a sans doute échoué parce qu'elle avait omis les sacrifices appropriés.

La liste continuait, chaque compte rendu glaçant un peu plus le sang de Roger. Geillis en avait dénombré vingt-deux sur une période allant du milieu du XVIIᵉ siècle aux années 1960, éparpillés sur des sites mégalithiques d'Ecosse, du nord de l'Angleterre et de Bretagne. La plupart étaient manifestement des accidents : les victimes s'étaient aventurées au milieu d'un cercle de menhirs sans avoir la moindre idée de ce qui les y attendait.

Quelques-unes, deux ou trois, semblaient avoir su. Elles s'étaient habillées en conséquence. Peut-être avaient-elles déjà fait le voyage une fois et avaient-elles voulu ressayer... mais cette fois, cela n'avait pas marché. Roger sentit son estomac se nouer. Claire avait vu juste : ce n'était pas aussi simple que de passer dans une porte à tambour.

Ensuite venaient les disparitions... elles étaient classées dans un autre chapitre, inventoriées avec la date, le sexe et l'âge. Roger comprit enfin la signification des petites croix : elles indiquaient le nombre de disparus lors de chaque fête. Il y avait plus de disparitions que de morts et, par la force des choses, moins d'informations disponibles. La plupart étaient suivies de points d'interrogation. Sans doute parce qu'il était impossible de savoir si une disparition survenue près d'un site était nécessairement liée au site lui-même.

Il tourna la page et reçut une gifle en plein visage.

1ᵉʳ mai 1945. Craigh na Dun, Invernessshire, Ecosse. Claire Randall. Age : vingt-sept ans. Sans profession. Vue pour la dernière fois au petit matin alors qu'elle partait pour le site à la recherche de spécimens botaniques. N'est pas rentrée à la tombée de la nuit. Voiture retrouvée au pied de la colline. Aucune trace dans le cercle. Pas de motif de fugue connu.

Il parcourut rapidement les pages suivantes en se demandant si Geillis avait appris le retour de Claire, trois ans plus tard. Apparemment pas. En tout cas, elle n'en avait pas fait état dans son cahier.

Fiona lui avait apporté une nouvelle théière et une assiette de biscuits au gingembre auxquels il n'avait pas touché depuis qu'il avait commencé sa lecture. Il en saisit un machinalement et le grignota sans y penser jusqu'à ce que les miettes parfumées lui restent en travers de la gorge et le fassent tousser.

La dernière partie du cahier s'intitulait « *Techniques et préparatifs* ».

Quelque chose est tapi sous ces sites, plus vieux que l'humanité. Les Anciens parlent des « sillons de la terre » et des forces qui y circulent. Le rôle des gemmes est lié à ces sillons mais les font-elles dévier ou servent-elles seulement de balises ?

Il avait beau boire du thé, le biscuit restait coincé dans sa gorge. Il poursuivit, de plus en plus vite, lisant en diagonale, sautant des paragraphes, puis referma brusquement le cahier. Il finirait plus tard... et relirait le tout de nombreuses fois sans doute. Pour le moment, il avait besoin d'air.

Il descendit la rue d'un pas leste et se dirigea vers la rivière sans se soucier de la pluie. Il était tard, les cloches de l'église sonnaient l'office du soir. Autour de lui, les citadins se dirigeaient vers les pubs pour l'apéritif. Mais par-dessus le bruit des cloches, des conversations et des pas sur la chaussée, il entendait les dernières phrases qu'il avait lues et qui résonnaient encore dans ses oreilles comme si elles s'adressaient directement à lui.

T'embrasserai-je, mon enfant ? T'embrasserai-je, mon homme ? Sens mes dents sous mes lèvres. Je pourrais te mordre comme je pourrais t'étreindre. Le goût du pouvoir est le même que celui du sang : du fer dans ma bouche, du fer dans ma main.

Le sacrifice est nécessaire.

33

La nuit la plus courte

20 juin 1971

En Ecosse, pendant la nuit du solstice d'été, le soleil est suspendu dans le ciel au côté de la lune. C'est la fête de Litha, Alban Eilir.

Il était presque minuit. Le ciel était pâle et il faisait encore jour. Claire et Geillis avaient raison : la date était importante. Lors de ses visites précédentes, Roger avait trouvé le site dérangeant et irréel. Mais ce soir-là, il pouvait entendre les pierres, leur chant traversait sa peau... Un bourdonnement sourd et continu comme le vrombissement des cornemuses.

Ils arrivèrent au sommet de la colline et s'arrêtèrent pour reprendre leur souffle à une vingtaine de mètres du cromlech. La vallée sombre s'étendait à leurs pieds, nimbée de mystère par la lune ascendante. Roger entendit un soupir nerveux à son côté et se rendit compte que Fiona était encore plus effrayée que lui.

— Vous n'avez pas besoin de rester là, lui dit-il. Redescendez si vous avez peur, je me débrouillerai très bien tout seul.

— Ce n'est pas pour moi que j'ai peur, bougonna-t-elle.

Elle enfouit ses poings fermés dans ses poches et baissa la tête comme un taureau prêt à charger.

— Allez, venez, lança-t-elle.

Les branches d'aulnes frémirent derrière lui et il frissonna en dépit de ses vêtements chauds. Il se sentait légèrement ridicule dans son long manteau, ses culottes s'arrêtant aux genoux et ses bas de laine. Il avait dit au tailleur qui lui avait confectionné son costume que c'était pour une pièce de théâtre à l'université.

Fiona entra la première dans le cercle et lui fit signe d'attendre à l'extérieur. Il tourna docilement le dos, la laissant faire. Elle tenait un sac de plastique qui contenait sans doute les instruments indispensables à la cérémonie. Lorsqu'il lui avait demandé ce qu'il recelait, elle avait rétorqué que cela ne le regardait pas.

Le bruit le perturbait. Il vibrait dans ses os et son sang, lui donnant une envie furieuse de se gratter. Fiona, elle, n'entendait rien. Il s'en était assuré avant de la laisser venir l'aider.

Il pria le ciel pour ne pas s'être trompé. Normalement, seuls ceux qui entendaient le bruit pouvaient franchir la porte. Il ne se pardonnerait jamais si quelque chose arrivait à Fiona. Mais, comme elle le lui avait fait observer elle-même, elle s'était rendue sur Craigh na Dun à de nombreuses reprises lors de fêtes solaires sans jamais rien ressentir de particulier. Il ne put s'empêcher le lancer un regard par-dessus son épaule et vit une flamme brûler au pied du grand menhir fendu. Fiona se tenait devant le feu, fredonnant des paroles inintelligibles d'une petite voix aiguë.

Jusqu'à présent, il ne connaissait que des cas de femmes ayant franchi la porte. Cela marcherait-il pour lui ?

Peut-être. Si la capacité à traverser les pierres était génétique, comme le fait d'être daltonien ou de pouvoir former un cylindre avec sa langue, alors pourquoi pas ? Claire l'avait fait. Brianna aussi. Or Brianna était la fille de Claire. Lui était le descendant de la seule autre voyageuse dans le temps qu'il connaissait... la sorcière Geillis.

Il battit la semelle et se secoua, pour tenter de dissiper les vibrations de son corps. Seigneur ! C'était comme d'être dévoré tout cru par une fourmilière ! Etaient-ce les incantations de Fiona qui aggravaient ces vibrations ou simplement son imagination ?

Il se massa vigoureusement le torse et ses doigts rencontrèrent la masse lourde du médaillon de sa mère. Il l'avait emporté à la fois comme un talisman et parce qu'il était serti de grenats. Il gardait ses doutes quant aux spéculations de Geillis... il n'allait certainement pas accomplir un sacrifice, même si Fiona semblait avoir pensé au feu... mais, après tout, les gemmes ne pouvaient pas faire de mal, et si elles pouvaient s'avérer utiles... Bon sang, mais pourquoi Fiona ne se dépêchait-elle pas ? Il gesticula sur place comme s'il essayait de sortir non seulement de ses vêtements mais de sa peau.

Si cela marchait... s'il pouvait... c'était une notion qui ne lui était venue à l'esprit que récemment, pendant qu'il envisageait toutes les possibilités du cromlech. Mais si... il caressa du bout des doigts le médaillon ovale, apercevant le visage de Jamie MacKenzie au fond de son esprit.

Brianna était partie à la recherche de son père. Pouvait-il faire de même ? Fiona ! C'était elle qui augmentait le bruit. Il avait mal jusqu'à la racine de ses dents et sa peau le brûlait. Il secoua violemment la tête. Très mauvaise idée. Les os de son crâne semblaient sur le point de se dessouder.

Enfin elle s'approcha et le prit par la main, en disant quelque chose qu'il n'entendit pas. Le bruit était assourdissant. Il se laissa guider à l'intérieur du cercle, la vue obscurcie par la douleur.

Serrant les dents, il se tourna vers Fiona, juste assez pour voir son visage rond et anxieux. Il se pencha brusquement vers elle et l'embrassa à pleine bouche.

— Ne le dites pas à Ernie, lui recommanda-t-il.

Puis il pivota sur ses talons et traversa le menhir.

La brise d'été se chargeait d'une vague odeur de feu de bois. Roger huma l'air. Là-bas, au loin, une flamme brûlait au sommet d'une colline voisine. Un feu de Saint-Jean.

Quelques étoiles pâles brillaient dans le ciel, à demi cachées par un nuage. Il ne sentait aucun besoin de bouger ni de penser. Il se sentait désincarné, comme s'il faisait partie du ciel ; son esprit errait librement comme une boule de verre accrochée à un filet de pêche, ballottée par les vagues. Il perçut un son musical autour de lui... le chant lointain d'une sirène, et une odeur de café.

Une vague impression s'immisça sournoisement dans son bien-être. De petites bulles de sensation explosèrent dans sa tête, projetant des étincelles de confusion. Il tenta de refouler les émotions, voulant continuer à flotter dans le vide, mais le simple fait de résister le réveilla. Il réintégra brusquement son corps... et la douleur avec lui.

— ROGER !

Le cri lui transperça les tympans, le faisant sursauter. Une douleur fulgurante lui traversa la poitrine et il posa une main sur son cœur. Quelque chose agrippa son poignet et l'écarta, mais pas avant qu'il n'ait senti sa chemise humide et le contact soyeux de la cendre sous ses doigts.

— Roger ! Réveillez-vous !

Le nuage l'appelait. Roger cligna des yeux et le nuage se dissipa lentement pour laisser apparaître le visage de Fiona. Il se redressa soudain et, pris d'une violente nausée, se retourna juste à temps pour vomir dans l'herbe. Une horrible odeur de chair brûlée mélangée à celle du café lui chatouillait les narines.

— Ça va mieux ? demanda Fiona.

— Euh... oui. Que s'est-il passé ?

— Je n'en sais rien. Vous avez disparu tout à coup. Il y a eu une grande flamme devant le menhir et vous êtes réapparu au milieu du cercle, votre manteau en feu. J'ai dû l'éteindre avec le Thermos de café.

Il baissa les yeux vers sa chemise. Une grande tache brune s'étalait au niveau du sternum, d'une dizaine de centimètres de diamètre. Il sentait les ampoules commencer à se former sur sa peau. Le médaillon de sa mère avait disparu.

— Que s'est-il passé, Roger ?

Fiona se tenait accroupie, le visage baigné de larmes. Ce qu'il avait pris pour un feu de Saint-Jean était en fait la flamme de sa bougie, presque entièrement consumée. Combien de temps était-il resté inconscient ?

— Je... je ne sais pas... laissez-moi réfléchir, balbutia-t-il.

Il s'assit en tailleur sur l'herbe mouillée et inspira profondément. Il se concentra sur sa respiration puis, une fois qu'il eut retrouvé son calme, il se rendit compte qu'il se souvenait de tout. Mais comment décrire de telles sensations ? Il n'avait rien vu... pourtant il avait encore l'image de son père imprimée sur ses rétines. Il n'y avait eu aucun son, aucun contact... pourtant il avait entendu et senti. Son corps tout entier semblait se souvenir.

— Je... j'ai pensé à mon père. Lorsque je suis entré dans la brèche, je me suis dit : si ça marche, pourrai-je le voir enfin ? Et... c'est ce qui est arrivé.

— Votre père ? Vous voulez dire que vous avez vu son fantôme ?

— Non. Pas exactement, enfin... je... je ne peux pas l'expliquer. Mais je l'ai rencontré... c'était lui, j'en suis sûr.

Le sentiment de paix absolue ne l'avait pas quitté. Il flottait quelque part au fond de son esprit.

— Ensuite il s'est produit une sorte d'explosion, reprit-il. Quelque chose m'a frappé à la poitrine. Une force gigantesque m'a repoussé, propulsé à l'extérieur. Je me suis réveillé et... c'est tout.

Il toucha la joue de Fiona.

— Merci, Fiona. Sans vous, je brûlais vif.

Elle repoussa sa main d'un geste impatient, puis s'assit sur ses talons, se frottant le menton.

— Je me demande, Roger... Vous vous souvenez de ce qu'elle a écrit dans son cahier, au sujet des pierres précieuses ? Elle a dit qu'elles vous protégeraient. Il y avait bien des grenats sur le médaillon de votre mère, non ? Peut-être que, sans eux, vous n'auriez pas survécu. Elle a parlé de gens retrouvés calcinés. Or vos traces de brûlures se trouvent juste là où était le médaillon.

— C'est vrai.

Il leva des yeux intrigués vers elle.

— Pourquoi dites-vous toujours « elle ». Vous ne prononcez jamais son nom ?

— On ne nomme pas quelqu'un quand on ne tient pas à le voir apparaître. Vous devriez savoir ça, vous, un fils de pasteur !

Il sentit les poils se hérisser sur son bras et s'efforça de sourire.

— Maintenant que vous le dites, je ne me souviens pas distinctement d'avoir prononcé le nom de mon père mais peut-être que... Claire Randall a dit qu'elle s'était concentrée sur l'image de son mari pour revenir.

Fiona hocha la tête, fronçant les sourcils. A présent, il pouvait la voir clairement. La lumière augmentait. L'aube approchait. A l'est, le ciel se teintait de nuances saumon.

— Bon sang ! Il va bientôt faire jour. Il faut que j'y aille !

Fiona ouvrit de grands yeux ronds.

— Quoi ! Vous n'allez pas faire un deuxième essai !

— Si, il le faut.

Il se redressa péniblement. Il avait les jambes en coton mais il pouvait marcher.

— Roger ! Vous êtes fou ? Ça va vous tuer !

Il secoua la tête et fixa le grand menhir fendu.

— Non, j'ai compris mon erreur. Ça ne se reproduira plus.

— Vous n'en êtes pas sûr !

Il ôta la main avec laquelle elle s'agrippait à sa manche et la serra doucement. Il tenta de lui sourire, mais l'ensemble de son visage semblait figé.

— Vous feriez mieux de rentrer, Fiona. Ernie va s'inquiéter.

Elle haussa les épaules, agacée.

— Il est parti pêcher avec son cousin Neil. Il ne rentrera pas avant mardi. Mais comment pouvez-vous savoir que cela ne se reproduira plus ?

C'était sans doute ce qu'il y avait de plus difficile à expliquer. Mais il lui devait d'essayer.

— Lorsque j'ai pensé à mon père, je l'ai visualisé tel que je l'ai toujours vu sur des photos, c'est-à-dire dans son uniforme de pilote ou en compagnie de ma mère. Le problème, c'est que... à l'époque de ces photos, j'étais déjà né. Vous comprenez ?

Il scruta le petit visage rond et vit une lueur de compréhension éclairer lentement son regard.

— Vous voulez dire... que vous n'avez pas uniquement rencontré votre père, c'est ça ?

Il acquiesça. Il n'y avait pas eu d'image, de son, d'odeur, ni de sensation à proprement parler. Aucune description ne pouvait traduire ce que signifiait se rencontrer soi-même.

— Il faut que j'y aille, répéta-t-il. Fiona, je ne sais pas comment vous remercier.

Elle le dévisagea un moment, les lèvres entrouvertes, puis s'écarta et tira sur son doigt pour retirer sa bague de fiançailles.

— La pierre est toute petite, mais c'est un vrai diamant, dit-elle en la lui glissant dans la main.

— Mais je ne peux pas l'accepter !

Il voulut la lui rendre mais elle recula d'un pas et croisa les mains derrière son dos.

— Ne vous inquiétez pas, elle est assurée. Ernie est le roi des assurances.

Elle voulut sourire mais des larmes coulaient le long de ses joues.

Il n'y avait plus rien à dire. Roger glissa la bague dans sa poche et contempla le menhir. Ses flancs noirs commençaient à scintiller pendant que la lumière de l'aube se reflétait dans les éclats de mica. Roger entendait toujours le bourdonnement, mais plus lointain, comme un élancement à l'intérieur de son corps.

Il effleura doucement la joue de Fiona en guise d'adieu et avança vers la pierre en titubant légèrement. Enfin, il s'engagea dans la fente.

Fiona ne vit rien, mais l'air frais du matin sembla porter au loin l'écho d'un nom.

Elle attendit un long moment, jusqu'à ce que le soleil caresse la cime du menhir.

— *Slan leat, a charaid chòir*, murmura-t-elle.

« Bonne chance, mon cher ami. » Puis elle descendit le flanc de la colline sans se retourner.

34

Lallybroch

Ecosse, juin 1769

Bien qu'il se nommât Brutus, l'alezan semblait relativement docile. Il était plus laboureur que conspirateur et, à défaut d'être fidèle, il se montrait résigné. Il l'avait transportée à travers la lande et les gorges verdoyantes sans trébucher, grimpant toujours plus haut le long des bonnes routes créées par le général Wade cinquante ans plus tôt, puis le long de sentiers à peine tracés, que le général anglais n'avait pu atteindre, pataugeant dans les ruisseaux et se glissant entre les rochers.

Brianna reposa les rênes sur l'encolure de Brutus et se laissa guider, observant la maison blanche dans le fond de la vallée. Le bâtiment se dressait au milieu de champs d'orge et d'avoine vert pâle, ses portes et ses fenêtres bordées de pierres grises. La basse-cour et les nombreuses dépendances qui l'encerclaient ressemblaient à des poussins autour d'une grosse poule blanche.

La jeune femme ne l'avait jamais vue mais elle la reconnut tout de suite d'après les descriptions de sa mère. En outre, c'était le seul manoir de cette taille aux alentours. Depuis trois jours, elle n'avait rencontré que des cottages de pierre brute, la plupart abandonnés et à moitié effondrés, certains à l'état de ruines calcinées.

L'une des cheminées de Lallybroch fumait. Quelqu'un se trouvait donc à la maison. Il était presque midi. Peut-être étaient-ils tous à l'intérieur en train de déjeuner ?

Elle déglutit, partagée entre l'excitation et l'appréhension. Qui apercevrait-elle en premier ? Ian ? Jenny ? Et comment allait-elle être reçue ?

Brianna avait décidé de leur dire simplement la vérité, du moins de leur annoncer qui elle était et ce qu'elle était venue chercher. Sa mère lui avait souvent répété qu'elle était le portrait de son père. Elle comptait sur cette ressemblance pour les convaincre. Les Highlanders qu'elle avait croisés jusqu'à présent l'avaient regardée plutôt de travers, surpris par son aspect et son étrange accent. Peut-être les Murray ne la croiraient-ils pas ? Elle toucha la poche de son manteau et se sentit rassurée. Non, ils la croiraient. Après tout, elle avait une preuve.

Elle fut soudain prise d'un espoir fou. S'ils étaient là eux aussi, Jamie Fraser et sa mère ? Elle n'y avait pas encore songé, persuadée qu'ils étaient en Amérique. Tout ce qu'elle savait, c'était qu'ils y seraient en 1776. Ils n'étaient peut-être pas encore partis.

Brutus redressa la tête et se mit à hennir. Un autre hennissement lui répondit. Brianna saisit précipitamment les rênes et se retourna. Un beau cheval bai approchait derrière eux, portant un cavalier tout de brun vêtu.

En l'apercevant, l'homme ralentit et s'avança avec prudence. Il était grand et jeune, le visage hâlé. Il devait passer le plus clair de son temps à l'extérieur. Les pans de sa veste étaient froissés et ses bas couverts de poussière et de brindilles.

Il s'arrêta à quelques mètres et la salua d'un signe de tête. Puis elle le vit se raidir et écarquiller les yeux.

Il venait juste de se rendre compte qu'elle était une femme. Ses vêtements masculins ne pouvaient tromper personne. Ils étaient pratiques pour monter à cheval et, de loin, compte tenu de sa haute taille, pouvaient faire illusion. Mais vue de près, Brianna n'avait rien d'un garçon.

L'homme ôta son chapeau. Il n'était pas vraiment beau mais avait un visage viril et plaisant, avec d'épais sourcils et des yeux doux sous une épaisse masse de cheveux noirs, bouclés et brillants.

— Madame, dit-il, puis-je vous aider ?

— Je l'espère ! répondit Brianna. Cet endroit s'appelle bien Lallybroch ?

Il hocha la tête, fronçant des sourcils méfiants devant son accent étranger.

— En effet. Vous cherchez quelqu'un en particulier ?

Elle se redressa sur sa selle et prit une grande inspiration.

— Oui... euh... non. Je suis... Je suis Brianna Fraser.

C'était la première fois qu'elle prononçait ce nom à voix haute. Il sonnait étrangement juste.

La méfiance s'atténua sur le visage de son interlocuteur, mais non pas la surprise.

— A votre service, madame, dit-il formellement. Je m'appelle Jamie Fraser Murray, de Broch Tuarach.

— Petit Jamie ! s'exclama-t-elle. Vous êtes petit Jamie !

Il lui lança un regard froid, ce qui lui fit comprendre qu'il n'avait pas l'habitude d'être appelé par son surnom par des inconnues vêtues de façon peu convenable.

Néanmoins, Brianna lui tendit la main.

— Je suis ravie de vous rencontrer. Nous sommes cousins.

Il regarda la main tendue et leva des yeux incrédules vers elle.

— Je suis la fille de Jamie Fraser, insista Brianna.

Il resta interdit un moment. Son regard la balaya des pieds à la tête, s'arrêta longuement sur son visage, puis un large sourire illumina son visage.

— Je veux bien être pendu si ce n'est pas vrai ! s'exclama-t-il. Vous êtes son portrait tout craché !

Il lui prit enfin la main et la broya dans la sienne.

— Seigneur ! déclara-t-il. C'est maman qui va avoir une syncope !

Le rosier grimpant qui entourait la porte était en feuilles et couvert de centaines de bourgeons. Brianna leva les yeux vers le linteau et lut l'inscription gravée dans le bois : *Fraser, 1716.*

Petit Jamie, qui la précédait, se retourna vers elle.

— Tout va bien, cousine ?

— Oui.

Elle le suivit à l'intérieur et baissa la tête pour passer la porte bien que cela ne fût pas nécessaire.

— Nous sommes tous grands dans la famille, excepté maman et Kitty, expliqua petit Jamie en la voyant faire. Mon grand-père, qui est aussi le vôtre, a construit ce manoir pour sa femme, qui était très grande elle aussi. C'est la seule maison des Highlands où l'on peut entrer sans craindre de s'ouvrir le crâne.

« ...Qui est aussi le vôtre. » Ces mots prononcés sans y penser lui réchauffèrent le cœur. Frank Randall était fils unique, tout comme Claire. Les seuls parents qu'elle avait connus étaient deux grands-tantes âgées vivant en Angleterre et des cousins éloignés installés en Australie. Elle s'était lancée dans cette aventure en pensant retrouver son père. Elle n'avait pas songé qu'elle allait également se découvrir toute une famille.

Une *grande* famille. Au moment où elle entrait dans le couloir aux lambris usés, une porte s'ouvrit et quatre enfants en sortirent en courant, suivis de près par une jeune femme aux longs cheveux châtains.

— C'est ça, fuyez, mes petites truites ! cria-t-elle en agitant ses deux mains comme des pinces. Le gros crabe va vous dévorer tout crus. Clac ! Clac ! Clac !

Les enfants détalèrent dans le couloir en poussant des cris extatiques, en jetant par-dessus leur épaule des regards terrifiés et ravis. L'un d'entre eux, un petit garçon qui ne devait pas avoir plus de quatre ans, aperçut Brianna avec petit Jamie et changea brusquement de cap, fonçant vers eux comme une locomotive en furie.

— Papa ! Papa ! Papa !

Il se jeta dans les bras de petit Jamie, qui le souleva de terre.

— En voilà des manières, Matthew ! C'est ça que t'apprend ta tante Janet ? Que va penser notre cousine ?

L'enfant gloussa de joie. Il lança un coup d'œil à Brianna et enfouit son visage dans la veste de son père. Puis il se retourna vers elle en ouvrant grands ses yeux bleus.

— Papa, c'est pas une dame, ça !

— Bien sûr que si. Je viens de te dire que c'était notre cousine.

— Mais elle porte des culottes ! Les dames ne portent pas de culottes !

La jeune femme qui se tenait derrière lui semblait être du même avis mais elle l'interrompit fermement, le prenant sous les aisselles pour débarrasser son père.

— D'abord, elle a sûrement une bonne raison de s'habiller ainsi, et ensuite, on ne parle pas aux gens de cette façon, le sermonna-t-elle. Va donc te débarbouiller.

Elle le déposa sur le sol et lui donna une petite tape sur les fesses, le poussant vers le fond du couloir. Il ne bougea pas, fixant Brianna avec un regard fasciné.

— Dis-moi, Matthew, tu sais où est grand-mère ? lui demanda son père.

— Dans le petit salon avec grand-père, une dame et un autre monsieur, répondit promptement l'enfant. Ils ont déjà vidé deux cafetières et avalé un plateau de brioches et un cake aux fruits confits. Maman dit qu'ils s'éternisent en espérant qu'on les invitera à dîner mais qu'ils seront bien déçus parce qu'ils n'auront que du bouillon de poule et qu'elle préférerait crever... oh ! pardon... mourir que de leur donner de sa tarte aux groseilles, même s'ils restent un mois.

Petit Jamie lança un regard réprobateur à son fils et s'adressa à sa sœur :

— Une dame et un monsieur ?

— La pleurnicharde et son frère, soupira Janet.

Petit Jamie poussa un grognement de dépit.

— Maman sera ravie d'avoir une bonne excuse pour leur échapper un moment. Matthew, va trouver grand-mère et dis-lui que je lui ai amené une surprise. Et surveille ton langage !

Le petit garçon s'éloigna lentement.

Petit Jamie s'adressa à Brianna avec fierté :

— C'est mon fils aîné. Voici ma sœur, Janet Murray. Janet, Brianna Fraser.

Ne sachant si elle devait tendre la main ou non, Brianna se contenta de la saluer d'un signe de tête et d'un sourire.

— Ravie de vous rencontrer, dit-elle.

Janet écarquilla les yeux, mais Brianna n'aurait su dire si c'était dû à son nom ou à son accent.

Petit Jamie parut ravi de la stupeur de sa sœur :

— Tu ne devineras jamais qui c'est !

Janet examina attentivement la nouvelle venue.

— Une cousine... médita-t-elle. Elle a un petit quelque chose des MacKenzie, c'est sûr. Mais c'est une Fraser, j'en mettrais ma main au feu...

Puis elle comprit.

— Non ! s'écria-t-elle. Ce n'est pas possible !

Le rire de son frère fut interrompu par un grincement de porte suivi d'un bruissement de jupes.

— Jamie ? Matthew m'a dit que nous avions de la visite. Qui...

La voix douce s'arrêta net. Jenny Murray était petite et menue, avec une ossature fine. Elle considéra Brianna, les lèvres entrouvertes. Son teint blême faisait ressortir encore plus ses yeux bleu gentiane.

— Oh, mon Dieu ! souffla-t-elle. Seigneur Jésus !

Brianna esquissa un sourire timide, impressionnée de se trouver soudain devant cette femme dont elle avait tant entendu parler : sa tante, l'amie de sa mère, la sœur vénérée de son père. Elle se sentit soudain envahie d'un désir aussi intense qu'inattendu. *Oh, je t'en supplie*, pria-t-elle. *Aime-moi ! Sois heureuse de me voir !*

Petit Jamie fit une courbette élaborée devant sa mère, un large sourire aux lèvres.

— Maman ! Permets-moi de te présenter...

— Jamie Fraser ! cria une voix aiguë derrière eux. Je savais qu'il était de retour ! Je te l'avais bien dit, Jenny Murray !

Brianna sursauta et vit apparaître une silhouette féminine au bout du couloir, trépignant d'indignation.

— Aymas Ketrick m'a dit qu'il avait vu ton frère à cheval près de Balriggan ! Mais non ! Tu n'as rien voulu entendre, Jenny. Tu m'as même traitée de folle. Tu as osé dire qu'Aymas était gâteux et que ton frère était en Amérique ! Vous n'êtes que des menteurs, toi et Ian, à toujours essayer de protéger ce lâche ! Hobart ! Hobart ! Viens voir un peu ici.

— Tais-toi, s'impatienta Jenny. Tu es folle, Laoghaire !

Elle saisit la femme par la manche, l'attirant à la lumière.

— C'est toi qui es gâteuse, poursuivit-elle. Tu n'es même plus capable de distinguer un homme adulte d'une jeune fille en culottes ?

L'autre femme tendit le cou et plissa les yeux. Puis elle recula précipitamment d'un pas et se signa.

— Par Marie-Madeleine et sainte Bride ! gémit-elle. Mais qui êtes-vous donc ?

Brianna déglutit ; son regard allait sans cesse de l'une à l'autre.

— Brianna. Je suis la fille de Jamie Fraser.

Les deux femmes manquèrent tourner de l'œil. Celle du nom de Laoghaire commença lentement à rougir et sembla enfler, ouvrant et fermant la bouche comme une truite hors de l'eau.

Jenny fut la première à se reprendre. Elle saisit les deux mains de Brianna et scruta son visage. Ses joues étaient devenues roses, ce qui la rajeunissait.

— La fille de Jamie ? Tu es vraiment sa fille ?

— C'est ce que m'a dit ma mère.

Les mains de Jenny étaient fraîches mais Brianna sentit une bouffée de chaleur envahir sa poitrine. Elle perçut la légère odeur épicée de la levure qui émanait de la jupe de sa tante, associée à un parfum plus âcre qu'elle devina être celui de la laine de mouton.

Entre-temps, Laoghaire avait retrouvé à la fois sa voix et sa pugnacité.

— Jamie Fraser serait votre père ? dit-elle avec sarcasme. Peut-on savoir qui est votre mère ?

Brianna se raidit.

— Sa femme, bien sûr !

Laoghaire renversa la tête en arrière et partit d'un grand éclat de rire.

— Bien sûr ! répéta-t-elle en la singeant. Qui d'autre ? Mais de quelle femme s'agit-il, au juste ?

Brianna sentit son sang se figer. Quelle idiote elle était ! Vingt ans s'étaient écoulés entre le départ de sa mère et son retour au xviii⁰ siècle. Naturellement, il s'était remarié.

Derrière ce constat vint un terrible doute. *L'a-t-elle retrouvé ? Et si elle l'a retrouvé avec une autre femme et qu'il l'a renvoyée ? Mon Dieu, où est-elle ?*

Elle eut soudain envie de prendre ses jambes à son cou, de partir n'importe où, à la recherche de sa mère. Mais la voix chaude de petit Jamie retentit à son oreille et elle sentit qu'il passait un bras autour de son épaule et l'entraînait vers l'une des portes du couloir.

— Tu dois être fatiguée, cousine. Entre donc au salon.

Elle entendit à peine le brouhaha de voix autour d'elle, la confusion des hypothèses et des justifications qui pétaradaient dans tous les sens comme des feux d'artifice. Elle aperçut un petit homme bien mis, avec un visage qui lui fit penser au lapin d'Alice au Pays des Merveilles, puis un autre, beaucoup plus grand, qui se leva en la voyant entrer et s'avança vers elle en boitant.

Ce dernier fit taire le raffut, obligea tout le monde à s'asseoir et parvint à extirper quelques explications dans la mêlée.

— La fille de Jamie ?

Il la dévisagea avec curiosité, mais parut moins surpris que les autres.

— Comment t'appelles-tu, *a leannan* ?

— Brianna.

Elle était trop bouleversée pour trouver la force de lui sourire, mais son visage tanné et bienveillant était réconfortant.

— Brianna... répéta-t-il d'un air songeur. Je suis ton oncle, Ian Murray. Bienvenue parmi nous.

Elle serra sa main convulsivement, s'accrochant au refuge qu'il semblait lui offrir. Il ne sourcilla pas, se contentant d'inspecter d'un air amusé la façon dont elle était habillée.

— Je vois que tu as dormi dans la bruyère, dit-il. Tu as dû faire un long chemin pour nous retrouver.

— Elle prétend être ta nièce, lança Laoghaire en pinçant les lèvres. Je te parie qu'elle est venue voir ce qu'elle pouvait vous soutirer.

— Tu es mal placée pour parler, rétorqua Ian. Ce n'est pas toi qui, voilà à peine une demi-heure, essayais de nous arracher cinq cents livres ?

— Cet argent me revient de droit ! hurla-t-elle. Tu le sais très bien ! Nous en sommes convenus devant un avocat. Tu étais présent à la signature du contrat !

Ian soupira. Manifestement, cet argument n'avait rien de nouveau pour lui.

— Je sais, grogna-t-il. Tu auras ton argent dès que Jamie pourra te l'envoyer. Il l'a promis et c'est un homme d'honneur. Mais...

— D'honneur ! l'interrompit-elle. Tu trouves honorable, toi, d'être bigame ? D'abandonner sa femme et ses enfants ? D'enlever ma fille et de la perdre ? Un homme d'honneur ! Peuh !

Elle se tourna vers Brianna, les yeux brillants de fureur.

— Pour la dernière fois, comment s'appelle votre mère ?

Brianna se contenta de la regarder, abasourdie. Sa cravate l'étranglait et elle avait les mains glacées.

— Votre mère, répéta Laoghaire. Qui était-ce ?

— Quelle importance ? intervint Jenny.

Laoghaire tourna aussitôt sa fureur contre elle.

— Comment ça, « quelle importance » ? S'il a eu cette fille avec une putain de l'armée ou une traînée de servante en Angleterre, c'est une chose, mais s'il...

— Laoghaire !

— Ma sœur !

— Vipère !

Brianna mit fin aux exclamations scandalisées en se levant brusquement. Laoghaire eut un mouvement de recul. Brianna était aussi grande que les hommes et dépassait d'une bonne tête les femmes présentes. Tous les visages étaient tournés vers elle, avec hostilité, sympathie ou simple curiosité.

Avec un calme qui n'était qu'apparent, Brianna glissa une main sous sa veste. Elle avait cousu la petite poche secrète une semaine plus tôt. Cela lui paraissait des siècles.

— Ma mère s'appelle Claire, déclara-t-elle.

Elle laissa tomber le collier sur la table.

Un silence de plomb s'abattit sur la pièce. Le reflet des flammes de la cheminée luisait sur les perles baroques, dansait sur la nacre bosselée. Comme une somnambule, Jenny avança une main et effleura le collier.

— Seigneur ! murmura-t-elle.

Elle leva des yeux baignés de larmes vers Brianna.

— Je suis si heureuse de te connaître, ma nièce !

— Vous savez où se trouve ma mère ?

Brianna scruta les visages tournés vers elle, le cœur battant. Seule Laoghaire ne la regardait pas, et fixait le collier, les traits figés.

Jenny et Ian échangèrent un bref regard, puis Ian se leva, traînant sa jambe de bois derrière lui, et vint poser une main sur son épaule.

— Elle est avec ton père, dit-il doucement. Ne t'inquiète pas, ils vont bien tous les deux.

Sains et saufs... et ensemble. Merci, mon Dieu, soupira-t-elle intérieurement.

— Il me revient de droit, annonça soudain Laoghaire.

Elle fit un signe du menton vers le collier de perles. Elle n'était plus en colère, simplement déterminée. Maintenant que ses traits n'étaient plus déformés par la fureur, Brianna put constater qu'elle avait dû être très jolie autrefois. C'était encore une belle femme. Elle était grande pour une Ecossaise, avec des gestes gracieux. Elle avait ce teint délicat qui se fane rapidement et s'épaissit avec les ans, mais sa silhouette était encore bien tournée et son visage trahissait l'orgueil d'une femme qui s'est sue désirée.

— Pas question ! s'écria Jenny. Elles appartenaient à ma mère. Mon père les a données à Jamie pour sa femme et...

— Sa femme, c'est moi, rétorqua Laoghaire

Elle se tourna vers Brianna avec hauteur.

— Je suis sa femme, répéta-t-elle. Je l'ai épousé de bonne foi et il a promis de me dédommager pour le tort que j'ai subi. Or voilà plus d'un que je n'ai pas vu un sou. Faudra-t-il que je vende jusqu'à mes chaussures pour nourrir ma fille... la seule qui me reste ? Si vous êtes son enfant, alors ses dettes sont également les vôtres. Dis-lui, Hobart !

Celui-ci sourit d'un air embarrassé.

— Ecoute, Laoghaire, je ne pense pas...

— Bien sûr que tu ne penses pas ! Tu n'as jamais pensé de ta vie !

Elle lui tourna le dos avec irritation et avança la main vers la table.

— Elles sont à moi !

Brianna fut la plus rapide. Par réflexe, elle saisit les perles avant même d'avoir eu conscience de vouloir les prendre.

— Minute ! tonna-t-elle d'une voix qui la surprit elle-même. J'ignore qui vous êtes et ce qui s'est passé entre vous et mon père, mais...

— Je suis Laoghaire MacKenzie et votre crapule de père m'a épousée il y a quatre ans... en se gardant bien de me dire qu'il était toujours marié !

Brianna inspira profondément, essayant de retrouver son calme.

— Mais si ma mère est avec lui en ce moment... commença-t-elle.

— Il m'a quittée. Il a déclaré qu'il ne supportait plus de vivre à mon côté... de vivre dans la même maison que moi, de partager mon lit...

Elle s'exprimait sans hargne, mais chacune de ses paroles tombait comme une pierre dans l'eau, irradiant des cercles concentriques de douleur et de trahison.

— Alors il est parti à Edimbourg. Puis il est revenu... avec sa sorcière. Il me l'a lancée au visage, l'a couchée dans son lit sous mes yeux !

Elle leva lentement les yeux vers Brianna, l'examinant, cherchant à déchiffrer des mystères dans ses traits.

— C'est elle, reprit-elle. Elle l'a ensorcelé dès le premier jour où elle a mis les pieds à Castle Leoch. A moi aussi, elle m'a jeté un sort. Elle m'a rendue invisible. Dès qu'elle est apparue, il a cessé de me voir. Puis, quand elle a disparu, ils ont dit qu'elle était morte. Tuée pendant le Soulèvement. Lorsqu'il est rentré d'Angleterre, il était enfin libre.

Même si elle la fixait toujours, Brianna savait qu'elle ne la voyait plus.

— Mais elle n'était pas morte, continua Laoghaire. Il n'était pas libre. Je le savais. Je l'ai toujours su. On ne peut pas tuer une sorcière avec le fer, il faut la brûler.

Elle tourna ses yeux bleu pâle vers Jenny.

— Tu l'as vue, n'est-ce pas ? Le jour de notre mariage. Elle se tenait là, comme un spectre, entre Jamie et moi. Tu l'as vue, mais tu n'as rien dit. Je ne l'ai su que plus tard, quand tu l'as raconté à Maisri la voyante. Tu aurais dû me prévenir.

Jenny était devenue très pâle ; ses yeux bridés reflétaient une étrange lueur... de la peur, peut-être ? Elle humecta ses lèvres et s'apprêtait à répondre quand Laoghaire tourna son attention vers Ian.

— Prends garde, Ian Murray. Regarde bien cette fille. Tu la

trouves normale ? Elle est plus grande que la plupart des gens, habillée comme un homme, avec des mains aussi larges que des assiettes, assez larges pour étrangler l'un de tes petits en un clin d'œil.

Ian ne répondit pas, mais son long visage parut troublé. Petit Jamie serra les poings et avança le menton d'un air mauvais. Laoghaire s'en aperçut et un léger sourire releva le coin de ses lèvres.

— C'est la fille d'une sorcière ! lança-t-elle. Vous le savez tous ! Ils auraient dû brûler sa mère à Cranesmuir. Elle serait morte si elle n'avait ensorcelé Jamie Fraser. Prenez garde à qui vous laissez entrer dans votre maison !

Brianna frappa du poing contre la table, faisant sursauter tout le monde.

— Salope ! s'écria-t-elle. S'ils doivent se méfier de quelqu'un, c'est plutôt de vous, sale meurtrière !

Les bouches en restèrent grandes ouvertes, mais celle de Laoghaire était la plus ouverte de toutes.

— Vous ne leur avez pas tout dit au sujet de Cranesmuir, n'est-ce pas ? poursuivit Brianna. Maman aurait dû le faire, mais elle a eu pitié. Elle s'est dit que vous étiez trop jeune pour comprendre ce que vous faisiez. Mais elle se trompait !

— Que... quoi ? interrogea Jenny d'une petite voix.

Petit Jamie lança un regard affolé vers son père, qui semblait empalé sur un pieu.

— Vous avez essayé de tuer ma mère, reprit Brianna d'une voix tremblante de rage. C'est faux ? Vous lui avez dit que Geillis Duncan était malade et avait besoin d'elle... vous saviez qu'elle irait, elle se rend toujours au chevet des malades, elle est médecin ! Vous saviez aussi qu'on allait arrêter Geillis Duncan pour sorcellerie et que, si maman était avec elle, elle serait emmenée elle aussi ! Vous vouliez qu'on la brûle pour récupérer Jamie Fraser !

Laoghaire était livide, le visage pétrifié. Même ses yeux semblaient privés de vie. Ils regardaient droit devant elle, comme deux billes de verre bleu.

— Je pouvais sentir sa main sur lui, murmura-t-elle. Elle était couchée dans notre lit, entre nous deux, sa main sur lui. Il se réveillait en sursaut pendant la nuit en criant son nom. C'est une sorcière. Je l'ai toujours su.

Un lourd silence s'abattit sur la pièce. Hobart MacKenzie sembla enfin revenir à la vie. Il s'approcha de sa sœur et lui prit le bras.

— Allez, viens, *a leannan*, dit-il doucement. Je vais te raccompagner à la maison.

Il salua Ian d'un signe de tête, que celui-ci lui retourna avec un air de compassion et de regret.

Laoghaire se laissa entraîner vers la porte sans résister mais, une fois sur le seuil, elle se tourna une dernière fois vers le salon. Brianna ne bougea pas. Même si elle l'avait voulu, elle en aurait été incapable.

— Si vous êtes vraiment la fille de Jamie Fraser, dit Laoghaire d'une voix claire, alors sachez ceci : votre père est un menteur, un maquereau, un escroc et un tricheur. Je vous souhaite une belle vie, à tous les deux !

Hobart tira sur sa manche et la porte se referma derrière elle.

Toute la rage que Brianna avait ressentie s'évanouit aussitôt. Elle se pencha en avant, prenant appui sur la table, serrant toujours le collier dans sa main. Ses cheveux s'étaient détachés et retombaient devant son visage.

Elle ferma les yeux, luttant contre l'étourdissement qui lui coupait les jambes. Une main effleura sa joue et lissa ses mèches derrière son oreille.

— Il n'a jamais cessé de l'aimer, murmura-t-elle. Il ne l'avait pas oubliée.

— Bien sûr que non.

Elle rouvrit les yeux et vit le visage de Ian à quelques centimètres du sien. Ses grands yeux doux la dévisageaient tendrement.

— Nous non plus, ajouta-t-il.

— Encore un peu, cousine Brianna ?

Joan, la femme de petit Jamie, la regardait avec un grand sourire, sa pelle en suspens au-dessus des vestiges d'une gigantesque tarte aux groseilles.

— Non merci. Je me sens gavée comme une oie.

Matthew et son jeune frère Henry se mirent à rire mais un regard noir de leur grand-mère les fit taire aussitôt. Les visages autour de la table étaient hilares. Des adultes aux enfants, tous semblaient trouver la moindre remarque de Brianna à se tordre de rire.

Ce n'était ni son costume peu orthodoxe ni le fait qu'elle soit venue d'ailleurs. Il y avait autre chose. Tous les membres de la famille semblaient parcourus par un courant de joie invisible mais aussi vif que de l'électricité.

Une remarque de Ian lui fit enfin comprendre de quoi il retournait.

— On n'aurait jamais cru que Jamie aurait enfin un enfant à lui. Tu ne l'as encore jamais rencontré, n'est-ce pas ?

Elle secoua la tête, en avalant sa dernière bouchée de gâteau. Ainsi c'était donc cela. Ils étaient ravis non pas tant pour elle, mais pour Jamie. Ils l'aimaient et étaient heureux pour lui. Elle en eut les larmes aux yeux. Les accusations de Laoghaire, insensées, l'avaient ébranlée et il était réconfortant de savoir que, pour ceux qui le connaissaient, Jamie Fraser n'était ni un menteur ni un escroc. Il était vraiment l'homme que lui avait décrit sa mère.

Croyant qu'elle s'étouffait sur sa bouchée, petit Jamie lui donna une tape dans le dos, ce qui la fit s'étrangler pour de bon.

— As-tu écrit à oncle Jamie pour lui annoncer que tu venais nous voir ? demanda-t-il.

— Non, j'ignore où il est.

— Ah, c'est vrai, j'avais oublié.

— Vous savez où ils se trouvent, ma mère et lui ?

Jenny se leva de table.

— Oui, plus ou moins, déclara-t-elle. Si tu as fini de dîner, suis-moi. Je vais te montrer sa dernière lettre.

Sur le seuil de la salle à manger, Brianna s'arrêta. En entrant, elle avait vaguement aperçu quelques tableaux aux murs, mais dans son émotion et dans la précipitation des événements, elle n'y avait pas prêté attention. Cependant, il y en avait un qu'elle ne pouvait pas ne pas remarquer.

Deux jeunes garçons aux cheveux roux doré posaient en kilt et en veste. Leur chemise blanche à jabot de dentelles contrastait avec le poil sombre d'un chien énorme assis à leurs côtés ; sa langue pendait avec un ennui patient.

Le plus âgé était grand avec des traits fins. Il se tenait le dos droit, une main sur la tête du chien, l'autre sur l'épaule de son cadet, debout entre ses cuisses. Ce fut surtout le plus jeune qui retint l'attention de Brianna, avec son visage rond, son petit nez en trompette, ses joues translucides et rouges comme des pommes. Ses grands yeux bleus légèrement bridés regardaient droit devant lui sous une masse soigneusement peignée de cheveux flamboyants. La pose était solennelle, à la manière du XVIIIe siècle, mais il y avait quelque chose chez ce garçonnet robuste et fier qui la fit sourire.

— Que tu es mignon ! murmura-t-elle.

— Jamie était un enfant adorable, mais têtu comme une mule, dit Jenny. Qu'on lui donne la fessée ou qu'on le cajole, rien n'y faisait. Une fois qu'il s'était mis une idée en tête, rien ne pouvait l'en sortir. Viens, il y a un autre tableau que tu devrais voir.

Le second portrait était accroché sur le premier palier des escaliers. En s'approchant, Brianna sentit ses cheveux se hérisser.

— Etonnant, non ? dit Jenny.

— Etonnant, répéta la jeune femme.

— Tu comprends maintenant pourquoi nous t'avons tous reconnue.

Deux cents ans plus tard, Brianna avait vu... allait voir ?... ce même tableau à la National Portrait Gallery de Londres, niant furieusement l'évidence qui pourtant sautait aux yeux.

Ellen MacKenzie la dévisageait, avec son port de reine, son long cou gracieux, ses yeux bridés pétillants d'humour. Ce n'était pas tout à fait comme de se regarder dans un miroir. Elle avait un front plus haut et plus étroit que celui de Brianna, et son menton était rond et non pointu. L'ensemble de son visage semblait plus doux que celui de sa petite-fille.

Mais la ressemblance était indéniable : les pommettes saillantes et la chevelure luxuriante étaient les mêmes. Autour du cou, elle portait le collier de perles.

— Qui l'a peint ? demanda enfin Brianna.

Elle devina la réponse avant de l'entendre. A la National Portrait Gallery, l'étiquette indiquait « artiste inconnu », mais la facture était la même que dans le portrait des deux jeunes garçons. Le portrait d'Ellen était peut-être un peu moins adroit, sans doute antérieur à l'autre.

— C'est ma mère elle-même, répondit fièrement Jenny. Elle était douée. J'aurais aimé hériter de son talent. C'est Ned Gowan qui m'a rapporté ce portrait de Leoch. Il l'a sauvé quand les Anglais ont saccagé le château.

Elle sourit d'un air attendri.

— Ce Ned... il a le sens de la famille. Il vient des Lowlands, dans la région d'Edimbourg, et n'a plus de parents depuis longtemps. Mais il a adopté les MacKenzie comme sa famille... même maintenant que le clan n'existe plus.

— Comment ça ? s'étonna Brianna, horrifiée. Vous voulez dire qu'ils sont tous morts ?

Le choc dans sa voix surprit Jenny.

— Non, non... Je voulais simplement dire que Castle Leoch a été détruit, et ses derniers chefs avec lui, Colum et Dougal... ils sont morts pour les Stuarts.

Brianna le savait déjà, bien sûr. Claire le lui avait raconté. Mais elle ne s'était pas attendue à ce sentiment soudain de deuil, ce regret envers des étrangers qu'elle n'avait pas connus mais qui étaient de son sang.

— Castle Leoch était un grand château ? demanda-t-elle.

Jenny s'arrêta au milieu de l'escalier, une main sur la rampe.

— Je n'en sais rien, dit-elle d'un air songeur.

Elle lança un regard nostalgique au portrait d'Ellen.

— Je ne l'ai jamais vu... et maintenant il n'en reste plus rien.

Entrer dans la chambre du premier étage, c'était pénétrer dans une grotte sous-marine. Elle était petite, comme toutes les pièces, avec un plafond bas et des poutres noircies par des années de feu de tourbe, mais les murs restaient d'une blancheur éclatante. Les deux grandes fenêtres laissaient passer une lumière verdâtre et vacillante filtrée par le feuillage dense du rosier grimpant.

Jenny alla droit vers une armoire au fond de la chambre et se hissa sur la pointe des pieds pour atteindre une boîte tapissée de maroquin sur l'étagère supérieure ; les angles étaient arrondis par l'usure. Lorsqu'elle souleva le couvercle, Brianna aperçut un reflet métallique et un éclat de lumière, comme un rayon de soleil sur un bijou.

Jenny sortit une épaisse liasse de papiers jaunis portant encore un gros cachet en cire.

— Les voilà, annonça-t-elle. Ils sont dans la colonie de Caroline du Nord, mais vivent loin de la ville. Jamie écrit quand il peut, le soir, et garde les lettres jusqu'à ce que lui ou Fergus se rendent à Cross Creek, ou qu'un voyageur de passage accepte de les lui poster.

Brianna s'assit sur le lit et étala les pages devant elle. Elle avait déjà vu son écriture, avec sa calligraphie laborieuse et dense et ses grandes boucles allongées, mais c'était sur un document vieux de deux cents ans où l'encre brune avait fané, et l'écriture était soignée, dictée par la nature officielle de la lettre. Ici, Jamie semblait avoir laissé sa pensée s'écouler librement. Les lignes étaient parsemées de ratures et penchaient dangereusement.

Fraser's Ridge, lundi 19 septembre

Ma très chère sœur,

Nous sommes tous en bonne santé et espérons que cette lettre vous trouvera de même.

Ton fils vous envoie ses pensées les plus affectueuses et te demande de ne pas oublier d'embrasser son père, ses frères et ses sœurs. Il joint à ma lettre un cadeau pour Matthew et Henry. Il s'agit du crâne d'un porc-épic, un animal au dos hérissé de piquants prodigieux (il n'a pas grand-chose à voir avec notre petit hérisson. Il est beaucoup plus gros et vit dans les arbres, où il se nourrit de jeunes pousses). Dis à Matthew et à Henry que j'ignore pourquoi il a les dents orange.

Je joins également un petit présent pour toi. Les motifs ont été réalisés avec les piquants du porc-épic dont il est question plus haut, que les Indiens teintent avec les jus de divers plantes avant de les tisser de la manière astucieuse que tu peux constater.

Ces temps-ci, Claire se passionne pour la conversation, si on peut appeler « conversation » une forme de communication se limitant à des gesticulations et à des grimaces (elle affirme qu'elle ne fait pas de grimaces, ce à quoi je rétorque que je suis mieux placé qu'elle pour en juger dans la mesure où je la vois et, elle, non). Elle est actuellement en pleine conversation avec une vieille femme du village indien, très estimée dans la région pour ses talents de guérisseuse, qui lui a donné de nombreuses plantes. C'est sans doute pourquoi elle a les doigts tout bleus, ce que je trouve très décoratif.

Mardi 20 septembre

J'ai été très occupé aujourd'hui par la consolidation de l'enclos où nous gardons nos vaches, nos cochons, etc., afin de les protéger contre les ours, qui abondent dans la région. En me rendant aux latrines ce matin, j'ai aperçu une trace de patte dans la boue. Elle était plus grosse que mon propre pied. Le bétail semblait nerveux. On comprend pourquoi !

Cela dit, ne vous alarmez pas outre mesure. Les ours bruns de cette région ont peur des hommes et ne s'en approchent jamais. En outre, notre cabane est solidement bâtie et j'ai interdit à Ian de sortir sans arme après la tombée de la nuit.

En parlant d'armes, notre situation s'est nettement améliorée dans ce domaine. Fergus nous a rapporté de High Point un nouveau type de fusil et plusieurs excellents couteaux.

... Ainsi qu'une grande marmite, que nous avons inaugurée avec un ragoût de gibier, d'oignons sauvages cueillis dans la forêt, de haricots secs et de ce fruit dont je vous ai déjà parlé : la tomate. Personne n'est encore mort, ce qui veut dire que Claire avait probablement raison : les tomates ne sont pas toxiques.

Lundi 26 septembre

Petit Ian est rentré ce matin de la chasse avec ses amis peaux-rouges. Je leur ai montré les traces de griffures que j'ai remarquées sur la cloison à l'arrière de la cabane. Ils sont devenus tout excités et se sont mis à parler à une telle vitesse que je n'ai rien compris. L'un d'entre eux a décroché une grosse dent de son collier et me l'a donnée en grande cérémonie, déclarant qu'ainsi l'Esprit Ours me reconnaîtrait et nous protégerait. J'ai accepté avec toute la solennité qui s'imposait et lui ai donné en échange un gâteau au miel. De cette manière, le protocole a été respecté.

C'est Claire, naturellement, qui s'est chargée de préparer le gâteau au miel. Avec sa perspicacité habituelle, elle a remarqué qu'un des Indiens était mal en point. Il tousse et a le regard terne. Elle est persuadée qu'il a de la fièvre, même si cela ne saute pas aux yeux. Comme il est trop faible pour poursuivre sa route avec les autres, nous l'avons installé dans la grange à blé.

La truie a mis bas dans le garde-manger. Elle a eu au moins douze petits, tous en bonne santé et dotés d'un solide appétit. Quant à nous, nous sommes contraints de nous serrer la ceinture car elle attaque férocement quiconque approche de son refuge ; elle rugit et donne des coups de dents. J'ai dû me contenter d'un œuf pour le dîner et on m'a informé que je n'aurais plus rien tant que je n'aurais pas réglé la situation.

— Le pays a l'air très sauvage.

Brianna sursauta. Absorbée par sa lecture, elle avait oublié la présence de Jenny.

— Des sauvages, des ours, des porcs-épics, et je ne sais quoi encore, poursuivit Jenny. Leur maison n'est qu'une petite cabane isolée dans les montagnes. Ce doit être difficile et dangereux. Tu veux toujours y aller ?

Brianna se rendit compte que Jenny craignait de la voir changer d'avis, à l'idée du long voyage et des contrées étranges qui l'attendaient au bout de sa route. Un lieu sauvage rendu encore plus réel par les mots couchés sur le papier qu'elle tenait entre ses mains...

— J'y vais, lui assura-t-elle. Le plus tôt possible.

Les traits de Jenny se détendirent.

— Tiens, regarde ce qu'il m'a envoyé.

Elle tendait une petite bourse en cuir décorée d'un tressage de piquants de porc-épic teints en nuances de noir et de rouge, certains gris, laissés tels quels pour offrir un contraste.

Brianna admira la finesse du motif primitif et la douceur du daim.

— C'est très beau.

Jenny se mit à tripoter des bibelots rangés sur une étagère. Brianna venait de se replonger dans la lecture quand elle se remit soudain à parler.

— Tu vas rester quelque temps ?

— Pardon ?

— Rien que quelques jours, dit Jenny. Je sais que tu as hâte d'aller les rejoindre. Mais j'aimerais qu'on ait le temps de faire un peu mieux connaissance toutes les deux.

Brianna la dévisagea avec perplexité, mais elle ne put rien lire dans ce visage pâle et ces yeux bridés qui ressemblaient tant aux siens.

— Oui, répondit-elle enfin. Bien sûr.

Un léger sourire s'afficha sur les lèvres de Jenny.

— Tant mieux.

Restée seule, Brianna reprit sa lecture et laissa la chambre disparaître autour d'elle tandis que Jamie Fraser prenait vie entre ses mains, sa voix si claire dans ses oreilles qu'il aurait pu se tenir devant elle, la lumière de la fenêtre jouant dans ses cheveux roux.

Samedi 1ᵉʳ octobre

Aujourd'hui, nous avons eu une heureuse surprise. Deux visiteurs sont arrivés de Cross Creek. Je crois vous avoir déjà parlé de lord John Grey, que j'ai connu à Ardsmuir. Mais ce que je ne vous avais sans doute pas dit, c'était que je l'avais retrouvé en Jamaïque, où il était gouverneur.

Il est probablement la dernière personne que je m'attendais à voir dans ce coin perdu, si éloigné de toute trace de civilisation, sans parler des appartements luxueux et de la pompe auxquels il est accoutumé.

C'est un événement bien triste, toutefois, qui nous l'a amené. Son épouse, partie d'Angleterre avec leur petit garçon pour le rejoindre, a contracté une mauvaise fièvre pendant la traversée et est morte à bord. Craignant que les miasmes des tropiques n'emportent également son fils, lord John a décidé de l'emmener en Virginie, où sa famille a des biens.

Le garçon en question est un bel enfant, grand et bien fait pour son âge (il a une douzaine d'années). Il est encore affligé par la mort de sa mère, mais sait très bien se tenir (il n'est pas lord pour rien, je suppose) et s'intéresse à tout ce qu'il voit autour de lui, notamment aux Peaux-Rouges. A cet égard, il me rappelle souvent petit Ian. Il se nomme William.

Brianna tourna la page en pensant lire la suite, mais la lettre s'arrêtait sur cette simple note. Il y avait une coupure de plusieurs jours, puis elle reprenait le 4 octobre.

Mardi 4 octobre

L'Indien dans la grange à blé est mort ce matin, malgré tous les efforts de Claire pour le sauver. Son visage, son torse et ses membres sont entièrement couverts d'affreuses taches rouges.

Claire pense qu'il s'agit de la rougeole et paraît très préoccupée car il s'agit d'une maladie redoutable et très contagieuse. Elle a interdit à quiconque de s'approcher du corps. Nous nous sommes néanmoins rassemblés à midi afin de lire les Evangiles et dire une prière pour le repos de l'âme de ce malheureux, car je suis persuadé que Dieu accueille en son sein même les sauvages non baptisés.

Nous ne savons pas trop quoi faire de son corps. Claire s'oppose à ce qu'on l'apporte au village indien car elle craint qu'il ne contamine les siens. Elle préférerait qu'on brûle le cadavre mais j'hésite à le faire, de peur que ses amis ne se méprennent sur nos intentions et nous croient responsables de sa mort.

Je n'ai encore rien dit à nos invités mais, si le danger est imminent, ils devront partir. Cela me désole car leur compagnie me ravit. Pour le moment, j'ai installé le corps dans une grotte sèche sur la colline.

Pardonne-moi de troubler ta paix en te livrant mes angoisses. Je suis sûr que tout finira bien, mais j'avoue être très inquiet. Si lord Grey nous quitte bientôt, je lui confierai cette lettre. Avec lui, je suis sûr qu'elle vous parviendra.

Ton frère dévoué,

Jamie Fraser.

Brianna déglutit, le cœur battant. Il restait encore deux feuilles à la lettre. Elles restèrent attachées un instant, puis elle parvint à les séparer.

Post-scriptum, 20 octobre

Nous sommes tous hors de danger, après avoir traversé une période bien douloureuse. Je t'en reparlerai en détail plus tard, n'ayant pas vraiment le cœur à le faire en ce moment.

Ian a attrapé la rougeole, tout comme lord John, mais tous deux se sont remis. Claire me demande de te préciser qu'il va fort bien et qu'il mange comme un ogre. Tu n'as pas de souci à te faire pour lui. D'ailleurs, il est en train de t'écrire un petit mot pour te le prouver.

Sur la dernière page, l'écriture était différente, appliquée et régulière, avec çà et là, un pâté d'encre.

Ma chère maman,

J'ai été très malade, mais maintenant je vais bien. J'ai eu la fièvre, qui m'a fait faire des rêves très étranges. J'ai vu un grand loup qui me parlait avec une voix d'homme, mais tante Claire dit que c'était sans doute Rollo, qui n'a pas quitté mon chevet tout le temps que j'étais malade. C'est un très bon chien et il ne mord pas souvent.

La rougeole m'a donné plein de boutons. Ça me grattait tant que j'avais l'impression d'être assis sur une fourmilière ou dans un nid de guêpes. Ma tête avait doublé de volume et j'éternuais sans cesse.

Ce matin, j'ai mangé trois œufs et du porridge. J'ai pu aller aux latrines tout seul pour la première fois, ce qui veut dire que je vais très bien.

Je t'écrirai plus longuement un autre jour. Fergus attend pour emporter la lettre.

Ton fils dévoué et obéissant,

Ian Murray.

P.S. : Le crâne de porc-épic est pour Henry et Mattie. J'espère qu'il leur plaira.

Brianna resta assise sur le lit un long moment, lissant les feuilles d'un air absent, fixant les livres sur l'étagère sans les voir. Puis l'un d'entre eux, relié en cuir avec des lettres d'or, attira son regard. *Robinson Crusoë.*

« Un pays sauvage », avait dit Jenny. Sauvage et dangereux où, un instant, on se débattait avec une truie récalcitrante, et l'autre, on défendait chèrement sa vie contre la menace d'une mort violente.

— Et moi qui trouvais cet endroit primitif ! soupira-t-elle en contemplant le feu de tourbe dans le foyer.

35

Bon voyage !

La grande halle d'Inverness abritait toutes sortes de commerces : vendeurs de fruits et légumes, marchands de bestiaux, agents d'assurance, échoppes d'équipement pour bateaux et même des recruteurs de la marine royale. Mais le plus frappant, c'étaient les hommes, les femmes et les enfants rassemblés dans un coin et attendant d'être choisis par les acheteurs.

Ici et là, l'un d'entre eux étirait le cou pour sortir du lot, bombant le torse pour montrer sa bonne santé et se mettre en valeur. La plupart des autres s'offraient aux regards d'un air méfiant, partagés entre l'espoir et la peur. Ils rappelaient à Brianna ces chiens qu'elle avait vus dans un refuge pour animaux où son père l'avait emmenée plusieurs fois.

Il y avait même des familles entières, les enfants accrochés aux jupes de leur mère. Brianna essayait de ne pas les regarder ; les visages vides de toute expression des bambins lui fendaient le cœur.

Petit Jamie défilait lentement autour du groupe, serrant son chapeau contre lui pour qu'il ne soit pas écrasé par la foule, plissant les yeux tandis qu'il opérait sa sélection. L'oncle Ian était parti à la compagnie maritime pour trouver à Brianna une place à bord d'un navire, en laissant à son fils le soin d'engager un domestique pour l'accompagner dans son voyage. Brianna avait vainement protesté qu'elle n'avait besoin de personne. Après tout, elle était venue seule de France (croyaient-ils) sans rencontrer le moindre problème.

Les deux hommes l'avaient écoutée poliment en souriant, et voilà qu'elle suivait docilement petit Jamie comme l'une des brebis de sa tante. Elle commençait à comprendre ce que sa mère avait voulu dire en décrivant les Fraser comme « têtus comme des rocs ».

Petit Jamie lui prit le bras et se pencha vers elle pour se faire entendre par-dessus le vacarme.

— Que penses-tu du type qui louche un peu là-bas ?

— Qu'il ressemble à l'étrangleur de Boston. On dirait un bœuf. Pas question !

— Oui, mais il est sacrément costaud et paraît honnête.

Brianna se garda de rétorquer qu'il était sans doute trop idiot pour être malhonnête et se contenta de secouer vigoureusement la tête.

Petit Jamie haussa les épaules d'un air philosophe et poursuivit son inspection en observant les aspirants domestiques sous le nez d'une manière qu'elle aurait jugée très mal élevée si les autres employeurs potentiels n'avaient fait de même.

— Qui veut mes pâtés ? Goûtez mes pâtés chauds !

Brianna se retourna pour voir d'où venait ce cri perçant et aperçut une grosse commère qui se frayait un chemin dans la foule en poussant devant elle un panier suspendu à son cou.

Une exquise vapeur de pain chaud et de viande épicée s'éleva parmi les odeurs nettement moins agréables du marché. Ian avait emporté la bourse de Brianna pour payer son billet mais il lui restait quelques pièces dans sa poche. Elle en sortit une et la brandit au-dessus des têtes en l'agitant. La vendeuse de pâtés aperçut l'éclat d'argent et changea aussitôt de cap. Elle se planta devant la jeune femme et tendit la main vers la pièce.

— Sainte Marie mère de Dieu ! Une géante ! s'exclama-t-elle. Tu ferais bien d'en prendre deux, ma chérie. Un seul pâté ne nourrira pas une grande fille comme toi.

Plusieurs chalands se retournèrent et se mirent à rire. Brianna mesurait bien une tête de plus que la plupart des hommes autour d'elle. Gênée par l'attention qu'elle suscitait, elle lança un coup d'œil furieux à un jeune homme qui la fixait de manière insistante. Ce dernier parut ravi. Il mit une main sur son cœur, chancela et tomba à la renverse dans les bras de son ami.

— Elle m'a regardé ! s'exclama-t-il. Elle m'a regardé. C'est le coup de foudre !

— Ne dis pas de sottises, répliqua son camarade en le redressant. C'est moi qu'elle regardait. Qu'est-ce que tu veux qu'elle fasse d'un avorton comme toi ?

— Mais non ! C'est moi ! insista le premier. Pas vrai, ma belle ?

Il battit des cils en direction de Brianna avec une grimace si comique qu'elle ne put s'empêcher de rire, tout comme la foule autour d'elle.

— Qu'est-ce que tu ferais d'elle si elle était à toi ? intervint la marchande de pâtés. Elle ne ferait qu'une bouchée de toi. Allez, du vent, les garçons. Je travaille, moi ! Cette pauvre demoiselle mourra de faim si vous l'empêchez d'acheter de quoi dîner.

L'admirateur de Brianna ne se laissa pas intimider pour autant.

— Qu'est-ce que tu racontes, grand-mère ? Cette belle plante ne m'a pas l'air de mourir d'inanition. Quant au reste... va me chercher une échelle, Bobby, je ne souffre pas du vertige, moi !

L'effronté fut entraîné au loin sous une avalanche de rires, envoyant des baisers sonores à Brianna par-dessus son épaule. Brianna recueillit sa monnaie et s'éloigna dans un coin pour manger ses pâtés, en s'efforçant de passer inaperçue.

Elle ne s'était pas sentie aussi embarrassée par sa taille depuis le lycée, lorsqu'elle était encore une adolescente maladroite qui surplombait toutes ses camarades. Parmi ses grands cousins, elle n'en avait pas souffert, mais il fallait reconnaître l'évidence : dans la foule, elle était aussi visible qu'une mouche dans un verre de lait, même si, à l'insistance de Jenny, elle avait échangé ses vêtements d'homme contre l'une des robes de Janet hâtivement ajustée à sa taille.

Sa gêne était encore accentuée par le fait que, hormis un jupon, elle ne portait pas de sous-vêtements. Pour les gens du XVIIIᵉ siècle, cela semblait normal, mais elle ne s'était pas encore habituée aux courants d'air qui montaient sournoisement en haut de ses cuisses. Elle avait l'impression de déambuler toute nue dans les rues.

Elle oublia vite ses préoccupations dès qu'elle mordit dans le pâté et que le jus chaud et épicé de la viande se déversa dans sa bouche. Elle ferma les yeux avec délectation.

« La cuisine est tantôt exquise, tantôt infecte », lui avait expliqué sa mère. « C'est parce qu'il n'y a aucun moyen de conserver les aliments. La nourriture est salée ou conservée dans la graisse, auquel cas elle pue le ranci, ou bien elle est fraîche du jour même, auquel cas c'est un vrai délice. »

Le pâté de viande appartenait vraisemblablement à cette seconde catégorie. Brianna épousseta les miettes qui tombaient dans son corsage, mais personne ne lui prêtait plus attention.

Enfin presque. Un blond maigrelet, vêtu d'un manteau miteux, était apparu à son côté, esquissant de petits gestes nerveux comme s'il hésitait à la tirer par la manche. Ignorant s'il s'agissait d'un mendiant ou d'un autre galant inopportun, Brianna lui lança un regard froid.

— Oui ?

— Vous... vous cherchez un domestique, madame ?

Déduisant qu'il s'agissait de l'un des aspirants employés, elle abandonna son air hautain.

— C'est que... personnellement, je n'en ai pas vraiment besoin, mais il semble qu'on va m'en trouver un de toute façon.

Petit Jamie était occupé à interroger un grand gaillard au teint saumâtre et aux épaules de déménageur. Sa conception du domestique idéal devait se limiter à la masse musculaire. L'homme frêle qui faisait face à Brianna ne correspondait pas aux critères de son cousin, mais elle lui trouvait une tête plutôt sympathique.

— Vous seriez intéressé ? demanda-t-elle.

L'homme conserva son expression hagarde mais une lueur d'espoir traversa son regard.

— Ce... ce... ce n'est pas pour moi. Mais... peut-être... pourriez-vous prendre ma fille ? S'il vous plaît...

— Votre fille ?

— Je vous en supplie, madame !

A sa grande surprise, elle vit des larmes se former dans ses yeux.

— Vous ne pouvez pas savoir à quel point je vous en serais reconnaissant ! l'implora-t-il.

— Mais... euh...

Brianna essuya des miettes de croûte autour de sa bouche, soudain très mal à l'aise.

— Elle n'en a pas l'air mais elle est très costaud, insista-t-il. Et très dévouée ! Elle fera tout ce que vous lui demanderez. Je vous en prie, madame, achetez son contrat !

Touchée par le désarroi évident de son interlocuteur, elle le prit par le bras et l'entraîna à l'écart, dans un recoin où le vacarme était atténué.

— Mais pourquoi tenez-vous tant à ce que j'engage votre fille ?

L'homme déglutit péniblement.

— C'est à cause de cet homme... Il la veut, mais pas comme une domestique. Il veut en faire sa... sa... concubine.

Il prononça ce dernier mot dans un murmure et son visage vira au rouge vif.

— Mmphm... fit Brianna, comprenant soudain l'utilité de ce son polysémique. Mais vous n'avez qu'à ne pas la laisser partir avec lui !

— Je n'ai pas le choix. Son contrat appartient à M. Ransom, le courtier.

Il lui indiqua d'un signe du menton un gentleman à l'air coriace qui discutait avec petit Jamie.

— Il peut faire d'elle ce qu'il veut et n'hésitera pas à la revendre à ce... ce...

Il se remit à pleurer et elle lui tendit son mouchoir. Il s'essuya le visage et lui saisit les deux mains.

— L'homme qui la veut est un conducteur de bétail. Il est parti au marché vendre ses bêtes et va bientôt revenir avec de quoi racheter son contrat. Ensuite, il emmènera la pauvre petite chez lui à Aberdeen. Lorsque je l'ai entendu négocier avec Ransom, mon cœur a cessé de battre. J'ai prié le Seigneur pour qu'il sauve ma petite... et puis je vous ai vue. Vous semblez si fière, si noble et si bonne... je me suis dit que Dieu avait entendu mes prières. Oh, madame, je vous en conjure, ne rejetez pas la supplication d'un père ! Prenez ma fille !

— Mais je pars pour l'Amérique ! objecta la jeune femme. Si elle entrait à mon service, vous ne la reverriez sans doute pas avant longtemps !

Le malheureux blêmit et ferma les yeux, sur le point de perdre connaissance.

— Les colonies ? murmura-t-il.

Il rouvrit les yeux, avec une expression résolue.

— Je préfère encore la savoir chez les sauvages plutôt que de la voir déshonorée sous mes yeux.

Brianna se demanda que répondre. Désemparée, elle contempla la marée humaine autour d'elle.

— Votre fille... laquelle est-ce ?

— Que Dieu vous bénisse, madame ! Je vais la chercher tout de suite.

Il lui serra convulsivement la main et partit au pas de course dans la foule. Après un moment de stupeur, elle haussa les épaules. Comment s'était-elle encore fourrée dans ce pétrin ? Que diraient son oncle et son cousin si... ?

— Voici Elizabeth, annonça une voix pantelante. Lizzie, dis bonjour à la dame.

Brianna baissa les yeux et sut que sa décision était prise.

— Seigneur ! gémit-elle. Une enfant !

La petite tête inclinée devant elle se redressa, présentant des traits fins aux grands yeux gris effrayés.

— A votre service, m'dame, dit-elle d'une voix à peine audible.

— Elle vous servira fidèlement, madame, vous pouvez me croire, dit son père d'une voix anxieuse.

Le père et la fille se ressemblaient. Les mêmes cheveux blonds décoiffés, le même visage émacié et inquiet. Ils avaient presque la même taille, mais l'enfant était si frêle qu'elle semblait être l'ombre de son père.

— Euh... bonjour, dit Brianna.

Elle esquissa un sourire qui se voulait rassurant, mais la petite osait à peine la regarder.

— Quel âge as-tu, Lizzie ? Je peux t'appeler Lizzie ?

La petite tête s'agita au bout d'un long cou blanc d'une fragilité extrême. Elle marmonna quelque chose que Brianna n'entendit pas.

— Quatorze ans, répéta son père. Mais elle sait très bien cuisiner et coudre. Elle est propre sur elle et vous ne trouverez jamais une âme de meilleure volonté !

Il se tint derrière sa fille, les mains sur ses épaules ; il la serrait contre lui au point que les articulations de ses doigts étaient blêmes. Il soutint le regard de Brianna, de ses yeux bleus implorants. Ses lèvres esquissèrent une prière sans la prononcer : « S'il vous plaît ! »

Derrière lui, Brianna aperçut son oncle qui venait d'entrer dans la halle et parlait avec petit Jamie. D'ici quelques minutes, ils se mettraient à la chercher.

Elle prit une grande inspiration et se dressa de toute sa hauteur. Après tout, elle était une Fraser, elle aussi. Son cousin n'avait pas le monopole de l'entêtement.

Elle sourit à l'adolescente et lui tendit son dernier pâté, intact.

— Marché conclu, Lizzie. Scellons notre accord en mangeant un morceau, tu veux bien ?

Brianna rassembla tout son courage et déclara d'une voix ferme :

— Elle a partagé ma nourriture. Elle est à moi.

A sa grande surprise, cet argument mit un terme à la discussion. Son cousin parut sur le point de poursuivre ses remontrances mais oncle Ian posa la main sur son bras pour le faire taire. Son air surpris s'était mué en une sorte de respect amusé.

Il considéra Lizzie, blottie derrière sa nouvelle maîtresse, et soupira :

— Mmphm. Je suppose qu'il n'y a plus rien à ajouter !

Petit Jamie ne partageait pas la résignation de son père.

— Mais ce n'est encore qu'une gamine... elle ne te servira à rien ! Elle n'aura même pas la force de porter tes bagages, sans parler de... !

— Je suis assez grande pour porter mes bagages toute seule ! interrompit Brianna.

— Une femme ne devrait pas voyager seule.

— Je ne serai pas seule, il y aura Lizzie.

— Surtout dans un endroit comme l'Amérique !

— A t'entendre, on croirait que c'est le bout du monde ! Comment peux-tu le savoir, puisque tu n'y es jamais allé ? Enfin, je sais ce dont je parle, je suis *née* en Amérique !

Les deux hommes sursautèrent et restèrent bouche bée. Elle profita de leur stupeur pour assener le coup fatal :

— C'est *mon* argent, *ma* domestique et *mon* voyage ! J'ai donné ma parole et je la tiendrai !

Ian se passa la main devant les lèvres pour cacher son sourire.

— On croirait entendre ton père ! dit-il.

Brianna rougit mais prit la remarque comme un compliment.

Froissé par la dispute, petit Jamie avait encore son mot à dire :

— Une femme bien élevée ne devrait pas donner sans cesse son avis à tort et à travers, grogna-t-il, surtout à deux parents qui essaient de l'aider.

— Parce que tu estimes que les femmes ne doivent pas dire ce qu'elles pensent ? demanda Brianna d'une voix mielleuse.

— Parfaitement ! rétorqua-t-il.

Ian dévisagea son fils avec compassion.

— Ça fait combien de temps que tu es marié, Jamie ? Huit ans ? demanda-t-il. Hum... c'est que Joan est une femme diplomate.

Piqué, Jamie lança un regard noir à son père, tandis que celui-ci se tournait vers Lizzie.

— C'est bon, ma petite, va dire au revoir à ton père, ordonna-t-il. Je m'occupe de tes papiers.

Il regarda la jeune fille s'éloigner en courant, rentrant les épaules pour se frayer un chemin dans la foule.

— Elle sera peut-être une compagne plus agréable qu'un valet, dit-il à Brianna, mais ton cousin a raison sur un point : c'est toi qui devras veiller sur elle plutôt que le contraire.

La jeune femme fit de son mieux pour prendre un air sûr d'elle malgré le nœud qui se formait dans son ventre.

— Je me débrouillerai très bien, assura-t-elle.

Elle serra le poing sur la petite pierre dans le creux de la main. C'était un objet auquel se raccrocher pendant que le Moray Firth s'élargissait pour se fondre dans la mer et que les côtes d'Ecosse s'écartaient de part en part.

Pourquoi se sentait-elle autant attachée à un pays qu'elle connaissait à peine ? Lizzie, qui était née et avait grandi en Ecosse, n'avait lancé qu'un regard vague vers sa terre natale avant de descendre sur le pont inférieur afin de réserver un endroit et de ranger les quelques affaires qu'elles emportaient avec elles.

Brianna ne s'était jamais considérée comme écossaise. De fait, elle n'avait appris ses véritables origines que depuis peu. Pourtant, après une semaine passée à Lallybroch, elle avait eu presque autant de peine à se séparer de sa nouvelle famille qu'à accepter naguère le départ de sa mère ou la mort de son père.

Peut-être se laissait-elle contaminer par l'émotion des autres passagers. La plupart se tenaient devant la rambarde, certains pleuraient sans retenue. A moins que ce ne fût l'angoisse du voyage.

— Voilà, on est installées !

Lizzie venait de réapparaître. Son visage blême était neutre de toute expression, mais Brianna devina qu'elle cachait son émotion. Elle tendit la main et attira la jeune fille près d'elle. Le soleil ne se couchait jamais vraiment à cette époque de l'année et un vent frais balayait le détroit. Brianna ouvrit le grand châle de laine bleue que lui avait offert Jenny et le drapa autour de leurs épaules.

— Tout ira bien, dit-elle autant à elle-même qu'à Lizzie.

La petite tête blonde remua brièvement, mais Brianna n'aurait su dire s'il s'agissait d'un acquiescement ou d'une tentative pour écarter les mèches échappées de son bonnet.

Malgré son appréhension, elle sentit son moral remonter. Elle avait survécu à bon nombre de séparations jusqu'alors, et elle survivrait à celle-ci. Elle avait déjà renoncé à son père, à sa mère, à son ami, à son toit, à son entourage. Elle était seule par nécessité, mais également par choix. Ne s'attendant pas à retrouver aussi vite une maison et une famille à Lallybroch, elle s'y était attachée. Elle aurait donné beaucoup pour y rester encore.

Mais il y avait des promesses à tenir, des missions à accomplir. Ensuite, elle pourrait rentrer. En Ecosse. Auprès de Roger. Elle bougea le bras et fit cliqueter son bracelet d'argent. *Je t'aime... un peu... beaucoup...*

Lizzie se tenait raide comme un piquet, serrant les bras autour de son torse. Elle avait de grandes oreilles diaphanes qui pointaient entre ses cheveux fins, tendres et fragiles dans la lumière pâle du soleil de minuit.

Brianna vit une grosse larme rouler lentement sur sa joue et l'essuya du bout des doigts. Ses propres yeux étaient secs et ses mâchoires serrées tandis qu'elle observait la terre lointaine par-dessus la tête de Lizzie, mais les traits figés et les lèvres tremblantes de l'adolescente auraient pu être les siens.

Elles restèrent ainsi blotties l'une contre l'autre en silence sur le pont, jusqu'à ce que la côte ait disparu.

36

Pas de marche arrière

Inverness, juillet 1769

Roger marchait dans les rues en lançant autour de lui des regards émerveillés et ravis. Certes, Inverness avait quelque peu changé en deux cents ans ; pourtant, c'était la même ville, plus petite bien sûr, avec des rues non pavées et boueuses, mais il reconnaissait l'artère qu'il était en train de descendre. Il était déjà passé par là des centaines de fois.

Il se trouvait dans Huntly Street. Si la plupart des échoppes et des maisons lui étaient inconnues, Old High Church se dressait de l'autre côté de la rivière, avec son clocher carré et trapu. L'église semblait avoir été bâtie la veille. Il était sûr que s'il y entrait, il trouverait Mme Dunvegan, la femme du pasteur, en train d'arranger les fleurs sur l'autel pour le service du dimanche. Mais Mme Dunvegan n'existait pas encore, avec ses énormes pull-overs et ses infectes petites tourtes qu'elle infligeait aux nécessiteux de la paroisse.

L'église où avait officié son père n'était pas encore là. Elle ne serait bâtie qu'en 1837. De même, le presbytère, qui lui avait toujours paru vieux comme le monde et délabré, ne serait construit qu'au début du xxᵉ siècle. Il passa devant le site où le bâtiment s'élèverait un jour. Ce n'était qu'un pré de trèfles et de genêts, avec un unique jeune sorbier dont les feuilles s'agitaient dans la brise.

L'air, lui, était toujours aussi humide et frais. La puanteur des gaz d'échappement avait cédé la place à une vague odeur d'égout. La différence la plus frappante était le peu d'églises. Les deux rives du fleuve se hérisseraient un jour de flèches et de clochers, là où l'on n'apercevait encore que quelques bâtiments éparpillés.

On n'avait encore édifié qu'un seul pont, mais le Ness restait égal à lui-même, avec son niveau d'eau toujours bas et ses incontournables mouettes perchées sur les pieux des pêcheurs, caquetant comme des commères et plongeant de temps à autre en quête de menu fretin.

Ici et là, une demeure seigneuriale se dressait au milieu de jardins comme une grande dame étalant ses jupes autour d'elle, dédaignant la plèbe. Il distingua la villa de Mountgerald au loin, telle qu'il l'avait connue, à ceci près que les grands hêtres pourpres qui borderaient un jour son parc n'avaient pas encore été plantés. A leur place, une rangée de cyprès maigrichons s'inclinaient au-dessus du mur d'enceinte, pleurant leur Italie natale.

En dépit de la modernité de son style néoclassique, on racontait que Mountgerald avait été conçu selon les traditions ancestrales, et que ses fondations reposaient sur le cadavre d'un sacrifié. La légende voulait qu'on ait attiré un ouvrier dans la fosse de la cave avant de faire rouler un rocher au-dessus du trou pour l'écraser. Son sang était censé nourrir les esprits affamés de la terre qui, une fois repus, assureraient à la demeure protection et prospérité pour les siècles à venir.

La villa ne devait pas dater de plus de vingt ou trente ans. Il y avait sûrement encore des gens qui avaient travaillé à sa construction et qui savaient ce qui s'était passé dans la cave.

Roger se reprit. Il avait mieux à faire, Mountgerald et ses fantômes garderaient leurs secrets ! A contrecœur, il tourna le dos à la villa et se dirigea vers les docks.

Avec un sentiment de déjà-vu, il poussa la porte d'un pub. Les lambris et les dalles de pierre du vestibule étaient tels qu'il les avait vus une semaine plus tôt, c'est-à-dire deux cents ans plus tard. L'odeur familière du houblon et de la levure le réconforta. Le nom du lieu avait changé, mais non pas le parfum de la bière.

Il avala une grande rasade, dans sa chope de bois, et manqua s'étrangler.

— Un ennui ? demanda le barman, qui se tenait près du comptoir, un seau de sciure à la main.

— Non, répondit Roger en toussant.

Le barman hocha la tête et reprit sa tâche, éparpillant la sciure sur le sol tout en surveillant Roger du coin de l'œil au cas où il se mettrait à vomir sur ses dalles toutes propres.

Roger s'éclaircit la gorge et but une autre gorgée, plus modeste cette fois. Le goût était délicieux mais c'était la teneur en alcool qui l'avait décontenancé. Cette mixture était nettement plus forte que toutes les bières qu'il avait goûtées jusqu'à présent. Claire lui avait dit que l'alcoolisme était endémique à l'époque, et Roger comprenait maintenant pourquoi.

Il s'installa devant la cheminée et sirota sa bière tout en observant ce qui se passait autour de lui.

C'était un pub de port, situé à deux pas des docks du Moray Firth, dont la clientèle se composait de capitaines au long cours et de marchands, ainsi que de marins descendus des navires ancrés dans la rade et d'ouvriers des entrepôts. Un grand nombre de transactions se déroulaient autour des tables rondes tachées de bière.

D'une oreille distraite, Roger suivit la négociation d'un contrat à une table voisine. Il s'agissait d'acheminer trois cents balles de thibaude bon marché en provenance d'Aberdeen jusqu'aux colonies, et de rapporter ensuite une cargaison de riz et d'indigo des Carolines. Ailleurs, il s'agissait d'une cargaison d'une centaine de têtes de bétail de Galloway, de six tonnes de feuilles de cuivre, de barils de soufre, de molasse et de vin. Des quantités, des prix, des délais de livraison et des conditions s'élevaient dans le brouhaha comme les volutes bleutées de tabac qui flottaient sous les poutres noires.

L'on ne marchandait pas uniquement des biens matériels. Dans un coin de la salle trônait un capitaine, reconnaissable à sa longue veste à deux pans et à son tricorne noir posé sur la table devant lui, près d'une caisse de métal. A côté de lui, un jeune clerc griffonnait sur un registre tandis qu'une file de candidats au départ pour les colonies patientait.

Comme le vaisseau se rendait en Virginie, Roger tendit l'oreille. Au bout de quelques minutes, il apprit que le prix du billet pour un passager masculin, à savoir un gentleman, était de dix livres et huit shillings. Ceux qui acceptaient de voyager entassés comme du bétail dans l'entrepont pouvaient faire la traversée pour quatre livres et deux shillings, mais devaient apporter de quoi se nourrir pendant le voyage, autrement dit six semaines. L'eau potable, déduisit-il, était gracieusement fournie.

Pour ceux qui tenaient à faire le voyage mais n'en avaient pas les moyens, il existait d'autres solutions.

— Vous êtes prêts à vous engager par contrat, vous, votre femme et vos deux fils aînés ?

Le capitaine pencha la tête et examina la famille rassemblée devant lui. Un petit homme noueux, qui devait avoir à peine la trentaine mais paraissait plus âgé, se tortillait, le dos voûté par le labeur. Sa femme, un peu plus jeune, se tenait derrière lui, baissant les yeux, serrant les mains de deux petites filles. L'une d'elles portait dans ses bras son jeune frère qui ne devait avoir que trois ou quatre ans. Les fils aînés encadraient leur père et faisaient de leur mieux pour se grandir. Roger leur accorda dix ou douze ans, en tenant compte de la petite taille due à la malnutrition.

— Vous et vos fils, d'accord, déclara le capitaine.

Il fronça les sourcils en direction de l'épouse, qui ne broncha pas.

— Personne ne prendra une femme avec tant de marmots sur

les bras. Elle peut en garder un, à la rigueur. Mais il vous faudra vendre les filles.

La femme fixait toujours le plancher. L'une des fillettes se mit à gigoter et se plaignit qu'elle lui écrasait la main.

— D'accord, répondit le père d'une voix éraillée. Est-ce qu'elles pourront... rester ensemble ?

Le capitaine se frotta une joue d'un air indifférent.

— Sans doute, répondit-il, peu convaincu.

Roger n'attendit pas la fin de la transaction. Sa bière avait soudain un goût amer. Il sortit du pub. Une fois dans la rue, il glissa une main dans sa poche pour palper les quelques pièces qu'elle contenait. C'était tout ce qu'il avait pu trouver en peu de temps. Il avait pensé que cela suffirait. En outre, il était robuste et débrouillard. Toutefois, la scène à laquelle il venait d'assister l'avait ébranlé.

Il avait grandi immergé dans l'histoire des Highlands et connaissait fort bien les situations qui pouvaient pousser ces familles désespérées à tout accepter pour survivre, quitte à être séparées à jamais, dans un état de semi-esclavage.

Il savait tout sur les ventes de terres qui forçaient les petits paysans à abandonner des lopins qu'ils cultivaient depuis des siècles, et sur les épouvantables conditions de pénurie et de famine qui régnaient dans les villes. La vie des gens modestes en Ecosse à cette époque était un enfer. Mais malgré ses années d'études, rien ne l'avait préparé au spectacle de cette malheureuse fixant le plancher tout en serrant convulsivement la main de ses filles qu'on allait lui arracher.

Dix livres, huit shillings. Ou quatre livres, deux shillings, plus les frais de nourriture. Il avait quatorze shillings et trois pence en poche, plus une poignée de menue monnaie en cuivre et quelques farthings.

Il longea l'allée qui menait à la mer, regardant au loin les bateaux amarrés aux quais de bois : surtout des ketchs de pêcheurs, qui naviguaient dans le golfe ou, tout au plus, traversaient la Manche pour transporter marchandises et passagers en France. Il n'apercevait que trois grands vaisseaux ancrés dans la rade, assez gros pour braver les vents de l'Atlantique.

Bien sûr, Roger pouvait passer en France et effectuer la traversée à partir de là. Ou voyager par terre jusqu'à Edimbourg, port beaucoup plus important qu'Inverness. Mais il serait trop tard dans la saison pour prendre la mer. Brianna avait six semaines d'avance sur lui. Il n'y avait pas de temps à perdre. Dieu savait ce qui pouvait arriver à une jeune femme voyageant seule !

Quatre livres, deux shillings. Il se débrouillerait. Sans femme ni enfant à nourrir, il n'aurait pratiquement aucune dépense. Cependant, comme un clerc gagnait en moyenne douze livres par an et que Roger avait plus de chances de trouver un emploi de serveur que de greffier, il lui faudrait un temps infini pour économiser de quoi payer son billet.

— Commençons par le commencement, se sermonna-t-il. D'abord, cherchons où elle est partie, ensuite, on trouvera bien un moyen de l'y rejoindre.

Il tourna à droite dans une allée bordée de hauts entrepôts. Sa bonne humeur du matin l'avait quitté depuis longtemps mais il reprit un peu espoir en constatant qu'il avait vu juste : le bâtiment trapu en pierre de taille — la capitainerie — n'avait pas changé de place depuis deux siècles.

A l'intérieur, quatre clercs s'affairaient derrière un vieux comptoir de bois, griffonnant, timbrant, portant des liasses de documents de-ci de-là, comptant des piles de pièces et de billets qu'ils emportaient ensuite dans un bureau à l'arrière, pour ressortir quelques instants plus tard avec un reçu posé sur un petit plateau laqué.

Une foule impatiente se pressait devant le comptoir, chacun s'efforçait d'indiquer par son ton et sa posture que son affaire était plus urgente que celle de son voisin. Cependant, une fois que Roger fut parvenu à attirer l'attention de l'un des clercs, il put consulter sans difficulté les registres des navires qui avaient quitté le port d'Inverness au cours des derniers mois.

Le clerc poussa un gros volume vers lui et tourna les talons.

— Eh, attendez ! le rappela Roger.

— Quoi ?

— Combien vous paie-t-on pour travailler ici ?

Le clerc avait trop à faire pour se sentir offensé par la question.

— Six shillings la semaine.

Il disparut aussitôt en entendant un cri autoritaire l'appeler dans le bureau derrière le comptoir.

— Munro !

Roger prit le gros livre sous son bras et joua des coudes pour se frayer un passage jusqu'à une table près de la fenêtre.

Compte tenu des conditions dans lesquelles les clercs travaillaient, Roger fut impressionné par la lisibilité des registres. La calligraphie fleurie du XVIIIe siècle et sa ponctuation excentrique n'avaient aucun secret pour lui, mais les documents qu'il avait étudiés étaient toujours jaunis et fanés, au bord de la désintégration. Il éprouva une légère excitation d'historien en contemplant les pages fraîches et blanches et, à quelques mètres de lui, un clerc assis devant son pupitre, grattant le papier aussi rapidement que sa plume pouvait le lui permettre, la tête rentrée dans les épaules pour se protéger du chaos qui régnait dans la salle.

Le nom de chaque navire était inscrit en haut de chaque page, suivi du nom du capitaine, des membres d'équipage, des passagers ; puis venait la nature de sa cargaison avec les dates d'entrée et de sortie du port. *Arianna, Polyphemus, The Merry Widow, Tiburon...* Roger ne put s'empêcher d'admirer les noms des vaisseaux tandis qu'il feuilletait les pages.

Une demi-heure plus tard, il était nettement moins sensible à la poésie et au pittoresque. Il remarquait à peine le nom des bateaux pendant qu'il glissait un doigt le long des listes, en proie à une exaspération croissante. Elle ne figurait nulle part !

Pourtant, il le fallait bien. Brianna ne pouvait qu'avoir pris un bateau pour les colonies : où pouvait-elle aller, sinon ? Il reprit le premier registre et marmonna tous les noms à voix basse pour être sûr de n'en oublier aucun.

M. Phineas Forbes, gentleman.
Mme Wilhelmina Forbes.
M. Joshua Forbes junior.
Mme Joséphine Forbes.
Mme Eglantine Forbes.
Mme Charlotte Forbes...

Il sourit en imaginant M. Forbes entouré d'une nuée de jupons. Même s'il savait qu'on utilisait parfois « Mme » au lieu de « Mlle » pour les jeunes filles et les fillettes, il eut une vision hilarante de Phineas grimpant dignement à bord suivi d'une procession d'épouses, « junior » fermant la marche.

M. William Talbot, négociant.
M. Peter Talbot, négociant.
M. Jonathan Bicknell, médecin.
M. Robert MacLeod, agriculteur.
M. Gordon MacLeod, agriculteur.
M. Martin MacLeod...

Toujours pas de Randall. Ni sur le *Perséphone*, ni sur le *Queen's Revenge*, pas plus que sur le *Phoebus*. Il frotta ses yeux las et s'attaqua au *Felipe Alonzo*, un galion espagnol mais inscrit au registre écossais. Il avait quitté Inverness sous le commandement du capitaine Patrick O'Brian.

Roger n'avait pas capitulé mais commençait déjà à planifier la prochaine étape au cas où Brianna ne serait inscrite dans aucun registre. Lallybroch, bien sûr. Il était déjà allé visiter les ruines du domaine, au xxᵉ siècle. Serait-il capable de le retrouver, sans l'aide de vraies routes et de poteaux indicateurs ?

Son doigt s'arrêta soudain au bas de la page. Ce n'était pas *Brianna Randall*, le nom qu'il avait cherché, mais *M. Brian Fraser*, écrit en petites lettres inclinées. Il se pencha plus près pour scruter la page. Non, pas *Brian*, et pas *M.* non plus, mais *Mme*. Ce qui lui avait paru tout d'abord comme la boucle exubérante du « n » de *Brian* était en fait un petit « a » mal tourné. Aucune profession n'était indiquée.

Il ferma les yeux, et les battements de son cœur s'accélérèrent. Ce ne pouvait être qu'elle ! *Mme Briana Fraser*. Il n'avait vu aucune autre *Brianna* ou *Briana* dans les registres. Il était relativement logique qu'elle ait adopté le nom de Fraser. Embarquée dans une quête chevaleresque pour retrouver son père, elle avait pris son nom, qui lui revenait de naissance.

Il referma le livre d'un coup sec, comme s'il craignait qu'elle ne s'en échappe. Le *Felipe Alonzo* avait quitté le port d'Inverness le 4 juillet de l'*Anno Domini* 1769, pour mettre le cap sur Charleston, en Caroline du Sud.

Cette destination sema le doute dans son esprit. La Caroline du Sud. Charleston était-il le port le plus proche ? Roger rouvrit le registre. Il n'y découvrit aucun navire en partance pour la Caroline du Nord en juillet. Sans doute la jeune femme avait-elle pris le premier vaisseau pour les colonies, en comptant finir le voyage par voie de terre.

Il se leva et rapporta le volume au clerc derrière le comptoir.

— Merci, dit-il. Vous ne sauriez pas par hasard si un navire part bientôt pour les colonies d'Amérique ?

Le jeune homme souleva le registre d'une main et accepta de l'autre un bon de chargement que lui tendait un client.

— Si, répondit-il. Le *Glorianna* appareille demain pour les Carolines... Marin ou émigrant ?

— Marin, répondit aussitôt Roger. Où dois-je aller pour me faire engager ?

Sceptique, le clerc lui indiqua la rue que l'on apercevait derrière la fenêtre.

— Lorsqu'il est à terre, le capitaine donne ses rendez-vous à la taverne *Friars*. Il y est sans doute à l'heure qu'il est. Il s'appelle Bonnet.

Il se garda d'ajouter ce que son expression laissait clairement entendre : si Roger était marin, lui, il était un scribe égyptien.

Roger esquissa un salut. Sur le pas de la porte, il se retourna et surprit le clerc qui l'observait avec un mélange de mélancolie et d'envie.

— Souhaitez-moi bonne chance ! lui lança-t-il en agitant la main.

Il trouva le capitaine Bonnet dans la taverne, comme prévu, fumant un gros cigare, assis dans un coin sous un épais nuage de fumée.

— Ton nom ?

— MacKenzie, répondit Roger, pris d'une soudaine inspiration.

Si Brianna pouvait le faire, pourquoi pas lui ?

— Tu as déjà navigué, MacKenzie ?

Un rayon de soleil oblique aveugla le capitaine et il recula dans l'ombre de l'alcôve, pour examiner Roger d'un œil fixe qui le mit mal à l'aise.

— Je suis allé plusieurs fois à la pêche au hareng en mer du Nord.

Ce n'était pas vraiment un mensonge. Adolescent, il avait passé plusieurs étés comme moussaillon sur le chalutier d'un ami du révérend. Cette expérience lui avait laissé une bonne couche de muscles, une oreille pour l'accent chantant des îles du nord et un dégoût à vie du hareng. Néanmoins, il avait appris à faire des nœuds marins.

— Ah... fit le capitaine. Tu es un grand gaillard, mais un bon pêcheur ne fait pas nécessairement un bon matelot.

Son intonation irlandaise ne laissait pas deviner s'il s'agissait d'une question, d'un constat ou d'une provocation.

— Je ne pensais pas que c'était un métier nécessitant de grandes compétences, répondit Roger.

Pour une raison inexplicable, ce capitaine Bonnet lui donnait la chair de poule.

— Peut-être plus que tu ne le crois... mais c'est vrai, ça ne demande que de la bonne volonté. On peut savoir ce qui pousse un garçon comme toi à vouloir prendre le large, tout à coup ?

Roger se demanda ce qu'il entendait par un « garçon comme toi ». Ce ne pouvait pas être sa façon de parler. Il avait pris soin d'effacer toute trace d'accent d'Oxford et d'adopter le modulé chantant des îles écossaises. Etait-il trop bien habillé pour un aspirant marin ? A moins que ce ne soient les traces de brûlures sur son col et sa veste ?

— Ça me regarde, répondit-il.

Les yeux vert pâle l'étudièrent d'un air impavide, comme un léopard qui regarde passer une gazelle et n'est pas certain d'avoir faim. Puis ses lourdes paupières se refermèrent. Non, il était repu pour le moment.

— Je te veux à bord avant le coucher du soleil, déclara Bonnet. Cinq shillings par mois, de la viande trois fois par semaine, du pudding le dimanche. Tu n'auras le droit de quitter le navire qu'une fois la cargaison déchargée, pas avant. On est d'accord ?

— D'accord, répondit Roger.

— Quand tu monteras à bord, adresse-toi à M. Dixon. C'est notre commissaire.

Bonnet s'enfonça dans sa banquette, sortit de sa poche un livre relié et l'ouvrit sur la table. L'entretien était terminé.

Roger pivota sur ses talons et se dirigea vers la sortie. Il sentait un dard glacé au bas de sa nuque. Il était sûr que, s'il se retournait, il verrait les yeux verts fixés sur lui, cherchant son point faible.

37

Le *Glorianna*

Avant d'être engagé sur le *Glorianna*, Roger s'estimait relativement en forme, et, comparé aux spécimens mal nourris et décharnés qui composaient le reste de l'équipage, il faisait même figure de malabar. Il lui fallut précisément quatorze heures, soit la durée d'une journée de travail, pour perdre ses illusions.

Les ampoules aux mains, il connaissait, tout comme les courbatures. Soulever des caisses, hisser des espars, tirer sur des cordages, tout cela était un travail familier, même s'il ne l'avait pas accompli depuis longtemps.

Ce qu'il avait oublié, c'était l'état d'épuisement dû non seulement au labeur mais également à l'humidité permanente de ses vêtements, qui l'imprégnait jusqu'aux os. Il se réchauffa provisoirement en travaillant dans les cales, mais se remit à frissonner dès qu'il retourna sur le pont, où une brise glaciale faisait claquer sa chemise trempée de sueur.

A la fin de la journée, ses paumes étaient noires de goudron, ses articulations saignaient et ses doigts étaient à vif, à force de frotter contre le chanvre mouillé. Mais ce qui le surprit le plus, ce furent les crampes d'estomac. Roger n'aurait jamais cru possible d'avoir faim à ce point.

L'individu abruti de fatigue qui s'affairait à son côté, un dénommé Duff, était aussi trempé que lui, mais paraissait accoutumé à sa condition. Son long nez de furet pointait hors du col retourné de sa veste dépenaillée et gouttait régulièrement comme une stalactite, mais ses yeux pâles étaient vifs et sa bouche affichait un grand sourire qui dévoilait des dents de la couleur des eaux du golfe.

Il lança un regard compatissant vers Roger et lui envoya un coup de coude amical dans les côtes.

— Courage, l'ami. La soupe, c'est dans deux heures.

Là-dessus, il disparut dans une coursive et s'enfonça dans les profondeurs caverneuses du navire, qui résonnaient d'interjections blasphématoires et de bruits sourds.

Roger reprit le déchargement du filet, rasséréné par la perspective du dîner.

Les cales arrière étaient déjà à moitié pleines. On chargea les réservoirs d'eau, des rangées de cuves de bois pesant chacune plus de trois cent cinquante kilos. Les cales avant, elles, restaient encore pratiquement vides et une procession ininterrompue de dockers s'affairaient comme des fourmis sur le quai, empilant des monceaux de caisses et de tonneaux, de rouleaux et de balles, et il paraissait inconcevable qu'une telle masse puisse tenir sur le navire.

Le chargement prit deux jours et s'acheva par les tonneaux de sel, les balles d'étoffe et d'énormes caisses de quincaillerie que l'on descendit dans la cale à l'aide de poulies et de cordes.

Les passagers commencèrent à monter à bord vers la fin de l'après-midi ; ils formaient une longue queue d'émigrants qui croulaient sous les sacs, les baluchons, les poules en cage et les enfants. On les entassait dans l'entrepont, où ils constituaient une cargaison tout aussi rentable que les autres marchandises.

Duff leur lança un regard expert par-dessus la rambarde.

— Des ouvriers sous contrat et des pouilleux qui ne peuvent plus payer leurs dettes, commenta-t-il. Ils se vendent quinze livres par tête de pipe sur les plantations ; les enfants, trois ou quatre. Les moutards pas encore sevrés sont donnés gratis avec la mère.

Le marin se racla la gorge dans un bruit de vieux moteur enroué puis cracha une glaire qui passa à quelques millimètres de la rambarde.

— Y en a qui ont les moyens de s'offrir le voyage, mais pas beaucoup, reprit-il. Faut prévoir environ pour deux livres de nourriture par famille pendant la traversée. La plupart ont dû travailler dur pour rassembler la somme.

— Le capitaine ne les nourrit pas ?

— Si... à condition qu'ils raquent.

Il s'essuya la bouche, sourit à Roger, et lui fit un signe de tête vers la passerelle.

— Va donc leur donner un coup de main, mon garçon. Faudrait pas que les bénefs du capitaine tombent à l'eau, hein ?

Roger souleva une petite fille par la taille et la hissa à bord. Il fut surpris par sa légèreté, en dépit de ses formes rondelettes. En y regardant de plus près, il se rendit compte que l'aspect plantureux des femmes n'était qu'une illusion, la plupart n'ayant que la peau sur les os. En effet, elles portaient sur elles toute leur garde-robe, ayant enfilé vêtement sur vêtement, en plus des petits baluchons qui contenaient leurs biens et les provisions pour le voyage, et de leurs marmots faméliques pour qui elles entreprenaient ce voyage désespéré.

Roger s'accroupit et sourit à un petit bambin récalcitrant qui s'accrochait aux jupes de sa mère. Il n'avait pas plus de deux ans et portait encore une robe. Sous une touffe de boucles blondes, il observait le spectacle autour de lui avec une moue réprobatrice.

— Allez, viens, mon grand, l'encouragea Roger en tendant les mains. Ta mère est trop chargée pour te porter.

Méfiant, l'enfant traîna les pieds en lui lançant des regards menaçants, mais se laissa néanmoins prendre dans les bras ; sa mère le suivait en silence. Pendant que Roger aidait cette dernière à descendre l'échelle qui menait à l'entrepont, elle leva les yeux vers lui. Il l'observa qui s'enfonçait dans les ténèbres de l'écoutille ; son visage blanc disparaissait progressivement comme une pierre qui tombe au fond d'un puits. Il se détourna, mal à l'aise, avec l'impression d'avoir laissé une innocente se noyer.

Alors qu'il reprenait son travail, une jeune femme apparut sur le quai en contrebas. Elle était charmante, sans être vraiment jolie, bien faite, avec une belle allure qui attirait le regard et un long cou gracieux comme un lis blanc.

Peut-être était-ce simplement son port de tête qui la rendait si intéressante et la faisait ressortir sur la masse de dos voûtés et las. Ou bien son visage, empli d'appréhension et d'incertitude, mais aussi de curiosité. *En voilà une qui n'a pas froid aux yeux*, pensa Roger. Oppressé par tant de misère autour de lui, il se sentit revigoré par la vue de la jeune femme.

En apercevant le navire et la foule qui s'amassait devant lui, elle hésita. Un grand jeune homme blond l'accompagnait, portant un bébé dans les bras. Il lui posa une main sur l'épaule pour la rassurer et elle se tourna vers lui avec un sourire lumineux. En les observant, Roger sentit son cœur se serrer, aiguillonné par une pointe d'envie.

— Eh, MacKenzie ! hurla le maître d'équipage. Il y a une cargaison qui attend. Elle ne va pas monter à bord toute seule !

Une fois appareillé, le *Glorianna* vogua sans encombre pendant plusieurs semaines. Le temps orageux qui avait inauguré leur exode céda vite la place à de bons vents et à un roulis régulier ; si l'effet immédiat sur la plupart des passagers fut de les rendre malades, cela ne dura pas longtemps. L'odeur de vomi dans l'entrepont s'atténua.

Heureusement pour lui, Roger ne souffrait pas du mal de mer. En outre, son expérience auprès des pêcheurs de harengs lui avait permis d'acquérir de bonnes bases de météorologie, ainsi que la certitude angoissante que sa vie dépendait du temps.

Ses nouveaux collègues n'étaient pas cordiaux, sans toutefois se montrer ouvertement hostiles. En raison de son accent des îles (tous étaient des Anglais de Dingwall ou de Peterhead) ou des lapsus qu'il commettait quelquefois en parlant, ils l'observaient de loin avec méfiance. Sa grande taille et ses épaules larges évitaient un antagonisme plus direct.

Leur froideur ne le dérangeait pas. Il préférait rester dans son coin et laisser son esprit errer tandis que son corps s'occupait des corvées quotidiennes inhérentes au métier de matelot.

Avant de signer, il ne s'était pas renseigné sur la réputation du *Glorianna* et de son capitaine. De toute manière, il aurait embarqué avec le capitaine Achab si celui-ci avait fait route vers la Caroline du Nord. Cependant, d'après les bribes qu'il surprenait dans la conversation des matelots, Stephen Bonnet semblait être un bon capitaine, dur mais juste, avec, en outre, le bon goût de réaliser des profits substantiels à chaque traversée. Un grand nombre des membres de l'équipage étaient rémunérés par un pourcentage sur les bénéfices du navire, ce qui, à leurs yeux, compensait largement les failles dans le tempérament du capitaine.

Jusqu'à présent, Roger n'avait constaté *de visu* aucune de ces failles. En revanche, il avait remarqué que Bonnet se tenait toujours comme au milieu d'un cercle invisible, un périmètre sacré que peu osaient franchir. Seuls le commissaire de bord et le maître d'équipage lui adressaient directement la parole. Les autres marins baissaient la tête lorsqu'il passait devant eux. Roger se souvenait des yeux de félin qui l'avaient examiné dans la taverne. Rien d'étonnant que personne ne tienne à s'exposer inutilement à un tel regard.

Roger s'intéressait davantage aux passagers. On les voyait rarement mais, une fois par jour, ils étaient autorisés à monter sur le pont supérieur pour prendre un peu d'air frais, vider leur pot de chambre (les latrines à la poupe ne pouvaient suffire à tant de monde) et venir chercher l'eau soigneusement rationnée, distribuée à chaque famille: Roger guettait ces brèves apparitions et s'efforçait de se faire employer le plus souvent possible sur le pont arrière à l'heure de cette promenade quotidienne.

Son intérêt était à la fois professionnel et personnel. Son instinct d'historien était titillé par leur destinée et sa solitude apaisée par leur conversation sommaire. Ils incarnaient à ses yeux la semence d'une nouvelle nation, le legs du vieux continent. Ce que ces émigrants miséreux savaient et aimaient formerait la base de la culture du Nouveau Monde.

Un chercheur épluchant minutieusement les annales de la culture écossaise n'y trouverait peut-être pas le remède contre les verrues qu'une vieille femme était en train de ressasser devant sa bru résignée (« Je t'avais bien dit qu'on aurait dû emporter mon crapaud desséché, Katie Mac ! Mais non ! Madame a préféré nous charger comme des mules avec tous ses falbalas et ses colifichets ! »), mais cette recette avait sa place parmi les chants folkloriques, les prières gaéliques, les laines tissées et les motifs celtes.

Il baissa les yeux vers sa main, se remémorant la façon dont Mme Graham lui avait frotté une verrue sur l'index avec ce qu'elle avait prétendu être un crapaud séché. Cela avait marché, il n'avait plus jamais eu de verrues aux mains.

— Monsieur, dit une petite voix près de lui, on peut aller toucher le fer ?

Il se retourna et sourit à une fillette qui tenait ses deux petits frères par la main.

— Bien sûr, *a leannan*, mais ne vous mettez pas dans les pattes de l'équipage.

Elle hocha la tête et il les regarda accomplir un grand détour pour contourner les matelots qui travaillaient sur le pont, afin d'aller toucher le fer à cheval cloué au mât. Le fer avait des vertus protectrices et guérisseuses. Les mères envoyaient souvent leurs enfants le toucher quand ils étaient malades.

Ils auraient mieux fait d'en avaler, pensa Roger en voyant les plaques rouges sur les petits visages blêmes et en entendant les cris des nourrissons ravagés par les furoncles, la fièvre et les déchaussements dentaires. Il reprit son travail, versa des louches d'eau soigneusement calibrées dans les seaux et les écuelles qu'on lui tendait. La plupart des émigrants vivaient de flocons d'avoine et de pois secs, avec, de temps à autre, un biscuit. C'était tout ce qu'on leur fournissait pendant le voyage.

Pourtant, aucun ne s'en plaignait. L'eau était claire, les biscuits non moisis et, si les rations de céréales étaient loin d'être généreuses, elles n'étaient pas non plus trop chiches. L'équipage, lui, avait droit à un menu plus varié mais néanmoins limité à de la viande et à des féculents, avec parfois un oignon. Roger se passa la langue sur les dents en grimaçant. Il gardait constamment un goût de fer dans la bouche et ses gencives commençaient à saigner à cause du manque de légumes verts.

Toutefois, il possédait une dentition solide et, contrairement aux autres marins, il n'avait pas encore les articulations enflées et les ongles cassés. Il avait calculé qu'un adulte en bonne condition physique pouvait supporter trois à six mois de carence vitaminique avant de présenter de véritables symptômes de déficience. Si le bon temps durait, la traversée n'en prendrait que deux.

— Il fera beau demain, vous ne croyez pas ?

Il baissa les yeux et vit la charmante jeune femme qu'il avait aperçue sur le quai le jour de l'embarquement. Il avait appris depuis lors qu'elle s'appelait Morag.

— J'espère, répondit-il en saisissant le seau qu'elle lui tendait. Qu'est-ce qui vous fait dire ça ?

— La nouvelle lune est dans les bras de l'ancienne, expliqua-t-elle. Sur la terre ferme, c'est signe de beau temps. Je suppose qu'il en va de même en mer.

Levant le nez, il distingua la courbe d'argent pâle d'un croissant de lune encerclant un globe lumineux. L'astre était haut dans le ciel mauve, son reflet englouti par la mer indigo.

— Ne perds pas ton temps à faire la causette, ma fille. Vas-y, demande-lui !

Une femme d'âge mûr poussait Morag vers lui.

— Taisez-vous donc ! répliqua la jeune femme, embarrassée. Non, je ne lui demanderai pas !

— Ce que tu peux être gourde, ma pauvre ! Si tu n'oses pas, je vais le lui demander, moi !

La femme passa devant Morag et, posant une grosse main sur le bras de Roger, lui adressa un sourire charmeur.

— Comment t'appelles-tu, mon garçon ?

— MacKenzie, madame.

— Ah, MacKenzie !

Elle lança regard triomphant à la jeune femme :

— Tu vois ! Il est du pays ! Il ne va pas nous refuser un petit service, tout de même !

Se retournant vers Roger, elle reprit :

— La petite donne la tétée à son enfant mais elle meurt de soif. Quand elle allaite, une femme doit boire beaucoup, sinon son lait se tarit. Tout le monde sait ça. Mais cette sotte n'ose pas te demander un petit rab d'eau. Personne ne lui en voudra, n'est-ce pas ?

Elle balaya d'un regard noir la file de femmes qui attendaient leur tour. Naturellement, toutes les têtes firent non en même temps, comme des mécanismes d'horlogerie.

Il commençait à faire sombre, mais le visage de Morag était rouge. Pinçant les lèvres, elle accepta sa ration d'eau supplémentaire avec un hochement de tête, sans lever les yeux.

— Merci, monsieur MacKenzie, murmura-t-elle.

Elle ne se retourna qu'une fois devant l'écoutille et lui adressa un sourire empreint d'une telle gratitude qu'il sentit la chaleur l'envahir.

Ce fut avec regret qu'il vit la file se terminer et les derniers émigrants redescendre dans l'entrepont. L'écoutille se referma sur eux et les matelots commencèrent leurs tours de quart. Roger savait qu'en bas ils se racontaient des histoires et chantaient des chansons pour tuer le temps. Il aurait donné beaucoup pour les entendre, non seulement par curiosité mais également pour rompre sa solitude. Ce qui l'émouvait autant n'était pas tant leur pauvreté et leur avenir incertain que les liens qui les unissaient.

Cela dit, le capitaine, l'équipage, les passagers et même le temps n'occupaient qu'une fraction de son esprit. Ce qui l'obnubilait nuit et jour, trempé jusqu'aux os ou à sec, affamé ou repu, c'était Brianna.

Au son de la cloche, il descendit dîner avec les autres, sans trop prêter attention à ce que l'on mettait dans son écuelle. Il devait tenir le second quart. Après le dîner, il retrouva son hamac et préféra méditer seul plutôt que de se joindre aux conversations des marins sur le poste d'équipage.

Sa solitude n'était qu'une illusion, bien sûr. Se balançant doucement dans son hamac, il percevait le moindre mouvement de l'homme couché près de lui et la moiteur de sa peau semblait ne faire qu'une avec la sienne. Chaque matelot disposait d'un espace d'une cinquantaine de centimètres pour dormir. Lorsqu'il était allongé sur le dos, Roger dépassait sa partie allouée de cinq centimètres de chaque côté.

Après deux nuits d'un sommeil sans cesse interrompu par les cognements et les grognements de ses camarades, il avait fini par changer de place et s'installer près de la cloison, où il ne dérangeait qu'une seule personne. Couché sur le côté, tournant le dos à ses compagnons, il avait le visage à deux centimètres de la coque.

Roger scrutait le bois sombre et, dans les reflets dansants projetés par la lampe tempête suspendue au plafond, il tentait de reconstituer le visage de Brianna, d'imaginer les lignes de ses pommettes, de sa chevelure et de son corps.

38

Les périls de la mer

Quelque temps plus tard, le *Glorianna* essuya un grain violent et inattendu qui empêcha les passagers de sortir de leur trou trois jours durant et cloua les matelots à leur poste, ne leur laissant que quelques minutes d'affilée pour se nourrir ou se reposer. Enfin, la tempête se calma et laissa le navire chevaucher de hauts rouleaux sous un ciel strié de nuages étirés qui filaient dans le vent. Roger se traîna lamentablement jusqu'à son hamac, sans avoir la force d'ôter ses vêtements trempés.

Après une pause de quatre heures, abruti de fatigue, moite, couvert de croûtes de sel, n'aspirant plus qu'à un bon bain chaud et à une semaine entière de sommeil, il se leva péniblement en entendant le sifflet du maître d'équipage qui l'appelait pour son tour de garde.

Au coucher du soleil, il était tellement épuisé que ses muscles tremblaient quand il plongea la louche dans le fût rempli d'eau. Les passagers qui lui tendaient leurs jarres et leurs seaux semblaient dans un état encore plus critique. Le teint verdâtre, couverts d'ecchymoses à force d'être projetés de droite à gauche contre les cloisons, ils empestaient le vomi et les pots de chambre trop pleins.

Lorsqu'il eut fini, il remit en place le couvercle du tonneau pour empêcher les rats de venir s'y noyer. Au moment où il se détournait, l'une des femmes le retint par le bras. Elle lui montra le nourrisson qu'elle serrait contre elle.

— Monsieur MacKenzie, vous croyez que le capitaine accepterait de le frotter avec sa bague ? Notre petit Gilbert a mal aux yeux à force d'être resté si longtemps enfermé dans le noir.

Roger hésita et haussa les épaules. Comme le reste de l'équipage, il tentait d'éviter Bonnet, mais ce dernier n'avait aucune raison de rejeter la demande de cette pauvre femme. Par le passé, il avait déjà accepté de se plier à ce petit rituel : frotter la peau avec une bague d'or était un remède populaire contre le mal aux yeux et les inflammations.

— Oui, bien sûr, répondit-il. Suivez-moi.

Le capitaine se trouvait à l'arrière, en train de discuter avec le commissaire de bord. Roger fit signe à la femme d'attendre et approcha prudemment.

Bonnet paraissait aussi éprouvé que son équipage, les traits creusés par la fatigue et la tension.

— ... les coffres de thé endommagés ? disait-il au commissaire.

— Deux seulement, répondit Dixon. L'eau n'a pas pénétré l'emballage. On pourra en sauver une bonne partie et l'écouler en amont de Cross Creek.

— Ah... médita Bonnet. C'est vrai qu'ils sont plus exigeants à New Bern et à Edenton mais, d'un autre côté, ils paient mieux. On se débarrassera de ce qu'on peut avant d'arriver à Wilmington.

Bonnet pivota de trois quarts et aperçut Roger. Son visage se durcit, puis se détendit en entendant sa requête. Machinalement, il avança la main et passa plusieurs fois la bague de son petit doigt sur les yeux fermés de Gilbert. C'était un simple anneau d'or, presque une alliance, mais plus petite... une bague de femme, peut-être ? Le redoutable Bonnet avait-il une amoureuse ? Sans doute, se dit Roger. Certaines femmes devaient être attirées par la violence retenue qui émanait du capitaine.

— Cet enfant est malade, observa Dixon.

Il pointa le doigt vers une ligne de boutons rouges derrière l'oreille du bébé, qui avait le teint fiévreux.

La mère serra son enfant contre elle, sur la défensive.

— Ce n'est rien, dit-elle. Juste une petite fièvre de lait.

Le capitaine hocha la tête d'un air indifférent et reprit sa conversation avec le commissaire de bord. Roger accompagna la femme jusqu'à la cambuse, où il parvint à arracher au cuistot un biscuit pour l'enfant, et remonta sur le pont, l'esprit accaparé par les bribes de conversation qu'il venait de surprendre.

Ils prévoyaient des escales à New Bern et à Edenton avant Wilmington. Manifestement, Bonnet n'était pas pressé. Il chercherait à obtenir les meilleurs prix pour sa cargaison et prendrait tout son temps pour revendre les contrats de ses passagers. Bon sang ! Cela pouvait signifier des semaines supplémentaires de voyage avant d'arriver à Wilmington !

Impossible, conclut Roger. Dieu seul savait où se trouverait alors Brianna et ce qui pourrait lui être arrivé. Malgré la tempête, le *Glorianna* avait fait bonne route. Si les vents tenaient bon, ils effectueraient la traversée en huit semaines. Il ne pouvait perdre cette précieuse avance en s'arrêtant dans tous les ports de la Caroline du Nord.

Il devrait fausser compagnie au *Glorianna* dans le premier port, pour finir sa route par voie de terre. Certes, il s'était engagé à rester à bord jusqu'à ce que toute la marchandise soit écoulée, mais, d'un autre côté, il ne réclamerait pas son salaire ; ils seraient quittes.

L'air frais le ragaillardit un peu, mais Roger avait encore l'impression d'avoir la tête remplie de balles de coton humides et la gorge tapissée de cristaux de sel. Il lui restait trois heures de quart à accomplir. Il se dirigea vers la citerne en espérant qu'un peu d'eau fraîche sur le visage le maintiendrait éveillé.

Dixon avait quitté le capitaine et se promenait sur le pont entre les groupes de passagers, saluant les hommes, s'arrêtant ici et là pour échanger quelques mots avec une femme et ses enfants. Roger fut surpris. Le commissaire n'avait rien d'un homme sociable. Il parlait rarement avec les membres d'équipage et encore moins avec les passagers, qu'il considérait comme une marchandise encombrante.

En songeant aux marchandises, quelque chose surgit dans la mémoire de Roger, quelque chose de désagréable. Dans la brume de fatigue qui avait envahi son esprit, il ne parvenait pas à se concentrer pour analyser de quoi il s'agissait exactement. Cela avait un rapport avec l'odorat... oui, avec une odeur particulière...

— MacKenzie !

L'un des matelots l'appelait, à l'autre bout du navire, et lui faisait signe de venir aider à recoudre les voiles déchirées par la tempête. Une immense pile de toiles pliées recouvrait le pont arrière comme un manteau de neige ; leurs bords libres claquaient au vent.

Roger gémit et étira ses muscles douloureux. Quel que fût son avenir en Caroline, il serait ravi de retrouver enfin la terre ferme.

Deux nuits plus tard, il fut brutalement extirpé de ses rêves par des cris. Il courut vers l'échelle qui menait au pont supérieur avant même de se rendre compte qu'il était éveillé. Il s'agrippa aux échelons et reçut un coup de pied en pleine poitrine.

— Reste en bas, pauvre idiot ! grogna la voix de Dixon au-dessus de lui.

Il devinait sa tête se détachant dans le carré de l'écoutille.

— Qu'est-ce qu'il y a ? Qu'est-ce qui se passe ? balbutia Roger.

D'autres marins étaient rassemblés autour de lui, se pressant les uns contre les autres dans le noir. Toutefois, le vacarme venait du pont supérieur : un martèlement incessant de pas de course et de cris de femmes et d'enfants terrifiés.

— Assassins ! hurla une voix féminine, aiguë comme une flûte à bec. Vous n'êtes que des assa... !

Son cri fut brutalement interrompu par un bruit sourd.

— Mais qu'est-ce qui se passe ? répéta Roger. On est sabordés ?

Ses paroles se noyèrent dans les cris ; les hurlements stridents des femmes s'entremêlaient aux vociférations et aux insultes des hommes. Par l'écoutille ouverte, Roger distinguait une vacillante lueur rougeâtre. Le navire était-il en feu ? Il se hissa sur la pointe des pieds et s'agrippa à la cheville de Dixon.

— Lâche-moi ! grogna celui-ci en agitant le pied. Je t'ai dit de rester sagement en bas. Bon Dieu ! Tu tiens à attraper la petite vérole ?

— La petite vérole ? Qu'est-ce que c'est que cette histoire ?

Ses yeux s'étant accoutumés à l'obscurité, il saisit à nouveau le pied avec lequel Dixon essayait de l'atteindre au visage et le tordit d'un coup sec. Le commissaire, qui ne s'y attendait pas, poussa un cri étranglé et dégringola de l'échelle, atterrissant sur le crâne de Roger puis sur ses compagnons.

Roger profita de la confusion qui s'ensuivit pour grimper les échelons quatre à quatre et se hisser sur le pont. Un groupe d'hommes se tenaient agglutinés autour de l'écoutille du pont avant. Des lanternes étaient suspendues aux gréements. Elles se balançaient en projetant des éclats de lumière jaune et blanc qui se reflétaient sur des lames d'acier.

Roger lança des regards affolés autour de lui, cherchant des yeux un autre navire. L'océan noir s'étendait à perte de vue, désert. Ce n'était pas une attaque de pirates. La lutte se déroulait au-dessus de l'entrepont des passagers où la moitié de l'équipage était rassemblée, armée de couteaux et de massues.

Une mutinerie ? Non. En approchant, il aperçut la tête de Bonnet qui surplombait les autres, dirigeant les opérations. Il joua des coudes dans la cohue pour s'approcher de l'écoutille. Les hurlements venaient de l'entrepont. Un paquet de chiffons fut hissé sur le pont, transmis de main en main, puis disparut dans la masse grouillante de corps et de massues. Quelques secondes plus tard il entendit un objet tomber dans la mer.

— Mais qu'est-ce qui se passe ? cria Roger à l'oreille du maître d'équipage.

Celui-ci se penchait au-dessus du trou, tenant une lanterne.

— Qu'est-ce que tu fous ici ? beugla-t-il. Retourne dans les quartiers de l'équipage ! Tu veux attraper la variole ou quoi ?

— Je l'ai déjà eue, rétorqua Roger. Mais quel rapport ?

Le maître d'équipage se redressa, surpris.

— Tu as eu la variole ? Mais tu n'as pas de marques ! Bah... peu importe. Si tu ne risques rien, descends leur donner un coup de main, ils en ont grand besoin.

— Pour quoi faire ?

Au même moment, un marin apparut en haut de l'échelle, portant un enfant sous le bras. Celui-ci se débattait faiblement. Des mains surgirent du trou derrière lui et lui martelèrent le dos tandis qu'un cri de femme terrorisée s'élevait au-dessus du vacarme.

La femme parvint à s'agripper à la chemise du marin, l'attirant en arrière tout en grimpant sur lui. L'homme rugit et lui donna des coups de coude, s'accrochant de son mieux à l'échelle tandis que ses pieds dérapaient sur les échelons.

Mû par un réflexe, Roger plongea en avant et saisit l'enfant comme un ballon de rugby pendant que le marin balançait les bras en arrière, dans un effort désespéré pour se rétablir. Enlacés comme des amants, l'homme et la femme retombèrent dans le trou. Il y eut un grand fracas dans l'entrepont, suivi d'un moment de silence stupéfait, après quoi les cris et les imprécations repartirent de plus belle.

Roger redressa l'enfant et tenta d'arrêter ses gémissements avec des tapes maladroites dans le dos. Il semblait étrangement désarticulé et sa peau était brûlante, même au travers du fichu dont il était enveloppé. Le maître d'équipage leva sa lanterne un peu plus haut, examinant le nourrisson avec une grimace de dégoût.

— J'espère pour toi que tu as vraiment déjà eu la petite vérole, MacKenzie !

C'était le petit Gilbert, l'enfant qui, deux jours plus tôt, avait mal aux yeux. Il avait tellement changé que Roger le reconnut à peine. Il était si maigre que l'on apercevait les os du crâne sous son visage. Sa peau autrefois laiteuse était recouverte d'une couche de pustules purulentes, si épaisse que ses yeux n'étaient plus que deux fentes.

Roger eut juste le temps de noter la métamorphose avant que des mains ne lui arrachent l'enfant. Avant qu'il ait eu le temps de comprendre, le bébé avait été balancé par-dessus bord.

Il se précipita vers la rambarde, le souffle coupé par le choc, puis fit volte-face en entendant un rugissement terrifiant derrière lui.

Les passagers s'étaient remis de la surprise de l'attaque et commençaient à réagir. Les hommes grimpaient sur le pont, saisissant au passage tout ce qui pouvait faire office d'arme, et se ruaient sur les marins en poussant des hurlements de fureur.

Quelqu'un percuta Roger de plein fouet et il roula à terre, évitant de justesse un tabouret qui s'écrasa sur le plancher près de sa tête. Il se redressa à quatre pattes et prit un coup de pied dans les côtes, puis fut tiré, poussé, soulevé de terre, projeté sur le pont... Il parvint à s'agripper à une paire de jambes, à se redresser et à se débattre, sans savoir s'il luttait contre des passagers ou des membres d'équipage, cherchant seulement à reprendre son souffle.

Les lanternes bousculées par la mêlée ne laissaient voir que des fragments de la scène, ici un pied nu, là un visage déformé par la hargne, là encore une main brandissant une lame. Le pont tout entier semblait une masse grouillante de corps démembrés.

Quelqu'un le saisit par les cheveux et le tira en arrière. Il se libéra et pivota sur ses talons, donna un coup de coude dans un ventre, décocha un coup de poing qui manqua sa cible. Il se retrouva momentanément projeté hors de la mêlée, inspirant de grandes bouffées d'air, puis une silhouette noire bondit sur lui. Il tomba à la renverse sous l'impact, s'agrippa à son assaillant. Ils roulèrent tous les deux sur le pont jusqu'à percuter le mât de misaine. Une botte l'atteignit en pleine joue et, tandis qu'il lâchait sa prise sur son adversaire, des bras puissants les empoignèrent et les séparèrent. L'autre fut redressé et maîtrisé par deux marins. Dans la lueur de la lanterne du maître d'équipage, Roger reconnut le visage du jeune passager blond, le mari de Morag MacKenzie, roulant des yeux ivres de rage.

Il était sérieusement blessé, tout comme Roger, d'ailleurs, comme il s'en aperçut en passant un doigt sur sa lèvre fendue. Un dénommé Hutchinson examina brièvement MacKenzie puis hocha la tête.

— C'est bon, déclara-t-il. Il n'est pas contaminé, vous pouvez le remettre avec les autres.

MacKenzie fut entraîné vers l'écoutille et poussé sans ménagement dans le trou. Roger fut remis sur pied par ses camarades et planté là, ahuri et perplexe, pendant qu'ils achevaient leur œuvre. Le mouvement de rébellion n'avait été qu'un feu de paille. Bien qu'animés par la fureur et le désespoir, les passagers étaient trop affaiblis par six semaines dans l'entrepont, la maladie et le manque de nourriture. Les plus forts d'entre eux avaient été soumis à coups de masse sur le crâne, les autres refoulés dans leur trou. Quant à ceux atteints par la variole...

Roger lança un regard vers le chenal tracé par la lune. Il vomit par-dessus bord jusqu'à ce qu'il n'ait plus que des filets de bile à régurgiter, lui brûlant le nez et la gorge. A ses pieds, la mer n'était qu'un gouffre noir.

Tremblant de fatigue et d'émotion, il retourna vers les quartiers de l'équipage. Les marins qu'il croisait en chemin restaient silencieux mais de l'entrepont avant lui parvenait encore une lamentation, un long gémissement aigu qui ne semblait jamais finir.

Il manqua s'étaler de tout son long dans la coursive qui menait au dortoir, et, sans répondre aux questions de ses camarades restés dans les cales, grimpa tant bien que mal dans son hamac. Il s'enveloppa dans sa couverture, se couvrit les oreilles pour ne plus entendre les pleurs... en vain. Son cœur battait à se rompre et il avait la sensation de se noyer. Il inspira de grandes bouffées d'air chaud, encore et encore, jusqu'à en être étourdi.

« Ça vaut mieux comme ça, lui avait dit Hutchinson pendant qu'il rendait tripes et boyaux par-dessus la rambarde. La petite vérole se répand en un rien de temps. Si on ne se débarrasse pas tout de suite des malades, aucun d'entre eux n'arrivera vivant au premier port. »

Etait-ce vraiment mieux qu'une mort lente et douloureuse ? Pas pour ceux qui restaient : la plainte se poursuivait, transperçant le silence de la nuit, traversant le bois et son cœur.

Des fragments d'images lui revenaient sans cesse à l'esprit : le visage déformé du marin tandis qu'il tombait dans l'écoutille ; la bouche à demi ouverte du nourrisson, l'intérieur couvert de pustules ; Bonnet dominant la mêlée tel un ange déchu, ses yeux alertes suivant les moindres mouvements ; la mer, noire, avide et déserte.

Il entendit un bruit sourd contre la coque et se roula en boule, essayant d'oublier. Non, pas déserte. Il avait entendu les marins raconter que les requins ne dormaient jamais.

Il se retourna dans l'autre sens, les yeux grands ouverts, et sentit une sueur froide lui couler dans le cou. Par la porte entrebâillée de la coursive qui menait aux cales, il venait d'apercevoir deux ombres se glissant discrètement dans la pénombre.

Le lendemain, Roger dut attendre le milieu de son quart pour se rendre enfin dans les cales. Il ne fit aucun effort pour passer inaperçu. A force d'observer ses compagnons, il avait vite appris que, dans des quartiers aussi étroits que les leurs, rien n'attirait plus l'attention que des mouvements furtifs.

Si on lui demandait quelque chose, il répondrait qu'il avait entendu un bruit suspect et qu'il descendait voir si une des caisses ne s'était pas détachée.

Il se suspendit au rebord de l'écoutille puis se laissa tomber. Il avait moins de chances d'être suivi en ne mettant pas l'échelle. Il atterrit lourdement sur la plante des pieds, et sentit les vibrations se répercuter dans tout son corps. Si quelqu'un se cachait dans la cale, ce quelqu'un l'avait sans doute entendu. Inversement, si quelqu'un le suivait, il le saurait.

Il avança entre les masses sombres de marchandises. La cale n'était éclairée que par la faible lumière mouchetée qui filtrait par les caillebotis. Il se glissa entre les rangées de caisses, passa devant les grandes citernes d'eau douce, puis s'arrêta. L'air était chargé de l'odeur du bois humide, au-dessus de laquelle flottait un léger parfum de thé. La cale résonnait de cliquetis et de craquements... mais il ne percevait aucun son humain. Pourtant, il était certain qu'il y avait quelqu'un.

Et toi, qu'est-ce que tu fiches ici ? se demanda Roger. Si un des passagers s'était caché dans les cales, c'était sans doute parce qu'il ou elle avait attrapé la variole. Dans ce cas, Roger ne pourrait pas lui être d'un grand secours. Alors, pourquoi était-il descendu ?

La réponse était simple : parce qu'il ne pouvait pas faire autrement. Ce n'était pas qu'il se reprochât de n'avoir rien pu faire pour les malheureux passés par-dessus bord. Rien n'aurait pu les sauver et la mort par noyade n'était pas plus terrible qu'une lente agonie. Enfin... c'était ce qu'il se répétait depuis la veille.

Une petite ombre remua au fond de la cale. *Un rat*, pensa-t-il. Il tourna sur lui-même pour l'écraser d'un coup de talon. Ce geste le sauva. Un objet passa en sifflant près de sa tête et alla s'écraser contre la cloison dans un bruit de verre brisé.

Il plongea tête la première en direction du mouvement, courbant le dos pour se protéger d'un second coup. Il tendit la main, sentit une étoffe au bout de ses doigts et tira. Il entendit un cri d'effroi et tira un peu plus fort, pour se retrouver soudain en train de serrer le fragile poignet de Morag MacKenzie.

Elle lui donna des coups de pied et tenta de le mordre tandis qu'il la saisissait par le col et l'extirpait de l'ombre.

— Qu'est-ce que vous faites ici ? demanda-t-il.

— Rien ! Lâchez-moi ! Mais lâchez-moi ! Vous me faites mal !

Constatant qu'elle ne pourrait se libérer par la force, elle se mit à l'implorer :

— Laissez-moi partir, je vous en supplie, monsieur ! Pensez à votre propre mère. Si vous me dénoncez, ils vont le tuer !

— Mais je n'ai l'intention de tuer personne ! se défendit-il. Pour l'amour de Dieu, faites moins de bruit !

Des ténèbres de l'étrave s'élevèrent soudain des pleurs aigus de bébé. Elle poussa un cri étranglé et se tourna vers lui.

— Ils vont l'entendre ! Laissez-moi retourner auprès de lui !

Elle se précipita vers le bruit, escaladant les énormes maillons de la chaîne d'ancre. Il la suivit plus lentement. Ils se trouvaient à l'avant du bateau et elle ne pouvait lui échapper. Il la rejoignit dans le recoin le plus sombre, accroupie dans un petit espace entre le bois brut de la coque et la masse enroulée de la chaîne.

— Je ne vous ferai aucun mal, promit-il.

Elle sembla se rétracter encore un peu plus dans l'ombre mais ne répondit pas.

Ses yeux commençaient à s'accoutumer à l'obscurité. Même dans ce recoin noir, loin de toute écoutille, une faible lumière lui permettait de distinguer une tache pâle : le sein qu'elle venait de dénuder pour nourrir son enfant. Il entendait les bruits de succion.

— Le petit est malade ? demanda-t-il.

— Non !

Elle se recroquevilla sur le bébé et se plaqua contre la coque pour s'éloigner encore plus de lui.

— Alors pourquoi le cachez-vous ?

— Ce n'est qu'une petite irritation ! Tous les bébés en ont, ma mère me l'a dit !

— Vous en êtes sûre ?

Il avança une main hésitante vers le petit paquet qu'elle tenait dans ses bras, et la retira aussitôt en sentant une piqûre vive sur le dos de sa main.

— Aïe ! Mais vous m'avez fait mal ! s'indigna-t-il.

— Ne vous approchez pas ! J'ai le couteau de mon mari. Je ne laisserai personne me prendre mon enfant ! Je vous tuerai s'il le faut, je vous jure que je le ferai !

Il la crut sur parole. Il porta sa main à ses lèvres et suça le sang qui perlait de l'entaille. Ce n'était qu'une égratignure mais il savait qu'elle n'hésiterait pas à le poignarder si elle se sentait menacée.

— Je ne veux pas vous le prendre, dit-il doucement, mais s'il a la variole...

— Ce n'est pas la variole ! Je vous le jure sur sainte Bride ! Ce n'est qu'une fièvre de lait, croyez-moi ! J'en ai déjà vu des centaines ! J'ai eu neuf frères et sœurs plus jeunes que moi, je sais reconnaître quand un bébé est malade !

Il hésita puis prit brusquement sa décision. Si elle se trompait et que l'enfant était contaminé, elle l'était probablement elle aussi. Son retour dans l'entrepont avec les autres passagers ne pourrait que propager la maladie. Si elle avait raison... il savait aussi bien qu'elle que cela ne ferait aucune différence. La moindre rougeur condamnerait aussitôt le nourrisson.

Il la sentait trembler comme une feuille, au bord de la crise d'hystérie. Il voulut la toucher pour la rassurer mais se ravisa. Elle n'avait aucune raison de lui faire confiance.

— Je ne vous dénoncerai pas, promit-il.

Elle lui répondit par un silence méfiant.

— Il vous faut de la nourriture et de l'eau fraîche, n'est-ce pas ? Autrement, vous n'aurez bientôt plus de lait. Que deviendra alors l'enfant ?

Il entendait sa respiration rauque et laborieuse. Elle était malade, mais ce n'était pas nécessairement la variole. Tous les passagers toussaient et crachaient, l'humidité ayant attaqué leurs bronches depuis longtemps.

— Montrez-le-moi, demanda-t-il.

— Non !

Ses yeux brillaient dans le noir, écarquillés comme ceux d'un rat pris au piège.

— Je vous jure que je ne vous le prendrai pas, insista-t-il. J'ai juste besoin de le voir.

— Sur quoi jurez-vous ?

Il chercha dans sa mémoire un serment celte approprié mais capitula et dit la seule chose qui lui venait à l'esprit :

— Sur la tête de la femme que j'aime et celle de mes fils à venir.

Elle hésita encore un peu et se détendit légèrement. Il y eut des grattements derrière les chaînes, non loin : de vrais rats, cette fois.

— Je ne peux pas le laisser seul pendant que je vole de la nourriture, expliqua-t-elle. Ils le dévoreront. Ces saletés m'ont déjà mordue dans mon sommeil.

Il tendit les mains, conscient des bruits de pas au-dessus de leurs têtes. Il y avait peu de chances que quelqu'un descende dans la cale mais combien de temps lui restait-il avant qu'on remarque son absence ?

Il n'avait pas l'habitude de tenir des nourrissons dans les bras. Le petit paquet de linges émit un bruit de protestation, mais ne brailla pas.

— Attention à sa tête ! recommanda-t-elle.

— C'est bon, je le tiens bien.

Soutenant la courbe chaude du crâne dans sa paume, il approcha le bébé de la lumière. Ses joues étaient striées de pustules roses bordées de blanc. Cela ressemblait bigrement à la variole et Roger sentit un tremblement de répulsion parcourir ses bras. Il avait beau être vacciné, la crainte de la contagion restait quand même là.

Il ôta délicatement les linges, faisant la sourde oreille aux protestations étouffées de la mère. Il glissa une main sous le tissu, ses doigts rencontrant d'abord le lange humide, puis la peau lisse et douce du ventre.

L'enfant ne semblait pas si malade que cela. Son regard était clair et, s'il semblait fiévreux, sa peau n'était pas brûlante comme celle du petit Gilbert, qu'il avait tenu brièvement la veille. Il gémissait, mais ses petits coups de pied vigoureux n'avaient rien des spasmes d'un enfant moribond.

— C'est bon, dit-il enfin. Vous avez sans doute raison.

Il sentit plutôt qu'il ne vit qu'elle abaissait son bras. Elle s'était tenue prête à toute éventualité, brandissant son couteau.

Il lui rendit le bébé avec un mélange de soulagement et d'angoisse, conscient de la terrible responsabilité qu'il venait d'accepter.

Morag berça son enfant contre son sein tout en le recouvrant.

— Chut, chut, mon petit Jemmy. Tout va bien, maman est là.

— Combien de temps dure une fièvre de lait ? demanda Roger.

— Quatre jours, peut-être cinq, chuchota-t-elle. Mais d'ici deux jours, les boutons devraient s'atténuer. Tout le monde pourra alors constater que ce n'est pas la variole et je pourrai sortir.

Deux jours. D'ici là, s'il avait la variole, l'enfant serait mort. Sinon... il pourrait peut-être s'en sortir, et elle aussi.

— Vous pourrez tenir sans dormir aussi longtemps ? demanda-t-il. Les rats...

— Oui ! l'interrompit-elle avec véhémence. Je ferai ce qu'il faut. Vous allez m'aider ?

— Oui.

Il se leva et lui tendit sa main. Après un instant d'hésitation, elle l'accepta et se leva à son tour. Elle était petite, lui arrivant à peine à l'épaule. Dans la pénombre, on aurait dit une fillette berçant sa poupée.

— Quel âge avez-vous ? demanda-t-il soudain.

— Hier, j'avais vingt-deux ans. Aujourd'hui, j'en ai plus de cent.

La petite main moite se libéra de la sienne et la jeune femme se fondit à nouveau dans le noir.

39

Le joueur

Le brouillard s'accumula pendant la nuit. Au matin, le navire voguait dans un nuage si dense qu'on ne voyait même plus la mer depuis la rambarde. Seul le clapotis des vagues contre la coque rappelait que le *Glorianna* flottait sur l'eau et non dans l'air.

Le vent était tombé. Les voiles pendaient mollement, agitées de temps à autre par un bref courant d'air. Oppressés par la grisaille, les hommes déambulaient sur le pont tels des fantômes, se faisant sursauter les uns les autres en surgissant de nulle part.

Cette pénombre convenait à Roger. Il put traverser le navire et se glisser dans la cale sans se faire voir, en cachant sous sa chemise la petite quantité de nourriture qu'il avait prélevée sur ses propres repas.

L'enfant était endormi. Roger devinait à peine la courbe de sa joue, parsemée de pustules qui semblaient encore très enflammées. Morag suivit son regard dubitatif et, sans rien dire, prit sa main et la pressa contre le cou du bébé.

Le petit pouls battait régulièrement sous ses doigts et sa peau était chaude, mais moite. Rassuré, il sourit à Morag.

Le mois passé dans l'entrepont l'avait amaigrie et rendue crasseuse. Les deux derniers jours avaient laissé des rides de peur permanentes sur son visage. Ses cheveux pendaient autour de sa tête, poisseux et grouillants de poux. Ses yeux étaient lourdement cernés et elle sentait les fèces et l'urine, le lait rance et la transpiration aigre. Ses lèvres étaient tendues et pâles comme le reste de son visage. Roger lui posa doucement les deux mains sur les épaules, l'attira à lui et l'embrassa sur la bouche.

Parvenu au sommet de l'échelle, il se retourna. Elle était toujours là, le regardant fixement, son bébé dans les bras.

Sur le pont, on n'entendait que les bribes de conversation étouffées entre le timonier et le maître d'équipage, invisibles derrière la barre. Roger remit discrètement en place le panneau d'écoutille ; les battements de son cœur commençaient à ralentir. Encore deux jours, voire trois. Ils allaient peut-être s'en sortir. Au moins, cette fois, il était convaincu qu'elle avait raison. Le bébé n'avait pas contracté la maladie.

Il y avait peu de chances que quelqu'un descende dans la cale les jours suivants. Une citerne pleine avait été remontée la veille. Si seulement elle parvenait à ne pas s'endormir... Le son haut perché de la cloche du navire retentit soudain, lui rappelant le passage d'un temps qui semblait s'être arrêté ; son écoulement n'était plus marqué par l'alternance de la nuit et du jour.

Au moment où Roger se tournait vers la poupe, il l'entendit : un grand *plouf !* dans la brume, juste de l'autre côté de la rambarde. Un instant, le navire trembla sous ses pieds, sa coque frôlée par une masse énorme.

— Baleines à tribord ! hurla la vigie.

Roger se retourna et aperçut une silhouette floue perchée dans les cordages du grand mât.

Il y eut un second *plouf !* tout près, puis un autre plus loin. L'équipage du *Glorianna* resta figé sur place, chacun retenant son souffle tandis que le navire glissait sans bruit entre des écueils vivants, montagnes de chair silencieuses et intelligentes.

De quelle taille étaient-elles ? se demanda Roger. Assez grosses pour endommager le bateau ? Il plissa les yeux, tentant de les apercevoir dans la brume.

Quelque chose heurta la coque, assez violemment pour faire trembler la rambarde sous ses doigts. Puis on entendit un long grincement dont les vibrations se répercutèrent tout le long du navire. Des cris de peur retentirent sous le pont. Pour ceux qui se trouvaient dans l'entrepont, le bruit devait être assourdissant : ils étaient au-dessous de la ligne de flottaison. Si la baleine donnait un coup de queue brusque dans la coque, ils seraient les premiers engloutis. Les planches de chêne de sept centimètres d'épaisseur semblaient soudain aussi fragiles que du papier de soie à côté des masses gigantesques qu'on devinait autour du bateau, soufflant dans la brume.

— Des bernacles, dit soudain une voix grave derrière Roger.

Il sursauta. La silhouette de Bonnet venait de surgir derrière lui. Le capitaine serrait un cigare entre ses dents et tenait une mèche enflammée à la main ; celle-ci projetait une lueur rouge et sinistre sur ses traits aiguisés.

Le grincement rauque retentit à nouveau.

— Elles se frottent contre la coque pour s'en débarrasser, reprit Bonnet. Pour elles, nous ne sommes qu'un rocher flottant.

Il inspira profondément pour allumer son cigare, expira un épais nuage de fumée et jeta sa mèche par-dessus bord. Elle fut avalée par le brouillard comme une étoile filante par la nuit.

Le cœur de Roger se remit à battre dans ses tempes. Depuis

combien de temps Bonnet se trouvait-il là ? L'avait-il vu sortir de la cale ?

— Elles ne risquent pas d'endommager le navire ? dit-il en tentant d'imiter le ton détaché du capitaine.

Bonnet fuma un moment en silence. Sans la mèche, il était redevenu une ombre. Seule la pointe incandescente de son cigare perçait le brouillard.

— Qui sait ? répondit-il enfin. N'importe laquelle de ces bêtes peut nous couler en un instant si l'envie lui en prend. J'ai déjà vu un vaisseau, ou plutôt ce qu'il en restait, réduit en miettes par une baleine en colère : trois planches et un morceau d'espar flottant dans l'eau. Les deux cents personnes à son bord avaient été englouties en un clin d'œil. Aucun survivant.

— Cela ne semble pas vous inquiéter.

— Pourquoi gaspiller son énergie à se faire du souci ? L'homme sage remet entre les mains des dieux tout ce qui échappe à son contrôle... et prie Danu d'être avec lui. Tu connais Danu, n'est-ce pas, MacKenzie ?

— Danu ?

Roger resta un instant sans comprendre, puis se souvint d'un chant ancien que Mme Graham lui avait appris enfant.

— *Aide-moi, Danu, et porte-moi chance. Rends-moi fort, rends-moi riche... et amène-moi l'amour*, récita-t-il.

Bonnet émit un rire amusé.

— Quand je pense que tu n'es même pas irlandais ! Tu me diras, je savais déjà que tu étais un homme de lettres, Mac-Kenzie.

— Je connais Danu, celle qui porte chance, répondit Roger.

Il espérait que l'ancienne déesse celte avait entendu sa prière. Il recula d'un pas et s'apprêtait à prendre congé quand une poigne d'acier se referma sur son bras.

— Un homme de lettres, répéta Bonnet. Mais pas très sage. Il t'arrive de prier, MacKenzie ?

Roger se raidit mais ne tenta pas de se libérer. Il rassembla ses forces, devinant que le combat ne faisait que commencer.

— J'ai dit qu'un sage remettait entre les mains des dieux tout ce qui échappait à son contrôle, poursuivit Bonnet. Mais à bord de ce navire, je contrôle *tout*. Tout... et tout le monde.

Roger tira sur son poignet d'un coup sec et se dégagea. Il n'avait nulle part où aller et personne ne viendrait à son secours.

— Pourquoi ? poursuivit Bonnet, vaguement intrigué. Cette femme n'est pas une beauté. Et pour un homme cultivé comme toi... Tu es prêt à risquer mon navire et toute sa cargaison pour un peu de chair tiède ?

— Il n'y a aucun risque, répliqua Roger. L'enfant n'a pas la variole... ce n'est qu'une simple fièvre de lait.

Mais viens donc ! pria-t-il en serrant les poings. *Attaque, que j'aie au moins ma chance !*

— Tu me pardonneras si je fais passer mon opinion inculte avant la tienne, MacKenzie. Le capitaine, ici, c'est moi !

Il parlait sur un ton calme et détaché, mais la menace était claire.

— Mais ce n'est qu'un enfant !

— Justement... il n'a pas d'importance.

— Pour vous, peut-être !

Il y eut un moment de silence, interrompu par un nouveau *plouf !* non loin.

— Quelle importance peut-il avoir pour toi ? demanda la voix implacable. Pourquoi ?

Pour un peu de chaleur humaine, pensa Roger. Pour le souvenir d'un geste de tendresse, pour la rage de vivre qui refusait le masque de la mort.

— Par compassion, répondit-il. Elle est pauvre. Elle n'a personne pour l'aider.

Le riche arôme du tabac lui chatouillait les narines, narcotique et enchanteur. Il inspira profondément, y puisant une force nouvelle.

Bonnet bougea et Roger se raidit. Mais, contrairement au coup qu'il s'apprêtait à recevoir, il vit le capitaine plonger une main dans sa poche, pour la ressortir pleine d'objets qui brillaient à la lueur de la lanterne : des pièces de monnaie, des morceaux de métal et quelque chose qui ressemblait à un bijou. Le capitaine choisit un shilling d'argent et remit le reste dans sa poche.

— Ah, la compassion ! soupira-t-il. Tu ne m'as pas dit que tu étais un joueur, MacKenzie ?

Il lui lança le shilling. Roger le rattrapa par réflexe.

— Jouons la vie du petit, proposa Bonnet sur un ton amusé. Face, il vit ; pile, il meurt.

La pièce était chaude et solide dans la paume de Roger, un corps étranger dans ce monde glacé. Ses mains étaient moites de transpiration mais son esprit plus froid et aiguisé que jamais. *Face, il vit ; pile, il meurt*, répéta-t-il intérieurement en chassant de ses pensées l'image du bébé caché sous leurs pieds. Il nota discrètement l'emplacement de la gorge et de l'entrejambe de son adversaire. Il faudrait agir en quatre temps : un, lui envoyer son genou dans le bas-ventre ; deux, l'empoigner par le col ; trois, le soulever du sol ; quatre, le basculer par-dessus bord. La rambarde n'était qu'à un mètre. De l'autre côté : le royaume glacé des baleines.

Ses calculs ne laissaient aucune place à la peur. Il vit la pièce tournoyer dans les airs puis retomber sur le pont. Il banda lentement ses muscles.

— On dirait que Danu est avec toi, ce soir.

La voix de Bonnet lui parvenait de loin. Le capitaine se pencha et ramassa la pièce.

— Marchons un peu, MacKenzie, suggéra-t-il.

A chaque pas, Roger avait l'impression de s'enfoncer un peu plus dans le sol. Ses jambes étaient lourdes comme du plomb. Le navire silencieux paraissait désert. Autour d'eux, la mer respirait, vivante. Il sentait son propre souffle s'élever et s'affaisser au rythme des vagues ; son corps n'avait plus de limites et se confondait avec les lattes de bois sous ses pieds, et, plus bas encore, avec l'océan.

Il mit un certain temps avant de se rendre compte que le capitaine lui parlait et comprit, avec une vague stupeur, qu'il était en train de lui raconter sa vie, toujours sur le même ton neutre et distant.

Né dans le comté de Sligo, Bonnet était devenu orphelin très tôt. Il avait appris à se débrouiller seul en travaillant comme garçon de cabine à bord de navires marchands. Un hiver, les bateaux se faisant rares, il s'était trouvé un emploi d'ouvrier sur la terre ferme, près d'Inverness. Il s'agissait de creuser les fondations d'une grande demeure.

— Je venais d'avoir dix-sept ans, déclara-t-il. J'étais le plus jeune de l'équipe. Je ne sais pas trop pourquoi ils me détestaient tous autant. Sans doute à cause de ma manière d'être : je n'étais pas un gamin très facile. Ou peut-être par jalousie, parce que j'étais plus fort et plus grand. Il faut dire qu'ils n'avaient pas été gâtés par la nature ! A moins que ce soit parce que les filles me souriaient, ou simplement parce que j'étais étranger. Enfin... je savais qu'ils ne m'aimaient pas, mais j'ignorais à quel point, jusqu'au jour où la cave a été terminée.

Bonnet marqua une pause pour tirer sur son cigare. Il laissa échapper de petits nuages de fumée au coin de ses lèvres ; les minces volutes s'élevèrent au-dessus de sa tête pour se fondre dans le brouillard.

— Les fondations étaient prêtes et la grande pierre angulaire n'attendait plus que d'être posée. Je rentrais tranquillement de dîner quand deux des hommes avec lesquels je travaillais sont venus me trouver. Ils avaient une bouteille et m'ont invité à boire avec eux. J'aurais dû me méfier car ce n'était pas dans leurs habitudes. Mais j'ai bu avec eux, encore et encore, jusqu'à être complètement saoul. A l'époque, je ne tenais pas l'alcool, n'ayant pas d'argent pour m'en offrir. A la nuit tombée, je n'arrivais plus à me mettre debout. Ils m'ont soulevé et, avant que je comprenne ce qui m'arrivait, je me suis retrouvé à quatre pattes dans la cave que j'avais creusée moi-même. Ils étaient tous là, tous les ouvriers. Avec eux j'ai aperçu Joey le demeuré, un simple d'esprit qui vivait sous le pont. Il n'avait plus de dents et se nourrissait des poissons crevés et des détritus qui flottaient dans la rivière. Il puait plus que des latrines bouchées.

« J'étais tellement étourdi par l'alcool et ma chute que j'ai mis un certain temps à saisir... Le contremaître engueulait les deux ouvriers qui m'avaient traîné jusqu'ici. Il disait que Joey aurait fait l'affaire, que c'était même lui rendre service. Mais les autres se défendaient en répondant que j'étais un meilleur candidat, que certains pourraient regretter l'idiot alors qu'avec moi il n'y avait aucune chance. Quelqu'un a ajouté en riant qu'en outre on n'aurait pas besoin de me payer ma dernière semaine de gages. C'est là que j'ai enfin compris qu'ils allaient me tuer.

« Je les avais déjà entendus faire allusion à cette coutume : une fois les fondations prêtes, on faisait un sacrifice pour éviter que la terre ne tremble et ne fasse s'effondrer la maison. Mais je n'y avais pas vraiment prêté attention, je pensais qu'ils comptaient égorger un coq et l'enterrer, comme ça se fait souvent. Ils ont discuté encore un moment, puis Joey a commencé à faire du raffut en réclamant à boire. Alors le contremaître a déclaré qu'il était inutile d'attendre plus longtemps. Il a sorti une pièce et m'a dit : « Par la tête du roi Georges, tu crèves ; par son cul, tu t'en tires. » Il a lancé le shilling en l'air et la pièce est retombée à côté de ma tête. Je n'ai pas eu la force de regarder. Il s'est penché, l'a ramassée, et m'a laissé tranquille.

Ils étaient arrivés à la proue. Bonnet s'arrêta et posa ses deux mains sur la rambarde, tirant sur son cigare. Enfin il se redressa et l'ôta de sa bouche.

— Ils ont fait asseoir Joey au pied du seul mur construit et lui ont donné à boire. Je revois encore son air niais. Il a bu et ri avec eux, sa bouche grande ouverte, molle et humide comme le con d'une vieille pute. Ensuite ils ont fait tomber une grosse pierre du haut du mur, qui lui a fracassé le crâne.

Des gouttelettes d'humidité s'étaient accumulées dans les mèches de Roger, lui chatouillant la nuque. Il les sentait glisser, une à une, sous le col de sa chemise.

— Ils m'ont roué de coups, reprit Bonnet. Je suis revenu à moi dans le fond d'un chalutier. Le pêcheur à qui il appartenait m'a déposé sur la grève près de Peterhead et m'a conseillé de me trouver un autre bateau. Il m'a dit qu'on voyait tout de suite que je n'étais pas fait pour la terre ferme.

Il tapota son cigare pour faire tomber la cendre.

— Le plus drôle, c'est qu'ils m'ont quand même payé mes gages. J'ai retrouvé le shilling dans ma poche. Des gens honnêtes, en somme.

Roger s'appuya à la rambarde et la serra entre ses doigts ; le bois lui semblait la dernière surface solide dans un monde mou et nébuleux.

— Vous êtes revenu à terre ? demanda-t-il.

Sa propre voix lui parut étonnamment calme, comme si elle avait appartenu à un autre.

— Tu veux dire : est-ce que je les ai retrouvés ? corrigea le capitaine sans le regarder. Oh, oui ! Des années plus tard. Un par un, mais je les ai tous retrouvés.

Il ouvrit sa main qui tenait encore la pièce et la fit sauter sur sa paume d'un air songeur.

— *Par la tête du roi Georges, tu crèves ; par son cul, tu t'en tires.* C'est un marché raisonnable, tu ne trouves pas, MacKenzie ?

— Pour eux ?

— Pour toi.

Il avait répondu sur un ton badin, comme s'il discutait du temps qu'il ferait le lendemain.

Comme dans un rêve, Roger vit de nouveau le shilling d'argent tomber dans sa main.

— Ça me paraît raisonnable, répéta Bonnet. Tu as eu de la chance, tout à l'heure. Voyons voir si Danu sera encore de ton côté ou si, cette fois, c'est la dévoreuse d'âmes qui viendra te voir.

Le brouillard s'était intensifié. Roger ne distinguait plus rien hormis le bout du cigare de Bonnet, cyclope incandescent dans la brume. Cet homme aurait pu être le diable en personne, un œil fermé sur la misère du monde, l'autre ouvert sur les ténèbres.

— C'est ma vie, c'est à moi de décider, déclara Roger. Pile, je vis.

Il lança la pièce, la rattrapa et la plaqua sur le dos de sa main. Il ferma les yeux et pensa à Brianna. *Pardonne-moi*, lui dit-il en silence. Lentement, il souleva sa main.

Il sentit un souffle chaud sur son visage puis un point froid sur le dos de sa main tandis que la pièce était enlevée. Il ne bougea pas, n'ouvrit pas les yeux.

Il mit un certain temps à s'apercevoir qu'il était seul.

NEUVIÈME PARTIE
Passionnément

40

Le sang d'une vierge

Wilmington, colonie de Caroline du Nord, 1er septembre 1769

Lizzie était en proie à son troisième accès de fièvre. La première fois, elle avait paru se rétablir et, après une journée de repos, avait insisté pour reprendre le voyage vers le nord. Toutefois, au bout d'une journée de route, la fièvre avait recommencé de plus belle.

Brianna avait attaché les chevaux et monté un campement de fortune au bord d'un ruisseau. Elle avait passé la nuit à faire des allées et venues entre les berges boueuses et la couche de Lizzie, transportant de l'eau dans une casserole pour la faire boire par petites gorgées et rafraîchir son corps brûlant. La forêt sombre et les animaux qui y étaient tapis ne l'effrayaient pas, mais l'idée que Lizzie puisse mourir au bout du monde, à des kilomètres de la ville la plus proche, l'affolait. Elle remettrait la jeune fille en selle dès que possible, pour la faire rentrer tout droit à Charleston.

Cependant, le lendemain matin, la fièvre était tombée et, encore pâle et faible, Lizzie avait pu tenir sur sa monture. Brianna avait hésité, puis décidé de poursuivre vers Wilmington. Elle avait à présent une raison de plus d'être pressée de retrouver sa mère, ne fût-ce que pour le salut de Lizzie.

Adolescente, Brianna n'avait guère apprécié d'être une grande tige condamnée à poser toujours au dernier rang sur les photos de classe. Toutefois, à mesure qu'elle avançait dans l'âge adulte, elle commençait à comprendre l'avantage que représentaient sa taille et sa force. En outre, plus elle passait du temps dans l'auberge misérable où elles avaient échoué, plus ces avantages sautaient aux yeux.

Elle cala un bras contre le sommier branlant du lit et extirpa le pot de chambre. Lizzie n'était qu'à demi consciente. Elle gémissait et se tortillait sans répit ; son agitation se muait parfois en convulsions.

Les tremblements nerveux semblaient s'être atténués, même si l'adolescente continuait à claquer des dents. Pour revenir ainsi par vagues, ce devait être le paludisme, supputa Brianna. Le cou de Lizzie était parsemé de petits points rouges, souvenir des moustiques qui n'avaient cessé de les harceler depuis que le *Felipe Alonzo* avait approché des côtes. Le navire avait touché terre beaucoup trop au sud, avant de perdre trois semaines à se frayer un chemin dans les eaux peu profondes pour remonter jusqu'à Charleston, son pont pris d'assaut par les insectes suceurs de sang.

— Ça va un peu mieux ?

Lizzie hocha faiblement la tête et essaya de sourire. On aurait dit une souris blanche venant d'avaler une boulette empoisonnée.

— Bois un peu d'eau, ma chérie. Juste une gorgée.

Brianna lui tint la tasse tout en ayant l'impression étrange et réconfortante d'entendre sa propre mère. Il ne lui manquait plus que le tube d'aspirine à la vitamine C ! Elle lança un regard désemparé vers ses sacoches jetées dans un coin de la chambre. Hélas, elles ne contenaient pas de médicaments, juste la camomille et la menthe que Jenny lui avait données et qui n'avaient réussi qu'à faire vomir Lizzie.

C'était de la quinine qu'on donnait aux malades atteints de paludisme. Voilà ce dont elle avait besoin ! Malheureusement, elle ignorait comment on appelait la quinine à cette époque et sous quelle forme on l'administrait. Cependant, le paludisme étant une vieille maladie et la quinine étant extraite d'une plante, il y avait sûrement un médecin qui savait.

L'espoir de trouver une assistance médicale l'avait aidée à traverser la deuxième crise de Lizzie. Craignant qu'elle ne tombe de cheval, elle l'avait prise devant elle sur sa selle. L'adolescente était passée sans transition des sueurs fébriles aux frissons glacés, puis de nouveau aux sueurs, et elles étaient arrivées à Wilmington rompues de fatigue.

Hélas, une fois à Wilmington, il devint vite évident que la jeune femme ne pourrait compter sur les médecins. L'aubergiste n'avait lancé qu'un regard vers Lizzie et avait aussitôt fait appeler l'apothicaire. Malgré ce que lui avait dit sa mère au sujet de l'état de la médecine, Brianna s'était sentie soulagée.

L'apothicaire était un jeune homme bien mis avec un air bienveillant et des mains raisonnablement propres. De toute manière, s'était dit Brianna, quelles que soient ses connaissances en matière médicale, il en savait sans doute autant qu'elle sur les fièvres. Et puis, au moins, elle n'était plus seule à soigner Lizzie.

Il lui avait demandé d'attendre dans le couloir tandis qu'il baissait le drap de lin qui recouvrait la malade. Ce ne fut qu'en entendant un cri d'effroi que la jeune femme s'était précipitée dans la chambre, pour découvrir l'apothicaire un scalpel à la main et Lizzie, le visage livide, tenant son bras d'où s'écoulait un filet de sang noir.

— Mais c'est pour purger les humeurs ! s'était écrié le jeune homme en tentant de se protéger de Brianna. Vous ne comprenez pas ? Si je ne la saigne pas, la bile chaude va empoisonner ses organes et se répandre dans tout son corps, au grand détriment de sa santé !

— C'est votre santé qui sera en danger si vous ne sortez pas tout de suite ! avait vociféré Brianna. Dehors !

L'instinct de survie l'emportant sur son zèle médical, l'apothicaire avait saisi sa sacoche et battu en retraite le plus dignement possible, s'arrêtant sur le palier pour lui lancer des imprécations sinistres.

Ses avertissements continuaient à résonner dans la tête de Brianna tandis qu'elle effectuait des allers et retours entre les cuisines et la chambre pour remonter de l'eau fraîche. La plupart des paroles du jeune homme n'étaient que des élucubrations d'ignare, des affirmations sans queue ni tête sur les humeurs et le mauvais sang, mais certaines la hantaient plus que d'autres.

— Si vous ne suivez pas mes conseils, vous signez son arrêt de mort ! avait-il hurlé dans l'escalier. Rendez-vous à l'évidence : vous ne savez pas la soigner !

En effet. Elle ignorait même de quel mal souffrait Lizzie. L'apothicaire l'avait décrit comme une « fièvre des marais ». L'aubergiste avait parlé d'« accoutumance ». Un grand nombre d'émigrants, se retrouvant soudain exposés à tout un éventail de nouveaux microbes, étaient victimes de maladies chroniques. A en juger par les propos peu encourageants de l'aubergiste, peu survivaient à leur « période d'adaptation ».

Elle inclina l'aiguière et versa de l'eau chaude sur ses mains. L'eau était son seul remède. Il n'y avait plus qu'à espérer que le puits derrière l'auberge était sain. Par mesure de sécurité, Brianna faisait tout bouillir, même si cela prenait plus de temps. Elle humidifia les lèvres gercées de Lizzie, puis la soutint pendant qu'elle buvait laborieusement quelques gorgées. Elle lui lava ensuite le visage et le cou, et la recoucha en tirant l'édredon sur ses épaules.

Lizzie parvint à esquisser un faible sourire, les paupières lourdes ; elle s'enfonça dans son oreiller avec un soupir et s'endormit ; ses membres se relâchèrent comme ceux d'une poupée de chiffon.

Brianna se sentait désarticulée, elle aussi. Elle traîna un

tabouret devant la fenêtre et s'y laissa tomber, s'accoudant au rebord dans un effort vain pour respirer un peu d'air frais. Depuis qu'elles avaient quitté Charleston, une atmosphère moite les écrasait comme une chape de béton.

Elle gratta une piqûre de moustique sur sa cuisse. Les insectes semblaient moins friands de sa chair que de celle de Lizzie, mais sans l'épargner pour autant. Elle ne craignait pas le paludisme, ayant suivi un traitement préventif avant son départ. Elle s'était également fait vacciner contre la typhoïde, le choléra et tous les autres virus qui lui étaient venus à l'esprit. Mais il n'existait aucun vaccin contre la dengue ou les dizaines d'autres maladies qui flottaient dans l'air comme des esprits malveillants. Combien étaient propagées par des moustiques ?

Elle ferma les yeux et s'adossa à la cloison, épongeant les rigoles de transpiration sur sa poitrine avec les plis de sa chemise. Sa propre odeur la dérangeait. Depuis combien de temps n'avait-elle pas changé de vêtements ? Peu importait. Elle n'avait pratiquement pas fermé l'œil depuis quatre jours et était trop fatiguée pour se déshabiller, et encore plus pour se laver.

La fièvre de Lizzie semblait tomber... mais pour combien de temps ? Si les crises se poursuivaient, l'adolescente n'y survivrait pas. Elle avait déjà perdu tout le poids pris pendant la traversée et son teint pâle commençait à virer au jaune.

Il n'y avait rien à espérer de Wilmington en matière de traitement. Brianna se redressa et étira son dos courbaturé. Il ne lui restait qu'une solution : retrouver sa mère au plus vite.

Elle pouvait vendre les chevaux et trouver un bateau pour remonter le fleuve jusqu'à Cross Creek et la plantation de Jocasta MacKenzie. Même si Lizzie avait un nouvel accès de fièvre, elle serait aussi bien sur le pont d'une embarcation que dans cette chambre étouffante et malodorante.

— Ma grand-tante Jocasta ! soupira-t-elle.

Elle imaginait une vieille dame aux cheveux blancs qui l'accueillerait comme à Lallybroch. Ce serait bon de se retrouver en famille. Comme d'habitude, l'image de Roger vint s'interposer dans ses méditations. Elle le refoula avec détermination, s'interdisant de penser à lui avant que sa mission ne soit accomplie.

Un nuage d'insectes voletait au-dessus de la chandelle. Le mur était parsemé des ombres agrandies des papillons de nuit et des chrysopes. Elle moucha la flamme et déboutonna sa chemise dans le noir.

Tante Jocasta saurait où trouver Jamie Fraser et sa mère. Elle l'aiderait à les rejoindre. Pour la première fois depuis qu'elle avait franchi le cercle de pierres, elle pensait à Jamie Fraser sans curiosité ni impatience. A présent, seule importait sa mère. Elle sauverait Lizzie, elle saurait ce qu'il fallait faire, comme toujours.

Elle étendit une couverture sur le plancher et s'y coucha nue. Quelques instants plus tard, elle dormait déjà, rêvant de montagnes et de cimes enneigées.

Le lendemain matin, la situation semblait plus encourageante. La fièvre avait beaucoup baissé, laissant Lizzie épuisée et faible, mais la tête claire. Reposée, Brianna lui lava les cheveux, lui donna un bain, la confia à l'aubergiste (moyennant quelques sous), pendant qu'elle-même, vêtue de ses culottes et de sa veste d'homme, s'occupait des préparatifs de leur voyage.

Il lui fallut presque toute la journée pour vendre les chevaux à ce qu'elle espérait être un prix honnête, s'attirant les regards sidérés de ses interlocuteurs quand ils se rendaient compte qu'ils avaient affaire à une femme. Elle entendit parler d'un certain Viorst, qui transportait des passagers dans son canoë entre Wilmington et Cross Creek pour une somme raisonnable. Toutefois, à la tombée de la nuit, elle ne l'avait toujours pas rencontré. Préférant ne pas s'attarder dans le quartier des docks le soir, travestie en homme ou pas, elle rentra à l'auberge.

A son retour, elle trouva Lizzie attablée devant un pudding de maïs et une fricassée de poulet.

— Tu vas mieux ! s'exclama Brianna.

La bouche pleine, Lizzie hocha la tête d'un air ravi.

— Nettement mieux, répondit-elle. Mme Smoots a eu la gentillesse de me donner de quoi laver toutes nos affaires. Que ça fait du bien de se sentir propre !

— Tu n'aurais pas dû faire la lessive, la réprimanda Brianna. Tu vas t'épuiser et retomber malade.

Lizzie s'essuya le front avec son mouchoir fraîchement repassé et lui adressa un sourire taquin.

— Vous ne voudriez pas vous présenter devant votre père avec des habits crottés ! Même une robe toute simple serait mieux que ce que vous avez sur le dos en ce moment.

Elle lança un regard réprobateur vers les culottes de Brianna. Elle ne comprenait vraiment pas le goût de sa maîtresse pour les vêtements masculins.

— Me présenter devant mon père ? répéta Brianna. Pourquoi, tu as entendu dire quelque chose ?

Lizzie, décidément d'humeur joueuse, fit une petite moue énigmatique.

— Ça se pourrait. C'est grâce à la lessive. Papa disait toujours : « Un travail bien fait est toujours récompensé ! »

— Je n'en doute pas, Lizzie, mais qu'est-ce que tu as entendu, au juste ?

— Eh bien... au moment où j'étendais votre jupon... vous savez, le joli... avec de la dentelle en bas...

Brianna saisit la cruche de lait et l'inclina au-dessus de la tête de sa servante, la menaçant. Lizzie se mit à pousser des petits cris et courut se réfugier de l'autre côté de la table.

— C'est bon, c'est bon ! capitula-t-elle. Je vais tout vous dire !

Tandis qu'elle lavait le linge dans la courette derrière l'auberge, un des clients était sorti fumer sa pipe. Admirant les talents ménagers de la jeune fille, il avait entamé la conversation, au cours de laquelle il s'était avéré que le monsieur... un certain Andrew MacNeill... avait non seulement entendu parler de Jamie Fraser, mais le connaissait même très bien.

— Qu'est-ce qu'il a dit ? Qu'est-ce qu'il a dit ? s'énerva Brianna. Ce MacNeill, il est encore ici ?

— Doucement ! Je parle aussi vite que je peux ! Non, il n'est plus là. J'ai tout fait pour qu'il reste, mais il devait embarquer ce soir même pour New Bern.

Elle était presque aussi excitée que Brianna. Ses joues étaient encore pâles et creusées mais la pointe de son nez était toute rose.

— M. MacNeill connaît votre père et votre grand-tante Cameron. Il a dit que c'était une grande dame, très riche, avec une très belle maison et beaucoup d'esclaves, et...

— Mais qu'est-ce qu'il t'a dit sur mon père ? s'impatienta Brianna. Il a fait allusion à ma mère ?

— Claire ! lança triomphalement Lizzie. C'est bien comme ça qu'elle s'appelle, non ? C'est ce qu'il a dit. Il a dit aussi que c'était une guérisseuse extraordinaire, qu'un jour elle avait opéré un homme devant tout le monde, sur la table de la salle à manger, qu'elle lui avait coupé les bourses et puis qu'elle les lui avait recousues devant tous les invités !

— C'est bien maman, dit Brianna, les larmes aux yeux. Ils vont bien ? Il les a vus récemment ?

— Attendez ! Vous ne savez pas encore la meilleure ! Votre papa est à Cross Creek. Une de ses connaissances y est jugée pour avoir agressé quelqu'un et il est venu témoigner à son procès.

Elle s'interrompit pour s'éponger le visage, hors d'haleine.

— M. MacNeill dit que le procès a été reporté à... pas ce lundi-là mais l'autre, parce que le juge est tombé malade. Il faut attendre que son remplaçant arrive d'Edenton.

— Pas ce lundi-là... répéta Brianna en réfléchissant. Ça nous laisse dix jours. Bon Dieu ! Mais combien de temps faut-il au juste pour remonter la rivière ?

Lizzie se signa discrètement pour faire pardonner le blasphème de sa maîtresse.

— Je n'en sais rien, mais Mme Smoots dit que son fils a déjà fait le voyage. Il faudrait le lui demander.

Brianna pivota sur ses talons, balayant la salle du regard. Avec la tombée de la nuit, des hommes avaient commencé à s'entasser dans la pièce, s'arrêtant entre leur travail et leur lit pour boire un verre ou dîner. Il devait y avoir une vingtaine de clients.

— Lequel est le fils de Mme Smoots ? questionna-t-elle en étirant le cou.

— Là-bas, indiqua Lizzie. Le jeune avec de grands yeux bruns. Je vais vous le chercher.

Brianna tenait toujours sa cruche de lait à la main, mais ne songeait même plus à se servir un verre. Sa gorge était trop nouée. Dans dix jours, elle le verrait peut-être.

Wilmington était une petite ville. Où pouvait-elle se trouver ? Roger était convaincu que Brianna cherchait encore dans les parages. A New Bern, on lui avait confirmé que le *Felipe Alonzo* était arrivé entier à Charleston... dix jours seulement avant que le *Glorianna* n'entre dans le port d'Edenton.

Pour rejoindre Wilmington, elle pouvait avoir mis deux jours comme deux semaines.

— Elle est ici, marmonna-t-il. Je sais qu'elle est ici !

Qu'il s'agisse d'une déduction, d'une intuition, d'un vœu pieux ou d'un simple entêtement, il s'accrochait de toutes ses forces à cette idée comme un naufragé à une planche de bois.

Lui-même, il était arrivé à Wilmington sans encombre. Lors du déchargement du *Glorianna* à Edenton, il avait transporté une caisse de thé dans l'entrepôt qu'on lui avait indiqué puis s'était éclipsé par la porte de service. En quelques minutes, il était sorti des docks pour s'enfoncer dans la ville. Le lendemain matin, il s'était fait engager comme chargeur sur un autre navire qui acheminait des fournitures navales aux grands entrepôts royaux de Wilmington. Là, il avait de nouveau faussé compagnie à l'équipage.

Si Brianna était là, quelqu'un avait bien dû la remarquer. Il effectua un bref parcours de reconnaissance dans le quartier du port et la rue principale, comptant au moins vingt-trois auberges et tavernes. Ces gens buvaient comme des trous ! Elle pouvait aussi s'être logée chez des particuliers, mais il fallait bien commencer ses recherches quelque part.

En fin d'après-midi, il avait visité dix tavernes. Ses recherches étaient ralenties par le fait qu'il préférait éviter de rencontrer des connaissances. Avec toutes ces chopes autour de lui et pas un sou en poche pour s'en offrir une, il avait une soif d'enfer. Pour ne rien arranger, il n'avait rien mangé de la journée.

Dans la cinquième taverne, il avait rencontré un homme qui l'avait vue, et, dans la septième, une femme. « Un grand rouquin », avait dit l'homme. « Une grande gigue portant des culottes d'homme », avait déclaré la femme en roulant des yeux outrés. « Elle descendait la rue comme si de rien n'était, sa veste sous le bras, tortillant du cul au nez et à la barbe de tout le monde ! »

A la tombée de la nuit, il avait visité cinq autres tavernes et découvert que la rousse aux culottes faisait jaser toute la ville depuis une semaine. La nature de certains commentaires lui avait fait monter le sang au visage et seule la peur de se faire arrêter l'avait dissuadé de sauter à la gorge des rustres.

Il sortit de la quinzième taverne bouillonnant de rage après une violente altercation avec deux ivrognes. Bon sang ! Brianna était-elle tombée sur la tête ? Etait-elle seulement consciente de ce à quoi elle s'exposait en se promenant dans cette tenue ?

Roger s'arrêta au milieu de la rue et s'essuya le visage du revers de sa manche. Il respirait avec peine et se demandait que faire. Poursuivre son enquête, sans doute. Toutefois, s'il n'avalait pas quelque chose rapidement, il ne tarderait pas à tourner de l'œil.

Il opta pour le *Blue Bull*. En passant devant cet établissement un peu plus tôt, il avait remarqué une grange adossée au flanc de l'auberge, avec un beau tas de foin. S'il dépensait un penny ou deux pour son dîner, l'aubergiste le laisserait peut-être dormir là.

Son regard fut attiré par une pancarte sur la devanture d'une boutique, de l'autre côté de la rue : *La Gazette de Wilmington. Prop. M. Gillette.* L'un des rares journaux de la Caroline du Nord. Il remit un peu d'ordre dans ses cheveux et sa toilette, histoire de ne pas faire une trop mauvaise impression sur l'aubergiste, et prit la direction du *Blue Bull*.

Brianna était là, assise devant la cheminée ; ses cheveux noués dans le cou étincelaient à la lueur du feu. Elle était plongée dans une conversation avec un jeune homme qui la dévisageait en souriant béatement. Roger claqua violemment la porte derrière lui et se dirigea droit vers elle. Elle tourna la tête, surprise, et fixa un moment d'un air perplexe l'inconnu qui s'avançait. Puis elle le reconnut et un grand sourire illumina son visage.

— Ah, c'est toi ! dit-elle simplement.

Son regard changea tandis qu'elle prenait soudain conscience de la situation. Elle poussa un cri horrifié et toutes les têtes se tournèrent vers eux.

Roger l'attrapa par le bras et la secoua comme un prunier.

— Mais qu'est-ce qui t'a pris, bon sang ! vociféra-t-il.

— Lâche-moi ! Tu me fais mal !

— Pas question ! Tu viens avec moi !

Il saisit son autre bras, la fit pivoter et la poussa vers la porte.

— MacKenzie !

Il ne manquait plus que ça ! C'était l'un des matelots du navire qui l'avait amené d'Edenton à Wilmington. Roger le foudroya du regard, espérant que cela le dissuaderait d'insister. Heureusement pour lui, l'homme était plus petit et plus âgé que lui. Il hésita puis, encouragé par le public autour de lui, pointa en avant un menton pugnace.

— Qu'est-ce que tu lui veux, à la demoiselle ? Fous-lui la paix !

Il y eut un murmure admiratif dans la foule et Roger sentit que s'il ne sortait pas au plus vite de la salle, il risquait de ne plus jamais en sortir.

— Dis-lui que tu me connais et que tout va bien, chuchota-t-il à Brianna.

— Ce n'est rien, lança-t-elle d'une voix enrouée. C'est un ami.

Le marin se détendit légèrement, encore dubitatif. Entretemps, une adolescente maigrelette s'était levée. Elle paraissait terrorisée mais saisit néanmoins une bouteille vide sur une table et toisa courageusement Roger, prête à lui assener un bon coup sur le crâne si nécessaire. Sa petite voix aiguë s'éleva au-dessus du brouhaha.

— Mademoiselle Brianna ! Vous n'allez tout de même pas suivre ce barbu noiraud ?

Brianna émit un son qui ressemblait à un rire étranglé et enfonça ses ongles dans la main de Roger, le forçant à lâcher prise.

— Tout va bien, Lizzie, répondit-elle. Je connais ce monsieur. Tu peux monter te coucher. Je te rejoindrai plus tard.

Là-dessus, elle se dirigea vers la porte d'un pas assuré. Roger balaya la salle d'un regard menaçant pour décourager quiconque aurait eu l'idée d'intervenir à nouveau, puis lui emboîta le pas.

La jeune femme l'attendait dans la rue. Lorsqu'il arriva à sa hauteur, elle lui agrippa le bras avec une fougue qui eût été flatteuse si elle avait été due à la seule joie de le revoir. Il en doutait sérieusement.

— Qu'est-ce que tu fais là ? demanda-t-elle.

— Pas ici, rétorqua-t-il.

Il détacha ses doigts et, la tenant par le poignet, l'entraîna à l'écart sous un grand noyer. Les lourdes branches ployaient presque jusqu'au sol, les protégeant du regard des curieux.

— Mais enfin, s'impatienta-t-elle, tu vas me dire ce que tu fiches ici ?

— Je te cherchais, qu'est-ce que tu crois ? Ce serait plutôt à moi de te poser la question ! Et tu ne pouvais pas t'habiller autrement, non ?

Il n'avait lancé qu'un bref regard à sa tenue mais cela lui avait suffi. Deux cents ans plus tard, ses culottes lâches n'auraient rien eu de sexy. Mais, après plusieurs mois à ne voir que des femmes en jupes longues, la simple vue de son entrejambe et de ses fins mollets moulés dans des bas de laine lui paraissait si provocante qu'il mourait d'envie de la recouvrir d'un drap.

— Tu es complètement folle ! Balade-toi toute nue, pendant que tu y es !

— Ne sois pas idiot ! Qu'est-ce que tu fiches ici ?

— Je te l'ai déjà dit : je te cherchais !

Il la saisit par les épaules et écrasa ses lèvres contre les siennes, forçant sa langue dans sa bouche. La colère, la peur et l'immense soulagement de l'avoir retrouvée fusionnèrent en une décharge de désir qui le fit grelotter des pieds à la tête. Elle en était au même point, se serrant contre lui de toutes ses forces, tremblante d'émotion.

— Tout va bien, murmura-t-il enfin dans son oreille. Je suis là, maintenant. Je prendrai soin de toi.

Elle se raidit soudain et s'écarta de lui.

— Tout va bien ? répéta-t-elle, horrifiée. Comment peux-tu dire une chose pareille ? Bon sang, mais... mais... tu es... ici !

— Où d'autre veux-tu que je sois ? Tu as disparu du jour au lendemain sans rien me dire.

— Je suis venue chercher mes parents.

— Je sais ! Mais pourquoi ne m'as-tu rien dit ?

— Parce que tu ne m'aurais jamais laissée partir, voilà ! Et...

— Ça, tu peux le dire ! Je t'aurais enfermée à clef dans une chambre. Je t'aurais même ligotée, et...

Elle ne le laissa pas finir, et fit mine de le gifler.

— Je te préviens que si tu essaies de me frapper, c'est moi qui vais cogner ! menaça-t-il.

Il aurait mieux fait de se taire. Elle serra le poing et lui décocha un coup qui lui coupa le souffle. Au lieu de lui rendre la pareille, il la saisit par les cheveux et l'embrassa à nouveau, en redoublant d'ardeur. Elle se débattit furieusement en émettant des bruits étranglés mais il tint bon. Ils tombèrent à genoux et elle l'étreignit de toutes ses forces, fondant en larmes.

— Pourquoi ? sanglota-t-elle quand il la libéra enfin. Pourquoi m'as-tu suivie ? Tu n'as donc pas compris ? Qu'est-ce qu'on va faire, maintenant ?

— Faire ? Mais de quoi parles-tu ?

Il ignorait si ses sanglots étaient dus à la peur ou à la colère. Sans doute à un mélange des deux.

— Comment va-t-on rentrer ? s'écria-t-elle. Pour revenir, il te faut quelqu'un de l'autre côté. Quelqu'un que tu aimes. Or tu es le seul qui pouvais me faire revenir. Ou plutôt, tu l'étais ! Comment vais-je rentrer chez moi maintenant que tu es ici ? Et toi, comment vas-tu faire, tu y as réfléchi ?

Il resta cloué sur place.

— C'est pour ça que tu ne m'as rien dit ? demanda-t-il. Parce que tu *m'aimes* ? Seigneur !

Il lui lâcha les poignets et se coucha sur elle. Saisissant son visage entre ses deux mains, il voulut l'embrasser à nouveau mais elle se cambra, enroula ses jambes autour des siennes, le fit rouler sur le côté et se retrouva sur lui, l'écrasant de tout son poids. Il lui saisit les cheveux et la força à baisser la tête.

— Arrête ! gémit-il. Qu'est-ce que c'est, un match de catch ?

— Lâche-moi ! J'ai horreur qu'on me tire les cheveux !

Il obéit, pour glisser les mains autour de son cou, ses pouces sur sa gorge.

— Soit, dit-il. Que dirais-tu d'être étranglée ?

— Ça ne me plaît pas non plus.

— Moi non plus, alors enlève ton bras, d'accord ?

Très lentement, elle fit basculer son poids sur le côté. Il était hors d'haleine mais ne pouvait se résoudre à la lâcher. Il avait attendu si longtemps !

Elle lui saisit les poignets et il la sentit déglutir.

— Redis-le-moi, murmura-t-il.

— Je... t'aime, siffla-t-elle entre ses dents. Ça te va ?

— Oui.

Il prit son visage entre ses mains et, tout doucement, l'attira à lui. Elle se laissa faire, fléchissant les bras.

— Tu es sûre ? demanda-t-il.

— Oui. Qu'est-ce que nous allons devenir ?

Là-dessus, elle se remit à pleurer.

Nous. Elle avait dit « nous ». Roger était allongé sur le dos en pleine rue, couvert de bleus, crasseux et mort de faim, serrant une femme qui sanglotait dans ses bras. Il n'avait jamais été aussi heureux.

— Chut, chut, dit-il. Tout va bien. Il existe un autre moyen. Nous rentrerons à la maison. Je sais comment faire. Ne t'inquiète pas. Je suis là.

Epuisée, elle resta blottie dans le creux de son épaule, encore secouée de sanglots. Roger avait une grande tache humide sur le devant de sa chemise. Dans l'arbre, les criquets qui s'étaient tus, effrayés par leur vacarme, se remirent prudemment à striduler.

— Tu piques, dit-elle soudain.

Elle lui frotta la joue. Il ne s'était pas rasé depuis deux jours, n'en ayant eu ni le temps ni les moyens. Elle poussa un soupir et se cala contre lui.

— Pardonne-moi, reprit-elle. Je ne voulais pas que tu viennes. Mais maintenant que tu es là, je suis heureuse.

Il déposa un baiser sur sa tempe. Elle était moite et salée.

— Quand as-tu décidé de venir ? demanda-t-il.

Il aurait pu lui indiquer lui-même la date, au jour près, en se basant sur le changement de ton dans ses lettres.

— Il y a environ six mois, répondit-elle en confirmant son estimation. Quand je suis allée en Jamaïque pour les vacances de Pâques.

En Jamaïque au lieu de l'Ecosse. Elle lui avait proposé de venir l'y rejoindre mais il avait refusé, vexé qu'elle ait préféré aller se dorer sur les plages plutôt que de venir le voir.

— Je faisais tout le temps des rêves, reprit-elle. Je voyais mon père. Mes pères.

Les rêves n'étaient que des fragments, des images claires du visage de Frank Randall, avec, de temps à autre, celui de sa mère en arrière-plan, et, plus rarement, un grand homme roux qu'elle savait être son vrai père bien qu'elle ne l'eût jamais vu.

— Il y en avait un en particulier...

Ce rêve-là se passait la nuit, dans un paysage tropical, avec des champs couverts par les hautes tiges droites des cannes à sucre, et des feux de camp brûlant au loin.

— Quelqu'un jouait du tam-tam. Je sentais que quelque chose se cachait dans les champs, quelque chose d'horrible. Ma mère était là, buvant le thé avec un crocodile. Puis il est sorti des cannes. Je ne distinguais pas très bien son visage, parce qu'il faisait sombre, mais je pouvais voir qu'il était roux.

— C'était lui, la chose horrible dans les cannes à sucre ?

— Non. Il se tenait entre ma mère et cette chose, qui attendait, tapie dans le noir.

Roger la sentit frissonner contre lui et la serra un peu plus fort.

— A un moment, j'ai senti que ma mère allait se lever et se diriger droit vers cette chose. J'ai voulu l'arrêter, mais elle ne m'entendait pas et ne me voyait pas. Alors je me suis tournée vers lui et je lui ai crié de faire quelque chose, de la sauver de... de la chose ! Et il m'a vue ! Je t'assure ! Il m'a vue et entendue. Ensuite, je me suis réveillée.

— C'est ça qui t'a poussée à aller en Jamaïque ?

— Ça m'a fait réfléchir. Dans tes recherches, tu n'as plus trouvé de traces d'eux en Ecosse après 1766. Ils n'étaient pas non plus inscrits dans les registres d'émigration vers les colonies. Alors tu m'as dit que nous devions laisser tomber. Qu'il n'y avait plus rien à trouver.

Roger remercia le ciel qu'il fasse nuit et qu'elle ne puisse voir sa mine coupable.

— Puis je me suis dit : « Dans mon rêve, ils sont quelque part dans les tropiques. Et s'ils étaient partis aux Antilles ? »

— J'ai vérifié, intervint Roger. J'ai consulté la liste des passagers de tous les navires ayant quitté Londres et Edimbourg entre la fin des années 1760 et 1770, toutes destinations confondues. Ils n'y figuraient pas.

— Je sais. Mais s'ils ne voyageaient pas sur un navire de passagers ? Après tout, pourquoi les gens se rendaient-ils aux Antilles à l'époque ? Je veux dire : aujourd'hui ?

— Pour le commerce, principalement.

— Exact. Ils auraient très bien pu monter à bord d'un navire marchand, auquel cas ils n'apparaîtraient pas sur les listes de passagers.

— En effet, convint-il. Mais comment les retrouver ?

— Grâce aux registres des entrepôts, aux livres de comptes des plantations, aux avis de capitainerie... J'ai passé toutes mes vacances dans les librairies et les musées, mais j'ai fini par les retrouver.

Elle avait vu l'annonce !

— Et alors ? demanda-t-il en essayant de maîtriser sa nervosité.

— Le 2 avril 1767, le capitaine d'un navire baptisé l'*Artémis*, un certain James Fraser, a vendu cinq tonnes de guano à un planteur de la baie de Montego.

— Un capitaine ? objecta-t-il. Après tout ce que ta mère nous a dit sur son mal de mer ? Et puis... je ne voudrais pas te décourager, mais il doit y avoir des centaines de James Fraser. Comment peux-tu être sûre...

— Parce que le 1er avril de la même année, une femme nommée Claire Fraser a acheté un esclave sur le marché de Kingston.

— Elle a fait quoi ?

— Oui, je sais, répondit Brianna sur un ton las, mais elle avait sûrement une bonne raison.

— Certes, mais...

— L'acte de vente mentionnait le nom de l'esclave, « Téméraire », et indiquait qu'il était manchot. Ce n'est pas banal, non ? J'ai donc commencé à consulter tous les vieux journaux, pas seulement des Caraïbes mais aussi des colonies d'Amérique, en cherchant ce nom. Ma mère ne pourrait jamais posséder un esclave. Si elle l'avait acheté, elle l'avait sûrement affranchi. Sachant que les avis de manumission étaient parfois publiés dans les journaux locaux, j'ai pensé que je pourrais retrouver le lieu où l'esclave avait été libéré.

— Tu l'as trouvé ?

— Non.

Elle marqua un temps d'arrêt avant de reprendre :

— J'ai trouvé autre chose... l'avis de décès de mes parents.

— Où ? Comment ?

Naturellement, il connaissait déjà la réponse. Il écouta ses explications d'une oreille distraite, trop occupé à se faire des reproches. Il aurait dû deviner qu'elle était trop têtue pour se laisser dissuader. En essayant de lui cacher la vérité, il l'avait forcée à agir en secret.

— Mais nous avons encore le temps, observa-t-elle. L'avis disait 1776. Nous pouvons les retrouver.

Elle poussa un soupir avant d'ajouter :

— Qu'est-ce que je suis contente que tu sois là ! J'étais terrifiée à l'idée que tu découvres la vérité avant mon retour. Je ne savais pas comment tu réagirais.

— Comment *j'ai* réagi, tu veux dire. Tu sais, j'ai un ami qui a un fils de deux ans. Il dit qu'il ne lèvera jamais la main sur lui, mais qu'il comprend comment des parents en arrivent à frapper leurs enfants. En ce moment, je ressens la même chose au sujet des maris qui battent leur femme.

Elle se mit à rire.

— Que veux-tu dire ?

Il descendit sa main le long du dos de la jeune femme et saisit fermement une fesse rebondie. Brianna ne portait pas de sous-vêtement sous sa culotte lâche.

— Je veux dire que si je n'avais pas grandi au XXᵉ siècle, rien ne me ferait plus plaisir que de te donner une bonne fessée.

Elle ne parut pas prendre sa menace au sérieux. A la vérité, elle semblait s'amuser.

— Mais tu ne peux pas te le permettre parce que tu n'es pas un homme du XVIIIᵉ ? Ou, plutôt, tu pourrais le faire, mais tu n'en tirerais pas autant de plaisir ?

Elle se mit à rire de plus belle. Soudain furieux, il la repoussa.

— Qu'est-ce qui te prend ? demanda-t-elle.

— J'ai cru que tu avais trouvé quelqu'un d'autre ! Tes lettres de ces derniers mois... la dernière surtout... J'en étais convaincu. C'est pour ça que j'ai envie de te frapper, pas pour m'avoir menti ou pour être partie sans rien me dire, mais pour m'avoir fait croire que je t'avais perdue !

Elle resta silencieuse un moment, puis lui caressa doucement la joue.

— Pardonne-moi, Roger. Je ne voulais pas te faire de mal, mais juste t'empêcher de découvrir trop tôt la vérité. D'ailleurs, comment as-tu su ?

— Tes caisses. Elles sont arrivées à l'université.

— Quoi ? Mais je leur avais dit de ne pas les envoyer avant la fin mai, quand tu serais en Ecosse !

— Oui, mais j'ai été retenu à la dernière minute. Elles sont arrivées la veille de mon départ.

Il y eut un soudain éclat de lumière et des bruits de voix tandis que la porte de la taverne s'ouvrait et recrachait une poignée de clients dans la rue. Ces derniers passèrent à quelques mètres de leur refuge. Brianna et Roger se turent jusqu'à ce que les pas se soient éloignés. Une noix tomba à travers les branches et rebondit sur le sol près de Roger. Enfin Brianna rompit le silence.

— Tu as cru que j'avais trouvé un autre homme... et tu es venu quand même ?

Il poussa un soupir, sa colère ayant disparu aussi brusquement qu'elle était apparue.

— Je serais venu même si tu avais épousé le roi de Siam, idiote !

La jeune femme ne formait qu'une silhouette claire dans l'obscurité. Elle ramassa la noix et s'assit en tailleur, pour la retourner entre ses doigts.

— Tout à l'heure, tu as parlé de battre ta *femme*, lança-t-elle d'une voix hésitante.

— Et toi, tu as dit que tu étais sûre, répliqua-t-il. Tu étais sincère ?

Un long silence s'installa, qui sembla durer une éternité.

— Oui, répondit-elle enfin.

— A Inverness, je t'ai prévenue que...

— Que tu me voulais tout entière ou pas du tout. Je t'ai rétorqué que je comprenais. Je suis sûre.

Il tendit la main vers la chemise de Brianna. Dans leur lutte, les pans étaient sortis de ses culottes et flottaient dans la brise chaude. Il glissa les doigts sous l'étoffe et effleura sa peau nue qui frémit aussitôt. Il l'attira à lui, caressa son dos et ses épaules, enfouit son visage dans la masse de ses cheveux et explora son corps. Elle s'écarta et déboutonna sa chemise, lui offrant ses seins.

— S'il te plaît, murmura-t-elle.

Elle passa une main derrière sa nuque et l'attira, pressant sa bouche contre son mamelon.

— S'il te plaît, répéta-t-elle d'une voix fiévreuse.

— Si je te prends maintenant, c'est pour toujours, chuchota-t-il.

— Oui.

La porte de la taverne s'ouvrit à nouveau et les fit sursauter. Il la lâcha et se leva, lui tendant la main pour l'aider à se redresser. Ils se tinrent côte à côte en silence, attendant que les voix se perdent dans le lointain.

Roger écarta les branches du noyer pour s'assurer qu'il n'y avait plus personne dans la rue et se tourna vers Brianna.

— Viens, lui dit-il.

La grange était sombre et silencieuse. Ils attendirent un instant avant d'entrer, mais aucun bruit ne leur parvenait depuis la taverne. Les fenêtres du premier étage étaient éteintes.

— J'espère que Lizzie est bien allée se coucher, murmura Brianna.

Roger ignorait qui était Lizzie et ne s'en souciait guère. Dans la pénombre, il contempla le visage de la jeune femme. Elle ressemblait à un arlequin, ses joues blanches striées d'ombres et encadrées par la masse sombre de ses cheveux ; ses yeux formaient deux losanges noirs.

Il lui prit la main et la plaqua contre la sienne, paume contre paume.

— Tu connais le serment des mains ? demanda-t-il.

— J'en ai entendu parler. C'est une sorte de mariage provisoire ?

— Plus ou moins. Dans les îles et les régions les plus reculées des Highlands, là où les gens vivent à des lieues de l'église la plus proche, un homme et une femme peuvent échanger leurs vœux. Ils se lient l'un à l'autre pour un an et un jour. Au bout de ce délai, ils se trouvent un prêtre pour les marier en bonne et due forme, ou ils se séparent.

Elle exerça une pression sur sa main.

— Je ne veux rien de provisoire.

— Moi non plus, répondit-il. Mais on ne trouvera pas facilement un prêtre. Ils n'ont pas encore construit d'église ici. La plus proche doit se trouver à New Bern. Je t'ai dit que je te voulais tout entière et que si tu ne voulais pas m'épouser...

— Je le veux.

— D'accord.

Il prit une profonde inspiration et commença :

— Moi, Roger Jeremiah, déclare prendre Brianna Ellen pour épouse. Je jure de veiller sur elle et de l'honorer toujours... pour le meilleur et pour le pire, jusqu'à la fin de mes jours.

Elle répéta en articulant lentement :

— Moi, Brianna Ellen, déclare prendre Roger Jeremiah pour époux... jusqu'à la fin de mes jours.

Cette dernière phrase revêtait un sens nouveau pour eux ; le passage à travers les pierres avait imprimé en eux la conscience de la fragilité de la vie.

Roger porta la main de Brianna à ses lèvres et la baisa, tout doucement, là où, un jour, elle porterait son alliance.

La grange n'était en fait pas plus vaste qu'une remise, même si un animal, un cheval ou une mule, était attaché dans un coin. Une odeur de houblon flottait dans l'air, assez forte pour couvrir celles du foin et du fumier. Le *Blue Bull* brassait sa propre bière. Roger se sentit un peu ivre, mais ce n'était pas totalement dû aux vapeurs d'alcool.

Dans l'obscurité, il commença à la déshabiller, opération à la fois frustrante et exquise.

— Moi qui croyais qu'il fallait des années à un aveugle pour développer son sens du toucher !

Elle se mit à rire tout en décrivant de petits cercles du doigt autour de son mamelon, le faisant frissonner. Il chercha sa bouche à tâtons et lui caressa les lèvres du bout de sa langue. Pendant ce temps, il promenait des mains fébriles le long de la courbe douce de ses hanches, gracieuse comme l'anse d'une poterie ancienne.

— Comme une amphore... murmura-t-il. Seigneur ! Tu as un cul magnifique !

Le rire de Brianna se transmit à travers ses lèvres et se diffusa dans le sang de Roger. Elle glissa à son tour une main vers sa hanche et ses longs doigts cherchèrent le rabat de ses culottes, tirant sur les pans de sa chemise pour les dégager.

Il ne pouvait se résoudre à interrompre ses baisers pour finir de se déshabiller. Il sentait les seins de Brianna écrasés contre son torse avec ce mélange unique de douceur et de fermeté qui l'émerveillait chaque fois qu'il la touchait. Il cambra les reins pour qu'elle puisse lui baisser ses culottes. Celles-ci tombèrent à ses pieds et il fit un pas de côté pour s'en débarrasser. Quand il la serra à nouveau contre lui, il émit un son étranglé en sentant la main de Brianna se glisser sous ses testicules. Elle le caressa doucement, d'abord hésitante, puis de plus en plus assurée, laissant ses doigts s'immiscer profondément entre ses cuisses et remonter dans le creux chaud entre ses fesses.

Il s'écarta pour reprendre son souffle et elle s'agenouilla devant lui. Il eut un bref mouvement de recul.

— Tu... tu es sûre que tu veux faire ça ? demanda-t-il d'une voix rauque.

Il ne savait trop s'il l'espérait. Il sentait ses cheveux frôler son sexe, qui l'élançait, réclamant d'être englouti. D'un autre côté, il ne souhaitait pas l'effrayer ou la dégoûter.

Elle leva les yeux vers lui, surprise.

— Tu ne veux pas ? demanda-t-elle.

Roger sentit les poils de son corps se hérisser des genoux à la taille, ce qui lui donna l'impression de s'être métamorphosé en un satyre lubrique.

— C'est que... je ne me suis pas douché depuis des jours, avoua-t-il, gêné.

Elle pressa le visage contre son ventre et inspira profondément.

— Tu sens bon, répondit-elle. Comme une espèce d'animal sauvage.

Il retint son visage entre ses mains, frissonnant des pieds à la tête.

— Tu ne crois pas si bien dire !

Avant qu'il n'ait eu le temps d'émettre d'autres objections, elle le prit dans sa bouche et il cessa aussitôt de former des pensées cohérentes, le sang quittant son cerveau pour se précipiter plus bas.

Elle semblait avoir retrouvé sa maîtrise de soi aussi rapidement qu'il avait perdu la sienne.

Il crut l'entendre fredonner doucement, émettant un son guttural, à moins que ce ne fût son propre sang bouillonnant dans ses veines comme des vagues prisonnières des rochers. Encore quelques instants et il allait exploser dans un torrent d'écume.

Il se dégagea en hâte et, avant que Brianna n'ait pu protester, la releva et l'allongea sur le tas de foin où il avait jeté leurs vêtements. Il s'attela à sa tâche avec un mélange d'excitation et de prudence. Il n'avait fait ce genre de chose qu'une seule fois par le passé, pour se trouver le nez dans un parfum fleuri de produit d'hygiène intime qui rappelait les bouquets que son père installait dans l'église le dimanche... rien de tel pour faire passer l'envie.

Brianna n'utilisait pas de déodorant intime. Son odeur lui monta tout droit à la tête et il dut se retenir pour ne pas se jeter sur elle.

Il ferma les yeux, inspira profondément, puis déposa un baiser juste au-dessus du triangle de poils frisés.

— Ah ! s'écria-t-il.

— Qu'est-ce qu'il y a ? s'inquiéta Brianna.

— Depuis plus d'un an, je me demande de quelle couleur est ta toison. Maintenant que j'ai le nez dessus, je ne sais toujours pas !

Elle se mit à rire, et les vibrations firent tressauter son ventre.

— Tu veux que je te le dise ?

— Non, laisse-moi la surprise pour demain matin.

Il se mit à l'œuvre, découvrant avec stupeur une incroyable variété de textures dans un si petit endroit, une surface lisse comme du verre, une rugosité râpeuse, une élasticité résistante puis cette soudaine moiteur, à la fois musquée, âcre et salée.

Au bout de quelques instants, il sentit qu'elle posait les mains sur sa tête, comme si elle le bénissait. Il espérait que son menton mal rasé ne lui faisait pas mal, mais elle ne semblait pas s'en plaindre. Un profond frisson parcourut les cuisses ouvertes contre ses joues et elle émit un gémissement.

— Je m'y prends comme il faut ? demanda-t-il en souriant.

— Oh oui ! répondit-elle dans un murmure.

Il se retrouva couché contre elle, sans trop savoir comment. Leurs bouches s'unirent et leurs corps se pressèrent, échangeant leur chaleur. Elle le caressait maladroitement, trop vite, ses doigts trop légers écrasant son pelvis contre le sien dans une invitation tacite. Il lui prit les mains, l'une après l'autre, et les plaça à plat sur son torse. Ses paumes étaient chaudes. Il sentit ses mamelons se durcir.

— Sens mon cœur, chuchota-t-il. Dis-moi s'il s'arrête.

Il n'avait pas voulu être drôle mais elle émit un petit rire nerveux. Puis il la sentit qui écartait les cuisses, lui ouvrant la voie.

— Je t'aime, murmura-t-il. Oh, Brianna, comme je t'aime !

Elle ne répondit pas, mais sa main se posa sur sa joue, douce comme une algue. L'odeur de leur transpiration mêlée était enivrante, lui faisant tourner la tête. Il ferma les yeux et inspira. Il glissa une main entre leurs bassins soudés, guida sa verge et banda les fesses. Il entra doucement, la sentit se déchirer et se mordit la lèvre jusqu'au sang.

Elle enfonça ses ongles dans ses épaules.

— Continue ! supplia-t-elle.

Il donna un seul coup de rein et fut en elle.

Il resta ainsi, les yeux fermés, en équilibre sur une crête de plaisir si intense qu'elle en était presque douloureuse.

— Roger ?

— Oui ?

— Est-ce que... tu pourrais ne plus bouger un moment ?

— Un moment, une heure, toute ma vie si tu veux.

Elle glissa les mains le long de son dos et lui saisit les fesses. Il frissonna et baissa la tête, les yeux fermés, imaginant son visage qu'il couvrait de baisers.

— C'est bon, chuchota-t-elle dans son oreille.

Comme un automate, il commença son va-et-vient, le plus lentement possible, se laissant guider par le rythme des pressions qu'elle exerçait de ses mains.

Elle se raidit, puis se détendit, se raidit puis se détendit... il savait qu'il lui faisait probablement mal, mais ne pouvait plus s'arrêter. Elle cambra les reins, l'invitant à la pénétrer plus profondément. Il émit un grognement de bête, au bord de l'extase. Il ne pouvait plus tenir. Il fallait...

Il se retira précipitamment et se coucha sur elle, frémissant dans un spasme incontrôlable. Ensuite, il ne bougea plus. L'ivresse était partie et il se sentait enveloppé dans un cocon de bien-être coupable. Elle l'enlaça, et son souffle chaud lui caressa l'oreille.

— Je t'aime, murmura-t-elle. Reste avec moi.

— Toute ma vie, répondit-il en la serrant contre lui.

Ils restèrent couchés côte à côte, paisibles, soudés par leurs ébats, chacun écoutant l'autre respirer. Enfin, Roger se redressa sur un coude, à la fois léger et lourd comme du plomb.

— Ça va ? Je t'ai fait mal ?

— Oui, mais ça ne m'a pas déplu.

Elle glissa une main dans son dos, le caressant tendrement.

— Et toi ? Ça a été ? J'ai fait ce qu'il fallait ?

— Seigneur !

Il se pencha vers elle et l'embrassa.

— Alors, ça t'a plu ou non ? insista-t-elle.

— Ciel !

— Pour un fils de pasteur, tu jures beaucoup ! observa-t-elle en riant. Ces deux vieilles dames à Inverness avaient peut-être raison : tu as vendu ton âme au diable !

— Je ne blasphème pas, rétorqua-t-il. Je rends grâce à Dieu !

— Ah ! Alors ça veut dire que c'était bien, conclut-elle, satisfaite.

— Bien sûr, comment peux-tu en douter ?

— Je n'en sais rien. Après, tu es resté là sans bouger comme si tu avais reçu un coup sur la tête. J'ai eu peur que tu ne sois déçu.

Ce fut au tour de Roger de rire.

— Non, répondit-il enfin. Quand l'homme semble avoir été assommé, c'est qu'il est satisfait. Ce n'est pas très distingué, mais c'est sincère.

— Ah. Mon livre de parlait pas de ça, mais il faut dire qu'il ne s'occupait pas beaucoup de ce qui se passe après.

— Quel livre ?

Il chercha à tâtons sa chemise et la lui tendit. Elle s'essuya tout en répondant :

— *L'Homme sensuel*. Il y avait des chapitres qui m'ont paru un peu extrêmes, décrivant toutes sortes de choses qu'on peut faire avec des glaçons et de la crème chantilly, mais j'ai appris comment on taillait une pipe et...

— Tu as appris ça dans un livre ?

— Euh... oui, répondit-elle, surprise. Tu ne voulais pas que je demande autour de moi comment on fait, quand même ?

— Tu veux dire qu'on publie des livres pour expliquer aux femmes comment... ? Mais c'est monstrueux !

— Qu'est-ce qu'il y a de si monstrueux ? Il faut bien apprendre quelque part, non ?

Roger se passa une main sur le visage, à court d'arguments. Une heure plus tôt, il aurait clamé haut et fort qu'il était à cent pour cent pour l'égalité des sexes. Toutefois, sous son vernis d'homme moderne, le fils de pasteur qui sommeillait en lui considérait sans doute qu'une jeune fille devait arriver au mariage dans la plus grande ignorance. Réprimant cette bouffée de machisme victorien, il glissa la main sur la courbe douce de la hanche de Brianna et lui caressa un sein.

— Tu as sans doute raison, murmura-t-il. Mais les livres ne disent pas tout.

Elle se retourna pour lui faire face, se pressant contre lui.

— Ah oui ? dit-elle sur un ton ingénu. Montre-moi.

Un coq chantait non loin. Brianna se réveilla doucement, en se maudissant de s'être endormie. Roger s'étira. Il passa un bras autour de sa taille et se pressa contre elle en chien de fusil.

Il lui avait fait l'amour trois fois. Elle était fourbue et heureuse. Mille fois, elle avait tenté d'imaginer ce que seraient leurs premiers ébats. Combien elle était loin de la vérité ! Comment aurait-elle pu deviner l'intimité terrifiante qu'il y avait à être prise ainsi ? Etirée au-delà des limites de la chair, ouverte, pénétrée, envahie ? Comment se serait-elle doutée qu'elle serait soudain investie d'un tel pouvoir ?

Elle avait cru qu'elle resterait passive, un objet de désir. Au lieu de cela, elle l'avait tenu entre ses lèvres, l'avait senti trembler de désir au plus profond d'elle-même, bridant toute sa puissance de peur de lui faire mal, la laissant prendre les rênes pour le guider, le contrôler, le commander.

Jamais elle n'aurait pu imaginer l'élan de tendresse qu'elle avait ressenti lorsqu'il avait gémi et haleté entre ses bras, pressant le front contre son sein, s'abandonnant tout entier à elle.

— Excuse-moi, chuchota-t-il.

— De quoi ?

Elle tendit le bras en arrière, lui caressant la cuisse. A présent, elle n'avait plus peur de le toucher. Il lui appartenait. Elle pouvait le goûter, le lécher, le malaxer à loisir. Il lui tardait qu'il fasse jour afin de pouvoir enfin contempler son corps nu.

Il esquissa un geste qui englobait l'obscurité autour d'eux et la paille sur laquelle ils étaient couchés.

— J'aurais dû attendre, dit-il. J'aurais voulu que tu aies une vraie nuit de noces. Avec un bon lit, des draps propres... c'est important que ce soit bien, la première fois.

— Les lits et les draps propres, je connais déjà. La paille, c'est plus original.

Elle lui fit face et glissa une main vers la masse de chair changeante entre ses cuisses.

— Ça n'aurait pu être mieux, confirma-t-elle.

Elle l'embrassa profondément, explorant tous les recoins de sa bouche de sa langue. Il gémit de plaisir et lui écarta la main.

— Tu vas finir par me tuer, Brianna !

— Qu'est-ce qu'il y a ? J'ai serré trop fort ? Pardon ! Je ne voulais pas te faire mal.

Il se mit à rire.

— Ce n'est pas ça. Mais j'ai besoin de repos !

D'une main ferme, il la retourna, enfouissant le nez dans sa nuque.

— Roger ?

— Oui ?

— Je crois que je n'ai jamais été aussi heureuse.

— Ah ? fit-il sur un ton assoupi. Tant mieux.

— Même si nous ne pouvons plus rentrer, peu m'importe, tant que nous sommes ensemble.

— On rentrera, ne t'inquiète pas. Je t'ai dit qu'il existait un moyen.

— Tu es sûr ?

— Je crois.

Il lui parla du grimoire, du mélange de notes savantes et d'élucubrations délirantes, puis lui raconta son propre passage à travers le menhir.

— La seconde fois, j'ai pensé à toi, dit-il. Ça a marché, je suis arrivé à la bonne date. Mais le diamant de Fiona n'était plus qu'une trace de cendre dans le fond de ma poche.

— Alors, il serait possible de choisir sa destination ?

— Apparemment.

Il hésita, avant de reprendre :

— Dans ce livre, il y avait une sorte de... formule magique ou de poème :

Je lève mon athame vers le nord,
    Où réside mon pouvoir,
Vers l'ouest,
    Où demeure mon âme,
Vers le sud,
    Où se trouvent mes amis et mon refuge,
Vers l'est,
    Où le soleil se lève.
Puis je pose ma lame sur l'autel,
Et m'assieds au milieu des flammes.

Trois points définissent un plan. Je suis fixée.
Quatre points renferment la terre dont je suis faite.
Cinq est le chiffre de la protection, qu'aucun démon ne
                      [m'arrête.

Ma main gauche est ceinte d'or,
Et détient le pouvoir du soleil.
Ma main droite est ceinte d'argent,
Et la lune règne en paix.

Je commence.
Les grenats de l'amour ceignent ma gorge.
Je serai fidèle.

Brianna se redressa, serrant ses genoux contre elle. Elle resta silencieuse un moment, fronçant les sourcils.

— Mais ça ne veut rien dire ! dit-elle enfin.

— Le fait qu'elle était complètement folle ne signifie pas qu'elle ait eu tort sur toute la ligne, répondit Roger.

Il se redressa à son tour et s'assit en tailleur à côté d'elle.

— Elle a emprunté une bonne partie de sa formule aux anciens rites celtes, expliqua-t-il. On trouve des références aux quatre points cardinaux dans presque toutes les légendes celtiques. Quant à la lame, à l'autel et aux flammes, c'est simplement de la sorcellerie.

— Elle a poignardé son mari et brûlé son cadavre.

— J'espère qu'on n'aura pas besoin de faire un sacrifice humain, plaisanta Roger. Quant au métal et aux pierres précieuses... tu portais des bijoux quand tu es venue ?

— Oui, ton bracelet et les perles de ma grand-mère. Ils étaient intacts à l'arrivée.

— Les perles ne sont pas des pierres précieuses. Elles sont organiques, comme nous. Pour ce qui est du métal, le bracelet est en argent et il y a de l'or dans ton collier. Ah ! ta mère portait, elle aussi, de l'or et de l'argent : ses deux alliances.

— « *Trois points définissent un plan. Quatre renferment la terre... Cinq est le chiffre de la protection...* » Tu penses que les pierres précieuses l'ont aidée ? Les points seraient des gemmes ?

— Probablement. Son cahier était rempli de triangles et d'étoiles à cinq branches. Elle avait aussi dressé une liste des différentes pierres, accompagnées de leurs vertus prétendument magiques. Elle n'expliquait pas ses théories en détail, ses notes n'étant destinées qu'à elle-même, mais, si j'ai bien compris, l'idée générale est la suivante : la terre est parcourue de « lignes de force », des lignes droites qui relient différents sites mégalithiques et véhiculent une énergie terrestre. De temps à autre, ces lignes se rapprochent et s'emmêlent, formant un nœud où le temps n'existe plus.

— Ainsi, si on entre dans un de ces nœuds, on peut en ressortir... n'importe quand ?

— Au même endroit, mais à une époque différente. D'après Geillis, les pierres précieuses ont un pouvoir particulier qui déforme légèrement ces lignes...

— N'importe quelle gemme peut faire l'affaire ?

— Je n'en sais rien, répondit Roger. Mais c'est notre seule chance.

— Oui, mais où trouver des pierres précieuses ? Il nous faudrait aller dans une grande ville, à Londres, Boston ou Philadelphie. Et puis, avec quel argent ? Tu en as emporté, toi ? Moi, tout ce que j'ai pu glaner, c'est vingt livres. Je n'ai pas beaucoup dépensé jusqu'à présent, mais ça ne suffira jamais pour...

— Justement, l'interrompit-il. J'y réfléchissais pendant que tu dormais. Je sais... enfin, je crois savoir, où découvrir au moins une pierre. Le problème, c'est qu'il faudrait que j'aille la chercher tout de suite. L'homme qui la possède se trouve en ce moment à New Bern, mais il n'y restera pas longtemps. Avec un peu de ton argent, je peux prendre le bateau demain matin et être à New Bern le lendemain. Il vaut mieux que tu restes ici.

— Je ne peux pas rester ici !

— Pourquoi ? Je ne veux pas que tu viennes avec moi. Ou plutôt si, j'aimerais beaucoup, mais tu seras plus en sécurité ici.

— Ce n'est pas ce que je voulais dire. Je ne peux pas t'accompagner parce qu'il faut que je reprenne la route. Je l'ai trouvé, Roger. J'ai trouvé Jamie Fraser !

— Fraser ? Où ? Ici ?

Il tourna des yeux incrédules vers la porte de la grange.

— Non, à Cross Creek, et je sais où il sera lundi matin. Il faut que j'y aille, Roger. Tu ne comprends pas ? Je n'ai pas fait tout ce chemin pour rien. Je suis à deux doigts d'y arriver !

A l'idée de revoir bientôt sa mère, les larmes lui montèrent aux yeux.

— Je vois, dit Roger sur un ton inquiet. Mais tu ne peux pas attendre un peu ? Je n'en aurai que pour quelques jours.

— Non, je ne peux pas, à cause de Lizzie.

— Qui est Lizzie ?

— Ma servante. Tu l'as vue hier soir. C'est celle qui voulait t'assommer avec une bouteille.

— Ah... mais quel rapport ?

— Elle est malade. Tu n'as pas remarqué comme elle était pâle ? Je crois que c'est le paludisme. Elle a de terribles fièvres qui durent un jour ou deux puis disparaissent. Il faut que je l'amène à maman le plus vite possible. Il le faut !

La jeune femme le sentait résister, cherchant des arguments. Elle avança la main dans le noir et lui caressa la joue.

— Il le faut, répéta-t-elle plus doucement.

— D'accord, capitula-t-il. D'accord ! Je te rejoindrai le plus rapidement possible. Mais sois gentille, mets une robe, je t'en prie !

— Pourquoi, elles ne te plaisent pas, mes culottes ? demanda-t-elle en riant.

Un soupçon lui traversa soudain l'esprit :

— Roger, que comptes-tu faire ? Tu vas voler la pierre ?

— Oui, répondit-il simplement.

Elle resta silencieuse un instant, lui caressant la paume.

— Ne le fais pas, dit-elle.

— Ne t'inquiète pas pour le type à qui je vais la prendre, répondit-il. Il l'a lui-même volée à quelqu'un d'autre.

— Ce n'est pas pour lui que je m'inquiète, mais pour toi. Ici, on pend les voleurs !

— Je ne me ferai pas prendre.

Il pressa sa main dans l'obscurité en ajoutant :

— Je serai de retour en un rien de temps.

— Mais...

Il se redressa sur un coude et la fit taire d'un baiser. Lentement, il lui saisit la main et la guida vers son entrejambe. Puis il la coucha dans le foin et roula sur elle, lui écarta les cuisses de son genou.

Elle tressaillit et lui mordit l'épaule quand il la prit, mais n'émit plus aucune protestation.

— Tu sais, dit Roger sur un ton endormi, je crois que je viens d'épouser mon arrière-arrière-arrière-arrière-arrière-arrière-grand-tante !

— Tu as fait quoi ?

— Ne t'inquiète pas, nous sommes trop éloignés pour que ce soit de l'inceste.

— Ah, tant mieux ! Ça m'aurait empêchée de dormir. Mais comment puis-je être ta grand-tante ?

— Eh bien... Je viens juste de faire le rapprochement. Dougal MacKenzie était bien l'oncle de ton père, non ? Or c'est lui qui a déclenché tout un tintouin en faisant un enfant à Geilie Duncan.

— Si Dougal était mon grand-oncle et ton arrière-arrière-trisaïeul... médita Brianna. Non, tu te trompes. Nous ne sommes que cousins.

— Ce serait le cas si nous appartenions à la même génération. Mais, en l'occurrence, tu as cinq générations d'avance sur moi, du côté de ton père, du moins.

Brianna réfléchit en silence et fit de rapides calculs. Puis elle se rallongea en soupirant, calant ses fesses contre les cuisses de Roger.

— Bah, peu importe ! dit-elle. Tant que ce n'est pas de l'inceste !

— Je n'y avais jamais réfléchi, mais... tu sais ce que ça veut dire ? Je suis apparenté à ton père. A dire vrai, il est sans doute le seul parent qui me reste, en dehors de toi !

Roger était ému par cette découverte. Il s'était habitué depuis longtemps à l'idée de n'avoir aucun parent... non pas qu'un grand-oncle éloigné de sept générations fût si proche que cela, mais...

— Erreur, rectifia Brianna. Il n'est pas le seul. Tu oublies Jenny, ses enfants et ses petits-enfants. Ma tante Jenny est ta... hum... Tu as peut-être raison, après tout. Si c'est ma tante, c'est ta énième grand-tante, puisqu'elle est la nièce de Dougal. Ce qui veut dire que je serais... oh ! C'est trop tordu pour moi.

Elle renversa la tête en arrière, contre l'épaule de Roger.

— Qu'as-tu dit à Jenny et à Ian quand tu t'es présenté à eux ? demanda-t-elle.

— Je ne suis jamais allé à Lallybroch.

Il s'étira, glissa une main sur la hanche de Brianna et se laissa sombrer dans la torpeur, en oubliant les complexités abstraites de la généalogie pour se concentrer sur des sensations plus immédiates.

— Ah ? s'étonna Brianna. Mais alors... comment as-tu su où me trouver ? Comment as-tu deviné que j'étais partie pour les colonies ?

Trop tard. Il n'avait pas vu venir le danger.

— Tu n'avais aucun moyen de savoir que j'avais quitté l'Ecosse, à moins d'être passé d'abord par Lallybroch. Mais si tu n'y es jamais allé...

Pris de panique, il chercha désespérément une explication, n'importe laquelle, mais, à en juger par son air furieux, elle avait déjà compris.

— Tu as vu l'avis de décès ! Tu savais ! Tu as toujours su, n'est-ce pas ?

— Non ! se défendit-il en essayant de reprendre ses esprits. Enfin, si, mais...

— Depuis quand le savais-tu ? s'écria-t-elle. Pourquoi ne m'as-tu rien dit ?

Elle se leva et arracha les vêtements sur lesquels il était couché.

— Attends ! l'implora-t-il. Brianna... laisse-moi t'expliquer... Ecoute... C'est vrai, j'ai trouvé l'avis, au printemps dernier, mais...

Il cherchait désespérément les mots.

— Je me doutais que tu allais souffrir. Si je ne te l'ai pas montré, c'est parce qu'il n'y avait rien à faire. Je ne voulais pas te briser le cœur...

— Qu'est-ce que tu entends par « il n'y avait rien à faire » ?

Elle enfila sa chemise et le toisa, les poings sur les hanches.

— Tu ne peux rien y changer, Brianna ! Tu ne l'as donc pas encore compris ? Tes parents ont essayé ! Ils savaient ce qui arriverait à Culloden et ont tout fait pour arrêter Charles-Edouard Stuart... pour rien ! Geilie Duncan a voulu remettre un Stuart sur le trône. Elle a échoué ! Ils ont *tous* échoué !

Il hasarda une main sur son bras, elle resta de marbre.

— Tu ne peux pas les aider, Brianna ! Ce qui appartient au passé est inscrit dans l'histoire. Tu n'es pas de cette époque, tu ne peux pas changer le cours des choses.

— Tu n'en sais rien, rétorqua-t-elle.

Elle demeurait glaciale mais il crut discerner une note d'incertitude dans sa voix.

— Si, je sais ! Bon sang, Brianna ! Je ne pouvais pas supporter l'idée que tu puisses souffrir pour rien.

— Ce n'était pas à toi de décider à ma place, siffla-t-elle entre ses dents. Quoi que tu penses, surtout pour une chose aussi importante. Roger, comment as-tu pu me faire ça ?

— Mais enfin, s'énerva-t-il à son tour, j'avais peur, si je parlais, que tu fasses précisément ce que tu as fait ! Que tu me quittes ! Que tu décides de traverser le menhir toute seule. Regarde où nous en sommes ! Tous les deux échoués dans ce maudit...

— Parce que c'est ma faute si tu es là ? Alors que j'ai tout fait pour t'empêcher de faire l'idiot et de me suivre !

Roger sentit des mois d'efforts, de terreur, d'angoisse et de recherches vaines lui remonter dans la gorge.

— Tu me traites d'idiot ? C'est le remerciement auquel j'ai droit pour avoir tout tenté pour te retrouver ? Pour avoir risqué ma peau pour te protéger ?

Elle sautillait sur un pied, jurant entre ses dents tout en essayant d'enfiler ses culottes. Il se leva pour la retenir et reçut un coup en pleine poitrine qui le fit tomber à la renverse dans la paille.

— Tu n'es qu'un sale macho ! cria-t-elle. Tire-toi ! Va donc te faire pendre si ça te chante. Moi, je vais retrouver mes parents. Et je les sauverai !

Elle tourna les talons, atteignit la porte et l'ouvrit avant qu'il ait pu la rattraper. Sur le seuil, elle marqua un temps d'arrêt, se détachant dans le rectangle pâle du chambranle, ses cheveux volant au vent.

— J'y vais, annonça-t-elle. Tu peux venir avec moi, ou non. Rentre en Ecosse, retraverse les pierres si ça te dit, mais n'essaie pas de m'arrêter !

Là-dessus, elle disparut.

Lizzie sursauta en entendant la porte de la chambre claquer. Elle ne dormait pas... comment aurait-elle pu ? Elle se redressa aussitôt dans son lit et chercha à tâtons la boîte d'amadou.

— Tout va bien, mademoiselle Brianna ?

Ça n'en avait pas l'air. Brianna arpentait la pièce, sifflant entre ses dents comme un serpent. Elle s'arrêta devant leur malle et lui envoya un grand coup de pied. Il y eut une succession rapide de bruits sourds et, à la lueur vacillante de sa bougie, Lizzie constata qu'ils étaient dus aux souliers de sa maîtresse, envoyés à travers la chambre.

— Ça va, mademoiselle Brianna ? répéta-t-elle timidement.

— Très bien !

De l'autre côté de la fenêtre, une voix rugit soudain :

— Brianna ! Je reviendrai te chercher ! Tu m'entends ! Je reviendrai !

La jeune femme ne répondit pas. Elle marcha droit vers la fenêtre et ferma les volets avec un bruit sec qui se répercuta dans la pièce. Ensuite, se retournant avec une rapidité de panthère, elle renversa le bougeoir qui se fracassa sur le plancher, plongeant la chambre dans le noir.

Lizzie se tapit dans son coin, n'osant ni bouger ni parler. Elle entendit Brianna se déshabiller dans des froissements d'étoffe frénétiques. De l'autre côté des volets clos, il y eut une série de jurons étouffés, puis plus rien.

Elle avait entr'aperçu le visage de Brianna dans le bref instant de lumière, le teint livide, les traits durs comme pierre, ses yeux formant deux trous noirs. Sa douce maîtresse s'était métamorphosée. Sans doute avait-elle été possédée par une *deamhan*, un démon femelle. Lizzie était une enfant de la ville, née longtemps après Culloden. Elle n'avait jamais vu les guerriers sauvages de la lande ou un Highlander en proie à la fureur, mais elle avait entendu les vieux contes et y croyait fermement. Une personne sous l'emprise d'une *deamhan* était capable de tout.

Elle fit semblant de dormir, mais son souffle sortait par saccades étranglées. Brianna ne sembla pas s'en apercevoir. Elle versa de l'eau dans la bassine, se débarbouilla, puis se glissa sous l'édredon à son côté, raide comme une planche.

Lizzie rassembla tout son courage et demanda d'une petite voix tremblante :

— Vous êtes sûre que vous allez bien, *a bann-sielbheadair* ?

Elle crut un instant que Brianna allait faire comme si elle n'avait pas entendu, puis la réponse vint, froide et neutre :

— Oui. Dors !

Facile à dire ! Comment dormir à côté de quelqu'un qui risquait de se transformer en *ursiq* d'un instant à l'autre ? Ses yeux s'étaient accoutumés à l'obscurité mais elle n'osait tourner la tête, de peur de découvrir que la chevelure rousse était devenue une crinière et le long nez droit un museau crochu cachant des crocs acérés.

L'adolescente mit plusieurs minutes à se rendre compte que Brianna tremblait. Elle ne pleurait pas, elle n'émettait aucun son, mais elle grelottait assez fort pour ébranler le sommier.

Pauvre gourde ! se reprit-elle. *Ce n'est pas un démon, c'est ta maîtresse. Il a dû lui arriver quelque chose de terrible !*

Prise d'une impulsion, elle lui saisit la main et la serra doucement.

— Vous êtes sûre que je ne peux rien faire pour vous ? demanda-t-elle doucement.

Les doigts de Brianna se refermèrent sur les siens, puis les lâchèrent.

— Non, Lizzie. Rendors-toi. Tout ira bien.

Lizzie en doutait fortement mais n'insista pas. Au bout d'un long moment, elle entendit la respiration de Brianna se faire plus régulière et plus profonde. N'y tenant plus, elle se glissa hors du lit et s'approcha de la fenêtre.

Elle entrouvrit les volets. Dehors, le jour se levait. La rue en contrebas était déserte. Une brise apportait l'air de la mer. Trop énervée pour se recoucher, elle fit ce qu'elle faisait toujours lorsqu'elle était angoissée : du rangement. Se déplaçant en silence dans la chambre, elle ramassa les vêtements que Brianna avait laissés tomber sur le plancher. Ils étaient sales, couverts de poussière et de taches vertes, parsemés de brins de paille. Qu'avait-elle donc fait, elle s'était roulée par terre ? Dès que l'idée lui traversa l'esprit, elle vit la scène : Brianna clouée au sol, se débattant sous le diable noir qui était venu la chercher à l'auberge.

Sa maîtresse était une femme forte, mais ce MacKenzie était une grande brute. Il aurait pu... Elle chassa aussitôt cette idée de son esprit, mais trop tard, le doute était né. A contrecœur, elle approcha la chemise de son nez. Oui, il y avait bien l'odeur âcre d'un mâle, forte et aigre comme celle d'un bouc en rut. L'image du grand corps noir écrasant Brianna sous son poids, se frottant contre elle comme un chien qui marque son territoire la fit frissonner de dégoût.

D'une main tremblante, elle souleva les culottes et les bas, et les apporta près de la bassine. Il fallait effacer les traces de ce MacKenzie avec la poussière et les taches d'herbe. S'ils étaient encore humides quand Brianna se lèverait, eh bien, tant mieux ! Elle ne pourrait pas les porter !

Il lui restait encore un peu du savon jaune que l'aubergiste lui avait donné. Lizzie plongea les culottes dans l'eau et commença à les frotter. Dans la chambre, la lumière augmentait peu à peu. Sa maîtresse semblait dormir paisiblement.

La jeune servante reprit son travail et se figea soudain. Sur ses doigts, la mousse du savon était devenue sombre, parsemée de points noirs.

Elle ne pouvait pas faire semblant de n'avoir rien vu. Elle retourna le vêtement prudemment et l'aperçut : une grosse tache foncée, teintant l'étoffe juste là où les coutures se rejoignaient pour former l'entrejambe.

Le soleil levant diffusait une lueur rouge pâle dans le ciel brumeux, plongeant la bassine, la pièce et le monde tout entier dans une couleur de sang frais.

41

Le bout du chemin

Brianna avait envie de hurler, mais elle se contenta de tapoter l'épaule de Lizzie.

— Ne t'inquiète pas, lui dit-elle doucement. M. Viorst a dit qu'il nous attendrait. On partira dès que tu te sentiras mieux. Pour le moment, repose-toi.

Lizzie hocha la tête. Elle claquait des dents, en dépit des trois couvertures qui la réchauffaient et de la brique chaude à ses pieds.

— Je vais aller te préparer du thé. Dors.

Elle sortit sans bruit dans le couloir. Lizzie n'y était pour rien, bien sûr, mais elle aurait difficilement pu trouver un plus mauvais moment pour avoir un nouvel accès de fièvre. Après sa scène avec Roger, Brianna avait eu un sommeil agité et s'était réveillée tard, trouvant ses vêtements lavés suspendus à sécher, ses souliers cirés, ses bas pliés, la chambre balayée et rangée... et Lizzie effondrée en une masse grelottante devant la cheminée éteinte.

Pour la centième fois, elle refit le décompte. Il lui restait huit jours avant la date fatidique. Si la crise de Lizzie suivait son cours habituel, elles pourraient reprendre la route dans deux jours. Cela leur en laissait six. Selon le fils Smoots et Hans Viorst, il en fallait de cinq à six pour remonter le fleuve à cette époque de l'année.

Elle ne pouvait pas manquer Jamie Fraser ! Il *fallait* qu'elle soit à Cross Creek le lundi, quoi qu'il arrive. Combien de temps le procès pourrait-il durer ? Partirait-il dès qu'il serait fini ? Elle aurait tout donné pour embarquer dès maintenant.

La salle de l'auberge était pleine. Deux nouveaux vaisseaux étaient entrés au port pendant la journée et les tables étaient prises d'assaut par les marins qui jouaient aux cartes et buvaient. Brianna s'avança à travers un nuage de fumée bleue, faisant la sourde oreille aux sifflets et aux remarques grivoises. Roger ne se rendait pas compte de ce qu'il exigeait en réclamant qu'elle porte une robe. Ses culottes masculines, à présent trop mouillées pour être portées, étaient précisément ce qui tenait les hommes à distance.

Un marin avança nonchalamment une main vers ses fesses. Elle lui lança un regard assassin qui le cloua sur place et se faufila jusqu'à la porte qui donnait sur les cuisines. Sur le chemin du retour, chargée d'une cruche de tisane enveloppée dans un torchon, elle rasa les murs pour éviter le malotru. S'il osait la toucher, elle lui déverserait le liquide bouillant sur les genoux. Il l'aurait bien cherché mais ce serait dommage pour l'infusion de Lizzie.

Elle contourna la table des joueurs de cartes, jonchée de pièces de monnaie et d'un assortiment d'objets de valeur : des boutons en or, en argent ou en étain, une tabatière, un canif de métal argenté et des petits morceaux de papier, sans doute des reconnaissances de dette. Par-dessus l'épaule d'un des joueurs, elle aperçut un reflet doré.

Elle marqua un temps d'arrêt et plissa les yeux pour mieux voir. C'était une simple alliance d'or, mais plus large que la moyenne. Le bijou ne se trouvait qu'à une trentaine de centimètres et le bougeoir illuminait son pourtour. Brianna ne pouvait lire l'inscription qui y était gravée mais elle connaissait si bien le motif que les mots s'inscrivirent aussitôt dans son esprit.

Elle posa une main sur l'épaule de celui à qui appartenait l'anneau, le faisant sursauter. Il se tourna vers elle avec une moue agacée, puis sourit en la voyant.

— Alors, mon cœur, tu viens me servir de bonne étoile ?

C'était un grand gaillard, avec un beau visage viril, une bouche large et un nez cassé. Ses yeux verts se promenèrent sur le corps de Brianna d'un air appréciateur.

Elle s'efforça de sourire.

— J'espère bien, répondit-elle. Tu veux que je frotte ta bague pour qu'elle te porte chance ?

Sans attendre sa réponse, elle saisit l'alliance et la frotta contre sa manche. Puis elle la tint à la lumière en feignant de l'admirer. A présent, elle pouvait déchiffrer l'inscription.

De F. à C., pour la vie.

— Elle est très jolie. Où l'as-tu trouvée ?

Il parut surpris, puis méfiant, et elle s'empressa d'ajouter :

— Elle est trop petite pour un homme. Ta femme ne t'en voudra pas si tu la perds au jeu ?

Il lui adressa un sourire charmeur.

— Si j'en avais une, mon cœur, je la quitterais pour toi.

Il l'examina un peu plus attentivement, ses longs cils baissés cachant son regard, et lui posa une main sur la taille dans un geste d'invitation.

— Pour le moment je suis occupé, ma poule, mais plus tard, si tu veux...

Sous le chiffon, la cruche commençait à brûler les doigts de Brianna. En revanche, le reste de son corps était glacé.

— D'accord, répondit-elle. Demain, pendant la journée.

Il renversa la tête en arrière et partit d'un grand éclat de rire.

— Ma foi, mes compagnons m'ont souvent dit qu'ils n'aimeraient pas me croiser la nuit dans une rue sombre, mais généralement les femmes semblent me préférer dans le noir !

Il lui caressa doucement l'avant-bras.

— Demain, donc, si ça te chante, conclut-il. Viens me retrouver sur mon bateau, le *Glorianna*. Il est amarré près de l'entrepôt naval.

— Seigneur ! On croirait que vous n'avez rien mangé depuis des semaines !

Mlle Viorst baissa des yeux satisfaits vers le bol vide de Brianna. Elles avaient à peu près le même âge, mais le comportement maternel de la solide Hollandaise le faisait paraître plus mûre.

— Juste depuis avant-hier, répondit Brianna.

Elle accepta avec joie une seconde portion de boulettes de pâte et de bouillon de légumes, ainsi qu'une autre tranche de pain salé, généreusement tartinée de beurre frais. La nourriture comblait un peu le gouffre béant dans son estomac.

La fièvre de Lizzie était réapparue après deux jours de bateau. Cette fois, l'accès avait été plus violent et plus long, et Brianna avait craint pour la vie de la jeune fille.

Elle était restée assise au milieu du canoë pendant un jour et une nuit, versant de l'eau sur le front de Lizzie pendant que Viorst et son coéquipier pagayaient en redoublant d'ardeur.

— Si je meurs, vous préviendrez mon père ? avait murmuré l'adolescente.

— Oui, mais ne t'inquiète pas, tu ne vas pas mourir, avait répondu Brianna d'une voix ferme.

Alarmé par l'état de Lizzie, Viorst les avait emmenées dans la maison qu'il partageait avec sa sœur, légèrement en aval de Cross Creek, transportant l'adolescente enveloppée dans une couverture sur le petit sentier de terre qui menait de la rivière à son cottage. Opiniâtre, la jeune fille avait tenu tête à la maladie, mais Brianna doutait que la pauvre enfant survive encore à beaucoup d'autres crises.

Brianna elle-même était rompue, brisée, affamée et éreintée, mais elles avaient réussi. Elles venaient d'arriver à Cross Creek et on était dimanche. Le procès s'ouvrait le lendemain. En ce moment même, Jamie Fraser se trouvait dans les parages... et, si Dieu le voulait, Claire aussi.

Brianna toucha la poche secrète, cousue dans une jambe de ses culottes, et palpa la petite masse sous ses doigts. Son talisman était toujours là. Sa mère était encore en vie et rien d'autre n'importait.

Après le repas, la jeune femme monta voir Lizzie dans l'une des chambres. Hanneke Viorst se tenait assise à son chevet, reprisant des bas. Elle sourit à Brianna.

— Elle va bien, la rassura-t-elle.

La fièvre était retombée. Brianna posa une main sur le front de Lizzie. Il semblait frais et moite. Le bol sur la table de nuit était à moitié vide. L'adolescente avait donc eu la force de se nourrir un peu.

— Vous devriez vous reposer, vous aussi, conseilla Hanneke.

Elle lui indiqua le lit gigogne qu'elle lui avait préparé. Brianna lança un regard envieux vers le gros édredon et les oreillers moelleux, puis secoua la tête.

— Pas encore, indiqua-t-elle. D'abord, je voulais vous demander la permission d'emprunter votre mule.

Elle ignorait où logeait Jamie Fraser. Viorst lui avait dit que River Run se situait assez loin en dehors de la ville. Il pouvait s'y trouver, à moins qu'il n'ait pris une chambre à Cross Creek pour habiter plus près du tribunal. Elle ne pouvait laisser Lizzie seule trop longtemps, pour aller jusqu'à la plantation de Jocasta Cameron, mais elle tenait à se rendre en ville pour repérer les lieux.

La mule était grosse et vieille, mais elle se laissa néanmoins guider le long de la berge. Brianna se demandait si elle n'aurait pas voyagé plus vite à pied, mais, après tout, elle n'était plus pressée.

Les premières maisons de la ville commencèrent à apparaître au bout du chemin. La piste en terre s'élargit en une rue pavée, bordée de boutiques et de demeures plus cossues. Il y avait quelques personnes dans la rue mais la plupart des habitants restaient chez eux, à l'abri du soleil de l'après-midi. La rue décrivait une courbe, suivant le lit du fleuve. Un moulin se dressait un peu à l'écart sur la rive et, plus loin, une taverne. Brianna décida d'y entrer pour se renseigner. En outre, compte tenu de la chaleur, un verre ne serait pas de refus.

Elle glissa une main dans sa poche pour vérifier qu'elle avait pris son argent et ses doigts rencontrèrent la coquille d'une noix. Elle retira aussitôt sa main, comme si elle avait été brûlée.

La salle était vide ; le tavernier somnolait, perché sur un haut tabouret. Il se redressa en l'entendant entrer, puis, après l'habituelle réaction de surprise devant sa tenue, lui servit une bière et lui indiqua le chemin du tribunal.

— Vous êtes venue pour le procès, sans doute ? demanda-t-il en la dévisageant d'un air intrigué.

— Oui, enfin... non, pas vraiment. Qui juge-t-on ?

— Fergus Fraser, dit le tavernier, comme si le monde entier le connaissait. Il est accusé d'avoir agressé un officier de la Couronne. Mais il sera acquitté. Jamie Fraser est descendu de sa montagne pour le défendre.

Brianna manqua s'étrangler avec sa bière.

— Vous connaissez Jamie Fraser ?

— Bien sûr. Restez ici un moment et vous le connaîtrez, vous aussi.

D'un geste du menton, il indiqua un pichet rempli de bière sur une table voisine.

— Il est sorti par la porte de derrière, juste au moment où vous entriez. Il... eh !

Après la pénombre dans la salle de la taverne, la lumière au-dehors était aveuglante. Brianna cligna des yeux, balaya du regard la cour devant elle, bordée de grands érables. Au pied de l'un d'eux, un mouvement attira son attention.

Il se tenait dans l'ombre, tourné de trois quarts, le visage penché d'un air concentré. Il était grand, avec de longues jambes, mince et gracieux, et des épaules larges. Il portait un kilt aux couleurs fanées, avec des carreaux verts et marron, remonté jusqu'à la taille tandis qu'il urinait contre l'arbre.

Il se secoua, laissa retomber son kilt et se tourna vers la taverne. Lorsqu'il la vit, plantée au milieu de la cour en train de l'observer, il serra les poings machinalement. Puis son air méfiant se mua en stupeur lorsqu'il comprit qu'il avait affaire à une jeune femme.

Dès le premier regard, elle n'avait pas eu le moindre doute. Elle ne fut même pas surprise. Il n'était pas tout à fait tel qu'elle l'avait imaginé. Il était moins grand, à l'échelle humaine, mais il avait les mêmes traits qu'elle : le long nez droit, la mâchoire résolue et les yeux de chat, légèrement bridés au-dessus de pommettes saillantes.

— Vous désirez quelque chose ? demanda-t-il.

Il avait parlé sur un ton ferme mais courtois. Elle ne s'était pas attendue à une voix aussi grave, avec un léger ronronnement de Highlander à peine distinct.

— Vous, répondit-elle simplement.

Il se tenait si près d'elle qu'elle pouvait sentir l'odeur de sa transpiration mêlée à celle de la sciure de bois. Quelques copeaux restaient pris dans la manche de sa chemise de lin blanc. Il parut amusé par sa réponse, et l'inspecta des pieds à la tête, arquant un sourcil roux.

— Désolé, petite. Je suis un homme marié.

Il fit mine de passer son chemin. Elle avança une main pour l'arrêter, n'osant pas le toucher.

— Sérieusement, reprit-il. Ma femme m'attend à la maison et celle-ci n'est pas loin. Mais...

Il regarda à nouveau ses vêtements dépenaillés, sa veste trouée et son bas qui s'effilochait.

— Ah... fit-il sur un autre ton. Tu as faim, c'est ça ? Attends.

Il dénoua les lacets d'une bourse attachée à sa ceinture. Brianna pouvait à peine respirer. Elle fixait le col ouvert de sa chemise, d'où jaillissaient des touffes de poils roux décolorés par le soleil.

— Vous... vous êtes bien Jamie Fraser ?

Il redressa brusquement la tête.

— Oui. Qui le demande ? Tu as un message pour moi ?

— Je m'appelle Brianna.

Il fronça les sourcils et une lueur étrange traversa son regard. Elle déglutit, sentant le sang lui monter aux joues.

— Je suis votre fille.

Il pâlit mais ne bougea pas et ne changea pas d'expression ; il la dévisageait fixement. Elle esquissa un sourire timide. Il leva une main et suivit les contours de ses pommettes, de sa mâchoire et de son menton, comme s'il avait peur de la toucher.

— C'est vrai ? murmura-t-il. C'est vraiment toi, Brianna ?

Il prononça son prénom « *Brrriiiianah* », un son doux et chaud qui la fit frissonner d'aise.

— Oui, c'est moi, dit-elle d'une voix rauque. Ça ne se voit donc pas ?

— Si, répondit-il doucement. Je... je ne pensais pas que tu serais si grande. J'ai bien vu des images, mais je t'ai toujours imaginée comme une petite fille. Je ne m'attendais pas à...

— Des images ? Tu veux dire, des photos ? Maman t'a retrouvé, n'est-ce pas ? Quand tu parlais de ta femme tout à l'heure, tu voulais dire...

— Claire. Tu ne l'as pas encore vue ? Mon Dieu ! Elle va être folle de joie !

Cette fois, la glace était brisée. Il la prit dans ses bras et la serra si fort qu'elle crut étouffer. L'évocation de sa mère fut trop forte. Son visage se plissa et les larmes qu'elle retenait depuis des jours déferlèrent sur ses joues. Elle était si soulagée, riant et pleurant tout à la fois...

— Eh ! Ne pleure pas, *a leannan* ! s'exclama-t-il, inquiet. Tout va bien, *m'annsachd*.

Il sortit un grand mouchoir froissé de sa manche et le lui tendit.

— Ce n'est rien, le rassura-t-elle en s'essuyant les yeux. Je suis tellement heureuse ! Que veut dire *a leannan* ? Et cet autre mot que tu as dit ensuite ?

— Tu ne parles pas le gaélique ? demanda-t-il. Mais je suis bête ! Pourquoi le connaîtrais-tu ?

— J'apprendrai, dit-elle sur un ton résolu.

— A *leannan* veut dire, « ma chérie », et *m'annsachd*, « ma bénédiction ».

Les mots restèrent en suspens entre eux, étincelants comme les feuilles au soleil. Ils se dandinèrent un moment d'un air gauche, intimidés par ces termes affectueux, ne sachant plus quoi dire d'autre.

— Pè... commença Brianna.

Elle s'interrompit, prise d'un doute. Comment devait-elle l'appeler ? Frank Randall avait été « papa » toute sa vie. Appeler un autre homme par ce nom, fût-il Jamie Fraser, eût représenté une trahison. Jamie ? Non, elle ne pourrait pas. Bien que secoué par son apparition, il émanait de lui une dignité qui rendait une telle familiarité impossible. « Père » semblait distant et sévère, et Jamie Fraser n'était ni l'un ni l'autre, pour elle du moins.

Il la vit hésiter et comprit son trouble. Il s'éclaircit la gorge.

— Tu n'as qu'à m'appeler... pa, dit-il. Enfin, si tu le souhaites.

— Pa, répéta-t-elle. C'est du gaélique ?

— Non, c'est simplement... plus court.

Soudain, tout redevint simple. Il ouvrit les bras et elle se blottit contre lui, s'apercevant qu'elle s'était trompée. Il était aussi grand qu'elle l'avait imaginé et ses bras, plus puissants qu'elle n'aurait osé le rêver.

Après cela, tout s'était passé comme dans un rêve. Terrassée par les émotions et la fatigue, Brianna s'était laissé guider comme une poupée, n'enregistrant ce qui se passait autour d'elle que comme une série d'images : Lizzie, menue et pâle dans les bras d'un grand majordome noir à l'accent écossais invraisemblable ; une carriole remplie de verre et de bois odorants ; les croupes brossées et luisantes de chevaux de race ; la voix de son père, profonde et chaude, lui décrivant la maison qu'il projetait de construire, haut perchée sur une montagne, et lui expliquant que les vitres étaient une surprise pour sa mère.

— Mais pas tant que toi ! ajouta-t-il en riant.

... La longue piste poudreuse qu'ils avaient parcourue, elle endormie sur l'épaule de son père, lui la tenant par la taille, ses cheveux longs lui caressant le visage chaque fois qu'il tournait la tête.

... Le luxe paisible de la villa, avec de grandes pièces aérées et fraîches, son odeur de fleurs et de cire d'abeille ; une grande femme qui lui ressemblait, avec des cheveux blancs et des yeux bleus qui semblaient toujours regarder par-dessus son épaule.

Ses longs doigts avaient touché son visage et caressé ses cheveux avec une curiosité détachée.

... Une jolie jeune femme penchée au-dessus de Lizzie, lui faisant boire une infusion d'écorce de saule, ses belles mains noires contrastant avec la peau blanche de l'adolescente. Des mains, tant de mains ! Tout semblait se faire par magie, accompagné de doux murmures tandis qu'elle passait de main en main. On l'avait déshabillée, baignée, frictionnée, parfumée. On l'avait enveloppée dans de grandes serviettes de lin blanches tandis qu'une jeune fille noire lui séchait les pieds et les massait avec de la poudre de riz.

... Le regard ravi de son père quand elle était réapparue, vêtue d'une robe de coton et pieds nus sur le parquet ciré. Et la nourriture ! Des cakes, des brioches, des gelées de fruit, des scones, et un thé chaud qui semblait remplacer le sang dans ses veines.

... Une jolie blonde à l'air soucieux, dont le visage lui rappelait étrangement quelque chose. Son père l'appelait Marsali.

... Lizzie, lavée et emmitouflée dans une couverture, ses mains frêles autour d'un bol fumant, ressemblant à une fleur desséchée qu'on aurait enfin arrosée.

... Et des bruits de conversations, des allées et venues, avec, ici et là, une phrase intelligible qui pénétrait enfin le brouillard qui l'entourait.

— Farquard Campbell a plus de jugeote...

— Fergus, pa. Tu l'as vu ? Il va bien ?

Pa ? pensa Brianna, mi-perplexe mi-indignée qu'une autre qu'elle utilise ce nom, parce que... parce que...

Puis la voix de sa tante, semblant venir de très loin, disant :

— Cette pauvre enfant dort debout ! Je l'entends ronfler d'ici. Ulysse, emmène-la se coucher.

Deux bras puissants l'avaient soulevée sans effort, mais ils n'avaient pas l'odeur de cire du majordome. Ils sentaient la sciure et le lin propre. Elle se laissa aller et s'endormit, la tête sur la poitrine de son père.

Fergus Fraser avait peut-être un nom de guerrier écossais, mais il ressemblait à un aristocrate français. Un aristocrate en route vers la guillotine, rectifia Brianna.

D'une beauté ténébreuse, avec une taille svelte mais une carrure moyenne, il s'avança d'un pas leste vers le banc des accusés et toisa le public d'un air hautain. Ses vêtements froissés, ses joues mal rasées et la grosse ecchymose violacée au-dessus de son arcade sourcilière n'enlevaient rien à son dédain aristocratique. Le crochet de métal qui lui servait de main ajoutait encore à son air de libertin racé.

Marsali se pencha devant Brianna pour chuchoter à Jamie :

— Mais qu'est-ce qu'ils lui ont fait, les monstres ?

— Rien de grave, la rassura-t-il.

Il lui fit signe de se taire et elle se rassit, lançant des regards assassins au shérif et à l'huissier.

Ils avaient eu de la chance d'avoir des places. Le bâtiment était plein à craquer et les gens se bousculaient à l'arrière de la salle d'audience, maintenus en respect par deux gardes en tunique rouge. Deux autres soldats restaient au garde-à-vous devant le banc du juge ; un officier rôdait derrière eux.

Le regard de l'officier croisa celui de Jamie, et un sourire sinistre s'afficha sur ses traits épais. Il semblait jubiler. Jamie se détourna, indifférent. Le juge entra et prit place. Une fois le protocole dûment respecté, le procès put enfin commencer. Il n'y avait pas de jurés ; la sentence reposait uniquement sur l'avis du juge et de ses assesseurs.

La veille au soir, Brianna n'avait pas compris grand-chose à ce qui se passait autour d'elle, mais pendant le petit déjeuner, elle avait pu commencer à démêler qui était qui. La jeune femme noire s'appelait Phaedre et était l'une des esclaves de Jocasta. Le grand garçon au sourire charmant était Ian, le neveu de Jamie et donc son cousin. Marsali, la jolie blonde, était la femme de Fergus, qui, bien sûr, était l'orphelin français que Jamie avait adopté officieusement à Paris, avant le soulèvement jacobite.

Le juge Conant, un gentleman d'âge moyen, redressa sa perruque, épousseta son col et demanda qu'on lui lise les chefs d'accusation. Le 4 août de l'an 1769, Fergus Claudel Fraser, habitant dans le comté de Rowan, avait traîtreusement agressé Hugh Berowne, shérif adjoint du comté précité, et lui avait dérobé des biens appartenant à la Couronne.

Ledit Hugh fut appelé à la barre. C'était un grand échalas nerveux, d'une trentaine d'années, qui récita sa déposition en se tortillant et en bégayant, racontant qu'il avait croisé l'accusé sur la route de Buffalo alors qu'il vaquait à ses devoirs. L'accusé l'avait agressé verbalement en français puis, lorsqu'il lui avait ordonné de passer son chemin, l'avait frappé au visage avant de lui voler son cheval, lequel, comme la selle et le harnais, appartenait à l'armée britannique.

A la demande de la cour, le témoin retroussa sa lèvre supérieure et montra la dent cassée que lui avait value son échange avec le prévenu.

Le juge Conant examina avec intérêt le vestige de dent puis se tourna vers l'accusé.

— Monsieur Fraser, auriez-vous l'obligeance de nous donner votre version des faits ?

Fergus lui lança un regard méprisant et cracha :

— Ce fils de chien enragé a...

— L'accusé est prié de surveiller son langage, interrompit le juge.

— Le shérif adjoint, reprit Fergus sur le même ton, a interpellé ma femme alors qu'elle rentrait du moulin, portant notre enfant en selle. Ce... l'adjoint... l'a fait brutalement descendre de son cheval et lui a annoncé qu'il le saisissait, avec tout son équipement, en paiement d'une taxe. Il l'a laissée, elle et le bébé, à pied, à dix kilomètres de la maison, sous un soleil de plomb !

— De quelle taxe s'agit-il ?

— Je ne dois rien ! Il prétend que mon terrain est soumis à une taxe de trois shillings par an, mais c'est faux ! Ma terre est exemptée d'impôts, en vertu des termes d'une concession foncière accordée à James Fraser par le gouverneur Tyron. C'est ce que je me suis échiné à expliquer à ce crétin quand il est venu chez moi réclamer l'argent !

— Je n'ai jamais entendu parler de cette concession, rétorqua Berowne. Ces gens racontent n'importe quoi pour ne pas payer. Ce sont tous des menteurs et des escrocs !

— Espèce de sale rat !

Un petit rire parcourut la foule, étouffant les rappels à l'ordre. Le juge balaya le public du regard.

— M. James Fraser est-il présent ?

Jamie se leva et inclina respectueusement la tête.

— Oui, Votre Honneur.

— Venez à la barre.

Après que l'huissier lui eut fait jurer sur la Bible de dire toute la vérité et rien que la vérité, Jamie déclara qu'il était effectivement titulaire d'une concession de terres selon laquelle il était exempté d'impôts pendant une période de dix ans, ce délai expirant dans neuf ans. Fergus Fraser possédait en effet une maison et des champs sur le territoire en question, donnés par lui-même, James Alexander Malcolm MacKenzie Fraser.

Un mouvement dans la salle attira le regard de Brianna. L'officier qu'elle avait remarqué un peu plus tôt fixait Hugh Berowne. Ce dernier esquissa un signe de tête à peine perceptible puis s'assit pour attendre la fin du témoignage de Fraser.

— Il semblerait que M. Fraser ait raison, déclara enfin le juge Conant. Monsieur Berowne, je crains que votre accusation ne soit pas fondée. Nous déclarons donc l'accusé acquit...

— Il ne peut pas le prouver ! coupa Berowne. Il ne possède aucun document attestant ce qu'il vient de dire. On ne va tout de même pas le croire sur parole !

Un murmure choqué se répandit dans la foule et Brianna ressentit une certaine fierté en constatant que les gens étaient outrés qu'on pût mettre en doute la parole de son père.

Ce dernier ne parut aucunement désarçonné. Il se leva à nouveau et se tourna vers le juge.

— Si Votre Honneur me permet...

Il prit dans la poche de sa veste un rouleau de parchemin portant un cachet de cire qu'il déposa sur le bureau du juge.

— Votre Honneur reconnaîtra sûrement le sceau du gouverneur.

Le magistrat examina le sceau, surpris, décacheta le document, le lut attentivement, puis le reposa devant lui.

— Ceci est une copie certifiée conforme devant témoins de la concession originale, annonça-t-il. Elle est signée par Son Excellence William Tyron.

— Comment l'a-t-il obtenue ? s'écria Berowne. Il n'a pas eu le temps d'aller à New Bern et de revenir !

Se rendant compte de sa gaffe, il se rassit subitement, livide. Brianna chercha l'officier des yeux. Celui-ci était cramoisi.

Le juge fusilla Berowne du regard avant de poursuivre :

— Compte tenu de la nouvelle pièce apportée au dossier, nous déclarons l'accusé non coupable de vol, puisqu'il est évident que le bien en question lui appartenait de plein droit. Pour ce qui est de l'agression...

Remarquant que Jamie se tenait toujours devant lui, il s'interrompit pour demander :

— Oui, monsieur Fraser ? Vous avez quelque chose à déclarer ?

— Juste pour satisfaire ma curiosité, Votre Honneur. La déposition de M. Berowne décrit-elle en détail l'agression dont il a été victime ?

Le juge parcourut les papiers étalés devant lui et en tendit un à l'huissier, lui indiquant un passage à lire.

— « *Le plaignant déclare que M. Fergus Fraser l'a frappé au visage, lui assenant un coup de poing. Etourdi, il est tombé à terre. Le prévenu s'est emparé des rênes de son cheval, a sauté en selle et s'est éloigné en injuriant le plaignant en français. Le plaignant...* »

Dans le banc des accusés, Fergus toussota pour attirer l'attention du magistrat, à qui il adressa un sourire charmeur. Puis il sortit un mouchoir de sa poche et s'essuya longuement le visage, prenant bien soin de montrer le crochet qui lui servait de main.

Le juge ouvrit des yeux ronds puis pivota sur sa chaise et lança un regard torve à Berowne.

— Monsieur, auriez-vous l'amabilité de m'expliquer comment vous avez pu recevoir un coup sur la partie droite de votre visage, lancé par le poing gauche d'un homme qui n'en a pas ?

— Oui, trou du cul ! renchérit Fergus. Explique donc !

Estimant sans doute qu'il ferait mieux d'entendre les explications embarrassées du plaignant en privé, le juge Conant s'essuya le cou et mit fin à la séance, laissant repartir Fergus Fraser lavé de tout soupçon.

— C'était moi, dit fièrement Marsali.

Elle était suspendue au bras de son cher mari, lors de la petite fête donnée à l'occasion de l'acquittement de ce dernier.

— Toi ? s'étonna Jamie. Tu as flanqué ton poing dans la figure de l'adjoint du shérif ?

— Pas mon poing, mon pied, rectifia-t-elle. Quand cette ordure a essayé de me faire tomber de ma selle, je lui ai envoyé un coup de botte dans la mâchoire. Il ne m'aurait jamais fait descendre s'il ne m'avait arraché Germain des bras et si je n'avais dû aller le chercher.

Elle caressa la tête du bambin blond accroché à ses jupes, un morceau de biscuit dans sa main potelée.

— Mais je ne comprends toujours pas, dit Brianna. M. Berowne avait honte de reconnaître que c'était une femme qui l'avait frappé ?

— Non, répondit Jamie en lui tendant un verre de bière. C'est encore un coup du sergent Murchison.

— Murchison ? demanda Brianna. Ce ne serait pas l'officier qui ressemble à un porc à moitié rôti ?

Son père se mit à rire.

— Oui, c'est exactement ça ! Il a une dent contre moi. Ce n'est pas la première fois, ni la dernière, qu'il essaie un coup tordu de ce genre.

— Il ne pouvait espérer gagner avec une accusation aussi ridicule, déclara Jocasta.

La vieille dame se pencha en avant et tendit la main. Ulysse, qui se tenait derrière elle, avança aussitôt la panière. Elle saisit un pain d'un geste sûr sans quitter Jamie de son regard aveugle.

— Mais avais-tu vraiment besoin d'impliquer ce pauvre Farquard ? demanda-t-elle sur un ton de reproche.

Voyant que Brianna ne suivait plus, Jamie lui expliqua :

— Farquard Campbell est le juge du district. S'il ne m'avait pas fait la faveur de tomber malade au bon moment, le procès aurait eu lieu la semaine dernière. C'était là le plan de Murchison et de Berowne. Ils voulaient porter plainte, faire arrêter Fergus et me faire descendre de la montagne en pleine saison des récoltes. Ils y ont réussi, ces gueux ! Mais ils étaient persuadés que je n'aurais pas le temps d'aller chercher une copie de ma concession à New Bern avant le procès. De fait, si Fergus avait été jugé la semaine dernière, nous étions cuits !

Il adressa un sourire à Ian, qui s'était précipité à New Bern pour se procurer le document. L'adolescent rougit et enfouit le nez dans son bol.

— Farquard Campbell est un ami, ma tante, reprit Jamie. Mais c'est avant tout un homme de loi. Même s'il sait pertinemment que mes papiers sont en règle, il n'aurait rien pu faire sans une preuve formelle.

Se tournant à nouveau vers Brianna, il poursuivit :

— Dans ce cas, j'aurais été obligé de faire appel, ce qui signifie que Fergus aurait été emmené à New Bern pour y être incarcéré jusqu'à son nouveau procès, qui se serait tenu là-bas. Le résultat aurait été le même, mais cela nous aurait éloignés, Fergus et moi, de nos terres, pendant le plus gros des moissons, et m'aurait coûté plus cher que le produit des récoltes lui-même... Tu n'as pas cru que j'étais riche, j'espère ?

— Je n'y avais encore jamais réfléchi, répondit-elle, surprise.

— Tant mieux. Si j'ai beaucoup de terres, il y en a encore peu de cultivées. Nous avons juste de quoi faire les semailles et nourrir les bêtes. Ta mère a beau être douée, elle ne peut pas moissonner quinze hectares de blé et d'orge toute seule.

Il posa sa tasse vide et se leva.

— Ian, demanda-t-il, tu veux bien t'occuper des fournitures ? Vous monterez dans la carriole, Fergus, Marsali et toi. Brianna et moi prendrons les devants.

Il lança un regard interrogateur vers sa fille.

— Jocasta s'occupera de ta servante. Ça ne t'ennuie pas de partir plus tôt ?

Brianna était déjà debout.

— Pas du tout. On part tout de suite ?

Je descendis un à un les flacons de l'étagère et en débouchai quelques-uns pour humer leur contenu. Si elles n'étaient pas convenablement séchées avant d'être stockées, les herbes pourrissaient dans leur flacon et les graines se recouvraient de moisissures étranges.

Les moisissures me firent de nouveau penser à mes cultures de pénicilline ou, du moins, à ce que j'espérais être un jour mes cultures de pénicilline si j'avais de la chance et un bon œil. Sur les centaines de variétés de champignons qui poussaient sur le pain ranci et mouillé, une seule s'appelait *Penicillium*. Quelle probabilité y avait-il qu'une spore de ce précieux champignon se développe sur les tranches que j'exposais chaque semaine ? Et quelle probabilité qu'une de ces tranches résiste assez longtemps pour que des spores puissent s'y déposer ?

Cela faisait plus d'un an que j'essayais, en vain.

En dépit des plants de soucis et d'achillées millefeuilles que j'utilisais pour les refouler, il m'était impossible de me débarrasser des souris, des rats, des fourmis et des cafards. Un jour, j'avais même surpris une famille d'écureuils en plein festin dans le garde-manger, batifolant dans les grains de maïs éparpillés et les restes à demi rongés de mes pommes de terre germées.

Mon seul recours était de cacher les denrées dans le grand dressoir que Jamie avait construit, ou de les enfermer dans des tonneaux et des jarres bouchées. Mais protéger la nourriture des dents et des griffes de nos petits voleurs signifiait également la tenir à l'abri de l'air et de la lumière. Or l'air était le seul vecteur capable de m'apporter un jour une véritable arme contre la maladie.

« Chacune de ces plantes renferme le remède à une maladie... si seulement nous savions lequel ! » Nayawenne ne m'avait transmis qu'une portion de son savoir, ce que je regrettais amèrement, mais pas autant que la perte de mon amie. Toutefois, je connaissais une chose qu'elle ignorait : les nombreuses vertus de la plus petite des plantes, la moisissure du pain. La trouver serait difficile, savoir la reconnaître encore plus. Mais je ne doutais pas un instant que mes efforts en valaient la peine.

En été, à l'automne et au printemps, il était impossible de laisser traîner le pain sans attirer aussitôt les rats et les souris. Je ne pouvais pas non plus le surveiller constamment, occupée comme je l'étais pendant la journée, sans parler de mes nombreuses visites pour aider aux accouchements ou soigner des malades.

Pendant l'hiver, les animaux nuisibles disparaissaient pour hiverner, mais l'air était trop froid pour transporter des spores vivantes. Le pain séchait ou se ramollissait, selon sa distance par rapport au feu. Dans un cas comme dans l'autre, il se couvrait tout au plus d'une moisissure orange ou d'une croûte rose : les champignons qui vivaient dans les plis du corps humain.

J'essaierais encore au printemps prochain, pensai-je en reniflant le goulot d'un flacon de marjolaine séchée. Elle sentait bon, musquée comme de l'encens, remplie de rêves. La nouvelle maison se dressait déjà sur la colline. Ses fondations étaient achevées et le plan tracé sur le sol. Depuis la porte de la cabane, je pouvais voir sa carcasse se détacher en noir sur le ciel clair de septembre.

Elle serait prête au printemps. Elle aurait des murs enduits de plâtre, du parquet, des fenêtres vitrées avec d'épais chambranles qui nous protégeraient des rongeurs et un joli laboratoire ensoleillé où je pourrais faire mes expériences.

Mes visions de rêve furent interrompues par un braiment rauque. Clarence m'annonçait de la visite. J'entendais des voix au loin entre les cris d'extase de la mule. Je remis rapidement mes flacons en place. Ce devait être Jamie qui rentrait avec Fergus et Marsali ; du moins, je l'espérais.

Les vocalises de Clarence s'étaient atténuées en un gargarisme sifflant qu'elle réservait aux conversations intimes, mais les voix s'étaient interrompues. C'était étrange. Peut-être le procès ne s'était-il pas si bien déroulé que cela.

Je posai le dernier flacon sur l'étagère et me dirigeai vers la porte. La cour était déserte. Clarence se remit à braire avec enthousiasme en me voyant, mais rien ne bougeait. Pourtant, quelqu'un était venu. Les poules s'étaient réfugiées dans les buissons.

Un frisson glacé m'envahit et je me retournai brusquement, essayant de regarder des deux côtés à la fois. Personne. La brise faisait soupirer les noyers derrière la maison, leurs feuilles jaunes étincelaient au soleil.

Je sentais que je n'étais pas seule. Dire que j'avais laissé mon couteau sur la table ! Quelle gourde !

— *Sassenach ?*

Je fis volte-face, à la fois soulagée et agacée par ma propre frayeur. L'espace d'un instant, je crus voir double. Ils étaient assis sur le banc près de la porte ; le soleil de l'après-midi embrasait leur chevelure de feu.

Mes yeux s'arrêtèrent sur le visage radieux de Jamie et poursuivirent leur chemin.

— Maman...

Avant que j'aie eu le temps de comprendre, elle était dans mes bras, m'écrasant contre elle.

— Maman !

Je pouvais à peine respirer ; le peu de souffle que le choc m'avait laissé était pressé hors de mes poumons par son étreinte. Elle me reposa sur le sol sans me lâcher.

— Bree ! haletai-je.

Je la regardai, incrédule, mais elle était bien réelle. Je cherchai Jamie des yeux. Il se tenait là, sans rien dire, et nous observait avec un sourire béat, rose de plaisir.

— Je... euh... je ne m'attendais pas à... ça ! balbutiai-je stupidement.

— Personne n'attend jamais l'inquisition espagnole ! rétorqua-t-elle, hilare.

— Quoi ? dit Jamie.

DIXIÈME PARTIE
Les liens brisés

42

Clair de lune

Septembre 1769

La nuit était assez chaude pour que nous ne déroulions pas les peaux qui garnissaient les fenêtres. De temps à autre, un papillon de nuit entrait et allait se noyer dans la marmite ou s'immolait par le feu dans l'âtre, mais l'air frais et odorant qui nous caressait en valait la peine.

Ian avait galamment cédé son lit à Brianna, prétendant qu'il préférait dormir dans la remise aux simples avec Rollo. En partant, son édredon sous le bras, il donna une tape virile sur l'épaule de son oncle et lui serra le bras dans un geste adulte de félicitation qui me fit sourire.

Jamie avait souri lui aussi. De fait, il n'avait pas cessé de sourire depuis plusieurs jours. A présent, il avait une expression tendre et songeuse. La demi-lune qui chevauchait le ciel projetait assez de lumière pour que je puisse le distinguer clairement, couché près de moi sur le dos.

J'étais surprise qu'il ne soit pas encore endormi. Il s'était levé bien avant l'aube et avait passé la journée dans la forêt avec Brianna. Ils étaient rentrés à la nuit tombée avec une ruche sauvage emplie d'abeilles enfumées. Ces dernières seraient passablement irritées lorsqu'elles se réveilleraient le lendemain matin et découvriraient le vilain tour qu'on leur avait joué. Je notai mentalement que je ferais mieux d'éviter le fond du jardin où nous avions installé nos ruches. L'expérience m'avait appris que les abeilles récemment déplacées avaient l'habitude de piquer d'abord et de poser des questions ensuite.

Jamie poussa un gros soupir et je me retournai dans le lit, me blottissant contre lui. Malgré la chaleur, il portait une chemise par égard pour la pudeur de sa fille.

— Tu ne peux pas dormir ? demandai-je. C'est le clair de lune qui te dérange ?

— Non.

Il regardait par la fenêtre. La lune était haute au-dessus de la crête de la montagne ; son halo lumineux emplissait la nuit.

— Si ce n'est pas la lune, qu'est-ce que c'est ? insistai-je.

Je lui caressai le ventre, laissant mes doigts traîner sur l'arche de ses côtes.

Il poussa un nouveau soupir et me pressa la main.

— Rien, dit-il enfin. Juste un petit regret.

Il tourna la tête vers le lit où dormait Brianna.

— Je regrette simplement que nous devions la perdre si vite.

Elle nous avait raconté ses recherches, la découverte de l'avis de décès, son voyage en Ecosse, sa visite à Lallybroch (maudite Laoghaire !) et ses aventures avec Roger Wakefield. Elle n'avait pas tout dit, mais c'était aussi bien. Jamie n'avait sans doute pas envie de connaître les détails. Il était moins perturbé par la perspective d'une mort lointaine par le feu que par celle, plus imminente, de l'interruption de ses retrouvailles avec sa fille.

— Il faudra qu'elle reparte, *Sassenach*, tu le sais aussi bien que moi. Regarde-la. On dirait un des chameaux du roi Louis, non ?

Malgré mes propres regrets, je ne pus m'empêcher de sourire. Dans son palais de Versailles, le roi Louis de France avait eu une ménagerie. Lorsqu'il faisait beau, les gardiens sortaient les animaux dans les jardins, pour l'édification des courtisans médusés.

Un jour que nous marchions dans ces jardins, nous étions tombés nez à nez avec un chameau, somptueusement harnaché d'or et d'argent, promenant son dédain calme devant une foule émerveillée. Il paraissait si exotique... et parfaitement déplacé entre les statues de marbre blanc.

— Oui, bien sûr... elle devra rentrer, convins-je. Sa place est là-bas.

— Je sais. Mais quand même, ça me fend le cœur.

— Moi aussi.

J'appuyai mon front contre son épaule.

— Mais on ne la perdra pas vraiment. Tu te souviens de... de Faith ?

Ma voix trembla en prononçant le prénom de notre petite fille, morte à la naissance, en France.

— Bien sûr, comment veux-tu que je l'oublie ?

— Je ne te l'ai jamais dit mais, quand nous sommes retournés à Paris pour voir Jared, je suis allée à l'hôpital des Anges. Je me suis rendue sur sa tombe. Je... je lui ai apporté une tulipe rose.

Il resta silencieux un moment, puis dit d'une voix si basse que je l'entendis à peine :

— Moi, je lui ai apporté des violettes.

— Tu ne m'as rien dit !

— Toi non plus.

Ses doigts parcouraient ma colonne vertébrale, descendant et remontant doucement.

— J'avais peur que...

Je n'achevai pas ma phrase. J'avais craint qu'il ne se sente coupable, qu'il pense que je lui reprochais encore la mort de notre enfant, comme je l'avais déjà fait autrefois. A l'époque, nous venions à peine de nous retrouver et je n'avais pas voulu mettre en péril ce lien ténu entre nous.

— Moi aussi.

— Je regrette que tu ne l'aies jamais vue, dis-je enfin.

Il se tourna vers moi et m'enlaça, ses lèvres effleurant mon front.

— Ça n'a plus d'importance. Tu as raison, *Sassenach*. Elle sera toujours avec nous, comme Brianna. Si... si elle part, elle sera encore avec nous.

— Peu importe ce qui arrive. Lorsqu'un enfant s'en va, même s'il part loin et pour longtemps, même s'il part pour toujours, on ne le perd jamais. On ne peut pas.

Il ne répondit pas mais me serra plus fort contre lui et soupira. Un courant d'air passa sur nous en bruissant comme des ailes d'ange et nous nous endormîmes lentement, baignés par la lumière sans âge de la lune.

43

Le whisky

Je n'aimais pas Ronnie Sinclair. Je ne l'avais jamais aimé. Je n'aimais pas son visage de bellâtre, son sourire de renard ou la façon dont il soutenait mon regard : si direct, si ouvertement honnête que l'on avait toujours l'impression qu'il cachait quelque chose. Mais surtout, je n'aimais pas la façon dont il lorgnait ma fille.

Je me raclai bruyamment la gorge, le faisant sursauter. Il me sourit de toutes ses dents sans cesser de tripoter un cerceau de tonneau.

— Jamie aura besoin d'une autre douzaine de petits fûts à whisky pour la fin du mois, et il me faudra également un grand tonneau de noyer blanc pour y stocker la viande séchée, le plus tôt possible.

Il traça une série d'encoches énigmatiques sur la planche de pin suspendue au mur. Sinclair ne savait ni lire ni écrire, ce qui était rare pour un Ecossais, mais il avait développé une sorte de sténographie de son cru pour enregistrer ses commandes et tenir sa comptabilité.

— Bien, m'dame Fraser, ce sera tout ?

Je réfléchis, essayant d'évaluer nos besoins en tonnellerie avant les premières neiges. Il me restait du poisson et de la viande à saler, mais je préférais les conserver dans des jarres de terre cuite. Dans les fûts de bois, ils prenaient un arrière-goût de térébenthine. J'avais déjà un tonneau bien sec où je rangeais les pommes et un autre pour les courges. Les pommes de terre étaient stockées sur des étagères pour éviter qu'elles ne pourrissent.

— Oui, répondis-je enfin.

— Bien, m'dame.

Il hésita, faisant tourner le cerceau entre ses doigts.

— C'est m'sieur Fraser qui viendra les chercher lui-même quand ils seront prêts ?

— Non. Il doit rentrer l'orge, abattre des bêtes et s'occuper de la distillerie. Tout est en retard cette année à cause du procès. Pourquoi ? Vous avez un message à lui communiquer ?

Situé au pied de la colline près de la route, l'atelier du tonnelier était le premier bâtiment que les visiteurs apercevaient et, donc, le lieu où arrivaient d'abord tous les potins ne provenant pas de Fraser's Ridge.

Sinclair inclina la tête sur le côté, incertain.

— Bah ! Ce n'est probablement rien. J'ai entendu dire qu'un étranger posait des questions sur Jamie Fraser dans la région.

Du coin de l'œil, je vis Brianna faire volte-face, abandonnant son inspection des outils de l'artisan. Elle s'approcha, sa jupe longue balayant la sciure et les copeaux qui jonchaient le sol.

— Vous connaissez le nom de cet étranger ? demanda-t-elle. Ou bien pouvez-vous le décrire ?

Sinclair eut un mouvement de surprise. Il était curieusement bâti, avec des épaules étroites mais des bras musclés et des mains si énormes qu'elles auraient pu appartenir à un homme mesurant deux fois sa taille.

— Eh bien... pour ce qui est de son aspect, je n'en sais trop rien, mais il a dit qu'il s'appelait Hodgepile.

La lueur d'espoir dans les yeux de Brianna s'éteignit aussitôt.

— Ça m'étonnerait que ce soit Roger, me chuchota-t-elle.

— Sans doute, convins-je. Il n'a aucune raison de changer de nom.

M'adressant à Sinclair, je lui demandai :

— Vous n'auriez pas entendu parler d'un certain Wakefield, par hasard ?

— Non, m'dame. M'sieur a déjà fait passer le mot. Si quelqu'un se présente sous ce nom, on doit tout de suite le conduire chez vous. Si ce Wakefield met un doigt de pied dans le comté, vous pouvez être sûre de le savoir aussitôt.

Brianna soupira et ravala sa déception. On était déjà à la mi-octobre et, bien qu'elle n'en parlât jamais, elle se sentait de plus en plus inquiète. Nous aussi. Après ce qu'elle nous avait dit sur le projet de Roger, les multiples catastrophes qui avaient pu s'abattre sur lui m'empêchaient de dormir.

— ... au sujet du whisky, acheva Sinclair.

— Du whisky ? Cet Hodgepile se renseignait au sujet de Jamie et de son whisky ?

— Oui. A Cross Creek. Personne n'a pipé, bien sûr. Mais celui qui me l'a raconté a dit que celui à qui il avait parlé pensait qu'il était soldat. C'est pas facile pour les troufions de se débarrasser de la farine dans leurs cheveux.

— Il n'était pas en uniforme, tout de même ?

Les dragons anglais portaient leurs cheveux poudrés, tressés et enveloppés dans une bande de laine d'agneau. Sous ce climat, la poudre de riz mêlée à la transpiration se transformait rapidement en une pâte croûteuse.

— Oh, non ! répondit Sinclair. Il a prétendu être trappeur, mais il marchait comme s'il avait un manche à balai dans le cul et ses bottes en cuir crissaient le neuf. Enfin, c'est ce qu'a dit Geordie MacClintock.

— Hum... c'est sans doute un des hommes de Murchison. Merci, je le dirai à Jamie.

Je quittai la tonnellerie avec Brianna, me demandant ce que mijotait cet Hodgepile. Il ne pouvait pas grand-chose. Jamie avait en grande partie choisi le site de Fraser's Ridge parce que son isolement était notre meilleure défense contre les intrus. En cas de guerre, les nombreux inconvénients seraient vite compensés par les avantages. Aucune bataille ne serait menée à Fraser's Ridge, j'en étais persuadée.

Quelle que soit la virulence de Murchison, ou la compétence de ses espions, ses supérieurs ne l'autoriseraient jamais à conduire une expédition armée à plusieurs centaines de kilomètres à l'intérieur des terres uniquement pour fermer une distillerie clandestine dont la production ne dépassait pas quelques centaines de litres par an.

Lizzie et Ian nous attendaient au-dehors, à ramasser du petit bois parmi les déchets de la tonnellerie.

— Tu veux bien charger les fûts dans la carriole avec Ian ? demandai-je à Brianna. J'aimerais examiner Lizzie à la lumière du jour.

Brianna acquiesça et partit aider Ian à soulever la demi-douzaine de tonneaux qui attendaient devant l'atelier. Ils étaient petits mais lourds. C'était tout l'art qu'il mettait dans la réalisation de ces fûts qui avait valu à Ronnie Sinclair d'obtenir sa terre et son atelier, en dépit de sa personnalité peu avenante. Peu de tonneliers savaient aussi bien culotter l'intérieur de leurs fûts en chêne, afin qu'ils donnent une belle couleur ambrée et un arôme fumé au whisky.

— Viens par ici, ma petite, dis-je à Lizzie. Laisse-moi voir tes yeux.

Lizzie écarquilla docilement les yeux, me laissant abaisser sa paupière inférieure pour examiner sa sclérotique. Elle était encore très maigre, mais son teint jaunâtre commençait à disparaître et ses yeux avaient presque retrouvé leur blancheur d'origine. Je lui palpai la gorge. Les ganglions lymphatiques avaient désenflé.

— Tu te sens mieux ? questionnai-je.

Elle hocha la tête. C'était sa première sortie depuis son arrivée avec Ian, trois semaines plus tôt. Elle avait encore les jambes molles comme un veau qui vient de naître. Toutefois, mes infusions semblaient avoir fait leur effet. Elle n'avait pas eu de nouvel accès de fièvre au cours de la dernière semaine et j'avais bon espoir de guérir rapidement ses troubles hépatiques.

— Madame Fraser ?

Sa voix me fit sursauter. Elle était si timide qu'elle ne nous parlait presque jamais directement, à Jamie et à moi ; elle chuchotait à Brianna, qui se chargeait de nous transmettre.

— Oui, ma chérie ?

— Je... je n'ai pas pu m'empêcher d'entendre que M. Fraser avait demandé au tonnelier d'être attentif au cas où il y aurait des nouvelles du monsieur de Mlle Brianna.

— Oui ?

— Vous croyez qu'il pourrait en faire autant pour mon père ?

Elle était rouge comme une pivoine.

Brianna, qui avait fini de charger les tonneaux et était venue nous rejoindre, ouvrit grand la bouche puis serra sa petite servante contre elle.

— Oh, pardon, Lizzie ! s'écria-t-elle. Je n'avais pas oublié, mais je n'ai pas pensé à... Attends une minute ! Je vais en parler tout de suite à M. Sinclair.

Elle disparut dans un tourbillon de jupes à l'intérieur de l'atelier.

— Ton père ? demandai-je à Lizzie. Tu ne sais pas où il se trouve ?

— Je sais qu'il est parti comme ouvrier sous contrat, mais je ne sais pas où, seulement qu'il est quelque part dans les colonies du Sud.

Ma foi, cela limitait les recherches à un périmètre de quelques centaines de milliers de kilomètres carrés ! Toutefois, il ne coûtait rien de suggérer à Sinclair de faire passer le message. Les journaux étaient rares dans le Sud. La plupart des informations se transmettaient de bouche à oreille dans les boutiques et les tavernes, ou passaient d'une plantation à l'autre par l'intermédiaire des esclaves et des domestiques.

Le fait de songer aux journaux me mit mal à l'aise. Il nous restait sept ans avant la date fatidique. En outre, Brianna avait raison : que la maison soit condamnée à brûler ou non le 21 janvier, il nous serait sûrement possible de ne pas nous y trouver ce jour-là.

Brianna réapparut, le visage rouge, grimpa prestement sur le banc de la carriole et saisit les rênes, avec un regard impatient.

Remarquant sa mine pincée, Ian fronça les sourcils et tourna un regard accusateur vers l'atelier.

— Qu'est-ce qu'il y a, cousine ? Ce gringalet t'a manqué de respect ?

— Mais non, répondit-elle, agacée. Alors, vous êtes prêts, ou quoi ?

Ian hissa Lizzie à bord du véhicule et m'aida à grimper à côté de Brianna. Il lui avait appris à conduire les mules et attachait un soin professionnel à ses leçons.

— Surveille bien la carne de droite, lui conseilla-t-il. Elle flemmarde toujours, et laisse l'autre faire tout le travail. Il faut lui donner un petit coup de cravache sur la croupe de temps en temps pour la rappeler à l'ordre.

Il s'affala à l'arrière de la carriole à côté de Lizzie. Je pouvais l'entendre lui raconter des histoires invraisemblables tandis qu'elle pouffait de rire. Etant lui-même le benjamin de la famille, Ian était ravi de la présence de Lizzie, qu'il traitait comme une petite sœur, en la taquinant tout en veillant sur elle.

L'atelier du tonnelier s'éloignait derrière nous ; je me tournai vers Brianna.

— Qu'est-ce qu'il a fait ? demandai-je discrètement.

— Rien. Je l'ai interrompu.

Ses joues s'empourprèrent encore.

— Mais qu'est-ce qu'il faisait ? insistai-je.

— Il dessinait des femmes nues sur un morceau de bois.

Je me mis à rire.

— Que veux-tu, il n'a pas de femme et ne risque pas d'en trouver une de sitôt. Les femmes sont rares dans l'ensemble de la colonie et encore plus par ici. Il a bien le droit de fantasmer !

Je ressentis un élan de sympathie inattendu pour Sinclair. Il était seul depuis très longtemps. Sa femme était morte pendant la période tragique qui avait suivi Culloden et lui-même avait passé dix ans en prison avant d'être déporté en Amérique. S'il avait noué des liens ici, ils n'avaient pas duré. Il devait se sentir très seul. Je voyais soudain sous une lumière nouvelle son intérêt pour les potins, ses regards furtifs, même son utilisation de Brianna pour son inspiration artistique. Je savais ce que signifiait la solitude.

Brianna avait déjà oublié sa gêne et se mit à siffloter un air des Beatles. Une pensée insidieuse traversa mon esprit. Si Roger ne réapparaissait pas, elle ne resterait pas seule trop longtemps, aussi bien ici avec nous qu'une fois rentrée chez elle. Mais c'était idiot de ma part. Il *viendrait*. Sinon...

Une idée que je tentais de refouler depuis un certain temps se fraya un chemin à travers mes pensées. *S'il ne veut plus venir la chercher ?* Je savais qu'ils s'étaient disputés, mais Brianna restait très évasive à ce sujet. Etait-il fâché au point de décider de rentrer seul ?

Je subodorais que Brianna avait eu la même pensée. Elle ne nous parlait pratiquement plus de lui mais je voyais une lueur d'espoir traverser son regard chaque fois que Clarence nous annonçait un visiteur, et s'éteindre chaque fois qu'il s'avérait être un métayer de Jamie ou l'un des amis tuscaroras de Ian.

— Allez, dépêchez-vous, vieux bidets ! marmonnai-je entre mes dents.

Brianna m'entendit et fit claquer ses rênes sur la croupe des mules.

— Hue ! cria-t-elle.

La carriole accéléra, nous bringuebalant sur la petite route qui menait à la maison.

— Cela n'a rien à voir avec la distillerie dans la cave de Castle Leoch, mais ça fait quand même du whisky, enfin... plus ou moins.

Jamie tripota le robinet de l'alambic de fortune. Malgré son ton modeste, Brianna pouvait constater à quel point il était fier de sa petite distillerie. Elle se situait à trois kilomètres de la cabane, près de la maison de Fergus, afin que Marsali puisse passer plusieurs fois par jour pour surveiller la fermentation. En retour de ses services, Fergus et elle recevaient une part un peu plus importante de la production que les autres fermiers de Fraser's Ridge qui, eux, fournissaient l'orge et aidaient à la distribution du whisky.

— Veux-tu lâcher ça ! s'écria Marsali.

Elle saisit le poignet de son fils et lui ouvrit les doigts un à un. Un gros cafard s'en échappa et fila se cacher sous des rondins de bois.

— Ça ne peut pas lui faire de mal, dit Ian avec un sourire. J'en ai déjà mangé plusieurs fois chez les Indiens. Mais c'est moins bon que les sauterelles, surtout celles qui sont fumées.

Brianna et Marsali firent des grimaces de dégoût, ce qui accentua encore le sourire de Ian. Il saisit un nouveau sac d'orge et en déversa le contenu sur un tamis. Deux autres cafards, soudain exposés à la lumière du jour, tombèrent sur le sol et coururent à l'abri sous la tour de maltage rudimentaire. Germain fit mine de les poursuivre et sa mère le rattrapa de justesse.

— Non, j'ai dit !

Les deux jeunes femmes restèrent un moment à observer Jamie et Ian qui étalaient le grain sur la plate-forme de séchage.

— Combien de temps ça va prendre ? demanda Brianna en se penchant sur une cuve de fermentation.

— Oh, ça dépend du climat.

Marsali lança un regard expert vers le ciel, qui commençait à s'assombrir en un bleu outremer, prenant ses teintes de fin d'après-midi. Seuls quelques filets de nuage flottaient au-dessus de la ligne d'horizon.

— S'il continue à faire beau comme ça, je dirais... Germain !

L'enfant était en train de se glisser sous une pile de bûches, leur montrant ses fesses. Brianna le rejoignit en trois enjambées et le prit dans ses bras. Germain émit des cris de protestation et battit des jambes.

— Aïe ! fit Brianna en le reposant à terre.

Marsali poussa un soupir exaspéré et reposa sa louche.

— Qu'est-ce que tu as encore dans la main ? demanda-t-elle à son fils.

Celui-ci, ayant retenu la leçon, mit aussitôt sa dernière acquisition dans sa bouche et déglutit. Il vira presque simultanément au violet et se mit à faire des bruits d'étranglement.

Poussant un cri d'effroi, Marsali tomba à genoux et essaya de lui écarter les mâchoires de force. Germain roulait des yeux exorbités et chancela en arrière. Un filet de bave lui coulait sur le menton.

— Laisse-moi faire, dit Brianna.

Elle saisit l'enfant par un bras, le plaqua contre elle et, plaçant ses deux poings contre son ventre, les remonta d'un coup sec.

Germain émit un chuintement étouffé et un petit objet rond jaillit de sa bouche. Il gargouilla, cherchant de l'air, puis prit une grande inspiration et se mit à brailler, son teint passant du bleu à un rouge plus sain en quelques secondes.

— Il n'a rien ? demanda Jamie.

Il contempla l'enfant qui pleurait dans les bras de sa mère et lança un regard satisfait vers Brianna.

— Quel réflexe ! dit-il, admiratif. Tu as fait du bon travail, ma fille.

— Merci, dit Brianna. Heureusement que ça a marché !

Elle avait les jambes molles. Quelques secondes de plus, et l'enfant aurait pu y passer ! Son père la réconforta d'une petite tape sur l'épaule.

— Tu ferais mieux de le ramener à la maison, conseilla-t-il à Marsali. Donne-lui son dîner et couche-le. On s'occupe de fermer la distillerie.

Marsali acquiesça, encore sous le choc. Elle écarta une mèche blonde de son front et adressa un faible sourire à Brianna.

— Merci, ma sœur.

Brianna ressentit une pointe de plaisir à s'entendre appeler ainsi.

Marsali ramassa ses affaires et, après un salut à Jamie, prit le chemin de sa maison, le petit Germain dans ses bras, jouant avec ses cheveux. Ian, qui avait fini d'étaler l'orge, sauta au bas de la plate-forme pour venir féliciter Brianna.

— C'était du beau travail, cousine, lança Ian. Où as-tu appris à faire ça ?

— Grâce à ma mère.

Jamie se pencha, cherchant quelque chose sur le sol.

— Qu'est-ce qu'il avait avalé ? demanda-t-il.

— Ça, répondit Brianna.

Elle ramassa un objet tombé parmi les feuilles mortes. C'était un bouton de bois grossièrement taillé.

— Fais voir, demanda Jamie.

Elle laissa tomber le bouton dans sa paume.

— Ian, tu n'aurais pas perdu un bouton, par hasard ?

— Non, il appartient peut-être à Fergus.

— Ça m'étonnerait, dit Jamie. Fergus est trop coquet pour porter ce genre de chose. Tous les boutons de son manteau sont en corne polie.

Il examina longuement le bouton, le front plissé, puis haussa les épaules et le rangea dans son *sporran*.

— Bah ! fit-il. Je demanderai autour de moi. Tu veux bien t'occuper de finir le travail, Ian ? Il ne reste plus grand-chose à faire.

Se tournant vers Brianna, il ajouta ;

— Viens avec moi. On s'arrêtera chez les Lindsey en chemin pour leur demander.

Kenny Lindsey ne se trouvait pas chez lui.

— Duncan Innes est venu le chercher il y a environ une heure, les informa Mme Lindsey.

Se tenant sur le seuil de sa porte, elle mit sa main en visière pour se protéger du soleil.

— Ils sont sans doute chez vous, ajouta-t-elle. Vous ne voulez pas entrer une minute boire un verre ?

— Non, je vous remercie, répondit Jamie. Ma femme doit nous attendre pour dîner. Mais vous pouvez peut-être me dire si ceci appartient à votre mari ?

Mme Lindsey examina le bouton :

— Non. Je viens juste de lui en coudre une nouvelle série qu'il a sculptée dans les bois d'un cerf. Il est tellement doué ! Ils sont tous différents, ils portent chacun un petit visage d'elfe grimaçant !

Son regard s'attarda un instant sur Brianna.

— Le frère de Kenny est venu nous rejoindre depuis peu, reprit-elle. Il a un bel endroit près de Cross Creek, avec dix hectares de champs de tabac, traversés par un ruisseau. Il sera au prochain *gathering* de Mount Helicon. Vous y serez aussi, *Mac Dubh* ?

Jamie secoua la tête, sans pouvoir cacher son sourire. Il avait eu beau faire courir le bruit que Brianna était déjà promise, il ne pouvait empêcher les marieuses de spéculer.

— Pas cette année, madame Lindsey. J'ai trop à faire. L'année prochaine, peut-être.

Ils la saluèrent aimablement et reprirent le chemin de la cabane ; le soleil couchant étirait leurs ombres longilignes sur le sentier devant eux.

— Ce bouton a l'air de te tracasser, déclara Brianna, intriguée.

Jamie haussa les épaules. La brise lui hérissait les cheveux sur le crâne.

— Ce n'est peut-être rien, mais on ne sait jamais. Ta mère m'a rapporté ce que lui avait dit Sinclair au sujet de l'homme à Cross Creek, celui qui posait des questions sur notre whisky.

— Hodgepile ?

— Oui. Ce bouton peut très bien appartenir à quelqu'un de Fraser's Ridge. Tout le monde sait où se trouve la distillerie et peut venir y jeter un coup d'œil de temps à autre. Mais s'il appartient à un étranger...

Il haussa à nouveau les épaules.

— Personne ne passe inaperçu, par ici, reprit-il. A moins de se cacher. Si un homme s'arrête devant une ferme pour demander à boire ou à manger, je le sais le lendemain au plus tard. Mais il n'y a rien eu de la sorte. Ça ne peut pas être non plus un Indien, ils ne portent pas de boutons.

Kenny Lindsey but une gorgée de whisky et fit claquer sa langue comme un dégustateur professionnel. Il marqua une pause, fronça les sourcils, puis déglutit.

— Ouïe ! Ça arrache ! dit-il en se frappant la poitrine.

Jamie sourit devant le compliment. Il remplit un autre verre et le poussa vers Duncan.

— Cette cuvée est meilleure que la précédente, convint ce dernier. Elle ne brûle pas la langue.

Lindsey s'essuya la bouche du revers de la main.

— On n'aura pas de problèmes pour l'écouler, convint-il. Woolam en veut un fût. Il lui fera l'année, vu le rythme auquel ces quakers éclusent !

— Tu es convenu d'un prix avec lui ?

Lindsey hocha la tête, reniflant avec appétit le plateau de petits pains que Lizzie venait de déposer sur la table.

— Cinquante kilos d'orge pour le fût, répondit-il. Et autant si tu partages avec lui les bénéfices du whisky que tu produiras avec.

— Ça me paraît honnête, déclara Jamie.

Il interrogea Duncan :

— Tu penses pouvoir négocier le même arrangement avec MacLeod, de Naylor's Creek ? Tu passes devant chez lui pour rentrer chez toi, non ?

Duncan acquiesça et Jamie leva son verre pour sceller leur accord. L'offre de Woolam représentait un total de cent kilos d'orge. C'était plus que l'excédent de récoltes de tous les champs de Fraser's Ridge, soit la matière première pour le whisky de l'année à venir. Jamie se caressa le lobe de l'oreille d'un air absent, et fit ses comptes à voix haute.

— Un fût pour chaque maison de Fraser's Ridge, deux pour Fergus, deux peut-être pour Nacognatewo, un que l'on gardera pour le faire vieillir et... oui, il nous restera une douzaine de fûts à vendre au *gathering*.

La venue de Duncan tombait à point. Jamie était parvenu à troquer sa première production de whisky brut avec les Moraviens de Salem en échange d'outils, d'étoffes et d'autres produits dont nous avions cruellement besoin, mais les planteurs du Cape Fear représentaient sans conteste un meilleur marché. Nous ne pouvions nous absenter du domaine pour faire le voyage d'une semaine à Mount Helicon, mais Duncan se chargerait d'y acheminer le whisky pour le vendre. Je dressais déjà une liste dans ma tête. Tout le monde apportait des choses à vendre au *gathering* : laine, tissus, outils, denrées, bestiaux... J'avais grand besoin d'une petite bouilloire de cuivre, de six coupons de mousseline pour coudre des jupons et...

— Vous pensez qu'il est sage d'approvisionner les Indiens en alcool ?

La question de Brianna m'extirpa de mes rêveries.

— Pourquoi ? demanda Lindsey, légèrement agacé. Après tout, ce n'est pas comme si on le leur donnait. Ils n'ont pas beaucoup d'argent, mais ils nous paient en peaux et ils paient bien.

Brianna me lança un regard, m'appelant à l'aide.

— Oui, mais... j'ai entendu dire que les Indiens ne tenaient pas l'alcool, reprit-elle.

Les trois hommes la dévisagèrent sans comprendre, puis Duncan baissa les yeux vers son verre, le tournant entre ses mains.

— « Tenir l'alcool » ? répéta-t-il.

— Qu'un rien suffit à les saouler, expliqua Brianna.

— Où tu veux en venir ? demanda Lindsey.

— Je veux dire... que je trouve mal d'encourager à boire quelqu'un qui ne peut plus s'arrêter une fois qu'il a commencé.

— Le mot « alcoolique » n'existe pas encore, Bree, dis-je. Pour le moment, ce n'est pas une maladie mais un léger défaut de tempérament.

Jamie la dévisageait, étonné.

— Je peux te dire une chose, ma fille, j'ai vu pas mal d'ivrognes dans ma vie, mais je n'ai encore jamais vu une bouteille bondir de la table toute seule pour se déverser dans un gosier.

Il y eut des grognements d'assentiment dans la pièce, puis la conversation passa à un autre sujet.

— Hodgepile ? dit Duncan. Non, je ne le connais pas, mais je crois avoir déjà entendu son nom.

Il vida son verre d'un coup sec et le reposa avant de demander :

— Tu veux que je me renseigne sur lui au *gathering* ?

Jamie hocha la tête.

Lizzie touillait la marmite devant la cheminée. Du coin de l'œil, je la vis se raidir, mais elle était trop timide pour prendre la parole devant tous ces hommes. Brianna, elle, ne souffrait pas de ce genre d'inhibition.

— Il y a quelqu'un sur lequel j'aimerais obtenir des renseignements, intervint-elle. Roger Wakefield.

— Bien sûr, pas de problème, répondit Duncan en rougissant.

Dans sa confusion, il finit le verre de Kenny Lindsey.

— Autre chose ? demanda-t-il.

— Oui, dis-je en posant un nouveau verre devant le pauvre Lindsey. Pourriez-vous aussi faire quelques recherches au sujet d'un homme appelé Joseph Wemyss ? Il devrait être ouvrier sous contrat sur une plantation.

Duncan hocha la tête, tandis que Brianna disparaissait dans le garde-manger pour chercher du beurre. Lindsey la suivit du regard d'un air curieux.

— « Bree » ? C'est le surnom que vous donnez à votre fille ? demanda-t-il.

— Oui, pourquoi ?

Un sourire en coin apparut sur ses lèvres. Il jeta un coup d'œil à Jamie, toussota, puis enfouit son nez dans son verre.

— C'est un mot écossais, *Sassenach*, m'expliqua Jamie. Une *bree* est une emmerdeuse.

44

Une conversation à trois temps

Octobre 1769

Jamie brandit sa hache et l'abattit sur la souche. Le choc se réverbéra à travers ses bras. Avec une cadence issue d'une longue expérience, il la dégagea, la balança au-dessus de sa tête, et l'abattit à nouveau, projetant des éclats de bois autour de lui. Il cala la souche avec un pied et frappa encore ; la lame mordait le bois à quelques centimètres de sa semelle.

Il aurait pu demander à Ian de se charger de cette corvée et aller lui-même chercher la farine au moulin des Woolam, mais le jeune homme avait mérité de souffler un peu. En outre, ses visites à la famille de quakers étaient pour lui un véritable plaisir. Les trois filles encore non mariées de Woolam étaient habillées comme des sacs de pommes de terre, mais elles étaient jolies et pleines d'esprit. Elles adoraient Ian et rivalisaient à qui le choierait le mieux, à grand renfort de verres de bière et de pâtés de viande.

Jamie préférait encore que son neveu passe son temps avec des quakers vertueuses qu'avec les jeunes Indiennes aux regards lascifs. Il n'avait pas oublié ce que lui avait appris Myers au sujet des squaws qui désignaient librement les hommes qui partageraient leur couche.

Il avait envoyé Lizzie avec Ian, pensant que l'air frais de l'automne lui ferait du bien. La petite avait le teint aussi blanc que Claire, mais avec des nuances maladives de lait écrémé qui n'avaient rien à voir avec les tons riches et soyeux de sa femme.

Au même instant, la porte s'ouvrit et Claire apparut, sa cape sur les épaules et son panier sous le bras. Brianna se tenait derrière elle.

— Tu pars chercher tes herbes ? demanda-t-il.

— Oui, j'ai pensé qu'on pourrait remonter le ruisseau à la recherche de cresson.

— N'allez pas trop loin, leur recommanda-t-il. Les Indiens

chassent en haut de la montagne. Je les ai sentis sur la crête ce matin.

— Tu les as sentis ? répéta Brianna, interloquée.

— C'est l'automne, ils font sécher leur gibier sur de grands bûchers, expliqua-t-il. Quand le vent est bon, on peut les sentir de très loin.

— On n'ira pas plus loin que le torrent aux truites, promit Claire.

Il hésita à les laisser partir, mais il ne pouvait tout de même pas les obliger à rester enfermées dans la cabane uniquement parce que des sauvages rôdaient dans les parages. D'ailleurs, les sauvages en question étaient sans doute autant occupés que lui à préparer l'arrivée de l'hiver.

S'il n'y avait eu que les gens de Nacognatewo, il n'aurait pas été inquiet, mais les expéditions de chasse venaient parfois de très loin et ceux qu'il avait repérés pouvaient être des Cherokees ou une petite tribu étrange appelée le « peuple Chien ». De ces derniers, il ne restait plus qu'un seul village, mais ils se montraient profondément suspicieux envers les Blancs... pour d'excellentes raisons.

Le regard de Brianna s'attarda un instant sur son dos nu zébré de cicatrices. Elle ne manifesta ni dégoût ni curiosité, même quand elle posa une main sur son épaule pour l'embrasser sur la joue, bien qu'elle dût sentir les bourrelets de chair sous ses doigts.

Claire lui avait sûrement tout raconté au sujet de Jack Randall et des événements qui avaient précédé le Soulèvement. Un frisson le parcourut et il recula d'un pas, se soustrayant à son contact sans pour autant cesser de sourire.

Claire s'approcha et lui enleva un copeau pris dans ses cheveux.

— Il y a du pain dans le buffet et il reste un peu de ragoût pour Ian, Lizzie et toi dans la marmite. Ne mange pas la tarte dans le garde-manger, c'est pour le dîner.

Il attrapa ses doigts au vol et les baisa. Elle eut l'air surprise, puis une jolie couleur rosée envahit ses joues. Elle se haussa sur la pointe des pieds et l'embrassa sur la bouche avant de filer pour rattraper Brianna, qui avait déjà atteint la lisière de la forêt.

— Faites attention ! leur cria-t-il encore.

Elles agitèrent la main en guise de salut puis s'enfoncèrent dans les bois.

— *Deo gratias*, murmura-t-il.

Il attendit que le dernier éclat de la robe de Brianna eût disparu derrière les arbres avant de se remettre au travail.

Jamie s'assit sur la souche, une poignée de clous posée sur le sol, et entreprit de réparer le manche de sa hache. Le temps s'était rafraîchi et il avait remis sa chemise. Il avait faim, aussi, mais décida d'attendre que les petits rentrent de chez les Woolam. Avec tout ce dont ils avaient dû se gaver ! pensa-t-il cyniquement. Il pouvait presque sentir le parfum délicieux des pâtés de viande de Sarah Woolam se mêler à l'odeur des feuilles d'automne qui jonchaient le sol.

Il se demanda ce que Claire avait raconté au juste à Brianna. Ces conversations à trois temps étaient étranges, mais assez agréables, somme toute. Sa fille et lui étaient encore un peu trop timides pour aborder des sujets intimes. Chacun se confiait donc à Claire, sachant qu'elle transmettrait le message, se faisant l'interprète de ce nouveau langage du cœur, hésitant mais sincère.

S'il était reconnaissant au destin de lui avoir enfin fait rencontrer sa fille, il lui tardait aussi de pouvoir à nouveau faire l'amour à sa femme dans leur lit. Il commençait à faire un peu trop frais pour leurs ébats dans la remise aux simples ou dans la forêt, bien qu'il dût reconnaître que de batifoler sur l'épais manteau de feuilles jaunies avait son charme.

Il considéra la haute pile de bois qui attendait en lisière de la clairière, puis leva les yeux vers le soleil. Si Ian rentrait assez tôt, ils auraient peut-être le temps de tailler encore une douzaine de bûches avant la nuit.

Reposant sa hache un moment, il s'approcha de la cabane et parcourut les contours de la nouvelle chambre qu'il comptait bâtir, en attendant que la maison soit prête. Brianna était une jeune femme. Il était normal qu'elle ait une pièce à elle. Et si cela lui permettait de jouir à nouveau d'un peu d'intimité avec Claire, alors tant mieux !

Il entendit un bruit de pas derrière lui mais ne se retourna pas. Il y eut un petit toussotement, comme un éternuement d'écureuil.

— Lizzie, dit-il tout en fixant le sol, tu as apprécié ta promenade ? Les Woolam vont bien ?

Elle ne répondit pas, émettant un petit son étranglé qui le fit se retourner.

La jeune servante était pâle, les traits tendus, avec un air de souris effrayée. Il savait qu'avec sa grande taille et sa voix grave, il lui faisait peur et prenait soin de toujours lui parler doucement et lentement, comme il l'aurait fait avec un chien battu.

— Que se passe-t-il ? Vous avez eu un accident ? Il est arrivé quelque chose à la carriole ou aux chevaux ?

Elle fit non de la tête, et le bout de son nez vira au rouge.

— Ian va bien ?

Il ne voulait pas la troubler plus que nécessaire, mais elle commençait à l'inquiéter. De toute évidence, il s'était passé quelque chose.

— Je vais bien, oncle Jamie. Les chevaux aussi.

Aussi silencieux qu'un Indien, Ian venait d'apparaître au coin de la cabane. Il vint se placer près de Lizzie pour la soutenir de sa présence et elle lui saisit machinalement le bras.

Le regard de Jamie alla de l'un à l'autre. Ian paraissait calme mais son agitation intérieure était manifeste.

— Que s'est-il passé ? demanda Jamie plus sèchement qu'il ne l'aurait voulu.

L'adolescente tressaillit.

— Tu ferais mieux de lui dire, conseilla Ian. Il ne reste peut-être plus beaucoup de temps.

Il lui toucha l'épaule pour l'encourager. Elle rassembla son courage et se redressa.

— Il... y... avait... un homme au moulin, monsieur.

— Elle le connaissait, oncle Jamie, précisa Ian. Elle l'avait déjà vu avec Brianna.

— Ah oui ? dit Jamie en essayant de se montrer encourageant.

Un mauvais pressentiment lui hérissait la nuque.

— A Wilmington, dit Lizzie. J'ai entendu un marin l'appeler MacKenzie.

Jamie lança un regard surpris à Ian, qui précisa :

— Il n'a pas indiqué d'où il venait. Mais il ne ressemble pas aux gens de Castle Leoch. Je l'ai vu, moi aussi, et je l'ai entendu parler. C'est peut-être un Highlander, mais éduqué dans le Sud. Il s'exprime comme un homme cultivé.

— Ce MacKenzie semblait connaître ma fille ?

Lizzie plissa le front :

— Oh oui, monsieur ! Elle le connaissait aussi... elle avait peur de lui.

— Peur ? Pourquoi ?

— Je ne sais pas, monsieur. Mais elle est devenue toute blanche quand elle l'a vu et elle a poussé un cri.

— Qu'est-ce qu'il a fait ?

— Eh bien.. euh... rien. Il s'est approché d'elle, l'a prise par le bras et lui a dit qu'elle devait venir avec lui. Tout le monde dans l'auberge les regardait. Elle s'est libérée, pâle comme un linge, puis elle m'a dit de ne pas m'inquiéter, que je devais l'attendre et qu'elle reviendrait. Ensuite, elle est sortie avec lui.

Lizzie s'interrompit pour reprendre son souffle et essuya le bout de son nez qui commençait à couler.

— Il a fini par la laisser partir ?

— J'aurais dû la suivre, je sais que j'aurais dû, monsieur ! Mais j'ai eu peur. Que Dieu me pardonne !

Jamie fit un effort surhumain pour adopter l'expression la plus neutre possible et garder son calme.

— Et ensuite... que s'est-il passé ?

— Je suis montée dans la chambre, comme elle me l'avait ordonné. Je me suis couchée et j'ai prié de toutes mes forces.

— Très utile ! cracha Jamie.

— Oncle Jamie...

Ian avait parlé d'une voix douce mais ferme, soutenant le regard de son oncle.

— Ce n'est qu'une enfant. Elle a fait de son mieux.

— Pardonne-moi, petite, reprit Jamie. Je ne voulais pas te faire peur. Mais je t'en prie, viens-en au but.

— Elle... elle n'est rentrée qu'à l'aube. Et... Je pouvais sentir son odeur sur elle. L'odeur... de... de sa semence.

Son propre accès de rage le prit par surprise, comme si un éclair lui avait traversé la poitrine. Il manqua s'étrangler mais serra les poings pour se contrôler.

— Il a couché avec elle, c'est ça ?

Bien que mortifiée par la franchise de sa question, la petite servante ne put qu'acquiescer. Elle se tordait les mains dans les plis de sa jupe, fixant le sol.

— Oui, monsieur. Elle attend un enfant. Vous ne vous en êtes donc pas encore rendu compte ? Ça ne peut être que lui... elle était vierge quand il l'a prise. A présent, il est venu la chercher et elle a peur.

Tout à coup, le déclic se fit et il en eut la chair de poule. Les détails qu'il n'avait qu'à moitié remarqués, les refoulant au fond de sa conscience, se mirent en place comme les éléments d'un puzzle. L'aspect de Brianna, son comportement étrange : un instant enjouée, l'autre plongée dans ses rêveries. Il savait reconnaître les premiers signes d'une grossesse. S'il avait connu Brianna depuis plus longtemps, il aurait sans doute constaté les changements, mais...

Claire ! Claire savait, naturellement ! Elle connaissait sa fille et elle était médecin. Elle savait forcément... et elle ne lui avait rien dit.

— Tu es sûre de ce que tu avances ? demanda-t-il.

— Je suis sa servante, monsieur.

— Elle veut dire que Brianna n'a pas saigné depuis deux mois, traduisit Ian sur un ton détaché.

Ayant eu plusieurs sœurs aînées, il n'était pas entravé par la délicatesse de Lizzie.

— Je... je n'aurais rien dit, monsieur, reprit la malheureuse. Mais... quand j'ai vu cet homme...

— Tu crois qu'il est venu la réclamer, oncle Jamie ? Nous devons l'arrêter, n'est-ce pas ?

Une lueur de rage et d'excitation brillait dans les yeux du jeune homme.

— Je ne sais pas, répondit Jamie.

Son calme l'étonna. Il avait à peine eu le temps d'assimiler la nouvelle et encore moins d'en tirer des conclusions, mais son neveu avait raison, une menace imminente pesait sur eux et il fallait la régler au plus vite.

Si ce MacKenzie le souhaitait, il pouvait exiger la main de Brianna. Il avait le droit pour lui, l'enfant à naître étant son meilleur atout. Un tribunal n'obligerait pas une femme à épouser un violeur, mais aucun magistrat ne refuserait à un homme le droit à sa femme et à son enfant, quel que soit l'avis de la femme.

Ses propres parents s'en étaient servis à leur avantage : ils avaient fui et s'étaient cachés dans les montagnes des Highlands jusqu'à ce que sa mère soit visiblement enceinte, afin que ses frères soit obligés d'accepter leur mariage indésirable. Un enfant constituait un lien définitif et inaliénable entre un homme et une femme. Il était bien placé pour le savoir.

— Il doit être sur vos talons, non ? Les Woolam lui auront indiqué le chemin.

— J'en doute, répondit Ian. Nous lui avons volé son cheval.

Il sourit à Lizzie d'un air complice.

— Oui, mais rien ne l'empêche de prendre la carriole ou l'une des mules, insista Jamie.

Le sourire de Ian s'accentua encore.

— J'ai laissé Rollo dans la carriole. Je crois qu'il viendra à pied, oncle Jamie.

Malgré lui, celui-ci esquissa un sourire.

— Tu as été rapide, mon neveu.

— C'est que je ne voulais pas que cette ordure nous prenne de court. Bien que ça fasse un bout de temps que cousine Brianna ne parle plus de son fiancé, Wakefield, je me suis dit qu'elle n'avait sans doute pas envie de revoir ce MacKenzie.

— Je trouve que ce M. Wakefield tarde un peu trop à venir, bougonna Jamie. Surtout si...

Il s'interrompit. Il n'y avait rien d'étonnant qu'elle ne soit plus si pressée de retrouver Wakefield avec ce qui lui arrivait. Comment pourrait-elle expliquer le gonflement de son ventre à un prétendant qui l'avait laissée vierge ?

Jamie desserra les poings. Il serait toujours temps de réfléchir à la question ; pour le moment, il y avait un problème plus urgent à régler.

— Ian, va me chercher mes pistolets dans la cabane. Et toi, petite...

Il fit de son mieux pour lui adresser un sourire rassurant et saisit sa veste, jetée sur des rondins de bois.

— Reste ici, lui ordonna-t-il, et attends ta maîtresse. Dis à ma femme que... que je suis allé chez Fergus lui donner un coup de main pour bâtir sa cheminée. Surtout, pas un mot de tout cela à ma femme ou à ma fille... sinon, je t'étripe.

Il ne parlait pas sérieusement mais la pauvre servante faillit tourner de l'œil. Elle devint livide et se laissa tomber sur la souche, les genoux tremblants, saisit le petit médaillon suspendu à son cou et le tripota nerveusement. Elle observa M. Fraser qui descendait le sentier à grands pas de loup-garou. Le soleil de l'automne projetait une ombre longue et noire devant lui et faisait flamboyer ses cheveux.

— Oh, Sainte Mère, gémit-elle. Très Sainte Mère, qu'est-ce que j'ai fait ? Qu'est-ce que j'ai fait ?

45

Cinquante pour cent

Les feuilles de chêne desséchées craquaient sous nos semelles. Les noyers immenses qui nous surplombaient déversaient sur nous une lente pluie jaune et rousse.

— C'est vrai que les Indiens savent se déplacer dans la forêt sans faire de bruit, ou c'est simplement quelque chose qu'on nous raconte chez les scouts ? demanda Brianna.

Avec nos jupes larges et nos jupons qui traînaient par terre et soulevaient des nuages de feuilles mortes, nous faisions plus de bruit qu'un troupeau d'éléphants.

— Pas quand il fait sec comme aujourd'hui, expliquai-je. A moins de se balancer d'arbre en arbre comme des chimpanzés. Mais au printemps, quand il fait plus humide, c'est une autre histoire. Même moi, je peux marcher sans faire de bruit, le sol est comme une éponge.

Je tirai sur mes jupes pour éviter qu'elles ne se prennent dans des branches de sureau et me penchai pour examiner les fruits. Ils étaient rouge sombre mais ne présentaient pas encore les reflets noirs qui indiquaient qu'ils étaient parfaitement mûrs.

— Encore deux jours, conclus-je. Si je les destinais à des fins médicinales, je les cueillerais tout de suite. Mais pour le jus et pour les faire sécher comme des raisins, il faut qu'ils soient très sucrés. On les prend quand ils sont sur le point de tomber de leur tige.

— Quel repère as-tu choisi ? Non, ne me dis pas, laisse-moi le trouver toute seule.

· Brianna regarda autour de nous et sourit :

— Ce rocher là-bas, celui qui ressemble à une statue de l'île de Pâques.

— Bravo ! En effet, il ne changera pas au fil des saisons.

Une fois parvenues au bord du torrent, nous nous séparâmes, longeant chacune une rive. Brianna cherchait du cresson tandis que j'inspectais les environs en quête de champignons et de plantes médicinales.

Tout en cherchant, je la surveillais du coin de l'œil. Elle avait retroussé ses jupes et pataugeait dans l'eau, dévoilant de longs mollets musclés.

Quelque chose clochait. Je le sentais depuis plusieurs jours. Au début, j'avais cru que son air tendu était dû à sa nouvelle situation. Mais au fil des semaines, Jamie et elle avaient noué des liens qui, bien qu'encore marqués par la timidité, devenaient de plus en plus chaleureux. Ils ne se lassaient pas d'être l'un avec l'autre et je ne me lassais pas de les voir ensemble.

Néanmoins, elle était préoccupée. Cela faisait trois ans que je l'avais quittée, et quatre qu'elle m'avait laissée pour prendre son propre appartement. Elle avait changé. Elle était devenue femme. Je ne pouvais plus déchiffrer ses pensées aussi facilement qu'autrefois. Elle avait hérité l'aptitude de Jamie à cacher ses sentiments les plus forts derrière un masque olympien.

J'avais en partie organisé cette expédition pour pouvoir parler seule à seule avec elle. Avec Jamie, Ian et Lizzie constamment dans la cabane, sans parler des constantes allées et venues des métayers et des visiteurs en tout genre, il était impossible d'avoir une conversation en privé. Or, si mes soupçons étaient fondés, il était préférable que personne ne surprenne ce que nous avions à nous dire.

Lorsque mon panier fut rempli à ras bord, Brianna sortit du ruisseau, son panier regorgeant de bouquets de cresson dégoulinants et de prêles fraîches pour en faire des mèches.

Elle s'essuya les pieds sur l'ourlet de son jupon et vint s'asseoir près de moi sous un grand noyer. Je lui tendis la flasque de cidre et attendis qu'elle se soit rafraîchie.

— C'est Roger ? questionnai-je sans préliminaires.

Elle me lança un regard ahuri, puis je vis ses épaules se détendre.

— Je me demandais justement si tu pouvais encore faire ça, remarqua-t-elle simplement.

— Faire quoi ?

— Lire dans mes pensées. J'espérais un peu que ce serait le cas.

— Donne-moi le temps, je suis un peu rouillée.

Je lissai en arrière une mèche qui lui tombait devant les yeux. Elle évita de croiser mon regard. Un engoulevent cria au loin.

— Parle-moi, ma chérie, repris-je doucement. Tu es en retard de combien ?

— Deux mois.

Cette fois, elle me regarda dans les yeux. Je ressentis un léger choc, comme ceux que je recevais souvent depuis son arrivée. Autrefois, son soulagement aurait été celui d'une enfant qui savait que, d'une manière ou d'une autre, je trouverais un moyen de résoudre le problème. Cette fois, ce n'était que le soulagement de pouvoir le partager. Le fait de savoir que, de toute façon, je n'y pouvais rien n'atténua pas mon sentiment d'avoir perdu quelque chose de précieux.

Elle serra ma main, comme pour *me* rassurer, et s'adossa au tronc d'arbre en étirant ses pieds nus.

— Tu le savais déjà ? demanda-t-elle.

— Je savais sans le savoir. Disons que je m'en doutais, malgré moi.

A présent, cela sautait aux yeux. La pâleur de sa peau, les altérations infimes de sa couleur, ce regard toujours tourné vers l'intérieur. J'avais remarqué ces détails mais les avais attribués à sa confrontation brutale avec l'inconnu et le danger, au déferlement d'émotions dû au fait de m'avoir retrouvée, d'avoir rencontré Jamie, de s'inquiéter au sujet de Lizzie... et de Roger.

Ce dernier souci prit soudain une nouvelle dimension.

— Seigneur ! Roger !

— Ça fait déjà deux mois, dit-elle. Il aurait dû arriver depuis un bout de temps... à moins que quelque chose ne lui soit arrivé.

— Deux mois. Nous sommes en novembre...

Mon cœur s'arrêta soudain de battre.

— Bree... il faut que tu repartes !

— Quoi ? Repartir où ?

— Au cercle de pierres. En Ecosse... chez toi !

Elle me dévisagea, interdite.

— *Maintenant ?* Pourquoi ?

Je pris une profonde inspiration, déchirée par une dizaine d'émotions contradictoires : l'angoisse pour Brianna, la peur pour Roger, une grande tristesse pour Jamie qui devrait la laisser partir, si tôt... et pour moi.

— Tu peux traverser le menhir enceinte puisque je l'ai déjà fait, avec toi. Mais, chérie... tu ne pourras pas emmener un bébé. Il... il n'y survivrait jamais. Tu sais comment c'est !

Trois ans s'étaient écoulés depuis mon dernier passage, mais je m'en souvenais comme si cela faisait une heure à peine.

Son visage déjà pâle devint blême.

— Tu ne peux pas emmener un enfant, répétai-je. Ce serait comme de sauter du haut des chutes du Niagara avec lui dans tes bras. Il faut que tu repartes avant qu'il naisse ou...

Je m'interrompis un instant, calculant à nouveau.

— ... Nous sommes en novembre. Les navires n'effectuent pas de traversée entre la fin novembre et le mois de mars. Or tu ne peux pas attendre jusqu'en mars... cela représente deux mois à travers l'Atlantique et tu en seras alors à ton sixième ou septième mois. Si tu n'accouches pas sur le bateau, ce qui t'achèverait sans doute, toi, ou le bébé, voire les deux, il te restera encore une cinquantaine de kilomètres à parcourir, puis il te faudra traverser le menhir, trouver de l'aide de l'autre côté... Brianna, tu n'y arriveras jamais. Il faut que tu partes maintenant, le plus tôt possible.

— Mais si je pars maintenant, comment pourrais-je être certaine d'arriver à la bonne époque ?

— Eh bien... je ne sais pas. Fais comme moi, concentre-toi sur...

— Toi, tu avais papa de l'autre côté. Que tu aies eu envie de le retrouver ou non, tu ressentais quelque chose de fort pour lui. Il t'a sûrement attirée, comme il m'aurait attirée. Mais il n'est plus là. Roger connaissait... connaît... un moyen. Le cahier de Geillis Duncan disait qu'on pouvait utiliser des pierres pour se protéger et se guider.

— Mais Roger et toi n'en savez rien ! Vous ne faites que supposer. Tout comme Geilie Duncan ! Il n'est peut-être pas nécessaire d'avoir des gemmes ou des liens affectifs puissants. Dans les contes de fées, lorsque les gens disparaissent sur une colline enchantée puis reviennent... il s'est toujours écoulé deux cents ans. C'est le schéma habituel.

— Tu tenterais l'aventure sans être sûre, toi ? Et puis, c'est faux. Geillis est allée plus loin que deux cents ans.

Je me rendis compte, un peu tardivement, qu'elle avait déjà réfléchi à tout. Rien de ce que je lui disais ne la surprenait. En outre, elle en était déjà arrivée à ses propres conclusions... qui ne semblaient pas l'inciter à reprendre le bateau pour l'Ecosse.

Je me frottai le front, m'efforçant de rester aussi calme qu'elle. L'allusion à Geilie avait fait renaître un autre souvenir, que j'aurais préféré oublier.

— Il existe une autre porte. Elle se trouve sur l'île d'Haïti... on l'appelle Hispaniola pour le moment. Elle est dans la jungle. Il y a des pierres dressées sur une colline, mais la brèche, le passage, est sous terre, dans une grotte.

L'air de la forêt était frais, mais ce n'était pas l'ombre qui me faisait frissonner. Je me frottai les bras. Si je l'avais pu, j'aurais volontiers effacé toute trace de la grotte d'Abandawe de ma mémoire, mais ce n'était pas un lieu facile à oublier.

— Tu y es allée ? demanda-t-elle.

— Oui, c'est un endroit horrible. Mais les Caraïbes sont beaucoup plus près de nous que l'Ecosse et des navires font la navette entre Charleston et la Jamaïque toute l'année. Ce ne sera pas facile de choisir ton chemin dans la jungle, mais ça te laissera un peu plus de temps... assez du moins pour qu'on retrouve Roger.

Si on le retrouvait, pensai-je sans le dire. Nous aviserions plus tard. Chaque chose en son temps.

— Cette porte fonctionne comme celle de Craigh na Dun ? demanda Brianna.

— Je ne sais pas comment l'une ou l'autre fonctionnent ! Elle m'a paru différente. Il y avait un son de cloche au lieu d'un bourdonnement. Mais c'est un passage, ça ne fait aucun doute.

— Tu y es allée ! répéta-t-elle d'un air songeur. Pourquoi ? Tu voulais rentrer... après l'avoir retrouvé ?

Je perçus une légère hésitation dans sa voix. Elle n'arrivait pas encore à parler de Jamie comme son « père ».

— Non. C'est Geilie Duncan qui l'a découverte.

— Elle est ici ?

— Non, elle est morte.

Je pris une profonde inspiration, sentant encore les vibrations du coup de hache dans mes bras. Je pensais parfois à elle quand j'étais seule dans la forêt. J'entendais sa voix derrière moi et me retournais brusquement, pour n'apercevoir que des branches de ciguë agitées par le vent. Parfois encore, je sentais ses yeux sur moi, verts et brillants comme les pousses de printemps.

— Morte, et bien morte, répétai-je.

Préférant changer de sujet, je lui demandai soudain :

— Au fait, comment est-ce arrivé ?

Elle ne pouvait feindre de ne pas comprendre.

— C'est toi le médecin, non ?

— Tu n'as pas pris de précautions ?

— Je n'avais pas prévu d'avoir des rapports sexuels !

— Parce que tu crois que c'est une chose qu'on prévoit ? Bon sang ! Quand je songe au nombre de fois où je suis venue à ton lycée pour expliquer aux élèves...

— Le nombre de fois ? Tu veux dire tous les ans ! Ma mère, l'encyclopédie vivante du sexe ! Tu sais à quel point c'est mortifiant de voir sa mère dessiner des pénis sur le tableau noir devant tout le monde ?

— Apparemment, je n'en ai pas dessiné assez puisque tu n'as pas su en reconnaître un quand tu l'as vu.

Elle me foudroya du regard, puis se détendit en constatant que je plaisantais. Enfin, j'essayais.

— En effet, admit-elle. Il faut dire qu'ils ne sont pas tout à fait pareils au naturel.

Prise de court, je me mis à rire. Après un instant d'hésitation, elle m'imita.

— Tu sais ce dont je veux parler, repris-je. Je t'avais pourtant laissé une ordonnance avant de partir.

— Oui, et d'ailleurs, je n'ai jamais été aussi vexée de ma vie ! Qu'est-ce que tu croyais ? Que j'allais m'envoyer en l'air avec tout le monde dès que tu aurais le dos tourné ?

— Tu insinues que c'est ma seule présence qui t'empêchait de le faire ?

— Pas seulement. Mais c'est vrai que papa et toi aviez quelque chose à voir là-dedans. Je... je ne voulais pas vous décevoir.

Sa voix se mit à trembler en prononçant cette dernière phrase et je la serrai fort contre moi.

— Tu te trompes, ma chérie, murmurai-je. Tu ne pourras jamais nous décevoir, jamais.

Je sentis sa tension et son anxiété diminuer lentement tandis que je l'étreignais. Elle poussa un profond soupir et se détacha de moi.

— Toi et papa peut-être mais lui, que dira-t-il ?

Elle fit un geste du menton en direction de la cabane, invisible derrière les arbres.

— Il ne dira...

Je m'interrompis. En vérité, je n'avais aucune idée de la réaction de Jamie. D'un côté, il était persuadé que Brianna était la huitième merveille du monde ; de l'autre, il avait des opinions sur la morale et la sexualité que je ne pouvais décrire, pour des raisons évidentes, que comme désuètes, et il ne craignait pas de les exprimer ouvertement.

Il était cultivé, tolérant et généreux. Mais cela ne signifiait pas qu'il partageait ou comprenait les sensibilités du XXe siècle. Je savais qu'il n'en était rien. Or je doutais fortement que sa réaction vis-à-vis de Roger serait tolérante.

— Euh... hésitai-je. Je ne serais pas étonnée s'il envoie son poing à la figure de Roger ou quelque chose de ce genre. Mais ne t'inquiète pas. Il t'aime et rien n'y changera.

Je me levai, époussetant ma jupe pleine de feuilles mortes.

— Il nous reste un peu de temps, mais pas beaucoup. Jamie fera courir le mot tout au long du fleuve, en demandant aux gens de rechercher Roger. Au fait, à propos de Roger...

J'hésitai un instant, enlevant une feuille prise dans ma manche avant de poursuivre :

— Je suppose qu'il n'est pas encore au courant ?

— Justement, j'ai un petit problème à ce sujet.

Elle leva les yeux vers moi et, soudain, je revis ma petite fille devant moi.

— L'enfant n'est pas de lui, acheva-t-elle.

— Quoi ?

— Ce... ce n'est pas l'enfant de Roger.

Je me laissai retomber à côté d'elle. Je voyais à présent son inquiétude sous un nouveau jour.

— Qui ? demandai-je. Quand ? Ici ou avant ?

Tout en parlant, je faisais mes calculs. Cela ne pouvait s'être passé qu'ici. S'il s'était agi d'un homme du XXe siècle, sa grossesse aurait été plus avancée.

« Je n'avais pas prévu d'avoir des rapports », avait-elle dit. Bien sûr que non. Elle n'avait rien dit à Roger, de peur qu'il la suive. Il était sa balise, son ancre, sa clef pour l'avenir. Mais dans ce cas...

— Ici, dit-elle.

Elle glissa une main dans sa poche et en sortit un petit objet qu'elle laissa tomber dans ma paume. L'alliance d'or étincelait au soleil.

— Bonnet ? dis-je, incrédule. Stephen Bonnet ?

— Je ne voulais pas te le dire. Je ne pouvais pas... après ce que Ian m'a raconté au sujet de vos mésaventures sur le fleuve. Au début, j'ignorais comment réagirait pa. J'avais peur qu'il me blâme. Maintenant que je le connais mieux, je sais qu'il essaiera de retrouver Bonnet... c'est aussi ce que papa aurait fait. Je ne peux pas le laisser faire ça. Tu sais quel genre d'homme est ce Bonnet.

— Oui, murmurai-je.

Ses paroles bourdonnaient dans mes oreilles.

« Je n'avais pas prévu d'avoir des rapports. Je ne voulais pas te le dire... J'avais peur qu'il me blâme. »

— Qu'est-ce qu'il t'a fait ? questionnai-je avec une voix d'un calme surprenant.

Je tendis la main vers elle mais elle se rétracta et je n'insistai pas.

— Tu veux me raconter ? insistai-je.

— Non. Je n'en ai pas envie. Mais je crois que je ferais mieux, quand même...

Brianna grimpa à bord du *Glorianna* vers le milieu de la matinée, sur ses gardes mais rassurée par la foule qui l'entourait : déchargeurs, matelots, marchands, domestiques... les quais grouillaient de monde. Elle annonça à un marin sur le pont ce qu'elle cherchait et il disparut dans les profondeurs du navire. Quelques instants plus tard, Stephen Bonnet apparut.

Il portait les mêmes vêtements que la veille. A la lumière du jour, elle constata qu'ils étaient de bonne qualité, mais tachés et froissés. Sa manche était couverte de gouttes de cire séchée et son jabot plein de miettes.

Bonnet semblait plus frais que ses vêtements. Il était rasé et ses yeux verts pétillaient de malice. Il lui prit la main et la porta à ses lèvres.

— Hier soir, à la lueur des chandelles, je t'ai trouvée avenante, mais c'est souvent le cas quand on a bu. Il est beaucoup plus rare de trouver une femme qui soit plus belle sous le soleil que sous la lune.

Brianna tenta vainement de retirer sa main et lui adressa un sourire poli.

— Merci. Vous avez toujours la bague ?

Son cœur battait à se rompre. Même s'il l'avait perdue au jeu, il pouvait sans doute lui parler de celle à qui elle avait appartenu. Elle aurait tant voulu la tenir dans sa main !

La jeune femme refoula les craintes qui l'avaient assaillie toute la nuit : et si l'alliance était tout ce qui restait de sa mère ? Ce n'était pas possible, si l'annonce disait vrai, mais...

— Oui, répondit-il. Danu la chance était avec moi hier soir, et, apparemment, elle est encore là.

— Je... j'aimerais... est-ce que vous accepteriez de me la vendre ? balbutia Brianna.

Elle avait apporté tout son argent avec elle mais n'avait aucune idée du prix.

— Pourquoi ?

La franchise de la question la surprit. Elle chercha une réponse mais fut incapable d'en inventer une.

— Euh... elle ressemble à une bague que portait ma mère. Où l'avez-vous obtenue ?

Une lueur étrange traversa son regard, même s'il ne cessa pas de sourire. Il lui indiqua d'un geste l'entrée de la coursive la plus proche et glissa sa main, qu'il n'avait toujours pas lâchée, sous son bras. Elle tira dessus, mais il tint bon. Il était plus grand qu'elle. Un sacré gaillard !

— Alors, c'est la bague que tu veux ? Descends avec moi dans ma cabine, je suis sûr qu'on trouvera un terrain d'entente.

Une fois sous le pont, il servit deux verres de brandy. Elle toucha à peine au sien pendant qu'il en avalait deux en succession rapide.

— Où je l'ai obtenue ? répondit-il enfin. Ah ! Un gentleman ne devrait jamais dévoiler ses secrets d'alcôve.

Il lui fit un clin d'œil et chuchota :

— Un gage d'amour !

— La femme qui... vous l'a donnée ? Elle est... en bonne santé ?

Il lui lança un regard sidéré.

— C'est que... ajouta-t-elle précipitamment, on ne doit pas porter les bijoux d'une morte, ça porte malheur.

— Vraiment ? Je ne saurais le dire ! Je n'ai jamais remarqué de différence.

Il reposa son verre et émit un petit rot satisfait.

— En tout cas, je peux t'assurer que la femme à qui appartenait cette bague était en vie et en bonne santé quand je l'ai quittée.

— Tant mieux. Alors, vous acceptez de me la vendre ?

Il se balança sur sa chaise, un sourire au coin des lèvres.

— Combien tu m'en offres, mon cœur ?

— Quinze livres sterling.

Il se leva et les battements de son cœur s'accélérèrent à nouveau. Il allait accepter ! Où la rangeait-il ?

Toutefois, il se contenta de se placer devant elle et de lui tendre la main pour l'aider à se lever à son tour.

— Je n'ai pas besoin d'argent, mon cœur. De quelle couleur est la toison entre tes cuisses ?

Elle retira sa main et recula d'un pas, se heurtant à la cloison.

— Vous vous méprenez sur mon compte, dit-elle. Je ne suis pas là pour...

— Toi peut-être, l'interrompit-il. Mais moi, si. Je crois que c'est plutôt toi qui t'es méprise sur mon compte, mon cœur.

Il avança d'un pas vers elle. Elle saisit la bouteille de brandy sur la table et tenta de le frapper. Il l'esquiva adroitement, lui arracha la bouteille des mains et la gifla.

Elle chancela, à demi aveuglée par le choc et la douleur. Il la saisit par les épaules, la força à s'agenouiller, lui agrippa les cheveux et renversa sa tête en arrière. Il la maintint ainsi, le visage tourné, tandis qu'il dénouait les lacets de sa braguette. Il émit un grognement de satisfaction et s'écarta légèrement.

— Je te présente le Roi, déclara-t-il.

Le Roi n'était ni circoncis ni lavé, dégageant une puissante odeur d'urine rance. Elle sentit la bile lui remonter dans la gorge et tenta de détourner la tête. Il la remit en position d'une traction brutale sur ses cheveux qui lui arracha un cri de douleur.

— Sors donc ta petite langue, ma belle, et donne-nous un baiser.

Bonnet paraissait joyeux et détaché. Elle leva les mains vers lui pour protester et il serra encore plus fort, lui faisant monter les larmes aux yeux. Elle sortit la langue.

— Pas mal, pas mal, dit-il, satisfait. Maintenant ouvre la bouche.

Il lâcha brusquement ses cheveux et elle se cogna le crâne contre la cloison. Avant qu'elle ait pu se dégager, il l'avait saisie par les oreilles, les tordant légèrement.

— Mords-moi et je te fracasse le crâne, menaça-t-il.

Elle se concentra sur la douleur et le goût de sang de sa lèvre fendue. En gardant les yeux fermés, elle pouvait visualiser ce goût, salé et métallique, comme du cuivre bruni, luisant contre ses paupières. Elle posa les mains sur ses cuisses et enfonça ses ongles dans ses muscles puissants, résistant à la pression qu'il exerçait sur sa nuque. Il fredonnait un air, *De Ushant à Scilly en trente-cinq lieues*. Ses poils pubiens lui chatouillaient le visage.

Puis le Roi se retira. Bonnet lâcha ses oreilles et recula d'un pas. Déséquilibrée, elle tomba en avant sur ses poignets, crachant et toussant, essayant de se débarrasser du goût dans sa bouche. Ses lèvres étaient enflées et l'élançaient, en rythme avec les palpitations de son cœur.

Il glissa les mains sous ses aisselles, la souleva sans effort et l'embrassa, dardant une langue avide, une paume plaquée contre sa nuque pour l'empêcher de se dégager. Il sentait le brandy. De l'autre main, il lui malaxait les fesses.

— Hum... fit-il avec un soupir d'aise. Il est temps de se coucher, non ?

Elle baissa la tête et lui envoya un coup de boule. Son front heurta une surface dure et il poussa un cri de surprise, desserrant son étreinte. Elle se libéra et courut. Sa jupe se prit dans la charnière de la porte et se déchira tandis qu'elle se précipitait dans la coursive.

L'équipage déjeunait. Une vingtaine d'hommes étaient attablés dans le long réfectoire au bout de la coursive, leurs visages tournés vers elle avec des expressions allant de la stupéfaction et à la curiosité lascive. Au moment où elle filait devant lui, le cuisinier lui fit un croc-en-jambe et elle s'étala de tout son long sur le plancher.

— On aime jouer au chat et à la souris, ma belle ?

La voix de Bonnet résonna dans ses oreilles, toujours aussi joviale, et deux mains la soulevèrent avec une facilité déconcertante. Il lui fit faire volte-face et lui sourit. Elle l'avait heurté au nez. Une rigole de sang épais coulait de l'une de ses narines, escaladait le relief de sa lèvre supérieure, épousait les contours de son sourire, formait de petites lignes rouges entre ses dents, puis gouttait au bout de son menton.

— Ça ne fait rien, mon cœur. Le Roi adore les jeux, n'est-ce pas, Votre Majesté ?

Il baissa les yeux et elle suivit son regard. Il s'était débarrassé de ses culottes dans la cabine et se tenait nu des pieds à la taille, le Roi caressant ses jupes en tremblant d'impatience.

Il lui prit le coude et, après une courbette élégante, la poussa vers la cabine. Elle avança d'un pas chancelant et il marcha à son côté, bras dessus bras dessous, exposant nonchalamment ses fesses nues au regard de ses matelots médusés.

— Après...

Sa voix était d'un calme angoissant. Je la reconnaissais à peine.

— Je... j'ai cessé de lutter.

Il n'avait pas pris la peine de la déshabiller. Il lui avait simplement dénoué son fichu. Elle portait une robe simple, au décolleté bas et carré qui lui comprimait les seins. Il avait suffi à Bonnet de tirer sur le col d'un coup sec pour les faire jaillir du corset.

Il avait joué avec eux un moment, pinçant les mamelons entre le pouce et l'index pour les faire durcir, puis l'avait poussée vers le lit.

Les draps étaient tachés de vin. Ils empestaient le parfum, l'alcool et l'odeur puissante et âcre de Bonnet lui-même. Il lui retroussa ses jupes et lui écarta les cuisses sans cesser de fredonner. Prise de panique, elle referma les jambes, les croisant en ciseau, mais il glissa un genou entre ses cuisses, les rouvrant brutalement. Les longs pans de sa chemise retombaient en encadrant le bâton turgescent du Roi. Il cracha copieusement dans sa main et lui frotta vigoureusement la vulve, lubrifiant la voie. D'une main, il lui pétrit un sein, tandis que l'autre guidait son sexe, avec une remarque joviale sur l'étroitesse du fourreau. Puis il entama son long galop vers la jouissance.

Cela dura deux minutes, peut-être trois. Quand ce fut terminé, Bonnet s'affaissa lourdement sur elle, en nage, une main toujours sur son sein. Ses longs cheveux retombaient sur sa joue et ses halètements lui chauffaient le cou. Au moins, il avait cessé de fredonner.

Elle resta immobile pendant d'interminables minutes, fixant le plafond sur lequel dansaient les reflets de l'eau. Il poussa un soupir, roula sur le côté et lui sourit, se grattant une hanche velue d'un air songeur.

— Pas mal, mon ange, même si j'en ai connu qui mettaient un peu plus de cœur à l'ouvrage. La prochaine fois, remue un peu les fesses, veux-tu ?

Il se redressa, bâilla et commença à se reboutonner. Brianna se glissa vers le bord du lit, ne sachant s'il comptait la retenir, puis bondit sur ses pieds. Sa tête tournait et elle se sentait oppressée, comme si elle portait encore sa masse sur la poitrine.

Elle se dirigea vers la porte, qui était fermée. Tandis qu'elle se débattait avec le verrou, elle l'entendit parler derrière elle et fit volte-face.

— Qu'est-ce que vous avez dit ?

— J'ai dit : « La bague est sur la table. »

Il était assis sur le lit, en train d'enfiler un bas. Il fit un geste vague vers la table dans un coin.

— Il y a aussi de l'argent. Sers-toi.

La table était jonchée d'encriers, de tabatières, de bijoux, de paperasses, de boutons d'argent. Dans un angle, elle aperçut une pile de pièces d'argent, de bronze, de cuivre et d'or : de la monnaie provenant de diverses colonies et de différents pays.

— Vous me proposez de l'argent ? dit-elle, incrédule.

— J'ai l'habitude de payer mes plaisirs. Pourquoi ? Tu en doutais ?

Tout dans la cabine lui parut soudain d'une clarté irréelle ; chaque détail se détachait comme dans un rêve.

— Non, je ne pensais rien, répondit-elle.

Sa propre voix lui parut détachée et distante. Son fichu gisait sur le plancher où il l'avait jeté. Elle le ramassa, essayant de ne pas penser à la substance poisseuse entre ses cuisses.

— Je suis un homme honnête... pour un pirate.

Là-dessus, il partit d'un grand éclat de rire. Il enfila ses souliers, frappant la semelle contre le sol, passa devant elle et souleva le loquet de la porte.

— Prends ce que tu veux, mon cœur, déclara-t-il avant de sortir. Tu l'as bien mérité.

Elle entendit ses pas s'éloigner dans la coursive, suivis d'un éclat de rire et d'une remarque étouffée quand il croisa quelqu'un. Puis le ton de sa voix changea, soudain clair et dur. Il aboyait un ordre à des matelots sur le pont. Il y eut un bruit de course tandis qu'on s'empressait de lui obéir. La vie reprenait son cours.

L'alliance se trouvait dans un bol de terre cuite, au milieu d'une collection de boutons de corne, de bouts de ficelle et autre bric-à-brac. *Ça lui ressemble*, pensa-t-elle. *Il prend n'importe quoi, pour le simple plaisir de s'approprier le bien d'autrui, en se moquant de sa valeur.*

Sa main tremblait. Brianna essaya d'attraper la bague et, n'y parvenant pas, saisit le bol et en vida le contenu dans sa poche. Elle s'enfonça dans la coursive, la main plaquée sur sa poche comme si elle contenait un précieux talisman. Elle retrouva ses souliers sur la table du réfectoire, les enfila et, d'un pas rapide, rejoignit l'échelle de l'écoutille, grimpa sur le pont puis descendit la passerelle qui menait au quai, n'attirant que quelques regards intrigués des matelots affairés.

— Au début, j'ai cru pouvoir faire comme s'il ne s'était rien passé, mais maintenant c'est impossible.

Je restai silencieuse un moment, réfléchissant. Il n'était plus temps de faire la délicate.

— C'était quand ? demandai-je. Combien de temps après... Roger ?

— Deux jours.

— Tu es vraiment sûre qu'il n'est pas de lui ? Tu ne prends pas la pilule et je suppose que Roger n'a pas eu recours à ce qui passe pour des préservatifs, ici ?

Elle esquissa un demi-sourire et ses joues rosirent.

— Non. Il... euh... il... ah...

— Je vois. Coïtus interruptus ?

Elle hocha la tête. Je poussai un soupir résigné.

— Il existe un terme pour les couples qui se fient à ce genre de méthode, tu sais ? déclarai-je.

— Ah oui ? Lequel ? demanda-t-elle d'un air méfiant.

— Des parents.

46

L'intrus

Roger baissa la tête et but dans ses mains en coupe. La source gargouillait paisiblement, jaillissant de la fente d'un rocher noir aux reflets verts ; le sol tout autour était spongieux, parsemé de racines affleurantes et tapissé d'une mousse qui lançait des éclats d'émeraude sous les rayons du soleil.

La quasi-certitude qu'il verrait bientôt Brianna calma sa contrariété aussi sûrement que l'eau fraîche apaisait sa gorge brûlante. C'était vraiment trop bête de se faire voler sa monture si près du but. Sa seule consolation était que cela lui était arrivé à une distance raisonnable et qu'il pouvait continuer à pied.

D'ailleurs, la monture en question n'était qu'un vieux canasson qui ne valait pas la peine d'être volé. Heureusement, il gardait toujours ses biens de valeur sur lui et non dans ses sacoches ! Pour se rassurer, il tapota la couture latérale de ses culottes, sentant la petite masse dure sous ses doigts.

Le cheval mis à part, il n'avait perdu qu'un pistolet, presque aussi ancien que le cheval et encore moins fiable, un peu de provisions, et une flasque en cuir. C'était surtout la perte de l'eau qui l'avait agacé tandis qu'il parcourait des kilomètres sous un soleil de plomb, sur une route poudreuse, mais, à présent, cet inconvénient mineur était réparé.

Roger se redressa, essuya la boue sur ses souliers, enleva les feuilles collées à ses bas, épousseta sa veste et redressa sa grosse cravate. Le chaume de ses joues lui gratta les doigts. Son coupe-chou était resté dans la sacoche.

Il aurait encore l'air d'un bandit ! Il aurait aimé faire bonne impression sur ses beaux-parents. Cela dit, Claire et Jamie Fraser pourraient bien penser ce qu'ils voulaient. Sa principale préoccupation était Brianna.

Maintenant qu'elle avait retrouvé ses parents, il ne pouvait qu'espérer qu'elle serait dans de bonnes dispositions pour lui pardonner. Comme il avait pu être idiot !

Il rejoignit le sentier ; ses chaussures s'enfonçaient dans la mousse. Idiot dans sa sous-estimation de l'entêtement dont elle était capable. Idiot de ne pas avoir été sincère avec elle. Idiot d'avoir tout fait pour qu'elle lui cache ses projets. Idiot d'avoir voulu la garder à l'abri dans l'avenir. Non, sur ce dernier point, il n'avait pas été idiot du tout, rectifia-t-il en songeant à tout ce qu'il avait vu et entendu au cours des deux derniers mois.

Il repoussa une lourde branche de sapin et baissa la tête avec une exclamation de surprise tandis qu'un objet noir passait à quelques centimètres de son visage.

Un croassement rauque lui révéla que son agresseur était un corbeau. Des cris similaires lui indiquèrent l'arrivée de renforts dans les arbres voisins et, quelques secondes plus tard, un second missile passa en rase-mottes, frôlant son chapeau.

— Eh ! Qu'est-ce qui vous prend ? leur cria-t-il.

Le premier corbeau revint à la charge, en faisant tomber son chapeau sur le sol. Cet assaut était angoissant, l'impression d'hostilité totalement disproportionnée par rapport à la taille des assaillants. Il devait se trouver dans une zone de nids. Un autre bolide passa près de son épaule, les serres éraflant l'étoffe de sa veste. Roger ramassa son chapeau et courut.

Quelques centaines de mètres plus loin, il ralentit. Il lança des regards autour de lui. Les corbeaux avaient disparu.

— On se croirait chez Alfred Hitchcock ! bougonna-t-il.

Sa voix fut étouffée par l'épais rideau de végétation. C'était comme de parler dans un oreiller. Il haletait, en nage. Autour de lui, la forêt restait étrangement silencieuse. Lorsque les corbeaux avaient cessé leur raffut, les autres oiseaux s'étaient tus. Ce n'était pas pour rien que les anciens Ecossais considéraient les corbeaux comme un mauvais présage. S'il s'attardait trop longtemps dans cette époque, il finirait par adopter les anciennes croyances qui n'avaient été pour lui autrefois que des curiosités.

En dépit du danger, de la crasse et de l'inconfort, il devait reconnaître que l'expérience le fascinait... vivre en personne ce qu'il n'avait jusque-là qu'imaginé, voir des gens utiliser quotidiennement des objets qu'il n'avait aperçus que dans des musées. S'il n'y avait eu Brianna, il n'aurait pas regretté l'aventure, malgré Stephen Bonnet et ce qu'il avait vu à bord du *Glorianna*.

Une fois de plus, il palpa la poche secrète dans la couture de ses culottes. Il avait eu une veine de pendu ! Bonnet possédait non pas une mais deux pierres précieuses. Fonctionneraient-elles ? Roger se baissa, contraint de marcher plié en deux sur plusieurs mètres avant que les branches ne s'écartent. Il avait du mal à croire que des gens puissent vivre dans un lieu aussi sauvage. Toutefois, si on s'était donné la peine de tracer un sentier, c'était qu'il menait quelque part.

« Vous ne pouvez pas vous tromper », avait dit la fille au moulin.

Effectivement. Il n'existait qu'un seul chemin !

Il mit sa main en visière, scrutant le lointain. Un dense écran de pins et d'érables lui cachait la vue, ne lui laissant voir qu'un tunnel noir qui s'enfonçait dans la végétation. Impossible de déterminer s'il était encore loin de la crête.

« Vous y serez avant le coucher du soleil », avait encore annoncé la fille.

Oui, mais c'était avant qu'on lui vole son cheval. On était à présent au milieu de l'après-midi. Ne voulant pas se laisser surprendre par la nuit, Roger accéléra le pas.

A la sortie du tunnel de feuillage, il dut s'arrêter un instant, aveuglé par l'intensité de la lumière. Il se trouvait dans une petite clairière bordée d'arbres écarlates et de chênes jaunes. Tandis qu'il cherchait sur le sol les traces du sentier, il entendit un hennissement derrière lui, fit volte-face et aperçut son vieux cheval qui pointait les naseaux entre deux arbres.

— Te voilà, vieille carne ! s'exclama-t-il. Comment es-tu arrivé jusqu'ici ?

— De la même manière que toi, lui répondit une voix.

Un grand jeune homme émergea de la forêt, tirant le cheval par la bride. Il pointait un pistolet vers lui. En reconnaissant le sien, Roger fut envahi par une vague de colère et d'appréhension.

— Vous avez déjà pris mon cheval et mon arme, lança-t-il. Qu'est-ce que vous voulez encore ? Mon chapeau ?

Il ôta son tricorne défraîchi et le tendit. Le voleur ne pouvait pas savoir ce qu'il transportait. Il n'avait montré les pierres à personne.

Son geste ne fit pas sourire le jeune homme, qui, malgré sa taille, n'était guère plus qu'un adolescent.

— Il me faudra un peu plus que ton chapeau, répondit-il.

Il se tourna de biais. Roger suivit son regard et reçut une décharge électrique en plein cœur. Un homme se tenait à la lisière de la clairière. Il devait être là depuis le début mais Roger ne l'avait pas vu. Il portait un kilt défraîchi aux couleurs marron et vert qui se fondaient dans l'herbe et les buissons. Sa tignasse flamboyante disparaissait dans les feuilles d'automne. Il semblait faire partie intégrante de la forêt.

Au-delà de son apparition soudaine, ses traits laissèrent Roger sans voix. Certes, on lui avait souvent répété que Brianna ressemblait à son père, mais cela n'atténuait en rien le choc de voir le visage de la femme qu'il aimait brusquement transfiguré par les ans et une personnalité non seulement masculine mais redoutable.

C'était comme si on caressait la fourrure d'un joli chaton

avant de se rendre compte qu'il s'agissait d'un tigre. Roger réprima son envie de reculer, tout en se disant que Claire n'avait pas exagéré sa description de Jamie Fraser.

— Vous êtes M. MacKenzie.

Ce n'était pas une question. Fraser avait parlé d'une voix grave parfaitement audible malgré le bruissement des feuilles.

— Oui, répondit Roger. Et vous... vous devez être Jamie Fraser ?

Il tendit la main, puis la rabaissa rapidement. L'homme le fixait d'un regard froid.

— Vous me connaissez ? dit-il.

Roger maudit intérieurement son allure débraillée. Il ignorait comment Brianna l'avait décrit à son père mais celui-ci s'était manifestement attendu à quelqu'un d'un peu plus présentable.

— Eh bien... euh... vous ressemblez à votre fille.

L'adolescent laissa échapper un ricanement, mais Fraser ne broncha pas.

— Que voulez-vous à ma fille ?

Roger sentit son angoisse monter d'un cran. Que lui avait raconté Brianna au juste ? Elle n'était tout de même pas en colère contre lui au point de... Bah ! Ils régleraient cela ensemble quand ils se retrouveraient.

— Je suis venu chercher ma femme, dit-il.

Quelque chose changea dans le regard de Fraser. Roger n'aurait su dire ce que c'était, mais il avança les mains d'un geste défensif.

— Ça m'étonnerait, dit l'adolescent avec un air étrangement ravi.

Roger sentit son sang se glacer en voyant son doigt sur la détente.

— Eh ! Attention avec ça ! s'écria-t-il. Le coup peut partir par accident.

— Si le coup part, ce ne sera pas un accident, rétorqua le jeune homme.

— Ian !

L'adolescent abaissa son arme à contrecœur. Fraser avança d'un pas, dévisageant Roger d'un regard bleu acier.

— Je ne vous poserai la question qu'une seule fois et vous avez intérêt à dire la vérité. Avez-vous défloré ma fille ?

Roger resta bouche bée. Qu'avait-elle raconté à son père ? Et pourquoi ? La dernière chose à laquelle il s'était attendu, c'était de se retrouver face à un père outragé.

— C'est... euh... ce n'est pas ce que vous croyez, balbutia-t-il. Je veux dire... que... que nous avions l'intention de...

— Oui ou non ?

Le visage de Fraser n'était qu'à quelques centimètres du sien, dépourvu de toute expression.

— Ecoutez... commença Roger. Je... et puis zut ! Oui ! Elle voulait...

Le poing de Fraser l'atteignit juste sous les côtes.

Roger se plia en deux, le souffle coupé. Il ne sentait pas encore la douleur mais l'impact s'était répercuté tout le long de sa colonne vertébrale.

— Arrêtez ! haleta-t-il. Pour l'amour de Dieu ! Puisque je vous dis...

Le deuxième coup l'atteignit sous la mâchoire. Roger chancela, mais tint bon. Sa peur et sa surprise se muèrent en fureur. Ce type était cinglé !

Fraser lui décocha un nouveau coup, mais manqua sa cible quand Roger fit un bond en arrière pour l'éviter. Au diable les bons rapports avec sa belle-famille ! Si beau-papa voulait la bagarre, eh bien, il l'aurait !

Roger fléchit les genoux et se tint prêt. Au début, il s'était laissé prendre au dépourvu mais on ne l'aurait pas deux fois. Ils faisaient à peu près la même taille et Roger avait au moins quinze ans de moins que son adversaire.

Il vit venir la droite de Fraser, l'esquiva et lui décocha un coup, sentant ses articulations frôler la chemise de lin. Puis un crochet du gauche qu'il n'avait pas prévu le cueillit à l'arcade sourcilière. Il vit une explosion de lumière et les larmes lui montèrent aux yeux tandis qu'il baissait la tête et chargeait droit devant comme un taureau.

Ses poings rencontrèrent une surface d'os et de chair mais cela ne semblait guère faire de différence. De son œil encore ouvert, il vit le visage de Viking de son adversaire. Il reçut un coup à l'épaule qui le fit pivoter sur place, se rétablit et frappa à l'aveuglette. Fraser avait peut-être une quinzaine d'années de plus que lui mais il avait apparemment de l'entraînement.

Roger parvint momentanément à se dégager et tomba à genoux, pantelant et crachant du sang.

— Achez ! gémit-il dans un chuintement. Achez !

Une main d'acier lui saisit les cheveux et lui renversa la tête en arrière.

— Pas tout à fait ! répondit Fraser avant de lui assener un coup en plein visage.

Roger roula sur le sol puis se releva péniblement. La clairière autour de lui était plongée dans un halo brumeux, jaune et orange. Seul l'instinct lui permettait encore de tenir debout.

Il luttait pour sauver sa vie, et le savait. Il se précipita à l'aveuglette vers la silhouette devant lui. Il agrippa la chemise de Fraser et lui envoya un coup dans le ventre. Il y eut un déchirement d'étoffe et son poing heurta un os. Remuant comme une anguille, Fraser glissa un bras entre leurs deux corps soudés. Il referma la main sur les testicules de Roger et serra.

Roger se figea sur place, puis s'effondra comme si sa colonne vertébrale venait d'être sectionnée. Pendant une fraction de seconde, avant que la douleur ne l'assaille, une dernière pensée consciente traversa son esprit, froide et claire comme un éclat de verre : *Je vais mourir avant même d'être né !*

47

Le chant du père

Il faisait nuit depuis longtemps quand Jamie rentra enfin. L'attente m'avait mise sur les nerfs et je n'osais imaginer dans quel état se trouvait Brianna. Nous avions dîné ou, plutôt, nous étions déjà passées à table. Nous n'avions d'appétit ni l'une ni l'autre. Même la voracité habituelle de Lizzie semblait tarie. Pâle et silencieuse, elle avait prétexté une migraine et s'était retirée dans sa remise. Cela dit, je n'en étais pas fâchée, cela m'évitait de chercher une excuse pour l'éloigner quand Jamie serait de retour.

Les chandelles étaient allumées depuis plus d'une heure quand j'entendis enfin les chèvres nous annoncer son arrivée. Brianna redressa la tête, affolée.

— Ne t'inquiète pas, tout se passera bien, la rassurai-je.

Mon ton confiant parut l'apaiser. Si mon assurance était sincère, elle était assez nuancée. Je ne doutais pas que tout finirait bien... au bout du compte. Mais je savais aussi que nous avions une charmante soirée familiale en perspective !

Depuis que Brianna avait confirmé mes soupçons, j'avais envisagé toutes les réactions possibles et imaginables de Jamie à l'annonce du viol et de la grossesse de sa fille. Ces dernières allaient des cris aux coups de poing contre des surfaces dures, comportement que j'avais toujours trouvé déroutant. Pour ne rien arranger, je connaissais assez bien ma fille et n'ignorais pas ce dont elle était capable quand elle était énervée.

Pour le moment, elle se contrôlait plutôt bien. Mais ce n'était qu'un équilibre précaire. Qu'il dise quelque chose qui la blesse et elle s'enflammerait comme une allumette ! Ignorant si j'allais devoir jouer le rôle d'avocat, d'interprète ou d'arbitre, ce ne fut pas sans une certaine appréhension que je soulevai le loquet pour le laisser entrer.

Il s'était lavé dans le ruisseau. Ses cheveux étaient encore mouillés, et sa chemise, avec laquelle il avait dû se sécher, portait des taches d'humidité.

Je me haussai sur la pointe des pieds pour l'embrasser.

— Tu rentres bien tard, où étais-tu passé ? demandai-je. Et où est Ian ?

— Fergus nous a demandé un coup de main pour monter sa cheminée. Ian y est encore. Il passera la nuit chez eux.

Il déposa un baiser distrait sur mon front. Je l'observai, intriguée. Il avait quelque chose de différent, ce soir.

— Je me suis laissé tomber une pierre sur la main et je crois que je me suis cassé un doigt. J'ai préféré rentrer pour que tu l'examines.

— Viens à la lumière, que je voie.

Il s'assit près de la cheminée. Brianna reposa sa couture et s'approcha.

— Oh, pa ! qu'as-tu fait à tes mains ?

Il avait les articulations enflées et la peau à vif.

— Ce n'est rien. Sauf ce foutu doigt... Aïe !

Je palpai délicatement son index droit, qui était salement amoché mais ne semblait pas luxé.

— Là ? questionnai-je.

— Exactement là. J'aime bien te regarder quand tu fais ça, *Sassenach*.

Il inclina la tête, songeur.

— Tu me fais penser à...

— Mme Lazonga et sa boule de cristal, acheva Brianna en riant.

Levant les yeux, je la vis qui m'observait, penchant la tête exactement comme son père.

— Une diseuse de bonne aventure, lui expliqua-t-elle.

Il se mit à rire à son tour.

— Oui, tu as raison, une *nighean*. En fait, je pensais plutôt à un prêtre pendant la messe. Tu sais, quand il regarde l'hostie et voit le corps du Christ. Non pas que je compare mon doigt avec le corps de Notre-Seigneur.

— Vous n'êtes que deux idiots, déclarai-je.

Je lui touchai le doigt, juste sous la deuxième phalange.

— L'os est fêlé, ici, expliquai-je. Ce n'est pas trop grave mais je ferais mieux de te poser une attelle.

Je partis fouiller dans mon coffre de remèdes, en quête d'un bandage en lin et des bâtonnets plats qui me servaient d'abaisse-langue. Cachée derrière le couvercle levé, j'observai Jamie. Il avait quelque chose de bizarre ce soir. Je sentais une sorte d'énergie étrange le parcourir, comme s'il était troublé. Que s'était-il donc passé chez Fergus ?

Je lui bandai le doigt pendant que Brianna passait un onguent sur les écorchures de son autre main.

— Tu as déchiré ta chemise, remarquai-je. Donne-la-moi après le dîner et je te la raccommoderai.

— Très bien, madame Lazonga, dit-il en examinant sa main éclissée. Si vous continuez à me dorloter comme ça, je vais finir par me ramollir.

— Tant que je ne me mets pas à mâcher ta nourriture, tu n'as pas à t'inquiéter.

Je m'éloignai pour lui sortir une assiette et réchauffer son dîner, les laissant tous les deux assis près du feu, Brianna s'attaquant à sa main bandée.

— *Ciamar a tha tu, mo chridhe ?* lui demanda-t-il soudain.

Brianna sursauta. C'était son introduction habituelle au cours de gaélique. « Comment vas-tu, ma chérie ? » Normalement, la leçon ne commençait qu'après le dîner.

— *Tha mi gle mhath, athair.* (Je vais bien, mon père.)

Il retourna sa main et recouvrit la sienne, caressant ses longs doigts. Il posa sa main libre sur le ventre de sa fille avant de demander à nouveau :

— *An e'n fhirinn a th'agad ?* (Tu me dis la vérité ?)

Je poussai un soupir de soulagement. Finalement, nous n'aurions pas besoin de lui annoncer la nouvelle. A présent, je comprenais son étrange tension. Il savait et, bien que cela dût lui coûter, il se maîtriserait et la traiterait avec tendresse.

Brianna le fixa un moment, puis souleva la main qu'elle tenait dans la sienne et la posa sur sa joue, baissant la tête.

— Oh, pa ! murmura-t-elle. Je suis désolée.

— Allez, *m'annsachd*, répondit-il doucement. Tout ira bien.

— Non, rien ne sera plus jamais comme avant. Tu le sais bien.

Il passa un bras autour de son épaule et la serra contre lui.

— Tout ce que je sais, répondit-il, c'est que je suis là près de toi, ta mère aussi. Nous ne laisserons jamais personne te déshonorer ou te faire du mal. Jamais. Tu m'entends ?

Elle ne répondit pas, gardant les yeux baissés, son épaisse chevelure retombant devant son visage.

— Lizzie a dit vrai ? demanda-t-il. C'était un viol ?

Elle redressa le menton, évitant son regard, et hocha la tête.

— J'ignorais qu'elle était au courant. Je ne lui ai rien dit.

— Elle a deviné. Brianna, ce n'est pas ta faute. Tu ne dois jamais penser que tu es responsable de ce qui t'est arrivé. Viens ici, *a leannan.*

Il la souleva et l'assit maladroitement sur ses genoux. Le tabouret de chêne crissa sous leur poids. En dépit de sa taille, Brianna paraissait une petite fille dans les bras de son père, sa tête appuyée dans le creux de son épaule. Il lui caressa les cheveux, lui murmurant des paroles réconfortantes, tantôt en gaélique, tantôt en anglais.

— Je veillerai à ce que tu aies un bon mari et que ton enfant ait un bon père. Je te le jure, *a nighean.*

— Je ne peux me marier avec personne, dit-elle d'une voix

étranglée. Je ne peux pas accepter quelqu'un d'autre que Roger, car c'est lui que j'aime. Mais maintenant, il ne voudra plus de moi. Quand il saura...

— Cela n'aura pas d'importance pour lui. Si c'est un honnête homme, il ne fera aucune différence. Si ça en fait une, c'est qu'il ne te mérite pas. Dans ce cas, je lui casserai la figure et le réduirai en miettes, puis j'irai te chercher un mari digne de toi.

Elle émit un petit rire qui se transforma en sanglot et enfouit le visage dans son épaule. Il la tint contre lui, se balançant doucement tout en lui tapotant le dos.

Il me lança un regard et cligna des yeux.

— *Sassenach*, j'ai faim ! lança-t-il. En outre, je crois qu'un petit verre nous fera du bien à tous.

J'essuyai mes yeux remplis de larmes et m'éclaircis la gorge.

— Je vais aller chercher du lait dans la remise.

— Ce n'est pas à ce genre de boisson que je pensais !

J'ignorai leurs rires étouffés et sortis de la cabane.

Brianna s'endormit peu après le dîner, épuisée par l'émotion. Je me sentais plutôt vidée moi-même, mais j'étais encore trop énervée pour me coucher. Aussi, quand Jamie me demanda si je voulais l'accompagner pour une petite promenade, j'acceptai aussitôt.

Nous marchâmes un long moment en silence dans l'obscurité, traversant le champ de maïs coupé, longeant la lisière de la forêt puis rebroussant chemin.

— Jamie, dis-je enfin, qu'est-il arrivé à ta main ?

— Quoi ? sursauta-t-il.

— Tes mains. On ne se fait pas ce genre de blessure en empilant des pierres de cheminée.

Il hésita un instant :

— Brianna... elle t'a parlé de l'homme qui lui a fait ça ? Elle t'a dit son nom ?

Je ne répondis pas tout de suite... et, par là même, me trahis aussitôt.

— Elle te l'a dit, n'est-ce pas ?

— Jamie, elle m'a fait promettre de ne pas te le répéter. Je lui ai pourtant expliqué que tu devinerais tout de suite si je te cachais quelque chose. Mais... j'ai promis. S'il te plaît, ne me force pas à la trahir.

— Tu as raison, *Sassenach*. Je te connais trop bien. Tu es incapable de cacher un secret à quelqu'un qui te connaît un tant soit peu. Même Ian peut lire tes pensées comme dans un livre. Je ne veux pas troubler ta conscience. Elle me le dira elle-même quand elle se sentira prête. Je peux attendre.

— Tes mains, répétai-je.

Il les tendit devant lui, fléchissant les articulations.

— Tu te souviens de l'époque où nous nous sommes rencontrés, *Sassenach* ? Dougal me provoquait sans cesse sans que je puisse me défendre. Tu m'as dit : « Frappe quelque chose, tu te sentiras mieux. » C'est ce que j'ai fait. J'ai donné des coups de poing dans un tronc d'arbre. Ça m'a fait un mal de chien mais... tu avais raison, ça va mieux, du moins pour le moment.

Je fus soulagée qu'il n'ait pas l'intention de nous tirer les vers du nez. Qu'il attende ! Il ne se rendait probablement pas compte que sa fille était aussi têtue que lui.

— Elle t'a raconté comment ça s'est passé ? Je veux dire... Il lui a fait mal ?

Je ne pouvais voir son visage dans le noir, mais l'hésitation dans sa voix était perceptible.

— Non, pas physiquement.

J'hésitai à mon tour. J'avais l'impression de sentir le poids de l'alliance dans ma poche. Brianna m'avait demandé de lui cacher le nom de Bonnet, et je ne tenais pas à entrer dans les détails. De toute manière, il ne voudrait sûrement pas les connaître.

Il se contenta de marmonner des paroles inintelligibles en gaélique, puis il reprit sa marche, tête baissée. Maintenant que le silence avait été rompu, je ne pouvais plus me taire.

— A quoi penses-tu ?

— Je me demandais... est-ce terrible d'être violé quand... il n'y a pas de dégâts physiques ?

Je savais très bien qu'il pensait à la prison de Wentworth et aux cicatrices qui striaient son dos, tel un réseau de souvenirs horribles.

— Ce doit être affreux, mais tu as raison, c'est sans doute moins dur à supporter quand il n'y a pas de cicatrices qui rappellent sans cesse ce qu'on a subi. Mais, en l'occurrence, il lui reste une trace physique, et non des moindres !

— Tu peux le dire ! Toutefois, s'il ne lui a pas fait mal, c'est toujours ça. Autrement... la mort serait encore trop douce pour ce salaud.

— Tu oublies un détail. On ne se « remet » pas vraiment d'une grossesse. S'il lui avait brisé les os ou s'il avait fait couler son sang, elle pourrait guérir. Mais à présent, elle ne pourra jamais l'oublier.

— Je sais !

Le ton de sa voix me fit tiquer et il le sentit. Il esquissa un geste d'excuse.

— Pardon, je ne voulais pas crier.

Nous continuâmes à marcher en silence un moment, puis il reprit :

— Je sais ce que c'est. Tu m'excuseras, *Sassenach*, mais j'en connais un peu plus sur la question que toi.

— Je ne voudrais pas te contrarier, mais tu n'as pas mis un enfant au monde. Tu ne peux pas savoir ce que c'est.

— Si, tu me contraries !

Il me serra le bras puis le lâcha. Il y avait une note d'humour dans sa voix mais il était on ne peut plus sérieux.

— J'essaie de t'expliquer ce que je sais, reprit-il. J'ai beau faire, je ne pourrai jamais oublier Jack Randall. Il y a le corps, *Sassenach*, et puis il y a l'esprit. Tu es médecin, tu connais bien le premier. Mais pour moi, le second est le plus important.

J'ouvris la bouche pour répliquer que j'en étais aussi consciente que lui puis me ravisai.

— La plupart des choses que m'a fait subir Randall, j'aurais pu les supporter, poursuivit-il d'une voix songeuse. J'aurais eu peur, j'aurais eu mal, j'aurais eu envie de le tuer, mais j'aurais pu aussi continuer à vivre sans toujours sentir ses mains sur mon corps, sans me sentir souillé. Mais il ne pouvait pas se satisfaire de mon corps. Il lui fallait mon âme aussi... et il l'a eue.

Il étendit sa main bandée devant lui, formant une tache blanche dans la nuit.

— Ce que j'essaie de dire, c'est que... si cet homme n'était qu'un inconnu qui ne l'a prise que pour un moment de plaisir... s'il n'en voulait qu'à son corps... alors elle guérira. Mais s'il la connaissait, s'il était assez proche pour la vouloir, *elle*, plutôt que n'importe quelle autre femme, alors il a peut-être blessé son âme et lui a fait un mal difficilement réparable.

— Parce que tu crois qu'il ne lui a pas fait de mal ? dis-je en haussant la voix malgré moi. Qu'il l'ait connue auparavant ou pas...

— C'est différent !

— Non ! C'est la même chose. Je comprends ce que tu veux dire mais...

— Tu ne comprends pas !

— Si ! Mais pourquoi...

— Parce que ce n'est pas ton corps qui compte quand je te prends ! Tu le sais très bien, *Sassenach* !

Il pivota sur place et m'embrassa brutalement, écrasant mes lèvres contre mes dents.

Je savais qu'il attendait de moi la chose que j'attendais désespérément de lui : d'être rassuré. Mais ce soir-là, ni lui ni moins n'en étions capables.

Il se détacha et recula d'un pas, me laissant les jambes flageolantes. Nous restâmes silencieux un long moment, évitant de croiser nos regards.

— Bree est forte, dis-je enfin. Comme toi.

— Comme moi ? Alors, que Dieu lui vienne en aide !

Il poussa un soupir et reprit sa marche, longeant l'enclos.

— Cet homme dont elle parle, reprit-il quelques instants plus tard... Ce Roger... il l'épaulera ?

Je n'avais connu Roger que pendant quelques mois. Je l'aimais bien, je l'aimais beaucoup. D'après le peu que j'avais vu de lui, il me paraissait un jeune homme parfaitement honnête et sincère... mais comment savoir ce qu'il penserait ou ressentirait en découvrant que Brianna avait été violée ? Pire encore, qu'elle portait l'enfant de son violeur ?

Le meilleur des hommes pouvait se révéler très lâche devant une telle situation. Au cours de mes années en tant que médecin, j'avais vu des couples bien établis succomber à des problèmes moins graves. Parmi ceux qui avaient résisté, beaucoup étaient restés meurtris par la méfiance. Malgré moi, je pressai ma main contre ma poche, sentant l'anneau d'or. « *De F. à C. pour la vie* ».

— Et toi ? demandai-je. Comment réagirais-tu si c'était moi ?

Il me lança un regard surpris, ouvrit la bouche, la referma, me dévisagea d'un air troublé.

— J'allais dire : « Bien sûr que je resterais à ton côté ! », dit-il enfin. Mais je t'ai promis d'être toujours sincère, non ?

— Oui.

— *Ifrinn !* jura-t-il. Oui, bon Dieu, je resterais ! Toi, tu serais toujours à moi, même si l'enfant ne l'était pas. Oui, je te prendrais, toi et l'enfant, et que le monde entier aille au diable !

— Mais ensuite... ? Tu crois que tu n'y penserais pas, chaque fois que tu te glisserais dans mon lit ? Que tu ne verrais pas le visage du père chaque fois que tu regarderais l'enfant ? Que tu ne me le jetterais jamais au visage ou que tu ne le laisserais pas se mettre entre nous ?

Il allait rétorquer quelque chose, quand il comprit soudain ce dont je voulais parler.

— Seigneur ! dit-il. C'est à Frank que tu penses, pas à moi !

— Il m'a soutenue. J'ai tout fait pour qu'il parte, mais il est resté. Puis, quand l'enfant est venue... il l'a aimée, comme si elle était sa propre fille.

— Et toi, comment t'a-t-il traitée ?

— C'était ma faute. C'est que... je ne pouvais pas oublier. Si seulement j'avais pu, tout aurait été différent. Cela aurait été plus facile pour lui si j'avais été violée. C'est ce que lui ont dit les médecins, tu sais, que j'avais été maltraitée, violée et que le traumatisme me faisait délirer. C'est ce que tout le monde pensait, mais je continuais à lui répéter que non, ça ne s'était pas passé comme ça. J'insistais pour lui dire la vérité et, au bout du compte, il a fini par me croire. C'était là tout le problème : non pas que j'avais eu un enfant d'un autre homme, mais que je t'aimais... et que je ne pouvais pas cesser de t'aimer. Frank était meilleur que moi. Il a eu le courage de tirer un trait sur le passé, pour l'amour de Bree. Mais pour moi...

Les mots moururent dans ma gorge et je m'interrompis. Il se tourna vers moi et me dévisagea longuement, ses yeux enfouis dans l'ombre de ses orbites.

— Tu as vécu vingt ans auprès d'un homme qui ne pouvait pas te pardonner pour ce qui n'était pas ta faute. C'est moi qui t'ai fait ça, n'est-ce pas ? Pardonne-moi, *Sassenach*.

Je laissai échapper un sanglot étranglé.

— Tu m'as dit un jour que tu pouvais m'écarteler sans même me toucher, répondis-je doucement. Tu avais raison.

— Pardonne-moi, répéta-t-il.

Il m'attira à lui et me serra fort contre lui.

— Te pardonner quoi ? demandai-je. Le fait que je t'aime ? Ne le regrette pas, je t'en prie. Jamais.

Il pencha la tête et appuya la joue sur le sommet de mon crâne. J'entendais les battements de son cœur dans le bruit du vent.

— Nous ferions mieux de rentrer, dit-il soudain. Il est tard.

Jamie m'offrit son bras et nous reprîmes notre route. Il faisait frais et des cristaux de givre étincelaient sur les rochers éclairés par la lune. Le gargouillis du ruisseau emplissait la nuit, habitant le silence. Au moment où nous contournions la porcherie, Jamie reprit la parole :

— J'espère que Roger Wakefield saura se montrer plus à la hauteur que nous, Frank et moi. Il a intérêt, ou il aura affaire à moi !

Je me mis à rire.

— Voilà qui arrangera la situation, j'en suis sûre !

Il émit un petit ricanement. Nous ne dîmes plus rien jusqu'à ce que nous parvenions au sentier qui menait à la porte de la cabane. Là, je l'arrêtai.

— Jamie... hésitai-je. Tu crois que je t'aime ?

Il tourna la tête vers moi et me dévisagea longuement avant de répondre.

— Si ce n'est pas le cas, *Sassenach*, tu choisis vraiment mal ton moment pour me l'annoncer.

— Non, ce n'est pas ce que je veux dire, mais... Je ne te le dis pas souvent. C'est sans doute à cause de mon éducation. J'ai passé toute mon enfance auprès de mon oncle. Il était affectueux, bien sûr, mais... nous ne fréquentions pratiquement pas de couples mariés...

Il posa deux doigts sur mes lèvres. Je pris une grande inspiration.

— Ecoute... insistai-je. Ce que je veux dire, c'est que... si je ne te le dis pas, comment sais-tu que je t'aime ?

— Je le sais parce que tu es ici, *Sassenach*. C'est bien ce que tu veux dire, non ? Si ce Roger l'a suivie jusqu'ici, c'est qu'il l'aime vraiment, n'est-ce pas ?

Cela ne me suffisait pas. Je tenais vraiment à ce qu'il comprenne.

— Je ne t'en ai jamais beaucoup parlé parce qu'il n'existe pas de mots pour le décrire. Mais il y a une chose que je peux te dire, Jamie. Tous ceux qui traversent le menhir ne ressortent pas de l'autre côté.

Il tressaillit.

— Comment le sais-tu ?

— Parce que je les ai entendus. J'ai entendu leurs hurlements.

Je tremblais, tant en raison du froid qu'à cause du souvenir. Il prit mes mains dans les siennes et m'attira à lui. Il me tint contre lui jusqu'à ce que les frissons passent, puis me libéra.

— Il fait froid, *Sassenach*. Rentrons.

— Jamie ?

— Oui ?

— Tu veux... tu as besoin que je te le dise ?

— Non, je n'en ai pas besoin. Mais je n'y vois aucun inconvénient. Dis-le-moi de temps en temps. Pas trop souvent quand même, je ne voudrais pas gâcher ce plaisir.

Je souris.

— Mais une fois de temps en temps ne serait pas un luxe, n'est-ce pas ?

— Non.

Je m'approchai de lui et posai les mains sur ses épaules.

— Je t'aime.

Il me regarda longuement.

— J'en suis heureux, Claire. Très heureux. Viens te coucher, je vais te réchauffer.

48

La crèche

La petite étable était installée dans une grotte peu profonde, creusée sous une corniche rocheuse dont la partie ouverte était protégée par une palissade de rondins de cèdre bruts, assez épaisse pour décourager les ours les plus entreprenants.

Jamie était allongé sur un lit de paille, recouvert de son plaid, à quelques mètres de la génisse à la robe tachetée. Celle-ci était couchée sur le ventre, les pattes sur le côté, et poussait des grognements de temps à autre.

Il sursauta en entendant des pas au-dehors et porta automatiquement la main à sa ceinture.

— C'est moi ! annonça Brianna.

— Ta mère n'est pas encore rentrée ?

Elle était manifestement seule, mais il lança néanmoins un regard derrière elle.

Brianna secoua la tête. Claire était partie assister un accouchement dans une ferme de l'autre côté de la gorge, emmenant Lizzie comme aide. Si l'enfant n'était pas arrivé avant le coucher du soleil, elles y resteraient pour la nuit.

— Elle a dit que si elle n'était pas rentrée, je devais te monter à dîner.

Elle s'agenouilla près de lui et commença à déballer son panier, disposa devant lui des petits pains fourrés au fromage et aux tomates confites, une tarte aux pommes et deux bouteilles, l'une contenant du bouillon de légumes, l'autre du cidre.

— Merci, ma fille. Tu as dîné, toi ?

— Oh oui !

Bien qu'elle ait dévoré comme une ogresse, elle ne put s'empêcher de lancer un regard d'envie vers les petits pains croustillants. Les premières nausées avaient disparu, la laissant avec un appétit alarmant.

Il suivit son regard et, avec un sourire, dégaina son couteau, fendit un pain en deux et lui en tendit une moitié.

Ils mâchèrent en chœur un moment, assis côte à côte sur la

paille, leur silence interrompu par les grognements et les soupirs sonores des autres occupants de l'étable. Une partie du lieu était clôturée pour abriter la gigantesque truie et sa nouvelle portée. Brianna devinait les petits cochons dans la pénombre, formant une rangée de minuscules corps dodus pressés les uns contre les autres comme une brochette de saucisses géantes.

Le reste de l'étable était divisé en trois parties. La vache rousse, Magdalen, possédait son propre box. Couchée sur la paille, elle mâchonnait paisiblement, son veau âgé d'un mois endormi contre son poitrail massif. Le second box était vide, attendant la vache tachetée et son petit. Le troisième renfermait la jument de Ian, ses flancs luisants étirés par la masse de son poulain à venir.

— On se croirait dans une maternité, dit Brianna.

— Une quoi ?

— C'est un service spécial dans un hôpital, où l'on met les mères et leurs nouveau-nés. Quand maman m'emmenait au travail, elle me laissait aller visiter la maternité pendant qu'elle faisait ses rondes.

Elle se souvint soudain de l'odeur des couloirs de l'hôpital, mélange de désinfectant et de cire, et revit les rangées de bébés dans leurs bacs, dodus comme des petits cochons, leur couverture tantôt rose tantôt bleue.

Rose ou bleu ? Pour la première fois, elle se demanda quel serait le sexe de celui qu'elle portait à présent. L'idée de la « chose » comme un être humain sexué était étrangement troublante.

— Ils mettent les nouveau-nés derrière une paroi de verre pour qu'on puisse les voir, expliqua-t-elle. C'est pour éviter qu'on souffle des microbes sur eux.

Elle lança un regard vers Magdalen qui bavait copieusement une salive verdâtre sur le crâne de son petit.

— Les microbes... répéta-t-il, songeur. J'en ai déjà entendu parler. Ce sont de sales petites bestioles, n'est-ce pas ?

— Oui, parfois.

Brianna revit sa mère vérifiant le contenu de son coffret de médecin avant de se rendre chez les Lachlan, remplissant soigneusement son grand flacon d'alcool distillé. Elle avait également un souvenir encore très clair de sa mère expliquant à Roger les aléas de la vie au XVIIIe siècle :

« L'accouchement est l'un des plus grands dangers auxquels une femme puisse être confrontée : infection, rupture du placenta, présentation anormale, fausse couche, hémorragie, fièvre puerpérale... dans la plupart des endroits, les chances de survie sont de cinquante pour cent. »

Jamie posa une main sur le genou de Brianna.

— Ta mère ne laissera rien t'arriver. Je l'ai déjà vue combattre des microbes. Elle ne les a pas laissés m'avoir, elle en fera autant pour toi. C'est une femme très têtue.

— D'après ce qu'elle dit de toi, tu sais ce dont tu parles !

— En effet.

Il se leva et s'approcha de la génisse. Il s'accroupit derrière elle et inspecta sa queue. De temps à autre, les flancs de la vache étaient parcourus d'un frisson, son épais manteau d'hiver luisant à la lumière de la lanterne suspendue au plafond.

— Ça se présente bien ? demanda Brianna.

— Oui, je crois que ça ira. C'est son premier veau et elle est un peu trop jeune pour mettre bas, mais... on verra.

— Si ça se passe mal ?

Il ne répondit pas tout de suite, observant la génisse d'un air songeur.

— Si elle n'arrive pas à mettre bas toute seule et que je ne peux pas sortir son petit, il faudra que je la tue. Si je parviens à sauver le petit, je pourrais le confier à Magdalen. Elle en est à sa quatrième mise bas, elle a l'habitude.

Brianna frissonna. Naturellement, elle avait vu le coutelas qu'il portait à la taille mais n'y avait pas prêté attention car il semblait faire partie de sa tenue habituelle. La petite présence dans son ventre lui parut soudain lourde et menaçante, comme une bombe à retardement.

Il se redressa et s'étira, faisant craquer ses os, et se tourna vers elle avec un sourire.

— Tu veux que je te raccompagne à la cabane ? Le travail n'est pas près de commencer.

— Non, j'attendrai un peu avec toi, si tu veux bien.

C'était maintenant ou jamais, pensa-t-elle. Il fallait qu'elle lui demande. Elle attendait une bonne occasion depuis plusieurs jours, mais venait de se rendre compte qu'il n'y aurait jamais un moment « propice » pour aborder ce genre de sujet.

— Pa ?

— Oui, ma fille ?

Il était en train de leur verser un bol de cidre à chacun, les yeux fixés sur le filet de liquide ambré.

— Il faut que je te pose une question... Est-ce que tu as tué Jack Randall ?

Il manqua renverser le bol et la dévisagea, incrédule.

— Où as-tu entendu prononcer ce nom ? C'est ton père, Frank, qui t'en a parlé ?

— Maman m'a raconté.

— Vraiment.

Ce n'était pas une question, mais elle y répondit quand même.

— Elle m'a dit... ce qui s'était passé. Ce qu'il t'avait fait... A Wentworth.

Son élan de courage s'était déjà épuisé mais il était trop tard.

Il s'accroupit devant elle et la regarda, la bouteille de cidre oubliée dans sa main. Elle se rendit compte qu'il considérait peut-être que Claire l'avait trahi en révélant cet épisode de son passé, surtout à elle.

— Pas maintenant, s'empressa-t-elle d'ajouter maladroitement. Avant... quand je ne te connaissais pas encore. Elle ne pensait pas que je te rencontrerais un jour. Elle ne voulait pas...

Il l'interrompit d'un geste de la main.

— Tais-toi un peu.

Elle obtempéra aussitôt, n'osant croiser son regard. Mais qu'est-ce qui lui avait pris ? Elle se sentait mortifiée. « *Tu ne dévoileras pas la nudité de ton père.* » Evoquer Jack Randall revenait à faire remonter des images qu'il avait tenté d'oublier. Elle aurait pu s'adresser à sa mère afin qu'elle lui pose la question indirectement. Mais non, il n'y avait pas d'autre choix. Elle devait l'entendre de sa bouche.

— Pourquoi me poses-tu cette question, ma fille ?

— Je... j'ai besoin de savoir si ça t'a aidé. Je veux le tuer. L'homme qui... Mais si je le tue et que ça ne m'aide pas...

Il ne semblait pas choqué, mais plutôt perdu dans ses pensées.

— Tu as déjà tué un homme ? demanda-t-il.

Un muscle tremblait près de la commissure de ses lèvres... d'amusement, pensa-t-elle.

— Tu crois que je n'en suis pas capable, c'est ça ? Tu te trompes, crois-moi !

Elle en était persuadée, même si la manière de s'y prendre n'était pas encore très claire dans sa tête. L'abattre d'une balle de pistolet serait sans doute le plus efficace, bien que cela lui parût encore trop doux pour lui. La nuit, quand elle se retournait dans son lit, repoussant ses couvertures qui lui paraissaient trop lourdes, elle se répétait qu'elle ne voulait pas seulement sa mort, mais le tuer de ses propres mains.

D'un autre côté... à quoi bon le tuer s'il continuait à la hanter après sa mort ?

— Alors ? insista-t-elle. Tu l'as tué, finalement ? Et est-ce que ça t'a aidé ?

— Qu'espères-tu obtenir en le tuant ? demanda-t-il. Ça n'enlèvera pas le petit de ton ventre et ça ne te rendra pas ta virginité.

— Je sais !

Elle se détourna, agacée par lui et par elle-même. Ils étaient en train de discuter de viol et de meurtre, et la seule mention de sa virginité perdue la faisait rougir !

— Maman m'a dit que tu avais essayé de tuer Jack Randall en duel à Paris. Qu'espérais-tu obtenir par sa mort ?

— Je voulais retrouver ma virilité, dit-il doucement. Mon honneur.

— Tu considères que mon honneur est moins important ?

Mais peut-être que, pour toi, c'est la même chose que ma virginité ?

Elle avait prononcé ce dernier mot en le singeant. Il lui renvoya un regard glacial.

— Pour toi, ça l'est ?

— Non.

— Tant mieux.

— Alors, réponds-moi, bon sang ! Est-ce que le fait de le tuer t'a rendu ton honneur ? Tu t'es senti mieux ? Dis-moi la vérité !

— La vérité ? La vérité, c'est que je ne sais pas si je l'ai tué ou non.

— Comment ça, tu ne sais pas ?

Il haussa les épaules d'un geste impatient et se leva brusquement.

— Il est mort à Culloden, reprit-il. Quand je suis revenu à moi sur le champ de bataille, son cadavre était couché sur moi. C'est tout ce que je sais. Je me souviens vaguement de lui avoir porté un coup d'épée mais guère plus.

Il poussa un soupir, avant d'ajouter :

— Sur le moment, je me suis dit que c'était aussi bien de ne pas se souvenir. J'ai perdu beaucoup d'amis sur ce champ de bataille, des hommes courageux que j'aimais. Le fait d'ignorer comment ils étaient morts me permettait plus facilement de les revoir en pensée tels que je les avais toujours connus et non comme des cadavres. C'était peut-être de la lâcheté. Après ça... la vengeance ne me semblait plus importante. Il y avait plus de mille corps sur la lande. Jack Randall n'était qu'un cadavre parmi tant d'autres. Il était entre les mains de Dieu.

Elle serra les dents, s'efforçant de contrôler ses émotions. La curiosité et la compassion luttaient en elle contre un sentiment croissant de frustration.

— Mais... tu arrives à vivre normalement après ce qu'il t'a fait ?

Il lui lança un regard exaspéré.

— Je n'en suis pas mort. Toi non plus.

— Pas encore. On verra si j'y survis dans six mois.

Il fut pris de court.

— Tu t'en sortiras, dit-il. Tu as les hanches plus larges que cette génisse.

— Comme ta mère ? rétorqua-t-elle. Tout le monde me répète que je lui ressemble. Elle devait avoir les hanches larges, elle aussi, non ? Pourtant, ça ne l'a pas sauvée !

Il tiqua, comme si elle venait de le gifler. Au lieu de ressentir la satisfaction qu'elle avait attendue, elle se sentit envahie par une panique sourde.

Elle comprit soudain que sa promesse de la protéger toujours était en grande partie illusoire. Il tuerait pour elle. Il se ferait même tuer pour elle, elle n'en doutait pas, il vengerait son honneur, anéantirait ses ennemis. Mais il ne pouvait la défendre contre son enfant. Devant cette menace, il était totalement impuissant. Une froide certitude s'abattit sur elle.

— Je n'y survivrai pas, dit-elle soudain. Je le sais.

— Non. Je ne te laisserai pas mourir !

— Tu n'y peux rien. Tu ne peux rien faire !

— Ta mère le peut.

Il ne semblait lui-même qu'à moitié convaincu.

— Non, elle ne pourra rien non plus, rétorqua-t-elle. Pas sans hôpital ni médicaments. Si... si quelque chose tourne mal, elle pourra tout juste sauver l'enfant.

Malgré elle, elle baissa les yeux vers le couteau à sa ceinture.

— Tu sais le pire ? reprit-elle. Tu as dit que ce n'était pas ma faute, mais c'est faux ! *C'est* ma faute.

— Mais non !

— Tu as parlé de lâcheté. Tu sais ce que c'est. Eh bien, j'ai été lâche. J'aurais dû me battre, je n'aurais jamais dû le laisser... mais j'ai eu peur de lui. Si j'avais été plus courageuse, cela ne serait pas arrivé. A présent, j'ai encore plus peur !

Sa voix se brisa.

— Brianna, *a leannan*...

Il avança une main pour la réconforter, mais elle le repoussa, croisant les bras.

— Le tuer est la seule chose que je puisse faire. Si je dois mourir, au moins je l'emmènerai en enfer avec moi. Si je survis, alors je pourrai peut-être oublier plus facilement en le sachant mort.

— Tu ne l'oublieras pas.

Ses paroles l'atteignirent comme un coup de poing dans l'estomac. Il se servit un verre de cidre, renversa la tête en arrière et but lentement. Puis il le reposa d'un air détaché.

— De toute manière, cela n'a pas beaucoup d'importance, déclara-t-il. On te trouvera un mari et, une fois le bébé né, tu n'auras plus beaucoup le temps d'y penser.

Elle le dévisagea, interloquée.

— Quoi ? Que veux-tu dire par « on te trouvera un mari » ?

— Il t'en faudra bien un, non ? Il faut que l'enfant ait un père. Puisque tu ne veux pas me dire le nom de l'homme qui t'a engrossée pour que je l'oblige à accomplir son devoir...

— Parce que tu crois que je vais épouser celui qui m'a fait ça ?

— C'est que... je me demande... tu n'aurais pas modifié un peu la réalité, ma fille ? Si ce n'était pas tout à fait un viol ? Peut-être l'homme a-t-il fait quelque chose qui t'a déplu et... tu as inventé cette histoire. Après tout, tu ne portais pas de marques.

On a du mal à croire qu'une fille de ta taille se soit laissé faire sans se débattre.

— Tu es en train de dire que j'ai menti ?

Furieuse, elle voulut lui décocher un coup mais il l'attrapa par le poignet.

— Allons ! reprit-il. Tu ne serais pas la première jeune fille à commettre un faux pas et à vouloir le cacher. Cela dit, ce n'était pas la peine d'en faire toute une histoire. A moins que ce ne soit lui qui t'ait laissée tomber ? C'est ça ?

Elle libéra son poignet et tenta de le frapper avec le genou. Il pivota juste à temps, recevant le choc sur la cuisse. Avant qu'elle n'ait eu le temps de comprendre ce qui lui arrivait, il lui avait tordu les deux bras dans le dos. Il les tenait d'une main pendant que, de l'autre, il lui appuyait sur le sternum. Elle se débattit de toutes ses forces, ne parvenant qu'à lui faire renforcer sa prise. Pliée en deux, tête baisée, immobilisée, elle pouvait à peine respirer.

— Arrête ! haleta-t-elle. Je t'en prie, arrête !

Elle sentait sa présence derrière elle, inexorable et implacable.

— Je pourrais te briser le cou, dit-il lentement.

Il tira sur ses bras et elle bascula en avant, son front heurtant le sol. Elle sentit sa main quitter son plexus et se poser sur sa nuque, le pouce et l'index de chaque côté, pressant doucement ses artères. Il serra et elle vit des points noirs danser devant ses yeux.

— Je pourrais te tuer comme un rien, dit-il encore d'une voix froide. Tu es complètement à ma merci. Tu crois que tu pourrais m'en empêcher ?

Elle était sur le point de suffoquer de rage et de honte. Pour rien au monde elle n'aurait voulu redresser la tête, de peur qu'il voie ses larmes.

— Réponds-moi, ordonna-t-il.

L'étau sur sa nuque se resserra encore.

— Non !

Il la lâcha.

Elle s'effondra, ayant juste le temps de mettre sa main en avant pour se protéger le visage. Elle resta couchée sur la paille, pantelante. Il y eut un bruit sourd près d'elle. Magdalen venait de passer la tête par-dessus la porte de son box, se demandant d'où venait le raffut. Péniblement, Brianna se redressa en position assise.

Il se tenait devant elle, les bras croisés.

— Tu n'es qu'une ordure ! cracha-t-elle. Je voudrais te tuer !

Il resta immobile, la dominant.

— Justement, dit-il doucement. Mais tu ne peux pas, n'est-ce pas ?

Elle le regarda sans comprendre. Il la fixait sans colère ni ironie. Il attendait simplement.

— Tu ne peux pas, répéta-t-il.

Puis elle comprit.

— Oh, Seigneur ! Non, je ne pourrais pas. Même si je luttais de toutes mes forces... je ne pourrais pas.

Elle s'effondra en larmes, les tensions qui nouaient ses viscères se libérant une à une tandis qu'un soulagement intense se diffusait dans tout son corps. Ce n'était pas sa faute. Même si elle s'était débattue de toutes ses forces, cela n'aurait rien changé.

— Je n'aurais pas pu l'arrêter, sanglota-t-elle. Même en luttant, je n'aurais rien pu y changer...

Une main effleura son visage.

— Tu es une fille courageuse, dit-il. Mais à chacun ses limites. Te considérerais-tu comme lâche si tu ne pouvais pas repousser un lion à mains nues ? C'est la même chose. Ne sois pas idiote, tu n'as rien à te reprocher.

Il se pencha vers elle et l'aida à se relever.

— Tu aurais pu te contenter de me l'expliquer, dit-elle. Ce n'était pas la peine de me faire une démonstration.

Il sourit.

— J'ai bien essayé, mais tu ne voulais rien entendre. Il fallait que tu t'en rendes compte par toi-même.

— Tu as sans doute raison.

Une grande sensation de paix l'envahit. Elle se laissa faire tandis qu'il lui essuyait le visage avec son mouchoir et lui servait un bol de cidre.

— Mais toi... reprit-elle après un moment. Tu aurais pu te défendre contre Jack Randall.

— C'est vrai, je l'ai laissé faire. J'avais promis sur la tête de ta mère. Je ne le regrette pas.

Il la fit s'asseoir sur la paille.

— Repose-toi, *a leannan*, tu en as besoin.

— Ce que tu disais tout à l'heure... je n'oublierai pas ?

— Non, jamais. Mais au bout d'un certain temps, cela n'aura plus d'importance, tu verras.

— Vraiment ?

Trop épuisée pour se demander ce qu'il entendait par là, elle se sentait étrangement désincarnée.

— Même si je ne suis pas assez forte pour le tuer ?

Un courant d'air froid filtrait par la porte ouverte, énervant les animaux. La génisse changea de position et protesta d'un mugissement grave.

— Tu es une femme très forte, *a bheanachd*.

— C'est faux, tu viens de me prouver le contraire.

— Ça n'a rien à voir.

Il posa une main sur son épaule et s'accroupit devant elle.

— Jenny avait dix ans quand notre mère est morte. Le lendemain de son enterrement, je l'ai trouvée debout sur un tabouret dans la cuisine, en train de faire la cuisine. Elle portait le tablier de ma mère, beaucoup trop grand pour elle. Je pouvais voir qu'elle avait pleuré. Elle avait les joues brillantes et les yeux rouges. Sans cesser de touiller son bol, elle m'a dit : « Va te laver les mains, Jamie, et dis à papa que le dîner sera bientôt prêt. »

Il ferma les yeux et déglutit.

— Oui, je sais à quel point les femmes peuvent être fortes. Tu l'es assez pour faire ce que tu as à faire, *m'annsachd*, crois-moi.

49

Décisions

Novembre 1769

J'ouvris le coffre de Daniel Rawlings et contemplai longuement les rangées de flacons verts et bruns remplis de racines et
de feuilles broyées. Il n'y avait rien là-dedans qui pût me servir.
Très lentement, je soulevai le couvercle du double fond qui
recouvrait les lames.

Je pris un scalpel et le tins à la lumière. C'était un instrument
splendide, aiguisé et solide, parfaitement équilibré. Je le plaçai
sur le bout d'un doigt, le laissant se balancer.

Je le reposai et saisis la longue racine posée sur la table. Une
partie de la tige était encore attachée ; les dernières feuilles jaunies pendaient mollement. Je n'en possédais qu'une. J'avais
fouillé les bois pendant quinze jours, mais il était tard dans la
saison et les plantes s'étaient toutes recroquevillées au point que
je ne parvenais plus à les distinguer les unes des autres. J'avais
découvert celle-ci dans un endroit abrité. Du *caulophyllum*, j'en
étais sûre. Mais une seule racine ne suffisait pas.

Je ne disposais d'aucune des plantes européennes auxquelles
j'étais habituée. Pas d'hellébore, pas d'absinthe.

— Qui pourrait bien fabriquer de l'absinthe dans le fin fond
de la Caroline du Nord ? demandai-je à voix haute en reprenant
le scalpel en main.

— Personne, que je sache.

Je sursautai, m'entaillant le pouce. Une giclée de sang se
répandit sur la table. Par réflexe, je saisis un coin de mon tablier
et le pressai contre la plaie.

— Bon sang, *Sassenach* ! Tu t'es blessée ? Je ne voulais pas
t'effrayer !

Ça ne me faisait pas encore mal, mais je me mordis la lèvre.
Inquiet, Jamie s'empara de mon poignet et souleva le linge. Le
sang suinta aussitôt de l'entaille et il remit mon pansement de
fortune en place.

— Ce n'est rien, le rassurai-je. D'où sors-tu ? Je te croyais à la distillerie.

— J'y étais. Mais la fermentation n'est pas achevée. Il est encore trop tôt pour distiller. Tu pisses le sang, *Sassenach*. Tu es sûre que ça va ?

En effet, je saignais abondamment. Mon tablier était en train de s'imbiber.

— J'ai dû me couper une petite veine. Ce n'est pas grave. Ce n'est pas une artère, ça va s'arrêter.

— Que faisais-tu avec ce couteau ? demanda-t-il.

— Ah... je... j'allais découper cette racine.

Il me lança un regard suspicieux.

— C'est drôle, je ne t'ai jamais vue utiliser ces outils que pour opérer des gens.

Je détournai le regard, embarrassée, et dégageai mon poignet qu'il tenait dans sa main, pressant mon doigt blessé contre mon sein.

— Qu'est-ce que tu manigances, *Sassenach* ? Tu fais une drôle de tête. On croirait que tu t'apprêtes à commettre un meurtre.

Je me sentis blêmir.

— Je... je prenais une décision.

Inutile de lui mentir. Il faudrait bien qu'il sache tôt ou tard.

— Quel genre de décision ?

— Au sujet de Bree. Je cherchais la meilleure manière de procéder.

Il écarquilla des yeux stupéfaits.

— Tu ne veux tout de même pas...

— Uniquement si elle me le demande.

J'effleurai du bout du doigt la lame du scalpel tachée de sang.

— Ça peut se faire avec des herbes ou avec cet instrument. Les herbes présentent des risques importants : convulsions, lésions cérébrales, hémorragie... de toute manière, je n'en ai pas assez.

— Claire... tu l'as déjà fait ?

Il me regardait avec une expression horrifiée que je ne lui avais encore jamais connue. Je posai mes mains à plat sur la table pour les empêcher de trembler. Malheureusement, je ne pouvais en faire autant avec ma voix.

— Qu'est-ce que ça change ? demandai-je.

Il s'assit lentement sur le banc, comme s'il craignait de casser quelque chose.

— Tu ne l'as jamais fait, reprit-il doucement. J'en suis sûr.

— Non, c'est vrai.

— Je savais que tu ne pouvais pas commettre un meurtre.

— Tu te trompes, j'en ai déjà commis un. J'ai tué l'un de mes patients à l'hôpital. Graham Menzies, je t'en ai déjà parlé.

— Ce n'est pas la même chose. Aider un homme condamné à

mourir dignement, c'est de la compassion, pas un meurtre. C'est aussi un devoir, sans doute.

— Un devoir ?

— Tu te souviens de la nuit où Rupert est mort ?

J'acquiesçai. Comment oublier la petite chapelle de Falkirk Hill, les ténèbres glacées de la lande, le son irréel des cornemuses rythmant les combats au loin ? La vue de Rupert agonisant lentement à mes pieds, se noyant dans son sang ? Il avait demandé à Dougal MacKenzie, son ami et son chef, de l'achever... ce qu'il avait fait.

— A mon avis, c'est aussi le devoir d'un médecin, poursuivit Jamie. Tu as prêté serment de guérir, mais lorsqu'il n'y a plus rien à faire, ton devoir n'est-il pas aussi d'empêcher de souffrir inutilement ?

— Si, mais il s'agit de ma fille, Jamie. Je préférerais n'importe quelle solution à celle-ci... n'importe laquelle. Tu crois que je ne sais pas le risque que cela comporte ? Je pourrais la tuer !

J'ôtai le linge qui entourait mon pouce et lui montrai l'entaille qui suintait encore.

— Regarde ! Ça ne devrait pas saigner autant. Ce n'est qu'une petite entaille et pourtant... J'ai touché une veine. Il pourrait m'arriver la même chose avec Brianna sans que je m'en rende compte. Si elle se met à saigner, je ne pourrai plus l'arrêter ! Elle se videra de tout son sang sous mes yeux sans que je puisse faire quoi que ce soit !

Il me fixait toujours, le regard noir.

— Comment peux-tu envisager de faire une chose pareille, en sachant cela ?

Je sentis le désespoir m'envahir. Je n'arriverais jamais à lui faire comprendre.

— Parce que je sais autre chose, répliquai-je. Je sais ce que signifie porter un enfant. Je sais ce que c'est que d'avoir son corps, son esprit et son âme arrachés et modifiés contre son gré. Je sais ce que c'est que d'être déracinée du lieu qu'on croyait le sien et d'être privée de la possibilité de choisir. *Je sais ce que c'est*, tu m'entends ! Et je pense que personne ne devrait se soumettre à cette torture. Mais toi, Jamie, tu sais quelque chose que j'ignore ! Tu sais ce que c'est que de vivre avec le souvenir d'avoir été violé. Jamie, l'enfant qu'elle porte est celui d'un viol !

— Je sais ! Mais je sais aussi une chose : je ne connais pas son père, mais je connais assez son grand-père. Claire, cet enfant est de mon sang !

— Ton sang ? Tu as tant envie d'un petit-fils que tu es prêt à sacrifier ta fille ?

— Sacrifier ? Ce n'est pas moi qui m'apprête à faire un carnage !

— Tu n'avais rien contre les faiseuses d'anges de l'hôpital des

Anges. Tu avais pitié des femmes qu'elles aidaient, tu l'as dit toi-même !

— Ces femmes n'avaient pas le choix ! Elles n'avaient personne pour les protéger, aucun moyen de nourrir leur enfant... que pouvaient-elles faire d'autre, les malheureuses ? Ce n'est pas le cas de Brianna. Je ne la laisserai jamais avoir faim ni froid. Tant que je serai là, personne ne leur fera jamais de mal, à elle ou au petit !

— Mais là n'est pas la question ! Si elle accouche ici, elle ne pourra plus partir. Traverser les pierres la tuera.

— C'est pour ça que tu veux t'en charger toi-même ?

Je tressaillis comme s'il m'avait giflée.

— Tu veux qu'elle reste, c'est ça ? rétorquai-je. Tu te moques qu'elle ait une vie qui l'attende ailleurs, qu'elle ait *envie* de repartir. Tout ce qui t'intéresse, c'est d'avoir des petits-enfants et peu importe si sa vie est fichue !

Ce fut son tour de tiquer, mais il ne céda pas pour autant.

— Je ne m'en moque pas du tout. Mais je ne trouve pas normal que tu l'obliges à...

— L'obliger ? Parce que tu crois que j'ai envie de l'avorter ? Dieu sait que non, mais, en tout cas, elle aura le choix si elle le désire !

Je le savais aussi déchiré que moi. Il aimait profondément Bree mais, maintenant que la vérité avait été dite, il devait se rendre à l'évidence. Privé de ses propres enfants, vivant exilé depuis des lustres, il voulait par-dessus tout un enfant de son sang.

Jamie ne pouvait m'arrêter, lui qui n'avait pas l'habitude de se sentir impuissant. Il pivota sur ses talons, s'approcha de la console et s'y appuya des deux mains, me tournant le dos.

Je m'étais rarement sentie aussi malheureuse alors que j'avais besoin qu'il me comprenne. Ne voyait-il pas à quel point cette perspective était aussi atroce pour moi que pour lui ? C'était encore pire pour moi, car ce seraient mes mains qui feraient le mal.

Je vins me placer derrière lui et posai une main sur son épaule. Il ne bougea pas. Je le caressai doucement, cherchant un réconfort dans sa solidité et sa force.

— Jamie, tout ira bien. J'en suis sûre.

Je cherchais surtout à m'en convaincre. Je voulais qu'il me prenne dans ses bras et m'assure lui aussi que tout irait bien, ou, du moins, qu'il me dise qu'il ne me reprocherait pas ce qui arriverait, pour le meilleur ou pour le pire.

Il se retourna brusquement, délogeant ma main.

— Tu as une haute opinion de tes pouvoirs, n'est-ce pas ? dit-il sur un ton cassant.

Il m'agrippa le poignet et le serra.

— Tu crois que la décision t'appartient, à toi seule ? Que tu peux décider de la vie et de la mort ?

Je sentis les petits os de ma main écrasés les uns contre les autres et me raidis, essayant de me libérer.

— Non, ce n'est pas à moi de décider ! répliquai-je. Mais si elle le veut, alors oui, il est en mon pouvoir de l'aider. Comme tu le ferais toi-même. Comme tu l'as *déjà* fait, quand il l'a fallu.

Je fermai les yeux, refoulant la peur. Il n'allait tout de même pas me faire mal ? Je me rendis soudain compte qu'il pouvait m'empêcher d'agir. Il lui suffisait de serrer un peu plus fort et de me briser les os de la main.

Très lentement, il baissa la tête et appuya son front contre le mien.

— Regarde-moi, Claire, dit-il doucement.

Je rouvris les yeux et le regardai. Ses prunelles n'étaient qu'à quelques centimètres des miennes. Je pouvais voir les éclats d'or près du centre de ses iris et le cercle noir qui les bordait.

— Je t'en supplie, chuchota-t-il.

Il me lâcha et partit.

Je restai un long moment adossée au mur, fixant la porte par laquelle il venait de disparaître, l'entaille de mon pouce m'élançant au rythme des battements de mon cœur.

J'étais si troublée par cette scène avec Jamie que je me sentais incapable de prendre la moindre résolution. Finalement, j'enfilai ma cape et sortis vers la crête ; j'évitai le sentier qui menait chez Fergus et Marsali, pour ne pas risquer de rencontrer quelqu'un.

Il faisait froid et gris, une pluie fine tombait par intermittence en clapotant sur les branches nues. L'air était lourd et chargé d'humidité. Si la température baissait encore de quelques degrés, il neigerait. Si ce n'était pas pour ce soir, ce serait pour le lendemain, ou la semaine suivante. Dans un mois tout au plus, Fraser's Ridge serait coupé du reste du monde.

Devais-je conduire Brianna à Cross Creek, où elle serait plus en sécurité, qu'elle décide ou non de garder l'enfant ?

Non, ma première réaction avait été de croire que la civilisation la protégerait, mais pas dans ce cas. Il n'y avait rien à Cross Creek qui pût nous être vraiment utile en cas d'urgence obstétrique. A dire vrai, les praticiens de l'époque représentaient plutôt un danger. Elle était mieux ici, avec moi.

« Je t'en supplie ! » avait-il dit. Je te supplie de quoi ? Ne lui demande pas son avis ? Ne le fais pas même si elle te le demande ? Pourtant, il le fallait. Le serment d'Hippocrate interdisait l'avortement, mais Hippocrate n'était ni un chirurgien, ni une femme... ni une mère.

Je n'en avais jamais pratiqué mais, pendant mes années d'internat, j'avais eu quelques expériences en la matière en soignant des suites de fausses couches. Les rares fois où des femmes me l'avaient demandé, je les avais orientées vers un confrère. En théorie, je n'avais aucune objection contre l'interruption de grossesse. J'avais vu trop de femmes mourir ou rester meurtries à jamais dans leur corps et leur âme par des enfants non désirés. Si cela revenait à tuer... et c'était le cas... je ne le considérais pas comme un meurtre, mais comme un homicide justifié, un cas d'autodéfense désespéré.

Parallèlement, je ne pouvais m'y résigner. Ma vocation de chirurgien, qui me donnait la conscience de la chair entre mes mains, me rendait également sensible au contenu vivant des entrailles. Je pouvais toucher le ventre d'une femme enceinte et sentir le second cœur palpiter sous mes doigts, je pouvais tracer sans les voir la courbe des membres et de la tête, et le cordon ombilical enroulé sur lui-même comme un serpent, parcouru de petits vaisseaux rouge et bleu.

Je n'avais jamais pu me résoudre à détruire cette vie, et maintenant il s'agissait de détruire ma propre vie et mon propre sang.

Manifestement, le Dr Rawlings n'en avait jamais pratiqué non plus. Il ne possédait pas de « cuillère » pour racler l'utérus ni de tiges souples pour dilater le col utérin. Cependant, je pouvais me débrouiller avec l'une des aiguilles à tricoter en ivoire, après avoir émoussé sa pointe, et avec le scalpel dûment courbé, sa lame poncée pour le curetage délicat et potentiellement mortel.

Quand ? Elle était déjà enceinte de trois mois. Si cela devait être fait, il fallait que ce soit tout de suite. En outre, je ne pourrais supporter de me trouver dans la même pièce que Jamie tant que la question n'était pas réglée, sentant son angoisse s'ajouter à la mienne.

Brianna avait conduit Lizzie chez Fergus et Marsali, où elle devait rester pour veiller sur Germain, sa mère étant surchargée de travail entre la distillerie et toutes les tâches que Fergus ne pouvait accomplir d'une seule main. C'était un lourd fardeau à porter pour une jeune fille de dix-huit ans, mais elle s'en sortait bien, avec ténacité et grâce. Lizzie s'occuperait des tâches ménagères et surveillerait le petit démon de temps à autre pour que sa mère puisse souffler.

Brianna serait de retour avant l'heure du dîner. Ian était parti chasser avec Rollo. Quant à Jamie... sans qu'il eût besoin de me le dire, je savais qu'il ne rentrerait pas de sitôt. Nous aurions donc un peu de temps en tête à tête.

Le moment était-il bien choisi pour lui poser ce genre de question, alors qu'elle venait de passer quelques heures devant le visage de chérubin de Germain ? D'un autre côté, me dis-je avec ironie, ce petit garnement de deux ans représentait sans doute la meilleure illustration des risques de la maternité ! Je rebroussai chemin. En descendant la colline, j'aperçus le cheval de Brianna dans l'enclos. Elle était rentrée. Je resserrai les pans de ma cape autour de moi et rassemblai mon courage. L'estomac noué, j'allai déposer les différentes options aux pieds de ma fille.

— J'y ai pensé, dit-elle d'une voix hésitante. Dès que j'ai su ce qui m'arrivait, je me suis demandé si tu pouvais... faire quelque chose de ce genre.

— Ce ne sera pas facile. Ce sera risqué et douloureux. Je n'ai pas de laudanum, uniquement du whisky. Mais... oui, je peux le faire, si tu le désires.

Je m'efforçai de rester en place, la regardant faire les cent pas devant la cheminée, les mains croisées dans le dos.

— On ne pourra agir que mécaniquement, repris-je. Je n'ai pas les herbes qu'il faut et, de toute manière, elles ne sont pas toujours très fiables. Au moins, avec la chirurgie, on est sûr du résultat.

Je déposai le scalpel sur la table. Je tenais à ce qu'elle n'ait aucune illusion sur la nature de ce que je lui proposais. Elle hocha la tête, sans cesser d'arpenter la pièce. Comme Jamie, elle ne pouvait réfléchir qu'en marchant. Je sentis une goutte de transpiration me couler dans le dos. Pourtant, mes doigts étaient glacés. Seigneur ! Si elle optait pour un avortement, serais-je en mesure de le pratiquer ? Je tremblais déjà rien qu'à l'idée.

Elle me dévisagea d'un regard clair.

— Et toi ? Tu l'aurais fait si tu avais pu ?

— Si j'avais pu... ?

— Un jour, tu m'as dit que, quand tu étais enceinte, tu me détestais.

— Oh, non, pas toi ! m'écriai-je horrifiée. Il ne s'agissait pas de toi !

— Pourtant, tu l'as dit. Quand tu m'as parlé de pa la première fois.

Je me frottai les tempes, tentant de me concentrer. Oui, c'était vrai, j'avais dit cela ! Quelle idiote !

— C'était une période horrible. Nous mourions de faim, c'était la guerre... le monde s'effondrait autour de nous... Je devais quitter Jamie et cette seule idée me rendait folle, au point d'en oublier tout le reste. Mais il y avait une grande différence.

— Laquelle ?

— Je n'avais pas été violée. J'aimais ton père.

— Certes, mais l'enfant pourrait être de Roger. C'est toi qui me l'as dit, non ?

— Oui, c'est vrai, admis-je. Cette possibilité te suffit-elle ?

Elle posa une main sur son ventre, les doigts légèrement écartés.

— Oui. Il est déjà là, même si je ne sais pas encore très bien ce que c'est. Quelques jours après avoir rencontré Bonnet, une douleur aiguë m'a réveillée au milieu de la nuit. Ça n'a duré qu'un instant, comme si on m'avait piquée avec une aiguille, de l'intérieur.

— C'est l'implantation, expliquai-je dans un murmure. Lorsque l'ovule fécondé s'implante dans la muqueuse utérine.

C'était le premier lien entre une mère et son enfant, quand, après avoir brièvement erré dans le corps, la petite entité aveugle achevait son périlleux voyage pour jeter l'ancre et commencer son lent travail de division, se nourrissant de la chair dans laquelle elle s'enchâssait. Un lien qui n'appartenait ni à l'un ni à l'autre mais aux deux. Un lien éternel que ni la naissance ni la mort ne pouvaient briser.

— C'était une sensation étrange, poursuivit Brianna. J'étais encore à moitié endormie mais... tout à coup, j'ai senti que je n'étais plus seule.

Ses lèvres esquissèrent un sourire ; elle se remémorait son émerveillement.

— Je lui ai dit : « Oh, c'est toi ! » Puis je me suis rendormie. J'ai d'abord cru que c'était un rêve. Ensuite, quand j'ai appris que j'étais enceinte, je m'en suis souvenue. Ce n'était pas un rêve.

Je m'en souvenais, moi aussi. Je baissai les yeux mais au lieu de voir la table devant moi je distinguai le visage translucide et paisiblement endormi de ma première enfant, Faith, dont les yeux bridés ne s'ouvriraient jamais sur la lumière du jour. Enfin, je vis mon second bébé, son visage rose bouillonnant de vie, froissé et rougi par la naissance, si différente de la tranquillité figée de sa sœur et tout aussi belle.

Par deux fois j'avais connu ce miracle. Je les avais senties grandir en moi, les avais portées dans mes bras puis les avais regardées s'éloigner, se séparer de moi à jamais. Je savais que ni la mort ni la distance ne pourraient modifier ce lien mystérieux... car il m'avait moi-même inexorablement modifiée.

— Oui, je comprends, répondis-je enfin.

Je pris brusquement conscience de ce que sa décision allait signifier pour elle et m'exclamai :

— Oh, Bree ! Ma petite Bree !

Elle m'observait, les sourcils froncés, et il me vint à l'esprit qu'elle prenait peut-être ma proposition d'avorter pour l'expression de mes propres regrets.

Horrifiée qu'elle pût penser que je n'avais pas voulu d'elle, je me précipitai vers elle et l'étreignis.

— Bree, murmurai-je, tu sais que je t'aime, n'est-ce pas ? Dis-moi que tu le sais !

Elle saisit ma main et la serra comme si elle tenait une ligne de vie, comme ce cordon qui nous avait reliées autrefois. Elle ferma les yeux et j'aperçus des larmes prises dans la courbe épaisse de ses cils.

— Oui, maman, chuchota-t-elle. Je l'ai toujours su, depuis le début.

50

Où tout est révélé

Vers la fin novembre, il commença à faire aussi froid le jour que la nuit et des nuages bas et chargés s'amoncelèrent au-dessus des sommets qui nous encerclaient. Le temps maussade n'arrangeait guère l'humeur ambiante. Tout le monde était sur les nerfs, et pour cause : toujours aucune nouvelle de Roger Wakefield.

Brianna refusait de parler du motif de leur querelle et ne faisait pratiquement plus aucune allusion à Roger. Elle avait pris sa décision. Elle n'avait plus qu'à attendre... et à laisser Roger prendre la sienne. Néanmoins, je pouvais souvent lire la colère et la peur se mêler sur son visage quand elle ne se sentait pas observée et le doute planait sur nous tous.

Où était-il passé ? S'il apparaissait enfin, quelle serait sa réaction ?

J'essayais de calmer mon angoisse en faisant l'inventaire de nos provisions. L'hiver arriverait bientôt. Le bois était rentré, le produit des cueillettes trié, les conserves faites. Les étagères du garde-manger croulaient sous les sacs de noix, les piles de courges, les rangées de pommes de terre, les jarres de tomates séchées, de pêches et d'abricots confits, les bocaux de champignons, les fromages et les paniers de pommes. Des nattes d'oignons et d'ail, des chapelets de poissons séchés pendaient du plafond. Des sacs de farine et de haricots, des fûts de bœuf et de poissons salés et des pots de choux au vinaigre étaient alignés par terre.

Je comptais mon trésor comme un écureuil ses noix et me sentais rassurée par une telle abondance. Quoi qu'il advienne, nous ne mourrions pas de faim.

En sortant du garde-manger avec un fromage sous le bras et un bol de haricots secs dans la main, j'entendis un grattement contre la porte. Avant que j'aie pu demander qui était là, le battant s'ouvrit et Ian entra timidement, avec des regards inquiets.

— Brianna n'est pas là ? demanda-t-il.

Constatant qu'elle n'était visible nulle part, il se détendit et tenta de lisser sa tignasse rebelle.

— Vous n'auriez pas un peigne et un miroir, tante Claire ?

— Si, bien sûr.

Je posai mon fardeau sur la table et allai chercher mon petit miroir et mon peigne d'écaille dans le tiroir de la console.

Son visage luisait bizarrement. Ses joues creuses étaient rouges comme s'il ne s'était pas contenté de se raser mais s'était frotté jusqu'à en avoir la peau à vif. Ses cheveux, généralement hirsutes, étaient lissés en arrière et plus ou moins bien maintenus en place par une sorte de gomina improvisée. Certains épis rebelles rebiquaient comme des piquants de porc-épic.

— Qu'est-ce que tu t'es mis sur les cheveux, Ian ?

— De la graisse d'ours. Mais comme ça empeste, je l'ai mélangée avec du savon à l'encens pour cacher l'odeur.

Il se contempla d'un œil critique dans le miroir et essaya vainement de corriger sa coiffure avec de petits gestes secs. Il portait sa veste du dimanche, une chemise propre et... événement sans précédent... une cravate amidonnée qui semblait l'étrangler.

Je me mordis l'intérieur de la joue pour ne pas rire.

— Tu es très beau aujourd'hui, Ian, dis-je. Tu vas quelque part ?

— Eh bien... euh... C'est juste que je dois faire ma cour, alors il faut quand même que je fasse bonne impression.

Faire sa cour ? Naturellement, il s'intéressait aux filles et plusieurs dans la région le lui rendaient bien. Mais il avait à peine dix-sept ans. Certes, les hommes se mariaient tôt et Ian possédait à la fois des terres et une part de la production de whisky, mais j'ignorais qu'il était épris à ce point.

— Je vois, dis-je. Je peux savoir qui est l'heureuse élue ?

Il se frotta le menton, embarrassé.

— Eh bien... euh... c'est Brianna.

— Quoi ? m'exclamai-je.

Il avança le menton d'un air résolu.

— Brianna, répéta-t-il. Je suis venu lui demander sa main.

— Ian, tu n'es pas sérieux !

— Mais si ! répliqua-t-il, piqué. Vous croyez qu'elle va rentrer bientôt ?

Je perçus une odeur âcre de transpiration nerveuse, se mêlant à celles du savon et de la graisse d'ours. Il serrait les poings au point que les articulations de ses mains étaient blanches.

Partagée entre l'irritation et l'attendrissement, je m'approchai de lui.

— Ian, tu fais ça à cause de l'enfant ?

Il me lança un regard surpris, comme si la question ne se posait même pas.

— Bien sûr, répondit-il.

— Mais tu n'es pas amoureux d'elle, n'est-ce pas ?

Je connaissais déjà la réponse mais pensais qu'il valait mieux mettre tout de suite les choses au clair.

— Eh bien... non. Mais je ne suis engagé envers personne d'autre, alors ce n'est pas un problème.

— Je crains que si, répondis-je. Ian, c'est une idée très généreuse de ta part mais...

— Oh, elle n'est pas de moi ! interrompit-il. C'est oncle Jamie qui y a pensé.

— *Quoi ?*

Le cri incrédule de Brianna nous fit sursauter. Elle se tenait sur le seuil, fixant Ian. Elle avança lentement dans la pièce, les mains sur les hanches, tandis que Ian reculait prudemment, se heurtant contre la table.

— Ma chère cousine, commença-t-il, je... euh... je suis venu-t'exprimer-mon-désir-d'unir-nos-vies-par-les-liens-sacrés-du-mariage.

Il reprit son souffle et rouvrit la bouche pour continuer.

— Tais-toi ! l'arrêta Brianna.

Ian referma la bouche et plissa des yeux inquiets, comme s'il se trouvait devant une bombe prête à exploser.

Brianna se tourna vers moi, fulminante.

— Tu étais au courant ? demanda-t-elle.

— Bien sûr que non ! Bree, attends !

Elle avait déjà pivoté sur ses talons pour se précipiter vers la porte. J'ôtai mon tablier et le jetai sur une chaise.

— Je ferais mieux de l'accompagner, déclarai-je.

— Je viens aussi, proposa Ian.

Je ne l'en empêchai pas, sentant que des renforts ne seraient pas superflus. Nous grimpâmes en hâte la colline, en direction de l'étable.

— A votre avis, qu'est-ce qu'elle va faire ? me demanda-t-il, pantelant, derrière moi.

— Dieu seul le sait ! Mais je crois qu'on ne va pas tarder à l'apprendre.

— Je suis content qu'elle ne m'ait pas giflé. L'espace d'un instant, j'ai bien cru qu'elle allait m'en flanquer une !

En approchant de l'étable, nous entendîmes des éclats de voix par la porte ouverte.

— Comment as-tu pu demander une chose pareille à ce pauvre Ian ? hurlait Brianna, hors d'elle. Je n'ai jamais vu une arrogance aussi despotique...

— Pauvre Ian ? s'indigna Ian à mon côté.

— Despotique ? répéta Jamie.

Il semblait à la fois impatient et irrité. Peut-être pouvions-nous encore éviter le déclenchement des hostilités. Je lançai un regard à l'intérieur. Ils se toisaient de chaque côté d'une haute pile de fumier.

— Ça me paraît pourtant la meilleure solution, crois-moi, reprit Jamie. J'ai soigneusement étudié tous les célibataires vivant à cent kilomètres à la ronde avant d'opter pour Ian. Je ne veux pas te faire épouser un homme cruel, un ivrogne, un pauvre ou encore un homme en âge d'être ton grand-père.

Il se passa une main dans les cheveux, signe d'une grande agitation et de ses efforts pour se maîtriser. Il baissa le ton, faisant de son mieux pour être conciliant.

— J'ai même écarté Tammas MacDonald. Pourtant, il a une belle terre, bon caractère et le même âge que toi. Mais il est trop petit et j'ai pensé que tu n'aimerais pas le surplomber quand tu te tiendrais devant l'autel. Je t'assure, Brianna, j'ai fait de mon mieux pour te trouver le meilleur des époux.

— Mais qui t'a dit que j'avais envie de me marier ? rétorqua Brianna.

Jamie en resta bouche bée.

— « Envie » ? Mais il n'est pas question d'« avoir envie » !

— Ah non ?

— Tu te trompes, ma fille. Ton enfant va bientôt naître et il lui faut un nom. Il n'est plus temps de faire la difficile.

Là-dessus, il planta fermement sa fourche dans le tas de fumier, déversa sa charge dans une brouette, puis replanta son outil avant de poursuivre :

— Ian est un garçon doux et travailleur. Il a sa propre terre et il aura la mienne un jour. Cela devrait...

— Je n'épouserai personne ! tonna Brianna.

Elle se redressa de toute sa hauteur, les poings sur les hanches.

— Bien, alors, fais ton propre choix, lança Jamie. Je te souhaite bon courage !

— Tu ne m'écoutes pas ! siffla Brianna entre ses dents. J'ai *déjà* fait mon choix. Je viens de te dire que je n'épouserai *personne* !

Jamie laissa retomber sa fourche.

— J'ai déjà entendu ça quelque part ! Ta mère m'a dit exactement la même chose la veille de notre mariage. Cela fait un certain temps que je ne lui ai pas demandé si elle regrettait d'avoir changé d'avis, mais tu ferais peut-être bien d'aller en discuter avec elle !

— Ça n'a rien à voir !

— En effet, admit Jamie. Elle m'a épousé pour sauver sa vie... et la mienne. C'était généreux et courageux de sa part. Je reconnais que ta situation n'est pas un cas de vie ou de mort, mais as-tu la moindre idée de ce que signifie être un bâtard ?

La voyant tiquer, il profita de ce léger avantage et tendit une main vers elle, reprenant sur un ton doux :

— Allons, Brianna. Si tu ne le fais pas pour toi, fais-le pour l'enfant.

Le visage de Brianna se durcit et elle recula d'un pas.

— Non, dit-elle. Non, je ne peux pas.

Il laissa retomber sa main, exaspéré.

— C'est comme ça que t'a élevée Frank Randall ? questionna-t-il, dépité. Tu n'as donc aucune notion du bien et du mal ?

— Mon père a toujours voulu ce qu'il y avait de mieux pour moi ! rétorqua-t-elle. Il n'aurait jamais fait un coup pareil. Jamais ! Il m'aimait, lui !

Cette fois, Jamie laissa éclater sa colère.

— Parce que moi, non ? Parce que je ne cherche pas ce qu'il y a de mieux pour toi ? En dépit du fait que tu sois... que tu sois...

— Jamie... intervins-je.

Croisant son regard noir de rage, je me tournai vers elle.

— Brianna, je sais qu'il ne voulait pas... il faut que tu comprennes...

— Je n'ai jamais vu quelqu'un se comporter de manière aussi insensible, idiote et égoïste ! cracha Jamie.

— Tu n'es qu'un monstre qui se croit tout permis !

— Un monstre ? C'est toi qui dis ça, alors que tu t'apprêtes à mettre au monde un innocent qui sera exposé toute sa vie aux calomnies et qu'on montrera du doigt...

— Si quelqu'un montre mon enfant du doigt, je le lui casse et le lui fais bouffer !

— Pauvre sotte ! Tu n'as donc aucune idée de la manière dont les choses se passent ici ? Tu seras l'objet d'un scandale ! Les gens te traiteront ouvertement de putain !

— Qu'ils essaient !

— Ah oui ? Et moi, je suis censé rester là à écouter leurs insultes sans rien faire ?

— Personne ne t'a demandé de jouer les gardes-chiourme !

— Qui va s'en charger si ce n'est moi ?

Ian tira doucement sur ma manche.

— Vous n'avez que deux possibilités, tante Claire, chuchota-t-il. Leur jeter un seau d'eau froide ou les laisser se crêper le chignon. J'ai déjà vu des scènes de ce genre entre oncle Jamie et maman. Croyez-moi, il vaut mieux ne pas s'en mêler. Papa dit qu'il a essayé de les séparer une ou deux fois et qu'il en porte encore les cicatrices.

Je jetai un dernier regard dans l'étable et capitulai. Il avait raison. Ils étaient face à face, hérissés comme deux chats sauvages, crachant et sifflant. J'aurais pu mettre le feu à la paille, ils ne se seraient rendu compte de rien.

Dehors, la nature semblait remarquablement silencieuse et paisible. Un étourneau chantait quelque part dans les trembles et le vent venait de l'est, nous apportant le gargouillis de la cascade. Lorsque nous rejoignîmes la cour, les cris dans l'étable n'étaient plus audibles.

— Ne vous inquiétez pas, ma tante, me réconforta Ian. Ils finiront par avoir faim, tôt ou tard.

Finalement, il ne fut pas nécessaire de les affamer. Jamie descendit la colline à grandes enjambées quelques minutes plus tard et, sans un mot, sortit son cheval de l'enclos, le sella puis partit au galop en direction de la cabane de Fergus. Tandis que je regardais sa silhouette disparaître au loin, Brianna fit irruption hors de l'étable, soufflant comme une locomotive à vapeur, et revint vers la maison.

— Que veut dire *nighean na galladh* ? demanda-t-elle sur le pas de la porte.

— Je ne sais pas, mentis-je. Mais je suis sûre qu'il ne le pensait pas.

— Peuh ! fit-elle.

Elle entra dans la cabane comme une bourrasque puis en ressortit quelques instants plus tard avec le panier à œufs sous le bras. Sans un mot, elle s'éloigna vers les buissons.

Je poussai un soupir las puis m'attelai à la préparation du dîner, maudissant Roger Wakefield.

Le travail physique sembla dissiper en partie les mauvaises vibrations de la maisonnée. Brianna revint une heure plus tard, avec dix-huit œufs dans son panier et un visage plus serein.

J'ignorais ce que Jamie avait fait mais il rentra à l'heure du dîner, en nage, échevelé, mais apparemment calmé. Chacun fit mine d'ignorer la présence de l'autre, ce qui relevait de l'exploit dans une cabane d'une trentaine de mètres carrés. Ian levait les yeux au ciel tout en m'aidant à mettre la table.

La conversation pendant le repas se limita à quelques demandes sèches pour le sel ou le beurre, puis Brianna débarrassa le couvert et alla s'installer devant le rouet, actionnant la pédale avec une vigueur exagérée.

Jamie esquissa un signe de tête avant de sortir. Je le rejoignis sur le sentier devant la maison quelques instants plus tard.

— Que dois-je faire ? interrogea-t-il sans préambule.

— T'excuser.

— M'excuser ? Mais qu'est-ce que j'ai fait de mal ?

— Là n'est pas la question, rétorquai-je. Tu me demandes ce que tu dois faire et je te l'ai dit.

Il souffla bruyamment par le nez, hésita un instant puis reprit le chemin de la maison, les épaules redressées pour affronter la bataille ou le martyre.

Il se planta devant elle.

— Je m'excuse, déclara-t-il.

Surprise, elle faillit en laisser tomber son fuseau.

— Ah ! fit-elle.

— J'ai eu tort. Je n'aurais pas dû...

— Ce n'est pas grave. J'ai eu tort moi aussi. Je n'aurais pas dû m'énerver.

Il ferma brièvement les yeux, soupira, puis me lança un regard interrogateur. Je souris et retournai à mon travail tandis qu'il tirait un tabouret et s'asseyait près d'elle.

— Je sais que vous croyiez bien faire, toi et Ian, déclara-t-elle doucement. Mais tu ne comprends donc pas ? Il faut que j'attende Roger.

— S'il lui était arrivé quelque chose ? Il peut avoir eu un accident...

— Il n'est pas mort. Je le sais.

Elle avait parlé avec la ferveur de quelqu'un qui tente de faire plier la réalité à sa volonté.

— Il viendra, insista-t-elle. Comment le prendra-t-il s'il me trouve mariée avec Ian ?

En entendant son nom, Ian redressa la tête. Il était assis au coin du feu avec Rollo, lui brossant méticuleusement le poil.

— J'ai fait passer le mot dès que tu m'as parlé de lui, *a nighean*, répondit Jamie. J'ai envoyé Ian prévenir les gens à River Run et demandé au capitaine Freeman de prévenir les marins qui travaillent sur le fleuve. Duncan a cherché dans toute la vallée du Cape Fear, jusqu'à Edenton et New Bern. Il a interrogé les équipages des navettes qui vont de Wilmington à Charleston.

Il se tourna vers moi, désemparé.

— Qu'est-ce que je peux faire de plus ? demanda-t-il. Ce garçon n'est nulle part. Si je pensais qu'il existe la moindre chance...

Il s'interrompit en voyant sa fille au bord des larmes. Elle posa son fuseau, traversa la pièce et alla s'asseoir derrière la table, nous tournant le dos. Jamie s'approcha d'elle et posa une main sur son épaule.

— Je suis désolé, dit-il doucement.

Elle se raidit, puis, après un moment d'hésitation, posa la main sur la sienne.

— Merci, pa.

Jamie la contempla un long moment, le front plissé. Puis, d'un air décidé, il alla vers l'étagère, en descendit l'encrier, sa boîte de plumes, et les posa sur la table.

— J'ai une idée, annonça-t-il. On n'a qu'à rédiger une affichette. Je l'emporterai chez Gillette, à Wilmington. Il nous l'imprimera et Ian et les fils Lindsey en placarderont des exemplaires tout le long de la côte, de Charleston à Jamestown. Il se peut que des gens n'aient jamais entendu parler de Wakefield mais l'aient croisé sans connaître son nom.

Il sortit une feuille de papier du tiroir et prépara une plume.

— Alors, ma fille, à quoi il ressemble, ton gars ?

Sa proposition sembla ramener Brianna à la vie. Elle se redressa.

— Il est grand. Presque aussi grand que toi. Il ne passe pas inaperçu. Il a les cheveux noirs et des yeux verts. D'un vert clair. C'est la première chose qu'on remarque chez lui, n'est-ce pas, maman ?

Ian tressaillit, oubliant un instant le toilettage de son chien.

— C'est vrai, dis-je en m'asseyant auprès d'elle. Mais on peut faire mieux qu'une description. Bree, tu es douée pour le dessin. Tu ne pourrais pas faire un portrait de Roger de mémoire ?

— Si ! s'exclama-t-elle, enthousiaste. J'en ai déjà dessiné plusieurs. Pourquoi n'y ai-je pas pensé plus tôt ?

Jamie lui tendit sa plume et son papier.

— L'imprimeur pourrait reproduire un dessin à l'encre ? questionnai-je.

— Je pense que oui. Si les lignes sont assez nettes, ce ne devrait pas être très compliqué de faire une gravure.

Ian repoussa Rollo et vint se tenir près de la table, pour regarder par-dessus l'épaule de Brianna.

Brianna se mit à dessiner avec de petits gestes sûrs, se mordant la lèvre. Un front haut couronné d'une épaisse chevelure noire apparut sur la page. Elle traça un nez viril légèrement incurvé, une bouche aux contours bien dessinés, une mâchoire puissante, des yeux bordés de longs cils noirs et profondément enchâssés dans les orbites. Elle ajouta une oreille délicate puis s'attaqua à la courbe élégante du crâne.

Ian émit un son étranglé.

— Ça va, Ian ? m'inquiétai-je.

Il fixait Jamie d'un air sidéré. Je me tournai vers Jamie, pour découvrir exactement la même expression sur son visage.

— Qu'est-ce qui vous arrive ? demandai-je.

— Oh... euh... rien.

Il déglutit laborieusement. Les commissures de ses lèvres se mirent à trembler.

Alarmée, je lui saisis le poignet, cherchant son pouls.

— Jamie, qu'est-ce qu'il y a ? m'écriai-je. Tu as mal quelque part ? Tu te sens faible ?

— Moi, oui, dit Ian.

Il était penché en avant, semblant sur le point de vomir. Il fit un petit geste vers le dessin.

— Cousine... tu es sûre que *ça*... c'est Roger Wakefield ?

— Oui, répondit-elle, surprise. Ian ! Tu es tout pâle ! Tu as avalé quelque chose qui ne passe pas ?

Il ne répondit pas et se laissa tomber lourdement sur le banc à côté d'elle. Il se prit la tête dans les mains et gémit.

Jamie libéra son poignet, que je tenais toujours. Il était pâle.

— Brianna... ce M. Wakefield... il n'aurait pas un autre nom, par hasard ?

Brianna et moi répondîmes en chœur :

— Si !

Je laissai Brianna leur donner des explications pendant que j'allais chercher une bouteille de brandy, avec le terrible pressentiment que nous allions en avoir besoin très prochainement.

— Wakefield est le nom de l'oncle qui l'a adopté. Ses vrais parents s'appelaient MacKenzie, déclara-t-elle. Pourquoi ? Vous avez entendu parler d'un Roger MacKenzie ?

Jamie et Ian échangèrent un regard atterré et se raclèrent la gorge à l'unisson.

— Quoi ? insista Brianna en se penchant en avant. Que se passe-t-il ? Vous l'avez vu ? Où ?

— Dans la montagne, indiqua Jamie d'une voix faible.

— Quelle montagne ? Ici ? Où est-il ? Que lui est-il arrivé ?

— C'est que... commença Ian sur un ton de défense. Il nous a dit qu'il avait pris ton hymen.

— Il a dit *quoi* ?

— Eh bien, ton père le lui a demandé, histoire d'être sûr, et il a reconnu que...

Brianna se tourna vers Jamie, horrifiée.

— Tu as fait *quoi* ?

— Euh... oui, c'était une erreur, admit Jamie.

— Non, mais je rêve ! s'écria Brianna. Qu'est-ce que tu lui as fait ?

— La petite Lizzie m'a dit que tu étais enceinte et que l'homme qui t'avait fait ça était une sale brute du nom de Mac-Kenzie.

Brianna ouvrit la bouche mais aucun son n'en sortit.

— Tu as bien dit que tu avais été violée, non ? reprit Jamie.

Elle hocha la tête avec des mouvements saccadés de marionnette.

— Un jour que Ian et la petite étaient au moulin, poursuivit Jamie, ils ont aperçu MacKenzie qui te demandait. Ils ont couru me chercher et on l'a attaqué dans la clairière juste au-dessus de la source verte.

— Ça a été un combat à la loyale, intervint Ian. Moi, je voulais l'abattre tout de suite mais oncle Jamie ne m'a pas laissé faire. Il voulait lui faire goûter de son poing d'abord.

— Tu l'as frappé !

— Eh bien oui ! explosa Jamie. Bon sang ! Qu'est-ce que tu

voulais que je fasse ? Toi-même, il n'y a pas si longtemps, tu voulais le tuer !

— En plus, il a frappé oncle Jamie, lui aussi. Comme je te dis, c'était un combat à la loyale !

— Ian, je crois que tu ferais mieux de rester en dehors de ça, lui conseillai-je.

Je servis plusieurs verres de brandy et en poussai un vers Jamie.

— Mais c'est... il était... balbutia Brianna.

Elle explosa à son tour et frappa du poing sur la table.

— QU'EST-CE QUE TU LUI AS FAIT ? hurla-t-elle.

Jamie tiqua et Ian tressaillit. Ils échangèrent un regard consterné. Je posai une main sur le bras de Jamie et le serrai.

— Jamie... tu l'as tué ? questionnai-je d'une voix tremblante.

— Euh... non. Je l'ai livré aux Iroquois.

— Ecoute, cousine, ça aurait pu être pire, dit Ian en guise de réconfort. Après tout, on aurait pu le tuer.

Brianna émit un son étranglé. Son visage était pâle et humide. Elle n'avait pas vomi ni tourné de l'œil, mais semblait sur le point de faire les deux à la fois.

— Pourtant, on en avait l'intention, reprit Ian. J'avais mon pistolet collé sur sa tempe, et je pensais qu'oncle Jamie était en droit de lui faire sauter la cervelle, mais ensuite il a...

— Ian ! l'interrompis-je. Je ne pense pas que Brianna ait envie d'entendre ce genre de détail pour le moment.

— Non, laisse-le, dit Brianna. Au contraire, il faut que je sache.

Elle se tourna vers Jamie, rigide.

— Pourquoi ? POURQUOI ?

Il était aussi livide qu'elle. Il s'était posté devant la cheminée, s'éloignant le plus possible du dessin sur la table.

— Je voulais sa peau. Je n'ai pas laissé Ian l'abattre parce que ça me paraissait une mort trop douce pour lui. Je me suis demandé ce que je devais faire. J'ai laissé Ian le tenir en joue et je suis allé marcher un peu dans la forêt. Je sais que j'aurais dû l'interroger plus longuement, mais je ne supportais plus d'entendre sa voix. Il en avait déjà trop dit.

— Quoi ? Qu'est-ce qu'il a dit ?

— Il a dit... que tu l'avais invité à partager ta couche. Que tu...

Il marqua une pause, se mordant la lèvre.

— ... que tu le désirais et que tu lui avais offert de toi-même ta virginité.

— C'est vrai.

Jamie ferma les yeux et serra les dents. Ian émit un bruit de dégoût. Brianna pivota sur ses talons et le gifla à toute volée. Il partit en arrière et manqua tomber de son banc.

— Comment... ? s'écria-t-il. Comment as-tu pu faire une chose pareille ? J'ai dit à oncle Jamie que tu ne te comporterais jamais comme une putain, jamais !

— Espèce de sale petit bigot ! hurla-t-elle. De quel droit me traites-tu de putain ?

— « Droit » ! Tu oses parler de « droit », toi qui offres ton cul au premier venu ?

Elle prit son élan pour lui envoyer une gifle. Avant que j'aie pu intervenir, Jamie avait bondi et lui avait agrippé le poignet.

— Calme-toi ! ordonna-t-il.

Son ton était glacé. Je vis ses doigts s'enfoncer dans sa chair et émis un son de protestation. Il ne me prêta pas attention, fixant Brianna d'un regard d'acier.

— Je n'ai pas voulu le croire, siffla-t-il. Je me suis dit qu'il essayait simplement de sauver sa peau, que ce n'était pas possible...

Il sembla soudain se rendre compte qu'il lui faisait mal et la lâcha.

— Je ne pouvais pas tuer ce salaud sans être sûr, poursuivit-il.

Il la dévisagea longuement, fouillant son visage à la recherche d'un signe de... regret ?... de remords ? Quoi qu'il en soit, il n'y trouva que le reflet de sa propre fureur froide. Il détourna les yeux.

— Je l'ai regretté, continua-t-il. Quand je suis rentré ce soir-là et que je t'ai vue, j'ai songé que j'aurais dû le tuer. Je t'ai tenue dans mes bras, le cœur rempli de honte parce que j'avais douté de la vertu de ma fille. A présent, je suis mortifié. Non seulement tu es impure, mais tu m'as menti.

— Je t'ai menti ? murmura Brianna. Moi ? Je t'ai menti ?

— Oui, menti ! Dire que tu as couché avec un homme pour ton propre plaisir puis venir te plaindre qu'on t'a violée ! Tu te rends compte que, pour un peu, je me retrouvais avec un meurtre sur la conscience, par ta faute ?

Elle était trop hors d'elle pour parler. Je sentis les mots se bousculer dans sa gorge et compris que je devais faire quelque chose avant que l'un ou l'autre ait la possibilité d'en dire plus.

Moi aussi incapable de parler, je fouillai ma poche en hâte, sortis l'anneau d'or et le laissai tomber sur la table.

« *De F. à C. pour la vie* ».

Le visage de Jamie se vida de toute expression. Brianna reprit sa respiration dans un sanglot.

— Mais... c'est ta bague, tante Claire, dit Ian.

Il semblait étourdi. Il se pencha sur l'alliance, n'en croyant pas ses yeux.

— C'est ton anneau d'or, celui que Bonnet t'a volé sur le fleuve.

Jamie le saisit entre le pouce et l'index comme un insecte dangereux.

— Où as-tu récupéré ça ? demanda-t-il.

Il avait parlé sur un ton presque détaché mais lorsque je croisai son regard, un frisson de terreur m'envahit.

— C'est moi qui le lui ai apporté, déclara Brianna. Et je t'interdis de la regarder comme ça !

Il se tourna vers elle mais elle ne sourcilla même pas. Elle vint se placer derrière moi, posant les mains sur mes épaules dans un geste protecteur.

— Où l'as-tu trouvé ? répéta-t-il.

— Chez Stephen Bonnet.

Sa voix tremblait, mais plus de rage que de peur.

— ... quand il m'a violée, ajouta-t-elle.

Le visage de Jamie se décomposa soudain, comme s'il avait implosé. Je tendis une main vers lui mais il se tint immobile au milieu de la pièce.

J'entendis Ian répéter, incrédule, « Stephen Bonnet ? », puis le tic-tac de la pendule sur la console. J'étais étrangement consciente de tout ce qui se passait autour de moi, mais n'avais d'yeux que pour Jamie. Il semblait enraciné dans le sol, les poings fermés sur son ventre comme pour empêcher ses entrailles de se déverser d'une plaie béante.

J'aurais dû dire ou faire quelque chose. J'aurais dû les secourir, panser leurs blessures. Mais j'étais paralysée. Je ne pouvais aider l'un sans trahir l'autre... et les avais déjà trahis tous les deux. J'avais bradé l'honneur de Jamie en croyant le protéger et, ce faisant, j'avais peut-être provoqué la mort de Roger et détruit le bonheur de ma fille.

Bree se détacha de moi et contourna la table. Elle vint se planter devant Jamie et le scruta droit dans les yeux, les traits figés comme une sainte de marbre.

— Pauvre type ! dit-elle d'une voix à peine audible. Je te déteste. Je maudis le jour où je t'ai rencontré.

ONZIÈME PARTIE
Pas du tout

51

Trahison

Octobre 1769

Roger ouvrit les yeux et vomit. Comme il avait la tête en bas, la bile acide lui brûla le nez et dégoulina dans ses cheveux. Mais ce n'était rien comparé à la douleur atroce dans son crâne et son entrejambe.

Il fut secoué par un mouvement oscillatoire qui projeta des couleurs kaléidoscopiques dans ses yeux. Une odeur de toile humide emplit ses narines. Puis il entendit une voix non loin et une panique sourde l'envahit.

Le *Glorianna* ! Ils l'avaient capturé ! Il banda ses muscles par réflexe et le regretta aussitôt quand une décharge de douleur lui transperça les tempes, suivie d'une autre au niveau de ses poignets. Il était ligoté, quelque part au fond d'une cale.

Sa panique commença à prendre une forme plus précise. Ils l'avaient capturé, avaient repris les pierres précieuses et l'avaient tué.

Il vomit de nouveau, mais son estomac était vide. Les spasmes meurtrissaient ses côtes contusionnées et, à chaque inspiration, la toile se plaquait contre sa bouche, l'étouffant un peu plus. Tout compte fait, ce n'était pas une toile, et il n'était pas non plus dans une cale. Il n'était pas à bord du *Glorianna*, ni sur un bateau quelconque. Il était sur un cheval, pieds et poings liés, jeté en travers de la selle !

Le cheval s'arrêta. Des voix marmonnèrent des paroles inintelligibles autour de lui, et il sentit des mains le palper. On le tira sans ménagement au bas de la selle et il s'effondra sur le sol, incapable de parer sa chute.

Il resta couché à terre, plié en deux, essayant de respirer. Maintenant que les secousses étaient terminées, c'était plus facile. Lentement, il commença à prendre conscience de son environnement.

Il y avait des feuilles humides sous sa joue, fraîches et dégageant une odeur sucrée de décomposition. Il entrouvrit un œil. Le ciel au-dessus de lui était d'une couleur indéfinissable, entre le bleu et le violet. Le vent faisait bruire les feuilles et on entendait un bruit d'eau courante non loin de là. Des voix parlaient sur un ton détaché, les paroles se perdaient dans le piétinement et les ébrouements des chevaux. Il tendit l'oreille mais ne parvint pas à déchiffrer les mots. Une angoisse sourde le saisit quand il se rendit compte qu'il ne savait même pas de quelle langue il s'agissait.

Il avait une grosse bosse derrière l'oreille droite et une autre à l'arrière du crâne. Il avait reçu un sale coup, mais quand ? Il ne se souvenait de rien. Le coup avait-il rompu des vaisseaux du cerveau, atteignant le centre du langage ? Il ouvrit grands les yeux et roula sur le dos.

Un visage brun se tourna vers lui, sans expression particulière, puis se détourna, reprenant son inspection de la jambe d'un cheval.

Des Indiens ! Sa stupeur fut si grande qu'il en oublia momentanément sa douleur et se redressa. *Où était-il ?* Il tenta de se concentrer. Des fragments d'images dansaient dans sa tête, refusant obstinément de s'associer pour former un tout cohérent.

Brianna ! Le visage de Brianna. Pas un visage tendre, mais des yeux graves et froids.

Une main se posa sur son épaule, le faisant sursauter. C'était un Indien, un os perché sur le sommet du crâne et un grand couteau à la main. Il saisit Roger par les cheveux et lui renversa la tête en arrière d'un air critique. Ahuri, Roger le regarda sans comprendre, et sentit soudain qu'il était sur le point d'être scalpé.

Il se propulsa en avant et envoya un coup de genou dans les jambes de l'Indien, qui tomba à la renverse avec un cri de surprise. Roger roula sur lui-même, se redressa sur ses pieds et prit la fuite en sautillant à cloche-pied. Il y eut des cris derrière lui et il n'avait pas franchi dix mètres qu'il se retrouva plaqué au sol.

Ils étaient quatre, en comptant celui que Roger avait frappé. Ce dernier approcha en boitillant, tenant toujours son couteau.

— Moi pas faire mal ! déclara-t-il d'un air agacé.

Il gifla Roger, se pencha en avant et trancha ses liens. Sans cesser de grommeler, il tourna les talons et repartit s'occuper des chevaux.

Les deux hommes qui tenaient Roger le lâchèrent aussitôt et s'éloignèrent à leur tour, le laissant osciller sur ses pieds, hébété.

Roger resta planté là, se frottant le visage.

Il se trouvait dans une petite clairière bordée de grands chênes. Le sol était recouvert d'un tapis de feuilles jaunes. A en juger par l'inclinaison du sol et la fraîcheur de l'air, ils étaient en montagne. La couleur du ciel indiquait que le soleil n'allait pas tarder à se coucher.

Les quatre Indiens ne prêtaient aucune attention à lui, montant leur campement sans même lui adresser un regard. Roger se passa la langue sur les lèvres et s'approcha du petit ruisseau qui gargouillait entre des rochers à quelques pas de lui. Il but longuement puis s'aspergea le visage, avec une étrange impression de déjà-vu. Quelque part, il n'y avait pas si longtemps, il s'était rafraîchi dans un ruisseau comme celui-ci... une source jaillissait entre des rochers couverts d'une mousse émeraude.

Fraser's Ridge ! Il se redressa sur ses talons, les souvenirs s'abattant sur lui par tronçons entiers.

Brianna, Claire... et Jamie Fraser.

— Salaud ! bougonna-t-il. Espèce de vieux cinglé, tu as voulu me tuer !

A présent, il se souvenait de tout. La rencontre dans la clairière, les feuilles d'automne en toile de fond, de feu et de miel, et, devant, la silhouette de l'homme à la crinière flamboyante. Et aussi un jeune homme brun ; d'où sortait-il, celui-là ? Roger revit la bagarre et sa défaite, couché à plat ventre sur les feuilles, sentant sa fin proche.

Il se rappelait vaguement avoir entendu les deux hommes discuter de son sort. L'un voulait le tuer tout de suite mais l'autre s'y opposait, il ne savait plus lequel. Il avait reçu un nouveau coup sur la tête, puis plus rien.

Et à présent... Les Indiens avaient allumé un feu. Ils ne regardaient toujours pas dans sa direction, même s'il devinait qu'ils étaient pleinement conscients de ses moindres gestes.

Peut-être l'avaient-ils enlevé à Fraser ? Mais pourquoi ? Il était plus probable que Fraser le leur avait donné. L'homme au couteau avait dit qu'ils ne lui voulaient pas de mal. Mais que comptaient-ils faire de lui, au juste ?

Où veux-tu aller ? se dit-il. *Tu ne sais même pas où tu es !* Si les Indiens semblaient si sûrs d'eux, c'était simplement parce qu'ils le savaient.

Chassant cette idée dérangeante de son esprit, il se leva. Chaque chose en son temps. Tout d'abord, il devait vider sa vessie, sur le point d'éclater. Ses doigts étaient gourds et maladroits mais il parvint à délacer sa braguette. En dépit de la douleur intense, il fut soulagé de constater que ses testicules étaient indemnes. Ce ne fut qu'en se laçant que le soulagement céda la place à une rage si pure et si aveuglante qu'elle supplanta toutes ses émotions. Sur son poignet droit, il venait d'apercevoir une trace noire et ovale, comme l'empreinte d'un pouce, claire comme une signature.

Il se tourna vers la vallée qui s'étendait à ses pieds, une odeur âcre dans la bouche, ne sachant s'il regardait dans la direction de Fraser's Ridge.

— Tu ne perds rien pour attendre, ordure, siffla-t-il entre ses dents. Quoi qu'il arrive, je reviendrai !

Ce n'était pas pour tout de suite. Les Indiens partagèrent leur repas avec lui, une sorte de ragoût qu'ils mangeaient avec les doigts sans paraître se rendre compte qu'il était brûlant. Il essaya de leur parler en anglais, en français, essayant même les quelques mots d'allemand qu'il connaissait, mais ne put leur arracher une parole.

Ils l'attachèrent à nouveau pour la nuit, lui ligotant les chevilles et lui passant une corde autour du cou, reliée au poignet de l'un de ses gardiens. Ils ne lui donnèrent pas de couverture, soit parce qu'ils n'en avaient pas, soit parce qu'ils se souciaient peu de son confort. Il passa la nuit roulé en boule sur la terre humide, grelottant de froid.

Le lendemain matin, ils reprirent leur route. Cette fois, il dut les suivre à pied, d'un pas rapide, le nœud toujours autour du cou et ses poings reliés à la selle de l'une des montures. Il trébucha et tomba plusieurs fois, mais parvint à se redresser assez vite pour ne pas être étranglé. Il avait la nette impression que, s'il ne se relevait pas, ils se contenteraient de le traîner derrière eux comme un boulet.

En se fondant sur la position du soleil, il devina qu'ils se dirigeaient vers le nord. Non pas que cela lui fût très utile, ignorant d'où ils étaient partis. Cela dit, ils ne pouvaient être très loin de Fraser's Ridge. Il ne pouvait être resté inconscient plus de quelques heures. Il se concentra sur les sabots du cheval devant lui, essayant d'estimer sa vitesse. Trois à quatre kilomètres par heure ; il parvenait à suivre sans trop d'efforts.

Roger chercha des repères autour de lui. Il n'avait aucune idée du lieu où ils l'emmenaient, mais s'il voulait revenir sur ses pas, il lui fallait mémoriser le paysage.

Une falaise d'une dizaine de mètres de hauteur, couverte d'une végétation broussailleuse, un plaqueminier au tronc torturé jaillissant d'une fente de la roche comme un diable de sa boîte, ses branches ployant sous les kakis orange.

Ils atteignirent le sommet d'une crête rocheuse d'où ils eurent une vue somptueuse sur les sommets environnants : trois pics aiguisés, regroupés sous un ciel d'azur, celui de gauche légèrement plus élevé que les deux autres. Facile à retenir. Un cours d'eau se déversant dans une gorge. Ils traversèrent un torrent bouillonnant et Roger se retrouva dans l'eau jusqu'à la taille.

La longue marche dura des jours et des jours, toujours vers le nord. Les Indiens ne lui adressaient jamais la parole et Roger sentit bientôt qu'il perdait le sens du temps, plongeant dans une sorte de transe, écrasé par la fatigue et le silence des montagnes. Il arracha un fil de l'ourlet de sa veste et commença à y faire des nœuds, un par jour, à la fois pour garder une sorte de contact avec la réalité et pour évaluer la distance qu'ils avaient parcourue.

Il reviendrait. Même s'il devait y laisser son âme, il retournerait à Fraser's Ridge.

Il eut sa chance le huitième jour. Ils étaient profondément enfoncés dans les montagnes. La veille, ils avaient franchi un col, puis descendu un versant abrupt ; les poneys avançaient à pas prudents en provoquant de petits éboulis.

A présent, ils grimpaient à nouveau et les poneys avaient ralenti, au point que Roger pouvait marcher au niveau de celui auquel il était attaché, se tenant à sa selle et se laissant traîner.

Les Indiens marchaient devant, tirant leurs montures. D'une main, Roger se tenait à la crinière, de l'autre il tentait de démêler le nœud de la corde qui le reliait au harnais. Brin par brin, le chanvre s'effilocha jusqu'à ce que Roger ne soit plus attaché que par un fil. Il attendit, repoussant une occasion après l'autre, s'inquiétant chaque fois d'avoir laissé passer le bon moment, craignant qu'ils ne s'arrêtent pour monter le camp ou que l'Indien qui tirait son poney se retourne brusquement.

Mais ils ne s'arrêtèrent pas et l'Indien ne se retourna pas. Son cœur accéléra quand il vit le premier poney s'engager sur un sentier sinueux taillé dans le flanc de la montagne. Du côté du vide, la pente descendait abruptement sur cinq ou six mètres avant de s'adoucir en un versant richement boisé, parfait pour se dissimuler.

Le premier poney puis le deuxième disparurent derrière un virage, posant prudemment un sabot devant l'autre. Enfin ce fut au tour du troisième. *Maintenant !* se dit Roger lorsque l'Indien devant lui fut hors de vue. Il tira d'un coup sec sur ses poignets, cassant net le dernier brin de chanvre, et s'élança dans le vide. Il atterrit sur les genoux, se redressa et courut comme un fou vers les arbres. Il perdit ses souliers en cours de route mais ne s'arrêta pas. Il pataugea à travers un ruisseau, escalada la berge à quatre pattes, et reprit sa course.

Il entendit des cris derrière lui, puis le silence, mais il se savait poursuivi. Le paysage défilait à toute allure autour de lui. Des arbres. Il lui fallait des arbres ! Il trébucha contre un tronc couché, s'étala de tout son long, se remit à courir. Un peu plus loin, sur une hauteur, il y avait un taillis épineux. Il accéléra encore, le cœur battant à tout rompre.

Il se jeta dans les buissons, fermant les yeux pour se protéger des milliers d'épines qui le lacéraient de part en part. Ensuite le sol s'effondra sous ses pieds et il dégringola dans un tourbillon de ciel et de branches.

Il toucha brutalement terre, le souffle coupé. Il lui restait tout juste assez d'esprit pour se recroqueviller et continuer à ramper et à rouler, heurtant des pierres et des jeunes pousses, soulevant un nuage de poussière et d'aiguilles, rebondissant jusqu'au fond d'un ravin. Enfin, il s'immobilisa, pantelant et en sang. Il leva les yeux et les entr'aperçut. Ils étaient deux, au sommet de la pente, inspectant prudemment le bois de ronces à leurs pieds.

A quatre pattes, il s'enfonça plus profondément encore dans les ronces, poussant comme un forcené le mur de branches devant lui, se frayant de force un passage entre les tiges denses et dures, se contorsionnant pour se glisser dans la moindre ouverture dès qu'il s'en présentait une.

Il lui fallut un moment avant de se rendre compte qu'il était en enfer. Plus précisément, un « enfer de rhododendrons ». Le tunnel devant lui était trop étroit pour qu'il puisse faire demi-tour ; il parvint à tourner la tête et à regarder derrière lui. Il n'y avait rien. Rien que des ténèbres moites, avec de petites taches de lumière où dansaient des tourbillons de poussière. Il était encerclé par une muraille de rhododendrons.

Tu voulais un abri ! pensa-t-il avec amertume.

Une chose était sûre, les Indiens ne viendraient pas le chercher jusqu'ici. Il avait déjà entendu parler de ces enfers de rhododendrons dans les tavernes de Cross Creek. On racontait des histoires de chiens qui s'y étaient aventurés à la poursuite d'un lapin et n'en étaient jamais ressortis. Certes, il existait sans doute une bonne part d'exagération dans ces histoires, mais ce que distinguait Roger autour de lui n'était guère encourageant. Avec une légère angoisse, il se rendit compte qu'il ne savait même pas par où il était arrivé.

Il se coucha à plat ventre et respira profondément jusqu'à ce qu'il ait retrouvé ses esprits. Il était couvert de blessures et son pied droit était profondément entaillé. Il retira ses bas en lambeaux et s'en servit comme bandage.

Les Indiens ne le suivraient pas dans son dédale de ronces mais, s'ils n'étaient pas pressés, ils attendraient qu'il sorte, s'il le pouvait.

Le moindre mouvement ferait bouger les branches au-dessus de lui et leur indiquerait où il se trouvait. Une sueur froide l'envahit. Ils savaient sans doute exactement où il était en ce moment et le guettaient simplement. Roger apercevait des taches de ciel bleu entre les branches. Il faisait encore jour. Il devrait donc attendre la nuit avant de poursuivre sa route.

Il avait très froid et grelottait des pieds à la tête. Le choc, sans doute. Serrant les bras autour de son torse, il se força à se calmer, se concentrant sur quelque chose qui n'avait aucun rapport avec sa situation. Brianna. Il tenta de la visualiser en faisant abstraction de leur querelle. Il la revit telle qu'elle était lors de la nuit dans la grange de Wilmington, leur nuit. Sa peau chaude contre lui dans le noir. Ses mains, franches et curieuses, explorant avidement son corps. La générosité de sa nudité offerte. Sa conviction passagère que tout était pour le mieux dans le meilleur des mondes. Peu à peu, ses frissons passèrent et il s'endormit.

Lorsqu'il se réveilla, la lune était haute dans le ciel. Il était raide et glacé. Chaque muscle de son corps lui faisait mal. Il avait également faim et soif. S'il se sortait de ce dédale de branches, il trouverait facilement de l'eau, les montagnes étant sillonnées de ruisseaux. Pataud comme une tortue, il se retourna lentement sur le ventre.

Une direction en valant une autre, il reprit sa marche à quatre pattes, se faufilant dans les interstices, cassant les branches, s'efforçant de suivre une ligne droite. Une angoisse le hantait plus que celle de retomber entre les griffes des Indiens, celle de perdre le sens de l'orientation et de tourner en rond, emprisonné à jamais.

Une petite bestiole lui courut sur la main et il sursauta, se heurtant la tête contre le toit de branches. Il serra les dents et poursuivit sa route, centimètre par centimètre. Des criquets bondissaient autour de lui et un bruissement continu lui laissait entendre que les habitants de cet enfer n'appréciaient guère son intrusion. Il ne voyait rien, l'obscurité étant totale. Le seul point positif était que le mouvement l'avait réchauffé. La transpiration commençait à lui dégouliner sur le visage.

Il n'aurait su dire quelle distance il avait parcourue ni depuis quand il rampait quand il découvrit la pierre. Ou plutôt, quand il lui rentra dedans la tête la première. Il se massa le crâne en grimaçant et avança la main à tâtons. Ce n'était pas un rocher mais une pierre lisse. Elle était haute ; il eut beau tendre la main, il ne trouva pas son sommet.

Il palpa sa surface latéralement et finit par trouver un espace vide dans lequel il s'engagea, contournant l'obstacle. Le passage était si étroit qu'il dut pousser et se contorsionner entre un tronc et la pierre, pour jaillir soudain de l'autre côté et atterrir sur le nez.

Il se redressa tant bien que mal et se rendit soudain compte qu'il pouvait apercevoir ses mains. Il leva les yeux et regarda autour de lui, médusé.

Il se tenait dans un endroit découvert, fermé d'un côté par une falaise abrupte. Entre la forêt de rhododendrons et la muraille de pierre s'étendait un espace libre. Il se retourna lentement et crut que son cœur s'arrêtait.

La clairière était d'une forme plus ou moins ovale, bordée de hautes pierres dressées. Ces dernières étaient disposées à intervalles réguliers ; certaines, poussées par les racines de ronces, penchaient dangereusement. Derrière et entre les pierres, il apercevait la masse noire des rhododendrons, mais pas une plante ne poussait à l'intérieur du cercle.

Sentant la chair de poule l'envahir, il avança vers le centre du cercle, ayant déjà compris ce dont il s'agissait. Pourquoi pas, après tout ? Si Geillis Duncan avait vu juste...

Il s'approcha de la falaise. Des dessins étaient gravés dans la pierre, certains de la taille de sa main, d'autres aussi grands que lui : des spirales, une silhouette qui rappelait un homme courbé, dansant ou... mourant, un cercle presque fermé, comme un serpent qui se mord la queue... Des avertissements, sans doute.

Il porta la main à la couture de ses culottes. Les deux gemmes étaient toujours là, minuscules passeports pour le voyage de retour... espérait-il... pour Brianna et lui.

Il n'entendait rien, aucun bourdonnement ni fredonnement. Un vent frais d'automne agitait les branches de rhododendron. Quelle était la date ? Il ne savait plus, ayant depuis longtemps perdu le fil du temps. Il avait laissé Brianna à Wilmington vers le début de septembre. Il avait mis plus de temps qu'escompté pour retrouver la trace de Stephen Bonnet et attendre l'occasion de lui dérober les pierres. Ce devait donc être la fin d'octobre... la fête de Samain, la Toussaint, était soit à peine passée, soit imminente.

Ce cercle-ci fonctionnait-il aux même dates ? Sans doute. Si les lignes de force de la terre suivaient ses révolutions autour du soleil, toutes les portes devaient s'ouvrir et se refermer en même temps.

Il s'approcha encore de la falaise et la vit : une petite ouverture à la base de la muraille de pierre, peut-être l'entrée d'une grotte. Ses doigts se refermèrent sur les gemmes. Il n'entendait toujours rien. La porte était-elle ouverte ? Si oui...

Partir. Mais pour où ? Et comment ? S'il partait maintenant, il abandonnait Brianna. *Et elle ? Ne t'a-t-elle pas abandonné ?*

— Non ! s'écria-t-il.

Elle avait eu ses raisons d'agir. Il en était sûr.

Elle a retrouvé ses parents. Elle ne craint plus rien.

Ce n'était pas de sécurité qu'il était question, mais d'amour. S'il avait tellement tenu à sa sécurité, il ne serait pas venu jusque-là.

Il avait les paumes moites et ses doigts écorchés l'élançaient. Il avança encore d'un pas vers la falaise, fixant l'ouverture noire. S'il ne franchissait pas la porte maintenant, il ne lui restait que deux possibilités : retourner dans l'enfer étouffant des rhododendrons ou tenter d'escalader la falaise.

Il leva la tête pour évaluer sa hauteur. Un visage était penché vers lui, ses traits indiscernables dans la pénombre, se détachant sur un ciel illuminé par le clair de lune. Il n'eut pas le temps de réagir ni même d'avoir peur. La corde retomba doucement autour de ses épaules et se resserra, plaquant ses bras le long de son torse.

52

Désertion

River Run, décembre 1769

Il avait plu. Des gouttes d'eau étaient suspendues sur les roses de marbre de la tombe d'Hector Cameron.

« *Semper Fidelis* », était-il écrit, suivi de son nom et de dates. Autrefois, Brianna était sortie avec un cadet du corps des marines. La même devise était gravée sur la bague qu'il avait voulu lui offrir. Toujours fidèle. A qui Hector Cameron avait-il été fidèle ? A sa femme ? A son prince ?

Elle n'avait pas adressé la parole à Jamie Fraser depuis l'autre soir. Et inversement. Plus un mot depuis le moment où, aveuglée par la peur et la colère, elle lui avait lancé à la face : « Jamais mon père ne m'aurait traitée comme tu l'as fait ! »

Il avait tourné les talons et était sorti de la cabane, suivi quelques secondes plus tard par Ian. Ni l'un ni l'autre n'étaient rentrés de la nuit.

Jamie Fraser était réapparu à l'aube. Il avait échangé quelques mots avec sa mère sur le pas de la porte, puis celle-ci était partie préparer leurs affaires.

Ils l'avaient conduite ici, à River Run. Elle aurait voulu les accompagner, se lancer tout de suite à la recherche de Roger, mais il s'était montré inflexible, tout comme sa mère.

C'était la fin de décembre et les sommets étaient déjà couverts de neige. Elle était enceinte de quatre mois et son ventre commençait à s'arrondir. Il était impossible de prévoir combien de temps durerait leur périple et elle fut bien obligée d'admettre qu'elle ne tenait pas à accoucher en pleine montagne.

Brianna appuya son front contre le mur en marbre du mausolée. Elle ne pouvait s'empêcher de l'entendre à nouveau, de revoir son visage congestionné par la colère, ses traits saillants comme un masque diabolique, sa voix, tremblante de rage et de mépris, lui reprochant... *à elle !*... d'avoir souillé son honneur !

— Ton honneur ! avait-elle craché. *Ton* honneur ! Mais c'est ton putain d'honneur qui nous a foutus dans cette merde !

— Je t'interdis de me parler sur ce ton ! Mais si tu tiens vraiment à parler de putain...

— Je dirai ce que je veux !

Ce qu'elle avait fait. Lui aussi.

A plusieurs reprises, sa mère avait tenté de les calmer. Brianna tiqua en songeant au désespoir dans ses yeux dorés... mais ni l'un ni l'autre n'y avaient prêté attention sur le moment, trop absorbés par la brutalité de leurs assauts respectifs.

Elle croisa ses bras sur la tombe et y enfouit son visage, inspirant l'odeur de la laine de chèvre de son châle. Elle lui rappelait les vieux pull-overs tricotés de son père. Son *vrai* père.

— Pourquoi fallait-il que tu meures ? murmura-t-elle.

Si Frank Randall avait encore été de ce monde, rien de tout cela ne serait arrivé. Mais son père était parti, remplacé par un étranger brutal et arriéré. Un homme qui avait son visage, mais qui ne comprenait rien à son cœur, un homme qui, non content de détruire sa famille, avait piétiné son amour, la laissant échouée dans ce pays étrange et violent.

Brianna serra le châle contre elle, frissonnant. Elle aurait dû prendre un manteau. Il recommençait à pleuvoir. Elle avait embrassé sa mère, puis elle avait fui dans la roseraie sans regarder derrière elle, surtout sans le regarder, lui. Elle n'entrerait pas dans la villa tant qu'elle n'était pas certaine qu'ils étaient partis, quitte à geler sur place.

Elle entendit un pas sur l'allée de brique et se raidit, réprimant son envie de se retourner. Ce pouvait être un domestique, ou encore Jocasta.

Mais c'était le pas ferme et long d'un homme. Elle serra les dents.

— Brianna... dit-il doucement.

Elle ne se retourna pas.

— J'ai quelque chose à te dire.

— Dis-le.

— Je te le ramènerai, déclara Jamie Fraser. Ou je ne rentrerai pas.

Il y eut un petit bruit sur l'allée derrière elle, puis un pas s'éloigna.

Quand elle se retourna enfin, l'allée de brique était déserte. A ses pieds, un morceau de papier plié était posé sous une pierre. Elle le ramassa et le tint dans la main, craignant de le déplier.

Février 1770

Comparé à la cabane dans les montagnes, River Run était d'un luxe presque décadent. En dépit de son inquiétude et de sa colère, elle se sentit rapidement entraînée dans le train-train de la plantation. Ravie de sa compagnie, sa grand-tante l'encourageait à se distraire. Découvrant qu'elle était douée pour la peinture, elle avait fait descendre son propre matériel, insistant pour qu'elle se mette au chevalet.

Par habitude plus que par nécessité, Brianna se réveilla à l'aube. Elle s'étira langoureusement, s'enfonçant avec délectation dans le matelas de plumes d'oie qui épousait parfaitement son corps... un contraste radical avec les édredons grumeleux jetés sur des paillasses.

Un feu brûlait dans la cheminée et une grande bassine de cuivre remplie d'eau chaude était posée près de la coiffeuse. Des volutes de vapeur s'en dégageaient. Il faisait encore frais dans la chambre et la lumière grise au-dehors n'était guère encourageante. La servante avait dû se lever bien avant l'aube pour casser la glace et tirer de l'eau.

Brianna songea vaguement qu'elle aurait dû se sentir coupable de se laisser servir par des esclaves. Il faudrait qu'elle s'en souvienne plus tard. Il y avait déjà tant de choses qu'elle repoussait à plus tard ! Une de plus ne pourrait pas faire grande différence.

Pour le moment, elle était bien au chaud. Elle repoussa les draps et retroussa sa chemise de nuit sous son menton. Délicatement, elle posa les mains sur son ventre. Un petit frisson sous les doigts lui répondit.

— Bonjour, toi ! dit-elle.

Le fœtus était désormais une présence constante et, étrangement, rassurante. Elle resta immobile, écoutant les rythmes de son corps. L'intrus dans sa chair s'étira, ses mouvements provoquant un léger remous qui se fondit avec les pulsations de son sang... *leur* sang. Dans les battements de son cœur, elle pouvait entendre l'écho d'un autre cœur, plus petit, et ce faible son lointain lui donna le courage de penser clairement que, quoi qu'il arrive... même le pire... elle ne serait plus jamais totalement seule.

53

Reproches

Jamie n'avait pas dit un mot entre notre départ de River Run et notre arrivée dans le village tuscarora de Tennago. Je chevauchais derrière lui, déchirée entre ma culpabilité d'avoir laissé Brianna seule, mon angoisse à propos de Roger et ma douleur devant son mutisme. Il était sec avec Ian et n'avait dit que le strict minimum à Jocasta. A moi, pas un traître mot.

De toute évidence, il m'en voulait de ne pas lui avoir révélé plus tôt la vérité sur Stephen Bonnet. Rétrospectivement, je m'en voulais aussi, voyant le résultat catastrophique de ma discrétion. Il avait gardé l'alliance d'or que je lui avais jetée à la figure. Je n'avais pas la moindre idée de ce qu'il en avait fait.

Les nuages étaient si bas que, sur les hauteurs, nous avions voyagé pendant des jours dans un brouillard épais et glacé ; des gouttes d'eau se condensaient sur les robes de nos montures. La nuit, nous dormions là où nous trouvions de quoi monter des abris de fortune, nous couchant chacun dans son coin, enroulés dans des couvertures humides autour de braises mourantes.

A Tennago, nous fûmes accueillis par plusieurs Indiens que nous avions connus à Anna Ooka. Je vis certains d'entre eux lorgner vers les tonneaux de whisky accrochés à nos selles mais aucun ne fit mine de vouloir s'en emparer de force. Nous avions emporté douze petits fûts, la totalité de la part Fraser de la production de l'année, le plus gros de nos revenus. Pour nous, c'était la rançon d'un roi. J'espérais que cela suffirait à racheter un jeune Ecossais.

C'était notre meilleure, et unique, monnaie d'échange, mais elle n'était pas sans risque. Jamie offrit un fût au *sachem* du village, puis Ian et lui disparurent dans l'une des huttes pour discuter. Ian avait livré Roger à des amis tuscaroras, mais il ignorait où ces derniers l'avaient emmené. J'espérais sans y croire que c'était à Tennago. Dans ce cas, nous serions de retour à River Run avant la fin du mois.

Malheureusement, il y avait peu de chances. Au beau milieu

de sa querelle avec Brianna, Jamie avait avoué avoir demandé à Ian de s'assurer que Roger ne reviendrait jamais. Tennago n'était qu'à dix jours de Fraser's Ridge. C'était encore trop proche pour un père furieux.

J'essayai d'interroger les femmes qui m'entouraient, mais aucune ne parlait l'anglais ni le français. Il valait mieux laisser Jamie et Ian s'occuper des négociations diplomatiques. Avec son don des langues, Jamie se débrouillait fort bien en tuscarora et Ian, qui passait le plus clair de son temps avec ses amis indiens, le parlait couramment.

J'avais emporté avec moi l'amulette de Nayawenne et l'opale sculptée découverte sous le cèdre rouge. Je sortis la première dans l'intention de la rendre... sans trop savoir à qui. La seconde pourrait être ajoutée au whisky, si le besoin s'en faisait sentir. Pour les mêmes raisons, Jamie avait apporté tous les biens qu'il possédait, c'est-à-dire trois fois rien, à l'exception de la bague en rubis de son père, que Brianna lui avait rapportée de Lallybroch.

Nous l'avions laissée avec Brianna à River Run, au cas où nous ne reviendrions pas. Il était impossible de savoir si Geillis avait raison au sujet des gemmes mais, au moins, Brianna en posséderait une.

La nuit était tombée depuis longtemps, et Jamie et Ian étaient toujours dans la hutte, avec Nacognatewo et le *sachem* du village. Chaque fois que quelqu'un y entrait ou en sortait, je sursautais, mais ce n'était jamais lui. Enfin, la peau de daim qui recouvrait l'entrée se souleva et Ian apparut tirant une petite silhouette ronde derrière lui.

— Tante Claire ? J'ai une surprise pour vous.

Il s'effaça pour me dévoiler le visage radieux de l'esclave Pollyanne.

Ou plutôt, de l'ancienne esclave, car elle était libre, désormais. Elle s'assit à mon côté, souriant de toutes ses dents, et souleva un pan de sa cape de daim pour me montrer le petit garçon endormi dans ses bras, le visage aussi rond et rayonnant que le sien.

Grâce à la traduction de Ian et aux bribes d'anglais et de gaélique qu'elle connaissait, nous fûmes bientôt plongées dans une conversation. Comme l'avait prévu Myers, elle avait été très bien accueillie par les Tuscaroras et rapidement intégrée dans la tribu, où ses talents de guérisseuse étaient très appréciés. Elle avait épousé un homme dont la première femme avait succombé à l'épidémie de rougeole, auquel elle avait donné un fils quelques mois plus tôt.

Ravie qu'elle ait trouvé la liberté et le bonheur, je la félicitai chaleureusement. J'étais également rassurée. Si les Tuscaroras l'avaient si bien traitée, Roger n'avait peut-être pas été trop malmené.

Il me vint une idée et je détachai l'amulette de Nayawenne de mon cou.

— Ian... peux-tu lui demander à qui je dois donner ça ?

Ian lui parla et elle se pencha en avant, examinant la petite bourse de cuir.

— Elle dit qu'ils n'en voudront pas, tante Claire. C'est la bourse de médecine d'un chaman. Elle aurait dû être enterrée avec son propriétaire. Personne ici n'osera y toucher, de peur d'attirer le fantôme du chaman.

J'hésitai, l'amulette dans le creux de ma main. La sensation étrange de tenir quelque chose de vivant n'était pas réapparue depuis la mort de Nayawenne. Si elle semblait à présent remuer toute seule, c'était sans doute mon imagination.

— Demande-lui ce qui se passe quand le chaman en question n'a pas été enterré. Si on n'a pas retrouvé son corps.

Pollyanne écouta ma question d'un air solennel.

— Elle dit que, dans ce cas, le fantôme vous accompagne partout, tante Claire. Elle dit aussi que vous devriez éviter de montrer cette amulette aux gens d'ici. Vous risquez de leur faire très peur.

— Mais elle n'a pas peur, elle ?

Pollyanne comprit avant même que Ian ne lui traduise et fit non de la tête.

— Indienne aujourd'hui, répondit-elle simplement. Pas hier.

Se tournant vers Ian, elle lui expliqua que son peuple d'origine vénérait l'esprit des morts. De fait, il n'était pas rare de voir un homme garder chez lui le crâne ou toute autre partie du corps d'un grand-père ou d'un ancêtre, afin d'être protégé et guidé par le mort. Non, l'idée d'être accompagnée par un fantôme ne l'effrayait pas.

Moi non plus. A dire vrai, vu les circonstances, je trouvais même réconfortant d'avoir Nayawenne à mon côté. Je rangeai l'amulette sous ma chemise. Elle était chaude contre ma peau, comme la caresse d'une amie.

Nous discutâmes un certain temps, longtemps après que les autres eurent rejoint leurs couches respectives. Nous fûmes même surpris quand Jamie souleva la peau qui recouvrait l'entrée de la grande hutte collective où nous nous trouvions, laissant entrer un courant d'air froid.

Au moment de nous faire ses adieux, Pollyanne hésita, ignorant si elle devait ou non me dire quelque chose. Elle lança un regard vers Jamie et haussa les épaules. Elle se pencha vers Ian et lui parla à voix basse. Puis elle m'étreignit brièvement et sortit.

Ian la suivit du regard, perplexe.

— Alors, qu'est-ce qu'elle a dit ? l'interrogeai-je.

— Que je devrais dire à oncle Jamie que la nuit où la femme est morte à la scierie, elle a aperçu un homme.

— Quel homme ?

— Elle ne le connaissait pas. C'était un Blanc, massif et trapu, mais pas aussi grand qu'oncle Jamie ou moi. Elle l'a vu sortir de la scierie et se diriger à grands pas vers la forêt. Elle se tenait devant la porte de sa case, dans le noir, et elle ne pense pas qu'il l'ait remarquée. Mais il est passé assez près du feu pour qu'elle distingue clairement son visage. Elle a dit qu'il avait la peau grêlée, avec une tête de cochon.

— Murchison ?

Mon cœur fit un bond.

— Il portait un uniforme ? demanda Jamie.

— Non, mais elle était curieuse de savoir ce qu'il faisait là. Ce n'était pas un des planteurs ni un des contremaîtres. Elle est allée voir à la scierie. Elle a juste passé la tête à l'intérieur. Elle a senti l'odeur du sang et a compris qu'il s'était passé quelque chose de terrible. Puis elle a entendu des voix et s'est enfuie. Elle n'est jamais entrée dans le bâtiment.

Ainsi, c'était un meurtre ! Si nous étions arrivés quelques minutes plus tôt, Jamie et moi aurions pu l'empêcher. La main de Jamie se posa sur mon épaule. Machinalement, je la pris et la serrai dans la mienne. Nous ne nous étions pas touchés depuis près d'un mois.

— La malheureuse était une blanchisseuse de l'armée, remarqua Jamie. Murchison a une femme en Angleterre. Je suppose qu'une maîtresse enceinte était trop encombrante.

— Je comprends maintenant pourquoi il a remué ciel et terre pour retrouver la prétendue coupable. Il était trop tentant de pouvoir mettre la main sur une malheureuse qui ne pouvait même pas parler pour se défendre.

Le visage de Ian était rouge d'indignation.

— Ce salaud espérait la faire pendre afin de détourner les soupçons !

— A notre retour, nous lui rendrons peut-être une courte visite, déclara Jamie.

— Tu ne crois pas que tu as suffisamment de problèmes comme ça ?

J'avais parlé sur un ton plus sec que je ne l'aurais voulu et il retira brusquement sa main.

— Sans doute, dit-il.

Le visage impavide, il se tourna vers Ian.

— Wakefield... MacKenzie, ou quel que soit son nom... est beaucoup plus au nord, expliqua-t-il. Ils l'ont vendu aux Mohawks, dans un petit village de l'autre côté du fleuve. Ton ami Onakara a accepté de nous y conduire. On partira demain à l'aube.

Il s'éloigna vers le fond de la hutte. Les autres étaient déjà couchés. Cinq feux brûlaient dans la hutte, chacun sous un trou dans le toit qui évacuait la fumée. Une partie de la grande salle était divisée en compartiments, un par famille, avec une planche suspendue en guise de couchette et, dessous, un espace de rangement.

Jamie s'arrêta devant le box qui nous avait été attribué, ôta ses bottes, dénoua le plaid qu'il portait par-dessus sa chemise et ses culottes, et disparut dans le noir sans un regard derrière lui.

Je me levai à mon tour pour l'imiter, mais Ian m'arrêta d'une main sur mon bras.

— Tante Claire, dit-il sur un ton hésitant, quand allez-vous lui pardonner ?

— Lui pardonner ? Mais lui pardonner quoi ? Roger ?

— Non, ça, c'était une sale erreur, mais il referait la même chose s'il croyait toujours que c'est lui le violeur. Je voulais parler de Bonnet.

— De Bonnet ? Mais il ne croit tout de même pas que je lui en veux pour ça ? Je ne lui ai jamais rien dit à ce sujet !

Je n'y avais même pas songé, pensant qu'il m'en voulait *à moi*.

Ian se gratta le crâne d'un air embarrassé.

— C'est que... vous ne comprenez donc pas, tante Claire ? Il s'en veut depuis que cette ordure nous a volés sur le fleuve et, maintenant, après ce qu'il a fait à Brianna... Ça le ronge de l'intérieur, surtout parce que vous êtes fâchée contre lui...

— Mais je ne suis pas fâchée contre lui ! Je croyais qu'il était fâché contre moi, parce que je ne lui avais pas révélé tout de suite le nom de Bonnet.

— Ah !

Ian semblait ne pas savoir s'il devait en rire ou en pleurer.

— Le fait est, ma tante, que ça nous aurait épargné bien des soucis si vous le lui aviez dit. Mais non, je suis sûr que ce n'est pas ça. Après tout, quand Brianna vous en a parlé, il était déjà trop tard. Nous avions déjà rencontré MacKenzie dans la montagne.

— Tu penses vraiment qu'il croit que je lui en veux ?

— Mais ça crève les yeux, tante Claire ! Vous ne le regardez jamais et vous ne lui adressez la parole que quand c'est indispensable.

Il s'éclaircit la gorge avant d'ajouter :

— Et puis... je ne vous ai pas vue le rejoindre dans son lit une seule fois de tout le mois.

— Mais il n'est pas venu dans le mien non plus ! me défendis-je.

Il me vint à l'esprit un peu tard que ce n'était pas là le genre de conversation que je devais avoir avec un garçon en âge d'être mon fils.

Ian haussa les épaules et me lança un regard las.

— Quand même, tante Claire, il a sa fierté, non ?

— Ça, pour l'avoir ! soupirai-je. Enfin, merci pour ce conseil, Ian.

Il m'adressa un sourire d'enfant qui illumina son long visage.

— C'est que je ne supporte pas de le voir souffrir. J'aime tellement oncle Jamie !

— Moi aussi, répondis-je en déglutissant péniblement. Bonne nuit, Ian.

J'avançai lentement dans la longue hutte sombre, passant devant des box où dormaient des familles entières ; le bruit de leur respiration paisible calmait les battements inquiets de mon cœur. Dehors, il pleuvait. Des gouttes d'eau tombaient par les trous d'évacuation, faisant grésiller les braises.

Pourquoi n'avais-je pas remarqué ce que Ian avait vu ? La réponse était simple : ce n'était pas la colère mais la culpabilité qui m'avait aveuglée. J'avais caché le nom de Bonnet autant en raison de l'alliance de Frank que parce que Brianna me l'avait demandé. J'aurais pu la persuader de le dire elle-même à Jamie.

Elle avait raison, bien sûr. Tôt ou tard, Jamie se lancerait à la poursuite de Bonnet. J'avais plus confiance qu'elle en l'issue de cette confrontation. Non, c'était bien la bague qui m'avait incitée à garder le secret.

Mais pourquoi m'en sentir coupable ? La réponse était moins simple. C'était l'instinct et non la raison qui m'avait poussée à lui cacher l'alliance. Je n'avais pas voulu la lui montrer, la repasser à mon doigt sous son nez. Mais j'avais eu besoin de la garder.

Mon cœur se serra quand je songeai aux semaines qui venaient de s'écouler. J'avais craint que, s'il partait seul, il ne revienne pas. Aiguillonné par la culpabilité, il ne reculerait devant rien. Avec moi, il se montrerait plus prudent. Pendant tout ce temps, il s'était senti non seulement seul, mais rejeté par la seule personne qui pouvait, et devait, le réconforter.

Je m'arrêtai devant notre box. La planche mesurait bien deux mètres cinquante de large et il était couché tout au fond. J'apercevais sa silhouette emmitouflée dans une couverture en peau de lapin. Il ne bougeait pas mais je me doutais qu'il ne dormait pas.

Je grimpai sur la plate-forme et ôtai mes vêtements. Il faisait relativement chaud mais ma peau nue se hérissa et la pointe de mes seins durcit. Mes yeux s'étaient accoutumés à l'obscurité et je constatai qu'il était couché sur le flanc, regardant vers moi. Je distinguais l'éclat de ses yeux dans le noir, m'observant.

Je soulevai un pan de la couverture et me glissai dessous. Je me pressai contre lui et enfouis mon visage dans le creux de son épaule.

— Jamie, murmurai-je. J'ai froid, réchauffe-moi, s'il te plaît.

Il me prit avec une voracité silencieuse qui était moins due à un désir trop longtemps refoulé qu'au désespoir. Je ne cherchais qu'à le réconforter, ne pensant pas à mon propre plaisir, mais ses caresses avides firent jaillir en moi une source montant de profondeurs insoupçonnées, et je m'ouvris à lui, prise d'un besoin aussi aveugle et désespéré que le sien.

Nous nous accrochâmes l'un à l'autre, tremblants, incapables de nous regarder dans les yeux, incapables de nous lâcher. Lentement, tandis que les spasmes s'espaçaient, je repris conscience de ce qui se passait en dehors de nos deux corps à la dérive et me rendis compte que nous étions couchés au milieu d'étrangers, nus et sans défense, protégés uniquement par l'obscurité.

Pourtant, nous étions seuls, entièrement seuls. Des personnes discutaient à l'autre bout de la hutte, mais leurs paroles étaient inintelligibles, ne formant qu'un bourdonnement vague. La fumée du feu éteint flottait au-dessus de notre couche, odorante et immatérielle comme de l'encens.

— Jamie, je suis désolée, chuchotai-je. Ce n'était pas ta faute.

— La faute à qui, alors ?

— A tout le monde. A personne. A Stephen Bonnet. Mais pas à toi.

— Bonnet ? s'étonna-t-il. Quel rapport ?

— Eh bien... c'est à cause de lui, non ? dis-je, prise de court.

Il se détacha de moi, écartant les cheveux de son visage.

— Stephen Bonnet est un salaud, dit-il calmement. Je le tuerai à la première occasion. Mais je ne peux pas lui imputer mes propres erreurs.

— Mais de quoi parles-tu ? Quelles erreurs ?

Il ne répondit pas tout de suite. Ses jambes étaient entremêlées avec les miennes et je pouvais sentir la tension dans son corps, nouant ses articulations, faisant tressauter les muscles de ses cuisses.

— Je n'aurais jamais cru devenir jaloux d'un mort, dit-il enfin.

— D'un mort ?

Il me fallut un certain temps avant de comprendre et d'ajouter :

— De Frank ?

— Qui d'autre ? Cela me ronge depuis que nous sommes partis de River Run. Je vois son visage, jour et nuit. Tu as bien dit qu'il ressemblait à Jack Randall, non ?

Dieu merci, je n'avais pas fait allusion à l'alliance qu'il avait gardée !

— Comment peux-tu dire une chose pareille ? demandai-je.

— Comment faire autrement ? Tu l'as entendue, non ? Tu sais très bien ce qu'elle m'a dit !

— Brianna ?

— Elle a dit qu'elle aimerait me voir brûler en enfer, qu'elle donnerait son âme pour retrouver son père... son *vrai* père. Je suis sûr qu'il n'aurait pas commis une telle erreur. Il lui aurait fait confiance... Je crois que Frank Randall était meilleur que moi. En tout cas, elle en est persuadée.

Il hésita avant de reprendre :

— ... Sans doute toi aussi, *Sassenach*.

— Tu n'es qu'un idiot ! Viens ici.

Je glissai la main le long de la cambrure de son dos et enfonçai mes doigts entre ses fesses fermes.

— C'est vrai que je suis idiot, admit-il en riant. Mais ça n'a pas l'air de te déplaire.

Ses cheveux sentaient la fumée et la résine de pin. Il y avait encore quelques aiguilles prises dans ses mèches. L'une d'elles me grattait la joue.

— Elle ne le pensait pas, dis-je.

— Si. Je l'ai bien entendue.

— Je vous ai entendus tous les deux. Elle est comme toi. Quand elle s'énerve, elle dit n'importe quoi. Toi-même, tu ne pensais pas tout ce que tu lui as dit, n'est-ce pas ?

— Non. Pas tout.

— Elle non plus.

Je lui caressai doucement les cheveux, comme je caressais ceux de Brianna quand, petite, elle se réfugiait dans mes bras pour apaiser ses peurs d'enfant.

— Tu peux me faire confiance, murmurai-je. Je vous aime tous les deux.

Il soupira et resta silencieux un moment avant de demander d'une voix hésitante :

— Si je retrouve son homme et que je le lui ramène, tu crois... tu crois qu'elle me pardonnera un jour ?

— Oui, j'en suis certaine.

De l'autre côté de la cloison, j'entendais des petits bruits. Un couple faisait l'amour, gémissant doucement, haletant, se murmurant des mots doux dans une langue inconnue.

Juste avant que nous quittions River Run, Brianna m'avait glissé à l'oreille : « Tu dois partir. Tu es la seule qui puisse le ramener. »

Pour la première fois, je me rendis compte qu'elle n'avait peut-être pas voulu parler de Roger.

Nous reprîmes notre long voyage dans les montagnes, rendu plus long encore par l'hiver. Certains jours, il était tout bonnement impossible d'avancer. Nous restions tapis toute la journée sous une corniche rocheuse ou à l'abri dans un taillis touffu, blottis les uns contre les autres pour nous protéger du vent glacé.

Une fois les sommets franchis, la route devint plus facile, bien que la température continuât à dégringoler. Certains soirs, nous mangions froid, ne pouvant entretenir un feu dans la neige et le vent. Chaque nuit, Jamie et moi nous couchions l'un contre l'autre sous un cocon de couvertures et de peaux, partageant notre chaleur.

Je comptais les jours en faisant des nœuds sur une ficelle. Nous avions quitté River Run au début janvier. Nous étions à la mi-février quand Onakara nous indiqua du doigt une colonne de fumée s'élevant au loin. « La ville du serpent », nous expliqua-t-il. Nous étions enfin arrivés au village mohawk où lui et ses compagnons avaient conduit Roger Wakefield.

Six semaines de route. Brianna devait en être à son sixième mois de grossesse. Si nous pouvions ramener Roger rapidement... s'il était en état de voyager... nous serions de retour avant la naissance. D'un autre côté, si Roger n'était pas là, si les Mohawks l'avaient revendu ailleurs... ou s'il était mort, dit une petite voix froide dans ma tête... nous rentrerions sur-le-champ.

Onakara refusa d'entrer dans le village avec nous, ce qui n'accrut pas franchement ma confiance en nos perspectives de réussite. Jamie le remercia et lui donna un fût de whisky en rétribution de ses services. Nous enterrâmes les autres fûts à quelque distance du village.

— Tu penses arriver à te faire comprendre ? demandai-je en remontant en selle. Les Mohawks parlent la même langue que les Tuscaroras ?

— Ce n'est pas tout à fait la même chose, expliqua Ian. C'est un peu comme l'italien et l'espagnol. Mais, d'après Onakara, le *sachem* et quelques autres devraient parler un peu d'anglais. Les Mohawks se sont battus auprès des Anglais contre les Français. Certains auront sûrement appris la langue.

Jamie posa son mousquet en travers de sa selle et nous adressa un sourire encourageant.

— Bien ! dit-il. Il ne nous reste plus qu'à aller tenter notre chance.

54

Captivité I

Novembre 1769

De toute évidence, les nouveaux ravisseurs de Roger n'appartenaient pas à la même tribu que les précédents. Ils étaient vêtus pour supporter le grand froid, de fourrure et de cuir, et bon nombre d'entre eux avaient le visage tatoué.

L'un d'eux le poussa de la pointe de son couteau et le força à se déshabiller. Nu comme un ver, chancelant de fatigue, il se tint au milieu d'une longue hutte, devant une assemblée d'hommes et de femmes qui l'observaient et le tripotaient en riant. Son pied droit était sérieusement enflé, l'entaille s'étant infectée. Il parvenait encore à marcher mais chaque pas provoquait une décharge de douleur dans toute sa jambe et il se sentait brûlant de fièvre.

On le traîna à l'extérieur. Là, il se retrouva entre deux rangées de sauvages armés de bâtons et de masses. Quelqu'un lui enfonça la pointe d'une lame dans une fesse et lui cria en français : « Cours ! » Il courut.

Le sol était couvert d'une neige verglacée qui lui brûlait la plante des pieds. Il parvint à parcourir une dizaine de mètres sans tomber, zigzaguant entre les coups de masse qui pleuvaient sur ses épaules et son crâne tandis que les bâtons visaient ses jambes et son dos. Vers les deux tiers du parcours, une masse le cueillit en plein ventre, le pliant en deux, puis une autre s'abattit sur son oreille. Il roula dans la neige, sentant à peine la morsure de la glace sur sa peau lacérée.

Les bâtons cinglèrent ses jambes et ses cuisses, juste sous les testicules. Il fléchit les genoux puis se redressa et reprit sa course titubante. Arrivé au bout, il se retint de justesse à un poteau et se retourna vers ses tortionnaires. Ces derniers apprécièrent le geste. Ils se mirent à rire, poussant de petits cris perçants qui rappelaient une meute de chiens. Il s'inclina profondément puis se redressa, la tête lui tournant. Ils rirent de plus belle. Il avait toujours été une bête de scène.

Après cette brillante prestation, ils le firent rentrer dans la longue hutte, lui donnèrent à boire et à manger, et lui rendirent sa chemise et ses culottes, en conservant sa veste. A l'intérieur, il faisait chaud. Plusieurs feux étaient disposés à intervalles réguliers. Il rampa dans un coin et s'endormit, une main posée sur la petite masse cachée dans la couture de ses culottes.

Février 1770

A en juger par le nombre de nœuds sur son fil, il était dans le village depuis trois mois. Après sa réception, les Indiens l'avaient traité avec une indifférence générale mais sans cruauté particulière. Il était l'esclave de la grande hutte, au service de tous ceux qui y habitaient. S'il ne comprenait pas un ordre, ils lui montraient, une fois. S'il refusait d'obtempérer ou faisait mine de ne pas comprendre, ils le battaient et il finissait toujours par s'exécuter. Néanmoins, il recevait la même part de nourriture que tous les autres et on lui avait attribué un coin tranquille où dormir, à l'extrémité de la hutte.

Comme c'était l'hiver, ses tâches principales consistaient à ramasser du bois pour le feu et à aller chercher de l'eau. De temps à autre, un groupe de chasseurs l'emmenait pour aider à dépecer la viande et à porter le gros gibier. Les Indiens ne faisaient pas d'efforts particuliers pour communiquer avec lui mais, à force de les écouter, il finit par apprendre un peu leur langue.

Il commença, avec une grande prudence, à tester quelques mots. Pour cela, il choisit une jeune fille, la sentant moins dangereuse. Elle le regarda, surprise, puis éclata de rire, enchantée, comme si elle venait d'entendre un corbeau parler. Elle appela une amie, puis une autre, et toutes trois s'accroupirent devant lui, gloussant de rire derrière leur main et lui lançant des regards en biais tandis qu'il énumérait tous les objets dont il avait appris le nom : feu, marmite, couverture, maïs. Il pointa le doigt vers un chapelet de poissons séchés et haussa des sourcils interrogateurs.

— *Yona'kensyonk !* répondit promptement une de ses nouvelles amies.

Il répéta avec application sous les rires ravis. Au fil des jours et des semaines qui suivirent, les jeunes filles lui apprirent un grand nombre de choses, notamment entre les mains de qui il avait atterri, à défaut de savoir où il était.

Ils étaient des *Kahnyen'kehaka*, lui annoncèrent-elles fièrement, étonnées qu'il ne le sache pas encore. Des Mohawks, les

« gardiens de la porte est de la ligue des Iroquois ». Lui, il était un *Kakonhoaerhas*. Il lui fallut un bon moment pour comprendre enfin ce que signifiait exactement ce terme. Enfin, l'une des jeunes filles traîna un bâtard jusque dans la hutte pour le lui expliquer. Cela voulait dire « Face de Chien ».

— Merci ! dit-il en grattant sa longue barbe.

Il retroussa les lèvres et émit un grondement, les faisant rire de plaisir.

La mère d'une des jeunes filles commença à s'intéresser à leur conversation. Constatant que son pied était enflé, elle le lui lava, le massa avec un onguent, puis le lui banda avec du lichen et des feuilles de maïs. A partir de ce jour, les femmes auxquelles il apportait du bois ou de l'eau se mirent à lui parler.

Il ne cherchait pas à s'évader. Pas encore. Le village était prisonnier de l'hiver, avec ses vents mordants et ses fréquentes tempêtes de neige. Sans arme, sans protection contre le froid et boitant, Roger n'irait pas loin. Il rongeait son frein. La nuit, il rêvait souvent de mondes perdus, se réveillant à l'aube avec un parfum d'herbe fraîche encore dans les narines et sa semence chaude étalée sur son ventre.

Les berges de la rivière étaient encore gelées le jour où le jésuite apparut.

Roger se trouvait dehors quand les chiens se mirent à aboyer et que les cris des sentinelles signalèrent l'arrivée de visiteurs. Les villageois commencèrent à se rassembler et il les suivit, intrigué.

Les nouveaux venus étaient un grand groupe de Mohawks, des hommes et des femmes, tous à pied et chargés de baluchons. Cela lui parut étrange. Jusque-là, les rares visiteurs étaient tous des chasseurs. Plus étrange encore, ils étaient accompagnés d'un homme blanc ; le soleil pâle de l'hiver faisait briller ses longs cheveux blonds.

Roger tenta de s'approcher mais fut repoussé par plusieurs villageois. Il eut néanmoins le temps de se rendre compte que le Blanc était un prêtre : sous sa cape en peau d'ours, on apercevait les vestiges d'une soutane noire, portée par-dessus des jambières en cuir et des mocassins.

Le prêtre n'était pas attaché et ne semblait pas prisonnier. Pourtant, Roger avait le net sentiment qu'il n'était pas là de son plein gré. Son visage jeune était tendu. Avec plusieurs compagnons, il disparut dans la hutte du *sachem*. Roger n'y était jamais entré, mais il avait entendu les femmes en parler.

L'une des femmes les plus âgées le vit s'attarder dans la foule et lui ordonna sèchement d'aller chercher du bois. Il obtempéra et ne revit plus le prêtre.

Il se passait quelque chose. Roger sentait un courant étrange autour de lui. Le soir, les hommes restaient assis plus tard autour du feu pour discuter et les femmes échangeaient des commentaires à voix basse tout en travaillant, mais leurs dialogues échappaient à sa compréhension rudimentaire. Il interrogea l'une des jeunes filles au sujet des visiteurs. Tout ce qu'elle savait, c'était qu'ils étaient venus d'un village plus au nord. Elle ignorait ce qu'ils faisaient là, mais cela avait un rapport avec la « Robe noire », le *Kahontsi'yatawi*.

Une semaine plus tard, Roger accompagna une expédition de chasse. Le temps était froid mais dégagé et ils marchèrent longtemps, finissant par abattre un élan. Roger fut stupéfait, non seulement par la taille de l'animal mais également par sa stupidité. Il comprenait le manque d'enthousiasme des chasseurs : il n'y avait aucun honneur à vaincre un tel géant, ce n'était que de la viande.

Un *gros* tas de viande. Il se retrouva chargé comme un mulet et eut du mal à suivre les chasseurs de son pas boitillant. A sa grande surprise, plusieurs hommes l'attendaient à son retour au village. Ils ne le conduisirent pas à la grande hutte mais vers une autre, plus exiguë, à l'autre extrémité de la clairière principale.

Il ne maîtrisait pas assez leur langue pour leur poser des questions et supposait que, de toute façon, ils n'y répondraient pas. Ils le poussèrent à l'intérieur et se retirèrent.

Un petit feu brûlait, mais la pénombre contrastait tant avec la luminosité extérieure qu'il fut momentanément aveuglé.

— Qui êtes-vous ? demanda une voix en français.

Roger cligna des yeux et distingua une silhouette qui se levait de sa couverture près du feu. C'était le prêtre.

— Roger MacKenzie. Et vous ?

Le fait de prononcer son propre nom lui procura soudain une joie intense. Cela faisait longtemps qu'il n'était plus que « Face de Chien ».

— Alexandre. Père Alexandre Férigault. Vous êtes anglais ?

— Ecossais, corrigea Roger.

Sa jambe blessée céda sous lui et il se laissa tomber assis.

— Que faites-vous ici ? demanda le prêtre. Vous êtes soldat ?

— Je suis prisonnier.

Le prêtre s'accroupit devant lui et le dévisagea avec curiosité. Il avait une trentaine d'années mais sa peau était tannée par le froid.

— Vous dînerez bien avec moi ?

Il lui indiqua un assortiment de pots de terre et de paniers.

Le prêtre semblait ravi de pouvoir enfin parler dans sa propre langue, et Roger de pouvoir parler tout court. A la fin du repas, ils avaient chacun un assez bon aperçu du passé de l'autre, à défaut d'en savoir plus sur leur situation actuelle.

— Pourquoi m'ont-ils mis ici avec vous ? questionna Roger.

Ce n'était sans doute pas pour offrir un peu de compagnie au prêtre. La prévenance ne semblait pas être l'une des caractéristiques principales des Mohawks.

— Je n'en sais rien. J'ai été moi-même stupéfait de voir un autre Blanc ici.

La porte bougea légèrement. Il y avait quelqu'un dehors.

— Vous êtes prisonnier, vous aussi ? demanda-t-il.

Le prêtre hésita, haussa les épaules.

— Je n'en sais rien non plus. Pour les Mohawks, on est *Kahnyen'kehaka* ou on est... autre chose. Quand on est autre chose, la frontière entre un prisonnier et un invité est très ténue. Cela fait des années que je vis avec eux, mais je n'ai jamais été adopté par la tribu. Je suis toujours l'« autre ».

Il toussota et changea de sujet :

— Comment avez-vous été fait prisonnier ?

Roger marqua un temps d'arrêt, ignorant comment répondre.

— J'ai été trahi, dit-il enfin. Vendu.

— Vous avez quelqu'un qui pourrait payer une rançon ? Ils veilleront à vous garder en vie s'ils pensent pouvoir tirer quelque chose de vous.

Roger fit non de la tête, sentant un creux dans son ventre.

— Non, je n'ai personne.

La conversation s'amenuisa avec la tombée de la nuit. Ils avaient un feu, mais non pas de bois. La hutte dans laquelle ils se trouvaient semblait avoir été abandonnée. Il y avait un sommier de rondins de bois et quelques vieilles peaux de daim jetées dans un coin. Rien d'autre.

— Cela fait longtemps que vous êtes dans cette hutte ? reprit Roger.

— Non. Ils m'y ont amené aujourd'hui, un peu avant vous.

Cela n'était pas de très bon augure, mais Roger estima qu'il valait mieux ne rien dire. Le prêtre était sans doute aussi conscient que lui que la frontière entre l'« invité » et le « prisonnier » avait été franchie. Qu'avait-il donc bien pu faire ?

Alexandre rompit brusquement le silence :

— Vous êtes chrétien ?

— Oui, mon père était pasteur.

— Ah ! Je peux vous demander quelque chose... s'ils m'emmènent, vous prierez pour moi ?

Roger déglutit péniblement.

— Euh... oui, bien sûr, si vous voulez.

Le prêtre se leva et se mit à faire les cent pas dans la hutte, incapable de rester en place.

— Il ne se passera peut-être rien, déclara-t-il comme s'il

essayait de se convaincre lui-même. Ils n'ont pas encore pris de décision.

— Quelle décision ?

— Si je dois vivre ou mourir.

Roger ne trouva rien à répondre à cela. Il se blottit devant le feu éteint, reposant son pied blessé, pendant que le prêtre allait et venait devant lui, puis s'installait finalement à son côté. Sans commentaire, ils se serrèrent l'un contre l'autre, réunissant leur chaleur. La nuit allait être froide.

Roger s'était assoupi sous une peau de daim quand un bruit soudain le réveilla. Quatre guerriers mohawks se tenaient dans la hutte. L'un d'eux laissa tomber une brassée de bois dans le foyer et y jeta sa torche. Pendant ce temps, les autres s'emparaient du père Férigault, le mettaient debout et lui arrachaient ses vêtements.

Réagissant d'instinct, Roger voulut se précipiter pour le défendre et reçut un coup qui l'envoya à terre. Le prêtre lui adressa un bref regard qui l'implorait de ne pas intervenir.

L'un des guerriers approcha un tison du visage du prêtre. Il lui posa une question puis, ne recevant pas de réponse, baissa le bras, frôlant la peau nue et blanche.

Le visage d'Alexandre dégoulinait de transpiration mais resta prudemment neutre quand le tison s'approcha de son sexe. D'un petit geste sec, le guerrier fit mine de le toucher et le prêtre ne put s'empêcher de se rétracter. Cela fit rire les Indiens et l'homme répéta son manège. Cette fois, Alexandre s'était préparé. Roger sentit une odeur de poils grillés, mais le prêtre ne broncha pas.

Se lassant de ce petit jeu, deux des guerriers prirent le prêtre sous les bras et le traînèrent à l'extérieur.

« S'ils m'emmènent, priez pour moi. » Roger se rassit lentement, le cœur battant. Il entendait les voix des Indiens s'éloignant au loin. Les vêtements d'Alexandre étaient jetés en tas dans un coin. Il les ramassa, les épousseta et les plia. Ses mains tremblaient.

Il tenta de prier mais ne parvenait pas à se concentrer. Sous les paroles de sa prière, une petite voix froide disait : *Et quand ils viendront me chercher, qui priera pour moi ?*

Ils lui avaient laissé un feu. Il tenta de se convaincre que c'était parce qu'ils n'avaient pas l'intention de le tuer tout de suite. Les Mohawks n'étaient pas du genre à accorder des grâces à un condamné. Il se recoucha sous sa peau de daim, se recroquevilla en chien de fusil et contempla les flammes jusqu'à s'endormir, épuisé de terreur.

Il fut réveillé par des bruits de pas et un brouhaha. Il bondit sur ses pieds, se tapit dans un recoin éloigné du feu et chercha désespérément autour de lui quelque chose qui pût lui servir d'arme.

La porte s'ouvrit, le corps nu du prêtre s'effondra dans la hutte puis les voix s'éloignèrent.

Alexandre bougea et gémit. Roger se précipita vers lui et s'agenouilla.

— Vous êtes blessé ? Que vous ont-ils fait ?

Il trouva la réponse tout seul : en retournant le malheureux, il vit le sang qui ruisselait sur son visage et son cou. Il saisit la soutane noire et s'en servit pour éponger la plaie. Quelques instants plus tard, il le souleva. On lui avait coupé l'oreille droite.

Roger sentit ses muscles se nouer. Il pressa à nouveau la soutane contre la plaie et traîna le corps près du feu. Là, il le recouvrit de vêtements et de peaux de daim. Il lui lava le visage et lui fit boire quelques gorgées d'eau. Alexandre gémit doucement.

— Ça va aller, murmura Roger. Tout va bien, ils ne vous ont pas tué.

Il se demandait si c'était vraiment une bonne chose. S'agissait-il d'un simple avertissement ou de préliminaires à des sévices plus terribles encore ?

Le père Alexandre était agité de soubresauts. Roger maudit son impuissance. Il aurait tout donné pour pouvoir apaiser ses souffrances. Ce n'était pas uniquement par compassion et il en était conscient. Chaque gémissement du prêtre ravivait l'image de sa chair mutilée et attisait sa terreur. Si seulement il pouvait s'endormir ! Peut-être, dans le noir et le silence, la peur s'en irait-elle.

Pour la première fois, il comprit ce qui animait Claire Randall, l'incitait à se rendre sur les champs de bataille et à soigner les blessés. Soulager la douleur et la peur des autres apaisait sans doute ses propres angoisses.

Enfin, incapable de supporter plus longtemps les prières murmurées et les gémissements étouffés d'Alexandre, il se coucha près de lui et le prit dans ses bras.

— Chut... lui murmura-t-il. Calmez-vous, maintenant. Reposez-vous.

Le corps du prêtre tremblait contre le sien, les muscles noués par le froid et la souffrance. Sans cesser de lui parler, Roger lui frotta vigoureusement le dos, lui massa les membres, puis rabattit les peaux sur eux.

Le contact du corps nu d'Alexandre contre le sien était étrangement réconfortant. Le prêtre s'accrochait à lui, le visage enfoui dans le creux de son épaule. Il ne parlait pas mais Roger sentait l'humidité de ses larmes sur sa peau. Il lui caressa la tête en veillant à ne pas toucher la partie à vif. Ses cheveux étaient trempés de sueur, bien que la peau de son cou et de ses épaules fût glacée.

— Personne n'oserait traiter des chiens comme ça, marmonna Roger. Salauds de sauvages !

Il serra Alexandre plus fort, le berça doucement dans le noir, répétant inlassablement :

— Reposez-vous, mon ami. C'est bien, c'est bien.

55

Captivité II

River Run, mars 1770

Brianna roula la pointe de son pinceau contre le bord de sa palette pour en faire sortir l'excès de térébenthine. Elle piqua à peine le mélange bleu-vert et souligna la rivière d'une ombre fine.

Un bruit s'éleva dans l'allée derrière elle. Elle reconnut le double pas arythmique du « Duo fatal » et fut prise d'une envie de prendre sa toile et de se cacher derrière le mausolée d'Hector Cameron. Ce n'était pas Jocasta qui la gênait. Sa grand-tante venait souvent s'asseoir auprès d'elle quand elle peignait le matin, discutant de techniques de peinture, de la préparation des pigments et d'autres sujets. De fait, Brianna aimait sa compagnie et adorait que la vieille dame lui raconte des histoires de son enfance en Ecosse, de sa sœur Ellen et des autres membres des MacKenzie de Leoch. Mais lorsque Jocasta amenait son fidèle chien de garde, c'était une autre affaire.

— Bonjour, ma nièce ! Tu n'as pas trop froid à peindre ici ?

Jocasta s'arrêta et sourit, resserrant son châle autour d'elle.

— Non, ça va. La... euh... la tombe me coupe le vent. De toute façon, j'ai fini.

Ce n'était pas tout à fait vrai, mais elle laissa néanmoins retomber son pinceau dans le pot de térébenthine et commença à gratter sa palette. Elle ne supportait pas de peindre avec Ulysse décrivant chacun de ses coups de pinceau à voix haute.

— Alors laisse tes affaires, Ulysse te les rapportera à la maison.

Abandonnant son chevalet à contrecœur, Brianna saisit son carnet d'esquisses et donna le bras à Jocasta. Pas question de le laisser à « Monsieur je-vois-tout-je-dis-tout ».

— Nous avons de la compagnie aujourd'hui, déclara Jocasta en prenant le chemin de la maison. Le juge Alderdyce, de Cross

Creek, et sa mère. J'ai pensé que tu aimerais te changer avant le déjeuner.

Brianna se mordit l'intérieur de la joue pour éviter de répliquer à cette allusion peu subtile. Encore de la visite !

Compte tenu des circonstances, elle ne pouvait guère refuser à sa tante de rencontrer ses amis, ni même de s'habiller pour les recevoir. Cela dit, elle aurait apprécié que sa parente se montre moins mondaine. River Run recevait un chapelet interminable d'invités, pour le déjeuner, pour le thé, pour le dîner, pour le petit déjeuner, pour quelques jours. Ils venaient acheter des chevaux, vendre des vaches, négocier le prix du bois, emprunter des livres, apporter des cadeaux, jouer de la musique. Ils arrivaient des plantations voisines, de Cross Creek, et de plus loin, d'Edenton ou de New Bern.

L'étendue des relations de Jocasta était hallucinante. Cependant, ces derniers temps, Brianna avait noté une proportion croissante d'hommes parmi les visiteurs. Notamment d'hommes célibataires.

Phaedre confirma ses soupçons tandis qu'elle fouillait dans la garde-robe à la recherche d'une robe.

— C'est qu'il n'y a pas beaucoup de femmes disponibles dans la colonie.

Elle lança un regard vers le ventre de Brianna, qui saillait visiblement sous le haut jupon de mousseline blanche, puis ajouta :

— Surtout des jeunes. Sans parler de femmes qui seront un jour maîtresses d'une plantation comme River Run.

— Qui seront quoi ?

Brianna se figea, une épingle à cheveux dans la bouche, sa coiffure retombant mollement sur ses épaules. Phaedre ouvrit de grands yeux ronds et mit une main gracieuse devant sa bouche.

— Votre tante ne vous a rien dit ? J'étais sûre que vous étiez au courant, sinon je me serais tue.

— Eh bien maintenant, ne me laissez pas sur ma faim.

Phaedre, commère patentée, ne se fit pas prier.

— Sitôt votre papa parti, Mme Jo a fait venir Me Forbes et a fait changer son testament. A sa mort, un peu d'argent ira à vos parents, quelques biens personnels à M. Farquard et à d'autres amis, mais tout le reste sera à vous. La plantation, les forêts, la scierie...

— Mais je n'en veux pas !

Phaedre esquissa une moue sceptique :

— Ce n'est pas tant ce que vous voulez qui compte, mais ce qu'*elle* veut.

— Mais que veut-elle au juste ? J'imagine que vous le savez aussi !

— Ce n'est un secret pour personne. Elle veut que River Run continue après sa mort et reste dans la famille. Elle n'a pas d'enfants, pas de petits-enfants. Qui d'autre que vous pourrait conserver la plantation après elle ?

— Eh bien... mon père.

Phaedre déposa une robe sur le lit et l'examina en fronçant les sourcils, jetant des coups d'œil furtifs vers le ventre de Brianna.

— Celle-ci pourra vous faire encore une ou deux semaines à peine, vu la vitesse à laquelle pousse votre ventre... Ah oui ! Il y a bien votre père. Elle a déjà essayé d'en faire son héritier mais il n'a rien voulu entendre. Voilà un sacré entêté ! Il a préféré partir vivre dans les montagnes comme un Peau-Rouge plutôt que de faire ce que Mme Jo voulait. S'il était resté, Mme Jo et lui se seraient sûrement mordu le nez à longueur de journée, c'est sûr !

Brianna tordit une moitié de sa chevelure mais l'épingle lui échappa des mains.

— Tenez, laissez-moi faire, mademoiselle Bree.

Phaedre se glissa derrière elle et se mit à lui tresser les cheveux avec des doigts agiles et rapides.

— Tous ces visiteurs, ces hommes...

— Mme Jo vous en cherche un de bien, lui assura la jeune esclave. Vous ne pourrez pas gérer seule la propriété, pas plus que Mme Jo elle-même. Ce M. Duncan, il est tombé du ciel. Je ne sais pas ce qu'elle ferait sans lui !

La stupéfaction de Brianna céda le pas à l'indignation.

— Elle est en train de m'exhiber comme une génisse de concours !

— Ben oui ! dit Phaedre, qui semblait trouver cela parfaitement normal.

— Pourtant, elle est au courant pour M. Wakefield ! Comment peut-elle essayer de me marier avec le...

Phaedre poussa un soupir compatissant.

— A mon avis, elle ne croit pas qu'on pourra le retrouver. Mme Jo connaît bien les Indiens. On a tous entendu M. Myers raconter ses histoires d'Iroquois.

Malgré la fraîcheur de la pièce, Brianna sentit des gouttelettes de transpiration perler sur sa nuque.

— En plus, poursuivit Phaedre, Mme Jo ne le connaît pas, ce M. Wakefield. Si ça se trouve, il ne sera pas un bon gestionnaire. Elle préférerait vous marier avec un homme qui a fait ses preuves et qui prendra bien soin de la propriété. Un homme qui pourra peut-être l'ajouter à la sienne et vous offrir un domaine magnifique !

— Mais je ne veux pas d'un domaine magnifique ! s'écria Brianna, affolée. Je ne veux même pas de cet endroit !

Phaedre sortit un ruban bleu qu'elle noua adroitement entre les tresses.

— Bah ! fit-elle. De toute façon, comme je vous l'ai dit : c'est pas tant ce que vous voulez qui compte, mais ce qu'elle veut.

Brianna entendit un bruit dans le couloir et tourna précipitamment la page du carnet d'esquisses, l'ouvrant sur un fusain de la rivière et de ses berges bordées d'arbres. Les pas s'éloignèrent et elle se détendit, retournant au croquis qu'elle était en train de contempler.

La jeune femme l'avait dessiné de trois quarts, la tête inclinée tandis qu'il se concentrait sur l'accord de sa guitare. Ce n'était qu'une esquisse, mais elle captait la ligne du crâne et du corps avec une justesse que sa mémoire confirmait. En regardant le dessin, elle pouvait le voir, lui, en chair et en os, si près qu'elle pouvait presque le toucher.

Il y en avait d'autres, certains ratés, certains qui étaient de bons dessins en eux-mêmes mais qui ne parvenaient pas à le faire vivre. Puis il y en avait quelques-uns, comme celui-ci, qu'elle pouvait regarder pour se réconforter pendant les après-midi maussades, lorsque la lumière commençait à baisser et que les feux de cheminée couvaient lentement.

Elle avait également réalisé des portraits de Jamie Fraser, de sa mère, de Ian. Elle les avait d'abord dessinés pour tromper sa solitude, mais les contemplait désormais avec anxiété, espérant que ces fragments de papier n'étaient pas tout ce qui lui restait de cette famille qu'elle n'avait que si brièvement connue.

« A mon avis, Mme Jo ne croit pas qu'on le retrouvera. Elle connaît les Indiens... »

Ulysse entra avec une mèche et commença à allumer les chandelles du grand lustre.

— Ce n'est pas la peine de les allumer toutes, lui dit Brianna. La pénombre ne me dérange pas.

Le majordome sourit et poursuivit sa tâche, effleurant à peine chaque bougie du bout de sa baguette magique, faisant jaillir de petites flammes dansantes.

— Mme Jo va bientôt descendre, annonça-t-il. Elle distingue les lumières et le feu, ce qui lui permet de savoir où elle se trouve dans la pièce exactement.

Il souffla sur sa mèche et se promena dans la pièce sans faire de bruit, remettant en place les objets dérangés par les invités et ajoutant du bois dans le foyer.

Elle l'observait qui allait et venait autour d'elle. Chaque mouvement de ses doigts soignés était précis, concentré sur l'emplacement exact de la carafe de whisky et de ses verres. Combien de fois avait-il ainsi rangé la pièce ? Remis en place chaque meuble, chaque bibelot de sorte que les mains de sa maîtresse puissent s'y poser sans chercher ?

Une vie entière consacrée aux besoins d'un autre. Ulysse savait lire et écrire le français et l'anglais, faire la comptabilité, chanter et jouer du clavecin. Tant de compétences et de connaissances... réservées exclusivement au service d'une vieille dame autoritaire.

Si Jocasta parvenait à ses fins, un jour cet homme lui appartiendrait...

L'idée était inconcevable. Pire, elle était ridicule ! Brianna se mit à gesticuler dans son fauteuil, chassant cette image. Il perçut son mouvement et se tourna vers elle d'un air interrogateur, pensant qu'elle désirait quelque chose.

— Ulysse, demanda-t-elle abruptement, vous ne souhaitez pas être libre ?

Aussitôt, elle se rendit compte de ce qu'elle venait de dire, et se mordit la langue, mortifiée.

— Excusez-moi, balbutia-t-elle en baissant les yeux. C'était une question idiote. Je vous prie de me pardonner.

Il la dévisagea d'un air perplexe. Puis il effleura sa perruque de la main, comme pour la remettre en place, et reprit sa tâche, ramassant les esquisses éparpillées sur la table et les tapotant en une pile bien nette.

— Je suis né libre, dit-il enfin.

Il avait parlé d'une voix si basse qu'elle n'était pas sûre d'avoir bien entendu. Il gardait la tête baissée, fixant ses longs doigts noirs qui saisissaient une à une les pièces de domino et les rangeaient dans leur boîte en ivoire.

— Mon père possédait une petite ferme, pas très loin d'ici. Il est mort d'une morsure de serpent quand j'avais six ans. Ma mère ne pouvait pas entretenir la terre toute seule, alors elle s'est vendue, en plaçant l'argent chez un charpentier chez qui j'étais censé entrer en apprentissage dès que j'en aurais l'âge, afin d'apprendre un métier utile.

Il reposa la boîte de dominos dans son compartiment de la table de jeux, puis enleva une miette de cake tombé dans les cases.

— Mais elle est morte peu après, poursuivit-il. Au lieu de me prendre comme apprenti, le charpentier a prétendu que j'étais l'enfant d'une esclave, et donc un esclave moi-même. Il m'a vendu, en empochant l'argent.

— Mais ce n'est pas juste ! s'indigna Brianna.

Il la regarda avec un amusement patient, ne voyant pas ce que la justice avait à faire dans cette histoire.

— J'ai eu de la chance, dit-il. Comme j'étais petit et maigrichon, j'ai été vendu pour une bouchée de pain à un maître d'école. Il était employé comme précepteur par plusieurs planteurs. J'allais de maison en maison, parfois pour une semaine, parfois pour un mois, perché sur la croupe de son cheval, dont je devais m'occuper pendant qu'il donnait ses leçons. Comme les voyages entre les plantations étaient longs et monotones, il me parlait pendant que nous cheminions. Il chantait aussi. Il avait une voix délicieuse...

A la grande surprise de Brianna, Ulysse paraissait vaguement nostalgique. Il se reprit et, sortant un chiffon de sa manche, se mit à essuyer la console.

— C'est le maître d'école qui m'a baptisé Ulysse. Il connaissait le grec et le latin et, pour tuer le temps, il m'apprenait à lire le soir quand nous étions sur la route. Quand il est mort, j'avais une vingtaine d'années. Hector Cameron m'a racheté et a découvert mes talents. Tous les planteurs n'apprécieraient pas d'avoir un esclave éduqué, mais M. Cameron n'était pas un homme comme tout le monde. Il m'a appris à jouer aux échecs et me faisait jouer contre ses amis en pariant sur moi. Il m'a également appris à chanter et à jouer du clavecin afin que je divertisse ses invités. Lorsque Mme Jocasta a perdu la vue, il m'a offert à elle, pour que je lui serve d'yeux.

— Quel était votre nom ? Votre vrai nom ?

Il réfléchit, et lui adressa un sourire qui n'en était pas vraiment un.

— Je crains de ne pas m'en souvenir, dit-il poliment avant de sortir.

56

Confessions de la chair

Roger se réveilla juste avant l'aube. Il faisait encore noir mais la qualité de l'air avait changé. Les braises s'étaient refroidies et le souffle de la forêt lui balayait le visage.

Il était seul sous les peaux de daim, grelottant de froid.

— Alexandre ? chuchota-t-il. Père Férigault ?

— Je suis là.

La voix du jeune prêtre semblait détachée, presque lointaine, bien qu'il ne fût qu'à un ou deux mètres. Roger se redressa sur un coude et l'aperçut dans la pénombre, assis en tailleur, le dos droit, le visage tourné vers le trou d'évacuation au-dessus d'eux. Son cou était couvert de sang séché mais ses traits paraissaient sereins.

— Vous allez bien ? demanda Roger.

— Ils vont me tuer bientôt, répondit le prêtre. Aujourd'hui, peut-être.

— Non, dit Roger. Plus maintenant.

Alexandre ne se donna pas la peine de le contredire. Il se tenait nu, ne semblait pas sentir la morsure du froid, et gardait le visage levé vers le ciel. Enfin, il regarda Roger.

— Vous voulez bien entendre ma confession ?

— Je ne suis pas prêtre.

Roger se leva et s'approcha de lui, apportant sa couverture.

— Vous devez mourir de froid ! Mettez ça sur vos épaules.

— Cela n'a pas d'importance.

Roger ignorait s'il voulait parler du froid ou du fait qu'il ne soit pas prêtre. Il posa une main sur son épaule. Elle était glacée. Il s'assit près de lui et étendit la peau de daim sur eux deux.

— Votre père... dit Alexandre. Vous avez dit qu'il était pasteur.

— Lui oui, mais pas moi.

— En cas de besoin, n'importe quel homme peut faire office de prêtre.

Il posa la main sur la cuisse de Roger et le regarda dans le blanc des yeux.

— Vous entendrez ma confession ?

— Euh... oui... si c'est ce que vous voulez.

Il se sentait mal à l'aise, mais cela ne pouvait pas faire de mal. Et si cela réconfortait Alexandre... Autour d'eux, tout était calme. Il n'y avait pas un bruit dans le village.

Il s'éclaircit la gorge. Etait-ce à Alexandre de commencer ou devait-il dire quelque chose ?

Comme s'il s'était agi d'un signal, le Français baissa la tête, croisa les mains et commença :

— Bénis-moi, mon frère, car j'ai péché... murmura-t-il.

Des années plus tôt, parti de Detroit avec une escorte de Hurons, il avait descendu le fleuve jusqu'à la colonie de Sainte-Berthe de Ronvalle afin d'y remplacer le vieux prêtre malade qui dirigeait la mission.

— J'y étais heureux, remarqua Alexandre, songeur. C'était un endroit sauvage, mais j'étais alors très jeune et animé par une foi ardente. Le dur labeur ne me faisait pas peur. J'ai passé deux ans auprès des Hurons et j'en ai converti un bon nombre. Puis, un jour, je suis parti avec un groupe d'entre eux pour Fort Stanwix, où se tenait un grand rassemblement des différentes tribus de la région. Là, j'ai rencontré Kennyanisi-t'ago, un chef de guerre mohawk. Il m'a entendu prêcher et, touché par le Saint-Esprit, m'a demandé de l'accompagner dans son village.

Les Mohawks étant notoirement rétifs à l'évangélisation, cette proposition semblait une aubaine. Le père Férigault avait donc descendu le fleuve en canoë, en compagnie de Kennyanisi-t'ago et de ses guerriers.

— Ce fut mon premier péché. L'orgueil. Toutefois, Dieu a été bon pour moi.

Les Mohawks s'étaient alliés aux Anglais lors de la récente guerre contre les Français. Ils accueillirent donc le prêtre français avec la plus grande suspicion. Il avait persévéré, apprenant leur langue afin de pouvoir se faire comprendre quand il prêchait.

Il était parvenu à en convertir quelques-uns, mais pas tous. Il était protégé par le chef de guerre, son premier converti, mais celui-ci était en opposition constante avec le *sachem* du village, ce qui entraînait des tensions permanentes entre les chrétiens et les non-chrétiens.

Alexandre s'humecta les lèvres.

— J'ai alors commis mon second péché, annonça-t-il.

Il était tombé amoureux de l'une de ses converties.

— Vous aviez déjà connu des femmes ? demanda Roger, mal à l'aise.

Alexandre répondit sans la moindre gêne :

— Non, jamais. Je croyais être immunisé contre cette tenta-

717

tion-là. Mais l'homme est fragile devant les incitations char-
nelles de Satan.

Il avait vécu dans la hutte de la jeune fille pendant plusieurs
mois. Puis, un matin qu'il s'était levé tôt pour partir faire ses
ablutions dans la rivière, il avait vu son propre reflet dans l'eau.

— L'eau est soudain devenue trouble et s'est écartée. Une
grande bouche béante en a jailli et a dispersé mon image.

Il ne s'agissait que d'une truite venue happer une libellule à la
surface mais le prêtre, secoué, l'avait interprété comme le signe
divin qu'il était sur le point d'être englouti par l'enfer. Il était
aussitôt rentré prendre ses affaires au village et était allé s'installer dans un abri à l'écart. Toutefois, il avait laissé son amie
enceinte.

— C'est à cause de ça qu'ils vous ont amené ici ?

— Non, pas tout à fait. Ils ne voient pas le mariage et la mora-
lité comme nous autres. Les femmes choisissent qui leur plaît et
leur mariage est un arrangement qui ne dure que tant que les
partenaires s'entendent. S'ils ne s'aiment plus, la femme peut
chasser l'homme de sa maison, à moins qu'il ne s'en aille de lui-
même. Les enfants, s'il y en a, restent avec la mère.

— Mais alors...

— Le problème, c'est que j'ai toujours refusé de baptiser les
enfants dont les deux parents ne sont pas chrétiens et en état de
grâce. C'est indispensable, comprenez-vous, si vous voulez que
l'enfant soit élevé dans la foi... sinon, les Indiens considéreront
le baptême comme une simple cérémonie, au même titre que
leurs rites païens.

Alexandre poussa un long soupir.

— Naturellement, je ne pouvais baptiser cet enfant. Cela a
offensé et horrifié Kennyanisi-t'ago, qui tenait absolument à ce
que je le baptise. Lorsque j'ai refusé, il a ordonné qu'on me torture. Mon amie a intercédé en ma faveur, appuyée par sa mère
et plusieurs autres personnages influents du village.

Du coup, le village s'était retrouvé déchiré par la polémique et
le schisme, au point que le *sachem* avait ordonné qu'on emmène
le père Férigault à Ony-arekenata, où un conseil impartial pourrait décider comment rétablir l'harmonie dans le village.

Roger se gratta la barbe. Peut-être les Indiens n'aimaient-ils
pas les Européens à cause des poux.

— Je ne comprends pas, déclara-t-il. Vous avez refusé de baptiser votre propre enfant parce que sa mère n'était pas une
bonne chrétienne ?

— Mais non ! Elle a conservé sa foi... même si elle avait toutes
les excuses du monde pour l'abandonner. Non, ce n'était pas elle
mais son père qui n'était plus en état de grâce.

Roger se frotta le front, espérant que son visage ne trahissait
pas sa perplexité.

— C'est pour ça que vous vouliez vous confesser ? questionna-t-il. Afin de retrouver l'état de grâce et pouvoir... ?

Le prêtre l'arrêta d'un geste de la main.

— Pardonnez-moi, dit-il. Je n'aurais pas dû vous demander de me confesser, mais j'étais si soulagé de pouvoir enfin m'exprimer dans ma propre langue ! Je n'ai pas pu résister à la tentation d'apaiser mon âme en vous racontant mes mésaventures. Mais c'est peine perdue. Il n'y aura pas d'absolution pour moi.

Son désarroi était manifeste. Roger posa une main sur son épaule pour le réconforter.

— Vous en êtes sûr ? Vous avez dit qu'en cas de besoin...

— Ce n'est pas ça.

Il posa la main sur celle de Roger et la serra comme s'il cherchait à y puiser de nouvelles forces. Ils restèrent assis ainsi côte à côte un long moment, en silence. Enfin Alexandre redressa la tête.

— Même si je me confesse, je ne serai pas pardonné. Il faut que le repentir du pécheur soit sincère pour qu'il soit absous. Je dois rejeter mon péché, mais je ne le peux pas.

Roger attendit, n'osant lui poser la question qui lui brûlait les lèvres. Un vrai prêtre l'aurait encouragé : « Oui, mon fils ? » Au lieu de cela, il prit l'autre main d'Alexandre et la tint fermement contre lui.

— Mon péché n'est pas tant d'avoir aimé, dit enfin le jeune prêtre, mais de ne pas pouvoir m'arrêter d'aimer.

57

Le sourire brisé

— Deux Lances est conciliant, annonça Jamie. Il faut encore que notre requête soit présentée devant le conseil et acceptée, mais il y a bon espoir.

Il s'affala au pied d'un grand pin, épuisé. Nous étions dans le village depuis une semaine. Il était resté enfermé en conciliabule avec le *sachem* trois jours durant. Pendant ce temps, je l'avais à peine vu, restant avec les femmes, polies mais distantes.

— Tu sais s'ils l'ont ou pas ? demandai-je. Roger est vraiment ici ?

Jusqu'à présent, les Mohawks avaient refusé d'évoquer l'existence de Roger... ou sa mort.

— Ce vieux grigou refuse de le reconnaître, de peur que j'essaye de le lui voler, sans doute. Mais si Roger n'est pas ici, il n'est pas loin, j'en donnerais ma main à couper. Si le conseil accepte, nous l'échangerons contre le whisky dans trois jours... et nous filerons d'ici.

— Tu crois qu'il pourrait refuser ?

Il poussa un long soupir et se passa une main dans les cheveux. Manifestement, les négociations avaient été difficiles.

— Tout est possible, répondit-il. Ils sont intéressés par le whisky, mais ils s'en méfient. Certains des anciens sont contre l'échange, ils craignent les effets de l'alcool sur les hommes du village. En revanche, tous les jeunes sont pour. Parmi les indécis, une petite majorité est plutôt pour accepter notre offre, quitte à ne pas distribuer le whisky mais à s'en servir pour le troc.

— C'est Wakatihsnore qui t'a raconté tout ça ?

J'étais surprise. Le *sachem*, dont le nom signifiait « Agit vite », me paraissait trop froid et calculateur pour se montrer aussi franc.

— Pas lui : Ian, dit Jamie en souriant. Ce garçon pourrait faire un grand espion. Il a déjeuné dans toutes les huttes du village.

Il a rencontré une jeune fille qui n'est pas insensible à ses charmes. Elle lui raconte tout ce qui se dit au conseil des mères. Je serrai le col de ma cape autour de mon cou. Assis sur un promontoire rocheux à l'extérieur du village, nous étions à l'abri des oreilles indiscrètes mais non pas du vent.

— Et que dit le conseil des mères ?

Une semaine passée dans la hutte principale m'avait donné une idée de l'importance de l'avis des femmes dans les décisions affectant la vie de la communauté. Même si elles ne prenaient pas directement part à la politique générale, rien n'était fait sans les consulter.

— Elles préféreraient que j'aie autre chose à offrir que de l'alcool, répondit Jamie. En outre, elles n'ont pas franchement envie de se séparer de leur prisonnier. Il semblerait que plus d'une femme du village le trouve à son goût et souhaite plus ou moins l'adopter dans la tribu.

Je me mis à rire en dépit de mon inquiétude.

— Il faut reconnaître que Roger est très beau garçon, dis-je.

— Je sais, je l'ai déjà rencontré, rétorqua Jamie. La plupart des hommes le jugeraient laid et velu mais, naturellement, ils pensent la même chose de moi.

Connaissait le dégoût des Indiens pour les poils, il prenait soin de se raser tous les matins.

— Cependant, reprit-il, cela pourrait être un avantage.

— Quoi donc, les poils de Roger ou les tiens ?

— Le fait qu'il plaise aux femmes. D'après l'amie de Ian, certaines pensent que cela pourrait créer des problèmes au sein du village. Elles préféreraient le rendre avant de commencer à se crêper le chignon pour l'avoir.

— Le conseil des sages sait-il que les femmes s'intéressent à Roger ?

— Je ne sais pas. Pourquoi ?

— Parce que s'ils le savent, ils seront sans doute trop heureux de s'en débarrasser.

Jamie se mit à rire.

— Tu as raison. Je vais dire à Ian d'en parler aux jeunes hommes du village, ça ne peut pas faire de mal.

— Tu as dit que les femmes auraient souhaité que tu proposes autre chose que du whisky. Tu as montré l'opale à Wakatihsnore ?

— Oui. Il n'aurait pas été plus déconcerté si j'avais sorti un serpent de mon *sporran*. Ils se sont tous excités, à la fois furieux et effrayés. Je crois même qu'ils m'auraient frappé si je n'avais pas fait aussitôt allusion au whisky.

Il glissa une main dans sa poche et en sortit la pierre.

— J'aimerais que tu la gardes sur toi, *Sassenach*. Mais il vaut mieux que tu ne la montres à personne.

Je contemplai l'opale. Sa spirale incisée projetait des éclats de couleur au soleil.

— C'est étrange, observai-je. Cela veut donc dire que cette pierre a une signification pour eux.

— Pour ça, oui ! Je ne saurais pas te préciser laquelle, mais en tout cas, ils n'ont pas aimé. Le chef de guerre m'a demandé où je l'avais prise et je leur ai raconté comment tu l'avais trouvée. Ça les a calmés un peu, mais ils semblaient sur les nerfs.

— Pourquoi veux-tu que je la garde ? interrogeai-je.

— Comme je te l'ai dit, ils ont été choqués lorsqu'ils l'ont vue, puis furieux. J'ai cru qu'ils allaient se jeter sur moi mais quelque chose les retenait. C'est alors que j'ai compris qu'ils ne me toucheraient pas tant que je tenais la pierre... Garde-la sur toi. Si tu te sens en danger, sors-la.

— Mais tu es plus exposé que moi ! protestai-je en voulant la lui rendre.

— Non, ils ne me feront rien tant que je ne leur aurai pas dit où se trouve le whisky.

— Pourquoi crois-tu que je pourrais être en danger ?

Les femmes du village s'étaient montrées distantes, mais non pas hostiles. Quant aux hommes, ils faisaient comme si je n'existais pas.

Il fronça les sourcils et se tourna vers le village, à nos pieds. De là où nous nous tenions, nous ne voyions que la palissade qui l'entourait ; des colonnes de fumée s'élevaient des huttes invisibles.

— Je ne sais pas, *Sassenach*. Mais je suis un chasseur et j'ai longtemps été chassé. J'ai cette impression étrange... comme dans la forêt, quand une menace plane et que tous les oiseaux se taisent brusquement.

Il fit un geste du menton vers le village.

— Tout est trop calme, en bas. Il se passe quelque chose, quelque chose que je ne peux pas voir. Je ne pense pas que ce soit lié à notre présence mais... ça me met mal à l'aise. J'ai vécu trop longtemps pour ne pas prêter attention à ce genre d'intuition.

Ian, qui nous rejoignit bientôt sur notre promontoire, était du même avis.

— C'est comme de remonter un filet en pleine mer, expliqua-t-il. On le sent frétiller sous ses mains et on sait qu'il y a du poisson, mais on ne peut pas le voir.

Le vent ébouriffait son épaisse tignasse qui, comme d'habitude, n'était tressée qu'à moitié ; des mèches s'en échappaient dans tous les sens.

— Il se trame quelque chose parmi les villageois. Je crois

qu'ils sont en désaccord, mais je ne sais pas sur quoi. Il s'est passé quelque chose hier soir, dans la hutte du conseil. Emily refuse de me dire quoi. Quand je l'interroge à ce sujet, elle détourne la tête et répond simplement que cela n'a rien à voir avec nous, mais je crois qu'elle ment.

Jamie arqua un sourcil suspicieux.

— Emily ? demanda-t-il.

— Euh... c'est comme ça que je l'appelle, répondit Ian avec un petit sourire. Son vrai nom est Wakyo'teyesnonhsa, « Travaille avec ses mains ». C'est une sculptrice formidable, regardez ce qu'elle m'a donné !

Il fouilla dans sa sacoche et en extirpa une petite loutre sculptée dans une stéatite. L'animal se tenait alerte, la tête redressée, prêt à plonger. Il était si charmant qu'il me fit sourire.

Jamie l'examina, caressant du pouce les courbes douces du petit corps rondelet.

— Très joli, conclut-il. Cette jeune fille semble t'apprécier, Ian.

— Moi aussi, répondit l'intéressé.

Il avait parlé sur un ton détaché mais ses joues était plus rouges que d'habitude. Il toussota dans le creux de sa main et changea prudemment de sujet.

— Elle dit que le conseil serait probablement mieux disposé à notre égard s'il pouvait goûter le whisky, oncle Jamie. Si tu le veux bien, je pourrais aller en chercher un fût et nous organiserons un *ceilidh* ce soir. Emily dit qu'elle peut nous arranger ça.

Jamie hésita, puis hocha la tête.

— Je te fais confiance, mon garçon. Dans la hutte du conseil ?

— Non. Emily dit qu'il vaut mieux que ce soit dans la grande hutte de sa tante. La vieille Tewaktenyonh est la « Jolie Femme » du village.

— La quoi ? m'exclamai-je.

— « Jolie Femme » est le titre qu'on donne à une femme d'influence qui a le pouvoir de décider du sort des captifs. On l'appelle toujours ainsi, quel que soit son aspect physique. C'est pour ça qu'on a tout intérêt à lui démontrer que notre marché est intéressant.

— Je suppose que lorsqu'un captif doit sa libération à une femme, elle lui paraît toujours jolie, commenta Jamie. Vas-y. Tu es sûr de pouvoir apporter le whisky tout seul ?

Ian acquiesça et s'apprêta à partir.

— Attends une minute, Ian, le rappelai-je.

Je lui montrai l'opale.

— Pourrais-tu demander à Emily ce que cet objet évoque pour elle ?

— Bien sûr, tante Claire. Je lui en parlerai. Rollo !

Il émit un sifflement strident entre ses dents et Rollo, qui attendait tapi sous une corniche rocheuse, bondit vers lui. Jamie les regarda s'éloigner en fronçant les sourcils.

— Dis-moi, *Sassenach*, tu sais où il passe ses nuits ?

— Si tu veux savoir dans quelle hutte, oui. Si tu veux savoir dans quelle couche, non, mais je m'en doute un peu.

— Mmphm...

Il s'étira et lissa ses cheveux en arrière avec lassitude.

— Allez viens, *Sassenach*. Je te raccompagne au village.

Le *ceilidh* commença peu après la tombée du soir. Les invités incluaient les membres les plus éminents du conseil. Ils entrèrent l'un après l'autre dans la hutte de Tewaktenyonh et présentèrent leurs respects à Deux Lances, le *sachem*, qui était assis devant le foyer principal, flanqué de Jamie et de Ian. Une jolie jeune fille menue, sans doute Emily, siégeait en retrait derrière eux, sur le fût de whisky.

A l'exception d'Emily, les femmes ne participaient pas à la dégustation. Je surveillais néanmoins les opérations de loin, près d'un autre foyer, aidant deux femmes à tresser des nattes d'oignons et échangeant des amabilités dans un mélange de tuscarora, de français et d'anglais.

Une des femmes m'offrit une gourde de bière d'épinette et une sorte de bouillie de maïs, mais j'avais l'estomac trop noué pour avaler quoi que ce soit. Trop de choses dépendaient de notre réception improvisée. Roger était là, quelque part dans le village. Je le sentais. Il était vivant. Je ne pouvais qu'espérer qu'il soit indemne ou, du moins, en état de voyager. De Tewaktenyonh, je n'apercevais que la courbe d'un crâne couvert de cheveux blancs. Cette vision me fit sursauter et je touchai l'amulette de Nayawenne, suspendue à mon cou sous ma chemise.

Lorsque tous les invités furent arrivés, ils s'assirent autour du feu en formant un grand cercle. Le fût de whisky fut ouvert et placé en son centre. Emily l'accompagna et s'assit près de lui, une louche de bois à la main.

Deux Lances prononça un bref discours d'ouverture, puis les festivités commencèrent. Au lieu de verser directement le whisky dans les bols, la jeune fille s'en remplit la bouche et recracha par trois fois dans chaque bol. Jamie parut pris de court, et enfin accepta poliment son bol et but sans hésiter.

Même si elle ne buvait pas vraiment, je me demandai combien de whisky elle absorbait malgré elle. Sans doute presque autant que les hommes, mais je soupçonnais qu'il en faudrait plus pour amadouer Deux Lances, un vieux renard taciturne avec un visage de pruneau desséché. Je fus distraite de mes observations par l'arrivée d'un jeune garçon, rejeton de l'une de mes compagnes. Il entra silencieusement dans la hutte et s'assit près de sa mère, s'appuyant lourdement contre elle. Elle lui lança un regard agacé puis posa précipitamment ses oignons et se leva avec une exclamation alarmée.

L'enfant était éclairé par le feu et je remarquai aussitôt sa posture étrangement voûtée. Je me redressai à mon tour, repoussant le panier d'oignons. Je m'agenouillai devant lui et le fis se tourner vers moi. Son épaule gauche était démise. Il transpirait, pressant les lèvres pour ne pas crier de douleur.

Je fis un signe à sa mère, qui hésita, me lançant un regard méfiant. Elle attira le jeune garçon à elle, ce qui lui arracha un gémissement sourd. Prise d'une soudaine inspiration, je sortis l'amulette de Nayawenne. La mère ignorait à qui elle avait appartenu mais elle saurait peut-être ce que c'était. Je ne me trompais pas. Elle écarquilla les yeux en apercevant la petite bourse de cuir.

Le jeune garçon n'émettait plus un son, mais je voyais la sueur dégouliner sur son torse glabre. Je dénouai les lacets de la bourse et en extirpai la grosse pierre bleue. Gabrielle l'avait appelée la « Pierre sans peur ». Je pris la main valide du jeune garçon, la lui posai dans la paume et repliai ses doigts pardessus.

— Je suis une sorcière, lui dis-je en français. Voici ma médecine.

Je lui souris, l'implorant tacitement de me faire confiance.

L'enfant roula des yeux ronds. Les deux femmes près du foyer échangèrent un regard, puis se tournèrent dans un même mouvement vers l'autre feu, où se tenait la vieille Tewaktenyonh.

La mère hocha enfin la tête, tandis que sa sœur s'éloignait vers l'autre bout de la hutte. Je ne me retournai pas mais entendis le murmure d'intérêt des autres femmes rassemblées autour des différents foyers, tournant la tête vers nous. Je continuai de fixer le visage de l'enfant, lui souriant, tenant sa main dans la mienne.

La sœur revint vers nous. La mère du jeune garçon le lâcha à contrecœur, l'abandonnant entre mes mains. La permission m'avait été accordée.

Remettre l'épaule en place n'était pas compliqué. L'enfant était petit et sa blessure mineure. Ses os étaient minces sous mes doigts. Je palpai l'articulation, et il grimaça. Puis je lui fis fléchir rapidement le bras, exerçai une brève rotation du coude et lui tirai le poignet d'un coup sec vers le haut. C'était fini.

Il parut stupéfait. L'intervention s'était parfaitement déroulée, la douleur avait disparu presque instantanément. Il se massa l'épaule et esquissa un sourire timide. Très lentement, il rouvrit la main et me rendit la pierre.

Autour de nous, les femmes se rapprochaient, touchant l'enfant et l'examinant sous toutes les coutures, appelant leurs amies pour venir admirer le saphir brut. Soulagée, je lançai un regard vers le *ceilidh* des hommes. Les festivités semblaient aller bon train. Ian chantait en gaélique, horriblement faux, accompagné tant bien que mal par plusieurs Indiens qui ponctuaient sa chanson de *Haihai !* stridents, cri que j'avais déjà entendu dans la tribu de Nayawenne.

Comme si cette pensée l'avait invoquée, je sentis un regard sur ma nuque et me retournai, pour voir Tewaktenyonh m'observant depuis l'autre bout de la hutte. Je soutins son regard et lui adressai un petit salut de la tête. Elle se pencha vers une jeune femme assise à son côté et lui murmura quelque chose. Cette dernière se leva et vint vers moi, enjambant gracieusement plusieurs bambins qui jouaient devant le box de leur famille.

— Ma grand-mère vous prie de venir la voir, m'annonça-t-elle dans un anglais parfait.

Je fus surprise mais non stupéfaite. Onakara m'avait dit que certains Mohawks connaissaient l'anglais. Ils refusaient simplement de le parler sauf en cas d'absolue nécessité.

Je la suivis donc jusqu'au foyer de Tewaktenyonh, me demandant ce que me voulait la Jolie Femme.

La vieille Indienne me fit signe de m'asseoir et se mit à parler à sa petite-fille sans me quitter des yeux.

— Ma grand-mère demande si elle peut voir votre médecine.

— Bien sûr.

Tewaktenyonh baissa les yeux vers l'amulette, m'observant, intriguée, tandis que je montrais le saphir. J'avais ajouté aux deux plumes de pivert de Nayawenne deux pennes noires de corbeau.

— Vous êtes la femme de Tueur d'Ours ?

— Oui. Les Tuscaroras m'appellent Corbeau Blanc.

La jeune femme tressaillit et traduisit précipitamment ma remarque. La vieille femme écarquilla les yeux et me lança un regard consterné. Manifestement, ce n'était pas un surnom de très bon augure. Je lui souris, veillant à garder la bouche fermée. Les Indiens ne montraient leurs dents que lorsqu'ils riaient.

Tewaktenyonh me rendit prestement la pierre et posa une question à sa petite-fille.

— Ma grand-mère a entendu dire que votre homme avait lui aussi une pierre. Elle aimerait en savoir plus, à quoi elle ressemble, et comment il se fait que vous l'ayez.

— Je peux la lui montrer si elle veut.

Je sortis l'opale de la bourse suspendue à mon cou et la lui tendis. Elle se pencha en avant et l'examina attentivement, mais ne fit pas mine de la prendre. Je vis la chair de poule envahir la peau de ses bras nus et fripés. Elle l'avait déjà vue. Ou du moins, elle savait ce que c'était.

Je n'eus pas besoin de traduction pour comprendre quand elle releva les yeux vers moi.

— Comment l'avez-vous eue ? demanda la jeune femme.

— Je l'ai trouvée dans un rêve.

Je ne voyais pas trop comment l'expliquer autrement.

La vieille femme poussa un soupir mais la lueur apeurée ne quitta pas complètement ses yeux. Elle frotta ses mains au-dessus du feu, y laissant tomber une pluie de petites particules brunes. Celles-ci s'embrasèrent en dégageant une forte odeur de tabac. La fumée s'élevait au-dessus des flammes en formant une épaisse colonne blanche.

Tewaktenyonh se remit à parler, sans me quitter des yeux.

— Racontez-moi votre rêve, traduisit la jeune femme.

Je lui expliquai tout ce dont je me souvenais : l'orage et mon refuge sous les racines d'un vieux cèdre rouge, le crâne enfoui avec la pierre, et le rêve... la lumière sur la montagne et l'homme au visage peint en noir.

La vieille femme se pencha en avant, son expression identique à celle de sa petite-fille.

— Vous... avez vu le Porteur de Feu ? balbutia la jeune femme. Vous avez vu son *visage* ?

Elle s'écarta de moi comme si j'étais dangereuse.

La vieille femme dit quelque chose sur un ton autoritaire, sa stupéfaction cédant le pas à une curiosité intense. Elle donna un coup de coude à la jeune femme, répétant sa question sur un ton impatient.

— Ma grand-mère demande si vous pouvez le décrire. Que portait-il ?

— Rien, juste un petit pagne. Il avait le corps peint.

— Peint comment ?

Je lui indiquai les peintures le plus précisément possible. Ce n'était pas difficile, je n'avais qu'à fermer les yeux pour le voir aussi clairement que ce fameux soir sur la montagne.

— ... Et son visage était noir du front au menton, conclus-je en rouvrant les yeux.

La jeune femme était visiblement troublée. Elle lançait des regards inquiets vers sa grand-mère. Celle-ci écouta attentivement la traduction, scrutant mes traits, essayant de lire les explications sur mon visage avant que mes mots lui parviennent.

Lorsque j'eus fini, elle resta silencieuse un moment, puis hocha la tête et serra les colliers de perles accrochés en travers de son torse. Myers m'en avait assez parlé pour que je reconnaisse son geste. Les perles étaient son arbre généalogique et l'insigne de sa fonction. Tout discours prononcé pendant qu'on les tenait était comparable à une déposition faite en jurant sur la Bible.

— Le jour de la fête du Maïs Vert, il y a quarante printemps, un homme est venu du nord. Il parlait une langue étrange mais nous pouvions le comprendre. Il parlait comme les Caniengas ou peut-être les Onondagas, mais il n'a jamais voulu nous dire quelle était sa tribu ou son village. Il nous a simplement donné le nom de son clan : la Tortue. C'était un homme sauvage, mais courageux. C'était aussi un bon chasseur et un guerrier. Oh, oui ! C'était un bel homme. Les femmes aimaient le regarder, mais elles avaient peur de l'approcher.

Tewaktenyonh s'interrompit un instant avec un air songeur qui m'inspira un rapide calcul. A l'époque, elle devait déjà être une femme adulte, mais peut-être encore assez jeune pour être impressionnée par le bel étranger mystérieux et ténébreux.

— Les hommes étaient moins prudents, reprit-elle. Ils le sont rarement.

Elle esquissa un sourire sarcastique vers le *ceilidh* de plus en plus bruyant.

— ... Aussi, ils s'asseyaient avec lui pour fumer et boire. Il leur parlait de midi jusqu'à la tombée du soir, puis de nouveau pendant la nuit autour du feu. Son visage était toujours féroce, parce qu'il leur parlait de guerre. Toujours de guerre. Non pas contre les mangeurs de grenouilles du village voisin, ni contre les mangeurs de crottes d'élan à l'est. Non, il voulait qu'on brandisse nos tomahawks contre les *O'seronni*. « Tuons-les tous, disait-il, du plus vieux jusqu'au plus jeune, de la ligne du Traité jusqu'à la grande eau. Allez voir les Cayugas, envoyez des messagers chez les Senecas, que la ligue des Iroquois se mette en marche tout de suite. Il faut les tuer avant qu'il ne soit trop tard. »

Elle haussa les épaules, avant de reprendre :

— « Trop tard pour quoi ? demandaient les hommes. Et pourquoi faire la guerre sans raison ? Nous n'avons besoin de rien cette saison. Il n'y a pas de traité de guerre... » C'était avant la guerre contre les Français, vous comprenez ? Lui, il répondait : « C'est notre dernière chance. Il est peut-être déjà trop tard. Ils nous séduisent avec leur métal, essaient de nous rapprocher d'eux en nous promettant des couteaux et des fusils, et nous détruisent avec des casseroles. Résistez, mes frères ! Sinon, vous cesserez d'exister. Vos histoires seront oubliées. Tuez-les maintenant ou ils vous dévoreront. »

« J'avais deux frères. L'un était *sachem* et l'autre chef de guerre. Tous deux ont déclaré que c'étaient des sottises. Nous détruire avec des casseroles ? Nous dévorer ? Les Blancs ne mangent pas le cœur de leurs ennemis, même en temps de guerre. Mais les hommes jeunes, eux, écoutaient. Ils écoutent toujours celui qui crie le plus fort. Pendant ce temps, les anciens regardaient l'étranger en plissant les yeux, mais ils ne disaient rien.

« Mais il savait ! Il savait ce qui allait arriver. Il savait que les Anglais et les Français allaient se battre, et que chacun nous demanderait notre aide. Il a dit que ce serait le bon moment, que nous devions nous lever contre les deux et les chasser.

Tewaktenyonh s'énervait tout en racontant, parlant presque trop vite pour que sa petite-fille ait le temps de traduire.

— Tawineonawira, « Dent de Loutre », c'était son nom, m'a dit : « Tu vis pour le moment présent. Tu connais le passé, mais tu ne regardes pas vers l'avenir. Tes hommes disent : "Nous n'avons besoin de rien cette saison" et ils refusent de bouger. Tes femmes pensent qu'il est plus facile de cuisiner dans des pots de fonte que de fabriquer des marmites de terre cuite. Vous ne voyez pas ce qui va arriver à cause de votre paresse et de votre cupidité. »

« Je lui ai répondu : "Ce n'est pas vrai. Nous ne sommes pas paresseux. Nous grattons les peaux, nous faisons sécher la viande et le maïs, nous pressons l'huile des tournesols et la conservons dans des jarres. Nous veillons toujours à préparer la saison prochaine, sans quoi nous mourrions. Mais quel rapport avec les casseroles et les marmites ?" Il a ri, mais ses yeux étaient tristes. Avec moi, il n'était pas toujours féroce.

En entendant cela, la jeune femme lança un regard surpris vers sa grand-mère, puis baissa aussitôt les yeux, reprenant sa traduction :

— Il a répondu : "Ce sont là des soucis de femme. Vous ne pensez qu'à manger et à vous vêtir. Tout cela n'a pas d'importance. Les hommes n'ont que faire de ces choses. — Comment peux-tu être *Hodeenosaunee* et penser de la sorte ? lui ai-je demandé. Là d'où tu viens, on ne prête donc pas attention à l'avis des femmes ?" Il m'a répondu que je ne voyais pas assez loin. "Et toi, jusqu'où vois-tu ?" lui ai-je demandé. Il ne m'a pas répondu.

Un frisson glacé parcourut mon échine. Je connaissais la réponse à cette question. Je ne savais que trop jusqu'où il avait vu... et à quel point le précipice au bord duquel il s'était tenu était dangereux.

— Nous avons eu beau lui parler, moi et mes deux frères, il n'y a rien eu à faire. Dent de Loutre était de plus en plus en colère. Un jour, il est sorti de sa hutte et a dansé la danse de guerre. Il était peint, ses bras et ses jambes étaient rouges. Il a chanté et crié dans tout le village. Tout le monde est sorti pour le regarder, pour voir si quelqu'un le suivrait. Puis quand il a planté son tomahawk dans l'arbre de guerre et a déclaré qu'il partait voler des chevaux et piller les Shawnees, plusieurs de nos jeunes sont partis avec lui. Ils sont partis pendant toute une lune, et sont revenus avec des chevaux et des scalps. Des scalps de Blancs. Mes frères étaient en colère. Ils ont dit que cela allait nous amener les soldats du fort et des expéditions punitives des colonies de la ligne du Traité.

« Dent de Loutre a répondu qu'il l'espérait bien, que cela nous obligerait à nous battre. Il a dit aussi qu'il continuerait à faire ces raids, encore et encore, jusqu'à ce que tout le pays soit sur le pied de guerre. Personne ne pouvait l'en empêcher. Nos jeunes ont le sang chaud. Nous avons compris qu'ils le suivraient, quoi qu'on leur dise. Alors mon frère le *sachem* a invoqué la Grande Tortue pour le conseiller. Il est resté dans sa tente pendant un jour et une nuit. La tente tremblait et on entendait des éclats de voix. Tout le monde avait peur. Quand il en est sorti, il a déclaré que Dent de Loutre devait partir. Il pouvait faire ce qu'il voulait, mais nous ne le laisserions pas apporter la mort et la destruction dans notre village. Il semait la discorde parmi notre peuple. Il devait partir.

« Nous n'avions jamais vu Dent de Loutre aussi furieux. Il s'est tenu au centre du village et a hurlé jusqu'à ce que les veines sortent de son cou et que ses yeux soient rouges. Il a crié des choses terribles. Nous avons eu peur. Il a dit des choses qui nous arrachaient le cœur. Après cela, même ceux qui l'avaient suivi étaient terrifiés. Il ne dormait plus, ne mangeait plus. Pendant un jour, une nuit et tout le jour suivant, il a parlé et parlé, faisant le tour du village, en s'arrêtant devant chaque hutte et en parlant à ses occupants jusqu'à ce qu'ils le chassent. Puis il est parti.

« Mais il est revenu, encore et encore. Il partait, se cachait dans la forêt, puis revenait pendant la nuit, quand nous étions rassemblés autour des feux. Il était maigre et affamé, avec des yeux fiévreux, et il parlait toujours. Sa voix emplissait le village pendant la nuit et plus personne ne dormait. Nous avons compris qu'il était habité par un mauvais esprit, peut-être Atatarho, dont Hiawatha peigne la chevelure de serpents. Enfin, mon frère a dit que cela devait cesser. S'il ne partait pas définitivement, nous devions le tuer.

Tewaktenyonh s'interrompit. Ses doigts qui n'avaient cessé de caresser ses colliers de perles pendant qu'elle parlait s'immobilisèrent.

— C'était un étranger, dit-elle doucement. Mais il ne le savait pas. Je crois qu'il ne l'a jamais compris.

Un étranger... pensai-je avec effroi. Son visage était celui d'un Indien, sa langue aussi, sa langue légèrement étrange et décalée. Un Indien avec des plombages dans la bouche. Non, il n'avait sûrement pas compris. Il avait cru se trouver parmi son peuple. Sachant ce que l'avenir lui réservait, il était venu pour le sauver. Comment aurait-il pu croire qu'ils lui feraient du mal ?

Pourtant, c'était ce qu'ils avaient fait. Ils l'avaient déshabillé et attaché à un poteau au centre du village. Et ils lui avaient peint le visage avec un mélange de suie et de galle de chêne.

— Le noir est la couleur de la mort, expliqua la jeune femme.

Vous le saviez quand vous avez rencontré l'homme sur la montagne ?

Je fis non de la tête. L'opale dans ma main me brûlait la paume.

Ils l'avaient torturé un moment, piquant son corps avec leurs lances puis avec des tisons ardents, faisant gonfler des ampoules et mettant sa peau en lambeaux. Il avait tout supporté stoïquement, sans crier, ce qui leur avait plu. Comme il semblait encore fort, ils l'avaient laissé pendant la nuit.

— Au matin, il avait disparu.

Le visage de Tewaktenyonh était indéchiffrable. Personne n'avait sans doute jamais su si cette évasion l'avait ravie, soulagée ou consternée.

— Je leur ai dit qu'ils ne devaient pas tenter de le rattraper, mais mon frère a répondu qu'il le fallait. Autrement, il reviendrait. Il fallait en finir une fois pour toutes.

Aussi, un groupe de guerriers avait quitté le village, suivant les traces de Dent de Loutre. Cela ne leur fut pas difficile, car il se vidait de son sang.

— Ils l'ont pourchassé vers le sud. Chaque fois, ils croyaient le rattraper, mais chaque fois il leur échappait. Pendant quatre jours, ils l'ont suivi. Ils l'ont capturé dans un bois de trembles. Les arbres avaient perdu leurs feuilles et leurs branches sous la neige semblaient des doigts de squelette.

Elle lut la question dans mon regard et hocha la tête.

— Oui, mon frère le chef de guerre y était. Il m'a tout raconté. Dent de Loutre était seul et sans arme, mais il les a affrontés... et leur a parlé. Même après que l'un des guerriers l'a frappé sur la bouche avec son tomahawk, il a continué de parler, crachant ses paroles en même temps que son sang et ses dents brisées. C'était un homme courageux. Il ne les a pas suppliés. Il leur a répété tout ce qu'il avait déjà dit, mais cette fois, c'était différent. Mon frère a dit qu'avant il était brûlant comme le feu. A présent, il était froid comme la neige et, parce qu'ils étaient glacés, les hommes ont été terrifiés par ses paroles. Même une fois l'étranger mort et gisant dans la neige, ses paroles ont continué de résonner dans leurs oreilles, en les poursuivant jusque dans leur sommeil. *Vous serez oubliés. Les nations de la ligue iroquoise cesseront d'exister. Il n'y aura personne pour raconter votre histoire. Tout ce que vous êtes et avez été sera perdu à jamais.*

« Ils sont rentrés au village, mais sa voix les poursuivait toujours. La nuit, le jour. Elle criait dans les arbres, dans les ruisseaux. Certains racontaient que ce n'étaient que les cris des corbeaux, mais d'autres affirmaient qu'ils l'entendaient distinctement. Enfin, mon frère a déclaré qu'il était clair que cet homme était un sorcier.

La vieille femme me scruta. Finalement, déclarer que j'étais

731

une sorcière un peu plus tôt n'avait peut-être pas été une si bonne idée. Je portai machinalement la main vers l'amulette autour de mon cou.

— Mon frère a dit que le seul moyen de le faire taire était de lui trancher la tête. Alors ils sont retournés dans la forêt, lui ont coupé la tête et l'ont attachée aux branches d'un épicéa. Mais cette nuit-là, la voix retentissait toujours et ils se sont réveillés en tremblant. Les corbeaux lui avaient mangé les yeux, mais il parlait toujours. Un homme très courageux a dit qu'il irait chercher la tête et l'enfouirait très loin d'ici. Cet homme était mon mari. Il a enveloppé la tête dans une peau de daim et a couru loin vers le sud ; la tête parlait toujours sous son bras, si bien qu'il a dû mettre de la cire d'abeille dans ses oreilles pour ne plus l'entendre. Enfin, il a vu un grand cèdre rouge et il a su que c'était le bon endroit, car le cèdre rouge est habité par un grand esprit guérisseur. Il a enterré la tête sous ses racines puis il a retiré la cire de ses oreilles. Il n'entendait plus rien que le vent et l'eau des torrents. Alors, il est rentré au village et personne n'a plus prononcé le nom de Dent de Loutre jusqu'à ce jour.

La jeune femme se tut et regarda sa grand-mère dans un mélange de fascination et de stupeur. De toute évidence, la vieille femme avait dit vrai : sa petite-fille n'avait jamais entendu cette histoire auparavant.

Je déglutis péniblement, le cœur oppressé. La fumée du foyer formait un épais nuage au-dessus de nos têtes et l'air était empli d'un lourd parfum narcotique.

Dans le cercle des hommes, les rires et les chants avaient cessé. Deux hommes sortirent de la hutte en titubant. Deux autres étaient couchés sur le flanc, profondément endormis.

Je tendis l'opale à Tewaktenyonh.

— Cette pierre, demandai-je, vous l'aviez déjà vue ? Elle lui appartenait ?

Tewaktenyonh avança la main au-dessus de la pierre, mais se ravisa avant de la toucher.

— Il existe une légende, dit la jeune femme. Des serpents magiques transportent des pierres dans leur tête. Si vous tuez l'un de ces serpents et lui prenez sa pierre, elle vous donnera de grands pouvoirs.

Elle paraissait mal à l'aise et je n'eus aucun mal à imaginer, comme elle, la taille du serpent qui aurait pu transporter cette pierre dans sa tête.

La vieille femme se remit brusquement à parler, esquissant un signe de tête vers l'opale. La fille tressaillit, et traduisit :

— Elle était à lui. Il l'appelait sa *tika-ba*.

Je lui lançai un regard perplexe, mais elle haussa les épaules.

— *Tika-ba*, répéta-t-elle en faisant un effort d'articulation. Ce n'est pas un mot anglais ?

Je fis non de la tête.

Son récit achevé, Tewaktenyonh se rassit sur ses fourrures, m'observant d'un air spéculateur.

— Pourquoi vous a-t-il parlé ? Pourquoi vous a-t-il donné cette pierre ?

— Je ne sais pas... dis-je.

Elle m'avait prise de court, je n'avais pas eu le temps de me préparer à sa question. Elle savait manifestement que je mentais. Mais comment aurais-je pu lui avouer la vérité ? Lui dire qui était Dent de Loutre... ou quel que soit son nom. Pire encore, comment lui dire que toutes ses prophéties étaient vraies ?

— Je crois... qu'il était peut-être de ma famille, ajoutai-je.

Tewaktenyonh se redressa, stupéfaite, et hocha lentement la tête.

— Il vous a envoyée à moi pour que je vous raconte son histoire, déclara-t-elle. Il a eu tort. Mon frère dit que nous ne devons pas parler de lui. Mais un homme ne peut pas être oublié tant qu'il reste deux personnes sur la terre. L'une pour raconter son histoire, l'autre pour l'entendre.

Elle tendit le bras et effleura ma main, veillant à ne pas toucher l'opale. Ses yeux brillaient, mais peut-être était-ce à cause de la fumée de tabac...

— Je suis l'une de ces personnes. Vous êtes l'autre. Il n'est pas oublié.

Elle fit un signe à la jeune femme et celle-ci se leva en silence pour nous apporter de quoi manger et boire.

Lorsque je pris enfin congé pour regagner la hutte où nous étions hébergés, je lançai un regard au cercle d'hommes. Le sol était jonché de corps endormis ronflant bruyamment. Le fût était vide, couché sur le flanc. Deux Lances était paisiblement allongé sur le dos, un sourire béat sur le visage. Emily, Ian et Jamie n'étaient plus là.

Jamie m'attendait au-dehors. Son souffle se condensait en un nuage blanc dans l'air froid de la nuit et son plaid dégageait une forte odeur de tabac et de whisky.

— Vous avez eu l'air de bien vous amuser, dis-je en lui prenant le bras. Tu penses avoir fait des progrès ?

— Je crois, oui. Ian avait raison, le brave garçon ! Maintenant qu'ils ont vu que le whisky ne leur faisait pas de mal, il y a des chances qu'ils acceptent notre marché.

Je contemplai les rangées de huttes et leurs hautes colonnes de fumée. Roger était-il dans l'une d'elles en ce moment ? Je fis un calcul rapide dans ma tête, comme chaque jour... sept mois. La terre commençait à dégeler. En longeant la rivière, nous pourrions faire le voyage de retour en un mois, six semaines tout au plus. Oui, si nous partions bientôt, nous arriverions à temps.

— Et toi, *Sassenach* ? Je t'ai aperçue, plongée dans une longue conversation avec la vieille femme. Elle t'a appris quelque chose au sujet de cette pierre ?

— Oui, rentrons, je vais te raconter.

Il souleva la peau qui recouvrait la porte et s'effaça pour me laisser passer. Je tenais toujours l'opale dans ma main. Ils n'avaient pas compris ce qu'elle signifiait pour lui, mais moi si. L'homme surnommé Dent de Loutre, venu faire la guerre, sauver une nation... Oui, je savais ce que signifiait *tika-ba*.

Son *ticket back*, son billet de retour. Mon héritage.

58

Le retour de lord John

River Run, mars 1770

Phaedre avait sorti l'une des robes de Jocasta, en soie jaune avec une jupe large.

— Ce soir, nous recevons du beau monde, déclara-t-elle. Ce n'est pas ce vieux M. Cooper ni Mᵉ Forbes. Nous accueillons un vrai lord ! Qu'est-ce que vous dites de ça ?

Elle déposa une pile de linge sur le lit et commença à trier les froufrous, en donnant ses instructions comme un sergent.

— Déshabillez-vous et enfilez ce corset. Il vous faut cacher ce ventre. Toutes ces fripes sont bonnes pour des provinciales. Si votre tante n'était pas aveugle, il y a belle lurette qu'elle vous aurait commandé une nouvelle garde-robe. Belle lurette, croyez-moi ! Mettez ces bas et ces jarretières. Regardez comme elles sont jolies ! J'ai toujours aimé cette paire, avec ses motifs en feuilles de lierre. Ensuite, je vais vous fixer vos jupons et...

— Quel lord ? l'interrompit Brianna.

Elle souleva le corset en question et fronça les sourcils.

— Mon Dieu, mais il est en quoi ? s'exclama-t-elle. En os de baleine ?

— Bien sûr. Mme Jo n'achèterait tout de même pas des corsets en fer-blanc ! Où est passée cette jarretière ?

Brianna reposa le corset sur le lit.

— Je n'en aurai pas besoin, déclara-t-elle.

Phaedre se redressa, outrée.

— Comment ça, « je n'en aurai pas besoin » ? Vous ne voulez tout de même pas vous présenter à la table du dîner avec votre gros ventre pour que le lord avale sa soupe de travers ?

— Quelle différence ? Tout le pays sait que je suis enceinte. Je ne serais pas surprise d'apprendre que le révérend... comment s'appelle-t-il déjà, M. Urmstone ?... a parlé de moi dans son dernier sermon.

Phaedre se mit à rire.

— Il l'a fait. Il y a deux dimanches. Mickey et Drusus y étaient et ils ont bien rigolé. Mais votre tante n'a pas trouvé ça drôle du tout. Elle a demandé à Me Forbes de l'attaquer en diffamation mais le révérend Urmstone a répondu qu'il n'avait rien dit de mal puisque c'était vrai. Cela dit, ce n'est pas parce que tout le comté est au courant qu'il faut exhiber votre ventre dans la salle à manger, au risque de choquer le lord. Alors, ne discutez plus et mettez ce corset.

Son ton autoritaire ne laissait pas de place à la contestation. Brianna s'exécuta à contrecœur et se laissa lacer par la servante. Sa taille était encore fine et la protubérance sur le devant serait aisément cachée par la jupe large et les jupons.

Elle se contempla dans le miroir pendant que Phaedre attachait ses bas verts et lui nouait les jupons autour de la taille. Elle pouvait à peine respirer. Etre comprimée ainsi ne pouvait être bon pour l'enfant. Le corset se laçait par-devant. Dès que la servante aurait le dos tourné, elle le dénouerait et au diable le lord !

— Qui est ce lord, au juste ? demanda-t-elle pour la dixième fois.

— Lord John William Grey, de la plantation de Mount Josiah en Virginie.

Elle roulait les « r » et faisait traîner les syllabes, déçue par les noms brefs et simples de l'invité. Elle aurait certainement préféré un lord Fitzgerald Valandingham Walthamstead.

— Mme Jo dit que c'est un ami de votre père, ajouta-t-elle. Voilà, c'est parfait ! Heureusement que vous avez de la poitrine ! La robe est taillée pour ça !

Brianna espérait que cela ne signifiait pas que la robe aurait un décolleté plongeant. Le corset s'arrêtait juste sous ses seins, les faisant remonter comme du lait s'échappant d'une casserole. Ses mamelons s'étaient épanouis et avaient pris une jolie teinte foncée de jus de framboise.

Son entrée au salon fut accueillie par des exclamations cordiales. Il y avait là Me Forbes, avocat de Jocasta, flanqué comme toujours de sa sœur ; M. MacNeill et son fils ; le juge Alderdyce et sa mère ; deux des fils de Farquard Campbell, mais personne ne ressemblant au fameux lord.

Elle remarqua avec amusement l'expression légèrement perplexe du juge et le sourire un peu trop sucré de sa mère tandis que ses yeux en boutons de bottine notaient discrètement son ventre un peu trop arrondi. C'était peut-être Jocasta qui proposait, mais c'était indubitablement Mme Alderdyce qui décidait.

Le visage hâlé de M. MacNeill parut amusé, mais il s'inclina gravement devant elle et s'enquit de sa santé sans la moindre gêne. Quant à Me Forbes, s'il avait remarqué quelque chose, il n'en laissa rien paraître.

— Ah, mademoiselle Fraser ! s'exclama-t-il de sa voix suave. Justement, nous vous attendions. Mme Alderdyce et moi-même étions engagés dans une discussion d'ordre esthétique et nous ne parvenons pas à nous mettre d'accord. Avec votre instinct naturel de la beauté, votre opinion nous serait des plus précieuses.

Lui prenant le bras, il l'entraîna hors de portée de MacNeill, qui fronça ses sourcils broussailleux mais ne fit pas mine d'intervenir.

Il la guida vers la cheminée, où quatre petites boîtes étaient posées sur une table. Les ouvrant une à une avec cérémonie, l'avocat révéla quatre gemmes, chacune de la taille d'un pois chiche, reposant sur un écrin de velours noir qui faisait ressortir leurs feux.

— J'envisage d'acheter l'une d'entre elles pour la monter en bague, expliqua-t-il. Je les ai fait venir de Boston.

Il lui adressa un sourire enjôleur, indiquant clairement qu'il estimait avoir marqué un point dans la compétition. A en juger par la mine renfrognée de MacNeill, il n'était pas le seul à le croire.

— Dites-moi, ma chère, laquelle préférez-vous ? Le saphir, l'émeraude, la topaze ou le diamant ?

Il se balança doucement sur ses talons, ravi de sa propre ingéniosité.

Brianna sentit les battements de son cœur s'accélérer. Un saphir, une émeraude, une topaze, un diamant... et le rubis de la bague de son père. Les cinq pierres du pouvoir, les points de l'étoile à cinq branches du voyageur du temps, les garants d'un passage en toute sécurité. Pour combien de personnes ? Sans réfléchir, elle posa une main protectrice sur son ventre.

Elle comprit le piège que Forbes lui tendait. Si elle choisissait une pierre, il la lui offrirait sur-le-champ, lui faisant une proposition de mariage en public qui l'obligerait, croyait-il, soit à accepter, soit à provoquer une scène déplaisante en le repoussant devant tout le monde. Ce Forbes ne connaissait décidément rien aux femmes.

— Je... euh... je ne pourrais vous donner mon opinion sans avoir entendu d'abord l'avis de Mme Alderdyce, répondit Brianna.

Surprise et flattée, la vieille dame se lança aussitôt dans un long exposé sur les vertus des pierres précieuses, pointant un doigt arthritique vers l'émeraude. Brianna l'écoutait à peine. Elles étaient toutes là, ces pierres qu'elle pensait ne jamais pouvoir réunir. Si elle disait oui, ce soir, pendant qu'il les avait encore... Lui faire les yeux doux, l'embrasser, l'endormir de promesses... et lui voler les gemmes ?

Oui, elle le pouvait... mais après ? S'enfuir dans la montagne avec son butin ? Couvrir Jocasta de boue, mettre tout le comté en émoi et se cacher comme une vulgaire voleuse ? Comment parviendrait-elle aux Caraïbes avant la naissance du bébé ? Elle compta mentalement les semaines. Oui, c'était encore possible.

Les pierres étincelaient, semblant lui faire des clins d'œil. Tout le monde s'était approché pour les admirer.

Brianna pourrait se cacher dans les montagnes, dans la cabane de ses parents, et attendre qu'ils reviennent avec Roger. S'ils revenaient. Et si Roger était avec eux. Mais si l'enfant naissant avant, tandis qu'elle était seule ?

Elle pouvait aussi partir tout de suite pour Wilmington et trouver un navire pour les Caraïbes. Si Jocasta ne se trompait pas, Roger ne reviendrait jamais. Etait-elle en train de sacrifier sa seule chance de retour en attendant un homme qui était mort, ou, s'il était encore vivant, qui risquait de les rejeter, elle et l'enfant ?

— Mademoiselle Fraser ?

Forbes attendait, le torse gonflé.

— Elles sont toutes jolies, répondit-elle d'une voix étonnamment calme. Je ne pourrais vraiment vous dire laquelle est la plus belle... c'est que je ne me suis jamais vraiment intéressée aux pierres. J'ai des goûts très simples, vous savez.

Elle aperçut le visage ravi de MacNeill du coin de l'œil, tandis que les joues rondes de Forbes s'empourpraient.

Au même moment, Ulysse parut sur le seuil du salon, impeccable dans sa livrée des grands jours.

— Lord John Grey, madame, annonça-t-il.

Jocasta émit un soupir de satisfaction et poussa Brianna en avant.

— A la bonne heure, mon enfant ! Ton voisin de table est arrivé.

Brianna lança un bref regard derrière elle vers la table près de la cheminée. Les pierres n'y étaient plus.

Lord John Grey fut une surprise. Sa mère lui avait parlé de l'aristocrate, officier et diplomate, et elle s'était attendue à un homme grand et imposant. En fait, il était légèrement plus petit qu'elle, svelte, avec de très beaux yeux et une peau lisse qui aurait pu paraître féminine s'il n'avait eu une mâchoire volontaire et carrée.

Il parut stupéfait en la voyant, mais c'était souvent le cas, compte tenu de sa taille. Puis il se reprit et déploya un charme considérable, lui racontant d'amusantes anecdotes sur ses voyages, admirant ses deux tableaux que Jocasta avait fait accrocher aux murs, et divertissant les autres invités avec des nouvelles de la situation politique en Virginie.

Brianna écoutait d'une oreille distraite Mlle Forbes louer les multiples talents de son frère. Elle avait l'impression de se noyer de plus en plus dans un océan d'intentions. Mais pourquoi ne la laissait-on pas tranquille ? Jocasta n'aurait-elle pas la décence d'attendre quelques mois ?

C'était peu probable. Elle regarda le visage des convives avec un désespoir croissant. C'étaient des Ecossais, généreux mais à l'esprit pratique, convaincus de leur valeur et de leurs droits, conviction qui avait valu à la moitié d'entre eux d'être massacrés à Culloden ou exilés en Amérique.

Jocasta l'aimait, mais elle avait manifestement décidé une fois pour toutes qu'il ne servait à rien d'attendre plus longtemps. Pourquoi manquer l'occasion d'un beau mariage solide et respectable à cause d'une lubie d'amour ?

Le plus horrible, c'était qu'elle aussi s'était mise à douter. Les angoisses qu'elle tentait de refouler depuis des semaines remontaient à la surface, envahissant son esprit comme l'ombre noire d'un arbre mort se détachant sur la neige.

— Mademoiselle Fraser ! Vous êtes toute pâle ! Vous vous sentez bien ?

— N-n-non, pas trop... balbutia-t-elle. Je crois que je vais m'évanouir.

Ce qu'elle fit, s'effondrant sur la table dans un tourbillon de lin blanc et un fracas de porcelaine.

Ils étaient enfin partis. Seule dans le petit salon, elle s'était reprise peu à peu, évacuant le sentiment de terreur qui l'avait envahie plus tôt.

— Brianna ?

L'ovale pâle du visage de Jocasta était tourné vers le sofa où elle était assise. Comment faisait-elle pour deviner où elle se trouvait ? L'entendait-elle respirer ?

— Je suis ici, ma tante.

Jocasta entra dans la pièce, suivie de lord John et d'Ulysse, qui fermait la marche en portant la tisanière.

— Comment te sens-tu, mon enfant ? Tu veux que j'envoie chercher le Dr Fentiman ?

Fronçant les sourcils, elle posa une main sur le front de Brianna.

— Non, pas lui !

Brianna avait déjà rencontré le praticien, un petit crapaud qui ne jurait que par les saignées et les sangsues.

— Euh... se reprit-elle. Je veux dire que ce n'est pas néces-saire. Je vais très bien. C'était juste un étourdissement.

— Tant mieux ! dit Jocasta. Lord John doit partir pour Wil-mington demain matin. Il souhaitait te dire au revoir.

Brianna se redressa.

Ainsi, le lord les quittait déjà. Sa tante devait être déçue !

Ulysse posa son plateau et sortit derrière sa maîtresse.

Lord John tira à lui un tabouret et s'assit en face d'elle sans attendre d'y être invité.

— Vous êtes sûre que vous vous sentez bien, mademoiselle Fraser ? Je ne voudrais pas vous voir tomber à nouveau dans les tasses de tisane.

Il esquissa un sourire ironique qui la fit rougir.

— Je vais très bien, dit-elle froidement. Vous aviez quelque chose de particulier à me dire ?

Il ne parut pas décontenancé par son ton abrupt.

— Oui, mais j'ai pensé que vous préféreriez que je n'y fasse pas allusion devant les invités. J'ai cru comprendre que vous recherchiez un certain Roger Wakefield ?

— Oui, mais... comment ? Vous savez où il est ?

— Non.

Voyant son visage changer, il lui prit la main.

— J'en suis navré. Votre père m'a écrit il y a trois mois, en me demandant de l'aider à retrouver cet homme. Il a pensé qu'en s'aventurant dans les ports, il avait pu être enrôlé de force dans la marine royale, auquel cas il se trouverait à présent en mer à bord de l'un des vaisseaux de Sa Majesté. Il m'a demandé d'user de mes relations pour savoir ce qu'il en était.

— Il n'est pas sur un bateau, déclara Brianna.

Il sembla étonné par son ton assuré.

— Je n'ai retrouvé aucune trace de lui entre Jamestown et Charleston, confirma-t-il. Mais il se peut qu'il ait embarqué la veille d'un départ, auquel cas sa présence parmi les membres d'équipage ne sera connue que lorsque son navire entrera dans un port. C'est pourquoi je me rends demain à Wilmington, afin de vérifier si...

— Ce ne sera pas la peine. Je sais où il est.

Elle lui résuma la situation en quelques mots.

— Jamie... votre père... c'est-à-dire vos parents... sont partis extirper votre ami des griffes des Iroquois ! remarqua-t-il, incrédule.

Il versa deux tasses de tisane et lui en tendit une sans lui demander si elle en voulait.

— Oui, dit-elle, je souhaitais partir avec eux, mais...

— Je vois.

Il lança un bref regard vers son ventre, avant de demander :

— Je suppose qu'il est assez urgent de retrouver M. Wakefield ?

Elle émit un petit rire.

— Je peux attendre. Dites-moi, lord John, vous connaissez le serment des mains ?

— Oui. C'est une coutume écossaise, une sorte de mariage temporaire, non ?

— Oui. Savez-vous s'il est reconnu dans les colonies ?

Il se frotta le menton, réfléchissant. Soit il venait de se raser, soit il n'avait pratiquement pas de barbe. Malgré l'heure tardive, ses joues étaient parfaitement lisses.

— Je n'en sais rien, dit-il enfin. Je n'ai jamais rencontré le cas dans les cours de justice. Cela dit, le droit considère comme marié tout couple vivant comme mari et femme. Je suppose que le serment des mains entre dans cette catégorie, non ?

— Peut-être, mais nous ne vivons pas ensemble, ça saute aux yeux.

Elle soupira.

— Je *crois* que je suis mariée, contrairement à ma tante. Elle est persuadée que Roger ne reviendra pas et que, de toute façon, je ne suis pas légalement liée à lui. Même en suivant la coutume écossaise, le serment n'est valide que pendant un an et un jour. Elle tient coûte que coûte à me trouver un mari... Dieu sait qu'elle y met du cœur ! D'ailleurs, j'ai cru que vous étiez le dernier candidat en date.

Cette idée sembla amuser lord John.

— Cela explique l'étrange assortiment d'invités ce soir, déclara-t-il. J'ai notamment remarqué un monsieur particulièrement inspiré... Alderdyce ?... un juge, je crois... il vous accordait plus d'attentions que la galanterie ne l'exige.

— Il peut toujours espérer ! Vous auriez dû voir les regards que me lançait Mme Alderdyce pendant le dîner. Elle ne va certainement pas laisser son petit chéri quadragénaire épouser la putain locale ! Je serais surprise qu'elle le laisse encore franchir le seuil de cette maison.

Elle tapota son ventre rebondi, ajoutant :

— J'y ai veillé !

Grey sourit. Il posa sa tasse et tendit le bras vers la carafe de cognac.

— J'admire votre audace, mademoiselle. Puis-je vous appeler « ma chère » ? Néanmoins, je dois vous informer que vous n'avez peut-être pas choisi la meilleure stratégie.

— Que voulez-vous dire ?

— Mme Alderdyce n'est pas aveugle, même si elle est beaucoup moins astucieuse que votre tante. J'ai effectivement remarqué la façon dont elle vous observait. Mais vous vous méprenez sur la nature de ses observations. Ce n'était pas sa respectabilité qui était outragée mais son instinct de grand-mère qui était titillé.

Brianna se redressa.

— Son quoi ?

— Son instinct de grand-mère, répéta-t-il. Vous savez, ce désir pressant qu'ont les femmes âgées de faire sauter un bambin sur leurs genoux, de le gaver de friandises et de le corrompre jusqu'à la moelle.

— Quoi ? Vous voulez dire que Mme Alderdyce pense que, parce que je suis enceinte, elle est sûre que je pourrai donner des enfants à son fils plus tard ? C'est absurde ! Son fils pourrait se trouver n'importe quelle autre jeune fille en bonne santé et de bien meilleure réputation que moi, et lui faire des enfants !

Lord John but une gorgée de cognac qu'il savoura longuement en la faisant tourner dans sa bouche avant de répondre :

— Je crois plutôt qu'elle a compris qu'il ne le pouvait pas, ou ne le voulait pas, ce qui revient au même. Vous l'avez dit vous-même : il a dépassé la quarantaine et n'est toujours pas marié.

— Vous voulez dire que... mais c'est un juge !

Au moment même où elle poussait son exclamation horrifiée, elle comprit la bêtise de ce qu'elle venait de dire. Elle posa une main sur sa bouche en rougissant. Lord John se mit à rire avec une pointe d'amertume.

— Vous avez raison, il aurait pu se choisir n'importe quelle jeune fille du comté mais il ne l'a pas fait. Il est évident que Mme Alderdyce a compris que vous étiez sa seule chance d'avoir un jour le petit-fils dont elle rêve tant !

Brianna poussa un soupir agacé. Décidément, elle s'était encore trompée sur toute la ligne !

— Quoi que je fasse, je suis perdue, déclara-t-elle. Ils finiront par me marier à quelqu'un, n'importe qui.

— J'en doute. D'après ce que j'ai pu voir jusqu'à présent, vous avez la franchise de votre mère et le sens de l'honneur de votre père. Ces deux qualités devraient vous tirer d'affaire.

— Ne me parlez pas de l'honneur de mon père ! dit-elle sèchement. C'est lui qui m'a mise dans ce pétrin ! Je veux parler de ma situation actuelle, du fait d'être exhibée comme un morceau de viande d'une qualité douteuse, offerte au premier preneur ! Du fait de me retrouver toute seule ici !

Sa voix tremblait d'émotion.

— Mais, d'ailleurs, pourquoi êtes-vous seule ? demanda lord John. J'aurais pensé que votre mère...

— Elle voulait rester, mais je ne l'ai pas laissée. Il fallait que... c'est-à-dire...

Elle se prit la tête entre les mains et fixa le tapis, refoulant les larmes.

Lord John se pencha en avant et reposa son verre sur la table.

— Je vois. Il est très tard, ma chère. Sans vous offenser, je crois que vous avez besoin d'un peu de repos.

Il se leva et posa une main sur son épaule.

— Puisque mon voyage à Wilmington n'est plus nécessaire, je crois que je vais accepter l'invitation de votre tante et rester quelques jours. Nous aurons l'occasion de parler à nouveau et de voir s'il n'y a pas une solution à votre problème.

59

Chantage

Il lui fallut trois jours pour se convaincre que son plan était le bon, surmonter ses scrupules et, enfin, trouver un moment et un lieu où elle pourrait le coincer. Mais elle était patiente. Il lui restait trois mois.

L'occasion se présenta enfin le mardi. Jocasta s'était enfermée dans son bureau avec Duncan Innes et ses livres de comptes. Ulysse, après un bref regard indéchiffrable vers la porte close du bureau, était parti dans la cuisine surveiller les préparatifs d'un autre dîner somptueux en l'honneur de lord John. Quant à Phaedre, elle s'en était débarrassée en l'envoyant à Barra Meadows chercher un livre que Jenny Ban Campbell lui avait promis.

Vêtue d'une robe du même bleu que ses yeux, le cœur battant comme un marteau piqueur, elle se lança à la recherche de sa victime. Elle le trouva dans la bibliothèque, en train de lire les *Pensées* de Marc Aurèle près de la baie vitrée, le soleil matinal teintant ses cheveux lisses d'une couleur de caramel.

Il leva les yeux en l'entendant entrer. Un hippopotame aurait pu faire une apparition plus gracieuse. Elle se prit la jupe dans le pied d'un guéridon couvert de bibelots et manqua renverser le tout.

Il se leva, lui baisa la main et l'invita à prendre place à son côté sur la banquette.

— Non, je ne fais que passer, répondit-elle. J'avais envie d'une promenade et me demandais si cela vous dirait de m'accompagner.

Les pelouses du jardin étaient couvertes de givre et une brise glacée sifflait dans le conduit de cheminée, mais lord John était un gentleman.

— Rien ne me ferait plus plaisir, déclara-t-il galamment en évitant de lancer un regard désolé vers son livre.

Le ciel était dégagé mais l'air glacial. Emmitouflés dans d'épais manteaux, ils longèrent le jardin potager, dont les murs hauts les protégeaient un peu du vent. Ils échangèrent quelques commentaires sur le temps, s'assurèrent mutuellement qu'ils n'avaient pas froid du tout et atteignirent la petite porte voûtée qui donnait sur le jardin de simples. De là où ils se tenaient, Brianna pouvait surveiller les allées et venues. C'était le moment ou jamais.

— J'ai une proposition à vous faire, annonça-t-elle.

— Ah ? Je brûle de l'entendre, dit-il sur un ton badin.

— Eh bien... voilà : vous allez m'épouser.

Il continua de sourire, attendant la chute.

— Je suis sérieuse, insista-t-elle.

Son sourire ne disparut pas, mais se modifia. Elle n'aurait su dire s'il était abasourdi par sa maladresse ou s'il se retenait simplement de rire.

— Je n'en ai pas après votre argent, lui assura-t-elle. Je vous signerai un papier sur ce point. Vous n'aurez pas besoin de vivre avec moi, même si, dans un premier temps, il vaut mieux que j'aille m'installer chez vous en Virginie. Quant à ce que je peux faire pour vous...

Elle hésita, sachant que c'était là le point faible de son marché.

— Je suis forte, reprit-elle, mais cela ne vous intéresse proba-blement pas, vous devez avoir une flopée de domestiques. Je suis bonne gestionnaire. Je sais tenir des livres de comptes et je crois savoir comment diriger une ferme. Je sais aussi construire des choses. Je pourrais peut-être m'occuper de vos propriétés pen-dant que vous voyagez en Angleterre. Et puis... vous avez un jeune fils, je crois ?... Je veillerais sur lui. Je serais une bonne mère.

Lord John s'adossa au mur de brique, essayant de la suivre.

— Seigneur ! dit-il. C'est bien la première fois qu'on me fait une offre de ce genre ! Vous avez perdu la tête ?

— Non, répondit-elle en s'efforçant de garder son calme. Ça me paraît une proposition tout à fait raisonnable.

— J'ai déjà entendu dire que les femmes enceintes étaient par-fois prises d'étranges lubies, mais là, vous m'en demandez un peu trop ! Voulez-vous que j'aille chercher le Dr Fentiman ?

Elle se redressa, posa une main à plat sur le mur et le sur-plomba de toute sa hauteur.

— Non ! Ecoutez-moi bien, lord John. Je ne suis pas folle ni capricieuse, et je ne souhaite pas vous causer de problème. Mais je suis sérieuse !

Il la regardait avec un mélange de curiosité et d'horreur. Au moins, il avait cessé de rire.

Elle se sentait légèrement nauséeuse, mais maintenant qu'elle avait commencé, elle devait aller jusqu'au bout. Elle avait espéré ne pas avoir à en arriver là, mais il ne semblait pas y avoir d'autre solution.

— Si vous refusez de m'épouser, menaça-t-elle, je vous dénoncerai.

— Vous ferez quoi ?

— Je vous ai vu l'autre soir. Vous sortiez du quartier des domestiques, en bras de chemise et les cheveux défaits. Je sais très bien ce que vous y faisiez. Je le dirai à ma tante, à M. Campbell, au shérif. J'écrirai des lettres au gouverneur de la Caroline du Nord et à celui de la Virginie. Ils mettent les pédérastes au pilori là-bas. C'est Campbell qui me l'a dit.

Il fronça les sourcils.

— Cela vous ennuierait de cesser de me postillonner au visage ? dit-il dignement.

Comme elle ne bougeait pas, il lui saisit le poignet et l'abaissa avec une force surprenante. Il était plus petit qu'elle mais beaucoup plus fort qu'elle ne l'avait cru. Pour la première fois, elle commença à avoir peur de ce qu'elle venait de déclencher.

Il la prit fermement par le coude et la poussa vers le jardin, du côté opposé à la maison. Il ne dit rien jusqu'à ce qu'ils soient parvenus dans un coin abrité près du carré d'oignons.

— Je suis presque tenté d'accepter votre offre ridicule, déclara-t-il. Cela ferait un plaisir immense à votre tante, scandaliserait votre mère et vous apprendrait à jouer avec le feu, je vous l'assure !

Elle surprit une lueur dans ses yeux qui lui fit soudain douter de ses conclusions sur ses goûts en matière sexuelle.

— Oh, mais, je croyais que... enfin, je ne pensais pas que vous... enfin, à la fois les hommes et les femmes.

— J'ai déjà été marié, lui rappela-t-il avec sarcasme.

— Oui, mais je croyais que ce n'était qu'un arrangement, un peu comme ce que je viens de vous proposer. C'est comme ça que j'y ai pensé, quand j'ai compris que vous...

Elle esquissa un geste impatient.

— Etes-vous en train de me dire que vous couchez avec des femmes ? reprit-elle.

— Cela ferait une différence pour vous ? demanda-t-il.

— Eh bien... hésita-t-elle. Oui. Si j'avais su, je ne vous aurais pas suggéré de m'épouser.

— « Suggéré », répéta-t-il. Je vous rappelle que vous m'avez menacé de dénonciation publique ! De me faire condamner au pilori ! Vous appelez ça *suggérer* ?

Elle déglutit péniblement.

— Je suis désolée. Je ne l'aurais jamais fait, je vous jure. Je n'en aurais pas dit un mot à personne. Mais c'est votre faute ! Vous refusiez de me prendre au sérieux. Enfin, peu importe maintenant. Si vous avez l'intention de coucher avec moi, je ne peux pas vous épouser, ce ne serait pas juste.

— Pourquoi ?

— A cause de Roger.

Sa voix trembla en prononçant ce nom et elle se maudit en sentant les larmes lui monter aux yeux.

— Je m'étais juré de ne pas penser à lui !

Elle s'essuya rageusement la joue et serra les dents.

— Vous aviez raison. Ce doit être la grossesse. Je n'arrête pas de pleurer pour un oui ou pour un non.

Elle prit une profonde inspiration. Il lui restait une dernière carte à jouer.

— Si vous aimez les femmes... je ne pourrais pas, je veux dire, je ne voudrais pas coucher avec vous régulièrement. Mais je ne verrais aucune objection à ce que vous ayez des maîtresses ou des amants.

— Vous êtes trop bonne !

— D'un autre côté, poursuivit-elle dans la foulée, je comprends que vous ayez envie d'avoir un enfant. Ce serait injuste de ma part de vous en priver. C'est quelque chose que je peux faire, je crois. Tout le monde me répète que je suis faite pour porter des enfants. Mais dans ce cas, notre accord ne tiendra que jusqu'à ce que je sois de nouveau enceinte. Il faudrait l'inscrire dans une clause spéciale de notre contrat de mariage. M. Campbell peut sans doute s'en occuper.

Lord John se massa les tempes, manifestement étourdi par ce déluge de paroles. Enfin, il l'arrêta d'un geste de la main.

— Venez vous asseoir, ma chère. Je crois que vous feriez mieux de m'expliquer une fois pour toutes ce que vous voulez vraiment.

— Je ne suis pas une enfant ! s'énerva-t-elle.

— En effet, que Dieu nous garde ! Mais avant que vous ne donniez une apoplexie à ce pauvre Farquard Campbell avec vos notions saugrenues sur les contrats de mariage, j'aimerais que vous vous calmiez un instant et me dévoiliez les méandres de votre esprit torturé.

Ils marchèrent un moment dans le jardin d'agrément, côte à côte. Il ne disait rien et se contentait de l'écouter patiemment tandis qu'elle lui racontait tout, enfin, presque tout.

— ... et depuis, je tourne en rond, acheva-t-elle. Mon père et ma mère sont quelque part dans la nature, peut-être en danger de mort. Dieu sait ce qui a pu arriver à Roger ! Et moi, je suis là, à attendre, en train de gonfler à vue d'œil, et je ne peux rien faire ! Le bébé naîtra dans moins de trois mois. Il *faut* que je trouve une solution.

— Croyez-moi, attendre un bébé, c'est déjà faire quelque chose, répondit-il. Mais pourquoi ne pas attendre de voir si les recherches de vos parents ont abouti ? Votre sens de l'honneur ne vous permet pas de mettre au monde un enfant sans père ? Ou est-ce...

— Ce n'est pas de mon honneur qu'il s'agit, mais de celui de Roger. Il m'a suivie jusqu'ici. Il a tout abandonné pour me retrouver lorsque je suis partie rechercher mes parents. Je savais qu'il le ferait et il l'a fait. Lorsqu'il découvrira... ça...

Elle baissa les yeux vers son ventre.

— Il voudra m'épouser. Il se sentira obligé et je ne peux pas le laisser faire.

— Pourquoi ?

— Parce que je l'aime. Je ne veux pas qu'il m'épouse par obligation. Pas question. Je ne veux pas.

Lord John serra le col de son manteau pour se protéger d'une rafale qui soufflait depuis la rivière. Elle sentait la glace et les feuilles mortes, mais il y avait un léger parfum plus frais dans l'air. Le printemps approchait.

Ils continuèrent de marcher un long moment en silence, chacun plongé dans ses pensées. Puis il l'arrêta brusquement d'une main sur son bras.

— Rentrons, ma chère. Nous allons finir par mourir de froid.

Ils reprirent le chemin de la villa, se tenant par le bras. Tandis qu'ils parvenaient sur les pelouses devant la maison, il déclara :

— Vous avez raison, je crois. Vivre avec la personne que l'on aime en sachant qu'elle ne tolère votre union que par obligation... non, ce serait insupportable. En revanche, s'il s'agit d'un arrangement à l'amiable, où les deux partenaires respectent l'intimité de l'autre, alors c'est différent. Il s'agit d'un mariage d'honneur. Et si les deux parties sont honnêtes... alors chacun peut mener sa vie à sa guise sans faire honte à l'autre.

En disant cela, il lança un bref regard vers le quartier des domestiques. Brianna se tourna vers lui, écartant une mèche de cheveux que le vent rejetait sans cesse sur son visage.

— Cela veut dire que vous acceptez de m'épouser ?

Elle se sentait moins soulagée qu'elle ne l'aurait voulu.

— Non ! dit-il en riant. Votre père m'égorgerait si je vous épousais !

Il lui sourit et tapota sa main, qu'il tenait dans le creux de son bras.

— En revanche, je peux vous offrir un répit contre vos prétendants et votre tante.

Il lança un regard vers les fenêtres de la maison.

— Vous pensez qu'on nous regarde ? demanda-t-il.

— J'en suis sûre.

— Tant mieux.

Il ôta sa chevalière et lui prit la main. Il lui retira sa mitaine et la lui passa au petit doigt, le seul qui soit à la bonne taille. Puis il se haussa sur la pointe des pieds et l'embrassa brièvement sur la bouche. Sans lui laisser le temps de se remettre de sa surprise, il lui prit fermement la main et l'entraîna vers le porche, le visage impassible.

— Venez, ma chère. Allons annoncer nos fiançailles à votre tante.

60

L'épreuve par le feu

On les laissa seuls toute la journée. Le feu était éteint et ils n'avaient plus rien à manger. Cela n'avait pas grande importance. Ni l'un ni l'autre n'auraient pu avaler quoi que ce soit et aucun feu n'aurait pu réchauffer leurs âmes glacées.

Les Indiens réapparurent vers la fin de l'après-midi. Plusieurs guerriers escortaient un vieillard vêtu d'une grande chemise de dentelle et d'un châle tissé, le visage barbouillé de rouge et d'ocre... le *sachem*, portant un petit pot de terre cuite rempli d'un liquide noir.

Alexandre s'était rhabillé. Il se leva quand le *sachem* s'approcha de lui mais ne dit rien. Le *sachem* se mit à chanter d'une voix éraillée en plongeant une patte de lapin dans son pot et en peinturlurant le visage du prêtre avec du noir, du front au menton.

Les Indiens sortirent et Alexandre se rassit en tailleur sur le sol, fermant les yeux. Roger tenta de lui parler, de lui offrir de l'eau ou du moins de lui faire sentir sa présence, mais Alexandre resta assis sans réagir, comme une statue de pierre.

La nuit était déjà tombée quand il parla enfin.

— Il ne me reste plus beaucoup de temps, déclara-t-il. Je vous ai déjà demandé une fois de prier pour moi. Je ne savais pas alors pourquoi vous deviez prier, pour ma vie ou pour le salut de mon âme. A présent, les deux sont perdus.

Roger ouvrit la bouche mais le prêtre l'arrêta d'un geste.

— Je ne peux plus que vous demander une chose. Priez pour moi, mon frère, priez pour que je meure dignement. Priez pour que je meure en silence. Je ne veux pas qu'elle ait honte de moi en m'entendant crier.

Peu de temps après, les tambours retentirent. Roger ne les avait pas encore entendus depuis son arrivée au village. Le son semblait venir de partout. Il se répercutait dans la moelle de ses os et la plante de ses pieds.

Les Mohawks revinrent. Le prêtre se leva en les voyant entrer. Il se déshabilla et sortit nu sans un regard derrière lui.

Assis dans le noir, Roger fixa la porte en peau de daim, pria et écouta. Pour en avoir joué lui-même, il connaissait le pouvoir des tambours, qui suscitaient la terreur et la fureur, qui faisaient remonter à la surface les instincts les plus enfouis de celui qui les écoutait.

Roger n'aurait su dire depuis combien de temps il se tenait là à écouter les tambours quand d'autres bruits se firent entendre : des voix, des pas, les rumeurs d'une foule assemblée.

Soudain les battements s'interrompirent. Il y eut encore quelques coups hésitants à des intervalles irréguliers, puis plus rien. Des cris retentirent, suivis d'une cacophonie de hurlements. Roger bondit sur ses pieds et boitilla vers l'entrée. La sentinelle était toujours là. Elle passa la tête sous la peau de daim et agita sa massue d'un air menaçant.

Dehors, on aurait dit que les démons de la terre s'étaient déchaînés. Que se passait-il ? Apparemment, des gens se battaient, mais qui ? Pourquoi ?

Les cris d'effroi cédèrent la place à des interjections et à des ululements. Il y avait également des bruits sourds, des gémissements, d'autres sons indiquant une confrontation violente. Quelque chose heurta l'une des cloisons en bois de sa hutte et la fissura.

Roger lança un regard vers la porte. La sentinelle semblait occupée ailleurs. Il se précipita vers la cloison et tenta d'agrandir la fente avec ses doigts. En vain. Les fibres de bois s'effritaient sous ses doigts, ne lui offrant aucune prise. Il mit son œil contre la fente. Il ne voyait qu'un petit fragment de la clairière et de la hutte en face de la sienne. La lueur d'un feu immense projetait des ombres rouge et jaune entremêlées avec d'autres, noires, qui emplissaient la nuit de démons incandescents.

Soudain, il se figea. Parmi les cris inintelligibles des Mohawks, il aurait juré avoir entendu quelqu'un appeler en gaélique.

— *Caisteal Dhuni !*

Il n'avait pas rêvé. Quelqu'un venait de vociférer tout près, avec un hurlement à faire dresser les cheveux sur la tête. Un Ecossais ! Un Blanc ! Il devait absolument le rejoindre ! Il martela la cloison de bois de coups de poing. La voix gaélique retentit à nouveau.

— *Caisteal Dhuni !*

Ce n'était pas la même voix ! La première répondit : « *Do mi ! Do mi !* » A moi ! A moi ! Puis Roger perçut une nouvelle vague de cris, des femmes cette fois ; leurs voix aiguës couvraient celles des hommes.

Roger se jeta comme un fou contre la cloison, encore et encore. Elle s'ébranla, craqua et la fente s'élargit. Il y glissa ses deux mains et tira de toutes ses forces, arrachant un grand morceau de bois de deux mètres de long, l'extrémité effilée. Il le coinça sous son bras et se précipita vers la sortie, chargeant comme un taureau.

Il jaillit dans la clairière et se retrouva dans un nuage de fumée. Il aperçut la silhouette de la sentinelle devant lui et fonça droit dessus. L'homme l'esquiva et brandit sa masse de guerre. Emporté dans son élan, Roger ne put s'arrêter et plongea en avant ; la masse atterrit sur le sol à quelques centimètres de sa tête. Il roula sur le flanc, balayant l'espace devant lui de son bâton. Il atteignit l'Indien à la tempe. L'homme chancela, puis s'effondra sur lui. Il empestait le whisky.

Roger n'avait pas le temps de se poser des questions. Il se dégagea de sous la sentinelle et se remit sur pied, pointant sa lance improvisée droit devant lui. Il entendit un bruit dans son dos et fit volte-face, juste à temps pour frapper un autre Indien en plein ventre. Celui-ci se raccrocha quelques instants au morceau de bois puis s'effondra.

Roger se tourna vers le feu : un immense bûcher, dont les flammes se dressaient en un rempart ardent. Entre les têtes, il discerna une silhouette noire, immobile au sein des langues dansantes du feu, les bras tendus dans un geste de bénédiction. Ses longs cheveux se dressaient sur sa tête en s'embrasant, formant une auréole d'or, tel un Christ de missel. Puis un objet dur s'abattit sur le crâne de Roger et il tomba tout d'une masse.

Il ouvrit un œil. Un feu brûlait faiblement à quelques pas, projetant des reflets sur les cloisons, pâle reflet du brasier qui brûlait à l'extérieur. Il était de nouveau dans la hutte.

Son souffle rauque résonnait dans ses oreilles. Il tenta de retenir sa respiration mais n'y parvint pas. Enfin il se rendit compte que c'était parce qu'il la retenait déjà. Le souffle venait de quelqu'un d'autre.

Avec un immense effort, il se redressa sur un coude et regarda autour de lui.

— Seigneur !

Il se frotta le visage et cligna des yeux, mais l'homme était toujours là, couché à deux mètres de lui.

Jamie Fraser. Il gisait sur le flanc, un plaid cramoisi noué autour du corps. La moitié de son visage était couverte de sang. L'espace d'un instant, Roger l'observa sans réagir. Au cours des mois qui venaient de s'écouler, une partie de son esprit avait été occupée à imaginer une nouvelle rencontre avec cet homme. A présent que ses vœux étaient exaucés, il n'arrivait pas à y croire. Il ne ressentait qu'une vague stupeur.

Il secoua la tête pour tenter de dissiper la brume dans son cerveau. Comment Fraser avait-il atterri ici ?

Lorsque la pensée et les émotions se rejoignirent enfin, son premier sentiment ne fut ni la colère ni l'inquiétude, mais un immense et absurde soulagement.

Jamie Fraser ne pouvait être ici que pour une seule raison : tenter de le sauver. Brianna l'avait envoyé. Son sort des derniers mois était peut-être le résultat d'un malentendu ou d'un geste malveillant, mais cela ne venait pas d'elle. Elle ne l'avait pas trahi. Elle était toujours là, dans le fond de son cœur.

Il y eut une nouvelle série de cris perçants au-dehors, des ululements qui semblaient ne plus finir et transperçaient sa chair comme un millier d'aiguilles.

Mourir avec l'assurance que Brianna l'aimait encore était toujours mieux que de crever comme un chien abandonné. Il se souvint de la scène qu'il avait aperçue à l'extérieur et sentit la bile lui remonter dans la gorge.

De l'eau stagnait dans l'un des pots au fond de la hutte. Il y trempa un bout du plaid de Fraser et lui essuya le visage. Au bout de quelques instants, les paupières de ce dernier se mirent à tressaillir.

Fraser toussa, cracha, se tourna sur le ventre et vomit. Il ouvrit grands les yeux et, avant que Roger n'ait eu le temps de réagir, se redressa sur un genou, la main sur le *sgian dhu* glissé dans sa botte.

Roger leva un bras devant son visage pour se protéger pendant que Fraser le dévisageait d'un regard assassin. Puis ce dernier parut reprendre ses esprits. Il secoua vigoureusement la tête, cligna des yeux, gémit et se laissa retomber lourdement sur les fesses.

— Ah, c'est toi ! dit-il simplement.

Il ferma les yeux et gémit à nouveau. Puis il tressaillit et se redressa brusquement.

— Claire ! s'écria-t-il. Ma femme ! Où est-elle ?

— Claire ? glapit Roger. Vous l'avez amenée *ici* ? Vous avez amené une femme dans cet... enfer ?

Fraser lui lança un regard agacé mais ne daigna pas répondre. Il se tourna vers l'entrée. Personne ne semblait la garder. Dehors, le vacarme s'était atténué, bien qu'on entendît encore un brouhaha distant. De temps à autre, un cri ou une exhortation se détachaient dans la confusion des voix.

— Il y a une sentinelle, indiqua Roger en suivant son regard.

Fraser se leva d'un bond, agile comme une panthère. La plaie de son visage saignait toujours mais ne semblait pas le gêner. Il se plaqua contre la paroi, s'approcha de la porte et souleva la peau de daim.

Ce qu'il aperçut le fit grimacer. Il revint à sa place, rangeant son couteau.

— Ils sont une bonne dizaine dehors, soupira-t-il.

Il saisit le pot d'eau, s'en aspergea le visage, vida le reste sur son crâne.

— Wakefield, c'est bien ça ?

— Ces temps-ci, je me fais appeler par mon vrai nom, Mac-Kenzie.

— C'est ce qu'on m'a dit.

Jamie pinça les lèvres avant de reprendre :

— Je t'ai fait du tort, MacKenzie. Je suis venu tenter de réparer ce que j'ai fait, mais je n'en aurai peut-être pas l'occasion. Pour le moment, je te demande de me pardonner. Si tu veux réparation plus tard, je me tiendrai à ta disposition. Mais je te prierai d'attendre que nous soyons sortis de ce pétrin.

Roger le considéra un long moment. Demander réparation pour les mois de torture qu'il venait d'endurer lui paraissait aussi impossible que le fait d'échapper aux Indiens.

— Soit, dit-il.

Ils restèrent assis en silence un moment. Le feu était presque consumé. Les bûches étaient à l'extérieur ; leurs geôliers ne laissaient rien dans la hutte qui pût leur servir d'arme.

— Que s'est-il passé ? demanda enfin Roger. Ils ont brûlé le prêtre ?

Cette dernière question était purement rhétorique. Après ce qu'il avait vu, il ne pouvait plus en douter.

— Ah, c'était un prêtre ? dit Fraser. Oui, il est mort, mais il n'est pas le seul.

— Est-ce que... il a crié ?

Fraser lui lança un regard surpris, puis parut comprendre ce qui se cachait derrière cette question.

— Non. Il est mort comme un brave... d'après leurs critères. Tu le connaissais ?

Roger lui raconta brièvement l'histoire d'Alexandre. Fraser ne l'écoutait que d'une oreille, lançant sans cesse des regards vers l'entrée. Peut-être attendait-il des renforts ?

— Vous avez amené combien d'hommes avec vous ? questionna Roger.

— Mon neveu, Ian.

— C'est tout ?

— Quoi, tu t'attendais au 78e régiment des Highlands ? rétorqua Fraser, agacé. Je leur ai apporté du whisky.

Se souvenant de l'haleine de l'Indien qui s'était effondré sur lui, Roger demanda :

— Du whisky ? Vous pensez que ça a un rapport avec la bagarre ?

— C'est possible.

Le grand Highlander ne tenait pas en place. Il se releva et retourna près de l'entrée, regardant sous la peau.

— Quand avez-vous Claire pour la dernière fois ? reprit Roger.

— Juste avant qu'ils ne commencent à se battre. Nous nous sommes trouvés pris dans la foule venue voir le bûcher. Ils ont attaché le prêtre à un poteau, lui ont ouvert la poitrine et lui ont arraché le cœur encore palpitant. C'était insoutenable. Je ne voulais pas que Claire voie ça, mais nous ne pouvions pas faire marche arrière. Ecrasés comme nous l'étions, je n'avais pas remarqué une jeune Indienne qui se tenait de l'autre côté de Claire. Elle portait un bébé dans les bras. Quand ils ont allumé le feu, elle s'est tournée vers Claire, lui a flanqué son bébé dans les bras et s'est faufilée dans la foule. Elle a marché droit vers le bûcher.

— Quoi ? fit Roger, incrédule.

— Les flammes se sont refermées sur elle. Ses cheveux ont tout de suite pris feu, comme une torche vivante. Elle s'est accrochée au prêtre et, au bout de quelques secondes à peine, on ne les distinguait plus l'un de l'autre. Ils ne formaient qu'une seule silhouette noire. Une femme s'est mise à hurler dans la foule, puis, tout à coup, ça a été la cohue. Tout le monde courait dans tous les sens ou se battait.

Il avait essayé de faire les deux à la fois, protégeant Claire et l'enfant tout en se frayant un chemin dans la foule à coups de poing et de pied. Il avait vite été dépassé par le nombre. Incapables de s'enfuir, ils s'étaient plaqués contre le mur d'une hutte. Il avait saisi un bâton tout en appelant Ian à la rescousse.

— L'un de ces démons a jailli de la fumée. J'ai réussi à le repousser, mais l'instant d'après, ils étaient trois à m'assaillir. J'ai reçu un coup de tomahawk sur la tempe et j'ai perdu connaissance. Je n'ai pas revu Claire ou Ian depuis lors.

Il commençait à faire froid dans la hutte. Jamie défit sa broche, s'enveloppa dans son plaid en s'aidant d'une seule main et s'adossa contre la cloison.

Son bras droit était peut-être cassé. Il avait reçu un coup de massue juste sous l'épaule et la partie touchée, d'abord insensibilisée, s'était mise soudain à lui faire un mal de chien. Mais la douleur n'était rien à côté de son inquiétude pour Claire et Ian.

Il était très tard. Si Claire n'avait pas été blessée pendant la cohue générale, elle était sans doute quelque part en sécurité. La Jolie Femme la protégerait. Quant à Ian, il savait se battre.

Il ressentit une pointe de fierté en songeant à la bravoure de son neveu.

MacKenzie restait assis de l'autre côté du foyer, les bras autour des genoux, tête baissée, perdu dans ses pensées.

Il était bien obligé d'admettre que c'était un beau gaillard, avec de longues jambes et des épaules larges. Il devait avoir une belle portée avec une épée. Il était aussi grand que les MacKenzie de Leoch, mais, tout compte fait, il n'y avait pas à s'en étonner. Même si plusieurs générations les séparaient, il descendait de Dougal.

Cette idée était à la fois troublante et étrangement réconfortante. Jamie n'avait tué des hommes que contraint et forcé, et leurs fantômes ne le hantaient pas la nuit. Toutefois, il avait souvent revécu en songe la mort de Dougal, se réveillant en nage, avec ses dernières paroles lui résonnant encore dans le crâne, des paroles crachées dans le sang.

Il n'avait pas eu le choix. C'était la vie de Dougal contre la sienne, et il s'en était fallu de peu... Pourtant, Dougal avait été son tuteur, presque un père adoptif, et, s'il était sincère, Jamie devait reconnaître qu'il avait aimé cet homme.

Oui, il était réconfortant de savoir qu'une partie de Dougal avait survécu. L'autre partie du patrimoine de MacKenzie était plus dérangeante. Lorsqu'il avait repris connaissance un peu plus tôt, la première chose qu'il avait vue était ces yeux verts, brillant d'un feu intense, et son sang s'était glacé au souvenir de Geillis Duncan.

Tenait-il vraiment à ce que la vie de sa fille soit unie à celle du rejeton d'une sorcière ?

MacKenzie releva brusquement la tête vers lui.

— Brianna ? demanda-t-il. Où est-elle ?

Jamie sursauta. Ce garçon pouvait-il lire dans les pensées ? Avait-il hérité du don ?

— Elle... euh... elle est à River Run, chez sa tante. Elle est en sécurité.

Les yeux verts le fixèrent.

— Pourquoi est-ce Claire qui vous a accompagné et non pas elle ?

Jamie soutint son regard. Il allait bientôt savoir s'il pouvait vraiment lire dans les pensées. La dernière chose qu'il avait l'intention de lui dire en ce moment, c'était la vérité. Il serait toujours temps quand ils seraient hors de danger.

— Je n'aurais pas dû laisser Claire venir non plus. Mais à moins de la ligoter, il n'y a rien eu à faire. Elle est si têtue !

Une lueur sombre traversa le regard de MacKenzie. De doute ou de chagrin ?

— Je ne pensais pas que Brianna était du genre à se laisser dicter sa conduite par son père.

Jamie se détendit légèrement. Il ne lisait pas dans les pensées.

— Ah non ? dit-il d'un air faussement badin. Peut-être ne la connais-tu pas aussi bien que tu le crois.

— Je la connais. C'est ma femme.

— Dans tes rêves, peut-être !

— Nous avons prêté le serment des mains. Elle ne vous l'a pas dit ?

Jamie ne lui en avait pas donné l'occasion. Il avait été trop furieux à l'idée qu'elle ait couché avec un homme, trop vexé d'avoir été ridiculisé. Orgueilleux comme Lucifer, il avait voulu que sa fille soit parfaite et avait souffert les affres de l'enfer en la découvrant aussi humaine que lui.

— Quand ? demanda-t-il.

— Début septembre, à Wilmington. Juste avant qu'on... se sépare.

Sa voix trembla sur ses derniers mots et Jamie devina avec une pointe de satisfaction qu'il se sentait aussi coupable que lui. Si ce lâche ne l'avait pas abandonnée...

— Elle ne m'a rien dit.

Il lut le doute et la douleur dans les yeux de MacKenzie.

— Elle a sans doute pensé que vous ne considéreriez pas le serment des mains comme une union légale, observa Mac-Kenzie.

— A moins qu'elle ne le considère pas elle-même comme tel, répondit-il cruellement.

MacKenzie baissa la tête, serrant les poings sur la peau de daim autour de lui.

— Moi si, dit-il doucement.

Jamie ferma les yeux et ne dit plus rien. Les dernières braises du foyer moururent, les laissant dans le noir.

61

Le baptême

L'odeur de brûlé prenait à la gorge. Nous passâmes près de la fosse et je fis de mon mieux pour ne pas regarder le tas carbonisé qui fumait encore. Je trébuchai et mon escorte me rattrapa par le bras. Sans dire un mot, il me poussa vers une hutte devant laquelle deux hommes montaient la garde, blottis l'un contre l'autre pour se protéger du vent glacé.

Je n'avais pas mangé ni dormi, même si on m'avait offert de la nourriture et une couche. Mes pieds et mes mains étaient gelés. De l'une des huttes au fond du village, une longue plainte s'élevait au-dessus du chant funéraire. Pour qui chantaient-ils ? Pour la fille ou pour quelqu'un d'autre ?

Les gardes me lancèrent un bref regard et s'écartèrent pour me laisser passer. Je soulevai la peau de daim et entrai.

Il faisait sombre. Dans la lumière grise qui filtrait par le trou d'évacuation, je distinguai un tas de peaux de bête et de vêtements dans un coin. Parmi eux, je reconnus un fragment de tartan cramoisi et poussai un soupir de soulagement.

— Jamie !

Le tas remua et la tête hirsute de Jamie en émergea, alerte mais salement amochée. Près de lui se trouvait un homme brun et barbu qui me parut étrangement familier. Il bougea à son tour et je distinguai un éclat vert sur son visage broussailleux.

— Roger ?

Sans un mot, il se dépêtra de ses couvertures et me serra si fort dans ses bras qu'il faillit m'étouffer.

Il était maigre. Je pouvais sentir chacune de ses côtes.

— Roger, vous n'avez rien ? demandai-je.

Il me lâcha et je l'inspectai des pieds à la tête, cherchant d'éventuelles blessures.

— Ça va, répondit-il. Bree ? Elle va bien ?

— Oui. Qu'est-il arrivé à votre pied ?

Il portait un linge crasseux enroulé autour de la cheville.

— Ce n'est rien. Une entaille. Où est-elle ?

— Dans une plantation appelée River Run, chez sa grand-tante. Jamie ne vous a rien dit ? Elle...

Jamie m'interrompit en me tirant par le bras.

— Tu vas bien, *Sassenach* ?

— Oui, bien sûr mais... qu'est-ce que tu as au bras ?

Je venais juste de remarquer la manière étrange qu'il avait de tenir son épaule.

— Je crois que je me suis cassé le bras. Ça me fait un mal de chien. Tu veux bien y jeter un coup d'œil ?

Sans attendre ma réponse, il m'entraîna de l'autre côté de la hutte où il s'assit lourdement sur un vieux sommier. J'adressai un signe à Roger et le suivis, inquiète. Jamie n'aurait jamais admis qu'il avait mal devant Roger Wakefield, même si son os lui avait transpercé la peau.

— Que se passe-t-il ? chuchotai-je en m'agenouillant devant lui.

Je palpai doucement son bras à travers sa chemise. Il n'avait pas de fracture ouverte. Je retroussai sa manche pour l'examiner de plus près.

— Je ne lui ai rien dit au sujet de Brianna, chuchota-t-il. Je crois que tu ferais bien d'en faire autant.

— On ne peut pas ! Il a le droit de savoir.

— Chut, parle plus bas. D'accord, il faut qu'il sache au sujet de l'enfant... mais pas de Bonnet.

Je me mordis la lèvre, touchant doucement la courbe de son biceps. Il avait le plus gros bleu que j'aie jamais vu, couvrant tout le bras, de l'épaule au coude. Toutefois, l'os n'était pas cassé.

Quant à sa suggestion, j'avais mes doutes. Il les lut sur mon visage et exerça une pression sur ma main.

— Pas encore, pas ici, m'implora-t-il. Attends au moins qu'on se soit sortis de ce pétrin.

Je réfléchis un moment tout en déchirant la manche de sa chemise pour en faire une écharpe. Pour Roger, apprendre que Brianna était enceinte serait déjà un choc. Jamie avait peut-être raison. Nous ne pouvions savoir comment il réagirait en apprenant le viol et nous étions encore loin d'être tirés d'affaire. Il valait mieux lui annoncer la nouvelle à tête reposée.

— D'accord, dis-je en me relevant. Je ne crois pas qu'il soit cassé mais il vaut mieux mettre ton bras en écharpe.

Je laissai Jamie dans son coin et revins vers Roger, comme une balle de ping-pong.

— Voyons voir ce pied.

Je m'agenouillai devant lui pour dénouer son bandage de fortune mais il m'arrêta d'un geste.

— Brianna. Je sais qu'il s'est passé quelque chose. Je veux savoir la véri...

— Elle est enceinte, l'interrompis-je.

Apparemment, il avait envisagé toutes les possibilités, sauf celle-ci. Il en resta bouche bée.

— Vous êtes sûre ?

— Ça se voit assez ! Elle en est à son septième mois !

Jamie s'était approché si silencieusement que ni Roger ni moi ne l'avions entendu. Il fixait Roger d'un regard glacial.

— Enceinte ! répéta ce dernier sans y croire. Seigneur ! Mais comment ?

Jamie fit claquer sa langue avec une moue sarcastique.

— C'est que... reprit Roger. Je ne pensais pas que...

— Pour ça ! Tu n'as pas dû beaucoup réfléchir, c'est sûr, pour l'abandonner et la laisser seule payer le prix de ton plaisir !

— Je ne l'ai pas abandonnée ! s'écria Roger, hors de lui. Je vous ai déjà dit qu'elle était ma femme !

— Ah bon ! dis-je, interloquée.

— Ils ont prêté le serment des mains, admit Jamie à contre-cœur. Pourquoi ne nous a-t-elle rien dit ?

Plusieurs réponses me vinrent à l'esprit, mais je pouvais difficilement donner la plus probable devant Roger.

Elle n'avait rien dit précisément parce qu'elle était enceinte et pensait que l'enfant était celui de Bonnet. Elle voulait sans doute laisser à Roger une porte de sortie.

— Elle a dû penser que tu ne considérerais pas le serment comme un vrai mariage, répondis-je. Je lui ai raconté notre mariage à l'église, devant un prêtre. Elle avait peur que tu la désapprouves, et elle tenait tellement à te plaire !

Roger se pencha en avant et m'agrippa le bras.

— Mais elle va bien ?

— Oui, lui assurai-je. Elle voulait venir avec nous, mais bien sûr, c'était impossible.

— Elle voulait venir ?

Son visage s'illumina.

— Alors elle n'a pas...

Il s'interrompit et lança un bref regard à Jamie avant de reprendre :

— Quand j'ai rencontré M. Fraser dans les montagnes, j'ai cru comprendre qu'elle avait dit...

— C'était un terrible malentendu, dis-je hâtivement. Elle ne nous avait pas parlé du serment des mains et, quand nous avons su qu'elle était enceinte, nous nous sommes dit que... euh...

Jamie observait Roger avec une antipathie évidente. Je lui donnai un coup de coude et il sembla revenir à la réalité.

— Oui, bougonna-t-il. C'était entièrement ma faute. Je lui ai déjà présenté mes excuses et juré que je ferais de mon mieux pour réparer mes torts. Mais, pour le moment, j'ai d'autres soucis. Tu as vu Ian quelque part, *Sassenach* ?

— Non.

Pour la première fois, je pris conscience qu'il n'était pas là et mon ventre se noua.

— Où as-tu passé la nuit, *Sassenach* ?

— J'étais avec... Oh, mon Dieu !

Je venais de défaire le bandage de Roger et de découvrir son pied blessé. La peau était rouge et enflée, avec une méchante ulcération autour de la plante. J'appuyai fermement sur la peau et sentis de petites poches de pus se déplacer sous mes doigts.

— Que vous est-il arrivé ?

— Je me suis coupé en fuyant. Ils me le bandent et me mettent des onguents dessus, mais la plaie se réinfecte régulièrement.

Manifestement, l'état de son pied était son dernier souci. Entre-temps, il s'était remis du choc de la nouvelle et venait, comme Brianna avant lui, de faire un rapide calcul.

— Sept mois, s'écria-t-il soudain. Seigneur ! Elle ne peut plus rentrer !

— Pas pour le moment, confirmai-je. Elle aurait pu, quand elle appris qu'elle était enceinte. J'ai essayé de la convaincre de retourner en Ecosse ou de partir pour les Caraïbes... il y a une autre porte, là-bas... mais il n'y a rien eu à faire. Elle ne pouvait pas partir sans savoir ce qui vous était arrivé.

— Ce qui m'était arrivé ! répéta-t-il en lançant un regard noir à Jamie.

— Oui, je sais, je sais, maugréa celui-ci. C'est ma faute. Elle est coincée ici et je ne peux rien, à part te ramener à elle.

Un bruit de pas les interrompit. La porte se souleva et un grand groupe de Mohawks entra à la queue leu leu.

Nous les regardâmes, médusés. Ils étaient une bonne quinzaine, hommes, femmes et enfants, vêtus pour voyager, avec des jambières et des fourrures. Une vieille femme serrait un bébé contre elle. Sans hésiter, elle avança droit vers Roger et le lui mit dans les bras, lui parlant en mohawk.

Roger fronça les sourcils, ne comprenant pas. La vieille se tourna et fit signe à un jeune homme d'approcher.

— Vous... prêtre, déclara celui-ci.

Il pointa un doigt vers le bébé.

— Eau ! dit-il.

— Je ne suis pas prêtre ! se défendit Roger.

Il voulut rendre l'enfant à la vieille mais celle-ci refusa de le prendre.

— Baptiser ! dit-elle.

Une jeune femme approcha à son tour en portant un petit bol de corne rempli d'eau.

— Père Alexandre... reprit le jeune homme. Lui dire vous prêtre. Fils de prêtre.

Roger blêmit.

Pendant ce temps, Jamie murmurait en patois français avec un homme qu'il avait reconnu dans le groupe. Il hocha la tête et revint vers nous.

— Ils représentent tout ce qui reste des ouailles du prêtre qui a été exécuté. Le conseil leur a ordonné de quitter le village. Ils vont se rendre à la mission huronne de Sainte-Berthe mais voudraient d'abord faire baptiser l'enfant au cas où il ne survivrait pas au voyage.

Il lança un coup d'œil intrigué à Roger.

— Ils te prennent pour un prêtre ?

— Apparemment.

Jamie hésita. Les Indiens attendaient, le visage impénétrable. Je ne pouvais que deviner ce qui se cachait derrière leur calme apparent. Le feu, la mort... quoi d'autre ? Les traits de la vieille femme étaient tirés par le chagrin. Ce devait être la grand-mère.

— En cas d'urgence, n'importe quel homme peut faire office de prêtre, murmura Jamie à Roger.

Celui-ci n'aurait pu être plus pâle. Il oscilla et la vieille femme, inquiète, tendit les bras pour stabiliser l'enfant.

Roger fit signe à la jeune femme qui tenait le bol d'eau d'approcher.

— Vous parlez français ? demanda-t-il.

Plusieurs personnes dans le groupe hochèrent la tête.

Roger prit une profonde inspiration et souleva l'enfant pour que toute la congrégation puisse le voir. Le bébé, un adorable nourrisson avec des boucles châtaines et une peau dorée, cligna des yeux, surpris par le changement de perspective.

— Entendez Notre-Seigneur Jésus-Christ, déclara Roger. Conformément à sa parole, certains de sa présence parmi nous, nous baptisons celui qu'il nous a envoyé.

En tant que fils de pasteur, il avait souvent dû assister à des cérémonies de ce genre. Manifestement, il ne se souvenait plus très bien des mots mais avait gardé en mémoire la gestuelle. Il passa le bébé parmi les fidèles, s'arrêtant devant chacun et lui demandant :

— Qui est ton Seigneur, ton sauveur ? As-tu foi en lui ?

Et chacun de répondre d'un hochement de tête.

Enfin, Roger présenta l'enfant à Jamie.

— Qui est ton Seigneur, ton sauveur ?

— Jésus-Christ ! répondit Jamie sans hésiter.

Puis ce fut mon tour :

— As-tu foi en lui ?

— Oui.

Il rendit l'enfant à la grand-mère, et, trempant une branche de genièvre dans l'eau, lui aspergea le front en récitant :

— Au nom du Père, du Fils et du Saint-Esprit, je te baptise...

Il s'interrompit brusquement et me lança un regard affolé.

— C'est une petite fille, lui chuchotai-je.

— ... Alexandra, conclut-il. Amen.

Une fois les Indiens chrétiens partis, nous restâmes seuls. Un guerrier nous apporta du bois pour le feu et un peu de nourriture, mais refusa de répondre aux questions de Jamie.

— Vous croyez qu'ils vont nous tuer ? demanda Roger au bout d'un moment. Ou plutôt, *me* tuer. Vous semblez relativement hors de danger.

Il ne paraissait pas inquiet. A en juger par ses lourds cernes et ses traits tirés, il était sans doute trop fatigué pour avoir peur.

— Ils ne nous tueront pas, déclarai-je. J'ai passé la nuit dans la hutte de Tewaktenyonh. Le conseil des mères y était réuni.

Elles ne m'avaient pas tout dit, mais à la fin de plusieurs longues heures de palabres, la jeune femme qui parlait anglais m'avait traduit ce que j'étais autorisée à savoir.

— Plusieurs jeunes Indiens ont découvert l'endroit où nous avions caché le whisky. Ils ont apporté les fûts au village hier et ont commencé à boire. Les femmes n'y ont rien vu de malhonnête car elles croyaient que l'accord avait déjà été conclu. Puis une bagarre a éclaté juste avant qu'on allume le bûcher et les choses ont vite dégénéré. Un homme a été tué pendant la bagarre.

Je m'adressai à Roger :

— Ils croient que c'est vous. C'est vrai ?

— Je n'en sais trop rien. C'est possible. Que comptent-ils faire ?

— Leur décision n'était pas encore tout à fait arrêtée. Les mères ont fait parvenir leur avis au *sachem* mais celui-ci hésite encore. En tout cas, ils ne vous tueront pas, leur honneur le leur interdit car le whisky volé avait été offert en échange de votre vie. Mais comme ils ne peuvent pas venger leur mort, la coutume veut qu'ils adoptent un de leurs ennemis dans la tribu pour le remplacer.

Roger sortit de sa torpeur.

— M'adopter ! Ils veulent me garder ?

— L'un de nous. Ou plutôt l'un de vous. Je suis sans doute hors concours, étant une femme.

Je tentai de sourire et échouai lamentablement, tous les muscles de mon visage semblant tétanisés.

— Ce sera moi, annonça soudain Jamie.

Il posa une main sur mon bras avant que je puisse protester.

— Ian et toi raccompagnerez MacKenzie auprès de Brianna.

Il regarda Roger, le visage impénétrable.

— Après tout, ajouta-t-il, c'est de vous deux qu'elle a le plus besoin.

Roger commença aussitôt à protester mais je m'interposai.

— Taisez-vous, tous les deux ! Mais qu'est-ce que j'ai fait au bon Dieu pour me retrouver entourée de crétins d'Ecossais ! Puisque que je vous dis qu'ils n'ont pas encore arrêté leur décision ! L'adoption n'est qu'une proposition des mères. Il est inutile de vous chamailler avant qu'on ne soit sûrs.

Espérant détourner leur attention, j'ajoutai :

— Je me demande bien où est passé Ian !

— Je n'en ai pas la moindre idée, bougonna Jamie. Mais je prie le Seigneur qu'il ait passé la nuit dans le lit de cette fille !

Le reste de la nuit s'écoula dans le calme, mais aucun de nous ne parvint à dormir. Je m'assoupis à plusieurs reprises, pour me réveiller chaque fois en sursaut, aux aguets. Le lendemain, vers le milieu de la matinée, nous entendîmes enfin des pas approcher. Je bondis en reconnaissant l'une des voix. Jamie était déjà à la porte.

— Ian, c'est toi ?

— Oui, oncle Jamie.

Il parlait d'une voix étrange, essoufflée et hésitante. Il pénétra dans la hutte et j'en restai le souffle coupé.

Les deux côtés de son crâne avaient été rasés, lui laissant une épaisse crête au sommet de la tête qui s'achevait par une longue queue de cheval. Un anneau d'argent pendait à un de ses lobes. Son visage avait été tatoué : deux demi-lunes en pointillés, encore encroûtées de sang, traversaient chaque pommette et se rejoignaient à la racine du nez.

— Je... je ne peux pas rester longtemps, oncle Jamie. J'ai dû insister pour qu'ils me laissent vous dire adieu.

Jamie était livide.

— Mon Dieu ! Ian...

— Je vais recevoir mon nouveau nom tout à l'heure pendant la cérémonie d'adoption. Après cela, je serai indien et je n'aurai plus le droit de parler une autre langue que le *kahnyen'kehaka*. Je ne pourrai plus m'exprimer en anglais ou en gaélique.

Il sourit faiblement avant d'ajouter :

— Comme je sais que tu ne parles pas très bien le mohawk...

— Ian, tu ne peux pas faire ça !

— C'est déjà fait, mon oncle.

Se tournant vers moi, il me demanda :

— Tante Claire, vous direz à ma mère que je ne l'oublierai pas ? Papa le saura, je crois.

— Oh, Ian !

Je le serrai contre moi, retenant mes larmes.

— Vous serez libres demain matin, déclara-t-il à Jamie. Ils ne vous retiendront pas.

Je le lâchai et il traversa la hutte pour s'approcher de Roger qui l'observait, médusé.

— Je suis désolé pour ce qu'on t'a fait. Pardonne-moi. Tu veilleras bien sur ma cousine et le petit ?

Roger serra sa main et s'éclaircit la gorge.

— Oui, je te le promets.

— Ian, s'écria Jamie, je ne peux pas te laisser faire ! C'est à moi de rester !

Ian sourit, les yeux brillants de larmes.

— Tu m'as dit un jour que je n'avais pas le droit de gâcher ma vie. Rassure-toi, je n'en ai pas l'intention.

Il ouvrit les bras et étreignit son oncle.

— Toi non plus, je ne t'oublierai pas, oncle Jamie.

Ils conduisirent Ian à la rivière juste avant le coucher du soleil. Il se déshabilla et entra dans l'eau glacée, accompagné de trois femmes qui le baignèrent, le récurèrent avec des poignées de sable et le bichonnèrent. Rollo courut de long en large sur la berge en aboyant comme un fou, puis, n'y tenant plus, se jeta à l'eau pour se joindre à ce qu'il considérait manifestement comme un jeu, manquant noyer Ian par la même occasion.

Tous les spectateurs rassemblés sur la berge étaient pliés en deux de rire, sauf nous.

Une fois Ian dûment lavé de son sang blanc, un autre groupe de femmes se chargea de le sécher, de l'habiller de neuf et de le conduire dans la hutte du conseil, où il devait recevoir son nouveau nom.

Tout le village s'entassa à l'intérieur. Jamie, Roger et moi nous tînmes discrètement dans un coin, écoutant le *sachem* faire son discours et chanter ; il alluma ensuite une pipe qui passa de main en main. La jeune Emily se tenait auprès de Ian, les yeux brillants. Je le vis la contempler avec une lueur émue dans le regard qui apaisa un peu mon cœur chagrin.

Ils le baptisèrent « Frère du Loup ». Le loup en question se tenait aux pieds de Jamie, la langue pendante, observant la cérémonie avec intérêt.

Lorsque celle-ci fut terminée, Jamie s'avança vers son neveu. Toutes les têtes se tournèrent vers lui et plusieurs guerriers froncèrent les sourcils d'un air menaçant. Jamie défit la broche qui retenait son plaid et noua le pan de tartan cramoisi et taché de sang autour des épaules de Ian.

— *Cuimhnich*, dit-il doucement avant de reculer.

« Souviens-toi. »

Le lendemain matin, nous partîmes en silence sur le sentier étroit qui menait hors du village. Ian était venu nous voir partir, les traits pâles mais neutres, entouré de sa nouvelle famille. Moins stoïque, je n'avais pu retenir mes larmes. Jamie l'avait embrassé puis s'était mis en route sans dire un mot.

Ce soir-là, Jamie monta le camp avec son efficacité habituelle, mais son esprit restait ailleurs. Je pouvais le comprendre. J'étais moi-même déchirée entre mon inquiétude pour Ian, que nous laissions derrière nous, et pour Brianna, qui nous attendait.

Roger laissa tomber une brassée de bois près du feu et s'assit près de moi.

— J'ai réfléchi au sujet de Brianna, m'annonça-t-il. Vous avez bien dit qu'il existait un autre cercle quelque part dans les Caraïbes ?

— Oui.

Je songeai un instant à lui parler de Geilie Duncan et de la grotte d'Abandawe, puis me ravisai. Je n'en avais plus la force. Une autre fois. Je fis un effort surhumain pour m'extirper de ma torpeur et écouter ce qu'il était en train de me dire.

— Un autre cercle ! compris-je soudain. Ici ?

Je lançai un regard autour de nous, m'attendant à apercevoir un menhir dans le noir.

— Non, pas ici. Quelque part entre le village indien et Fraser's Ridge.

— Ah. Oui, je sais qu'il y en a un mais... Vous voulez dire que vous savez où il se trouve ?

— Vous étiez au courant ?

— Oui, tenez ! Regardez...

Je fouillai dans ma sacoche et en sortis l'opale. Il me l'arracha des mains avant que j'aie pu m'expliquer.

— C'est le même motif ! s'écria-t-il. Il y avait ce symbole gravé sur les pierres du cercle. Où l'avez-vous découverte ?

— C'est une longue histoire. Je vous la raconterai un autre jour. Vous savez où se situe ce cercle ? Vous l'avez vu ?

Jamie, attiré par nos exclamations, s'était approché.

— Un cercle ? s'enquit-il.

— Oui, une autre porte, un... commençai-je.

— Je suis tombé dessus par hasard quand je me suis enfui, m'interrompit Roger.

— Vous pourriez le retrouver ? Est-ce loin de River Run ?

Je fis un calcul. Nous en étions à un peu plus de sept mois. Il fallait six semaines pour rejoindre River Run. Brianna en serait alors à huit mois et demi. Pourrions-nous la conduire dans la montagne à temps ? Si oui... quelle serait pour elle l'option la plus dangereuse ? Emprunter la porte du temps sur le point d'accoucher ou rester définitivement coincée dans le passé ?

Roger glissa une main dans ses culottes déchiquetées et en sortit un fil parcouru de petits nœuds.

— C'était une semaine après qu'ils m'ont emmené. A huit jours de Fraser's Ridge.

— Il faut ajouter une semaine entre River Run et Fraser's Ridge, dis-je. Nous n'y arriverons jamais.

Je ne savais pas si j'étais déçue ou soulagée.

— Ça dépend du temps, déclara Jamie.

Il nous indiqua du menton un grand épicéa dont les aiguilles gouttaient.

— Lorsque nous sommes passés la dernière fois, cet arbre était couvert de glace. Si le temps se réchauffe, nous irons plus vite.

— Non, dis-je, tu sais comme moi que le dégel signifie de la boue. Or patauger dans la gadoue est encore pire que de marcher dans la neige. Il est trop tard, c'est trop risqué. Elle devra rester.

Jamie fixa Roger par-dessus le feu.

— Oui, mais pas lui.

Roger tressaillit.

— Quoi ? Vous ne croyez tout de même pas que je vais l'abandonner ! Et mon enfant ?

J'ouvris la bouche et vis Jamie se raidir.

— Non, déclarai-je fermement. Il faut lui dire. De toute manière, Brianna le fera. Autant qu'il le sache tout de suite. Il a peut-être une décision à prendre, lui aussi. Auquel cas, il vaut mieux qu'il soit au courant avant de la voir.

Jamie serra les dents, puis acquiesça.

— Soit, dis-lui.

— Me dire quoi ? demanda Roger, inquiet.

— Nous ne sommes pas certains que l'enfant soit de vous.

L'espace d'un instant, son visage resta le même, puis son esprit enregistra les mots qu'il venait d'entendre. Il m'agrippa les deux bras et les serra si fort que je poussai un cri.

Jamie réagit comme un éclair. Il lui décocha un crochet du droit juste sous la mâchoire, qui lui fit lâcher prise et tomber à la renverse.

— Après que tu as abandonné ma fille, elle a été violée. Ça s'est passé deux jours après vos ébats. Alors, l'enfant est peut-être de toi et peut-être pas.

Il le toisa avec un air mauvais avant d'ajouter :

— Alors ? Tu comptes rester auprès d'elle ou non ?

Roger se frotta les tempes, essayant de reprendre ses esprits, et se releva lentement.

— Violée ? Qui ? Comment ?

— A Wilmington. Par un type nommé Stephen Bonnet. Il...

— Bonnet ? répéta Roger. Brianna a été violée par Stephen Bonnet ?

— C'est ce que je viens de te dire.

Soudain, Jamie laissa exploser toute la rage qu'il refoulait depuis que nous avions quitté le village. Il saisit Roger par le col et le plaqua violemment contre un tronc d'arbre.

— Où étais-tu pendant ce temps-là, sale lâche ? Tu as filé comme un malpropre parce qu'elle était fâchée contre toi. Si tu devais vraiment aller quelque part, pourquoi ne l'as-tu pas d'abord accompagnée chez nous, où elle aurait été en sécurité ?

Je tirai de toutes mes forces sur le bras de Jamie.

— Lâche-le !

Il obéit et recula d'un pas. Roger, aussi furieux que lui, remit de l'ordre dans ses vêtements.

— Je ne suis pas parti à cause de notre dispute, cria-t-il. Je suis parti chercher ceci !

Il arracha la doublure de ses culottes. Un éclat vert brilla dans sa paume ouverte.

— J'ai risqué ma peau pour les avoir, afin qu'elle puisse revenir saine et sauve ! Vous savez où je les ai trouvées ? Chez Stephen Bonnet ! C'est pour ça qu'il m'a fallu tant de temps pour arriver à Fraser's Ridge. Il n'était jamais là où je le croyais. J'ai parcouru la côte de long en large pour le dénicher !

Jamie fixa les pierres, interdit. Moi de même.

— Je suis venu d'Ecosse à bord du bateau de Bonnet, continua Roger. C'est un... un...

— Je sais, répliqua Jamie. Mais je sais aussi qu'il pourrait être le père de l'enfant de ma fille. C'est pourquoi je te le demande encore une fois, MacKenzie : es-tu capable de la rejoindre et de vivre avec elle en sachant que le petit est peut-être de Bonnet ? Parce que, sinon, dis-le tout de suite. Je te jure que si tu la rejoins et que tu la fais souffrir... je te tuerai sans sourciller !

— Bon sang, Jamie ! explosai-je. Laisse-le réfléchir ! Tu ne vois pas qu'il n'a même pas eu le temps d'assimiler ce qui s'était passé ?

Le poing de Roger se referma sur les pierres, puis s'ouvrit, les laissant tomber sur le sol.

— Je ne sais pas, dit-il. Je ne sais pas.

Jamie ramassa les pierres et les lui jeta à la figure.

— Alors pars ! cria-t-il. Prends tes foutus cailloux et rentre chez toi. Ma fille n'a pas besoin d'un lâche !

Il n'avait pas encore dessellé les chevaux. Il saisit les sacoches, les lança par-dessus leurs encolures et monta en selle dans un même mouvement.

— Viens ! me lança-t-il.

Roger considérait Jamie, ses yeux verts reflétant la lueur du feu, aussi brillants que l'émeraude dans sa main.

— Partez, me souffla-t-il sans quitter Jamie des yeux. Si je le peux, je vous rejoindrai.

Mes mains et mes pieds ne semblaient plus m'appartenir. Je marchai jusqu'à mon cheval, glissai un pied dans l'étrier et me retrouvai en selle sans m'en rendre compte.

Lorsque je me retournai, la lueur du feu avait disparu. Il n'y avait plus derrière nous qu'un gouffre noir.

62

Trois tiers d'un fantôme

River Run, avril 1770

— Ils ont capturé Stephen Bonnet.

Brianna laissa tomber la boîte de dominos. Les petites plaquettes d'ivoire explosèrent sur le parquet et roulèrent sous les
meubles. Confondue, elle fixa lord John qui posa précipitamment son verre de cognac et s'approcha d'elle.

— Vous vous sentez mal ? Asseyez-vous. Je suis navré. Je
n'aurais pas dû...

— Si, vous avez bien fait de me le dire. Non, pas sur le sofa,
je n'arriverai plus à me relever.

Elle opta pour une simple chaise en bois près de la fenêtre.

— Où ? demanda-t-elle. Comment ?

Il approcha un siège puis, pris d'un doute, se dirigea vers la
porte du salon et jeta un coup d'œil dans le couloir. Comme il
s'en était douté, une des servantes attendait en somnolant sur
un tabouret au pied de l'escalier, au cas où l'on aurait besoin
d'elle. Elle sursauta en l'entendant toussoter.

— Allez vous coucher, déclara-t-il. Nous n'avons plus besoin
de rien ce soir.

L'esclave hocha la tête et s'éloigna en traînant les pieds. Elle
s'était sans doute levée avant l'aube et il était minuit passé. Lui-
même était épuisé après sa longue route depuis Edenton. Il était
arrivé en début de soirée mais avait dû attendre jusque-là pour
pouvoir parler seul à seul avec Brianna.

Il referma la double porte et la coinça avec une chaise pour
ne pas être dérangé.

— Il a été capturé ici, à Cross Creek, annonça-t-il sans préambule. J'ignore comment. Il a été arrêté pour contrebande, puis,
quand ils ont compris qui il était, les autres chefs d'accusation
ont commencé à pleuvoir.

— Contrebande de quoi ?

— Thé et cognac, pour cette fois.

Il se massa la nuque, essayant le soulager la tension accumulée par les heures passées en selle.

— Je l'ai appris à Edenton, reprit-il. Apparemment, cet homme est une célébrité. Sa réputation s'étend de Charleston à Jamestown.

Il dévisagea attentivement Brianna. Elle était pâle mais ne semblait pas sur le point de s'évanouir.

— Bonnet a été condamné, ajouta-t-il. Il sera pendu la semaine prochaine à Wilmington. J'ai pensé que vous voudriez le savoir.

— Merci. Quel jour aura lieu l'exécution ?

— Vendredi.

— Il est à Wilmington en ce moment ?

Légèrement rassuré par son calme, il reprit son verre abandonné. Il but une gorgée et secoua la tête.

— Non, il est toujours ici. Il n'y a pas eu de procès puisqu'il avait déjà été jugé et condamné.

— Quand vont-ils le transférer à Wilmington ?

— Je n'en ai aucune idée.

— Je veux le voir.

— Pas question. Même si vous étiez en état de voyager jusqu'à Wilmington, ce qui n'est pas le cas, assister à une pendaison publique aurait les effets les plus désastreux sur l'enfant. Je comprends très bien ce que vous ressentez, ma chère, mais...

— Non, vous ne comprenez pas.

Elle avait parlé calmement mais avec conviction.

— Je ne veux pas le voir mourir, ajouta-t-elle après une pause.

— Dieu merci !

— Je veux lui parler. Je sais ce que vous allez dire, alors épargnez-vous cette peine. Mais avant que vous répondiez « non », je vous demande simplement de réfléchir aux conséquences si je suis obligée d'employer les grands moyens.

Il s'apprêtait précisément à répondre « non » mais referma prudemment la bouche.

— Décidément, vous avez le chantage dans la peau ! déclara-t-il enfin sur un ton las.

— Je dirai à ma tante que Stephen Bonnet est le père de mon enfant. Je le dirai également à Farquard Campbell, à Gerald Forbes et au juge Alderdyce. Puis je me rendrai à la garnison, c'est sûrement là qu'il est enfermé, et je parlerai au sergent Murchison. S'il ne me laisse pas entrer, je demanderai à M. Campbell qu'il me signe une autorisation. J'ai le droit de le voir.

Elle restait immobile comme une statue de marbre. Dieu qu'elle était énorme ! Au cours des deux mois écoulés depuis leurs fiançailles, elle avait doublé de volume.

— Vous ne craignez pas le terrible scandale que cela va provoquer ? demanda-t-il sans trop y croire.

— Non. Qu'est-ce que j'ai à perdre ? Je suppose que vous devrez rompre nos fiançailles. Mais après tout, lorsque tout le comté saura qui est le père de l'enfant, la liste de mes prétendants va sérieusement rétrécir.

— Votre réputation...

— Elle n'est déjà pas terrible. Cela dit, je ne vois pas pourquoi le fait d'avoir été violée par un pirate serait plus déshonorant que le fait d'être une putain, comme le dit si bien mon père ! Et puis... Jocasta ne me mettra pas à la porte pour cela. Mon bébé et moi, nous ne mourrons pas de faim.

Lord John reprit son verre et but une longue gorgée tout en la surveillant du coin de l'œil. Il était curieux de savoir ce qui s'était passé entre elle et son père, mais n'osait le lui demander.

— Pourquoi ? demanda-t-il enfin.

— Pourquoi quoi ?

— Pourquoi ressentez-vous le besoin de lui parler ? Vous dites que je ne connais pas vos sentiments, ce qui est parfaitement vrai. Mais je devine qu'ils sont exigeants pour vous inciter à des mesures aussi radicales.

— J'adore la façon dont vous vous exprimez, dit-elle avec un petit sourire.

— Vous m'en voyez très flatté, mais vous m'obligeriez en répondant.

Elle poussa un soupir et sortit une lettre de sa poche. Le papier était plié et froissé par de nombreuses manipulations.

— Lisez ceci.

Il prit la lettre tandis qu'elle se levait et s'éloignait vers son chevalet et ses peintures, près du foyer de la cheminée, à l'autre bout du salon.

Lord John reconnut aussitôt l'écriture de Jamie Fraser.

Ma chère fille,

J'ignore si nous nous reverrons un jour. Je le souhaite de tout mon cœur, tout comme j'espère que tout ira mieux entre nous. Hélas, cela repose à présent entre les mains de Dieu. Je t'écris ce billet au cas où Il en déciderait autrement.

Tu m'as demandé un jour s'il était juste de tuer pour venger le grand mal qu'on t'a fait. Je t'ai répondu que non. Pour le salut de ton âme, pour ta vie, tu dois trouver la grâce du pardon. La liberté se paye cher. En aucun cas elle ne saurait être le fruit d'un meurtre.

Ne crains rien, il n'échappera pas à son destin. Les hommes tels que lui portent en eux les germes de leur propre destruction. Si ce n'est pas ma main qui l'abat, ce sera celle d'un autre. Le principal est que ce ne soit pas la tienne.

Suis mon conseil, au nom de tout l'amour que je te porte.

Le mot était simplement signé « *Ton père* ».

— Je ne lui ai même pas dit au revoir.

Lord John sursauta. Elle se tenait devant l'âtre, les bras croisés au-dessus de son ventre.

— Je veux être libre, dit-elle doucement. Que Roger revienne ou non. Quoi qu'il arrive.

Il faisait nuit depuis longtemps quand la carriole s'arrêta devant la garnison. C'était un petit bâtiment écrasé par la silhouette de l'entrepôt derrière lui.

— Ils l'ont enfermé là-dedans ? s'étonna Brianna.

— Non. Il est dans la cave de l'entrepôt.

Lord John attacha les chevaux et vint l'aider à descendre de son perchoir, ce qui n'était pas une mince affaire.

— J'ai soudoyé le soldat de garde pour qu'il nous laisse entrer.

— Pas « nous », dit Brianna d'une voix ferme. Je veux le voir seule.

— D'accord, mais c'est bien parce que Hodgepile m'a juré qu'il était attaché. Sinon...

— Hodgepile ?

— Oui, Arvin Hodgepile. Vous le connaissez ?

— Non, mais j'ai déjà entendu ce nom...

La porte du bâtiment s'ouvrit et un rayon de lumière s'étira sur le sol.

— C'est vous, milord ?

Un soldat sortit la tête par l'entrebâillement de la porte. Hodgepile était petit et menu, avec un visage étroit. En voyant Brianna, il tressaillit.

— Ah mais... je ne sais pas...

— Vous n'avez pas besoin de savoir, répliqua lord John. Montrez-nous le chemin, je vous prie.

Après la fraîcheur de cette nuit d'avril, l'atmosphère à l'intérieur de l'entrepôt était étouffante. Une forte odeur de poix et de térébenthine flottait dans l'air, collant à la peau. Brianna eut soudain l'impression d'être prisonnière dans un bloc d'ambre et hâta le pas, traînant presque lord John derrière elle.

L'entrepôt était rempli du sol au plafond de hautes masses couvertes de bâches et de tonneaux ; la plupart contenaient du rhum et du cognac, prêts à être roulés au pied des rampes qui descendaient sur les quais afin d'être chargés sur les barges qui attendaient sur le fleuve.

— Faites attention à ne pas mettre le feu, dit la voix fluette de Hodgepile. Ne posez pas votre lanterne n'importe où, hein ? Quoiqu'en bas il n'y ait pas de risque...

L'entrepôt était construit avec une avancée sur le fleuve afin de faciliter les chargements. La partie avant était en bois, tandis que l'arrière du bâtiment était de brique. Brianna entendit l'écho de leurs pas changer quand ils franchirent la limite entre les deux. Hodgepile s'arrêta devant une trappe enchâssée dans un mur de brique.

— Vous ne tarderez pas trop, hein ?

— Nous ne resterons que le strict nécessaire, répondit sèchement lord John.

Il lui prit la lanterne et attendit tandis que Hodgepile soulevait la lourde porte de métal.

Un escalier de brique descendait dans l'obscurité. Hodgepile sortit son trousseau et compta les clefs afin d'être sûr d'avoir la bonne avant de descendre.

— Heureusement qu'ils ont construit l'escalier assez large pour faire passer les tonneaux, sinon je resterais coincée, souffla Brianna à l'oreille de lord John.

Elle comprit bientôt pourquoi le gardien ne craignait pas les incendies dans la cave. Il y faisait si humide qu'elle n'aurait pas été surprise de voir des champignons pousser sur les murs. De l'eau tombait goutte à goutte quelque part, et la lumière de la lanterne éclairait des taches sombres sur les parois. Des cafards détalaient dans tous les sens.

Hodgepile glissa sa clef dans une serrure et Brianna sentit son cœur se serrer, saisie d'une soudaine panique. Elle n'avait aucune idée de ce qu'elle allait lui dire. Qu'est-ce qu'elle fichait ici ?

Lord John exerça une légère pression des doigts sur son bras pour l'encourager. Elle prit une profonde inspiration, baissa la tête et entra dans le cachot.

Il était sur un banc au fond de la cellule, les yeux fixés sur la porte. Il s'était attendu à voir entrer quelqu'un... il avait entendu les pas dans le couloir... mais pas elle. Il sursauta.

La jeune femme entendit un léger cliquetis métallique. Bien sûr, Hodgepile avait précisé qu'il était enchaîné. Cela lui redonna un peu de courage. Elle prit la lanterne des mains du gardien et referma la porte derrière elle.

Elle s'adossa au battant et l'examina un moment. Il était moins grand que dans son souvenir.

— Vous savez qui je suis ? demanda-t-elle.

La cellule était petite, avec un plafond bas. Il n'y avait pas d'écho.

Il inclina la tête ; son regard se promenait lentement sur elle.

— Tu n'es quand même pas venue jusqu'ici pour me donner ton nom, mon cœur ?

— Je vous interdis de m'appeler comme ça !

Son accès de rage la surprit elle-même et elle fit un effort pour se maîtriser, serrant les poings.

Il haussa les épaules, amusé.

— Non, je ne connais pas ton nom, mais je connais ton visage... et quelques autres petits détails de ton anatomie.

— Vous... vous me reconnaissez ?

— Oui.

Elle prit une profonde inspiration et le regretta aussitôt. Elle pouvait sentir son odeur.

— Mon nom est Brianna Fraser.

— Brianna Fraser. Joli nom. Et alors ?

— Mes parents sont James et Claire Fraser. Ils vous ont sauvé la vie et vous les avez volés.

— Oui, je m'en souviens bien, dit-il sur un ton détaché.

Ils se toisèrent en silence un moment, puis elle eut envie de rire. A quoi s'était-elle attendue ? A des remords ? Des excuses ? De la part d'un homme qui prenait ce qu'il voulait quand il voulait et à qui il voulait ?

— Si tu es venue dans l'espoir de récupérer les cailloux, tu arrives trop tard, mon cœur. J'en ai vendu un pour m'acheter un bateau et on m'a volé les deux autres. Tu estimes peut-être que ce n'est que justice. Personnellement, ça me fait une belle jambe.

Elle déglutit, la gorge nouée.

— Volé ? Quand ?

— Il y a quatre mois environ. Pourquoi ?

— Rien. Comme ça.

Ainsi, Roger avait réussi. Il avait les pierres... celles qui auraient dû les ramener chez eux. A eux aussi, ça leur faisait une belle jambe, à présent !

— Je me souviens qu'il y avait aussi un anneau, dit Bonnet. Mais je crois que tu l'as déjà récupéré, non ?

— Je l'ai payé.

— Alors, qu'est-ce que je peux faire pour toi, mon ange ?

— Ils m'ont dit que vous alliez être pendu.

— Je sais, ils me l'ont dit.

Il changea de position, étirant les muscles endoloris de ses épaules.

— Ne me dis pas que tu es venue pour épancher ta pitié ! lâcha-t-il avec un grand sourire.

— Non, à dire vrai, je dormirai beaucoup mieux quand vous serez mort.

Il la dévisagea un moment puis éclata de rire. Il rit tellement qu'il en eut les larmes aux yeux. Il s'essuya du revers de sa manche et se redressa, le visage toujours hilare.

— Qu'est-ce que tu me veux, alors ?

Brianna ouvrit la bouche pour répondre et, tout à coup, le lien entre eux s'évanouit. Elle n'avait pas bougé et, pourtant, elle eut l'impression d'avoir bondi de l'autre côté d'un abîme infranchissable. Elle se tenait de l'autre côté, en sécurité, seule. Libre. Il ne pouvait plus la toucher.

— Rien, répondit-elle. Je ne veux rien de vous. Je suis venue vous donner quelque chose.

Elle ouvrit son manteau et posa les mains sur son ventre rond. Son petit occupant remua, lui répondant par une caresse aveugle, à la fois intime et abstraite.

— C'est le vôtre, dit-elle.

Il regarda le ventre un instant, leva les yeux vers elle.

— Ce n'est pas la première fois qu'une putain essaie de me mettre un rejeton sur le dos.

Il avait parlé sans malice. Elle crut discerner une lueur différente dans son regard.

— Vous me prenez vraiment pour une putain ? demanda-t-elle sans hargne. Je n'ai aucune raison de mentir. Comme je vous l'ai dit, je ne vous demande rien.

La jeune femme referma son manteau et se redressa. Elle avait fait ce qu'elle avait à faire. Elle était prête à rentrer.

— Vous allez mourir, dit-elle. Si cela peut vous faciliter les choses, sachez que vous laissez derrière vous quelqu'un sur cette terre. Pour ma part, j'en ai fini avec vous.

Elle se tourna pour reprendre sa lanterne et remarqua avec surprise que la porte était entrebâillée. Le battant s'ouvrit en grand.

— Très joli discours, mam'zelle ! déclara le sergent Murchison.

Il lui adressa un grand sourire, balançant un mousquet au bout de son bras.

— Cela dit, moi, je n'en ai pas tout à fait fini avec vous.

Elle recula d'un pas et lança la lanterne vers sa tête. Il l'évita de justesse en poussant un cri d'alarme tandis qu'une main de fer agrippait son poignet, avant qu'elle n'ait pu tenter un second coup.

— Il s'en est fallu de peu ! Tu es rapide, ma fille, mais pas autant que notre bon sergent Murchison.

Bonnet lui prit la lanterne des mains et lui lâcha le poignet.

— Mais... mais... vous n'êtes pas attaché ! s'exclama-t-elle, ahurie.

Elle se précipita vers la porte mais Murchison lui barra la route avec son mousquet. Dans le couloir sombre, elle venait d'apercevoir une forme allongée sur le sol.

— Vous l'avez tué ! murmura-t-elle. Mon Dieu, vous l'avez tué !

— Tué qui ? demanda Bonnet.

— Un emmerdeur, répondit Murchison. Je me suis aussi débarrassé de Hodgepile et j'ai allumé les mèches. Il n'y a pas de temps à perdre.

— Attends !

Le regard de Bonnet alla du sergent à Brianna.

— Il faut faire vite, j'ai dit ! insista Murchison.

Il leva son arme.

— Ne t'inquiète pas, personne ne les retrouvera.

Brianna pouvait sentir l'odeur de la poudre qui se dégageait du canon. Le sergent cala son arme contre son épaule et voulut la pointer sur elle mais la distance entre eux était trop faible. Il poussa un grognement d'impatience et retourna le mousquet entre ses mains avec l'intention manifeste de l'assommer d'un coup de crosse.

Avant même qu'elle ait compris ce qu'elle faisait, elle avait refermé ses doigts sur le canon. Tout lui parut soudain se dérouler au ralenti ; Murchison et Bonnet restaient figés sur place. Elle lui arracha le mousquet des mains, le brandit au-dessus de sa tête et l'abattit de toutes ses forces. L'impact se répercuta dans tout son corps. Elle vit clairement le sergent ouvrir une bouche stupéfaite, puis son expression passa de la surprise à l'horreur. Ses lèvres se déformèrent en un rictus hideux, dévoilant une rangée irrégulière de dents jaunes. Des bourgeons rouge vif s'épanouirent sur sa tempe, se déployant gracieusement tels des nénuphars japonais sur un champ bleu. Elle était parfaitement calme, habitée par cette sauvagerie archaïque que les hommes appellent « maternité », prenant sa tendresse pour une faiblesse. Elle vit ses propres mains, crispées sur le canon du mousquet, et sentit une force irréelle remonter le long de ses jambes pour se diffuser dans ses épaules, ses poignets et ses doigts. Elle prit son élan et frappa à nouveau, avant même que l'homme n'ait fini de s'effondrer. Puis elle frappa encore, et encore.

Une voix criait son nom quelque part, et pénétra la cloche de verre qui l'entourait.

— Arrête ! Ça suffit ! Arrête, bon Dieu... Brianna !

Il posa ses mains sur ses épaules, la secouant, la tirant en arrière.

— Ne me touchez pas !

Bonnet recula aussitôt d'un pas, la dévisageant avec un mélange de surprise et de quelque chose d'autre... de peur, peut-être ? Il lui parlait, mais elle n'entendit qu'un vague bourdonnement.

— Qu'est-ce que vous dites ?

— J'ai dit qu'il n'y a pas de temps à perdre ! Tu ne l'as pas entendu ? Il a déjà allumé les mèches !

— Quelles mèches ?

Elle se tenait devant la porte, lui barrant le passage. Il fit un pas en avant et elle braqua l'arme vers lui. Il recula et se heurta contre le banc, tombant en position assise.

— Tu ne vas tout de même pas me tuer ?

Il tenta de sourire, mais ne fut guère convaincant.

« La liberté se paye cher, mais elle ne saurait être le fruit d'un meurtre. » Elle avait gagné chèrement sa liberté à présent, elle n'allait pas la lui rendre.

Elle cala la crosse dans le creux de son épaule et le tint en joue.

— Non, répondit-elle. Mais je jure que je vous tirerai dans les genoux et que je vous laisserai ici si vous ne me dites pas tout de suite ce qui se passe.

Il se tenait à deux mètres de la gueule du mousquet, trop loin pour tenter de bondir et de le lui arracher. Un geste, et elle n'avait qu'à appuyer sur la détente. Elle ne pouvait manquer son coup et il le savait.

— L'entrepôt au-dessus de nous est rempli de barils de poudre reliés à des mèches. Je ne sais pas si elles sont longues mais tôt ou tard, tout va sauter. Je t'en prie, laisse-moi sortir d'ici.

— Pourquoi ? demanda-t-elle.

Elle fit un signe du menton vers le couloir où gisait le corps inerte de lord John.

— Tu as tué un homme qui ne t'avait rien fait, je veux savoir pourquoi.

— La contrebande ! lança-t-il sur un ton agacé. Le sergent et moi, on était associés. Je lui apportais de la marchandise bon marché et il y apposait le sceau de la Couronne. Inversement, il volait des produits de l'Etat et je les revendais à bon prix au marché noir.

— Et ?

Il trépignait d'impatience.

— Un soldat, Hodgepile, a commencé à avoir des soupçons et à poser des questions un peu partout. Murchison ignorait s'il en avait parlé à quelqu'un, mais le risque était trop grand, surtout après mon arrestation. Le sergent a déplacé tous les tonneaux d'alcool stockés dans l'entrepôt, les a remplacés par des fûts de térébenthine et de poix auxquels il a relié des mèches. Une fois que tout aura explosé, personne ne pourra plus prouver qu'il y avait du cognac et on ne pourra plus nous accuser de vol. Voilà, c'est tout ! Maintenant, laisse-moi partir !

Elle abaissa son canon de quelques centimètres et fit un geste vers le sergent Murchison, qui commençait à bouger et à grogner.

— Et lui ? demanda-t-elle.

— Quoi, lui ?

— Vous ne l'emmenez pas avec vous ?

— Non.

Il longea le mur, essayant de passer derrière elle, mais elle occupait tout le seuil.

— Ecoute ! s'énerva-t-il. Laisse-moi passer et sauve-toi ! Il y a plus de mille deux cents kilos de poix et de térébenthine au-dessus de nos têtes qui vont exploser d'un instant à l'autre !

— Mais il est encore en vie ! Vous ne pouvez pas le laisser là !

Bonnet lui lança un regard exaspéré, puis s'agenouilla auprès de Murchison. Avant qu'elle n'ait pu réagir, il avait arraché la dague accrochée à la ceinture du sergent et lui avait tranché la gorge d'un geste souple. Le sang gicla sur le mur et la chemise de Murchison. Bonnet jeta la dague sur le sol et se redressa.

— Voilà, il n'est plus en vie. On peut partir maintenant ?

Il la poussa sur le côté et bondit dans le couloir. Elle resta clouée sur place, à écouter le bruit de ses pas s'éloignant rapidement.

Tremblant des pieds à la tête, elle se précipita vers John Grey. Au même moment, son ventre se contracta. Cela ne lui fit pas mal, mais chaque fibre de son corps se tendit et son estomac se retourna comme si elle avait avalé un ballon de football.

Oh non ! gémit-elle. *Pas maintenant ! Je t'en supplie, attends, je ne suis pas prête. Pas pour le moment !*

Elle fit deux pas dans le couloir sombre, puis s'arrêta. Non, elle ne pouvait s'enfuir ainsi sans vérifier. Elle fit marche arrière et s'agenouilla auprès de lord John. Elle glissa deux doigts sous sa mâchoire, cherchant le pouls comme elle avait vu faire sa mère.

Mais où était-il, bon sang ? Elle essuya ses mains moites sur sa jupe et lui prit le poignet. Combien de temps lui restait-il avant que les mèches aient fini de se consumer ?

L'espace d'un instant, elle ne fut pas sûre de l'avoir trouvé. Peut-être étaient-ce les battements précipités de son propre cœur ? Mais non, il était bien là, avec un rythme différent, à peine perceptible et irrégulier. Lord John n'était pas mort.

Elle était trop affolée pour en être soulagée. Comment allait-elle le sortir de là ? Il avait beau être plus petit qu'elle, il était encore trop lourd. Elle essaya de le prendre sous les aisselles et de le traîner, mais s'arrêta au bout de quelques centimètres. Prise d'une inspiration soudaine, elle retourna dans la cellule, évitant de baisser les yeux vers la dépouille sanglante à ses pieds, saisit la lanterne et revint dans le couloir, la brandissant haut.

Elle avait vu juste. Les murs étaient en brique, se rejoignant au sommet en formant des arches. Au-dessus, des épis rete-naient une couche de sable sur laquelle couraient de grosses poutres, et au-dessus encore, des planches, puis une autre couche de briques qui formaient le plancher de l'entrepôt. « Tout va sauter », avait dit Bonnet. Etait-ce si sûr ? La térében-thine et la poix brûlaient, mais n'explosaient que sous pression. Les mèches ! Elles devaient être longues, menant à de petits tas de poudre à canon, c'était le seul type d'explosif que Murchison pouvait avoir utilisé, les explosifs brisants n'ayant pas encore été inventés.

Donc, la poudre allait exploser en différents endroits, mettant le feu aux barils voisins. Mais ces derniers se consumeraient lentement. Elle avait vu Sinclair en fabriquer. Les lattes étanches mesuraient près de deux centimètres d'épaisseur. Elle se souvenait de la forte odeur de térébenthine qui l'avait assaillie dans l'entrepôt. Murchison avait sans doute ouvert quelques fûts pour laisser s'écouler la résine.

Les barils brûleraient mais n'exploseraient probablement pas ou, du moins, pas simultanément. Elle commençait à respirer un peu mieux. Ce ne serait pas comme une bombe, plutôt comme une série de feux d'artifice. En outre, même en cas de conflagration, celle-ci aurait lieu à l'étage au-dessus, avec un souffle montant vers le toit. Seule une partie mineure de sa puissance serait réfléchie vers le bas.

Brianna s'assit brusquement sur le sol, faisant bouffer ses jupes autour d'elle.

— Je crois que ça va aller, murmura-t-elle sans savoir si elle s'adressait à elle-même, au bébé ou à lord John.

Elle resta blottie un moment sur elle-même, tremblante, puis roula sur les genoux pour administrer les premiers soins.

La jeune femme était en train d'arracher un pan de son jupon pour en faire un bandage quand elle entendit des pas de course. Elle se tourna d'abord vers l'escalier, et se rendit compte qu'ils venaient de l'autre côté.

Elle fit volte-face et aperçut la silhouette de Stephen Bonnet qui revenait vers elle, à bout de souffle. Elle reprit aussitôt le mousquet qu'elle avait posé près de lord John.

— Cours ! hurla-t-il. Qu'est-ce que tu fous encore là ?

— Il n'y a pas de danger ici, répondit-elle. Partez !

— Pas de danger ! Mais tu es folle ? Tu n'as pas entendu Murch...

— Si, mais il avait tort. Il n'y aura pas d'explosion. Et quand bien même il y en aurait une, nous sommes à l'abri ici en bas.

— Tu rigoles ! Même si la cave ne saute pas, que va-t-il se passer quand le feu crèvera le plancher ?

— Il est en brique.

— Ici, peut-être, mais pas de l'autre côté, au bord du fleuve, où il est en bois. Quand le feu se répandra là-bas, la fumée va envahir la cave et t'asphyxier.

Elle sentit une vague de nausée retourner ses entrailles.

— Quoi ? La cave n'est pas fermée ? Vous voulez dire que l'autre bout du couloir est ouvert ?

Au moment même où elle parlait, elle se rendit compte que c'était forcément le cas. Il n'avait pas fui vers l'escalier mais était parti directement de l'autre côté.

— Oui ! cria-t-il. Viens !

Il bondit vers elle et voulut lui prendre le bras mais elle se dégagea juste à temps, se plaquant contre le mur et pointant son arme sur lui.

— Je ne partirai pas sans lui, annonça-t-elle en indiquant lord John.

— Mais il est mort !

— Non ! Vous allez le porter !

Un mélange extraordinaire d'émotions traversa le visage de Bonnet, la fureur et la stupéfaction n'étant pas des moindres.

— Portez-le ! répéta-t-elle.

Il tressaillit, puis, très lentement, se baissa et hissa lord John sur son épaule.

— Allez, viens ! lança-t-il.

Sans un autre regard vers elle, il s'enfonça dans l'obscurité. Elle hésita un instant, puis saisit sa lanterne et le suivit.

Une vingtaine de mètres plus loin, elle sentit la fumée. Le couloir formait un coude après lequel il se scindait en plusieurs branches qui menaient aux différentes cellules de la cave. Le sol s'inclinait vers le fleuve. Des volutes grises et âcres flottaient autour d'eux, formant des arabesques dans la lumière de la lanterne. Brianna avait du mal à le suivre, encombrée par son arme, sa lampe et son ventre. Ce dernier se contracta à nouveau, lui coupant la respiration.

— J'ai dit : pas maintenant ! siffla-t-elle entre ses dents.

Elle dut s'arrêter un instant pour reprendre haleine et Bonnet disparut dans le noir devant elle. Il mit un certain temps avant de remarquer que le halo de la lanterne avait disparu. Elle l'entendit crier de loin :

— Brianna ! Qu'est-ce que tu fous ?

— J'arrive ! hurla-t-elle en retour.

Elle reprit sa course, en canard. La fumée avait nettement épaissi et elle entendait des craquements sinistres quelque part. Au-dessus ? Ou devant ? Elle prit une profonde inspiration et sentit une odeur de vase. Une vague lueur devant elle transperça les ténèbres grises et elle hâta le pas. Puis une silhouette sombre se dressa devant elle et Bonnet lui saisit le bras, l'entraînant à l'air libre.

Ils se trouvaient sous les quais. Une eau noire clapotait à leurs pieds, striées de grandes traînées lumineuses, reflets des flammes qui s'élevaient de l'entrepôt au-dessus de leurs têtes. Lui tenant toujours le bras, Bonnet la tira vers la berge couverte de hautes herbes et de boue. Il la lâcha au bout de quelques mètres et elle le suivit tant bien que mal, dérapant dans la vase, se prenant les pieds dans sa jupe longue.

Enfin, il s'arrêta au pied d'un arbre, s'agenouilla et laissa tomber John Grey à terre. Il resta à quatre pattes un moment, haletant.

Brianna se retourna. L'entrepôt luisait comme une lanterne chinoise, les flammes se frayant un passage dans les moindres interstices. Les doubles portes avaient été laissées entrouvertes. Tout à coup, l'un des battants vola en éclats et de grandes langues de feu en jaillirent, rampant sur les quais.

Elle sentit une main sur son épaule et fit volte-face, pour se retrouver nez à nez avec Bonnet.

— J'ai un bateau qui m'attend un peu plus haut sur le fleuve, déclara-t-il. Tu viens ?

Brianna secoua la tête. Elle tenait toujours le mousquet mais n'en avait plus besoin. Il ne représentait plus aucune menace pour elle.

Toutefois, il s'attarda, la dévisagea en fronçant légèrement les sourcils. Les reflets du brasier non loin de là creusaient encore ses traits déjà tirés. La térébenthine qui se déversait peu à peu dans le fleuve avait pris feu et de petites flammes jaunes couraient sur l'eau.

— C'est vrai, ce que tu m'as dit ? questionna-t-il.

Sans attendre sa permission, il posa les deux mains à plat sur son ventre. Celui-ci se contracta aussitôt à son contact, provoquant une nouvelle crampe indolore. Bonnet tressaillit en ouvrant des yeux ronds.

Elle s'écarta de lui et referma son manteau, incapable de parler. Il lui saisit le menton et scruta son visage, cherchant sans doute à vérifier qu'elle disait vrai. Puis il la lâcha et glissa un doigt dans sa bouche, fouillant l'intérieur de sa joue.

Il s'empara de sa main et y déposa un objet dur et mouillé.

— Pour son éducation, dit-il avec un sourire. Prends bien soin de notre enfant, chérie !

Enfin il s'enfuit, bondissant le long de la berge comme un démon dans la lumière dansante.

Elle leva le mousquet, le doigt sur la détente. Il n'était encore qu'à vingt mètres, formant une cible parfaite. « N'importe quelle main, mais pas la tienne ! »

Elle abaissa son arme et le regarda disparaître.

A présent, l'entrepôt n'était plus qu'un gigantesque brasier qui s'avançait sur le fleuve, formant un barrage de feu. Il avait dit qu'un bateau l'attendait en amont. Personne ne pourrait le rattraper.

Son poing était toujours fermé sur l'objet qu'il lui avait donné. Elle l'ouvrit lentement et contempla le diamant noir qui luisait dans sa paume. Ses facettes projetaient mille reflets de feu et de sang.

DOUZIÈME PARTIE
Je t'aime

63

Le pardon

River Run, mai 1770

— C'est vraiment la femme la plus têtue que j'aie jamais rencontrée !

Brianna entra dans la pièce en froufroutant comme un voilier en vent arrière et se laissa tomber dans la bergère près du lit, fulminante.

Lord John Grey ouvrit un œil rouge sous son turban de bandages.

— Vous voulez parler de votre tante, sans doute ?

— Qui d'autre ?

— Je ne sais pas, vous peut-être !

Elle sourit malgré elle.

— C'est encore son foutu testament ! reprit-elle. Je lui ai pourtant répété mille fois que je ne voulais pas de River Run ! Je ne peux pas posséder des esclaves ! Elle se contente de sourire comme si j'étais une gamine de six ans qui fait un caprice et me répète que, le moment venu, je serai bien contente d'hériter d'elle. Contente, peuh ! Qu'est-ce que je vais faire ?

— Rien.

— Comment ça, rien ?

— Tout d'abord, je serais extrêmement surpris que votre tante soit éternelle, même si certains Ecossais semblent l'être. Ensuite, même si elle persiste à croire que vous seriez une bonne maîtresse pour River Run...

— Et pourquoi ne le serais-je pas ? l'interrompit-elle, piquée.

— Parce que vous ne pouvez pas diriger une plantation de cette taille sans esclaves et que, si j'ai bien compris, vous refusez d'en avoir pour des raisons de conscience. Cela dit, vous faites une quaker bien singulière !

Il lança un regard délibéré vers son ventre drapé de mousseline à rayures violettes.

— Pour en revenir à nos moutons, reprit-il, dans l'éventualité où vous vous retrouveriez malgré vous propriétaire d'esclaves, il existe toujours la possibilité de les libérer.

— Pas en Caroline du Nord, l'assemblée...

— Vous n'aurez qu'à me les vendre.

— Mais...

— Je les emmènerai en Virginie, où la législation concernant l'affranchissement des esclaves est beaucoup plus souple. Une fois vos gens libérés, vous n'aurez plus qu'à me rendre mon argent. Vous serez alors complètement ruinée et sans terre, ce qui semble être votre vœu le plus cher, juste après celui de tout faire pour ne pas épouser l'homme que vous aimez.

Elle froissa la mousseline entre ses doigts, contemplant le saphir qui étincelait à son doigt.

— J'ai promis de l'écouter d'abord, dit-elle d'une petite voix. Même si je considère que c'est du chantage affectif.

— Le plus efficace, admit-il. Mais quelle victoire de pouvoir enfin damer le pion à un Fraser !

Elle ne releva pas.

— J'ai simplement dit que je l'écouterai. Je continue de penser qu'une fois qu'il saura... il ne pourra pas. Vous-même, vous ne pourriez prendre en charge un enfant qui n'est pas le vôtre.

Il se redressa sur ses oreillers, grimaçant légèrement.

— Il me semble que c'est ce que je fais depuis un certain temps.

Elle fut prise de court un instant puis rougit.

— Oh, vous... vous voulez parler de moi ! Oui, mais je ne suis plus une enfant et vous n'avez pas eu besoin de prétendre que j'étais votre fille.

Elle hésita avant d'ajouter :

— J'espère que vous ne l'avez pas fait *uniquement* pour mon père.

Il sourit et lui prit la main.

— Non, rassurez-vous.

Il la lâcha et s'enfonça dans ses oreillers avec un gémissement.

— Vous avez mal ? s'inquiéta-t-elle. Je peux vous apporter quelque chose ? Du thé ? Une infusion ?

— Non, c'est juste cette maudite migraine. La lumière me fait mal aux yeux. Dites-moi, qu'est-ce qui vous rend si sûre qu'un homme ne peut pas aimer un enfant à moins de l'avoir engendré lui-même ? Ce n'est pas de vous que je parlais tout à l'heure. Mon fils, ou plutôt mon beau-fils, est en fait l'enfant de la sœur de ma femme. A la suite d'un tragique accident, ses deux parents sont morts à un bref intervalle l'un de l'autre. Ma femme Isobel et ses parents l'ont élevé pratiquement depuis sa naissance. Je n'ai épousé Isobel que lorsque Willie avait six ans. Aussi, vous voyez, je n'ai aucun lien de sang avec lui et, pourtant, je défie quiconque de mettre en doute l'amour paternel que j'ai pour lui.

— Je vois, dit-elle après un moment. Je ne savais pas.

Elle triturait la bague autour de son doigt, songeuse.

— En fait, poursuivit-elle, si je dois être honnête, ce ne sont pas tant les rapports entre Roger et l'enfant qui m'inquiètent, mais ce qui va changer entre lui et moi... Jusqu'à il y a quelques années, j'ignorais que Jamie Fraser était mon père. Mes parents ont été séparés après le Soulèvement, chacun croyant l'autre mort. Ma mère s'est remariée et j'ai été élevée par Frank Randall. Je n'ai su la vérité qu'après sa mort.

— Ah ! fit John Grey. Ce Randall était cruel avec vous ?

— Non, pas du tout ! Il était... merveilleux.

Sa voix se brisa et elle s'éclaircit la gorge, embarrassée.

— Je n'aurais pu rêver meilleur père. C'est juste que je pensais que mes parents formaient un couple idéal. Ils s'aimaient, se respectaient... et je croyais que tout était pour le mieux dans le meilleur des mondes.

Lord John gratta ses bandages. Le médecin lui avait rasé la tête, ce qui, outre le fait d'être un affront à sa vanité, le démangeait sérieusement.

— Je ne vois toujours pas le rapport avec votre situation.

— Après la mort de mon père, nous avons découvert que Jamie Fraser était toujours en vie. Ma mère est partie le rejoindre, puis je suis venue à mon tour. Et là, c'était différent. J'ai vu la manière dont ils se regardaient. Je n'avais jamais vu ma mère regarder Frank Randall de cette manière, ni lui la regarder ainsi.

— Ah, c'est donc ça ! Vous savez à quel point un amour comme le leur est rare ? demanda-t-il.

— Oui.

Elle se tourna à moitié sur son siège, faisant face à la porte-fenêtre et au massif couvert de bourgeons printaniers, dans le jardin.

— J'ai cru avoir trouvé un tel amour, moi aussi, dit-elle doucement. Ça n'a duré qu'un moment. Un tout petit moment.

Elle se tourna vers lui, le regard grave.

— Puis je l'ai perdu. Je peux vivre sans cela ou avec cela. Mais je ne pourrais jamais vivre un simulacre d'amour. Je ne le supporterais pas !

— On dirait que vous allez hériter de moi par défaut.

Brianna posa le plateau du petit déjeuner sur le lit et s'assit dans la bergère, la faisant grincer sous son poids.

— Ne jouez pas avec les nerfs d'un homme malade, protesta lord John en saisissant un toast. Que voulez-vous dire ?

— Drusus vient d'arriver en courant dans les cuisines, annonçant que deux cavaliers approchaient en coupant à travers les

champs des Campbell. Il est sûr que l'un d'eux est mon père...
un grand type avec des cheveux roux. Il n'y en a pas trente-six
mille comme lui.

— En effet, mais *deux* cavaliers ?

— Le second doit être maman. Ce qui signifie qu'ils n'ont pas
retrouvé Roger. Ou qu'ils l'ont trouvé, mais qu'il n'a pas voulu
venir. Heureusement que j'ai assuré mes arrières, non ?

Lord John cligna des yeux et déglutit.

— Si par cette métaphore douteuse vous voulez dire que vous
comptez m'épouser, je vous assure...

— Je vous taquinais, l'interrompit-elle avec un sourire forcé.

Il but une gorgée de thé et ferma les yeux pour mieux apprécier les vapeurs parfumées.

— Tant mieux ! Deux cavaliers, vous avez dit ? Votre cousin
n'était pas parti avec eux ?

— Si, j'espère qu'il ne lui est rien arrivé !

— Ils ont peut-être rencontré des difficultés en route qui ont
obligé votre cousin et votre mère à voyager derrière votre père
et M. MacKenzie. Ou votre cousin et M. MacKenzie derrière vos
parents.

— Vous avez sans doute raison, soupira-t-elle.

Elle ne semblait guère convaincue. Lord John repoussa son
plateau et se redressa sur ses oreillers.

— Dites-moi, ma chère, jusqu'où vont vos remords de m'avoir
presque fait tuer ?

Elle rougit et parut mal à l'aise.

— Que voulez-vous dire ?

— Si je vous demande de faire quelque chose contre votre gré,
votre culpabilité et votre sens du devoir vous inciteront-ils à le
faire néanmoins ?

— Encore du chantage ! Dites toujours.

— Pardonnez à votre père. Quoi qu'il se soit passé entre vous.

La grossesse avait rendu son teint délicat. Toutes ses émotions
semblaient circuler juste sous sa peau de pêche. Il tendit la main
et lui caressa la joue.

— Pour votre bien comme pour le sien, ajouta-t-il.

— Je lui ai déjà pardonné.

Elle baissa les yeux et croisa les mains sur ses genoux.

Au même instant, des claquements de sabots retentirent de
l'autre côté des portes-fenêtres.

— Vous feriez bien de descendre le lui dire, ma chère.

Elle pinça les lèvres et acquiesça. Puis elle se leva sans un mot
et se dirigea vers la porte, disparaissant comme un nuage
d'orage au-dessus de la ligne d'horizon.

— Quand nous avons su qu'il n'y avait que deux cavaliers
approchant et que l'un d'entre eux était Jamie, nous avons craint

que quelque chose soit arrivé à votre neveu ou à MacKenzie. Bizarrement, il ne nous est pas venu à l'esprit que quelque chose avait pu vous arriver, à vous.

— Je suis increvable, murmura Claire en examinant son œil. Vous ne le saviez pas encore ?

Elle ôta ses pouces de ses paupières et lord John cligna des yeux, sentant encore la pression de ses doigts.

— Vous avez une pupille dilatée, mais ce n'est pas grand-chose. Prenez mon doigt et serrez-le de toutes vos forces.

Elle tendit son index et il s'exécuta, agacé par la faiblesse de ses muscles.

— Avez-vous retrouvé MacKenzie ? demanda-t-il.

Elle lui lança un bref regard suspicieux avant de répondre :

— Oui. Il nous rejoindra plus tard. Bientôt. Que savez-vous au juste ?

— Tout.

Il eut la satisfaction passagère de l'avoir désarçonnée.

— Vraiment tout ? demanda-t-elle.

— Presque tout, admit-il. En tout cas, assez pour me demander si le retour de M. MacKenzie est un vœu pieux de votre part ou une certitude.

— Disons plutôt qu'il s'agit de foi.

Sans lui demander son avis, elle dénoua les lacets de sa chemise de nuit et l'ouvrit en grand, découvrant son torse nu. Roulant une feuille de parchemin en cylindre, elle en posa une extrémité sur sa poitrine et colla son oreille sur l'autre.

— Mais que faites-vous ? s'indigna lord John.

— Chut ! Je ne peux pas entendre.

Elle posa le tube en plusieurs endroits, marquant une pause de temps à autre pour tapoter sa cage thoracique ou lui appuyer sur le foie.

— Vous êtes allé à la selle ce matin ? questionna Claire en lui palpant familièrement l'abdomen.

— Je refuse de vous le dire ! répliqua-t-il en refermant dignement sa chemise de nuit.

Elle était encore plus déroutante que jamais. Elle devait avoir la quarantaine et pourtant son visage était à peine parcouru d'un fin réseau de rides peu profondes. Sa masse de cheveux ne comportait que quelques brins d'argent. Elle semblait avoir maigri, mais c'était difficile à dire, avec sa tenue barbare : une chemise en cuir et des culottes d'homme en daim ! Son teint cuivré par le soleil faisait ressortir ses grands yeux dorés qui étaient si troublants quand elle vous regardait fixement, ce qui était le cas à présent.

— Brianna m'a dit que le Dr Fentiman vous avait trépané.

— C'est également ce qu'on m'a dit, mais je crains de ne pas m'en souvenir.

Il s'agita dans ses draps, mal à l'aise.

— Heureusement pour vous. Vous permettez que j'y jette un œil ? Simple curiosité. Je n'ai jamais vu une trépanation.

— Je vous en prie. Hormis les mouvements de mes intestins, je n'ai pas de secrets pour vous, madame.

Il inclina la tête et sentit ses doigts dérouler les bandages. Un courant d'air frais lui chatouilla le crâne.

— Brianna est avec son père ? s'enquit-il, les yeux fermés.

— Oui. Elle m'a raconté tout ce que vous avez fait pour elle. Merci. Jamie montera vous voir tout à l'heure. Il est dans le jardin avec Brianna.

— Ils... ils se sont réconciliés ?

— Voyez par vous-même.

Elle glissa un bras sous son épaule et, avec une force surprenante, le hissa en position assise. Entre les montants de la balustrade, il aperçut les deux silhouettes au fond du jardin, face à face. Au moment où il les observait, ils s'étreignirent puis s'écartèrent en riant devant leur gaucherie, due au ventre de Brianna.

— J'ai impression que nous sommes arrivés *in extremis*, murmura Claire en observant sa fille d'un œil expert. Elle va accoucher d'un moment à l'autre.

— Je dois avouer que je vous suis infiniment reconnaissant d'être arrivés à temps, dit-il en se recouchant. J'ai à peine survécu à l'épreuve d'être la nourrice de votre fille. Je craignais que de lui servir de sage-femme ne m'achève complètement.

— Oh, j'allais oublier !

Claire dénoua la lanière d'une vieille bourse de cuir suspendue à son cou.

— Brianna m'a demandé de vous rendre ceci. Elle dit qu'elle n'en aura plus besoin.

Il ouvrit la main et elle y déposa un éclat de lumière bleue.

— Ciel ! Elle m'a plaqué ! dit-il en riant.

64

La délivrance

— C'est comme le base-ball, lui assurai-je. De longues périodes pendant lesquelles il ne se passe rien, entrecoupées de moments d'intense activité.

Elle se mit à rire, s'arrêta brusquement et grimaça.

— Aïe ! Intense, tu parles ! haleta-t-elle. Au moins pendant les périodes calmes d'un match de base-ball, tu peux boire une bière et manger des hot-dogs.

Assis au chevet de Brianna, à la demande de celle-ci, Jamie ne comprit pas grand-chose à cet échange, mais il était trop inquiet pour s'en soucier.

Les contractions étaient très rapprochées à présent. Je fis un signe à Phaedre, qui courut chercher une mèche pour allumer les bougies de la chambre.

— Respire, conseillai-je à Brianna.

J'empilai les oreillers derrière son dos, la calai contre la tête de lit, et demandai à Phaedre d'approcher le chandelier.

Je huilai mes mains, retroussai sa chemise de nuit et la touchai là où je ne l'avais pas touchée depuis qu'elle était bébé elle-même. Je la massai doucement, lentement, sans cesser de lui parler, même si je savais qu'elle m'entendait à peine.

Je sentais la chair bouger sans cesse sous mes doigts. La peau se détendit, se tendit à nouveau. Une soudaine giclée de liquide amniotique se répandit sur les draps et le plancher. Je continuai à la masser, priant le ciel que le bébé ne sorte pas trop vite et ne la déchire pas.

La vulve s'ouvrit soudain et je sentis une surface dure et humide sous mes doigts. La chair se détendit, et il recula, laissant au bout de mes doigts la sensation qu'ils venaient de toucher un être totalement nouveau. Une fois de plus, il y eut une forte pression. La chair se tendit, et il disparut à nouveau. Je remontai encore sa chemise de nuit et, lors de la poussée suivante, la vulve s'étira jusqu'à atteindre une taille impossible, et une tête de gargouille chinoise en jaillit, projetant une marée de liquide amniotique et de sang.

Je me retrouvai nez à nez avec un petit visage cireux et fermé comme un poing, qui grimaçait furieusement.

Jamie étira le cou.

— Qu'est-ce que c'est ? C'est un garçon ?

— Je ne sais pas encore, mais je l'espère, répondis-je. C'est la chose la plus laide que j'aie jamais vue. Que Dieu lui vienne en aide si c'est une fille !

Brianna émit un bruit étrange qui aurait pu être un rire et se transforma en un immense grognement d'effort. J'eus à peine le temps de glisser mes doigts à l'intérieur pour le faire pivoter qu'il sortait déjà. Il y eut un *plop !* audible et une longue forme visqueuse glissa hors de sa gaine spongieuse, se tortillant comme une truite hors de l'eau.

Je saisis une serviette propre et le séchai. « Le », parce que c'était bien un garçon. Le petit scrotum entre ses cuisses dodues était rond et violacé. Je vérifiai rapidement les signes d'Apgar : respiration, coloration de la peau, réactivité, tonus musculaire... tout semblait en ordre. Il émettait des petits bruits rageurs, de petites explosions d'air, sans vraiment crier, martelant l'air devant lui de ses minuscules poings roses.

Je le posai sur le lit pour examiner Brianna. Ses cuisses étaient striées de sang mais il n'y avait pas de signe d'hémorragie. Le cordon était parcouru d'une pulsation régulière, formant un long serpent vivant qui les reliait tous les deux.

— Encore une. Courage, ma chérie !

Elle haletait, ses cheveux lui collant aux tempes, un immense sourire de soulagement et de triomphe sur le visage. Je posai une main sur son ventre, soudain flasque. Dedans, je sentis le placenta se détacher, et son corps libéra son ultime lien physique avec son fils.

Une dernière contraction agita son ventre et elle éjecta les membranes placentaires. Je nouai le cordon, le sectionnai, puis plaçai son enfant dans ses bras.

— Il est magnifique, lui chuchotai-je.

Je le lui abandonnai et passai aux affaires plus urgentes, appuyant fermement sur son ventre pour encourager son utérus à se contracter et faire cesser les saignements. J'entendis le murmure d'excitation qui se diffusait dans la maison, tandis que Phaedre répandait la nouvelle. Levant les yeux, je vis Brianna, rayonnante, souriant toujours béatement et, à son côté, Jamie, non moins béat, les joues ruisselantes de larmes. Il lui murmura quelque chose en gaélique, lui caressa les cheveux, se pencha vers elle et déposa un baiser juste derrière son oreille.

— Tu crois qu'il a faim ? me demanda Brianna. Je le nourris ?

— Essaie, tu verras bien. Certains s'endorment juste après la naissance, mais d'autres veulent téter.

Elle délaça sa chemise de nuit, dévoilant un sein gonflé. Elle tourna maladroitement le bébé dans ses bras et écarquilla des yeux surpris quand la petite bouche se referma sur son mamelon avec une voracité inattendue.

— Un sacré goinfre, hein ?

Je ne me rendis compte que je pleurais qu'en sentant les larmes salées me couler dans la commissure des lèvres.

Quelque temps plus tard, la mère et l'enfant lavés, confortablement installés et nourris, je refermai doucement la porte derrière moi, me sentant détachée de la réalité, comme si je marchais dans un rêve.

Jamie était descendu avant moi pour prévenir John. Il m'attendait au pied de l'escalier. Il m'attira à lui sans un mot et m'embrassa. Lorsqu'il me libéra, je remarquai les traces d'ongles que Brianna avait laissées sur le dos de ses mains.

— Tu as été magnifique ! me chuchota-t-il.

Il s'écarta légèrement pour me regarder, les yeux brillants de joie, et ajouta :

— Grand-maman !

Couché près de moi, Jamie se redressa brusquement sur un coude.

— Il a la peau claire ou mate ? demanda-t-il. J'ai compté ses doigts mais je n'ai même pas pensé à vérifier.

— Pour le moment, c'est difficile à dire. Il est rouge violacé et a encore sa couche de vernix, une substance grisâtre qu'il va garder un ou deux jours. Il a quelques cheveux foncés, mais ça ne veut rien dire. Ils tomberont sûrement bientôt. En plus, même s'il avait le teint clair, ça ne prouverait rien. Il le tiendrait de sa mère.

Je m'étirai voluptueusement. Le travail de sage-femme était un dur labeur.

— Oui, mais s'il était brun, on serait fixés.

— Peut-être pas. Ton père était brun, le mien aussi. Il pourrait avoir des gènes récessifs et être brun même si...

— Des quoi ?

J'essayai de me souvenir si Gregori Mendel avait déjà commencé à manipuler ses petits pois, puis capitulai, trop endormie pour me concentrer. De toute manière, Jamie n'avait apparemment jamais entendu parler de génétique.

— Il pourrait être de n'importe quelle couleur sans que cela signifie quoi que ce soit, résumai-je en bâillant. Il faudra attendre qu'il soit assez grand pour ressembler à... à quelqu'un. Et même encore...

Jamie se rallongea et se colla contre moi. Nous dormions nus et les poils de son corps me chatouillaient délicieusement. Il déposa un baiser dans ma nuque et soupira.

— Bah ! dit-il. Même si je ne sais jamais qui est son père, au moins je saurai qui est son grand-père.

— C'est ça. Maintenant, dors. A chaque jour suffit sa peine.

Il rit, puis se détendit. Quelques minutes plus tard, il s'assoupit.

J'avais les yeux grands ouverts et regardais les étoiles par la fenêtre ouverte. *A chaque jour suffit sa peine.* Pourquoi avais-je dit cela ? C'était la phrase fétiche de Frank.

L'air dans la chambre semblait vivant. Une brise agita les rideaux et un courant d'air frais caressa ma joue.

— Tu es déjà au courant ? murmurai-je. Tu sais qu'elle a eu un fils ?

Il n'y eut pas de réponse mais, dans le calme de la nuit, je sentis une paix profonde descendre sur moi et je sombrai enfin dans un océan de rêves.

65

Retour à Fraser's Ridge

Jocasta était déchirée à l'idée de voir partir le nouveau-né mais les semailles de printemps étaient déjà très en retard et le domaine négligé depuis trop longtemps. Nous devions rentrer chez nous au plus tôt. Brianna tenait coûte que coûte à nous accompagner, ce qui était aussi bien car même de la dynamite n'aurait pas pu séparer Jamie de son petit-fils.

Lord John était en état de voyager. Il nous accompagna jusqu'à la grand-route de Buffalo, où il embrassa Brianna et le bébé, et nous étreignit, Jamie et moi, avant de bifurquer vers le nord, vers la Virginie et Willie.

Une semaine plus tard, nous arrivâmes dans les prés où poussaient les fraises sauvages, vertes, blanches et rouges à la fois, mélange de constance et de courage, de douceur et d'acidité, abritées par l'ombre des grands arbres.

La cabane était sale et désordonnée, les remises vides et jonchées de feuilles mortes. Le jardin semblait un enchevêtrement de tiges desséchées et de mauvaises herbes. L'enclos était désert. La carcasse de la nouvelle maison se dressait sur la colline comme un squelette, pleine de reproches. L'endroit paraissait à peine habitable, une vraie ruine.

Jamais je n'avais été aussi heureuse de rentrer chez moi.

« *Prénom* », écrivis-je. Je m'arrêtai. Bonne question ! Le sujet était encore en discussion. Quant à son patronyme, il n'était pas encore envisagé.

Je l'appelais « chéri » ou « mon bébé ». Lizzie disait « cher petit ». Jamie s'adressait à lui avec une formalité toute gaélique : « petit-fils » ou « *a Ruaidh* », à savoir « le Rouge », son duvet brun de nouveau-né ayant cédé la place à une toison d'un rouge flamboyant qui ne laissait aucun doute quant à l'identité de son grand-père, à défaut de celle de son père.

Brianna ne ressentait manifestement pas le besoin de le nommer. Elle ne le quittait pas d'un pouce, veillant sur lui avec une concentration farouche qui transcendait les simples mots. Elle refusait tout bonnement de lui donner un prénom définitif.

— Pas encore, disait-elle.

— Mais quand ? demandait Lizzie.

Brianna se taisait, mais la réponse coulait de source : quand Roger serait là.

— S'il ne se montre pas, me dit Jamie en aparté, ce pauvre enfant ira à la tombe sans un nom. Bon sang, que cette fille est têtue !

— Elle a confiance en Roger, rétorquai-je. Tu ferais bien de l'imiter.

Il me lança un regard noir.

— Il y a une grande différence entre la confiance et l'espoir, *Sassenach*. Tu le sais très bien.

— Alors essaie l'espoir ! répliquai-je sèchement.

Je lui tournai le dos, plongeant ma plume dans l'encrier. Le jeune « Point d'Interrogation » avait eu une fièvre de lait qui nous avait tenus éveillés toute la nuit. Abrutie de fatigue et de méchante humeur, je n'allais pas tolérer des manifestations de mauvaise foi.

Jamie contourna la table et s'assit en face de moi, posant son menton sur ses bras croisés. Je n'avais pas d'autre solution que de le regarder.

— Je ne demande pas mieux, dit-il avec un sourire dans les yeux. Le problème, c'est que je n'arrive pas à décider si j'espère qu'il s'amène ou qu'il ne réapparaisse jamais.

Je souris malgré moi et lui chatouillai le nez avec la pointe de ma plume en signe de pardon. Il éternua puis se redressa, essayant de lire le papier devant moi.

— Qu'est-ce que tu fais, *Sassenach* ?

— Je rédige le certificat de naissance de notre petit Machin, dans la mesure du possible.

— Machin ? dit-il d'un air suspicieux. C'est un saint ?

— J'en doute, quoique... ! Il y en a bien qui s'appellent Pantaléon, Onuphrie ou Ferréol.

— Ferréol ? Je n'en ai jamais rencontré.

— C'est un de mes préférés, lui assurai-je.

J'inscrivis soigneusement la date et l'heure de naissance. Même l'heure était approximative, le pauvre chou ! Les deux seules informations sûres de son certificat étaient la date et le nom du médecin qui l'avait mis au monde.

— Ferréol est un martyr chrétien, le saint patron de la volaille malade, poursuivis-je. C'était un tribun romain. Lorsqu'on a découvert qu'il était chrétien, on l'a enchaîné dans la fosse d'aisances de la prison en attendant de le juger. Je suppose que les cellules étaient pleines. Il est parvenu à s'échapper en fuyant par les égouts. Malheureusement, il a été capturé et décapité.

— Quel rapport avec les poules ?

— Je n'en ai aucune idée. Demande au Vatican.

— Mmphm... Personnellement, j'ai toujours eu un faible pour saint Guignol.

— Qui c'est, celui-là ?

— On l'invoque toujours contre l'impuissance. Un jour, j'ai vu une statue le représentant à Brest. On raconte qu'elle est là depuis plus de mille ans. C'est une statue miraculeuse. Il a une bite dressée comme un canon de fusil et...

— Il a quoi ?

— En fait, ce n'est pas sa taille qui est miraculeuse. Enfin, pas tout à fait. Les Brestois racontent que, depuis mille ans, les gens viennent en couper des petits morceaux en guise de relique et, pourtant, elle est toujours aussi grosse.

Il m'adressa un sourire malicieux.

— On dit qu'un homme qui possède un petit morceau de saint Guignol dans sa poche peut forniquer pendant une nuit et un jour sans se fatiguer.

— Pas avec la même femme, j'espère ! On se demande ce qu'il a bien pu faire pour mériter d'être canonisé !

Il se mit à rire.

— N'importe quel homme qui a vu ses prières exaucées pourrait te le dire, *Sassenach* !

Il pivota sur son tabouret et regarda par la porte ouverte. Brianna et Lizzie étaient assises dans l'herbe, leurs jupes étalées autour d'elles, contemplant le bébé couché nu sur un vieux châle, les fesses rouges comme celles d'un babouin.

« *Brianna Ellen* », écrivis-je.

— Qu'est-ce que je mets ? questionnai-je. « Brianna Ellen Randall » ? « Fraser » ? ou les deux ?

— C'est important ?

— Cela pourrait le devenir. Si Roger revient et qu'il reconnaît l'enfant, celui-ci prendra le nom de MacKenzie. Dans le cas contraire, il prendra sans doute le nom de sa mère.

Il resta silencieux un moment, observant les deux jeunes femmes. Elles s'étaient lavé les cheveux dans la rivière le matin et Lizzie brossait patiemment les longues mèches rousses de Brianna qui étincelaient au soleil.

— Ici, elle se fait appeler Fraser, dit-il doucement. Ou du moins, elle en avait l'habitude.

Je reposai ma plume et lui pris la main.

— Elle t'a pardonné. Tu le sais bien.

— Pour le moment. Mais s'il ne revient pas ?

J'hésitai. Il avait raison. Brianna lui avait pardonné sa première méprise. Néanmoins, si Roger ne se présentait pas bientôt, elle ne pourrait qu'en tenir Jamie pour responsable... non sans raison, j'étais bien obligée de le reconnaître.

— Mets les deux, dit-il soudain. Elle choisira plus tard.

— Il viendra, dis-je fermement. Tout rentrera dans l'ordre.

Je repris ma plume et ajoutai :

— J'espère.

66

Le fruit de ma chair

Un lapin sans gêne avait encore creusé son terrier sous mon jardin potager, en profitant pour manger mes choux par la racine. Comme si cela ne suffisait pas, il avait invité quelques amis au gueuleton. Je poussai un soupir las et m'agenouillai pour réparer les dégâts, comblant le trou avec de la terre et des cailloux. L'absence de Ian était un chagrin constant et, dans des moments pareils, même son horrible chien me manquait cruellement.

J'avais rapporté un grand nombre de graines et de boutures de River Run. Nous étions à la mi-juin, ce qui me laissait encore le temps de planter un nouveau carré de carottes. Les plants de pommes de terre étaient en pleine forme, tout comme les buissons d'arachides. Les lapins ne les touchaient pas. Ils ne s'intéressaient pas non plus aux herbes aromatiques, sauf au fenouil, qu'ils dévoraient comme s'il s'agissait de réglisse.

Cependant, je tenais à mes choux, que je faisais mariner dans du vinaigre pour les conserver pendant l'hiver. Non seulement ils avaient du goût, mais ils constituaient une excellente source de vitamine C. Il m'en restait quelques graines et je pouvais en faire pousser une quantité suffisante avant que le temps ne vire au froid, mais encore fallait-il que les lapins me les laissent ! Je pianotai sur l'anse de mon panier, réfléchissant. Les Indiens jetaient des touffes de cheveux humains autour de leurs champs, mais cela tenait surtout les daims à l'écart.

Jamie était sans doute ma meilleure arme dissuasive. Nayawenne m'avait expliqué que l'urine de carnivore faisait fuir les rongeurs. Or un homme qui mangeait de la viande faisait aussi bien l'affaire qu'un couguar. En outre, il serait plus facile à convaincre. Justement, Jamie venait de nous ramener un cerf de la chasse. Si j'ajoutais à cela une bonne rasade de bière d'épicéa...

Je me dirigeais vers la remise de simples, cherchant de quoi assaisonner le gibier, quand un mouvement de l'autre côté de la clairière attira mon attention. Pensant que c'était Jamie, je me tournai vers lui pour l'informer de sa nouvelle mission et m'arrêtai net.

Roger était dans un état encore plus piteux que la dernière fois que je l'avais vu, ce qui n'était pas peu dire. Il ne portait pas de chapeau, ses cheveux longs et sa barbe hirsute lui donnaient un air d'épouvantail, ses vêtements en lambeaux pendaient mollement sur sa carcasse maigre. Il était sans chaussures, un de ses pieds enveloppé dans des linges crasseux, et boitait sérieusement.

— Je suis content de tomber sur vous, dit-il simplement. Je me demandais qui serait la première personne que je rencontrerais.

Sa voix était éraillée. Il n'avait sans doute parlé à personne depuis que nous l'avions laissé dans les montagnes.

— Votre pied... commençai-je.

— Ce n'est rien. Comment vont-ils ? Brianna ? L'enfant ?

— Très bien. Ils sont tous dans la cabane. Vous avez un fils.

Il sursauta, ses yeux verts s'allumèrent.

— J'ai un fils ? C'est le mien ?

— Je suppose que oui, puisque vous êtes venu.

La lueur de joie et d'espoir s'éteignit aussitôt. Il esquissa un sourire douloureux.

— Oui, je suis venu, dit-il doucement.

Nous approchâmes de la cabane et il regarda par la porte ouverte. Jamie, en bras de chemise, était assis devant la table à côté de Brianna. Ils étaient penchés sur une série de plans de la nouvelle maison, tous deux couverts d'encre comme chaque fois qu'ils discutaient d'architecture. Le bébé dormait paisiblement dans son berceau, que Brianna balançait du bout du pied tout en parlant.

— Quel joli portrait de famille ! me chuchota Roger. C'est presque dommage de les déranger.

— Vous avez le choix ?

— Oui, répondit-il. Mais j'ai déjà choisi.

Il avança d'un pas résolu sur le seuil.

En voyant une ombre devant la porte, Jamie écarta d'instinct Brianna et plongea vers ses pistolets accrochés au mur. Il les avait déjà braqués vers Roger quand il le reconnut. Il les abaissa avec une moue dépitée.

— Ah, c'est toi !

Le bébé, réveillé par le remue-ménage, se mit aussitôt à brailler comme une sirène de pompier. Brianna le prit dans ses bras, fixant l'apparition avec des yeux ronds. J'avais oublié qu'elle ne l'avait pas vu depuis près d'un an. Il n'avait plus grand-chose de commun avec le jeune professeur d'histoire qui l'avait quittée à Wilmington.

Roger s'approcha d'elle et elle recula machinalement d'un pas. Il ne bougea plus, regardant l'enfant. Elle s'assit sur un tabouret, délaça son corset, rabattit pudiquement son châle sur son sein nu et donna la tétée au bébé, qui se tut aussitôt.

Le regard de Roger passa de l'enfant à Jamie. Ce dernier se tenait debout derrière Brianna, une main protectrice sur son épaule, droit et immobile comme un bâton de dynamite près duquel on aurait tenu une allumette enflammée.

Le regard de Brianna allait de l'un à l'autre et soudain, je vis ce qu'elle voyait : le reflet de l'immobilisme de Jamie dans Roger. C'était à la fois inattendu et terrifiant. Je n'avais jamais remarqué de ressemblance entre les deux hommes et, pourtant, à cet instant précis, ils auraient pu être les deux faces d'une même image, la nuit et le jour, le feu et les ténèbres.

Les MacKenzie ! pensai-je soudain. Des Vikings, des géants sanguinaires. Je perçus également le troisième reflet de cette image dans les yeux de Brianna, le seul trait de son visage qui semblait encore en vie.

J'aurais dû intervenir, dire quelque chose, briser ce terrible silence. Mais j'avais la gorge sèche et n'aurais su trouver les mots.

Roger tendit une main vers Jamie, la paume tournée vers le ciel, geste qui n'avait rien d'une supplication.

— J'imagine que cela ne vous enchante pas plus que moi, déclara-t-il, mais vous êtes mon parent le plus proche. Entaillez-moi. Je suis venu prêter serment.

Jamie hésita, puis dégaina son coutelas et glissa la lame sur le poignet maigre et hâlé, faisant perler une ligne de sang rouge vif dans son sillage.

A ma grande surprise, Roger ne regarda pas Brianna ni ne prit sa main. Il s'agenouilla devant elle, écarta le châle et traça une croix rouge sur le front de l'enfant.

— Tu es le sang de mon sang, la chair de ma chair, récita-t-il doucement. Devant tous les hommes, je te revendique comme mon fils, à compter d'aujourd'hui et pour l'éternité.

Il leva les yeux vers Jamie avec un air de défi. Après un long moment, celui-ci s'écarta de Brianna et Roger se tourna enfin vers elle.

— Comment l'as-tu appelé ? demanda-t-il.

— Il n'a pas encore de nom.

Ils se dévisagèrent longuement. S'il était évident que, pour Brianna, l'homme qui se tenait devant elle n'était pas celui qu'elle avait connu, il m'apparut soudain qu'elle devait lui apparaître totalement différente de la femme qu'elle avait été un an plus tôt.

— C'est mon fils, dit Roger avec un signe de tête vers le bébé. Es-tu ma femme ?

Brianna était livide.

— Je ne sais pas.

— Cet homme dit que vous avez prêté le serment des mains, intervint Jamie. C'est vrai ?

— C'était l'année dernière, répondit-elle d'une voix faible.

— Il vaut toujours, dit Roger.

Il oscilla et je me rendis soudain compte qu'il était sur le point de s'évanouir. Il n'avait sans doute pas mangé depuis plusieurs jours, sans parler de la fatigue et de l'effet de sa saignée. Je lui pris le bras et le forçai à s'asseoir. J'envoyai Lizzie chercher du lait dans le garde-manger et allai prendre mon coffret de médecine.

Ce léger regain d'activité fit baisser la tension dans la pièce. Je sortis également une bouteille de cognac rapportée de River Run, en versai un verre pour Jamie et en ajoutai une bonne dose dans le lait de Roger. Jamie me lança un regard noir, mais se rassit sur le banc et but docilement son verre avant de rouvrir la séance :

— Si tu as prêté le serment, Brianna, c'est que tu es mariée et que cet homme est ton mari.

Brianna rougit.

— Tu m'as dit que le serment ne valait que pendant un an et un jour, lança-t-elle à Roger.

— Et toi, tu m'as déclaré que tu ne voulais rien de temporaire.

Elle tiqua, mais ne se laissa pas décontenancer.

— C'est vrai, mais je ne pouvais pas deviner ce qui allait arriver. Ils t'ont dit que le bébé n'était pas de toi ?

— Mais si, c'est mon fils !

Il lui montra son poignet bandé.

— Tu sais très bien ce que je veux dire.

— Oui, je sais. Je suis désolé pour ce qui est arrivé.

— Ce n'était pas ta faute.

— Si. J'aurais dû rester avec toi jusqu'à ce que tu sois en sécurité.

— C'est moi qui t'ai demandé de partir. Je le pensais sincèrement. Mais cela n'a plus d'importance.

Elle serra le bébé un peu plus fort contre elle et se redressa.

— Je veux juste savoir une chose, déclara-t-elle d'une voix tremblante. Pourquoi es-tu revenu ?

— Tu ne voulais pas que je revienne ?

— Peu importe ce que je voulais. Je veux juste savoir : tu es revenu parce que tu le voulais ou parce que tu as estimé qu'il le fallait ?

Il baissa les yeux vers le bol entre ses mains.

— Peut-être les deux. Peut-être ni l'un ni l'autre. Je ne sais pas. C'est la vérité, je ne sais pas.

— Tu es allé au cercle de pierres ?

Il hocha la tête. Puis il glissa une main dans sa poche et en sortit l'opale.

— Oui, c'est pour ça que j'ai mis tant de temps à venir. Je n'arrivais pas à le retrouver.

— Tu aurais pu repartir, mais tu ne l'as pas fait. Tu aurais peut-être dû.

Elle leva les yeux et soutint son regard avant d'ajouter :

— Je ne vivrai pas avec toi si tu es revenu par devoir, déclara-t-elle. J'ai déjà vu un couple rester ensemble par obligation. Et puis j'en ai vu un autre qui tenait par amour. Je prendrai cette dernière option ou rien du tout.

Il me fallut un certain temps pour comprendre qu'elle voulait parler de mon mariage avec Frank. Ce fut comme une gifle en plein visage. Je cherchai le regard de Jamie ; il me dévisageait avec un air ahuri. Enfin il s'éclaircit la gorge et se tourna vers Roger.

— Quand avez-vous prêté serment ? interrogea-t-il.

— Le 2 septembre.

— Nous sommes à la mi-juin. Tu resteras vivre chez nous comme son mari. Le 3 septembre, elle décidera si elle veut concrétiser votre union devant un prêtre et une Bible, ou si tu dois filer d'ici et lui foutre la paix une fois pour toutes.

Roger et Brianna allaient tous deux protester mais il les fit taire d'un geste et ramassa son coutelas jeté sur la table. Il appuya la pointe contre le torse de Roger, menaçant.

— J'ai dit que tu vivrais ici en tant que son mari. Mais si tu la touches contre son gré, je t'arrache le cœur et le donne aux cochons. Tu m'as bien compris ?

Roger baissa les yeux vers la lame, et scruta Jamie dans le blanc des yeux.

— Vous croyez que je prendrais une femme contre son gré ?

C'était une question étrange, dans la mesure où Jamie l'avait déjà tabassé en se fondant précisément sur cette opinion erronée. Roger posa la main sur celle de Jamie et la poussa violemment, plantant la pointe de la lame dans le bois de la table. Puis il pivota sur ses talons et sortit sans un mot.

Jamie rengaina son arme et courut derrière lui.

Brianna me lança un regard désemparé.

— Qu'est-ce qu'il va fai...

Elle fut interrompue par un bruit sourd contre le mur extérieur, suivi d'un grognement de douleur et de la voix mâle de Jamie, éructant en gaélique :

— Si tu la maltraites, je te couperai les couilles et te les ferai bouffer !

Je lançai un regard vers Brianna. Manifestement, elle avait appris suffisamment de gaélique pour apprécier le style de son père. Elle ouvrit la bouche mais aucun son n'en sortit.

Il y eut un bref bruit de lutte à l'extérieur, suivi d'un second coup, que j'interprétai comme celui d'un crâne heurtant une pile de bois.

Roger n'avait pas la rage froide de Jamie, mais sa voix vibrait de sincérité :

— Si tu lèves la main encore une fois sur moi, espèce de vieux con, je tranche ta tête d'enfoiré et je te la fourre dans le cul, d'où elle n'aurait jamais dû sortir !

Un silence perplexe s'installa, puis un bruit de pas s'éloigna. Quelques instants plus tard, Jamie émit un grognement tout écossais et partit de son côté.

Brianna leva des yeux médusés vers moi.

— Ce n'est rien, lui assurai-je. Juste une surcharge de testostérone.

— Tu as un remède contre ça ?

La commissure de ses lèvres tremblait, mais je n'aurais su dire si elle réprimait une envie de rire ou une crise de nerfs.

— L'excès de testostérone a deux effets, dis-je enfin. L'un d'entre eux est ce qui les incite à s'entre-tuer.

— Je vois. Et l'autre ?

Nous échangeâmes un regard entendu.

— Je m'occupe de ton père, répondis-je. Quant à Roger, ça dépend de toi.

L'atmosphère dans notre petit coin de paradis devint tendue. Brianna et Roger se comportaient respectivement comme un lièvre en cage et un blaireau traqué. Jamie lançait des regards assassins vers son gendre putatif pendant le dîner. Lizzie passait son temps à faire des courbettes et à s'excuser auprès de tout le monde. Quant au bébé, il avait décidé que le moment était bien choisi pour nous faire des coliques hurlantes toutes les nuits.

Ce furent sans doute ces coliques qui persuadèrent Jamie de redoubler d'ardeur dans la construction de la maison sur la colline. Fergus et plusieurs métayers avaient décidé de nous mettre de côté une partie de leurs récoltes, afin que, si nous n'avions pas de blé à vendre cette année, au moins nous ne mourions pas de faim. Libéré de la nécessité de s'occuper de ses champs, Jamie consacrait tout son temps à clouer et à scier.

Entravé par son pied blessé, Roger faisait de son mieux pour aider aux différentes corvées des champs. A plusieurs reprises, il avait repoussé mes tentatives pour le soigner, mais cette fois, je décidai de prendre le taureau par les cornes. J'avais fait mes préparatifs et, quelques jours après son arrivée, je lui annonçai qu'il serait traité le lendemain matin, que cela lui plaise ou non.

Le moment venu, je le fis s'allonger et déroulai les bandages autour de son pied. L'odeur douce-amère des tissus en décomposition me chatouilla les narines, mais je remerciai le ciel de ne voir ni les traînées rouges d'une septicémie ni les taches noires d'un début de gangrène.

— Vous avez des abcès chroniques profondément enfouis sous la peau, déclarai-je.

J'appuyai fermement sur les poches de pus que je sentais sous mes doigts. Les plaies à demi cicatrisées se rouvrirent et un épais liquide jaunâtre s'en échappa.

Roger blêmit et ses mains se crispèrent sur les bords du sommier en bois, mais il ne broncha pas.

— Vous avez de la chance, lui dis-je. En marchant sans cesse, vous avez crevé les abcès et les avez partiellement drainés. Ils se reforment toujours, naturellement, mais le mouvement a empêché l'infection de se propager plus en profondeur et vous a permis de conserver une certaine flexibilité du pied.

— Ah, tant mieux, observa-t-il d'une voix faible.

— Bree, j'ai besoin de ton aide !

Je me tournai vers le fond de la pièce, où Brianna et Lizzie étaient assises à bercer le bébé en travaillant au rouet.

— J'y vais ! s'écria Lizzie en bondissant sur ses pieds.

Mortifiée par le rôle qu'elle avait joué dans les épreuves de Roger, elle ne savait plus quoi faire pour se racheter. Elle lui apportait constamment des friandises, lui raccommodait ses vêtements et le poursuivait partout avec des airs contrits.

Je lui souris.

— Si tu veux te rendre utile, pourquoi ne prends-tu pas le bébé pour que Brianna puisse venir m'aider ? Tu n'as qu'à l'emmener faire une petite promenade.

Elle s'exécuta tandis que Brianna prenait place, évitant soigneusement de croiser le regard de Roger.

Je lui indiquai une longue cicatrice brune bordant la plante du pied.

— Je vais ouvrir une fente ici et drainer le plus de pus possible, expliquai-je. Ensuite, il faudra pratiquer un débridement, désinfecter et espérer qu'il guérira.

— Qu'est-ce que vous entendez au juste par un « débridement » ? s'enquit Roger, inquiet.

— Nettoyer la plaie en ôtant les tissus morts ou les fragments d'os. Heureusement, je ne pense pas que les os soient atteints, bien qu'il puisse y avoir des lésions du cartilage entre les métacarpes. Ne vous inquiétez pas. Vous ne sentirez pas le débridement.

— Vous êtes sûre ?

— Oui, c'est le drainage et la désinfection qui vous feront mal.

Je fis signe à Brianna.

— Tu ferais bien de lui tenir les mains.

Elle hésita une fraction de seconde, s'approcha de la tête de lit et lui tendit les mains. Il les saisit, et la regarda dans les yeux. C'était la première fois qu'ils se touchaient depuis près d'un an.

— Tiens-le fermement, conseillai-je. C'est la partie la plus pénible.

Je travaillais rapidement, rouvrant les plaies avec des petits coups précis de mon scalpel et pressant jusqu'à en faire sortir le plus de pus et de matières mortes possible. Je sentais les muscles de ses jambes trembler et la tension lui cambrer les reins, mais il ne broncha pas.

Je sortis mon flacon d'alcool dilué.

— Vous voulez quelque chose à mordre, Roger ? Ça va piquer un peu.

Il ne répondit pas, Brianna le fit à sa place.

— C'est bon, maman. Vas-y.

Il émit un grognement étouffé tandis que je nettoyais ses plaies et se contorsionna sur le lit, sa jambe agitée de convulsions. Je retins fermement son pied, travaillant le plus vite possible. Enfin, je le lâchai et rebouchai mon flacon. Brianna était assise sur le lit, les bras serrés autour de ses épaules. Il avait le visage enfoui dans ses jupes, la tenant par la taille. Elle m'adressa un petit sourire blême.

— C'est fini ? demanda-t-elle.

— La partie la plus pénible, oui. Il me reste une petite chose à faire. Ne bougez pas.

Je filai dans la remise de fumage où j'avais laissé exprès un morceau de viande faisander depuis deux jours. Il était à point.

— Pouah ! fit Brianna en me voyant revenir. Ça sent la viande pourrie.

— Précisément ! observai-je. Un lapin pris au collet dans le potager, pour être exacte.

Je repris ma place au pied du lit et sortis mon long forceps.

— Maman ! Qu'est-ce que tu fais ? s'alarma Brianna.

— Ça ne fera pas mal, promis-je.

Je pressai légèrement les deux lèvres des plaies, les faisant bâiller, et y glissai une petite larve blanche que je cueillis sur la viande putride.

Roger, le front baigné de sueur, avait les yeux fermés. En me sentant tripoter son pied, il redressa la tête.

— Qu'est-ce que vous faites ?

— Je mets des asticots dans les plaies. C'est une vieille amie indienne qui m'a indiqué ce remède.

Il émit un gémissement de dégoût, mais je retins fermement sa cheville.

J'ouvris une autre incision du bout de mon scalpel et y déposai trois larves gesticulantes.

— C'est très efficace, lui assurai-je. Ces petites bestioles vont se faufiler dans les recoins que je ne peux pas atteindre et manger les tissus morts. Si j'essayais de le faire par la chirurgie, non seulement je vous ferais un mal de chien mais je risquerais de vous mutiler.

— Maman ! C'est répugnant ! commenta Brianna.

Roger faisait de son mieux pour conserver un air détaché.

— Qu'est-ce qui va les empêcher de me bouffer tout le pied ? demanda-t-il.

— Les asticots sont des larves, ils ne se reproduisent pas, expliquai-je. En outre, ils ne mangent pas de tissus vivants. S'ils trouvent de quoi dépasser ce stade, ils deviendront simplement de petites mouches et s'envoleront. Sinon, une fois qu'il n'y aura plus rien à manger, ils sortiront d'eux-mêmes pour aller se nourrir ailleurs.

Ils me fixaient tous les deux, le teint verdâtre. J'enveloppai le pied de Roger dans des bandes de gaze et lui donnai une petite tape.

— Voilà ! annonçai-je. Ne faites pas cette tête, j'ai déjà vu les effets de ce remède. Un guerrier indien m'a assuré que ça chatouillait un peu mais que ça ne faisait pas mal du tout.

Je saisis ma bassine et sortis pour la laver dans la cour. Sur le seuil de la porte, je croisai Jamie qui revenait de la nouvelle maison, *Ruaidh* dans ses bras.

— Tiens, voilà grand-mère ! annonça-t-il au bébé.

Il enleva son pouce de la bouche de l'enfant et l'essuya sur son kilt.

— Glah ! fit le nourrisson.

Il loucha sur le bouton de chemise de son grand-père et se mit à le sucer avec curiosité.

— Fais attention qu'il ne l'avale pas ! dis-je en me haussant sur la pointe des pieds pour l'embrasser. Où est passée Lizzie ?

— Je l'ai trouvée assise sur une souche, en train de sangloter. Alors, j'ai pris le petit et l'ai envoyée faire un petit tour.

— Elle pleurait ? Mais pourquoi ?

— Je ne sais pas. A cause de Ian, sans doute.

Il m'entraîna vers le sentier qui menait au chantier de la nouvelle maison.

— Viens voir ce que j'ai fait aujourd'hui, *Sassenach*. J'ai posé le parquet de ton laboratoire. Il ne lui manque plus qu'un toit. Je vais lui en poser un provisoire. J'ai pensé qu'on pourrait y installer ce Mackenzie.

— Bonne idée.

Même avec la chambre supplémentaire qu'il avait construite pour Brianna et Lizzie, nous manquions cruellement d'espace dans la cabane. Roger allait devoir rester alité plusieurs jours et la perspective de l'avoir couché au milieu de la pièce à longueur de journée n'était guère engageante.

— Où en sont-ils ? demanda-t-il sur un ton faussement indifférent.

— Qui ça ? Brianna et Roger ?

— Qui d'autre ? Ils s'entendent ?

— Oui, je crois. Ils se réhabituent progressivement l'un à l'autre.

— Vraiment ?

— Oui. Roger vient juste de vomir sur les genoux de Brianna.

67

Pile ou face

Roger roula sur le côté et se redressa. Il n'y avait pas encore de vitres aux fenêtres. Ce n'était pas nécessaire tant que durait l'été. En outre, le laboratoire se trouvait sur le devant de la maison, face à la pente. En étirant le cou, il pouvait suivre Brianna des yeux tandis qu'elle redescendait vers la cabane.

Ce soir, elle était venue sans le bébé. Il ignorait si cela représentait un progrès ou non mais, au moins, ils avaient pu discuter sans être constamment interrompus par les langes humides, les tétées et les vagissements, un luxe rare. Elle n'était pas restée longtemps, il avait pu sentir la présence de l'enfant qui la rappelait, comme si elle était attachée à lui par un élastique. Il n'en voulait pas au petit, se répéta-t-il. C'était juste que... il lui en voulait un peu. Mais cela ne signifiait pas qu'il ne l'aimait pas.

Roger n'avait pas encore dîné. Il n'avait pas voulu gâcher ce rare moment d'intimité. Il ouvrit le panier qu'elle lui avait apporté et huma les délicieux parfums de ragoût de lapin, de pain frais et de tarte aux pommes.

Faisant un effort considérable pour ne pas penser aux asticots qui se promenaient toujours dans son pied, il mangea lentement, savourant à la fois la nourriture et le crépuscule qui envahissait le paysage devant lui.

Fraser n'avait pas choisi ce site pour rien. La nouvelle maison dominait toute la vallée, offrant une vue spectaculaire qui s'étendait au-delà de la rivière en contrebas. C'était l'un des endroits les plus magnifiques qu'il ait jamais vus.

Dire que Brianna était là, en bas, en train de bercer un petit parasite, pendant qu'il était seul là-haut... seul avec quelques douzaines d'autres parasites.

Qu'est-ce qui lui avait pris de répondre qu'il ne savait pas, quand elle lui avait demandé pourquoi il était revenu ?

Sans doute parce que, sincèrement, il l'ignorait. Il avait erré pendant des mois dans la nature sauvage, à moitié fou de solitude et de douleur. Il ne l'avait pas vue depuis près d'un an... un an d'enfer. Il était resté assis au bord de la falaise qui surplombait le cercle de pierres pendant trois jours sans manger ni faire de feu, ressassant les mêmes pensées, essayant de prendre sa décision. Ensuite, il s'était levé et s'était mis à marcher, parce que c'était là le seul choix possible.

Le devoir ? L'amour ? Comment pouvait-il y avoir de l'amour sans devoir ?

A présent, il savait. Il était revenu parce qu'il ne pouvait plus vivre de l'autre côté.

Mais comment le lui faire comprendre ? Elle était si tendue qu'elle ne le laissait jamais la toucher. Un effleurement des lèvres, un bref contact des mains, et, chaque fois, elle lui glissait entre les doigts. Sauf le jour où elle l'avait tenu pendant que Claire charcutait son pied. Là, elle avait été présente, le serrant contre elle de toutes ses forces. Il sentait encore ses bras autour de lui et ce souvenir lui donna des crampes de plaisir dans le creux du ventre.

Claire l'avait-elle fait exprès ? Avait-elle voulu donner une occasion à Brianna de le toucher sans se sentir contrainte ? Lui donner une chance de se souvenir à quel point le lien entre eux était puissant ? Il se retourna sur le ventre et enfouit son visage dans ses bras croisés.

Il se sentait prêt à lui confier son autre pied.

Claire passait le voir une ou deux fois par jour, mais il attendit la fin de la semaine, quand elle vint lui enlever ses bandages, pour aborder la question.

— Oh, c'est parfait ! s'exclama-t-elle. Les tissus ont bien cicatrisé et il ne reste pratiquement plus d'inflammation.

— Ils sont partis ?

— Les asticots ? Oui, cela fait plusieurs jours déjà. Ils ont fait du beau travail, non ?

— Je vous crois sur parole. Je peux marcher à nouveau ?

Il fléchit la cheville. Cela faisait encore un peu mal mais l'amélioration était spectaculaire.

— Oui, mais ne mettez pas de chaussures avant plusieurs jours. Et surtout, faites attention où vous mettez les pieds !

Claire commença à ranger ses affaires. Elle semblait heureuse mais fatiguée.

— Le petit continue de pleurer toutes les nuits ? demanda-t-il.

— Oui, le pauvre chou. Vous l'entendez d'ici ?

— Non, mais je le devine à vos cernes.

— Je n'en suis pas surprise. Personne n'a eu une vraie nuit de sommeil depuis une semaine, et encore moins la pauvre Bree, qui doit se lever pour lui donner la tétée.

— En parlant de Bree...

— Mmm ?

Il était inutile de tourner autour du pot.

— Ecoutez, Claire, je fais tout ce que je peux. Je l'aime et je veux le lui prouver mais... elle me fuit. Elle vient discuter avec moi, ce qui est déjà bien, mais si j'essaie de la prendre dans mes bras ou de l'embrasser, elle file aussitôt à l'autre bout de la pièce. Que dois-je faire ?

Elle le dévisagea avec une franchise déconcertante.

— Vous étiez le premier, n'est-ce pas ? Je veux dire... le premier homme à lui faire l'amour ?

— Je... euh... oui.

— Donc, si je comprends bien, jusque-là, toute son expérience en matière sexuelle s'est limitée à être déflorée... je ne doute pas que vous ayez été très doux mais il n'empêche que ça fait toujours mal... pour être violée deux jours plus tard. Qu'est-ce que vous croyez ? Qu'elle va se pâmer dans vos bras à l'idée que vous allez réclamer vos droits conjugaux ?

— Euh... je n'y avais pas pensé sous cet angle-là, marmonna-t-il.

— Naturellement, vous êtes un homme. C'est pour ça que je vous le dis.

— Mais qu'est-ce que vous me dites, au juste ?

— Qu'elle a peur. Rassurez-vous, pas de vous.

— Ah non ?

— Non. Elle s'est convaincue qu'elle avait absolument besoin de savoir pourquoi vous étiez revenu, mais ce n'est pas là le problème, n'importe qui pourrait le voir. Elle a peur de ne pas être capable de...

Elle lui lança un regard qui valait toutes les explications les plus crues.

— Je vois, répondit-il. A votre avis, comment dois-je m'y prendre ?

— Je ne sais pas. Mais si vous voulez un bon conseil : allez-y en douceur.

Il avait à peine eu le temps de se remettre de ce précieux conseil qu'il eut un nouveau visiteur, Jamie Fraser cette fois.

— Je t'ai apporté de quoi te raser, annonça-t-il en l'examinant d'un œil critique.

Claire avait taillé sa barbe avec ses ciseaux chirurgicaux quelques jours plus tôt, mais il s'était senti les mains encore trop tremblantes pour tenter de se raser.

— Merci.

Fraser lui avait aussi apporté un petit miroir et un pot de savon à raser, ainsi que de l'eau chaude. Il aurait préféré se raser seul plutôt que d'avoir Fraser adossé contre la porte à le regarder

faire, mais compte tenu des circonstances, il pouvait difficilement lui demander de partir.

Même avec ce spectateur indésirable, se débarrasser de sa
barbe était un soulagement divin. Ses joues le démangeaient
férocement et il n'avait pas vu son visage depuis des mois.

— Les travaux avancent ? demanda-t-il nonchalamment.

— Oui... J'ai posé le parquet et un bout du toit. Claire et moi
allons y dormir ce soir, je crois.

— Ah.

Roger étira le cou, négociant la courbe périlleuse d'une
mâchoire.

— Claire dit que je peux marcher. Indiquez-moi les tâches que
je peux faire.

— Tu sais manier les outils ?

— Pas vraiment.

Il avait bien construit une petite maison pour les oiseaux
quand il était à l'école mais supposa que cela ne comptait pas.

— Tu ne sais pas te servir d'une charrue ?

Jamie Fraser le regardait avec une lueur amusée dans les yeux.

— Non. Je ne sais pas non plus traire une vache, construire
une cheminée, fendre des bardeaux, tuer des ours, éviscérer des
cerfs ni me battre à l'épée.

— Ah non ?

— Non, mais je suis costaud. Ça vous ira ?

— On fera avec. Tu as déjà vu une pelle dans ta vie ?

— Oui.

— Il faudrait retourner la terre dans le potager de Claire, et il
y a un gros tas de fumier qui attend devant l'étable. Après ça, je
t'apprendrai à traire une vache.

— Merci.

Roger s'aspergea le visage d'eau chaude et replia le coupe-
chou.

— Au fait... reprit Fraser. Claire et moi, on va dîner chez Fergus et Marsali ce soir. On emmène la petite Lizzie.

— Ah oui ? Amusez-vous bien.

Fraser marqua une pause avant d'ajouter :

— Brianna a décidé de rester seule à la maison avec le petit.

Roger releva la tête et le dévisagea. Il était impossible de lire
quoi que ce fût sur son visage.

— Je veillerai sur eux, dit-il enfin.

— Je n'en doute pas, rétorqua Fraser.

Roger souleva le loquet et poussa la porte. Le battant était
verrouillé de l'intérieur. Il allait frapper, puis se ravisa. Adieu
son rêve de réveiller la Belle au bois dormant avec un baiser !
De toute façon, ce n'était pas le bon conte de fées. La Belle au

bois dormant n'avait pas un gnome irascible couché à son côté, prêt à ébranler la cabane avec ses vagissements stridents.

Il contourna la maison, regardant par les fenêtres ; des noms tels que Grincheux et Atchoum flottaient dans sa tête. Comment appellerait-il celui-ci ? Brailleur ?

Il fit une nouvelle fois le tour de la cabane. Toutes les fenêtres étaient tendues de peaux huilées et clouées. Il en aurait bien crevé une, mais la dernière chose à faire était sans doute de terroriser Brianna. D'autre part, il ne pouvait pas l'appeler sans risquer de réveiller le bébé. Le plus raisonnable était sans doute de retourner dans le laboratoire et de revenir le lendemain matin. « Allez-y en douceur », avait suggéré Claire. « Ma fille n'a pas besoin d'un lâche », avait déclaré Fraser. Lequel des deux avait raison ?

Dix minutes plus tard, Roger était encore là. Soudain, il entendit les lattes du plancher craquer sous le porche, de l'autre côté de la cabane. Il fit le tour de la bâtisse au pas de course, juste à temps pour voir une silhouette blanche s'éloigner sur le sentier qui menait aux latrines.

— Brianna ?

Elle sursauta en poussant un cri d'effroi.

— Ce n'est que moi, Roger, dit-il.

— Qu'est-ce que tu fais là ? Tu m'as fichu une de ces frousses !

— Je suis venu te parler.

Elle lui tourna le dos sans lui répondre.

— J'ai dit : je suis venu te parler, insista-t-il en haussant la voix.

— Pour le moment, je vais aux toilettes, rétorqua-t-elle.

Quand elle émergea des latrines, il était toujours là.

— Tu ne devrais pas marcher sur ce pied, observa-t-elle.

— Mon pied va très bien.

— Je crois que tu ferais mieux d'aller te coucher.

— Je ne demande pas mieux, mais où ça ? Là-haut ? demanda-t-il en montrant la maison sur la colline ? Ou bien ici ?

— Ah.

Finalement, il avait opté pour la solution de Jamie Fraser.

— Tu m'as dit que tu voulais un mariage d'amour, pas d'obligation, reprit-il. Tu crois vraiment que l'un va sans l'autre ? J'ai passé trois jours dans ce maudit cercle de pierres à réfléchir à la question. Je suis toujours là.

— Pour le moment.

— Ecoute, je sais très bien ce à quoi j'ai renoncé en décidant de rester. Mais je n'aurais pu partir en sachant que je laissais derrière moi un enfant qui était peut-être le mien, qui *est* le mien, et... j'ai compris que je ne pourrais pas vivre sans toi.

Elle hésita.

— Mon père... mes pères...

— Laisse tes pères tranquilles ! Je n'ai rien à voir avec eux. Si tu dois me reprocher quelque chose, reproche-moi mes erreurs et pas les leurs !

— Je n'ai rien à te reprocher, admit-elle d'une voix étranglée.

— Alors, pourquoi me punis-tu ? Peu importe ce que tu as fait ou ce que j'ai fait. Nous avons enfin l'occasion de nous retrouver, d'être ensemble. Maintenant. Aujourd'hui. Tu vas tout gâcher parce que tu as peur ?

— N-n-n-non.

Une plainte aiguë s'éleva soudain dans la nuit, en provenance de la cabane. La jeune femme sursauta.

— Il faut que j'y aille, dit-elle à contrecœur.

Elle avança de quelques pas, puis se retourna vers lui.

— Viens, dit-elle.

Il faisait très chaud dans la pièce. L'air était empli d'odeurs de cuisine, de langes sales et du parfum de Brianna, une senteur âcre d'herbes sauvages rehaussée d'un léger arôme sucré qui devait provenir de son lait.

Elle était assise, tête baissée, ses longs cheveux retombant en cascade sur ses épaules. Le devant de sa chemise de nuit était ouvert jusqu'au nombril et la courbe pleine de son sein était clairement visible ; seul le mamelon foncé restait caché par le crâne du bébé. Celui-ci émettait des bruits avides de succion.

Comme si elle avait senti son regard sur elle, elle leva soudain la tête.

— Excuse-moi, dit-il. Je ne peux pas m'empêcher de regarder.

A la lueur du feu, il était difficile de deviner si elle avait rougi.

— Ne te gêne pas. Il n'y a pas grand-chose à voir, de toute façon.

Sans un mot, il se leva et commença à se déshabiller.

— Qu'est-ce que tu fais ? demanda-t-elle, abasourdie.

— Il n'y a pas de raison pour que tu sois la seule à t'exhiber. Je n'ai pas grand-chose à montrer, mais... comme ça, tu te sentiras moins gênée.

Il ôta d'abord sa chemise. La chaleur du feu caressa agréablement son dos nu. Il commença à baisser ses culottes, puis s'arrêta à mi-chemin.

— Tu es en train de me faire un strip-tease ? s'enquit-elle, amusée.

— Je n'arrive pas à décider si je dois me montrer de face ou de dos. Tu as une préférence ?

— De dos, pour le moment.

Il laissa tomber les culottes sur le sol et les écarta du bout du pied.

— Reste comme ça un instant, dit-elle. J'aime te contempler.

Il se redressa, le dos droit, et attendit, face à la cheminée. Les flammes commençaient à le brûler et il recula d'un pas ; l'image du père Alexandre s'afficha soudain dans son esprit. Seigneur ! Pourquoi devait-il penser à lui dans un moment pareil !

— Tu as des cicatrices sur le dos, Roger. Qui t'a fait ça ?

— Les Indiens, mais ce n'est rien.

Il sentait son regard se promener lentement sur son dos, ses fesses, ses cuisses et ses chevilles.

— Je vais me retourner maintenant. Je peux ?

— Je te jure que je ne serai pas choquée, dit-elle en riant. J'ai déjà vu des photos.

Elle avait l'art de son père pour cacher ses émotions. Il ne put rien lire dans ses yeux bridés et ses lèvres pleines. Etait-elle choquée, effrayée ou amusée ? Pourquoi ? Elle avait déjà touché tout ce qu'elle voyait à présent, l'avait caressé avec une telle intimité qu'il s'était totalement abandonné entre ses mains.

Elle l'examina, penchant la tête sur le côté, puis sourit. Elle plaça le bébé sur l'autre sein et laissa la chemise de nuit grande ouverte sur son buste nu.

Il s'assit près d'elle, l'observant.

— Quel effet ça fait ? demanda-t-il.

— Ça tire un peu, mais c'est agréable. Quand il commence à téter, c'est comme s'il aspirait tout l'intérieur de mon corps.

— Tu ne te sens pas vidée ? J'aurais pensé que c'était comme s'il se nourrissait de ta substance.

— Oh, non, ce n'est pas du tout ça. Tiens, regarde !

Elle écarta le bébé un instant et sa bouche se détacha avec un petit « *plop !* ». Roger vit le mamelon se redresser et durcir, projetant une fine giclée de lait avec une force inattendue. Elle rapprocha l'enfant de son sein avant qu'il ne se mette à pleurer. Roger sentit les petites gouttes chaudes s'écouler entre les poils de son torse.

— Mon Dieu ! souffla-t-il. Je n'aurais jamais imaginé ça ! C'est comme un pistolet à eau !

— Moi non plus, dit-elle en souriant, jusqu'à ce que je le vive. Il y a tant de choses nouvelles que je n'aurais jamais imaginées avant !

Il se pencha vers elle et mit une main sur sa cuisse.

— Bree ! murmura-t-il. Je sais que tu as peur. Moi aussi. Mais je ne veux pas que tu aies peur de moi. Bree, j'ai tellement envie de toi !

Elle posa une main sur la sienne.

— Moi aussi, chuchota-t-elle à son tour.

68

Bonheur conjugal

Août 1770

C'était un matin paisible. Le bébé avait dormi toute la nuit, ce qui lui avait valu les louanges générales. Deux poules nous avaient fait l'honneur de déposer leurs œufs sur leur perchoir au lieu de les pondre n'importe où dans la nature et je ne fus pas obligée de ramper sous les mûriers pour aller chercher notre petit déjeuner.

La pâte à pain avait levé merveilleusement, Lizzie avait façonné de très jolies miches et le nouveau four avait accepté de fonctionner sans fumer. Le jambon aux épices grésillait aimablement dans la poêle, mêlant son parfum à celui de l'herbe et des fleurs d'été qui filtrait par la fenêtre ouverte.

Mais ce qui rendait tous ces petits détails idylliques, c'était l'atmosphère générale d'harmonie rêveuse qui régnait dans la maison depuis la nuit précédente.

Cela avait été une superbe nuit de pleine lune. Jamie avait soufflé la chandelle et était parti verrouiller la porte mais, au lieu de venir se coucher tout de suite, il était resté sur le seuil, les bras croisés, à contempler la vallée.

— Que se passe-t-il ? avais-je demandé.

— Rien. Viens voir.

Tout semblait flotter, dépourvu de matérialité par la lumière irréelle. Au loin, les cascades semblaient figées, en suspens dans l'air. Le vent poussait vers nous un parfum de pin et d'épicéa. Je m'étais blottie contre lui en passant la main par la fente de sa chemise de nuit, cherchant la courbe ferme et lisse d'une fesse. Ses muscles s'étaient bandés, puis décontractés tandis qu'il s'était tourné vers moi.

Il avait ôté sa chemise en la faisant passer par-dessus ses épaules et, d'un coup d'épaule, j'avais laissé la mienne glisser sur le sol. Son torse était couvert d'une toison d'argent et le clair de lune sculptait son corps nu dans la nuit. Il m'avait pris la main et, sans un mot, nous avions flotté au-dessus de l'herbe, sentant les gouttelettes d'eau nous chatouiller les chevilles.

Nous nous étions réveillés après le coucher de la lune, couverts de feuilles et de brindilles, dévorés par les insectes et transis de froid. Riant et titubant comme deux ivrognes, nous étions rentrés dans notre lit pour quelques dernières heures de sommeil.

Je me penchai par-dessus son épaule et plaçai son bol de gruau d'avoine devant lui, puis enlevai une feuille prise dans ses cheveux que je posai sur la table près de lui.

Il renversa la tête en arrière, sourit, m'attrapa la main et la baisa. Je surpris Brianna qui nous observait, une lueur attendrie dans le regard. Elle se tourna vers Roger, qui plongea sa cuillère dans son bol d'un air absent, la contemplant d'un air songeur.

Cette scène de bonheur familial fut interrompue par les braiments de Clarence. Rollo me manquait, mais la mule avait l'avantage de ne pas se jeter au cou des visiteurs ni de les pourchasser tout autour de la cour.

Le nouveau venu était Duncan Innes, porteur d'une invitation.

— Ta tante demande si vous viendrez au *gathering* de Mount Helicon cet automne. Elle dit que vous le lui aviez promis, il y a deux ans.

Jamie poussa le plat d'œufs brouillés devant lui.

— Je n'y ai pas encore réfléchi. C'est qu'on a beaucoup à faire et il faut absolument que j'aie fini le toit avant l'hiver.

— Un prêtre viendra de Baltimore, poursuivit Duncan en évitant de regarder Brianna et Roger. Mme Jo a pensé que vous aimeriez faire baptiser le petit.

— Ah, fit Jamie en pinçant les lèvres. C'est une idée. Peut-être qu'on ira, Duncan.

— Tant mieux, ça fera plaisir à ta tante.

Il semblait avoir quelque chose de coincé dans la gorge et rougissait à vue d'œil. Jamie l'observa d'un air inquiet et poussa la carafe de cidre dans sa direction.

— Ça va, mon vieux ? demanda-t-il.

— Euh... non... enfin oui, mais...

Le temps qu'il arrive enfin à trouver les mots, il avait viré au violet.

— Je... euh... voulais aussi demander ton autorisation, *an fhearr Mac Dubh*, pour le... euh... mariage de Mme Jocasta Cameron et de...

— De... ? demanda Jamie en se retenant de rire. Monsieur le gouverneur de la Caroline du Nord ?

— De moi-même.

Duncan saisit le bol de cidre et y enfouit son visage avec le soulagement d'un naufragé apercevant un radeau flottant sur la mer.

— Mon autorisation ? Tu ne crois pas que ma tante a passé l'âge de demander ma permission ? Sans parler de toi !

— J'ai pensé que c'était plus convenable, vu que tu es son plus proche parent. Et puis... ça me gêne, *Mac Dubh*, de prendre quelque chose qui devrait te revenir de droit.

Jamie lui posa une main sur l'épaule.

— Je n'ai aucun droit sur les biens de ma tante, Duncan, et je n'en voudrais pas même si elle me les offrait. Vous comptez vous marier au *gathering* ? Dis-lui que nous y serons tous pour danser à vos noces.

69

Jeremiah

Octobre 1770

Roger, Claire et Fergus chevauchaient près de la carriole. Jamie, refusant de laisser à Brianna les rênes d'un véhicule qui transportait son petit-fils, était assis sur le perchoir, tandis que Brianna, Lizzie, Marsali et les enfants se trouvaient à l'arrière.

— John, pour sûr, disait Brianna. Mais je ne sais pas si je le lui donne en premier prénom. J'aimerais bien l'appeler Ian, puisque ça veut dire John en gaélique, mais on va s'emmêler entre oncle Ian, petit Ian et petit petit Ian !

— Tu ne voulais pas lui donner aussi l'un des prénoms de pa ? demanda Marsali.

Elle lança un regard vers le dos de son beau-père.

— Oui, mais lequel ? Pas James, parce que là, on n'en sortirait plus. Je n'aime pas beaucoup Malcolm. Et puis, il s'appellera déjà MacKenzie.

Elle croisa le regard de Roger et sourit.

— Que penses-tu de Jeremiah ?

— John Jeremiah Alexander Fraser MacKenzie ?

Marsali fronça les sourcils, répétant plusieurs fois les noms pour les essayer.

— Moi, j'aime assez Jeremiah, intervint Claire. Ça fait très Ancien Testament. C'est un de tes prénoms, n'est-ce pas, Roger ?

— En plus, si Jeremiah sonne trop formel, on pourra toujours le surnommer Jemmy, déclara Brianna.

Roger sentit un frisson envahir son échine et revit en pensée un autre petit Jemmy caché au fond d'une cale. Un enfant dont le père avait des yeux aussi verts que les siens.

Il attendit que Brianna ait confié le bébé à Lizzie et soit occupée à fouiller dans son sac, à la recherche de langes propres, pour amener son cheval à la hauteur de celui de Claire.

— Dites-moi... demanda-t-il à voix basse. La première fois que vous êtes venue me trouver à Inverness avec Brianna, vous aviez fait faire des recherches sur mon arbre généalogique, vous vous souvenez ?

— Oui ?

— Je sais que cela fait déjà un certain temps et, de toute façon, vous n'avez sûrement pas remarqué mais...

Il hésita, mais il devait être sûr, dans la mesure du possible.

— Vous m'avez indiqué l'endroit sur l'arbre où la substitution avait été faite, quand l'enfant que Geilie Duncan avait eu avec Dougal avait été adopté à la place d'un autre enfant mort-né.

— William Buccleigh MacKenzie, dit-elle aussitôt.

L'air ahuri de Roger la fit sourire.

— J'ai longuement étudié cette généalogie, expliqua-t-elle. Je pourrais réciter tous les noms par cœur.

— Vraiment ? Vous ne connaîtriez pas le nom de la femme que cet enfant a épousée une fois devenu adulte ? Mon ancêtre. L'arbre ne mentionnait que le nom de William Buccleigh.

Elle réfléchit un moment.

— Si ! dit-elle enfin. Morag. Elle s'appelait Morag Gunn. Pourquoi ?

Il secoua la tête, trop ébranlé pour répondre. Le bébé était à moitié nu sur les genoux de Brianna, le lange trempé en tas à côté d'elle. Roger songea à la peau moite et lisse du petit garçon nommé Jeremiah.

— Ils ont eu un fils appelé Jeremiah, n'est-ce pas ? questionna-t-il.

Il avait parlé si bas que Claire dut se pencher pour l'entendre.

— En effet, répondit-elle, intriguée.

Quelque temps plus tard, ce fut à son tour de venir lui parler à voix basse.

— Un jour, j'ai demandé à Geilie pourquoi. Pourquoi nous pouvions passer à travers les pierres.

— Et elle avait la réponse ?

— Elle a dit : « Pour changer les choses. »

Elle lui adressa un sourire énigmatique avant d'ajouter :

— Je ne sais pas si c'est une réponse.

70

Le *gathering*

Je n'avais pas assisté à un *gathering* depuis trente ans, à savoir celui de Castle Leoch où leurs vassaux étaient venus prêter serment aux MacKenzie. Aujourd'hui, Dougal et Colum étaient morts, Castle Leoch était en ruine et il n'y aurait plus jamais de rassemblement des clans en Ecosse.

Pourtant, les Highlanders étaient bien là, avec leurs plaids et leurs cornemuses, leur fierté intacte, dans ces nouvelles montagnes qu'ils avaient faites leurs. Les MacNeill et les Campbell, les Buchanan et les Lindsey, les MacLeod et les MacDonald, familles, esclaves, domestiques, ouvriers sous contrat et lairds.

Je me haussai sur la pointe des pieds pour essayer de repérer Jamie parmi les dizaines de campements. Je ne le vis nulle part mais aperçus une silhouette familière surplombant les autres et marchant à grandes enjambées dans la foule. J'agitai un bras en criant :

— Myers ! Monsieur Myers !

John Quincy Myers me vit et changea de cap, avec un sourire rayonnant.

— Madame Claire ! Je suis ravi de vous rencontrer !

— Et moi donc ! Si je m'attendais à ça !

— J'essaie toujours de venir au *gathering*, si je descends de la montagne à temps. C'est l'endroit idéal pour vendre mes peaux et les deux ou trois choses dont je dois me débarrasser. Ce qui me fait penser...

Il se mit à fouiller dans son grand sac de cuir.

— Vous avez voyagé dans le Nord ? demandai-je.

— Oui, madame Claire. Cette année je suis remonté jusque dans le territoire des Mohawks, dans un endroit qu'ils appellent le « Château du haut ».

— Les Mohawks ? dis-je, très intéressée.

Il sortit un objet de son sac, l'observa en plissant les yeux, puis le remit à sa place tout en poursuivant :

— Imaginez ma surprise en entrant dans un village mohawk et en apercevant un visage familier.

— Ian ! m'écriai-je. Vous avez vu Ian !

— Oh oui ! Un brave garçon, même si ça m'a fichu un coup de le voir le visage tout barbouillé. Je ne suis pas sûr que je l'aurais reconnu s'il ne m'avait appelé par mon nom.

Enfin, il trouva ce qu'il cherchait et me tendit un petit paquet enveloppé dans du cuir et noué par une lanière en daim, une plume de pivert glissée sous le nœud.

— Il m'a confié ceci pour vous et votre mari. J'imagine que vous voulez la lire tout de suite. Je vous retrouve plus tard.

Il toucha le bord de son chapeau et s'éloigna, saluant des relations au passage.

Je ne pouvais pas la lire sans Jamie. Heureusement, il réapparut quelques minutes plus tard. La lettre était rédigée sur la page arrachée d'un livre, avec une encre pâle à peine lisible. Elle commençait par « *Ian salutat avunculum Jacobum* », ce qui fit sourire Jamie.

Ave ! *Voilà, je crois que j'ai épuisé à peu près tout mon latin. J'écris ce mot à la hâte, mon cher oncle, pour te dire que je vais bien et, crois-le, que je suis heureux. Conformément à la coutume mohawk, je me suis marié et vis à présent dans la hutte de ma femme. Tu te souviens d'Emily, celle qui sculptait si bien ? Rollo a engendré une ribambelle de petits et le village est désormais envahi par les loups. Je ne saurais prétendre à la même fécondité mais tu m'obligerais en prévenant ma mère qu'elle pourra bientôt ajouter un rejeton à la longue liste de ses petits-enfants. Il naîtra au printemps. Je vous ferai prévenir dès que je le pourrai. En attendant, transmets mon affection à tous ceux de Lallybroch et dis-leur que je pense à eux et continuerai de le faire tant que je vivrai. Embrasse tante Claire et cousine Brianna.*

Ton neveu qui t'aime, Ian Murray. Vale, avunculus.

Jamie cligna plusieurs fois des yeux puis replia soigneusement la lettre et la glissa dans son *sporran*.

— On dit *avuncule*, idiot ! murmura-t-il. Les salutations prennent le vocatif.

A voir le nombre des feux de camp qui parsemaient le paysage ce soir-là, on aurait cru que toutes les familles écossaises de Philadelphie à Charleston étaient présentes. Le lendemain à l'aube, il en était arrivé d'autres, et davantage encore tout au long de la journée.

Le deuxième jour, Lizzie, Brianna et moi étions occupées à comparer nos bébés avec deux des filles de Farquard Campbell quand Jamie se faufila jusqu'à nous, un large sourire aux lèvres.

— Mademoiselle Lizzie, déclara-t-il. J'ai une petite surprise pour vous. Fergus !

Fergus, tout aussi hilare, apparut derrière une carriole, tirant un petit homme blond par la main.

— Papa ! hurla Lizzie.

Elle se jeta dans ses bras. Jamie se mit l'auriculaire dans l'oreille et l'agita, l'air stupéfait.

— Je ne pensais pas qu'elle pouvait faire autant de bruit, dit-il.

Il se mit à rire et me tendit deux morceaux de papier, qui avaient autrefois été une seule feuille déchirée en deux.

— C'est le contrat de M. Wemyss, m'annonça-t-il. Mets-le de côté, *Sassenach*. Nous le brûlerons ce soir.

Là-dessus, il replongea dans la foule, appelé par le cri de « *Mac Dubh !* ».

Vers le troisième jour, j'avais entendu tant de nouvelles, de commérages et de bavardages en gaélique que mes oreilles en bourdonnaient. Ceux qui ne parlaient pas chantaient. Roger était comme un poisson dans l'eau, se promenant dans la foule, la mine ravie et l'oreille tendue. Il avait passé toute la nuit à chanter devant un public enchanté, s'accompagnant sur une guitare empruntée, Brianna assise à ses pieds, le contemplant d'un air béat.

— Il est bon ? me demanda Jamie en l'observant d'un air suspicieux.

— Très.

Il haussa les épaules et se pencha pour me prendre Jemmy des bras.

— Si tu le dis, je te crois sur parole, déclara-t-il. *Ruaidh* et moi, on va se trouver une partie de dés.

— Tu vas aller parier avec un bébé ?

— Bien sûr ! Il ne sera jamais trop jeune pour apprendre un métier honnête, au cas où il ne pourrait pas chanter pour payer son dîner comme son père.

71

Le cercle se referme

— J'ai quelque chose à vous dire, déclara Roger.

Jamie Fraser était très demandé et Roger avait attendu un certain temps avant de pouvoir le voir seul à seul. Il venait de le trouver assis sur le tronc d'arbre où il tenait habituellement séance. Il s'assit près de lui, le bébé dans les bras. Brianna et Lizzie préparaient le dîner, et Claire était partie rendre visite aux Cameron d'Isle Fleur, dont le feu était proche. La nuit était remplie de l'odeur des feux de bois plutôt que de tourbe mais, autrement, on se serait cru dans les Highlands.

Jamie tendit les bras et Roger lui confia le petit Jemmy endormi.

— *Balach Boidheach*, murmura-t-il en berçant l'enfant contre lui.

Il leva les yeux vers Roger.

— Tu avais quelque chose à me dire ?

— Oui, enfin, j'ai un message à vous transmettre. Lorsque Brianna a franchi le menhir de Craigh na Dun, j'ai dû attendre plusieurs semaines avant que la porte ne s'ouvre à nouveau.

— Oui ?

Jamie semblait méfiant, comme toujours dès qu'il était question du cercle de pierres.

— Je suis allé à Inverness, poursuivit Roger, dans la maison où mon père avait vécu, et j'ai passé une bonne partie de mon temps à classer ses papiers. C'était un maniaque de la conservation. Il gardait tout, notamment ses lettres.

Jamie hocha la tête, se demandant où il voulait en venir.

— J'ai découvert une lettre que j'ai mémorisée, reprit Roger. Je me suis dit que si je retrouvais Claire, elle serait certainement intéressée. Mais à présent, je ne sais plus si je dois le lui dire, à elle ou à Brianna.

— Je vois. Tu veux mon avis, c'est ça ?

— Pas tout à fait. En y réfléchissant bien, je me suis dit que cette lettre vous concernait, plutôt qu'elles. Vous savez que mon père était pasteur. Cette lettre lui était adressée. Je suppose qu'elle a été écrite sous le sceau de la confession, mais maintenant qu'ils sont morts tous les deux...

Roger ferma les yeux, revoyant les belles lettres noires couchées sur le papier. Il les avait relues une centaine de fois, et chaque mot était imprimé dans son esprit.

Mon cher Reg,

Mon cœur est malade (je ne parle pas de Claire !). Les médecins disent qu'il peut tenir encore quelques années mais rien n'est moins sûr. Les bonnes sœurs de l'école de Brianna terrifiaient les enfants en leur décrivant les supplices endurés par les pécheurs qui mouraient sans s'être confessés et sans avoir été pardonnés. Je n'ai pas vraiment peur de ce qui m'attend de l'autre côté (si quelque chose m'attend), mais sait-on jamais ?

Pour des raisons évidentes, je peux difficilement parler de ce qui me trouble avec le prêtre de notre paroisse. Je doute qu'il me comprenne. Au mieux, il s'éclipsera discrètement pendant que je me trouverai dans le confessionnal, pour appeler l'asile psychiatrique le plus proche.

Mais toi, tu es prêtre, même si tu n'es pas catholique. En outre, tu es mon ami. Je n'attends pas de réponse de ta part. Je te demande uniquement de m'écouter. Tu sais si bien le faire !

Tu te souviens du service que je t'ai demandé il y a quelques années concernant les tombes de Sainte-Kilda ? Comme tu es un vrai ami, tu ne m'as jamais demandé d'explications, mais il serait temps que je t'en donne.

Dieu seul sait pourquoi Black Jack Randall a été enterré sur une colline écossaise plutôt que sur ses terres du Sussex ! Peut-être personne ne se souciait-il assez de lui pour le ramener chez lui. C'est plutôt triste.

Quoi qu'il en soit, c'est là-bas qu'il repose. Si Brianna s'intéresse un jour à son histoire, à mon histoire, elle le recherchera et le trouvera. L'emplacement de sa tombe est mentionné dans nos archives familiales. C'est pourquoi je t'ai demandé de placer l'autre tombe non loin de là. On la remarquera facilement : les autres stèles du cimetière tombent en ruine.

Tôt ou tard, Claire emmènera Brianna en Ecosse, j'en suis persuadé. Si elle se rend à Sainte-Kilda, elle les verra. Personne ne visite une vieille église écossaise sans jeter un coup d'œil aux tombes qui l'entourent. Si Brianna s'interroge, si elle souhaite en savoir plus, si elle pose des questions à Claire... eh bien, j'aurai fait ma part de travail. Pour ce qui arrivera après mon départ, je ne peux m'en remettre qu'au hasard.

Tu te souviens des délires de Claire lorsqu'elle est revenue. J'ai tout fait pour lui faire sortir ces inepties de la tête. Impossible ! Elle est si têtue !

Je ne sais pas si tu me croiras mais, la dernière fois que je suis venu te rendre visite, j'ai loué une voiture et me suis rendu sur cette maudite colline, Craigh na Dun. Je t'ai déjà parlé des sorcières que nous avions vues danser dans le cromlech, peu avant la disparition de Claire. Avec cette image irréelle en tête, je me suis tenu dans le cercle de menhirs. A ce moment-là, je pouvais presque croire aux divagations de Claire. J'en ai même touché un. Il ne s'est rien passé, bien sûr.

Pourtant, j'ai cherché. J'ai recherché cet homme... Fraser. Je crois l'avoir trouvé, du moins j'ai trouvé un homme de ce nom. Tout ce que j'ai appris sur lui correspond à ce que Claire m'a raconté. Je ne saurai jamais si elle a dit vrai ou si elle a imaginé toute cette histoire à partir de faits qu'elle a lus... mais il y a bien eu un homme.

J'ai presque honte de te l'avouer, mais pendant que je me tenais sur cette colline, la main posée sur le menhir, j'ai prié de toutes mes forces qu'il s'ouvre et qu'il me mette face à face avec ce James Fraser. Que n'aurais-je donné pour le voir... et l'étrangler de mes mains !

Je ne l'ai jamais vu, je ne suis même pas sûr qu'il ait existé, mais je hais cet homme comme je n'ai jamais haï personne. Si ce que Claire a dit et ce que j'ai trouvé est vrai, alors je la lui ai reprise et je l'ai gardée auprès de moi toutes ces années grâce à un mensonge. Ce n'est peut-être qu'un mensonge par omission, mais c'est néanmoins un mensonge. On peut même parler de vengeance, je suppose.

Les prêtres et les poètes parlent de la vengeance comme d'une lame à double tranchant. Je n'ai goûté qu'un côté de cette lame. Si je lui avais laissé le choix, serait-elle restée à mon côté ? Si je lui avais dit que son Jamie avait survécu à Culloden, aurait-elle pris le premier avion pour l'Ecosse ?

Je ne peux pas croire qu'elle abandonnerait sa fille. J'espère qu'elle ne me quittera pas, mais, dans le cas contraire, je jure que je le lui aurais dit. Mais voilà, je me suis tu.

Fraser... dois-je le maudire pour m'avoir volé ma femme ou le bénir pour m'avoir donné ma fille ? Chaque fois que je pense à lui, je m'en veux de prêter foi à une théorie aussi absurde. Pourtant... j'ai l'impression de le connaître, j'ai presque un souvenir de lui, comme si je l'avais déjà vu quelque part. C'est sans doute uniquement le produit de mon imagination et de ma jalousie. Après tout, je sais très bien à quoi ressemble ce salaud. Je vois son visage tous les jours sur ma fille !

C'est là l'aspect le plus étrange de cette affaire. Je ressens comme une obligation. Pas seulement vis-à-vis de Brianna. Elle a le droit de savoir... plus tard. Mais aussi vis-à-vis de lui. Je peux presque le sentir, parfois, regardant par-dessus mon épaule ou se tenant de l'autre côté de la pièce.

Je n'y avais encore jamais pensé, mais peut-être le rencontrerai-je enfin dans l'au-delà, s'il y en a un. C'est drôle. Serons-nous amis, une fois que nous aurons laissé derrière nous nos péchés de chair ? Ou serons-nous prisonniers à jamais d'un enfer celtique, condamnés à nous haïr et nous entre-tuer pour l'éternité ?

Selon l'angle où l'on se place, j'ai été bon avec Claire, ou cruel. Je te passe les détails sordides. Tout ce que je peux dire, c'est que je regrette.

Voici donc mon âme, mon cher Reg : haine, jalousie, mensonges, vol, infidélité... Je n'ai pas grand-chose à présenter pour me racheter, sinon l'amour. Je l'ai aimée, je les aime, mes femmes. Ce n'est peut-être pas le genre d'amour dont elles auraient besoin, mais c'est tout ce que j'ai à offrir.

En tout cas, je ne mourrai pas dans le désespoir. Je compte sur toi pour une absolution conditionnelle. J'ai élevé Brianna dans la foi catholique. J'ose espérer qu'elle priera un peu pour moi.

— C'était signé « Frank », bien sûr.

— Bien sûr, répéta Jamie, songeur.

Il était immobile, le visage indéchiffrable. Roger n'avait pas besoin de lire ses pensées, elles étaient sans doute semblables aux siennes, celles qui l'avaient assailli durant ces semaines entre Beltane et le solstice d'été, tandis qu'il traversait l'océan à la poursuite de Brianna, tout au long de sa captivité, puis, enfin, alors qu'il se trouvait dans le cercle de pierres dressées, au sein de l'enfer de rhododendrons.

Si Frank Randall n'avait pas fait placer la stèle dans le cimetière de Sainte-Kilda, Claire aurait-elle appris la vérité ? Peut-être que oui, peut-être que non. Mais c'était la vue de cette tombe qui l'avait incitée à raconter à sa fille l'histoire de Jamie Fraser et à lancer Roger sur la piste de la découverte qui l'avait mené jusqu'ici.

C'était la tombe qui avait renvoyé Claire dans les bras de son amant, qui avait rendu Brianna à son vrai père, la condamnant par la même occasion à vivre dans une autre époque que la sienne, qui avait abouti à la naissance d'un petit garçon roux, assurant la continuité du sang de Jamie Fraser. Une façon pour Frank Randall de rembourser ses dettes avec intérêts ?

Puis il y avait cet autre petit garçon qui aurait pu ne pas être sans cette épitaphe énigmatique, gravée dans la pierre, laissée par Frank Randall en guise de pardon. Morag et William Buccleigh MacKenzie n'étaient pas au *gathering*. Roger ne savait s'il devait s'en réjouir ou être déçu.

Jamie Fraser sortit enfin de sa transe.

— L'Anglais ! dit-il doucement, comme une conjuration. Je ne sais pas si j'ai envie de le rencontrer un jour ou si j'en ai peur.

Roger attendit un moment puis s'éclaircit la gorge.

— Dois-je le dire à Claire ? demanda-t-il enfin.

— Tu en as déjà parlé à Brianna ?

— Pas encore, mais je vais le faire.

Il soutint le regard froid de Fraser, ajoutant :

— C'est ma femme.

— Pour le moment.

— Pour toujours, si elle le veut bien.

Fraser se tourna vers le campement des Cameron. On apercevait la silhouette de Claire se détachant devant le feu.

— Je lui ai promis la sincérité, répondit-il enfin. Oui, dis-lui.

Le quatrième jour, les versants étaient noirs de monde. Peu avant le crépuscule, les hommes avaient construit un bûcher. La nuit tombée, la montagne était parsemée des feux allumés par chaque famille, au centre desquels se dressait un immense brasier. J'eus une soudaine vision de l'insigne des MacKenzie, la « montagne en feu », et compris enfin que, contrairement à ce que j'avais toujours cru, il ne représentait pas un volcan mais un *gathering* comme celui-ci, symbole des liens qui unissaient tous les clans. La devise des MacKenzie, « *Luceo non uro* », « Je brille mais ne brûle pas », prit, elle aussi, un sens nouveau.

— Les MacNeill de Barra sont là !

— Les Lachlan de Glen Linnhe sont là !

Lorsque vint son tour, Jamie se leva et cria :

— Les Fraser de Fraser's Ridge sont là !

Jemmy dormait profondément dans mes bras, sa petite bouche rose entrouverte, son souffle chaud et humide contre ma gorge. De l'autre côté du feu, Brianna et Roger discutaient, leurs visages penchés l'un vers l'autre.

— Tu crois qu'ils vont encore changer le nom du petit ? dit Jamie en se rasseyant à mon côté.

— Je ne crois pas. Tu sais, les prêtres ne font pas que des baptêmes.

— Que veux-tu dire ?

— Tu lui avais demandé de se décider avant le 3 septembre. La date est passée.

Il déposa un baiser sur mon front et me saisit la main.

— C'est vrai, *Sassenach*. Et toi, tu as choisi ?

Il ouvrit les doigts et je discernai un éclat doré.

— C'était il y a longtemps, dis-je doucement.

— Longtemps, répéta-t-il. Je suis un homme jaloux, mais pas rancunier. Je t'ai prise à lui, ma *Sassenach*, mais je ne veux pas te le prendre. Tu la veux ?

Je lui tendis ma main en guise de réponse et il glissa l'alliance d'or à mon doigt.

« *De F. à C. pour la vie.* »

Il murmura quelque chose que je n'entendis pas.

— Qu'est-ce que tu dis ?

— J'ai dit : « Pars en paix. » Je ne m'adressais pas à toi, *Sassenach*.

De l'autre côté du feu, Roger porta la main de Brianna à ses lèvres et la baisa. Le rubis de Jamie brillait à son doigt, reflétant la lueur de la lune et des flammes.

— On dirait qu'elle a choisi, dit Jamie.

Brianna sourit, embrassa Roger puis se leva. Elle tendit une branche morte dans les flammes, attendit qu'elle s'embrase, puis se retourna et la lui donna, lui déclarant d'une voix assez forte pour que je l'entende :

— Va ! Dis-leur que les MacKenzie sont là !